A Study

of American Ethnic Poetry
from the Perspective of Multi-cultures

多元文化视野中的
美国族裔诗歌研究

王 卓 著

中国社会科学出版社

图书在版编目（CIP）数据

多元文化视野中的美国族裔诗歌研究／王卓著．—北京：中国社会
科学出版社，2015.12
ISBN 978 - 7 - 5161 - 7482 - 1

Ⅰ.①多…　Ⅱ.①王…　Ⅲ.①诗歌研究—美国　Ⅳ.①I712.072

中国版本图书馆 CIP 数据核字（2015）第 320053 号

出 版 人	赵剑英
选题策划	郭沂纹
责任编辑	郭沂纹　安　芳
特约编辑	丁玉灵
责任校对	李冰洁
责任印制	李寡寡

出　　版	中国社会科学出版社
社　　址	北京鼓楼西大街甲 158 号
邮　　编	100720
网　　址	http://www.csspw.cn
发 行 部	010 - 84083685
门 市 部	010 - 84029450
经　　销	新华书店及其他书店

印刷装订	三河市君旺印务有限公司
版　　次	2015 年 12 月第 1 版
印　　次	2015 年 12 月第 1 次印刷

开　　本	710×1000　1/16
印　　张	55
字　　数	904 千字
定　　价	198.00 元

目　录

绪论　多元文化与美国族裔诗歌

第一编　原始与现代的对话：美国印第安诗歌

第三编　政治与诗学的对话：美国非裔诗歌

Contents

Part One   A Dialogue between Primitivity and Modernity: American Indian Poetry

Part Two　A Dialogue between Marginal Culture and Central Poetics:Jewish American Poetry

Part Three　A Dialogue between Politics and Poetics: African American Poetry

序

聂珍钊

　　收到王卓完成的国家社科基金项目《多元文化视野中的美国族裔诗歌研究》的书稿，翻阅之中，不禁回想起最初同她的交往。王卓在开始这项课题研究之前，我们还是初识，对她并不熟悉。但是，她对于学术研究的执着坚定，评说美国诗歌的开阔视野，潜心做学问的高远志向，给我留下了深刻印象。在最初的交往中，我发现王卓有许多优点，她不仅思维敏捷，学术素养高，思考和研究问题有自己的独特方法，而且为人谦虚低调，认真听取我的看法，同时也阐述自己的思想，同我进行交流。正是这种学术交流，导致她到我这儿做访问学者直至后来攻读博士学位。她经过近五年的努力，圆满地完成了她对国家社科基金课题美国少数族裔诗歌的研究，并得到优秀的鉴定成绩。现在收到她提交给出版社的书稿，请我作序，自然感到十分高兴。

　　在阅读王卓《多元文化视野中的美国族裔诗歌研究》的全稿之前，我已经读过这部著作的部分初稿，深感作者有志于研究美国少数族裔诗歌的雄心壮志，同时也感到这项课题的难度很大，要做好它十分不易。完全可以说，对多元文化视野中的美国少数族裔诗歌进行系统研究是一项艰巨的学术工程，没有厚实的学术基础、理论素养和坚韧毅力难以完成。美国少数族裔诗歌中的少数只是就种族而言，而就诗歌创作而言，少数族裔作家群体庞大，作品数量众多，有关研究涉及种族、政治、经济、文化、伦理等领域，各种问题相互交织，错综复杂。美国少数族裔诗歌指的是除美国白人之外美国多个民族创作的总和，因此美国少数族裔诗歌并非美国文学中的少数，而是整个美国文学的重要组成部分。美国少数族裔诗歌的种族文化差异性决定了其文学的复杂性，自身特色鲜明，魅力无限，因此一直吸引着国内外众多学者的关注，是美国文学研究中的热门领域。同时，美国少数族裔诗歌数量庞大，思想内容和艺术技巧十分复杂，研究存在很大难度，目前国内还鲜有从总体上研究美国少数族裔诗歌的学术专著。王卓现在完成的《多元文化视野中的美国族裔诗歌研究》这本著作，就要付梓出版了，弥补了我国在这个领域中的研究缺憾，的确让人高兴，可喜可贺。

美国少数族裔诗人众多，创作了大量优秀作品，其中有不少诗人在美国诗坛上有着举足轻重的地位。这些诗人有着杰出的艺术才能，尽管饱受不同文化的熏陶，但是他们往往忠于传统，从民族文化中吸取思想和艺术营养，推动着美国诗歌向前发展。美国少数族裔诗人敢于创新，其不断发展变化的诗学理念和创作实践，也造成美国少数族裔诗歌异常复杂的现实。因此从什么视角以及采取什么方法展开研究，这是作者首先需要解决的问题。作者在对美国少数族裔诗歌充分了解的基础上，发现了美国少数族裔诗歌的最本质特征，这就是多元文化。美国是一个多种族、多族群的国家，但是美国任何族群的成员都只能是一个公民，即美国公民。美国坚持以公民权总代一切的政治体制，不同族裔集团的人们在同一公民权利的基础上生存、交流和发展，进而为种族的通婚和文化的趋同创造条件。20世纪下半叶以来，文化趋同似乎成为美国的文化主流。例如，始于1981年美国唯英语运动，不仅导致美国23个州先后制定和颁布了英语为官方语言的法律或法令，而且还导致美国政府终止施行30多年的双语教育政策。尽管美国唯英语运动试图通过语言的统一实现文化的趋同，但是无法改变美国文化多元的现实。在美国文学领域，文化不仅没有趋同，相反表现出更加多元的特点。也正是美国文化的多元，才导致美国文学的丰富多彩。就美国诗歌而论，少数族裔诗歌对多元文化更具包容性，显示出诗歌的多元文化魅力。作者从多元文化的视角审视美国少数族裔诗歌，用多元文化总揽少数族裔诗歌的发展，概括少数族裔诗歌的特征并给予科学评价。作者这种概观和细读美国少数族裔诗歌的策略和方法，体现了作者巧妙处理美国少数族裔诗歌研究中一系列复杂问题的智慧和能力。

　　《多元文化视野中的美国少数族裔诗歌研究》共分三编，三十二章，对美国少数族裔诗歌进行全面梳理，在对不同族裔的代表诗人进行解读分析的过程中，揭示美国族裔诗歌在多元文化历史话语体系中的发展流变、内在规律、诗学理念以及基本特点。在绪论里，作者通过重点解剖美国印第安诗歌、黑人诗歌、犹太诗歌、华裔诗歌等，对美国少数族裔诗歌体现出来的多元文化进行归纳总结，对多元文化同少数族裔文学的关系进行探讨。

　　在第一编"原始与现代的对话：美国印第安诗歌"里，作者以美国印第安诗歌为研究对象，在对印第安诗歌的总体把握的基础上，归纳总结印第安诗歌的总体特征，如印第安诗歌中的生态书写、土地伦理等。在这一编里，作者选择了一系列具有代表性的印第安诗人，作为研究的突破口。作者不仅深入讨论了莫马迪诗歌的多元文化维度和杰拉德·维兹诺的俳句文化，而且还对波拉·甘·艾伦诗歌中的母系宇宙、西蒙·奥提斯诗歌的疗伤功能等进行了研究。作者正是通过对印第安诗歌的具体解剖，揭示出美国多元文化中印第安诗歌的基本特点。

　　在第二编"边缘文化与中心诗学的对话：美国犹太诗歌"里，作者重点通过对美国犹太诗歌的研究揭示美国少数族裔诗歌在多元文化中的发展。美国犹太诗歌的发展不仅体现了美国文化的复杂性，而且也说明少数族裔诗歌在多元文化的冲击下既能融入美国文化又能保持自我特色。作者紧紧抓住犹太诗学，通过对查理斯·雷兹尼科夫、朱可夫斯基、鲁凯泽、里奇等诗人创作的分析，提纲挈领，条分缕析，阐释当代美国犹太诗歌与美国现代诗歌的对话，揭示犹太诗歌在边缘文化与中心诗学的对话中所经历的发展道路。

　　在第三编"政治与诗学的对话：美国非裔诗歌"里，作者把美国非裔诗歌运动与思潮同重要诗人的分析紧密结合在一起，阐释美国非裔诗歌是怎样在美国多元文化的浪潮中保持自身文化特色和创新发展的。在美国文学中，非裔诗人多，成就大，影响广泛。非裔诗歌不仅是推动美国诗歌发展的强大动力，而且还对美国的政治文化生活产生了深刻影响。美国非裔诗歌十分复杂，要对其进行总结并非易事。但是作者驾轻就熟，在细读文本的基础上发现了早期非裔诗歌文化协商的特点，首先从对诗人惠特莉和弗朗西斯·哈珀的分析入手，进而对哈莱姆文艺复兴和黑人艺术运动进行总结，讨论美国非裔诗歌中的文化协商问题。同时，作者还在多元文化的前提下，把非裔诗歌同政治联系起来，探讨政治与诗学的关系问题，如诗歌与政治、诗歌与宗教、诗歌与种族意识、诗歌与妇女主义等。在这一编里，作者把种族、政治、性别、伦理等看成文化的延伸，打开了研究美国非裔诗歌的新思路。

作者在研究既复杂又庞大的美国少数族裔诗歌时，虽然论及众多族裔，但是其焦点仍然集中在美国印第安诗歌、美国犹太诗歌和美国非裔诗歌三个族裔上。在美国众多的少数族裔群体中，这三个族裔的诗歌成就最大，影响深远，最能说明美国少数族裔诗歌的总体特征。正如作者所说："这三个族裔的诗歌各自以自己的方式形塑了美国诗歌的整体样貌。"作者通过对这三个族裔的诗歌创作的研究，对美国少数族裔诗歌的发展历史进行了总结，认为这三个族裔诗歌分别代表了与主流文化不同的三种关系，即原始与现代、边缘文化与中心诗学、政治与诗学之间的关系。正是在这一总结的基础上，作者揭示出美国少数族裔诗歌从原始走向现代、从边缘文化趋向中心诗学、从政治主导走向政治与诗学融合的三种不同发展轨迹。

《多元文化视野中的美国少数族裔诗歌研究》一书不落窠臼，自有特色。作者对美国少数族裔诗歌创作的研究以作家作品为基础，以诗学理论为旨归，学术视野十分开阔。对美国少数族裔诗歌的研究既有总体把握，理论归纳；又有对具体诗人和作品的范例解剖，透彻分析，书中涉及诗人数以百计，重点论述诗人五十余人。作者从印第安诗歌开始，对美国少数族裔诗歌如何在多元文化背景中生存发展、借鉴革新、演变融合、保留个性的历史进行全面梳理、评价和总结，能够让读者从整体上充分认识和理解美国少数族裔诗歌的历史经验、诗学价值和现实意义。在某种意义上说，这部著作就是一部美国少数族裔诗歌发展史。

王卓文学基础扎实，为人谦虚，用功勤奋，学风淳朴，毅力坚韧，以一人之力，圆满完成了对多元文化视角下的美国少数族裔诗歌的研究。她的这部著作的出版，将在美国少数族裔诗歌研究中产生重要影响，为我国美国文学研究家们提供重要参考。我相信，王卓不会就此止步，而会把这部著作的出版作为自己的新起点，继续努力，为我国美国文学研究再作贡献。

2013 年 4 月 10 日于吉隆坡

2015 年 10 月 10 日修改于首尔

绪　论

多元文化与美国族裔诗歌

第一章
概　述

　　作为世界上拥有民族最多的国家之一，美国的文化和文学的整体样貌不可避免地呈现出多元性。美国的诗歌也是如此。作为民族文化、民族信仰、民族心理、民族情结的最古老的表达方式，诗歌是美国各个少数民族最重要的文学样式。无论是美国土著民的典仪咏诵，还是美国犹太人对亡灵的宗教"祈祷"，抑或是美国非裔的布鲁斯悲歌，都是以诗歌的形式传递的情感表述。这些或口头或宗教或民间的诗性表达成为美国族裔诗歌的精神和情感的源头。然而，尽管诗歌是美国少数族裔最早的情感表达方式，但其发展却艰难而缓慢。究其原因，既与美国诗歌作为整体的发展态势有关又与美国族裔诗歌自身的历史困境有关。

　　纵观美国文学史不难发现，就整体而言，美国诗歌长期处于"边缘化"状态。在 20 世纪初期，美国诗歌还依旧在美国小说的辉煌成就下徘徊。直到 20 世纪中期，美国诗歌才开始了一个有相当规模的复兴期，因此，20 世纪的美国诗人在潜意识上一直有一种"为作为诗人的存在找个理由"的冲动。① 从文学的社会意义上说，美国诗人和诗歌似乎很难成为民族文化的标志和象征，正如埃利奥特·温伯格（Eliot Weinberger）所言，美国社会没有诗人的位置。如果说美国诗歌被整体"边缘化"，那么美国族裔诗歌就是"边缘"之"边缘"②。一方面，为奴隶的命运和社会边缘人的生存状态使得美国少数族裔长期处于不能发声的沉默期；另一方面，"美国主流文化对美国各少数民族诗歌的态度经历了一个排斥、歧视、忽视、容纳、重视和支持

---

　　① Roy Harvey Pearce, *The Continuity of American Poetry*, p. 4.

　　② Eliot Weinberger, "American Poetry Since 1950: A Very Brief History," pp. 395—408.

的漫长的历史过程"①。可见，美国族裔诗歌的命运正是美国少数族裔生存状态嬗变的勾描，是他们为自由、民主和人权抗争经历的缩影。

20世纪60年代以来，随着美国多元文化氛围的日益浓厚，美国族裔诗歌出现了空前的繁荣。美国族裔诗歌的发展和壮大当然要首先归因于族裔诗人们个体的才华和共同的努力，然而，更为重要的是美国这个多元文化的土壤。因此，公允地说，美国族裔诗歌这棵正在茁壮成长之树的根须深扎在两个沃土之中：一个是各个少数族裔悠久的历史和文化传承；另一个就是美国特有的多元文化的互动力量。二者又是紧密相连的：各个少数族裔的历史文化的传承造就了美国的多元文化的社会结构和状态；美国的多元文化社会状态又放大了各个族裔文化的独特性，并为各个族裔文化的相互碰撞和交融创造了条件。在各个少数族裔争取民族权利的斗争中，熔炉中的美国人保持了各自不同的文化内涵和特色，这是美国多元文化社会存在和发展的前提。同时，多元文化指向一种开放的精神，这对于少数族裔、女性等传统边缘文化和亚文化的价值提升与确认具有重要的推动意义。因此，多元文化的视角是一种去中心的视角，是一种关注差异的视角，更是一个开放的、对话的视角。这是本研究从多元文化视角审视美国族裔诗歌的初衷，也是本研究能够有新的感悟和新的发现的根本原因。

美国族裔诗歌在美国诗歌中的地位一直是美国文学史撰写和美国诗歌批评中十分敏感的话题。20世纪60年代之前，美国主流文化以基督教和盎格鲁文化为中心，不遗余力地消解少数族裔文化的个性，对少数族裔采取边缘化策略，以至于黑人、犹太人、土著人、亚洲人等的文学作品长期被排斥在美国主要的诗歌史、诗歌专著和诗歌选集之外。例如，罗伊·哈维·皮尔斯所著《美国诗歌的承续》(*The Continuity of American Poetry*, 1961) 一书尽管堪称美国诗歌研究的经典之作，但是令人遗憾的是，美国少数族裔诗歌在这部专著中基本是空白的。对于美国族裔诗歌的专章介绍直到20世纪60年代末期才艰难出现，到20世纪90年代之后，美国族裔诗歌才得以全面出现在美国诗歌史中。其中最有代表性、最具影响力的当属杰伊·

---

① 张子清：《多元文化视野中的美国少数民族诗歌及其研究》，《外国文学》2005年第6期，第88页。

帕里尼（Jay Parini）主编的《哥伦比亚美国诗歌史》（*The Columbia History of American Poetry*，1993）。该书为美国非裔诗歌保留了三个章节，分别是："早期美国非裔诗歌"（Early African American Poetry）、"哈莱姆文艺复兴诗歌"（The Poetry of Harlem Renaissance）、"黑人艺术运动诗人"（The Black Arts Poets），并专章介绍了"美国土著诗歌"（Native American Poetry）。然而，只是承认美国族裔诗歌属于美国诗歌是远远不够的。从多元文化的视角来看，二者之间并非少数与多数的关系，也不是有些人认为的非主流与主流的关系。本研究表明，实际情况远比这些简单的认知要复杂得多。从历史文化的流变考察美国族裔诗歌的创作嬗变，并特别关注族裔诗人的诗学理念、创作策略、美学诉求等因素与美国主流话语之间的对话和互动关系，是本研究的主要思路。

那么，在多元文化视野中，美国族裔诗歌与美国主流话语之间呈现出怎样的关系呢？第一层关系是对话性关系，是一种不同文化、不同种族、不同诗学、不同信仰之间的互文性对话，特别是族裔文化与主流文化之间跨越时空的对话。

这种对话性首先体现在美国主流话语对美国少数族裔的刻板形象生产和少数族裔诗歌对此的解构、挪用和颠覆。美国主流话语体系把美国少数族裔作为"他者"加以呈现的思维和传统使得美国文学中有一条贯穿始终的政治潜意识，在文本中的表现就是对少数族裔进行的刻板形象生产。黑人女性的"姆妈"和"荡妇"的截然相反的形象；黑人男性逆来顺受和暴力凶残的二元对立的形象；犹太人的吝啬、肮脏、愚昧、猥琐的固化模式；印第安人的"高贵的野蛮人"和"卑劣的野蛮人"的形象等，都是这种刻板形象生产的产物。作为政治发声器的美国少数族裔文学从一开始就以解构和颠覆美国主流话语对少数族裔刻板形象生产为主要目标和政治的前文本。美国族裔诗歌也不例外。从某种程度上说，美国族裔诗歌就是对少数族裔刻板形象的微妙的抵抗书写。换言之，揭示少数族裔刻板形象生产的本质并颠覆这种刻板形象是美国族裔诗人创作的一个重要初衷和写作策略。从这种视角审视美国族裔诗歌，我们就不难理解其政治性发生的必然性和内在性。例如，美国黑人艺术运动的旗手和黑人同性恋女权主义者安德勒·罗德（Andre Lorde）的自我书写就走了一条与从爱默生开始确立的美国文学中传统的精神自我求索和完善截然相反的道路，罗德的多元自我的建构是建立在一种强烈的爱欲意识的基础之上的，换言之，罗德试图构建的是一个"躯体的自我"①。这个"躯体"，与本质主义观念相去甚远，"位于生理和象征的交界处"，"它标志着内在的物质的形而上学的表面和公然反抗分离的象征的因素"②。罗德诗歌中的自我正是位于"生理和象征的交界处"，换言之，她把躯体看作是一个文本，并清醒地意识到她的文本正是从她的躯体中浮现出来的。罗德用性和女性身体开创了"一个自我书写的写作"，"这使得女性的躯体成为被书写的主体性的空间和源泉，又用一种深沉而精确的历史的、政治的、性的和种族的意识的伦理填充到这个躯体"③。因此，可以说，在躯体、政治和文本的交汇中，罗德前景化了种族、性别、性取向和伦理道德等诸多抽象而严肃的话题，并挪用了白人制造的黑人女性性欲的刻板形象和加勒比的"热带假日天堂"的神话，从而成功地解构了"女人神话"和"殖民神话"这两个在男权主义、西方女权主义和殖民主义的多重建构下仿佛固若金汤的文本的城堡。

其次，这种对话性还体现在少数族裔诗学对西方诗学的继承、挪用和改写。如果说前一种对话性是诗歌中的政治对话，那么后一种对话就是诗学对话。美国少数族裔诗人中深受西方诗学影响的不少。非裔诗人中的兰斯顿·休斯、丽塔·达夫、伊丽莎白·亚历山大等，犹太裔诗人中的路易斯·朱可夫斯基、艾德里安娜·里奇、艾莲娜·柯蕾普费兹等，印第安诗人中的 N. 斯科特·莫马迪、温迪·罗斯、西蒙·奥提斯、路易丝·厄德里克等都是在西方诗学和族裔文化的双重熏染下成长起来的诗人。例如，莫马迪就是在西方"后象征主义"诗学的滋养下成长起来的印第安诗人，因此他的诗歌非常明显地体现了他对西方现代派诗学既继承又改写的特点。莫马迪的诗歌"熊"就是对他本人十分推崇的白人作家福克纳的小说《熊》以及现代派诗人华莱士·史蒂文斯的"自然观"的互文性续写和改写。莫马迪跨越了时空，以印第安族群的图腾"熊"为载体与两位现代派大师进行了一场关于

---

① Rosi Braidotti, *Nomadic Subjects: Embodiment and Sexual Difference in Contemporary Feminist Theory*, p. 171.

② Ibid., p. 282.

③ Jeanne Perreault, "'That the Pain Not Be Wasted': Audre Lorde and the Written Self," p. 1.

人、自然以及人与自然的关系的对话。这场对话不但唤起了西方主流话语对人与自然关系的关注，而且修正了西方自然观的谬误，同时为陷入自然危机的现代西方人提供了一条生态之路。再比如，美国犹太诗人路易斯·朱可夫斯基与西方现代派诗学之父庞德的关系。在诗学的亲缘关系中，朱可夫斯基义无反顾地向庞德和他的现代派诗学致敬，并成为庞德的"宠儿"（beloved son）[1]。然而，犹太裔的族裔身份又使得他很难彻底地抛弃犹太文化传统，他的诗歌因此呈现出的模糊的对立和矛盾反而赋予了他的诗歌一种难得的张力和独特的魅力。可以说，正是这种双重文化因素的共同作用成就了美国族裔诗歌和优秀的族裔诗人。正如莫马迪的导师、后象征主义诗人温特斯所言，作为一名在白人世界中的印第安人，可能因此会感受到"双重的孤立"，然而这正好为族裔诗人提供了一个"无以伦比的视角"。[2] 这句话也同样适用于其他族裔诗人。这种"无以伦比的视角"就是两种文化和两种诗学之间游走所带来的冲击和思索。对西方诗学的继承使得美国的族裔诗人往往诗学素养深厚、诗歌创作技巧高超，从而保证了其诗歌的艺术性；而迥异的文化传承又使得他们能够以审慎而超然的态度审视西方诗学，以具有族裔文化特征的方式运用西方诗学，从而使得内容和形式以全新的方式相结合，这就不难理解美国族裔诗歌独特的原创性和创新性。

再次，这种对话有以靠拢中心为目的的，但更多的是坚守本民族独特的话语体系，在边缘以文化协商的方式发出自己独特的声音。美国黑人诗歌是在多元文化的背景下，最先构建独特的诗歌话语体系，并在凸显民族文化特色的基础上，赋予了诗歌独特的政治使命。黑人诗歌的文化和政治力量是强大的，黑人诗歌不但成为表达黑人被压抑的情感，被压迫的地位，被压制的人性的利器，而且黑人诗歌所承载的独特的文化因素还以毋庸置疑的方式渗透到主流诗歌当中。布鲁斯诗学、爵士乐、黑人方言等文化因素在某种程度上已经成为美国现当代诗歌不可或缺的因子。与美国非裔诗歌不同，美国犹太诗歌从来没有大张旗鼓地宣称诗歌是战斗的武器，我们在美国犹太诗歌中

---

[1]　Ezra Pound & Louis Zukofsky, *Pound/Zukofsky: Selected Letters of Ezra Pound and Louis Zukofsky*, p. 101.

[2]　Qtd. Kenneth Lincoln, *Sing with the Heart of a Bear: Fusion of Native American Poetry, 1890—1999*, p. 247.

也嗅不到强烈的火药味，但是美国犹太诗人却依靠犹太文化的精深和神秘展开了与美国现代派诗歌的对话。尽管以朱可夫斯基为代表的美国犹太诗人似乎从来也不介意以庞德等美国现代派诗人为文学之父，但是独特的犹太身份和犹太文化却注定让他们以自己的方式超越了这些文学之父，并以独特的姿态成为美国现代诗坛不可或缺的人物。尽管是美洲大地上最古老的民族，美国土著诗人却的确是美国诗坛的新生力量。这个与土地、与动植物有着天然亲切感的民族一方面难以割舍地书写着北美大地上的一草一木，另一方面又与美国主流文化以生态主义为名，把土著人固化为历史化石的策略不断抗争。在某种程度上，美国土著诗人提供的是一个生态主义的阐释范本，那就是，人类既可以享受自然的亲吻，又可以随着现代化进程的脚步不断向前发展。从多元文化视野审视美国族裔诗歌，从本质上说是一个对族裔诗歌的历史文化嬗变的梳理的过程，也是一个探寻族裔诗歌中族裔文化因子的诗性特征和社会政治含义的过程。

在多元文化视野中，美国少数族裔诗歌与美国文化之间呈现出的第二层关系是互动性关系，而且是多元互动的关系。如果说对话性还只是一种意识形态意义上的平等关系，那么互动性则是从文学主题到审美再到创作技巧的文学实践意义上的平等关系。从多元文化视角审视美国诗歌，会发现美国族裔诗歌往往是在对主流话语的对抗中不断发展和壮大的；而美国主流诗歌也在迟疑中不断地吸纳少数族裔文化的因素，赋予自己越来越宽泛的框架体系。因此，美国族裔诗歌与美国主流诗歌之间在相互渗透、相互审视中交互参照，经历了一个动态的共同成长过程。这种互动性带给美国诗歌的意义不可小觑。

首先，在美国诗歌中可以看到大量的族裔文化因素。这种现象产生的作用有如下两个方面。其一，模糊了主流诗歌和少数族裔诗歌之间的界限，很多白人诗人的诗歌读起来具有鲜明的少数族裔的文化气质；其二，相反，很多族裔诗人的诗歌却具有更多的主流文化特征。其次，对于美国诗歌的整体样貌已经产生了重要影响，而且这种影响会越来越明显。这会直接影响到美国诗歌史的分期、诗歌流派的界定、诗学思潮的定位等与形塑美国诗歌，甚至美国文学直接相关的问题。从这个角度来看，把族裔诗歌排斥在外的美国诗歌是不完整的，是残缺的；把美国族裔诗歌与美国白人诗歌分割开来的诗歌史观也是不科学的,是粗暴的。再次,美国族裔诗歌也在美国主流诗歌的影响下与现代和后现代诗歌的发展曲线不断趋近,使得美国族裔诗歌带有越来越多的现代性、后现代性和时代性,从而为族裔诗歌融入美国诗歌和世界诗歌的家族创造了条件,更为美国族裔诗歌的经典化扫清了道路。例如,在与美国主流政治和话语的不断对抗和协商之中,美国少数族裔非但没有同化到美国文化或者像人类学家一厢情愿的断言那样消失在历史的废墟中,反而在主流文化的缝隙之中把本民族的历史和现实、梦想和经历锻造成为一种新的文化意识。美国非裔作家把黑人布鲁斯音乐、灵歌和民间传说等黑人文化因素张扬地带进了美国主流文化,并赋予了这些异质性因素一种不可比拟的现代性和时代性,从而使它们不但成为非裔文化的象征,也同时成为现代性和时代感的象征,并在看似矛盾的两种文化之中自由流淌,成为两种文化交合的起点和终点。美国犹太人带着永远的流散的悲壮感,却极为入世地在这个新的国度寻找一个新的家园,并在保留犹太传统的同时痛苦却也乐观地接受了主流文化的方式。可以说,美国犹太人在一个更为宽泛的犹太的跨文化和历史的框架内找到了美国性到底意味着什么,换言之,在犹太性之中找到了美国性。[①] 土著美国作家试图寻找的既不是土著文化对美国文化的影响,也不是美国文化对土著文化的影响,他们更为关注的是作为早已在这片土地上繁衍生息的民族与这片土地独特的联系,在越来越受限制的保留地的有限空间中如何享有越来越独立的精神的无限空间。最后,族裔文学在与主流文化的对抗和协商中所实现的书写意义早已超越了文学本身的价值。在族裔作家重构历史、追溯记忆、重置地理的过程中,美国少数族裔首先在文学的想象中形成了"一种集体的流散身份意识"和"一种去疆界的族群身份"。此种独特的政治、伦理和美学交合的价值恐怕也只有在少数族裔作品中才有实现的空间和可能吧。因此,我们有理由认为,美国的族裔文学首先源于一种对抗的需要,一种对抗主流文化刻板形象生产的需要,而表现在族裔作家的书写策略,则成为一种带有明显"解构"特征的表达方式和书写方式。因此,可以说,美国主流文化和政治话语恰恰是美国族裔文学复兴的土壤和营养,是族裔文学话语建构的标靶。有了这块标靶,族裔文学从一开始就是有

---

① See Priscilla Wald, "Of Crucibles and Grandfathers: The East European Immigrants," pp. 50—69.

的放矢的，就是目标明确的，并因此是对话性的和互文性的。

　　从多元文化的视角审视美国少数族裔诗歌，各个不同族裔诗歌呈现出许多共性。首先，美国族裔诗歌的发展轨迹在20世纪60年代之后进入了一个相似的飞速发展的趋势。美国少数族裔诗歌均是在20世纪60年代之后开始进入蓬勃发展期的。可以说，多元文化的历史氛围是美国族裔诗歌发展的原动力。本研究的焦点也因此主要锁定在20世纪后40年和21世纪前十年的美国族裔诗歌，但为了保持研究的完整性，也涵盖了一些19世纪和20世纪早期重要的美国族裔诗人。其次，美国族裔诗歌均具有鲜明的族裔文化特征，从主题到风格到语言都十分明显，因此，从某种程度上说，美国族裔诗歌是诗性的族裔文化读本。因此诗歌中的族裔文化特征将是本研究的焦点之一。再次，美国族裔诗歌均表现出了强烈的政治色彩。美国族裔诗歌从20世纪60年代开始均经历了一个从对抗到融合的历程。这既是一个对主流话语体系的解构过程，也是一个族裔话语体系的建构过程；既是一个对族裔文化的张扬过程，也是一个对美国文化的吸纳过程；既是一个建构族群身份的过程，也是一个反思美国身份的过程；既是一个解构他者的刻板形象的过程，也是一个族裔主体的建构过程。此外，美国族裔诗歌均表现出鲜明的政治与诗学的互动关系。由于身处政治的边缘和被压迫的地位，美国的少数族裔诗歌从一开始就表现出或明显或隐晦的政治性，并自我赋予了为种族诉求政治自由和解放的使命。黑人诗歌表现得最为明显，其他少数族裔也常常以各自的方式有所体现。因此，他们的诗学理念往往是政治性的，美学是为政治服务的。不过，政治与诗学之间的关系却并非一成不变的，而是处于动态的变化曲线中。变化的风向标就是美国少数族裔政治和经济地位的变化。因此，族裔诗歌和诗人从边缘走向中心的过程并非简单的文学经典化的过程，而是政治、经济、文化、历史等因素复杂交织，相互作用的结果。本研究并非致力于勾画一条美国族裔诗歌的发展轨迹，换言之，本研究不是美国族裔诗歌史的研究，而是从多元文化视角对美国族裔诗歌的文化多元性进行考察，并特别关注了美国族裔诗歌与美国社会政治、文化和历史的内在关系。

　　从多元文化视野审视美国族裔诗歌，首先，不同的族裔诗歌也呈现出显著的差异性。这种差异性既源于也表现为族群文化之间的差异。其次，各个族裔诗歌的发展也呈现出不均衡的态势。再次，不同族裔诗歌的美学诉求和诗学策略也有显著的不同。这也是本研究对非裔诗歌、犹太裔诗歌和印第安诗歌分别进行个案研究，并分别选取了既相关又不同的研究视角和研究方法的根本原因。

本研究的第一编"原始与现代的对话：美国印第安诗歌"、第二编"边缘文化与中心诗学的对话：美国犹太诗歌"和第三编"政治与诗学的对话：美国非裔诗歌"，选取了在美国族裔诗歌中最具代表性的三个不同族裔的诗歌进行了个案研究。之所以聚焦于这三个族裔的诗歌，有以下两点主要原因。首先，此三个族裔的诗歌在美国少数族裔诗歌中成就最为辉煌，涌现出了一大批在白人读者和少数族裔读者中均有影响的诗人。在如今美国诗歌的整体地图上，这三个少数族裔诗歌占据着十分显赫的位置。可以说，这三个族裔的诗歌各自以自己的方式形塑了美国诗歌的整体样貌。其次，此三个族裔诗歌分别代表了与主流文化的三种不同的互动关系：分别为原始与现代、边缘文化与中心诗学、政治与诗学之间的关系。而从原始走向现代，从边缘文化趋向中心诗学，从政治主导走向政治与诗学融合，正是美国族裔诗歌从暗弱走向辉煌的三种不同轨迹和策略。

尽管本研究对三个不同族裔诗歌均从多元文化的视角切入，均围绕着族裔诗歌与美国社会和文化的对话性展开，但针对不同族裔诗歌的特点、发展轨迹与主流文化和文学关系的不同，本研究的侧重点也有所区别。作为美洲大陆最早的居民，美国土著人成为裹挟在美国开疆拓土的进程中一个被动的因子，更成为美国主流文化殖民想象的理想对象。印第安文化与欧洲文化之间巨大的差异使得印第安人成为美国白人想象界永远的"他者"。在美国白人作家的文本中，印第安人经历了两个不同的刻板形象生产的阶段。第一个阶段是"高贵的"野蛮人和"邪恶的"野蛮人。第二个阶段是"生态"的印第安人。两个阶段看似有着极大的差别，其实本质却惊人相似，那就是把印第安人作为"他者"的思维定式。第二个阶段的刻板形象生产的一个严重的后果是印第安人被强行拖入了一个凝固的时空之中，成为一个西方现代化进程中的浪漫化符号和白人对自然焦虑的救命稻草。对于印第安人而言，他们被剥夺了现代化进程中与时代共同发展的权利。因此，美国土著诗人的一个自我赋予的使命就是重新定位印第安历史与现实、印第安自然观与西方生态观、印第安传统文化与当代生活之间的关系。从本质上说，印第安诗人的诗歌书写是一场原始与现代的对话。

美国犹太英语诗歌具有极强的实验性和现代性，很多成就斐然的犹太诗人都是在美国现代派诗学的滋养下成长的。诗学理念和诗歌技巧的现代性与犹太的族裔身份和文化传统在美国犹太诗人的诗歌中形成了奇妙的张力。边缘的文化身份与中心的诗学理念形成了强烈的对话性。更为可贵的是，美国犹太诗人用现代派的诗学理念和诗歌创作原则书写了犹太人独特的流散生存状态以及犹太历史上独特的经历。例如，美国犹太诗人对犹太大屠杀的书写。对大屠杀的诗性书写既是一个诗学策略的确立过程，更是一个伦理的选择过程，对于有着种族屠戮的噩梦却并不在场的美国犹太诗人更是如此。在美国犹太诗人的诗歌中，大屠杀不是一幅画，而是一扇窗，从他们依次不同的打开角度，大屠杀呈现出多元化的表象和内涵。杰罗姆·罗森伯格（Je-rome Rothenberg）、艾伦·葛斯曼（Allan Grossman）、查理斯·雷兹尼科夫（Charles Reznikoff）三位美国犹太诗人在"客体派"诗学、"神之名义"诗学和"民族志"诗学理念的引领下，不同角度地打开了这扇窗，并完成了风格各异的大屠杀书写。同时，三位诗人的诗学策略与大屠杀呈现的伦理维度又紧密地交织在一起，成为大屠杀诗性书写的双向坐标。在犹太诗歌中，现代派诗学理念与犹太人的信仰、伦理和历史相互融合，赋予了美国犹太诗歌独特的杂糅魅力。因此，从本质上说，美国犹太英语诗歌是一场边缘文化与中心诗学的对话。

美国非裔诗歌与美国黑人的政治生活有着不可分割的关系。这种关系主要体现在以下三个方面：其一，诗歌是美国黑人诗人战斗的武器；其二，美国黑人诗歌的嬗变过程是一部微观的黑人政治生活的历史，代表着不同时期黑人与美国政治生活的关系；其三，美国黑人诗学的演变与美国黑人的政治生活和政治地位的变化有着极其密切的关系。第一位公开出版诗集的非裔诗人是身为奴隶的菲莉斯·惠特莉（Phillis Wheatley）。身为女奴的惠特莉为了让自己的声音能够被主流社会听到，在诗学策略的选择上走了"调和"路线。尽管惠特莉在主流叙事中占据的位置不是中心的，也不是美国的，她对非洲、美国以及史诗、挽歌等文化身份和文类符号的挪用使得她构建起一个在相对中具有稳定性的自我，并迫使她的读者和她的主人们以及主流文化都不得不承认她作为成熟的诗人和独立的主体地位。惠特莉以同化的姿态主动地进行文本和文化协商，从而使得她在主流文化符号的掩护和帮助下寻找到自己的归属。然而更有意义的是，惠特莉的文化协商和经典拨用如一场"微妙的战争"，既策略地发动了抗争，又体面地保持了顺从。这种协商策略赋予了惠特莉在传统文化和主流文化的框架中探求与她充满艰辛的日常生活息息相关的主题和主旨的自由，从而实现了文学书写和自我书写的双重目标。

在哈莱姆文艺复兴和黑人艺术运动中，美国黑人诗人摒弃了惠特莉的隐喻似的表达方式，开始创作直接诉求政治抗争的诗歌，用阿米里·巴拉卡（Amiri Baraka）的话说就是"我们想要杀人的诗歌"[1]。在鲜明的政治主张的渲染中，美国黑人诗歌逐渐进入了黑人政治的中心，黑人诗人也成为美国黑人的代言人。对黑人政治平等、经济独立和黑人性的歌唱是这一时期的主旋律。诗学为政治服务在相当长的时间内引领了美国非裔诗歌的创作和评论。直到20世纪80年代之后，随着美国非裔政治地位的提升，文化协商才再次成为非裔诗人的诗歌创作策略。1993年非裔女作家托尼·莫里森获得了诺贝尔文学奖，同年非裔女诗人丽塔·达夫（Rita Dove）被提名为美国桂冠诗人。政治和文化地位的改变使得非裔诗人以越来越平和的心态审视族裔关系和黑人的实际问题。在诗歌创作上，该时期的非裔美国诗人也以一种有"包容感"的，[2] 力图"超越""黑人文化民族主义的急迫"[3]，跨越了黑人性和非黑人性的二元对立，并创造性地进入一种表达他们的"世界主义者身份"的跨界的书写。[4] 然而，诉求世界主义文化身份也并非在21世纪创作的非裔诗人的唯一声音。2009年获邀在美国总统奥巴马的就职仪式上朗诵诗歌《赞美这一天》（*Praise Song for the Day*）的非裔美国女诗人、耶鲁大学教授伊丽莎白·亚历山大（Elizabeth Alexander）就以一种智慧的选择，适度回归了黑人对非裔文化身份的诉求。作为在20世纪60年代出生的美国非裔诗人，亚历山大比达夫等前辈诗人们致力于超越二元对立的种族协商更进了一步。她的诗歌建构的黑人性是多元的、开放的。同时黑人性也是动态的，

① Dudley Randall, *The Black Poets*, p. 223.
② Rita Dove, *American Smooth*: *Poems*, p. 28.
③ Arnold Rampersad, "The Poems of Rita Dove," p. 53.
④ Malin Pereira, *Rita Dove's Cosmopolitanism*, p. 11.

在共时和历时的坐标之中不断调整和变化。从惠特莉到亚历山大，从黑人女奴到黑人女学者，非裔诗人从文化协商到愤怒抗争又回到了文化协商，非裔诗歌的诗学策略似乎又回到了原点。然而，这个中的内涵却发生了翻天覆地的变化：从忍辱负重的闪烁其词到心态平和的娓娓道来，从刻意压制的黑人主体性到从容面对的真实的自我，非裔诗歌的政治与诗学的关系也发生了悄然转向。因此，从本质上说，美国非裔诗歌是一场政治与诗学的对话。

综上所述，本研究是在多元文化视野下对美国族裔诗歌的多层面、多维度梳理、解读和评论。在研究视角和方法论上均采取了多元文化的视角，重视并尊重族裔传统和族裔文化之间的分歧，以"去中心化"和对话性的思维重新定位了美国主要族裔诗歌与美国主流文化之间的关系。这项研究不但对美国族裔诗歌具有重要意义，而且也符合美国文学多元性发展的大趋势，凸显了美国文学丰富而复杂的文化多元性，并为美国诗歌的全景拼图镶嵌上一块不可或缺的拼块。

第二章
多元文化与美国族裔文学

作为一个移民国家，美国有着人类历史上从未出现过的驳杂的移民种族性，复杂的、对立的种族信仰，迥异的生活方式和文化传统。在数次移民大潮的不断冲击下，美国民族成分显得越来越复杂，民族的多元化成为美国社会最显著的特点。据统计，1975 年，美国每五个学生中就有一个是少数族裔；到 1995 年，每三个学生中就有一个少数族裔。2000 年的全美人口普查显示，当今美国的种族构成是白人占 69.1%，西班牙裔 12.5%，非洲裔 12.1%，印第安裔及阿拉斯加土著民 0.7%，亚裔及太平洋岛民 3.6%，其他 0.3%，两个以上种族 1.6%。[①] 多民族混杂的社会状况促使人们不得不思考一个问题：什么是美国人？在美国，少数族裔意味着什么？"如何确立多种文化差异的界限及其范围，始终是美国政治与文化史上的中心议题。"[②] 具体到美国文学，多元文化以各具特色的方式存在的特点对于美国文学的样貌产生了怎样的影响？美国的族裔文学与美国社会的政治、经济和文化有着怎样的关系？诸如此类的问题是美国文学研究中不得不时常面对的困惑，而对于这些问题的追问和回答往往对于深入探究美国文学的整体样貌和整体特征具有不可低估的意义。

一　美国的多元文化、多元文化主义和世界主义

早在 1845 年，爱默生就曾经在日记中把美国界定为"熔炉"（smelting

---

① 此数据为 2000 年美国人口普查局官方公布数据。2010 年人口普查标准和数据有微调。具体参阅 http：//en. wikipedia. org/wiki/Race_ and_ ethnicity_ in_ the_ United_ States_ Census#Census_ 2000。

② 托克斯·班德尔：《美国的多元文化主义、变异问题和自由主义》，董之林译，《文学评论》2000 年第 4 期，第 141 页。

pot)，并尝试为美国的多民族并存和多元文化汇聚的特征定位："我痛恨美国本土主义的狭隘，人是所有生物的综合体……就像在克林斯圣殿的熔炉里，把金、银和其他的一些金属熔化混合在一起，形成一种新的、前所未有地昂贵的合金，叫做'克林斯黄铜'（Corinthian①Brass）……将建构一个新的种族、新宗教、新国家、新文学，就像从黑暗的中世纪的熔炉中冶炼出的新欧洲一样具有活力。"② 不过，爱默生用的是"smelting pot"，与后来流行的"melting pot"在表述上还是不同的。后者是由美国犹太作家伊斯雷尔·赞格威尔（Israel Zangwill）在戏剧《熔炉》（*The Melting Pot*）中提出的。出版于 1909 年的《熔炉》聚焦于移民在美国的生活，并特别关注了一个俄国移民和英国移民的爱情生活。剧本中有这样的台词："美国是上帝的熔炉，在这个伟大熔炉中，来自欧洲的各个种族得到融合和重塑！……德国人、法国人、爱尔兰人和英格兰人、犹太人和俄国人，都统统融合在一起！上帝正在造就美国人。"③ "熔炉"之说似乎被美国人以异乎寻常的热情接受了，然而，对于这个熔炉中各个组成部分的融合状态、过程和结果却一直莫衷一是。争论的焦点就是："这个熔炉是如何冶炼外来移民的，而那些移民又被熔化到何种程度。"④ 随着美国历史进程的发展，人们也越来越多地意识到，熔炉之喻的弊端和负面效应。熔炉论的潜台词就是要求移民割断与母国文化千丝万缕的联系，接受美国的主流文化，也就是盎格鲁—萨克森文化的语言、信仰和意识。这样说来，熔炉论无异于一次对移民的洗脑，然而，千年历史形成的文化认同的差异又怎是一场洗脑运动就能够勾销的呢？美国的多元文化特质是一个历史的事实，这是毋庸置疑的，然而，美国多元文化的形成过程、多元文化的特征和含义却是一个值得探讨和商榷的问题。

对于以上问题的回答，美国主流文化思想经历了一个嬗变的过程：从强调统一和认同到独立和多元。20 世纪 60 年代之前，美国主流思想一直顽固地认为，美国文化具有完整而独立的人文价值体系，而美国思想也是一个独

---

① Corinthian 是古希腊的一座繁华城市，据说，人们在该城市中用金、银等金属混合在一起炼制合金装饰品。

② A. Simpson & E. S. C. Weiner, *The Oxford English Dictionary*, p. 932.

③ Israel Zangwill, *The Melting-pot: Drama in Four Acts*, p. 33.

④ 董小川：《美国多元文化主义理论再认识》，《东北师范大学学报》2005 年第 2 期，第 6 页。

立的思想体系，因此外来移民就要自觉地与这个文化体系和思想体系求得认同。正是在这种思想的暗示下，美国历史的进程中，少数族裔直到 20 世纪 60 年代才开始发出声音，而美国史的编写直到 20 世纪八九十年代才开始出现"不同的镜像"①。在 60 年代民权运动之后，在美国出现了将多种族演变成多元文化的倾向，出现了所谓的多元文化主义（multiculturalism），其目的就是试图从文化的视野来审视各个种族的归属性，以及种族归属性与美国性之间的关系。那么，美国的多元文化主义蕴含了哪些要素和特质呢？有学者指出，多元文化主义的内涵指涉如下四个方面。其一，它是一种教育思想和方法。20 世纪七八十年代多元文化主义思维开始影响美国的中小学教育，在学生中普及对不同族裔文化传统的理解以及对性别政治、同性恋亚文化的关怀。其二，它是一种民主历史观。强调美国历史的缔造者不仅仅是欧洲白人移民，还有黑人、印第安人、拉丁美洲人和亚洲人，各个民族以不同的方式共同书写了美国的历史，因此不能以某个民族的历史经验为准绳。其三，多元文化主义也是一种文化观。越来越多的学者以新的目光审视东西方文化，西方中心主义被打破。其四，多元文化主义也是一种公共策略，对外，美国更好地适应了冷战后的国际新秩序，对内缓解移民不断涌入带来的族群关系的压力，以及妇女、同性恋等群体不断觉醒所带来的问题。② 可见，多元文化主义选择的标靶就是以白人男性文化为中心的主流文化。

多元文化主义对美国社会的构想是美好的，这一点从西方学者的诸多论述中可见一斑。例如，英国学者比库·帕雷克（Bhikhu Parekh）曾在一次国际会议上特别指出，多元文化的社会不一定要赞同所有的价值观，但是应当允许并欢迎少数族裔的文化，按照多元文化的思路重新组合公共领域。一个多元文化的社会要致力于文化多元精神的推进，不但要在意识形态领域，而且应该渗透到社会生活的各个层面。③再例如，美籍华人学者杜维明（Tu Weiming）指出："我们深切地认识到多样性对人类的繁荣是十分必要的。如同生物多样性对我们的地球的存在必不可少一样，文化和语言的多样性是

---

① See Ronald Takaki, *A Different Mirror: A History of Multicultural America*, pp. 4—5.

② 参见王希《多元文化主义的起源、实践与局限性》，《美国研究》2002 年第 2 期，第 44—80 页。

③ See Bhikhu Parekh, "A Commitment to Cultural Pluralism," Intergovernmental Conference on Cultural Policies for Development, Stockholm, Sweden, 30 March—2 April, 1998.

我们所认识的人类社会的确定性特点。"① 这种确定性正是文学发生和发展
的基础，因此，从某种程度上说，美国的多元文化特质塑形了美国文学。美
国主流文学和美国族裔文学均是在美国多元文化的存在、多元文化的视野、
多元文化的媒质中形成、发展和繁荣起来的。对此，美国文学评论家、学者
格雷高瑞·杰伊（Gregory Jay）在《什么是多元文化主义?》（"What is Mul-
ticulturalism?"，2002）一文中，从大学课程设置的角度阐释了多元文化主义
的意义：

> 对创立更加多的文化多样性课程的关注根植于 20 世纪 60 年代与民
> 权运动相联系的知识和社会运动，包括黑人权利、美国印第安运动、妇
> 女解放运动，每个运动都是对教育政策的规范和后果的挑战。②

多元文化主义对文学最大的影响是"主流文学与边缘文学的区别""渐
渐不太明显"，"一些过去处于边缘的少数族裔的文学，如黑人文学、亚裔
文学、妇女文学开始进入主流文学"③。

然而，有一点值得注意，"多元文化主义"并不意味着"多元文化的"，
而是基于"差异政治"和"认同政治"的政治策略，承载了太多的政治文
化因素，而且本身更是充满了不可调和的悖论④。因此，本研究的研究视野
准确地说，是多元文化，而不是多元文化主义。之所以强调这一点，原因有
二：其一，在于多元文化主义本身的弊端；其二，在于本研究力图摒弃一切
有可能遮蔽文学本身，特别是诗歌本身光芒的理论框架或者政治视角。

对于多元文化主义所存在的弊端目前学者们已经达成共识。其中美国和
加拿大学者的研究最有代表性。加拿大学者安顿·L. 阿拉哈（Anto L. Alla-
har）就曾经指出，多元文化主义策略的核心还是盎格鲁—萨克森文化，并

---

① Tu Weiming, "The Context of Dialogue: Globalization and Diversity," p. 66.
② 转引自张子清《多元文化视野下的美国少数民族诗歌以及研究》，第 88 页。
③ 陶洁：《20 世纪 70 年代以来的美国文学》，《四川外语学院学报》2003 年第 2 期，第 39—40 页。
④ 江玉琴：《多元文化主义的悖论与超越：以移民流散文化为例》，《深圳大学学报》2001 年第 3
期，第 24—29 页。

没有能够实现文化意义上的平等和尊重。① 另一位加拿大学者威尔·金里卡
（Will Kymlicka）指出："多元文化主义政策虽然有创造一个更具包容和公正
的社会这一崇高而真诚的动机，但在实践中，却往往会导致鼓励'种族分
离'这样的灾难性后果。而且人们也质疑多元文化政策的'逻辑'——要
求接受与自由主义民主价值不一致的文化习俗。这样多元文化主义可能会成
为'特洛伊木马'，损害民主国家最为珍视的自由平等的价值和原则。"② 美
国学者詹姆斯·博曼（James Bohman）指出，多元文化主义已经成为一种多
民族国家争夺政治权力的策略，并不能够解决少数族群与主流族群的深层次
冲突。③ 詹·穆罕默德（Abdul Jan Mohamed）和戴维·洛依德（David
Lloyd）说得更透彻和直接："多元论只被那些已经被主导文化价值同化的人
们所欣赏，它掩盖着排斥异类的永久性企图。对多元论来说，种族和文化的
差异只是一种异国情调，个人的癖好，只要不需要改变那已经嵌入主流意识
形态保护体之内的个人位置，就可以得到纵容。这样的多元论容忍趣味和刺
激的存在，它甚至会喜欢墨西哥饭店，却会阻止西班牙语作为教育媒介进入
美国的学校。更重要的是，它拒绝承认歧视少数者的阶级基础，拒绝承认构
成现代文化基础的对少数者经济的有计划剥削。"④ 正是基于此，美国学者
戴维德·霍林格（David A. Hollinger）公开呼吁，多元文化主义是一场辉煌
的运动，但是其局限性也日趋明显。它已经不能对文化多元性提供一种足够
强大的指导，因此现在到了"超越多元文化主义"的时候了。⑤

　　"超越多元文化主义"之后美国文化的走向也已经成为诸多文化研究者
热议的话题，更直接影响到了美国文学创作和美国文学研究，因为文学作品
的经典化"隐含着"一种作家和评论家的"美学价值的文化判断"⑥。目前

---

① Anton L. Allahar, "Majority Rights and Special Rights for Minorities: Canadian Blacks, Social Incorporation and Multiculturalism," pp. 17—23.

② ［加］威尔·金里卡：《少数的权利》，邓红风译，上海世纪出版集团2005年版，第158页。

③ ［美］詹姆斯·博曼：《公共协商：多元主义、复杂性与民主》，黄相怀译，中央编译出版社2006年版，第68页。

④ ［美］阿卜杜勒·R. 詹·穆罕默德、戴维·洛依德：《走向少数话语理论——我们应该做什么》，中国社会科学出版社1999年版，第362页。

⑤ David A. Hollinger, *Postethnic America: Beyond Multiculturalism*, p. 2.

⑥ Betina Entzminger, *Contemporary Reconfigurations of American Literary Classics: The Origin and Evolution of American Stories*, p. 4.

"世界主义"已经逐渐取代多元文化主义，成为文学作品文化定位的新标准。很多美国当代作家和评论家都公开宣称自己是世界主义者，并以世界主义的思维进行文学创作和文学作品解读。本书中涉及的丽塔·达夫等美国族裔作家都具有此种世界主义文化视野，并努力打造自己的世界主义文化身份。世界主义和多元文化主义之间有着怎样的渊源和区别呢？"世界主义"这一理念至少可以追溯到公元前 4 世纪的犬儒学派，在启蒙时代与 19 世纪中后期得到了充分发展，到 20 世纪 70 年代之后随着全球正义理论的萌生得以复兴。尽管古典世界主义、近代世界主义和当代世界主义的理念有一定差别，但强调人的普适性和平等性的核心理念却贯穿始终。① 德国学者乌尔里希·贝克（Ulrich Beck）在《什么是世界主义》一文中指出："世界主义要求一种新的一体化方式，一种新的认同概念，这种新的方式和概念使一种跨越界限的共同生活变得可能并得到肯定，使他性和差异不必牺牲在人们假想的（民族）平等的祭坛前。"② 世界主义对多元文化主义的超越在于其动态性、无中心和无边界性。而这些恰恰是多元文化主义的弊端所在。世界主义者倡导多元的文化身份，强调动态的和变化的群体性格，并积极参与到创造新的文化联系的行为之中。世界主义者更是在不同时间和场合投身于"反对狭隘的知识分子"行动之中。③

从 20 世纪的种族主义和多元文化主义之战，到 21 世纪伊始愈演愈烈的多元文化主义和世界主义之争，美国思想文化领域从来没有过统一和和谐，更谈不上有任何占据主导地位的文化思想。而其中的根源就在于美国文化本身的多元文化特质。而这也是本研究的视角始终根植于多元文化，而摒弃任何"主义"的原因所在。换言之，我们认识和了解美国文化领域的各种"主义"之争，正是为了避免被这些争论所羁绊。

所谓"多元文化"指的就是人类群体间在价值规范、思想观念乃至行为方式上的差异。此种认识上的飞跃对传统的美国思想和价值体系提出了挑

---

① 参见王卓《论丽塔·达夫〈穆拉提克奏鸣曲〉的历史书写策略》，《外国文学评论》2012 年第 4 期，第 161—177 页。

② ［德］乌尔里希·贝克：《什么是世界主义？》，章国锋译，《马克思主义与现实》2008 年第 2 期，第 56 页。

③ David A. Hollinger, *Postethnic America: Beyond Multiculturalism*, p. 5.

战，而作为一种社会实践，多元文化改变了美国人从生活方式到教育体系，从政治选举投票到文学创作的诸多领域。美国的多元文化不但形成于移民的多元性，同时也和美国历史上长期以来不同种族的人们出于不同的原因争取自由与平等权的斗争传统有关。独立战争在与宗主国斗争以争取独立自主的国家权利的同时，也为美国内部各个种族争取平等权利的斗争创造了空间，"战争的胜利奠定了美国多元文化的政治基础"①。从19世纪的南北战争开始，黑人为争取生存权和自由权而战，尽管白人至上的观念依旧根深蒂固，但黑人开始被作为人，而不是物看待，成为美国少数族裔争取权利斗争的首次胜利，也成为其他种族的榜样。两次世界大战成为美国多元文化形成的一段重要时期，是多元文化的美国形成的一个"交叉点"，因为"带着雅利安种族至高无上思想的德国纳粹迫使美国人批判地看待他们自己社会内的种族主义"问题。② 例如，在战争期间，美国政府对印第安人的政策就有所改善。1934年，美国政府提出了"印第安人重新组织法"，不再强迫印第安人离开自己的土地，或者放弃传统文化。黑人反对种族歧视的斗争也有明显进展。据统计，第二次世界大战期间有90多万非裔美国人入伍，和白人以及其他种族人群并肩作战。1941年，美国政府颁布法令，要求在参加防务的企业中不得实行种族歧视。1944年，罗斯福总统发表了经济权利法案声明，提出不论种族、社会地位或者宗教信仰，所有美国人都可享受平等权利。

20世纪50年代，两次著名的黑人事件几乎改写了美国种族隔离的历史，它们分别是1950年布朗起诉教育委员会案件和1955年美国黑人妇女罗莎·帕克斯的公共汽车案。③ 黑人领袖小马丁·路德·金把这次自发的种族抗议行动转化成为全体黑人的大规模政治斗争，民权运动也随着60年代的到来而风起云涌。20世纪60年代的美国是一个政治风云变化、种族矛盾尖

---

① 余志森：《美国多元文化成因再探索》，《华东师范大学学报》2003年第5期，第63页。
② Ronald Takaki. *A Different Mirror: A History of Multicultural America*, p. 373.
③ 1950年秋，堪萨斯州七岁女孩琳达·布朗每天要花很长时间走到21个街区之外，专供黑人孩子念书的学校，而距她家仅7个街区就有另一所白人孩子的学校。女孩的父亲向校方申请就近入学被拒绝，一怒之下起诉教委，历经两年终于经美国最高法院判决布朗获胜。这一判决打破了当时存在于21个州的校际间的种族隔离制度，破解了种族之间的第一层坚冰。1955年12月，阿拉巴马州黑人妇女罗莎·帕克斯在公共汽车上坐在了白人专座上。她拒绝让座给白人而被捕。这一事件引发了一场长达一年多的该市黑人罢坐公共汽车运动，同时开启了60年代声势浩大的黑人民权运动。

锐、文化冲突激烈、思潮论辩纷争的时代。美国历史走到了一个乾坤扭转的关键点。任何人和政府都无法回避一个尖锐的社会问题，那就是，如何协调现实社会机制与多重价值文化间的矛盾。随着《民权法案》（1964）、《投票权法》（1965）、《肯定性行动》①（1965）等法案和命令的颁布和执行，美国少数族裔的权利得到了不同程度的保证，他们的声音开始从社会生活的边缘渐趋中心。因此可以毫不夸张地说，没有美国多元文化的社会状态和多元文化的独特视野，就没有美国文学今天的样貌。

二 多元文化与美国文学及美国文学研究

多元文化对美国文学创作和研究的影响是深远的，甚至在某种程度上决定了20世纪中叶之后美国文学的整体走向和美国文学研究的大趋势。20世纪60年代之前，美国主流文化以基督教和盎格鲁文化为中心，不遗余力地消解少数族裔文化的个性，对少数族裔采取边缘化策略，以至于黑人、犹太人、土著人、亚洲人等的文学作品长期被排斥在美国主要的文学选集之外。例如，罗伯特·斯皮勒（Robert E. Spiller）等人主编的《美国文学史》（*Literary History of The United States*，1946），在长达1500多页的篇幅中，只用了9页浮光掠影地介绍了印第安文学，对黑人文学的介绍依旧使用了带有明显黑人歧视的"Negroes"，而不是"black"。1959年戈肯·瑞（Gorkon Ray）编撰的《美国文学大家》收录了18位作家，1962年佩里·米勒（Perry Miller）等人编写的《美国主要作家》收录了28位作家，无一例外地全都是白人。这种状况在20世纪60年代后期随着美国多元文化社会状态和思潮的确立有所改善，直到80年代之后，白人作家在文集中一统天下的局面才被彻底打破。1985年第三版的《诺顿美国文学选集》、1988年出版的《哥伦比亚美国文学史》、1990年出版的《希思美国文学选集》、1994年出版的《剑桥美国文学史》，均是非中心化的文学史书。《希思美国文学选集》专章介绍了妇女文学的发展和哈莱姆文艺复兴时期黑人作家的代表作。华裔

---

① 肯定性行动是为增加妇女、少数族裔的历史上曾经被排除的就业、教育和商业等领域的名额所采取的措施。

作家如汤亭亭、伊迪丝·伊顿（水仙花）也被收录到该文集中。埃莫里·埃里奥特主编的《哥伦比亚美国文学史》（*Columbia Literary History of the U-nited States*，1988）"非常强调美国文学的多元性，指出当代美国文学史的编纂必须要体现包括妇女、少数族裔等各种作家的声音，没有一种统一的主调可以概括美国文学的全景"①，并专章介绍了"非裔美国文学"、"墨西哥裔美国文学"和"亚裔美国文学"。萨克文·伯科维奇（Sacvan Bercovitch）主编的《剑桥美国文学史》（*Cambridge History of the United States*，1994）也积极倡导文化和方法论上的多元视角，对"去中心化"和"对话"给予了高度重视，并专章介绍了"印第安文学"和"美国黑人文学"。

多元文化视角对美国文学的关注不但使得美国本土的美国文学研究逐渐摒弃了盎格鲁—萨克森中心主义，越来越具有包容性，而且激发了美国文学研究中的"跨民族研究视角"②，这对于最大限度地突破美国文学研究中狭隘和封闭的民族观念具有重要意义。所谓"跨民族研究视角"指的是"跨越本民族视野，从外部的角度，尤其是从与其他民族之间关系的角度来关注本民族内部的研究对象"。③"跨民族研究视角"主要体现为两个层面。其一，美国本土文学评论家和学者以开放的、动态的、差异性眼光审视美国文学中的经典以及美国少数族裔作家的作品；其二，非美国本土学者以跨文化的视野审视美国文学作品。很多非美国本土美国文学研究者以自己的方式和本民族文化的差异性开展美国文学研究并取得了丰硕的研究成果。④

多元文化视角也带给美国诗歌研究全新的理念。20世纪六七十年代的美国诗歌研究还基本遵循了白人文化的单一思维，少数族裔的诗歌被决绝地排斥在外。例如，罗伊·哈维·皮尔斯所著《美国诗歌的承续》（*The Conti-nuity of American Poetry*，1961）一书尽管堪称美国诗歌研究的经典之作，但是令人遗憾的是，美国族裔诗歌在这部专著中是空白的，"该书长达434页，少数民族诗歌不但不在他所列举的'主要阶段和成就'里，而且也没有作

---

① 金衡山：《美国文学研究中的跨民族视角》，《国外文学》2009年第3期，第19页。
② 同上书，第11页。
③ 同上。
④ 同上书，第11—19页。

为'次要诗人'得到'极为简略'的介绍"①。该时期出版的专著如此,文学史对美国诗歌的介绍也是如此。该时期的美国文学史主要致力于强化美国诗歌与英国诗歌的传承关系以及在主题、美学、诗学等方面的差异,关注的焦点依旧是单一的白人文化传统,或者更确切地说,是盎格鲁—萨克森文化传统。该时期的美国文学史中只有极少数的黑人诗人能够占有一席之地,其他族裔诗人基本不被提及,即便是黑人诗人也并非被作为独立的族裔专章介绍,而是分散到各个相关章节。这种思维和模式即便是在具有相当"包容性"的唐纳德·巴洛·斯托弗(Donald Barlow Stauffer)撰写的《美国诗歌简史》(1974)和马丁·戴(Martin S. Day)撰写的《1910至今的美国文学史》(*History of American Literature from 1910 to the Present*, 1971)中也没有大的改观。不过,与20世纪60年代之前的情况比较而言,"他们对待黑人诗歌的态度,应当算是一种进步"了。②

对美国少数族裔诗歌的专章介绍直到20世纪70年代末期才艰难出现,这次还是以诗歌成就斐然的黑人诗歌为先。丹尼尔·霍夫曼(Daniel Hoffman)主编的《当代美国文学哈佛指南》(*Harvard Guide to Contemporary American Writing*, 1979)和戴维·帕金斯(David Perkins)的专著《现代诗歌史》分别专章介绍了美国黑人文学和美国黑人诗歌。其他美国族裔诗歌的介绍和论述直到20世纪80年代才出现在权威美国文学史中,如前文提到的《哥伦比亚美国文学史》和《剑桥美国文学史》,而直到20世纪90年代美国族裔诗歌才得以全面地出现在美国诗歌史中。其中最有代表性、最具影响力的当属杰伊·帕里尼(Jay Parini)主编的《哥伦比亚美国诗歌史》(*The Columbia History of American Poetry*, 1993)。该书为美国非裔诗歌保留了三个章节,分别是:"早期美国非裔诗歌"(Early African American Poetry)、"哈莱姆文艺复兴诗歌"(The Poetry of Harlem Renaissance)、"黑人艺术运动诗人"(The Black Arts Poets),并专章介绍了"美国土著诗歌"(Native American Poetry)。

美国族裔文学和文化在殖民主义思想的压制下一直处于边缘化的状态,

---

① 张子清:《多元文化视野下的美国少数民族诗歌以及研究》,第90页。
② 同上。

而作为文学之中边缘地位的诗歌可以说是处于边缘之边缘。尽管 20 世纪 60 年代以来，随着多元文化潮流的兴盛和少数族裔民族自豪感的不断提升，包括诗歌在内的美国族裔文学在质量上和数量上出现了空前繁荣的态势。在西方评论界，对族裔文学的研究也随之繁荣起来。各种批评视角和研究方法不断涌现。从结构主义到后结构主义，从女性主义到生态主义，从新历史主义到后殖民主义，不一而足。客观地说，这些视角的运用，对于深入挖掘族裔文学的内涵、拓展族裔文学的外延、丰富族裔文学的研究手段、开启族裔文学与主流文学的对话、推进族裔文学的经典化都发挥了重要作用。然而，不可否认的是，西方学者对族裔文学的批评理念似乎很难摆脱主流的殖民意识，换言之，大多建立在西方殖民者的集体无意识之上。这一现象是令很多族裔作家心有余悸的事情。例如，莫里森一直对针对她的作品的研究不甚满意。她在接受托马斯·李克莱尔（Thomas LeClair）采访时，说过这样一段话："我迄今还没有读到过理解我的作品或是准备理解我的作品的评论。我不在意评论家喜欢或是不喜欢。我只是想要感觉到不那么疏离。就好像一个不懂得你的语言的语言学家告诉你你在说什么一样。"①

莫里森的这种感觉在印第安作家中也深有同感。美国读者和观众对印第安人的印象定格在身涂文身、头插羽毛的荒野游民，而对于这种固化的刻板形象的生成，"白人萨满"起着推波助澜的作用。所谓"白人萨满"主要指的是民族志诗学的代表人物加里·施奈德（Gary Snyder）和杰罗姆·罗森伯格（Jerome Rothenberg）等白人诗人。他们对印第安文明充满好奇，并通过自己的翻译把印第安口头诗歌和故事记录下来。他们对印第安口头文学在白人社会中的传播起到了重要作用。然而，不可否认的是，负面效应也由此产生。正如切罗基/奇克索（Cherokee/Chickasaw）作家吉尔里·霍伯森（Geary Hobson）在他的文论《作为文化帝国主义新版本的白人萨满的兴起》（"The Rise of the White Shaman as a New Version of Cultural Imperialism"）中所指出：

> 自从美国公众已经习惯看到杰罗姆·罗森伯格的"翻译"，加里·施奈德、吉恩·福勒（Gene Fowler）、诺曼·莫泽（Norman Moser）、拜

---

① 参见 Thomas LeClair, "The Language Must Not Sweat: A Conversation with Toni Morrison," p. 128。

瑞·吉佛德（Barry Gifford）、戴维·克劳特勒（David Cloutler）等"白人萨满"的诗歌，以及其他扮演着印第安人和/或者印第安专家/代言人的新浪漫主义作家，比如说卡洛斯·卡斯特内达（Carlos Castaneda）、海耶每尤斯特斯·斯特姆（Hyemeyohsts Storm）、托尼·沙瑞尔（Tony Shearer）、都格·鲍以得（Doug Boyd）以及巴哈伊（Baha'i）的颇有影响的"印第安"自然风光照片等出版物，当代印第安作家常常被低估或者忽视，因为他们没有亦步亦趋也没有迎合由这些"专家"创造出来的模式。①

土著美国作家不能忍受的是，杰罗姆·罗森伯格和加里·施奈德等人是以印第安文化和文学的传播者、研究者和评论者的姿态对印第安文化和文学进行挪用。正是这种对印第安文化和族群形象的扭曲和固化使得印第安人被从精神上禁锢在荒野之中，被从现代社会和主流文化中生硬地剥离出去了。

针对主流文学研究者对族裔文学评论中出现的问题，莫里森指出评论家必须认真考察"非裔美国文学的存在以哪些方式造就了选材、语言、结构等美国文学中的诸多意义。换而言之，必须要寻求机械运转背后所隐藏的力量"②。那么，如何才能寻求到"机械运转背后所隐藏的力量"呢？首先，多元文化视角的介入是美国族裔文学研究的基点和出发点。其次，美国族裔诗歌研究应避免将族裔文化特征概念化。美国白人社会试图把所有外来移民和土著居民都造就成美国人的野心使得美国主流文学评论界也试图把一切文学，包括族裔文学都同化为一种声音，同化在主流的话语体系之中，而任何与美国化不协调的声音都要"被遗忘、被重塑、被压抑"③。连白人作家薇拉·凯瑟都不得不承认，"这种试图把任何事物和任何人都美国化的热情是我们的一种致命疾病"④。这种致命的疾病曾经在文学评论界疯狂传播。例如，美国19世纪的文学评论家约翰·欧苏利文（John L. O'Sullivan）就曾

---

① Geary Hobson, "The Rise of the White Shaman as a New Version of Cultural Imperialism," p. 103.

② Toni Morrison, "Unspeakable Things Unspoken: The Afro-American Presence in American Literature," pp. 11—12.

③ Priscilla Wald, *Constituting Americans: Cultural Anxiety and Narrative Form*, p. 243.

④ Qtd. in Guy Reynolds, *Willa Cather in Context: Progress, Race, Empire*, p. 73.

经言之凿凿地说，美国需要为那些来到这片新大陆的移民创造一个表现他们
集体身份的故事，需要塑造一种将他们聚到一起的观念和承诺。[①] 这是典型
的把美国少数族裔和族裔文学以粗暴的方式概念化的西方思维，是试图以一
个统一的"他者"定义所有少数族裔的思维。事实上，这种思维在对待所
有边缘的、少数的群体时都曾经以这样或那样的方式出现过。一个典型的例
子就是女权主义试图对女性一体化的做法。西方女权主义话语压抑了女性之
间的差异，尤其是简化了第三世界的妇女，把第三世界的妇女们的特征看成
是同质的，把复数的妇女们简化成为单数的"妇女"，从而使妇女概念化。
女权主义理论家莫汉蒂（Chandra Talpade Mohanty）尖锐地指出了这一做法
所隐藏的真正目的：

> 因为在第一和第三世界力量平衡的情况下，维护西方优势的思想霸
> 权并使之永久化的女权主义分析造成"第三世界妇女"的一副普遍形
> 象，诸如戴面纱的妇女、能干的母亲、贞节的处女、温顺的妻子等。这
> 些形象存在于普遍的、没有历史联系的辉煌之中，使殖民主义论述运转
> 起来，这种论述在行使着一种十分特殊的权力，解释并维护存在于第一
> 和第三世界间的联系。[②]

少数族裔女权主义者不但一针见血地指出西方女权主义思维的弊端，而
且提出了行之有效的解构策略，那就是复原复数的女性和鲜活的女性个体，
把女性重新放置在社会关系之中加以考察。借用另一位女权主义研究者莫尼
克·威蒂格的话说就是，"我们的首要任务看来应当是把'女人们'（我们
在其中战斗的阶级）同那个'女人'的神话彻底区分开来"[③]。
少数族裔女权主义者的某些理念和操作是值得所有族裔文学研究者借鉴
的。基于此种思路以及美国族裔文学的发展特点，从多元文化视角审视美国

---

① See Priscilla Wald, *Constituting Americans: Cultural Anxiety and Narrative Form*, p. 111.
② ［美］钱德拉·塔尔佩德·莫汉蒂：《在西方人眼里：女权主义学术成果与殖民主义的论述》，
王昌滨译，佩吉·麦克拉肯主编：《女权主义理论读本》，广西师范大学出版社 2007 年版，第 160 页。
③ ［法］莫尼克·威蒂格：《女人不是天生的》，李银河译，佩吉·麦克拉肯主编：《女权主义理论
读本》，广西师范大学出版社 2007 年版，第 194 页。

族裔诗歌应首先摒弃二元对立的思维模式。"随着主流白人文化与本土文化界限的不断模糊，以往殖民时期的压迫与被压迫、殖民与被殖民的二元对立模式已经不符合当代的文化融合背景下的主流与边缘的互动关系。"① 在族裔文学研究中，首先，就是要彻底清除"中心"与"他者"的界限，以一种平等、多元的眼光审视少数族裔作家的文本；其次，要摒弃把少数族裔族群和文学概念化。概念化是少数族裔刻板形象生产的思维定式的前提。纵观美国文学对少数族裔刻画的历程，我们不难看出，在各个历史时期，美国主流文学对少数族裔的刻画无不有意或无意地参与了刻板形象生产。无论是黑人姆妈还是汤姆大叔，无论是贪婪的犹太商人夏洛克还是如"鱼卵"般聚集在一起的犹太"小老头"②，无论是头戴羽毛，如化石般固化在时间中的印第安酋长还是在原始森林中与野兽为伴的印第安猎人，这些文学形象无一例外的是概念化生产的产物。不仅文学创作参与了少数族裔刻板形象生产，文学评论也往往先入为主地以概念化的想象套用文学作品中的人物。例如，在对印第安文学的研究中，生态主义视角一直是研究者十分热衷的视角。诚然，美国印第安人崇尚自然是一个不争的事实，然而，白人作家通过强化印第安文化与土地和自然的特殊关系固化的却是印第安人的刻板形象，是一种浪漫化的刻板形象生产。同时，当西方社会认识到自然处于工业化生产的不断威胁之中时，他们开始一厢情愿地把印第安人作为自然的象征，粗暴地剥夺了印第安人与时代共同前行的权力。例如，白人作家麦克卢汉（T. C. McLuhan）在名为《触摸土地》（*Touch the Earth*）的印第安作家和摄影家照片和作品集的前言中，这样写道："我们需要建立与土地和其资源的关系；否则随着印第安人灭亡的就是自然的毁灭。"③ 可以说，强化印第安人与自

---

① 陈靓：《多元文化背景下的当代美国印第安文学研究浅谈》，《英美文学研究论丛》2009 年第 11 期，第 48 页。

② 在艾略特诗歌《小老头》中，诗人用"Spawn"一词来形容了犹太人。"And the jew squats on the window sill, the owner, / Spawned in some estaminet of Antwerp." "Spawn"一词多义所产生的歧义仿佛使读者看到了又小又多，如鱼卵般聚集在一起的犹太人。"小老头"是艾略特诗集《诗歌 1920》的开篇诗，一位一生一事无成，陷入沉思记忆中的垂垂老者坐在"朽烂的房子"中，喃喃自语："我的房子是一所破败的房子，窗台上蹲着的那个犹太人，是房主，/是安特卫普小馆子里滋生出来的，/在布鲁塞尔挨人臭骂，在伦敦被人家补了又削。头上那片地里的那头山羊夜里就咳嗽；岩石、苔藓、石葱、铁、粪球。"译文见辜正坤编《外国名诗三百首》，北京出版社 2000 年版，第 727—728 页。

③ T. C. McLuhan, ed., *Touch the Earth: A Self-Portrait of Indian Existence*, p. 2.

然的联系，固化印第安人生态主义者的刻板形象在某种程度上是白人环境焦虑的一种投射，是在现代主义进程之中殖民者的凝视下生产的又一个"他者"形象。这种刻板形象的生产对印第安人的负面效应决不亚于高贵和卑劣的二元对立的刻板形象。劳伦斯（D. H. Lawrence）曾经很有预见性地指出，一种"矛盾的欲望"在如库柏一样的白人作家的创作中起着作用，一方面想要消除印第安人的痕迹，而同时也正是为了这一个原因，把他们偶像化和神圣化。①

安尼塔·海勒（Anita Plath Helle）在 20 世纪末指出："诗歌和诗学的文化研究正在萌芽。"② 此言不虚。这个论断一方面表明，从文化视野介入诗歌的研究已经成为诗歌研究的一个新的范式；另一方面也表明诗歌的文化研究还处于起步阶段。目前从多元文化视角对少数族裔文学研究尚未形成一个统一的系统化的范式，而且也很难形成这样一个范式。究其原因主要有以下几点。其一，文化的概念是一个复杂的整体，它包括了一个社群具有区别性的精神上、物质上、知识上以及情感上的独特特征。文化不仅包括艺术和语言，也包括生活方式、人的基本权利、价值体系、传统和信仰等等。③ 文化的定义十分宽泛，而美国的多元文化又使得文化这一单数概念以倍数的关系增长，因此本研究将注定是复杂的、多元的、开放的。其二，美国少数族裔众多，各个族群的历史、文化、传统等具有极大的差别，包括诗歌在内的各族裔文学的发生、发展、主题、美学特征等千差万别，因此一个统一的研究范式很难囊括所有美国族裔文学。其三，多元文化本身一直是一个开放的、动态的范畴。这一范畴迄今为止仍旧没有形成确定的内涵和外延，界定这一概念似乎很容易，又似乎很难，因此从这样的视角审视文学文本就注定是一个具体的、动态的文学批评的实践过程。其四，多元文化与少数族裔这样两个概念碰撞在一起时，文本势必产生杂糅的特征，因此从多元文化视野观察、研究族裔文学作品是一个使族裔文学杂糅的表征凸显和强化的过程。

鉴于此，从多元文化视阈切入美国少数族裔诗歌将首先聆听少数族裔文

---

① D. H. Lawrence, *Studies in American Literature*, p. 36.

② Anita Plath Helle, "Poetry: The 1940s to the Present", p. 361.

③ Richard J. Payne & Jamal R. Nassar, *Politics and Culture in the Developing World: The Impact of Globalization*, p. 7.

学中独具族裔特色的声音，凸显族裔文化特征和文化传统，并将特别关注族裔文化对于形塑族裔诗歌的作用和意义；其次，凸显族裔文化特征并不意味着无视主流文化的存在，相反从多元文化视野审视族裔诗歌是一个多维话语体系的建构过程，其中多重声音对话、多元文化因素互动构成一幅动态的多元文化因素碰撞的图景；再次，在对诗歌文本的审视中，将杂糅作为一个核心概念加以审视，并从功能的视角来分析各层面在杂糅的效果中发挥的作用，以考察少数族裔诗歌的杂糅的文体特征以及主体构建的杂糅性。

　　另外，本书之所以从多元文化视角来审视美国族裔诗歌的发展、流变、美学特征、主题等艺术特征，并不仅仅是出于文学研究本身的需要，更多的是基于美国族裔文学，尤其是族裔诗歌发展和繁荣的过程与美国"成为多元文化的"民族的进程几乎是并驾齐驱的这一特点本身。① 伴随着美国的多元文化社会的发展进程，美国族裔文学从主题到艺术特征，从内涵到外延，从人物到情节，从语言到文类无不彰显着多元文化的特征，因此，可以说，从多元文化视角审视美国族裔文学是美国族裔文学本身的特点决定的，是其发展规律的内在要求，也是美国族裔文学有别于其他国家的族裔文学的特点之一。

---

① See Susan Mizruchi, "Becoming Multicultural," pp. 39—60.

第三章

多元文化与美国族裔诗歌

美国的多民族共生、多元文化杂糅、矛盾中有和谐、对立中有协商的多元文化性对美国文学的发展起到了塑形的作用，而这种多元文化的样貌对美国诗歌的发展和繁荣的影响，以及对其独特的诗学理念和文体特征的形成所起的作用更不容忽视。各个少数族裔的诗歌伴随着本民族在美国的艰难求生、谋求发展的历程也同样走过了或长或短的发展之路，到 20 世纪 60 年代，"美国黑人诗歌随着黑人运动的高涨脱颖而出，启动了 70 年代少数民族研究项目，催生了 80 年代许多学术和文学杂志、学术组织对少数民族及其文学的关注和评价，促进了 90 年代的课程和文选纳入包括少数民族诗人在内的少数民族作家"①。在多元文化思潮的张扬和铺垫中，20 世纪 60 年代见证了美国非裔诗歌、犹太裔诗歌、亚裔诗歌、印第安诗歌、拉丁裔诗歌的蓬勃发展。同时，在多元文化的理念中谱写的诗歌所承载的政治和文化含义也越来越丰富，越来越厚重。"在 20 世纪六七十年代，随着美国种族和族裔意识运动的历史呈现，诗歌被认为是表达种族政治性的一个重要工具。"②"诗歌的'事件性'（eventfulness）——其使事件发生的能力以及它与表演理论和传媒研究的交结——广泛地得到见证。"③ 作为文类而言，诗歌简洁、生动、上口等特点更是受到争取种族权利的少数族裔诗人的青睐。正如非裔女诗人安德勒·罗德（Audre Lorde）所言，"在所有的艺术形式中，诗歌是最经济实惠的"，因为创作诗歌"需要最少的体力劳动，最少的材料"，是少

---

① 张子清：《多元文化视野下的美国少数民族诗歌以及研究》，第 88 页。
② Juliana Chang, "Reading Asian American Poetry," p. 81.
③ Anita Plath Helle, "Poetry: The 1940s to the Present," p. 361.

数族裔表达思想和情感最方便和有效的文类。①

一 多元文化视野中的美国非裔诗歌概述

"在美国所有少数族裔文学中黑人文学成绩最突出，实力也最雄厚。"② 美国黑人诗歌更是最早进入主流文学视野的少数族裔诗歌，可以说黑人诗歌是少数族裔诗歌从边缘向中心挺进的先锋部队。诗歌评论家戴维·帕金斯（David Perkins）在谈到美国黑人诗歌时，毫不吝惜自己的溢美之词："有充分的理由把独立一章奉献给他们［黑人］的作品。如今文学史对现代黑人文学的表达有着广泛兴趣。同时，从现代美国诗歌总体发展范畴之内，在现代美国诗歌总的范围中，黑人写的诗歌形成了鲜明的气质，在某种程度上，其他无论在种族还是宗教方面不同的少数民族写的英语诗歌都并不具备这种气质。"③

从被称为"北美黑人文学之母"的菲莉斯·惠特莉（Phillis Wheatley，1754—1784）出版第一部诗集开始，④ 美国黑人诗歌就以独特的方式承担起了黑人族裔文化身份探求、黑人族群身份建构、黑人文化传统传承、黑人政治权利主张的使命，从而使得黑人诗歌从一开始就被赋予了浓厚的政治和历史使命，成为黑人争取自由权利的利器之一。

生活于 18 世纪的惠特莉代表了当时黑人生存的典型状态，而她为生存而努力融入主流文化的态度也代表了当时黑人的普遍心态。这种心态集中体现在她的诗歌创作之中。她的诗歌中有明显的基督教信仰的影子，并因此赢得了当时白人社会的首肯和接受。⑤ 惠特莉的诗歌不但在语言、风格和形式

---

① Audre Lorde, ed. , *Sister Outsider*, p. 116.

② 刘海平、王守仁：《新编美国文学史》第 4 卷，上海外语教育出版社 2002 年版，第 290 页。

③ David Perkins, *A History of Modern Poetry: From the 1890s to the High Modernist Mode*, p. 390.

④ 1773 年，惠特莉出版了她的第一部，也是唯一一部诗集《论各类宗教道德主题诗》（*Poems on Various Subject Religious and Moral*）。这部诗集共收录 39 首诗歌，由英国亨廷顿伯爵夫人塞琳娜·黑斯廷斯（Selina Hastings）资助出版。这部诗集的出版引起了一场轩然大波。由于白人们不相信这部诗集出自黑人女奴之手，惠特莉不得不在法庭上为自己辩护。由 18 位波士顿名流组成的委员会聆听了她的答辩，并签署了一份她就是作者的证明。这本诗集的出版意义重大，首先，这是第一部由黑人女性出版的诗集；其次，这也是第一部由来自殖民地的人出版的书。详见 Ruth Robinson, *Black American Literature, 1760—Present*, p. 69。

⑤ M. A Richmond, "Introduction," in *Bid the Vassal Soar*, pp. xi—xiii.

上模仿了英国诗人蒲柏，内容上也多以基督教文化为基础，带有明显的宗教色彩。这些特点在她被频繁收录到各种诗集的两首诗歌《致剑桥大学》（"To the University of Cambridge", 1773）和《关于从非洲被带到美洲》（"On Being Brought from Africa to America", 1768）中就可见一斑。在前一首诗中，离开了"故乡海岸"的讲述人祈求"仁慈的父亲"般的上帝用他那"仁爱之手"指引着自己"摆脱黑暗之地"①。在后一首诗中，讲述人感恩上帝，这位万能的"拯救者"把自己从"异教的国度"带到这片沃土，这让她知道了什么是救赎。正是这些带有明显基督教色彩的诗句使得很多评论家认为惠特莉的诗歌中缺乏黑人特质，并开创了黑人的"自我憎恨"的传统。②

　　然而，多元文化视野的介入使得惠特莉不断焕发出新的光彩。有学者指出："惠特莉在祈望融入白人文化的同时，也意识到并坚持了自己作为非洲人的族裔身份。"③ 在她的诗歌中可以清晰地听到"冲突"和"融合"两种声音。④ 惠特莉的可贵之处在于，她在让自己的声音被主流文化接受的同时，也隐晦地发出了自己的声音，一个被压迫的黑人的声音。《悼念武斯特将军》（"On the Death of General Wooster", 1778）、《致尊敬的华盛顿将军阁下》（"To his Excellency General Washington", 1776）等诗均不同程度地表达了黑人追求自由的理想。即便是在基督教传统鲜明的《致剑桥大学》和《关于从非洲被带到美洲》等诗歌中也不难品读出一种压抑的种族情结。在《致剑桥大学》中，讲述人的身份显然是被贩卖到美洲的非洲黑人，而这一身份所发出的声音本身比内容更为重要，因为这是为奴隶的黑人第一次在公共话语体系内发出声音，也是黑人的声音第一次被主流社会听到。在《关于从非洲被带到美洲》中，诗人的语气尽管谦卑，但却明确地描绘出了种族歧视的现象："有人用鄙夷的眼光打量我黑色的种族"，同时讲述人对基督教

---

①　William H Robinson, *Phillis Wheatly and Her Writings*, p.157.

②　Robinson Ruth, *Black American Literature, 1760—Present*, p.108.

③　王育平、杨金才：《从惠特莉到道格拉斯看美国黑人奴隶文学中的自我建构》，《外国文学研究》2005 年第 2 期，第 93 页。

④　王育平、杨金才：《冲突与融合——评惠特莉诗歌中的两种声音》，《四川外语学院学报》2005 年第 2 期，第 40—43 页。

的虔诚似乎在向白人传递着这样的信心，那就是，黑人并非蛮夷，在文明的熏染下，也可以接受基督教文化，实现和白人一样的人格完善。

　　惠特莉的文化融合的写作策略是极具预见性的，纵观美国黑人诗歌的发展史，文化冲突在文化协商中走向融合是贯穿始终的线索。美国黑人文学的第一次高潮——哈莱姆文艺复兴中黑人诗歌扮演着十分重要的角色，其中的代表人物就是兰斯顿·休斯。自 1921 年发表诗歌《黑人谈河流》（"The Negro Speaks of Rivers"）开始直到他生命的终结，黑人文化身份的追求、思考和书写一直是休斯自我赋予的使命。对于美国非裔诗人而言，"诗歌不是一种奢侈"①，而是"政治的狂怒之花"②，是承载他们的自我身份的标签、民族意识的符号，是他们战斗的武器，因此从艺术与政治的互动关系审视非裔诗人的诗歌将注定开启一个极具包容性的、非裔诗歌特有的诗学空间，对于一生战斗不息，却时刻不忘艺术追求的休斯来说，更是如此。从 20 世纪 20 年代休斯步入诗坛开始到 20 世纪 60 年代休斯的生命走到尽头，他的诗歌创作一直保持着旺盛的创造力，时有佳作问世，影响力与日俱增，不过其诗歌风格和诗学理念也在这 40 年间出现了数次陡然转变。这一现象令休斯的研究者和推崇者既兴奋又困惑。然而，从艺术与政治互动的视角审视休斯的创作和诗歌作品，这一困惑不但迎刃而解，而且其创作生涯和诗歌的美学特征均呈现出别样的艺术魅力。休斯的一生既是为黑人民族政治抗争的一生，也是为黑人艺术苦苦追寻的一生；既是艺术与政治互动的，也是历史的、发展的，呈现出清晰的发展变化的规律：在哈莱姆文艺复兴时期，"诗歌是休斯强烈的社会责任感的载体"。他的诗歌一方面艺术地吸收了惠特曼诗歌传统，另一方面又政治地融汇了黑人文化元素，初步体现了种族政治与艺术实践的互动与融合，形成了休斯独特的"波希米亚式的种族书写特征"③；20 世纪 30 年代，"激进的暴力革命思想"成为休斯诗歌的政治主题，而 30 年代中后期的"人民阵线美学"则成为他的艺术选择；④ 30 年代末期至 50 年代初期，政治意识上的矛盾性使休斯诗歌中的政治话语从显性走向隐性，而黑人

---

① Audre Lorde, ed., *Sister Outsider*, p. 37.
② 罗良功：《艺术与政治的互动：论兰斯顿·休斯的诗歌》，第 167 页。
③ 同上书，第 7—57 页。
④ 同上书，第 58—101 页。

传统文化和艺术形式以及大众文化形式则成为休斯诗歌艺术的表象，并最终形成了其"大众现代主义诗歌艺术形式"①；在麦卡锡时期之后的50—60年代，休斯的诗歌一方面在其实用的政治理想的指导下，平实地描写黑人的正面形象，记录黑人民众的生活；另一方面又艺术地将惠特曼的大众现代主义艺术与大众文化和民间文化结合，形成其"大众主义先锋诗歌"②。

克劳德·麦凯（Claude McKay，1889—1948）也是这一时期重要的非裔诗人，是第一位表达新黑人精神的黑人作家。他致力于寻求体现黑人文化的黑人精神的精髓，对民族精神和民族传统充满了自豪感，《哈莱姆阴影》（*Harlem Shadows*，1922）、《回到哈莱姆》（*Home to Harlem*，1928）等诗集均表现出对压迫者的仇恨以及对黑人反叛精神的肯定。这一时期的黑人诗人"在认同自我民族身份、认同黑人文学构成元素的基础上，要求白人社会也能认同黑人文学作品、黑人民族文化传统、黑人的民族身份，进而要求黑人民族作为美利坚民族的一部分得到整个美国的认同"③。可以说，美国黑人诗歌对促进黑人民族意识的觉醒起着重要的作用。

在以反抗为重要特征的第二次黑人文学高潮中，黑人诗歌以更加激进的姿态张扬在美国文坛。正如张子清教授所指出的："到了20世纪中期，美国黑人的政治面貌为之一新，比起从前的奴颜媚骨来，这时开始扬眉吐气了。"④ 其中最具代表性的诗人当数阿米里·巴拉卡（Imamu Amiri Baraka，1934—2014）。巴拉卡是美国黑人艺术运动的代表人物。20世纪60年代是巴拉卡诗歌创作的黄金时期，出版了《二十卷自杀笔记的序言》（*Preface to a Twenty Volume Suicide*，1961）、《死讲师》（*The Dead Lecturer*，1964）、《黑人艺术》（*Black Art*，1967）、《黑色魔术》（*Black Magic*，1969）四部诗集。这四部诗集勾画了诗人的黑人种族意识逐渐苏醒并最终确立的过程：从孤独彷徨的个人主义者到直面美国的各种社会问题的民主主义者，再到黑人民族自豪感喷薄而出的民族主义斗士。在《致一半白人血统大学生诗作》（"Poem for Halfwhite College Students"）中，诗人指出以种族和肤色把世界割裂开

---

① 罗良功：《艺术与政治的互动：论兰斯顿·休斯的诗歌》，第102—140页。
② 同上书，第141—166页。
③ 张军：《论美国黑人文学的三次高潮》，《西南大学学报》2008年第2期，第151页。
④ 张子清：《多元文化视野下的美国少数民族诗歌以及研究》，第91页。

的荒谬和邪恶；在《黑人艺术》中，诗人提出了黑人艺术应当为黑人的解放事业服务的观点；在《黑人达达虚无主义》（"Black Dada Nihilismus"）中，诗人抨击了西方价值观，并号召黑人用暴力抗争；在《黑人之心诗作》（"A Poem for Black Hearts"）中，诗人让黑人兄弟高昂头颅的自豪感令人动容。巴拉卡的诗歌世界是愤怒，喷薄着血与火的豪气。在《为一次演讲作注释》（"Notes for a Speech"）中，巴拉卡表达了对民族认同的渴求：

> 非洲布鲁斯
> 不认识我。它们的步子，
> 在它们自己国土的沙尘之中。
> 一个黑与白分明的国家，
> 被吹到世界各地地面上的
> 报纸。感觉不到
> 我到底是谁。
> ……
> 我那死去的灵魂，我那
> 所谓的人民。非洲
> 是一个陌生之地。
> 你是美国人，
> 和这里其他伤心的人没有两样。①

这首诗歌道出了第二次黑人文学高潮时期黑人对民族之根的追寻以及对于非洲之根和美国认同之间的矛盾心理。可见，巴拉卡的诗歌并非只有火药味，其间的复杂情愫也值得玩味。当然，作为斗士的巴拉卡更主要的还是把诗歌作为抗争的武器。这一点是毋庸置疑的，也是这一时期美国黑人诗歌最鲜明的特征。字里行间充溢的火药味也集中体现了该时期文学最鲜明的特点，那就是文学成为黑人反抗压迫和歧视的武器。在《SOS》（"SOS"）中，诗歌成为黑人团结起来的号角：

---

① Amiri Baraka, *Leroi Jones/Amiri Baraka：Reader*, pp. 14—15.

号召黑人

　　号召所有黑人，男人女人孩童

　　不管你在哪里，号召你，紧急集合，奋起

　　黑人，奋起，不管你在哪里，紧急集合，

　　号召你，号召所有黑人

　　号召所有黑人，奋起，黑人，团结

　　奋起。①

　　诗歌不仅是号角，还被巴拉卡直接转化成了武器。在《黑人艺术》（"Black Art"）中，诗歌的语言破碎成为字母甚至是音节，成为暴风骤雨中飞驰的子弹：

Knockoff

Poem for dope selling sops or Slick Halfwhite

Politicians Airplane poems, rrrrrrrrrrrrrrrrrrrr

Rrrrrrrrrrrrrrr. …tuhtuhtuhtuhtuhtuhtuhtuhtuh

…rrrrrrrrrrrrrrrr…②

　　这种既"沉默"又"响亮"③的诗歌正是巴拉卡的诗歌理想，也是他认为能让渴望战斗的黑人理解并接受的诗歌。

　　黑人文学的第三次浪潮中，黑人诗人也取得了非凡的成就。玛亚·安吉罗、艾丽斯·沃克、丽塔·达夫等黑人诗人不但在艺术上取得了辉煌的成就，而且在主流社会中均占有了举足轻重的地位。从多元文化的视角来看，该时期的黑人文学突出了民族和文化的"融合"。该时期的诗歌创作主张把黑人文学放置在整个大文化背景中，一方面界定和修正西方世界设置的双重传统，另一方面"找回并尊崇自己独特的文化之根"④。

①　Amiri Baraka, *Leroi Jones/Amiri Baraka: Reader*, p. 218.

②　Dudley Randall, ed., *Black Poetry: A Supplement to Anthologies Which Exclude Black Poets*, p. 33.

③　Ibid., p. 33.

④　程锡麟：《虚构与现实——二十世纪美国文学》，四川人民出版社 2000 年版，第 409 页。

　　玛亚·安吉罗（Maya Angelou，1928—）以她的自传六部曲闻名于世，同时她在音乐、影视、黑人民权运动等领域都取得了令人瞩目的成绩，然而她的才华和成就却更多地体现在她的诗歌创作中。在她那时而威严，时而戏谑，时而激昂，时而细腻的诗歌中，玛亚·安吉罗表达出了美国非裔黑人女作家所特别珍视的黑人心智的完整和人性的复杂，记录下了一位黑人女性在不同的历史环境下，在美国多元文化的话语体系中对黑人文化身份的思索和探求。多层次的文化身份意识成为玛亚·安吉罗诗歌一个核心的因素，成为贯穿她长达 20 余年诗歌创作的主线。种族意识、女性意识和自我意识的交织和融合构建起玛亚·安吉罗诗歌中完整的文化身份意识。更为可贵的是，玛亚·安吉罗不但在诗歌中实现了自我身份的构建而且把曾经私人的、艰涩的诗歌变成了简单的、公共的话语，从而使自己成为一位成功的入世诗人。1993 年，安吉罗受克林顿总统的邀请在他的就职仪式上朗诵了诗歌《清晨的脉搏》更是使她成为美国媒体和公众关注的焦点人物。

　　作为美国当代文坛最为活跃的黑人女作家，艾丽斯·沃克（1944—）以她特色鲜明的小说受到了广泛的关注。然而，沃克的文学生涯却是从诗歌创作开始的，而且，诗歌创作贯穿了她的一生。从 1968 年的《曾经》到 2013 年的新作《世界为之欢愉》（*The World Will Follow Joy：Turning Madness Into Flowers*），沃克在她的诗歌中融入了不同时期的人生体验和深刻思想。大量的诗歌无疑构成了沃克文学创作的一个重要的组成部分，然而可能是由于她的小说过于先声夺人了，聚焦了评论家、研究者和读者的视线，从而使得沃克的诗歌在很长一段时间里默默地绽放，却鲜有知音和回应者。从多元文化视角介入沃克的诗歌，我们不难发现沃克的族裔文化书写具有丰富的内涵，是对"妇女主义"、"民族主义"和"生态"意识等问题的多角度诠释。

　　丽塔·达夫（Rita Dove，1952—）是美国第一位黑人桂冠诗人，也是一位在多个文化领域都取得了辉煌成功的黑人女性。她是一位出色的歌手和国标舞蹈家，也是一位善于讲故事的小说家，一位妙手改写经典的剧作家，更是一位有着独到诗学意识的诗人，而音乐、舞蹈、文学又往往水乳交融地完美结合在一起，成为达夫独特的表达方式。正如某些研究者指出的，达夫善于"在丑恶中发现丝丝美丽，在压迫中发现自由的可能，在贫瘠中发现富饶"①。达夫最大的成就还是在诗歌创作之中,她不但于1987年因诗集《托马斯和比尤拉》(*Thomas and Beulah*)获得了普利策奖,而且在诗歌创作上也十分丰产。从出版于1980年的主要诗集《转弯处的黄房子》(*The Yellow House on the Corner*, 1980)开始,达夫先后出版了九部诗集,其余八部分别是:《博物馆》(*Museum*, 1983)、《托马斯和比尤拉》(*Thomas and Beulah*, 1986)、《装饰音》(*Grace Notes*, 1989)、《诗选》(*Selected Poems*, 1993)、《母爱》(*Mother Love: Poems*, 1995)、《与罗莎·帕克斯在公共汽车上》(*On the Bus with Rosa Parks*, 1999)、《美国狐步》(*American Smooth*, 2004)以及《穆拉提克奏鸣曲》(*Sonata Mulattica*, 2009)。达夫诗歌中已经听不到黑人悲戚的歌声,反而充满着温柔的情感体验和睿智的理性思索。从某种程度上说,达夫的诗歌代表了在文化融合的大趋势下,黑人诗歌逐渐走向普世性和艺术性的趋势。她的诗歌也因此构建出一种文化"混血儿"的杂糅身份。

美国非裔女诗人伊丽莎白·亚历山大(1962—)自2009年在美国总统奥巴马的就职仪式上朗诵了诗歌《赞美这一天》之后,一夜之间成为公众和媒体关注的对象。这位已出版六部诗集和两部文论的学者型诗人的诗学构建和诗歌创作代表了在"后灵魂时代"创作的美国非裔诗人的困惑和理想,也预示了当代非裔诗歌的走向。她提出的"黑人内部"诗学理念继承并发扬了当代美国非裔文学文化空间诗学建构的策略。同时,在这一理念的指导下,她也实现了从内部书写当代黑人,尤其是黑人女性自我的完整维度的理想。亚历山大主要诗歌作品包括《霍屯督的维纳斯》(*The Venus Hottentot*, 1990)、《生命之躯》(*Body of Life*, 1996)、《战前梦之书》(*Antebellum Dream Book*, 2001)、《美国的崇高》(*American Sublime*, 2005)、《年轻女士和有色女孩的克润代尔小姐学校》(*Miss Crandall's School for Young Ladies & Little Misses of Color*, 与Marilyn Nelson合著, 2007)、《赞美这一天》(*Praise Song for the Day: A Poem for Barack Obama's Presidential Inauguration by Elizabeth Alexander*, 2009)等。与致力于建构文化混血儿身份的达夫相比,亚历山大关注更多的是对黑人性和黑人社群的回归。亚历山大对"黑人内部"

---

① Steven R. Serafin, ed., *The Continuum Encyclopedia of American Literature*, p. 292.

空间的回归是黑人对社会空间的占有更为自信的表现，其意义是十分重大的。与达夫等试图占据一个不稳定的"中间地带"的非裔诗人相比，达夫的文化空间更加稳固，从而使得诗人可以更加从容地审视自己的内心世界，也更加淡定地观察外部世界。

美国非裔诗人所取得的巨大成就不但使美国非裔诗歌成为独立的文学领域，而且对美国文学的整体发展起到了不可估量的巨大作用。美国非裔诗人以书写非裔之根的诉求为出发点却成功融入了美国文学经典的归宿简直就是世界文学史上的奇迹。换言之，美国非裔诗人已经以各自的特点融入了美国文学史的各个阶段、各个流派、各种思潮之中，成为美国经典中的因子。戴维·帕金斯（David Perkins）在其专著《现代诗歌史》中不但专章介绍了美国黑人诗歌，而且对美国黑人诗歌在美国诗歌发展史上的作用进行了高度评价：

> 在本书的美国诗歌所有的章节中，我们几乎都可以论述黑人诗人的作品。保罗·劳伦斯·邓巴、詹姆斯·惠特克姆·莱利、克劳德·麦凯、唐蒂·卡伦、W. S. 布雷斯韦特和乔治亚·道格拉斯·约翰逊可以列入现代派时期继续采用传统形式和词汇的诗人中。芬顿·约翰逊可以列入 20 世纪头十年芝加哥的"新诗人"之中，兰斯顿·休斯和斯特林·布朗是诗歌艺术上富有原创性的诗人，他们继承了惠特曼、林赛、桑德堡的风格，反映了对民主、大众和后来时而对马克思主义理想的服膺。黑人诗人很少模仿庞德和 T. S. 艾略特拐弯抹角、省略的诗歌风格（至少直到 20 世纪 20 年代还不是），但是他们出现在 20 世纪美国诗歌的每一个重要的趋向中。①

从帕金斯的论述可以看出，美国黑人诗歌不但具有族裔诗歌的鲜明特征，而且与美国诗歌的整体发展具有共同的呼吸与命运。换言之，美国黑人诗歌不但继承了本民族的文化特征，而且吸收了欧洲诗学传统，具有双重，

---

① David Perkins, *A History of Modern Poetry: from the 1890s to the High Modernist Mode*, p. 390. 译文参阅张子清《多元文化视野中的美国少数民族诗歌及其研究》，第 90 页，略有改动。

甚至是多重文化样貌和内涵。20 世纪 60 年代之后的美国黑人诗歌更是在多元文化主义的熏染下，被赋予了更为多元的风格。这些特点使得美国黑人诗歌更为容易地融入美国文学经典行列，从而在某种程度上塑形着美国诗歌。

二　多元文化视野中的美国印第安诗歌概述

也许是由于美国印第安文学的复兴是以 N. 斯科特·莫马迪（N. Scott Momaday，1934—）发表小说《黎明之屋》为标志的缘故，人们对美国印第安英语小说的关注要远远多于印第安诗歌。印第安诗歌长期游走于美国文学和美国印第安文学的双重边缘地带，很多优秀的诗歌往往鲜有喝彩。直至 20 世纪 80 年代编辑的很多重要当代美国诗选中，印第安诗歌还是令人遗憾的空白。①

对于古老而又年轻的美国印第安诗歌，我国国内的研究起步更晚。事实上我国学界对美国印第安文学的研究也是到 20 世纪 70 年代末才开始起步的。目前尚没有印第安诗歌研究的专著问世。国内学者编撰的几部权威的美国文学史对普及印第安诗歌起到了一定作用。例如，常耀信主编的《美国文学简史》、童明撰写的《美国文学史》均介绍了当代印第安诗歌。张子清的《二十世纪美国诗歌史》专章介绍了美国印第安文化背景、诗歌概貌以及莫马迪、詹姆斯·韦尔奇（James Welch）、西蒙·奥提斯（Simon J. Ortiz）等当代印第安诗人，是国内较早对美国印第安诗歌进行全面论述的诗歌史著作。与美国黑人诗歌和犹太诗歌相比，国内对印第安诗歌研究的文章也相对较少。从 1979 年开始到 20 世纪末，数年间只有寥寥几篇。② 与 20 世纪的研究状况相比，21 世纪短短的十年间，关于印第安诗歌和诗人研究的学术论

---

① 例如，Helen Vendler, ed. , *The Harvard Book of Contemporary American Poetry*, 1985；Jack Myers& Roger Weingarten, eds. , *New American Poets of the 80's*, 1984；Nina Baym, ed. , *The Norton Anthology of American Literature*, 1989 等均忽视了美国印第安诗人和诗歌。

② 其中比较有代表性的有甘运杰《原始社会氏族生活的画卷——谈美国印第安人原始诗歌》，《郑州大学学报》1979 年第 3 期，第 44—51 页；郭洋生《当代美国印第安诗歌：背景与现状》，《外国文学研究》1993 年第 1 期，第 14—21 页等。

文在质量和数量上均有极大提高。①

　　一个有趣的现象是，几乎所有重要的美国印第安小说家也同时是出色的诗人，并均有重要诗集或诗歌作品问世。莫马迪、杰拉德·维兹诺（Gerald Vizenor）、莱斯利·马蒙·西尔克（Leslie Marmon Silko）、路易丝·厄德里克（Louise Erdrich）等莫不如此。这个中的原因与印第安传统文化有着十分密切的联系。"诗歌是北美大陆最早出现的文学形式，其源于古代原住民与艰苦生存环境的抗争，是部落人民集体劳动的产物。"② 印第安诗歌有着古老的传统，印第安典仪、巫术等活动均是以诵歌的形式传达的，古老的民间传说也往往以歌谣的形式传唱。因此，可以说印第安人是天生的诗人。

　　然而，由于文字系统的缺失，印第安诗歌是以口头传诵为主，所谓的早期印第安诗歌大多是以人类学家以英语记录下来的诗歌作为基础的。真正意义上的美国印第安英语诗——以书面的形式固定下来的印第安诗歌却是 20 世纪的产物了。正如评论家露西·马多克斯（Lucy Maddox）所指出的那样：

　　　　……美国印第安诗歌本身在最严格的意义上讲，几乎完全是 20 世纪的现象。和美国印第安长、短篇小说家、戏剧作家一样，当代美国印第安人选择通用的艺术形式：诗歌，这对于习惯于歌唱、吟咏、讲述、祈祷、预言、讲故事、参加部落典仪的祖先来说是陌生的。③

　　印第安诗歌获得真正意义上的关注要到 20 世纪 60 年代了。这个中的原因是复杂的，但是最为重要的是 60 年代轰轰烈烈的"美国印第安

---

　　① 其中比较有代表性的包括贾国素《"第四世界"的呼声——美国土著诗歌刍议》，《河北学刊》2000 年第 5 期，第 85—87 页；《北美大地上的诗魂——兼谈美国印第安人诗歌和中国诗歌的比较》，《河北师范大学学报》2000 年第 1 期，第 81—83 页；袁宪军《大地的呼声——土著美国人诗歌述评》，《北京第二外国语学院学报》2001 年第 2 期，第 50—55 页；袁德成《融多元文化为一炉——论莫曼德的诗歌艺术》，《当代外国文学》2004 年第 1 期，第 123—128 页；袁德成《论詹姆斯·韦尔奇的诗歌艺术》，《四川师范大学学报》2007 年第 4 期，第 76—80 页；张子清《多元文化视野下的美国少数民族诗歌及其研究》，《外国文学》2005 年第 6 期，第 88—98 页等。

　　② 郭巍：《美国原住民文学研究在中国》，《天津外国语学院学报》2007 年第 4 期，第 58 页。

　　③ Lucy Maddox, "Native American Poetry," p. 728.

人运动"①。这一运动以及其后的"新美国印第安人运动"使得越来越多的印第安人意识到种族权利和种族文化传统的重要性,并在教育、政治、经济等各个层面开始主张自己的权利。

印第安诗歌以独立的姿态走上美国诗坛是 20 世纪 80 年代的事了。1988年,哈帕·克林斯出版公司出版了《哈帕 20 世纪土著美国人诗集》(*Harper's Anthology of Twentieth-century Native American Poetry*, 1988);诗人、评论家约瑟夫·布鲁夏克(Joseph Bruchac)于 1993 年主编了印第安诗歌集《天空之歌》(*Song of the Sky*: *Versions of Native Song-Poems*);1994 年主编了诗文集《回礼:第一次土著作家节诗文选》(*Returning the Gift*: *Poetry and Prose from the First North American Native Writers' Festival*);② 1996 年主编了《身披晨星》(*Wearing the Morning Star*: *Native American Songs-Poems*);1996年作家、民俗学研究学者内尔·菲尔普(Neil Philip)编选了美国印第安人诗集《大地永远持续》(*Earth Always Endure*: *Native American Poems*);同年,由评论家、作家布瑞恩·斯文恩(Brian Swann)选编的土著美国人诗歌集《土著美国人歌与诗》(*Native American Songs and Poems*: *An Anthology*),由多佛出版社出版。

不仅印第安传统诗歌和印第安诗人的创作诗歌被汇编成集,印第安诗人更以惊人的速度创作并出版各自的诗集,真正迎来了印第安诗歌百花齐放的喜人态势。20 世纪的后十年更是印第安诗人的诗歌创作激情喷薄而出的时代。1990 年,米克马克(Mi'kmaq)族诗人瑞塔·乔(Rita Joe)出版了诗集《我们是梦想者》(*We are the Dreamers*: *Recent and Early Poetry*),混血印第安作家路易斯·厄德里克(Louise Erdrich)出版了《欲望的洗礼》(*Baptism of Desire*: *Poems*),梅克沃基族(Meskwaki)诗人瑞·扬·熊(Ray A. Young Bear)出版了《看不见的音乐家》(*The Invisible Musician*: *Poems*);

---

① 1968 年,由 D. 班克斯(Dennis Banks)、C. 贝勒柯特(Clyde Bellecourt)、R. 米恩斯(Russell Means)等人领导的印第安人争取民权和经济独立、复兴印第安传统文化,阻止政府在保留地任意开采、霸占资源等的抗议活动。这一运动持续了 10 余年之久。

② 这部诗文集是对 1992 年举行的"回礼节"(The Returning the Gift Festival)诗文的汇总。"回礼节"中的礼物是印第安传统故事、歌谣和文化,印第安作家赋予自己把这些传统文化元素重新带回到印第安的生活中的历史使命,因此称自己是回礼的人。这部诗文集收录了 200 多位印第安作家的诗文,其中就包括著名诗人西蒙·奥提兹、琳达·霍根等的诗歌作品。

1993 年，莫马迪出版了诗歌故事集《在太阳面前》（*In The Presence of The Sun：Stories and Poems*），斯波坎/科达伦（Spokane/Coeur d'Alene）诗人阿莱克谢（Sherman Alexie）出版了《月亮上的第一个印第安人》（*First Indian on the Moon*）；1995 年阿贝内基族（Abenaki）诗人赛瑞尔·塞维吉（Cheryl Savageau）出版了《泥路之家》（*Dirt Road Home*）；1998 年黑脚族（Blackfoot）诗人詹姆斯·韦尔奇（James Welch）出版了《在厄斯波仪家的 40 英亩土地上骑行》（*Riding the Earthboy 40*），奥农达加—米克马克（Onondaga-Micmac）诗人盖尔·垂姆布雷（Gail Tremblay）出版了诗集《印第安人在歌唱》（*Indian Singing*）等。

　　印第安人与西方文明迥异的文化传统以及他们与北美这片土地生生相息、血脉相连的关系，使得他们的诗歌具有不同于白人诗歌和其他少数族裔诗歌的主题、风格和美学特征。从主题而言，自然是几乎所有美国印第安诗人最熟谙的描写对象。"土著美国人的诗歌中出现的题材，多是风、雨、雷、天空、树木、动物等这些他们司空见惯而且与日常生活密切相关的事物。"[①]不仅如此，印第安诗歌中清晰地传递出人与自然和谐统一、相生相伴、天人合一的关系。例如，在莫霍克族（Mohawk）诗人毛瑞斯·肯尼（Maurice Kenny）的诗歌《毛蕊花是我的手臂》（"mulleins are my arms"）中，讲述人与自然全然融为一体：

> 毛蕊花是我的手臂
> 菊苣根
> 我的肌肉腱；
> 五月的草莓
> 我双腿的血脉
> 和夏日的太阳；
> 枫叶是我的头颅
> 焦糖是我的唾液

①　袁宪军：《大地的呼声——土著美国人诗歌述评》，《北京第二外国语学院学报》2001 年第 2 期，第 52 页。

在暖风中流淌；
番红花是我的眼睛；
乌龟是我冬日的脚。①

印第安诗歌中另一个主题就是他们那难以忘却的血泪之路和血泪历史。作为北美大陆曾经的主人，自 16 世纪伊始欧洲殖民者占领这片土地以来，印第安人不但屡次被迫长途迁徙，流离失所，同时又被殖民者杀戮和虐待，被强制圈住在自然条件极其恶劣的保留地内。这段漫长的被压迫的历史记忆成为印第安诗人创作的又一个灵感之源。布瑞恩·恰罗德斯（Brian Childers）的《泪水之路》（"The Trail of Tears"，1998）记录的就是这段历史：

我回头看看后面漫长的路
我的心和我的人民的忧伤一样沉甸甸
我留下悔恨的泪——为了我们失去的一切
因为我们从我们出生之地出走的太远了
　　　在血泪之路上
　一程又一程，一天又一天
随着每次日出我们的人数又减少了
　疾病和饥饿要了太多人的命
然而尽管我们受苦受难我们还得继续跋涉……
　　　在泪水之路上
　我看着我的至爱虚弱病倒在路上
就像先前的很多人那样……
　　眼里含着泪我把妻子抱在胸前
　在我的臂弯中她断了气……
　　　在泪水之路上
　一程又一程，一天又一天
我们奔向一块永久许诺给我们的土地

---

① Maurice Kenny, North：Poems of Home, n.p.

> 但是我知道我不能再继续
> 我知道那是一块我永远看不见的土地……
> 　在泪水之路上
> 　当我的身体倒下拥抱大地
> 我的灵魂上升问候天空
> 　随着我奄奄一息我终于自由了
> 开始了漫长的回家之旅
> 　在泪水之路上①

　　另一个印第安诗人情有独钟的主题是土地和家园，这也是印第安诗人强烈的家园情怀。这种情怀在上一首诗歌也可以清晰地感受到。在印第安小说中，这种家园情怀表现为一种"归家范式"②，在印第安诗歌中也不例外。"归家范式"从本质上说是印第安人身份感和归属感的外化方式。正如莫马迪所言，只有在祖先的土地上，印第安人"才能够以一种特殊的方式认识自我，认识我和土地的关系，才能为自己界定出一种地方感，一种归属"③。例如，琳达·霍根诗歌《叫我自己是家》（"Calling Myself Home"）中，归家的急迫跃然纸上：

> 有一条干涸的河流
> 在 mandus 之间
> 它的河岸切开了我们的土地。
> 它的河床是那条
> 我走回去的路。④

---

① Brian Childers, "The Trail of Tears," in *Trail of Tears Curriculum Guide*, eds., Judith A. Hayn & Cheryl R. Grable, p. 27.

② 邹惠玲：《当代美国印第安小说的归家范式》，《英美文学研究论丛》2009 年第 11 期，第 22—28 页。

③ Laura Coltelli, ed., *Winged Words: American Indian Writers Speak*, p. 91.

④ Linda Hogan, *Calling Myself Home*, p. 6.

美国印第安诗歌在一定意义上是印第安传统歌谣的现代变形，因此具有鲜明的印第安诵歌的特点：节奏明快、重复性强，适合歌唱和吟诵。以土著诗歌的第三次浪潮中的代表人物、图霍诺—奥得汉姆族（Tohono O'odham）诗人欧非利亚·翟坡达（Ofelia Zepeda, 1952—）的诗歌《海洋力量》（"Ocean Power"）的最后一个诗节为例：

> We are not ready to be here.
>
> We are not prepared in the old way.
>
> We have no medicine.
>
> We have not sat and had our minds walk through the image
>
>   of coming to this ocean.
>
> We are not ready.
>
> We have not put our minds to what it is we want to give the ocean.
>
> We do not have cornmeal, feathers, nor do we have songs and prayers
>
>   ready.
>
> We have not thought what gift we will ask from the ocean.
>
> Should we ask to be song chasers
>
> Should we ask to be rainmakers
>
> Should we ask to be good runners
>
> or should we ask to be heartbreakers.
>
> No, we are not ready to be here at this ocean. ①

"we are not"，"we have no" 和 "Should we ask to be" 的重复把当代印第安人对传统意识的陌生感以及由此而产生的不安和愧疚生动地传递出来，从而强化了诗人试图表达的对于印第安传统和典仪的继承观："为了一切都顺利，仪式和典仪一定要延续……假如典仪终止了，我们相信这个世界将和我们认识的世界大相径庭了。"②

① Ofelia Zepeda, *Ocean Power：Poems from the Desert*, p. 84.

② Ofelia Zepeda, "Foreword," in *Ocean Power：Poems from the Desert*, p. vii.

三   多元文化视野中的美国犹太诗歌概述

美国犹太文学在近两百年的发展中涌现出了一大批蜚声世界的美国犹太作家，其中包括获得诺贝尔文学奖的索尔·贝娄和艾·巴·辛格以及当下正如日中天的菲利普·罗斯等小说大家。国内外对美国犹太文学的研究也似乎以犹太小说为主，而对于诗歌却触及较少。这种情况在国内美国文学研究中尤其明显。①

当然，我国国内对犹太诗歌的研究并非全然是一片空白。目前尽管尚未有美国犹太诗歌研究专著出版，但是在多部美国诗歌和美国犹太文学研究专著中均不同程度地涉及了美国犹太诗歌。比较有代表性的有以下两部。张子清教授砖头厚的鸿篇巨制《二十世纪美国诗歌史》中，把美国犹太诗人按照流派分散到美国诗歌发展的各个阶段。例如，在"客观派诗人"中介绍了路易斯·朱科夫斯基、查理斯·雷兹尼科夫、乔治·奥本等犹太诗人；在"六组同龄人"一节介绍了犹太女诗人穆里尔·鲁凯泽；在后现代诗歌流派中介绍了"垮掉派"，而其中的代表人物艾伦·金斯堡和加里·施奈德都是犹太裔。②乔国强教授的《美国犹太文学》中也多处论及美国犹太诗歌和犹太诗人。例如，专节论述了杰出的犹太女诗人爱玛·拉匝罗斯；"内省主义"诗人 A.莱耶理斯；"表现犹太人集体悲伤的著名犹太诗人"雅各·格莱特斯坦；并专章介绍了艾伦·金斯堡。③

此外，我国国内对犹太美国诗歌研究的论文尽管为数不多，但也不乏有代表性作品。2000 年，张群发表了《不应忽视的文学形式——美国犹太诗歌鸟瞰》一文，敏锐地指出了国内对犹太诗歌的忽视，并扼要地对美国犹太

---

① 乔国强教授十分全面地对中国美国犹太文学研究的现状进行了梳理和论述，并撰写了万言长文。从这篇文章中，可以清楚地看到我国国内对美国犹太小说的研究取得了十分丰富的成果，然而，对于犹太诗歌的研究却基本处于空白状态。详见乔国强《中国美国犹太文学研究的现状》，《当代外国文学》2009 年第 1 期，第 32—46 页。

② 参见张子清《二十世纪美国诗歌史》第四编，第一章，第 383—393 页，第四章，第 450—458 页；第五编，第三章，第 553—570 页。

③ 参见乔国强《美国犹太文学》第三章，第四节，第 33—37 页；第五章，第四节，81—85 页，第五节，第 86—93 页；第十四章，第 482—501 页。

诗歌进行了梳理。^① 对美国犹太诗人的研究主要集中于艾伦·金斯堡，尤其是他的代表诗作《嚎叫》。从 1988 年发表在《旅游》杂志上介绍性的文字《诗诡人奇——记美国著名诗人艾伦·金斯堡》（1988）开始，我国国内学者撰写的关于金斯堡的论文已经有几十篇之多。其中比较有代表性的有：2002 年虞建华教授发表的《语言战争与语言策略——从〈嚎叫〉到〈维基塔中心箴言〉》一文，对金斯堡诗学和语言进行了解读，^② 同年肖明翰教授发表《金斯伯格的遗产——探索者的真诚与勇气》一文，对诗人进行了全面评价；^③ 乔国强、姜玉琴发表了《叛逆、疯狂、表演的金斯堡——〈嚎叫〉的文本细读》，对《嚎叫》的内容和结构进行了全面阐释。^④ 2009 年，王卓发表了《飞散的诗意家园——解读查理斯·雷兹尼科夫诗歌中的飞散情结》和《都市漫游叙事视角下的美国犹太诗性书写》两篇文章，分别对被称为美国犹太诗歌的"试金石"的查理斯·雷兹尼科夫诗歌中的流散意识和美国犹太诗歌中的都市漫游特征进行了解读。

然而，与美国犹太诗人所取得的辉煌成就相比，以上的研究就显得单薄了。事实上，犹太诗歌在犹太文学中的分量是很重的。单就《圣经》而言，《诗篇》等六部诗歌卷占了全书的 1/5 强。而且，诗歌也是见证犹太人流散经历的重要文类。早期的犹太诗歌主要以希伯来语或者意第绪语写成。美国犹太英语诗歌创作始于 19 世纪初期，主要诗人有佩尼娜·莫伊丝（Penina Moise，1797—1880）和爱达·艾萨克丝·门肯（Adah Isaacs Menken，1835—1868）等。当时这两位犹太女诗人就已经引起了文学界的注意，例如美国犹太文学学者索尔·李普特津（Sol Liptzin）就曾经说，这两位女诗人尽管不是犹太诗人中最有才华的，也足以和新英格兰诗人朗费罗、约翰·格

① 详见张群《不应忽视的文学形式——美国犹太诗歌鸟瞰》，《东北师范大学学报》2000 年第 3 期，第 69—74 页。

② 详见虞建华《语言战争与语言策略——从〈嚎叫〉到〈维基塔中心箴言〉》，《外国文学研究》2002 年第 1 期，第 36—42 页。

③ 详见肖明翰《金斯伯格的遗产——探索者的真诚与勇气》，《外国文学》2002 年第 3 期，第 68—72 页。

④ 详见乔国强、姜玉琴《叛逆、疯狂、表演的金斯堡——〈嚎叫〉的文本细读》，《四川外语学院学报》2007 年第 1 期，第 13—17 页。

林里夫等相媲美了。① 后者更是被认为是"美国第一位犹太抒情诗人"②。当
然，这一时期最有代表性的美国女诗人当属爱玛·拉匝罗斯（Emma Laza-
rus，1849—1887）。拉匝罗斯出身于纽约市的一个富有的犹太人家庭。她自
幼学习古典文学和多种外文。她发表第一部诗集和译作时年仅 18 岁。她的
诗歌受到了美国 19 世纪著名哲学家、文学大家爱默生的赏识。如今普通读
者记住这位 19 世纪的女诗人主要是因为那首镌刻在纽约港自由女神像基座
上的十四行诗《新巨人》（"The New Colossus"，1883）。这首诗为犹太移民
描绘了一个犹太人的应许之地，呼喊着流散的犹太人的到来。恐怕每个美国
人都至少能吟诵出拉匝罗斯《新巨人》中的几句诗行，因为它们已经成为
美国"种族融合主义幻想"的"通用语"了。③一个开放、好客又统一一致
的民族的幻想不断地通过对这些诗行的断章取义来削减美国的种族歧视的历
史，但是这种自由理想对那些对自由持有不同见解的文本的同化压制了那个
理想的"怪异、危险和矛盾"④。

　　在当时的历史背景下，作为一个犹太裔女诗人，拉匝罗斯渴望得到主流
社会的认可是可以理解的。她的诗歌所表现出的对美国的热爱，对基督教的
虔诚在某种程度上说，都有助于主流文化对她的接受和认可。例如，她
1887 年发表的散文诗《巴比伦水城》（"By the Waters of Babylon"）就触及
到了如何在美国和巴勒斯坦两地"重建充满活力的犹太文化"的问题。⑤ 越
来越多的学者意识到拉匝罗斯诗歌中的犹太因素和犹太族裔身份意识。她的
诗集《阿德莫托斯及其他》（*Admetus and Other Poems*，1871）也不同程度地
反映了女诗人的犹太文化身份。该诗集中收录的《在新港犹太教堂里》
（"In the Jewish Synagogue at Newport"，1867）就是这样一首诗歌。索尔·李
普特津指出，爱玛·拉匝罗斯的诗歌可以与当时的大诗人朗费罗相媲美。有
趣的是，两位诗人的诗歌果真形成了鲜明的互文性。拉匝罗斯的《在新港犹
太教堂里》在某种程度上说是对朗费罗的诗歌《新港犹太墓》（"The Jewish

---

① See Sol Liptzin, *The Jew In American Literature*, p. 40.
② 乔国强：《美国犹太文学》，第 28 页。
③ Max Cavitch, "Emma Lazarus and the Golem of Liberty," p. 1.
④ Ibid.
⑤ 张群：《不应忽视的文学形式——美国犹太诗歌鸟瞰》，第 70 页。

Cemetery at Newport"，1852）的戏仿和颠覆。在《新港犹太墓》中，朗费罗从一个 19 世纪的美国白人基督徒的视角出发，对作为异质性文化出现的犹太人墓地表示了不解：

> 看起来多么奇怪！这些在坟墓中的希伯来人，
> 靠近这座美丽的海滨小城的街道，
> 在永不宁息的海浪边沉默不语，
> 在这潮涨潮落中安眠！①

　　显然诗中讲述人的口吻有一种高高在上的主人的优越感，而躺在墓地中的犹太人却是外来者。他们的名字很"奇怪"，因为发音很"陌生"，他们活着的时候聚集在贫民窟中，也是生不如死。这位讲述人的身份显然是美国白人，而诗歌中细密编织的基督教的符号又说明他是白人基督徒。他以怜悯的眼光审视着这些犹太活人和死者，并预言"那死亡的民族不会再崛起"②。对于朗费罗而言，犹太人的困境和不断被同化而濒临消失的种族和文化一方面成为美国建构民族自我认同的基础；另一方面，却又是美国现代化进程中不断被征服，被同化，被消灭的"他者"。与他的代表作《海华沙之歌》一样，《新港犹太墓》也是一首歌颂基督教终极荣耀以及白人自我与美利坚帝国的典型诗作。③ 而拉匝罗斯发表于 1867 年的《在新港犹太教堂里》"在写法上似乎受到了朗费罗的启发"④。实际上，该诗的题目就颇耐人寻味。"墓地"和"教堂"在基督教的话语体系中具有相似的含义，蕴含的都是人生、命运、死亡等含义。然而，两者强调的侧重点却是有所区别的。与仅仅意味着"死亡"的"墓地"相比，"教堂"的含义要丰富得多，特别是意味着信仰和希望。从这一层面来看，拉匝罗斯改写了朗费罗的结论：

---

　　① Henry Wadsworth Longfellow, "The Jewish Cemetery at Newport," in *The New Anthology of American Poetry*, Vol. 1, pp. 238—239.

　　② Ibid. , p. 240.

　　③ 参见卢莉茹《美国早期国家论述中的自我与他者：朗费罗〈海额娃撒之歌〉中的地域想象》，《师大学报》1991 年第 2 期，第 128 页。

　　④ 乔国强：《美国犹太文学》，第 34 页。

　　这殿堂上奉献的是怎样的祈祷文啊，

　　　　从不知人间欢乐的悲苦的心中挤出，

　　千年孤独的流浪，

　　　　从他们出生地那壮美太阳升起的地方。①

　　拉匝罗斯试图让朗费罗明白，犹太人可以被埋葬，但是他们永远不会死去。②历史已经证明，不论犹太人遭遇怎样的劫难，他们的民族信仰绝不会泯灭。换言之，在朗费罗看到死者墓碑的地方，拉匝罗斯看到了神圣之地；当朗费罗预言犹太民族再也无法崛起之时，拉匝罗斯看到了希望和光明。

　　美国犹太诗歌的发展真正进入快行道是 20 世纪的文学现象。20 世纪不但是美国犹太诗人创作的高峰期，更是美国犹太诗歌融入主流，并进入美国正典的黄金时期。与非裔诗人以诗歌为战斗的利器，充满火药味的诗歌不同，犹太裔诗歌从一开始就是在与西方现代派诗歌的对话中不断协商、不断磨合、不断成长的。这其中的代表就是"客体派"诗人（the objectivists）。在美国诗歌史上，查理斯·雷兹尼科夫（Charles Reznikoff）、路易斯·朱可夫斯基（Louis Zukofsky）以及乔治·奥本（George Oppen）的名字往往如影随形，因为此三人的诗作代表了被称为"客体派"诗歌的最高成就。这三位诗人均属于现代派，是在庞德、W. C. 威廉斯等现代派诗人的熏陶下成长起来的。朱可夫斯基 1931 年在《诗刊》杂志上发表了《真实与物化：尤以查理斯·雷兹尼科夫作品为参照》（"Sincerity and Objectification：With Special Reference to the Work of Charles Reznikoff"）的长篇文论。他在该文中指出：

　　在真实中形状伴随着词语的组合而出现（如果有持续期的话），这就是完整的声音或是结构，诗歌或是形式的先导。以事物的本来存在的方式去看、去想他们的细节而不是海市蜃楼，并指引他们沿着诗

①　Emma Lazarus, *Admetus and Other Poems*, p. 160.

②　Hammett W. Smith, "A Note to Longfellow's 'The Jewish Cemetery at Newport'," pp. 103—104.

歌的路线前行，于是写作就发生了。形式说明其本身，头脑感觉并接受意识。①

　　从这段论述可以看出，朱可夫斯基所定义的"客体派"诗歌首先强调的是真实（sincerity），但个人真实和诗歌真实是不同的。作为诗人，他关注的自然是后者。他认为，"诗歌真实"是体验的表现，是对存在的维护，是与体验过的事情保持一致的观念的结果，同时也是诗歌技巧的结果。朱可夫斯基认为，首先，诗人只有在事物存在的状态中思考才能感受并表达事物的真实。因此他强调要摒弃"控制欲更强、更加暴力的个体介入"②。其次，朱可夫斯基对"物化"（objectification）十分看重。所谓"物化"是把各个真实的细节单位安排到一个完整的单位之中，这就意味着客观化必须"传递完美的剩余部分的整体"③。"物化"是在诗歌"真实"的基础上实现的一种"圆满"的状态。这就意味着不仅语言具有物质性，诗歌也应该成为物。只有这样诗歌才能够达到"静止的整体"状态。④ 朱可夫斯基关于"真实"的理念在文字和事物之间设想了一个清晰而直接的对应关系。它的指代描写的清晰性在以下这段文字中可以清楚地表达出来："更多的客观化与其说从写作而来不如说从主题而来——无论什么存在着。人们依旧沿着物质的方向生存着，同时人们的志趣决定了诗歌的样貌。"⑤

　　尽管朱可夫斯基的这篇文章是以雷兹尼科夫的诗歌为参照对象的，但事实上他一直认为最能够代表客观化程度的诗人应该是庞德。在朱可夫斯基的文论中所引证的诗人，威廉斯、玛丽安·穆尔、艾略特、肯明斯等均是在庞德的意象派宣言的指引下进行诗歌创作的。朱可夫斯基对客体派诗歌的"真

---

① Louis Zukofsky, "Sincerity and Objectification: With Special Reference to the Work of Charles Reznikoff," p. 273.

② Qtd in Hennessy Michael, "Louis Zukofsky, Charles Tomlinson, and the 'Objective Tradition'," p. 335.

③ Louis Zukofsky, "Sincerity and Objectification: With Special Reference to the Work of Charles Reznikoff," p. 276.

④ 参见桑翠林《路易·祖科夫斯基的客体派诗歌观》，《当代外国文学》2009 年第 3 期，第 118 页。

⑤ Louis Zukofsky, "Sincerity and Objectification: With Special Reference to the Work of Charles Reznikoff," pp. 277—278.

实"的强调是重申和澄清意象派的直接表现法。① 客体派诗歌与意象派诗歌
有着不可分割的联系，在朱可夫斯基的《客体派诗人》文集"前言"中，
他援引了庞德1912年的意象派宣言中的文字："不论是主观的或是客观的，
直接对待事物。"但我们不难发现，至少在两个层面上客体派超越了意象派。
首先，与艾米·洛威尔等意象派诗人不同，大多数客体派诗人都不愿意只是
简单地把诗歌作为一扇透明的窗户，通过它人们可以认知世界的客体。相
反，客体派诗人认为，就像朱可夫斯基在他的《真实与客观化》一文中所
指出的那样，他们把诗歌看作客体，通过诸如刻意的句法片断性和通过打破
正常的诗歌韵律和节奏的诗行，唤起人们对诗歌本身的关注。这一点成为日
后以伯恩斯坦为代表的语言诗人的至尊法宝。其次，追随着庞德在20世纪
20年代的诗歌实践，客体派诗人至少像他们对直接的感观形象的关注一样，
对历史的细节也非常关注。所有的客体派诗人都分享了庞德要创造一个"包
容历史的诗歌"的野心和理想；庞德把各种历史的文献揉进他的《诗章》
的文学实践为这些诗人指明了一条在不违背客观原则的条件下，把历史融合
进诗歌的道路。②

　　在客体派三剑客中，雷兹尼科夫年龄稍长，但却是大器晚成，直到60
多岁，他在诗歌创作上的地位才得以确立。与两位后来者相比，雷兹尼科夫
的族裔文化身份特征最为明显，可以说"犹太文化是他创作的主题和灵感的
源泉"③。被誉为"（美国犹太）诗歌试金石"④ 的雷兹尼科夫是第一代美国
犹太移民，这种处于"在跨越地域、跨越文化开始时期的状态"定格在他
的童年记忆中，仿佛是在令人压抑的灰色胶片上的一幅幅暗影，朦胧、晦
暗、破碎却又纠缠，无法被清晰地冲洗，却也不能被彻底地抹去："很久之
后我还记得一个白头发的爱尔兰孩子，/一个红脸小男孩，/他不过就是六七
岁——/或是长得身材太小了——/一次次过来过去，当我想要坐在门口台阶

---

① 参见 Frederick Thomas Sharp, "Objectivists", 1927—1934: A Critical History of the Work and Association of Louis Zukofsky, William Carlos Williams, Charles Reznikoff, Carl Rakosi, Ezra Pound, George Oppen, Diss. Stanford University, 1982; 张子清《二十世纪美国诗歌史》, 吉林教育出版社1997年版, 第385—386页。

② See Charles Bernstein, "Louis Zukofsky: An Introduction," pp. 113—121.

③ 张群:《不应忽视的文学形式——美国犹太诗歌鸟瞰》, 第71页。

④ Norman Finkelstein, Not One of Them in Place: Modern Poetry and Jewish American Identity, p. 17.

上时/在我认识邻居之前，/用一种让我吃惊的不倦的愤怒不住口地对我喊叫/犹太佬！犹太佬！/那孩子的姐姐，16 岁左右刚下班回家，/怂恿着他，/憎恨在她苍白的脸上/在那太亮的眼中/好像我不知为何要为她的不快受责。"① 在雷兹尼科夫的诗歌世界中，犹太人的流散经历和生活状态是历史的、动态的、现实界和想象界共生的，而这种动态的飞散是在诗人独特的语言观、文本翻译和文本阐释的共同作用下生产出的奇妙效果。诗人对自己名字在不同语境中的解释就是一个有趣而生动的例子："因为，我是头生的，得不到救赎，/我属于我的主，不属于你或我：/我的名字，在英语中，我是他的圣殿，/某个卡利斯——某个查利斯，一个下贱人；/我的名字在希伯来语中是以西结/（上帝给予力量的人）/我的力量，尽管如此，是他的。"② 这段很有影响的对自己名字把玩的诗行与其说是诗人对自我身份的思索，不如说是对代表着自我身份的语言和文化略带嘲讽的阐释。雷兹尼科夫最大的成就还是他的两部史诗般的诗作《大屠杀》（*Holocaust*，1975）和《证词》（*Testimony*，1965，1968）。《大屠杀》是根据美国政府出版的《纽伦堡军事法庭罪犯审判》的材料和对战犯艾希曼（Eichmann）审判的 26 卷本的笔录中大屠杀幸存者的证词写成的。《大屠杀》应该说是雷兹尼科夫所遵循的"客体派"诗学的证词般的张力发展到极致的代表作。诗人的主观性和在场性似乎全然消失了，取而代之的是法庭证词的客观、冷静和漠然。这堆客观的残骸使得读者面对这场难以置信的人类灾难目瞪口呆。《大屠杀》对传统的诗歌美学提出了前所未有的挑战，因为读者在阅读这样的客观残骸的时候不得不暂时忘记我们对于文学文本和历史表现的预期的种种理想期待和审美需求。阅读这样的诗歌，读者不得不以一种宗教祈祷的虔诚和法庭见证人的严肃保持缄默。尽管雷兹尼科夫一生著述颇丰，影响甚大，但评论界和读者的反应却总是负面的或是令人恼火的沉默。③ 对此，朱可夫斯基的解释是，雷兹尼科夫沉醉于个人的感官体验和专注于自己的创作而不顾及读者的反

---

① Charles Reznikoff, *The Complete Poems of Charles Reznikoff*, p. 12.

② Ibid. , pp. 80—81.

③ See Milton Hindus, "Introduction," in *Charles Reznikoff: Man and Poet*, ed. , Milton Hindus, pp. 15—36.

应。① 然而，事实上，从文化身份的层面考虑，事情远比朱可夫斯基的解释复杂。对于雷兹尼科夫和朱可夫斯基同为"客体派"诗人，其诗歌的接受命运却迥异的原因，麦阿瑞·Y. 施瑞博（Maeera Y. Shreiber）在其美国犹太诗歌研究的力作《美国犹太诗歌》（"Jewish American Poetry"）一文中做出了比较中肯的解释："在他的诗歌生涯中，雷兹尼科夫一直致力于探求犹太的美学和主题的含义……"而朱可夫斯基却干脆利落地挣脱了"这种种族/宗教身份可能施加的美学束缚"②。换而言之，朱可夫斯基的诗歌表现出了更为纯粹的现代性，而雷兹尼科夫却在庞德的现代诗学和犹太密西拿的神圣阐释中多情地苦苦挣扎。

朱可夫斯基是第二代现代派诗人中的佼佼者。与雷兹尼科夫相比，他表现出了比较纯粹的现代性和普世性。他的诗学形成"始于庞德和 W. C. 威廉斯以及雷兹尼科夫的影响"，是"坚持庞德 – W. C. 威廉斯 – H. D. 诗歌创作路线最坚定也是最有成就的诗人"③。与他的诗学观相比，他的诗歌似乎更加艰涩，以至于直到 20 世纪末期对他的诗歌研究才逐渐取得较为丰硕的研究成果，他的诗歌的价值才逐渐被认可，从这一趋势来看，评论家休·肯纳说他的诗歌代表作《A》到 22 世纪仍然能起阐释的作用，也并非戏言。他的另一诗歌代表作，长达 330 行的《以"The"开始的诗篇》（*Poem Beginning "The"*，1926）是对艾略特发表于 1922 年的长诗《荒原》的"有力回应"④。这首诗的诗行均用数字表示出来，行与行之间没有过渡性的线索，仿佛无数个弄乱了的、用数字标出的拼贴画块，等待着人们重新还原成一幅美妙的、有序的画卷。正如语言诗代表人物伯恩斯坦所指出的，"这首诗是点彩派画家拼贴画（pointillist collage）的代表作，作品的基本单位，标注数字的诗行，可以不连贯地独立成立，而同时又与其他诗行连缀在一起。对部分与整体的关系的关注，尤其是部分既不会被整体吞没也不会与其分离，是朱可夫斯基诗学和政治的关键层面"⑤。朱可夫斯基作为第二代现代派诗人

---

① 参见张子清《二十世纪美国诗歌史》，第 393 页。
② Maeera Y. Shreiber, "Jewish American Poetry," p. 153.
③ 张子清：《二十世纪美国诗歌史》，第 386—387 页。
④ Charles Bernstein, "Louis Zukofsky: An Introduction," p. 115.
⑤ Ibid.

和客体派诗人之翘楚的地位似乎已无可撼动，然而，对于其族裔身份的关注却一直处于被忽视的状态。尽管与雷兹尼科夫相比，朱科夫斯基诗歌中因族裔身份引发的困惑被淡化处理，然而，却注定无法全然消失。事实上，《以"The"开始的诗篇》的主题就表达了对移民问题的关注："文化和诗学的同化问题。"① 这首诗歌中的用典、引用等都有大量的"族裔渲染的"的表达方式。

在美国犹太诗人中，有一批亲历或者间接经历过战争创伤的诗人。第二次世界大战，尤其是大屠杀对犹太人造成的灾难和创伤成为这些诗人书写犹太苦难历程的浓缩版的题材。意第绪语诗人雅各·格莱特斯坦（Jacob Glastein，1896—1971）、前面提到的查理斯·雷兹尼科夫以及艾伦·葛斯曼、杰罗姆·罗森伯格、艾莲娜·柯蕾普费兹（Irena Klepfisz）等都以各自独特的方式证明了后奥斯威辛写作已经成为美国诗歌，尤其是美国犹太诗歌的一个不可或缺的传统。美国犹太诗人用自己的诗歌创作实践证明着诗歌必须与人类苦难记忆保持血脉相连，这才是一种道德的、人性的诗歌写作。这类代表诗集包括前文提到的查理斯·雷兹尼科夫的《大屠杀》（*Holocaust*，1975），还有格莱特斯坦的《诗集》（*Poems*，1970）、《我不断回想：雅各·格莱特斯坦的关于犹太人大屠杀的诗》（*I Keep Recalling*：*The Holocaust Poems of Jacob Glastein*，1993）、艾伦·葛斯曼的《娼妓们的银钱》（*A Harlot's Hire*，1961）和杰罗姆·罗森伯格的《大屠杀》（*Khurbn*，1987）等。

事实上，"客体派"诗人是在对他们的现代派之父的学习和超越中不断成长的，这也是多元文化的话语体系和语境形塑美国犹太诗歌的最好证明。可以说，没有美国多元文化的历史背景和现代派诗歌的参照系，就没有美国犹太诗歌和诗学。除了以上"客体派"诗人，美国犹太诗人中还有不少在现代派的诗学体系中创作，比如德尔·施瓦兹（Delmore Schwartz，1913—1966）、卡尔·夏皮罗（Karl Shapiro，1913—2000）等。这两位诗人的创作技巧是现代派的，而内容却往往以犹太文化为主，完美体现了犹太文化和现代派诗学的结合。例如，施瓦兹的短篇小说《责任始于梦中》（*In Dreams*

---

① Charles Bernstein, "Louis Zukofsky：An Introduction," p. 115.

Begin Responsibilities，1938）就记述了大萧条时期纽约一犹太人家庭物质生活的艰难和心灵的煎熬。他的诗歌也不例外。《沙皇孩子的歌谣》（"The Ballad of the Children of the Czar"）、《父与子》（"Father and Son"）等诗歌都细密地编织进去大量犹太文化元素。夏皮罗更是直接以犹太人为主题，写出了诗集《犹太人的诗》（*Poems of a Jew*，1958），描写了犹太人与非犹太人在生活态度、生活状态、世界观和宗教观的区别。在该诗集的"前言"中，夏皮罗写道："没有人能够定义犹太人，而这种对界定的挑衅的本质就是犹太意识的中心含义。因为做一名犹太人就注定有一种无处可逃的意识。"①他的诗歌中弥漫的就是这种身为犹太人的悲壮。正如麦阿瑞·Y. 施瑞博所指出的那样，这就意味着承认融入更大的民族意识的失败或者是局限，这也就意味着他将永远是"他者"②。这种带有伤感的犹太人自我意识是潜藏在这些犹太诗人现代派诗歌技巧之下的真正的内核。

美国多元文化主义思想蔓延的五六十年代，也是美国犹太诗歌呈现出繁荣状态的时期。这一时期出现了犹太学院派诗人，金斯堡也发表了代表作《嚎叫》（*Howl*，1956）。美国犹太学院派诗人风格各不相同，但均在大学任教，在创作诗歌的同时也撰写了大量颇有见地的文学评论。其中的代表人物有安东尼·赫克特（Antony Hecht，1923—2004）、欧文·费尔德曼（Irving Feldman，1928—）、约翰·霍兰德（John Hollander，1929—2013）等。赫克特的诗歌形式多变，极具实验性，但其犹太内核却保留的很完整。例如，发表于1968年的《流浪》（*Exile*）就是以犹太人的千年流散的漂泊经历为主题的。这部作品通过三个不同的约瑟夫表现了犹太人的坎坷命运。第一个约瑟夫来自《圣经》中的《创世记》，是雅各的第十一个儿子，因为受到兄长们的嫉妒，被贩卖到埃及为奴隶，从此过着流浪的生活；第二个约瑟夫来自《圣经·新约》，他无法主宰自己的命运，难以和自己的犹太族人团聚；第三个约瑟夫是美国犹太诗人约瑟夫·布罗茨基，是诺贝尔文学奖得主。他原是苏联人，由于政治迫害，被迫流亡到美国，过着当代的流放生活。此三个不同时期、不同生活经历、不同背景的约瑟夫却遭遇了同样的流放经历，真

---

① Karl Shapiro, *Poems of a Jew*, p. ix.
② 参见 Maeera Y. Shreiber, "Jewish American Poetry," p. 158。

可谓道出了犹太人难以逃脱的命运，带有一种无奈的宿命感。① 费尔德曼的诗歌也大都以犹太人的历史和犹太人的生活为题材。例如，在他的诗歌代表作《著作与时代》（*Works and Days*，1961）中，诗人的个人生活与犹太历史、犹太传说、犹太宗教有机地融合在一起，在历尽了重重磨难之后，诗人登上了诺亚方舟，预示着犹太人将结束流亡、回归故土。同时，这部诗集也充溢着费尔德曼对犹太诗人和犹太语言在现代社会中责任的思考。其中《一位诗人》（"A Poet"）和《失落的语言》（"The Lost Language"）等诗歌都是这种思考的经典之作。霍兰德不但是优秀的诗人，而且是赫赫有名的文学评论家，他的犹太诗学理论已经成为研究犹太诗歌的指导性文献。霍兰德出版了 10 部文学研究专著，多篇权威性文论，编辑了 20 余部书籍。作为在耶鲁大学从教 40 余年的学院派诗人的代表，霍兰德的诗歌作品充满了哲理性思考，因此解读他的作品往往是一种"美妙的困难"②。《光谱散发》（*Spectral Emanations*，1978）就是这样一部诗集。该诗集分为七个部分，每一部分的标题分别为光谱中的七种不同颜色，而这些颜色具有不同的象征意义。比如，"红色"代表的是生命和死亡；"黄色"代表物质世界的衰落；"绿色"代表自然界的勃勃生机等。

美国犹太诗人不但在与现代派诗学的协商中用这个"新瓶"巧妙地装进了自己犹太文化的"旧酒"，而且开启了后现代诗歌创作的第一扇门，这就是金斯堡的《嚎叫》。也许"垮掉派"这一标签太醒目了，以至于人们容易忘却金斯堡的犹太裔身份。国内外对金斯堡的研究大多聚焦于他作为垮掉派诗人以及垮掉派诗歌的特征，而对于他的诗歌中的犹太文化因素，他的犹太身份诉求等鲜有涉及。麦阿瑞·Y. 施瑞博（Maeera Y. Shreiber）在《美国犹太诗歌》一文中，把金斯堡和里奇（Adrienne Rich）归纳到以"家庭问题"为核心的犹太诗人。③ 对于这样两位诗歌大家，这样的分类似乎有些武断了，因为无论是金斯堡还是里奇都在漫长的诗歌创作生涯中经历了从诗歌内容到风格的数次蜕变，很难用一个"家庭问题"

---

① 参见张群《不应忽视的文学形式——美国犹太诗歌鸟瞰》，第 72 页。

② Harold Bloom，"The White Light of Trope：An Essay on John Hollander's 'Spectral Emanations'，" p. 95.

③ Maeera Y. Shreiber，"Jewish American Poetry，" pp. 149—169.

就概括了此二位诗人。不过，施瑞博把金斯堡明确地放置在犹太诗歌和犹太诗学传统之中的作法是明智的，在某种程度上是让金斯堡回归犹太身份的一次努力。从犹太文化身份来审视金斯堡，他的两首长诗代表作《嚎叫》和《卡迪什》①具有一个共同点：在某种程度上都是关于金斯堡的母亲纳奥米·金斯堡（Naomi）。《卡迪什》是献给母亲的歌，这一点毋庸置疑。连艾伦·金斯堡的父亲路易·金斯堡都嫉妒这一点。路易在诗歌《献给一位埋葬的母亲》中写道：

> "你还没有与你母亲断绝关系。"
> （打完《祈祷》的稿子后，伊丽斯·考恩向艾伦·金斯堡说道。）
> "但愿你知晓
> 你的诗人儿子，艾伦，
> 怎样因爱你而发狂，
> 向世界狂叫！"②

尽管《嚎叫》似乎与母亲没有直接关系，但在该诗完成近 20 年后，金斯堡再次谈起这首诗歌，却肯定地说，"《嚎叫》实际上是关于我的母亲的"，是关于她在朝圣者州立医院的最后一年以及后来对她的接受的心路历程。③正如麦阿瑞·Y. 施瑞博所言，在写作《嚎叫》的过程中，金斯堡发现了他对缺位的犹太母亲的责任和义务，而母亲的复位是他的《卡迪什》的中心话题，而这也构成了金斯堡对美国犹太诗学的巨大贡献。④

麦阿瑞·Y. 施瑞博之所以把金斯堡划归到书写犹太"家庭问题"的犹太诗人的原因也正在于此。撇开诗歌中丰富的政治、历史和文化内涵以及实验性的诗学理念和技巧不谈，这两首献给犹太母亲的长诗最大的意义在于颠覆了犹太母亲的刻板形象和犹太文化中犹太女性边缘化的暗弱地位。在犹太

---

① 《卡迪什》（Kaddish），是希伯来语，也译为《祈祷》。
② ［美］路易·金斯堡：《献给一位埋葬的母亲》，转引自詹姆斯·布雷斯林《〈嚎叫〉及〈祈祷〉溯源》，《国外文学》1998 年第 2 期，第 64 页。
③ See Gregory Stephenson, " 'Howl' : A Reading," p. 389.
④ Maeera Y. Shreiber, "Jewish American Poetry," p. 160.

文化中，父权制历史悠长，母亲通常以被愚弄、被虐待的隐性形象出现。"在犹太传统宗教、文化的熏陶和教育下，在男人的眼里，犹太女人干脆就是一群低能儿，她们的存在只是肉体的存在，是为男人的精神存在而存在的。"① 而金斯堡在《卡迪什》中塑造的母亲形象却几乎活在自己的精神世界中："我别的不想，只思考那些美妙的思想。"这位母亲以百倍的热情对待上帝，却疏于对丈夫和儿子的照顾。在《卡迪什》中，她告诉儿子亲眼见到了上帝，并且给上帝做了一顿丰盛的晚餐，有"扁豆汤、蔬菜、黄油面包牛奶"。而她边说边端给儿子一份晚餐："一盘冷鱼一盘切开的滴着自来水的生白菜——发着臭味的番茄——放了一周的保健食品……"这样的食物让儿子"恶心的难以下咽"②。纳奥米20年的疯狂的理想主义伤透了父亲的心，"父子双双成为无所不能的母亲的牺牲品"③。金斯堡在悼念母亲的挽歌中，塑造的母亲形象颇有些离经叛道的意思。通常的情况下，挽歌类的诗歌都会把亡者描绘成完美的形象，竭力突出亡者的闪光点，甚至不惜夸张和臆造。尤其是悼念母亲的挽歌，更是应当讴歌母性的光辉。然而，金斯堡却在这首挽歌中以近乎残忍的真实性描绘了母亲疯狂、极端、冷漠，甚至暗示了母亲的乱伦等阴暗面。这个"反英雄化"的母亲是金斯堡将"自白诗"和"幻象诗"融为一体的产物。④ 之所以说该诗是"自白诗"，因为它的确是基于金斯堡母亲的真实的生活经历以及母子、父子、夫妻之间复杂的关系；而之所以说是"幻象诗"是因为这首诗歌中对人性、人的心理状态、人际关系的建构是建立在诗人对人性和母性的独特理解和想象的基础之上的。对于犹太母亲的刻板形象，金斯堡也并非刻意地颠覆，而是进行了一次"阴暗的戏仿的扭曲"⑤。这个疯狂的犹太母亲在强烈的精神追求中，与现实生活难以相容，这一极端想象有效地摆脱了犹太母亲的刻板形象，在诗人巨大的情感投入中，这一形象显得楚楚可怜、令人同情。这种情感状态在对犹太母亲的塑造中也是绝无仅有的，这一令父亲嫉妒得发疯的犹太母亲是对犹太文化

---

① 乔国强：《美国犹太文学》，第313页。
② Allen Ginsberg, *Selected Poems*, *1947—1995*, p. 103.
③ ［美］詹姆斯·布雷斯林：《〈嚎叫〉及〈祈祷〉溯源》，《国外文学》1998年第2期，第67页。
④ Robert Creeley, *A Quick Graph*: *Collected Notes and Essays*, pp. 44—45.
⑤ Maeera Y. Shreiber, "Jewish American Poetry," p. 160.

"性别扭曲"的嘲讽和精神层面缺失的犹太母亲的复位。[①]

四 多元文化视野中的美国华裔诗歌概述

与白人主流诗歌参与到塑造和固化其他少数族裔的刻板形象的工程一样，白人诗歌对美国华裔的刻板形象生产较之对美国黑人、犹太人、印第安人的刻画有过之而无不及。与把印第安人塑造成二元对立的"高贵的野蛮人"和"卑劣的野蛮人"的操演如出一辙，早期亚裔美国人也被粗暴地分为"好的亚洲人"和"坏的亚洲人"[②]。然而不论是好人还是坏人，亚洲人的形象都无一例外是负面的。好人木讷、猥琐、胆小怕事；坏人诡计多端、凶残血腥。这个中的原因当然是多方面的，但最重要的一点还是在于亚裔美国人更为明显的他者形象和更为边缘的社会地位。正如有研究者指出："不管是被主流美国排除还是被同化，亚裔美国人作为'永远的外国人'的形象经久不衰。"[③] J. W. 康纳（J. W. Conner）写于 1868 年的《中国佬约翰，老兄!》（"John Chinaman, My Jo"）是较早流行的描绘中国人形象的诗歌之一。[④] 在这首诗中，华人在 19 世纪美国人的镜像中被扭曲地呈现出来。讲述人"我"显然是一个欧裔美国人，他以主人自居，在他的眼中，华人（Chinaman）如蝗虫一样从遥远地国度涌入美国，美国人对此充满了恐惧；华人们不仅蜂拥而至，而且到处淘金，破坏水源，被白人驱逐；华人的适应性和侵略性很强，他们不但能吃到米，而且还能吃到所有的好东西。最后，"我"代表美国人发出了警告："不要滥用你享有的自由。"[⑤] 这首诗歌开启了塑造负面华人形象的先河，而"中国佬约翰"也成为华人刻板形象生产的蓝本。1870 年发表的欧康奈尔（Daniel O'Connell）诗歌，把华人描写成侵略成性的民族："我们会把你们惬意的西海变成第二个中国；我们会像大

---

① Maeera Y. Shreiber, "Jewish American Poetry," p. 161.

② Brigitte Wallinger-Schorn, "*So There It Is*"：*An Exploration of Cultural Hybridity in Contemporary Asian American Poetry*, pp. 15—16.

③ Zhou Xiaojing, *The Ethics & Poetics of Alterity in Asian American Poetry*, p. 2.

④ 参见祝远德《屈辱的印记，扭曲的形象——对 John Chinaman 的文化解读与反思》，《广西民族研究》2004 年第 3 期，第 50 页。

⑤ J. W. Conner, *Conner's Irish Song Book*, San Francisco：D. E. Appleton & Co. , 1868.

批蝗虫一样蹂躏古老的东部；/……我们可以做你们女人的工作，工钱只要女人的一半……/我们定会垄断并且掌握你们海岸内的每一个技能，/而且我们会把你们都饿死，只要再来 50——嗯，5 万个华人。"① 在哈特（Bret Harte）的诗歌《最近华人的愤怒》（"The Latest Chinese Outrage"）中，华人被塑造成"诡计多端"的异教徒：嘴里叼着烟枪、醉眼惺忪、剃掉眉毛、脸上涂抹着鬼画符一样的颜色。②

美国华裔诗歌在某种程度上正是对美国文化、美国文学、美国社会生活对华裔刻板形象生产的回应，是"对华裔美国历史与社会现实生活跨文化审视的艺术结晶"③。早期的华裔美国诗歌聚焦的也同样是美国早期的华人移民、劳工等。《埃伦诗集》（Island：Poetry and History of Chinese Immigrants on Angel Island，1990—1940）和《金山歌集》就是早期华裔英语诗歌的代表。《埃伦诗集》是根据 1910—1940 年，被关押在旧金山海湾天使岛的中国移民的诗歌创作为基础整理、翻译出版的。三位整理者和翻译者麦礼谦（Him Mark Lai，1925—2009）、林小琴（Genny Lim，1946—）、杨碧芳（Judy Yung，1946—）正是这些被关押在天使岛的移民的后裔。《金山歌集》是旧金山州立大学教授谭雅伦（Marlon K. Hom）根据早期广东移民写成的汉语诗歌翻译而成，描写的是早期华人移民的社会生活和内心世界。这两部诗集对"铲除 19 世纪和 20 世纪早期美国文学把华人刻画成古怪、驯服、无知、无性感、不开化的刻板形象，对揭露和消除白人种族主义的偏见，对提高华裔美国人民自尊心和自信心，无疑具有宝贵的历史文献价值"④。

然而，《埃伦诗集》和《金山歌集》还只是华人创作的汉语诗歌的英译，华人最早用英语创作的诗歌集是洛杉矶学生匡月（Moon Kwan）在 1920 年出版的《铁石塔》（A Pagoda of Jewels）。⑤ 华裔美国诗歌直到 20 世纪 70 年代还没有作为一种社会文化现象引起美国文坛的重视。因此，美国华裔诗

---

① 转引自朱刚《排华浪潮中的华人再现》，《南京大学学报》2001 年第 6 期，第 47 页。

② Bret Harte, *The Works of Bret Harte*（Vol. 8），New York：P. F. Collier & Son, 1906, pp. 144—145.

③ 张子清：《历史与社会现实生活的跨文化审视——华裔美国诗歌的先声：在美国最早的华文诗歌》，《江汉大学学报》2008 年第 5 期，第 18 页。

④ 同上书，第 21 页。

⑤ See L. Ling-chi Wang and Henry Yiheng Zhao, "Introduction," p. xv.

歌的雏形期直到 20 世纪 80 年代末期才真正到来，也正是从这一时期开始，华裔美国诗人开始被美国文学评论界从学术意义上认真对待①。华裔诗人姚强（John Yau）的作品在 1983 年被美国诗人约翰·阿什贝里收入美国诗丛；李立扬（Li-Yong Lee）的作品被美国诗人学会收录进 1990 年的拉蒙诗歌选集，1994 年收录到《希思美国文学选集》；1989 年，夏威夷女诗人刘玉珍（Carolyn Lau）的诗集获得美国国家图书奖。

在华裔小说创作和研究中出现的"关公"战"木兰"的情况尽管并没有在华裔诗歌创作中以显性的方式出现，但是也不同程度地存在着种族性的争论：

> 在这段历史时期，围绕着亚裔美国诗歌的诸多问题（总的说来，也许就是种族性的文学建构问题）可以概括为两个方面的矛盾：一方面有些人希望在美国经验（不管是少数族裔的还是主流的）范畴内坚持个人的主观性和诗歌艺术；另一方面有些人在我们的文化范畴内，用他们的优先权进行创作，对占统治地位的意识形态做出辩论性的批判。②

太多意识形态的、政治的因素使族裔诗歌注定永远无法成为唯美的乐园。尽管华裔美国诗歌没有如美国非裔诗歌一样在哈莱姆文艺复兴和黑人艺术运动的战火洗礼中成为词语的炮弹，但是在华裔美国诗歌中也存在着鲜明的种族建构意识。20 世纪 70 年代出现的旧金山的"天足六女"（The Unbounded Feet Six）就是这种种族意识建构的代表诗人。这个由六位华裔女诗人组成的诗派包括吴淑英（Merle Woo）、朱丽爱（Nellie Wong）等在当代华裔诗坛赫赫有名的人物。她们作为华裔美国诗人不遗余力地抵制美国社会对华人的不公、为华人的社会地位和种族身份讴歌高唱。吴淑英曾经明确提出"每一首诗都是政治诗"的观点。女学者黄素清（Su-ching Huang）对吴淑

---

① Brigitte Wallinger-Schorn. *"So There It Is"*: *An Exploration of Cultural Hybridity in Contemporary Asian American Poetry*, p. 70.

② See Garret Hongo, ed., *The Open Boat*: *Poems from Asian America*, p. xxxvii.

英的评价可谓道出了这位把政治生命看得和诗歌艺术同样重要的女诗人的
真谛：

> ……努力反对种族主义、性别歧视、阶级压迫和其他种种形式的压
> 迫是反复出现在吴淑英的诗篇里的主题。她在诗作中传达她作为有色人
> 种女子、女同性恋、大学讲师、移民之女的种种体验，尤其阐明个人和
> 政治结合的体验。吴淑英强调艺术与政治的联系，在这个意义上讲，她
> 的诗篇传递鲜明的政治信息。她坚信把语言作为一件反压迫的工具使用
> 的功能。[①]

在《黄种女人说》（"Yellow Woman Speaks"）一诗中，她写道：

> 我要戳穿谎言，我嘲笑那些无能之辈
> 为了虐待和剥削我们
> 口口声声叫我们
> 中国佬
> 胆小鬼
> 歪瓜裂枣讨厌鬼
> 外国佬
> 　　我要摧毁他们。[②]

朱丽爱的政治激情、性别意识、种族豪情似乎更胜一筹，是"激进主义
分子"的代言人。[③] 她的诗歌的主题往往触及华裔美国人的文化身份建构的
问题。在《我的祖国在哪里?》（"Where is My Country"）一诗中，她表达了
对身处两种文化缝隙中艰难求生的华裔美国人的身份的困惑：

---

① 转引自张子清《华裔美国诗歌鸟瞰》，第 8 页。

② Joseph Bruchac, ed., *Breaking Silence: An Anthology of Contemporary Asian American Poems*, p. 286.

③ 这是评论家 Ernest J. Smith 对她的评价。同时 Smith 还高度评价了她的诗歌，认为她的诗歌作品
是新兴的亚裔美国文学领域中的"开拓性的成果"。参见 Ernest J. Smith, "Nellie Wong," p. 316.

> 我的祖国在哪里？
> 它在哪里？
> 蜷缩在边界之间，
> 夹在黑暗中的舞蹈地板
> 和呢喃细语的灯笼之间，
> 还是再难以辨识貌似的烟雾之中？①

这种不知根扎何处，身归何方的漂泊感是美国华裔文化身份诉求中的典型心境，也是华裔美国人身份定位的真实写照。当然，除了这种酸楚的漂泊感，朱丽爱的诗歌中更多的是一种战斗的豪情。在她写给吴淑英的诗歌《在我们的翅膀下——赠吴淑英姐妹》（"Under Our Own Wings-For a Sister, Merle Woo"）中，一连串由"打破"（break）和"让"（let）引出的祈使句使整首诗充满了动作的气势，要行动起来有所作为的急迫心情呼之欲出：

> ……打破了沉寂。沉寂在高涨。
> 沉默啜泣，曾经对我们的生活缄默不语的天空
> 对我们的傲慢、我们的勇敢、我们黄种人强壮的双腿 大发雷霆。
> 让我们怒吼，让我们变成风暴。
> 让我们的声音嚎叫，让我们的声音歌唱。
> 让金山移动，永不停止。
> 在死亡中我们的躯体回归骨骸的清白。
> 在爱中我们在美国工作求生，在我们自己的翅膀下。②

随着美国多元文化融合态势的不断发展，美国华裔诗人也表现出了越来越明显的融合性和协商性，在族裔认同上表现出了较大的弹性。其中比较有代表性的诗人包括姚强（John Yau, 1950—）、白萱华（Mei-mei Berssenbrugge, 1947—）等。他们有意识地摒弃少数族裔常使用的弱势话语，设法

---

① Nellie Wong, *The Death of Long Steam Lady*, p. 32.

② Joseph Bruchac, ed., *Breaking Silence: An Anthology of Contemporary Asian American Poems*, p. 277.

使自己的表达融入主流的强势话语体系中，从而更易为主流读者、出版者和媒体所接受。正如评论家金伊莲所言，白萱华、姚强等华裔美国诗人的诗歌创作已经不再局限在"亚裔美国"主题或者"亚裔美国"族裔性上，却反而具有更强的"亚裔美国性"并拓展了这一专有名词的含义。[①] 例如，姚强的诗歌就已经成为美国主流文集的钟爱，他也"挺身进入了当代艺术世界的殿堂"[②]。美国先锋诗歌杂志《护符》（*Talisman*）曾经发行特刊介绍他的诗歌，组织有影响的评论家对他的诗歌评介。姚强的诗歌往往呈现出东西方文化交汇和碰撞产生的奇妙的审美效果。例如，他的诗歌《中国田园曲》（"Chinese Villanelle"）就是这样一首诗：

> 我曾和你在一起，我曾想到你
> 当时空气干燥，浸染着光线
> 我像一只琵琶，仙乐充溢着房间
> 我们眺望过忧郁的云朵抛开他们的形状
> 我们漫步在泉池旁，倾听着
> 我曾和你在一起，我曾想起过你
> 像一条浩瀚的河流
> 像一座傲慢的山峰……
> 我为什么却像一个只能奏乐的琵琶
> 斧子怎能砍掉斧柄呢
> 我又如何才能告诉你我所有的想法呢
> 当我和你在一起，又想起你时
> 一只鹈鹕坐在坝上，而一只鸭子
> 又把翅膀迭起；歌声没有消融
> 我记得你看着我悄无声息
> 也许一位国王的事业永远没有完结
> 尽管"也许"暗示着一个不同的开始

---

① Elaine H. Kim, "Asian American Literature," p. 821.

② Peter Gizzi, "In Lieu of an Introduction," p. 113.

　　　　我曾与你在一起，我曾想起过你

　　　　现在我是一只琵琶，充溢着这含糊其词的倾述①

　　该诗中有陆机《文赋》中"操斧伐柯"的典故，也有"琵琶"这样典型的中国元素，充满愁思的情愫也显得很古典，似乎是一首很中国的诗歌。然而，这首诗歌中超现实主义因素和抽象画般的情境又显得很西方，很现代。而这正是美国诗评大家玛乔瑞·帕洛夫（Marjorie Perloff）在谈到姚强时说，在这个阶段，姚强的诗歌没有明确标识，诗人是华裔美国人的原因。② 融合了中国元素的美国现代诗歌所产生的艺术魅力是很震撼的，而这也是姚强等当代美国华裔诗人诉求于中华文化和美国现代精神气质的结合产物。

　　在 20 世纪 80 年代的华裔美国诗坛，最活跃的诗人当属李立扬。他的第一部诗集《玫瑰》（Rose，1986）曾获得 1987 年纽约大学德尔默·施瓦茨纪念奖；第二本诗集《在我爱你的那座城市》（The City in Which I Love You，1990）作为美国诗人学会拉蒙特诗歌选集出版。《我的夜晚篇》（Book of My Nights，2001）曾获美国图书奖。2006 年出版的《打碎汉白玉瓶：李立扬访谈集》（Breaking the Alabaster Jar：Conversations with Li-Young Lee），是第一部关于一位美国亚裔诗人的访谈集，收录了李立扬在过去 20 年间大量访谈，涉及他对于诗歌、写作、自身认同等方面的看法，对华裔美国诗歌的发展影响深远。③ 他的诗歌"自然、妙手天成而又极其真诚"，而作为华裔诗人，他的独特魅力正是在于"对中国思想或中国往昔的追寻"④。他的诗歌体现出了中西方诗学和诗歌共同影响和形塑的影子。唐代诗人杜甫、李白，⑤ 英

---

① John Yau, *Radiant Silhouette*：*New & Selected Work*，*1974—1988*, p. 24.

② Marjorie Perloff, "Review of *Forbidden Entries* by John Yau," p. 39.

③ 关于李立扬的身世和成就，请参见张子清《袁世凯之外孙李立扬》,《中华读书报》2005 年 3 月 30 日第 12 版。

④ L. Ling-chi Wang & Henry Yiheng Zhao, eds. , *Chinese American Poetry*：*An Anthology*, p. xxvi.

⑤ 李立扬对杜甫、李白二位诗人从小背诵研读，十分崇拜。在诗歌中他这样写道："在美国芝加哥小小的中国城中，／我还能看见谁/只有站在阿加尔和百老汇/街角处的李白和杜甫/所有流浪者心中的诗人"。参见 Lee Li-Young, *The City in Which I love you*, p. 23。

国诗人约翰·多恩、艾略特，美国诗人惠特曼，作家爱默生①等都对李立扬产生了深远的影响。因此，他的诗歌融西方诗歌的"永不停息地探寻自我和主体的含义"的传统和中国诗歌的"表达忧患意识的传统"为一体，②汲取了东西方诗歌和诗学的精华，具有极强的表现力。

　　李立扬善于将"生活中的琐碎之事转化为动情的讴歌的能力"③，因此他的诗歌中常常充溢着日常生活的点点滴滴，却往往承载着或沉重，或悠远，或深情的历史印记和个人的回忆。父亲、母亲和他的个人生活往往自然地走进他的诗歌世界。《独餐》（"Eating Alone"）中现实与回忆交织，一餐饭吃出了不同寻常的滋味：

> 拔下这一年最后的嫩洋葱。
> 园子里现在光秃秃了。土地冰冷，
> 褐黄、沧桑。今天的余温闪烁在
> 我的眼角的余波中。
> 我转过身来，红色消失了。
> 在地窖门口，我洗着洋葱，
> 然后喝了一口水龙头中的冰水。
> 几年前，我曾和父亲一起
> 在被风吹落的梨间走着。我记不得
> 都说了什么。我们可能就是在沉默中漫步。
> 但我依旧能看到他那样躬身的样子——左手扶着膝盖
> 颤颤巍巍——拾起一只烂掉的梨子
> 拿到我的眼前。里面，一只大黄蜂
> 疯狂打转，在黏糊糊亮闪闪的汁液里闪亮。
> 今天早晨我看到的就是父亲

---

　　① 评论家杰弗里·帕特里奇曾指出李立扬从爱默生的超验主义和惠特曼的诗歌中汲取了丰富营养。详见 Jeffrey F. L. Partridge, "The Politics of Ethnic Authorship: Li-Young Lee, Emerson and Whitman at the Banquet Table," p. 103。

　　② 李贵苍：《文化的重量：解读当代华裔美国文学》，人民文学出版社 2006 年版，第 267 页。

　　③ L. Lingzhi Wang & Henry Yiheng Zhao, eds., *Chinese American Poetry: An Anthology*, p. xxvi.

　　　　在树旁对我挥手。我几乎

　　　　叫出声来，直到我走进

　　　　看到那把铁锹，在我丢下它的地方

　　　　靠着，在那片深绿色影影绰绰的光影中。

　　　　白饭在冒气，快熟了。鲜嫩的豌豆

　　　　炒洋葱。麻油

　　　　大蒜烧虾。还有我自己的孤独。

　　　　我，一个年轻人，还能奢望什么。①

　　看来"我"吃的不是饭，吃的是孤独。看似一次平常的晚餐，然而，美味却在孤独中具有了别样的味道：曾经在菜园中侍弄这些菜的父亲已经离开了"我"。于是，对父亲的记忆和对父亲的梦幻交织在一起，"我"的生活也在现实与记忆中不断交叠、错位，恍惚之间，父亲似乎又回到了身边。在另一首以进餐为场景的诗歌《共餐》（"Eating Together"）中，"我的母亲/她将尝鱼头上最鲜美的肉，/用手指头灵巧地夹着"。兄弟、姐妹们围着母亲团团而坐，却独独少了父亲。父亲在几星期前已经永远离开了他们，"穿过比他还老的松树，／没有行人，却不孤独"②。他的名诗《我请我的母亲歌唱》（"I Ask My Mother to Sing"）中，母亲和祖母的歌声再次回忆了父亲：

　　　　她先开始唱，接着我的祖母也加入。

　　　　母女俩唱得像小女孩。

　　　　如果父亲还在世，他会拉

　　　　他的风琴，小船般摇摆。

　　　　我没到过北京也没去过颐和园，

　　　　也不曾站在那只大石舫上看

　　　　雨水掠过昆明湖面，野餐者

---

① Li-Young Lee, *Rose*, p. 33.

② Ibid. , p. 49.

　　在草地上四处逃散。

　　但我爱听那歌唱；
　　荷叶如何注满雨水
　　直到他们承受不住，把雨水倾入湖中
　　然后弹回去原样，再接更多雨水。

　　两个女人都开始哭泣。
　　却谁也没有停止她们的歌唱。①

　　从以上的几首诗歌，我们不难发现，诗人对家族的追忆，尤其是对他的父亲的回忆是诗歌中的一个不可或缺的因子。对于出生于印尼，从未真正体味过中国生活的李立扬而言，他对中国文化的认识更多地来自父母，因此对父母的回忆在某种程度上说是他连缀中国记忆的一种方式，而"对中国的思想和中国的记忆的表达"形成了李立扬诗歌的一个重要特征。② 反过来，对以父亲为代表的过往的回忆又一次次地形塑了诗人的自我。正如有评论家所指出的："只有回到过去，才能认识父亲，而通过认识父亲确立自己的自我和文化认同是李立扬写诗的根本所在。"③

　　对父亲的认同，对父亲的重塑在一定意义上说是对以父亲为象征的中国历史和文化的整理和探索，从而为漂泊的自我寻找一个暂时的安居之地，以补偿那"当下的自我的缺失"④。当诗人舒缓了对父亲的陌生感，释然了失去父亲的失落感，他的文化认同感扩展到广义上的华人社群和华人文化。在长诗《劈开》（"The Cleaving"）中，诗人的民族融合、平等协商的思想在字里行间表露无遗：

　　暴力，不是件容易的事。

---

① Li-Young Lee, *Rose*, p. 50.
② Gerald Stern, "Forward," in Li-Young Lee, *Rose*, p. 9.
③ 李贵苍：《文化的重量：解读当代华裔美国文学》，第 278 页。
④ Homi Bhabha, "Remembering Fanon: Self, Psyche and the Colonial Condition," p. 122.

　　其中的一个名字？改变。改变

　　存在于被消灭者和消灭者

　　之间的握手言欢，

　　开发者和被开发者之间的默契配合；

　　在神经中枢刀砍斧凿。

　　那么我能做的

　　只有劈开那些劈开我的东西。

　　我刀尖舔血，割股充饥。

　　我感谢也接受刀斧手，

　　然而吓坏了精神

　　我的改变，也充满伤楚。

　　恐怖屠夫

　　在经久不愈的空气中的文字，

　　那张商朝的

　　悲伤面孔，

　　生就一对小眼睛的非洲面孔。

　　他是我的姐妹，

　　这个美丽的贝都因人，这个苏拉米人，

　　安息日的守护人，

　　神圣文本的预言者，

　　这个黑皮肤的舞者，这个犹太人，这个亚洲人，

　　这个生着柬埔寨面孔的人，越南人，这个中国人

　　我每天的脸，

　　这个移民，

　　这个人生着一张和我一样的面孔。①

　　诗人在这里描画的是一幅多元文化共存的历史和社会图景，也是在种族之根不得不"断裂"之后，诗人为这个世界找到的生存之路。

---

① Lee Li-Young, *The City in Which I Love You*, p. 87.

在华裔美国诗人的手中，诗歌是"发明一种文化"① 的有效手段。这种文化是多元的、杂糅的，具有极强的包容性。这个文化地带不仅中西方文化兼容，而且也绝不排斥先锋性和实验性诗学。华裔美国诗人在诗学实验中可谓是八仙过海各显神通，而华裔诗人也几乎渗透到当今美国各个诗学和诗歌流派之中。姚强是美国著名后现代诗人、纽约派诗歌代表人物约翰·阿什贝利（John Ashbery）的弟子，其诗歌也自然带有鲜明的后现代性。1965 年出生在美国的蒂莫西·刘（Timothy Liu）诗歌中带有鲜明的自白派诗歌的特点。他的大量诗歌触及同性恋情和艾滋病问题，而通过这种方式，他试图让人们认识并承认亚裔美国人中的同性恋群体以及他们/她们不可言说的欲望。② 可以说，新生代华裔美国诗人以更加先锋的姿态参与到美国诗歌的文化建构和诗学建构之中，并逐渐成为美国当代诗歌阵营中越来越重要的声音。

五　多元文化视野中的美国拉丁裔③诗歌概述

2013 年在奥巴马总统第二次就职仪式上拉丁裔诗人理查德·布朗柯（Richard Blanco）应邀朗诵了诗作《同一个今天》（"One Today"）。这是奥巴马继 2009 年就职仪式邀请了非裔女诗人伊丽莎白·亚历山大之后，再次邀请族裔诗人在总统就职仪式上奉献诗作。随着这位出生在古巴的诗人娓娓道来，展示出一幅世界大同、美国各个种族融为一体的美丽画卷，一个曾经被忽视的群体及其文化和文学终于走出了狭小的文学创作和文学研究领域，进入了美国乃至世界公众视野。这就是美国拉丁裔和他们带来的独特的文化和文学。而拉美裔文学的飞速发展，使"当代美国文学的版图发生了显著变化"④。

---

① Timothy Yu, *Race and the Avant-Garde*：*Experimental and Asian American Poetry Since* 1965, p. 73.

② Zhou Xiaojing, *The Ethics & Poetics of Alterity in Asian American Poetr*, p. 167.

③ 即 Latino，特指来自讲西班牙语的拉丁美洲国家的美国移民，包括来自墨西哥、中南美洲、加勒比盆地等地区的人。此前常用的名称有 Hispanic，Hispano，iberoamericano，Latin，Spanish-speaking 等。目前美国官方更多采用 Latino 一词；而 2011 年出版的诺顿美国西语裔文选即采用了 Latino 一词。详见 Ilan Stavans, "Preface," in *The Norton Anthology of Latino Literature*, p. liv.

④ 王守仁：《历史与想象的结合——莫拉莱斯的英语小说创作》，《当代外国文学》2006 年第 2 期，第 44 页。

　　事实上，在美洲这片土地上，以西班牙语创作的文学的历史远比英语文学悠久，可追溯到 16 世纪中叶。随着西班牙美洲殖民和西语裔美国移民的进程，西语文学先后经历了"殖民地时期"（1537—1810）、"从属期"（1811—1898）、"文化互渗期"（1899—1945）、"巨变期"（1946—1979）和"融入主流期"（1980—）①，可谓经历了一个完善的文学发展历程。作为族群，美国拉丁裔本身就具有多元性，因为尽管有共同的语言为基础，却包括来自不同国别、不同政体、不同文化、不同宗教的多个成员。这种特殊性对这个族群的文学创作产生了深远影响，杂糅性将注定是其最重要的特征。此杂糅性具体表现为以下特征：首先，美国拉丁裔文学具有"多民族"特征，来自墨西哥、古巴、波多黎各、多米尼加等国的移民所带来的不同文化和传统共同构成这一独特的文本空间。其次，美国拉丁裔文学具有相互转化性。一直持续的移民潮以及移民的流动性特点使得各个国别移民之间相互影响、相互转化，并逐渐形成一种处于不断变化中的拉丁裔"集体身份"特征。再次，美国拉丁裔文学致力于表现的是"对于地点、语言和身份的双重依恋之间的紧张"。与其他能够迅速融入主流文化的族群不同，拉丁裔在相当长的时间里保留着自己的语言和文化传统。而此种双重依恋导致了"双重忠诚"。因此就文学本身来讲，美国拉丁裔文学常常表现出在双重文化和双重价值之间的矛盾和徘徊。②

　　在美国拉丁裔文学中，墨美文学发展最为抢眼，成就也最辉煌。尽管墨美文学已有 200 多年的历史，然而其新生却也是随着美国多元文化思潮的出现而到来的。墨美文学是从被压迫的少数民族的历史境况中形成的，因此墨美作家以消除他们的民族的殖民身份为己任。大部分作家努力地创造新的文学模式，使他们的作品对现存的文化规范提出令人振奋的挑战。墨美诗歌的发展对美国诗歌的整体面貌的形塑也具有重要的意义。对于墨美诗歌的特征我们不妨借用一位墨美诗人的诗歌获得一个形象的印象：

---

　　① 此分期参阅了《诺顿拉丁裔文学选集》，详见 Ilan Stavans, ed., *The Norton Anthology of Latino Literature*, pp. v—xxvii。

　　② Ilan Stavans, "Preface," in *The Norton Anthology of Latino Literature*, p. liii.

什么是墨西哥美国诗歌？

是被年轻的智慧讲述的

富有强烈时代感的诗歌。

是我们的母亲呼唤着的

一切一切的问题

和沾染着血迹的肌体组织；

是拉丁亲人。

拉丁诗歌恰恰是

感谢我们的祖先的标记，

是洛斯帕邱科穿着的佐特服，

是萨帕塔准备射击的机关枪，

是比利亚率领向前挺进的北方师。

是里韦拉用神奇的手绘就的

《热爱我们的祖国》这幅画。

是墨西哥人的自豪，

是站在我们这边的《拉拉萨报》。但是，

墨西哥裔美国诗究竟是什么？

是许多许多光荣的故事，

是一个比另一个多的故事，

墨西哥裔美国诗是我脸上棕色的皮肤。

是骄傲的传统书写的圣约书，

我的民族。[①]

　　可见，墨美诗歌是历史与现实交织的诗歌，是自我和族群共生的诗歌，是墨西哥文化和西方文化交锋和碰撞的诗歌。简言之，墨美诗歌承载的文化重量不可小觑。纵观墨美诗歌的发展，我们不难发现，墨美诗歌的创作和接受与墨西哥裔美国人的政治生活和命运息息相关，这也是墨美诗歌研究专家

---

① 转引自张子清《多元文化视野下的美国少数民族诗歌以及研究》，第 94—95 页。

考戴丽阿·坎得拉瑞（Cordelia Candelaria）把墨美诗歌定位为"运动诗歌"[1] 的原因。致力于反映墨美政治生活的诗歌在主题意蕴上充分体现了美国拉丁裔文学的"双重依恋之间的紧张"，具体表现为如下对立主题：墨美民族主义（Raza nationalism）和世界主义（universalism）；墨西哥、阿兹特兰与美国；公平与正义和种族主义；传统与地方自治和资本主义；整体性、前美国主义和欧洲—西方世界观。[2]被认为是美国奇卡诺运动的精神领袖的著名诗人冈萨里斯（Rodolfo "Corky" Gonzales, 1928—2005）的代表诗作《我是豪津》（"I am Joaquín"）就集中体现了运动诗歌的主题特征。这首史诗一样厚重的长诗中的中心人物"豪津"是 19 世纪的墨美传奇英雄。据说他曾经在加利福尼亚发现了金矿，却由此被迫害得家破人亡，而他则成为绿林好汉：

> 我是豪津，
> 迷失在一个迷惘世界，
> 困顿在外国佬社会的
> 漩涡之中，
> 法令让我困惑，
> 态度让我羞惭，
> 操控让我压抑
> 现代社会让我毁灭。
> 我的父辈们
> 失去了经济战场
> 却赢得了文化生存。
> 现在！
> 我不得不
> 在
> 精神胜利，

---

[1]　Cordelia Candelaria, *Chicano Poetry: A Critical Introduction*, pp. 39—70.
[2]　Ibid., p. 40.

　　却身体饥饿的悖论

　　之间做出选择

　　或者

　　在美国社会神经病的钳制下，

　　苟延残喘

　　精神萎靡

　　却脑满肠肥。①

　　难能可贵的是，冈萨里斯并没有把这首长诗写成这位绿林英雄的传奇，而是以此为出发点，做了一次历史漫游，从而写就了一部墨美族群的变迁史和族群身份的探索史：

　　我是血腥革命，

　　胜利者，

　　被征服者。

　　我杀戮

　　我也被杀。

　　我是暴君迪亚斯

　　和胡尔塔

　　我是民主倡导者

　　弗朗西斯科·麦德罗。②

　　这里提到的暴君"迪亚斯"（Díaz）、"胡尔塔"（Huerta）和弗朗西斯科·麦德罗（Francisco Madero）分别是 19 世纪末 20 世纪初的墨西哥统治者。其中迪亚斯是 19 世纪末期墨西哥独裁者，统治墨西哥长达 35 年，而弗朗西斯科·麦德罗则是改革派的代表，为推翻迪亚斯的独裁统治立下了汗马功劳。短短几句诗行却纵横百年，跨越世纪，并从压迫与反抗、独裁与民主

---

①　Ilan Stavans, ed. , *The Norton Anthology of Latino Literature*, p. 788.

②　Ibid. , p. 792.

的角度思考了墨西哥的历史和社会政治，正如坎得拉瑞所言，"讲述者囊括了他的遗产和祖先地理的所有层面"①。

　　以冈萨雷斯为代表的奇卡诺运动中的墨美诗人的诗歌不可避免地带有说教性。比如阿贝拉多·德尔加多（Abelardo "Lalo" Delgado，1931—2004）的《愚蠢的美国》（"Stupid America"）一诗：

> 愚蠢的美国，看见那个奇卡诺人
>
> 一柄大刀
>
> 稳稳握在手
>
> 他并不想劈了你
>
> 他只想坐在长椅上，
>
> 镌刻基督之像
>
> 但是你却不允许。
>
> 愚蠢的美国，听听奇卡诺人
>
> 正在街上咒骂
>
> 他是诗人
>
> 却不带纸笔
>
> 因为他不要书写
>
> 他要爆破。
>
> 愚蠢的美国人，只记得奇卡诺人
>
> 数学英语不及格
>
> 他就是你们西方国家的
>
> 毕加索
>
> 但是他将死去了
>
> 一起离去的还有千件杰作
>
> 只能悬挂在他的心里。②

---

① Cordelia Candelaria, *Chicano Poetry*: *A Critical Introduction*, p. 45.

② Abelardo Lalo Delgado, *Here Lies Lalo*: *The Collected Works of Abelardo Delgado*, p. 28.

这首诗歌以戏谑的口吻讽刺了美国人对少数族裔的文化剥夺和文化霸权以及由此带来的严重后果。少数族裔的文化传统和艺术创作力在美国人愚蠢的文化强权的思维中被残酷地压制了，从而"暴露了英裔美国人在认识奇卡诺人丰富的古代遗产、创造性的现代性和综合的生产力方面的无能"①。从美学效果来看，这类诗歌的政治性显然超越并遮掩了艺术性。这在一定程度上损害了诗歌的美学价值。然而，值得注意的是，正是这种说教性唤起了文学评论界对其诗歌独特价值的关注。正如弗吉尔·苏阿雷斯（Virgil Suarez）曾指出的那样，对墨美文学的关注要得益于 20 世纪 60 年代晚期和 70 年代早期的西班牙裔、墨西哥裔、拉美裔美国文艺运动以及冈萨雷斯、路易斯·阿尔贝托·乌里斯塔（Luis Alberto Urista）等诗人和作家对这场文艺运动的社会、政治、历史等层面的记述。②

除主题方面的突出特点，墨美诗歌的诗学实验精神也可圈可点，并形成了特色独具的"奇卡诺诗学"③。"当代都市语境中的奇卡诺/齐卡娜诗歌的令人兴奋的源泉是其催生出关于先锋诗学、文化边缘和主流文化之间的对立问题的能力。"④ 明尼苏达大学教授马瑞·戴蒙（Maria Damon）在"先锋部队或是边界巡防队：诗歌中的（拉丁）身份"一文中指出，美国拉丁裔的诗学和诗歌是生成性的，并创造出一个充满张力的意义生成空间。⑤ 戴蒙注意到墨美诗歌中的"不和谐的对接"，而此种不和谐主要来自两种不同诗歌和各自所代表的不同文化之间的碰撞。事实上，拉丁裔诗歌美学特征与主题特征具有一脉相承的精神气质，那就是双重性。所不同的是，这种双重性除了表现为墨西哥传统文化和美国文化之间的对立之外，还表现为先锋精英主义诗学和大众文化诗学之间的紧张。这种紧张是包括墨美诗歌在内的所有拉丁裔诗歌的共性。同时，当代拉丁裔诗人与现代和后现代主流诗歌之间也往往有着十分复杂的亲缘性和杂糅性。例如，新波多黎各诗人咖啡馆（Nuyori-

---

① ［美］迈克尔·M. J. 费希尔：《族群与记忆的后现代艺术》，吴晓黎译，詹姆斯·克利福德、乔治·E. 马库斯编《写文化》，商务印书馆 2006 年版，第 270 页。

② Virgil Suarez, "Hispanic American Literature：Divergence and Commonality," pp. 32—37.

③ Cordelia Candelaria, *Chicano Poetry：A Critical Introduction*, pp. 71—136.

④ Anita Plath Helle, "Poetry：The 1940s to the Present," p. 385.

⑤ Maria Damon, "Avant-Garde or Borderguard：(Latino) Identity in Poetry," pp. 478—495.

can Poets Cafe）的开创者麦贵尔·阿尔盖瑞（Miguel Algarin, 1941—）的诗歌就与垮掉派和黑山派有着强烈的互文性。① 杂糅的诗学（poetics of hybridization）是很多墨美诗歌研究者最深切的体会，因为很多当代颇具影响力的墨美诗人都"从跨越边界区的文本的对抗的字里行间创造着诗行"。

墨美诗歌的一个重要特点就是西班牙语与英语的双语写作。正如费希尔所言："也许墨西哥裔美国人的写作最引人瞩目的特征就是跨语言游戏：互扰、交替使用、交互参照；这些东西其他族群写作中也有，但墨西哥裔美国人将其发挥到最清晰和最戏剧化的水平。"② 当代墨西哥裔美国作家的作品中都或多或少地出现了英语与西班牙语的双语写作现象。当代墨西哥裔美国作家对这种跨语言游戏的偏爱与他们杂糅的民族身份和特殊的移民经历有很大关系。墨西哥裔女作家里卡多·桑切司（Richardo Sanchez）在下面的文字中，不但提供了一个双语写作的例证，更重要的是解析了墨裔作家双语写作情结的原因所在：

从传统来说我是一个新墨西哥土著，从经验来说我是一个花衣墨西哥人……我是家里的第 13 个孩子，……我是一个混血儿，印第安—西班牙结合的动荡而美丽的现实的后裔，……一个既不是西班牙又不是印第安人的世界：哎，一个多肤色的世界，当心灵开始重构新的地平线。③

这种不同语言之间的互扰，从本质上说是一种"来自不同舞台的文化之线的交织"，是不同文化之间的交锋和汇聚。④ 墨美诗人之所以对双语写作如此情有独钟，一个最根本的原因在于，对于这特殊群体而言，语言是他们所能分享的"唯一的皮肤"⑤，所共同拥有的唯一具体遗产。当代墨美诗人中双语写作的先驱者之一阿鲁瑞斯特（Alberto Baltazar Heredia Urista aka

① See Roy Slodnick, "Afterword: Things of August: the Vulgate of Experience," pp. 145—152.
② ［美］迈克尔·M. J. 费希尔：《族群与记忆的后现代艺术》，第 266 页。
③ Bruce-Nova Juan, *Chicano Authors: Inquiry by Interview*, p. 221. 斜体部分为西班牙语。引文参阅了迈克尔·M. J. 费希尔《族群与记忆的后现代艺术》，有改动。
④ ［美］迈克尔·M. J. 费希尔：《族群与记忆的后现代艺术》，第 281 页。
⑤ Cordelia Candelaria, *Chicano Poetry: A Critical Introduction*, p. 74.

Alurista，1947—）就把奇卡诺诗歌变成了双语语码转换的奇妙语义场。比如
《地址》（"Address"）一诗：

    address

    occupation

    age

    marital status

    —perdone…

        yo me llamo pedro

    telephone

    height

    hobbies

    previous emploers…

    —perdone mi padre era

        el senor Ortega

        （a veces don jose）

    race①

这首诗歌中的英语和西班牙语分别代表了两种不同身份：主流文化的代
表，一位讲英语的官员和一位讲西班牙语的墨西哥移民之间的会面。双语不
但划分了讲话人的身份，而且形成了这首短诗的"双重结构"②。当然语言
互扰所形成的"交互参照"蕴含的是更加丰富和复杂的文化的"交互参
照"。来自主流话语的讲话人以英语提问，而讲西班牙语的讲话人则处于回
答的地位，一问一答，一个主动一个被动，两种不同身份的人在美国社会中
的地位就清晰呈现出来。从对话内容来看，这次交流显然是失败的。讲西班
牙语的被提问者显然没有能够听懂英语，所以含混不清地请求原谅，并试图
揣测提问者的问话，回答自己的名字是"pedro"，然而，显然是所问非所

---

① Alurista, *Floricanto en Aztlan*, n. p.

② Andrew J. Weigert, *Mixed Emotions: Certain Steps Toward Understanding Ambivalence*, p. 72.

答。显然，这个讲英语的提问者也并不会西班牙语。在一系列并未得到回答的问题之后，提问者突然问到"种族"。其实不用问，答案也是清楚的，然而这却是诗人需要的答案，也是诗人给出的答案。

除了墨美诗歌，其他美国拉丁裔诗歌也随着多元文化的进程在 20 世纪 80 年代迎来了春天。来自古巴、波多黎各、多米尼加等国的拉丁裔诗人开始崭露头角。茱莉亚·阿维瑞兹（Julia Alvarez, 1950—）、富兰克林·古铁瑞兹（Franklin Gutierrez, 1951—）、塔图·莱威瑞（Tato Laviera, 1950—）、马丁·艾斯帕得（Martin Espada, 1957—）等都是在美国诗坛产生了一定影响的诗人。前文提到的出生于古巴的诗人理查德·布朗柯就是其中比较有代表性的一位。这位"自称灵魂生于古巴"，"组装于西班牙"，又"移植到美国"[1] 的同性恋诗人可谓代表了新生代美国拉丁裔文化杂糅性的全部特点。从族裔身份到性别身份再到文化身份都具有边缘性和杂糅性的特质。他的诗歌自然也是这种文化杂糅和融合性的产物。他在奥巴马就职仪式上朗诵的诗歌《同一个今天》（"One Today"）[2] 就是这样一首诗作。这首长达 69 行的诗歌从日出写到日落，追寻着自然界的生息变化，诗人强化了美国乃至世界人民共同生息繁衍在同一片蓝天之下，同一块大地之上的人类大同的终极理想，一泻千里的诗行颇有惠特曼的遗风：

> 今天同一个太阳在我们头上升起，点燃我们的海岸，
> 透过斯莫克山脉悄悄窥探，问候
> 大湖区的笑脸，向大平原
> 播撒一个简单的真理，随后向落基山脉挺进
> 同一片阳光，唤醒屋顶，每一个屋檐下，
> 移动在窗户后面的沉默身姿正在讲述
> 一个故事。

---

① See Terry Gross, "Interview with Richard Blanco," February 18, 2013, http：//www.booksnreview.com/articles/2001/20130219/inaugural – poet – richard – blanco – describes – experience. htm.

② Richard Blanco, "One Today," 该诗歌原文参见 http：//blogs. loc. gov/catbird/2013/01/richard – blancos – inaugural – poem – one – today。

　　从清晨中醒来的美国人开始了看似平凡却注定意义重大的一天，并讲述另一个共同的故事：

　　　　我的脸庞，你的脸庞，清晨镜中千百万面庞，
　　　　每张脸都对着生活打个哈欠，声音逐渐增强进入我们的一天：
　　　　铅笔黄的校车，交通灯的节奏，
　　　　水果摊：苹果、橙子、橘子像彩虹般摆列
　　　　恳求我们的赞许。银色的卡车满载油或纸——
　　　　砖石或牛奶，和我们一起充塞着高速路，我们都在路上
　　　　去一尘不染的桌前，去看账本，去救命——
　　　　去讲解几何，或者像我妈妈一样二十年如一日
　　　　去杂货店收银，这正是我能写这首诗的原因。

　　鲜活的生活细节、琐碎的生活体验、边缘的生活经历成就了如布朗柯一样的美国拉丁裔诗人和特色独具的拉丁裔诗歌。然而尽管生活经历不同，新生代美国拉丁裔诗人试图融入美国社会的梦想是一致的，"同一片天"，"同一片地"，"同一个美国梦"赋予了美国拉丁裔诗人创造一个共同家园的梦想：

　　　　我们向家园进发：穿过大雨滂沱、穿过满天飞雪，
　　　　或者黄昏时的漫天彩霞，但一直向家进发，
　　　　一直在同一片天空下，我们的天空。一直在同一个月亮下
　　　　像沉默的鼓敲击着我们国家的
　　　　每一个屋顶每一扇窗棂—我们所有人—
　　　　面对着漫天繁星
　　　　希望——一个新的星空
　　　　等待着我们一起去描画，
　　　　等待我们一起去命名。

第 一 编

原始与现代的对话：
美国印第安诗歌

第四章

当空间遭遇现代性

——美国印第安诗歌中的空间与迁移

在《哈泼斯 20 世纪美国土著诗歌选集》(*Harper's Anthology of Twentieth-Century Native American Poetry*) "导论"中,斯万尼(Brian Swann)指出,"土著美国诗歌是历史的见证诗"①。对于美国少数族群而言,他们的被殖民历史几乎都与一次又一次的迁徙息息相关。无论是非洲黑人从非洲被贩卖到美洲所渡过的惊涛怒潮,还是获得自由的黑人奴隶从南方种植园到北方工业城市的"大迁移";也无论是犹太裔从东欧颠沛流离,一路辗转来到美国,辛酸与希望并存的坎坷之路,他们的命运都在空间的跨越中被重新书写。而对于土著美国人来说,族群命运更是在白人殖民者对土地的疯狂掠夺的过程中,随着生存空间不断缩小而被不断重写。美国学者艾丽西亚·肯特(Alicia A. Kent)指出,当土著美国人被剥夺了他们的故土并在美国散居开来的时候,"过去与现在之间的区别要从随着他们离开一个地方迁移到另一个地方的地理移动来理解了"②。

迁移与旅行有着截然不同的含义。旅行意味着一个起点和一个终点,一个启程的地点注定带着最终要归来的承诺;然而迁移却是对家园的永别,带着寻找新的家园的期待和永别故土的复杂情绪。正如伊恩·采姆波斯(Iain Chambers)所指出的那样:

---

① Qtd. Jay Parini & Brett C. Millier, *The Columbia History of American Poetry*, p. 734.
② Alicia A. Kent, *African*, *Native and Jewish American Literature and the Reshaping of Modernism*, p. 6.

　　相反，迁移涉及一种无论是启程的地点还是到达的所在地都既不是永恒不变也不是确定的运动。它呼唤的是在处于不断变化中的语言、历史和身份中的居所。一直处于辗转之中，那种回家的承诺——讲完故事、打道回府——变得不可能了。①

　　可见，带着一种决绝地离开的决心和无奈，迁移彻底改变了人与家园之间的关系，也改变了人们对家园的认知的传统观念。对于似乎永远处于迁移之中的美国少数族裔而言，被殖民的过程浓缩进了一次又一次的迁徙之中，而他们对家的观念也在一次又一次的迁徙之中悄然地发生了变化。这种永远无以为家、永远不知何处是家的感觉萦绕着美国的族裔作家，并成为他们作品之中时隐时现，但却无时不在的主题和情绪。

　　传统上的印第安各族群主要以游牧为生，在白人殖民者踏上美洲这片土地之前，过着田园牧歌的游牧生活。印第安人和同样生活在这片广袤的土地上的动物一样，本能地随着自然的变化、按照自然的规律在这片广袤的土地上迁徙。因此，迁移对于古老的印第安人来说，就像太阳从东方升起又从西方落下一样来的自然而自在。对于印第安人来说，族群的迁徙仿佛是"再生的仪式"②，不但决定了族群的生存，还直接影响了印第安传统文化中的土地理念。对于印第安人而言，土地从来就不是私有财产，而是他们世代共同生息、休戚与共的平等的生命体。"土地是土著社群的绝对的资源"③：

　　　　从远古时代起，一直到现代，所有印第安部落或者北美的民族……认为他们各自的土地和领域是共有的……在他们［"每个部落的个体"］没有独立的土地财产；他们唯一贩卖、赠与、转让他们土地的方式，不论是给政府或者个人，从远古时代，现在也是，在交易的每一个部分，某些部落首领代表整个部落买卖；签订合同，执行交易代表整个部落；接受所得，不论是货币还是货物，也可能二者兼而有之；最后，把所得

①　Iain Chambers, *Migrancy, Culture, Identity*, p. 5.
②　Joy Harjo, *The Woman Who Fell from the Sky*, p. 46.
③　Eric Cheyfitz, "The (Post) Colonial Construction of Indian Country: U. S. American Indian Literatures and Federal Indian Law," p. 9.

在部落中分配给个人。①

　　这段表述至少说明一个事实，那就是美国政府和美国政客深知，印第安族群一直是"公共土地持有者"②。印第安人的土地观在美国白人的文学作品中也有明确的表述。例如，福克纳就在《去吧，摩西》的开篇中写道："土地并不属于个人而是属于所有的人，就跟阳光、空气和天气一样。"③阿科马（Acoma）诗人西蒙·奥提斯（Simon Ortiz）这样描绘了土地与印第安人之间的关系：

　　　　这片土地。这些人民。
　　　　他们彼此相连。
　　　　我们彼此是一家人。
　　　　土地与我们同呼吸。
　　　　人们与土地共命运。④

　　印第安人这种独特的土地观在某种程度上解释了他们传统的游牧生活方式，以及他们对于迁移独特的理解。奥吉布瓦（Ojibway）作家杰拉德·维兹诺（Gerald Vizenor）把美国印第安人的迁移与他们的主权联系起来："土著的主权是迁移的权利。"⑤ 他还指出，"自从在故事中迁移被创造出来，土著人就一直在迁移；迁移是天性"⑥。显然，维兹诺把土著人的文化传统、身份意识等意识形态领域的认知与迁移联系起来。维兹诺对迁移与土地的观念在拉古纳（Laguna）女作家西尔克（Leslie Marmon Silko）那里得到了印证。这位美国当代最杰出的印第安女作家认为："作为大地母亲的子孙，古老的普韦布洛人总是将自己和某一片土地联系在一起。土地在普韦布洛的口

① Eric Cheyfitz, "The (Post) Colonial Construction of Indian Country: U. S. American Indian Literatures and Federal Indian Law," p. 50.
② Ibid.
③ ［美］福克纳：《去吧，摩西》，李文俊译，上海译文出版社1996年版，第3页。
④ Simon J. Ortiz, *Fight Back: For the Sake of the People, for the Sake of the Land*, p. 35.
⑤ Gerald Vizenor, *Fugitive Poses: Native American Indian Scenes of Absence and Presence*, p. 182.
⑥ Ibid. , p. 55.

头文化传统中起着核心作用。事实上,当我们回想起那些传说故事时,开头往往都是在讲人们从某一特定的地域走过。"① 同样的观点在纳瓦霍（Nava-jo）评论家瑞德·高麦兹（Reid Gómez）的论述中得到了呼应:"没有讲完的故事,因为像人们一样,它也处于移动之中。它是一种呼吸的、变化的东西。像土地一样,在写作和你的阅读之后很久,它将存在并继续处于运动之中,没有终结的词语,也没有终止。"②

维兹诺、西尔克和高麦兹等人把印第安传说、迁移及身份追溯到一个共同的起源。他们认为,对于美洲的印第安部落来说,身份和世界观以复杂而微妙的方式融入土地、传说和物质的自由之中。而这也解释了在很多美国印第安的作品中,"迁移的中心性"的原因。③纳瓦霍族诗人露西·塔帕豪恩叟（Luci Tapahonso,1953—）认为,许多纳瓦霍传说都表明"跨越广阔区域的距离,大多是沙漠,有时是群山"④;"距离可能只有为了重生之便,在回望去恢复自我的时候才是重要的。这种哲学接受顺应,并兼顾改变。只要有距离,只要有空间和土地,重新开始就有可能"⑤。换言之,对于纳瓦霍人来说,空间感与迁移感是不可分割的统一体,二者相互依存,从而创造出印第安人身份意识和重生的可能性。如果说,"位置"是一个被生活于其间的人们赋予了价值和情感的"人性化的空间",那么"距离"和由此而产生的"迁移"就势必是人们寻求新的价值和新的情感依附的动态的家园。

从几位印第安作家的论述中可以得出这样的结论,迁移（位移）既指的是实际的物质的运动,也指的是印第安故事、传说的世代传承和历史的循环往复。迁移的此两个层面的含义对于印第安人来说具有同样重要的意义。真实的物质的运动是印第安人现实生活的真实体验,是传统的游牧生活方式的怡然自乐和被迫迁移的血泪悲歌;而喻指层面的含义则是印第安人记忆中的古老传说和历史传承以及对这个世界的深刻而独特的解读方式。

---

① Leslie Marmon Silko, "Landscape, History, and the Pueblo Imagination," p. 269.
② Reid Gómez, "The Storyteller's Escape: Sovereignty and Worldview," p. 159.
③ Amy T. Hamilton, "Remembering Migration and Removal in American Indian Women's Poetry," p. 55.
④ Luci Tapahonso, "Come into the Shade," p. 76.
⑤ Ibid. , p. 80.

一 迁移——印第安的田园牧歌

北美印第安人在大约 10000 年前就在这片广袤的土地上进行狩猎活动，约 8000 年前就在此从事农业生产。对印第安人来说，传统的游牧生活不仅仅是一种生活和生存方式，更是他们与自然和谐相伴的方式、是他们遵循自然规律、尊重自然变化的方式。游牧生活所带来的主动迁移是印第安人听从自然呼唤的必然结果。对于印第安人来说，随着自然规律主动迁居是他们生存的前提。正如第一位赢得美国主流文化认可的印第安凯欧瓦族（Kiowa）作家 N. 斯科特·莫马迪（N. Scott Momaday）在诗歌《舞蹈》（"The Dance"）中所描绘的那样，印第安生命的本质在于从精神到物质，从时间到空间的不断律动：

> 舞动着
> 他做着梦，他做着梦——
> 长翼扫过，永远移动着
> 像头脑中的音乐
> 葫芦反射着太阳的光辉。
> 他舞动着内旋的、细碎的舞步
> 召唤着古老的圣灵的出发和回归。①

印第安人选择的游牧生活方式与美国文化中征服土地、征服自然的思想形成了巨大的反差。正如女权主义批评家卡罗琳·麦纯特（Carolyn Merchant）所言："在现代文明初期，自然的一个重要意象便是一个混沌的地域，等待着人们去征服和占据。"② 印第安人的土地观和自然观与白人的这种土地征服欲形成鲜明的对比。印第安诗人杜安·大鹰（Duane Big Eagle）说：

---

① N. Scott Momaday, *The Gourd Dancer*, pp. 35—36.
② Carolyn Merchant, *The Death of Nature: Women, Ecology, and the Scientific Revolution*, p. 85.

　　我年轻时被教诲尊重并同维持我们生命的这块土地保持联系。我很早就知道个性、创造性、自我表达、爱美对一个完整、健康的人生是绝对必要的。我体验了艺术、舞蹈、音乐和诗歌在一代代文化传承中所起的作用。这些教训和价值观塑造了我,我相信,也帮助美国印第安人在地球这半边维持了至少 5 万年。①

　　悠久的游牧生活使得印第安人与自然融为一体,并在自然的怀抱和亲近中孕生出了天生的诗人的情怀。正如科瑞克(Creek)诗人亚历山大·劳伦斯·坡赛(Alexander Lawrence Posey)深情地总结的那样:

　　我的民族所有的人都是诗人,天生的诗人,被赋予了神奇的想象的力量和以高亢的、音乐的语汇表达他们对生活和自然印象的能力……他们有一种神圣的尊严、绚丽的词语——图画,并以神奇的效果复制了林中生活的许多片断——夕阳的光辉落在树叶上,风儿轻轻地拂动,昆虫的鸣叫——再小的细节也不会逃过他们的观察,最稍纵即逝的印象被捕捉并以最精细的语言记录下来。印第安人用诗歌讲话;诗歌就是他的方言——不一定是呆板的诗歌书籍,而是自由的、无拘无束的自然诗歌,是原野、天空、河流、太阳和星星的诗歌。②

　　坡赛在其诗歌代表作《奥克他胡奇之歌》("Song of the Oktahutchee")③中赋予自然人性化的声音,从而表达了"一种生命的环境意识"④。坡赛不是把"自己的情感放置在风景之中",而是"把自己与土地融为一体",而这正是一种"传统的土著观念"⑤:

---

　　①　Duane Big Eagle, "In English I'm Called Duane Big Eagle: An Autobiographical Statement," p. 41.

　　②　Qtd. Bernd C. Peyer, "*The Thinking Indian*": *Native American Writer, 1850s—1920s*, p. 213.

　　③　Oktahutchee 是坡赛对 North Canadian River 的称呼。这条河向东流淌,流经山峦,在俄克拉荷马的 Eufaula 附近汇入加拿大河。参见 Alexander Lawrence Posey, *The Poems of Alexander Lawrence Posey*, pp. 69—70。

　　④　Bernd C. Peyer, "*The Thinking Indian*": *Native American Writer, 1850s—1920s*, p. 215.

　　⑤　Linda Hogan, "The 19ᵗʰ Century Native American Poets," p. 26.

> 远处、远处、远处我的银河蜿蜒流转；
> 山峦拥抱着我，不情愿让我离去；
> 少女们认为我看起来挺英俊，
> 树伸展枝叶，得知我流过很高兴。
> 穿过田野和山谷，绿油油一片
> 因为我流浪，流浪去远方的海洋。

坡赛所描绘的是一幅典型的印第安人的田园之歌：流浪的人与流淌的河流融为一体，在大地的怀抱中、在青山的拥抱下、在树枝的轻拂下，向远方进发。与河流一样，流浪的人的目的地也是那远方的海洋，那是所有流浪者的归属。同时，对于诗人而言，永远奔腾不息的河流是一种生命活力的象征，更是永远不灭的族群精神的符号。可见对于印第安人而言，"土地协调同一个地球上的所有关系"，因此，在印第安人的自然观中，西方人所习惯的"神圣和世俗之间的区别是不存在的"①。正如拉古纳—普韦布洛（Laguna Pueblo）女诗人、作家波拉·甘·艾伦（Paula Gunn Allen）所言："从骨子里，印第安人认为土地和人一样拥有生命。这种生命力不是从肉体上来说的，而是与某种神秘、精神层面的力量相关联。"②

坡赛在19世纪对印第安土地的感慨在20世纪得到了回应。创造了印第安文学复兴的莫马迪的诗歌就把歌唱者放在了与自然界和谐的位置之上，放在了"宇宙的中心"③：

> 我是晴空下的羽毛
> 我是在原野上驰骋的蓝马
> 我是在水中游弋的闪亮的鱼儿
> 我是追随着孩子的影子

---

① Eric Cheyfitz, "The (Post) Colonial Construction of Indian Country: U. S. American Indian Literatures and Federal Indian Law," p. 9.

② Paula Gunn Allen, *The Sacred Hoop: Recovering the Feminine in American Indian Traditions*, p. 70.

③ Matthias Schubnell, *N. Scott Momaday: The Cultural and Literary Background*, p. 220.

　　　　　我是夜晚的光，是牧草地的光辉①

　　莫马迪的写作策略与坡赛同出一辙:自我与自然融为一体,你中有我,我中有你,凸显的依旧是印第安传统的自然观。所不同的是,莫马迪的诗歌强化了动态的自然意象:飞舞的羽毛、奔驰的骏马、游动的鱼儿、摇曳的光影。在这些动态的自然意象的叠加作用下,印第安人的游牧和生活中无处不在的迁移状态被清晰而艺术地呈现出来。与其说莫马迪诗歌呈现的是印第安人真实的游牧生活状态,不如说他的诗歌呈现的是"我们自己在时空中的心理迁移",是一种物质的生活状态深入骨髓从而转化成为印第安人根深蒂固的世界观和精神气质。正如西蒙·奥提斯在诗歌中把印第安族群的起源与自然世界的因素结合在一起所产生的奇妙的效果:

　　　　　运动
　　　　　带着长长的手,
　　　　　棕色的手指
　　　　　山的形状
　　　　　他的关节的
　　　　　边缘
　　　　　牧场的风
　　　　　拂过他的皮肤的
　　　　　脉络。②

　　在这幅动态的风景画中,一个巨人的身影隐约可见,而巨人又与山峦融为一体,仿佛神话中的山神大梦初醒、舒展筋骨。与印第安人一样,他也仿佛厌倦了久居于此,似乎也要另寻他处了。可见,在印第安传统文化中,迁移是印第安创世神话的关键因素,也是印第安人生活的核心特征,更是印第

---

①　N. Scott Momaday, *In the Presence of the Sun: Stories and Poems, 1961—1991*, p. 16.

②　Simon Ortiz, *Going for the Rain*, p. 141.

安人自由精神的体现。他们游牧的生活方式不仅仅来源于生活的需要，也是一种动态的世界观和人生观的反映，是他们自由的精神追寻的体现。

二　迁移——印第安的血泪悲歌

印第安人在自然规律的引领下的主动迁移所形成的田园牧歌般的生活方式，却在白人殖民者的审视下成为一个不可思议的"他者"的愚蠢之举，并成为白人殖民者强占这片土地的理由。事实上，从哥伦布踏上这片土地开始，对印第安人刻板形象的生产以及为殖民者的强盗行径寻找借口和理由的文本操作就已经开始了。哥伦布就曾经在日志中写道：无知的印第安人自愿用他们一切财富交换基督教欧洲的降福。[①] 尽管《马歇尔三部曲》(*The Marshall Trilogy*)[②] 在一定程度上肯定了印第安部落对土地的权利，但是却也无处不显露出殖民主义的观点。例如，马歇尔在《科瑞克民族案》中重申，除非资源让渡给美国政府，印第安人才能毫无疑问拥有他们所占有的土地的所有权；不过，他认为，从严格意义上说，印第安人就像"被支配的国内依赖性民族"，换言之，他们与美国的关系是一种被监护人与监护人的关系。[③] 马歇尔以相同的"野蛮与文明、狩猎者与开化者之间的刻板形象的对立"呼应了哥伦布的策略："……居住在这个国家的印第安部落是粗野的野蛮人，他们的占据是战争，他们的供给主要来自于森林。让他们拥有他们的国家就是把这个国家置于荒野而不顾……"[④] 正是有了这样的理由，美国政府采取的欺骗和愚弄的保留政策强迫印第安人踏上了漫漫的西进之路，也就

[①] See Eric Cheyfitz, "The (Post) Colonial Construction of Indian Country: U. S. American Indian Literatures and Federal Indian Law," p. 51.

[②] 19 世纪初期，美国大法官 John Marshall 做出了三项判决，从根本上形塑了美国印第安部族对其固有印第安土地的权利主张的基石，这三项判决迄今依旧是被美国司法机关审理印第安族群权利常常引用的判决。这三项判决也被称为"马歇尔三部曲"，建构了美国联邦印第安法律与政策的基础。此三项判决分别为 Johnson v. McIntosh, 21 U. S. (8 Wheat) 543 (1823); Worcester v. Georgia, 31 U. S. (6 Pet.) 515 (1832); Cherokee Nation v. Georgia, 30 U. S. 1 (1831)。

[③] 参见蔡志伟《加拿大法制中的原住民土地权格》，《台湾原住民族研究季刊》2008 年第 1 卷第 2 期，第 46 页。

[④] Qtd. Eric Cheyfitz, "The (Post) Colonial Construction of Indian Country: U. S. American Indian Literatures and Federal Indian Law," p. 51.

是历史上赫赫有名的"泪水之道"（Trail of Tears）。

　　如果说印第安人按照自然规律的主动迁居是与土地和自然的融合，那么，在殖民制度下的被迫迁移则粗暴地割裂了印第安人与土地的血脉联系，从而也断裂了印第安人的文化和传统。1830 年，美国政府通过了《印第安强迫迁徙法》（The Indian Removal Act），命令印第安各族群迁至政府圈定的"保护区"，并以武力相威胁。在这场印第安各部落的迁移浩劫中，最惨烈的恐怕当数纳瓦霍族的"长走"（Long Walk）了。1863 年，"美国与拿瓦侯族①经历了 20 年的冲突之后，美国派遣基特·卡森（Kit Carson）上校率兵残酷镇压了拿瓦侯人。经过了两年的游击战争，8500 名拿瓦侯人终于不敌而降"②。卡森命令毁掉了纳瓦霍人的财产，并强迫他们迁往 Bosque Redondo 保留地。8500 名族人从亚利桑那州东北部和新墨西哥西北部启程，长途跋涉了 400 英里，历时两个多月才到达了目的地。200 多人死于饥饿和严寒，而在那片荒芜的、"不了解我们"③ 的保留地更多族人失去了生命。这次强制性迁徙就是历史上恶名昭著的"长走"④。

　　这段记忆铭刻在纳瓦霍人的记忆深处，成为他们创伤记忆的符号，如基因密码烙印在土著人的血液和精神之泉之中，并成为他们思索重生之路的起点和基点。在纳瓦霍族诗人鲁露西·塔帕豪恩叟的诗歌《在 1864 年》（"In 1864"）中，女诗人从记忆深处呼唤出对这段血泪往事的丝丝缕缕的思绪，并再现了这段血泪之路。正如皮特·艾沃森（Peter Iverson）所言:"对于纳瓦霍人来说，**长走**就发生在上个星期。"⑤ 全诗以讲述人和她的女儿从靠近新墨西哥州的萨姆纳堡（Fort Sumner）附近的高速路上驱车旅行开始。她们一边开车，一边讲故事:"故事和下面的高速路/成为一首不停的歌。中心线是一个界限模糊的向导。"⑥ 开篇看似平常的几句诗行实则意味深长。正如

①　即纳瓦霍（Navajo）人。本书除引用文字保留其原有翻译之外，行文中一律译成纳瓦霍。
②　参见乔健编著《印第安人的诵歌》，广西师范大学出版社 2004 年版，第 148 页。
③　Irwin Morris, *From the Glittering World*: *A Navajo Story*, p. 20.
④　关于这次"长走"的细节参见 Jennifer Denetdale, *The Long Walk*: *the forced Navajo exile*, New York: Chelsea House Publishers, 2008; 网站 http://www.legendsofamerica.com/NA‑NavajoLongWalk.html。
⑤　Qtd. Amy T. Hamilton, "Remembering Migration and Removal in American Indian Women's Poetry," p. 57.
⑥　Luci Tapahonso, *Saanii Dahataal*: *Poems and Stories*, pp. 3—4. 以下行文中将标注该诗诗行。

艾米·汉密尔顿（Amy T. Hamilton）所言："露西·塔帕豪恩叟创造了一种新的迁移方式。"[1] 在这里，血泪之路上的印第安人艰难的步行被汽车在高速路上的飞驰所代替，汽车马达的轰鸣声与印第安故事的讲述混合成一种新的故事：历史与当下、记忆与现实融合在一起的"新型的印第安民族故事"[2]，而历史就这样以某种奇特的方式照进了现实。

讲述人给女儿讲的第一个故事就是在这样的历史与现实的交错中展开的。故事显然发生在现在："几个冬天之前。"（6）在新墨西哥的东部，也就是当年纳瓦霍人"长走"的必经之路上，一名电工在野外安装电线。他突然发现："这片土地如/他从古老的故事中想象的样子——平坦并点缀着一些灌木林。"（11—12）夜晚来临，他"听到风儿送来的哭喊声和呜咽声"（18）。冥冥之中，他感觉到这是来自命丧"长走"的纳瓦霍族的冤魂的哭泣，他们的冤屈如符咒一般使得这片土地成为诅咒之地。电工希望歌声能够抚慰那些冤魂。同时，他也决心要重走这条血泪之路，返回纳瓦霍人的故土，因为"这个地方包含着他的亲友的痛苦和呼喊，/他自己的生存的困顿的、饱受折磨的灵魂"（30—31）。电工蓦然之间厘清了历史上自己祖先的这次被迫迁徙与整个族群命运之间不可分割的关系，同时他也意识到自己的命运与这片土地的命运早已被自己的祖先以一种不可言说的方式联系在一起了。

在接下来的故事中，这个观念得到了进一步强化："我的姑母总是这样开始讲故事，'你在这里/因为很久之前发生在你的曾祖母身上的事情'。"（33—34）短短的诗行道出了印第安文学和文化传统中一个永恒的三角关系：故事、土地和人。这与西尔克对"讲故事"的定义是不谋而合的：

> 当我说讲故事的时候，我的意思绝不仅仅是指坐在那里，讲一个那种总是以"很久很久以前"开头的古老的故事。我所说的讲故事，是指一种如何看待你自己、你身边的人、你的生活和在更为广阔的背景之下看待你在生活中所处的位置的方式。这里所说的背景不仅仅是指你在

---

[1]　Amy T. Hamilton, "Remembering Migration and Removal in American Indian Women's Poetry," p. 57.

[2]　参见王卓《神话·民族志·自传》，《当代外国文学》2009 年第 3 期，第 114 页。

自然界中所处的位置，它还包括你经历过的，以及在其他人身上发生过的事情。①

可见，在印第安传统文化中，讲故事就是编织一张蛛网，而位置和位移在这个网络之中处于一个关键的节点。"位置"能够唤起记忆，而作为"重组的力量"，记忆能够将"过去与现在接壤，以诠释现在的创伤"②。在接下来的讲述中，讲述人让位于在"长走"途中的曾祖母，一个幽灵般的第一人称叙述者开启了记忆的闸门：

> 跋涉开始了
> 士兵都包围着我们。
> 我们所有的人都走着，一些人抱着孩子。小孩子和年长一点的
> 走在队伍的中间。我们每天不停地走，
> 只有当士兵想要吃饭或者休息时才停下。
> 我们彼此讲话并悄声哭泣。
> 我们不知道路有多远甚至不知道我们要去哪里。
> 我们唯一确切知道的就是我们正离开迪内它，我们的家园。
> ……
> 我们要走那么长的路程。
> 一些老人落在后面，而他们不让我们返回去帮助他们。
> 这是看到的最悲伤的事情……只要想起它我的心就疼。
> 两名女人马上要临产了，
> 她们要跟上其他人很困难。
> 几个士兵把她们拖到一块大石头后面，当我们听到枪声时
> 我们大声哭喊出来。（50—66）

诗歌由第三人称到第一人称的转换具有非同寻常的意义。还原历史的真

---

① Kim Barnes, "A Leslie Marmon Silko Interview," pp. 49—50.
② 转引自洪流《异化世界的救赎之路》，《外国文学》2007 年第 3 期，第 51 页。

实并不是唯一，甚至也不是诗人最重要的考虑。人称的变化使历史与现实、曾在与现在两个世界并置在一起，成为两条平行发展的线。这与印第安人体验世界的独特方式不谋而合。对此，评论家劳拉·考特里（Laura Cotelli）曾经这样解释："对我们来说，并不只有这一个世界，还有多个世界的交叠。时间不是以分钟和小时来划分的，在这道永恒的风景之中，一切都可以存在，一切都是有意义的。"[①] 于是，曾祖母的"长走"之路与生活在当下的讲述人在高速路上的驱车行走就成为两个不同但又交叠的世界，而之所以交叠，就是因为有着相同的位置和位移。

在这首诗的结尾处，讲述的声音再次发生了变化。讲述人与姑母的声音交织在一起，与诗歌开篇中姑母的声音形成了呼应：

> 有许多人死在了去荷维尔蒂（Hwééldi）的路上。
> 一路之上我们互相告诫，"只要我们团结就会强大"。
> 我想那就是使我们生存下来的原因。我们相信自己
> 和圣人留给我们的古老的故事。
> "这就是原因"，她会对我们说。"这就是我们在这里的原因。
> 因为我们的祖先祈祷并为我们悲伤。"（78—80）

从曾祖母到姑母再到讲述人和女儿，四个时代的四个女人讲述着同一个故事：时间变了、人物变了，唯一不变的是那片土地和那个旅程。位置在这个故事中的中心地位是显而易见的，位置和与位置有关的记忆成为印第安故事的精髓所在，也成为印第安文化传承的不断的线索。

历史往往不是偶然的，历史事件往往以各种方式一遍又一遍地重新上演。被裹挟在美国现代化进程中的印第安人也经历了他们记忆中的血泪之路。这一次是从保留地到城市的被迫迁移。西蒙·奥提斯以第一人称写成的诗歌《搬迁》（"Relocation"）回应的就是美国政府1950年实行的把全国保留地的各个印第安族群迁徙到城市的政策：

---

① Laura Cotelli, ed., *The Spiral of Memory*: *Interviews*, p. 39.

　　　　所以我同意迁移。

　　　　我看见自己在梦游中行走

　　　　穿过街道，穿过灰色混凝土的街道

　　　　闪亮的玻璃和油腻的风，

　　　　手里拿着一品脱酒，

　　　　我糊弄着自己的孩子去买的。

　　　　我羞愧。

　　　　我疲倦。

　　　　我饥饿。

　　　　我喃喃自语。

　　　　面对群山我孤独。

　　　　面对自我我孤独。①

　　如果说"血泪之路"带来的是印第安人族群的毁灭，那么迁居城市则更多的是对印第安人自我的摧残。前者更多地表现为身体的折磨，后者更多的则是心理的煎熬。离开自然和土地的印第安人，在陌生的都市中身心经历了难以想象的异化的过程。美国的都市是文明的象征，然而对于毫无准备的印第安人来说，美国的都市却是黑暗的心脏。在这个黑暗的世界中，印第安人彻底失去了位置感，他们游荡在这个陌生的世界，享受着现代文明，内心却惶恐无助。正如马斯克基/科瑞克（Mvskoke/Creek）族诗人乔伊·哈荷（Joy Harjo）在诗中所勾画的那样："你们以生命/额外支付了成千上万倍的服务费/而现在还得担惊受怕/你们可能永远也无法逃离了。"②在印第安诗人的诗歌中不乏对身心异化的印第安人形象的勾画和对深层次原因的探索。哈荷的名诗《安卡拉奇》（"Anchorage"）中那"蜷缩着身体，浑身发散着/陈年的恶臭"的"印第安老妇人"的形象就是其中的代表。这是一个被土地抛弃的印第安人形象，在"石头、血和鱼建起的"美国城市中"双目紧闭

---

　　①　Simon Ortiz, *Going for the Rain*, pp. 76—77.

　　②　Joy Harjo, *She Had Some Horses*, p. 21.

不愿意面对/无法承载的黑暗"，"世间的一切毫无意义"了。[①] 在钢筋水泥构建的现代城市中，印第安文化不再能够找到生根发芽的一点点缝隙，印第安人传统的生活模式和文化传统被摧毁得不见踪迹。没有了精神依托的印第安人只能在城市的酒吧里游荡：

> 你们的心随着香烟的烟雾
> 飘出，你们破碎的牙齿散落在我的手里。
> 但是故事没有结束
> 酒鬼、赌徒、电唱机和酒吧会让你们的队伍不断壮大。[②]

诸如酒吧、妓院等抑郁、嘈杂、充满罪恶勾当的城市场景频频出现在美国印第安当代诗人的诗歌中，并成为失落的印第安人与现代文明交锋的场景，同时也成为异化的、分裂的印第安人的象征。"无位置感造成了现代社会的异化，而空间的缺失，即人类对自身与荒原之间的关系的忽视则加剧了这个世界遭受的灾难。"[③] 对于印第安人而言，与族群的生活环境迥异的城市空间以及全然不同的生活方式冲击着族人的神经。当代印第安人在被美国现代化进程裹挟前行的同时也经历了前所未有的精神危机和生存困惑，然而，不可否认的是，迁移也带来了印第安族群和个人身心的成长和巨变。

三　迁移——印第安的成长之歌

空间与迁移与构建人物的成长有着密不可分的关系，[④] 这一点在美国白人文学作品和族裔文学作品中都有所体现，是二者为数不多的共性之一。然而，迁移的方式对于白人和印第安人却有着全然不同的意义。当美国白人不断地离开家，试图发现自己并在世界留下痕迹时，印第安人作家却让他们的主人公回到族裔的土地和神话的地域，从而回到自己心灵的家园并找到自我

---

① Joy Harjo, *How We Became Human: New and Selected Poems*, p. 31.
② Joy Harjo, *She Had Some Horses*, p. 21.
③ 洪流：《异化世界的救赎之路》，第 50 页。
④ 参阅王卓《美国女性成长小说研究》，中国书籍出版社 2008 年版，第 16—19 页。

的归属。① 对于像哈克一样的白人来说，逃向印第安的土地意味着逃离社会的束缚和对自由的追求，然而"对于印第安人来说，逃向印第安的土地就是返回家园和自我，回到构成了自我的所有的汇聚，回到自我的部落、神话和心理的源头"②。评论家威廉姆·比维斯（William Bevis）在《美国印第安小说：归乡》（"Native American Novels：Homing In"）中提到，"归乡"，甚至只是在心灵上返回一个曾经经历的"过去"，不只架构出印第安文学的故事情节，更是他们的知识与前景的维系。③ 当代美国印第安文学一直不倦地彰显这一主题，并形成了独特的"归家范式"④。正如比维斯所言，印第安作家莫马迪、西尔克、詹姆斯·韦尔奇（James Welch）等人的作品讲述的都是关于一名曾经离开或者将要离开，然而却返回了家园并最终驻留于此，并终于找到了身份的印第安人。⑤ 莫马迪的《黎明之屋》，西尔克的《典仪》、《死亡年鉴》、《沙丘花园》以及《黄女人》等短篇，厄德里克的《爱药》等都是这一主题的经典之作。

迁移既概括了印第安人传统的游牧生活方式的真谛，浓缩了印第安人与自然和土地关系的精髓，也记录了印第安人在殖民制度下的血泪之路和痛失土地与家园的切肤之痛。强迫迁移对于印第安人来说是与土地和家园的疏离以及由此带来的身心的异化。那么逃离城市这个"噩梦之地"⑥，重返土地和自然的怀抱将是印第安人求得新生的唯一途径。吉布瓦（Ojibwa）女作家厄德里克在《我该在的地方：作家的地点意识》一文中指出，土著美国作家书写地点的任务与福克纳和维拉·凯瑟等白人作家不同，因为土著美国作家"一定讲述当代幸存者的故事……而这一切都少不了土地"⑦。西蒙·奥提斯的诗集《去寻雨》（*Going for the Rain*, 1976）、《一次好的旅程》（*A*

---

① See William Bevis, "Native American Novels：Homing In," pp. 581—582.

② Susan L. Roberson, "Translocations and Transformations Identity in N. Scott Momaday's *The Ancient Child*," p. 31.

③ William Bevis, "Native American Novels：Homing-in," p. 582.

④ 邹惠玲：《当代美国印第安小说的归家范式》，《英美文学研究论丛》2009 年第 11 期，第 22—28 页。

⑤ See William Bevis, "Native American Novels："Homing-in," p. 585.

⑥ Joy Harjo, *How We Became Human：New and Selected Poems*, p. 110.

⑦ Louise Erdrich, "Where I Ought to Be：A Writer's Sense of Place," p. 48.

Good Journey，1977）等都蕴含了在迁移中求得生存和族群成长的深刻主题。以《去寻雨》为例，如果独立阅读每一首诗歌，那么该诗集中的 90 首诗歌看起来似乎如一个个抒情的片段，涵盖了人类情感大悲大喜的多重变化。然而，如果把这些情感的变化和该诗集覆盖的地点的变化结合起来，换言之，从迁移的角度审视这些诗歌，那么"每一首诗歌都变成了一个完整的四阶段旅程的步骤"①。从迁移的物质含义来看，讲述人的旅程覆盖了佛罗里达、圣地亚哥、威斯康辛、纽约、盖洛普（Gallup）、赫斯普瑞斯（Hesperus）、阿尔布开克（Albuquerque）等。从迁移的精神角度来看，这不是一次毫无目的的漫游，而是一次朝向"起源之点"——Acu（生命开始的地点）的朝圣之旅，同时也是印第安讲故事的人身份的重构之旅。② 像许多印第安作家一样，西蒙·奥提斯也把地点与身份联系起来。在诗集《一次好的旅程》中，他更是写了一首几乎完全由地点组成的诗歌：《一些参加晚会的印第安人》（"Some Indians at a Party"），并在列举了些许与印第安人的生活和经历有着密切关系的名字之后写道："那也是我的名字。/你不要忘记。"③

　　奇克索（Chickasaw）女诗人琳达·霍根（Linda Hogan）在《真相是》（"The Truth Is"）中，把迁移与她的混血儿身份的复杂性结合起来，同时也道出了印第安人在主流政治和文化的夹缝中求得生存的唯一策略。她写道：在她的左口袋里有一只奇克索手，而在她的右边口袋有一只白人的手，当然，这两只手象征着她本人的杂糅的身份。她坦言，她的两个部分不是和平地相处，而是"拥挤在一起/在夜晚彼此碰撞"：

> 女孩，我说，
> 做两个国家的女人是危险的。
> 你已经在把你的两只手放在
> 两只空口袋的黑洞中。即使
> 你吹着口哨走着好像你不害怕

---

① Andrew Wiget, ed., *Handbook of American Indian Literature*, p. 484.

② Ibid.

③ Simon Ortiz, *A Good Journey*, p. 88.

> 你知道敌人住在那只口袋中
> 而你记得如何战斗
> 因此你最好继续前行。①

诗歌中反复强化的"迁移"的动作和状态以及由此而产生的不同的心理深刻地表明"迁移"是印第安人求得生存的最好的方式。霍根短短的几句诗行却折射出印第安人在美国社会和历史中所面临的巨大的生存困境。其一就是处于两种不同文化交锋的风口浪尖,作为族裔群体中的一员该如何面对的问题;其二则来自印第安人自我身份的复杂,那就是混血的杂糅身份往往让他们无所适从的问题。基于此,霍根给出了自己的答案:

> 放松,还有别的事情要考虑。
> 比如说鞋子。
> 如今那可是灵魂真正的面具。
> 左脚的鞋子
> 而右边带着白色的脚。

从手到脚的转移带来的是读者视觉和心理聚焦的改变,从而进一步凸显了迁移的意义。同时,左右脚的对比强化的同样是混血印第安人夹缝中生存的处境。然而,诗人轻松的口吻和揶揄的话语则体现了经历了磨难的现代印第安人安之若素的成熟心态。不过,在异化的现代世界中求得生存不但需要勇气,也要讲究策略,而印第安诗人们一个共同感受就是,印第安传统的传承和弘扬是对抗现代人身份危机的法宝。

四 迁移——印第安的仪式诵歌

西尔克借蜘蛛女之口说,"我唯一知道的治疗方法就是仪式,她就是这

---

① Linda Hogan, "The Truth Is," *Seeing Through the Sun*, pp. 4—5.

么说的"①。的确，经历了族群灭绝、土地沦陷、身份缺失等重重危机的印第安人最需要的就是疗伤，而仪式是这个古老的族群的法宝。印第安仪式在文学作品中往往以"象征地理"（symbolic geography）的模式出现。所谓"象征地理"，在印第安话语体系中指的是"蜘蛛女为拉古纳编织的世界的空间/时间范式"②，它在印第安人的健康和和谐的精神之旅中充当着向导。可见，在印第安的世界观中，空间和时间均呈现出象征的维度和仪式的功能。正如西尔克把自己的首部小说定名为《典仪》（Ceremony），并用古老的仪式帮助主人公泰尤重建了与印第安文化的联系，甚至帮助他恢复了象征土地和自然繁盛的性能力：

> 这一切都没有终结的时候，因为根本就没有界限：他来到了聚合点，所有生命的命运，甚至是土地都被放置在这个点上，从他做梦的树林中，他了解到为何日本人的声音会和印第安人的声音合在一起，还有乔希亚以及洛基的声音也在当中。各种文化与不同世纪的线条被以黑线画在细细的明亮的沙子上，刚好聚合在巫术最后的仪式以及绘画之中。从那时开始，人类又再度变成了一个种族，因为破坏者对全人类、全体生物的阴谋诡计促使人们再团结起来。人类也为相距两千里被死亡吞噬的共同命运而联合起来。而在核弹死亡的人中，他们从来没有看过屠杀他们的核弹制造地的地貌：这片高地，也没有看过这岩石精致的颜色。③

这是一个印第安女作家对仪式的重要性的一个颇具理想化的展望。尽管似乎过于理想化而显得遥远而渺茫，但这终归是印第安人构想出来的未来世界的走向和对目前存在的各种危机的答案。而对于如此复杂而严重的精神和心理危机，恐怕除了古老的典仪，也别无他法了吧。

在美国印第安诗歌中，仪式以及伴随着仪式的印第安诵歌也是印第安诗

---

① Leslie Marmon Silko, *Ceremony*, p. 3.

② Edith E. Swan, "Laguna Symbolic Geography and Silko's *Ceremony*," p. 229.

③ Leslie Marmon Silko, *Ceremony*, p. 246.

人不断诉求的书写策略。由于印第安部落的口头文化传统，典仪是印第安文化得以传承的至关重要的环节。在典仪过程中，歌唱者所吟唱的诵歌则不但是典仪的重要组成部分，也成为印第安诗人不断借鉴的诗歌创作理念和策略。而迁移与仪式的结合更是成为当代美国印第安诗歌中的独特意象。霍皮/米沃克族（Hopi/Miwok）诗人温迪·罗斯（Wendy Rose）的诗歌《拄着祈祷手杖前行》（"Walking on the Prayersticks"）就是这样一首充满着仪式感的诗歌：

　　　　当我们走向田野
　　　　我们总是歌唱着；我们走
　　　　我们每个人在不同时间
　　　　在一个世界牢牢握着
　　　　像一根装饰着羽毛、被偶像化的祈祷手杖
　　　　我们以这样的方式勾画我们的生活：追寻我们的家系
　　　　……
　　　　这就是我们初次学会歌唱的地方
　　　　在远古的早晨
　　　　因为我们的皮肤是
　　　　红色的沙土，因为我们的眼睛
　　　　浮动在山洪暴发的洪流之中
　　　　因为我们的痛苦是
　　　　由捆扎在玉米壳中的重负组成哦，
　　　　因为我们的欢快流淌在
　　　　土地上，
　　　　因为在触摸我们自己时
　　　　我们触摸到一切。[1]

---

[1]　Wendy Rose, "Walking on the Prayersticks," in *That's What She Said: Contemporary Poetry and Fiction by Native American Women*, ed., Rayna Green, p. 194.

印第安诗人一个共同的特点是善用不同层次的重复，词语的重复、词组的重复、诗行的重复等等。哈荷把诗歌中的重复策略比拟成"歌谣或者诵唱"："在讲故事，在有效的讲话中，重复被仪式般地使用，因此所说的话成为一种祈祷，而这给你一种进入所说的事情的途径，一种呈现出全部，但是有所改变的方式。"①奥提斯诗歌中的邪恶的城市一向伴随着对土地和家园的渴望，并时常伴有祈祷般的吟唱。在《致在盖洛普的姐妹兄弟》（"For Those Sisters and Brothers in Gallup"）一诗中，祈祷者的"连祈"（litany）唤起了诗人追索的目标，那就是传统的净化的雨：

> 善良，姐妹，善良；
> 天会再次净化。
> 天要下雨而你的眼睛
> 将善良并如此深深地看到
> 我的内心深处内心深处深处深处。②

这是一种朝圣般的感受，雨带来的将不仅仅是大地的净化，也是人心灵的净化，是在雨中获得的重生之感：

> 我只是想要翻越下一座山，
> 穿越树木丛林
> 走出另一侧
> 看看清澈的河流，
> 整个地球是新的
> 听听它在重生中
> 发出的声音。③

---

① Joy Harjo, "The Creative Process," in *The Spiral of Memory*, ed., Laura Contelli, p. 17.
② Simon Ortiz, *A Good Journey*, p. 89.
③ Ibid.

印第安诗人之所以热衷于创造"不同的连祈"①,就是力图恢复印第安传统文化中典仪诵歌的疗伤功能。而这种诗歌理想几乎是所有印第安作家的共同愿望。在一次采访中,哈荷曾经明确表示:

> 我想要对世界有所作为:我想让我的诗歌在一种土著的语境中有用处,就像它在传统上曾经的样子。在一种土著语境中,艺术不仅是挂在墙上以供观赏的美丽东西;它是在对人民有用的语境中被创造出来的。②

对于印第安人来说,迁移本身就带有一种仪式感,是寻求和追索的象征,本身就带有一种神圣之感。《典仪》中的泰尤就是在游历中不断亲近自己的印第安传统和文化,并最终在典仪的帮助下确立自己的印第安之根的。在奥提斯的《去寻雨》中,诗人以"环式结构"象征性地开启了一次求雨的旅程。③诗集的四个部分也分别被冠以"准备"(The Preparation)、"启程"(Leaving)、"归来"(Returning)和"降雨"(The Rain Falls)。而诗人更是明确指出:"他的旅程也是一次祈祷,他必须坚持。"④ 奥提斯在"前言"中把他本人的旅程与去求雨的仪式结合起来,并唤起了一首传统的诵歌:

> 让我们再次出发,兄弟;让我们去找 Shiwana。⑤
> 让我们唱出我们的祈祷之歌。
> 我们现在就走。现在我们要出发了。
> 我们会带回 Shiwana。
> 他们现在正来。现在,他们正来。
> 它在飞动。植物正在生长。

---

① Qtd. Kimberly M. Blaeser, "Cannons and Canonization: American Indian Poetries Through Autonomy, Colonization, Nationalism, and Decolonization," p. 254.

② Bill Moyers, "Ancestral Voices: Interview with Joy Harjo," p. 43.

③ Kimberly M. Blaeser, "Cannons and Canonization: American Indian Poetries Through Autonomy, Colonization, Nationalism, and Decolonization," p. 203.

④ Simon Ortiz, *Going for the Rain*, p. 37.

⑤ Shiwana 是雨神之意。

让我们再次出发，兄弟；让我们去找 Shiwana①

在诗集的散文章节，他更是把求雨的"仪式般的旅程"② 与个人的成长联系在一起：

> 一个男人出发了，他遇到了各种各样的事情。他经历历险、遇到人们、求得知识、去不同地方，他总是在寻寻觅觅。有时旅程是危险的；有时他找到意义，而有时他穷困潦倒。但是他坚持着；他必须。他的旅程也是祈祷，而他必须坚持。③

这样，诗人把自己的旅行与古老的印第安求雨的仪式联系在一起。无独有偶，莫马迪也曾经虔诚地进行了带有仪式感的朝圣之旅："几年前我做了一次去北美腹地的朝圣之旅。我恰好是在西蒙大拿开始这次旅程的。从那里开始，我穿越怀俄明高地进入黑山，接着向南而行进到南方平原，到了在俄克拉荷马的雨山墓地。这就是很久以前我的凯欧瓦祖先的旅程。"④

五　小结

对于美国印第安人而言，独特的族群传统和生活方式以及惨痛的被殖民历史使得迁移成为他们主动的行动或被迫的行为，从这个意义上说，空间的改变方式的不同代表的是印第安人生活状态的根本变化；同时，在空间的改变中，印第安人的情感诉求也发生了巨大变化，而整个族群也在空间的改变中经历了前所未有的成长，成为族群步入现代化进程的记录，也成为印第安诗人回忆族群传统、以仪式的方式诉求未来命运的真实写照。

---

① Simon Ortiz, *Going for the Rain*, p. 37.
② Ibid., p. 205.
③ Ibid., p. 37.
④ N. Scott. Momaday, *The Man Made of Words*, p. 118.

第五章

当自然遭遇现代性

——当代美国印第安诗人"生态书写"的悖论

一　当代美国印第安诗人的"生态书写"

当西方生态主义者把梭罗的《瓦尔登湖》奉为圭臬而津津乐道时，有谁想过一个"前生态书写"的问题：对于美国土著人而言，生态书写就如阳光和空气一样，是最自然不过的事情？"印第安人崇拜自然，热爱自然及一切自然生灵"，所以可以说，印第安人是"最早的生态学者"，"是环境主义和生态主义文学的鼻祖"①。历史学家威廉姆·克罗恩（William Cronon）的《土地的沧桑变化》（*Changes in the Land*，1983）、威尔伯·雅克布斯（Wilbur R. Jacobs）的《作为生态主义者的印第安人》（"Indians as Ecologist"，1980），生态学家斯图亚特·乌达尔（Stewart L. Udall）的《平静的危机》（*The Quiet Crisis*，1963），宗教学者克里斯托弗·维克塞（Christopher Vecsey）的《美国印第安人环境宗教》（"American Indian Environment Religions"，1980）、小凡·德罗瑞（Vine Deloria, Jr.）的《上帝是红色的》（*God Is Red*，1973）等专著和文章，都专门对印第安人与自然之间的关系进行过论述。他们认为印第安人崇敬土地、环境而人与自然之间有着某种内心的和谐关系。泰西·纳瑞侯（Tessie Naranjo），土著美国墓地保护和归还法

---

①　朱振武等：《美国小说本土化的多元因素》，上海外语教育出版社 2006 年版，第 36 页。

案的倡导人曾说，土著美国人是有机世界的一部分，在这个世界中所有层面的相互关系都得到尊重。土著人与他们生活的地方的关系，包括土地、水、高山、岩石，动物和植物，是可触摸的，并极其重要的。[①]

人与自然的和谐关系是印第安诗歌中一个永恒主题。从印第安传统口头诵歌到当代美国印第安诗歌，自然总是以一种印第安人特有的理解方式存在着。在纳瓦霍族有《马儿赞歌》（"Hymn of the Horse"）、《鹿之歌》（"Deer Song"）、《土地之歌》（"Song of the Earth"）；卢伊塞诺族（Luiseno）有《四季卢伊塞诺歌》（"Luiseno Songs of the Seasons"）等以自然为主题的诗歌。以纳瓦霍《鹿之歌》为例：

> 他们开始
> 　　和着我的歌儿
> 　　　　朝我走来
> 　　　　我
> 　　　　　　现在
> 　　　　是一只光泽的黑鸟儿
> 从黑山之巅
> 　　而来
> 　　　那里万花丛中
> 　　　延伸着
> 　　　小径曲曲弯弯[②]
> 　……

自然与人不但和谐地生活于同一片土地上，而且互相在神交中转化着：鹿像人一样聆听着歌声，而人则化身为羽翼光滑的黑鸟。不但印第安的口头诗歌如此，即使对于试图模仿欧洲文学传统的印第安诗人来说，也不例外。哈荷在评论 19 世纪印第安诗人亚历山大·坡赛（Alexander Lawrence Posey）

---

① Tessie Naranjo, "Pottery Making in a Changing World," pp. 44—50.
② Brian Swann, ed., *Native American Songs and Poems: An Anthology*, p. 5.

的跨文化诗歌时说："他更倾向于与土地融为一体，或者认同土地本身，而不是把自己的情感放置到风景之中，这是一种传统的印第安观念。"[①] 坡赛表达他的"活力环境"意识的方式就是赋予自然以自己的声音。第一章中引用的《奥克他胡奇之歌》就是很好的例证。

　　当代印第安诗人在摒弃了声韵的束缚、摆脱了白人文化殖民之后，更加自由地书写人与自然的关系。在《我们被告知很多事，但我们知道这才是真的》（"We Have Been Told Many Things but We Know This to Be True"）一诗中，西蒙·奥提斯（Simon Ortiz）这样直言了人与自然、人与土地的关系：

> 土地。人民。
> 他们彼此相连。
> 我们彼此是一家。
> 土地与我们同呼吸。
> 人们与它共患难。[②]

　　印第安诗歌中体现的这种人与自然之间亲缘关系是对朴素的印第安生态文明思想的传承。传统印第安的宇宙观与中国古代的宇宙起源有着某种内在的"连续性"[③]，也同样具有"和谐均衡"的品性。[④] 印第安的世界是一个"运作与过程的和谐体"[⑤]。皮特·佛斯特（Peter T. Furst）在对美洲萨满教的意识形态的研究中发现，"与人和动物品质相等这个观察密切相关的另一观念是人与动物之间相互转型，即自古以来就有的任何动物彼此以对方形式出现的能力"，"自然环境中的所有现象都被一种生命力或灵魂赋予生命"[⑥]。

---

① Linda Hogan, "The 19th Century Native American Poets," p. 26.

② Simon J. Ortiz, *Fight Back: For the Sake of the People, for the Sake of the Land*, p. 35.

③ 乔健编著：《印第安人的诵歌》，广西师范大学出版社 2004 年版，第 120 页。

④ 乔健编著：《印第安人的诵歌》，第 24 页。F. W. Mote 指出，"真正中国的宇宙起源论是一种有机物性的程序的起源论，就是说整个宇宙的所有的组成部分都属于同一个有机的整体，而且它们全都以参与者的身份在一个自发自由的生命程序之中相互作用"。转引自乔健编著《印第安人的诵歌》，第 120 页。

⑤ Gary Witherspoon, *Language and Art in the Navajo Universe*, p. 53.

⑥ 转引自乔健编著《印第安人的诵歌》，第 122 页。

美国当代印第安诗人对于这种印第安生态传统有着深刻的认识。莫马迪在其文论《土著印第安人对环境的态度》中指出，印第安人与自然和土地的联系"来自于一种种族和文化经验"①。这种经验告诉印第安人，人与自然的关系是"交互占用"，人把自己"投入到风景之中，同时把风景融入到自己最基本的经验之中"②，从而达到一种人天与共、天人合一的境界和情怀。乔克托和切罗基（Choctaw and Cherokee）族诗人路易斯·欧文斯（Louis Owens）宣称，生态视角对他来说很重要，而且这是很多印第安作家共同的视角。厄德里克在记录自己怀孕待产的一段岁月的文集《蓝松鸦的舞蹈》（The Blue Jay's Dance）中，这样定义了自然和自我的关系：让她活下来的力量是来自自然界的力量，是"花儿的讲述"③。显然，厄德里克的言外之意就是，印第安人的"生存取决于故事和故事与自然界的关系"④。"美国印第安作家正提供一种与西方文化不同的看世界的方式。这是一种全面的、生态的视角，一种把基本的价值放在存在的整体性的［视角］，使得人性对所有的成员都平等，却不凌驾于任何之上，并赋予人类关照我们居住的世界的重要责任。"⑤ 正如莫马迪诗歌所呈现的那样，一切均处于一个和谐而平等的关系网之中：

> 你看，我活着，我活着
> 我与大地保持着良好的关系
> 我与诸神保持着良好的关系
> 我与一切美好的事物保持着良好的关系
> 我与特森—忒恩塔保持着良好的关系
> 你看，我活着，我活着。⑥

---

① N. Scott Momaday, "Native American Attitudes toward the Environment," p. 80.
② Ibid.
③ Louise Erdrich, The Blue Jay's Dance: A Birth Year, p. 107.
④ Lee Schweninger, Listening to the Land: Native American Literary, p. 99.
⑤ Louis Owens, Other Destinies: Understanding the American Indian Novel, p. 29.
⑥ N. Scott Momaday, In the Presence of the Sun: Stories and Poems, 1961—1991, p. 16.

　　从以上的论述不难发现,印第安人的自然观与西方世界有着迥异的内涵。首先,印第安传统框架中的自然是建立在精神意义之上的,而不是其知识意义的层面,与此相反,西方的自然体系却是建立在科学和知识的基础之上。"自然的知识意义表现为力量,即知识给我们以征服自然的力量,认识自然是为了改造自然;而其精神意义在于快乐。"[①] 印第安中的纳瓦霍族的宇宙观就是体现了知识与精神的不同层次。纳瓦霍思想研究专家盖瑞·威瑟斯庞(Gary Witherspoon)在阐释纳瓦霍族宇宙观的动力之源时提出了"气"的概念,并指出:"在纳瓦霍的世界中气是唯一可以有内在能力去运动和承载知识的实质和实体。气是所有知识与活力的最后源头。因为知识不通过思维便不能转化为行动,气便也是所有思维的源头。"[②] 可见,在纳瓦霍的宇宙观中,知识是缺乏活力的,需要精神的承载才能转化为行动。"从骨子里,印第安人认为土地和人一样拥有生命。这种生命力不是从肉体上来说的,而是与某种神秘的、精神层面的力量有关。"[③] 其次,在对待北美洲这片神奇的土地时,殖民者是借用上帝的权威来使得征服合理化、合法化。从《圣经·旧约》到殖民地时期的作家如温斯如普(John Winthrop)、布兰德福特(William Bradford)等无不如此。赛瑟里安·提奇(Cecelia Tichi)指出,新英格兰的清教徒用《圣经》的权威合理化了土地的占用。[④] 即使同样是自然作家,在印第安诗人与美国白人诗人之间也存在着明显差别。印第安诗人路德·斯坦丁·拜耳(Luther Standing Bear)曾经说:"只有对白人,自然才是一片'荒野'。"[⑤] 而这一点得到了托马斯·里恩(Thomas Lyon)的肯定:对于印第安人,"没有作为'文明'对立面的二分法意义上的荒野"[⑥]。西方的自然观曾经经历了一个复杂而微妙的变化过程。在古希腊和罗马神话中,荒野是蛮荒和无知的同义词,因此我们读到的往往是人试图主宰自然的一个又一个悲壮而惨烈的故事;18 世纪时,清教徒更是把荒野妖魔化,认为荒

---

① 侯传文:《生态文明视阈中的泰戈尔》,《外国文学评论》2009 年第 2 期,第 129 页。

② Gary Witherspoon, ed. , *Language and Art in the Navajo Universe*, pp. 53—54.

③ Paula Gunn Allen, *The Sacred Hoop: Recovering the Feminine in American Indian Traditions*, p. 70.

④ 此观点参阅 Cecelia Tichi, *New World, New Earth: Environmental Reform in American Literature from the Puritans through Whitman*, pp. 1—36。

⑤ Luther Standing Bear, *Land of the Spotted Eagle*, p. 38.

⑥ Thomas Lyon, *This Incomparable Lande: A Book of American Nature Writing*, p. 38.

野里住着猛兽和魔鬼；但到了 19 世纪，这个观点产生了大逆转，工业革命把人们脑海中的恶魔从荒野赶到了城市，因此一时间城市仿佛成了撒旦盘踞的地狱，而荒野反而成为圣洁的伊甸园，大自然成为纯真、洁净、神圣之地。约翰·缪尔（John Muir）甚至认为荒野就是一个圣殿："一切事物都变成了宗教，整个世界似乎都变成了一个教堂，而群山则成了祭坛。"[1] 对加里·施奈德等以荒野书写自居的白人诗人来说，自然和大地首先是一个劳作的地方，是一个实用主义者生存的地方，就像他曾说的那样，"在这个星球上生物的多样性和良性生物进化是我采取的立场：不是夸夸其谈的立场，而是坦率的脚踏实地的立场，如同我的祖母培植金鱼草、嫁接苹果那样实际"[2]。与把美国作为工作之地的理念相伴而生的观念就是把美国作为"居住"之所，当然施奈德也没有忘记呼吁他的工作之地的初衷，大声呼吁："在这个星球上寻找一个地方，深耕。"[3]

可见，在白人作家的自然书写中，居于主导地位的永远是人和那颗意欲征服一切的心。例如，在惠特曼的诗歌中，那个超验的自我仿佛已经化身为宏大的宇宙，以一种超然的力量把一切都纳入其中，例如，在惠特曼后期诗作《到印度去》中：

> 在另一个不同的场面里（灵魂哟，这也属于你，同样都属于你，）
> 我看见穿越种种障碍的太平洋铁路、我国的陆地，
> 我看见连接不断的列车载着货物和乘客，沿着普拉特河蜿蜒行驶；
> 我听见机车的急驶和咆哮，以及呼啸的汽笛，
> 我听见汽笛的回声飘过世界上最为壮观的风景区；
> 我越过拉勒米草原，我凝视着孤山和嶙峋怪石，
> 我看见繁茂的燕草、野洋葱，以及荒芜单调、野草丛生的荒原；
> ……
> 最后划上两条铁轨把各地串在一起，

① 程虹：《寻归荒野》，三联书店 2001 年版，第 164 页。
② Stuart Friebert & David Young, eds. , *A Field Guide to Contemporary Poetry and Poetics*, p. 87.
③ Gary Snyder, *The Old Ways*, p. 101.

　　　　把三四千英里的大陆连在一起，

　　　　把东海和西海衔接起来，

　　　　筑起通道，把欧亚两洲联在一起。①

　　在这首被誉为惠特曼"诗歌生活的顶峰"的诗歌中，惠特曼推崇的是以印度为精神文明的象征，然而，诗歌中却无处不彰显着一种西方的征服欲望，一种试图使一切按照人类世界的法则而发生和存在的欲望。奔驰的火车、绵延的铁轨按照人的意愿把自然的世界切分得四分五裂、面目全非。看似活力动感的世界却不过是在机器的作用下被动地运动，早已失去了自然内在的活力。这一点与土著诗人对自然的呈现形成了鲜明的反差。

　　莫马迪 2008 年的近作《太阳马》（"The Sun Horses"）以丰富的想象力和巧妙的比喻性，对比了印第安人与白人对自然的不同理解和诠释方式：

　　　　马儿来了

　　　　我们起初不明白

　　　　一种命运也随之而来。

　　　　它们沿着岸边分散开来，

　　　　在阳光下跳着他们的身影。

　　　　当我们歌唱时一些聚到我们身边。

　　　　但另一些徘徊在地平线。

　　　　我们知道在我们最深切的敬意中

　　　　我们是我们自己

　　　　只要马儿在那里

　　　　出现在天际。

　　　　接着某一天，

　　　　当我们挡了他们的路，

　　　　士兵们一阵乱枪，

　　　　太阳黯然无光，

―――――――――

　　① ［美］惠特曼：《惠特曼诗歌精选》，李视歧译，北岳文艺出版社 2000 年版，第 306 页。

马儿不见了踪影。①

在诗人天马行空的想象中，马儿如天外来客出现在印第安人的生活和视野之中。一时间，马儿的舞蹈和印第安人的歌唱融为一体，构成了一幅人与自然和谐、安乐的生活画面。然而，白人的到来却彻底地改变了一切。在现代武器的强大威慑下，太阳黯淡了光辉，马儿也逃得无影无踪。祥和和安宁被彻底打破了，天人合一的境界无影无踪。

天人合一是印第安诗人的共同理想。例如，在克瑞科女诗人葛兰西（Diane Glancy）的小说《石头心：莎卡佳薇雅》（*Stone Heart：a Novel of Sacajawea*，2004）的开篇咏诵中，女诗人就描画了一幅动态的自然生活图景：

嘿嘿嘿
嘿嘿嘿嘿嗨

你看见马群自天空飞奔而来
你看见他们幻化成木舟，而你向前划行
你看见你的双桨成为羽翼

你听见云朵絮絮低语
他们从呢喃到呐喊
语声如冰雹狂打水面
水流湍急，划桨不易
你抖动双桨双翼
但你仍未高飞②

在葛兰西的土著自然世界中，自然万物各具特色，彼此以各自的方式丰

---

① N. Scott Momaday, "The Sun Horses," p. 19.

② Diane Glancy, *Stone Heart：A Novel of Sacajawea*, p. 11.

富着这个多元的自然世界，同时，又处于不断的幻化之中，从形态到精神处于不断的沟通和交流之中，真正实现了你中有我，我中有你的境界。

印第安生态思想中，分享而不是掌控是其核心理念，而这也是白人与印第安人对自然中的非人类的成员态度上本质的不同。诗人、评论家约翰·内哈特（John G. Neihardt，1881—1973）① 在《黑麋鹿如是說》（*Black Elk Speaks*）中，这样解释了自己所肩负的讲述自己和族群故事的使命:"这是所有神圣的生命的故事，因此讲出来是有益的，我们两条腿的［生命］与四条腿的［生命］、空气的翅膀和所有绿色的东西分享于此;因为这些都是一个母亲的孩子而他们的父亲是一个神灵。"② 内哈特这里所说的一个母亲就是指的印第安的大地之母。③ 沃德·丘吉尔（Ward Churchill）指出，"［大地母亲］可能是所有土著美国人最核心的精神观念。"④ 在《印第安的灵魂》（*The Soul of the Indian*）中，查理斯·伊斯特曼（Charles Eastman）指出:"自然中的复苏原则来自于作为宇宙之父的太阳，而在我们的大地母亲耐心而丰饶的子宫中蕴含着植物和人的胚胎。"⑤西尔克在她的短篇小说《摇篮曲》（"Lullaby"）结尾处写了一首诗歌，再次强化了大地母亲的形象:

> 大地是你的母亲，
> 她拥抱你
> 天空是你的父亲，
> 他保护你。

---

① 印第安名字为"燃烧的彩虹"（Flaming Rainbow）。

② John G. Neihardt, *Black Elk Speaks*; *Being the Life Story of a Holy Man of the Oglala Sioux*, p. 1.

③ 内哈特并不是印第安人，而是崇尚印第安文化的白人，他与其他民族志诗人一样，常常与印第安人合作，记录下他们的故事。他的《黑麋鹿如是说》便是这样的典型例证。这部书由主人公黑麋鹿以拉科达（Lakota）语讲述，其子同步翻译成英语，在场的内哈特穿插其间或问或答。对于此种书写方式，评论家一直争论不休。因为此种方式固然成功地再现了土著美国人文化传统的丰富性，但终究是以白人的观点重新编写、增删土著的生命故事，这使得他们编写的文本的真实性备受质疑。参见黄心雅《美国原住民的自我书写与生命创化》，第257页。这里本书只是借用了内哈特的印第安大地之母的提法，关于内哈特此书写印第安方式的真实性等问题将另文探讨。

④ Ward Churchill, "Sam Gill's *Mother Earth*: Colonialism, Genocide and the Expropriation of Indigenous Spiritual Tradition in Contemporary Academia," p. 57.

⑤ Charles Alexander Eastman, *The Soul of the Indian*: *An Interpretation*, pp. 13—14.

睡吧，

睡吧。

彩虹是你的姐妹

她热爱你。

风儿是你的兄弟，

他们为你歌唱。

睡吧，

睡吧。

我们永远在一起

我们永远在一起

没有一刻

不是

如此。①

　　大地，天空是父母，那么动物和植物就是他们的兄弟姐妹。在印第安诗歌中，北美大地上的各种典型动物出没于诗行之间，成为一道独特的风景。事实上，"美国自然诗的显著特点之一，甚至在本世纪土著美国主题凸显之前，就是其对动物声音的囊括"②。在西尔克的《典仪》中，蜂鸟成为女诗人自然情感寄托的对象：

　　　蜂鸟看着所有

　　　骨瘦如柴的人们

　　　他为他们感到遗憾。

　　　他说，你需要一名信使。

　　　听着，我将告诉你

　　　要做什么。

---

① Leslie Marmon Silko, "Lullaby," pp. 2738—2739.

② John Elder, "Nature's Refrain in American Poetry," p. 713.

带来一只美丽的陶罐

画着鹦鹉和大大的

花朵

混合着黑色山峦泥土

一些甜玉米面粉

和一点水。

用新鹿皮盖上罐子

新的鹿皮

在罐子上面说一说

在罐子上面

轻轻唱一唱：

四天之后

你会复活

四天之后

你会复活

四天之后

你会复活①

　　郊狼也是印第安传统中一个重要的角色，机敏的特性使得他也充当着人类的保护者。在阿帕切/科曼奇族（Apache /Comanche）女诗人 J. 沃尔波什（J. Ivaloo Volborth）诗歌《动物饥渴》（"Animal Thirst"）中，郊狼出没于月下：

融化的月亮

滴落到松针之上

郊狼沿着河堤

追踪着灰烬。②

---

① Leslie Marmon Silko, *Ceremony*, p. 72.

② Qtd. Houston A. Baker, *Three American Literatures: Essays in Chicano, Native American and Asian American Literature for Teachers of American Literature*, p. 132.

在奇克索（Chickasaw）诗人琳达·霍根（Linda Hogan）的《神圣郊狼》（"Saint Coyote"）中，郊狼幻化为"发光的救世主"，"眼睛亮闪闪"，对"在水上移动的/正在消失的月亮"唱着歌，"他正在说着关于人们的谎言"①。这些被赋予了人格特征的动物，承载着印第安人的文化和传统，也成为印第安诗人的代言人：言印第安诗人之不敢言、不能言、不好言之事，做印第安诗人不可做、不敢做、不好做之事。

二　白人"生态书写"与印第安人刻板形象生产

"作为后现代社会文化思潮的生态主义具有解构意义，其出发点是颠覆以征服自然为特点的现代工业文明和以人为中心的现代文化思想，以及二者相互作用而形成的物质中心、科技中心、人类中心等思维定式和价值追求。"② 因此，印第安诗人的生态书写对于越来越意识到生态环境重要意义的当代美国人来说是一个令人欣喜的表达。可以说，"当社会与人类文明的发展给人们的生活带来越来越多的负面影响时，人们开始有意识地思考人与自然环境之间的关系，而北美大陆上最早的印第安居民就给这片土地上的后来人树立了榜样"③。一时间，印第安人的生活方式和与自然亲近的形象成为美国流行文化和大众心理热捧的对象。

然而，越来越多的印第安人却意识到，大众文化和流行视阈对印第安人形象的固化和刻板化生产给印第安部族带来的负面效应要远远大于正面影响。在美国殖民主义文本中，一直有两种截然不同的审视印第安人的方式：肯定和否定。肯定的刻板形象是在"高贵的野蛮人"的基础上形成的各种变体，是比喻性的刻板化，用霍米·巴巴的话来说，就是"自恋的客体选择"④。殖民者看到一个比喻性的自我形象，不过一个"野蛮人"的标签依旧在殖民者和被殖民者之间保持了等级制的关系。否定的刻板形象是建立在"卑鄙的野蛮人"的基础之上的，与比喻性的刻板形象不同，这是一个转喻

---

① Qtd. John Elder, "Nature's Refrain in American Poetry, " p. 722.
② 侯传文：《生态文明视阈中的泰戈尔》，《外国文学评论》2009 年第 2 期，第 132 页。
③ 朱振武等：《美国小说本土化的多元因素》，上海外语教育出版社 2006 年版，第 36 页。
④ Homi Bhabha, *The Location of Culture*, p. 75.

的形象，是一个强化土著美国人所缺乏的殖民者的特征的方式，是通过同化异质性来强化负面特征的方式。这种方式把土著美国人的个人性融合进了一个"他者"的集体分类，从而使得差异变成了同一的标签。①

事实上，处于主流文化边缘的印第安人的形象从来都是被生产出来的，是白人不同时期、不同需求的粗暴想象。杰弗瑞·D. 梅森（Jeffrey D. Mason）对欧美文化和文学对土著美国人刻板形象的生产进行了一针见血的批判：

> 在殖民主义者的眼中，土著人……已经成为……一群野蛮人或者旧世界传奇承诺的西方动植物天堂中的神话般的住民。这样构建起来，对那些因为很少寻求以自己的方式理解土著人而不能找到一种共同生存的理性的方式的入侵者来说，土著人最终成为了一个模糊的神秘。因此，不仅在呈现一个民族尝试表达……他们经历的性质的意义上，而且作为白人想象的产品而不是一个真正的文化比喻的意义上，美国印第安人是一个神话——是一个虚构。②

美国白人要对这一虚构的印第安神话负责。③ 在美国主流文化构建印第安人的过程中，文学一直充当着主力军。从库柏在"皮裹腿"系列小说中塑造了以莫希干酋长钦加哥和恩卡斯为代表的"高贵的野蛮人"和休伦人麦格瓦为代表的"卑劣的印第安野人"之后，这一二元对立的印第安刻板形象就在美国文学中一直时隐时现。从麦尔维尔、霍桑到马克·吐温，对印第安人刻板形象的文本生产成为19世纪美国文学一个特色独具的部分。"他们要么认为印第安人注定灭绝，或者已经灭绝，因而把他们排斥于文本之外，要么依照高贵野人与卑劣野人的模式描写、塑造印第安形象。"④ 20世纪的美国文学基本延续了对印第安人二元对立的刻板形象的生产，只不过这种模式"演变成形形色色的印第安人物，作为陪衬和配角出现在白人文学作品中"⑤。印第安

---

① Dee Horne, *Contemporary American Indian Writing*: *Unsettling Literature*, p. 73.
② Jeffrey D. Mason, "The Politics of Metamora," pp. 92—93.
③ See Robert Berkhofer, *The White Man's Indian*, pp. 3—25.
④ 邹惠玲：《19世纪美国白人文学经典中的印第安形象》，《外国文学研究》2006年第5期，第49页。
⑤ 同上书，第50页。

人在美国白人文学中二元对立的刻板形象的生产是在殖民主义话语体系中完成的，是在白人作家的文本臆想中实现的。借助这套文明/野蛮，殖民/被殖民，主宰/被主宰的二元对立殖民话语，印第安民族成为文本生产的牺牲品。野蛮与卑贱的印第安刻板形象生产的一个最直接的后果就是，"虚假的印第安形象取代了印第安民族的真实存在"①。白人殖民主义想象中的印第安人刻板形象生产对印第安作家的创作也产生了扭曲的影响，使得印第安作家的文学创作往往处于两难的境地。正如欧文斯（Louis Owens）所总结的那样：

> 在当代印第安作家的文学中，我们发现人物们不断地面对在非印第安世界中的权威文本中构建的身份的两难选择。为了被承认，在世界之中获得真实感——就是为了被看到——印第安人必须顺从于来自外界强加的身份。②

20世纪后半期，随着西方世界对自然和生态的关注度的不断增加，印第安刻板形象的生产出现了一次明显的转向，那就是从野蛮与卑贱之二元对立刻板形象转变为与生态主义理想紧密相连的即将消逝的"生态主义者"刻板形象。在土著女作家路易丝·厄德里克（Louise Erdrich）的名著《爱药》中，女作家借爷爷耐克特·凯斯珀（Nector Kashpaw）之口，挪揄了白人对土著印第安人一厢情愿的、虚构的臆想。当凯斯珀看到一名富有的白人妇女以他为模特创作的题为《勇者跳崖》（Plunge of the Brave）的油画时，他吃惊地发现自己被描画成赤裸着身体，正向万丈深渊奋力跳去，下面波涛汹涌、怪石嶙峋，必死无疑。凯斯珀在气愤之余，发表了如下感慨：

> 后来，当她给我看题为《勇者跳崖》的画像时，我简直难以置信。后来，那幅画像会成为名画。它将被悬挂在俾斯麦州议会大厦里。那就是我，跳下悬崖，当然赤身裸体，下面是怪石林立的河流。必死无疑。……当我看到那个更大的世界只是对我的末日感兴趣，我坐在火车

---

① 邹惠玲：《19世纪美国白人文学经典中的印第安形象》，《外国文学研究》2006年第5期，第50页。
② Louis Owens, *Mixedblood Messages: Literature, Film, Family, Place*, p. 12.

顶盖上回家了。①

　　小凡·德罗瑞（Vine Deloria, Jr.）曾指出，20 世纪 70 年代初的美国印第安人运动没有能够唤起人们对现存的印第安人命运的关注；恰恰相反，美国主流文化开始狂热地想象和构建那些缠着腰布、住在帐篷中并游牧在草原和森林里的早期的印第安人形象。② 白人作家通过强化印第安文化与土地和自然的特殊关系而固化一种印第安人的刻板形象，是一种浪漫化的刻板形象生产。例如，白人女作家麦克卢汉（T. C. McLuhan）在名为《触摸土地》（*Touch the Earth*）的印第安作家与摄影家照片和作品集的"前言"中，这样写道："我们需要建立与土地和其资源的关系；否则随着印第安人的灭亡的就是自然的毁灭。"③ 接着，她进一步武断地总结出白人与印第安人对自然的不同态度："白人从来不在乎土地。印第安人从来不伤害任何东西，而白人毁掉一切。"④这种对印第安人与自然关系的简单化理解在很多白人作家的作品中都若隐若现。维拉·凯瑟在《死神来迎大主教》（*Death Comes for the Archbishop*, 1927）中这样描写了印第安人与自然的关系：

　　　　印第安人的生活方式是消失在观景之中，而不是从中凸显出来……这就好像恢宏的乡村在沉睡，他们希望把自己的生活进行下去而不去吵醒它；或者说好像大地、空气和水的精灵是不应该遭遇敌对的，不应该受到惊扰的……他们在打猎时也同样谨慎小心；印第安人打猎从来不是屠杀动物。他们既不破坏河流，也不破坏森林，如果他们要灌溉的话，他们就使用尽量少的水来满足自己的需要。他们小心周到地对待荼毒和土地上的一切事物；既不会尝试去改善它，也从来不去亵渎它。⑤

----

① Louise Erdrich, *Love Medicine*, p. 91.
② Vine Deloria, Jr., *God Is Red: A Native View of Religion*, pp. 39—56.
③ T. C. McLuhan, ed., *Touch the Land: A Self-Portrait of Indian Existence*, p. 2.
④ Ibid., p. 15.
⑤ 转引自孙宏《薇拉·凯瑟作品中的生物共同体意识》，《外国文学研究》2009 年第 2 期，第 78 页。

强化印第安人与自然的联系，固化印第安人生态主义者的刻板形象在某种程度上说是白人环境焦虑的一种投射，是在现代主义进程之中，在殖民者的凝视下生产的又一个"他者"形象。正如麦克卢汉所担心的那样，印第安人的灭亡将带来自然的毁灭。然而，这种刻板形象的生产对印第安人的负面效应决不亚于高贵和卑劣的二元对立的刻板形象。D. H. 劳伦斯指出，一种"矛盾的欲望"在如库柏一样的白人作家的创作中起着作用，一方面想要消除印第安人的痕迹，而同时也正是为了这一个原因，把他们偶像化、神圣化。[1]

对于这一刻板形象的文本生产，当代印第安作家和学者有着十分清醒的认识。戴维·沃克（David Walker）在《友好的火焰：当环境主义者对美国印第安人去人性化时》（"Friendly Fire: When Environmentalists Dehumanize American Indians", 1999）一文中指出，把印第安人定义为"环境主义者"是一种"去人性化"的伎俩，"对印第安的过去、现在和未来都是有害的"。他认为，这样的归类是对印第安文化的普泛化、简单化和平凡化，是试图使当代印第安人最重要的关注点消逝。[2] 通过这一刻板形象的生产，美国主流社会把印第安文化"固定在时间之中"，永远停留在白人到来之前的原始的风景和未被"现代世界触动的游牧的自然天堂之中"了，[3] 从而失去了时代的鲜活性。

对于白人作家以生态为名，对印第安刻板形象进行的新的生产，当代印第安作家往往表现出一种暧昧的矛盾态度。他们一方面认为自己有义务抵抗并驳斥这种刻板形象生产；另一方面又感觉有必要与土著美国人天人合一的世界观保持一致，以有别于欧洲或者其他族裔的美国人。[4] 苏族（Sioux）作家小凡·德罗瑞的心理就是一个典型的例证。在《上帝是红色的》一书中，德罗瑞首先批判了白人对印第安人与自然有着特殊关系的固化形象生产；接着他又阐释了他本人对于印第安与土地之间联系的观点："只要印第安人存在，在部落之间和任何一个无所顾忌地掠夺土地和其支撑的生命的族群就会有冲突存在。在最深层的哲学层面，我们的宇宙一定有作为一种结构的一系

① D. H. Lawrence, *Studies in American Literature*, p. 36.
② David Walker, "Friendly Fire: When Environmentalists Dehumanize American Indians," p. 277.
③ Alicia A. Kent, *African, Native, and Jewish American Literature and the Reshaping of Modernism*, p. 78.
④ See Lee Schweninger, *Listening to the Land: Native American Literary Responses to the Landscape*, p. 3.

列所有实体都参与其中的关系。"① 那么，印第安传统中人与自然天生的和谐统一关系是会成为拯救世界的力量，还是会沦为阻碍印第安人融入现代社会生活的障碍呢？这一答案还要在印第安诗人的作品中寻找。

三　"生态书写"与印第安现代化进程

在美国诗歌中充溢着一种来自现代社会的压力和一种重新获得与自然的亲密关系渴望之间的张力。正是这种张力赋予了弗罗斯特等美国现代诗人和施奈德等美国后现代诗人一种独特的矛盾和踟蹰，并营造出美国诗歌中一种难得的模糊和朦胧感。对于当代印第安诗人而言，这种张力即便不是自然的，也是必然的，是印第安人被裹挟着进入现代化进程的必然结果。而与自然的疏离也不可避免地成为当代印第安诗歌中一个时常出现的主题。

在印第安黑脚族（Blackfeet）诗人詹姆斯·韦尔奇（James Welch, 1940—2003）的诗歌中"深刻的大地意识充溢在字里行间"②，同时也难掩当代印第安人的迷茫和失落。在他的诗"把事情弄清楚"中，自然因素与现代印第安人的生存状态交互参照，深刻地折射出了现代印第安人内心的焦灼和不安：

> 太阳还会像以前那样发着灰黄色的光？
> 雄鹰仍会飞起、翱翔
> 并落在草原上？岁月流逝
> 将永无结束之日？
> 它会不会像历史那样终结，
> 当最后的巨人登上哈特巴特，找到他的幻象，
> 然后返回小镇并把自己灌得
> 酩酊大醉？那鹰瞥见一只鼠。
> ……③

---

① Vine Deloria, Jr. , *God Is Red: A Native View of Religion*, p. 1.
② 张子清：《二十世纪美国诗歌史》，第 953 页。
③ 转引自袁德成《论詹姆斯·韦尔奇的诗歌艺术》，第 78 页。

"太阳"、"雄鹰"、"草原"、"鼠"等符号颇具传统印第安诗歌的特征，然而，变形的描写却使得个中的滋味全然不同。自然界本该永恒的景象在现代印第安人的心中却充满了问号。的确，当印第安人不断被裹挟着进入现代化的同时，北美洲这片印第安人曾经的乐土也不复存在了。人类的历史是不会终结的，终结的是印第安人曾经辉煌的文明和悠久的文化传统。当这一切都成为未知数或者消解为零的时候，当代印第安人的恐惧、困惑是可想而知的。也许花钱买醉是唯一能够让自己放松下来，求得片刻宁静的方式了。像所有当代印第安人一样，内心承载的历史和民族的重负让韦尔奇苦苦追寻。然而，这种追寻却是徒劳的：满怀英雄豪情，高大如巨人却在追寻无果的现实的打击下回到小镇上花钱买醉，这种反差就如诗中提到的"鹰"和"鼠"的反差，巨大而令人尴尬。

与韦尔奇以隐喻的方式表现印第安人的现状和焦虑相比，乔伊·哈荷似乎更加直接，她的诗歌世界中的当代印第安人更加悲惨而无助：印第安人被认为是"不该/活下来的人"①。哈荷诗中的印第安人已经远离了自然的怀抱，在钢筋水泥的现代都市中漫无目的地游荡，四处碰壁。离开自然怀抱的印第安人"要么改变他们的生活方式，要么死亡。这就是他们面临的选择，没有别的路可走"②。在《安卡拉奇》（"Anchorage"）中，印第安老妇"蜷缩着身体"，"浑身散发着/陈年的恶臭"，在安卡拉奇第四大街公园的凳子上奄奄一息。③在城市的酒吧中，"心灰意冷"的印第安人是一群残渣，"被枪杀者、受刀伤者和被文化毒害者"④。

印第安人与自然渐行渐远，要想再听到"脚下大地转动的声音"已经非常困难了。⑤路易丝·厄德里克在诗歌《我正睡在黑橡树移动的地方》（"I Was Sleeping Where the Black Oaks Move"）中，讲述了整片森林被毁，苍鹭的巢在洪水中被冲走的现实，自然的一切都在工业文明中被毁掉了。结尾诗节哀叹世界的巨变：

① Joy Harjo, *How We Become Human: New and Selected Poems*, p. 32.
② ［美］威尔科姆·E. 沃什伯恩：《美国印第安人》，陆毅译，商务印书馆1997年版，第251页。
③ Joy Harjo, *How We Became Human: New and Selected Poems*, p. 31.
④ Ibid. , p. 67.
⑤ Joy Harjo, *She Had Some Horses*, p. 18.

　　　　我们走在其间，树枝
　　　　在阴森的太阳下变得惨白。
　　　　苍鹭飘飞在我们头顶，
　　　　孤独地，粗厉地鸣叫，心儿碎了，
　　　　鸟喙扎进孔洞里。①

　　由于广袤的边疆已不复存在，因此印第安人更加仔细而真切地审视那尚且存在的小自然。在《典仪》中，西尔克借印第安老巫医贝托尼（Betonie）之口，幽默地表达了印第安人坚定地生存下来的愿望："他们让我们居留在铁路轨道的北边，就挨着河流和他们的垃圾堆，那里他们都不想住。"不过，"他们不明白。我们了解这些山，我们在这很惬意"②。可见，印第安人面对残酷现实的时候，心中的希冀尚存，还有美好的梦想：

　　　　现在有时候，我们在梦中又见到苍鹭在舞蹈。
　　　　他们长长的翅膀扑闪着空气
　　　　他们穿过气旋降落。
　　　　他们又在变速轮中升起。
　　　　我们还要在折断的身影中生活多久
　　　　他们的脖颈伸直，天空变窄了。③

　　在这段颇具超现实主义特点的文字中，苍鹭艰难地在天空中飞翔，天空变得越来越窄，但希望尚存。印第安诗人对当代印第安人生活的描写是带有目的性的，针对的就是生态印第安人的刻板形象生产的倾向。在自然和城市之间苦苦挣扎的印第安人在传说的遥远记忆和残酷的现实生活的闪回交织中，完成了个人身份和族群身份的"古典与现代的接续"④。当代美国印第

---

①　Louise Erdrich, *Original Fire：Selected and New Poems*, p. 14.

②　Leslie Marmon Silko, *Ceremony*, p. 117.

③　Louise Erdrich, *Original Fire：Selected and New Poems*, p. 16.

④　黄心雅：《"陌生"诗学：阅读美国少数族裔女性书写》，《文化研究与英语教学》专刊，2003年，第376页。

安人已经意识到，在整个族群仿佛轮回转世的生命体验中，一切都已经面目全非，美国社会向现代化迈进的进程不会停歇，因此，尽管他们的家园"不会预言留下购物中心和旅馆那样的遗产"，他们不是由玻璃和钢铁而是由鹿的心脏和美洲豹燃烧的眼睛打造而成，他们还是意识到，当自然与城市遭遇、梦幻与现实碰撞之时，与时代同行是最好的选择，只有这样，在传承族群古老的传奇和自然的诵歌的同时，现代印第安人才能在真实的生活中续写新的故事、创造新的传奇、歌颂新的自然。

四　小结

从以上的论述可以看出，生态书写是印第安人自然的生活方式最直观的外化，与西方视域中的生态书写有着全然不同的初衷和目的。当印第安人的自然生活方式成为刻板形象生产的标靶之后，自然也就成为印第安诗人用以解构这种刻板形象的方式。因此，不难理解，在美国当代印第安诗人的诗歌中，自然被赋予的内涵远远超越了自然书写的范畴，成为透视印第安人与主流话语以及印第安人与城市化进程的一面真实的镜子。

第六章

莫马迪诗歌的多元文化维度

N. 斯科特·莫马迪（N. Scott Momaday，1934—）是当代美国最杰出的印第安作家，被称为"印第安的开拓者"，是印第安文学复兴的代表人物。①同时，他还是著名的社会活动家。2004 年，莫马迪获得联合国教科文组织授予的"和平艺术家"称号，获得这一称号的原因是作为一个作家兼画家，始终致力于美国土著遗产和文化传统的保护和重建，积极配合联合国教科文组织的项目，对跨文化的对话以及本土文化的保护作出贡献。莫马迪于1969 年凭借小说处女作《黎明之屋》（*House Made of Dawn*，1968）获得了普利策奖，这一奖项不但使他声名鹊起，而且使得美国当代印第安作家的作品最终走入了美国公众的视野之中。然而，莫马迪在小说创作上的巨大成功却在某种意义上遮蔽了他在其他文学领域的光芒。事实上，莫马迪是文学上的多面手。他不但是一位极有见地的文学评论家和渊博的学者，还是一名优秀的诗人。早在他的小说获奖之前，他已经开始"树立起作为诗人的声誉"了。② 可以说莫马迪与诗歌的渊源由来已久。他的《黎明之屋》最初也是计划写成系列诗歌，而不是小说。③ 在斯坦福攻读博士学位时，他就在诗人、文学评论家伊沃尔·温特斯（Ivor Winters）的指导下对诗人弗雷德里克·戈达德·塔克曼（Frederick Goddard Tuckerman）进行了研究，并被导师赞为"伟大的诗人和学者"。从 1959 年开始，莫马迪就在《新墨西哥季刊》（*New Mexico Quarterly*）等刊物上发表诗歌。1962 年，他早期诗歌的代表作"熊"

---

① Rebecca Tillett, *Contemporary Native American Literature*, p. 36.

② Kimberly M. Blaeser, "Cannons and Canonization," p. 195.

③ See Clara Sue Kidwell and Alan R. Velie, *Native American Studies*, p. 111.

（"The Bear"）被授予了美国诗人协会奖。他的主要诗歌作品包括出版于1974 年的诗集《角形雁阵及其他》（*Angle of Geese and Other Poems*）、1976年的《葫芦舞者》（*The Gourd Dancer*）、1992 年的故事和诗歌集《在太阳面前》（*In the Presence of the Sun*：*Stories and Poems*，1961—1991）以及1999 年的故事和诗歌集《在熊的房屋中》（*In the Bear's House*）。诚然，莫马迪始终是印第安文学研究的热点和焦点，更是当代美国印第安文学研究的起点，然而，不可否认的是，迄今为止，对他的研究始终集中于其小说作品，对于诗歌作品的研究要么一带而过，要么干脆避而不谈。国外的情况如此，国内就更不容乐观。目前为止，只有袁德成教授等就莫马迪的诗歌作过专项研究，张子清教授等在印第安诗歌研究中论及过莫马迪诗歌。迄今为止，国内学术研究界还没有针对莫马迪的代表诗作进行深入解读的研究成果，这不能不说是一种遗憾，但同时也为本书的研究提供了价值空间。

　　事实上，莫马迪的诗歌在当代印第安诗人之中是极具代表性的，原因就在于在后象征主义诗学熏陶下成长起来的莫马迪"在印第安和白人世界之间协商并创造出既反映了他的欧洲文学研究又反映了传统的凯欧瓦口头形式影响的语言"①。而这一策略和模式使得他"成为当代美国印第安诗人中具有多元文化视野的代表人物"②，也成为其后很多印第安诗人仿效的文学传统。以上提到的莫马迪诗集均是跨文化视野和印第安"口头诗歌"和"英语诗歌严格的形式传统"完美结合的产物。③《角形雁阵及其他》以一种典型的后象征主义的抽象和凯欧瓦文化的直观解读了死亡；《葫芦舞蹈者》把凯欧瓦的传统世界观和典仪与美国文化的代表符号结合在一起；《在熊的房屋中》印第安传统文化中图腾般的动物——"熊"与基督教的上帝协商对话。本章第一部分将以莫马迪诗歌的代表作《熊》为例，审视其诗歌多元文化的丰富维度。

---

　　①　Rebecca Tillett，*Contemporary Native American Literature*，p. 37.
　　②　袁德成：《融多元文化为一炉——论莫曼德的诗歌艺术》，《当代外国文学》2004 年第 1 期，第124 页。
　　③　Matthias Schubnell，*N. Scott Momaday*：*The Cultural and Literary Background*，p. 189.

一　多元文化观照下的"熊"的三重维度

作为"多重声音和视角的娴熟的实验家"，莫马迪总是试图赋予自己的诗歌更多的维度和内涵。西方实验诗学、印第安传统文化和传说、作家的个人情感体验等因素复杂地交织在一起，并在相互的强化中产生了多维度的诗意效果。莫马迪早期诗歌代表作《熊》所体现的正是这种特点。在不同的坐标系中，莫马迪之熊呈现出全然不同的维度：在后象征主义的话语体系中，这只熊满足着我们的感官体验；在印第安神话的话语体系中，这只熊被剔除了筋骨，呈现出无维度的、超验的精神特质；而在与福克纳之熊的交互参照中，这只熊呈现出印第安独特的生态观。感知之熊、精神之熊、生态之熊又共同构建起一只"无维度"的多维之熊。为莫马迪赢得了在诗歌创作上最早声誉的《熊》是他在斯坦福攻读博士学位时创作的一首重要诗歌，收录在诗集《葫芦舞者》中。这首诗歌与同样收在该诗集中的《王鵟》（"Buteo Regalis"）和《响尾蛇》（"Pit Viper"）一同构成了诗人的动物诗歌系列。① 这首诗在读者中流行度较高，但评论界给予的关注和评价却一直不温不火。评论家马萨·S. 特瑞姆波（Martha Scott Trimble）给了这首诗一个有趣的定位："伟大诗人"创作的"次等的好诗"（fine lesser poems）②。那么，特瑞姆波这个颇具矛盾修饰法意味的定位是基于何种考虑呢？该定位又是否准确呢？笔者带着这一问题走进了莫马迪和他的"熊"的世界，并将这只"熊"放置在与莫马迪的诗歌创作有着密切联系的三种诗学和文化背景：后象征主义、印第安神话和福克纳之"熊"所构成的三维空间之中加以勾画和塑形，力图绘制出一只多维的立体之熊。

（一）"熊"的后象征主义维度

前文提到，"熊"是莫马迪在斯坦福求学时的诗作，而这一时期的莫马

---

① 这三首动物诗歌每一首分别以《黎明之屋》中的三种中心动物为标题：王鵟、熊和响尾蛇。该系列诗最初于 1961 年发表于《新墨西哥季刊》。详见 *New Mexico Quarterly*, 31 (Spring 1961)：46—47。

② Martha Scott Trimble, *N. Scott Momaday*, p. 17.

迪深受导师温特斯的影响，开始诉求"后象征主义的方法"①，其诗歌也因此具有一种刻意的后象征主义特征。所谓"后象征主义方法"指的是本着"所有的思想来源于感官认知"的理念，尝试以一种"以感官的认知"传递思想的方法。② 温特斯所界定的后象征主义诗歌家族谱系包括美国新英格兰诗人 F. G. 塔克曼、艾米莉·狄金森、华莱士·史蒂文斯、埃德加·鲍尔斯等。后象征主义诗歌的主要特征体现在诗歌意象的独特运用中。在后象征主义的诗歌中，象征意象往往清晰、坚实，物质意象和观念意象和谐统一、富有哲理性。温特斯认为，一首好的诗歌应该包含唤起感官反应的生动的意象，而这些意象又能够表达由感官认知中产生的抽象的思想。③ 以该标准来衡量的话，莫马迪动物诗歌系列之一的《响尾蛇》就是一首具有后象征主义典型特征的"好"诗：

> 心形的头在他自己身上游弋：
> 变形。慢慢地新的东西，
> 沿着他的身量点燃火焰，蜷曲起来。
> 从他栖身的常青植物的影子，
> 他移动着穿越内陆海和地下墓穴。④

　　诗中密集地编织进了对响尾蛇蜕皮过程的细节描写：在响尾蛇身体的扭动中，蛇蜕脱落，一个充满着力量的新生命诞生了。前四个诗行是具象的、精确的，如一名野生动物学家对蛇的科学考察和研究；而第五行却陡然转向，天马行空的想象力把读者拉入了一个超现实的空间。响尾蛇逶迤穿行的不仅是莽原林海，还有今生来世的无垠时空。而这才是诗人借响尾蛇的蜕皮所要表达的深邃的时空观：

---

① Yvor Winters, *Forms of Discovery*: *Critical and Historical Essays on the Forms of the Short Poem in English*, p. 294.

② Ibid. , p. 251.

③ Ibid.

④ N. Scott Momaday, *The Gourd Dancer*, p. 17.

> 曾经看见的迷离的眼睛已经看见他荒废,
> 得到了并没有减少:已经看见死亡——
> 或者类似的什么——逼近却战胜了。①

　　在这三行诗中,诗人再次把细微的观察和诗人本人对所观察事物的哲理性诠释并置在一起,从而使得响尾蛇迷离的眼神与诗人对所观察到的响尾蛇蜕皮的思考交错在一起:蜕变的过程到底是生还是死,而生与死之间的距离又到底有多远呢?响尾蛇的蜕变过程似乎说明了一切,又似乎一切都等待着诗人的解读。从以上的论述可以看出,《响尾蛇》一诗把细微的观察、细节的描写、洒脱的想象和抽象的人生观、时空观等有机地融为一体,具有后象征主义诗歌的典型特征。而在语言的运用上也具有鲜明的特点:生物学的专业术语、拉丁化倾向的语言表达、严谨而复杂的韵律都显示出该时期的莫马迪对欧洲诗歌传统的认同和模仿。② 强烈的感官印象不但放大了事物的具象化特征,而且凝固了事物的抽象化含义。莫马迪用强烈的感官认知表达他的经历,而这些感官的意象唤起的是抽象的思想,在这种情况下,干巴巴的事实被突然之间投射上一种神秘和敬畏,事实和思维、具象和抽象也因此复杂而有序地交织在一起。

　　与"响尾蛇"相比,在后象征主义诗学框架之下,诗歌《熊》令人遗憾地显得有些单薄了,而这可能也是特瑞姆波将其定位为"次等的好诗"的一个主要原因吧。《熊》不乏感官触发的细节描写,而这种感官首先来自视觉。诗歌开端,只有在敏感的视觉的捕捉下才能体会到的树影和光线营造出了一个"熊"常常出没的神秘之所:

> 什么视觉的骗术,
> 树叶之墙的内斜面,
> 把切口

　　① N. Scott Momaday, *The Gourd Dancer*, p. 17.

　　② See Mick McAllister, "Diamonds and Turquoise: The Poetry of N. Scott Momaday," At Wanderer's Well, http://www.dancingbadger.com/diamond.htm (May, 2002).

留在数不清的表面。①

其次，听觉也发挥了重要作用。在这个神秘的氛围中，一切都仿佛停滞了，包括声音："无维度、无声音，/在无风的正午炎炎烈日中。"② 在这个光影闪烁不定、周遭空寂无声的炎炎烈日下，一只伤痕累累的老熊出现了："被看见，他没有走来，/移动，但似乎永远在那里。"③ 此时，视觉再次发挥了重要作用。在听觉和视觉的双重感知下，一只"熊"仿佛从天而降，带着几年前在猎人的陷阱中的累累伤痕，在这个世界中沉默地度过残生。最终，老熊的生命走向了终结，"他消失了，从视线中/彻彻底底、不慌不忙。/就像秃鹰不易觉察地，/控制着他们的飞翔"④。空中盘旋的秃鹰的意象更多地来源于一种后象征主义倡导的"感官的认知"，蕴含着在自然温婉的面容背后的一种破坏性的力量。

尽管视觉和听觉在《熊》一诗中均恰到好处地发挥着作用，但在后象征主义的美学标准的衡量下，与《响尾蛇》相比，《熊》似乎少了些许雄奇的想象力，哲理性思考也仅仅限于熊本身："谁的老年/磨耗了一切勇气，/除了勇敢的事实？"⑤ 可以说，后象征主义的感官所感知的是一头物质之熊，是一头油画家用线条和油彩堆砌而成的写实之熊：生动却缺乏生气；写实却不真实；有质感但无生命感。从这一意义上来看，特瑞姆波将这首诗定位为"次等的好诗"似乎也算不得辱没和贬低。

然而，对于从来也没有认为自己"采用了或者仅仅采用了白人的方式"的莫马迪来说，这种刻意偏离种族身份的后象征主义框架显然把某些珍贵的东西框在了诗歌深层含义之外。莫马迪对于某些评论家和读者给自己扣上的只对白人文化情有独钟的帽子很是反感。1971 年 1 月 13 日，莫马迪在科罗拉多州立大学学生中心举行了"部落主义和现代社会的冲突之中的美国印第安人"的演讲，在回答学生提问时，针对某位一身传统印第安服饰打扮的学

---

① N. Scott Momaday, *The Gourd Dancer*. New York: Harper and Row, 1976, p. 11.
② Ibid.
③ Ibid.
④ Ibid.
⑤ Ibid.

生提出的他为什么"选择了白人的方式"的问题,回答道:"不要自欺欺人了。"接着他补充道:"我认为我没有。"① 莫马迪的回答揭示了他的一个基本的生活哲学和创作思想:做一名参加部落典仪舞蹈的美国印第安人与做一名接受现代主义生活方式和思维方式的印第安作家并不矛盾。他的生活和创作展示的正是这种二元对立的文化的融合,而他想要传递的信息是,这种融合不但是可能的,而且是富有创造性和生产性的。正如他的导师温特斯对他的教诲:"你是一名在白人世界中的印第安人,因此会感受到双重的孤立,而这正好为你提供了一个无以伦比的视角。"② 评论家詹姆斯·鲁坡特(James Ruppert)说,原住民的书写与其说是夹在两种文化之间,不如说是调和两种文化,同时也拥有了两个丰富的传统,此种土著作家的创作打开了主流社会的领域,为读者展示了更为丰富的价值、信仰和世界观。③ 从这一角度来说,对该诗的解读仅仅停留在后象征主义的层面无疑会使我们失去该诗中蕴藏的更为丰富的文化因素,特别是作者独特的印第安身份为该诗的写作带来的印第安文化视角。果真如此,那就实在太遗憾了。

(二)"熊"的印第安神话维度

在印第安传统文化中,熊是很多印第安部落的神圣动物,寄托着印第安人对自然感恩和敬畏之情。熊在印第安的创世传说中往往扮演着重要角色。在西北印第安神话中,有一则熊丈夫的故事:一个印第安女人被熊掠走,与黑熊首领的儿子结婚并生下了两个儿子。几年之后,女人被救出,两个孩子和他一起回到了部落,并且保持了人的雄壮。他们身体强壮,力大无比,成为部落英雄。④ 不仅如此,"在跨越北半球的口头文学传统中,熊,与其他动物不同,几千年来一直充当着人与动物之间的一种媒介"⑤,是很多印第安部落的重要图腾。例如,奇帕瓦印第安人就十分崇敬熊,源自熊的神话和熊灵在药师的启蒙仪式上扮演着重要角色。新人进入药师团的入会仪式上,

---

① Martha Scott Trimble, *N. Scott Momaday*, p. 5.

② Kenneth Lincoln, *Sing with the Heart of a Bear: Fusion of Native American Poetry, 1890—1999*, p. 247.

③ See James Ruppert, *Mediation in Contemporary Native American Fiction*, p. 3.

④ 参见高小刚《图腾柱下:北美印第安文化漫记》,三联书店1997年版,第123—124页。

⑤ Alec Rekow, "Telling about Bear in N. Scott Momaday's *The Ancient Child*," p. 149.

熊灵把守入口，打开门可以通向治疗疾病或者是致人于非命的力量。巨灵熊更是拥有起死回生的神奇力量。①

印第安关于熊的神话对土著美国作家的创作产生了深远的影响。正如评论家阿历克·瑞考（Alec Rekow）概括的那样，"跨越地理、社会和种族的边界，跨越时间和空间，熊作为文学手段在人与动物之间、生与死的上下界之间以及个人与社群之间充当媒介。运用那样一种文学手段，讲故事的人讲述了熊帮助［人］解决了自然与社会意义上的男女力量之间的紧张。通过土著美国人和欧洲人的古老传统的口头文学，通过讲故事过程，熊被载负上了诸如人—兽之间比喻的可能性和转化。"② 例如，在印第安作家杰拉德·维兹诺（Gerald Vizenor）的小说《在圣·路易斯的熊心中的黑暗》（*Darkness in Saint Louis Bearheart*, 1978）中，主人公变成了一只熊；在印第安女作家厄德里克的小说《宾果宫》（*The Bingo Palace*, 1993）中，女主人公之一，被唤作"姥姥"的乐夫变成了一只熊。

熊和关于熊的印第安传说在莫马迪的作品中也一直扮演着十分重要的角色。③ 在小说《远古的孩子》中，主人公变成了熊。莫马迪不但围绕着凯欧瓦族印第安人关于"Tsoai"（变成熊的男孩）的传说建构了他的小说，更为重要的是，他还把北部平原和阿萨帕斯肯（Athapaskan）的熊男/熊女的主题成分编织进了他的两个主人公——画家赛特（Set）和年轻的凯欧瓦医药女格瑞（Grey）的性格刻画中；在散文和诗歌合集《去雨山之路》中，莫马迪讲述了改变了凯欧瓦部落命运和个性的关于七姐妹和她们那突然变成熊的兄弟的传说：为了逃避进攻的熊，姐妹们爬上了一棵树，并被带上了天空，在那里"她们变成了北斗七星"，而熊以爪撕扯树干，于是树干变成了魔鬼塔（Devil's Tower）。④ 莫马迪解释了这个传说的重要意义："从那一时刻起，只要还有传说存在，凯欧瓦便与夜空有了亲缘关系。"⑤

熊的神性在莫马迪的故事和诗歌集《在熊的房屋中》中得到了更为充

---

① See Baker Nora Barry, "Postmodern Bears in the Texts of Gerald Vizenor," pp. 93—112.
② Alec Rekow, "Telling about Bear in N. Scott Momaday's *The Ancient Child*," p. 149.
③ Ibid.
④ N. Scott Momaday, *The Way to Rainy Mountain*, p. 9.
⑤ Ibid.

分的诠释。他在一个"不明的空间"（undefined space）中，安排了一场富有戏剧性的对话，而对话的双方是一只名为尤赛特（Urset）的熊和自称亚威哈（Yahweh）的上帝。亚威哈骄傲地回忆了自己"创造"尤赛特的过程："那么小。你几乎没有一只老鼠大。我想，当我看到你以新的肉体出现时，我以为我犯了错误，因为我想让你令人望而生畏，可看看你，一只湿漉漉的老鼠。"① 经过上帝精心改造，熊终于成为威武而令人望而生畏的动物，上帝也喜滋滋地坦言："你是我的杰作之一。我为你骄傲。"② 尤赛特与亚威哈如两位哲人，进行了一系列对话，而内容更是从宇宙起源到万物苍生无所不包，甚至还有关于语言的思考。亚威哈对尤赛特说："在开天辟地之初是语言，你知道，我在那。我就是语言。我们分不开的，语言和我。"③ 与上帝畅谈世界的起源和语言的意义的熊，与其说是物质的熊，不如说是"精神之熊"（spirit bear），④ 是承载着神的精神和力量的信使。从这一角度来看，这只熊显然与在后象征主义框架之下的感官所感知的熊有着天壤之别了。

　　从印第安神话的视角再来审视莫马迪诗歌中的"熊"，一种全新的内涵逐渐从文字中浮现出来。诗歌中的字里行间无不强化着熊的精神维度，并力图把它的物质的维度降到最低。在诗歌中，似乎从天而降的熊蓦然间出现在我们的视野中，无声无息，并且"无维度"（dimensionless）。这里诗人用了"无维度"一词，颇耐人寻味。"无维度"一词仿佛是巴赫金"时空体"（chronotope）中时空交错之处呈现的物体的状态，似乎并不存在于当下的时间和空间之中。结合诗歌的语境，"无维度"似乎指的是熊躯体硕大，大到了让人无法想象其边界之意。⑤ 然而，整个第三节似乎并不是在进行物质性的描写，更不是写实，那只"似乎永远在那里，／无维度、无声音"的熊更像一个图腾、一尊神、一个符号。这只在虚与实、动与静的对立之中被赋予了某种神秘色彩的熊，在一片静谧之中似乎在倾听着某种常人听不到的声

---

① N. Scott Momaday, *In the Bear's House*, p. 16.

② Ibid.

③ Ibid. , p. 17.

④ Diane Pearson, "Review Essay: *In the Bear's House & The Indolent Boys*," p. 168.

⑤ 在袁德成的《融多元文化为一炉——论莫曼德的诗歌艺术》一文中，该词就被译成了"巨大"，从对熊的物质描写的角度来看，这一翻译是可以接受的。

音。恍惚之间，仿佛那只与亚威哈上帝对话的熊"尤赛特"悄然降临人间，这只看似无边无际的"无维度"之熊仿佛在倾听上帝的声音。看似空无一物的空间在印第安之熊的视野中也许有着全然不同的含义。正如印第安苏族人的"站立的熊"所言，"世上并没有空虚。即便是天空，也并非空无一物。到处都存在着生命，向你展现，或隐而不现。万事万物——即便是一石一沙，都存在着造福于人的本性。人类即便失去交际，也不会感到孤独"①。这只印第安之熊就在天与地的交接之处，与上帝对话、与生灵对话，充当着不会使人类孤独的精神交流的使者。从这一意义上来看，这只"无维度"的熊是一只精神之熊，是印第安精神和传统的使者，在天地之间架起的是一座神交的桥。

　　这只被"祛物质"的"无维度"的"精神之熊"与那只后象征主义视野中的"感知之熊"形成了鲜明的对照，而前者更像是对后者的一个莫大的讽刺：无论人的感官如何共同作用，似乎只能无奈地徘徊在熊的世界之外，永远也无法探触到它的本质和灵魂。"感知之熊"和"精神之熊"体现的不仅是物质和精神之间的对立，更是两种文化、两种世界观和两种传统的对立。用莫马迪的话说就是"印第安人和白人以不同的方式看待世界"②。欧洲传统以人为中心的宇宙观与自然中的万物生灵有着不可调和的矛盾；而在印第安文化中，人与自然却有着天然的和谐和理解。莫马迪对这一对立有着十分深刻的理解。在《第一个美国人看他的土地》一文中他指出，"印第安人对土地和天空持有一种深切的伦理关注，对自然世界有一种尊重，这与现代文明那种人一定要毁掉他的环境的奇怪的信条正好相反"③。西方生态观与土著生态观的巨大差异为莫马迪之熊提供了另一个维度，那就是它的生态性。而这一维度是在莫马迪对福克纳的"熊"的改写策略中生动地体现出来的。

（三）"熊"的生态维度

诗歌《熊》的标题很容易使读者联想起美国著名作家福克纳的同名小

---

①　Lisa M. Benton & John R. Short, eds., *Environmental Discourse and Practice: A Reader*, p. 3.

②　N. Scott. Momaday, *The Man Made of Words: Essays, Stories, Passages*, p. 50.

③　Qtd. Lee Schweninger, *Listening to the Land: Native American Literary Responses to the Landscape Books*, p. 131.

说《熊》。事实上,莫马迪该诗的创作灵感也的确来自福克纳的同名小说。[①]
甚至莫马迪对熊的描写也借用了福克纳小说中的语言。对照福克纳小说,两
个文本呈现出从文字到风格的惊人的相似性:

> ……这头毛糁糁、硕大无朋、眼睛血红的大熊并不邪恶,仅仅是庞
> 大而已,对于想要用一通犬叫把它吓住的猎犬来说,它是太大了,对于
> 想用奔驰把它拖垮的马儿来说,它是太大了,对于人类和他们朝它打去
> 的子弹来说,它是太大了;甚至对限制它的活动范围的那一带地方来
> 说,它是太大了。[②]

> 它并非从哪里冒出来的;就此出现了:它就在那儿,一动不动,镶
> 嵌在绿色、无风的正午的炎热的斑驳阴影中,倒不像他梦中见到的那么
> 大,但和他预料的一般大,甚至还要大一些,在闪烁着光点的阴影中像
> 似没有边际似的,正对着他看。接着,它移动了。它不慌不忙地穿过空
> 地。在短短的一刹那,走进明晃晃的阳光中,然后就走出去,再次停住
> 脚步,扭过头来看了他一眼。然后就消失了。[③]

这两段描写,第一段出现在小主人公艾萨克·麦卡斯林的想象之中;第
二段是他第一次亲眼见到了大熊。显然,莫马迪诗歌"熊"与这两段描写
形成了鲜明的互文性,尤其是对熊的体态的描写,则活脱脱是大熊"老班"
的化身。那么,莫马迪为何让自己的诗作如此明显地模仿、借用福克纳小说
呢?这其中又蕴藏着诗人何种深层的考虑呢?我们首先有必要对福克纳的小
说《熊》做一个简单的介绍。

福克纳小说《熊》发表于1942年,是其代表作之一《去吧,摩西》的
一个部分,但也常常被作为独立的文本阅读和研究。研究者普遍认为,在福
克纳的作品之中,该小说的意义不同凡响,甚至被认为是其创作的转折点。
该小说之所以有如此重要的意义,是因为此时的福克纳已经不再囿于现实的

---

① 见袁德成《融多元文化为一炉——论莫曼德的诗歌艺术》,第123—128页。
② [美]威廉·福克纳:《熊》,李文俊译,上海译文出版社1996年版,第4页。
③ 同上书,第27页。

狭小空间，徒劳而痛苦地挣扎，而是进入了一个新的时代，开始进行新的思考。福克纳在这部作品中进行的思索和行动的一个很重要的侧面就是开始直面人与自然的关系，并塑造了一只令人难忘的大熊"老班"的形象。小说的情节很简单，主要围绕着19世纪80年代发生在美国南方的一群猎人和一只叫"老班"的大熊之间的冲突，其间穿插着小男孩艾萨克·麦卡斯林与大熊有着千丝万缕联系的成长经历。这篇小说之所以吸引身为印第安作家的莫马迪，恐怕最主要的原因有如下三点：其一，在于大熊"老班"的象征意义。"老班"是一个"已逝的古老年代"里残留下来的精神的象征，[①] 是"大自然之神灵"，是"自然法则的体现"[②]，是自然与人之间和谐关系的最后纽带。其二，小主人公艾萨克的精神导师山姆的身份颇耐人寻味：他的生身之父是印第安契卡索族酋长伊凯摩塔勃。其三，小主人公艾萨克在小说中经历了艰难的精神成长，如果说在"父亲"山姆的教导下，艾萨克所受的教育不仅来自家族和美国南方的传统，而且还来自印第安传统的话，那么，"老班"则把他"导入自然"[③]，因为，艾萨克视大熊为"养母"，并"继承了熊的精神"[④]。

　　归根结底，福克纳小说中呈现的人与自然的关系以及印第安因素对莫马迪深具吸引力，而这为莫马迪的"熊"提供了另一个生存的意义。熊所象征的自然与艾萨克在与自然的相互学习和和谐相处中经历的成长，"都与印第安传统的崇尚自然的观念相一致，体现了古老而朴素的印第安世界观"[⑤]。也许这种朴素的人与自然和谐相处的世界观只是福克纳小说中的"无意识"的印第安因素而已，却是莫马迪和其他印第安作家思想的全部。在福克纳的小说框架下审视莫马迪的诗歌书写，这只诗歌中的"熊"也呈现出鲜明的生态性，是一只体现着印第安人生态思想的生态之熊。

　　然而，两位作家不同的族裔身份注定使得两人塑造的"熊"也带上了族裔身份和文化特征，而莫马迪诗歌最明显偏离于福克纳小说之处，在于对

①　[美] 威廉·福克纳：《熊》，李文俊译，上海译文出版社1996年版，第4页。
②　肖明翰：《威廉·福克纳研究》，外语教学与研究出版社1997年版，第419页。
③　同上书，第418页。
④　同上书，第31页。
⑤　朱振武等：《美国小说本土化的多元因素》，上海外语教育出版社2006年版，第36页。

"熊"之死的描写以及对于死亡的解读。福克纳小说中的熊之死是一个带有现实主义特征的死亡。在艾萨克16岁那年,"老班"被猎人布恩杀害了。为了能够杀死这只如神灵一样的熊,人们做了长时间精心的准备。除了准备更多的枪支弹药,他们还花了一年多的时间,精心训练了一条与众不同的狗——"狮子"。经过长期培训的"狮子"养成了一种除了对大熊,对其他任何动物都不感兴趣的古怪特性。在最后的决战中,"狮子"咬住了大熊的脖子,而已经衰老的大熊没有办法挣脱"狮子",最终被布恩的刀杀死,如一棵树一样直挺挺地倒下去了。"老班"这个现实主义色彩浓厚的死亡带来的是一个同样具有现实意义的结果:"老班"死了之后,猎人们心安理得地向现代社会挺进。因为阻碍他们前进的熊已经不在了,他们把铁路铺进了森林,开始不断地吞噬自然的财富。被认为"本质上是一个理想主义者"的福克纳创作的如现代"寓言"般的小说《熊》,[①] 却选择了一个颇具现实主义特征的结局不能不让人深思。熊的写实的死亡折射出的是作为白人作家的福克纳在自然与人关系上的理智和情感上的矛盾。正如他本人谈到《熊》的时候,一方面声称自己对已经消失了的密西西比大森林十分怀念;另一方面又坚持认为,"反对进步是愚昧的,每个人都是进步的一部分"[②]。可见,福克纳的这种观点从本质上说还是一种把自然与人、野蛮与文明对峙的二元对立,从骨子里还是以人为中心的意识。关于这一点从小主人公艾萨克的成长历程也可见一斑。在《熊》中,艾萨克对老班的眷恋在很大程度上是"因为他不想那只巨大的'老班'所象征的荒野消失。他渴求的是追捕动物时的刺激而不是结束一切的枪杀。一句话,他想置身于时间和变化之外"[③]。然而,试图置身于时间和变化之外在某种程度上也意味着逃避。他放弃财产、逃到森林中,是一种"逃避的行为"[④]。当人们问福克纳对艾萨克这个人物的看法时,他对人进行了归类:

　　　　有一种人说,这坏透了,我和它无关,我宁愿一死了之。第二种人

---

①　肖明翰:《威廉·福克纳研究》,上海外语教育出版社2006年版,第85页。

②　Frederick Gwynn & Joseph Blotner, eds. , *Faulkner in the University*, p. 98.

③　转引自肖明翰《威廉·福克纳研究》,第422页。

④　肖明翰:《威廉·福克纳研究》,第429页。

说，这坏透了，我不喜欢，可我对此无能为力，但至少我本人不会参与之中，我要离开到一个山洞或者爬到一个高高的石柱并呆在上面。第三种人说，这糟糕透顶，我要为此做点什么。麦卡斯林属于第二种人。他说，这太糟糕了，我将避开。我们所需要的是那样一些人，他们会说，这太糟糕了，我将对此做点什么，我要改变它。①

　　显然，福克纳把艾萨克回归自然的选择看作对现实的逃避而把自然看成了"逃避生活的避难所"②。当艾萨克再次在《去吧，摩西》中出现时，是在《三角洲之秋》中，此时，艾萨克已经是年逾古稀的老者。他放弃财产之后，归隐森林，并把森林看作自己的"情人"。尽管福克纳没有交代在两个故事之间，艾萨克的生活经历了怎样的变故，但从他的老年生活，我们还是可以清楚地意识到，他的一生碌碌无为，这"表明他的生活、他的道路的失败"③。毫无疑问，自然与人的矛盾在福克纳那里打了一个死结。

　　然而，福克纳无法解决的矛盾却为莫马迪的互文性书写留下了一个意想不到的空间。诗歌第三节是对福克纳的小说从意象到文字的"重复"和挪用，然而正当读者已经打算放弃任何期待之时，诗人却在最后时刻来了一个乾坤大挪移，彻底改写了熊的结局。在小说中"老班"那悲壮而惨烈的死亡被转化成为一种超验的、从容的离去。从被动地被消灭转化成为主动离去是对熊的结局的一个彻底颠覆，这意味着熊不再是任人宰割的动物，而是与人平等的充满智慧的生命。诗歌的结尾小节："然后他消失了，从视线/彻彻底底、不慌不忙。/就像秃鹰不易觉察地，/控制着他们的飞翔。"莫马迪的这种改写与其说是出于美学上的考虑，不如说是种族意识在有意或无意间的体现。事实上，这一改写也可以清晰地看到印第安神话的影子。例如，切罗基印第安人有这样一则关于熊与猎人的神话：神熊将一名猎人带回山洞，熊与人开始了共同生活。每当猎人饥饿的时候，神熊就以前爪摩挲肚皮，并会神奇地变出果实给猎人吃。久而久之，猎人全身也长出了如熊一样的毛。一

---

① Frederick Gwynn and Joseph Blotner, eds., *Faulkner in the University*, p. 245.

② Elizabeth M. Kerr, *William Faulkner's Gothic Domain*, p. 157.

③ 肖明翰：《威廉·福克纳研究》，第 430 页。

天，熊对猎人说："你部族的人就要到山里来打猎了，他们会来到山洞，并杀了我。还要把我拖出山洞，剥去毛皮，把我切成块分割。他们也会把你带走，但你一定要用树叶把我的血盖住。当你离开时，回头看一看，你会发现些什么的。"熊的话应验了。猎人按照熊的嘱咐，用树叶盖住了熊的血，当他回头观望时，他惊异地发现，熊从树叶下站了起来，又威武地消失在树林中。① 诗歌与神话稍加对比就不难发现，熊的归宿几乎如出一辙。可见，诗人对熊的归宿的改写是基于印第安对生命和死亡的独特认识。对于印第安人来说，"一个生物的精神不会因为死亡而消失；其精神只是改变了形态而已，它将脱离肉体而获得永生"②。这里所说的生物当然也包括人。人类学家小凡·德罗瑞在《红色的神》中指出，印第安人对死亡是很坦然的，原因在于他们对生命的一种独特的认识："人是自然界不可分割的组成部分，人死了身体回归曾经哺育万物生灵的大地。他们把部落群体和家庭看作与宇宙整体合一，死亡只是永恒生命中一个短暂的过渡而已。"③

　　然而，对莫马迪的改写策略的解读只停留在这个层面似乎并未探测到这位土著诗人的内心深处的秘密。评论界普遍认为，福克纳之熊是白人对人与自然关系的一种反思，是白人作家在无意识中向印第安人学习的结果。在生态伦理的理论建构中，印第安人的朴素生态观"给这片土地上的后来人树立了榜样"④。莫马迪对福克纳之熊的改写在某种程度上是对白人的生态认识和反思的一种有保留的肯定。这是印第安文化的胜利，也是一种印第安人独特的复仇方式和印第安作家特有的书写策略。正如法国文化理论家让·鲍德里亚所言，"被殖民者的复仇绝不是体现在印第安人或者其他土著人为收回自己的土地、争取自治权方面所作的努力，而是体现在白人被迫认识到自身文化的缺陷和多元性上"⑤。当然，莫马迪并非复仇者，他的作品也很少如黑人作家理查德·赖特那样充满愤怒的火焰，这个有趣的改写策略更像一种

---

　　① See James Mooney, *Myths of the Cherokee*, pp. 327—328.

　　② Leslie Marmon Silko, *Almanac of the Dea*, p. 719.

　　③ Vine Deloria, Jr. *God Is Red: A Native View of Religion*, p. 171.

　　④ 朱振武等：《美国小说本土化的多元因素》，上海外语教育出版社 2006 年版，第 36 页。

　　⑤ 转引自王建平《〈死亡年鉴〉：印第安文学中的拜物教话语》，《外国文学评论》2007 年第 2 期，第 49 页。

不动声色的"微妙抵抗"或者如印第安文化中的"捣蛋鬼"的恶作剧。

这种"微妙抵抗"的改写策略是印第安作家十分珍视的协商策略。他们的改写和颠覆源于他们对白人作家对这片印第安人世代生息繁衍于此大陆的描写产生的疏离感和陌生感。印第安女作家厄德里克在《我该在的地方》一文中对白人作家对美洲土地的书写进行了这样的定位:从霍桑、薇拉·凯瑟到福克纳以来的几代作家,通过重新命名北美的山川风物、小镇邻里,把它们当作史实来记述,从而试图将他们自己及其读者与这片新大陆更加紧密地连在一起。然后,厄德里克又多少有些幸灾乐祸地指出,一种深刻微妙的隔膜却从白人作家的字里行间透露出来,因此,厄德里克认为,白人作家在试图命名并描述这片土地时,却最终失去了它。① 有趣的是,厄德里克在得出以上结论的时候,头脑中的话语基础正是福克纳的《熊》。② 与美洲的一草一木有着天生疏离感的白人作家不了解他们正在书写的对象,更无法融入自己的情感,因此只能在自然与人、生态和文明之间徘徊,那么这个使命就只能由与自然有着天然和谐关系的印第安作家来承担了。从这个角度来看,莫马迪之"熊"对福克纳之"熊"的改写代表的正是印第安作家的这种使命感和文学理想。

作为"多重声音和视角的娴熟的实验家",莫马迪总是试图赋予自己的诗歌更多的维度和内涵。③ 西方实验诗学、印第安传统文化和传说、作家的个人情感体验等因素复杂地交织在一起,并在相互的强化中"达到一种少量、稀疏但锋利、多维度的诗意效果"④。莫马迪的诗歌"熊"所体现的正是这种特点。在不同的坐标系中,莫马迪之熊呈现出全然不同的维度:在后象征主义的话语体系中,这只熊满足着我们的感官体验;在印第安神话的话语体系中,这只熊被剔除了筋骨,呈现出超验的精神特质;而在与福克纳之熊的交互参照中,这只熊呈现出印第安独特的生态观。感知之熊、精神之熊、生态之熊又共同构建起一只"无维度"的三维之熊。同时,这三维之

---

① Louis Erdrich, "Where I Ought to Be: A Writer's Sense of Place," pp. 44—45.

② 厄德里克在《我该在的地方》一文中特意引用了福克纳《熊》中对大熊"老班"的描写来说明自己的观点。See Louis Erdrich, "Where I Ought to Be: A Writer's Sense of Place," p. 44.

③ [美]迈克尔·M. J. 费希尔:《族群与关于记忆的后现代艺术》,第 274 页。

④ 同上书,第 275 页。

熊的每一个维度又与诗歌的结构形成了对应关系,使得诗歌如同戏剧作品一样经历了"展示部分"、"矛盾部分"和"结局部分",并最终完美落幕。

二　"土地伦理"观照下的莫马迪诗歌的三重维度

有评论家指出,使美国文学具有独特艺术特质和艺术生命力的最本质的东西是土地,因为美国人和美国作家"对这个大陆的形状的反应"才使得美国文学在其他文学中彰显出了独特性。[①]从主流文学的角度来说,此言不虚。库柏、马克·吐温、薇拉·凯瑟等白人作家正是以美洲特有的原始森林、纵贯南北的浩渺河流和一望无际的草原让世界,尤其是欧洲人认识到美国文学得天独厚的艺术魅力。然而,对于莫马迪等印第安作家而言,他们对这片形塑了美国文学的土地的情怀却是十分复杂的,因为他们曾经是这片土地的主人,而随着殖民化进程,他们与这片土地的关系却充满了血腥的味道和眼泪的苦涩。莫马迪的"土地伦理"(Land ethic)正是基于这种复杂情感所提出的。作为颇有洞见力的印第安文学评论家,莫马迪的"土地伦理"观不但成为研究美国印第安文学的一个有效的切入点,成为生态文学批评趋之若鹜的一个理论源点,同时也在某种程度上成为印第安文学的标签,当然也包括莫马迪本人的作品。所谓"土地伦理"是莫马迪"书写和倡导"多年的一种印第安人对土地的哲学观。[②] 在《第一位美国人审视其土地》("A First American Views His Land")、《土著美国人对环境的态度》("Native American Attitudes to the Environment")、《一种美国的土地伦理》("An American Land Ethic")等文论中,莫马迪均反复阐释了他的"土地伦理"观。然而,遗憾的是,学界对莫马迪的这一观念的理解一直有简单、粗暴之嫌。有学者认为,莫马迪对这一观念缺乏清晰、系统、全面的阐释,例如,李·斯温尼格(Lee Schweninger)就直言,"对于他的土地伦理到底是什么含义,莫马迪一直模棱两可"[③];更多的人则把这一理念简单地理解成为自然与人

① Qtd. Susan L. Roberson, "Translocations and Transformations Identity in N. Scott Momaday's *The Ancient Child*," p. 31.

② Kimberly M. Blaeser, "Cannons and Canonization," p. 197.

③ Lee Schweninger, *Listening to the Land: Native American Literary Responses to the Landscape*, p. 137.

的关系，特别是与李奥帕德在《沙郡年记》中提出的"土地伦理"混为一谈。① 然而，文学评论家和印第安人这两个与众不同的文化身份注定使莫马迪的"土地伦理"具有全然不同的出发点和归宿。鉴于"土地伦理"是莫马迪文学创作的核心观，因此本书该部分将首先对这一观念进行一次全面梳理，并在"土地伦理"的观照下审视莫马迪诗歌的三重维度；反过来在诗歌形象地诠释下，莫马迪的"土地伦理"也将以更自然和生动的含义呈现在读者面前。

（一）人与土地

莫马迪在《第一位美国人审视其土地》一文中指出："印第安人对土地和天空持有一种深切的伦理关注，对自然世界有一种尊重，这与现代文明中人一定要毁掉他的环境的奇怪信条正好相反。"② 可见，莫马迪所倡导的土地伦理的一个基本出发点就是印第安与白人殖民者看世界的不同方式。在《个人的反思》（"Personal Reflections"）一文中，莫马迪明确指出："我认为在这些关系，现代和过去的中心有一种基本的二元对立。印第安人和白人以不同的方式看待世界"③，而美国印第安人是"以某种独特的方式思考自己的人，而他的想法包括他与物质世界的关系"④。路易丝·厄德里克在《我该在的地方》一文中深情地说："一旦我们不再生活在母亲的心脏之下，我们便对大地产生出对母亲般的依恋之情。我们的生存完全依靠大地的循环往复和自然元素，如果失去了它庇护的怀抱，我们将变得无依无助。"⑤ 共同的族裔身份使得莫马迪和厄德里克分享了相似的土地伦理观，不约而同地强调印第安人看待世界和自己的不同方式在本质上就是印第安人与土地之间独特的伦理关系。

---

① 李奥帕德对土地伦理的论述，参见［美］阿尔多·李奥帕德《沙郡年记》，三联书店 1999 年版，第 260—287 页。

② Qtd. Lee Schweninger, *Listening to the Land: Native American Literary Responses to the Landscape*, p. 131.

③ N. Scott Momaday, *The Man Made of Words: Essays, Stories, Passages*, p. 50.

④ N. Scott Momaday, "Native American Attitudes toward the Environment," p. 80.

⑤ Louis Erdrich, "Where I Ought to Be: A Writer's Sense of Place," p. 50.

"土地伦理"首先是人与土地之间以及人与自然之间的关系,[①] 在这一点上莫马迪与白人生态主义者,如李奥帕德等是基本一致的。然而,比较而言,建立在印第安文化传统之上的莫马迪的"土地伦理"似乎有着更多的层次和纬度。莫马迪认为,"在土著美国人的世界观中,人们确信土地是有生命的,也就是有一种精神维度",因此,涉及人与自然之间的关系时,也就必然有一种"伦理律令"(ethical imperatives)[②],一种"道德的平等性"[③]。从这个角度来说,莫马迪的"土地伦理"凸显的首先是一种平等的互动关系,是两个有着同样精神维度的对象之间能量的交换过程。这种自然观是具有典型印第安传统特征的理念。正如印第安女作家波拉·甘·艾伦所言:"从骨子里,印第安人认为土地和人一样是拥有生命的。这种生命力不是肉体上的,而是与某种神秘的、精神层面的力量相关。"[④] 莫马迪在一次访谈中也表达了相似的观点:"我强烈地认同我居住过、我生活过、我曾经投入我的部分自我的地方";"人与自然或者作家与地点的平等——我认为没有一种关系比那更重要。"[⑤] 正是基于这样的理念,莫马迪在自己的诗歌创作中才能让"人把自己投入到风景之中,同时又把风景纳入到他自己最基本的经验之中"[⑥]。在《特索艾—达利的欢歌》(The Delight Song of Tsoai-Talee)中,诗人就在如印第安人吟唱的祈祷词的诗行中,把自己投入了土地的怀抱:

> 我是晴空下的羽毛
> 我是在原野上驰骋的蓝马

---

① 在印第安传统文化中,土地是无所不在的,是在一个极为宽泛的意义上对自然界的概括。印第安女作家波拉·甘·艾伦曾经这样阐释了印第安文化中的土地理念:"这里所说的土地不仅仅是指那些欧洲裔美国作家头脑中出现的地形地貌——那些丘陵、灌木、山川、河流以及光与云影的分布。对美国印第安人来说,土地包括蝴蝶和蚂蚁、男人和女人、土墙和葫芦藤、河水里的鲑鱼、冬天洞穴里的响尾蛇、北极星、天上其他的星群以及在阳光下飞得太高几乎看不见的沙丘鹤群。土地是蜘蛛女的杰作,它就是整个宇宙。"详见 Patricia Clark Smith and Paula Allen, "Earthy Relations, Carnal Knowledge: Southwestern American Indian Women Writers and Landscape," p. 117。

② N. Scott Momaday, *The Man Made of Words: Essays, Stories, Passages*, p. 39.

③ Lee Schweninger, *Listening to the Land: Native American Literary Responses to the Landscape*, p. 133.

④ Paula Gunn Allen, *The Sacred Hoop: Recovering the Feminine in American Indian Traditions*, p. 70.

⑤ Charles Woodard, *Ancestral Voice: Conversations with N. Scott Momaday*, p. 67.

⑥ N. Scott Momaday, "Native American Attitudes toward the Environment," p. 80.

我是在水中游弋的闪亮的鱼儿

我是追随着孩子的影子

我是夜晚的光，是牧草地的光辉

……

我是冬天天空中角形的雁阵

我是年轻狼的饥饿

我是所有这些东西的梦①

　　莫马迪"土地伦理"的另一个重要层面是人在处理与自然关系时的"合适"的行为。② 在莫马迪的经典之作《去雨山之路》中，他这样描述了人在自然之中的"合适"的行为："在有些时刻，在一天中的某个特定时段，有一种深深的沉寂。什么也不动，而你也不会想要发出任何声响。"③寂静无声的空间和屏住呼吸的人，世界似乎放慢了脚步，为的是让"太阳可以离开土地"④。可见，莫马迪心中人的"合适"的行为就是遵循自然规律，尊重自然选择，尊崇自然现象的人的行为和情感。在散文诗《大地》中，莫马迪进一步阐释了人的"合适"的行为：

曾经在他的生命中一个人应当聚焦他的思想在

记忆中的土地，我相信。他应当在他的经历中

屈从于某一个特殊的风景，从尽可能多的角度

审视它、崇敬它、凝思它。

他应当想象他用手触摸它

在每一个季节并倾听所发出的声音。

他应当想象那里的生灵和所有风儿

最轻微的拂动。

他应当回忆月亮的幽幽光亮

---

① N. Scott Momaday, *In the Presence of the Sun: Stories and Poems, 1961—1991*, p. 16.

② Kimberly M. Blaeser, "Cannons and Canonization," p. 198.

③ N. Scott Momaday, *The Way to Rainy Mountain*, p. 83.

④ Ibid., p. 45.

和晨曦暮霭的各种色彩。
因为我们不仅仅被地球的引力吸引着。
是整个宇宙催生了我们，而我们也要随着时间的流逝
消融在其间。全人类的血脉
都融入其中。我们停泊在那里，如同远古时代的红木和狐尾松一样
牢牢地、深深地扎根。①

　　莫马迪在这首诗中用了"dwell"一词，显然带有双重含义。一方面，莫马迪认为在与土地的关系之中，人应当善于思考，并时时关注自然的变化；另一方面，这一词也有安居之意，强化的是身心的双重归属。因此，可以看出，莫马迪所认为的"合适"的行为既包括物质关系，也包括精神和道德层面的活动和交流。②

(二) 语言与土地

　　在人与土地层面上，"土地伦理"蕴含了人与土地在物质、精神和道德层面的平等互动关系，而莫马迪的很多经典诗歌成为了这种互动关系的完美阐释。此外，还有一点不容忽视。在后象征主义诗学和印第安口头文学传统的双重影响下进行诗歌创作的莫马迪对语言本质有着非同寻常的理解，而对语言与土地的关系的理解更是构成了他的"土地伦理"一个十分独特的层面。在印第安的世界观中，这个世界像蜘蛛女编织出的蛛网一样脆弱，任何一个个体都能把脆弱的蛛网轻易撕裂。那么能够描述它的语言在被语境化之后，也就同样微妙而脆弱了。评论家威廉·比威斯（William Bevis）这样解释道："脆弱可能是自然的个体化在土著美国生活和艺术中的主要效应。"③人类的使命既要认识到土地的脆弱，也要把这种意识表达出来。这样，从哲学的角度来看，土地、语言、讲话者和故事是不可分割的。
　　莫马迪在《纳瓦霍地方的名字》（"Navajo Place Names"）一文中指出:

---

① N. Scott Momaday, *The Way to Rainy Mountain*, p. 83.
② See Lee Schweninger, *Listening to the Land*: *Native American Literary Responses to the Landscape*, p. 136.
③ William Bevis, "Native American Novels: Homing In," p. 604.

"哪里有语言触及土地，哪里就有神圣和圣洁。"[1] 诗人哈荷也指出，印第安族群的生命故事是以"地域为基础的语言"[2]。这些表述看起来颇令人费解，却反映了印第安人对语言认识的核心问题，也反映出西方语言观与印第安人语言观的本质区别。在印第安传统文化中，语言不但有交流的功能，还有传递文化、承载典仪、传承文明的重要作用，并因此具有一种动作性和生成性。在不少印第安部落的典仪中，巫医或萨满的舞蹈和诵歌往往就带有明显的动作性和生成性。换言之，他们相信他们的言说会令事件发生。例如，塞米诺尔人（Seminole）在妇女生产时会咏诵《小生命诞生之歌》（"Song for Bringing a Child into the World"）：

　　　　　让
　　　　　小
　　　　　生命
　　　　　降生
　　　　　世上
　　　　　……

　　这种明显的祈使句式仿佛催生了一个小生命。同样的，在人生命垂危之时，会咏诵《弥留之歌》（"Song for the Dying"），一声声"回来吧"似乎具有把生命挽留的功效。[3]

　　口头诵歌中的这种词语力量在当代印第安诗人的诗歌中得到了继承和发展。在奇克索女诗人琳达·霍根的诗歌《命名动物》（"Naming the Animals"）中，语言就具有神奇的命名和造物功能：

　　　　随着叫做腿和手的词语，
　　　　人的

---

① N. Scott Momaday, *The Man Made of Words*: *Essays*, *Stories*, *Passage*, p. 124.

② Laura Coltelli, *Winged Words*: *American Indian Writers Speak*, p. 63.

③ 《小生命诞生之歌》和《弥留之歌》原文参见 Brian Swann, ed., *Native American Songs and Poems*: *An Anthology*, pp. 1—2。

　　躯体从陶土中生成接着睡着了，
　　紧跟着他自己正梦想的被遗忘的旅程，
　　他开端是被遗忘的陶土，
　　紧跟着赤裸裸和对更大的东西的恐惧，
　　他命名了这些：狼、熊和其他
　　好像在他的词语之前，
　　他们从未曾出现过，
　　从未曾有过其他的语言、力量
　　在他之前
　　咏诵给他们生命。
　　……①

　　莫马迪认为，在当代西方文化中，"人们不幸地失去了艺术或者真正欣赏语言的能力"。这一语言焦虑在莫马迪 2008 年的近作《变异》（"Mutation"）中充分体现出来：

　　变异发生了。
　　我听着却听不到
　　那正萎缩的词语。
　　在树叶上纷落的语言
　　变成潜行的老熊
　　长长的叹息
　　谁的呼吸被编织
　　在枝条中，而后消失
　　没有推移，
　　进入那遥远的急风暴雨。②

---

①　Brian Swann, ed. , *Native American Songs and Poems: An Anthology*, p. 41.
②　N. Scott Momaday, "Mutation," p. 19.

　　语言发生了"变异"，词语正在"萎缩"，如秋日的落叶纷纷落下，世界也随之变得面目模糊，自然也在叹息中悄然消失。

　　语言的变异与失去了"对土地的一种伦理的关注"是"并行"的，因为通过土地的名字和命名，"语言在某种程度上创造了地点"①。在一次访谈中，莫马迪指出："在我们的日常生活中……我们一般不会试图以神圣来理解它［语言］。我们把它作为交流而不是精神的表达或者一种神圣的工具。"② 莫马迪这里所说的"我们"似乎更多地指向主流文化。莫马迪认为，在现代化进程中裹挟前行的当代美国人与土地的神圣性之间已经没有任何联系，因此他们"基本上没有任何重要的东西要表达了"③。在失去了与土地的神圣性的有效沟通之后，人们也就失去了语言的神圣力量。莫马迪早期诗歌代表作之一《角形雁阵》（"Angle of Geese"）就巧妙地表达了这种观点。这首诗是对诗人朋友之子夭折的哀悼，却从语言的无力引发开去：

> 该如何用我们的语言
> 装饰我们的认识？
> 现在死去的头生子
> 将踯躅在语言的后面。
> 习俗介入；
> 我们是文明的，一些事情咆哮：
> 比语言表达的更多，
> 默默无言其实暗藏话语。
> 几乎不约而同，
> 我们衡量不断增加的损失；
> 我迟迟难寻
> 宁静的边缘。④

---

① Lee Schweninger, *Listening to the Land: Native American Literary Responses to the Landscape*, p. 134.
② Matthias Schubnell, *Conversations with N. Scott Momaday*, pp. 46—47.
③ Lee Schweninger, *Listening to the Land: Native American Literary Responses to the Landscape*, p. 134.
④ N. Scott Momaday, *The Gourd Dancer*, p. 31.

　　年轻的生命逝去，让人痛心疾首、唏嘘不已，然而更让他感到困惑的是表达这种切肤之痛的语言的匮乏和无力。对语言的这种认识几乎是印第安作家的一个共同感受。哈荷在《鸟儿》（"Bird"）一诗中也直言了这种无奈："所有的诗人/都明白词语的无能。"① 语言只能"装饰"我们的认知，死者只能"踯躅在语言的后面"，而造成此种状态的原因却是"习俗"和"文明"。白人的现代文明抑制了人们情感的表达，而其中语言成为文明的帮凶，因为"实际上语言掩盖了悲伤的情绪"②。莫马迪认为，白人之所以失去了与土地的神圣联系，原因就在于对语言的"弃用和滥用"，因为"语言在人的自我观念的中心"，而"这种失败反映在人的身份之中"③。

　　与白人丧失了语言的神圣性，从而也失去了与土地之间的神圣联系并导致自我认知的失败状态不同，印第安人顽强地坚守着语言的神圣殿堂。肯尼斯·林肯（Kenneth Lincoln）指出，对于美洲印第安人来说，"词语本身就是有精神和肌体的生命体"④。这就意味着，在印第安文化体系中，"词语除了具有再现功能，还是物的存在本身"，因此"言说就是现实：言说（甚至思索）事物就意味着赋予其生命"⑤。正是在这种语言理念的框架之下，我们才可以充分理解莫马迪的"土地伦理"的一个重要层面就是"一种想象的行动"的动因。⑥ 莫马迪对此进一步阐释道："语言是想象的物质。想象是语言创造性的一面……它使我们在故事和文学中去创造并再创造我们自己。"⑦ 人通过想象和语言创造了他们自己，就如同语言能创造整个土地。人与土地之间的联系也是想象的结果。正如肯尼斯·林肯所言："语言强大的力量把人民与他们生于斯长于斯的环境连为一体：经历、物件或者人与所有其他生物生息与共，并与其名字不可分离。所有名字使得人们看清他们自己，以及他们周围的事物，因为词语就是世间精神的形象。"⑧语言的这种巨

---

① Joy Harjo, *How We Became Human*: *New and Selected Poems*, p. 73.
② 袁德成：《融多元文化为一炉——论莫曼德的诗歌艺术》，第 126 页。
③ Lee Schweninger, *Listening to the Land*: *Native American Literary Responses to the Landscape*, p. 134.
④ Kenneth Lincoln, *Native American Renaissance*, p. 18.
⑤ 王建平：《〈死亡年鉴〉：印第安文学中的拜物教话语》，第 53 页。
⑥ N. Scott Momaday, *The Man Made of Words*: *Essays*, *Stories*, *Passages*, p. 47.
⑦ Ibid., p. 2.
⑧ Kenneth Lincoln, *Native American Renaissance*, p. 43.

大能量使得人与他们用词语命名的土地之间建立了一种形而上的、精神上的互动的能量流，从而使印第安人对土地的认识具有了一种与众不同的智慧，使他们能够"把风景看作具有性格的活生生的东西。充满了各种称谓，充满了各种活动"①。莫马迪本人独创了一个颇具新意的表达方式："词语构成的人。"而事实上，这一词组来自父亲讲给他的一个凯欧瓦传说"造弓箭的人"（The Arrowmaker）。此后，莫马迪曾多次阐释了这一表达含义："在某种意义上，在一种真正的意义上，我的生命是由词语组成的。阅读、写作、讲话、讲故事、聆听、记忆和思考……是我的存在的基石，词语讲述了我的日常生活的成分。"②

"想象的投入"的确是莫马迪人与土地关系的视角之中十分独特的中心观念。③ 莫马迪认为，我们可以用"物质的眼睛"审视世界，然而，所得到的印象只能是世界的一个维度；如果想得到关于世界的另一个维度，那就要用我们的"头脑的眼睛"；而最理想的境界则是把这两个维度结合起来。④莫马迪的诗歌《一览无余I》（"Plainview I"）就是在这两个维度共同作用下展开的。在诗歌的开篇，"我"的"物质的眼睛""在山岭的空谷中"看到有"十一只燕雀远离我站着"⑤。在接下来的小节中，诗歌形象地描绘了风雨交加的情景。最后，"我"的"头脑的眼睛"突然意识到，这一切都只是"幻影"，在风雨交织中，"它们退却进黑暗中，消失殆尽"。在物质和想象的共同呈现中，诗歌制造出一个"转化的时刻"⑥，在这一时刻，"我"在物质与精神的双重领地驰骋，颇有些爱默生薄如蝉翼的"眼球"的气质。

在文论《一个美国人的土地伦理》（"An American Land Ethic"）中，莫马迪表述了这样的观点，我们从土地上被连根拔起，"我们变得迷失了方向"⑦。而人们重建与土地的联系之路则在于想象，"正是通过想象和语言的

---

① Laura Cotelli, ed., *The Spiral of Memory*: *Interview*, pp. 70—71.

② N. Scott Momaday, *In the Presence of the Sun*: *Stories and Poems*, *1961—1991*, p. xviii.

③ Kimberly M. Blaeser, "Cannons and Canonization," p. 198.

④ N. Scott Momaday, "Native American Attitudes to the Environment," p. 81.

⑤ N. Scott Momaday, *In the Presence of the Sun*, p. 8.

⑥ Kimberly M. Blaeser, "Cannons and Canonization," p. 198.

⑦ N. Scott Momaday, *The Man Made of Words*: *Essays*, *Stories*, *Passages*, p. 47.

力量人们捕捉、再次捕捉或者认识到土地的神圣性"①。"对莫马迪来说,土地始终如一地神圣,而想象和语言使得这种神圣性变得对人真真切切。"②语言和想象的结合形成了世代相传的印第安口头文学传统,在故事的传承中,人与土地的关系才得以千古永恒。正如西尔克所言:"作为大地母亲的子孙,古老的普韦布洛人总是将自己和某一片土地联系在一起。土地在普韦布洛的口头文化传统中起着核心作用。事实上,当我们回想起那些传说故事时,开头往往都是在讲人们从某一特定的地域走过。"③ 与西尔克相比,莫马迪对土地在印第安传统和印第安人身份构建的作用似乎更加看重。对于土地与个人身份的关系,莫马迪常常用自己的凯欧瓦名字的含义加以阐释:"我的凯欧瓦名字,Tsoai-talee,意思是岩石——树男孩,它当然直接与岩石树,现在被称为魔鬼塔(Devils Tower)联系起来。它在凯欧瓦传统中是神圣之地,它是男孩变成熊的地方。我认同那个男孩。我好多年如此。"④ 莫马迪的名字在印第安人中是颇有代表性的。个人的命名与土地和传说都有着密切的联系,这样,在语言的神圣力量的作用下,"他在某种程度上成为故事本人"⑤,也成为土地本身。

(三)记忆与土地

土地与记忆的关系是莫马迪"土地伦理"的又一个重要层面。对于记忆,莫马迪有着不同寻常的深切体会,并与种族、自然等因素结合,形成了独特的印第安族裔的记忆观。其中最经典的是"种族记忆"(racial memory)和"血脉的记忆"(memory in the blood)。莫马迪的"种族记忆"⑥,是一种遗传的记忆,是他土地伦理的基本部分。⑦ 莫马迪认为,对于印第安人来说,"过去就镶嵌在大地的一切表征中,在峡谷河流、山脉小溪、岩石和空

---

①　Lee Schweninger, *Listening to the Land: Native American Literary Responses to the Landscape*, p. 138.

②　Ibid.

③·　Leslie Marmon Silko, "Landscape, History, and the Pueblo Imagination," p. 269.

④　Chares Woodard, *Ancestral Voice: Conversations with N. Scott Momaday*, p. 35.

⑤　Lee Schweninger, *Listening to the Land: Native American Literary Responses to the Landscape*, p. 139.

⑥　N. Scott Momaday, *The Man Made of Words: Essays, Stories, Passages*, p. 51.

⑦　Ibid. , pp. 42—43.

地之中"①。对于土著作家而言，身体和土地的血脉是相连的，土地由祖先传承而来，因此在某种程度上说，土著人的生命记忆来自土地，特别是来自未被征服土地上浸染着土著人生命的记忆，用莫马迪的话说，就是"血脉的记忆"。在《去雨山之路》中，他这样描述了自己的祖母与土地和自然之间以种族记忆连接起来的神奇关系：

> 尽管我的祖母终生都生活在雨山的阴影之中，但北美洲内陆无垠的风景如记忆藏在她的血液中。她能对她从未见过的乌鸦如数家珍；对她从未去过的黑山滔滔不绝。我想要了解她的头脑的眼睛究竟更为完美地看到了什么，于是我跋涉1500英里开始了我的朝圣之旅。②

台湾学者黄心雅在《美国原住民的自我书写与生命创化》一文中指出："身体的记忆与土地的记忆相生相应，生命的创伤以土地的灾难展演，自然、土地与族人相连相系，形成环环相扣神圣轮环。"③女诗人哈荷在一次访谈中对于土地与印第安记忆之间的关系从土地与语言关系的角度进行了阐释，指出对于印第安人而言，土地的精神就是记忆，纵然被迫迁徙，如永久不变的基因编码，记忆中蕴藏的依旧是祖先世代生存的土地的精神。④

历史与空间是考察个人身份、族群命运的两个不可或缺的维度。在莫马迪的诗歌中，地点不但提供了一种自我意识，也包括一种历史意识和族群意识，而自我、历史和族群统一在土地之中的观念也是莫马迪土地伦理观的一个重要侧面。学者苏珊·罗伯森（Susan Roberson）在评论莫马迪小说《远古的孩子》（The Ancient Child，1989）时，曾经提出，小说中的人物自我身份"涉及'包括社会、过去和地点'的一种生态"⑤。这一心理地理视角的解读不但适用于莫马迪的小说，对于同样是在"土地伦理"观指导下创作

---

① Keith Basso, "Wisdom Sits in Places: landscape and language among the Western Apache," p. 34.

② N. Scott Momaday, *The Way to Rainy Mountain*, p. 7.

③ 黄心雅：《美国原住民的自我书写与生命创化》，第266页。

④ Laura Coltelli, *Winged Words: American Indian Writers Speak*, p. 63.

⑤ Susan Roberson, "Translocations and Transformations: Identity in N. Scott Momaday's *The Ancient Child*," p. 33.

的诗歌也同样适用。可以说，土地是莫马迪诗歌中的自我、族群和历史建构的核心和焦点。"位于莫马迪所有作品中心的是土地、记忆的焦点、凯欧瓦文化的定义之地。"① 从现实的意义来看，"记忆的焦点"对于印第安人来说是一部血泪悲歌；从神话层面来看，记忆对于印第安人来说则是一部创世的宝典；从文学层面来说，记忆对于印第安人来说就是一个"很久很久以前"开始讲述的故事。

　　记忆不是印第安人特有的理念，对于记忆的理解恐怕要追溯到古希腊毕达哥拉斯和柏拉图的"记忆的概念"了。② 让—皮埃尔·韦尔南对于记忆与历史的关系有这样一段经典论述：

　　　　为记忆女神所赞颂的历史是对不可见之物的译解，是关于超自然之物的地理学……它在生活世界和超越了生活世界、离开了白日之光的一切回归于此的世界之间架起了一座桥梁。它带来了对过去的"召唤"…… 记忆作为不朽之源泉出现……③

　　记忆与历史、记忆与文学之间的神秘联系使得记忆成为作家手中的法宝，而对于致力于重新创造族群身份的美国少数族裔作家来说，通过记忆书写族群历史、构建族群身份更是手中的利器。在印第安文化传统中，记忆不但有着与西方迥异的内涵，而且记忆的力量似乎更加强大，这种力量主要来自印第安独特的时间观。在印第安文化中，时间不是线形的，而是循环往复的，这是因为印第安人体验世界的方式不同。④ 他们并不只有一个世界，还有多个世界的层叠。时间不是以分钟或者小时来划分的，在时间和空间之中，一切都可以存在，一切都有意义。⑤ 基于此，记忆对于印第安作家来说并不是退回到从前，回归前哥伦布时代的田园牧歌的生活，而是回归多个起

---

①　Nina Baym, ed. , *The Norton Anthology of American Literature* (Sixth Edition, Vol. E), p. 2321.

②　关于毕达哥拉斯和柏拉图的记忆概念，见 Jean-Pierre Vernant, *Myth and Thought Among the Greeks*, London: Routledge & Kegan Paul, 1983。

③　转引自〔美〕迈克尔·M. J. 费希尔《族群与关于记忆的后现代艺术》，第 194 页。

④　Paula Gunn Allen, *The Sacred Hoop*, p. 59.

⑤　See Laura Coltelli, ed. , *The Spiral of Memory: Interviews*, pp. 38—39.

源、回归宇宙、回归神灵的神秘而有效的隧道。在印第安神话中，每一个时刻都有神灵的保佑，这些神灵计数着岁月的流逝。在西尔克的《死亡年鉴》中，这位印第安女作家对于这种关系交代得非常清楚："唯一真正的神灵是由宇宙中所有时辰构成的，没有哪一个时代或者时间广袤深邃到可以称自己为神。所有的祖先都知道宇宙万物生生不息、逝者如斯。"①

印第安独特的时间观使得印第安作家对土地与记忆的关系的认识更具生命的本质。正如西尔克在《典仪》中借主人公塔尤（Tayo）之口所表达的那样，土著人的世界是一个不断"转化"的世界，人间的一切生灵最终都要化为尘埃，回归大地。②时间、土地、生命以轮回的方式融为一体。上文提到的莫马迪诗歌《角形雁阵》的后三节就是在回忆中构建起此三位一体的轮回的：

> 某个十一月
> 巨大的古老的大雁
> 使用了更长时间，
> 仿佛永恒。
> 如此对称！
> 像时间和永恒的
> 苍白的角。
> 巨大的影子奋力攀爬。
> 放弃希望和创伤，
> 还有一种静止的担忧
> 时间无垠，警醒，
> 在黑暗的遥远疾风中。

濒临绝境的大雁形成的角形矩阵在这里成为带有原型意义的象征，成为"时间和永恒"的"苍白的角"。等待大雁的也许是死亡，然而，在时间的

---

① Leslie Marmon Silko, *Almanac of the Dead*, pp. 257—258.

② Leslie Marmon Silko, *Ceremony*, p. 130.

循环观念中，死亡却是回归大地和自然的最好选择。印第安人面对死亡的坦然态度是生命和时间的一种信仰："人是自然世界不可分割的组成部分，人死了身体就回归那曾经哺育万物的大地。他们把部落族群和家庭看作和宇宙整体融为一体，而死亡只不过是永恒生命之中一个短暂的过渡。"[1]

　　在印第安文化中，记忆强大的动因除了对时间的独特理解，还与他们对过去的空间化观念有着不可分割的关系。莫马迪更是认为"过去是旅程"[2]。这种观点在《药荷包的旅程》（"The Journey of Tai-me"）[3] 中清晰地表达出来。这部作品把太阳舞蹈的故事与诗人关于去俄克拉荷马的旅程的记忆结合在一起。太阳舞蹈是许多印第安部落都热衷表演的一种典仪，目的是求得精神的净化和引领；而诗人的俄克拉荷马之旅是为了参拜神圣的 Tai-me 药包，因此是一种启示性的记忆："我越来越清楚地意识到我自己是一个走过时间的人，而在它的血液中有某些不可估量的古老和生生不息的东西。就好像我回忆起了二百年前发生的事情。于是我想要追寻我的记忆和我自己。"[4] 这段论述清晰地表明印第安宇宙观中，时间、空间、自我之间的关系是通过记忆联系起来的。之所以能够回忆起 200 年前的事情，莫马迪借助的是土地和土地上生息繁衍的万物生灵带给印第安族群的永恒记忆。前文提到的他的散文诗《大地》（"The Earth"）呈现的也是一幅人与大地和大地上的一切的联系在时空的流转中自然而生动的画面。正如西尔克在《典仪》中能借助土著医生贝托尼（Betonie）的"药典"里的草根、树皮、枝叶等恢复主人公的族群记忆，原因就在于"这些物件中都包含着活生生的故事。我把这些古老的典籍都收藏起来，上面写满了名字，它们可以帮助我们记住历史"[5]。可见，对于土著美国人来说，土地不只是他们生活和栖息之地，更是他们身

---

① Vine Deloria, Jr. , *God Is Red: A Native View of Religion*, Golden, p. 171.

② Nina Baym, ed. , *The Norton Anthology of American Literature*, p. 2321.

③ Tai-me 是凯欧瓦族太阳舞蹈中所用的药荷包，象征驱除病魔、身体康复。这个荷包代代相传，在凯欧瓦族的宗教仪式中扮演着重要角色。莫马迪在他的俄克拉荷马之行中发现了这个神奇的药包。他的曾祖母 Aho 的辞世使他意识到族群传统和典仪的重要性，于是，从 1963 年莫马迪开始着手学习和记录凯欧瓦的传统文化、故事和民间歌谣等，并整理成为这个故事集。而该文集成为莫马迪的代表作之一《去雨山之路》的基础。

④ 转引自 Nina Baym, ed. , *The Norton Anthology of American Literature*, p. 2321。

⑤ Leslie Marmon Silko, *Ceremony*, p. 127.

份认同的构成要素。族群所居住的土地与自我的命名和生命的故事不可分割，土地更以记忆的方式与土著人的生命发生着关系。

三　小结

莫马迪的土地伦理观赋予了他的诗歌丰富的层次感，形成了土地与人、土地与语言、土地与记忆复杂的伦理关系和美学关系。这种关系的核心是万事万物在平等基础上的相互适应，而正是此种态度保证了印第安人在现代化进程中既能够适度融合，也艰难地保持了相对独立。从这一角度来看，莫马迪的土地伦理及在此视角下创作的诗歌可以说是当代印第安人微妙对抗殖民化的一种有效策略。

第七章

杰拉德·维兹诺俳句的多元文化维度

奥吉布瓦（Ojibway）族作家杰拉德·维兹诺（Gerald Vizenor, 1934—）与 N. 司各特·莫曼迪（N. Scott Momaday）和莫里斯·肯尼（Maurice Kenny）被并称为对美国土著文学复兴作出重大贡献的三剑客。① 在 20 世纪八九十年代斩获了若干奖项和荣誉之后，在 21 世纪的头十年，维兹诺的文学地位越发巩固，并获得了两个标志性奖项：2001 年，他获得美洲原住民作家终身成就奖；2005 年他被西方文学协会授予杰出成就奖。著作等身的维兹诺似乎主要是以其小说和评论著称文坛，然而他在诗歌创作领域的才华也不容忽视，特别是他独具特色的俳句使他以一种别样的姿态传递出了土著美国作家的声音。维兹诺本人对他的诗人身份是十分看重的。他在一次访谈中说："我认为我作为作家首屈一指的重要经历，［也是］我最痴迷的经历是在诗歌中产生的。"② 事实上，他的文学生涯是从创作俳句开始的。他的第一部俳句诗集《蝴蝶 两只翅膀》（*Two Wings the Butterfly*）出版于 1962 年，接着他又以惊人的速度接连出版了五部俳句诗集。③ 此外，他还撰写了多篇关于俳句的文章。④ 维兹诺本人多次强调他的所有创作都可以浓缩进小小的

---

① See Kimberly M. Blaeser, "Cannons and Canonization: American Indian Poetries Through Autonomy, Colonization, Nationalism, and Decolonization," pp. 183—187.

② Neal Bowers and Charles L. P. Silet, "An Interview with Gerald Vizenor," p. 43.

③ 这五部俳句诗集分别是 *Raising the Moon* (1962); *Seventeen Chirps* (1965); *Slight Abrasions: A Dialogue with Jerome* (1966); *Empty Swings* (1967); *Matsushima: Pine Islands: Haiku* (1984)。

④ 例如，"The Envoy to Haiku," *The Chicago Review* 39. 3/4 (1993); "Our Land: Anishinaabe, Haiku Poems by Gerald Vizenor," *Native Peoples Magazine* (Spring 1993) 等。

俳句中。① 可以说，俳句的创作对他的文学美学的发展，以及他的政治意识的强化起到了重要的推动作用，成为他漫长的文学生涯的动力之源。

很多评论家和读者把维兹诺的俳句情结归因于他在日本的经历。② 但笔者认为，诗人对俳句这份割舍不断的情怀更多的是出于一种内心情感的共鸣和文化的认同感。而此认同感的根源就在于土著文化与俳句那富有东方意蕴的诗学文化之间某些令人意想不到的契合点：其一，自然是土著文化的物质和精神的精髓，也是俳句主题意蕴的核心价值；其二，滑稽、戏谑的评说是土著捣蛋鬼文化的精神内核，也是俳句文化深藏不露的文化气质；其三，俳句非连贯性、多层次的表述特征正是后现代土著作家试图实现拆解白人语法哲学的理想语言状态。此三个契合点被维兹诺以富有土著文化特征的诗性语言进行了如下概括：

> 我内在的灵魂舞者欢呼转化和我们的躯体与土地、动物、鸟儿、海洋、造物主之间的直觉的联系；我内在的街舞者是捣蛋鬼，唇枪舌剑中流浪的幸存者，在教室、在超市、在公共汽车上与普通人交集；我内在的词语舞者是想象的表演者，戴着面具，拿着披风，在树上讲述着神话故事；最后的舞者在寂寞中独自起舞，回忆着街道上的举止，灵魂的律动和土地下的言语。③

事实上，维兹诺的前三个"舞者"概括的就是土著文化在俳句中寻求到的共鸣，而"最后的舞者"则是对前三点的概括。维兹诺以不同的"舞者"来比喻俳句中的多重声音和多重元素，这一形象思维显然来源于土著的

---

① See Lee Schweninger, *Listening to the Land: Native American Literary Responses to the Landscape*, p. 165.

② 维兹诺与日本俳句的渊源缘起于他在日本的兵役。1953 年，他被派往日本服兵役，并因此有机会接触到日本文学。此间他被日本俳句，尤其是 17 世纪日本俳句大师松尾芭蕉的作品深深吸引，并开始写作俳句。他在自传、文论和访谈中多次讲述了自己与俳句以及芭蕉的渊源。例如，在《俳句使者》（"The Envoy to Haiku"）一文中，他说："那个夏天我十八岁，第一次看到了书法作品的俳句，又读了小林一茶和芭蕉诗作的翻译。俳句的出现，比其他任何文学，都更能触动我的想象。"参见 Gerald Vizenor, "The Envoy to Haiku," p. 57. 日本的经历对维兹诺影响极大，除了俳句之外，他还以混血印第安人在战后日本的经历写成了小说《广岛舞伎》（*Horoshima Bugi*, 2003）。

③ 转引自 Kimberly M. Blaeser, "Preface," *Matsushima: Pine Islands: Haiku*, p. 5.

部落典仪舞蹈。① 这四位舞者在维兹诺的心灵深处共舞，并以最形象的方式概括了维兹诺诗歌创作，尤其是俳句创作的"后现代行动的范式"，开始了"视觉化的联系（或者断裂），包含或者排除"的行动。② 可以说，维兹诺的俳句创作是后现代思维与印第安部落典仪舞蹈所代表的传统文化思维的碰撞擦出的耀目的火花，是东西方诗学与土著美国文化语境和后现代文化思维交汇后一次具象化的展现，同时也是他"身为美国印第安人这一事实本身就具有政治意义"的身份观的政治性表述。③ 那么，维兹诺是如何在俳句的方寸之间跳出这"太阳下的舞蹈"，并实现了自己海纳百川、东西交汇的诗学理想和诗歌实践的呢？本章将带着这些问号走进维兹诺的俳句空间，并沿用维兹诺的部落舞蹈的文化意象，在那些充满视觉冲击力的诗歌意象和挑战深度思考的东方禅宗以及西方后现代思维之间寻找答案。

一　灵魂与自然共舞

当被问及为何以俳句开始创作生涯时，维兹诺把个中原因首先归结为"自然"，并就自然、土著人和俳句之间的关系发表了这段引用率颇高的言论：

> ……在某种意义上，俳句把我带到了自然之路，而那是我文学之路最好的转折。自然的魅力在我的血液中，那使得品味和声音塑造了想象，毫无疑问，这样的结果比异国风情或者发现更具意象性。自然是狡黠的，不断地揶揄，甚至四季中最寻常不过的土著人［生活］的足迹都是创作的灵感，是故事［产生］的契机。④

① 维兹诺本人对部落舞蹈这一文化意象情有独钟。在关于诗歌，特别是俳句的论述中，他多次采用了这一文化意象来喻指诗歌。例如，在《大地潜水者》中，他把诗歌比作是"太阳下的舞蹈"。See Gerald Vizenor, *Earthdivers: Tribal Narratives on Mixed Descent*, p. 37.
② Elaine A. Jahner, "Trickster Discourse and Postmodern Strategies," p. 55.
③ 王建平：《世界主义还是民族主义——美国印第安文学批评中的派系化问题》，《外国文学》2010 年第 5 期，第 50 页。
④ Malea Powell, "Rhetorics of Survivance: How American Indians Use Writing," p. 400.

从维兹诺这段肺腑之言，不难看出，他对俳句情有独钟的首要原因在于自然在俳句中独特的分量和地位。日本俳句的这一特点与在自然的怀抱中世代繁衍生息，过着游牧生活的土著部落的生活方式和思维方式不谋而合。这是维兹诺对俳句有着天生的亲切感和归属感的根本原因，也是维兹诺特别强调自然与人之间"转化"的关系是他的"灵魂舞者"欢呼的对象的根本原因。

俳句是歌咏春秋的诗歌。英国诗人、翻译家 R. H. 布莱斯（R. H. Blyth）指出，对于松尾芭蕉等俳句大师来说，季节是俳句基本的组成部分，不仅仅"作为一种原则，而是一种直觉的方式，一种更开阔地审视某些事情的方式"[1]。维兹诺在俳句中发现了自然的四季轮回，认为这种诗歌"在最微妙的意象和起承转合中"表现了"永恒和短暂"[2]。日本人对四季轮回的理解和维兹诺继承的印第安传统对人生的理解有着某种令人感到亲切的契合点：

> 奥吉布瓦人学会了用自然的因果来聆听四季……最早的部落家族沿着 *Gichigami* 河岸一路走到阔叶林和沼泽地，春天，在那里他们摇动枫树摘下 ziizibaakwadaaboo，在河里扎鱼，然后，在深秋，收获 manoomin，野稻米。冬天和冰雪来临之前，部落返回到他们在苏必利尔湖曼德莱岛 mooningwanekaning 上的族群。[3]

自然的四季轮回以最张扬的方式出现在维兹诺的俳句中。就宏观结构而言，维兹诺所有的俳句诗集都是"按照季节架构的"[4]。在他的俳句诗集中，代表四季的日文以夸张的排版方式醒目地穿插在俳句之间，成为每一页中"文字的核想象中心"[5]。这些文字不仅仅具有"装饰功能"和视觉的冲击

---

① Qtd. in Thomas Lynch, "To Honor Impermanence: The Haiku and Other Poems of Gerald Vizenor," p. 207.

② Gerald Vizenor, *Interior Landscapes: Autobiographical Myths and Metaphors*, p. 172.

③ Gerald Vizenor, *Summer in the Spring: Anishinaabe Lyric Poems and Stories*, pp. 5—6.

④ Thomas Lynch, "To Honor Impermanence: The Haiku and Other Poems of Gerald Vizenor," p. 208.

⑤ Ibid.

力，它们还拓展了诗歌的语境，强化了万事万物瞬息变化、周而复始的"宇宙的循环"①。从微观层面来看，自然集中体现在俳句的传统用语和意象"季语"中。季语是俳句的灵魂，"它除能为诗歌意境增添季节美，还能以人们审美经验中的季节特征生成从实到虚或虚实相生的诗歌意境"②。季语最大的功能就是能将读者一下子带入抒情的领域，或者更确切地说，"是把读者引向一个审美的境界：用欣赏的目光深切体会诗句所描绘的内容，并从中体会到深刻的人生意义"③。例如，《仙鹤起飞：俳句的风景》中的一首俳句：

Redwing blackbird	红羽黑喙鸟
rides the cattails at the slough	轻点沼泽香蒲枝
curtain calls④	谢幕啁啾叫

　　季语黑鸟作为一个审美视点以"红"与"黑"的反差先声夺人地涂抹了一幅色彩的画面。"栖息"（ride）一词亦动亦静，动静相宜，将鸟儿与花枝并置。香蒲花也指向了季节特征，因为这种生长在水边低地的植物只有在春末夏初才开花。黑鸟与香蒲花构成的是一幅平实、真切的自然图景。换言之，在这首俳句中，季语以写实的方式满足了读者的视觉体验。然而，一句"谢幕啁啾叫"却将实体和实相陡然延展开去，思维的触角伸向对生命本质和人生沉浮的思考，颇具禅宗的玄妙：红羽黑鸟在香蒲花的枝头施展美妙歌喉，展示漂亮羽毛，却鲜有观众的喝彩，不得不寂寞落幕。鸟儿的自然生活习性在维兹诺的俳句中被赋予了丰富的情感色彩，并转化为对生命原初意义的探寻。因此，可以说，这首俳句虚实相生，动静相宜的审美体验折射的却是整个参禅的过程，指向的是对无常的人生哲学的领悟，从而"引向了寂寞

---

① Thomas Lynch, "To Honor Impermanence: The Haiku and Other Poems of Gerald Vizenor," p. 208.
② 李怡：《西话东禅：论理查德·赖特的俳句》，《外国文学研究》2011 年第 1 期，第 106 页。
③ 川本皓嗣：《日本诗歌的传统——七与五的诗学》，王晓平等译，译林出版社 2004 年版，第 113页。
④ Gerald Vizenor, *Cranes Arises: Haiku Scenes*, n. p.

感伤的情怀"①。

　　然而，身为土著诗人的维兹诺与自然的关系还有十分独特的另一面和另一种情致，他的俳句对自然的感悟与日本传统俳句也有着本质的区别。传统俳句往往将内心情感移注、投射到自然与社会之中，使之幻化为自己内心深处所欣赏的空寂无人的禅境和宁静恬淡的意境，从而达到山水林鸟皆佛法的意境。与传统俳句囿限于自我心境的体验和对生命的感悟不同，作为土著诗人的维兹诺认为俳句是他的美学的"升存"（survivance）。② 在维兹诺的俳句中，人与自然山水的关系超越了"见山是山，见水是水"的借境观心的境界。③ 之所以如此，是因为维兹诺拓展了俳句的外延意义，在俳句的有限空间中纳入了土著文化和土著人的生活以及族群的命运等现实元素。

　　在《升存：土著人在场的叙事》"绪论"中，维兹诺特别强调了自然对于土著"升存"叙事的意义：土著美国人的故事和诵歌是在"自然原因"，在"源于自然界经历的不可争辩的存在的意识"的推动下产生的，是在"疾风暴雨"、"仙鹤迁徙"、"肆虐的蚊子"、"霜打的漆树"、"野稻米"等自然生灵的生生不息的生命律动中产生的。④ 在《土著的自由》中，维兹诺也对自然与土著人之间的独特关系进行了阐释："乌鸦狡黠的飞行、翠鸟的俯冲、风雨中的构兰花、冰面上的鹅、窗上的飞蛾都是在场的证明，也是在叙事和土著故事中的自然原因的情感的［证明］。"⑤《仙鹤起飞：俳句的风景》中的一首脍炙人口的俳句最能说明这种人与自然之间充满情趣的互动关系：

<table>
<tr><td>fat green flies</td><td>肥苍绿蝇飞</td></tr>
<tr><td>square danceacross the grapefruit</td><td>绕藤穿蔓舞翩翩</td></tr>
</table>

---

　　①　邱紫华：《日本和歌的美学特征》，《华中师范大学学报》2004 年第 2 期，第 60 页。

　　②　"survivance"是维兹诺创造的词语，是"survival + resistance"（生存 + 抗争）的组合。有研究者把"Survivance"翻译成"升存"，以区别于"survival"（生存），以此凸显土著作家的叙事策略更具正面和积极意义。详见洪敏秀《"这水是打哪儿来的？"：金恩〈草长青，水长流〉中荒野与花园的对话》，第 145 页。本文借用了这一译法。

　　③　（宋）普济：《五灯会元》（下），苏渊雷点校，第 1222 页。

　　④　Gerald Vizenor, *Survivance*: *Narratives of Native Presence*, p. 11.

　　⑤　Gerald Vizenor, *Native Liberty*: *Natural Reason and Cultural Survivance*, p. 5.

honor your partner① 　　　　　　　　致敬你同伴

　　这首俳句最独特之处在于其中"绿蝇"的意象。在美国文学中,本来不乏"苍蝇"为中心意象的先例。最著名的当属艾米丽·迪金森的《我听到苍蝇嗡嗡叫——当我奄奄一息时》。然而,与迪金森那只与死亡相伴的苍蝇不同,维兹诺的"绿蝇"象征的却是自然的生命活力以及自然与人之间斗智斗勇,却相生相伴的关系。短短的三行诗分别对应着动物、植物和人,并共同构成了一个纷乱却生机盎然的大千世界。这首俳句体现的人与自然之间的亲缘关系是对朴素的印第安生态文明思想的传承,是天人与共的情怀的具象化,同时也解释了印第安的世界能够成为一个"运作与过程的和谐体"的根本原因。②

　　维兹诺俳句中自然意象的选择不但别具匠心,而且是有着明确的政治考量的。纵观维兹诺的俳句,我们发现他很少刻意凸显印第安族群代表性的自然意象。前文提到的"苍蝇"意象就并非典型的印第安自然意象,更与族群的象征意义无关。这种选择恐怕与维兹诺避讳主流文化和白人作家把印第安人与自然血脉相连的关系作为刻板化印第安人形象的策略不无关系。维兹诺在《土著的自由》"绪论"中指出:"一般来说,土著人被以自然和图腾动物呈现并联系在一起。然而,这种归类与其说是一种把自然的形象意识作为土著人的在场意识,以及动物作为一种文学叙事的声音,不如说是在商业社会中对万物有灵论的一种怀旧之情。"③维兹诺把文学作品对印第安人的再现定义为"后印第安人虚构"(postindian simulations):这些虚构"展示土著人身着传统盛装,睿智而体面,永远无畏,对于自然、气候和他们的族群,充满灵感"④。他进一步指出,"后印第安人虚构"是"表现方式的他者,真实部落的缺席,主流文学的杜撰"⑤。虚构的再现使得作家们以自然的名义疯狂生产土著人的刻板形象,从而把印第安人从当下推回到过去,并

---

①　Gerald Vizenor, *Cranes Arises: Haiku Scenes*, n. p.

②　Gary Witherspoon, *Language and Art in the Navajo Universe*, p. 53.

③　Gerald Vizenor, *Native Liberty: Natural Reason and Cultural Survivance*, p. 10.

④　Gerald Vizenor and A. Robert Lee, *Postindian Conversations*, p. 86.

⑤　Gerald Vizenor, *Manifest Manners*, p. 55.

使得他们神奇地从公众的认知和良知中消失了。明白了维兹诺对典型印第安自然意象的顾忌,我们就不难理解,他的俳句中的自然意象往往是生活化的、普遍性的,很少出现郊狼、熊、秃鹫等具有鲜明印第安文化特征的自然意象。上文引用的俳句就很能说明问题。同时,我们也清楚地意识到,出于复杂的政治考虑,尽管维兹诺的俳句离不开自然,但是书写自然又绝不会是他俳句书写的全部。

二　捣蛋鬼的街舞

维兹诺被称为"20 世纪美国印第安作家中的超级讽刺家","才华横溢的、难以捉摸的捣蛋鬼角色"①。之所以有此定位与他的捣蛋鬼写作策略是分不开的。前文提到,维兹诺说他的俳句就是捣蛋鬼跳出的街舞,真是一语道出了捣蛋鬼写作的精髓。捣蛋鬼的故事在印第安文化和文学中流传甚广,对印第安当代文学也影响颇大。印第安传统文化中的捣蛋鬼是"不守规矩、逾越边界者",是"爱耍诡计的说谎者",是"善于变形"的"颠覆者"和"搞笑者"②。总之,捣蛋鬼的颠覆状态是一种"前理性戏耍"(the prerational play)。③维兹诺的捣蛋鬼写作策略在俳句中找到了意想不到的契合点。这个契合点就在于俳句本身所承载的文化含义就带有深藏不露的戏谑的痕迹。从文化起源来看,俳句源于日本传统和歌的前三行,"是以平近口语描写诙谐洒脱题材的俳谐连歌的发句";从词源来看,"俳谐"一词,本身就有"滑稽、诙谐、戏谑的意味"④。俳句的这些特点正是印第安的捣蛋鬼写作的精神实质;从诗学特征来看,俳句的诗学特征与印第安的捣蛋鬼文学传统有很多相似性:两者均使用"自相矛盾的表述","悬而未决的紧张","明显不相关的意象的并置",迫使读者进入一种"直觉而不是一种现实的理想的观念"⑤。

---

① 转引自 Gerald Vizenor, *Bearheart*: *The Heirship Chronicles*, 封底。

② William Hynes & William Doty, *Mythical Trickster Figures*: *Contours*, *Contexts and Criticism*, pp. 34—42.

③ Liang, Iping, "Opposition Play: Trans-Atlantic Trickstering in Gerald Vizenor's *The Heirs of Columbus*, " p. 127.

④ 陆坚:《日本俳句里的中国词曲印记》,《浙江大学学报》2001 年第 5 期,第 30 页。

⑤ Eric Amann, *The Wordless Poem*: *A Study of Zen in Haiku*, p. 33.

　　捣蛋鬼形象对维兹诺深具吸引力,原因在于他认为"凭借恶作剧者的精神与思维方式,处于美国社会边缘的印第安裔既能在主流社会中求得生存,又能保留其特有的信仰与生活方式,在生存与发展中取得平衡"①。捣蛋鬼的形象和气质成为维兹诺特有的符号,甚至可以说,他就是一个带着词语加工器的捣蛋鬼。当然,对于维兹诺而言,捣蛋鬼形象最重要的意义还是在于成就了他的"生存"实践,这一点与自然的意义倒是有异曲同工之妙。从某种程度上说,维兹诺"生存"的方式就是他的"捣蛋鬼的阐释"(trickster hermeneutic),② 是把主流的同化阴谋转化成为解放的力量的生存与文学创作策略。

　　在维兹诺的很多小说中,捣蛋鬼形象都给读者留下了深刻的印象。③ 在他的诗歌中,捣蛋鬼也不时露上一面。例如,在《白土地保留地》("White Earth Reservation")中,"部落捣蛋鬼/游荡在后视镜中"④,在《州际间的光环》("Auras on the Interstates")中,一个声音呼唤着读者们"跟随捣蛋鬼之路/在黑暗中向着家园前进"⑤。

　　在他的俳句中,捣蛋鬼叙述得到了更为充分的发挥。正如布雷泽所言,"维兹诺许多俳句……毫不牵强地表现出了与土著美国文学中的捣蛋鬼传统的联系"⑥。"捣蛋鬼叙述产生于论辩的想象;在公共文本中的狂野的冒险,一种否认美学、翻译和强加的再现不确定的幽默"⑦,而俳句之所以能够成为捣蛋鬼声音最恰切的文本空间,就是因为俳句更适合把"评论与文本表现

---

　　① 方红:《美国的猴王——论杰拉德·维兹诺与汤亭亭塑造的恶作剧者形象》,《当代外国文学》2006 年第 1 期,第 64 页。

　　② 维兹诺这样解释了"捣蛋鬼的阐释":"在生存+抗争文学中模仿的阐释,血统和种族主义的反讽、变形、第三性、口头部落故事和书面叙述中的转化的主题";"捣蛋鬼的故事是部落生存+抗争的后现代模仿"。See Gerald Vizenor, *Manifest Manners: Postindian Warriors of Survivance*, p. 15.

　　③ 在小说《自由的恶作剧者》(*The Trickster of Liberty: Tribal Heirs to a Wild Baronage*, 1988)、《死亡的声音:新世界里自然的愤怒》(*Dead Voices: Natural Agonies in the New World*, 1992)、《忧伤者:一个美国猴王在中国》(*Griever: An American Monkey King in China*, 1987)中,捣蛋鬼形象均十分鲜明。

　　④ Joseph Bruchac, ed., *Songs from This Earth on Turtle's Back: Contemporary American Indian Poetry*, p. 262.

　　⑤ Ibid., pp. 265—266.

　　⑥ Kimberly M. Blaeser, "The Multiple Traditions of Gerald Vizenor's Haiku Poetry," p. 345.

　　⑦ Gerald Vizenor, *The Trickster of Liberty: Tribal Heirs to a Wild Baronage*, p. x.

巧妙地结合起来"①。在《空荡荡的秋千》（*Empty Swings*）中的俳句：

Blackbirds scolding	黑鸟骂咧咧
One by one the turtles slip away	乌龟们逃之夭夭
Alone again. ②	又剩孤独人。

　　就是一个绝妙的例子。前两行中一个充满喜剧感的声音讲述了一只黑鸟和一群乌龟之间的故事，后一行简单的两个词却既是对前两行故事结局的交代，也是对黑鸟行为的评说，传递的是讲述人认为黑鸟自作自受的痛快感。

　　在维兹诺的俳句中，捣蛋鬼的声音能够"煽动视角上的改变"、"巧妙针砭时事"并"提供一种观念的讽刺的扭曲"③：

The old man	孤苦老人家
Admired the scarecrow's clothes	羡慕草人衣衫暖
Autumn morning ④	秋日早霜寒

　　此俳句的前两行中，人与稻草人并置，动词"羡慕"（admire）凸显了两者令人惊讶的关系：人羡慕稻草人，只因为后者的衣裳。言外之意清晰地呈现出来：老人可能衣不遮体。"秋天"这一季语作为该诗的远景提供了"老头—稻草人"这对看似毫无关系的主体之间之所以发生关系的背景：秋风瑟瑟，心怨天寒。场景和意境倒是与白居易的《卖炭翁》颇有相似之处，然而，语气却迥异：这里没有现实主义大诗人白居易悲天悯人的哀叹，却以

---

　　① Kimberly M. Blaeser, "Cannons and Canonization: American Indian Poetries Through Autonomy, Colonization, Nationalism, and Decolonization", p. 201.

　　② Gerald Vizenor, *Matsushima: Pine Islands: Haiku*, n. p.

　　③ Kimberly M. Blaeser, "Canons and Canonization: American Indian Poetries Through Autonomy, Colonization, Nationalism, and Decolonization", p. 201.

　　④ Gerald Vizenor, *Seventeen Chirps*, p. 4.

冷静的,甚至有点冷漠的寥寥数语暗讽了美国社会中"经济的不平衡"①。能够在俳句的方寸之间实现社会批判理想的诗人,恐怕再也难寻第二人了吧。更为巧妙的戏谑和批判在下面这首俳句中更为精到:

Against the zoo fence　　　　　　　周日动物园
Zebras and Sunday school children　斑马孩童倚栏站
Hearing about Africa ②　　　　　　听人说非洲

短短的诗行却营造出了一幅戏剧性很强的幽默画面:在动物园里,孩子们在参观斑马,而老师在介绍斑马的产地——非洲。在第二行中,斑马与孩子共同构成了行动的主体,他们都在津津有味地听着别人讲述遥远的非洲。斑马是非洲大草原独特的物种,它们被运到美国并成为美国动物园中圈养的动物。与这些在美国出生的孩子一样,这匹斑马可能也出生在美国的动物园,对自己的故土非洲充满着陌生感,似乎那只是一个遥远的梦。这一命运与美国黑人如出一辙。维兹诺的这首俳句表现的主题对于熟悉美国非裔诗歌的读者并不陌生。非裔女诗人格温朵琳·布鲁克斯就曾经这样写道:"当你启程前往非洲/你不知道你的去处/因为/你不知道你是非洲人/你不知道那要达到的/黑色大陆/就是你。"③ 相比之下,维兹诺的俳句以有趣的画面感和幽默的语言更胜一筹。他发挥自己的想象,充分利用了俳句这个虽小却容量极大的空间,巧妙地将两种不同的文化并置、对照、对比,并从语言维度延展到政治和历史维度,从而赋予了小巧精致的俳句以非同寻常的厚重感。不过,维兹诺这个舞蹈着的捣蛋鬼时刻不忘自己戏谑的本领,政治和历史维度非但没有产生沉重和悲壮之感,反而由于生动的画面感和冷静的幽默感显得轻松调皮。而这正是俳句所蕴藏的四两拨千斤的情感力量。

---

① Kimberly M. Blaeser, "Canons and Canonization: American Indian Poetries Through Autonomy, Colonization, Nationalism, and Decolonization," p. 201.

② Gerald Vizenor, *Empty Swings*, p. 36.

③ Gwendolyn Brooks, *To Disembark*, p. 41.

三　词语的符号之舞

维兹诺有"在言辞的战争中令人望而生畏的斗士"之美誉。[①] 这一赞誉与他独特的印第安后现代语言观是分不开的。在美国当代土著作家中，维兹诺是最具后现代精神的，然而，作为土著作家，他的后现代观不可避免地带有鲜明的族裔特征。[②] 其中一个核心的理念就在于他认为土著传统的口头性本身就具有后现代色彩，因为故事与口头表达的联系是一种"自由飘浮的所指或者所指的集合"，取决于谁在场。[③] 那样的故事的意义是通过口头传送的，取决于一系列有趣的、生动的、直接的、暂时的、不可知的自然条件。这是维兹诺的核心语言观，也是他俳句的词语之舞的实质：那个戴着面具，讲述着印第安神话的词语的舞者在俳句的舞台上创造出新的口头传统，颠覆了"写作的局限性，并用影像式语言来表现口头传统的活泼性，融合了对话，将文字从语言和想象力中释放出来"[④]。俳句对维兹诺的一个巨大的吸引力就在于他可以利用这个方寸空间，杂糅东西方文化以及语言，从而创造出一个杂糅的开放空间，并在文化的碰撞中使读者感受到语言的幽默和犀利，使得俳句成为他的"全喜剧论述"（comic holotropes）[⑤] 的又一个文本的试验田。

[①]　A. LaVonne Brown Ruoff, "Woodland Word Warrior: An Introduction to the Works of Gerald Vizenor," p. 13.

[②]　维兹诺列出了四点作用于土著美国作家创作的后现代情况：线形时间被摒弃；梦幻是现实的源泉；故事的每次讲述都是一个新的故事；与口头表达关系密切。维兹诺把后现代主义理解为一种条件而不是一种信条，一种经验而不是一种观念的物质。See Deborah L. Madsen, "Overview: Gerald Vizenor in his Contexts", in *Understanding Gerald Vizenor*, pp. 1—42.

[③]　Larry McCaffery and Tom Marshall, "Head Water: An Interview with Gerald Vizenor," pp. 50—54.

[④]　Kimberly M. Blaeser, *Gerald Vizenor: Writing in the Oral Tradition*, p. 15.

[⑤]　在《捣蛋鬼论述：全喜剧论述和语言游戏》（*Trickster Discourse: Comic Holotropes and Language Games*）一文中，维兹诺提出了"全喜剧论述"的理念。他说："论述是一种形式的语言，而全喜剧论述的作用包含了各种的可能性、不同的声音、各式各样的神话或者隐喻。"捣蛋鬼论述是一种戏剧的论述，是各种语言在口语文化中的表现。可见，维兹诺的全喜剧论述强调的是一种对话性。同时，全喜剧论述也是一种语言的游戏，带有"好斗的幽默"（agonistic humor）。See Gerald Vizenor, "Trickster Discourse: Comic Holotropes and Language Games," in *Narrative Chance: Postmodern Discourse on Native American Indian literatures*, pp. 190—191.

　　维兹诺对语言之于人的束缚力有着深刻的认识。他认为，从本质上说，美国印第安作家都是语言的囚徒。[①] 之所以有此感慨，根源还是在于土著作家不得不用敌人的语言创作的无奈：土著作家拒绝接受白人殖民者的语言统治，但他们又不得不自觉地与殖民者的语言遭遇，并试图通过语言和想象改变这个世界。对维兹诺等土著作家而言，用语言对抗世界是政治意义上解放的前提条件。前文提到维兹诺青睐捣蛋鬼叙事的一个重要原因也在于此。维兹诺认为，捣蛋鬼不是一种形象而更多的是一种思维方式，言说方式和行动方式，是一种语言的力量；印第安传说和故事"不仅是生存，忍耐或者回应"，他们有"创造"，"再创造"，"毁灭"世界的力量。[②] 语言之于印第安人有与众不同的意义是"因为词语在言说和思考中的力量"[③]。语言在部落文化中受到推崇，使用十分慎重，常常惜墨如金。在部落中语言常常与仪式共同使用或者与某些部落禁忌相关联。例如，印第安传说和故事的讲述通常以仪式开头和结尾，这似乎已经成为一个备受青睐的小说框架；某些部落文化禁止提到死者的名字，认为提到他们的名字会唤来死者的灵魂，搅扰他们的安息，或者妨碍他们在灵魂的世界中找到安息之地。对于白人与土著人对词语的不同理解，维兹诺这样总结道："白人出于含义说出词语"，而对于土著人来说，"词语是口头传统中的仪式，来自于造物的声音，风中的一抹幻象……不是冷冰冰的纸张，也不是把讲述者和听者分开的电子音乐"[④]。

　　很多评论家注意到维兹诺在小说中进行的语言实验：以拟声的方式把部落的声音混杂到英语文本中，通过不同寻常的复合词组来创新语言，改变语言风格，戏仿白人作家的文字风格，等等，可以说，他创造了一种声音和语气的"异体万花筒"（heteroglottal kaleidoscope）[⑤]。与语言的战争是令维兹诺颇为纠结的行动。维兹诺在与约瑟夫·布鲁凯克（Joseph Bruchac）的访谈中说："我喜欢玩文字游戏，我想它的一部分是一种致力于'解构'的混血部族的努力。我想要打碎语言，我想要重新想象语言……我还没有完全打破

①　Laura Coltelli, *Winged Words: American Indian Writers Speak*, pp. 155—184.
②　See Gerald Vizenor, *Fugitive Poses: Native American Indian Scenes of Absence and Presence*, p. 15.
③　Kimberly M. Blaeser, *Gerald Vizenor: Writing in the Oral Tradition*, p. 20.
④　Gerald Vizenor, *Landfill Meditation: Crossblood Stories*, p. 99.
⑤　Wolfgang Hochbruck, "Breaking Away: The Novels of Gerald Vizenor," p. 276.

语法［限制］。我已经打破了语法哲学、英语语法，但我还没有摆脱标准语法结构。"① 维兹诺的文字游戏就是他的"文化的词语战争"（cultural word wars）。②维兹诺的这番对语言的感慨主要源于他的小说创作中的体会，一种被语言束缚，与语言抗争的无奈。

　　然而，他在小说创作中颇为困惑的摆脱语言束缚的梦想，在俳句创作中却得到了释放，至少是部分的缓解。俳句被称为"无词诗"（the wordless poem），具有一种"呈现的直接性"（presentational immediacy）："把物体和事件直接呈现在我们面前，没有词语碍手碍脚"③，与缜密的语法哲学相去甚远。意象派诗歌大师庞德之所以对俳句情有独钟，原因也正在于此。他的意象派诗歌的代表作《在地铁车站》经过一年半的思考，数次删减，最后用了两行"俳句似"的诗行才得以表达。可见俳句的妙处正是在于以"意象化语言"打破了能指与所指之间的对应关系，具有"生成多元意义的多种可能性"，从而具有了无限大的意指功能。④维兹诺所追求的文字的解构性效果在俳句中体现为语言的"四分五裂"，因为只有在此种情况下，他才能重建"与存在的联系"⑤。对于俳句语言特点的本质，恐怕没有人比维兹诺理解得更为透彻了。他说："读者从俳句中创造一个幻景；没有什么印在纸上，词语变成梦幻声音，风中的痕迹，雪中的车辙，光秃秃的白杨树上高高的鸟巢。"⑥ "解构俳句中印在纸上的词语，空无一物；俳句中什么也没有，甚至连诗也不存在。俳句中的无不是一种美学的虚无；相反，它是一种启蒙的时刻，一种词语消解（words dissolve）时的幻景。"⑦ 在维兹诺的俳句中，这种语言的状态就是：

---

①　Joseph Bruchac, "Follow the Trickroutes: An Interview with Gerald Vizenor," in Joseph Bruchac, *Survival This Way: Interviews with Native American Poets*, p. 293.

②　Gerald Vizenor, *Wordarrows: Indians and Whites in the New Fur Trade*, p. viii.

③　Rod Willmot, "Mapping Haiku's Path in North America," p. 211.

④　陈学广:《文学语言：直接意指与含蓄意指——文学语义系统及其特征解析》,《江苏社会科学》2007 年第 1 期, 第 202 页。

⑤　Gerald Vizenor, *Earthdivers: Tribal Narratives on Mixed Descent*, p. xvi.

⑥　Gerald Vizenor, *Matsushima: Pine Islands*, n. p.

⑦　Ibid.

april ice storm	四月冰风冽
new leaves freeze overnight	春雪夜霜绿叶寒
words fall apart①	词语飘零落

此种语言状态恐怕只有在俳句中才能名正言顺地实现吧，因为这正是俳句追求的理想的语言状态。"日本传统俳句常将切字置于各分行即上五、中七或下五的结尾处，起到切断俳句的音调或内容和产生审美间性的功效。"②然而，英语中没有具有切断功能的语汇。为了弥补这一缺憾，同样创作了大量俳句的非裔美国作家理查德·赖特尝试用标点符号的断句功能加以替代。③然而，这样的小把戏是维兹诺所不屑的，因为对俳句的本质有着深刻认识的他清楚地知道，俳句形式与内容之间的张力足以成就词语消解的目的。俳句的基本表述特征就是多层次和非连贯性，而这正是语言实验的天然沃土。信手拈来一首维兹诺的俳句都能体现出这一表述特征：

cedar cones	雪松松塔球
tumble in a mountain stream	沉浮溪流山水间
letters from home④	封封家书唤

这首俳句以"生动的想象加上不那么灵活紧凑的语言"巧妙地并置了"松塔"和"家书"这双重意象，以毫无语法逻辑联系的方式，实现了语义上的"复式模式"⑤。尽管各分行的结尾处没有切字，也没有标点，但是"cedar cones"（雪松松塔球）与动词"tumble"（沉浮）的搭配所取得的陌生化效果，已经足以唤起读者对词语本身的关注了。"雪松松塔球"这一季语唤起的是读者视野中冬日白雪与青松辉映的静态画面，而"tumble"一词

---

① 该俳句引自维兹诺俳句网站，http://www.terebess.hu/english/usa/vizenor.html。
② 李怡：《西话东禅：论理查德·赖特的俳句》，《外国文学研究》2011年第1期，第108页。
③ 关于赖特用标点符号置换切字的策略，详见李怡《西话东禅：论理查德·赖特的俳句》，第103—111页。
④ 该俳句引自维兹诺俳句网站，http://www.terebess.hu/english/usa/vizenor.html。
⑤ 彭恩华：《日本俳句史》，学林出版社2004年版，第138页。

极具动感，瞬间就把读者的想象力从静止的状态解放出来，随着激流起伏跌宕。俳句的第三行与前两行在句法上没有任何联系，然而，正是由于这种陌生化的表述方式，"雪松松塔"与"封封家书"两个意象才得以以极为突出的方式并置起来，这样，两个生活中的瞬间意象及其各自可能承载的情感重量旋即发生了碰撞和交汇，并诱导读者以此为联想起点，通往情感和思维恣意驰骋的空间场域：雪压青松，讲述人伫立江边，看尽吴波越嶂，清泪横流；多么希望自己的书信能够如水中松塔，随波逐流，漂向远方的家园。我国明代诗人袁凯有诗《京师得家书》："江水三千里，/家书十五行。/行行无别语，/只道早还乡。"说的就是这个情境，然与维兹诺的寥寥数语相比，袁凯的诗情感饱和得没有任何留白，反而显得直白、肤浅了。

　　俳句非连贯和多层次的文化表述特征成为维兹诺实践后现代语言观的利器。艾米·J. 埃莱斯（Amy J. Elias）曾经指出："维兹诺正通过鲍德里亚重写索绪尔。"[1] 此观点是很有见地的。鲍德里亚的世界从本质上说是一个语言符号构成的世界，在这个世界中，符号不但遮蔽并篡改了现实，而且与真实之间已经没有必然联系，成为自身的拟象。可以说，鲍德里亚的世界呈现出的是一个没有本源，也没有能指的幻象。维兹诺在俳句中追求的正是这样一个符号世界，因为俳句独特的结构和语汇体系"寻求逃离"的正是"能指的链条"，并因此"产生一种它已经避开了指示的第一阶段的幻觉"[2]。这个幻觉正是鲍德里亚的"幻象"，也是令庞德和维兹诺等诗人欣喜若狂的诗歌境界。维兹诺不时刻意地在俳句中玩转一把语言游戏。在小说《广岛舞伎》中，维兹诺让一群叫"那那祖"（Nanazu）的绿色捣蛋鬼即兴赋了一则俳句：

ancient pond	幽寂古池塘
the nanazu leap	那那祖跳破镜中天
sound of water[3]	叮咚一声喧

---

① Amy J. Elias, "Holding Word Mongers on a Lunge Line: The Postmodernist Writings of Gerald Vizenor and Ishmael Reed," p. 98.

② Thomas Lynch, "To Honor Impermanence: The Haiku and Other Poems of Gerald Vizenor," p. 212.

③ Gerald Vizenor, *Hiroshima Bugi*: *Atomu 57*, p. 29.

了解日本俳句的读者不禁会哑然失笑。显然,这首俳句是模仿了日本俳句大师芭蕉的名句:

ancient pond	幽寂古池塘
the frogs leap	青蛙跳破镜中天
sound of water	叮咚一声喧

从这一改写我们不难发现,对于维兹诺而言,俳句与其说是一种严肃的诗歌体裁,毋宁说是一种能够满足他的语言游戏的文本试验田。不过,这个文本试验田的文化承载量不可小视。就以上面这则改写的俳句为例。"那那祖"的名字事实上与印第安创世神话有着密切的渊源。在创世神话中,那那祖是一个捣蛋鬼,也叫"那那波祖"(nanabozho)。这个奥吉布瓦创世神话中的捣蛋鬼非常神奇,作为萨满,他具有"转化自己并以不同的伪装出现的能力"[1]。可见,在小小的俳句空间中,维兹诺不但把玩着他杂糅的语言游戏,而且植入了他的族裔文化的内核。可见,维兹诺的词语之舞不但突破了语言的意指链条的束缚,还把印第安的创世神话以俳句为载体呈现出来,使得这个方寸空间中热闹地活跃着多元文化元素。

四 小结

从以上的论述不难发现,在维兹诺手中,俳句小小的文本空间成为他诗情纵横驰骋的广阔天地,也成为他心灵之舞的舞台。灵魂之舞舞出的是印第安人与自然神思相契、呼吸相通的天人合一的境界;街舞舞出的是印第安人以戏谑为抗争的手段,以嬉笑为安身立命的态度的捣蛋鬼精神;词语之舞舞出的是后现代时期的印第安人解构"白色词语"的时代精神以及由此打破一切试图殖民印第安文化和语言之企图的决心。从这一角度而言,俳句的方寸空间是维兹诺"生存"写作策略的一个理想的文本试验田。

---

① Christopher Vecsey, *Imagine Ourselves Richly*:*Mythic Narratives of North American Indians*, p. 83.

第八章

波拉·甘·艾伦诗歌中的"母系宇宙"

　　拉古纳—普韦布洛（Laguna Pueblo）女作家波拉·甘·艾伦（Paula Gunn Allen，1939—2008）是美国当代印第安文学发展过程中一位功不可没的人物。她兼诗人、小说家、评论家、学者于一身，是"把土著美国文学放在地图上的关键人物"①。在长达30余年的文学创作中，她先后出版17部作品，创作领域涉及诗歌、小说、文评等，十分广泛。她的《圣环：重审美洲印第安传统中的女性》（*The Sacred Hoop：Recovering the Feminine in American Indian Traditions*）一书成为土著美国文学和土著女权主义研究的拓荒之作。她编写的土著美国文学教材《土著研究：美国土著文学研究——教学大纲和课程设计》（*Native Studies：Studies in American Indian Literature—Curriculum and Course Designs*）对美国印第安文学教学与研究作出了开拓性贡献。1990年，艾伦编辑的《蜘蛛女的孙女们：美国印第安作家的短篇故事》（*Spider Woman's Granddaughters：Short Stories by American Indian Writers*）获得了美国国家图书奖。2003年的传记作品《宝嘉康蒂：女医生、间谍、企业家、外交家》（*Pocahontas：Medicine Woman，Spy，Entrepreneur，Diplomat*）获得了美国国家图书奖提名和普利策奖提名。艾伦于2000年获得了现代语言学会颁发的终身成就奖，颁奖委员会认为，"说波拉·甘·艾伦有多方面的才华，或者宣称她是美国文学界影响重大的［人物］是两个普遍过于简化并贬低了她的地位和重要性的说法"，艾伦更像是一座桥梁，"使得她的族群之外的人们可以进入美国土著文本并与之相关"②。2001年，她又获得了美洲原住民作家协会授予的终身成

---

① Jocelyn Y. Stewart, "Champion of Native American literature," *Los Angeles Times*, June 7, 2008.

② 转引自 Jocelyn Y. Stewart, "Champion of Native American literature," *Los Angeles Times*, June 7, 2008。

就奖。可见，艾伦在美国文学界的影响力非同一般。2008 年，当她离开这个她眷恋的世界的时候，《洛杉矶时报》、《芝加哥论坛报》、《阿布奎基日报》等美国主流媒体，派翠西亚·斯密斯（Patricia Clark Smith）、莱缇歇·玛奎兹（Letisia Marquez）、乔瑟里恩·斯图亚特（Jocelyn Y. Stewart）等知名作家、学者均在第一时间撰文悼念这位才华横溢的印第安女作家。

艾伦所倡导的土著美国文学独立的声音和印第安女性的独特文化身份等理念已经成为研究美国土著文学的基点。然而，与她在文学评论界所受到的重视相比，她本人的文学创作，尤其是诗歌创作却长期处于被忽视的状态。[①] 事实上，艾伦一直不倦地书写着优美的诗歌，可以说，她的诗歌创作贯穿了她的一生。从 1974 年第一部诗集《盲狮子》（*The Blind Lion*）开始，到 2009 年她辞世之后才出版的《美丽的美国：最后的诗歌》（*America the Beautiful：Last Poems*），艾伦先后出版诗集九部。[②] 艾伦是土著女权主义的代表人物，而她的诗歌在某种程度上则是对她缜密的土著女权主义理论的全面的文本实践。本章将从波拉·艾伦的土著女权主义理念出发，审视在艾伦的诗歌世界中女人与女神共同充当着土著文化符号的丰富的文本含义，从而考察艾伦诗歌中独特的"母系宇宙"和女性身份的构建策略。

一　艾伦的"母系宇宙"

艾伦指出，印第安部落的宇宙观由四个基本元素交织共舞，分别是："女人、神奇、部落和土地。"[③] 可见，在艾伦的宇宙观中，居于首要地位的

---

① 目前国外尚没有关于艾伦诗歌研究的专著出版，我国国内对艾伦的研究也主要集中于其小说和文论。例如，刘玉在英文专著《文化对抗：后殖民氛围中的三位美国当代印第安女作家》（厦门大学出版社 2008 年版）中专章探讨了艾伦的小说创作；论文《用神话编织历史——评波拉·甘·艾伦的短篇小说〈指日可待〉》，《外国文学》2004 年第 4 期；《美国印第安女作家波拉·甘·艾伦与后现代主义》，《外国文学》2004 年第 4 期；《美国印第安女性文学述评》，《当代外国文学》2007 年第 3 期等也均不同程度地涉及艾伦的小说创作；台湾学者黄心雅、阮秀莉等也曾专注于艾伦的小说和文论研究。

② 其余七部分别为《郊狼的白日旅程》（*Coyote's Daylight Trip*, 1978）、《我两膝之间的炮》（*A Cannon between My Knees*, 1981）、《星星的孩子》（*Star Child*, 1981）、《影子国家》（*Shadow Country*, 1982）、《词语》（*Wyrds*, 1987）、《皮肤和骨头》（*Skins and Bone*, 1988）、《生活是一种致命的病》（*Life Is a Fatal Disease*, 1996）。

③ Paula Gunn Allen, *Grandmothers of the Light：A Medicine Woman's Sourcebook*, p. 24.

是女人。更为耐人寻味的是，艾伦把"cosmogony"（宇宙生成）一词改写成"cosmogyny"（母系宇宙）。从词源上看，"cosmogyny"由两个希腊文组成："kosmos"和"gyné"，前者的意思是"宇宙"，而后者的意思就是"女人"①。从含义上看，艾伦的"母系宇宙"是"一种关于宇宙、太阳系，或者地球，或者地球—月亮系起源和发展的理论或者故事"，是与"母系价值和谐相伴的精神体系"②。这一改写强化了女神和女人在宇宙中的力量，突出了土著美国人宇宙观中母系的核心价值。这样看来，对于艾伦而言，女神与其说是具体的神祇，不如说是某种来自传统的审视世界的方式和塑造自然和人的力量，具体表现为两种：一种是治愈人们疾病的神奇力量；另一种是哺育万物的丰饶和更新万物的再生力量。简言之，"母系宇宙"是艾伦的"妇女政治"的一种神话式和具象化表达方式。③

　　从艾伦构建的这个"母系宇宙"来看，她的确是一个不折不扣的女权主义者，然而，我们也可以清楚地看到，她与西方女权主义者有着天壤之别，其理念和主张与白人女权主义有着本质的不同。区别主要体现在以下两点。其一，艾伦的"母系宇宙"观是神话女权主义；其二，艾伦的"母系宇宙"观是母性的，而非女性的。此两个特点均深植于印第安女性中心的文化传统的土壤之上。

　　"美国印第安女性在印第安文化中是强有力的人物，在拉科塔族（Lakota）和许多其他部落的创造中起着重要作用。"④正如艾伦在《圣环：重审美洲印第安传统中的女性》中所言，"传统的部落生活方式往往是母系的，它们从来就不是父系的"⑤。在印第安传统中，女人居于族群的中心地位。克瑞格·塞瑞斯（Greg Sarris）是这样描绘印第安女性对于族群生存的重要意义的：

　　　　在我的部落中，许多药医，或者如你们所称呼的，印第安医生都是

---

① Paula Gunn Allen, "Preface," *Grandmothers of the Light: A Medicine Woman's Sourcebook*, p. xiii.

② Ibid. , p. xiv.

③ Paula Gunn Allen, *Grandmothers of the Light: A Medicine Woman's Sourcebook*, p. 1.

④ Maria Braveheart-Jordan & L. M. DeBruyn, "So She May Walk in Balance: Integrating the Impact of Historical Trauma in the Treatment of Native American Indian Women," p. 354.

⑤ Paula Gunn Allen, *The Sacred Hoop*, p. 2.

女性。强壮的女性，对她们来说，时常出现的可怕的压迫和迷失的历史的乌云从来没有遮蔽她们视野的光线也没有消减她们视野的力量。正是她们的视野支撑着我们一直作为一个民族而存在。①

这样的现实传统在神话中生动地再现出来。在印第安传说中，有许多不同版本的创世故事，而它们往往有一个共同元素：一位创世之母。例如，在易洛魁部落神话中，"人类的始祖母阿塔思特西克（阿温哈伊），从动物所栖居的上界跌落，借一些动物（海狸、麝鼠、水獭、乌龟）之力，置身于瀛海之上；其中麝鼠潜至水底，捞起一团泥土，放在龟背上；泥团越来越大，是为陆地之由来"②。可见，对印第安人来说，大地是他们的母亲。同样在易洛魁和休伦神话中，"下界神力中最重要的是大地，易洛魁人称之为艾西诺哈（Eithimoha），即我们的母亲"③。在阿尔衮琴部落的神话中，"云之下是地母，从地母化出生命之水，生命之水在地母的胸部哺育植物、动物和人。阿尔衮琴人称她为诺科米斯（Nokomis），即祖母"④。艾伦在对印第安女性传统和神话的研究中发现，在很多印第安神话中，女性神祇原型占有十分重要的地位：克里克人信奉的"思想女"或"蜘蛛女"用自己的歌咏创造了世界；"黄女人"和"太阳子"的结合，表现了繁衍的主题，女性养育后代，大地孕育生机；"白水牛女"的魔法和教诲，使拉科他人明白了如何谦卑地与其他生物共存，这种信条至今仍然发挥着影响。⑤

从以上的论述可以看出，印第安女性中心传统的核心是母性，而非女性，因为对于身处种族屠戮的绝境，风云飘零的族群而言，母性才是使得族群得以延续的力量之源。正如当代最富盛誉的印第安女作家厄德里克所言，"母亲和婴孩之间那红色的纽带是我们民族的希望"⑥。而这形成了艾伦"母系宇宙"的第二个特征。在艾伦的土著女权中心的是母性，这一点使她既区

① Greg Sarris, "Introduction," in Joy Harjo, *She Had Some Horses*, p. 3.
② ［苏］谢·托卡列夫等编著：《世界各民族神话大观》，国际文化出版公司 1993 年版，第 133—134 页。
③ ［法］G. H. 吕凯等编著：《世界神话百科全书》，上海文艺出版社 1992 年版，第 607—608 页。
④ 同上。
⑤ 参见刘玉《美国印第安女作家的生态情怀》，《英美文学研究论丛》2009 年第 11 期，第 31 页。
⑥ Louis Erdrich, *The Bingo Palace*, p. 6.

别于把性别解放放在第一位的白人女权主义者，也有别于致力于整个民族的生存和完整的黑人"妇女主义者"①。如果说白人女权主义和黑人女权主义之间的区别只是如紫色和淡紫色一样的色差，那么艾伦的母系宇宙则是棕色的，是色谱中的不同色系，差别是巨大的。

"母系宇宙"的建构对于美国当代印第安女性文学的发展具有十分重要的意义。首先，"母系宇宙"成为解构白人女权主义的文化力量；其次，"母系宇宙"是对抗白人的土著女性刻板形象生产的利器；再次，"母系宇宙"是建构独特的美国土著女性文学的基点。

西方女权主义视野中的少数族裔女性往往是一个模糊的整体形象，一个抽象的、生硬的概念，是被去除了活生生的生存特征的影子，是她们试图构建一个放之四海皆准的具有概括性的理论的工具和材料。白人女权主义者没有能够认识到种族、阶级等差异的重要性。然而，对于有着完全不同文化传统的印第安女性而言，西方女权主义有着谬之千里的误解。解构西方女权主义几乎成为艾伦构建印第安女性身份和印第安文学美学特征的出发点，这一点与贝尔·胡克斯、安德勒·罗德等美国族裔女性作家和女权主义者是不谋而合的。② 然而，与其他族裔女权主义者诉求政治的策略不同，艾伦是从印第安族裔文化传统中汲取到解构西方女权主义的力量的。如前文所言，在印第安传统文化中女性享有崇高的地位，往往处于家庭和社会生活的主宰地位。这与西方女权主义者把所有少数族裔女性都一概归结为男权主义的可怜的牺牲品的观念有着天壤之别。可以说，印第安女性中心传统的异质性给了野心勃勃的西方女权主义者当头一棒，却成为艾伦解构西方女权主义理论的制胜法宝。"母系宇宙"观的建构观照出了西方女权主义理论的致命缺陷，同时以"对美国印第安生活的女性中心，'女人政治平等主义（gynarchical，egalitarian）神圣传统'的回归解构了西方女权主义的一元声音"③。

众所周知，美国主流媒体一直热衷于把印第安人作为"正在消失的美国

---

① 关于"妇女主义"的含义参见王卓《艾丽斯·沃克的诗性书写》，《外国文学评论》2006 年第 1 期，第 87—96 页。

② 关于美国族裔女权主义者解构白人女权主义的策略，参见王卓《爱欲的神话》，《济南大学学报》2010 年第 1 期，第 36—43 页。

③ Karen A. Foss, Sonia K. Foss, and Cindy L. Griffin, *Feminist Rhetorical Theories*, p. 205.

人"(vanishing American)①、"将死的文化"(dying culture)② 而不断进行刻板形象的生产,而这一流行文化的建构又在人类学家的学术研究和作家的文学作品中一再得到佐证和支持。这一刻板形象的疯狂生产的后果是严重的,这将意味着以保护的名义对印第安文化的同化。对于印第安女性而言,情况更为严重,她们一贯遭到"刻板化、琐碎化和矫情化"的类型化生产。③ 作为评论家和学者的艾伦敏锐地意识到自己对于西方女权主义的"霸权式的再现"④,以姐妹情谊的名义对印第安女性刻板形象的生产起了推波助澜的作用。从 19 世纪开始主流文学便制造出一系列将印第安女性模式化的文学作品,主要体现在地位低下、放荡野蛮的"妖女"与没有自我,以拯救白人男性为使命的印第安"公主"的二元对立的模式。艾伦的"母系宇宙"观通过检视印第安传统中的女性神祇,女同性恋身份、母亲和祖母身份等印第安女性的多元身份,对抗了白人建构的土著女性的刻板印象。

　　艾伦系统而专业的文学理论学习和研究以及独特的族裔身份和性别身份使得她对西方女权主义从一开始就保持了审慎而合理的距离。她的博士学位论文《西派普:一个文化视角》(*Sipapu: A Cultural Perspective*)⑤ 就是以印第安文学为研究对象,而这篇论文成为她的印第安文学研究的经典之作《圣环:重审美洲印第安传统中的女性》的基础。这部作品不但成为印第安文学研究的奠基之作,更为美国印第安女权主义的确立打下了基础。对西方女权主义的清醒认识和对印第安文学和文化传统的深厚功力使得艾伦在破与立之间张弛有度、游刃有余。艾伦对西方女权主义的修正和改写对印第安文学和印第安女性形象的构建具有非同寻常的意义。在艾伦编辑的《土著印第安文学》的"序言"中,她执着地认为,印第安文学具有独立的文学美学特征,具有与西方文学传统截然不同的文学体验和文学视野:"最为重要的是,传统的美国印第安文学与西方文学没有相似之处,因为关于宇宙的基本观念不

①　Brian W. Dippie, *The Vanishing American: White Attitudes and U. S. Indian Policy*, Lawrence: UP of Kansas, 1982.

②　Lee Schweninger, *Listening to the Land: Native American Literary Responses to the Landscape*, p. 17.

③　Donna J. Kessler, *The Making of Sacagawea: A Euro-American Legend*, p. 21.

④　Liu Yu, *Resistance Between Cultures: Three Contemporary Native American Women Writers in the Postcolonial Aura*, p. 97.

⑤　Sipapu:美洲印第安部落起源的象征之地,是部落仪式和村落中男性的重要集会地点。

同，因此，部落族群和西方民族所经历的基本现实也不相同。"①描绘母系宇宙的失落和重构，在某种程度上说形成了印第安女性文学的基本范式。"母系宇宙"赋予了印第安女性以历史的眼光审视自我地位的衰落的根源，以神话的力量重构女儿国的策略，以母性的力量再续族群繁衍的希望。

二　失落的"母系宇宙"

白人殖民者的入侵所带来的父权制思想彻底改变了印第安女性在部落文化中的中心地位，用艾伦的话说就是："现代世界将神话和母亲双双摈弃了。"② 而印第安女性也开始了种族和性别双重压迫的苦难经历。"性别斗争源于白人社会的影响，他们的政治摧毁了传统的印第安部落中人人平等的制度。"③ "清教、天主教和其他基督教分支以及他们的信仰者一样，都不会容许一个社会中女性占据重要的位置，并具有决断能力。"④ 印第安女诗人乔·白马·考克闰（Jo Whitehorse Cochran）的诗歌清楚地表明了这一变化："第一次沟通和设想就是/改变在土著社群中存在四百余年的/土著女人的角色和地位。/这将导致土著女性/作为政策和政治的领导者/的完全消失。"⑤ 的确，印第安族群的殖民化过程给女性带来的灾难是毁灭性的，不但直接导致了印第安女性中心地位的瓦解，而且使得她们成为"隐形"的族群中的"不存在的"人。⑥ 在艾伦的《拉古纳夫人午餐》（"Laguna Ladies Luncheon"）中，艾伦借祖母之口，道出了殖民化进程中的印第安女性角色的边缘化和暗弱化：

> 祖母说是如此令人沮丧

---

① Paula Gunn Allen, ed., *Studies in American Indian Literature: Critical Essays and Course Designs*, pp. 3—4.

② Paula Gunn Allen, *Grandmothers of the Light: A Medicine Woman's Sourcebook*. Boston: Beacon Press, p. 7.

③ Rebecca Tsosie, "Changing Women: The cross-currents of American Indian Feminine Identity," p. 5.

④ Paula Gunn Allen, *The Sacred Hoop: Recovering the Feminine in American Indian Traditions*, p. 5.

⑤ Jo Whitehorse Cochran & Donna Langston, *Changing Our Power: An Introduction to Women Studies*, p. 197.

⑥ Paula Gunn Allen, *The Sacred Hoop: Recovering the Feminine in American Indian Traditions*, p. 9.

　　　　所有的印第安女人
　　　　她们出生的孩子
　　　　她们不知道
　　　　她们已经被剥夺了生育的能力。①

　　在《印第安妇女研究》("Studying Indian Woman")中，艾伦进一步审视了印第安女性母性角色的缺失，沉迷于酗酒和赌博恶习的印第安男人对女人的漠视，都加剧了印第安女性向深渊的滑落:

　　　　你如何能够逃离
　　　　粗暴的醉鬼父亲的纽带
　　　　长舌姐妹们/姨妈们
　　　　整天骂人的叔父们/兄弟们
　　　　他们想让你采买
　　　　烹饪他们的食物
　　　　你自己吃得很少
　　　　你说。为什么
　　　　你必须以你明眸皓齿的美丽
　　　　无助地缩躲在一角
　　　　嘲笑你自己可怕的
　　　　痛。为什么你的事情那么糟烂不堪
　　　　以至于你看不见围绕着你的
　　　　另一个世界
　　　　像烛光
　　　　温柔而慰藉
　　　　围绕着这个房间?②

---

① 　Paula Gunn Allen, *Shadow Country*, p. 126.
② 　Ibid. , p. 129.

在《自杀/正在自杀（自杀了）印第安女人》（"Suicid/ing（ed）Indian Woman"）中，艾伦把族裔传说与印第安女人的现实生活结合起来，把现实生活中的印第安女人"玛丽"与谷物女"艾耶蒂考"（Iyetiko）联系起来，勾画了一幅印第安女性在传统断裂和失衡的当代美国社会中艰难的生存图景：

> ……我们在我们的基因中
> 携带了一丝风儿？
> 一丝消失的恐惧？
> 一丝话语在唇边
> 萦绕，
> 永远欲言又止？①

印第安女人生来就是自然的精灵，是风儿的使者，本应当自由自在地在天空中飘飞、翱翔，然而现实世界的困顿让她们不得不思考未来的命运，一种看似不可逆转的"消失"的宿命，一种不可言说，却不得不说的恐慌和无奈笼罩着她们。在"双重文化羁绊"（bicultural bind）② 中，印第安女性不得不面对艰难的处境："不安地栖息在/保留地的边缘。"③ "殖民的蹂躏"成为印第安女性现实困境的"历史的原因"④。印第安女人曾经拥有的创造自然和人类的伟大力量不复存在了，甚至连她们的名字都变得面目全非了：

> ……放弃了你（土著美国女人）
> 蔑视女人
> 赌博堕落
> 他们说不清楚

---

① Paula Gunn Allen, *Life is a Fatal Disease*, p. 77.

② Paula Gunn Allen, *The Sacred Hoop*, p. 48.

③ Qtd. Eric Cheyfitz, ed. , *The Columbia Guide to American Indian Literatures of the United States Since 1945*, p. 228.

④ Paula Gunn Allen, *The Sacred Hoop*, p. 56.

他们如何让女人

不再牺牲

除了以你的符号

而死亡和

毁灭

一直与她们如影相随

人们在狂暴的战争金子中

失去了

美丽的老家

他们已经攫取了你的名字①

有一点值得注意,尽管艾伦等印第安女性诗人也不时声讨印第安男性,但却很少把印第安女性的悲惨命运归结为男权制,换言之,很少归结为性别歧视。印第安男性在她们的诗歌中常常是可怜的角色,酗酒和暴力也往往是殖民压迫的爆发的后果。艾伦更倾向于把印第安女性中心地位的丧失归结为殖民化进程和种族歧视。白人作家作品中对印第安男性暴力形象的生产强化的是印第安父权主义的特征,而这种创作源于一种内在的种族灭绝的妄想,是有利于合理化白人种族灭绝的书写策略。② 女性失落的中心地位唤起了艾伦对印第安传统的渴望。她赋予自我的使命就是在文本中重构印第安母系宇宙,复原印第安女性的"创世女"的神奇力量,并在神话和现实两个世界中发挥印第安女性的伟大的母性和女性光辉。

三　千面女神重构的"母系宇宙"

那么,艾伦又是如何在诗歌中建构印第安女权主义并解构西方女权主义的呢?艾瑞克·垂费兹(Eric Cheyfitz)曾经说,艾伦"母系宇宙"的创造把她毕生致力于的三项事业:"土著文学、女权主义和女同性恋权利"有机

---

① Paula Gunn Allen, *Shadow Country*, p. 131.

② Paula Gunn Allen, *The Sacred Hoop*, p. 5.

地结合起来。① 具体说来，艾伦在她的诗歌世界中构建了一个女神和女人共舞的诗性空间，这恰恰是最能体现土著文学特质的文学和文化空间。艾伦对神话倾注了几乎全部的族群情感和文学思考。她认为，构成印第安文学的最基本的两种形式是神话和典仪："典仪是宇宙关系的精神化观念的仪式设定，而神话是那种关系的文字的记录。"② 对于土著美国人来说，神话和现实永远相互以一种善意的方式互相侵入着对方的界限。正如艾伦所言："在白人世界中被称为'神话'的东西，被认为是表达心理现实的原始的精神故事，在土著的世界中是真实的交换的记录。"③ 伊莲娜·加耐（Elaine Jahner）认为，神话是印第安社群日常生活的一个有机的组成部分，因为神话在很大程度上赋予了印第安人平凡甚至乏味的现实生活以意义。加耐还说："一种鲜活而有活力的神话运用最直接可见的结果就是个人的意识与他/她的社会和文化和谐意识的再创造和重新建立。"④

艾伦的"母系宇宙"是由风姿多彩的众多女神构成的，因为她认为，"父权制与一神论携手而行"⑤，因此与此相对的"母系宇宙"当与多元神论相生相伴。艾伦的结论是建立在印第安独特的多元女性神祇文化的基础之上的。艾伦的文学作品堪称多元母神的文本世界。艾伦的小说《新的褶皱》（*A New Wrinkle*）中的蜘蛛祖母，《出乎意料》（*Out of the Blue*）中的天空女（Sky Woman），《这里不是伊甸园》（*This Was Not Eden*）中的女巨人（the giantess），《光之祖母》（*Grandmother of the Light*）中的玛雅时间女神（Xmucane），《就是那条路》（*Be That Way Then*）中的蜘蛛姐妹、沉思女（Thinking Woman）、谷物女（Corn Woman），《创造神圣，创造真实》（*Making Sacred, Making True*）中的变化女（Changing Woman）、白壳女（White Shell Woman），《奇怪的燃烧》（*Strange Burning*）中的蛇女（Cihuacoatl/Serpent Woman）等，均是这一多元女神世界的代表。此多元女神世界在她的诗歌中得到了延伸和强化。在《祖母》（"Grand-

---

① Eric Cheyfitz, ed., *The Columbia Guide to American Indian Literatures of the Untied States since 1945*, p. 227.

② Paula Gunn Allen, ed., *Studies in American Indian Literature*, p. 9.

③ Paula Gunn Allen, *Grandmothers of the Light: A Medicine Woman's Sourcebook*, p. 6.

④ Qtd., Paula Gunn Allen, ed., *Studies in American Indian Literature*, p. 9.

⑤ Paula Gunn Allen, *Grandmothers of the Light: A Medicine Woman's Sourcebook*, p. 31.

mother")一诗中，艾伦构想了一个蜘蛛女——土著部落的祖母创世的情形:

> 从她自己的身体她吐出
> 银线，光，空气
> 并小心地带它到黑暗之地，飘飞
> 在一切都静止之地。
> 从她的身体她挤出
> 闪光的线，生命，并编织着光
> 在虚无之地。
> 从时间之外，
> 橡树之外那里清清亮亮的水流淌
> 她承担着用身体
> 编织丝线的工作，她的痛苦，她的视野
> 编织到创造之中，已经创造的礼物
> 消失。
> 在她身后，
> 女人和男人编织毛毯进入生命的传说，
> 光和阶梯的记忆，
> 无垠一眼睛，和雨。
> 在她身后我坐在我脱线的防水毯子上
> 用线绳缝补裂口。①

　　据说在印第安部落神话中，蜘蛛女是在开天辟地的创世过程中最早出现的精灵之一。② 蜘蛛祖母赋予了普韦布洛神话中的战神双胞胎兄弟以精湛的狩猎技艺:"在克雷桑（Keresan）神话中，Sussistinnako 是宇宙之母，而 Sussistinnako 也是蜘蛛［的意思］。战神兄弟一直有一位祖母，而通常她是

---

① Rayna Green, ed. , *That's What She Said: Contemporary Poetry and Fiction by Native American Women*, p. 15.
② Elsie Clews Parsons, *Pueblo Indian Religion*, Vol. 2, p. 239.

一位蜘蛛女。"①"仪式上，蜘蛛女与战争相连，但在所有她出现的普韦布洛神话中，她都是一位仁慈和乐于助人的老妇，她照顾迷路的女孩（甚至大地母亲）或者失魂落魄的丈夫或者任何一个身陷困境的人，为所有羽化之物提供思想或者医药。"②

在艾伦的诗歌世界中，印第安女神不仅仅具有神的特质，还在印第安人的生活之中入世扮演着很多重要的社会角色：

> 有些制作陶器
> 有些编织和纺织
> 记住
> 女人/庆祝
> 蛛网并从自己的肉体创造出
> 土地③

对于生活于干旱少雨地区的拉古纳族来说，陶罐是储存雨水的重要器皿，对于族人的生活来说是至关重要的：

> 棕色的手塑造着
> 黏土成为土地
> 食物奉献给身体
> 水奉献给田野
> 她们用
> 古老的罐子
> 打破成碎片
> 扔掉
> 碎片。

---

① Elsie Clews Parsons, *Pueblo Indian Religion*, Vol. 2, p. 192.
② Ibid. , p. 193.
③ Paula Gunn Allen, *Shadow Country*, pp. 123—125.

　　　制造新的
　　　与陶土混合在一起
　　　它使得碗碟
　　　结实，罐子
　　　崭新
　　　她带来了
　　　光
　我们记得这个
　　　因为我们做了
　　　水碗①

　　艾伦的女神闯进了印第安女人的生活之中，以一种并不遥远的、亲切可人的方式与印第安人的现实生活发生着关系。在艾伦的母系宇宙之中，印第安女人与女神从来就没有清晰的界限，女神已经融入了女人们日常的生活，在她们的灶台之间、在她们制陶的双手之中，在她们的纺织和编织的日常活动之中与平凡的女人合二为一。

四　千面女人重构的"母系宇宙"

　　艾伦的"母系宇宙"中不仅有印第安女神，还有印第安女人。相比之下，活生生的女人似乎更具特色。她们经历了磨难和艰辛，却最终顽强地存活下来，并负载着族群繁衍生息的使命。在《歌唱的美丽女人》（"The Beautiful Woman Who Sings"）中，诗人如数家珍地列举着拉古纳女人独特的美和优秀品质，塑造出了与西方审美传统有着巨大反差的印第安女人的美丽：

　　　她的手的
　　　力量。尽管，不轻柔，

---

　　①　Paula Gunn Allen, *Shadow Country*, pp. 123—125.

当然温柔，但有力量。

这些女人庞大。高大。

丰满。微笑。严肃。

知足。内敛。

不停劳作。用她们本来的

样子。劳作。美丽。①

　　单词的罗列仿佛在诉说着印第安女人简单而扎实的生活，朴素而实在的美。然而，正如艾伦的女神是多元的，她的女人也是风姿各异的，不仅如此，回归到现实层面的艾伦对女性身份的操演明显带有了历史和政治特点，因此她的"母系宇宙"中女人的复杂性又是女神所不可比拟的了。

　　在艾伦的"母系宇宙"中，印第安女人的身份是多元的、动态的、历史的。印第安历史上的传奇女性，如玛琳娜（Malinal）②、宝嘉康蒂（Poca-hontas）③、茉莉·布兰特（Molly Brant）④ 和莎卡嘉薇亚（Sacagawea）⑤ 等，均在艾伦的"母系宇宙"中以历史性的动态身份得以复活。从西方的视角讲述关于印第安女人的故事在艾伦看来只能是对印第安女性的扭曲。在《圣环：重审美洲印第安传统中的女性》中，艾伦明确指出："我意识到一种关于印第安女人的流行的观念，把［她们］作为负载的动物、印第安婆娘、

---

　　① Qtd. , Eric Cheyfitz, *The Columbia Guide to American Indian Literatures of the United States Since* 1945, p. 227.

　　② 玛琳娜是玛雅人，生卒不详，据记载她在西班牙征服中扮演了不光彩的角色，充当了西班牙征服者埃尔南·克提斯的俘虏、翻译和情妇。关于玛琳娜的刻板形象塑造的演变过程，参阅王卓《投射在文本中的成长丽影——美国女性成长小说研究》第二部分第八章"在女性原型的对立中建构成长"，第306—327页。

　　③ 宝嘉康蒂（约1595—1617），是波瓦坦部落的公主。她与白人探险家的的故事成为日后许多浪漫传说的源头，包括电影《风中奇缘》（*Pocahontas*）和《新世界》（*The New World*）等。艾伦以她传奇的一生为蓝本，创作了 *Pocahontas*：*Medicine Woman*，*Spy*，*Entrepreneur*，*Diplomat* 一书。

　　④ 茉莉·布兰特（1736—1796），易洛魁族人，后嫁给英国处理印第安事务的大臣。独立战争期间，她作为反对独立的坚定分子逃往英属加拿大，充当了英国政府和易洛魁族人的联络人。她的一生饱受争议，有指责她牺牲易洛魁族人利益，效力英国政府。不过有一点不容忽视，她作为印第安人在当时巨大的影响力也使得她成为不可多得的印第安女声音。

　　⑤ 莎卡嘉薇亚（1788—1812），肖松尼族人，白人探险家们在她的引导之下才在西部探险中完成了对路易斯安那的收购。她带着自己刚刚出生的孩子走了超过4000英里，充当白人探险者的向导和翻译。

叛徒，或者最好也就是一个久已失落的原野的消失的住民。"① 这一点从玛丽·丘吉尔（Mary Churchill）的话中可以得到证实："当波拉写作这些时，我们所有的对土著女性的描写要么是驯服的婆娘，要么是野蛮的女人，② 作为这种性的牺牲者。"③ 总之，印第安女性是美国主流文化边缘的边境荒野，是主流文化幻想中的可驾驭之地，是西方人眼中的他者。在他者镜像的审视中，印第安女性或者被固化并贬低为彪悍高大的野蛮女，或者被浪漫化和物化为充满异域风情和挑逗性的印第安公主。④ 无论是荒野蛮女还是印第安公主，事实上都是对印第安女性真实性与人性的剥夺和抹杀。荒野蛮女把印第安女性固化在历史的化石之中，让她们永远游荡在蛮荒的原野，失去了与时代同进的契机，成为化石人；印第安公主代表了白人理想构建中的屈从和驯服的印第安女性形象，是日后美国急欲和昔日切割的首要象征，反映了白人社会对印第安女性一厢情愿的期待。

艾伦认为，在"任何一个单一的故事流行的、简单化的版本背后"⑤，都有着人类的想象力难以企及的复杂的现实，基于此，土著女作家的使命就是恢复那些在单一的刻板形象生产中变得面目模糊，失去了鲜活的生命的印第安女性的多元身份。在献给莎卡嘉薇亚的诗歌《画猫的人》（"The One Who Skins Cats"）中，艾伦对这位印第安历史上的传奇女子的定位就很有一种多元性和历史性的大家风范：

> 无论如何，所有这一切都归结为一点：
> 莎卡嘉薇亚的故事，印第安姑娘，
> 可以以很多种不同的方式讲述。

---

① Paula Gunn Allen, *The Sacred Hoop: Recovering the Feminine in American Indian Traditions*, p. 214.

② Squaw, 台湾学者往往译成番女。

③ Jocelyn Y. Stewart, "Champion of Native American literature," *Los Angeles Times*, June 7, 2008.

④ 如迪斯尼电影《风中奇缘》（*Pocahontas*）中的宝嘉康蒂或者 Anna Lee Waldo 出版于 1978 年，长达 1408 页的长篇传奇《莎卡佳薇雅的传奇》（*Sacajawea*），就分别是以两位土著女性的故事进行的刻板化形象的生产。耐人寻味的是，艾伦创作的长篇传记作品《宝嘉康蒂：女医生、间谍、企业家、外交家》和诗歌《宝嘉康蒂之于她的英国丈夫约翰·罗尔弗》均是对以上作品的颠覆；而另一位土著女作家、诗人戴安·葛兰西（Diane Glancy）的《石头心：莎卡佳薇雅》（*Stone Heart: A Novel of Sacajawea*, 2003）则是对莎卡佳薇雅刻板形象的颠覆。

⑤ Kimberly M. Blaeser, "Cannons and Canonization," p. 228.

我可能是向导，首领。

我可能是叛徒，毒蛇。

我可能是风中的羽毛。

画猫不是容易的事

当你已是死去的女人。

一只棕色的小鸟。①

艾伦诗歌中的女性的多元身份与她本人的多元自我身份的界定有着不可分割的联系。她认为自己是一个"汇聚之点"（a confluence），是一个多元元素和情感交杂、冲突、磨合之所：

我的生活，在任何一个普通的美国人、土著美国人、墨西哥—美国人、女同性恋—美国人、德裔美国人的意义上，在任何一个异教徒、天主教徒、新教徒、犹太人、无神论者的意义上，与其说有序不如说混乱。无论如何圈起篱笆，都不可避免地要把某些东西圈在外面。②

艾伦对本人和印第安女性身份的多元化理解和阐释在她的一首影响深远的诗歌《环形舞者》（"Hoop Dancer"）中得到了非常形象的诗性表达：

很难进入

顺时针旋转和反

时针运转

不考虑时间，韵律

与这种舞蹈无关

那里痛苦是质数

轻柔的进阶韵脚

歌颂来自天空之水：

① Paula Gunn Allen, *Skins and Bones*: *Poems*, *1979—1987*, p. 19.

② Paula Gunn Allen, "The Autobiography of a Confluence," p. 144.

　　我看到胜利的面庞

　　蜿蜒的线条亵渎地盯住所有的

　　移动:内脏不是从手臂割下,

　　手指连接到头脑,

　　与天与水一起

　　一个人跳舞　　一个

　　圈有上千的旋转的线条

　　超越齿轮的运行——

　　不合拍,　　不合

　　拍,不

　　合拍。①

　　印第安女性的身份在呼啦圈的旋转中跨越了时间和空间的桎梏,身份变得游弋而模糊,但是充满动感和无限的可能性。在这有形与无形之间,印第安女性穿凿历史和空间,实现了身份的多元互动,在飞速的旋转中,印第安女性的身份逐渐与主流社会和文化的刻板形象生产变得"不合拍"和错位,而这正是印第安女性新的身份自我生产的契机。

　　在如呼啦圈一样的飞速旋转之中,印第安女性自我生产的文化身份摆脱了传统的轨迹,甚至连性别的界限都变得捉摸不定了。艾伦一直认为,性别角色是可以选择的,并通过研究提出在不少于 90 个印第安部落中都存在着同性恋传统或者至少同性恋是可以被接受的。② 在《可敬的女人》("Beloved Woman")中,艾伦描写了一位印第安女战士的形象,并明确地提出了女同性恋的概念:

　　那些人在平原上作战狩猎

　　在坡上吟唱念咒

　　在山上占卜治病

---

① Paula Gunn Allen, *Life is a Fatal Disease*, p. 146.
② 艾伦对男/女同性恋的讨论参见 *The Sacred Hoop*，第 194—208、245—261 页。

　　潜入深海畅游
　　我们不知道她们是否是同性恋
　　不知道她们中是否有同性恋
　　她们在风拂的月光下畅饮着鲜血
　　与有着闪亮头发的密友相拥入眠
　　带着微笑，在伴侣的怀抱中蜷曲
　　跟随她进入密林中
　　又开始做起另一番梦①

　　印第安女同性恋的角色定位与印第安女性在部落中往往承担着重要的社会角色有着密切的关系。正如哈里埃特·瓦特亥德所观察的那样："在适当的情况下或受到一定的鼓励后，有些女性从小就开始不停地磨炼男性技艺……如果她们在战场上表现甚佳，就会像男子一样受到社区的贵待。"②

五　小结

　　艾伦于 2008 年 1 月，即她辞世前不久创作的《爱诗》（"Love Poem"）再次把同性之爱以艺术的方式呈现出来，含蓄而真挚。在该诗的结尾处，艾伦把这种同性之间神秘而甜美的爱恋之感表达得淋漓尽致：

　　谁是我的至爱，我用我所有的存在需要着，一个我不能
　　忘却的人，一个不能消失在视线之外的人——为了我所有的哀怨，
　　叹息和玩笑？
　　什么是那闪烁不定的小小的蓝光的惊异从
　　那打碎了我的心的深黑色幕布穿刺而出？
　　有人叫它上帝，但是我知道不是，
　　他不是你，你也不是他……倒不是一个惊天的秘密，

---

① 参见 www. csssm. org/102gb. htm。
② 同上。

　　但是到目前为止，还是。①

　　对印第安女同性恋传统的前景化彻底地从人的最本质的意义上构建了印第安女性宇宙，并把男人一劳永逸地排除在这个宇宙之外，从而从真正现实的意义上构建了一个生动的"女儿国"。在艾伦的小说《拥有影子的女人》（*The Woman Who Owned the Shadows*）中，艾伦借女主人公艾芬妮（Ephanie）的梦境呈现了这个女儿国：

　　　　这个梦她做了很多年。做了她的一生。那个她自己和 Elena，amiga 的梦，小女孩们绕着祖母的房子转着圈尖叫着疯跑。被郊狼和狼、熊和鹿、羚羊和杰克兔、山羊和蜥蜴、蛇，这一长串动物追赶着。一直跑着，无路可逃，而其他人，母亲和姨妈、姐妹和祖母站在那，瞧着，彼此亲密地懒洋洋地站着，笑着指指点点。②

　　同性恋女主人公艾芬妮的梦境也正是艾伦理想的"女儿国"。这是一个由同性伙伴和代表着印第安生活的动物共同构成的图景，在这个场景中，同性恋女人们共同追逐着自己的理想和未来。然而，艾伦也清楚地知道，这个女儿国与其说是在现实中，不如说在梦境里，正如那些漠然地指指点点的女人们一样，女同性恋者更像如风的影子，距离人们的真正承认和认知还有漫长的路程要走。正如艾伦所言："女同性恋者对土著美国人就像土著对美国人一样——是隐身人。"③ 从这个意义上来说，走向女同性恋的极端的"母系宇宙"与其说是艾伦的性别取向倒不如说是一剂抵御殖民策略和女权主义霸权的猛药更为恰切。

────────────

① 参见 http：//www. paulagunnallen. net。
② Paula Gunn Allen，*The Woman Who Owned the Shadows*，p. 6.
③ Paula Gunn Allen，*The Sacred Hoop*，p. 245.

第九章

西蒙·奥提斯诗歌的疗伤功能

    被称为"阿科马的歌手"① 的印第安诗人西蒙·奥提斯（Simon J. Or-tiz，1941—）是第二位获得美洲原住民作家终身成就奖的土著作家。② 奥提斯出生并成长于新墨西哥的"天空之城"（Sky City），其族裔身份和成长经历及环境让他有机会体验与美国主流文化迥异的印第安族群文化，并认识到只有对两种文化体系均有深刻认识才能使印第安文化制衡主流文化，从而使印第安族群在现代化进程中保留其特有的品质和特征。他在 20 世纪六七十年代成为土著文学运动中最清晰的声音之一，同时也是政治运动中颇具影响力的人物和诗歌朗诵、表演的积极分子。尽管奥提斯的文学才华体现在多个文类，但他的声誉主要还是建立在诗歌之上。从 1971 年第一部诗集《赤裸于风中》（*Naked in the Wind*）开始，奥提斯先后出版诗集八部。③ 其中，《来自沙溪》获得了 1982 年的诗歌手推车奖。

---

① 余石屹：《阿科马的歌手》，《读书》2006 年第 2 期，第 123 页。

② 第一位获此殊荣的土著作家是莫马迪，他于 1992 年获此殊荣；奥提斯于 1993 年获得这一荣誉。

③ 其他七部分别是《去求雨》（*Going for the Rain*，1976）、《一次好旅程》（*A Good Journey*，1977）、《回击：为了人民、为了土地》（*Fight Back：For the Sake of the People，For the Sake of the Land*，1980）、《一首诗是一场旅程》（*A Poem is a Journey*，1981）、《来自沙溪：从我们美洲之心升起》（*From Sand Creek：Rising in this Heart Which is Our America*，1981）、《雷电的前前后后》（*After and Before the Ligntning*，1994）、《某处的梦幻之旅》（*Out There Somewhere*，2002）。

一　印第安"故事的歌手"①

尽管西蒙·奥提斯成为作家的灵感更多地来自美国和欧洲的经典作家，但他本人认为阿科马民间故事和典仪有助于他对西方文本独特的理解：

> 然而，作为一名阿科马土著美国人的承诺是强烈和坚定的，尽管有时，我相信如其他人一样，我也屈从于自我怀疑，我也举棋不定……我读过或者正在阅读由莎士比亚、但丁、福楼拜、莫泊桑、托尔斯泰、布莱克、艾略特、詹姆斯·乔伊斯等人写的大量美国和欧洲经典。尽管我正习得欧美文学和非土著美国思想广泛的知识，但我也知道除了做一名 Acqumenh hahtrudzai ——一名我的故土和人民的土著美国人，我绝不会致力于成为别的什么。当我阅读和汲取来自于这些文学的思想、观念、情感和视野的时候，我再一次强烈地感觉到我自己的原住民的故事、诵歌、经历、情感和视野以某种方式在美学的、知识的、情感的经验和我正在获得的知识中延续。②

奥提斯童年时代是在印第安故事的熏陶下成长的。对于"从未想要成为诗人"的奥提斯来说，也许印第安口头文化的传承是再自然不过的文化营养了。奥提斯曾经回忆说，"在我还是孩子的时候，一位上了年纪、驼背的男亲戚，常到我家来，他就把我驮在他的背上。他给我讲故事……那样的接触一定有助于形成我自己的语言。"③ 奥提斯的父亲是一名能工巧匠，木工、石雕石刻无所不能，而最令奥提斯难忘的还是父亲边干活边讲述的印第安故事。在《我父亲的歌》（"My Father's Song"）中，奥提斯深情地回忆了自己的父亲：

---

① "故事的歌手"的提法借用了口头诗学理论的奠基人阿尔伯特·贝茨·洛德对吟唱诗人的命名。详见阿尔伯特·贝茨·洛德《故事的歌手》，尹虎彬译，中华书局 2004 年版。本文只是借用了该提法，并未在严格意义上采用洛德对口头诗歌的分析方法。

② Simon Ortiz, *Woven Stone*, p. 18.

③ Qtd. in Nina Baym, ed. , *The Norton Anthology of American Literature*, Sixth Edition, Vol. E, p. 3024.

想要说什么，

我今夜想念我的父亲。

他的声音，轻轻的拥抱，

他的瘦弱的胸膛的深度，

在他刚刚对他的儿子讲的事情，

他的歌中的情感的颤抖：

……

我记得清凉而温暖的沙土的

柔软和活蹦乱跳的小老鼠

和我的父亲讲述的事情。①

但直到他成年之后才意识到这些故事蕴藏的族群的力量："……一切都很有趣，对我极其重要，因为，我当时无法解释，它们把我连接进我的部落和遗产的族群主体之中。"② 换言之，奥提斯是在用英语，这种他习得的殖民者的语言作为呈现古老的部落故事的工具。这些口头的故事传统塑形并创造了一个空间和框架，而土著作家的文学创作就被贴切而舒服地放置在这个框架之中。

在一次访谈中，当被问及"你为什么写作"时，奥提斯回答道，因为"印第安人总是讲故事"，对失去土地和族群传统的土著人而言，"唯一持续的方式就是讲故事"："除非你给你的孩子们讲点什么——告诉他们，他们如何出生，他们如何来到某个地方，他们如何继续，否则他们将无以生存"③；而且，故事是生活的"参与者"，也是一种生活态度，因为"讲故事的方式不止一种"，所以"故事是灵活性的体现"④。那么，深知自己肩负着印第安文化传承使命的奥提斯又是如何在印第安口头故事的框架之中书写自己作为"殖民主义的孩子"的困惑和挣扎，并最终表达了自己的理想呢？

作为有见地的文学研究者和评论家，奥提斯对他本人的诗歌创作有着他

---

① Simon Ortiz, *Woven Stone*, pp. 57—58.

② Ibid. , p. 9.

③ Simon Ortiz, *A Good Journey*, p. 11.

④ John Purdy and Blake Hausman, "A Conversation with Simon Ortiz," p. 9.

人难以企及的深刻认识。而在他对自己的创作的诸多论述中,有一个核心的阐释,那就是他的写作与构成阿科马口头传统的故事之间的必要和必然联系。他坚持认为,他的诗歌一直根植在讲故事的传统,这种传统随着世界的变化和讲故事的人生活的变化而变迁和成长。① 奥提斯的诗歌基本是口头的、叙述性的,因为他相信人们通过诗歌或者是其口头传统——"歌"来经历生活。对他而言,歌就是语言,是对生活感悟的方式,也是表达土著政治理想的手段和策略。安德鲁·维盖特(Andrew O. Wiget)曾经说,奥提斯对自己写作的"政治结果"尤为关注,②此言不虚。不过,这里的政治并非狭义的上层建筑,对于土著美国作家而言,政治往往意味着与族群的命运息息相关的生存环境和生存策略。因此,奥提斯诗歌的主题时常触及印第安族群,尤其是阿科马族的殖民历史、传统文化和生存抗争等敏感问题。此外,奥提斯对"耐人寻味的语言的转化力量"、"地点的历史意识"、"诗歌的政治维度"表现出了极大兴趣和持续关注。③

　　奥提斯用敌人的语言与印第安的口头传统相结合,讲述阿科马族群的故事。诗歌对奥提斯而言,并不仅仅意味着文学创作,而是讲述族群故事的手段。作为阿科马的诗人,他深知讲出族群的故事是族群得以延续的精神之源:

> 所以,你讲故事,
> 讲你的人民出生
> 和成长的故事,
> 讲你的孩子出生和
> 成长的故事,
> 讲他们的斗争故事,
> 你讲述那样的历史,
> 虔诚祷告,心怀谦卑,
> 鼓起勇气,一切就会这样延续下去。

① See Jay Parini & Brett C. Millier, eds., *The Columbia History of American Poetry*, p.732.
② Andrew O. Wiget, ed., *Heath Anthology of American Literature: Contemporary Period: 1945 to the Present*, p.3220.
③ Ibid.

那是唯一的出路。

那是唯一的出路。①

"口头故事或与过去、与有生命的宇宙、与现在的叙述联系",并成为土著美国人的"治病良药"②。本章通过对奥提斯诗歌的细读,品评他诗歌中贯穿始终的娓娓道来的印第安故事的叙事之声。这个声音时而幽默诙谐;时而深沉厚重;时而穿凿时空,发自远古;时而回归生活,来自当下。诗歌中的讲述人时而化身为印第安神话中的捣蛋鬼,时而化身为印第安人灾难的亲历者和无处安身的幽魂,时而又成为漫漫长路的行者,然而,无论歌者的身份和歌者的声音多么幻化无常,始终不变的是诗人对印第安族群命运的深切关怀。换言之,无论是印第安捣蛋鬼的反讽式幽默,还是对印第安灾难的记忆重构,抑或是重走印第安之路,都是出于治疗原住民身心创伤的需要。可以说,奥提斯的诗歌是捣蛋鬼之歌、幽灵之歌和行者之歌的交响。当歌者的技巧和情感达到水乳交融之境,诗歌的疗伤功能就真正得以淋漓尽致地发挥了。

二　捣蛋鬼之歌

奥提斯诗歌中有一个反复出现的形象,那就是印第安口头传说中的捣蛋鬼(tricksters)。③ 在印第安文化中,捣蛋鬼具有广泛的比喻意义:它时而像

---

① Simon Ortiz, "Right of Way," *Woven Stone*, p. 160.

② [美]迈克尔·M. J. 费希尔:《族群与记忆的后现代艺术》,第 274 页。

③ 印第安传说中的捣蛋鬼是人类学家、小说家、文学评论家等都十分感兴趣的话题之一。国外对于印第安传说中的捣蛋鬼的研究,可参阅 Paul Radin, *The Trickster*: *A Study in American Indian Mythology* (New York: Schocken Books, 1972); Jarold Ramsey, *Reading the Fine*: *Essays in the Traditional Indian Literatures of the Far West* (Lincoln: University of Nebraska Press, 1983); Kimberly Blaeser, *Gerald Vizenor*: *Writing in the Oral Tradition* (Norman, OK: University of Oklahoma Press, 1996); Jeanne Smith Rosier, *Writing Tricksters*: *Mythic Gambols in American Ethnic Literature* (Berkeley, CA: University of California Press, 1997)。20 世纪末和 21 世纪初的十年间,台湾学者和大陆学者对这一问题的研究也取得了丰硕的成果。梁一萍《夜地志异:再现原民鬼魅》,《中外文学》2005 年第 8 期,第 45—68 页;尤吟文《颠覆传统的笑声:维兹诺〈广岛舞伎〉中的全喜剧论述》,《中外文学》2005 年第 8 期,第 155—175 页;邹惠玲《印第安传统文化初探(之二)——印第安恶作剧者多层面形象的再解读》,《徐州师范大学学报》2005 年第 6 期,第 33—37 页;方红《美国的猴王——论杰拉德·维兹诺与汤亭亭塑造的恶作剧者形象》,《当代外国文学》2006 年第 1 期,第 58—63 页等都是这一研究的成果。

一名巫师、一名咏诵者，或一名萨满，时而是一名形体变换者，常常以人形出现。它的变形以幽默、讽刺、自嘲和荒诞带给人们教训。在印第安传说中，捣蛋鬼的代表包括郊狼、乌鸦①、Wesakejack②、Nanabozo③、Glooscap④等。一方面，捣蛋鬼常常因为违反文化习俗和习惯或者让人性的阴暗面，如名利、贪婪、自私、愚蠢等恣意张扬而陷入麻烦。另一方面，捣蛋鬼也有为他人做好事的能力，有时它强有力的精神的存在而受到尊重。⑤ 捣蛋鬼对于印第安人的世界具有平衡作用。托马斯·金（Thomas King）这样描写了捣蛋鬼所带来的平衡感："捣蛋鬼是一个重要的角色……它让我们创造一个独特的世界，在这个世界中犹太教和基督教对于好与坏、秩序与无序的关注被更具土著特色的对平衡与和谐的关注所取代。"⑥ 杰拉德·维兹诺（Gerald Vizenor）认为：

　　……捣蛋鬼在一个喜剧的世界中，通过它的智慧生存下来，在它的幽默中流行开来。他在集体之中，很少独来独往。当他独处之时，他几乎总是陷入麻烦，在一种生命受到威胁的状态，他不得不通过仪式或者想象性的行为摆脱。通过颠覆，他要重新寻求与想象、与人民、与土地的联系。⑦

---

　　① 乌鸦是美洲西北部众多印第安部落神话中的精灵。他是变形者，可以变身为人形和动物的形状。他贪吃、捣蛋，喜欢制造麻烦，不过他也时常用智慧对付混乱的自然界，为人类造福。

　　② 在印第安克里（Cree）部落神话中有很多关于 Wesakejack 的传说。例如，Wesakejack 和熊的故事：Wesakejack 试图用叉子叉鱼，但是总是前功尽弃，狼狈不堪。熊一开始冷眼观看，觉得很好玩，不过后来动了恻隐之心，决定帮助他。参见 Bill Ballantyne, *Wesakejack and the Bears*, Winnipeg, MB：Bain & Cox, 1994；又例如，Wesakejack 和洪水的故事。Wesakejack 看到人们无端武斗不休，他决定给他们一个教训，于是引来了洪水。参见 Bill Ballantyne, *Wesakejack and the Flood*, Winnipeg, MB：Bain & Cox, 1994。

　　③ 又称 Nanabozho 或者 Nanabush，是加拿大中部和东部地区 Algonquian 部落神话中的英雄。在 Anishinaabe 神话，Nanabozho 是擅长讲故事的精灵，尤其擅长讲创世故事。Nanabozho 常常以兔子的形态出现，他被神灵派往地球教授土著人生存之道，而他的一个首要任务就是命名所有的动植物。

　　④ 是印第安 Wabanaki 人的"转化者"。在 Penobscot 部族创世神话中，他是创世者。他的印第安名字 Kloskabe 的意思是"来自虚无的人"，或者按照字面的意思理解，"由词语创造的人"。

　　⑤ See Jo-Ann Archibald, *Indigenous Storywork*：*Educating the Heart*, *Mind*, *Body*, *and Spirit*, p. 5.

　　⑥ Thomas King, *All My Relations*：*An Anthology of Contemporary Canadian Fiction*, p. xiii.

　　⑦ Joseph Bruchac, "Follow the Trickroutes：An Interview with Gerald Vizenor," p. 295.

　　作为一种行动，捣蛋鬼具有一种伦理叙事的力量，他在时间的流变中，具有改变和传承的神奇力量，从而成为印第安口头文化传承中不可或缺的角色。因此，汤姆森·海维（Tomson Highway）的断言不无道理，如果没有捣蛋鬼，"印第安文化的核心将永远消失了"①，因为捣蛋鬼像一个不断犯错误的老师，悖论地给予人们以启迪，而"我们通过老师的错误以及老师的美德学习"②。

　　在印第安神话各色捣蛋鬼中，最有代表性的无疑是郊狼。郊狼到底是一个什么样的角色呢？斯泼坎那/科达伦（Spokane/ Coeur d'Alene）族小说家、诗人谢尔曼·阿莱克谢（Sherman Alexie）用美国人熟悉的流行文化元素对郊狼进行了如下定义：

　　郊狼：一种小的犬科动物（Canis latrans），土生土长于美洲西北部，与美洲狼近亲，此外，它的叫声常被比作 Sippie Wallace③ 和 Janis Joplin④。

　　郊狼：在土著美国神话中的传统形象，既负责土地的创造也要为某些无知的行为负责。

　　郊狼：一个恶作剧者，他的骗术包囊承装着爱、恨、天气、机遇、笑和眼泪等的排列，就像 Lucille Ball⑤ 那样。⑥

　　郊狼是很多印第安诗人的宠儿。例如，在奇卡索诗人琳达·霍根的诗歌《神圣的郊狼》（"Saint Coyote"）中，郊狼是"闪闪发光的拯救者"，"眼睛像街灯/的电动骨闪亮/狡黠对挖着陷阱"，他"对着在水中行走/正在渐渐消失的月亮歌唱"，"他正说着人们的谎言"⑦。在西尔克诗歌《Toe'osh：一

---

① Qtd., Janice Acoose, "Post Halfbreed: Indigenous Writers as Authors of Their Own Realities," p. 37.
② Ibid., p. 38.
③ Sippie Wallace 是美国 20 世纪初期著名的蓝调音乐家，被视为摇滚乐历史上最伟大的女性歌手之一。
④ Janis Joplin 被称为美国最伟大的白人摇滚女歌手和伟大的布鲁斯歌手，20 世纪 60 年代曾经风靡美国。她性感、嘶哑的嗓音和触电般的舞台表演曾经征服了亿万观众。
⑤ Lucille Ball 是好莱坞名人，一头红发给人印象深刻。音乐电影是她的强项。
⑥ Sherman Alexie, *Reservation Blues*, p. 48.
⑦ Qtd., Jay Parini & Brett C. Millier, *The Columbia History of American Poetry*, p. 722.

只拉古纳郊狼的故事》（"Toe'osh：A Laguna Coyote Story"）中，郊狼的故事成为把拉古纳族人聚集在一起的凝聚力："在冬日的/夜晚/我们讲述郊狼的故事/围着火炉喝着 Spanada 酒。"①

　　郊狼也是奥提斯诗歌中的重要角色，是诗人以幽默、揶揄的阿科马部落传统方式对印第安人的现状进行反思，表达印第安人愤怒的一种方式，也是他"挑战和颠覆文化刻板形象和先入之见"的一种书写策略。② 基于此，奥提斯被戏称为"幸存者郊狼"，反之亦然，郊狼的人间代言人恐怕非奥提斯莫属。正如印第安学者、诗人派翠西亚·史密斯（Patricia Clark Smith）所言，"毫无疑问，他［郊狼］的名副其实的名字之一是西蒙·奥提斯"③。上文提到的西尔克的《Toe'osh：一只拉古纳郊狼的故事》一诗也是献给奥提斯的。④ 在奥提斯的诗歌中，郊狼充当着以戏谑的方式诠释美国印第安人的生活现实和美国主流文化的角色。在《郊狼记住多少》（"How Much Coyote Remembered"）中，这位捣蛋鬼的复杂和阴郁的幽默暴露无遗：

　　　　哦，也没多少的。
　　　　就是一大堆。
　　　　足够了。⑤

　　对于奥提斯而言，郊狼是"存在主义的人，/陀思妥耶夫斯基的郊狼"⑥。在《去求雨》中，郊狼讲述了凯瑞森—普韦布洛（Keresan Pueblo）的创世神话以及战神双胞胎的传说，他们引导人们"向上穿过连续的世界直到他们通过一个 sipapu（地上的洞）进入到地球表面"⑦：

　　　　创世纪，郊狼认为，

---

① Leslie Marmon Silko, *Storyteller*, n. p.
② Rebecca Tillett, *Contemporary Native American Literature*, p. 103.
③ Patricia Clark Smith, "Coyote Ortiz：Canis latrans latrans in the Poetry of Simon Ortiz," p. 209.
④ 该诗写于 1973 年 7 月，西尔克在标题后特意注明了该诗是献给奥提斯的。
⑤ Simon Ortiz, *Woven Stone*, p. 224.
⑥ Simon Ortiz, *A Good Journey*, p. 15.
⑦ Susan Scarberry-Garcia, "Simon J. Ortiz," p. 210.

"首先，全是真的。"

郊狼，他这样说，这样，

他说的动机和意思是

你自己谦卑点。

当你从大地的躯体

出来时，你出生了；

你黑色的头颅来自于花岗岩，

火山灰冷却，

直到天下雨。

大地变得泥泞了，

接着没长腿的黄绿色的东西了。

他们看起来古怪。

每样东西都很古怪。

当时一无所知，

直到后来，郊狼告诉我这些，

他可能是在胡说八道，

两个儿子出生了，

Uyuyayeh 和 Masaweh.

他们当时都小，

后来他们都大了。

后来人们都好奇

什么在天上。

他们听到了传言。

但是，你知道，郊狼，

当他说的时候（我认为），

他总是夸夸其谈，

"我的兄弟"，双胞胎当时说，

"咱们带领着这些可怜的生物

救救他们吧。"

后来，他们明白了

经历了许许多多激动的，多彩的，悲剧的

　冒险；

这就是生活，这一切，这一切。

我的叔叔这次告诉我这些。

郊狼也告诉我，但你知道

他是怎么回事，总是对着

上帝，山峦，石头说。

你知道，我相信他。①

在上面的这则印第安创世神话中，讲述的声音是很有特点的。故事的主要讲述者是捣蛋鬼郊狼，然而，伴随着这个神话人物的声音，还有一个讲述者的评论，一个口语化的、带点揶揄口吻的絮絮叨叨的声音。这个声音不断对郊狼的讲述发出自己的评判，例如，"郊狼告诉我这些，/他可能是胡说八道"就是一个揶揄的评判之音。同时，他又回忆了叔父讲述的同一个故事，并直言自己的判断和选择：他宁愿相信郊狼的讲述。三个讲述者的声音时而互相佐证、时而互相质疑，而奥提斯作为诗人/讲述者/评论者的多元身份也得到了凸显和张扬；同时奥提斯也传递给我们一个非常重要的信息，那就是印第安故事讲述的多元的方式和动态的文化内涵。

三　幽灵之歌

在奥提斯的诗歌中，还有另外一种声音。与捣蛋鬼的戏谑之声不同，这个声音悲戚而孤独。这个声音就是幽灵之声，是那些在殖民暴力的进程中，屈死的冤魂的声音。如果说捣蛋鬼的声音传递的是原住民承继印第安文化传统而得来的笑对生活的态度，那么这个幽灵之声则是从尘封的历史中发出的血泪控诉。正如 D. H. 劳伦斯夸张地描绘的那样，"美洲到处充满露齿冷笑，

---

① Simon Ortiz, *Woven Stone*, pp. 41—42.

不得安息的土著妖怪，鬼魅，像复仇女神一样控诉着白人"①。不过，尽管两个声音迥异，但却是奥提斯疗伤诗歌创作初衷的统一体，因为不但幽默的态度能够抚平心灵的创伤，从心理机制来说，道出内心的创伤也是一种生存的技巧。印第安评论家、文化研究者阿密特·瑞（Amit Rai）指出："如果我们确知，底层人民不能发言，我们能肯定她们的鬼魂也不说话吗？尤其当我们了解，反抗殖民理论似乎就是鬼魅论述的再现。"②

　　奥提斯的诗歌在某种意义上正是从遥远的历史记忆中传递出的鬼魅的回声。不幸的是，自白人殖民者踏上这片土地，土著人的记忆就只有血泪和死亡了。印第安各个部落所经历的毁灭性的暴力事件数不胜数。其中既有美国联邦政府通过法律手段实施的"文攻"，即通过各种看似"合法程序"使印第安人永远从这片土地上消失的"部落迁移法案"（Removal Act, 1830）、"土地分配权法案"（Allotment Act, 1887）、"重整法案"（Reorganization, 1934）、"部落终结法案"（Termination, 1950）等；③ 也有许多以军队为保证的"武略"，如 1890 年 12 月 29 日发生在南达科他州的"伤膝大屠杀"（Wounded Knee Massacre）和 1864 年"沙溪大屠杀"（Sand Creek Massacre）等。

　　印第安的历史就是在白人的"文公"、"武略"中经历的一个又一个悲剧和创伤。也许是发生在 20 世纪的现代大屠杀留在人们记忆中的烙印太深刻了，以至于"大屠杀"一词似乎逐渐被简化为发生在犹太人身上的专属集体事件了。事实上，大屠杀绝不单单是犹太人的历史创伤，而是"整个西方国家族裔历史与知识传承的重要情节"④，而美洲印第安人的大屠杀是"世界上最惨重的人类大屠杀"⑤。从某种程度上说，美国印第安人的大屠杀才是大屠杀经验的历史典型，而"最后一个莫西干人"更是成为第二次世

①　Qtd. in David Mogen, Scott P. Sanders, and Joanne B. Karpinski, eds., *Frontier Gothic: Terror and Wonder at the Frontier in American Literature*, pp. 15—16.

②　Amit S. Rai, "'Thus Spake the Subaltern': Postcolonial Criticism and the Scene of Desire," p. 91.

③　Susan Forsyth, "Writing Other Lives: Native American (Post) Coloniality and Collaborative (Auto) biography," p. 146.

④　Arnold Krupat, *Red Matters: Native American Studies*, p. viii.

⑤　David E. Stannard, *The American Holocaust: The Conquest of the New World*, p. 146.

界大战期间经历纳粹大屠杀的犹太人心中"屠杀文化的寓言"①。

　　在一次次的大屠杀暴力中丧生的原住民冤魂的控诉和啜泣充斥着印第安作家的作品。无论是维兹诺的《熊心》（*Bearheart: The Heirsship Chronicles*, 1978），还是路易斯·欧文斯（Louis Owens）的《夜地》（*Nightland*, 1996），抑或是西尔克的《死亡年鉴》（*The Almanac of the Dead*, 1991），原住民的苦难和灾难都是通过冤魂之口述说出来的。司各特·桑德斯说："西南部不容忽视的事实是其'地质上的哥特主义'。"② 桑德斯这里所说的哥特主义当然不仅仅指的是自然地貌，在很大程度上，更是一种弥漫的气氛：阴郁、冷清、神秘，如墓地般肃穆，如坟冢般阴森。与小说相比，诗歌似乎更适合表现此种氛围，于是在印第安诗人的吟咏中，幽灵之歌不时唱响。奥提斯是其中比较有代表性的诗人。奥提斯在诗歌中对印第安族群在被殖民历史中所经历的一次又一次亡族灭种的灾难给予了全方位关注。其中最具代表性的当数诗集《来自沙溪》。这部诗集以他在 VA 医院养伤的经历为蓝本写成，从一个退伍兵的视角记录了一系列历史事件，尽管似乎彼此并不相连，但却在一种统一的氛围和语气中形成一个有机整体。奥提斯以散文和诗歌两种文体交替出现的形式架构了整个历史事件。其中斜体的散文还原了这次大屠杀的背景，而诗歌则体现了想象的力量和抒情的魅力，表达了诗人对这场灾难的愤怒、对暴力的美国财富积累的揭露和对美国英雄的戏谑：

　　　　1864 年 11 月 29 日，在那个寒冷的黎明，大约 600 名南方夏安族和阿拉帕霍人，2/3 是妇女和儿童，露营在卡罗拉多东南沙溪一个转弯处。这些人和平相处。这是两个月前布莱克·凯特勒，夏安族德高望重的人物之一，在丹佛对政府官员约翰·埃文斯和科罗拉多志愿军首领约翰·奇文格顿上校所言："我想让你使这里所有士兵首领明白，我们为和平而来，我们创造了和平，不要把我们误认为敌人。"尊敬的奇文格

---

　　① 黄心雅：《创伤、记忆与美洲历史之再现：阅读席尔珂〈沙丘花园〉与荷冈〈灵力〉》，第 72 页。

　　② Scott Sanders, "Southwestern Gothic: On the Frontier between Landscape and Locale," p. 56.

顿上校和他的志愿兵以及林恩要塞部队，超过 700 全副武装的士兵屠杀了 105 名妇女和儿童，还有 28 名男人。

一面林肯总统于 1863 年在华盛顿特区赠与布莱克·凯特勒的美国旗在那个灰色的黎明在老者驻地的旗杆上飘扬。那面旗帜曾经许诺保护族人。到 1865 年中期，夏安族和阿拉帕霍人被赶出了科罗拉多地界。①

　　这个美国
　　曾经是钢铁和疯狂的
　　　　死亡的
　　　　负担
　　但，看看现在，
　　　鲜花和
　　　　嫩草遍地
　　　春风从
　　　沙溪
　　　　升起。

这是一个国家的需求，由经济目的驱使。欧洲急需原材料，而美国有着丰富的森林，河流和土地。

　　　他们许多人
　　　建造了他们那混蛋的房子
　　　没有窗户。
　　　没有疯狂。
　　　但是猛烈，啊
　　　带着不屈不挠的决心。
　　　查询定理
　　　这个梦叫美国。
　　　考顿·马瑟不是傻瓜。
　　　有些人记得
　　　安德鲁·杰克逊

---

① Simon Ortiz, *From Sand Creek*, p. 8.

知道他是谁，

咀嚼、品味着

印第安人的鲜血。①

　　奥提斯诗歌中散文体部分交代的历史背景真实再现了印第安人和白人遭遇时全然不同的思维方式：印第安人不但没有意识到危险迫近，反而希望成为这些陌生来客的朋友。然而他们没有想到，自己的族群为此付出了惨痛的代价。"白人错置的焦虑终于转换为红人创伤的记忆，新大陆历史因而成为殖民暴力的文本再现。"②更为可悲的是，在美国主流文化和文学的建构中，印第安族群成为这片在白人眼中空无一人的荒野中即将消逝的族群。因此，美国印第安人的创伤成为无法言说的沉默的经历。"如果没有诗人，死者将永远无语。"③ 此言不虚。奥提斯所要做的就是让这些不安的灵魂说话。也许，印第安人无须多言，因为他们的历史就是一个又一个"伤口的故事"④。这些精神和肉体的伤口随着族群的现代化进程而不断崩裂，皮开肉绽，鲜血四溅。或许这些流血的伤口的故事早已胜过了千言万语。

四　行者之歌

　　如果说奥提斯诗歌中的捣蛋鬼之歌和幽灵之歌是美国原住民治疗创伤、艰难求生的两种有效的心理机制，那么，他的行者之歌则是原住民的一次行为主义的自救。正如大屠杀理论研究专家耶鲁赛尔米所指出的："神话和记忆支配了行动"⑤，建立在印第安神话之上的捣蛋鬼之歌和建立在记忆之上的幽灵之歌为原住民的自我拯救行动积蓄了力量和出发的激情。在奥提斯的手中，诗歌成为了"为一个历史经验的特异性创造一种称谓的事件"⑥。这

---

①　Simon Ortiz, *From Sand Creek*, p. 8.

②　黄心雅:《创伤、记忆与美洲历史之再现:阅读席尔珂〈沙丘花园〉与荷冈〈灵力〉》，第72页。

③　Norman Finkelstein, *Not One of Them in Place: Modern Poetry and Jewish American Identity*, p. 106.

④　Cathy Caruth, *Unclaimed Experience: Trauma, Narrative, and History*, p. 4.

⑤　Yosef Hayim Yerushalmi, *Zakhor: Jewish History and Jewish Memory*, p. 99.

⑥　Shoshana Felman and Dori Laub, eds., *Testimony: Crisis of Witnessing in Literature, Psychoanalysis and History*, p. 38.

就意味着，他的诗歌创作不是"简单的披露的行为"，而是一种缔造的行动，并因此充分显示了"言语行为"的力量。① 对于这一点，奥提斯本人有着十分深刻而独到的理解：

> 土著美国人的口头传统是以口语为基础的，但是也绝不仅如此。口头传统是宽泛的；它是贯穿于人们整个社会的、经济的和精神的生活过程的行动、行为、关系和实践。在这个层面上，口头传统就是人们的意识。我认为有时"口头传统"被定义为语言——声音在故事、歌谣、沉思、庆典、仪式、哲学和氏族部落历史中从上一代到下一代传递的呈现有些太严格了……口头传统唤起和表达的是一种信仰系统，而它是确认并表达那种信仰的独特的行为。②

这种表达信仰的"独特的行动"就是奥提斯诗歌中那一次又一次的"上路"的行动，而这也体现了奥提斯诗歌中的另一个集中呈现的主题，即印第安人在"位置意识"中建立起自我和族群的身份问题。他认为，欧洲殖民者与土地疏离了，他们试图通过一种扩张主义的拓疆观填补这种疏离感。③ 与莫马迪、西尔克等印第安作家不谋而合，旅程作为主题、象征和结构反复出现在奥提斯的诗歌之中。在《去求雨》的"序曲"中，奥提斯引入了一首传统歌谣，把旅程与印第安文化传统和口头文学联系起来：

> 让我们再次出发，兄弟；让我们为了 Shiwana④ 出发。
> 让我们唱出祈祷之歌。
> 我们现在就要出发。现在我们正走着。
> 我们将带回 Shiwana。
> 他们正返回。现在，他们正回来。

---

① Horace Engdahl, "Philomela's Tongue: Introductory Remarks on Witness Literature," p. 7.

② Simon Ortiz, *Woven Stone*, p. 7.

③ Andrew O. Wiget, ed., *Heath Anthology of American Literature: Contemporary Period: 1945 to the Present*, p. 3220.

④ 在印第安传统中，Shiwana 是雨神的意思。

　　它正流淌。植物正在生长。

　　让我们再次出发，兄弟；让我们为了 Shiwana 出发。①

　　这是一个求雨的仪式之旅，同时也是一个印第安人自我寻求的旅程。在接下来的散文段落中，他写道：

　　男人祈祷着；他唱着歌。他认为他的家、孩子、他的语言、他的自我，这一切对他都很重要，也很特别。他的当务之急一定要做精神和物质的准备。只有在那时，才会有什么要发生。

　　男人回来了，甚至回归也有绝望和悲剧的时刻。但这里有美丽和欢乐。他时而迷惑，时而洞悉一切。这都是祈祷旅程的一部分。有些事情在他带回他所寻求的东西之前，在他回归自我之前必须经历。

　　雨来了，下了起来。Shiwana 听从了男人的话，也来了。男人求回了雨。下雨了，润泽一切。男人恢复了力量和他的自我，回归了他的家、人民、他的语言，他对自我的认识。走了一个圈，生命有美丽和意义，它将继续因为生命没有尽头。②

　　"序曲"中的传统诗歌和这段优美的散文在某种程度上架构了诗集的结构和旅程主题，从而把诗集中看似散乱的 90 首诗歌有机地结合在一起。"序言"含蓄地点出了旅程的四个阶段："准备"、"启程"、"归来"和"降雨"，并共同构成了"物质的"、"精神的"、"文学的"旅程③。

　　在"启程"和"归来"两个部分，奥提斯让他的讲述人"经过小岩石"（"Passing Through Little Rock"），"越过科罗拉多河进入域马"（"Crossing the Colorado River Into Yuma"）、"奥卡第罗井的西边"（"West of Ocotillo Wells"），"经过乔治亚边界进入佛罗里达"（"Crossing the Georgia Border Into Florida"），并"一路走向纽约市"（"All the Way to New York City"）。奥

---

①　Simon Ortiz, *Going for the Rain*, p. 37.

②　Ibid. pp. 37—38.

③　Kimberly M. Blaeser, "Cannons and Canonization," p. 205.

提斯对地点的偏爱在印第安作家中是很有代表性的，在某种意义上，对不断失去土地的土著作家而言，地点往往与身份有着最直接的关系。奥提斯本人在解读自己的诗歌"那是印第安人谈起的地方"（"That's the Place Indians Talk About"）时，对地点进行了一次深刻思考：

> 他不停地重复这个语句，"那是印第安人谈起的地方，那是那个地方"。这促使我感到"地点"不仅仅是作为一个物质的、地理的位置，而且"地点"也是精神的、也是历史的、情感的事实和经验是多么的重要……更为重要和有意义的是，这是印第安人理解和一定要讲出来的生活方式。①

在他的另一本诗集《一次好的旅程》中也有不少诗歌由一个又一个地点组成。比如"在一次晚会上的一些印第安人"（Some Indians at a Party）就是如此。在列举了一长串地名之后，诗人深情地说，"那也是我的名字。/你不要忘记了"②。可以说这部诗集是"旅程主题"的再现，而该诗集中60首诗歌也都或多或少，或直接或间接地涉及这一主题。旅程对印第安作家如此重要的原因在于旅程是使得"传统以及它所编码的文化价值""处于动态"的最直接的因素和形式。③ 此言不虚。对此奥提斯本人也在多次访谈中有所阐释。他曾经说，他的诗歌创作表述的是"世代相传"，而旅程是最直观的从前一个时代向新的一代传递，是印第安人世代相传的最形象的暗喻。换言之，通过一遍又一遍地讲述"他们如何出生，他们如何来到此地，他们如何继续"，印第安族群保留了印第安文化和传统，从而从最本质的意义上传承了族群的命脉。

与诗人的移动的视野相伴的是美国现实社会与印第安传统的摩擦和碰撞，是强势政治与边缘族群之间的对立和冲突，是殖民话语与被生产的刻板形象之间的较量。在《在南部旅程》（"Travels in the South"）中，讲述人以揶揄的口气讲述了被白人的民主氛围包围所造成的巨大的心理压力："我担

---

① Simon J. Ortiz, "That's the Place Indians Talk About," p. 46.

② Simon Ortiz, *A Good Journey*, p. 88.

③ Andrew Wiget, ed., *Handbook of American Indian Literature*, p. 485.

心我的头发，锁住我的车。/他们看看我，消瘦、苍白、紧张，/他们的嘴唇蠕动，做着无声的手势"①；在《我告诉你我喜欢印第安人》（"I Told You I Like Indians"）中，短短的几句诗行呈现出了带有戏剧性的场景和文化含量。当讲述人一再被问及是否是印第安人时，有些恼火的他幽默地说："是的，夫人。我就是印第安人。/粗野、无知、野蛮！/而她想和我跳舞。"②

　　旅程与印第安传统相连，同时也与印第安人的现实相伴，成为印第安族群和个人身份意识追索的朝圣之旅。在《走过小石头》（"Passing Through Little Rock"）中，奥提斯借讲述人之口，在带有印第安仪式感的运动之中，表达了获得新生的渴望：

> 我只是想要翻过下一个山脉，
> 穿过树木林丛
> 从另一边走出来
> 看到一条清澈的河流，
> 全新的大地
> 听到大地重生的
> 声音。③

　　在这里，奥提斯渴望的是一个前殖民的天堂，一个没有欧洲入侵者足迹的人间的生态乐园。

　　奥提斯的旅程是一个带有鲜明印第安色彩的环，终点即是起点，就是那久违的家园。大地和自然的重生成为奥提斯和他的族人的旅程的终点，降雨润泽了大地，带来了自然的重生：

> 移动
> 用长长的手臂，

---

① Simon Ortiz, *Going for the Rain*, p. 74.
② Ibid. , p. 107.
③ Ibid. , p. 98.

棕色的手指
型塑着山峦
它的关节的
边缘。
草场之风
吹拂在它的肌肤的
褶皱中。①

　　旅程在奥提斯的诗歌中被赋予多重含义，在神话与现实、族群与个体、传统与现代之间穿梭游走，成为诗人建构族群和个人身份的动态的意象。对于成长和生活于保护区的印第安人，这块曾经的乐园已经成为一个陌生的流放之地：

电灯，
汽车，
熄灭的火焰
撕碎我的心
封闭我的头脑
我看到自己梦游在
街道，灰色的混凝土灌注的街道
闪闪发光的玻璃和油烘烘的风，
身上装着一品脱酒
那是我哄骗孩子去买的
我孤独地奔向山脉
我孤独地奔向山脉②

　　这片曾经的印第安乐园成为入侵者工业化生产和生活方式的试验田，对

---

① Simon Ortiz, *Going for the Rain*, p. 141.
② Ibid. , pp. 37—38.

"植物、动物和人类世界"的伤害是毁灭性的。[①] 奥提斯认为保留地就是监狱,而美国现代社会则是一个更大的监狱。殖民主义者的物质主义的价值观与印第安人传统的道德伦理观迥然不同。白人殖民者的这种以物质利益为核心的拓荒伦理观将导致美国和世界的毁灭:"美国的政治经济体系主要对控制和剥削感兴趣,至于如何获得的无关紧要。"[②] 基于此,奥提斯怀念那个殖民前的美洲乐园。

五 小 结

在捣蛋鬼的歌声中,印第安人不但在冷嘲热讽的幽默中说出了族群的想法和要求,而且舒缓了压抑的情感;在幽灵之歌中,印第安人借在一次又一次灭绝族群的暴行中逝去的冤魂之口,道出了族群的悲剧,而且恢复了族群生存下去的勇气;在行者之歌中,印第安人进行了一次拯救行动,在重走祖先之路的旅程中,连接起历史与当下,曾经与未来。正如奥提斯诗中所言,"沿着远古的轨迹/帮助我们回归"[③]。可见,奥提斯的诗歌书写与其说是文字的精华的凝聚,不如说是一个土著美国人精神的慰藉之歌,同时也是一次印第安族群的疗伤之歌。

---

① Marie M. Schein, "Simon Ortiz," p. 231.
② Simon Ortiz, *Woven Stone*, p. 31.
③ Simon Ortiz, *Going for the Rain*, p. 42.

第十章

琳达·霍根诗歌的家园意识

　　印第安奇卡索族（Chickasaw）诗人琳达·霍根（Linda Hogan，1947—）是第一次印第安文艺复兴浪潮中最重要的诗人之一。从 1978 年出版第一部诗集《叫我自己是家》（*Calling Myself Home*）开始，到 2008 年诗集《在人类的角落》（*Rounding the Human Corners*），霍根先后出版诗集 7 部，其中 1985 年的诗集《看透太阳》（*Seeing Through the Sun*）获得了前哥伦布美国图书奖，1993 年诗集《药典》（*The Book of Medicines*）入围全国图书评论奖。霍根是文学创作上的多面手，她的小说、文论等都出手不凡，其中《栖息地：自然世界精神史》（*Dwellings：A Spiritual History of the Natural World*，1995）、长篇小说《卑劣的灵魂》（*Mean Spirit*，1991）、《太阳风暴》（*Solar Storms*，1997）和《力量》（*Power*，1998）等多部著作，都是难得的佳作。《卑劣的灵魂》更是入围了普利策奖。霍根本人也是各种大奖的宠儿，其中包括国家艺术基金会奖、古根海姆奖、兰南基金会奖（Lannan Foundation award）、五大文明部落博物馆剧作奖，1998 年更是获得了美洲原住民作家终身成就奖。

　　尽管霍根在多个领域均出手不凡，但最能够代表她的艺术成就的还是她的诗歌作品。霍根的诗歌拥有稳定的读者群，不乏拥趸者。在最新诗集《在人类的角落》的推介中，美国作家、艺术家吉姆·哈瑞森（Jim Harrison）写道："我一直是琳达·霍根作品的粉丝。在《在人类的角落》中，我很快就找到了这样的诗行，'世界的绿色地板那么／令人向往生活于其间'，她是我们文学中的重要人物。"① 奥提斯（Simon J. Ortiz）也对霍根的诗歌大加

---

　　① 参见 Linda Hogan，*Rounding the Human Corners*，封底。

赞赏,认为她的诗歌"温柔而清新"①。的确,霍根的诗歌凝练、朴实,仿佛清风一般,带给读者一丝清爽和一丝快意。她的诗歌主题宽泛,从她在城市生活的经历,到她对自然界的渴望和好奇,从她与俄克拉荷马故土千丝万缕的联系,到她对族人贫困生活的忧虑,都能在她的诗歌中找到最合适的表达。她的诗歌具有很强的画面感,遣词造句仿佛画家的画笔在涂抹,线条精细、凝练,着色大胆,因此"霍根的诗歌成为一种视觉的工具向着人类也为了人类歌唱":从海洋中的微小生物到奔腾的马儿的彪悍雄健,从腹中胎儿的心跳到宇宙的浩淼无垠,霍根仿佛时刻在提醒我们:"在人类和其他一切之间/只有眼睑之隔。"② 霍根曾经说,"我想我的作品都是来自于对周遭生活的深度观察","也就是大地以及它与历史的连接"③。霍根对自己的诗歌总结很到位。她的创作就是来自对土地与族群关系的思考,来自对自然与历史、故事与知识关系的探究。她致力于阐述这些关联性,陈述其精神、并将古老的故事以新的语言演绎出来。

对于霍根而言,诗歌是印第安古老民族的见证,因此诗歌创作的意义与呈现真理有着某种契合之处。她富有哲理地、辩证地指出:"这是真理,不仅仅是一首诗歌";"这是一首诗歌,不仅仅是真理"④。那么,对于印第安人来说,什么才是真理呢?对于印第安族群在殖民化过程中的惨痛遭遇,霍根有着深刻的认识:"我们来自于一个消逝的民族,在当时,他们以内心之火舞蹈,却被视为违法,集会遭到怀疑,语言也被禁止。"⑤ 对于一个正在殖民视野的审视下消逝的民族,什么又能比家园更为重要呢?细读霍根的诗歌文本,我们似乎很难找到传统意义上的家园以及对家园的爱恋和情怀,然而,那种对家的渴望又似乎无处不在。究其原因,就在于霍根不但以一种独特的方式理解家园,并以十分独特的方式阐释了她的家园情结。本章就将聚焦于霍根诗歌中的家园情愫以及家园书写策略。

---

① 参见 Linda Hogan, *Rounding the Human Corners*,封底。
② Ibid.
③ Linda Hogan, *The Woman Who Watches Over the World*: *A Native Memoir*, p. 18.
④ Linda Hogan, *Savings*, p. 65.
⑤ Linda Hogan, *The Woman Who Watches Over the World*: *A Native Memoir*, p. 123.

一　永远在路上的家园

　　家园的意象在霍根的诗歌中往往并非以物质形态出现，恰恰相反，家永远是与人联系在一起的，尤其是和人对于家的爱恋和向往开始的。在《门口》（"Gate"）一诗中，家人与家在诗人有趣的比喻中水乳交融：

> 男人想他是一扇窗
> 远远地、笔挺地站着，
> 与天空合二为一
> 但是他只在意
> 他想要的，
> 在一个富足世界中的儿子，
> 一个永远不会弯曲的躯体。
> 女人相信她是一扇门，
> 来自远古森林中的木料。
> 安全的时候她会开门，
> 欢迎男人进来
> 或者出去
> 收获丰收的、绿油油的庄稼。
> 孩子梦想她是一面墙
> 把窗和门联在一起。
> 她永远不会挨饿
> 也不会睡在邪恶的床上。
> ……①

　　诗人对于家园的非物质写作策略与印第安人家园的失落有着不可分割的关系。当家不再以物质的完整形态存在的时候，恐怕维系家的唯一方式就是

---

　　①　Linda Hogan, *The Book of Medicines*, pp. 77—78.

情感的纽带了。在殖民强权的挟制下,美洲土著人被迫迁移,来到"另一个地域"①。霍根对于印第安人失落的世界的无限眷恋溢于言表:

> 我只是破败的世界,落魄的族群中落魄的一分子罢了。我们当中,有幸走出种族屠杀的人依旧以破碎的身心奋力挣扎。即使到了今天,对于我们许多人来说,恐惧依旧深刻地铭记在我们的内心深处,埋藏在我们的细胞里——我们的细胞传承自祖先,传承自那曾经被憎恨、流浪的、忍饥挨饿的,被掠夺的身体。②

贝维斯(William Bevis)在《美国土著小说:归乡》("Native American Novels: Homing In")一文中提到,归乡在某种程度上是心灵返回一个曾经经历的"过去","归乡"不但建构出土著文学的故事情节,还是土著人知识和前景的维系。③ 贝维斯对归乡的理解是到位的,不过,他还是对一个物质的家园,一片祖先的故土或者是保留地的家园投去了深情的一瞥。与贝维斯相比,霍根的家园已经完全成为一种精神的托付、一种心灵的投射了。正如她本人所言:"我们是没有土地的印第安人。"④ 布雷泽(Kimberly M. Blaeser)在对霍根诗歌的研究中也意识到了这一点:"霍根呼唤她的讲述人和她的读者去的家园不是地球上的一个特别的构造或者地点;相反,它是一种把家作为我们自己不断进行的旅程的理解,我们所孕育的内在或者外在的关系。"⑤

霍根在1978年出版的诗集《叫我自己是家》中的同名诗中,清楚地表达了女诗人对家的概念:"这片土地是房屋/我们一直在此生息繁衍"⑥;然而在接下来的《传承》("Heritage")一诗中,一种"无处为家"的伤感却从字里行间透出来:"从我的家人我已然学到,不会有家乡"⑦;在《祝福》

---

① Linda Hogan, *The Woman Who Watches Over the World: A Native Memoir*, p. 166.

② Ibid. , p. 59.

③ William Bevis, "Native American Novels: Homing-In," p. 582.

④ Linda Hogan, "The Two Lives," p. 237.

⑤ Kimberly Blaeser, "Cannons and Canonization," p. 216.

⑥ Linda Hogan, *Calling Myself Hom*, p. 6.

⑦ Ibid. , p. 17.

（"Blessing"）一诗中，霍根解读了"奇卡索"部落的名字："Chichasaw/
chikkih asachi 意指/他们在不久之前离开了部落。/那些人一直不断地离开
家。"[1] 那么，失去了土地，失去了家园的土著美国人的"家"究竟在何
处呢？

在霍根的很多诗歌中，她都试图勾画一条回家之路，只不过，这条路与
其说是现实的、物质的，毋宁说是历史的、心理的，她探寻回家之路更多的
是"以地理探寻历史的经验"[2]。在《叫我自己是家》的标题诗中，霍根探
求的就是返回故园之路。然而，显然，霍根的家园和回家更多的是在记忆的
风尘中和历史的流转中的一种思绪和情绪。正如布雷泽所指出的："在《叫
我自己是家》中的移动是朝向土地本身也是朝向悠久的历史意识。"[3] 霍根
借用了各种意象传递一种悠远的岁月感：一只箭头、几块碎骨、干裂的泥土
都成为传递家的味道和家的记忆的不可替代的物件：

> 有一条干涸的河流
> 在 mandus 之间
> 它的河岸切开了我们的土地。
> 它的河床是那条
> 我走回去的路。
> 我们是跋涉的动物
> 像乌龟
> 诞生于一个古老的民族。
> 我们几乎是石头
> 随着土地慢慢变化。
> 我们的山峦在地下
> 他们是如此古老。[4]

[1]　Linda Hogan, *Calling Myself Hom*, p. 27.
[2]　Edward Said, *Culture and Imperialism*, p. 7.
[3]　Kimberly M. Blaeser, "Cannons and Canonization," p. 215.
[4]　Linda Hogan, *Calling Myself Home*, p. 6.

在这里,自我和族群融为一体,历史与土地化为一身。悠悠的岁月承载的不仅是时光的流逝,更多的是沧海桑田的变迁,族群的生息繁衍,人间的悲欢离合。在《离开》("Leaving")中,

> ……我从老皮中脱身
> 像蝗虫唱着再见歌
> 脚依旧抓牢
> 黑色的核桃树,
> 他们说我燃烧了我所有棕色的柴火
> 为了辨识时间
> 但它还是流逝而去。[①]

这里霍根是与西方传统不同的认知方式说再见,是对一种传统的认识世界的方式的诀别,也是一种蜕变后的新生,以及在蜕变过程中新旧交替之间的困惑和挣扎。同时,这里更是传递出一种若隐若现的家园情结,一种归属的渴望。一切在时间的流逝中都将变得模糊,可能只有在记忆的深处,在遥远的梦境中才能够重温那曾经的家园和温情吧。

在霍根的另一首颇具影响力的诗歌《祝福》("Blessing")中,霍根再次强化了她的家园是一块"自然、记忆、历史、想象和精神"的共生之地的理念:

> 去住在那些地方
> 富人住不了,
> 在太阳鱼和杰克兔,
> 在肉桂皮色的土地上,
> 红草的土地
> 红人在
> 麋鹿不见

---

① Linda Hogan, *Calling Myself Home*, p. 23.

影子却无处不在的
山谷中。①

琳达·霍根、厄德里克、舍曼·阿莱克谢（Sherman Alexie）、瑞·扬·拜尔（Ray Young Bear）等印第安作家对于家园意象都情有独钟，他们的作品中无一例外地带有鲜明的地域特色。好的作家自然应该是世界的，然而他们首先是在地域的浸润下圆润起来的。厄德里克的《北纳达克》四部曲就是这种地域感的鸿篇巨制，而霍根的诗歌则根植于俄克拉荷马中南部的那片红色的土地的景致和历史之中。

霍根于2008年出版的诗集《在人类的角落》中，这种永远在路上的感觉重新弥漫于字里行间，《旅程》（"Journey"）一诗更是完整地呈现出了这种状态：

河口可能是美丽的。
它不记得孕育的子宫了。
它不回望从哪里来
也不好奇谁在前面打磨粗砾的石头。
它没完没了地赶路
全力以赴，
时而像锦缎，
时而如头饰，
河流交汇，亲亲热热
一起去旅行，
都知道它在流淌
一条路，闪闪发亮或者影影绰绰。
我，动物
我骑着马想要向前赶路，
它的渴望不总和我一样，

---

① Linda Hogan, *Calling Myself Home*, p. 26.

越过它的河岸和河床，

无边无涯，一路水花飞溅

因为，就像我总是遗忘，

它知道一切

都在前方。①

二 失而复得的精神家园

失落的家园意象也是霍根诗歌中反复出现的场景。在《卑微》（"Humble"）一诗中，梦幻的语境勾画的是印第安人失落的家园：

在小路的尽头，

在大陆的尽头，

在大地历史的层级

被海洋的不断冲刷

露出端倪的地方，

一座孤零零的房子立在海浪中。

曾经生命盎然，如今空无一人。

一切都被废弃了，然而它依旧挺立

在鲸鱼的人们住过的地方。

……②

琳达·霍根的诗歌关注的是失落的残骸和从个人和族群的历史断壁残垣中汲取和创造的生活。她从来不乐观地认为土著人可以回到殖民前的田园牧歌，也不认为这片曾经的乐园可以失而复得，相反，土著美国人的英雄主义和他们的真正的未来存在于他们"退而求其次"的能力。③ 贝迪·L. 贝尔

① Linda Hogan, *Rounding the Human Corners*, p. 2.

② Ibid. , p. 5.

③ Betty Louise Bell, "Introduction: Linda Hogan's Lessons in Making Do," p. 3.

（Betty Louise Bell）认为："退而求其次的艺术绝不是一种无知或者以为不知的行为，也不是一种为了继续生存而在激情和信念之间的妥协，而是对日常生活，土著美国人的生活永远被不同寻常的失落所异化和片段化的认识。"[1]换言之，土著美国人的生存并非存在于孤立的个人的心灵抚慰或者是孤军奋战的美国梦的实现，而是在于土著人不断调整自己以适应那种已经存在并已经融合了土著人物质的和精神生活深处的缺失。

这是一种极其现实的生存和写作态度。与其他美国当代土著女作家相似，霍根的写作永远把一根神经探触到土著部落的现实生活和现实困境，从而在她们的记忆和想象的边缘套上了一条看不见的边界线，使得她们的书写仿佛一只在空中放飞的风筝，看似漫无目的，却总有一根细细的线捏在手里。这种与现实的碰撞感使得霍根的诗歌无形中带有了一种现实使命感和一种行动感。对于那曾经失落的家园，霍根的诗歌传递出一种呼唤土著美国人承担起"我们自己的家园的建构者和再建构者"的使命。[2] 在《月亮上的男人》（"Man in the Moon"）中，霍根让印第安男人说，"我们就像蜘蛛、我们在自己周围编织新的床铺/当旧的被清理走"；而在"乌龟"中，她呼吁土著女人"清醒过来"，因为"我们是女人。/龟壳就在我们的背上"。这种建构和再建构家园的使命感就是霍根经常提到的"反应—能力"（response-ability）。对于霍根的此观点，评论家布雷泽在多篇文章中给予过关注。在由她主笔的《经典和经典化》（"Cannons and Canonization：American Indian Poetries Through Autonomy, Colonization, Nationalism, and Decolonization"）一文中，[3] 她把霍根的"反应—能力"观与印第安诗人莫里斯·肯尼（Maurice Kenny）在诗歌"传承"中表达的"传承"和"义务"的关系，以及莫马迪在"土著美国人对环境的态度"中提出的"土地伦理"观以及把人"投入"到土地中去的观点相提并论。在另一篇文章中布雷泽又对"反应—能力"有过一段明确的解读："反应—能力"是一种"精神的视野，通过投入到生活的过程而承担起责任"：

---

① Betty Louise Bell, "Introduction：Linda Hogan's Lessons in Making Do," p. 3.

② Kimberly M. Blaeser, "Cannons and Canonization," p. 216.

③ See Eric Cheyfitz, ed., *The Columbia Guide to American Indian Literatures of the United States Since 1945*, Part II, Chapter Two, pp. 183—287.

这种精神原则认识到我们涉足到宇宙的行动之中。在印第安文学中
所描写的人类不是坐在某个被称为地球的巨大的竞技场之间,观看着善
与恶的力量为他们的灵魂交锋,而世界精神知道当这场演出结束之际,
他们将永远退出地球这个临时祭坛,踏上通往天堂或者地狱之路;相
反,他们是自己的竞技场,善或者恶,世俗的或者精神的,世界精神的
一部分,在其所有的关系之间创造着并再创造着宇宙。①

从以上的解读可以看出,霍根之所以可以"退而求其次"并接受现实
生活的种种困境还是在于她的心理的天平早已高高扬起。换言之,她的力量
来源于一种内在的心理优势,一种心灵的力量。而这正是霍根不断书写"自
我"的一个心理依据。事实上,布雷泽对霍根的"反应—能力"的解读恰
巧与土著美国人自我认知的特性不谋而合。土著美国人的自我认知是以"关
系的"(relational)、"多元的"(multiple)和"地域的"(localized)为导向
的。② 对于霍根而言,这种认知就是以物质和精神的旅程为载体实现的,即
"承担起再言或者再诉的责任是霍根完成她的个人旅程之环的一种方式"③。
而霍根自我书写的目的并非仅仅为了自我实现,情况可能恰恰相反。她的自
我永远处于族群关系之网中,自我生命的意义与族群的历史和命运就如同蛛
丝和蛛网的关系。她本人对这一关系的表述非常准确。在霍根的自传性作品
《两个生命》("The Two Lives")中,她说:"讲述我们的生活是重要的,为
那些后来者,为那些愿意把我们的经历作为他们自己历史奋斗的一部分的人
们。我认为我的作品是我们部落历史的一部分以及各地殖民历史的一
部分。"④

与西尔克等印第安女作家惊人形似,霍根也常常把自我放在族裔传说和
历史轶事的框架下书写,特别是在关于族群迁移的历史背景之下,从而把个

---

① Kimberly M. Blaeser, "Pagans Rewriting the Bible: Heterodoxy and the Representation of Spirituality in
Native American Literature," pp. 12—13.
② 黄心雅:《美国原住民的自我书写与生命创化》,第254页。
③ Kimberly M. Blaeser, "Cannons and Canonization," p. 217.
④ Linda Hogan, "The Two Lives," p. 233.

人的传记演变成为族群的地理。正如布雷泽所言："由土著诗人创作的关于身份的诗歌几乎不可避免地延展到个体或者个人之外，囊括许许多多历史的、语言的、哲学的纠葛。"① 王荷莎（Hertha D. Sweet Wong）在对比了土著人的生命叙述与西方自传书写之后指出，土著美国人生命故事强调的是"族群的自我"，自我是在关系的网络中呈现的文本，是关系性的、集体性的、社群性的。② 而这种社群概念又是超越了人类社会的，成为天人与共的宇宙情怀。在《真理是》（"The Truth Is"）一诗中，霍根感慨地说，在她的口袋里有两只手，"一只是奇卡索手"，"一只白人的手"，并试图弄明白"敌人住在哪只口袋里"。最后，她提醒她的读者，也是在向自己发出警告："做两个国家的女人是危险的"。③ 霍根复杂而矛盾的自我认知与她的混血身份④不无关系。她一直自认为有"两个生命"，事实上她要强调的是土著与欧洲殖民者两种截然不同的生命模式，没有办法达成妥协，就好像两条平行的线，两个并行的世界；即便偶然相遇，也只不过是为了让不同的生命情结有个相遇的场所而已。这种观点在霍根的《瞭望世界的女人：土著人回忆录》（The Woman Who Watches the World：A Native Memoir）中能够得到清楚的印证：

> 每当我想到生命里两个平行的世界——我的身体流着受害者和加害者的血液，但我必须坚持，有股比血液更加强烈浓郁的力量牵引着我，生命叙事找寻的便是一股来自传统根源的力量与滋养传统成长的宇宙知识，以及人类亘古以来无法消减的完整性。⑤

霍根的诗歌中常常触及一个分裂的自我试图在两个世界之间寻找到出路的困惑，和在她的"土著祖先和传承的牵引"与"美国都市生活的需求和

---

① Kimberly M. Blaeser, "Cannons and Canonization," p. 231.

② H. D. S. Wong, *Sending My Heart Back Across the Years：Tradition and Innovation in Native American Autobiography*, p. 14.

③ Linda Hogan, *Seeing Through the Sun*, p. 4.

④ 霍根的父亲是奇卡索族，而母亲则是白人。

⑤ Linda Hogan, *The Woman Who Watches the World：A Native Memoir*, pp. 119—120.

模式"之间寻求平衡的冲动。① 在《我、雄鸡啼鸣、鱼和东方三圣》（"Me, Crow, Fish, and the Magi"）中，诗人为我们呈现的就是在都市的现代氛围之中，被裹挟前行的土著美国人复杂的心态：一方面他们想要逃离传统，如鱼儿一样投入现代化的洪流之中，带着传统和历史留在身上的抹不掉的伤疤，奔向未来；另一方面，诗人又真切地相信，总有一天，当这一切都倦怠之时，土著美国人会"听到他们自己声音的诱惑／像东方三圣带着他们的星星"，总有一天他们"相信他们内心的歌声"②。

霍根的家园不仅仅是印第安人的栖身之地，更是在女诗人的人文关怀中覆盖了大地和所有的生灵。在一次访谈中，霍根明确表示："如果你相信地球，和所有的生灵，所有的石头都是神圣的，你的责任真的就是保护这些东西。我的确相信我们的使命是地球的保护者。"③ 要想成为地球的保护者需要强大的内心。这一点在霍根的诗歌中得到了充分的表达。在《内心》（"Inside"）一诗中，女诗人以印第安女人特有的方式表述了丰满的内心的强大的动力：

> 如何做成了骨肉
> 没有人说得清楚。犀牛肉汤
> 变成了女人
> 她每天对着她的马儿歌唱
> 或者祈祷另一个到她的身体私处
> 说，来吧，抚摸我，这就是
> 一切的开始，一个新的生命的路径
> 从其他生命和世界被拯救，
> 会长成女人，男人
> 有一颗永不疲倦的心
> 采摘草莓，

① Jay Parini & Brett C. Miller, ed., *The Columbia History of American Poetry*, p. 739.
② Qtd., Jay Parini & Brett C. Miller, *The Columbia History of American Poetry*, p. 739.
③ Laura Coltelli, "Interview with Linda Hogan," in *Winged Words: American Indian Writers Speak*, p. 76.

野葡萄
进入身体，
人类的甜酒
能爱，
没有任何被创造的东西被浪费掉；
吞咽下的谷物
俘获了
另一天夜晚的梦，
鹿肉变成了手
强壮到可以工作。
但我最热爱
白色皮毛的生物
吃着绿色的树叶；
太阳在那里闪烁
被吞噬了，在她的叶上显示
整个晚上吸收，
但最终
当地上的影子
进入身体，待在那里，
最终，你可能说，
这就是我自己
还是未知的，还是一个谜。①

三　小结

　　无论是失落的家园还是失而复得的家园，映射的都是印第安诗人自我赋予的使命感。这种使命感不仅是对族群的，也是对人类的。拯救印第安人的家园和人类的家园是如霍根一样的印第安诗人的拯救行动，是他们的诗歌特

---

① Linda Hogan, *Rounding the Human Corners*, pp. 3—4.

有的作为和意义。霍根的家园意识根植在印第安人的现实生活之中，也同时根植在印第安人的心灵深处。可以说，霍根的家园意识是当代印第安人抵御无家和游荡的印第安刻板形象的利器，也是印第安人走向现代生活方式的根基和起点。

第十一章

西尔克诗歌的文化对抗策略

　　莱斯利·马蒙·西尔克的小说已经成为美国文学中的经典。相比之下，她的诗歌作品却似乎少有问津。事实上，她的小说作品往往是以印第安传统诗歌作为线索建构起来的。换言之，诗歌对西尔克而言，就是印第安传统文化的代名词。西尔克的文学创作往往有鲜明的政治倾向，因此诗歌也就不可避免地具有某种文化对抗的意义。这个特点并非西尔克独有，美国印第安诗人的诗作几乎均以各种方式呈现着这一文化对抗的策略。

　　如今的莱斯利·马蒙·西尔克（Leslie Marmon Silko，1948—）已经成为与 N. 斯科特·莫马迪声名并驾的美国印第安作家。从 1969 年至今，西尔克先后出版了《典仪》（*Ceremony*，1977）、《死者年鉴》（*Almanac of the Dead*，1991）、《沙丘花园》（*Gardens in the Dunes*，1999）三部鸿篇巨制和大量精致的短篇小说。同时，她还是文学创作的多面手，在诗歌、文评等领域也颇有建树。从血统上说，西尔克的身世很是不同寻常。她的祖先有印第安人、墨西哥人和美洲白人三种不同的血统，然而在印第安拉古纳保留地的生活经历才是她真正的身份认同之根，是她的"成长之地"[①]。"徘徊在三种文化的边缘"的特殊生活经历在西尔克看来是具有"象征意义"的，具有某种把她及其族人"放在事物边缘的深层含义"[②]。

　　边缘化的生活经历所带来的文化的边缘意识以及独特的边缘化视角，在某种程度上，成就了西尔克文学作品在创作视角、主题、人物等方面的独特

---

　　① Kenneth Rosen, ed., *Voices of the Rainbow*: *Contemporary Poetry by American Indians*, p. 230.

　　② Larry Evers & Denny Carr, "A Conversation with Leslie Marmon Silko," p. 11.

气质,正如她本人所认为的那样,这是她的诗歌和故事的"创作之源"①。无论是描写通过印第安神话和典仪重新找回失落自我的印第安退伍老兵的《典仪》,还是大胆预言印第安人将推翻美国统治并将重新拥有被强占土地的《死者年鉴》,抑或是描写印第安女孩在族人被杀戮之后,历尽千难万险最终找回了自己的沙丘花园的《沙丘花园》,都从边缘化的视角,运用印第安"人物类型来探索与当下世界的适当的整合"②。

　　一直以来,西尔克的小说吸引了文学评论界炙热的目光。长篇小说《典仪》和《死者年鉴》一直是评论界的宠儿;西尔克的短篇,如《摇篮曲》、《讲故事的人》、《黄女人》等也是各种美国短篇小说选的不二之选。然而,遗憾的是,西尔克的诗歌研究一直处于滞后状态,国内外均鲜有全面而深入的研究。事实上,西尔克是从诗歌创作开始走上文学之路的,在小说创作的间隙也一直没有停止诗歌创作,迄今已经出版诗集四部,包括1974年出版的《拉古纳女人》(Laguna Woman),1981年出版的小说、散文、诗歌合集《讲故事的人》(Storyteller),1994年出版的《一个天空下的声音》(Voices under One Sky)以及1996年出版的《雨》(Rain),其中第一部诗集《拉古纳女人》还为当时年轻的女作家赢得了《芝加哥评论》诗歌奖以及美国诗歌手推车奖。与她的小说获得的众口一词的好评相比,她的诗歌的接受度不甚理想,不但常常受到诟病,还被贬低为不像诗歌,甚至不是诗歌。对此,西尔克曾经幽默地回应道:"如果有人说我的诗歌不是诗歌的话,那我只能说,不用和我争论,去和那些颁发诗歌奖项的人吵去吧。"③

　　作为在美国公众和个人的视野中几乎"不存在"的印第安女性中的一员,西尔克的作品不可避免地带有鲜明的政治目的。而或隐或现的政治性也是印第安诗歌共同的特征。正如评论家布雷泽所指出的那样,"土著美国诗歌既有文学又有超文学的目的",因此"任何对这个经典的检视都一定要把它自己编织进这种艺术产生的同一个关系的系统之中"④。同时,作为印第安文化复兴中涌现出的重要作家,由于自我赋予的族群解放和复兴的重任,

① Kenneth Rosen, ed., *Voices of the Rainbow: Contemporary Poetry by American Indians*, p. 230.
② [美] 迈克尔·M. J. 费希尔:《族群与关于记忆的后现代艺术》,第 275 页。
③ Kim Barnes, "A Leslie Marmon Silko Interview," p. 60.
④ Kimberly M. Blaeser, "Cannon and Canonization," p. 184.

西尔克的文学创作也不可避免地带有鲜明的政治目的。阿科马诗人西蒙·奥提斯在《趋向一种民族的印第安文学：在民族主义之中的文化的真实性》（"Towards a National Indian Literature：Cultural Authenticity in Nationalism"）一文中曾经提醒作家和读者，当代印第安诗人不得不与一种"真正的"印第安文学应该是什么的想象的理想进行抗争。换言之，如果说当代印第安小说创作不得不对抗印第安刻板形象的大众化生产，那么，当代印第安诗人则不得不用敌人的语言对抗白人诗人对印第安诗歌的浪漫化倾向的生产。在同一篇文论中，奥提斯还指出，由于被殖民的共同经历，在印第安作家的作品中有一种"独特的民族主义的特点"，这个特点就是一种对抗的声音：

> 并不是只有世代相传的口头传统才是当代印第安文学的灵感和源泉。印第安文学之所以正在发展一种民族主义的特征还因为印第安作家承认肩负一种倡导他们的人民的自我政府、自治以及对土地和自然资源的控制的责任；一种监督种族主义、政治和经济压迫、性别歧视、至上主义（supremacism）以及对土地和人民不必要的和浪费的剥削，特别是在美国，印第安文学正发展一种民族主义的特征。①

奥提斯的这段话道出了当代印第安作家文学创作的倾向和书写策略。带有政治目的的文化"对抗"将是他们/她们的共同选择。事实上，这种创作倾向在某种程度上决定了印第安文学，尤其是与印第安传统文化和口头文学相生相伴的诗歌，往往被赋予了一种独特的使命。那就是，文学，尤其是诗歌本身就是文化对抗的策略。对于西尔克来说，诗歌就具有这样的功能。作为印第安女性，西尔克对印第安族群的诗性书写体现的是典型的印第安女性的宇宙观。正如台湾学者黄心雅所指出的，西尔克的作品以"艾伦所称的部落宇宙观的四个基本元素交织起舞：女性、神祇、部落、土地"②。此言不虚，这四个元素不但交织在西尔克的小说之中，也体现在她的诗歌之中。本章即以西尔克诗歌为例，探究诗歌如何成为承载此四种元素的容器，并使此

---

① Simon Ortiz, "Towards a National Indian Literature：Cultural Authenticity in Nationalism," p. 124.
② 黄心雅：《创伤、记忆与美洲历史之再现》，第90页。

四种元素有机地融为一体,成为印第安诗人对抗白人文化侵略的有效策略。

一　诗歌作为重新命名土地的策略

赛义德曾经说:"文化对抗的首要任务之一就是重新认领、重新命名并重新占有土地。"① 白人对印第安的殖民过程事实上就是对印第安土地不断抢占和强占的过程。阿本拿基族(Abenaki)诗人、学者布鲁凯特(Joseph Bruchac)的《莎卡佳薇雅:女飞人与路易斯和克拉克探险队的故事》(*Sacajawea*:*The Story of Bird Woman and the Lewis and Clark Expedition*, 2000)就再现了这一过程。白人远征军在西进的路途中,对印第安土地的占领是从对土地的一厢情愿的命名开始的:

> 很快我们通过"责备他人之河",这是印第安的命名。不过上尉给起了另一个名字。他们称这条河流为"牛奶河"。他们不论到哪里都是相同的做法。即使我们所到之处已经被命名,他们还是会重新命名。②

印第安人对白人此种连名字也不放过的贪婪反感而憎恶,因此印第安作家往往会不动声色地冷眼观瞧、揶揄嘲笑。在切罗基(Cherokee)诗人、小说家葛兰西(Diane Glancy)的小说《石头心:莎卡佳薇雅》(*Stone Heart*:*A Novel of Sacajawea*, 2003)中,女作家借书中人物,印第安传奇女性莎卡佳薇雅之口,嘲笑着这群外来的命名者:"用了他们的语言,他们说这些就是他们的了。"③白人殖民者边征服边绘制地图的用意是显而易见的。从后殖民视角来看,他们希望通过绘制地图,亦即视觉上的模拟再现,使帝国版图"合法化";从女权主义视角来看,白人殖民者希望通过地图这一男性视线投射的殖民工具,使殖民土地"她者化"④。1830 年美国国会通过的《强迫

---

① Qtd. , Liu Yu, *Resistance Between Cultures*: *Three Contemporary Native American Women Writers in the Postcolonial Aura*, p. 143.

② Joseph Bruchac, *Sacajawea*: *The Story of Bird Woman and the Lewis and Clark Expedition*, p. 86.

③ Diane Glancy, *Stone Heart*, p. 13.

④ Gillian Rose, *Writing Women and Spaces*: *Colonial and Postcolonial Geographies*, pp. 10—12.

迁徙法》更是以立法的形式命令印第安各族迁往政府规定的保留地，并以武力相威胁实施迁移。南北战争之后，随着拓荒者的不断西进，印第安人更是流离失所。1887 年国会通过了《土地分配案》，印第安土地变本加厉地被疯狂瓜分。这些历史事实使西尔克认定美国是一个建立在"偷来的土地"上的国家，而作为印第安作家要在书写中承担的首要重任就是揭露这个抢占土地的过程，并重新认领属于印第安人的土地。她的三部长篇小说均不同程度地涉及"土地"这一主题。《典仪》中的主人公泰尤在历尽千难万险之后重建了他与印第安土地的联系，而这部小说也因此被认为是"来自土地的礼物"，是"大地发出的声音"①。《死亡年鉴》在结尾处预言印第安人将推翻美国统治，重新拥有原本就属于自己土地："政治是没有用的，最后只剩下大地本身，他们都将化作尘埃，回归土地。"② 在《沙丘花园》中，女主人公在族人被白人杀戮后，被迫离开自己的家园，在走遍了千山万水之后，最终回到了自己的家乡，找到了属于自己的土地。在西尔克的许多短篇之中，土地也往往起着至关重要的作用，常常是人物追寻自我和寻找希望的力量和源泉所在。

西尔克作品对土地所表现出的深情与笃信与印第安传统文化对土地的独特理念是一脉相承的。在《典仪》中，她借书中人物之口解释了独特的印第安土地哲学："有一些东西比金钱有价值……明白了，这就是我们从哪里而来。这些沙、这些石，这些树，这些藤，所有的野花。这片土地使我们繁衍生息。"③ 西尔克曾经撰文就土地、历史和族裔想象力的关系问题进行了深刻的思索，她认为，"土地在普韦布洛的口头文化传统中起着核心的作用"，"普韦布洛人总是将自己与某一片土地联系起来"④。对此，西尔克的印第安姐妹、诗人波拉·甘·艾伦是这样阐释的：

> 对于美国西南部的印第安人来说，所谓的完整的事物就是指最广泛意义上的土地。这里所说的土地不仅仅是指那些欧裔美国作家脑海中出

① Frederick Turner, *Spirit of Place: The Making of an American Literary Landscape*, p. 348.
② Leslie Marmon Silko, *Almanac of the Dead*, p. 523.
③ Leslie Marmon Silko, *Ceremony*, p. 45.
④ Leslie Marmon Silko, "Landscape, History, and the Pueblo Imagination," p. 269.

现的地形和地貌——那些丘陵、灌木、山峦、河流以及光与云的分布。对美国印第安人来说，土地包括蝴蝶和蚂蚁、男人和女人、土墙和葫芦藤蔓、河流下的鲑鱼、冬天洞穴里的响尾蛇、北极星、天空中其他的星群和阳光下因为飞得太高几乎已经看不见的沙丘鹤群。土地是蜘蛛女人的杰作，它就是整个宇宙。①

印第安传统文化体现了一种质朴的"土地伦理"观，一种真正意义上"天人合一"的境界和理想："人把自己投入到风景之中，同时又把风景融合进他自己最基本的经验之中。"② 前文提到的莫马迪、奥提斯等人的诗歌莫不如此。此种印第安诗歌中自我与自然融合得如影随形的状态也是西尔克的理想，所不同的是西尔克的世界中永远是人、土地和神话三位一体的，"人的身份、想象和讲故事都不可避免地与土地联系在一起，与大地母亲联系在一起，就像蜘蛛网的蛛丝从蛛网的中心辐射开去"③：

> 土地是你的母亲，
> 她告诉你，
> 天空是你的父亲，
> 他保护着你。
> 睡吧。
> 睡吧。
> 彩虹是你的姐妹，
> 她爱你。
> 风儿是你的兄弟，
> 他们为你歌唱。
> 睡吧。

---

① Patricia Clark Smith and Paula Gunn Allen, "Earthy Relations, Carnal Knowledge: Southwestern American Indian Women Writers and Landscape," p. 117.

② N. Scott Momaday, "Native American Attitudes to the Environment," p. 80.

③ N. Scott Momaday, *Yellow Woman and a Beauty of the Spirit: Essays on Native American Life Today*, p. 48.

睡吧。

我们永远在一起

我们永远在一起

从来未曾有过

当这个

不是如此。①

　　西尔克认为，"土地，天空，所有的一切都在其间—风景—包括人类"②，而人类的生存"不仅仅取决于人类之间的和谐和合作，还包括一切事物：有生命的和无生命的，因为岩石和山峦也偶尔会移动、会迁移"③。西尔克的土地观在印第安作家中是非常具有代表性的。此种土地作为家园和土地作为印第安民族安身立命的神圣之地的观念挑战了白人殖民者从清教时代就一直试图强化的印第安人是"流浪的野蛮人"的形象。清教徒把"粗野"、"野蛮"、"无根"的游牧民族的特质不断地固化、强化，并最终形成了印第安人的刻板形象。这种到处流浪的印第安形象与西方传统中人对家和家园的眷恋所产生的文明形象形成了鲜明的反差。西尔克的家园情愫挑战的正是这种白人对印第安人基于土地的刻板形象的产生。

　　西尔克的土地观与西方文明中的土地观形成了鲜明的对比。"在美国西进运动初期，以弗雷德里克·杰克逊·特纳和西奥多·罗斯福为代表的思想家、政治家将西部土地称为处女地，他们积极、热情地号召美国人甚至欧洲移民到西部去，开发、征服那里的土地。在他们的眼中，土地是人们实现梦想、成就英雄业绩的重要途径。"④可见，对于西方征服者来说，土地仅仅是他们征服的对象。当白人殖民者踏上这片土地，他们"对这片欢乐的土地欣喜若狂"⑤。白人殖民者试图赋予这块土地一种新的文化地理意义。于是

①　Leslie Marmon Silko, *Storyteller*, n. p.

②　N. Scott Momaday, *Yellow Woman and a Beauty of the Spirit: Essays on Native American Life Today*, p. 85.

③　Ibid. , p. 86.

④　翟润蕾：《莱斯利·马蒙·西尔克：美国印第安文化的歌唱者》，第 7 页。

⑤　Annette Kolodny, "Unearthing Herstory: An Introduction," p. 171.

这片土地不仅被宣扬成为全世界最美丽、最富饶、最辽阔的土地，她还是伊甸园、天堂、黄金时代、田园风景的花园，简言之，美洲大陆提供了所有欧洲文学田园意象的背景和素材。然而，当白人将这片土地变成他们的天堂的同时，却将她变成了印第安人与原生动植物的地狱。[1] 即便是最直白的西尔克诗歌也在字里行间流露出失去土地的痛楚。在她写给美国中学生的短诗《如何写一首关于天空的诗》（"How to Write A Poem about the Sky"）中，这种失去土地之痛以最简单的语言呈现出来：

> 你现在看到天空
> 比结冰的河流还冰冷
> 白云翻卷云卷云舒
> 白色小鸟穿行其间。
> 你现在看到天空
> 但是土地
> 失落在天空里
> 没有地平线。
> 一切就在
> 一口气之间。
> 你看到天空
> 但是土地
> 被唤以相同的名字
> 随风
> 而逝
> 太阳撕裂了天空
> 浅蓝色的薄膜
> 穿透皮肤的裂痕。
> 你看到了天空。[2]

---

① Annette Kolodny, "Unearthing Herstory: An Introduction," p. 173.

② Leslie Marmon Silko, *Storyteller*, n. p.

看似对孩子们娓娓道来，交给他们如何写一首关于天空的小诗，然而一种强烈的批判意识从看似平凡的诗行中滋生开来：失落、撕裂等字眼仿佛在提醒着孩子们，天空和与天空融为一体的土地，早已不是印第安人自由生活的空间。而土地的失落将带给印第安人如割裂肌肤的痛。

二　诗歌作为印第安女性角色的建构策略

更难能可贵的是，西尔克不但呈现出了印第安独特的土地观，而且在这一过程中又巧妙地重构了印第安女性的生存价值。这一重构也首先是在对西方土地观的解构中实现的。从白人殖民者踏上这片土地开始，他们就不断以女性身体特征来喻指这片土地，并将这片土地描绘成为"具有处女之美的天堂"①。在《典仪》的开篇，西尔克便引入了蜘蛛女开天辟地的故事，对白人殖民者的这一带有性别和种族歧视的土地命名方式予以还击：

> 思伊德奇那克，思考之女
> 　　正坐在她的房间里
> 她所想的一切
> 　　都会出现
> 　她想到她的姐妹们
> 若兹伊迪和伊泰克迪斯伊第伊
> 和她们一起创造了宇宙
> 　　这个世界
> 和下方的四个世界
> 思考之女，这个蜘蛛
> 　　为东西命名
> 　　当她命名时
> 　　它们就出现了

---

① Annette Kolodny, "Unearthing Herstory: An Introduction," p. 171.

> 她坐在她的房间里
> 　想着一个故事
> 我现在就要告诉你这个故事
> 　就是她在想的故事①

　　西尔克与艾伦、厄德里克等印第安女作家一样，也深受女性中心的普洛布韦文化的影响。西尔克讲述的蜘蛛女的故事解构的正是白人殖民者对这片土地的女性喻指色彩的命名。西尔克想要说明的是，在印第安文化中，女性就是土地的命名者，与土地血肉相连，女人与土地本身就是一体的。这样看来，白人殖民者用女性喻指土地的做法本身就显得可笑而异化。艾伦曾经说，对于西尔克来说"土地（母亲）与人民（母亲们）是同一的"②。

　　在西尔克的诗歌中，以祖母为代表的女性占据了情感的中心位置。她的很多短篇小说、散文和诗歌中都有这样一位祖母。如《我的曾祖母是马瑞·阿娜雅》（"My Great-grandmother was Marie Anaya"）、《祖母莉莉出生在新墨西哥，劳斯鲁纳斯》（"Grandma Lillie Was Born in Los Lunas, New Mexico"）、《祖母阿莫和一本翻旧的小书》（"Grandma A'mooh and a Worn-out Little Book"）、《祖母阿莫过去常给我讲故事》（"Grandma A'mooh used to Tell Me Stories"）等等。在诗歌《那是很久之前》（"It Was a Long Time Before"）中，祖母阿莫再次成为主角：

> 那是很久之前
> 我知道了我祖母阿莫
> 真正的名字是玛瑞·阿娜雅·玛门。
> 我原以为她真的叫"阿莫"。
> 我现在意识到那发生在我还是婴孩的时候
> 当我母亲工作时她照料男人。
> 我一直听她说

---

① Leslie Marmon Silko, *Ceremony*, p. 1.
② Paula Gunn Allen, "The Feminine Landscape of Leslie Marmon Silko's *Ceremony*," p. 127.

　　　　"a' moon' ooh"
　　　　那是拉古纳语对小孩的
　　　　昵称
　　　　带着伟大的情感和爱说出的。①

　　祖母顽强地保持着印第安的生活习惯和传统：她还在用丝兰根洗头发，因为她相信"它使她的白发不会发黄"；她用最原始的方式自己用石碾压轧红番椒，尽管膝盖跪地对年迈的她来说很艰难了，但她乐此不疲；当女孩子们没有牙膏了，祖母会教她们用杜松子粉清洗牙齿。诗歌的结尾意味深长：祖母被女儿接走，离开了原来的家园，"她整天找不到一个人说话"，而"没有人说话"的祖母也失去了生活的意义，在无生无息中离开了人世。尽管这首诗中的祖母看似平凡，但却道出了印第安女性生存的本质意义，那就是固守印第安传统并把它传承下去。可以说，印第安女性是印第安文化和族群的守护人。在西尔克的作品中，印第安女性守护人形象以女神和女人两种形态出现。前面提到的蜘蛛女、黄女人等都是女神守护人的代表。而在《讲故事的人》中的尤匹克妇女（Yupik Woman）、苏茜姨婆等则是印第安女人守护人的代表。前者抵制殖民者的语言和习俗，维护阿拉斯加文化的诚信原则；后者讲述拉古纳文化传统和历史，将印第安古老的文明传承给下一代。

　　西尔克诗歌对印第安女性角色的定位是基于印第安文化传统之上的，是"由土著文化的立场决定的"②。与白人的男权社会不同，印第安族群中女性并不受制于男性，而是两性平等的。"在母系的土著社会中，社会地位较高的女性没有男权社会中的女性主义者所面临的各种'问题'。"③ 这一和谐的性别关系与西方社会中男权主义和女权主义均形成了强烈的反差，不但凸显了印第安文化中独特的性别定位和两性关系，而且使得性别建构成为对抗殖民文化的又一独特的写作策略，因为印第安人相信，只要印第安女人还存

---

① Leslie Marmon Silko, *Storyteller*, n. p.
② 康文凯：《西尔科作品中的美国土著女性特征》，《当代外国文学》2006 年第 4 期，第 88 页。
③ 同上。

在,印第安民族就不会消失。

三　诗歌作为重构印第安传统的策略

印第安土地不断被强占的过程伴随着白人文化精神上的强占,而其中之一就是白人,尤其是白人作家试图挪用印第安意识时的碎片化和表面的浪漫主义的文学书写策略。当谈到加里·施奈德的诗集《龟岛》(Turtle Island)时,西尔克把这部作品比喻成"冲进印第安地区的新骑兵",认为它带来的"狂暴的新浪漫主义不仅像上个世纪的侵略者一样想占据他们〔土著印第安人〕的土地,而且还想占据他们的精神"①。对此,西尔克挪揄地说:"具有反讽意义的是,当白人诗人试图抛弃他们英裔美国人的价值和他们英裔美国人的出身,他们冒犯了他们想效仿的部落的一个基本信念:他们否定了他们的历史和他们的出身。"② 这段话表明了西尔克对西方历史主义的两个核心问题的关注:一个是它对历史起源的建构,另一个是它对历史主义的构想。西尔克认为,当印第安历史在白人的新浪漫主义的想象中被不断挪用、篡改,并按照西方历史主义观构建印第安的浪漫传奇时,印第安文化正在被以一种怀柔的方式"再边缘化"。

印第安文学传统是典型的口头文学,而经历了种族不断边缘化过程的口头文学被赋予了厚重的文化传承的历史使命感,成为处于种族身份危机中的美国少数族裔珍贵的口头历史记忆。民族传说、神话、逸事或是诵歌等口头文学不断被以各种形式融入美国少数族裔作家的创作之中,成为他们/她们实现文本"陌生化",并以此对抗西方文学经典的重要书写策略之一。③ 托尼·莫里森的《柏油娃》、《奶人》,莫马迪的《黎明之屋》等都是这种融合和"陌生化"策略的经典之作。莫里森的一段话可谓道出了美国族裔作家,尤其是女性作家对于口头文学传统的共同眷恋:

---

① Qtd. in Michael Castro, *Interpreting the Indian: Twentieth Century Poets and the Native American*, p. 159.

② Michael Castro, *Interpreting the Indian: Twentieth Century Poets and the Native American*, p. 213.

③ 参见黄心雅《"陌生"诗学:阅读美国少数族裔女性书写》,第335—391页。

　　我们不能再生活在我们可以听到这些故事的地方；父母也不能再围坐一起给他们的孩子们讲述那些我们很多年前听到的古老的、神话的原型故事了。但是一定要有新的信息传递出去，有几个实现传递的方式。一个就是在小说中……它应该既有书面文学也有口头文学的能力……让你站起来并……以一种一个黑人祈祷者要求他的听众们说出来的方式深深地感受到什么……去建立那种联系。①

　　莫里森希望在小说中"传递出去"的信息也恰恰是西尔克的文学理想。在一次访谈中，西尔克说："我把它们［部落传说］写下来，不仅仅是因为我想要看看我能不能把这种感觉或者是故事里的味道传达到纸张上去……故事本身是有其生命力的……"② 与莫里森一样，西尔克也认为文学作品是"实现传递"的方式，因为"在一个故事中往往蕴含着许许多多其他的故事。这种将事物联系在一起，使其相互关联的力量是很久以来就一直存在的"③。可见，莫里森与西尔克在此达成了一个共识，那就是，少数族裔作家的文学作品只有成为本民族故事的一个组成部分，才能把这些故事传递下去，并在这样的文化传承中使自己的作品生命永驻。

　　那么，如何才能把口头文学与书面文本编织在一起，既能够使口头文学借助新的文本焕发新的生命力，又能使新的文学文本在古老的部落传说中唤起读者古老的民族记忆，从而根深叶茂地在民族文化中占有一席之地呢？这实际上一直是美国族裔作家们的一个心结。西尔克对此给出的回答是颇具代表性的：

　　当我讲故事时，我的意思绝不仅仅是指坐在那儿，讲一个那种总是以"很久很久以前"开头的老故事。我所说的讲故事，是指一种如何看待你自己、你周围的人、你的生活和在更为广阔的背景下看待你在生活中所处的位置的方式。而所谓的背景不仅仅是指你在自然中的位置，

---

① Toni Morrison, "Rootedness: The Ancestor as Foundation," p. 340.

② Kim Barnes, "A Leslie Marmon Silko Interview," p. 50.

③ Leslie Marmon Silko, "Language and Literature from a Pueblo Indian Perspective," p. 268.

还包括你所经历过的，以及在别人身上发生过的事情。①

　　这段话解释了西尔克所定义的故事之间"相互联系的力量"，体现了讲故事的可能性正是理解人类经验的可能性的文学伦理功能，也表达了她探索新型的民族故事的远大的文学理想。西尔克的新型的民族故事关注的是个体体验与民族记忆的关系，个体文化身份的寻求与民族身份重塑的关系，是个体的生命体验穿越了历史时空的超越，总之，是一种充满了口头文学和书面文字互动力量的新型的民族故事。而诗歌恰恰是西尔克构建新型的民族故事最富有特色的策略之一，也是她新型民族故事中最有魅力的组成部分，更是她实施文化抵抗策略的一个重要手段。而诗歌作为小说创作的有机构成的典型文本就是她的小说集《讲故事的人》和长篇小说代表作《典仪》。

　　从宏观叙事的视角来看，小说集《讲故事的人》是一部在"民族志观察"的视角下构建起来的作品。这部小说集的内容十分繁杂，覆盖了西尔克的家族故事、印第安部落传说、小道传闻等；形式更是特异新奇，不但诗文并陈，还夹杂着家族、部落、印第安保留地的照片等，可谓图文并茂。这些特点使得这部作品一经出版即引起了评论家的关注和思索。原住民文化研究专家阿诺德·克汝派特（Arnold Krupat）把这一特点概括为"史学与诗学"、"文献与创作"之间"持续的对话"②；凯瑟林·拉帕司（Catherine Lappas）称这部作品为"多声部自传"（polyphonic autobiography）；③ 玛丽·路易斯·普瑞特（Mary Louis Pratt）与林达·J. 克鲁姆豪兹（Linda J. Krumholz）则称其为一部"自传民族志"（autoethnography）。④ 从以上的评论中不难看出，这部作品是文学，也是印第安民族志学，是神话传说，也是族裔历史；而"自传民族志"更是指出了这部作品的一个鲜明的特点，那就是自传与民族志学的融合，而这种写作策略恰恰是典型的后现代民族志的阅读和写作方

---

① Kim Barnes, "A Leslie Marmon Silko Interview," pp. 49—50.

② Qtd. in Catherine Lappas, "The Way I Heard It Was...: Myth, Memory, and Autobiography in *Storyteller* and *The Woman Warrior*," p. 59.

③ Ibid., p. 60.

④ Linda J. Krumholz, "'To Understand This World Differently': Reading and Subversion in Leslie Marmon Silko's *Storyteller*," p. 90.

式。在这部作品中，讲故事的人是掌握着部落神圣话语权力的人，也是部落的权威。她是神话制造的高手，是让部落的历史得以传承的英雄：

> 以这种方式
> 我们把握了它们
> 让它们永远和我们在一起
> 以这种方式
> 我们延续着。①

　　讲故事的人所肩负的使命正是作为作家的西尔克赋予自己的使命："是在一起——我们所有人记得我们一起听过什么——/创造了整个故事/人民的长长的故事。"② 不过，西尔克所进行的口头文学书面化的尝试并没有得到众口一词的赞同。对此，评论界一直存在着两种不同的态度："一种认为西尔克的这种尝试将文字冻结在了固定的时间和空间，剥夺了故事本身的生命力；而另一种声音则对西尔克在作品中极好地继承与发扬了口头文学传统，对印第安文化起到了积极的推动作用。"③ 然而，事实上，前一种观点是对西尔克的一种误解，尤其是忽略了西尔克用诗歌作为印第安神话传说的载体的良苦用心。西尔克将部落神话以诗歌的形式插入小说文本的策略恰恰是还原了部落神话生存的文本和文化环境，同时将古老的部落神话与印第安人当代的生活有效地接续在一起，从而使古老的神话获得了新的生活和文化复活的动力。

　　西尔克诗歌不仅以独立形态出现在诸如文集《讲故事的人》中，而且还常常作为长篇小说中的有机部分与小说叙事相结合，成为推动小说叙事的动力之源。西尔克的这种写作策略彰显的正是诗歌作为印第安文化口头传统，并具有唤起古老民族记忆的力量的特质。这一写作策略不但使得她的小说富有抒情性，而且充满了传奇性。这一点在西尔克的小说代表作《典仪》中得到了充分体现。该小说的叙事与西方传统小说的线性叙事或者实验小说

---

① Leslie Marmon Silko, *Storyteller*, n. p.

② Ibid.

③ 翟润蕾：《莱斯利·马蒙·西尔克：美国印第安文化的歌唱者》，第 5 页。

的意识流叙事具有明显的不同。它采用的是独特的"蛛网"叙事结构。所谓"蛛网"结构是以西尔克为代表的印第安作家一种独特的认识理念和叙事方式。对此,西尔克曾经作过生动的阐释:

> 对于那些习惯于被从 A 点带到 B 点再到 C 点的你们来说,要跟上这种呈现可能多少有点困难。普韦布洛表达有点像一只蛛网——许多小线从中心辐射开去,彼此纵横交错。就像蛛网一样,结构随着编织而出现,而你仅仅要聆听和信任,就像普韦布洛人所做的那样,含义就生成了。[①]

具体到《仪典》这部小说,这种"蛛网"结构正是在散文和诗歌的巧妙编织中呈现出来的。在塔尤的故事开始之前,西尔克以两首诗歌和一句祈祷诵歌编结出蛛网的中心部分。塔尤的散文体故事犹如蛛网的几条主线,而印第安神话诗体故事、祈祷诵歌等则仿佛蛛网中的丝丝细线,从中心辐射开去,不断编织,并与散文体故事不断交织,并最终结成了这张大的蛛网。占据蛛网中心部分的首先就是出现在第 4 页和第 262 页[②]的"日出"一词,占据整个页面,非常抢眼,而第 4 页和第 262 页正是这部小说叙述的起点和终点。在印第安人古老的典仪中,"日出"一般被用作祷文的起始语和结束语,这也是其成为蛛网中心的理由。蛛网的中心的另一部分就是两首充满土著神话思维的诗歌。除了该文第二部分所引的"思考之女"之外,还有一首"典仪"之歌。这两首诗歌介绍了拉古纳神话中的创世女神,即思想女神(蜘蛛女神),她有着把冥想变成现实的神力,创造了姐妹——玉米女神和芦苇女神,再和她们一同创造了宇宙、人类世界和四层地下世界。此外,这两首诗歌还强化了古老的典仪对于印第安人生存的意义:

---

① Leslie Marmon Silko, *Yellow Woman and a Beauty of the Spirit*: *Essays on Native American Life Today*, pp. 48—49.

② 此页码均为 1977 年版本。

她说的是：

我知道的
唯一治疗方式
就是一次好的典仪，
*那就是她说的话。*①

　　塔尤的故事以散文体写成，嵌在诗体神话故事之中，你中有我，我中有你，不断编织交错，成为一个有机的整体。穿插散布关于玉米女神和拉古纳祖先的诗体神话故事，为的就是两相对比，让读者以神话故事为参照物，对塔尤的经历进行品评和赋予意义，从而使得塔尤的故事成为创世神话的一部分，充溢着创世女神注入的生命力，并转而将这种生命力注入整个印第安民族的生命和历史之中。

　　事实上，西尔克以诗歌作为部落神话的载体，有机融入小说文本的书写策略是有针对性。西尔克把诗歌作为在具有印第安新型故事的氛围中呈现部落神话的策略是对抗白人诗人文化侵略的有效手段。在印第安口头诵歌被翻译和迻录的过程中，西方翻译者的"忠实"翻译往往把这些口头诗歌从原来的口头生活的语境中生硬地剥离开来，使诗歌原有的声音、肢体动作、语气的变化等悄然丧失了。而更为致命的是，很多印第安"部落诗歌"中含有大量直接通过声音来表达的内容的语汇，它们并非严格意义上的词语，在英语中很难找到对应词汇，于是它们不幸成为了"翻译中失去的"元素，使印第安部落诗歌的"口头性"和"表演性"丧失殆尽。对于这一现象，印第安诗人既愤怒又无奈。在一些场合，非土著诗人往往以固化的印第安形象出现并登台朗诵和表演印第安诗歌，并受到热爱印第安诗歌的观众的追捧，而真正的土著诗人却往往很难唤起观众的热情。对此，科瑞克族诗人哈荷分析了原因：他们没有把真正的印第安看作典型的印第安人，因为他们的举止和言谈不像好莱坞电影所呈现的那样，他们既没有身穿鹿皮也没有头插

---

　　① Leslie Marmon Silko, *Ceremony*, p. 3.

羽毛。[①] 从这一角度来看，西尔克把富有印第安口头传承特点的诗歌融入讲述印第安人生活的故事中，是一种恢复印第安口头诵歌文化语境的尝试，也是一种印第安诗人对本民族文化自我拯救的一种尝试。

四　小结

诗歌在西尔克的笔端成为重新命名北美洲土地、重构印第安女性角色和重构印第安传统的策略。显然，无论是对北美土地的重新命名，还是对印第安女性和印第安传统的重新建构，西尔克的诗歌都具有鲜明的文化建构性，并因此成为对抗白人殖民者文化侵略的有效工具。更为可贵的是，西尔克时常巧妙地把诗歌融入她的小说创作之中，使诗歌成为她正在讲述的印第安人的故事的一个不可或缺的因素，从而从根本上体现了诗歌对印第安人生活和生命的意义。

[①] Qtd. , Kimberly M. Blaeser, "Cannons and Canonization: American Indian Poetries Through Sutonomy, Colonization, Nationalism, and Decolonization," p. 185.

第十二章
温迪·罗斯诗歌的历史书写策略

印欧混血①女诗人温迪·罗斯（Wendy Rose，1948—）是美国当代最富盛誉的土著女权主义诗人之一，也是最有特点的一位学者。她拥有人类学博士学位，并在包括诗歌创作在内的多个学术和艺术领域皆颇有建树。她从攻读博士学位开始即动笔创作诗歌，在她人生的不同阶段都有重要诗集发表。从 1973 年的第一部诗集《霍皮族走鹃在舞蹈》（*Hopi Roadrunner Dancing*）开始到 2002 年的《疯狂地渴望》（*Itch Like Crazy*），罗斯共出版了 12 部诗集。② 她的诗歌触及的主题非常广泛。《霍皮族走鹃在舞蹈》讲述了诗人参与 20 世纪六七十年代美国印第安运动的经历和体验以及她为个人和族群的文化身份而经历的困惑和挣扎；1977 年出版的《学术的印第安女人：从象牙塔中给世界的报道》讲述了她作为印第安女学者的心路历程，触及到作为学者和印第安女性的二元对立的身份问题；1986 年出版的《失落的铜》重新确立了女诗人与印第安世代生息繁衍的土地之间的联系，并把女权主义视角与土著女性的生活和历程结合起来。这部诗集也因此获得了美国图书奖和普利策奖的提名。由于罗斯一直积极投身于美国印第安人的正义事业之中，因此她的诗歌不可避免地带有政治色彩和社会批评的影子，并因此具有一种

---

① 罗斯的父亲是霍皮族（Hopi），她的母亲有米沃克族（Miwok）和欧洲血统。这一印第安—欧裔混血身份赋予了罗斯从历史和政治的双重维度审视"混血性"的独特视角。

② 罗斯的主要诗集分别是 *Itch Like Crazy*（2002）；*Bone Dance：New and Selected Poems*，1965—1992（1994）；*Now Poof She Is Gone*（1994）；*Going to War With All My Relations*（1993）；*The Halfbreed Chronicles & Other Poems*（1985）；*What Happened When the Hopi Hit New York*（1982）；*Lost Copper*（1980）；*Aboriginal Tattooing in California*（1979）；*Builder Kachina：A Home-Going Cycle*（1979）；*Academic Squaw：Reports to the World from the Ivory Tower*（1977）；*Long Division：A Tribal History*（1976）；*Hopi Roadrunner Dancing*（1973）。

独特的硬朗气质,从而在印第安女诗人中具有相当的代表性。她的诗歌一直
受到各种土著美国诗人诗选的偏爱,在诗歌评论界也一直好评如潮,特别是
对于其诗歌敏锐地捕捉到土著美国人经历的痛苦和困惑以及使土著诗歌成功
地传递到非土著读者的贡献,评论界一直给予了积极的评价和肯定。评论家
杰枚克·海威特 (Jamake Highwater) 这样评价罗斯:"[罗斯]的诗行被一
种对个人和族群身份悬而未决的追寻而萦绕着。那种追寻赋予她的词语以力
量和精神。它消融了她一直审慎地围困着自己的种族屏障,并让我们进入了
她的痛苦。在那样的痛苦中我们都是相连的。"① 美国印第安文学中的两位
重量级人物 N. 斯科特·莫马迪 (N. Scott Momaday) 和波拉·甘·艾伦
(Paula Gunn Allen) 也对罗斯的诗歌给予了高度评价。前者认为,"在她的
土著的声音中,她准确地知道如何想象并歌唱她周围的世界"②;而后者认
为罗斯的作品"阐释了……一切被剥夺者的状态"③。学者约翰·洛克
(John Roche) 更是盛赞罗斯的诗歌是"述说的伤疤和疗伤的歌"④。

　　前文提到,与其他土著美国诗人相比,罗斯有一个十分特别的身份:她
不但获得过人类学博士学位,而且长期从事人类学研究工作,在该领域也颇
有建树。罗斯在人类学专业的学习和研究在潜移默化中对她的诗歌创作产生
了巨大的影响,并赋予了她的诗歌一种别样的视角和情致。对于自己在诗歌
和人类学两个领域的跨界投入,罗斯曾经开玩笑地说:"我是最精神分裂的
动物了,一个既是诗人又是人类学家的美国印第安人。"⑤ 罗斯这句玩笑却
是令人深思的。对于这两个文化身份之间的"分裂",评论家詹姆斯·叟舍
曼 (James R. Saucerman) 的理解是很有见地的:"通过同一个讲述人的两种
不同的情绪——困惑的人类学家和疗伤的艺术家,在主流的盎格鲁社会中,
她从她那碎片化的、去人性化的职业经历的影响中脱颖而出,同时在美国文
化的土著部分保留了一席之地。"⑥ 然而,细读罗斯的诗歌不难发现,这两

---

① See http://www.enotes.com/poetry-criticism/rose-wendy. 2010 年 12 月引用。

② See http://www.ubcpress.com/search/title_ book.asp? BookID = 3046. 2010 年 12 月引用。

③ Paula Gunn Allen, *The Sacred Hoop: Recovering the Feminine in American Indian Traditions*, p. 175.

④ Eric Cheyfitz, ed., *The Colombia Guide to American Indian literatures of the United States Since 1945*, p. 234.

⑤ Wendy Rose, "Just What's All This Fuss About White-shamanism Anyways?", p. 13.

⑥ James R. Saucerman, "Wendy Rose: Searching Through Shards, Creating Life," p. 28.

个不同的身份带给她的诗歌的力量绝非囿限于此。事实上，人类学家的思维早已经渗透罗斯诗歌的最深层的结构之中，并成为罗斯诗歌情感表达的最基本的出发点，也成为罗斯历史书写的文化策略的基点。换言之，人类学的视角和人类学家的身份赋予了她的诗歌艺术性和历史性的双重维度。在诗歌中，她创造了一种超验的美学的完整性，从悠远、古老的记忆一直到当下、现代的体验；从部落祖先的仪式一直到现代都市的喧嚣，"从现在滑向过去，又重回当下"①。这种历史与现实之间游走自如的诗性书写与她人类学家的职业身份、土著的种族身份和诗人的文化身份均有密不可分的联系。罗斯的多元文化身份使得她以一种开放和多元的方式与美国印第安族群的历史发生着多维度关系：人类学家的经历和体验使得她成为印第安"发生的历史"的在场者/见证者；土著的种族身份使得她成为被主流话语书写的印第安"文本的历史"的特殊读者/批判者；诗人的文化身份和使命又使得她成为印第安"自我民族志"（autoethnography）历史的书写者/建构者。② 当然，不论文化身份如何变幻，贯穿始终的一直是一种独特的文化人类学视角。可以说，罗斯从见证之维、批判之维和建构之维为我们呈现了一个印第安学者对印第安历史的文化人类学版本的多重演绎。

一　见证印第安"发生的历史"

人们将历史区分为 History（e）与 History（n）。③ 前者被称为历史过程、发生的历史；后者被称为历史知识、历史叙述，从某种程度上说，是"文本的历史"。得天独厚的人类学家的经历让罗斯时常以专业人员的身份见证印第安那曾经"发生的历史"，从而成为 History（e）的在场者和见证者。不过，细读罗斯的诗歌我们不难发现，身为人类学家的罗斯对"发生的历史"的呈现努力避开了宏大历史的建构，把焦点凝聚在一个又一个考古发现的遗迹和印第安历史上的那些卑微而边缘的个体。此种历史书写的策略深具文化

---

① James R. Saucerman, "Wendy Rose: Searching Through Shards, Creating Life," p. 28.

② M. L. Pratt, *Imperial Eyes: Travel Writing and Ttransculturation*, p. 7.

③ See Michael Stanford, *A Companion to the Study of History*, p. 1. 此处的（e）是 event，（n）是 narrative 的缩写形式。

人类学的"深描"（thick description）① 的精神气质。所谓"深描"是美国文化人类家克利福德·格尔茨（Clifford Greertz）提出的一个重要概念，是一种文化人类学的微观描写方法。格尔茨指出："典型的人类学家的方法是从以极其扩展的方式摸透极端细小的事情这样一角度出发，最后达到那种更为广泛的解释和更为抽象的分析。"② 对社会个体和文化细节的关注体现了文化人类学话语对民族文化和抽象人性的宏大叙事的根本质疑，同时也凸显出它对具体人性和群体差异的充分重视。罗斯诗歌的历史书写体现的正是这种对个体和细节的关注和浓墨重彩的书写。

人类学家的主要工作之一就是发掘历史的遗迹并根据考古的发现还原历史。罗斯多年的职业经历让她有机会目睹了各种令人震惊的历史遗迹。她发现印第安人的遗址和遗骸常常以各种出人意料的方式揭示出白人殖民者惨绝人寰的罪行。在《发掘圣巴巴拉修道院》（"Excavation at Santa Barbara Mission"）一诗中，诗歌前面的题铭这样写道："当考古学家发掘位于加利福尼亚的圣巴巴拉修道院时，他们发现在土坯墙里有人的骨骸"③，而据考证这些是印第安人的尸骸，因此，在诗歌的结尾处，罗斯对包容这一信息的诗行重复了四遍，进行了显化处理：

> 他们用死去的印第安人筑了土坯墙。
> 他们用死去的印第安人筑了土坯墙。
> 他们用死去的印第安人筑了土坯墙。
> 他们用死去的印第安人筑了土坯墙。④

---

① 这种文化人类学的方法后来被新历史主义者所采用，更有评论家指出，"新历史主义""乃是一种采用人类学的'厚描'方法（thick description）的历史学和一种旨在探寻其自身的可能意义的文学理论的混合产物，其中融合了泛文化研究中的多种相互冲突的潮流"。可以说，新历史主义者在文化人类学观念和方法的影响下，将文学放到"文化"中去考察，意图去建立一种"文化诗学"或者"历史诗学"，从而让一切文学或非文学的文本都成为对彼此的"深描"。参见张京媛《新历史主义与文学批评》，北京大学出版社1993年版，第52页。因此不难看出，这种文化人类学的思维和方法对文学批评和文学创作均产生过巨大影响，而罗斯在文化人类学的影响下进行的诗歌创作就是一个很好的例证。

② ［美］克利福德·格尔茨：《文化的解释》，韩莉译，译林出版社1999年版，第27页。

③ Wendy Rose, *Going to War with All My Relations*, Flastaff, AZ: Entrada Books, 1993, p. 6.

④ Ibid., p. 8.

不断重复闪现的诗行仿佛是讲述人在惊愕之余无法接受这一事实而发出的喃喃自语；又好像讲述人在提醒我们要铭记这一令人发指的历史事件。印第安人的遗骸以无声的方式诉说着印第安人的血泪历史。然而，作为人类学家的罗斯的思考并没有仅仅停留在这个层面。在与卡罗尔·亨特（Carol Hunter）以及劳拉·考尔泰利（Laura Coltelli）的访谈中，罗斯均讲到了她投身于印第安墓地保护的种种遭遇和思考。① 白人同行不相信一个印第安女人会成为具有专业水准的人类学家，因此罗斯的工作常常受到各种阻碍。而罗斯的困惑不仅仅来自她个人的遭遇，更来自白人考古学家处理印第安遗骸的方式。《发掘圣巴巴拉修道院》这首诗歌最耐人寻味之处还是在于身为考古学家的讲述人在面对这些历史遗迹时十分复杂的心态："在三名入侵者的/旗帜下面，/我是一名如饥似渴的科学家/用沉睡在墙中的男人和女人/的骨骸/供养我自己。"② 讲述人深知这个考古现场揭示的是白人殖民者对印第安人犯下的滔天罪行，或者说是一个犯罪现场，然而，面对考古学上的重大发现，职业的敏感和成就感却令这位考古学家激动万分，于是犯罪现场成为了一个科学研究的宝藏，一个考古学家梦寐以求的发掘现场。

把印第安文化遗产作为可以发掘的宝藏的"浪漫化"和"探险化"的认知在人类学研究、文化研究以及考古研究中是十分普遍的现象。对此，罗斯曾尖锐地指出，"在那里［考古现场］几年之后，我认识到考古学家也可以像任何其他人一样对印第安人说谎"③。罗斯在《我希望我的皮肤和骨骼成熟》（"I excepted my skin and bones to ripen"）、《三千美元死亡之歌》（"Three Thousand Dollar Death Song"）等诗歌中都触及这一主题，而对这一主题独特的诠释视角则恐怕还是要归因于罗斯人类学方面的训练和研究。《三千美元死亡之歌》以一题铭开始，具体说就是博物馆在 1975 年开具的支票："19 具美国印第安人的骨骸价值 3000 美元；请从该支票支付……"④ 印第安人的骨骸被定价拍卖，成为和印第安人精致的珠串手工制品、插着羽毛

---

① See Carol Hunter, "A MELUS Interview: Wendy Rose," *MELUS* 10.3 (1983): 67—87; Laura Coltelli, "Interview with Wendy Rose," in *Winged Words: American Indian Writers Speak*, pp. 121—134.

② Wendy Rose, *Going to War with All My Relations*, pp. 7—8.

③ Laura Coltelli, *Winged Words: American Indian Writers Speak*, p. 123.

④ Wendy Rose, *Bone Dance: New and Selected Poems*, 1965—1993, p. 20.

的医药包等一样具有收藏价值和学术研究价值的物件。罗斯用人类学家的专业术语,以科学家冷静的头脑和客观的语气描绘了作为文物的印第安人的骨骸被处理的方法:"我们的骨骸伸展指向/太阳升起或者被弯曲成一个幸存的/胎儿的曲度;我们的骨骸——被移走了/一块又一块并被打洞钻孔、分类,/在他们新鲜的白色额头上/用黑墨汁编号。"① 科学而专业的人类学和考古学研究方法,客观而冷静的语气,一切都仿佛井然有序,天经地义,却在这冷静中传递着触目惊心的历史事实和土著美国人在历史上曾经的生活状态。接着诗人终于按捺不住内心的冲动,发出了这样的质问:"我们不明白一个世纪如何/把我们的死亡/变成了别的东西,你们称之为/'标本'。"② 这是典型的罗斯式的"正式的词语和嘲讽的语气之间的对位法(counterpoint)"③。在这样的诗行中,作为人类学家的罗斯和作为诗人的罗斯在情感的切换中模糊了身份,正如诗人所言,她是分裂的、矛盾的:人类学家的职业素养让她以专业的目光、冷静的头脑审视考古发现的价值;而诗人的感性和印第安人的情感又使得她伤感而愤怒。不过,也许正是由于这种复杂而矛盾的情感元素的交织以及因此而形成的张力才使得罗斯的诗歌更具一种模糊的美和一种耐人寻味的内涵吧。

　　人类学家的思维还使得罗斯对印第安历史上被侮辱和被迫害的生命不时投去具有专业视角的一瞥。正如有评论家所言,赋予那些历史上被"殖民的灵魂"以"自己的声音"是罗斯诗歌的一个显著特征。④ 在她的诗歌中,那些屈辱的印第安生命都能找到一席之地:在《朱利亚》("Julia")中,朱利亚·帕斯垂娜(Julia Pastrana)由于周身长满毛发而成为马戏团招揽生意的卖点,终日像动物一样生活在人们好奇而惊诧的目光之中;在《尤瑞可》("Yuriko")中,由于母亲怀孕时受到广岛原子弹的辐射,尤瑞可的发育受到严重影响而成为先天畸形;在《楚格尼尼》("Truganinny")中,由于是"塔斯马尼亚(Tasmanians)部落的最后一个人",楚格尼尼的尸体被处理后

---

① Wendy Rose, *Bone Dance: New and Selected Poems*, 1965—1993, p. 20.

② Ibid. , p. 21.

③ Andrew Wiget, *Native American Literature*, p. 102.

④ Kimberly M. Blaeser, "Cannons and Canonization: American Indian Poetries Through Autonomy, Colonization, Nationalism, and Decolonization," p. 230.

做成标本供人们参观；在《我希望我的皮肤和血液成熟》（"I Expected My Skin and My Blood to Ripen"）中，在伤膝河大屠杀中死去的印第安妇女的衣服被残忍地剥下并被卖给收藏者。有研究者指出，罗斯善于表达她发现的"历史的暴行"[1]。而罗斯揭示历史暴行的方式就是让印第安人的躯体说话。在她的诗歌中，"人的身体是重要的历史记录的开始和结束之地，而被伤害和被残害的躯体给罗斯提供了一种对许多历史，特别是印第安历史上被损毁的形象的比喻"[2]。在罗斯的诗歌中，带有印第安特征的躯体意象是十分丰富的。"受伤的躯体的隐喻"成为罗斯揭示印第安人被侮辱、被迫害的历史的重要手段。[3]

《楚格尼尼》就是这类诗歌的代表作。诗歌以澳大利亚土著活动家 Paul Coe 的一段文字作为题铭：

> 楚格尼尼，塔斯马尼亚（Tasmanians）部落的最后一个人，曾经目睹她丈夫被填充固定的尸体，因此她弥留之际的愿望就是被埋在后院里，或者抛向海里，因此她不想自己的尸体遭受同样的屈辱。然而，她刚刚断气，就被填充固定，并被展览长达80年之久。[4]

在这里，罗斯借助于历史记录回溯"社会能量"的历史踪迹，从而"让文学和非文学成为彼此的厚描"[5]。这种明显具有新历史主义思维的理念和文学操演其实正是源于罗斯的文化人类学观念。在历史记录铺陈的沉重的氛围中，诗歌中的讲述人以一种穿凿历史的魔力游走于过去和当下，恍惚之间，诗人、讲述人、读者都仿佛被拖进了时间的隧道之中，裹挟前行。诗歌以弥留之际的楚格尼尼的口吻，对着印第安后人娓娓倾诉，有忧伤、有期待、有恐惧、也有无奈："你需要/走近点/因为我/气若游丝了/而我正要说

① D'Juana Ann Montgomery, *Speaking Through the Silence: Voice in the Poetry of Selected Native American Women Poets*, p. 20.

② Jay Parini & Brett C. Millier. eds., *The Columbia History of American Poetry*, p. 743.

③ D'Juana Ann Montgomery, *Speaking Through the Silence: Voice in the Poetry of Selected Native American Women Poets*, p. 115.

④ Wendy Rose, *The Halfbreed Chronicles and Other Poems*, p. 56.

⑤ Catherine Gallagher & Stephen Greenblatt, *Practicing New Historicism*, p. 20.

的/很重要。/……/他们会把我带走。/他们已经来了/即使我还有口气/他们等待着/我/咽下最后一口气。/我们这些老家伙/活了/这么久。/……/请/把我的尸体/带到夜的源头/带到黑色的大沙漠/那是梦诞生的地方。/把我埋在/大山下或者/在那遥远的/海里;/把我埋在/他们找不到/我的地方。"[1]诗中的讲述人用尽最后一口气呼唤着听者靠近些,因为她有重要的事情不吐不快。似乎历史上的楚格尼尼穿越了时空,跨越了生死的界限,来到了当下,而读者也似乎被一种情绪所感染,参与到这场跨越时空的历史对话。在罗斯的历史书写中,历史与当下、生与死等二元对立的界限变得模糊;同时,诗人的声音与讲述人的声音也不时交融在一起,时而罗斯仿佛化身为楚格尼尼,时而楚格尼尼借罗斯道出自己的心声。在这里,历史观念与历史呈现,艺术与历史,历史与当下复杂地交织在一起。同时,作为读者,我们不但成为真实的历史的观众,也在楚格尼尼的呼唤下参与到历史的建构之中,在某种程度上也成为印第安发生的历史的在场者和见证者。

二 批判印第安"民族志历史"

前文提到,在另一种层面理解的历史是历史叙述。换言之,读者所面对的并非是历史的本真,而是被书写的历史,是一种"文本的历史"。罗斯也不例外,她也只是印第安"文本的历史"的读者。然而,对于如罗斯一样的土著美国人而言,他们所面对的"文本的历史"有一个与众不同之处:印第安族群的历史并非自己族群的记录,而是白人人类学家的民族志记录的结果,可以说,是一种典型的"民族志的历史"。

传统的"民族志"的研究方法要求民族志研究者深入某个社区以切身的经验观照当地人的文化。20世纪60年代之后,后现代主义实验民族志开始把描述历史纳入了自己的研究视野,试图在民族志叙事框架内加入时间和历史视角,并把目标锁定了无文字的民族,把这些民族的历史和时间观念与西方史学的历史观、时间观进行对比考察。民族志书写作为一种人类学的研究方法本也无可厚非,但是把研究对象作为"他者"的思维从一开始就使

---

[1] Wendy Rose, *The Halfbreed Chronicles and Other Poems*, pp. 56—57.

民族志书写注定"隐含着殖民主义的心态"①。而这也正是作为人类学家的罗斯对民族志历史心存芥蒂的根本原因。非常不幸的是，由于没有文字，印第安历史和文化成为此种文化殖民的重灾区。伴随着殖民者对美洲土著人的物质掠夺的是对他们的精神侵略。北美印第安作家对此均以各种方式予以了回应和反击。加拿大美迪斯族（the Métis）女作家彼翠丝·卡乐顿（Beatrice Culleton）在小说《寻找四月雨树》（In Search of April Raintree）中借主人公之口道出了印第安作家对历史呈现的理想："历史应该将事实毫无偏见地再现。如果他们呈现了其中一面，就应该同样地表现另一面。"② 然而，印第安作家深知，这个"另一面"需要他们自己的努力来呈现。黑脚族（Blackfeet）作家詹姆斯·韦尔奇（James Welch）在小说《浴血的冬天》（Winter in the Blood，1974）、《愚弄鸦族》（Fools Crow，1986）中对黑脚族历史的重构；切罗基族（Cherokee）女作家戴安·葛兰西（Diane Glancy）的小说《石头心》（Stone Heart：A Novel of Sacajawea，2003）对印第安历史人物莎卡佳薇雅（Sacajawea）的重写；奇加索（Chickasaw）女作家琳达·霍根（Linda Hogan）的《观照世间的女人：土著回忆录》（The Woman Who Watches Over the World：A Native Memoir，2001）对族人创伤史的追溯等均是这一努力的结晶。从这些作品，我们可以看出印第安作家重写印第安历史的策略往往是对主流话语建构的印第安历史本身进行解构和颠覆，从而为重写印第安历史开启一扇可以自由出入的门。

　　作为诗人和人类学家的罗斯在这一点上却另辟蹊径，没有聚焦于历史本身，而是手拿一面哈哈镜把谬写印第安历史的白人作家们照了一个通透。具言之，罗斯锁定了一个书写印第安文化和历史的十分独特的群体："白人萨满"（White-shaman）。③ 罗斯之所以锁定了这一群体，恐怕有两个主要原

---

① 张海超、刘永青：《论历史民族志的书写》，《云南社会科学》2007 年第 6 期，第 43 页。

② Beatrice Culleton，In Search of April Raintree，p. 84.

③ "白人萨满"原本是指"20 世纪 60 年代通过延期待在印第安人区域而得到土著人精神要义的非印第安人"。与之相生的"白人萨满教"运动的主要思想就是把美国的土著人与移民的灵魂合并起来的古老希望。参见陈许《解读美国西部印第安人小说》，《四川外语学院学报》2006 年第 6 期，第 9—13 页。不过，在罗斯等印第安作家的视野中，"白人萨满"的真正目的绝非如此。"白人萨满""不仅仅是那些在他们的诗歌中以萨满的面目出现的讲述人，而且是那些事实上甚至在诗歌领域之外也以一种编造的讲述人的身份出现的人"。参见 Laura Coltelli，"Interview with Wendy Rose，" pp. 121—134。

因：其一，"白人萨满"的文化身份往往既是人类学家也是诗人，与罗斯本人的职业身份恰好一致；其二，"白人萨满"对印第安文化的再现方式恰恰是民族志的，而这正是罗斯本人坚决反对的。罗斯在对"白人萨满主义"的论述中，这样写道："土著美国文学被人类学所'拥有'，就像土著美国人本人被人类学家所'拥有'一样。我们的文学，与我们的物质文化和亲缘体系一起，都只不过是民族志的。"① 罗斯的这番话是具有很强的针对性的，那就是以加里·施奈德（Gary Snyder）为代表的"白人萨满"模仿土著语言和风格所创作并表演的诗歌，以及罗森伯格（Jerome Rothenberg）等人所提出的"民族志诗学"和在此理念引导下对土著的口头文学所作的"完全翻译"②。罗斯认为，这些"白人萨满"对土著文化和文学进行了带有强烈主观色彩和侵入性的再创作，其结果是对印第安文化和文学以及印第安人意识的"碎片化"和"表面的浪漫主义"化，从本质上说，是文化殖民的一种微妙的变形，是一种"文化帝国主义新版本"③。对此，印第安作家卡斯特罗（Castro）愤慨地说："许多印第安作家认为［加里·］施奈德的呼声很高的书《龟岛》（Turtle Island）是冲进他们地区的新骑兵的一部分，其带来的狂暴的新浪漫主义者不仅像上个世纪的侵略者一样想占据他们的土地，而且还想占据他们的精神"④，而这种精神的侵占的后果是严重的，因为这样做"否定了印第安人的当代现实和人性"⑤。卡斯特罗的结论并不是危言耸听，事实上，这些"白人萨满"对印第安文化和文学的粗暴改写在很大程度上误导了主流文化对印第安文化的解读，并促成了印第安人刻板形象的生产。在好莱坞电影、大众传媒和流行文化的强大的文化攻势下，印第

① Wendy Rose, "Just What's All This Fuss About White-shamanism Anyways?", p. 17.

② 针对印第安人口头传统的迻录和翻译所形成的书面文字往往无法捕捉到活生生的口头表演的真实状态的现象，民族志诗学主张"完全翻译"的方法，也就是结合具体的语境，运用包括各种标记符号在内的方式，以书面的形式使得与诗歌相关的所有的声音得到表现。参见杨利慧《民族志诗学的理论与实践》，载《北京师范大学学报》2004 年第 6 期，第 49—54 页；然而，越来越多的学者从文化人类学的"深描"理念出发，认为"完全翻译"不但是不可能的，而且也是把"翻译作为侵吞他者的手段"，并提出了注重文化差异的"深度翻译"策略。详见孙宁宁《翻译研究的文化人类学纬度：深度翻译》，载《上海翻译》2010 年第 1 期，第 14—17 页。

③ Geary Hobson, "The Rise of the White Shaman as a New Version of Cultural Imperialism," p. 103.

④ Michael Castro, Interpreting the Indian: Twentieth-Century Poets and the Native American, p. 159.

⑤ Ibid., p. 169.

安美国人仿佛成为在时间和空间上均被禁锢在那曾经的游牧乐园中的原始游魂，永远也无法走进现代化进程和现实生活的洪流之中了。

对于"白人萨满"以民族志为旗号的文学创作，身为人类学家的罗斯是最有发言权的，也是最能够看透问题的本质的，因此尽管西尔克、哈荷等印第安作家均对"白人萨满"进行过回应和抨击，[1] 但最有智慧，也最有力度的还是罗斯。对于白人诗人和他们中的白人萨满，罗斯还是有着清楚的界限的。她这样做了区分："我们感谢许多非印第安人，他们从非土著视野中的土著文化的视角，真实地、优美地书写任何印第安主题，包括那些我们认为神圣的［主题］"[2]；而"白人萨满"的最大问题是"诚实和目的"的问题，而不是"主题、风格、兴趣或者实验"[3]。罗斯之所以认为白人萨满不诚实、目的不纯，是因为"他们说他们有某种特殊的天赋能够真的看到印第安人如何思考，他们如何感受；当他们这样做的时候，那就是真实的"[4]。罗斯的这段表述体现的正是典型的文化人类学的观点，特别是格尔茨的"深描"的阐释性理念。格尔茨认为，有些人类学学者为了消除不同的文化视阈，运用理解、移情的方法，主张进入土著人的头脑，强调让当地人说话的思维过于天真；同时也指出，有些人类学学者认为他们撰写的民族志是一种自然事实的叙述，并且可以从中找到具有普遍意义的文化规律的想法过于乐观。格尔茨认为，不同文化之间的差异是无法彻底消除的，民族志描述不是当地人的，人类学的描述就是人类学的，即便是迻录下来的，也是"虚构"的产物，"人类学著作本身即是解释，而且是第二和第三等的解释。（按照定义，只有'本地人'才做出第一等级的解释：因为这是他的文化）。"[5] 对照罗斯对"白人萨满"的阐释与格尔茨的"深描"阐释观，前者倒很像对后者，特别是对格尔茨在括号中补充的内容的注释和例证，可见罗斯的人类学

① 参见 Eric Cheyfitz, *The Columbia Guide to American Indian Literature of the United States Since* 1945, New York: Columbia UP, 2006, pp. 184—185；拙文《神话·民族志·自传：论〈黄女人〉的多维叙事空间》也论及这一问题，特别是西尔克对这一问题的观点，详见《当代外国文学》2009 年第 4 期，第 112—123 页。

② Wendy Rose, "Just What's All This Fuss About White-shamanism Anyways?", p. 21.

③ Ibid.

④ Laura Coltelli, "Interview with Wendy Rose," p. 124.

⑤ ［美］克利福德·格尔茨：《地方性知识》，王海龙等译，第 19 页。

观念对其诗歌理念影响之深。

　　罗斯的这种对民族志书写的戒备和不满真实地从她的诗歌中呈现出来。在她颇有影响力的诗歌《致想要做印第安人的白人诗人》（"For the White poets who would be Indian"）中，她以一个内行的自信，幽默地讽刺了这些试图"在一次短暂的观光中"变成印第安人的"神圣的灵魂"的白人诗人。罗斯在这首诗歌中延续了她的反讽和幽默，对这些一厢情愿的白人诗人的种种糗态的描写令人忍俊不禁："致想要做印第安人的/白人诗人/仅仅一次/正好足够长/心急火燎地抢到这些词语/从我们的舌头上/钓鱼。你们现在想起了我们/当你们跪/在大地之上，/在一次短暂的观光中/变成我们/神圣的灵魂。/你们涂抹你们的脸，/咀嚼一下你的母鹿皮，/用胸口蹭蹭大树/好像共有一位母亲/所需要的一切就是，/带来立竿见影和原初的/知识。你们只不过/在你们的声音/需要根基的时候想起我们，/当你们跪着/坐下/变得/原始的时候想起我们。你们写完了诗/就回去了。"① 该诗歌的开始两行"致想要做印第安人的/白人诗人"事实上是标题的延续，该行中的单词并没有如标题的要求大写，从而与整首诗的主体部分融为一体。该诗行的重要性在于它点出了这首诗歌的声音的来源：一个对白人诗人冷嘲热讽的印第安人。整首诗歌弥漫着一种嘲讽的语气。例如，"仅仅一次"所指出的恰恰是宣称自己想要成为印第安人的白人诗人的实质，他们只是在试图创作某种他们认为带有土著风情的诗歌时才会有这样的冲动。这就从根本上揭穿了白人诗人认为自己"被指定为文化间的'桥梁'的幻觉"的荒谬性。② 白人诗人试图模仿印第安的用词和表达，然而，罗斯却不失幽默地告诉他们，已经融入了土著人生命和文化传承的风格、语言和精神，这些无形的、神圣的文化遗产是一个族群之外的人无法模仿和炮制的。在罗斯幽默的冷静之下，也不时地喷射出愤怒的火焰。"心急火燎地抢到这些词语/从我们的舌头上/钓鱼"等幽默而尖锐的诗行影射的就是白人殖民者对印第安文化和文明的暴力掠夺。

　　在另一首诗歌《评民族志诗学和文学》（"Comment on Enthnopoetics and Literacy"）中，罗斯把矛头直接指向了民族志诗学的倡导者和代表人物卢森

① Wendy Rose, *Lost Copper*, pp. 85—86.

② Wendy Rose, "Just What's All This Fuss About White-shamanism Anyways?", p. 22.

堡。在诗歌中，罗斯把卢森堡对印第安部落的口头传说进行迻录和翻译的过程比做了动物标本的制作过程："……把它们都榨干/并排放着，/内脏摊了一地，/爪子堆成一小堆，/每一样都肢解开/剔净到骨。/再造躯体/以不同的姿势。"① 白人诗人对印第安文化和诗歌的操演过程事实上就是对其精髓进行分解和扭曲的过程，其结果就是印第安诗歌变得面目全非，满足的只能是白人好奇的目光和对异质文化带有偏见的解读。这一过程是野蛮的、血淋淋的，正如动物标本的制作过程。在"白人萨满"的民族志书写中，不但印第安的历史和文化被篡夺和扭曲，按照白人的方式被塑形，同样被塑形的还有印第安人的身体和心灵。

三　建构印第安"自我民族志"历史

揭示主流文化对印第安历史的谬现也并非罗斯诗歌创作的终点，她还自我赋予了重构印第安历史的使命。细读她的诗歌，我们发现她的历史书写有两个鲜明的特点，一个是神话性；另一个是自我性。那么，罗斯为什么要借助神话和自我来书写印第安族群历史？又是如何通过书写神话和自我完成印第安族群的历史书写的呢？

神话和历史不可分割是研究土著宇宙/历史观的基本认知，这是被克鲁派特（Arnold Krupat）称为"部落史观"的核心思想。② 在《美国的多元历史》（"American Histories"）一文中，克鲁派特批评了欧美学者认为土著是"无历史的民族"的观点，并认为主流文化的学者不应当再用神话、神秘事件等字眼形容在他们的眼中匪夷所思、缺乏历史真实性的原住民叙述，而应该拓宽西方的历史观，接受土著口头传统、神话故事和历史传说等，③ 因为正是这些印第安因素才是印第安作家赖以建立其叙事的主体性的方式，也才能把原住民生命风景和文化性格等真实而具体地呈现出来。土著作家以神话作为历史的起源，以神话书写印第安历史从根本上颠覆了西方单一的美洲大

---

① Wendy Rose, *Going to War with All My Relations*, p. 44.
② Arnold Krupat, *Red Matters: Native American Studies*, p. 71.
③ Ibid., pp. 71—75.

发现历史，从本质上说是一种"反帝国翻译"（anti-imperial translation）的策略。[①]

　　罗斯的历史书写就是从印第安创世神话开始的，不过罗斯的诗歌还有一个特点，那就是一个超验的"我"，一个凝聚了自然精华的"我"的声音贯穿始终。换言之，罗斯的历史书写是一种神话维度的自我"生命书写"（Life Writing）。[②] 那么印第安的历史书写和"生命书写"有着怎样的联系呢？这首先要从"生命书写"的含义说起。对于印第安人的"生命书写"，评论家黄荷莎（Hertha D. Sweet Wong）曾经做过明确的阐释。黄荷莎认为，美国土著人与西方的自我认知方式存在着天壤之别。土著人的自我认知是"关系的"（relational）、"多元的"、"地域性的"（localized）。[③] 生命是在天人合一、自然万物融合交汇中缔造的，因此，印第安人的生命书写不是自我式的表述，而是个人生命与族群历史经验的交织。"生命的轨迹由个人传记延展为部落地图，由故事（story）演绎为历史（his-and her-story）。"[④] 印第安人的自我书写从本质上说是一种历史文化的书写，是一个定义土著自我、生命、血缘、土地和历史的场域。由此，我们可以看出，印第安人的生命书写与西方的自传书写传统有两个显著差别：其一，印第安人的生命故事强调"族群自我"，自我意识产生于族群文化之中，自我的认同是集体性的，是对话性的；其二，印第安人的生命书写中的社群概念超越了人类社会的意义，指向的是天人与共的宇宙关怀。[⑤] 对于印第安作家的自我书写策略的意义，评论家普瑞特（Mary Louise Pratt）在《帝国之眼》（Imperial Eyes）一书中一语道破：如果说民族志文本是欧洲殖民者借以书写、收编殖民地"他者"的方式，印第安作家的自我书写则堪称回应他者再现的"自我民族志"[⑥]。换言之，印第安作家的自我书写策略事实上是对"白人萨满"的印第安民族志书写的微妙的对抗策略。"自我民族志"是印第安族群自我书写

---

① Arnold Krupat, *Red Matters: Native American Studies*, p. 71.
② H. D. S. Wong, "Native American Life Writing," p. 125.
③ H. D. S. Wong, "Native American Life Writing," pp. 125—144.
④ 黄心雅：《美国原住民的自我书写与生命创化》，第254—255页。
⑤ Arnold Krupat, *For Those Who Come After*, pp. 31—33.
⑥ M. L. Pratt, *Imperial Eyes: Travel Writing and Ttransculturation*, p. 7.

和"自我形塑"（self-fashioning）的策略；① 而"白人萨满"的民族志书写
则是白人殖民者的他者书写，是白人殖民者把印第安族群"形塑"成"他
者"的方式。② 前者主客体的一致性与后者主客体的错位决定了两种民族志
的书写范式希冀借用典型的土著文化符号传递的信息有着天壤之别，换言
之，两种民族志的书写目的是对立的。"白人萨满"的民族志书写狂热地想
象和构建那些插着羽毛、住在帐篷中、游牧在北美草原的印第安人形象的初
衷是通过强化印第安传统文化与自然的特殊关系而"固化"并"浪漫化"
印第安人的刻板形象，其目的是使印第安人从空间上永远停留在白人到来之
前的"原始风景"之中，③ 从时间上固化在历史的化石之中，永无脱身之
日。从本质上说，这是一种对印第安族群"去人性化"的伎俩，是以"一
种怀柔的方式'再边缘化'"印第安人的策略，④ 秘而不宣的用意是使当代
印第安人从美国的现实生活和现代化进程中消失，而这"对印第安的过去、
现在和未来都是有害的"⑤。

　　与"白人萨满"通过土著文化符号对土著人进行刻板形象生产并最终
让他们从美国的现实世界和当代生活中消失相反，身为土著诗人的罗斯借用
这些符号实现的是土著人的成长和壮大。综合考察罗斯的诗歌，罗斯的"自
我民族志"书写呈现出个人和族群共同成长的全貌：从出生到成长再到成
熟。在罗斯的代表作《我被怀上的那天》（"The day I was Conceived"）中，
"我"在天地之间孕育，字里行间飞舞着土著文化的典型符号："他们告诉
我，是在一个/黄色和绿松石的时间的中间。/我的穴熊父亲向大地/低下他
银色的头颅，/他的手指使劲拉/直到它们坚硬如石，变成/石灰华。接着粉
碎了石头/镌刻在/蜥蜴的标记，人的手，/蜘蛛女，克钦族妈妈，/和最普通
的石头，/他挨着月亮倾泻，/融化的银，堆积成褶皱/准备就绪。像利爪/他

① James Clifford, *The Predicament of Culture*：*Twentieth-century Ethnography*, *Literature*, *and Art*, p. 8.
② 对于白人民族志书写如何把印第安人形塑为"他者"，拙文《神话·民族志·自传：论〈黄女人〉的多维叙事空间》的第二部分"民族志叙事——反讽的印第安历史轶事"有过专门论述。详见《当代外国文学》2009 年第 4 期，第 117—119 页。
③ Alicia A. Kent, *African*, *Native*, *and Jewish American Literature and the Reshaping of Modernism*, p. 78.
④ 王卓：《神话·民族志·自传：论〈黄女人〉的多维叙事空间》，第 118 页。
⑤ David Walker, "Friendly Fire：When Environmentalists Dehumanize American Indians," p. 277.

的手指抓住石头/用它开垦，积攒世界。"① 这首诗歌既是"我"的出生史，也是印第安族群的创世史。诉求族群神话的土著生命书写为"生命故事找到创世纪的制高点"，原住民生命书写"既有史诗的格局"，"又超越史诗年代，是自我的延展与穿梭时空的参照"②。诗歌的开篇具有浓郁的印第安创世神话的味道："绿松石"、"穴熊父亲"、"蜘蛛女"、"克钦族妈妈"等印第安文化符号飞舞期间，成为一张张印第安族群的明信片。"我"是父亲和母亲于天地之间做爱的结晶，更是月亮的铅华凝聚的产物，是自然造物的又一个精灵。然而，随着诗歌的推进，一种不和谐的情绪逐渐弥漫起来。在一系列不和谐的意象的纠结中，"我"最终确定了我的"起源"："……/因此我的起源是一只/石头和獾；我歌唱/但不雕琢。我的起源是一粒/月亮的尘埃和草药；/我舞蹈但不祈祷，/我的起源是一粒玉米和豆子/我成长但不生活。"③ 作为混血土著人，讲述人被放置在两个不同的世界中：她跳着巫医的仪式却并不在这种印第安人传统的宗教仪式中祈祷。她的起源就像玉米和豆子，嫁接在一起可以长大，却永远也不能找到自己可以归属的生活。这种"成长"却并不"生活"的生存状态既是作为混血印第安人的罗斯的真实写照，也是对整个印第安族群在与西方文化遭遇之后失去了发展和强大的契机的喻指，更是对印第安族群被主流文化和体制排除在现代化进程之外的历史命运的控诉。

如果说《我被怀上的那天》是在族裔符号的想象空间中对混血身份和族群历史命运的诗性诠释，在《渴望：第一条通告》（"The Itch：First Notice"）中，罗斯不但探寻了她的族群和欧洲的联系而且反思了她的家族谱系对她的成长所起的不同的作用："我正寻找我的族人。/当我发现这些名字/我把它们写下，/圈起这些字母在/我的账簿的淡蓝色线条之间，/然后在空白处画上它们，/给它们翅膀或者鼓包或者犄角/按照血缘给蛇分类/彼此分开/好奇地想/不知道纸上的绿色眼睛/是否知道它们能爬上钢笔/刺穿我的脉络。"④ 仿佛罗斯本人擅长的线条画一样，她在用文字勾勒线条，随着线

---

① Wendy Rose, "Three Poems," p. 42.
② 黄心雅：《美国原住民的自我书写与生命创化》，第 278 页。
③ Wendy Rose, "Three Poems," p. 42.
④ Wendy Rose, *Itch Like Crazy*, p. 7.

条的不断移动，纸上呈现出按照血缘分类的动物。然而，罗斯的文字功力就在于我们看到的不仅仅是最后生成的物体，更见证了整个生成的过程。这正是罗斯自我身份建构的不同凡响之处，她让我们看到的是构成她的自我的各个细微的部分，既有和谐一体的因素，也有不断冲突的部分，然而却都是一个真切的自我的组成部分。这些因素的综合作用是奇妙的，也是令人心悸的：它们能够"爬上钢笔"，赋予"我"创作的灵感，也能够"刺穿我的脉络"——一种致命的威胁和诱惑。罗斯的这段诗歌带有鲜明的隐喻性，暗指的正是她的混血身份。

　　前文提到，罗斯有着印第安—欧裔混血身份，这使得她对混血性的理解十分独特。同时，对身份的追索也自然成为罗斯诗歌的一个主旋律。在她的诗歌中，一个声音不时发出关于身份的疑问。在《1948 年 5 月 7 日新出生的女人》（"Newborn Woman, May 7, 1948"）中，那个声音问道："那只摇动我的手在哪里？我嚎啕大哭"①；在《哦 父亲》（"Oh Father"）中，那个声音问道："哦父亲我是谁?"② 值得注意的是，罗斯对于混血身份的探索是从一种深度的历史反思的起点延伸开去的。这一点从罗斯出版于 1994 年的诗集《骨头舞蹈》（Bone Dance：New and Selected Poems, 1965—1992）的"前言"中对"混血性"的论述就可见一斑：

　　　　在探索作为"混血儿"意味着什么的时候，我认识到这不是一种遗传学的条件而且与祖先或者种族没有任何关系。相反，"混血性"（halfbreedness）是一种历史条件……我开始研究那些，由于某些我不知道的原因，深深地影响了我的个人的生活。在某种程度上，所有人都是他们在历史上的位置的牺牲品。所有人都是被殖民的灵魂。③

　　这种富有历史维度的身份探索成为罗斯诗歌中一种十分独特的视角和气质，之所以独特就在于这段对"混血性"的反思深具文化人类学的精神。

---

① Wendy Rose, *Hopi Roadrunner Dancing*, p. 9.
② Ibid. , p. 11.
③ Wendy Rose, *Bone Dance：New and Selected Poems*, p. xvi.

其核心理念"混血性"（halfbreedness）是一种"历史条件"，是把人类的自然身份和属性还原到历史语境之中的深度思考。从历史的视角审视血缘，"混血性"就绝不仅仅是不同基因的结合，甚至也不是不同种族的融合，而是不同政治、社会和文化元素的碰撞和冲突的结果。因此，"混血性"的背后隐藏的不仅仅是身世之谜，更是种族政治之间的制衡和权力的纷争。在美国文学中，无论是白人作家福克纳笔下的混血儿，还是黑人作家托尼·莫里森笔下的混血儿，也无论是黑白混血儿，还是印第安混血儿，都有一个共同特点，那就是他们往往处于种族的真空地带，没有任何可以依托的身份归属和情感归宿。

对于在远离族群的现代都市长大的罗斯，这种身份的真空感就更加强烈，而这反而加深了罗斯对印第安族群的眷恋和向往。在城市包围中的罗斯追寻着部落文化的蛛丝马迹，努力把印第安传统文化的细节幻化成为一种人类共同的精神之源。《城市孩子聆听》（"The urban child listens"）就是这样一首诗歌。诗歌的讲述人是城市中的现代人，想要通过口头故事保留部落文化。即便没有诸如"玉米须"（corn-tassels）、"银色的蜘蛛网"（silver spider web）、"绵羊油灯"（sheep-fatcandles）、"积雨云"（thunderhead）等北美乡村风景，她也一定要把部落的故事传递给下一代："我低声细语郊狼如何/不管不顾地穿梭于我们的生活/寻找他的冒险的躯壳/尽管我们可能已经错过了/一睹/大峡谷溢满黄沙汩汩的/水，/可能也错过了当积雨云翻卷之时/屏息凝神。"① 部落的文化符号对抗着现代都市的喧嚣，也抗拒着印第安人生活的片段化。在罗斯的诗歌中，部落的文化符号无时不在、无处不在。一个精灵般的自我在远古与现代、原野与城市的缝隙中艰难成长，不但学会了生活，还凝聚起了超验的力量，那是一种来自族群记忆的神奇力量。在《命名的力量》（"Naming Power"）一诗中，诗人与日月融为一体，用她特有的语言和视野体味着为人类和世界命名的伟大力量："……/随着这片古来的土地上的岩石变老/我把自己献给这片土地；我红色的脚与高地融为一体/根在沙漠之中，像彩虹一样平衡/在它的舞蹈中塑形，在天空搜寻云朵。/穿

---

① Wendy Rose, *Itch Like Crazy*, p. 9.

越沥青峡谷/等待一个三十岁的老女人被命名。"[①] 这首诗歌中讲述人与日月同辉、与天地共舞的超能依赖的是印第安文化中特有的"灵视"（vision）的力量。作为一种印第安传统中个人认知的独特方式，灵视的主要目的是要寻得启示、觉察自我并得到超自然的真理，而灵视是印第安神话和仪式的基础。灵视肯定的是自我在宇宙中的特殊地位，虽然可能只是个人的经验，但通过神话和传说，灵视被讲述出来，世代传递下去，使得族群得以分享。[②]

这种浪漫主义诗人才有的作为世界立法者的豪情说明罗斯对历史书写的初衷与众不同。钩沉历史，让历史事件释放出"过去历史所可能存在的样貌"并不是罗斯的目的。[③] 相反，对于常常出没于历史遗迹的人类学家罗斯而言，发掘出遗骸和遗址只不过是为白人的民族志书写添加一点素材，为白人话语对印第安人的刻板形象再生产增添一个案例而已。主流话语对印第安历史不间断地生产的目的就是让印第安人"再土著化"，而这是一种否定印第安人现代性的操作机制。罗斯要实现的历史书写恰恰相反，印第安的个人灵视经验开启了"预见未来"的可能，[④] 而这种"预言性"把印第安族群从当下的困顿中解放出来，并看到了一个充满希望的未来。细密编织的印第安文化和风貌的符号在罗斯的诗歌中不仅仅是对印第安生活的呈现，也不仅仅是诗人个人文化身份的界定，这些具有印第安文化特性的文化符号更是对生活于美国现代社会中的印第安复杂的文化身份的阐释和说明，是对作为历史条件的"混血性"的深度思考。作为人类学家的罗斯对印第安文化的深度描写赋予了她的诗歌一种历史的深度和文化的底蕴，成为她的诗歌特色独具的书写策略，也成就了罗斯诗歌独特的文化特征。罗斯让想象的神话叙事凌驾于历史叙事，从而使她的历史书写避免了成为像民族志一样从外向内观察、迻录印第安人的历史和文化的悖论。相反，罗斯以神话书写生命故事的"自我民族志"历史书写策略使得历史书写回归了印第安历史的主体性。罗

---

① Wendy Rose, "Three Poems," p. 43.

② Paula Gunn Allen, *The Sacred Hoop*: *Recovering the Feminine in American Indian Traditions*, pp. 107—110.

③ Paul Ricoeur, *Time and Narrative*, p. 180.

④ 张月珍：《历史的叙事化：〈浴血的冬天〉与〈愚弄鸦族〉中的叙事、记忆与部落历史》，《中外文学》2005 年第 8 期，第 124 页。

斯以一种非常土著的方式再现了印第安族群的时间经验,不仅包括过去,也涵盖了当下与未来。同时,人类学的科学视角和诗人的超验的灵感交织在一起,印第安独特的历史就在这双重交汇之中呈现出来。

四 小结

罗斯的诗歌在一种深沉的历史厚重感中赋予了印第安古老的文化和文学以全新的面貌,尤其难能可贵的是,身为人类学家的罗斯以一种审慎而科学的态度见证了印第安发生的历史,考察了白人文化和白人诗歌对印第安文化和文学入侵的本质,从而使得对"白人萨满"的披露和讽刺带有了一种人文价值和科学态度。当然,罗斯的历史书写的更大意义在于构建了一个印第安的"自我民族志"历史,不但在对"白人萨满"的民族志书写批判的基础上解构了民族志书写,而且还原了一个本真的印第安族群历史。可以说,在见证之维、批判之维和建构之维所形成的三重维度中,罗斯的历史书写观照的就并不仅仅是历史本身,而是把印第安历史、印第安人的自我、族群文化有机地融合在一起,使得历史书写同时也成为定义自我和张扬族群文化的策略。罗斯历史书写的目的并非留恋地回眸张望,而是力图构建一个印第安人当下的生存状态,并不时地向着未来的天空深情遥望。这种历史书写策略使得罗斯的诗歌少了一点少数族裔作家在历史书写中普遍存在的沉重和压抑,多了一份豪情和勃勃雄心。

第十三章

哈荷诗歌中的记忆与风景

乔伊·哈荷的诗歌中勾画的风景具有极强的承载性，不但以写意的线条勾勒出了印第安族群万年的历史和多舛的命运，也以工笔的线条描画出了印第安人现实的生活和细腻的内心世界。用一路风景，一路歌来概括哈荷的诗歌和哈荷的其他艺术创作都是再贴切不过的了。

印第安女诗人乔伊·哈荷（Joy Harjo，1951—）在 20 世纪 70 年代以诗集《最后的歌》（*The Last Song*，1975）登上了美国文坛，不过，这首"最后的歌"戏剧性地成为了哈荷的"第一支歌"。迄今为止，她已经出版了诗集九部，撰写了大量文论并长期致力于编辑、整理印第安作家的作品。目前，哈荷已经成为各种重要文学奖项的宠儿。① 哈荷的大量诗歌被收录在各种印第安作家的文集中，同时她与自己的乐团合作尝试以各种不同的声音和方式把诗歌呈现在读者和观众面前。② 目前，哈荷已经成为继莫马迪和西尔克之后美国印第安文学的代表人物，成为"美国土著文艺复兴"的中间力量。③ 同时，作为跨越世纪的诗人，"她的诗歌作品帮助把土著诗歌运动作为一种持久的、口头的现实律动的形式带入了 21 世纪"④。

---

① 哈荷的诗集作品、文集和获奖，可参见洪流《异化世界的救赎之路：论哈荷诗歌中的位置和空间意识》，《外国文学》，第 48 页；Eric Cheyfitz, ed., *The Columbia Guide to American Indian Literature of the United States Since* 1945, pp. 253—254。

② 哈荷录制了多张 CD，2010 年她发行了新 CD, *Red Dreams: A Trail Beyond Tears*。

③ Jenny Goodman, "Politics and the Personal Lyric in the Poetry of Joy Harjo and C. D. Wright," pp. 35—56.

④ Eric Cheyfitz, ed., *The Columbia Guide to American Indian Literature of the United States Since* 1945, p. 254.

哈荷是一名从内心深处"抗拒简单"的诗人。[1] 她曾经说："我在许多世界中进进出出。"[2] 后来，她又进一步阐释道："我知道我每天都在几个世界中进进出出。一些是重叠的，一些从来不会，或者至少不是和谐的。"[3]哈荷的这种"复杂"情结恐怕首先要追溯到女诗人复杂的种族血统和身份。她的祖先有着穆斯科格/科瑞克人（Muscogee Creek）、切罗基（Cherokee）、法国人和爱尔兰人的复杂血缘关系。复杂的种族身份使得她的"自我本身就是无限的层级"[4]。不同的血液在女诗人的身体中流淌，时而交汇融合，时而分道扬镳，这使得哈荷可以从全然不同的视角审视族群和地域文化的差异，而这正是有着多元血统的美国印第安作家们的诗歌和故事的创作源泉。对此，哈荷曾经深情地说：

> 我强烈地感觉到对我的所有的渊源都有责任：对所有的过去和未来的祖先们，对我的家乡，对所有我落脚和我自己的地方，对所有的声音，所有女人，所有的我的部落，所有的人民，所有的土地，以及超越那些到所有的开端和结束。[5]

另一个铸成了哈荷的"复杂"情结，也成全了她的"复杂"特质的因素是她创作身份的复杂性。哈荷不但是诗人、作家，还是画家和电影制作人。事实上，在她20岁之前，她的努力方向一直是成为一名画家。尽管她很快发现了另一个让她更加着迷的世界，但是多年的绘画修养却一直以十分微妙的方式影响着她的诗歌创作。哈荷曾经说，她写作的全部路径与一名画家的绘画技巧十分相似，"意象重叠直到它们成为一个整体"，正如画家手中的画笔在画布上一笔又一笔的描画，油彩一层又一层的叠加，在浓淡的变化中，物体的形态悄然呈现。而她的电影制作人的身份和经历又赋予了她一种审视事物和世界的特殊的方式，一种富有洞见力的，动态的移动视角，而

---

① Qtd. , Brian Swann, "Representing Real Worlds: The Evolving Poetry of Joy Harjo," p. 286.

② Joy Harjo, "Ordinary Spirit," p. 266.

③ Laura Coltelli, "Interview with Joy Harjo," in *Winged Words: American Indian Writers Speak*, p. 60.

④ Thi Minh-Ha Trinh, *Woman, Native, Other: Writing Postcoloniality and Feminism*, p. 90.

⑤ Qtd. , Joseph Bruchac, ed. , *Song from This Earth on Turtle's Back*, p. 92.

这使得她的诗歌中的意象更加富有穿透力、动态性和震撼力。

哈荷的诗歌如画家的画笔或者摄影家的镜头摄取下的一个又一个风景，而这些风景也成为了哈荷诗歌中一种独特的意象和一道亮丽的风景。对哈荷来说，风景是自然的具象化，更是人与自然的生命联系外化的精神力量，因为"风景形成了头脑"①。哈荷的风景既是物质的，也是神话的，因为"风景与故事常常融合成为一个声音，并同时与某个传统的过去以及现在的生活连接在一起"②。风景和故事是哈荷诗歌中两个不可分割的基本元素，如果说风景形成了头脑，那么"故事是我们［印第安人］的财富"③。哈荷"把风景看作是具有性格的活生生的东西。［它］充满了各种名称，充满了各种活动"④。哈荷的风景是有"记忆"、有历史的。正如她在《来自世界中心的秘密》"前言"中所言：

> 如同生活在某些文化甚至部落中的人们，任何一道风景都有历史。每一个特定的地域都有自己独特的声音和语言。岩石、水域、变幻莫测的天空都有自己的声音；它们可并不沉默。……只要你能够使体内的运动停止片刻，它们就能够进入你的体内的某个地方并映射出一道相似的风景；你也能看到它、感觉到它、听到它、了解它。⑤

细读哈荷的诗歌，我们不难发现这些有灵性、有故事、有记忆、有历史的风景在相互的交织中构成了一幅印第安土地和民族的山水长卷。这些风景随着哈荷视觉和感觉的移动而变化莫测，以其独特的特质让读者"聚焦于其中的细节"⑥。哈荷的诗歌从本质上说生产的是一种"文本图像"⑦，以一种

① Joy Harjo and Stephen Strom, *Secrets from the Center of the World*, p. 22.
② Nancy Lang, "'Twin Gods Bending Over': Joy Harjo and Poetic Memory-Poetry and Poetics," p. 45.
③ Joy Harjo and Stephen Strom, *Secrets from the Center of the World*, p. 24.
④ Laura Coltelli, ed., *The Spiral of Memory*: Interviews, pp. 70—71.
⑤ Joy Harjo and Stephen Strom, *Secrets from the Center of the World*, p. 1.
⑥ Laura Coltelli, ed., *The Spiral of Memory*: Interviews, p. 3.
⑦ "文本图像"借用了 W. J. T. 米歇尔在《图像理论》中的说法，但笔者并未在严格意义上套用该理论。

"文学考古学"① 的思维和方法透视出风景中的历史和故事，并在"视觉记忆"中再造了新的风景。

一　历史再造的风景

印第安诗歌在罗森伯格（Jerome Rothenberg）和施奈德等"白人萨满"的努力下走入了美国公众的视野中，但却在他们呈现的过程中被过度地"浪漫化"和"异域化"了。② 对于印第安作家来说，这些白人诗人的做法"不仅像上个世纪的侵略者一样想占有他们的土地，而且还想占据他们的精神"③，因为白人"浪漫化""美洲原住民的渴望"事实上"否定了印第安人的当代现实和人性"④。这成为要书写"印第安性"（Indianness），并试图在此基础上呈现出更为多样化、更加丰富的各个族群文化特征和族群传统的当代美国印第安作家面临的一个共同挑战。哈荷书写"印第安性"的一个重要策略就是还原印第安的历史，特别是殖民前历史。哈荷在诗歌中承担的是一个"历史主义者"的使命，去重新捕捉历史中失落的因素。正如几内亚殖民运动活动家阿米尔卡·加布拉尔（Amilcar Cabral）所指出的那样，"历史化"是殖民地人民抗争的武器，"人民的民族解放就是那里的人民重新获得历史性格，是他们通过捣毁他们所屈从的帝国的统治而重返历史"⑤。

事实上，历史之外的历史叙述弥漫在哈荷诗歌的字里行间。在献给黑人女诗人安德勒·罗德（Audre Lorde）的诗歌"安卡拉奇"（Anchorage）中，哈荷的目光投向了史前。冰川时代的"冰上幽灵……及时地游回到"美洲这片冲积平原，而地下的火山岩浆正炙热地涌动，积聚热量蓄势喷发：

---

① 这是托尼·莫里森在《记忆的场所》对自己文学创作的一种归纳。所谓"文学考古学"的方法就是，"从想象……到文本的回忆"。她开始时要"到一个场所去看都剩下了什么，用它们的含义重建世界"的旅行，然后过渡到关于生产这个形象的时间过程的文本、叙事或者论述。莫里森认为，所谓形象指的不是象征，不是一个事先构筑的文学符号。她认为形象更主要的是画面和伴随着那个画面而来的感觉。参见 Toni Morrison, "Sites of Memory," pp. 183—200.

② 此观点参见 Eric Cheyfitz, ed. , *The Columbia Guide to American Indian Literature of the United States Since 1945*, pp. 184—185.

③ Michael Castro, *Interpreting the Indian*: *Twentieth Century Poets and the Native American*, p. 159.

④ Ibid. , p. 169.

⑤ Amilcar Cabral, *Unity and Struggle*: *Speeches and Writings of Amilcar Cabral*, p. 130.

> 精灵们在我们看不见的地方
> 正在舞蹈　　　打趣说　　　吃饱了
> 烤驯鹿肉，并祈祷
> 继续，　　　前行。①

　　这是一幅远古时代的印第安人生活的缩影：韵律的舞蹈、幽默的玩笑、烤肉、祈祷等原始的冲动和需要构成了印第安人伟大的传统和文化的基础，也是这个民族历史的发端。然而这段历史却是白人殖民者用暴力斩断，也是白人文化殖民者用文字篡改的历史。在文字和文化殖民过程中，"美国的历史成为一种叙事"，而印第安等少数族裔的历史更是成为叙事建构的领域。正如美国学者杰弗瑞·贝宁顿（Geoffrey Bennington）所言，"叙事位于民族的中心"②。然而，这个被叙事的少数族裔历史却是由省略和遗忘构成的：印第安民族的屠戮史、黑人的奴隶史、少数族裔的奋斗史、女性的解放史等都是在各种官方的历史叙事中被边缘化甚至被遮蔽化的历史。如果历史学家省略、筛选甚至操控了史实，那么诗歌是否可以比历史更加接近于真相呢？哈荷对此的思考和回答是肯定的。正是在这个意义上，哈荷提出了"诗人这个词是真相讲述人的同义词"的观点。③哈荷正是在这一自我赋予的使命的驱使下一路行走，一路歌唱，一路描画，跨越了空间和时间，完成了对印第安民族历史上种种被掩藏的真相的探寻。

　　哈荷追寻被藏匿的印第安历史的过程与她对风景的再现过程是并行的。哈荷认为时间不是线性的，而是一种螺旋的运动，这是一种印第安民族感受这个世界的独特方式。正如哈荷所言："对我们来说，不只有这个世界，还有许多重叠的世界。时间不是以分钟和小时来划分的，在这道永恒的风景中一切都可以存在，一切都有意义。"④ 在这道"永恒的风景"中，"时间不再

---

①　Joy Harjo, *She Had Some Horses*, p. 14.

②　Geoffrey Bennington, "Postal Politics and the Institution of the Nation," p. 121.

③　Norma C. Wilson, *The Nature of Native American Poetry*, p. 109.

④　Laura Coltelli, ed. , *The Spiral of Memory*: *Interviews*, pp. 38—39.

是界限分明彼此割裂，过去已悄然闯入现在并驱使我们走向未来"①。在诗歌"新奥尔良"（New Orleans）中，哈荷就呈现了一段被欧洲中心主义视野小心并顽固地"遗忘"的历史。一位科瑞克讲述人返回城市"寻找其他科瑞克人的踪迹"，因为这里曾经是印第安人的聚居地。然而，在这个城市风景中，印第安文化已经变得渺无踪迹：

> 有一些声音被埋葬在密西西比河的
> 淤泥中。有一些祖先和未来的孩童
> 被埋葬在洪流中
> 被上上下下的观光船搅动。
> 这有一些记忆构成的故事。②

被埋葬在密西西比河淤泥中的声音与科瑞克部落的灭绝和消亡形成了暗合关系。在 18 世纪，科瑞克部落人数曾经多达 2 万多人，然而，如今这个部族已经几乎灭绝。不仅如此。随着部落的灭绝，这个部落的语言和文化也随之销声匿迹。讲述人把商业化的现代都市融入了一段被殖民策略忘却的历史之中。这个关于殖民前新奥尔良的记忆被用来对抗现代城市的商店、油船、建筑等的异域化和陌生化。在一家法国区商店内，一名售货员没有意识到"他在魔幻石里面"，而这个魔幻石有着"毁灭他"的神奇魔法。喧嚣的现代城市中形形色色的人对新奥尔良殖民前历史的无知事实上正是官方正史对史实遮蔽、操控的结果，而在哈荷看来，这种历史的无知是可悲而危险的。哈荷诗歌中的都市是商业化的、无根的、无历史感的文明的"荒原"。正如 N. 朗所指出的，"哈荷笔下的城市反映了美国土著人对欧洲中心论的、种族灭绝性的社会政治政策的记忆：战争、被迫迁徙、强制教育、种族主义和同化"③。哈荷的"城市—作为—负面"④ 主题的原因正是在于这些城市是建立在那片曾经的印第安的家园之上，建在了偷来的土地之上。前面提到的

---

① 洪流：《异化世界的救赎之路：论哈荷诗歌中的位置和空间意识》，第 50—51 页。
② Joy Harjo, *She Had Some Horses*, p. 43.
③ Nancy Lang, "'Twin Gods Bending Over': Joy Harjo and Poetic Memory-Poetry and Poetics", p. 42.
④ Ibid.

"安卡拉奇"的开篇就触及了这一敏感问题：

> 这座城市由石头、鲜血和鱼儿建成。
> 东面有楚加奇山①
> 西面有鲸鱼和海豹。
> 并非一直如此，因为冰川
> 这位冰幽灵创造了海洋，雕刻了地球
> 并在这里形塑了这座城市，用声音。
> 他们及时地游了回来。②

　　然而，融入了印第安人骨髓的历史记忆如地下的岩浆，不时涌动，于是天空、大地、海洋、精灵都涌入了试图找寻族群历史的现代印第安人记忆之后。而记忆的闸门一旦打开，力量令人震惊：

> 曾经一场摧枯拉朽的地球风暴把大街
> 震开了裂缝，把城市震的四门大开。
> 现在安静了，但是钢筋水泥的下面
> 炽热岩浆涌动，
> 　　　　　　在上面，天空
> 那是另一个海洋，那里我们看不见的精灵
> 正在舞蹈　　　　打趣　　　　　　啃着烤鹿肉
> 大吃大喝，　　　祈祷
> 还在继续，永无止境。③

　　这种承载着印第安人历史和曾经的风景的记忆的力量大到足以对抗美国官方历史的种种煞费苦心的建构。此外，不仅印第安人的记忆不时涌动，这

---

① 即 Chugach Mountains，位于美国阿拉斯加。
② Joy Harjo, *She Had Some Horses*, p. 14.
③ Ibid.

片神奇的红色土地和土地上的风景也是有记忆的,它永远地记住了自己的历史:

> 这些东西
> 有记忆,
> 你知道。
> 我有一种记忆。
> 它在血液深处游弋,
> 皮肤上的三角洲。[①]

"对印第安人来说,无论男女,过去就镶嵌在大地的一切表征之中——在峡谷河流、山峦小溪、岩石和原野中。这一切赋予了他们的土地多种有意义的外表,深入到他们的生活,影响着他们的思想。"[②] 土著美国人被哈荷放置到了自己的活生生的风景之中,而历史则在他们记忆中的风景中复活:"上个星期我还见到了那条河,河边长着山核桃。这个家园不会预言留下购物中心和旅馆那样的遗产。梦想不是由玻璃和钢铁而是忧虑的心脏和四肢活动的美洲豹灼热的眼睛编织的。"[③]

这些亘古不变的记忆中的风景成为哈荷对抗现代城市和工业化美国的利器。正如"新奥尔良"中的观光船所代表的新奥尔良旅游产业一样,这些"上上下下的观光船"只是密西西比河上的一个过客,永远也不会成为那道永恒的风景,更不会成为关于风景的记忆。这样,观光船以及它所喻指的城市在哈荷所构建的记忆和永恒形成的层级系统中被微妙地颠覆了。而这种颠覆的力量正是来自记忆中的风景以及风景所承载的历史的重量。哈荷的颠覆策略在下面的诗行中得到了强化。"新奥尔良"中那位试图寻找祖先遗迹的讲述人最终发现了赫南多·德·索托(Hernando de Soto)的尸体:"可能他的尸体就是我正在寻找的东西吧。"[④] 德·索托是第一位在密西西比河流域

---

① Joy Harjo, *She Had Some Horses*, pp. 43—44.
② Keith Basso, "Wisdom Sits in Places: Landscape and Language among the Western Apache," p. 34.
③ Joy Harjo, *In Mad Love and War*, p. 14.
④ Joy Harjo, *She Had Some Horses*, p. 45.

发现土著印第安居民的西班牙探险者。在 16 世纪的这块土地上，德·索托
曾经血洗了乔克托（Choctaw）部落，从而使这个部落永远地消失了。现在
这位征服者在哈荷的诗歌中得以复活：

> 我知道我看到德·索托，
>
> 　　　　在波本街上喝酒，
>
> 　疯癫而狂躁
>
> 　和一名女人跳舞
>
> 　像河床一样金黄。①

　　在对这位西班牙征服者的描写中，哈荷挪用了白人殖民者对土著人的异
化策略：在"疯癫"和"狂躁"的状态中酩酊大醉。在这场挪用的游戏中，
殖民者变成了闯入这片神奇的风景之中不和谐的外来者和陌生人。德·索托
不但与这片风景格格不入，而且他的探险也变得自不量力，因为他试图探索
并征服"他的心没有大到能够摆弄的东西"②。这位西班牙征服者在哈荷的
笔下不但没有能够征服印第安人，反而被"印第安"化了。这倒真是印证
了土著社会活动家、人类学家达阿西麦·麦克尼克尔（D'Arcy McNickle）
的论断："很有可能使欧洲的事物被印第安化，而不是那种认为印第安总是
被欧洲文化吞噬的人类学的臆想。"③

　　哈荷对于殖民前历史和风景的书写策略是对白人人类学家构建"正在消
失的"印第安人策略的挪用，是对白人人类学家和作家"原始主义的凝视"
（primitivist gaze）④ 和"人类学本质主义凝视"（essentialist gaze of anthropolo-
gy）⑤ 的回望和颠覆。这种白人主流文化对印第安文化的凝视方式从本质上
说是一种"长期持有的，广泛传播的文化建构"，而在此建构中美国印第安
人会很快作为一种文化和民族消亡。这种把美国印第安人作为一个面临灭绝

---

①　Joy Harjo, *She Had Some Horses*, p. 46.

②　Ibid. , p. 45.

③　D'Arcy McNickle, *The Surrounded*, p. 12.

④　Alicia A. Kent, *African, Native, and Jewish American Literature and the Reshaping of Modernism*, p. 80.

⑤　Ibid. , p. 98.

的种族的描写呈现出越来越浪漫化的趋向，以至于"甚至印第安人都不能把他们自己与这种对于人类学家来说是'真正的印第安人'联系起来"了。①"正在消失的美国［印第安］人"的文本构建无视印第安人的人口不断上升，生活方式不断现代化的事实而疯狂地生产着。通过在文本和图片中保留印第安传统和文化，美国社会逐渐把印第安文化看作是"固定在时间中"的人类标本和化石了，而这种"静止的描绘"否定了美国印第安文化一直珍视的改变的传统和历史。② 从这一层面来看，哈荷的有历史的风景承载的不但是印第安不可磨灭的历史、文化和传统，更是印第安人穿凿时空、勇敢向未来迈进的民族力量。可以说，哈荷的有历史的风景展示的正是印第安的历史、现在和未来。正如在"安卡拉奇"中讲述人在对历史的回顾和对现实痛彻心扉的批判之后，收拾起心情，准备重新出发：

> 我们继续呼吸着，行走着，现在却更加轻柔，
> 云朵在我们头上的天空舒卷。
> 我们怎么能说那会使
> 我们比如今更清醒？
> 除了说说她的家园
> 把她看做我们自己的历史，明白我们的梦想
> 不会在这里结束，距离海洋两条街外
> 那里我们的心脏依旧撞击着泥泞的海岸。③

二　故事再造的风景

哈荷"历史化"印第安民族身份的主要策略是"以讲故事的方式"④。印第安著名作家、诗人莫马迪曾经敏锐地注意到了哈荷诗歌中的"口头传统

---

① Vine Deloria, Jr. *Custer Died for Your Sins: An Indian Manifesto*, p. 82.

② Alicia A. Kent, *African, Native, and Jewish American Literature and the Reshaping of Modernism*, p. 81.

③ Joy Harjo, *She Had Some Horses*, p. 14.

④ Azfar Hussain, "Joy Harjo and Her Poetics as Praxis: A 'Postcolonial' Political Economy of the Body, Land, Labor and Language," p. 27.

和远古内容"①。而"口头传统和远古内容"的载体就是印第安神话，它是诗人观察世界的多棱镜，因为"那里是含义爆炸"之地，是"任何事情都有可能的领域"②。与奥提斯、西尔克等印第安作家不谋而合，印第安神话故事也成为哈荷在殖民空间中作为对峙和对抗的武器。哈荷清楚地意识到，被"［全球—殖民］地图割裂的"地方，"故事将横穿而过"③。尽管哈荷的诗歌大多以她熟悉的美国西南部真实的风景为基础，但她的风景与其说是物质的，不如说是神话的。这可以说是哈荷诗歌最大的审美特点和艺术魅力所在。在她中后期的作品，包括出版于 1983 年的《她有一些马》（*She had Some Horses*）、1995 年的《从天空掉下的女人》（*The Woman Who Fell From the Sky*）、2000 年的《下一个世界的地图》（*A Map to the Next World*）等诗集中，外在的风景越来越内化和复杂化，越来越致力于打破个人和神话空间之间的界限。④ 对哈荷来说，神话变成了一个正在进行的，与个人和族群都发生着千丝万缕联系的表达方式。它是个人和族群的核心经历，是印第安族群命运的"基本的现实"⑤。

　　哈荷的神话是一个我们生活于其间的世界："……在某种程度上，它就像故事本身，故事的起源，以及所有故事的继续。正是在这个巨大的渊池中，这个知识和故事的渊池中，我们安居于此。"⑥ 哈荷诗歌中的风景，无论是土地、太阳、月亮还是浮云都是印第安神话的载体，并成为生产诗歌的古老的动力之源。在《献给阿尔维·本森，和那些学会了说话的人们》（"For Alva Benson, And for Those Who Have Learned to Speak"）中，土地成为生产语言的渊源：

　　　　当她出生时，土地开口说话了。
　　　　她的母亲听到了。

① Qtd., Brian Swann, "Representing Real Worlds: the Evolving Poetry of Joy Harjo," p. 286.

② Brian Swann, "Representing Real Worlds: the Evolving Poetry of Joy Harjo," p. 286.

③ Michel De Certeau, *The Practice of Everyday Life*, p. 129.

④ Craig S. Womack, *Red on Red: Native American Literary Separatism*, p. 224.

⑤ Ibid., p. 248.

⑥ Angels Carabi, "A Laughter of Absolute Sanity" in *The Spiral of Memory: Interviews*, pp. 138—139.

当她蹲下身坐在地上生产时，她用纳瓦霍语回答了。

它就发生在现在，

在女人的两腿之间

它一遍又一遍生产自己。①

从这段文字可以清楚地看出哈荷的"神话—历史"意识。土地与语言之间的辩证关系在这幕神话的书写中一览无余："语言的生产辩证地，甚至直接地对应着土地本身的生产。"② 哈荷的这种"以土地为基础的语言观"呼应的正是典型的土著人的观念，那就是纳瓦霍语言在其本身的生产性上与土地保持了深厚的联系。这本身就是典型的印第安创世神话模式和土地神话模式。③ 在历史的流变中，神话的精神并未泯灭：

又或许它是在盖洛普的印第安医院。

土地在石灰和混凝土下面还在说话。

她扯紧了金属马镫，而它们则束缚住她的双手

因为当它们遏制住她的叫喊时，

她还是和他们说话。

但她的身体继续讲话，

而那个孩子出生在他们手里，

孩子学着说两种

语言。④

在神话的空间中，土地生产出了语言，而语言形塑了诗歌，成为了印第安人与风景进行心灵沟通的工具。正如哈荷撰写的两篇文章的题目：《我们是

---

① Joy Harjo, *How We Became Human*: *New and Selected Poems*, p. 33.

② Azfar Hussain, "Joy Harjo and Her Poetics as Praxis: A 'Postcolonial' Political Economy of the Body, Land, Labor, and Language," p. 28.

③ 关于印第安创世神话模式参见 Kenneth M. Morrison, "Myth and Religion of Native America," pp. 127—130；朱振武等：《美国小说本土化的多元因素》，第 5 页。

④ Joy Harjo, *How We Became Human*: *New and Selected Poems*, p. 33.

故事收集者》(*We Are Story Gathers*),《我们是土地》(*We Are the Earth*),①
此两个身份对哈荷而言是不可分割的。印第安人真正的自我与土地、风景、
宇宙形成了一个哈荷的"盘旋"纠结的空间,彼此依存,浑然一体:

> 记住你出生下的天空,
> 知道关于星星的每一个故事。
> 记住月亮,知道她是谁。
> 记住太阳在黎明出生,
> 那是最强大的时刻。记住日落
> 让位于黑夜。
> ……
> 记住,你就是这个宇宙,这个宇宙就是你。
> 记住,一切都在运动,都在成长,就是你。
> 记住语言就是来自这一切。
> 记住,语言就是舞蹈,生活也是如此。
> 切记。②

在《从第十三层楼的窗户吊挂的女人》("The Woman Hanging from the
Thirteenth Floor Window")中,女人"看到密西根湖在她自己的岸边轻轻拍
打";她感觉好像"风景正穿透她直到舔舐到她最隐秘的部分"。③ 以上诗句
表明,在哈荷的诗歌中,风景和人共生在一个世界之中,并相互转化。月亮
与风等自然意象充当着人的对话者或者见证者。在《长长的周末前的星期
五》("The Friday Before the Long Weekend")中,女人与月亮和风轻声
交谈:

---

① 此两篇文章分别于 2008 年和 2009 年发表于 *Muscogee Nation News*。后均收录于 *Soul Talk, Song Language: Conversations with Joy Harjo* 中。详见 Joy Harjo and Tanaya Winder, eds., *Soul Talk, Song Language: Conversations with Joy Harjo*, Middletown, Connecticut: Wesleyan University Press, 2011。

② Ibid., p. 42.

③ Joy Harjo, *How We Became Human: New and Selected Poem*, p. 36.

……
我什么也做不了
除了向风述说,
向月亮倾吐①
……

在《九月的月亮》（ "September Moon"）中,不同地方的人体验着不同的风景:

昨天晚上她打电话给我告诉我
旧金山海岸上空的月亮。
而这里在阿尔布开克
月亮映照在清冷、黑暗的桑迪亚天空。
橘黄,几乎是收获的月亮。
吹拂着我的头发的风儿被捕捉到
我的脸上。我害怕往来的人流和车辆,
试图加快我的脚步而月亮在东方,
如气球般从山脊上升起,从云雾中
从任何正遮蔽着她的表层。赤裸着。
那样的美丽。
看。
我们活着。月亮女神看着
我们,而我们也看着她,彼此
致敬。②

在这首充满着画面感的诗歌中,印第安人在与风景的相互对望中唤起了古老的民族记忆,并在这超验的时刻回归了创世之初。由此可见,这个风景

---

① Joy Harjo, *She Had Some Horses*, p. 35.
② Ibid. , p. 60.

中蕴含着哈荷一种深刻的"神话时间"模式。这种模式不是线性的，而是"螺旋"的，是一个过去和现在交汇之地："当神话的时间的螺旋回转它带着珠饰的头看明白正在发生什么，它撕咬起来。"①这个"螺旋"的时空意象在哈荷的诗歌中比比皆是。在诗歌《滴血的心》（"Heartshed"）中，情感、历史、时间、神话巧妙地交汇在一起：

> 你梦到一场激动人心的追逐。
> 你的心推着时间穿梭而过
> 　　　你进入火海一片
> 我今夜不能入眠
> 因为你找到了我。
> 你不停地回来，那个人知道
> 他们呼唤"创世之初"
> 　　　的声音
> 那不意味着回到过去。
> 我们的骨头由螺旋构造。
> 太阳
> 　　周而复始。
> 　　　乌鸦挂在墙上
> 呼唤着记忆。
> 你可以称之为一场战争；一直如此。②

　　无论是男女之爱，还是创世神话，也无论是印第安人的身体还是灵魂，都在这螺旋式的循环往复中获得了永生。正如印第安学者、评论家沃麦克（Craig Womack）所言，螺旋"抗拒固定的定义塑形，因为它是流动的，运动的"③。这个流动的意象与印第安人体验世界的不同方式是不谋而合的。

---

① Joy Harjo, *In Mad Love and War*, p. 54.
② Ibid., p. 62.
③ Craig S. Womack, *Red on Red: Native American Literary Separatism*, p. 250.

对哈荷来说，"时间不是以分钟和小时来划分的，在这道永恒的风景之中，一切都可以存在，一切都有意义"①。哈荷的有故事的风景就存在于这个独特的时空之中，从记忆的深处讲述着印第安人的土地、风景、人相生相伴；神话、故事、现实水乳交融的独特文化。

三　诗歌再造的风景

作为印第安女诗人中的一员，哈荷深知自己肩负的使命。在与斯蒂芬妮·斯密斯（Stephanie Smith）的访谈中，她坦言：

> 我一直特别致力于我的印第安族群的斗争，为了在这个危机四伏的时代保留一席之地和文化。我的诗歌都与此相关。我在一个令人伤心的历史时刻开始写作。与其他作家一起成为一场多元文化运动的一部分，我很幸运。②

这种自我赋予的使命以及与族群命运休戚与共的情怀在印第安女作家中是很有代表性的。在印第安女诗人中，哈荷素有"坚强的女人"之称。这一称谓当然不仅仅是指性格，更多的是她的诗歌所体现出的多少带些火药味的精神。然而，哈荷的可贵之处在于，她的诗歌中的抵抗精神散淡地铺陈，犹如画家对墨色的调和，在不断的渲染中愤怒慢慢散开，呈现出来的是一幅幅真诚的画面，从中我们能够读出抗争，也能读出希望。她用诗歌为印第安族群再造了一个神话和现实界限模糊的乐园。正如哈荷在《我刚写完的诗歌》（"The Poem I Just Wrote"）中幽默地表达的那样，她的诗歌亦真亦幻、亦正亦邪：

> 我刚写完的诗歌不是真的。
> 在我的肚皮上吃草的

---

① Laura Cotelli, ed. , *The Spiral of Memory*: *Interviews*, pp. 38—39.

② Stephanie Smith, "Joy Harjo," p. 24.

　　黑色的马儿也不是真的。
　　那些从自动点唱机上对着我微笑的
　　老情侣的幽灵
　　也不是真的。①

　　正是在这神话和现实的交织中，哈荷得以自由游走，从而用诗歌作为载体再造了一道印第安人安居期间的风景。那么，哈荷再造的这道风景有怎样的特点呢？

　　前文提到，哈荷对失落的天堂有着无限的眷恋。她认为祖先的精神依旧萦绕在美洲这片广袤的土地上，只有通过回忆祖先的故事和记忆，印第安诗人才能够在这个充满敌意的世界中继续歌唱。生活在记忆中的哈荷对现代都市的文明没有兴趣，因为对于她来说，"我的房子是红色的土地；它可能是世界的中心"。② 通过殖民前的历史记忆与现代都市迷惘的生活的并置，哈荷强化了土著美国人试图在美国社会作为陌生人生活的悲壮和无奈。然而，哈荷深知，历史无法改写，即便是螺旋式时间，也无法让印第安人回归历史的起点。因此，她的一路风景只能不停向前，而她的歌唱也成为献给"下一个世界"的歌声，这也是她在新世纪伊始出版的诗集命名为《下一个世界的地图》的原因所在。这种理想集中体现在同名诗歌中：

　　在第四次转世的最后一天我想要为那些想要爬出天空之门的人们
　　绘制一张地图。
　　工具不仅仅是那些从杀戮战场、卧室和厨房浮现出来的
　　人类的欲望。
　　为了那些有很多手足的流浪者的灵魂。
　　这张地图一定要用流沙绘制而成，却不能用普通光线阅读。它一定
带着传递给下一个

---

①　Joy Harjo, *She Had Some Horses*, p. 58.

②　Joy Harjo & Stephen Strom, *Secrets from the Center of the World*, p. 2.

族群聚居地,为了灵魂重生的火焰。①

　　这里提到的第四次转世是印第安霍皮族对人生轮回的信仰,不过显然哈荷所倡导的这种精神轮回也包括她本人的穆斯科格族的信仰和理念。②在第五次转世即将开始之际,诗人承担了用如诗如画的笔为族人勾描一幅地图的使命,而这幅精神的地图将引领族人进入新生。勾描这幅地图的语言是印第安人特有的:"在传说中有土地语言的指引,我们如何忘却成为这份礼物,好像我们从来未曾经历也未曾有过。"然而,诗人深知,勾描这幅地图困难重重,却十分必要:

> 标注出超级市场和购物中心的盈利,金钱的祭坛。
> 它们最好地描画了从尊严的堕落之路。
> 标识出我们忘却的谬误;当我们睡着时
> 迷雾偷走了我们的孩子。
> 愤怒之花在萧条中怒放。怪物在核愤怒中
> 诞生。
> 灰烬之树挥手对再见说再见地图在消失后重现。③

　　这张地图的"入口"是"你的母亲的血液之海",但"没有出口"。这张地图中人与其他生命共生共死:"他们从来未曾离开我们;是我们为了科学遗弃了他们。"④带着这张地图,"你将用你母亲的声音导航,重新唱响她正在吟唱的歌"。显然,哈荷的这张地图是双向的,一方面指引着族人"回归根之源"⑤,另一方面引领着族群"构建下一个世界"⑥。
　　事实上,这种一方面回归印第安文化之根,另一方面又以精神的方式重

---

① Joy Harjo, *Map to the Next World*, p. 19.
② Robert Warrior, "Your Skin Is the Map: The Theoretical Challenge of Joy Harjo's Erotic Poetics," p. 344.
③ Joy Harjo, *Map to the Next World*, p. 19.
④ Ibid. , p. 20.
⑤ Joy Harjo, "Interview with Rebecca Seiferle," in *Soul Talk, Song Language*, pp. 7—30.
⑥ Joy Harjo, "Interview with Tanaya Winder," in *Soul Talk, Song Language*, pp. 54—60.

构新世界的构想在哈荷早期诗歌中就初见端倪。比如，发表于 1979 年的诗歌《觉醒的思想》（"Waking-Up Thoughts"）中，种族文化之源、自然精灵、印第安人的生生死死等以及其中的内在联系就清晰地呈现出来：

> 我像夜晚一样呼吸
>
> 我如森林一样生活
>
> 柔软的叶子和湿润的草
>
> 是我的保护神
>
> 在我身后那沉睡的死亡世界
>
> 是管道工，我的大地父亲
>
> 和鹿眼，我的黎明姐妹
>
> 村庄中安睡的人们站在我梦境的旁边
>
> 初升的太阳沉默的审判
>
> 抚慰
>
> 熟睡的人们是我的友人
>
> 我心中的歌献给睡梦中的人们①

哈荷咏颂的歌是从内心深处流淌出来的，饱含着对族群历史和命运的深切关怀。而正是这种人性的关怀使得她的诗歌少了几分火药味，多了几分温情。对此，恐怕没有人比哈荷更能深切体会了：

> 我来自于一个被告知什么也不要忘记的民族。我相信存在着的每一个思想、每一个词汇、每一首歌、每一匹马创造了一幅生存的壁画，我们每一个人都能在其间找到自己。一个词的生成会随之生成事物本身。马的侧身和马的嘶鸣会把马带进视野之中。一匹马会唤起历史以及马儿的神话构建。对马的热爱会使得马儿出现，就像对它们的恐惧一样。心

---

① Joy Harjo, "Waking-up Thoughts," p. 145.

灵是所有思想方式的发动机，也包括马儿。[1]

　　哈荷诗歌展示的风景从远古到现代，并毫无疑问要延展到未来。这从未停止的风景的流动不但包含了印第安族群的历史、土地、风貌，也包含着女诗人浓浓的人文情愫。这幅流动的画卷如一幅永远没有尽头的印第安人风土人情长卷，带领我们一路追随着诗人的目光走向未来。正如加利福尼亚大学教授、印第安学者、作家科瑞格·赛瑞思（Greg Sarris）所言，"这［哈荷的诗歌］是一段旅程，一次唤醒，一位身材笔直、高挑，目光清澈的女人"，而我们要做的就是"跟着她"[2]。

四　小结

　　哈荷的诗歌就像一幅不断延展，永无尽头的风景画卷，印第安的历史、传统和文化，以及印第安人的命运就随着这幅画卷的延展——艺术地呈现在我们面前。这幅画卷向后回溯到印第安殖民历史开始之前，向前伸展到印第安人依旧充满艰辛的未来生活。在她的诗歌中，风景是人化的景致，是印第安人用生命渲染的独特的自然和精神风貌。这片与印第安人血肉相融的风景是印第安人随着历史的变迁而出现的命运大转折的见证者，也是印第安族群命运的守护者。

---

① Joy Harjo, *She Had Some Horses*, p. 8.

② Greg Sarris, "Introduction," p. 5.

第十四章

路易丝·厄德里克诗歌的文化边界意识

路易丝·厄德里克（Louise Erdrich，1954—）是美国印第安文艺复兴运动第二次浪潮的代表人物，也是美国当代文坛最有读者号召力、最具学术影响力的作家之一，并与波拉·甘·艾伦和西尔克等印第安女作家共同构成了辉煌的文坛传奇。评论家、小说家斯图亚特·奥南（Stewart O'Nan）甚至这样评价了厄德里克：她为土著美国人所取得的成就堪比"理查德·赖特和詹姆斯·鲍德温为非裔美国人，菲力普·罗斯为犹太人、大卫·李维特（David Leavitt）为同性恋所取得的成就"[①]。从 1984 年的第一部长篇小说《爱药》开始，她佳作不断，先后出版十余部长篇小说和故事集，[②] 其中《爱药》、《甜菜女王》、《痕迹》、《宾戈宫》、《燃情故事集》、《小无马地的最后报告》和《四颗心灵》共同构成了厄德里克的"北达科他系列小说"（North Dakota cycle），奠定了她在美国文坛独特的地位。厄德里克也是一位获得多项文学大奖的作家，她曾先后斩获纳尔逊·阿尔格伦短篇小说奖、苏·考夫曼奖、欧·亨利短篇小说奖、全国书评家协会奖和司各特·奥台尔历史小说奖等重要奖项，而她的《甜菜女王》曾获全国书评家协会奖提名，

---

① Bacon, Katie, "Online Interviews with Louise Erdrich: An Emissary of the Between-World." *Atlantic Unbound*, (January 17, 2001), www. TheAtlantic. com.

② 主要长篇小说和故事集包括《爱药》（*Love Medicine*, 1984）、《甜菜女王》（*The Beet Queen*, 1986）、《痕迹》（*Tracks*, 1988）、《宾果宫》（*The Bingo Palace*, 1994）、《燃情故事集》（*Tales of Burning Love*, 1996）、《羚羊妻》（*The Antelope Wife*, 1998）、《小无马地的最后报告》（*The Last Report of the Miracles at Little No Horse*, 2001）、《屠宰师傅歌唱俱乐部》（*The Master Butchers Singing Club*, 2003）、《四颗心灵》（*Four Souls*, 2004）和《着色的鼓》（*The Painted Drum*, 2005）、《波丘派恩岁月》（*The Porcupine Year*, 2008）、《鸽子瘟疫》（*The Plague of Doves*, 2009）、《圆屋》（*The Round House*, 2012）、《山雀》（*Chickadee*, 2012）等。

《小无马地的最后报告》和《屠宰师傅歌唱俱乐部》均曾经入围国家图书奖。2012 年厄德里克再创佳绩。她凭借小说《圆屋》(*The Round House*)击败了胡诺特·迪亚兹、戴夫·伊戈斯等人备受好评的新作,获得了 2012 年度美国国家图书奖的小说奖。

厄德里克小说研究已经成为当今美国文学和族裔文学研究中的热点和焦点,国外学界情况如此,国内也不例外。对厄德里克长篇小说,尤其是她的"北达科他系列小说"的研究已经形成了空前的规模,并取得了丰硕的研究成果。与厄德里克在小说创作上所受到的关注和追捧相比,她在诗歌创作上的成就却备受冷落。事实上,厄德里克的文学创作恰恰是从诗歌开始的。1978 年,厄德里克成为约翰斯·霍普金斯大学文学创作班的学生,求学期间,她便创作了大量诗歌。这些诗歌后来成为她的第一部诗集《篝灯》(*Jacklight*)的主体部分。不错,其后厄德里克意识到诗歌容量的局限,并转向了小说的创作,① 但她的诗歌创作从来未曾停止,并分别于 1989 年和 2003 年出版了两部颇有影响的诗集:《欲望的洗礼》(*Baptism of Desire*)和《原初之火》(*Original Fire:New and Selected Poems*)。在诗歌创作领域,厄德里克曾经获得过诗歌"手推车奖"。尽管迄今只有阿兰·舒卡德(Alan Shucard)、乔舒亚·艾克哈特(Joshua Eckhardt)、翟米·布鲁顿(Jaime Brunton)、约翰·H. 雷尼汉(John H. Lenihan)、② 拉瓦尼·茹夫(LaVonne Ruoff)③ 等屈指可数的学者对厄德里克的诗歌作品进行过解读和评论,然而,厄德里克的诗歌却与她的小说一样,拥有稳定的读者群,其中不乏质量上乘的佳作。《明尼阿波利斯明星论坛报》(*Minneapolis Star Tribune*)上的一篇评论还是颇具说服力的:"这些诗歌有一种粗犷的力量……我希望厄德里克从来也不要在小说和诗歌之间进行选择。但是如果她真的必须那样做,我将自私地投诗歌一票。"④ 印第安作家、评论家西蒙·奥提斯也不吝溢美之词,

---

① 厄德里克曾经抱怨说:"除非你是约翰·弥尔顿,并创作浩如烟海卷册的诗歌,否则诗歌中没有足够的空间。"参见 Laura Coltelli, "Interview with Louise Erdrich and Michael Dorris," in *Winged Words:American Indian Writers Speak*, p. 45。

② 四位评论家评述厄德里克诗歌的主要观点参见 www. english. illinois. edu/.../erdrich/dearjohnwayne. htm。

③ 在《路易丝·厄德里克的齐佩瓦风景》一书的"后记"中,拉瓦尼·茹夫特别提到了厄德里克诗歌创作的重要意义。参见 A. LaVonne Brown Ruoff, "Afterword," in Chavkin Allan, ed. , *The Chippewa Landscape of Louise Erdrich*, pp. 182—188。

④ 转引自 Louise Erdrich, *Baptism of Desire*, 封底。

大力推介她的处女诗集《篝灯》："阅读《篝灯》中的诗歌，你经历一种诚实的观念唤起的恐惧感……通过了解一点真实的恐惧我们可以认识勇敢、爱、忠诚和生活……"①

厄德里克对印第安诗歌最大的贡献在于她的诗歌创作超越了传统印第安诗人的"珠串和羽毛"的文化异域化渲染，开始以更具有普遍性和世界性的视域审视宏观世界和人的精神和内心世界。尽管与她高产的小说相比，厄德里克的诗歌数量不多，但所触及的土著美国人的生活的层面却十分丰富。这种丰富性首先体现在主题的宽泛和极强的容纳性。厄德里克诗歌从主题分类来看，大致可以划分为五种，虽然时有交叉，但还是十分清晰的：印第安传承与白人文化之间的冲突；姐妹情谊和印第安家庭生活；爱情；萦绕着诗人记忆中的如幽灵般的人物；印第安神话。第一类中比较有代表性的，也是最常被各种文集收录的有《印第安寄宿学校：逃跑》（"Indian Boarding School: The Runa-ways"），《亲爱的约翰·韦恩》（"Dear John Wayne"）等。前一首诗歌讲述了不断从印第安寄宿学校逃走的印第安孩子，他们要返回"就在龟山之下"的梦幻家园。后一首诗歌呈现的是年轻一代的印第安人对西部影片中扮演英勇的牛仔的好莱坞演员约翰·韦恩的复杂心理。《一种爱之药》（"A Love Medi-cine"）是姐妹情谊和家庭诗歌的代表性作品。印第安姐妹之间愿意为对方奉献一切的情谊在讲述人特有的女性柔情述说中呈现出来："姐妹，没有任何事情/我不愿意做。"女诗人的爱情诗往往蕴涵着深深的忧伤。玛莉·克茹格（Mary Kroger）是《屠夫的妻子》（"The Butcher's Wife"）中给人印象最为深刻的人物。警长鲁迪（Rudy J. V. Jacklitch）对她纠缠不休，最后车毁人亡，玛莉却被周围人的流言淹没了，她甚至"害怕他们嘴里的喃喃之声！"。在神话诗部分，最好的诗歌是《高鸣鹤》（"Whooping Cranes"），是关于一个弃儿的传说。男孩子最终飞进了鹤群之中，而高鸣鹤"水面盘旋/高鸣着男孩的名字"。同样震撼的还有"番薯男孩"的故事，一个美丽的齐佩瓦（Chippewa）女孩被太阳神在番薯地中强暴而生下的孩子。然而在他的晚年，他却因三个可爱的女儿的来访而送了性命。女儿们坐在他的腿上，却挡住了阳光："当三个女儿把她们的头梦幻般地靠在他的胸口他几乎失去知觉。她们又冷又重以至于

---

①　参见 Louise Erdrich, *Jacklight*, 封底。

他的肋骨像干树枝一样断裂开来。"

厄德里克诗歌主题不但丰富,而且独特,在她的诗歌中"其他美国诗人表达的许多政治的和文化的话题,当它们真的被呈现的话,也只是间接地出现"①。换言之,厄德里克的诗歌很少如其他印第安诗人那样,直抒胸臆,表达印第安人的愤怒,而是以其丰富性呈现出一种"我们复杂的人性观"②。她的诗歌中的人物与小说一样没有一个是单一线条的、平面的,个个鲜活生动,具有人性的多维特点。无论是醉鬼瑞叔叔(Ray),还是克瑞斯(Christ)的双胞胎,抑或是被俘的印第安女孩,都是有血有肉的人,而不是主流文化生产的刻板形象下被"浪漫化"或者被"碎片化"的干瘪的影子。正如皮特·柏德勒(Peter Beidler)所言,厄德里克诗歌中的人物基本上包含着"对于理解人类的状态所有重要的问题:出生和为人父母、陷入爱河、慷慨、嫉妒、心理破坏、欢乐、孤独、脆弱、差异性、养育、老去、死亡等命运"③。

作为在后现代和后殖民语境中创作的族裔作家,厄德里克更为"关注印第安文化与主流文化之间的冲突、妥协和交融",其作品也因此具有了一种跨越中心与边缘的杂糅性。④ 在厄德里克的小说《爱药》中,书中人物利普沙(Lipsha Morrissey)和阿尔伯蒂(Albertine Johnson)看着天边的北极光,说:"一切都好像成为一片了……都是一大片。好像天空是神经的一种模式,而我们的思想和记忆穿行其间。"⑤ 这段话也道出了厄德里克本人的理想:有形与无形、过去与现在、个人与族群、族群与宇宙之间的边界在她的书写中将被彻底打破。评论家瑞塔·范瑞(Rita Ferrari)对厄德里克对边界的建构和解构从美学意义上的论述是颇为中肯的:"厄德里克把边界的理念以一种对立消融而差异浮现的方式,既作为比喻也作为技巧来运用。"⑥ 厄德里克的这种观念在美国印第安作家中还是十分独特的,也具有十分深刻的意

① Jay Parini & Brett C. Mullier, eds. , *Columbia History of American Poetry*, p. 746.

② Kimberly M. Blaeser, "Cannons and Canonization: American Indian Poetries Through Autonomy, Colonization, Nationalism, and Decolonization," p. 247.

③ Peter Beidler, "Louise Erdrich," p. 85.

④ 邹惠玲:《当代美国印第安小说的归家范式》,第26页。

⑤ Louise Erdrich, *Love Medicine*, p. 37.

⑥ Rita Ferrari, " 'Where the Maps Stopped': The Aesthetic of Borders in Louise Erdrich's *Love Medicine and Tracks*," p. 159.

义。在传统意义上理解的印第安文化与西方白人文化犹如光谱的两头，遥远地对峙着、疏离地参照着，仿佛永远没有相遇和相交的可能性。对于此种状态的解决之道，厄德里克的回答是："调合"（mediation）。此种理想在厄德里克的小说中已经得到了全面的实现，也因此成为小说研究者趋之若鹜的焦点和视角。与她的小说相比，厄德里克的诗歌也时隐时现地体现着女作家"调和"的思想，并在她大手笔的渲染和调色中，呈现出别样情趣。在她的诗歌铺就的画板上，厄德里克刻画了一张思想和记忆的美学的心理地图，琴瑟和音与矛盾冲突共处其间，而她的诗歌世界也因此变得纠结复杂、深刻生动，而每一个书写行动，从遣词到意象，从主题到形式，都在美学与政治的矛盾中游弋。正如《旧金山纪事报》（*San Francisco Chronicle*）所评论的那样，"路易丝·厄德里克诗歌的主旋律是对生活的未知的神秘的一种本能的接受"，接受着印第安人曾经的命运、接受着悬而未决的印第安人的未来，也接受着印第安人越来越多元化的生活和身份。[①]　那么，在仿佛没有边界，融合成为"一大片"的天空之中，到底有着怎样的纹路呢？那些穿行于其间的思想和记忆又是如何像马赛克一样拼贴出这个被北极光笼罩的天空呢？本章将带着这些问题走进厄德里克的诗歌世界，并解读出那片天空中形状各异的块块云朵。

一　拆解的地理疆界

厄德里克似乎没有试图对"调和"下过定义或者做过系统的阐释。那么，如何来理解她的"调和"观呢？评论家瑞姆赛（Jarald Ramsey）的解释或许可以提供我们洞悉厄德里克"调和"思想的真谛。瑞姆赛指出，土著作家创作语境中的"调和""不意味着妥协和和解"，相反，"它是一种思维的持续的过程，而不是朝向某种结论的转折的阶梯"[②]。可见，厄德里克在诗歌中书写"调和"与其说是一种态度，毋宁说是一种过程，一种"去殖民"的伦理行动的过程，正如缇芬（Helen Tiffin）所言，"去殖民是过程，

---

① 转引自 Louise Erdrich, *Baptism of Desire*, 封面。
② 转引自 Kimberly Blaeser, *Gerald Vizenor*：*Writing in the Oral Tradition*, p. 145。

不是终点"①。在这一过程中,印第安人的族裔传统和族裔身份与印第安历史和社会现实不断地碰撞和融合,相互侵入、相互磨损、相互补偿、相互拆解,形成一个动态的文化建构过程。在厄德里克的小说中,这种调和思想体现为小说中"冲突的对话协商"②,体现为书中人物"接受杂糅性"的态度。③ 那么,在诗歌中,这种"调和"的动态的文化建构过程又是如何表现出来的呢?

　　从族群身份来说,厄德里克属于龟山齐佩瓦族(Turtle Mountain Chippewa),而这一"混血"族群由于曾经激烈反对过白人文化同化的进程而"在一个已经被边缘化的文化中占据了一个边缘的位置"④。作为这个族群中更为边缘的一员(厄德里克有一半德裔血统),她似乎更需要一种边界书写策略,一种沿着边界并最终跨越边界,走入一个诗歌文本构建的"中间地带"的心理需求。美国墨西哥裔女作家格洛丽亚·安扎杜尔(Gloria Anzaldua)对"边界"所进行的界定,对于理解厄德里克的边界书写策略是十分有帮助的。安扎杜尔认为,只要两种或者多种文化彼此接壤,物质的边界就会出现,而生活在同一个疆域的不同种族的人们的生存空间就会随着接触而不断变化。她还明确指出:"边界是为定义安全和不安全的地点,区分我们和他们而建立的。一个边界就是一条切分的线,一条沿着陡峭的边缘的狭窄的地带。边疆是一部由一种不自然的边界的情感残渣创造的一个模糊和不确定的地点。它处于不断转折的状态。"⑤ 可见,族裔作家的"边界"空间不只是一个物质的、地理的边界,更是一个充满了内心复杂情愫,充满了矛盾和联系的精神生活的文化空间。

　　通过细读厄德里克的诗歌,我们不难发现这种边界书写策略首先在空间意象的运用、挪用和拆解中得以实现。印第安作家、评论家路易斯·欧文斯(Louis Owens)指出,在厄德里克的作品中,"身份和关系之网来自于土地

① Helen Tiffin, "Post-colonial Literatures and Counter-discourse," p. 17.
② Sheila Hassell Hughes, "Tongue-tied: Rhetoric and Relation in Louise Erdrich's *Tracks*," p. 88.
③ Liu Yu, *Resistance Between Cultures: Three Contemporary Native American Women Writers in the Postcolonial Aura*, pp. 182—197.
④ Sidner J. Larson, *Captured in the Middle: Tradition and Experience in Contemporary Native American Writing*, p. 18.
⑤ Gloria Anzaldua, *Borderlands/La frontera: The New Mestiza*, p. 4.

本身"，而那些失去了土地的灵魂，尤其是失去了与"构成族群身份的特殊的地理"之间联系的印第安人是永远迷失的人。① 的确，对于失去土地和曾经的游牧天堂的印第安人来说，没有什么比土地本身更能够代表他们的文化身份和存在的意义了。值得注意的是，白人殖民者对印第安人殖民掠夺的第一步正是对这片土地宣称拥有占有权开始的，是从剥夺印第安人手中的土地开始的，并使世世代代生活在这片土地上的土著人处于"无地状态"②。这段殖民历史在厄德里克的诗歌想象中得到了人性化的全新演绎。她的第一部诗集《篝灯》的标题诗就是这种空间演绎的代表作。

评论家格劳瑞·伯德（Gloria Bird）曾经谈到，在一个后殖民语境中阅读土著美国文学，最好的态度和视角就是牢记我们正处在"一个殖民者和被殖民者之间关系的系统之中"③。此言正是理解诗歌《篝灯》（"Jacklight"）的关键所在。诗歌的开端，"狩猎者"（hunter）和"狩猎对象"（hunted）在"树林的边缘"不期而遇，④ 土著人开始隐隐地感觉到危险逼近，而这个危险正是已经登陆这片土地的西方殖民者。土著人被一种从来未曾见过的"夜晚的太阳"吸引：⑤

> 起初光闪烁不定，扫过我们。
> 接着它聚集成一团光指向，
> 搜索，分裂了我们。
> 每个人感觉这光束如霹雳闪电心回应着。
> 我们每个人都独自向前移动。⑥

从来未曾见过照明灯的土著人仿佛被施了魔法，身不由己地从森林深处的藏身之所向外移动，而他们没有想到，这次对光的好奇却将给他们带来灭

---

① Louis Owens, *Other Destinies: Understanding the American Indian Nove*, p. 193.

② ［英］罗伯特·J. C. 扬：《后殖民主义与世界格局》，容新芳译，第52页。

③ Gloria Bird, "Searching for Evidence of Colonialism at Work: A Reading of Louise Erdrich's 'Tracks'," p. 40.

④ Louise Erdrich, *Original Fire: Selected and New Poems*, p. 3.

⑤ Ibid. , p. 4.

⑥ Ibid. , p. 3.

顶之灾。当土著美国人的"棕色的草","节疤的树枝"和被科技武装的西方殖民者的钢枪碰撞在一起的时候,后果是可想而知的,然而我们不曾知道的是,带给土著部落灾难的竟是这束神秘的光。土著人还是嗅到了弥漫在空气中的危险的味道,一连八个"嗅到"(smell)组成的排比句式强化了危险的氛围:

我们嗅到他们在后面
但他们面目不清、看不见。
……
我们嗅到在篝灯后面他们的呼吸轻轻蒸腾。
我们嗅到在他们的衣服上结成块的内脏下面的瘙痒
我们嗅到他们的头脑像银锤
向后挥去,随时砍向,
我们中第一个走到空地上的人。①

上面的诗行带给读者一种莫名的紧张感,仿佛土著人马上就要成为"面目不清、看不见的"猎人的猎物。这首诗仿佛还原了白人殖民者和土著人,欧洲文化和土著文化戏剧性邂逅的原初场景,而在这场将改变历史进程的邂逅中,起着关键作用的就是空间和空间的变化。森林是两个世界、两个空间的界限,进入还是走出、深入还是退却变成了生死攸关的问题。历史的进程告诉我们,白人最终跨越了这道边界,打破了两个世界的界限,并试图使那个神秘的世界成为被征服的领地。然而,从厄德里克的《篝灯》中,我们却可以看到一种十分独特的思维。在这种思维的作用下,这次历史性邂逅发生了戏剧性的变化:

……
我们来这里太久了
现在轮到他们了

---

① Louise Erdrich, *Original Fire: Selected and New Poems*, p. 4.

他们转而跟随着我们。倾听。

他们放下了家什

在高高的灌木丛中毫无用武之地。

现在他们迈出第一步，不知道

树林是如此之深而且漆黑一片

树林是如此之深……①

　　这是一段土著人的内心独白，他们认为自己"来这里太久了"，那么"现在轮到他们了"。这段看似荒谬、有点引狼入室的味道的内心独白却是十分符合土著人对土地和空间认知的、具有鲜明的土著"土地伦理"意义的告白。罗伯特·J. C. 扬（Robert J. C. Young）在《后殖民主义与世界格局》一书中指出，土著人"在土地上游牧，与土地关联紧密，但从不把自己与土地的关系变成财产或者占有关系。这是一种相当神圣的祖传的关系"②。从这个角度来看，厄德里克的这段诗性的想象却具有最真实的可能性。土著人从来没有认为这片土地是自己的财产，而这群不速之客是外来者。所以，尽管土著人没有离开自己赖以藏身的森林，但是他们邀请猎人们走进了这片神秘之地，但同时也发出了这样的警告："树林是如此之深而且漆黑一片"，带着长枪和板斧的猎人也不敢轻举妄动，因为"在高高的灌木丛中没有用武之地"。

　　土著人之所以如此自信地在初次邂逅中跨过了两个世界、两个空间的界限，并把陌生的外来者迎接到了自己的空间之内，源于他们对土地和空间的传统认识。他们从来也没有认为这片土地属于他们自己，因此也谈不上占有和排他。然而，他们却犯了一个致命的错误，因为他们不知道，这群外来者有着与他们截然不同的土地观和空间观："欧洲人带有一种与生俱来的财产观念，一种拥有和占有财产的观念"，而"这种观念与那些不能被同化到这个系统中的观念存在根本独立"③。从这个角度来看，厄德里克构想的两个

---

① Louise Erdrich, *Original Fire: Selected and New Poems*, pp. 4—5.
② ［英］罗伯特·J. C. 扬：《后殖民主义与世界格局》，容新芳译，第 53 页。
③ 同上。

空间的邂逅，从本质上说却是两种文化和两种观念的邂逅和冲突。土著人令人匪夷所思的引狼入室的举动蕴涵着的却是巨大的文化差异和观念的距离。因此，这首短诗不但还原了历史上最真实版本的一次历史邂逅，而且道出了这次改变历史进程的邂逅背后的文化动因。

无论如何，历史的进程已经证明，这次邂逅是土著人灾难的开始，是永远的失乐园的前奏曲。然而，正如土著人所发出的警告："现在他们迈出第一步，不知道/树林是如此之深而且漆黑一片"，这条边界被白人首先打破，除了给土著人带来了灾难，也带来了他们对自我和他者的重新认识以及对疆界的重新审视。美国的多民族交汇、对立、冲突到融合的历史进程事实上就是美国人对族裔疆界和文化壁垒不断审视、调整和调和的过程。不过，也许这个过程过于漫长了，从印第安人的这句警告发出开始，到了 21 世纪也许依旧是一个新的起点，而绝不是终点。

这首诗歌充分体现了厄德里克对空间和边界的敏感以及一种在文本的想象中开疆拓土的雄心壮志。正如詹尼斯·古德（Janice Gould）所言，"模糊这些界限并重新定制地图"是厄德里克诗歌的一个重要目标，也是很多印第安作家共同的主题。① 土著美国女作家在诗歌创作中地图绘制的类比代表了她们想要找到自己的地图的愿望。

二　模糊的历史边界

对于在后现代时期创作的作家厄德里克来说，书写历史和传统几乎是一件可望而不可即的事情；然而，对于身处边缘的族裔作家厄德里克来说，书写历史和传统却是对抗他们的"不可见"状态的一个不可多得的方式。② 在厄德里克的多部小说中，历史在女作家笔下被巧妙解构，口头传说、文学文本、历史文献等纠结捆绑在一起，一种"新历史主义"的气息从这些纠结中不时探头探脑，审视着官方历史，诉求着"另一种历史现实"并试图写

---

① Janice Gould, "Poems as Maps in American Indian Women's Writing," p. 25.

② Nancy J. Peterson, "History, Postmodernism, and Louise Erdrich's *Tracks*," p. 983.

下属于土著人自己的历史。① 厄德里克诗歌对历史疆界的解构几乎是全方位的，涉及印第安俘虏、印第安寄宿学校等多个对印第安人的生活产生了巨大影响的历史事件。

对于被裹挟在美国开疆拓土历史进程中的印第安人来说，有一种历史记忆似乎成为永远无法抹去的心灵的疤痕，那就是印第安寄宿学校的生活和经历。1879 年，美国国会插手印第安教育，并出资在宾夕法尼亚卡利斯雷（Carlisle）建立了理查德·H. 普拉特将军（General Richard H. Pratt）寄宿学校。此后，美国政府加大了寄宿学校的力度，强迫越来越多的印第安儿童离开他们的家庭到远离保留地的寄宿学校生活。这段历史是许多当代美国印第安作家作品中或隐或现的主题和线索。② 其中，厄德里克是对这段历史着墨最多的一位。她的代表作《爱药》、《痕迹》等都触及过这段印第安人的痛苦回忆。她的第一部诗集《篝灯》中最有影响力的诗歌之一《印第安寄宿学校：逃跑者》（"Indian Boarding School：The Runaways"）就是一首直接描写这段历史的诗歌。这首诗是从寄宿学校逃走的印第安孩子的内心独白，在特定的历史事件的背景下，在密布着特定历史符号的文本中，脆弱的印第安孩子的心在倾诉，也在流泪：

> 家是我们在睡梦中奔向的地方。
> 箱车在梦中颠簸北行
> 不等我们。我们在逃亡中抓住它们。
> 铁轨，我们热爱的老旧的口子，
> 沿着表面平行而过，恰恰
> 中断在龟山脚下。在伤疤上走
> 你不会迷路。家是它们穿过的地方。③

① Kimberly Blaeser, "Cannons and Canonization：American Indian Poetries Through Autonomy, Colonization, Nationalism, and Decolonization," p. 247.
② 西尔克的小说、诗歌和散文集《讲故事的人》（Storyteller）、提姆·吉阿国（Tim Giago）的诗集《土著人的原罪》（Aboriginal Sin）、威尔玛·P. 曼剋勒（Wilma Pearl Mankiller）的自传《曼剋勒：一位首领和她的人民》（Mankiller：A Chief and Her People）等都从各个角度描述了这段历史。
③ Louise Erdrich, Original Fire：Selected and New Poems, p. 19.

对于被迫离开家的印第安孩子来说，家成为只有在梦中才能见到的地方。与此形成对比的是冰冷的寄宿学校和难看的制服的颜色。孩子们逃离了学校，然而内心却被绝望所笼罩，因为他们知道"警察正等在中途／把我们抓回去"[1]。这段充满着稚气的内心独白述说的是与美国官方历史记录和话语全然不同的一个小历史。

在美国政府的官方语境中，"印第安寄宿学校"是白人殖民者为彻底同化印第安人，专为印第安人开设的全日制和寄宿制学校，目的是向印第安孩子灌输白人文化，帮助印第安人从"野蛮"归化到"文明"，从"原始"突进到"现代"[2]。正如寄宿学校的创始人理查德·H. 普拉特将军所言："我们接受这个口号，让我们通过耐心的努力杀死他身上的印第安性并拯救他。"[3] 毫无疑问，对如普拉特将军一样的白人殖民者来说，政府资助的寄宿学校是对印第安人的善举，然而，从本质上说，寄宿学校的目的是把印第安人同化为"像白人一样"[4]。寄宿学校对许多印第安人来说是毁灭性的：进入卡利斯雷寄宿学校的印第安学生只有八分之一左右毕业。一些幸运者回归了传统的生活方式；一些人调整自己，努力使自己适应新的生活方式；然而，还有一些人被这段经历撕成了"碎片"；更有一些人失去了生命。[5] 可以说，厄德里克所书写的这些从寄宿学校逃跑的孩子是从最微观的层面对这段历史的实质的最好诠释。

与这些在恐惧和渴望中逃跑的孩子一样，成为俘虏的白人妇女也将在厄德里克的诗性想象中书写一部自己的小历史。《俘虏》（"Captivity"）一诗就是这部小历史的集中表述。这首诗的正文前有一小段引文，摘自白人妇女玛丽·罗兰森（Mary Rowlandson）根据自己的经历叙述的《玛丽·罗兰森夫

---

① Louise Erdrich, *Original Fire: Selected and New Poems*, p. 19.

② 参见 Hazel W. Hertzberg, *The Search for an American Indian Identity: Modern Pan-Indian Movements*. Syracuse: Syracuse UP, 1971; Brain W. Dippie, *The Vanishing American: White Attitudes and U. S. Indian Policy*. Lawrence: UP of Kansas, 1982。

③ 转引自 Sharon O'Brien, *American Indian Tribal Governments*. Norman: University of Oklahoma Press, 1989, p. 76。

④ Peter Nabokov, *Native American Testimony: A Chronicle of Indian-White Relations from Prophecy to the Present, 1492—1992*, p. 222.

⑤ Hazel W. Hertzberg, *The Search for an American Indian Identity: Modern Pan-Indian Movements*, p. 18.

人的被俘和拯救纪实》（*A True Story of the Captivity and Restoration of Mrs. Mary Rowlandson*）一书。① 这部作品于 1682 年一经出版就引起轰动，并为日后流行的俘虏叙述奠定了基本模式。作为牧师和清教徒的妻子，罗兰森把她的被俘看成是上帝对她的惩罚，而发生在她身上的每一件事情都是上帝的告诫。罗兰德森的叙述尽管可能真实，但是她的基督教徒和白人的观察视角却决定了她的叙述带有"直接观察者的人种学中心观的偏见"②。例如，她一再强调自己"从未在他们［印第安人］面前滴过一点眼泪"，在被俘之后，她也拒绝接受印第安人给她的烟，尽管她原来喜欢吸烟。她对周围的印第安人从来没有像对待人一样认真地观察过、交流过；相反，对于那位遥不可及的上帝，她却念念不忘："我要感谢上帝，是他给了我力量，是我战胜了它［吸烟］。"③ 然而，这位虔诚的白人妇女在厄德里克的诗歌中，却被挖掘到了那虔诚的外表下一颗原本躁动的心：

> 流水湍急，那么冰冷
> 我想我被撕成了两半。
> 但他把我从洪水中拽上来
> 揪着我的发梢。
> 我开始认识了他的脸。
> 我能把它与别人分开。
> 有时候我担心我明白
> 他的语言，那可不是人的语言，
> 我跪下祈求赐予力量。④

　　由于诗歌正文前的引文，读者很自然地把诗歌中的讲述人看作玛丽·罗兰森夫人，而具有讽刺意味的是，这段女人的独白彻底颠覆了玛丽·罗

---

① 1676 年 2 月 10 日印第安纳瑞干赛特部落袭击了马萨诸塞州的兰卡斯特镇，摧毁了整个小镇。玛丽及孩子被印第安人俘获，她们随俘获她们的印第安人迁徙生活了 11 周后被赎回。

② ［美］简·汤普金斯：《"印第安人"：文本主义、道德和历史问题》，第 246 页。

③ Richard VanDerBeets, *Held Captive by Indians: Selected Narratives, 1642—1836*, p. 57.

④ Louise Erdrich, *Original Fire: Selected and New Poems*, p. 9.

兰森夫人的俘虏叙述，变成了一个对救命恩人——一个印第安男子由感恩到爱恋的微妙的情感倾诉。这种情感愈演愈烈，她开始嫉妒他的女人："他有一个女人/牙齿又黑又亮。/她用橡实奶喂孩子。"① 而"我"在接受了他的食物后，"我跟着他到他带我去的地方"②。那个"夜晚浓稠"的氛围为读者留下了足够的想象的空间，也许这次被俘真的有些许不为人知的浪漫故事吧。

　　厄德里克的这首诗不仅仅是对玛丽·罗兰森俘虏叙述的颠覆，也是对俘虏叙述作为文类的彻底颠覆。俘虏叙述是美国特有的一种文体。③ 之所以为美国"特有"，就在于这种文体体现的是美国"特有"的殖民历史进程中土著人与白人之间"特有"的关系。这种叙事形式代表了一种交叉的文化内涵，在那里，历史时间和文化叙事不期而遇，在那里，白人俘虏以把捕获者塑造成为野蛮的恶魔为代价成为英雄和圣人。从罗兰森的俘虏叙述开始，这种模式逐渐成为一种固定的美国叙事模式，在美国作家的作品中屡屡出现，其中包括约翰·威廉姆斯（John Williams）、乔纳森·狄金森（Jonathan Dickenson）、玛丽·杰米森（Mary Jemison）等人写成的畅销作品。④ 同时，这种叙事模式在美国经典作家的作品中也常常改头换面地出现，库柏、霍桑、麦尔维尔、马克·吐温等人的作品中都以各种方式呈现了俘虏叙述。各种各样的俘虏叙述之所以能够持续地引起白人的兴趣，主要原因就在于它已经成为主流文化和文学想象"反印第安人宣传"的载体，从而"使印第安人的灭绝得到了合法化"⑤。厄德里克之所以把俘虏叙述作为颠覆的对象，一个重要原因就在于她敏锐地注意到俘虏现象从本质上说是"两种对立的文化"之间的较量。⑥ 俘虏叙述是从白人的视角聚

---

① Louise Erdrich, *Original Fire: Selected and New Poems*, p. 10.

② Ibid.

③ 参见 Richard Van Der Beets, *The Indian Captivity Narrative: An American Genre*. New York: University Press of America, 1984。

④ Gordon M. Sayre, ed., *Obadiah Equiano, Mary Rowlandson, and Others: American Captivity Narratives*, p. 5.

⑤ 卢敏：《印第安俘虏叙述文体的发生与演变》，《外国文学研究》2008 年第 2 期，第 107 页。

⑥ Gordon M. Sayre, ed., *Obadiah Equiano, Mary Rowlandson, and Others: American Captivity Narratives*, p. 5.

焦印第安人的叙述，发出的是白人不可辩驳的单一的声音，他们可以"根据自己的愿望和需要的图像"对印第安人进行描绘。① 因此，作为土著美国作家，厄德里克对俘虏叙述的挪用和颠覆的意义除了试图还原历史的真实和具体之外，更重要的是要填补起这段"沉默历史的空缺"②。正所谓以其人之道，还治其人之身吧。

三　杂糅的心理境界

西尔克曾经指责厄德里克"缺少政治责任感"，忽视对印第安人边缘化处境的政治和社会原因的探索和揭示，而是把这种处境归因于"内在的心理冲突"③。西尔克的指责在不经意间却道出了厄德里克作品的价值所在，那就是，她成功地深入到了印第安人的心理境界之中，从而深层次地书写了印第安人的情感需求。换言之，她探索的是印第安人情愫复杂、界限模糊的心理境界。

厄德里克把印第安作家的身份定位为一个"永久的旁观者"④。对于土著美国人来说，这种"旁观者"的身份远比美国犹太人和非裔美国人要来得尴尬和酸楚，因为事实上，土著美国人才是这片广袤土地的主人。从地理的中心被迫迁移、从历史的中心被迫删除，土著美国人在时空大挪移中的心理发生了翻天覆地的变化，而这种变化也导致了土著美国人身份意识的困顿。正如詹姆斯·克利福德（James Clifford）所言，族裔作家的"身份，从民族志角度考虑，一定是混杂的、纠结的，也是创新性的"⑤。作为混血土著人，厄德里克的心理杂糅性有着其他土著人所无法企及的深刻性。在与查弗金的访谈中，当被问及："（莱斯利·马蒙·西尔克）指责你对自己的土著出身充满矛盾之情，你如何回应这种说法？"厄德里克干脆地回答说：

---

① ［美］简·汤普金斯：《"印第安人"：文本主义、道德和历史问题》，第 246 页。

② Michelle Burnham, *Captivity and Sentiment: Cultural Exchange in American Literature, 1682—1861*, p. 111.

③ Susan Perez Castillo, "Postmodernism, Native American literature and the Real: The Silko-Erdrich Controversy," p. 286.

④ Hertha D. Wong, *Love Medicine: A Casebook*, p. 211.

⑤ James Clifford, *The Predicament of Culture: Twentieth-Century Ethnography, literature, and Art*, p. 10.

"当然，我很矛盾。我是个普通人。我有时候也会幻想自己是另外一个样子，但我终究是个混血儿。一个混血朋友曾开玩笑地说我们这些人，骨子里注定如此。事实是，我的背景就是那么一个丰富的大杂烩。如果我想变成别的样子，我一定是疯了。也许西尔克和其他土著作家都不会明白，当我们艰难地接受这种矛盾的时候，我们获得了对普通的失败和奇迹的认同。"①

厄德里克的字里行间充满着对混血身份的感恩之心，而这绝不是女作家矫情的陈词滥调。事实上，正是在这种杂糅的身份意识和心理境界的作用下，厄德里克的小说和诗歌中的人物的情感才往往是复杂的、多维度的、多层次的，同时也是矛盾的。在《温迪格》（"Windigo"）② 一诗中，这种复杂性表现为这位冰雪恶魔也有着一颗脆弱而柔软的心，一颗被女孩柔软的小手轻易消融的心：

> 接着你温暖的手摩挲过来
> 挖到满满一手冰和雪。我将变黑
> 整晚流淌成河，直到最后清晨打破寒冷的大地
> 我带着你回家，
> 一条河在阳光下颤动。③

该诗取材于印第安神话，出于文化差异性的考虑，该诗的题头增加了一段斜体的介绍性文字：

> 温迪格是一种吃肉的冰雪魔鬼，一个男人被深深地埋在里面。在一些齐佩瓦族印第安人（Chippewa）故事中，一名年轻的女孩强行用烧得沸腾的猪油灌下它的喉咙而消灭了这个怪物，并因此从冰雪中心解救了人类。④

---

① Nancy Feyl Chavkin & Allan Chavkin, "An Interview with Louise Erdrich," in *Conversations with Louise Erdrich and Michael Dorris*, eds. , Allan Chavkin and Nancy Fryl Chavkin, p. 238.

② Windigo 是印第安北方传说中生活在冰雪世界中的食人怪，凶猛残忍。详见 Basil Johnston, *The Manitous: The Spiritual World of the Ojibwa*, pp. 221—277。

③ Louise Erdrich, "Windigo", p. 1020.

④ Ibid. , p. 1019.

从这段文字中，我们知道这是一个齐佩瓦传说，确切地说，是齐佩瓦母系传说的一部分，是齐佩瓦文化传统的一个重要特征。在这首诗歌中，厄德里克颠覆了传说的叙述视角，把焦点定位于温迪格这个食人恶魔，于是这首诗变成了这个恶魔的内心独白。出人意料的是，这段独白充满了忧伤，仿佛一颗敏感而脆弱的心如飞蛾扑火般地投向了光明，哪怕这会令他烧成灰烬。可以说，这段冰雪恶魔的内心独白是厄德里克杂糅的性别心理的最好诠释。与波拉·艾伦相似，厄德里克也认为，性别角色带有"互补性"，土著文化，尤其是土著的典仪传统是以"性别为基础的"①。然而，这种互补性却往往成为土著女性作家构建一个排他的女性王国的理论基础和实践手段。不论是在西尔克的《典仪》（Ceremony，1977）中，还是在霍根的《太阳风暴》（Solar Storms，1997）中，女性都成为精神上的中心和绝对的力量。在这一点上，厄德里克有很大的不同。尽管在"北达科他系列小说"中，她塑造了一系列女性形象，而且她们由于血缘、婚姻、友谊而发生着剪不断理还乱的爱恨情仇的复杂关系，但有一点是可以肯定的，那就是，她的男性和女性人物具有弹性和互相依存性。在她的诗歌中，这种性别的弹性和互依性得到了延续和更加直接的表达。在这首诗中，印第安母系传说中以女性为中心的叙事结构的改变事实上意味着性别角色位置的改变。女性中心的一元维度变成了男性与女性的二元维度，而女性也从以暴力手段消灭恶魔，解救男性的女神还原成为以女性的温柔化解邪恶的女人。

从表层含义来看，这首诗是关于性别的复杂关系，然而，考虑到作家独特的族裔身份特征，我们也不可忽略其深层次的心理因素。作为殖民主义的受难者和幸存者，种族歧视和隔阂的坚冰如同温迪格这个冰雪怪物，食人肉、喝人血，然而却并不是坚不可摧的。女孩子温暖的手就可以融化那经年的积雪和封存的顽冰。这充分体现了厄德里克杂糅的身份意识的核心：种族关系也一定是文化关系。换言之，种族的矛盾是可以用文化的融合来化解的，更可以用人性的光辉来消融。厄德里克的此种种族观一直备受诟病。前文提到的西尔克对厄德里克的批评的主要原因也正在于此。西尔克曾经揶揄厄德里克的作品是"后现代的"和"自我指涉性的"。她认为，聚焦于个人

---

①　Allen, Paula Gunn, *The Sacred Hoop: Recovering the Feminine in American Indian Traditions*, p. 82.

的心理,呈现"个人的孤独和异化",这种后现代的、自我指涉性的写作是想要"掩盖历史和政治内涵的缺失,陷入语言游戏的怪圈"①。然而,西尔克未曾想到,正是厄德里克的这种后现代的自我指涉性的心理聚焦成全了她的复杂的杂糅性和丰富性,从而为自己赢得了土著作家几乎从未享有的声誉和读者。厄德里克认为,从疏离走向融合是土著美国人求得生存的必要条件,也是必经之路。印第安作家的使命就是首先接受印第安部族所遭受的"巨大的损失",在"保护并庆祝剩下的文化精髓的时候""讲述当代幸存者的故事"②。杂糅的性别心理和杂糅的种族心理是厄德里克与西尔克等前辈作家本质的不同,代表的是"当代的文化融合背景下主流与边缘的互动关系",也代表着当代印第安文学的未来走向。③

四 小结

边界书写的尴尬在厄德里克的诗歌中转化为一种动态的力量和朦胧的艺术之美。诗歌成为厄德里克在边缘游走的自由之地:无论是开疆拓土还是时空穿梭,抑或是潜入内心深处,都潇洒自如、游刃有余。之所以如此,除了厄德里克独特的后殖民视角和多元融合的文化视野以及娴熟的诗歌创作技巧之外,更为重要的是女诗人的大爱之心。"爱是厄德里克众多作品的主题,它被本土人视为心灵最有效的疗药。……爱之药能愈合人的创伤、民族的创伤和文化的创伤。爱之药维系着印第安部落的生存,使他们保持着传统的整体链。"④ 可见,大爱无疆恐怕才是厄德里克实现边界书写的真正的动力之源吧。

---

① Leslie Marmon Silko, "Here's an Odd Artifact for the Fairy-Tale Shelf," p. 179.

② 转引自 Sidner J. Larson, *Captured in the Middle*: *Tradition and Experience in Contemporary Native American Writing*, p. 84。

③ 陈靓:《多元文化背景下的当代美国印第安文学研究浅谈》,《英美文学研究论丛》2009 年第 11 期,第 48 页。

④ 参见叶如兰《本土化与化本土》,《译文》2008 年第 2 期,http://www.eywedu.com/Yilin/yiwen/20082.html。

第 二 编

边缘文化与中心诗学的对话：
美国犹太诗歌

第十五章

从投射诗到民族志诗学

　　20 世纪的后半叶是美国诗坛热闹非凡的时期。美国社会政治生活的相对平静和经济的相对繁荣却在诗坛酝酿起了颠覆性的诗歌元素，一时间流派各异的美国诗歌以张扬的先锋姿态登上了美国文坛，并从美国社会的边缘地带向着中心蠢蠢欲动。实验诗学成为各色流派的共同策略。在这些策略中，诗歌与声音的结合成为颇受瞩目的现象。诗歌的口语化和音乐化策略都在明白无误地告诉人们，诗歌是为大声诵读而作的。诗歌的声音化带来的震撼是可想而知的，读者和评论家在这喧嚣的音符声中迷醉了，也迷失了。然而，没有了庞德和爱略特这样的巨擘一统天下的美国诗坛，又怎会只满足于任何一个单调的声音呢。

　　从 1950 年起，美国的实验诗学中出现了强调书写文化的诗歌视觉化倾向，从本质上说，这种诗学实验的目的是拓展书写文化对口头文学传统的表现力。这种倾向的表达从一开始的羞羞答答到后来的理直气壮，一直贯穿着整个 20 世纪后半期的美国诗歌实践。然而可能是由于金斯堡等人的声嘶力竭的呐喊太过于先声夺人了吧，这种诗歌的书写倾向和视觉化一直没有得到诗歌研究者的足够重视，对其研究从来也没有形成氛围和体系。这不能不说是美国现当代诗歌研究的一大缺憾。

　　在这一诗歌书写倾向和视觉化进程中先后出现了三个代表性人物，他们分别代表了三种各具特色，但又异曲同工的诗歌书面化和视觉化的主张。1950 年，"黑山派"诗歌的代表人物查尔斯·奥尔森（Charles Olson）躲在北卡罗来纳州偏僻的黑山学院发表了他诗学理论的重要文献《投射诗》（"Projective Verse"），并创造性地提出了"投射诗"的理念；几乎在同一时期，非裔美国诗人鲁塞尔·阿特金斯（Russell Atkins）不声不响地创办了一份小杂志——《自由职业作家》，专门刊登非裔美国诗人的实验诗歌，并于1951 年提出了影响深远的"心理视觉主义"（psychovisualism）；1970 年，犹太美国诗人杰罗姆·罗森伯格（Jerome Rothenberg）与丹尼斯·特德洛克共同创办了《黄金时代：民族志诗学》，这成为民族志诗学崛起的标志，此后两位创办人与戴维·安汀、斯坦利·戴尔、加里·施奈德等人分别从不同角度致力于发展这一理论。1983 年，罗森伯格出版了他的民族志诗学的代表性文集《整体的研讨会》，并在序言中全面地总结了"民族志诗学"的诗学理念和实践。至此，美国当代诗歌的书写文化和视觉主义倾向得到了完整而明确的阐释。

这三位代表人物的种族身份颇令人深思，一位主流的白人诗人，一位非裔诗人，一位犹太诗人，美国当代诗坛最活跃的三个种族群体均不约而同地对诗歌的书写文化和视觉化投去了青睐的目光，这种机缘巧合也在一定程度上说明了这种诗歌倾向的普遍意义。同时，这三位诗人族裔身份的特殊性又赋予了这项研究一种深层次的种族文化和政治的维度，也使得这项研究从一开始就带有了异质文化之间碰撞所特有的交互反思的对话性和开放性。那么，到底是何种力量吸引着生活创作经历不同，种族身份迥异的三位诗人义无反顾地走上了一条异曲同工的诗学之路呢？他们的诗学实践又运用了何种诗歌创作的策略呢？而在诗歌视觉化理念和实践的引导下，美国当代诗歌又焕发出了何种光彩呢？本章的写作策略就是并置这三种从思想精髓的深处一脉相通的诗学理念，从这三种诗学理念确立的出发点，诗歌实践的策略和"写"诗歌的美学特点等三个方面展开论述。不过首先有必要对"投射诗"，"心理视觉主义"和"民族志诗学"进行简要阐释。

一　"投射诗"、"心理视觉主义"和"民族志诗学"

以上提到的三种诗学理念中，"投射诗"的提出最早，在经历了一段被遗忘的命运之后，20 世纪末期奥尔森和"投射诗"重新走入美国诗歌研究视野。即便从"投射诗"在当时对美国诗歌产生的轰动性效应来说，也是后两者望尘莫及的。

　　查尔斯·奥尔森是一位典型的学院派诗人，对考古学有着非比寻常的兴趣和天分，他对玛雅文化和象形文字的考证不但具有专业的水准，见解独到，而且他富有创造性地把他的考古文化发现，词源学研究以及某些文化人类学的理念和方法与自己的诗歌创作结合起来。奥尔森于 1950 年发表了黑山派诗歌的纲领性论文《投射诗》，集中休现了他对"开放诗"诗学理论具有开拓性和原创性的贡献。对于奥尔森的"投射诗"，人们一直有一种片面的理解，那就是，过分关注，甚至只关注奥尔森有关诗歌节奏和韵律的理论。毫无疑问，诗歌的韵律作为诗歌的一个重要的组成部分，的确是奥尔森关注的焦点之一。他主张按照呼吸的自然节奏去安排诗行的抑扬顿挫。诗歌格律的基本单位不是音节，而是诗行，只有音节和诗行一起才可以成为一首诗歌。那么，诗行来自哪里呢？奥尔森曾明确地指出："诗行来自呼吸，来自创作者的呼吸，创作时的呼吸；于是，就在此时，我们的日常生活进入诗歌，因为只有创作的人，才能够随时声称其诗行的格律与韵律——它的呼吸，在什么地方逐渐停止。"[1] 奥尔森在这里摒弃了传统的诗行和韵律的清规戒律，以诗人呼吸的节奏来决定诗行的长短。这一点其实并不难理解，一个人呼吸的变化往往反映了他情感的变化，那么，诗人的呼吸就像他的情感的传声器。以呼吸的节奏来确定诗行的诗歌，在表现上有着独特的魅力。

　　从以上论述似乎可以得出这样的结论，奥尔森的投射诗应该是"一种基于声音的诗学"[2]。这一结论是正确的，却不是全面的。对于此二者之间的关系问题，奥尔森研究专家卡拉·比利泰瑞（Carla Billitteri）的阐释很有见地：奥尔森以象形文字和其他图像形式作为一种基于声音的诗学的理想书写形式。[3] 事实上，即便是从最直观的视觉体验而言，这种以自然呼吸为节奏的诗歌在视觉上也极具审美效果。诗行洋洋洒洒，如瀑布奔流而下，有一种不拘一格的气势。我们可以从他的《鱼狗》中任意选出一节，这种开放诗

　　[1]　Charles Olson, *Collected Prose*, p. 242.
　　[2]　Carla Billitteri, *Language and the Renewal of Society in Walt Whitman, Laura（Riding）Jackson, and Charles Olson：The American Cratylus*, p. 128.
　　[3]　Ibid.

的强烈的视觉效果和自由的呼吸节奏就可见一斑：

　　　　Not one death but many,
not accumulation but change, the feed-back proves, the feed-back is
the law
　　　　Into the same river no man steps twice
　　　　When fire dies air dies
　　　　No one remains, nor is, one
　　　　Around an appearance, one common model, we grow up
many. Else how is it,
if we remain the same,
we take pleasure now
in what we did not take pleasure from before? love
contrary objects? admire and/or find fault? use
other words, feel other passions, have
nor figure, appearance, disposition, tissue
the same?
　　　　To be in different states without a change
　　　　is not a possibility
　　　　We can be precise. The factors are
in the animal and/or the machine the factors are
communications and/or control, both involve
the message. And what is the message? The message is
a discrete or continuous sequence of measurable events distributed in time
　　　　is the birth of air, is
the birth of water, is
a state between
the origin and
the end, between
　　　　birth and the beginning of

another fetid nest

    is change, presents

no more than itself

    And the too strong grasping of it,

when it is pressed together and condensed,

loses it

    This very thing you are. ①

    可能也正是由于"投射诗"这种视觉上抢眼的艺术效果，牢牢地吸引了评论家和读者的眼球，使得人们过多地关注了其诗歌形式层面的东西。然而，这恐怕不是奥尔森本人的初衷吧。他对诗歌形式和内容的关系有着自己明确的主张，那就是"诗歌形式向来不过是内容的拓展"，因此，毫无疑问，奥尔森对诗歌形式的革新肯定是为他在诗歌内容上的开拓服务的。② 作为考古学家和词源学家的奥尔森，试图寻找的是一种曾经存在，但"至少在公元前 450 年就失落的"诗学。③ 在奥尔森的诗歌中，他的这种努力一直以这样或那样的方式若隐若现。如在他早期创作的经典诗歌《鱼狗》中，他把阿兹特克（Azetec）宗教、现代墨西哥、考古和国际时事等主题编织在一起，表达了他对欧洲文化遗产的排斥、对神秘的东方文化的向往和对印第安文化发现的欣喜和热情接受，尤其是以按捺不住的冲动，歌颂了欧洲殖民主义末期土著文化的回归：

    我想起了石头上的 E 字，

    和毛的讲话

    "曙光"

      可是鱼狗

    "就在"

---

    ① Charles Olson, *The Collected Poems of Charles Olson*, ed., George F. Butterick, California: The University of California Press, 1997, pp. 89—90.

    ② Ibid., p.240.

    ③ Ibid., p.50.

但是鱼狗向西飞

　"前面!"

他的胸膛因落日的余晖

　而染上色彩!

……

可那个 E 形字

如此粗暴地刻入那最老的石头

不同凡响,

被听成不同的东西

仿佛,在另一个时代,是有用的宝贝①

……

在这里,奥尔森提出了美国诗歌的开端问题,在他的世界中,这个开端只能从他的美国遗产中寻找。这个开端就像被"粗暴地刻入那最老的石头"的 E 形字,被遗弃在历史的某个角落。奥尔森的"E 形字"是玛雅文化中的一种象形文字,它代表的是神圣文本中相似的符号和实物。这些废墟中的碎片表明了奥尔森文化人类学的诗学研究方法和他的研究焦点。奥尔森主张使用语言的象形意义来取代它传统的规定意义。在《人类宇宙》("Human Universe")中,奥尔森对语言的现状用一个考古学家和一个诗人特有的方式进行了概括:

至少从公元前 450 年开始,我们就一直生活在一个将事物概念化的时代。这个时代已经对最优秀的人和最好的事物产生了影响。例如,古代的逻各斯,或称话语是那么有力,以至将抽象的事物变成了我们的语言概念,而语言的用法(也就是语言的另一个功能——说话)似乎也需要复原,因此为了找回过去的平衡,有些人甚至追溯到象形文字或者表意文字。②

---

① [美]埃利奥特·温伯格:《1950 年后的美国诗歌:革新者和局外人》,河北教育出版社 2003 年版,第 195、197 页,略有改动。

② Charles Olson, *Collected Prose*, p.156.

　　从这段文字，我们可以看出奥尔森想要在他的考古中发现的是一种曾经失落的语言，一种象形文字。他的考古学，如果给它下一个定义的话，就是一个活跃的词源学，一种它的动力试图与事实或事物本身相等的语法。这也是卡拉·比利泰瑞干脆就把奥尔森等人的这种诗学称为"词源诗学"（Cratylic Poetics）的原因所在。① 从美国现代和后现代诗歌的发展，我们可以清楚地看到这一倾向。从意象派诗人到客体派诗人到语言诗诗人在刻画现实世界时，越来越注重挖掘语言的潜力。奥尔森的独特之处在于他为了揭示语言进而揭示诗学的真谛，并重新确立和拥有适应后现代诗歌的诗学理念，不停地向后走，用他自己的话就是"我尽可能地向后走"②。

　　这样，奥尔森继承并改写了美国诗学，形成了一种神话与现象学的极端的结合，奥尔森称之为"Mythologos"③。他主张使用语言的象形意义来取代其传统的规定意义，在奥尔森的诗学中，符号不能完全决定文字，而文字也仿佛有某种超验的魔力，从而能够唤起人类的想象意识并拓展想象的空间。因此，对奥尔森来说，文字就像刻在石头上的 E 形字，成为了他试图返回，并走出目前语言境况从而恢复直接感知经验的起源字母。对玛雅文化和文字的发掘、整理和翻译使他深刻地意识到了象形文字的独特魅力，并得出了象形文字比更抽象的、自我中心的现代西方语言更接近于自然的结论。从这一点上来说，奥尔森倒是与热衷于汉文字的庞德达成了共识。文字，作为"自然事物的符号"，是人类心灵与自然界的契合点，是人类认识奥尔森心目中的宇宙的载体，而西方的人文主义恰恰忽视了自然的内在作用，忽视了文字与自然的互动关系。正如奥尔森曾明确描绘过的那样，"如果人是活跃的，这里正是经验反射后，进入之地，那么，如果他在进入时，保持新鲜，那么，他的射出也会是清新的，如果他不那样做，他关在房间里做的一切，就是陈腐的，当他对门越来越迟钝，他也就

　　① Carla Billitteri, *Language and the Renewal of Society in Walt Whitman*, *Laura（Riding）Jackson*, and *Charles Olson: The American Cratylu*, p. 127.

　　② 转引自 Graham Clarke, "The Poet as Archaeologist: Charles Olson's *Letters of Origin*," p. 159。

　　③ 本书对"Mythologos"的理解参阅了 George Butterick, *A Guide to the Maximus Poems of Charles Olson*, pp. 146—147。

越来越陈腐"①。

　　几乎与奥尔森的"投射诗"理论同时面世的是卢塞尔·阿特金斯的"心理视觉主义"诗学。阿特金斯是大名鼎鼎的兰斯顿·休斯多年的合作者，两人共同编纂不少很有影响的诗集。阿特金斯不但是一位在诗学理论的构建和诗歌实践中成就斐然的非裔美国诗人，同时还是一位才华横溢的作曲家和资深编辑。他创办并亲自编辑的《自由职业作家》为非裔美国诗人的实验诗歌提供了一个难得的平台。1951 年，他公开提出了"心理视觉主义"这一诗学理念，这也使得他成为第一代追求诗歌文本和声音表演相结合的非裔美国诗人。"心理视觉主义"是一种把"科学的美学作为艺术技巧"的理论，简单地说，就是"眼睛和头脑"的理论。阿特金斯把阐释能量和物质关系的物理学的惯性概念运用到心理学和视觉，认为心理视觉主义是"连贯的人类思维"的基础。他的诗歌建立在心理逻辑（psychologic）和人的直觉调解（intuitive modulation）的基础之上。②"心理视觉主义"理念的灵感最初来自黑人音乐。③ 1959 年音乐史上颇有影响的"纽约五点咖啡店"的"自由爵士乐"演奏开创了一种全新的音乐理念。而"自由爵士乐"倡导的就是一种"眼睛的音乐"、一种"视觉的交响"。阿特金斯也的确以心理视觉为基础，创作并阐释音乐。从 1955—1958 年间，他更是在自己创办的杂志《自由职业作家》上连载文章，畅谈心理视觉主义视角下的音乐创作。这种音乐理念也深深地影响了阿特金斯对诗歌的理解：如果"眼睛的音乐"是可能的，那么"眼睛的诗歌"又有什么不可能呢？

　　与"心理视觉主义"相呼应的另一个重要理念是"自我中心的投射"（egocentrical projection）。④ 这一观念似乎与奥尔森的投射诗理论不谋而合。阿特金斯强调诗歌创作是一个"设计的想象"的过程，而在这一过程中，诗人是一个"自我中心的主体"，不过这个自我中心并不是在任何"伦

　　① 　Charles Olson, *Collected Prose*, p. 244.

　　② 　Casper LeRoy Jordan, "Afterword," in Russell Atkins, *Phenomena*, pp. 76—78.

　　③ 　See Aldon Lynn Nielsen, *Black Chant: Language of African-American Postmodernism*, pp. 32—33.

　　④ 　Casper LeRoy Jordan, "Afterword," in Russell Atkins, *Phenomena*, pp. 76—78.

理"意义的层面上，而是在一个科学的"机械"意义的层面之上。① 这种观念，甚至是表达的方式都让我们不由得想起奥尔森的"发射器"之说："一首诗歌是一个诗人所得到的并通过诗歌本身直接传送给读者的能量。因此，诗歌每时每刻都应该是一个高能结构，无时无处都应该是一个能量发射器。"② 在阿特金斯的"心理视觉主义"中，这个能量发射器就是诗人那被"神经心理"萦绕的诗人的自我，即被阿特金斯本人称为 EP（Egocentrical Phenomenalism）③ ——自我中心现象主义的思想。所谓的 EP 就是把视觉印象最终转化为物质实体的一种特质的客观的建构过程。④ 与传统意义上把经验和诗人的洞察力作为主旨的诗歌构建不同，在"心理视觉主义"理念引领下写作的诗人坚决反对以诗人经验和观念替代"设计的想象"。他创造的是一种独立于任何刺激物，自然生成的经验，当然这种经验也只能是诗人"想象"中的，而并非诗人"经历"的，也不会是诗人力图使他的读者相信的。从阿特金斯的理论主张我们有理由相信，他所关注的焦点并非是诗歌所传递的内容和含义，原因有二，其一，如果经历和思想都只存在于诗人"自我中心"的想象地带，那么是否具有现实的意义就并不重要；其二，他所关注的是诗人想象界的体验，换言之，他所关注的是体验展示出来的过程以及由此而对读者产生的视觉和思维的双重冲击。这也就解释了诗人写作过程中人为的、刻意的设计和技巧干预的必要性。用阿特金斯本人的话说就是"技巧不是为含义服务的，相反含义却一定是为技巧服务的"⑤。

　　为了实现诗歌的视觉化，阿特金斯寻求解构而非建构策略。⑥ 换言之，他的法宝就是拆解词语。从这一角度而言，阿特金斯比奥尔森在词语游戏上走得更远。阿特金斯的解构观就是"把物体拆解成观念"⑦。这一观念和诗

---

① 　Casper LeRoy Jordan, "Afterword," in Russell Atkins, *Phenomena*, pp. 76—78.

② 　Charles Olson, *Collected Prose*, p. 240.

③ 　Aldon Lynn Nielsen, *Black Chant: Language of African-American Postmodernism*, p. 56.

④ 　See Aldon Lynn Nielsen, *Black Chant: Language of African-American Postmodernism*, p. 56.

⑤ 　Aldon Lynn Nielsen, *Black Chant: Language of African-American Postmodernism*, p. 57.

⑥ 　Aldon Lynn Nielsen, "Black Deconstruction: Russell Atkins and the Reconstruction of African-American Criticism," pp. 86—103.

⑦ 　Russell Atkins, "Psychovisual Perspective for 'Musical' Composition," p. 37.

歌实践是基于视觉心理的生成机制和过程的。视觉并非取决于光和视网膜，而是独立于眼睛本身的，生成于头脑场域的一系列之过程。当然之所以视觉存在是因为我们有眼睛能接收光线，但是阿特金斯的"解构创作"依赖于以组成物体形式存在的"非图像的形象"①。可以说，阿特金斯的"心理视觉主义"诗歌理论从本质上说是一种头脑和眼睛之间的空间理论，是在"设计的想象"的过程中进行的空间操作。

在阿特金斯的诗歌以及越来越多可以在"心理视觉主义"的标签下找到归属感的非裔美国诗人的作品中，"设计的想象"过程在诗人们各具特色的技巧的干预下在诗歌中得到了颇具视觉和心理震撼力的体现。下面我们以"心理视觉主义"旗帜下的另一位非裔美国诗人朱利亚·费尔德斯（Julia Fields）的长诗《那个完美何时来到》（"When That Which Is Perfect Is Come"）② 中的一个小节为例，初步体验一下这道视觉和心理的小甜点：

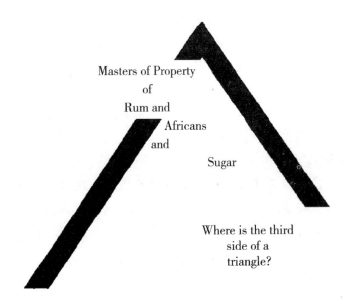

Masters of Property
of
Rum and
Africans
and

Sugar

Where is the third
side of a
triangle?

---

① Aldon Lynn Nielsen, "Black Deconstruction: Russell Atkins and the Reconstruction of African-American Criticism," p. 102.

② Julia Fields, *Slow Coins*, p. 132.

　　这首诗在视觉上最引人注目之处就是这个怪模怪样的开放式三角，从原诗的上下文中我们可以判断出来这个三角指的是三角贸易（Triangle Trade）。[①] 所谓的三角贸易就是有中间商的贸易，比如国内中间商接到某国外客户的订单，但此项产品本国并无生产，中间商再转向第三国购买，其间要发生三角付款的关系。诗中的三角图示是残缺的，仿佛合适的第三方还未寻到，这种贸易契约还未成立。然而当我们的视线从图示转移到文字的时候，我们会发现其含义远比我们从图示中获得的要丰富和深刻。"主人"、"财产"、"甘蔗酒"、"非洲人"、"蔗糖"，这些带有深刻历史和政治含义的文字明确地告诉我们，这个三角代表的绝不仅仅是经济关系，还蕴含着政治关系和历史文化含义。诗人用非洲文化的口语和图示传统，[②] 重写了那段充满了血泪和肮脏贸易的贩奴历史。然而，在诗人"设计的想象"的干预下，非洲文化的口语和图示传统具有了视觉的优先权。换言之，面对这样的诗歌，读者要想听到首先要看到。

　　"民族志诗学"是在口头程式理论和讲述民族学的影响下发展起来的美国民俗学的重要理论流派之一。这一理论的提出为口头艺术的文本呈现提供了理论支撑和实践策略。民族志诗学关注的焦点是以原始部落中的口耳相传为基础的诗歌交流，其学术主张和实践包括分析和阐释被罗森伯格称为"部落诗歌"（tribal poems）的口头文本，更关注如何使这些口头传诵经过文字的转化和翻译之后，仍旧保持其口头表演的艺术特质。换言之，民族志诗学试图要完成的是如何使口头诗歌的口头性和表演性通过翻译、转写等手段表现在书面上。事实上，民族志诗学所要解决的还是那个如梦魇般困扰着西方哲人和文人的悖论：语音与书写的关系问题。作为当代美国实验诗学代表人物的罗森伯格在其对北美印第安口头诗歌的采集和翻译的过程中，敏锐地意识到了这一悖论。试图记录下印第安口头诗歌的西方翻译者的"忠实"翻译却把这些口头诗歌从原来的口头生活语境中生硬地剥离开来，使诗歌原有的声音、肢体动作、语气的变化等悄然丧失了。而更为重要的是，很多印第安"部落诗歌"中含有大量直接通过声音来表达

---

① Aldon Lynn Nielsen, *Black Chant: Language of African-American Postmodernism*, p. 26.

② Aldon Lynn Nielsen, "'The Calligraphy of Black Chant': Resiting African American Poetries," p. 191.

的内容，它们并非严格意义上的词语，在英语中很难找到对应词汇，于是它们不幸成为了"翻译中失去的"东西。基于这样的认识，罗森伯格在翻译实践中独树一帜地运用了"完全翻译"（total translation），即结合具体的情境性语境，运用各种标记符号，以书写的形式使原诗中的声音因素得以呈现。为了能够以书写的形式呈现口头诗歌的丰富性和表演性特质，罗森伯格创造了大量新的符号标识，从而极大地丰富了书写对口头诗歌的表现能力。而这些诗歌翻译实践还取得了一个意想不到的效果，那就是在部分地解决了声音与文字悖论的背后是一种新的图像文字的产生，带来的是令人欣喜的视觉上的震撼力。

　　罗森伯格曾把民族志诗学的构成概括为四个核心要素：声音（Sounding）、视觉（Visual）、诗歌（Poems）和对话（Discourses），[1] 可见在他的诗学理念中，诗歌应该是一个多元的文化文本，是声音和视觉交融，文本和对话并存的文本，是一个诗人与读者共同参与的文本。为了实现这一诗歌理想，罗森伯格等人作了很多行之有效的努力，尤其是依据诗歌的节奏、复沓等特征，通过谨慎的转写，将口头文本的停顿、声响、言说模式等语言活力复原到纸张上。[2] 罗森伯格创作了大量可以称为视觉诗歌的诗歌文本。他的《沉默的游戏诗歌》（*Poems for the Game of Silence*，1971）、《大屠杀和其他诗》（*Khurbn & Other Poems*，1983）、《播种和其他诗歌》（*Seeding & Other Poems*，1990）等诗集中都收录了不少视觉上极具冲击力，而内涵更具视觉诗歌精神的实验诗。比如《沉默的游戏诗歌》的标题就来自齐佩瓦（Chippewa）族的"沉默的游戏"，而罗森伯格用富有图像特征的文字组合拓展了诗歌的迻录功能，实现了诗歌的多种可能性。比如，他在会土著语言人的帮助下，记录并翻译了大量印第安部落口头诵歌。而他的策略就是把"无意义音节、词语变形和音乐"都记录下来。[3] 例如，《关于鲜花和我在哪里走诗两首》（"Two Songs About Flowers & Where I Was Walking"）就非常有意思：

---

[1]　巴莫曲布嫫、朝戈金：《民族志诗学》，《民间文化论坛》2004 年第 6 期，第 90—91 页。

[2]　同上。

[3]　Jerome Rothenberg, *Poems for the Game of Silence*, n. p.

```
PLENTY  OF  FLOWERS
h                              h
i                              e
i     PLENTY OF FLOWERS        e
i     WHERE I'M WALKING        e
i                              i
g                              g
h                              h
WHERE  I'M  WALKING


CAT  TALKS  ARE   GROWING
h                              h
i                              e
i     CAT TAILS ARE GROWING    e
i       WHERE I'M WALKING      e
i                              i
g                              g
h                              h
WHERE        I'M        WALKING①
```

　　这种词语的排列方式与阿特金斯解构词语以形成观念的理念不谋而合。尽管这种被 E. E. 卡明斯玩弄于股掌之间的文字游戏并不新鲜，但罗森伯格融土著文化与现代诗歌于一体，以文字的游戏凸显土著文化的原始性却是标新立异的。

二　文化人类学:共同的精神源泉和文化策略

　　三位诗人的写作年代不尽相同，文化背景也相差悬殊，种族身份更是大相径庭，那么是什么样的机缘引领着三位诗人走上了诗歌书写化和视觉化的诗学理念和诗歌实践呢? 通过对投射诗，心理视觉主义和民族志诗学的研

---

① Jerome Rothenberg, *Poems for the Game of Silence*, p. 143.

究，我们不难发现，在这些理论的确立中有一个如同三位诗人精神家园的圣地，那就是文化人类学的精神和研究方法。三位诗人先后抵达了这一圣地，并不时折返以汲取营养。

奥尔森诗歌创作的目的就是确立一种完全依赖美国环境、美国空间、具有美国精神和特质、表达美国主题的诗歌和诗学理论。这是从惠特曼开始的，美国诗人心中共同的美国神话。但如果说奥尔森的确继承并发展了这一神话，那么，他是通过一种激进的对他的美国之根的重新挖掘、探究、评估和整合而做到的。这种诗学理念和研究方法与文化人类学的方法简直不谋而合。文化人类学是 19 世纪后期确立的一门边缘学科，以 1871 年英国人类学家爱德华·泰勒（Edward. B. Tylor）的《原始文化》的出版为学科建立的标志。文化人类学的根本任务就是研究人类文化的起源、成长和变迁过程，分析比较各民族、各国家、各地区、各社区文化的异同，探讨和发现人类文化的一般规律和特殊规律。文化人类学最初主要研究古代或现代部落社会的文化，20 世纪 30 年代后开始研究当代复杂的社会文化，但在传统上一直以前者为重点。具体到诗歌创作，文化人类学主张诗歌应当到民俗中、到乡间去寻找已经逝去或模糊的传统，把这些传统找出来，用文学的方式加以表现，只有这样才能创作出真正的、最好的诗歌。本着这样的初衷，奥尔森在诗歌理论的确立过程中，不停地向后钻掘，向后延伸，用人类学的思想和考古学的方法，深入到玛雅文明旧址和印第安部落，在对已经失落和正在失落的原始文明、古老传说和"死去"的语言的研究和考证中，一直追溯到美国诗歌的起源之点，在那里，时间转化成了空间，而这一空间就是他的诗歌投射之地。

在致力于确立一种新型民族诗歌这一点上，奥尔森有着与惠特曼相似的初衷，但他却走了一条与惠特曼截然不同的探索之路。奥尔森认为惠特曼毫无疑问是一个自我宣称的美国主义的代表，但是他的诗歌取得的只是在一个强制的西方暗喻的地理之内的自我的修辞，说到底是"西方中心主义"的，而"西方中心主义"恰恰是文化人类学要彻底摒除的意识和方法。因此，如果惠特曼从"加利福尼亚海岸面向西方"，奥尔森则看到"光在东方"，向着东方前进，穿过时空进入了史前。[①] 奥尔森的这种视角

---

① Graham Clarke, "The Poet as Archaeologist: Charles Olson's *Letters of Origin*," p. 162.

完全符合文化人类学的一个基本原则：文化相对主义。这一原则要求当研究者到一个异民族中去作田野调查时，不能带有俯视的心理，即不能带有以"我族"为中心和基准的眼光。从这一角度来说，奥尔森倒是受麦尔维尔的影响颇大。这一点不难理解，奥尔森与麦尔维尔有着很深的渊源。奥尔森最早引起公众注意的作品并不是诗歌，而是他于1947年发表的研究麦尔维尔的论著《叫我伊什梅尔》。这篇论著是从他在威斯里恩（Wesleyan）求学时的硕士论文发展而来的，以其独到的见地成为研究麦尔维尔和美国文化以及美国文学的经典。奥尔森认为麦尔维尔的经典之作《默比·迪克》是一部新的西方神话，讲述了从古萨莫瑞安开始直到艾哈伯船长之死的漫长的环球之旅。从论著的标题，我们可以看出奥尔森对伊什梅尔的深深的认同感。伊什梅尔是一个理想的观察者，他对周围事物的关注远远超过了他对自己的关注，那么，奥尔森所要做的，就是像伊什梅尔一样，乘坐帕考德号一直向东航行，做一个美国文化、美国精神、美国人和美国文学的理想的观察者，并最终找到它的源头。从这一层面来看，奥尔森与庞德之间也有明显的承继关系。在《人类宇宙》中奥尔森就为庞德选择"回溯到象形文字和表意文字"进行了辩护。[①]

奥尔森通过投射诗建构起了自己的诗学传承。这可能是他当初躲在偏僻的黑山学院，独在小楼成一统时未曾料到的。相比之下，阿特金斯就没有那么幸运了。美国非裔文学由于其特殊的历史原因在文学理念和文学实践中一直有一条心照不宣的原则，那就是对非洲传统文化和民族美学的凸显策略。从20年代的哈莱姆文艺复兴到60年代的黑人艺术运动，非裔美国作家一直致力于表现黑人文学艺术的独特性，强化"黑人性"。这一时期的非裔作家和黑人文学评论家力图探寻的是非裔美国人的文化根源、艺术作品的主题、结构和象征符号的黑人民族特性。黑人美学经过霍伊特·富勒（Hoyt W. Fuller）、拉瑞·尼尔（Larry Neal），特别是斯蒂芬·亨德森（Stephen Henderson）和爱迪生·盖尔（Addison Gayle Jr.）的努力，具有了一套成熟、完善的理论体系。1968年，盖尔发表了《黑人艺术运动》一文，指出真正的黑人艺术的源泉是黑人社区音乐和口头民间故事，新的艺术必须转向这些源

---

① Charles Olson, *Collected Prose*, p. 156.

泉。黑人美学关注的是黑人文化的特质，强调的是黑人文学的独特性和功能性，反映的是黑人大众的审美价值取向，基于此，黑人美学表现出了强大的理论生命力。从前文论述可以看出，阿特金斯的"心理视觉主义"标榜的书写文化，以解构文字为基本策略，强化的是视觉文化审美，基本淡化了种族特征。其中的书写文化更是与黑人艺术运动强化的黑人口头传承格格不入。这就注定了阿特金斯和"心理视觉主义"的命运。事实上，阿特金斯的"心理视觉主义"的提出早于"黑人艺术运动"的兴起，特别是早于"黑人性"的确立，然而"心理视觉主义"在当时却如过眼云烟，很快踪影全无，其意义直到20年之后才被逐渐认识。究其原因，有其自身的问题，如没有形成完整的理论体系，[①] 没有有力的文学圈内的支持等，但最主要的原因还是在于"心理视觉主义"没有像黑人艺术运动一样直接触及黑人种族文化的群体身份、种族意识、种族权力等敏感的社会问题，没有在政治理念和文化理念上被意识形态化。可以说，从这一点来看，"心理视觉主义"是在不恰当的时机提出的恰当的观点。

　　然而，20世纪八九十年代之后，非裔文学的理论和实践逐渐意识到以意识形态为中心、"黑人性"一统天下的局面对黑人文学的发展具有相当的局限性，并开始了反思和自我修正。休斯敦·贝克（Houston A. Baker, Jr.）就明确指出："我们熟悉的是'黑人美学'、'黑人权力'、'民族时代'等诸如此类的术语。如果这些词汇是有限的，那么我们的视野也就受到了限制。"[②] 正是在这样的历史背景上，"心理视觉主义"的文学先见性才被逐渐认识。1973年，在《黑人世界》中，李粹斯·爱默如瓦（Leatrice W. Emeruwa）肯定了"心理视觉主义"的理念，并预见了这一理论将产生的深远影响："尽管他现在可能默默无闻，事实是阿特金斯之于诗歌、戏剧和音乐的创新和引领作用如同约翰·考尔纯之于爵士乐的先锋革新。"[③]

　　从以上的论述中不难看出，占主导地位的黑人文学批评话语建立在黑人艺术的源泉是黑人民间音乐和口头民间故事的断言之上的，其目的是凸显黑

---

① 这一点可参阅 Aldon Lynn Nielsen, "Black Deconstruction: Russell Atkins and the Reconstruction of African-American Criticism," pp. 86—103。

② Houston A. Baker, Jr. *The Journey Back: Issues in Black Literature and Criticism*, pp. xi—xii.

③ Leatrice W. Emeruwa, "Black Art and Artists in Cleveland," p. 26.

人美学的独特性和黑人艺术的独立性，从实质上说，是确立黑人种族身份的一种文化策略。然而在某种意义上来说，这种策略在黑人艺术运动时期走向了极端，以至于口头艺术似乎成为了"非洲性"和"黑人性"的唯一的代名词和内涵。① 诚然，为了传递非裔文学特有的意识形态性，亨德森等人的确倡导了根植于"黑人话语"和黑人音乐的诗歌语汇，然而评论家们却忽略了在黑人诗学中"黑人话语"的广义性。亨德森曾经对此表示过相当的忧虑："对于黑人话语，我所指的是在这个国家的大多数黑人，我并没有排除所谓的受过教育的人的话语。"② 黑人评论家卡拉姆·雅·萨拉姆（Kalamu Ya Salaam）也一针见血地指出："当我们把黑人对我们黑人的生活条件和经历的日常闲聊和抱怨错当成强劲的，表达最真实的自我的黑人诗歌的时候，事情有点不对头。"③阿米力·巴拉卡的观点更是切中要害："我们谈到非洲人的口头传统，有时是积极的，很多情况下是防守性的，它总是被作为书写的替代物。"④巴拉卡的言外之意就是，对口头传统的趋之若鹜造成了对书写文化的贬低，同时也在提醒着评论家和读者黑人书写传统的在场性。事实上，从 20 世纪 70 年代开始，黑人作家在文学实践中已经逐渐地意识到了黑人书写文化的缺失对黑人文学的发展所造成的负面效应，而且也纷纷重新把目光投向了黑人文化传统的丰富宝库，寻觅书写传统的踪迹。早在 19 世纪，马丁·戴拉尼（Martin Delany）在其专著《种族和肤色的渊源》中就对埃及的象形文字和古埃塞俄比亚的拼音书写系统进行过整理和研究，其目的就是确认"非洲的文字书写作为语言的形而上哲学的基础"⑤。然而遗憾的是，当时几乎没有白人评论家公开承认非洲文化书写系统的存在。白人评论家毫不费力地承认黑人音乐和口头文学的复杂性，他们却不情愿承认书面语言也有着相似的复杂性。这种思维方式在很大程度上影响了人们对非裔诗歌，甚至所有族裔诗歌的评价。例如，温斯伯格主编的颇有影响力的

---

① 此观点参阅 Aldon Lynn Nielsen, *Black Chant*: *Language of African-American Postmodernism*, pp. 14—15。

② Stephen Henderson, *Understanding the New Black Poetry*: *Black Speech and Black Music as Poetic References*, p. 31.

③ 转引自 Aldon Lynn Nielsen, *Black Chant*: *Language of African-American Postmodernism*, p. 16。

④ Amiri Baraka, "Introduction: Pfister Needs to Be Heard!", p. 4.

⑤ Aldon Lynn Nielsen, *Black Chant*: *Language of African-American Postmodernism*, p. 20.

诗集《自 1950 年的美国诗歌：创新与局外人》中对非裔美国诗人和诗歌的选择就隐藏了口头优先的标准。这是一种以牺牲其他一切为代价确立非裔美国诗歌的口头性和表演性的方式，事实上是一种对非裔美国人和非裔美国文学的低估和边缘化策略。

主流文化评论话语对于族裔文化中书写系统的漠视在某种程度上造成了一部分黑人作家写作上的投机心理，但同时也唤起了相当一部分作家致力于把书写和口头传统结合起来的欲望，而他们也清楚地意识到，实际上口头传统与书写传统的断裂是非自然的，是主流文化评论话语与黑人文化评论话语共同的文化意识形态化的结果。书写文化作为诗歌的一个内在有机因素的缺失是人为的。令美国非裔诗人困惑的问题却出人意料地在 20 年后，在犹太美国诗人罗森伯格的"民族志诗学"中得到全面而系统的阐释。"民族志诗学"从本质上来说，是一种跨学科构建起来的文学阐释框架，是在与表演理论相关的思潮的影响下兴起的，其目的就是力图纠正欧洲中心主义与书写传统对于非西方的、口头传统根深蒂固的偏见。"民族志诗学"反对用作家的学院的或学术的理念来看待口头传统；另外也反对用西方的标准来评价其他非西方的语言艺术。

三　视觉的盛宴："写"诗歌

投射诗、心理视觉主义和民族志诗学均是在"写"文化的理念下滋生、成长并逐渐完善起来的"写"诗歌，即都或多或少借助了书写文化以增强口头诗歌传统的表现力。书写体系和文字符号的融入，使得诗歌文本得以最大限度地还原口头诗歌产生的情景性，体现其表演性，从而使得与诗歌相关的声音和韵律得以表现。可以说，"写"诗歌是一种要想听到必先看到的诗歌，用纳撒尼尔·麦肯（Nathaniel Mackey）的话说就是"要通过一种视觉领悟来调剂"的诗歌。[①]"写"诗歌的连贯性依赖于形式而不是解释性的说明，诗歌的含义蕴藏在眼、耳和舌的游戏之中。眼睛的意

---

① Nathaniel Mackey, *Discrepant Engagement: Dissonance, Cross-Culturality, and Experimental Writing*, p. 134.

象是最能阐释这个游戏规则和方法的。在奥尔森的长篇史诗《马克西姆斯诗篇》（*The Maximus Poems*）中，奥尔森用他的文化人类学的独特视角，创造了一个在诗歌中复活的，跨越时空的"城邦"（polis）。这个来源于古希腊文明的象征在奥尔森的诗歌中驻扎着人类学概念中形形色色的人："新斯科舍人，/纽芬兰人，/西西里人，/埃索拉托人"等。这些种族不同，信仰不同，文化不同的人群却有着一个共同点，那就是他们的"眼睛"。奥尔森这样写道：

城邦是
眼睛
……
眼睛，
和城邦，
渔夫，
和诗人
　　或者在我已经知道的每一个人的头脑中都是
繁忙
两者：
注视，和
关切
无论多少我们每一个人
选择我们自己的
血缘和
专注
……
那么少
有城邦
在他们的眼睛中①

---

① Charles Olson, *The Maximus Poems*, p. 26.

奥尔森的城邦是一双双注视着这个世界的眼睛，正是这一双双眼睛为奥尔森敞开了一扇通向原野和精神的心灵之窗；同时这一双双眼睛也专注地审视着自我，参与到"自我要求"①的建构之中，而这又反过来使奥尔森能够把自我的能量投射到诗歌文本，并传递到无垠的宇宙。眼睛对于奥尔森的诗歌的重要性不言而喻，正如唐·白瑞德（Don Byrd）所认为的那样，马克西姆斯"提供了一种知觉的精确模式……他坚持的是视觉的绝对优先权"②。这种"视觉的优先权"从深层次来说，代表了奥尔森对待现实的态度：一种开放的态度，一种足以使他的自我消融在他关注的视线中的态度。对于奥尔森的现实观与这种注视的关系，埃尼考·保罗巴斯（Enikö Bollobás）这样写道：

　　注视，"我们作为人类存在的源泉"，使得主体和世界吻合起来："只有你自己和宇宙/吻合/才会真的有事件发生。"只有当一个人感兴趣，关注并对经验开放的时候生命才会以改变为条件而开始……换言之，只有关注、注视、兴趣，对世界的转向才能使得生命开始，或是产生事件。位于我们周围的世界只能通过此关注的注视，被慈悲地了解和明白。③

保罗巴斯解释了奥尔森诗学中一个重要理念和策略，那就是视觉充当了"主体和世界"相互吻合的媒介和调和剂。在视觉的作用下，奥尔森的诗歌具有了开放性和对话性，这是一种多元对话，所有的参与者都存在于诗歌的开放性空间中，并同时意识到没有谁会最终走到终极真理的终点。④奥尔森的诗歌就是一个含义在对话的游戏中逐渐浮现，又逐渐消融的实验空间。奥尔森本人对诗歌的对话性也仿佛情有独钟，在《马克西姆斯诗篇》中，他这样写道：

① Enikö Bollobás, *Charles Olson*, p. 123
② Don Byrd, *Charles Olson's Maximus*, p. 81.
③ Enikö Bollobás, *Charles Olson*, p. 40.
④ 此观点参见 Jeff Wild, Charles Olson's *Maximus*: A Polis of Attention and Dialogue. 2003. http://epc. buffalo. edu/authors/olson/blog/wild. pdf. 2009. 12。

我进行了对话，

探讨了远古的文本，

解析了我所能，提供了

Doceat①允许的

快乐②

　　对话能够让人"探讨"、"解析"并能生产"快乐"，可见对话的意义对于奥尔森的诗歌创作来说，就像一个小小的动力场，推动着他向真理慢慢前进。在多元对话中生成的诗歌讲述的不是一个客观历史，因为历史是"一个谎言"③。奥尔森的历史观是"动词，为你自己发现的：/科学的探索，使得任何人的行为作为发现她或他/自我"④。可见，奥尔森的诗歌生成过程同时也是一个诗人和读者共同探求自我的过程，是一个读者的参与过程。对此埃尼考·保罗巴斯的解读很有见地：

　　　　奥尔森诗歌的丰富肌理要求读者的参与性（创造性）阅读，而不是文学的被动阅读。同时，它也要求读者具有某种开放性和一种抵御和忽略先在期待，先入为主，偏见以及按部就班的解读。多元意义的文本，以自由的句法和语义的原子价位特征的文本，好像更重视的是创造时刻的摹写，同时承诺了一种更积极的，激励式的阅读体验。⑤

　　细读他的诗歌，我们不难发现鲜明的视觉实验性特征，比如，残缺的句子，晦暗不明的所指，新奇的诗歌形式和韵律等，这些无一不在挑战读者的阅读习惯，迫使他们以参与、对话的姿态加入诗歌意义的生成。换言之，读者必须调动他们的眼睛、耳朵、呼吸和身体，当然还有头脑积极地投入诗歌

---

　　①　Doceat 是讲授、传授之意，这是庞德在《创新》（*Make It New*）中提出的文学的三功能之一。详见 George F. Butterick, *A Guide to The Maximus Poems of Charles Olson*, p. 82。

　　②　Charles Olson, *The Maximus Poem*, p. 56.

　　③　Jeff Wild, Charles Olson's Maximus：A Polis of Attention and Dialogue. 2003. http：//epc. buffalo. edu/authors/olson/blog/wild. pdf. 2009. 12.

　　④　Charles Olson, *The Maximus Poems*, p. 79.

　　⑤　Enikö Bollobás, *Charles Olson*, p. 62.

阅读之中。

　　奥尔森可能没有想到，他的投射诗诗学会在美国非裔诗人的创作中得到极致化的表达和发展。奥尔森的眼睛投射的"自我的城邦"在朱利亚·费尔德斯的"那个完美何时来到"中找到了异曲同工的表达。在前文引用的该诗中的开放三角部分之后，这首诗歌出现了大大小小的圆圈和 X 符号，其中最抓人眼球的就是下面这个大大的眼睛符号：①

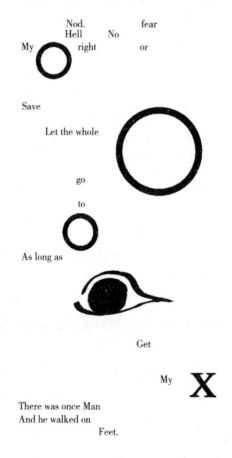

　　诗歌文本中三个大小不一的圆圈和两个黑体的 X 已经足以吸引人的眼球了，更别说那个在文字中突兀而出的，神秘地注视着读者的眼睛了。如果

---

① Julia Fields, *Slow Coin*, p. 139.

我们把眼睛的图像转变成为文字，那么我们就可以轻松地读出诗歌文本 "as long as /eye/ Get/ My X"。X 在费尔德斯创作该诗歌的时代，是一个十分富有潮流气息的符号，它是 20 世纪 90 年代美国年轻人喜爱的棒球帽上作为装饰用的符号，当时时髦的年轻人几乎人人都有那么一顶 X 帽。在这个视觉化的诗歌文本中，X 毫不客气地占据着读者视野的中心位置，在他人的目光中，在诗歌的文本中，X 蓦然之间成为了一个青年张扬的自我，这正是奥尔森的开放的诗歌的自我投射之地，也是阿特金斯心理视觉的生产过程。然而这个图示化的文本也在明确地告诉我们，作为这个文本中不容忽视的关键性因素，图像彻底改变了传统的诗歌阅读模式，因为我们可以从书页上读出这首诗，却无法朗诵给他人来聆听。[①]

　　在 20 世纪美国非裔诗歌中，不乏这种诗歌理念和策略的成功应用。斯蒂芬·柴姆博斯（Stephen Chambers）、诺曼·卜瑞查德（Norman L. Prichard）等都是这种诗歌写作策略的实践者。阿特金斯本人也身体力行，有着成功的实践。下面我们以阿特金斯的小诗《夜景和序曲》（"Nocturne and Prelude"）为例，体验一下这场视觉和心理的实验：

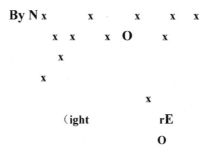

---

① 此观点参见 Aldon Lynn Nielsen, *Black Chant*: *Language of African-American Postmodernism*, p. 27。

② 转引自 Aldon Lynn Nielsen, *Black Chant*: *Language of African-American Postmodernism*, p. 31。

　　这是一首可以轻易跨越语言障碍的小诗。看第一眼的时候,这首小诗会让人很自然地想到卡明斯和他的那些缤纷的落叶以及他那颗孤独的心灵。然而,阿特金斯与卡明斯却有着本质的不同。这首诗歌的含义一目了然,正如诗歌题目暗示的那样,纸张上的一个个 x 如同镶嵌在夜空中的颗颗繁星,而"light"中变形的 L,仿佛是反射了太阳光线的星星的光,经过反复折射变形后穿过了层层大气,跃入了我们的视野之中。然而诗歌文本的视觉化带来的并非只是含义的丰富和有趣,还同时带来了声音的陌生化。"(((((((((((((((S1$_1$///"在视觉上仿佛是声波碰到墙壁等障碍物所产生的回声,而"mmm mmmmmmm mmmmmm mmm"带来的更是声声不息,意蕴深长之感,仿佛预示着又一个更加重要时刻的到来,而这正是题目中"序曲"所揭示的含义。显然,阿特金斯在视觉和听觉的交互作用中,在文字的游戏中生产的是一个奥尔森理想的、开放的,一个能量不断投射的诗歌文本。

　　阿特金斯诗歌中字母或是文字符号的独特的重复策略,[1] 除了具有拟声并使声音视觉化的效果之外,还有更深刻的含义。越来越多的美国非裔诗人认识到非洲口头文学传统中声音的重复,并不是简单地、机械地重复已经发出的声音,在很多情况下,重复的声音在高低、长短等音质方面已经发生了变化,而这种变化才是重复的意义所在。对此,巴拉卡用了一个矛盾修饰法"变化着的相同"(changing same)[2] 进行了概括。换言之,非裔口头文学传统中重复本身就意味着不同和变化。那么,从文学传统来说,非裔美国文学就具有一种潜在的开放性。那么,如何在文本化的非裔文学中保留并发展这种开放性就成为很多非裔作家富有使命感的写作策略。阿特金斯发表于 1969 年的《一个坐席的展示》("A Podium Presentation")中最具开放性的诗歌就是《记忆中的诗行》("Lines in Recollection"):

---

[1]　Aldon Lynn Nielsen, *Black Chant: Language of African-American Postmodernism*, p. 31.

[2]　参见 Amiri Baraka, "The Changing Same (R&B and the New Black Music)," pp. 180—211。

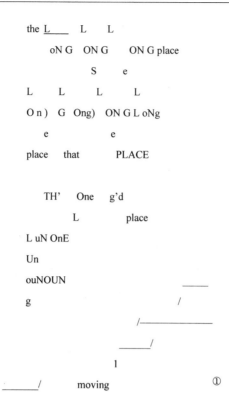

　　变异的书写体例和颇有动感的图示都是典型的阿特金斯式的心理视觉的实验。文中的图示像梯田又像台阶，而文中的文字则如同字谜游戏等待着读者的填充，更有趣的是，诗人本人也仿佛在绞尽脑汁地想要解开他自己设的这个文字的迷局。然而在每一诗行中，他的尝试都仿佛无功而返，然后在下一个诗行中继续着他的尝试，有时仿佛有了进展，有时又仿佛回到了起点，一切又要重来。正是在这寻寻觅觅之中，诗歌的含义得以开放式地继续、继续，正像一个个台阶不断旋转向上，而诗歌结尾处的"'移动'这个词上，有一个向读者传递视觉含义的图示"②。这个传递视觉含义的图示以及文字之间的空白地带为读者的心理想象留下了足够的空间，诗歌的含义正是在文字的延异与读者的心理期待的矛盾碰撞中产生的，并不断地发散、延伸、互

---

① 　Russell Atkins, *A Podium Presentation*, http：//english. utah. edu/eclipse, 2009, p. 12.
② 　转引自 Aldon Lynn Nielsen, *Black Chant*：*Language of African-American Postmodernism*, p. 32。

相肯定，同时又互相质疑，从而实现了诗歌的开放性。美国非裔诗人的视觉
化诗歌从本质上与非裔美国文化和文学的开放性传统保持了高度的一致性，
当代非裔美国诗人的诗歌实验探究的正是非洲精神书写与非裔美国符号之间
的关系。

　　这种书写文化对口头传统的表现和拓展在罗森伯格的"民族志诗学"
（ethnopoetics）中被理论化，其影响力也远远超过了族裔诗歌的范畴，渗透
到当代美国诗歌实验的各个层面。而这也是试图解构一切的后现代理论所关
注的核心问题之一：无论是德里达的"可视的物质的文字踪迹"，还是法兰
克福学派的"视觉媒体"的研究，抑或是福柯所揭示的"可见"与"可言"
之间的分裂，都或多或少地羁绊于这一悖论。① 民族志诗学是一种"去中
心"的诗学，一种力图超越固有的西方诗歌传统的实验性诗学，在鲜活的口
头文学传统中，诉诸听觉和视觉的共同作用来还原口头文学的艺术魅力。民
族志诗学的理念和策略与古老的犹太文化和文字的结合所产生的独特的诗歌
艺术魅力是令人欣喜的，同时罗森伯格也通过他的诗歌实践拓展了民族志诗
学的"实验性田野"，把民族的和世界的，古老的和现代的，文化转写和诗
歌创作，他者和自我等二元对立在自己的诗歌中消解、弥合。这也印证了另
一位民族志诗学的领军人物丹尼斯·特德洛克（Dennis Tedlock）的观点：
"我们的研究重点诚然在于那些远离我们的族群诗歌，但是这种努力恰恰是
为了消弭我们与自身族群之间的距离，从而真正走进自身族群性的诗学，并
获得较为全面的认识。"②

　　罗森伯格的诗歌创作走的正是一条从族群他者到自身族群的回归之路。
罗森伯格民族志诗学理念来自于他对北美印第安人口头传说和诵歌的研究。
诗人和学者的双重视角使他敏锐地体验到了弗罗斯特的那句名言："诗歌就
是在翻译中失去的东西"对口头诗歌的翻译意味着什么。他者的身份使他更
加清醒地意识到表达民族特质的诗歌的难能可贵，以及为实现这一诗歌理想
所需要的文学策略。具体到他的文学创作就是犹太性的诗性书写。对自己的

---

　　① 参见［美］W. J. T. 米歇尔《图像理论》，陈永国、胡文征译，北京大学出版社 2007 年版，第
2—25 页。

　　② 转引自巴莫曲布嫫、朝戈金《民族志诗学》，第 90—91 页。

犹太文化身份和犹太文化传统有着强烈认同感的罗森伯格把自己的实验诗歌巧妙地构建在了希伯来语独特的文化特征之上。与幽怨地自问"我与犹太人有什么共性？我几乎与我自己都没有什么共性了"的卡夫卡不同，罗森伯格对于犹太文化传统有着真诚的认同感，他的"民族志诗学"的形成与他的犹太文化身份意识关系密切。正如他所言，"民族志诗学"是要"从文化特殊性重新定义诗歌"。他意识到他的"民族志诗学"必须包括"某些极致的意第绪杂耍表演（Vaudeville）"，换言之，他力图把犹太文化传统的精华融入自己的现代诗歌创作之中。罗森伯格认为民族志诗学是一套复杂的过程、行为和投入：

> 用纳撒尼尔·塔恩的话说，一方面，这种文本探究一种发展中的"诗歌和人类学之间的交汇"；另一方面，探究的是作为濒危的人类多元性的"边缘"保卫者的当代诗人与那些代表着多元性本身和许多在新的诗歌领域未被发现和重新发现的价值的彼时彼地的诗人之间的交汇。这种文本也开放地包括理查德·赛克纳称为"表演诗学"的跨艺术的谱系，它也与美国和其他地方的第三世界的族群自我定义和文化解放运动相联系。①

罗森伯格得天独厚地从自己民族的文化中信手拈来，享受了一把"拿来主义"的快感。在他的诗歌文本中，希伯来文字和意第绪文字充满着异族文化特征的字母对普通读者形成了强烈的视觉的冲击力，愉悦着也挑战着读者固有的阅读模式和习惯。然而，恐怕单纯视觉上的挑战并非是罗森伯格等人诉求于希伯来文字和意第绪文字的全部意义，对于有着特殊文化身份的犹太诗人来说，双语书写所蕴藏的美学和意识形态的多种可能性才是文学创作的真正意义所在。

罗森伯格等人在翻译上的理论与实践不可避免地直接影响到了他们的诗歌创作，从而催生了一批以犹太民族的两种古老文字——希伯来语和意第绪

---

① 转引自 Norman Finkelstein, "The Messianic Ethnography of Jerome Rothenberg's 'Poland/1931'," p. 356。

语为标志性符号的实验诗歌。在这些诗歌中，犹太民族的文字、字母、数字等都成为文化符号散落于诗行之间，并以直接或间接的方式产生了深刻的视觉效果。比如，罗森伯格著名的"Gematria"诗。"Gematria"是希伯来字母代码，指的是用数字代表希伯来字母，因此这种诗歌也常被称为"数字诗歌"。罗森伯格之所以能够让数字入诗，是基于犹太计数的一个特点，那就是希伯来语的每一个字母也是一个数字，而由这些字母组成的词语和词组的数值相等的话，在一定程度上含义也相关。① 这种以数值为基础的诗歌从本质上说是对语言能指与所指之间关系的带有游戏态度的断裂，却颇有戏剧性地生产了一批具有视觉效果的诗歌。比如这首被称为"数字占卜：一首歌"（NUMEROLOGY："A Song"）的短诗中，英文字母和单词与阿拉伯数字并置在一起，很吸引眼球：

One	[1]
Number one	[1]
And one	[+1]
And a one	[+1]
1.	[1]
And an A	[+1]
A A A	[1 1 1]
And a three	[+ 3]
Three & C	[3 +3]
A & B	[1 +2]
Into three	[3]
And four	[+4]
Into D	[4]
Into G	[7]
B & E	[2 +5]
Minus three	[−3]

---

① Jerome Rothenberg, *Gematria*, p. 165.

And me $\begin{bmatrix} -4 \end{bmatrix}$

And divided by me①

　　这首诗中右面的数字以及计算是产生前面文字的基础。这一点诗学大家玛乔瑞·帕洛夫（Marjorie Perloff）曾经明确解释过：诗人们从各种数列或者按照字母顺序获得文本，而作为一种生产性技巧，诗行中的数字被不断替换，诗歌也因此生成。②具体到这首诗歌，从标题就可以看出诗人的苦心：把希伯来的神秘的数字文化与英语语言并置。诗人给英语字母的前七个字母分配了数值，也就是诗歌中显示的那样，A 的数值就是 1，B 的数值就是 2，以此类推。不过，加减号的融入赋予了这首数字诗更深的含义。诗人显然希望读者意识到，这首诗歌本身就是一个又一个算术题，恰似不得不面对各种问题的漫长人生。学者克里斯蒂娜·梅里克（Christine A. Meilicke）曾做过一个有趣的计算，把右边的数字按照加减号计算后，结果为零。③这一计算结果正是诗人想要借助这个字母和数字游戏表达的含义，人生终要归零。

　　罗森伯格是把玩文字的高手，他的诗集《波兰/1931》（*Poland /1931*）、《大屠杀和其他诗》（*Khurbn & Other Poems*）等都收录了相当一部分实验诗。这些诗歌在视觉上是极具冲击力的，比如大屠杀组诗中的第十首"周遭全封闭的领地"（"The Domain of the Total Closes Around"），就是在语言的拆解和形式的断裂中发出的"死者的声音"④：

THEM　　　　for there is even

totality here　　　　a parody of telos　　　　of completion

in themonstrous mind of the masters　　　those who give them –

　　　selves authority

over the rest of life　　　who dole out life& death　　　proper –

　　tioned

---

① Jerome Rothenberg, *Vienna Blood & Other Poems*, p. 62.

② Marjorie Perloff, *Poetic License: Essays on Modernist and Postmodernist Lyric*, p. 95.

③ Christine A. Meilicke, *Jerome Rothenberg's Experimental Poetry and Jewish Tradition*, p. 141.

④ Ibid. , p. 231.

to their own appetites as artists　　　they forge a world 　 a

　　shadow image of our own

& are the artists of the new hell　　　 the angels of the possible

　　the vision

passed from them down to the present　　　of what art can do

　　what constructs of the mind

are thinkable　　　　　　 when power assists their hands in the de-

　　lusion of the absolute

"a universe of death"　　　　　 where hell's thrust upward toward

the surface 　 becomes the vital fact

……①

　　这个"周遭全封闭的领地"从诗学意义上来说却是全开放的。诗歌文本中完全缺失的标点，孤零零的、远离了名词的不定冠词，用连字符连接的单词，这一切都在述说着诗人要为当代美国犹太诗歌寻找到一种"成熟的语言"的高远志向以及诗人对文字的超凡的想象力。这些诗行中的字母和单词仿佛具有激发人类想象力的魔力。诗行和小节摆脱了标点的羁绊，文字和诗行之间的留白如同诗人自由呼吸的节奏，这倒颇像圣经文本，没有标点，只有空白在指示着虔诚的信徒的阅读之旅。诗行是开放的、并置的，非线性的，它们不是沿着一条直线向诗歌含义的单一结局或是视线的单一移动而运动的，而是在开放和延异中颠覆着文本的权威性。具有讽刺意味的是，诗歌中充溢着"全部"、"完整"、"绝对"等字眼，却在这诗歌文本的游戏中彻底颠覆了这些含义，实现的是一个"绝对的幻象"（delusion of the absolute）和"我们自己的影子形象"（a shadow image of our own）。诗歌形式的变化莫测增强了诗歌的可视性，使这些变换的方阵中的文字变成了流动的符号，在这些符号的似乎散漫地组合中，方阵的形式也在随心所欲的变化，文字变成了可以用感官感知的形象，从而具有了奇妙的图像的视觉价值。视觉的冲击力强化了诗歌的内涵。显然，罗森伯格对诗歌的视觉霸权的实验凸显的不仅

---

① Jerome Rosenberg, *Khurbn & Other Poems*, p. 21.

是他的视觉美学观，更有着意识形态的考量。从这个层面来看，这首诗的确是关于"集权主义"的"戏剧性"和"美学"①。考虑到该诗集是关于犹太大屠杀主题的，因此这首诗中的集权显然指的就是法西斯统治。法西斯集权在屠杀犹太人的暴行中，也把集权的本质暴露无遗，使得集权本身成为"终极目的的反讽"。在希特勒那"荒谬的头脑"中，膨胀而扭曲的自我赋予了对他人生杀予夺的权威，在"周遭封闭的领地"制造了一个"死亡的宇宙"（"a universe of death"）。从这个角度来看，这种视觉冲击力带来的是对犹太人命运的深思和对法西斯集权的残酷性和荒谬性的深刻反思。

四　小结

投射诗、心理视觉主义和民族志诗学在不同的族裔诗人的诗学实践中不同程度地实现了诗歌的视觉化，在某种程度上实现了"写"诗歌的目的。当然，不同族裔诗人视觉化的初衷是不尽相同的。对于非裔诗人而言，强化诗歌的书面化是对主流话语体系过度渲染黑人诗歌的口头化倾向的回应和反击；对于犹太裔诗人而言，强化诗歌的书面化是他们对少数族裔口头文学迻录和翻译实践的延伸，更是把犹太的古老语言融入现代诗歌的一种尝试。无论是美国非裔人还是犹太诗人的"写"诗歌都不同程度地与奥尔森的投射诗形成了有趣的承继关系。可以说，通过与主流诗学的对话，族裔诗人实现了融入主流话语体系的梦想，为族裔诗歌参与到美国喧嚣的现代和后现代诗学实验和实践敲开了门，打开了窗。

---

① Christine A. Meilicke, *Jerome Rothenberg's Experimental Poetry and Jewish tradition*, p. 250.

第十六章

当代美国犹太诗歌与美国
现代诗歌的对话

在美国族裔文学中，犹太族群的写作不能够像美国非裔文学那样诉求于肤色政治，也很少像拉美移民作家那样戏剧化地发挥"跨语言游戏"策略来确立族群的归属。这个中原因当然是复杂的，但与美国犹太人和美国犹太文学与主流和边缘都不幸地有着一步之遥不无关系。正如犹太诗人艾伦·格罗斯曼（Allen Grossman）谈到同样有着犹太裔身份背景的诗人艾伦·金斯堡的诗集《卡迪什》（Kaddish）时所言："这个民族主义和种族主义的混合体表明了美国犹太诗人的特别地位，他们认为自己是土生土长的，同时，以一种一直属于犹太人特有的意义，认为，［他们］是外来的。"① 这种既是局内人又是局外人的特殊身份，使得犹太文学具有一种与生俱来的对话性、开放性和交互参照性。迈克尔·M. J. 费希尔（Michael M. J. Fisher）曾大胆预言了犹太写作的走向："犹太写作的未来可能有赖于一种更新了的交互参照风格的创造。"② "交互参照"含义很宽泛，可以指不同语言的互扰，也可以是不同民俗传统的对照，总之，带有一种对话式的维度。费希尔的预测是有根据的，事实上，犹太写作一直以来依靠的就是这种独特的对话式的交互参照的策略。这一点在当代美国犹太诗歌中可以得到生动的印证。本章的写作也将借用交互参照的策略，把当代美国犹太诗歌与美国现代诗歌和后现代

① Allen Grossman, "The Jew as an American Poet: The Instance of Ginsberg", in *The Long Schoolroom*, p. 28.

② ［美］迈克尔·M. J. 费希尔：《族群与关于记忆的后现代艺术》，吴晓黎译，詹姆斯·克利福德、乔治·E. 马库斯主编《写文化》，商务印书馆2006年版，第270页。

诗歌文本并置，让不同系列的声音自己说话、彼此对话，从而实现本文的写作初衷。

一 神圣经典阐释与美国犹太诗学的对话

美国犹太诗歌的对话性在某种程度上是犹太文化中阐释文本的古老思维方式的现代化文本策略。换言之，犹太传统文化中的阐释性思维和文本策略为犹太诗歌提供了基本的诗学原则。正如犹太评论家，诗人汉克·雷泽（Hank Lazer）所言，"文本和阐释""连环锁扣在一起"，因此所谓经典文本对犹太人来说不意味着一个以绝对从属的方式顶礼膜拜的固定的文本，相反，它是一个生产之地，一个开始，神圣并开放于一个广大的交互影响的范畴。① 这段话一语道破了犹太文化与基督教文化对待经典和阐释的截然不同的态度。说到犹太的经典，恐怕当首推犹太口传律法典籍《塔木德》了。《塔木德》本身包括两个部分，一部分是以希伯来文保留下来的被称为坦拿的博学者的言论，后经犹大·哈纳西拉比筛选以文字的形式确定下来，定名为《密西拿》；另一部分是后世学者对《密西拿》的研究，被命名为《巴莱托特》。这一部分可谓是"典外之说"，与《密西拿》相互对照，并加以阐释。② 在历史的时空流转中，对《塔木德》的阐释保持了执着的连续性和动态性，这使得这部经典既古老又现代。人们在阐释中实现着与《塔木德》经典的直接对话。而这也形成了犹太教的一个独特性："一种连贯的传统通过对《塔木德》文章的传授和评述而存在，评述与评述盘根错节。"③

犹太教的神圣阐释具有两个鲜明的特点，其一，是阐释的生产性。对此，W. E. 佩顿（William E. Paden）在《阐释神圣》（Interpreting The Sacred）中这样论述："因为经典是取之不尽，用之不竭的'神的话语'，所以对经典的阐释也是无穷无尽的。揣摩经典的意义不可能有完结的时候。评注者们可以从每一个音节中发现意义。"④ 法国伦理哲学家埃马纽埃尔·勒维

---

① Hank Lazer, "Is There a Distinctive Jewish Poetics? Several? Many?: Is There Any Question?", p. 75.
② 参见［法］埃马纽埃尔·勒维纳斯《塔木德四讲》，商务印书馆 2005 年版，第 2 页。
③ 同上书，第 7 页。
④ ［美］W. E. 佩顿：《阐释神圣—多视角的宗教研究》，贵州人民出版社 2006 年版，第 100 页。

纳斯（Emmanuel Levinas）在《塔木德四讲》中指出，从这一无法穷尽，并深具各种可能性的神圣符号体系出发，一代又一代的评论家众说纷纭，[①] 犹太教经典的全部阐释过程的目的就是产生进一步的讨论，而不是最终或是决定性的完成一个话题。多元解释共存，从来没有使它们和谐一致的冲动，这种开放式结尾、多元性的阐释方式以自己鲜明的形式存在于《塔木德》和《摩西五经》当中。在这里，阐释被认为是一个文本呼应另一个文本，一种解释呼应另一种解释的方式。文本对文本的评论和阐释形成了一个相互指涉的链条，而这个链条是比喻性的。这就涉及神圣阐释的第二个特点，即它的喻指性。佩顿认为:"圣经中的一切都是种种精神意义的比喻……到中世纪，经典阐释的四个层面，即字面义、道德义、比喻义与神秘含义，已被视为理所当然。"[②]勒维纳斯的表述更切中要害:"《塔木德》思想中的一道光芒，投射在带有该思想并激活象征潜力的符号上。"[③]

犹太经典阐释的这两个特征成就了美国犹太诗学的特殊性和独特的魅力。从某种意义上讲，美国当代犹太诗学的理念正是来自于犹太阐释学。犹太诗学的领军性人物哈罗德·布鲁姆（Harold Bloom）、杰弗瑞·哈特曼（Geoffrey Hartman）、约翰·霍兰德（John Hollander）等人对犹太诗学和犹太阐释学的关系都曾做过专门的论述。尽管他们的理念各具特色、观点各有不同，但他们均把文本看作是一个在开放性关系及运动当中，所有可能和所有多义的比喻一直向外指涉，向前指涉，指向进一步的比喻。[④] 与象征主义和新批评把文本当作一个封闭艺术客体不同，美国犹太诗学的创立者们把文本当作一个相互作用的，多义开放的，既表现又被浸润的对象。当代美国犹太诗学集中体现了犹太诗歌对语言物质材料的关注，语言的构成字母，冗赘，甚至是声调和重音都成为诗学诠释的基础。正所谓"阐释是一种语言行为，其根子在于语言"[⑤]。从这个角度来看，犹太诗学是带有解构特点的诗

---

① 参见［法］埃马纽埃尔·勒维纳斯《塔木德四讲》，第8页。

② ［美］W. E. 佩顿:《阐释神圣——多视角的宗教研究》，第100页。

③ ［法］埃马纽埃尔·勒维纳斯:《塔木德四讲》，第9页。

④ 此观点参见 Shira Wolosky, "On Contemporary Literary Theory and Jewish American Poetics," in Michael P. Kramer & Hana Wirth-Nesher, eds. , Jewish American Literature, pp. 251—252.

⑤ ［美］W. E. 佩顿:《阐释神圣——多视角的宗教研究》，第133页。

学，它解构了指涉—导向性的语义含义的观念。犹太诗学不认为语言总是陷入它的自我指涉，并因此失去了所有的指涉和意义，而是认为语言的注意力指向了比喻的链条，指向了他们的构成。尽管摒弃了一个先在所指，犹太诗学却积极尝试在能指本身追寻意义的秩序。这一比喻的意义的秩序被布鲁姆称为"替代的舞蹈"①；被霍兰德称为"置换的链条"②；被米歇尔·费什本（Michael Fishbane）称为"可能性的链锁"③；被哈特曼称为"比喻意义的可能性"④。

　　无论如何称呼，犹太诗学体现了一种天生的互文性。然而，哪里才是这条意指链条的归宿和家园呢？答案恐怕还要在犹太经典的神圣阐释中寻求。"宗教阐释不是纯粹的智力活动，而是一种社会行为，即有动机的社会行为，和语言一样，阐释不可避免地牵涉到'政治'。"⑤ 勒维纳斯等人的现代阐释殊途同归地走向了伦理形态。他认为不介入伦理学的思想是缺乏责任的希望，经典阐释对伦理问题绕着走，最终仍然要撞在伦理的礁石上。基于此，勒维纳斯提出了以"为他人"为纲领的伦理思想。他尝试从"他人哲学"的角度诠释上帝。在他的哲学体系中，上帝成为"伦理经验"的标志和"杰出的他者"⑥。犹太的拉比们正是通过阐释行为本身而完成他们的伦理使命的。拉比们没有把启示看作是一种独特的、明确地描述性的存在，而是作为将被挖掘和检验的永恒的硕果累累的现象。阐释行为本身就是神圣的和伦理性的行为。对于犹太教，布鲁姆也给出了这样的定义："一种建立在被拉比的权威解释的神圣文本之上的伦理生活。"⑦ 那么，这种"伦理生活"又是如何实现文本表现的呢？勒维纳斯认为，在犹太教当中，神圣启示不是在自然或是这个世界中的任何物质的东西体现出来的，而是在"他者"和"神圣文本"中得到体现的。犹太特有的神学和哲学思维也在文学中得到了

---

　　① See Harold Bloom, *Poetics of Influence*, pp. 141—142.

　　② See John Hollander, "The Question of American Jewish Poetry," pp. 36—52.

　　③ Michael Fishbane, *The Exegetical Imagination*, pp. 13—5.

　　④ See Geoffrey Hartman, "The Struggle for the Text," pp. 3—23; "Midrash as Law and Literature," pp. 338—355.

　　⑤ ［美］W. E. 佩顿：《阐释神圣——多视角的宗教研究》，第 13 页。

　　⑥ 关宝艳：《伦理哲学的丰碑》，载埃纽埃尔·勒维纳斯《塔木德四讲》，第 1—16 页。

　　⑦ Harold Bloom, "The Breaking of Form," pp. 7—9.

发扬。犹太作家在揭示自然，自我和民族等传统主题时往往诉求于他人和他人的文本。

犹太经典阐释的生产性、喻指性和伦理性赋予了当代美国犹太诗学和诗歌创作鲜明的互文性、比喻性和伦理意识。这些美学特征在与现代美国诗歌的对话当中凸显出来，在这两个诗歌系列的对比性阅读中，我们仿佛能够听到美国诗歌历史的回音。下面本章将以当代美国犹太诗人丹尼斯·塞姆珀斯（Dennis Sampson）、哈纳·布劳什（Chana Bloch）、杰拉尔德·斯特恩（Gerald Stern）的诗歌为蓝本，倾听诗歌文本碰撞所发出的历史的回音。

二　蛛网中心与边缘的交锋

素有"20 世纪美国民族诗人"之称的罗伯特·弗罗斯特与美国当代犹太诗人丹尼斯·塞姆珀斯之间的对话是颇有代表性的。[①] 塞姆珀斯于 1990 年出版的诗集《宽恕》（*Forgiveness*）的开篇诗《我希望我知道上帝的别名》（"I Wish I Knew Another Name for God"）。诗歌开篇这样写道：

> 我想要说
> 关于蜘蛛
> 在水仙花和萱草
> 中间，
> 不是长腿老爹
> 而是胖乎乎的花园蜘蛛
> 在花间停歇
> 一只蜘蛛
> 斑斑点点的白色

---

① 关于此两位诗人之间的对话性在 James Finn Cotter, "The Truth of Poetry," *The Hudson Review*, 44. 2（Summer, 1991）, pp. 343—348 + 350—351; Jonathan N. Barron, "At Home in the Margins: The Jewish American Voice Poem in the 1990s," *College Literature*, 24. 3（1997）, pp. 104—123 中均有论述。本文参阅了此两篇文章，但论述的角度已经有很大不同。

　　大得足以吃得下一只天蚕蛾①

　　诗中那"胖乎乎"的"蜘蛛"的意象不由得使人想起弗罗斯特的名诗《设计》（"Design"）中那使人不寒而栗的白色蜘蛛：

　　　　我发现一只丑陋的肥蜘蛛，又白又亮，
　　　　在一株白色的万灵草上，抓住一只飞蛾
　　　　像一片僵硬的白色缎布——
　　　　死亡和枯萎交集的角色
　　　　交叉混合，等待迎接黎明，
　　　　像一个女巫的肉汤里的材料——
　　　　一只雪莲花蜘蛛，一朵泡沫般的花
　　　　死亡的翅膀扑闪着像一只纸风筝。②

　　两只同样"胖乎乎"，在鲜花中停留的蜘蛛却仿佛带给我们迥然不同的心理冲击：塞姆珀斯的蜘蛛安详、怡然、平和；而弗罗斯特的蜘蛛凶险、残虐、狰狞。人们不禁要惊讶于大自然的造化居然会造就了这迥然不同的相同物种。然而这两只蜘蛛所传达的信息却远不止如此。塞姆珀斯的蜘蛛把已经成为经典的弗罗斯特的蜘蛛从历史的背景中推到了前景，并不容分说地向那只经典的蜘蛛发出了不动声色的挑战，从而把蛛网变成了一个文本的"心理战场"。看来布鲁姆所言的"心理焦虑"在这里发生了作用。作为前驱诗歌中的意象，弗罗斯特的白色蜘蛛颇有霸气，"抓住一只飞蛾"，似乎要毁灭自然中的一切。这是否也意味着对后世诗人的警告呢？然而塞姆珀斯的蜘蛛仿佛对此茫然不知，没心没肺地享受着自然赋予的一切：

　　　　我想要说
　　　　关于蜘蛛，

---

① Dennis Sampson, *Forgiveness*, p. 16.
② Robert Frost, *Complete Poems of Robert Frost*, p. 396.

看到蓝花黄蜂

在屏蔽上交配

在走廊

与弗罗斯特那"抓住一只飞蛾"的白色蜘蛛不同,塞姆珀斯的蜘蛛居然安详地看着蓝花黄蜂"交配",任其享受自然的造化赋予的欢爱。即使是这样,塞姆珀斯还是觉得没有表示出对万物生命的尊重,因为:

把我的眼睛

凑得那么近

好像一定不够礼貌

对黄蜂的上帝

对所有的其他的上帝

蜘蛛的上帝

卵石的上帝

对风中垃圾的上帝。

弗罗斯特诗歌中的死亡意象被彻底颠覆了,然而塞姆珀斯的高明之处在于他并没有把弗罗斯特当成否定的对象,而是把他当成了一位在精神上平等的对话者,另一位智者拉比。塞姆珀斯之所以选择弗罗斯特作为他的前驱诗人,是因为他在弗氏的诗歌中听到了一个熟悉的声音。这个声音来自一个超验的上帝。塞姆珀斯对弗氏和该诗歌的理解是准确的。创作了大量自然诗歌的弗罗斯特一直对没有人能从他的作品中追寻出"上行的达尔文链条"[1]焦虑不已,但这却恰恰说明,弗氏诗歌的复杂性。对于《设计》的神性,诸多弗罗斯特研究已经达成共识。诗人、评论家提姆·肯戴尔(Tim Kendall)在 2012 年编辑的《罗伯特·弗罗斯特的艺术》(*The Art of Robert Frost*)中就总结了以往的研究结论,认为这首诗是关于"异样世界的

---

① Stanley Burnshaw, *Robert Frost Himsel*, p. 168.

类比", 是关于上帝创造世界与诗人创造诗歌之间的类比。① 总之, 弗罗斯特的"设计"是源于, 也关于一只上帝之手。弗罗斯特的超验主义思想直接来源于爱默生。② 如爱默生一样, 弗罗斯特也把自然看成是一个可感可知的世界。然而, 与爱默生那种在自然之中"享受着完全的欣喜"的状态有着明显的区别, 弗罗斯特与自然保持着审慎的距离。③ 弗罗斯特"把自然、人和上帝想象成了分离的存在体"④, 这与爱默生的"我是神的一部分", "宇宙本体之流在我体内循环"的上帝、自然和人的关系也有着本质的区别。诗歌"Design"的标题本身就很能说明问题。"Design"有"设计"之意。弗罗斯特似乎在暗示我们, 他所选择的是一个超越的上帝, 是一个我们根本无从理解和把握的设计者。在这一点上, 身为犹太诗人的塞姆珀斯倒是与弗罗斯特有着某种契合。犹太教认为:"上帝不是自然的一部分, 而是超越宇宙而存在的, 是一种最高的超自然的精神实体, 是无形的、不可见、不可摸、无法描述的。"⑤ 这与弗罗斯特所暗示的一个超验的上帝的存在是不谋而合的。在上帝与自然的关系上两位种族不同, 时代不同的诗人却从容地达成了一致, 而这也是两首诗歌互文建构的基础所在。

然而共同的超验上帝的观念却创造出了迥然不同的诗歌世界。这与两位族裔身份不同的诗人对神圣的理解不同有关。犹太教崇尚"一神"思想, 其精髓在于认为上帝是"独一的", 同时承认神的造物主地位。一神思想带来的是一个统一的宇宙观, 是一个有序、统一、和谐地按照规律运行的世界。此外, 更为重要的是, 犹太教阐释的是一个"作为伦理意义的上帝"⑥。"上帝通过'创造'产生出世界; 上帝通过'启示'选择了人; 上帝以及人的创造性的工作产生出救赎活动。"⑦ 塞姆珀斯在诗歌中为我们描述的正是

---

① Tim Kendall, *The Art of Robert Frost*, p. 358.

② 关于爱默生对自己的影响, 弗罗斯特在他的散文《关于爱默生》里有过具体论述。参见［美］理查德·普瓦里耶等《弗罗斯特集: 诗全集、散文和戏剧作品》, 辽宁教育出版社 2002 年版, 第 1068—1069 页。

③ ［美］爱默生:《论自然》, 载《爱默生演讲录》, 中国人民大学出版社 2003 年版, 第 220 页。

④ Donald J. Greiner, *Robert Frost: The Poet and His Critics*, p. 216.

⑤ 徐新:《犹太文化史》, 北京大学出版社 2006 年版, 第 83 页。

⑥ 关宝艳:《伦理哲学的丰碑》, 载［法］埃马纽埃尔·勒维纳斯《塔木德四讲》, 第 14 页。

⑦ 傅有德等:《现代犹太哲学》, 人民出版社 1999 年版, 第 88 页。

这样的一个世界。然而这首诗歌本身与弗罗斯特"设计"的互文关系却使情况变得复杂起来。弗罗斯特诗歌的结尾似乎在质疑着塞姆珀斯：

> 是什么使得那花成了白色，
> 而路边的万灵草却绽放着纯净的蓝色？
> 是什么让那同色的蜘蛛爬到这么高，
> 再趁着黑漆漆的夜色把白飞蛾诱到那里？
> 有什么比黑暗的设计更可怕？
> 无处不在的设计连一条小命都不肯放过。①

这一连串的问句仿佛是诗人的喃喃自问，又仿佛是对上帝的诘问，然而在这个互文的语境中，更像是弗罗斯特跨越时空与后世诗人的对话。对于塞姆珀斯的蜘蛛，弗罗斯特会做何感想？显然，塞姆珀斯和他的蜘蛛很难令弗罗斯特满意。因为在弗氏的人—神关系的主题中，蕴涵了弗氏对现代人矛盾的宗教思想的反思。从一定意义上说，人类社会的历史，就是人类不断超越无知、摆脱自身困境、发展科学技术的进步史。现代人虽然在科学技术方面取得了辉煌的成就，但现代科学却无法解答人们的全部疑惑。它无法让人放弃对"上帝"的信仰，也无法说明，倘若上帝根本就不存在，那么，冥冥之中操纵着人类命运的又是谁、又是什么力量。弗罗斯特超验的上帝带给人类的是一个在机缘巧合抑或是在精心安排之下的邪恶的世界；而塞姆珀斯超验的上帝带给他的却是一个和谐的人间乐园。相比之下，塞姆珀斯的世界仿佛过于简单、直白了。然而如果把塞姆珀斯的诗歌同样放在互文的语境中，情况就似乎远非看起来那么简单。作为后世诗人，塞姆珀斯从来没有试图超越他那位伟大的前驱诗人，他对弗氏"设计"的互文性写作更像是一种十分微妙的修正，是一种续写，借用布鲁姆的"影响的焦虑"的话语体系，就是"苔瑟拉"（Tessera）。"这是一种以逆向对照的方式对前驱的续写，诗人以这种方式阅读前驱的诗，从而保持原诗的词语，但使它们别具他义，仿

① Robert Frost, *Complete Poems of Robert Frost*, p. 396.

佛前驱走得还不够远。"① 在塞姆珀斯的诗歌中，"别具"的"他义"之一就是诗人借助弗罗斯特的经典之声来为犹太诗歌的边缘地位造势的目的。塞姆珀斯那"胖胖的"的蜘蛛与弗氏的邪恶的"白色蜘蛛"形成了一个完美的"对偶"，从而产生了一种互相影射，互相阐释的作用，并在当代美国犹太诗歌和美国现代经典诗歌之间建立起某种互文性。两个诗歌文本最终指向的都是伦理意识，不同的是弗氏的诗歌指向了由于内在化的缺失而形成的邪恶；而塞姆珀斯的诗歌则指向了犹太教的"仁慈"和"正义"。两个文本在伦理的唱和中谱写出了具有丰富内涵和多元文化色彩以及宗教色彩的自然、上帝与人类心灵的复杂声音。

三　自我与他者的呼应

　　塞姆珀斯与弗罗斯特的蜘蛛之间的对话把美国的自然再文本化了，并最终共同编织出了一张严丝合缝的密实的宗教伦理的蛛网。与塞姆珀斯有着相同的出发点，却诉求于不同的文本对象和不同的诗歌主题的是另一位重要的当代美国犹太诗人——马克·卢德曼（Mark Rudman）。众所周知，美国诗歌中三位一体的诗歌主题分别是自然、自我和民族，② 塞姆珀斯在与弗罗斯特的对话中诉求了自然，卢德曼则选择了自我。卢德曼的代表作是他的长诗《骑士》（Rider），该诗集于 1995 年获得了全美图书评论奖。卢德曼的这部长诗三部曲发展了自罗伯特·洛威尔的《生活研究》所确立的"自白体"，使美国诗歌的自传、自白的趋势得到了新的拓展。在一种对话式的多声音叙事中，在诗歌与诗体散文的交互映衬中，诗人在他与祖父、父亲、继父、儿子的关系的多棱镜中窥探了自我的成长历程。③ 这部长诗充分体现了卢德曼独特的诗歌写作技巧，他的某些被称为"卢德曼签名"的特质已经充分体现了出来，比如紧凑的、简练的、口语化的诗行，对话式的诗歌叙事方式、从流行文化到经典文本的令人炫目的转换等。④ 然而卢德曼之所以成为卢德

---

① ［美］哈罗德·布鲁姆：《影响的焦虑》，江苏教育出版社 2006 年版，第 15 页。
② 参见黄宗英《抒情史诗论》，北京大学出版社 2003 年版，第 22—36 页。
③ James Finn Cotter, "The Truth of Poetry," pp. 346—348.
④ 参见 Mark Rudman, The Couple, 封底。

曼,恐怕还要感谢他的诗歌中浓厚的犹太传统和流散文化的情愫和背景。

长达 150 多页的叙事长诗《骑士》中充斥着许许多多对话的声音,有些对话者称谓明确,有些对话者依稀可辨,有些则面目模糊,而在这众多的声音中,有一组对话的声音一直贯穿始终,那就是诗人已经死去的继父幽灵般的声音和诗人的对话。诗人的继父生前是一位拉比,因此这种对话听起来更像是《塔木德》的拉比对神圣经典的阐释之声。这复杂的阐释之声与诗人的经历互相映衬,夹叙夹议,又仿佛在暗示犹太神圣经典的独特的阐释方式。这一切都使得这首长诗像一张精心编织出来的复杂的自我指涉的网。然而诗人仿佛并不满足于这种封闭的自我指涉,他所寻求的是一个从自我的中心向外不断发散的动态的、互文性的网络。基于此,卢德曼的长诗援引了史蒂文斯的诗歌作为铭文就不难理解了。在主观与客观、精神与物质世界中游刃有余地游走,冷眼观看着沧桑变化的史蒂文斯是许许多多的后世诗人"焦虑"的对象,卢德曼也是其中之一。之所以把史蒂文斯作为前驱诗人,卢德曼可能首先考虑到的是史氏诗歌本身具有的无限阐释的张力。正如米勒所言:"史蒂文斯的诗是一个深渊或填充深渊,一个裂口和裂口似的偶像的产物,具有无尽的阐释。随着读者对其要素提出疑问,让每一个问题生成一个本身是另一个问题的答案,它文本的丰富打开了深渊下的深渊,每个深渊下都有个更深的深渊。每个问题展开另一个距离,一个在 B 点重新开始的始于 A 点的远景,永远也不能接近不断后退的地平线。这样一首诗是无法被包容进一个单一的逻辑体系的。它呼唤出隐在的没有尽头的评论,其中每一个评论,就像本文一样,只能阐述和再阐述这首诗的 mise en abyme。"① 史蒂文斯诗歌的这种特性使卢德曼想象的犹太拉比与现代美国诗歌的拉比的对话成为令人神往的文学冲动。

《骑士》以史蒂文斯的诗句"哦!拉比,拉比,为我守护我的灵魂/是这个黑暗自然的真正学者"作为铭文可谓用心良苦。首先,诗人似乎在暗示其读者,他的诗歌将以某种方式与史蒂文斯的诗歌建立一种互文关系;其次,史蒂文斯诗歌中的"拉比"的呼语似乎在预示着卢德曼将要借拉比之

---

① [美] J. 希利斯·米勒:《大地·岩石·深渊·治疗——一个解构主义批评的文本》,方杰译,www. csscipaper. com/literature/foreign。

口在犹太传统中而不是在基督教传统中重写个人的历史。犹太传统的自我的界定有其历史和宗教的特殊性。这种特殊性就是勒维纳斯所界定的"他者"。勒维纳斯认为"有了谦恭、慈悲和正义感还不足以做一个犹太人，道德的极致是向超越常善之'他者'的亲近"①。这个"他者"不是胡塞尔的"第二我"，也并非费尔巴哈的人的"异化"，而是人类在极限处领会到的启迪，是作为有意识存在的人类之"异在"，是伦理意识上的"道德的外衣"②。卢德曼在《骑士》中实践的正是这样的"他者"伦理观。

长诗以自传的口吻，在对往事的追忆中拉开序幕："六到十五岁之间我和一位拉比生活在一起/他是我妈妈的丈夫。我们很铁。"③ 接着在卢德曼独特的戏剧对话般的诗行中，一问一答，诗人与这位拉比继父的往事一一呈现在读者面前：

> 那么你是不是不用买票，因为你是拉比的继子？
> 不是的。第一，我们从来不用"继"这个词。第二，我要说的是，也没有票。
> ……
> 嘿，你住过不少地方，是不是啊？
> 是啊，这种事人人都记得。④

斜体字来自一个不知名的声音，听起来仿佛答记者问。尽管细节枝枝蔓蔓，但是显然那位和孩子关系很铁的继父拉比才是讲述人脑海中萦绕不去的焦点。他想走进他，走进他的灵魂深处：

> 现在不是我告诉你在他世俗生命的
> 最后几年发生了什么的时候。

① 关宝艳：《伦理哲学的丰碑》，载〔法〕埃马纽埃尔·勒维纳斯《塔木德四讲》，第8页。
② 同上。
③ Mark Rudman, *Rider*, p. 1.
④ Ibid.

　　当我还是孩子的时候,
　　我感觉这个男人各个方面

　　都很伟大
　　这不是我的煎熬和矛盾的画像。①

　　在"后记前言"("Prelude to an Afterword")中,卢德曼回忆了他母亲的弥留之际。与他共同陪伴母亲走完此生之路的是一位临终关怀护工,也是一位洗礼的祈祷者。此时,卢德曼所关注的并非处于弥留之际的母亲,而是那位像谜一样让诗人一直无法真正走入灵魂深处的继父。当他得知这位洗礼的祈祷者与继父相识,他的好奇心又被唤起。听完祈祷者对继父性格的剖白,卢德曼仿佛醍醐灌顶,心潮澎湃:"听到人们的剖白/认识骑士的人们,那位'小拉比',/感动得我热泪盈眶当我在这儿/服侍我的母亲。"② 诗人之所以如此感动,倒并非出于任何煽情的外溢的亲情,而是由于"我更清楚地看清了他/通过这个陌生人的眼睛"③。卢德曼没有接受祈祷者对继父的评价,因为他的评价是建构在基督教的维度之中的,他接受的是祈祷者对继父的那份溢于言表的感恩之心:

　　我本来没有想到他会有助于
　　确认我对何为真实的感知,

　　但是这个认识他不到两年的人
　　感到那么感激涕零促使我让自己
　　以受其影响的人们
　　去思考骑士的生命④

---

① Mark Rudman, *Rider*, p. 3.
② Ibid. , p. 96.
③ Ibid. , p. 97.
④ Ibid.

卢德曼在此明确表明了他对于一个人的自我判断的方式，那就是通过与这个自我发生过联系的他者的眼睛。通过他者来界定和评判的自我与基督教中在救赎之路上苦苦跋涉的人们是截然不同的。卢德曼的自我是"去宗教"的，是世俗意义上的自我，其生命的重荷来自对他人的责任，而不是对上帝的承诺。从这个角度来讲，卢德曼的自我意识的核心是其伦理意义，是"面向他人"的道德取向。这种自我观与勒维纳斯同出一则。勒维纳斯在其"面向他人"一文中，从《密西拿》中有关"赎罪"的文字阐发开去，认为"宽恕的工具掌握在我手中"。面对从上帝到"我的兄弟"的形形色色的他者，"为了在赎罪日获得宽恕，我必须事先争取使他平息"[1]。然而。卢德曼的处境似乎更加艰难，继父已经作古，母亲处于弥留之际，诉求于他者求得心灵的安慰似乎已经不可能。于是诗人试图在祈祷者身上寻求他者的影子：

> 不仅仅是争吵，我不得不加上一句，
> 为我的缺席寻找赦免，
> 而是憎恨（不能让我母亲产奶
> 这个被剥夺了的寡妇的角色）。他点头
> 实事求是地。这使我释然。[2]

祈祷者善解人意的"点头"使我为自己的"缺席"寻求到了理解和谅解，尽管并非来自继父和母亲，但也足以使诗人感到"释然"，使他能够最终直面尘封的记忆和与继父之间的恩恩怨怨，把积聚的往事和情感一一写出，并在想象中建构起与继父跨越阴阳两界和时空转换的对话。在诗歌的结尾处，骑士告诉他的继子"现在我死去了。死人是/ 不可触摸的"[3]。诗人的回答是："但不是不能到达的。"[4] 父子两人一唱一和，生者和死者在精神的层面并无距离：父亲似乎已经厌倦了尘世的烦忧，希望以死来解脱，"untouchable"除了有"不可触摸的"含义之外，还有"别来烦我，别来惹我"

---

① ［法］埃马纽埃尔·勒维纳斯：《塔木德四讲》，第18页。
② Mark Rudman, *Rider*, p. 98.
③ Ibid. , p. 112.
④ Ibid.

的弦外之音，然而继子的一句"但不是不能到达的"似乎是在揶揄又似乎
是在质疑也似乎是在评论继父的话语，然而这句似乎不敬的回答却在诗歌的
结尾处升腾起了希望，一种在永不枯竭的话语的评说之中，在永不完结的对
话之中生产出的希望，它将最终实现人类的拯救。这也是诗集最后一部分被
诗人命名为"骑士对《骑士》的评说"（Rider's Commentary on *Rider*）的原
因所在。

　　以骑士命名或者书写对象的英美诗歌不少。其实弗罗斯特就写过一首
诗，名为《骑士》（"Riders"）：

　　　　有件最确定的事情就是我们是骑士，

　　　　尽管没有一个人精于此道，向导，

　　　　穿行于呈现眼前的一切，土地和海潮

　　　　现在我们腾云驾雾。

　　　　什么是被津津乐道的身世之谜

　　　　却赤裸后背在大地上攀登？

　　　　我们只能看到初学者两腿叉开，

　　　　他的小拳头埋在马鬃下面。

　　　　这有我们最宽敞的马鞍——一匹无头马。

　　　　尽管它脱缰跑出了轨道，

　　　　我们的奉承似乎多有冒犯，

　　　　我们有些想法还没有尝试过。①

　　这首小诗在人类存在与骑马奔驰之间架构了类比。② 小诗中密布的生命
和人生符号，比如身世、初学者、赤裸后背、小拳头等都悄然证明了这一
点。然而，尽管弗罗斯特以人生之喻反观骑马的过程，与史蒂文斯和卢德曼
比起来就有简单之嫌了。

　　前文提到，卢德曼在创作《骑士》时，脑海中的前驱诗人就是史蒂文

---

① Robert Frost, *Complete Poems of Robert Frost*, p. 345.
② Deirdre J. Fagan, *Critical Companion to Robert Frost: A Literary Reference to His Life and Work*, p. 292.

斯。卢德曼与史蒂文斯的互文建构的基础就是美国诗人对自我的不同思索和回应。如果史蒂文斯在天有灵，相信他对卢德曼的这种互文建构不会反感。事实上，史蒂文斯特别感兴趣的现实世界的特征之一就是相互连接的重重关系，正如他在诗歌《混沌鉴赏家》中所写的那样：

> 而相互关系在显现，
> 像沙滩上的云影，
> 像远山边的地形，
> 小小的关系在展开。

为了展开这些"小小的关系"，史蒂文斯坚持在"他者中替代或象征自我，使自我反对爱默生的禁止的、孪生的、分裂的或自相矛盾的'我们'"[1]，对史蒂文斯而言，自我不是"一个坚实的基础可以建立在自我被替换时想象的东西之中"。"自我"在史蒂文斯的世界中几乎是"想象"的同义词，现实"不是自我的一部分但是必须被带进它的视野，形成并因此被重新创造"[2]。史蒂文斯认为"自我没有创造世界"，"而是创造出了它的世界的版本"[3]。换而言之，史蒂文斯的自我也是在诉求他者的过程中确立起来的。这种自我与世界，自我与现实，自我与他的关系在史氏的诗歌中是一个永恒的诗意表达："我是我周围的世界"（《原理》），"我是自己在其中行走的世界"（《在红宫喝茶》），"没有事物能依靠自身存在"（《最美的片断》）等都是耳熟能详的诗句。斯蒂文斯与卢德曼不同的是，他的"自我"和"他者"是在"主观的现实"和"客观的现实"的对立中表现出来的。这种对立不可避免地产生出一个"虚无"（nothingness）的真空。[4] 在这个真空中史蒂文斯偏执地保留着空白，于是，他就此陷入了存在主义的泥潭之中。这也是史蒂文斯研究专家约翰·赛瑞欧（John N. Serio）认为他在诗中采用了

---

① ［美］J. 希利斯·米勒：《大地·岩石·深渊·治疗——一个解构主义批评的文本》，方杰译，www. csscipaper. com/literature/foreign。

② Roy Harvey Pearce, *The Continuity of American Poetry*, p. 381.

③ Ibid.

④ John N. Serio, *The Cambridge Companion to Wallace Stevens*, p. 70.

越来越多的"尼采式方式"的原因。① 在他的晚年，当他雄心勃勃地寻求诗歌"本身的含义"之际，他的诗歌呈现出不可逆转的悖论："史蒂文斯对一个终极的人文主义的寻求"却引领他走上了一条"非人性"之路。"它促使他净化他的诗歌直到他们几乎不是一个活着、爱着、恨着、创造着、死亡着的人写的诗歌"，相反，"他们是一个除了创作诗歌别的什么也不做的人的诗歌；他从他的诗歌中'抽象了'生活、爱、恨、创造、死亡，希望在诗歌中剩下的与其是诗歌不若说是诗歌的可能性"②。史蒂文斯的"终极诗歌"（ultimate poem）是"混乱的"、"抽象的"③，而现实和想象将是这混乱的一个又一个侧面。当史蒂文斯呼喊出"哦！拉比，拉比，为我守护我的灵魂"的时候，他已经清楚地意识到没有人能为他守护他的灵魂，因为"唯一的皇帝是冰淇淋皇帝"，是史蒂文斯的感官的享乐主义。史蒂文斯的自我认知在美国现代和后现代诗人中是很有代表性的。在自白派诗人罗伯特·洛威尔的诗歌中，这种存在主义的虚无的自我更是走向了极端，以至诗人惊呼："我自己就是地狱；无人在这里——"④

卢德曼不仅是一位杰出诗人，也是一位很有造诣的现代诗歌研究专家。因此他与前驱诗人的对话在某种程度上是一种有意识的自觉行为。卢德曼从诗学谱系出发对 D. H. 劳伦斯、威廉·卡洛斯·威廉斯、哈特·克兰、T. S. 艾略特、庞德、史蒂文斯等英美现代派诗人的研究见解独树一帜，堪称经典。其中他对史蒂文斯的研究就是从他与威廉斯之间的文学"联系"入手而进行的互文性研究。⑤ 他特别注意到史蒂文斯引用了威廉斯的诗集《致需要者》（*Al Que Quiere!*）中的短诗"西班牙男人"（"El Hombre"）作为题铭：

　　非凡的勇气
　　你赠与我古老晨星：
　　旭日东升 孤独闪耀

---

①　John N. Serio, *The Cambridge Companion to Wallace Stevens*, p. 111.

②　Roy Harvey Pearce, *The Continuity of American Poetry*, p. 413.

③　John N. Serio, *The Cambridge Companion to Wallace Stevens*, p. 65.

④　Robert Lowell, *Life Studies*, p. 90.

⑤　Mark Rudman, *The Book of Samuel: Essays on Poetry and Imagination*, p. 55.

你却并不献出自己的光芒！①

　　史蒂文斯与威廉斯这两个"男人"之间互相汲取力量、日月同辉，共筑一片现代主义诗歌的苍穹的境界正是卢德曼理想的影响的焦虑状态。以史蒂文斯的"拉比"为出发点，卢德曼却在自己的诗歌中"偏移"了史蒂文斯对拉比的呼求，在不动声色的诗歌建构过程中，"矫正"了史蒂文斯自我和他者之间的"真空"观念，用犹太伦理的"他者"观填充进这一真空，从而使得自我在伦理的视域中得以实现和升华。从这一角度来看，卢德曼倒真是对他的这位大名鼎鼎的前驱诗人进行了"克里纳门"（Clinamen）式的修正。②

四　前驱与流散之地的遥望

　　如果说犹太美国诗人在自然和自我两个主题上尚能够与他们的美国前驱诗人心平气和地对话，那么从迦南之地流散千年的犹太人在民族以及与此紧密相连的家园话题上就显得敏感得多了。流散是美国犹太诗人心中一个永远的痛，一个永远无法洒脱地一语带过的话题。它是雷兹尼科夫（Charles Reznikoff）的"风中的""种子"③，是朱可夫斯基（Louis Zukofsky）的"种植在圣木上的""骷髅"④；是罗森伯格那游弋的"犹太人之家"。正如罗斯在犹太代表大会上的激情辩论所言：

　　　　我想犹太性的本质特征是这样一种观念，它既深深扎根于传统又深深扎根于当代——简单说，它不是一种归属感。不是归属，而是一种流亡，是一种疏离，他每时每刻都知道，无论身在哪里，他都不属于那里；他每时每刻都知道，无论身在哪里，他都发现自己与众不同。⑤

　　①　William Carlos Williams, *A Book of Poems：Al Que Quiere！*, p. 31.
　　②　［美］布鲁姆：《影响的焦虑》，江苏教育出版社2006年版，第15页。
　　③　Charles Reznikoff, *The Complete Poems of Charles Reznikoff*, p. 33.
　　④　Maeera Y. Shreiber, "Jewish American Poetry," p. 156.
　　⑤　［美］罗斯等：《犹太知识分子和美国的犹太认同》，《犹太人告白世界——塑造犹太民族性格的22篇演讲辞》，中国编译出版社2006年版，第108页。

罗斯豪迈的言辞来源于犹太民族特有的一神论思想和契约观。契约观认为，犹太人和上帝之间的关系不再是一种内在的、无可奈何的"血缘"关系，而是通过一种外在的、经过思考的"约"的形式确定的关系，是通过犹太民族选择了上帝，上帝选择了犹太民族这样一种双向选择的过程确定下来的关系。作为选民，在犹太教中不是指他们专享任何特权，而只是指他们承担着专门的义务："在其他人看来能够接受的东西对犹太人来说则是不可宽恕的。选民并未赋有专门的才能或美德，而只是承担专门的责任。"① 从这一角度来看，犹太人的流散史并不是对古以色列人的惩罚，而是提供向各民族传播上帝之谕的契机。选民的观念没有赋予犹太人否定其他民族的特权，但却强化了犹太民族的独立性和拒绝归属的意念。

当代美国犹太女诗人查娜·布洛赫（Chana Bloch）的诗集《过去不停地转变》（*The Past Keeps Changing*）中收录了诗人的一首代表诗作《流散》（"Exile"），该诗似乎再次证明了流散的确是令一代代犹太美国诗人魂牵梦绕的主题。一代又一代犹太美国诗人在美国文化和犹太文化的双重语境中解读并丰富着这一独特的犹太人的炼狱：

> 这十个失落的部落发生了什么
> 不是伟大的秘密：
> 他们找到了工作，结了婚，变得越来越小，
> 开始看起来像当地人
> 在一个没人选择的风景。
> 很快你就不能从人群中挑出他们。②

这是一幅典型的犹太民族的流散图。处于流散状态的犹太人失去了神圣的身份，他们为了生计，在异国他乡寻找工作，结婚生子，但他们却没有因此而族群壮大，反而"变得越来越小"，直至最后被同化，族群也因此而消弭。短短的几句诗行苦涩地描绘了一幅犹太人在流散中逐渐被同化的命运和

---

① ［英］查姆·伯曼特：《犹太人》，上海三联书店 1991 年版，第 19 页。
② Chana Bloch, *The Past Keeps Changing: Poems*, p. 27.

他们在无奈中不得不"去犹太化"，使自己的犹太性渐渐模糊的历程。这句充满寓意和辩证思维的"变得越来越小"不由得使人联想到惠特曼的《美国红杉之歌》中的"在这里可以成长为强悍优美的巨人"的诗句。惠特曼以红杉树喻指他心中民主自由的、如新世界的处女地的美国，诗歌中贯穿着惠特曼的民族主义中的"优秀民族"和"高尚的调子"①：

> 为了你们这样的人——为了具有你们的特征的种族，
> 在这里可以成长为强悍优美的巨人——在这里屹立着，
> 　　和大自然对称，
> 在这里可以登上辽阔而纯净的空间，没有围墙封闭，不受
> 　　屋脊遮挡，
> 在这里可以与暴风雨和太阳一起欢笑，——在这里欢乐
> 　　——在这里耐心地锻炼身心
> ……

与布洛赫对融合和同化充满恐惧和矛盾的心理相反，惠特曼诗歌中的红杉树渴望着融合和同化：

> 为了久久期望他们，
> 为了一个更为优秀的民族，他们也要欢度自己光辉的一
> 　　生，
> 你们森林的众王哦，我们要给他们让位，我们自己要寓于
> 　　他们之中！
> 这些天空与大气——这些山峰——沙斯塔山——
> 　　遥远的犹塞米特谷，也要寓于他们之中，
> 我们愿意被吸入他们体内，同化于他们之中。

这是典型的惠特曼的文学传统塑造的美国：像一首永远也不能被写就的

---

① 〔美〕惠特曼：《惠特曼诗歌精选》，北岳文艺出版社 2000 年版，第 337 页。

诗篇，一路铺陈开去，洋洋洒洒，男人、女人、儿童、湖泊、城市、山脉、码头、草原，都可以在其间找到合适的位置。不断到来的移民共同歌唱这个人间的伊甸园。显然，布洛赫没有认同惠特曼的慷慨和好客；相反，布洛赫敏锐地读懂了惠特曼式的"西方中心主义"的潜台词，不动声色地回敬了惠特曼如咒语般喋喋不休的同化的诱导，明确地告白世界，犹太人知道在流散之中，他们别无选择地面临着被同化的命运，而他们将义无反顾地接受这一上帝的安排，因为"如果他们留在他们原来的地方，/什么幸福/他们将忍受？/我们不能相信它"①。这反映出犹太人强烈的"流亡（Galnut）意识"，"这是一种积极的，而非消极的意识。尽管存在这个事实，即无论他们走到哪里，他们都参与当地文化，但他们在精神上仍然生活在流亡中。这种精神上流亡的积极意识给予了他们安全感"②。对流亡的这种积极意义上的理解是建立在犹太教的契约论之上的。真正的流散并非是从某一具体地点的远离，而是对上帝的疏离。既然已经远离了家园，犹太性只有在流散的语境中解读才有意义，因为只有在流散之中，犹太人才依旧是上帝的选民，他们之间的契约才依旧有效，他们的正义的责任和弥赛亚理想也才具有真正的意义。

　　布洛赫的流亡意识是具有积极意义的，也是具有代表性的，然而犹太美国诗人的这一冷静、客观、辩证的流亡意识的形成是经历了一个历史的发展过程的。比较一下第一位产生文学影响力的犹太美国女诗人爱玛·拉匝罗斯笔下慷慨接纳犹太移民的美国自由女神的形象，布洛赫的思想发展就可见一斑。拉匝罗斯的美国仿佛迫不及待地迎接着被"拥挤的国家"抛弃的犹太人，而美国俨然芸芸众生的拯救者，仿佛人类的诺亚方舟。惠特曼以局内人的姿态伸出双手迎接着，拉匝罗斯以局外人的姿态感激涕零地扑向了主人的怀抱。然而布洛赫却带着嘲弄而同情的微笑对她的同胞和诗学的前辈幽幽地说：

---

① Chana Bloch, *The Past Keeps Changing*, p. 27.
② ［美］罗斯等:《犹太知识分子和美国的犹太认同》,《犹太人告白世界——塑造犹太民族性格的22 篇演讲辞》,第 104 页。

須臾之后我们在陌生的树下安营扎寨，

抱怨着，计划着回归。

但我们已经取出护照，将成为公民。①

　　布洛赫的美国是犹太人可以安营扎寨的"陌生的树"，可以让他们栖身，却永远都是陌生的他人之地。不在家的感觉使他们颇多抱怨，然而他们最终还是选择了"成为公民"，他们选择留下和美国是否慷慨和好客无关，他们选择留下是因为他们别无选择。而犹太教的"线性直进历史观"使得犹太民族把"现在"作为安身立命的时间之域，他们牢牢地扎根于"现在"这个瞬间，因为"现在不仅是一个可供个人进行选择的时刻，还是一个供个人修补过去的时刻，也是有可能使未来发出光芒的时刻"②。对现世的重视使得他们可以委曲求全地生活在任何一个陌生之地，成为任何一块土地的"公民"。布洛赫的表达使得惠特曼和拉匝罗斯的好客和热诚都显得做作、矫情，甚至虚伪。与两位前驱诗人热情洋溢的表达相比，布洛赫的诗歌似乎太平实而缺乏想象力了，她似乎感觉两位前驱诗人太高不可攀了，好像自己不得不"谦卑得不再想自命为诗人了"，她似乎放弃了她本身的"灵感"，放弃了她想象力中的"神性"。然而，她的貌似谦卑的冷幽默让她的前驱诗人的"灵感"和"神性"显得可笑而滑稽，从而打破了与前驱诗人和以惠特曼为代表的美国传统以及以爱玛·拉匝罗斯为代表的犹太传统的连续性。这似乎印证了布鲁姆的"克诺西斯"（Kenosis）式的修正。③

五　小结

　　建立在犹太思辨思维和经典阐释传统上的犹太诗学的对话性赋予了美国犹太诗人开放的文本写作维度，使得身处边缘的犹太诗人在对话模式中实现

---

① Chana Bloch, *The Past Keeps Changing*, p. 27.

② 徐新：《犹太文化史》，第 87 页。

③ ［美］布鲁姆：《影响的焦虑》，第 15 页。

了与主流诗学和文化的交流和诘问，从而以独特的方式迫使主流文化和文学正视他们的存在并倾听他们的声音。这也许既是局内人也是局外人的美国犹太诗人可以选择的最佳的诗学立场和策略吧。

第十七章

语言哲学透视下的美国犹太实验诗学

　　维特根斯坦（Ludwig Wittgenstein）是公认的 20 世界最杰出的语言哲学家之一，他富有寓言色彩、戏剧般的人生和独一无二的哲学头脑，使他的人格和思想具有双重魅力。在以斯坦利·卡维尔（Stanley Cavell）为代表的一批维特根斯坦学者的努力下，维特根斯坦的影响力早已不仅局限于哲学领域，而"现代美国哲学家对维特根斯坦的诠释已经超越了他本人的意思"①。不过，具有讽刺意味的是，对于与他同时代的艺术家来说，维特根斯坦却好像一无是处，因为他拒绝总结美学原理，从骨子里瞧不起美学，并且宣称人们就像不能决定"哪种咖啡味道更好一样"，也无从定义"美"。然而，对于当代艺术家而言，维特根斯坦却成为了他们共同的"哲学家"。对此，特里·伊格尔顿（Terry Eagleton）曾进行过精辟的总结："艺术家为什么对路德维希·维特根斯坦如此着迷呢？弗雷格是哲学家中的哲学家，伯特兰·罗素是店铺老板眼中的圣人，但是维特根斯坦是诗人、作曲家、小说家和电影导演的哲学家。"②伊格尔顿此言不虚。维特根斯坦如一块迷人的宝石，吸引着当代艺术家炙热的目光，并在不断的阐释中逐渐成为了当代文学理论、实验诗学和先锋艺术的先驱。

　　那么，维特根斯坦到底能带给文学什么呢？对这一问题，卡维尔、约翰·吉普森（John Gibson）、沃尔夫冈·休默（Wolfgang Huemer）、戴维·肖克沃克（David Schalkwyk）、玛乔瑞·帕洛夫（Marjorie Perloff）等杰出的哲学家、文学评论家和作家共同尝试从哲学和文学的关系的考察中贡献出自

---

①　［英］Sean Sheehan：《维特根斯坦：抛弃梯子》，大边理工大学出版社 2008 年版，第 91 页。

②　T. Eagleton, "My Wittgenstein," p. 152.

已的答案。例如，戴维·肖克沃克巧妙地将维特根斯坦永久避难者的地位和他的返回语言家园的哲学联系起来；阿列克斯·布里（Alex Burri）和戴尔·杰凯特（Dale Jacquette）等人则研究了维特根斯坦的《逻辑哲学论》与文学作品在艺术性上的相似性；美国现代语言协会主席、文艺评论家帕洛夫是其中比较系统地研究维特根斯坦哲学与文学关系的学者之一。她不但为把维特根斯坦纳入文学研究体系的开山文集《文人维特根斯坦》贡献了一篇非常有分量的文献《维特根斯坦和诗歌的可译性问题》（"Wittgenstein and the Question of Poetic Translatability"），而且还出版了专著《维特根斯坦的梯子：诗歌语言和普通的陌生性》（*Wittgenstein's Ladder：Poetic Language and the Strangeness of the Ordinary*），从而把维特根斯坦从语言哲学家刻板的分析哲学的束缚中解放出来，而维特根斯坦也第一次被真正作为一位跨骑在文学和哲学书写的边界上、有创造性的思想者被认知和欣赏。

　　尽管以上提到的哲学家和文学批评家关注维特根斯坦与文学关系的视角各不相同，但有一点却惊人的相似。他们几乎不约而同地借助了维特根斯坦对语言本质的理解和表述，而这也正是维特根斯坦语言哲学的核心内容。维特根斯坦的著名论断"我们的语言的局限意味着我们的世界的局限"在差点成为哲学的陈词滥调之前[1]，被文学批评成功地拯救，并被赋予了新鲜的含义。本章将选取美国犹太先锋诗学作为观照维特根斯坦语言哲学的文学基点，在审视维特根斯坦与文学、维特根斯坦与犹太诗学之间关系的基础之上，探究"意义即使用"与犹太"Gematria"诗、"语言游戏"与"民族志诗学"之间所形成的理论与实践的互动关系。本章旨在通过美国犹太实验诗学与维特根斯坦哲学之间的对话，从语言哲学的角度审视犹太诗学，并使此二者在相互的参照中凸显出那些曾经被忽略、被遮蔽的本质和特征。

一　犹太诗学与维特根斯坦

　　犹太诗歌和诗学与维特根斯坦哲学之间的联系并不仅仅是维特根斯坦是

---

[1]　Ludwig Wittgenstein, *Tractatus Logico-Philosophicus*, Trans. D. F. Pears and B. F. McGuinness, London：Routledge and Kegan Paul Ltd. , 1974.

犹太人那么简单。事实上，两者更多的是在精神气质上的血脉相通。维特根斯坦的哲学问题具有这样的形式："我不知道如何是好。"① 这是维特根斯坦的哲学问题形式，也是他个人身份的形式和感觉的问题———一种无所适从的边缘感。作为在异国他乡的欧洲知识分子，维特根斯坦的影子标志着"在边缘/很多圈子中的一个"（the edge/of one of many circles）②。可以说，维特根斯坦的身份就是一个充满着悖论的哲学命题。对此，伊格尔顿曾经做过这样的概括：

> 他是令人着迷的僧人、神秘主义者和机械师的结合体：一个渴望着托尔斯泰式的简单的欧洲高级知识分子，一个对哲学没有什么尊重的哲学巨人，一个带有对神圣的饥渴的性情暴躁的独裁者。③

这个神秘的"结合体"从来也没有真正地找到自己的归属，用帕洛夫的话说就是，他是一个"终极的现代主义的局外人"④。对于维特根斯坦来说，无论是哪个圈子，他都有一种"既在家又不在家"的感觉。肖克沃克曾经说，维特根斯坦的著作中总是充满着迷宫般的城市，纵横交错的风景，弥漫着一种永远迷失的快乐感。"要想让这个自我放逐的持不同政见者返回家园，不管这个家在哪里，将意味着最终放弃哲学的快乐释放。"⑤ 米纳（E. Minar）曾经提出一种观点：使解读《哲学研究》成为可能的是"在语言中找到家的感觉"⑥，然而笔者认为，对于维特根斯坦来说，永远也不可能找到在家的感觉，因此，更确切地说，恐怕是"在语言中找到既在家又不在家的感觉"吧。

维特根斯坦这种边缘化的身份意识与当代诗歌在社会生活中的边缘化和犹太人身份的边缘化正好契合，而这才是维特根斯坦语言哲学对美国犹太实

① ［英］M. 麦金：《维特根斯坦与〈哲学研究〉》，李国山译，广西师范大学出版社 2007 年版，第 123 页。
② Marjorie Perloff, *Wittgenstein's Ladder：Poetic Language and the Strangeness of the Ordinary*, p. 10.
③ T. Eagleton, *Wittgenstein：The Terry Eagleton Script, the Derek Jarman Film*, pp. 7—8.
④ Marjorie Perloff, *Wittgenstein's Ladder：Poetic Language and the Strangeness of the Ordinary*, p. 11.
⑤ T. Eagleton, "My Wittgenstein," p. 153.
⑥ E. Minar, "Feeling at Home in Language," pp. 413—452.

验诗学——这种在"双重边缘化"过程中既危机重重又生机勃勃的诗学——的意义所在。

西奥多·阿多诺（Theodor Adorno）在 20 世纪 70 年代宣称"文化批评发现自己面对着文化和野蛮的辩证法的最后的阶段。在奥斯威辛之后，写作诗歌是野蛮的"①，这一断言在 20 世纪后期和 21 世纪的大众化潮流中得到了普遍印证。美国诗歌和影视研究专家沃农·塞特雷（Vernon Shetley）在其专著《诗歌死亡之后》（*After the Death of Poetry*）、美国作家、评论家戴纳·吉奥纳（Dana Gioia）在《诗歌能有什么意义吗?》（*Can Poetry Matter?*）中众口一词地表达了对诗歌边缘化命运的忧虑。② 对于评论家轻言诗歌已经死亡的断言，不知道维特根斯坦会做何感想，又会给出何种哲学命题呢？从 19 世纪后期开始，诗人比以往任何时候都坚决地怀疑理性的权威，转而把拯救诗歌危机的希望投寄到语言上。当时的法国象征主义诗人兰波就曾写下"话说我"这样的怪异诗句。当"我说话"被颠倒语序变成"话说我"的时候，诗人们暗示的似乎是，与其说我们能随心所欲地操纵语言，不如说相反我们被语言操纵，即不是"我说话"而是"话说我"了。如果我们套用维特根斯坦的"全部哲学都是语言批判"的命题，那么就是"全部文学都是语言游戏"了。哲学的"语言论转向"有力地满足了诗歌的这一要求，因为在西方文学和文化传统中，诗学总是从哲学寻找基本理论支点的。

维特根斯坦的边缘化身份与美国犹太人的文化身份是同病相怜的。美国犹太作家菲利普·罗斯（Philip Rose）在 1963 年的美国犹太代表大会上曾经充满激情地说，无论身在哪里，犹太人都不属于那里。③

这种疏离感和流亡意识是美国犹太诗歌的全部情绪。被称为美国犹太诗歌的"试金石"的雷兹尼科夫一生都在小心翼翼地设法规避为自己找"一

---

① Theodor W. Adorno, "Cultural Criticism and Society," p. 34.

② 这些众口一词的说法包括:"美国诗歌现在属于一种亚文化";"报纸不再评论诗歌";"尽管周围有大量诗歌，但是对读者、出版商，或者是广告商来说，没有哪一个对任何人有多么重要——除了其他诗人。"详情参见 Vernon Shetley, *After the Death of Poetry*: *Poet and Audience in Contemporary America*, Durham, N. C. : Duke University Press, 1993; Dana Gioia, *Can Poetry Matter?*: *Essays on Poetry and American Culture*, Saint Paul: MN Graywolf Press, 1992。

③ ［美］菲利普·罗斯等:《犹太知识分子和美国的犹太认同》，载《犹太人告白世界》，中国编译出版社 2006 年版，第 108 页。

个家",并与这种人的天性做着一个诗人特有的抗争。雷兹尼科夫的诗歌志向是创造一个"无空间根基"的诗歌世界,一个流浪的、漂浮的、修辞的文本世界。在雷兹尼科夫的诗中,"家园"仿佛无处不在,却又无处是家:"就像当一棵大树,枝繁叶茂硕果累累,/被砍倒它的种子被带向远方/被空中的风被河海中的浪/它在远方的山坡和海岸再次生长/同时在很多地方,/依旧枝繁叶茂硕果累累百倍千倍,/那么,在圣殿坍塌之际/在教士被杀之时,成千上万的犹太教堂/生根发芽/在巴勒斯坦在巴比伦在地中海沿岸;/海潮从西班牙到葡萄牙翻卷/斯宾诺莎到荷兰/狄斯雷利去了英格兰。"① 这段诗文是一段典型的犹太式的飞散的、寓言性的诗性表达,与犹太诗人的前世今生可能发生关联的地理符号与宗教隐喻符号在诗歌中流动、旅行、相互跨越、相互混合,构成了一幅动态的飞散图景。这种动态的飞散意识成全了也成就了雷兹尼科夫与卡夫卡等犹太作家的执拗与悲情,使他们试图把"这块荒谬之地"变成他们"流浪的可能性"的梦想在一定程度上得以实现。

犹太作家独特的流散意识和仿佛家园无处不在,却又无处是家的归属悖论使得他们的语言带有了鲜明的"陌生化"和"异域性"特点。对于身份与语言之间的辩证关系,评论家马丁·塔克(Martin Tucker)曾经说:"语言使得一名作家可能成为[作家],而它的'异域性'可能使得同一个作家毁灭,这是两种心理的尺度:族群和身份之根的流放和文字的流放。确实,语言可能是心理流放最终的尺度,因为分离的流放感是从一名外国和当地/民族社群的作家之间的交流的失败而产生的。"② 这也是罗森伯格把自己牵头编辑的诗文集命名为《流放在文字中》(Exiled in the Word 1989)的原因所在吧。然而,此种流放,当在语言中呈现的时候,也可能成为诗歌可能性的一个条件。犹太诗人用习得的语言写作强化了语言的"异域性",而这也成了把语言的疏离感向诗歌开放的探索。可以说,流放——这个20世纪根深蒂固的政治现象,把诗人们尤其是族裔诗人们放在了语言陌生化之中。

---

① Charles Reznikoff, *The Complete Poems of Charles Reznikoff*, p. 60.

② Martin Tucker, "Introduction", in *Literary Exile in the Twentieth Century: An Analysis and Biographical Dictionary*, p. xxiii.

帕洛夫认为,维特根斯坦对语言功用的迷恋是他在民族、文化、宗教和性取向等问题上"边缘化的指数"①。而这个"指数"对于透视在诗学和种族的双重因素作用下处于尴尬的边缘化地位的当代美国犹太实验诗学将是一次充满着无限惊喜的奇妙发现。帕洛夫认为维特根斯坦语言哲学为当代先锋作家提供了一种激进的新美学,这是理解日常语言不可逃避的"陌生化"的关键之一。如果借用维特根斯坦的"梯子"之喻,那么我们不能爬上相同的语言的"梯子",因为语言的使用,词语和句子出现的语境决定了他们的意义在每一次的重复中都会被改写。帕洛夫把现代派作家斯泰因(Gertrude Stein)、贝克特(Samuel Bechett)、诗人罗伯特·克里利(Robert Creeley)等称为"维特根斯坦式的作家"(Wittgensteinian writers)②。她指出,在维特根斯坦语言哲学的观照下,斯泰因等作家看起来不透明的语言形式却会呈现出完美的意义。维特根斯坦把语言作为文化和社会实践的严格的协商策略为新的实验诗学提供了至关重要的新的范式,并同时改变了我们阅读文本的习惯和审视世界的方式。

二 "意义即使用"与"Gematria"诗

维特根斯坦在《哲学研究》第一节中提出了"意义即使用"的观点。在第四十二节中他还断言:"在使用'意义'一词的一大类情况下——尽管不是在所有情况下——可以这样解释'意义':一个词的意义是它在语言中的用法。"当维特根斯坦摘下他那副概念眼镜时,"他看到一个句子的意义可能取决于其他因素,而这些因素构成了某一语言情景之必要背景的一部分"③。为了说明这一观点,他引入了语言和国际象棋的类比加以说明。理解一个词就好像理解国际象棋中的象和马一样。这不是用一个词来命名现实世界的一个简单物体的问题,而是理解如何使用这个单词以及这个单词如何与其他单词一起使用的问题。

---

① Marjorie Perloff, *Wittgenstein's Ladder: Poetic Language and the Strangeness of the Ordinary*, p. 11.
② Ibid., p. 12.
③ [英] Sean Sheehan:《维特根斯坦:抛弃梯子》,第48页。

对于维特根斯坦的语言"意义即使用"的论断，盖伊·达文波特（Guy Davenport）和帕洛夫都不约而同地用美国现代女作家斯泰因的作品加以说明，因为他们认为斯泰因是最典型的"维特根斯坦式"的作家。两位评论家均以斯泰因的早期戏剧《分析中的练习》（*An Exercise in Analysis*）为例，展示了"意义即使用"的论断：

Not disappointed.	Part LX
Not in there.	Act II
Call me.	Act III
Call me Ellen.	Act IV[①]

斯泰因这种散落的语言形式本身就非常标新立异，然而引起两位评论家注意的倒是"Call me"和"Call me Ellen"这两个看起来简单得不能再简单的句子。前一个句子中的"Call"是"打电话"的意思，而后一个句子中的"Call"却是"称呼"的意思。之所以出现这样的差别就是因为句子搭配和结构的改变，用维特根斯坦的话说，就是"语法"的改变。[②] 在前一句中，我们可以用"phone"代替"call"，句子的含义不会改变，但我们用"phone"替代第二个句子中的"call"，句子就会变得毫无意义。"Not disappointed"和"Not in there"的情形也是如此。前一个句子中的"Not"的功能是限定词，而在第二个句子中的"Not"则是作为表达强调的否定词出现的。

帕洛夫本人带有犹太血统，她对犹太诗学和犹太诗歌的论述目前已经成为该研究领域的宝典。我们有理由相信，帕洛夫在定义她的"维特根斯坦式"的诗人时，是包括她本人十分热衷的路易斯·朱可夫斯基（Louis Zukofsky）等犹太诗人的。上一章提到的犹太诗学的领军性人物哈罗德·布

---

① Gertrude Stein, *An Exercise in Analysis*, p. 138.

② 维特根斯坦曾经说过，"Distruct of grammar is the first requisite of philosophizing."参见 Wittgenstein, *Notebooks* 1914—1916: 2nd Edition. Chicago: The University of Chicago Press, 1979, p. 106. 维特根斯坦是在与传统不同的意义上使用"语法"这一概念的。他对"语法"概念的使用，无关乎作为符号系统的语言，只关乎我们对词语的使用，以及我们使用语言时的结构。

鲁姆、杰弗瑞·哈特曼、约翰·霍兰德等人个个对犹太诗学和语言之间的关系极其敏感。前文提到,犹太诗学的一个最大特点就是把语言和诗歌创作放置在一个生产性的运动之中,即所谓文本的指涉性和阐释性。对犹太诗人来说,诗学阐释是一种语言行为,其根子在于语言。这与维特根斯坦哲学研究的初衷是一致的:"他使我们从事一种新的研究,这种研究不是要建构令人称奇的新理论或新阐明,而是要考察语言。"① 尽管摒弃了一个先在所指,犹太诗学却积极尝试在能指本身追寻意义的秩序。这就是前文提到的,被布鲁姆称为"替代的舞蹈";被霍兰德称为"置换的链条";被米歇尔·费什本称为"可能性的链锁";被哈特曼称为"比喻意义的可能性"的秩序。这种犹太诗学理念从本质上说,凸显的是语言的"符号的漂移"的概念,这种语言观是德里达的,也是维特根斯坦的。③前者曾经专题研究被传统哲学忽视的语言本质,如不确定性、隐喻、双关语等;而后者曾经"不经意地提到自己希望写一本全是笑话的哲学书籍"②。"全是笑话的哲学书籍"表明维特根斯坦对语言喻指性的重视,用他本人的话说,就是"我的象征性表达实际是对一条规则的用法的神话式描述"。换言之,我们以关于"无限长轨迹的图像""象征性地"表达出来的,正是这种关于"遵守规则的独特经验",也正是对于"这条规则如何被应用的不可抗拒性的独特感觉"③。

犹太实验诗学是带有解构特点的诗学,它解构了指涉导向性的语义含义的观念。犹太诗学不认为语言总是陷入它的自我指涉,失去了所有的指涉和意义,而是指语言的注意力指向了比喻的链条,指向了他们的构成。这种诗学理念质疑了我们对总是试图回应"什么是意义?"和"理解在于什么?"的固化的思维模式,从而在一定程度上促使我们反思语言形式的诱惑。犹太实验诗学从本质上来说,是诗学的"语言学转向"的产物,其代表人物如罗森伯格等均是在哲学、人类学、语言学和诗学等领域自由游走的诗学大家。他们对维特根斯坦解析的语言陷阱是有着深刻体会的:

---

① [英] M. 麦金:《维特根斯坦与〈哲学研究〉》,第 14 页。
② Sean Sheehan:《维特根斯坦:抛弃梯子》,第 88 页。
③ [英] M. 麦金:《维特根斯坦与〈哲学研究〉》,第 128 页。

　　对每一个人而言，语言都包含着同样一些陷阱，亦即由保持完好的//可通行的//歧路构成的巨大网络。于是我们看到，一个又一个行走在同样的道路上，我们早已知道，他会在哪儿转弯，又会在哪儿一直往前走，不理会那个弯儿，如此等等。[1]

　　维特根斯坦所忧虑的是我们一经反思语言，语言自身就有能力将我们拖入认识的误区之中，也正是基于此，他有时暗示我们，语言既是导致哲学混乱的根源，也是导致人类的各种心理失调和各种原始思想风格的根源。不过，犹太诗人和评论家对语言陷阱的"焦虑"却是源于文学上的考虑："我们早已知道，他会在哪儿转弯"所带来的语言的直白、平淡和表达的枯竭。帕洛夫认为，真正使维特根斯坦成为当代知识分子救星的是他逐渐认识到每件事情都恰恰是按照它应当的样子发生，但是，在某个特定的时刻，我们也可以想象它有可能以其他的方式发生。如果我们以这种视角来看困扰着整个20世纪文学家和文学评论家的问题：日常用语与文学用语之间有什么区别，这个问题就不复存在了。维特根斯坦向我们表明，事实上，二者之间没有什么物质上的区别，但是我们使用语言的语境是那么不同，因此当词语和句子在文学上使用的时候，当它们出现在一个新的语境中的时候，它们的意义已经变得十分陌生了。

　　美国犹太诗人中影响最大的就是被达文波特戏称为"诗人的诗人的诗人"（a poet's poet's poet）的朱可夫斯基。这种美誉主要源于其诗歌中精巧布设的一个又一个语言的玄机，并创造了"密集的细节"（Luminous Detail）的清晰与模糊，连贯与断裂之间的无限张力。[2] 可以说，在语言实验的先锋性上，朱可夫斯基比之斯泰因恐怕是有过之而无不及吧。信手拈来一段朱可夫斯基的代表诗作"A"中的诗行，这种语言的玄机比比皆是：

　　Each disenchanted Nazi

---

　　① 转引自麦金《维特根斯坦与〈哲学研究〉》，第24页。
　　② Jefferson Holdridge，"Sea Roses, Luminous Details and Signifying Riffs: Modernism and the Aesthetics of Otherness," pp. 220—244.

Acted Polonius or

Wiggle & Failum[①]

译文如下：

每个解除了魔力的纳粹

扮演着波隆尼兹或者

调整 & 故障

如果是维特根斯坦看到这句诗行，他首先要问的一句话可能是："这种语言的词语指代什么？"而他对这一问题的回应的方式则会是对这一问题提出质疑："如果不是它们的那种用法，还能有什么可以表明它们指代什么？"按照维特根斯坦的理念，表明一个词的重要性的是它的用法，而不是它可能指向的一个对象，那么在这段诗行中最耐人寻味的就是"语法"颇出人意料的"wiggle"与"failum"两个词语。这两个动词不但被大写，而且以"&"连接起来。从整个句子的结构来看，"or"前面的是专有名词，因此我们可以判断出"Wiggle & Failum"也是一个专有名词。在英语的习惯用法中，公司的名字往往以"&"连接，根据使用名称的整个参照系统的"预定"[②]，我们可以知道，"Wiggle & Failum"应该是诗人杜撰的一个公司的名字，从语言的层面来说，他是把普通名词转化成了专有名词。这个小小的语言游戏却形成了莎翁名剧《哈姆雷特》中的重要人物"波隆尼兹"（Polonius）与诗人杜撰的公司名字"调整 & 故障"（Wiggle & Failum）之间的语义的独立和互补，从而形成了文学与经济共同作用的社会语义场。如果与上一行中的"解除了魔力的纳粹"联系起来，这段短短的诗行则具有了对第二次世界大战之后人性和社会的走向的预言作用。

把维特根斯坦的"意义即使用"的理念发挥到极致的美国犹太诗人和诗歌当数罗森伯格和他的"Gematria"诗。本书关于美国犹太诗歌部分的第一章从视觉审美的角度论及了罗森伯格的"Gematria"诗。事实上，从语言哲学的角度，这种数字诗歌的创作过程更具深邃的内涵和外延。从某种意义

---

① Louis Zukofsky, p. 345.

② ［英］M. 麦金：《维特根斯坦与〈哲学研究〉》，第54页。

上说，他比帕洛夫定义的"维特根斯坦式"的诗人走得更远。他感兴趣的符号是他所处的特殊的文化语境中深层次的语言符号。前文提到，希伯来字母特有的神秘的数值是罗森伯格"Gematria"诗的动力的源泉，具言之，"Gematria"是在以古希伯来语字母和数字之间的符号对应的实践为基础的英语诗歌文本生产过程。在希伯来语中具有相同数值的字母成为罗森伯格诗歌文字游戏的王牌，也成为他洞察语言本质的透视镜。这场文字游戏的规则来源于诗人对语言本质的颠覆性的认识：文字固有的数值决定着诗歌的生成，而文字的顺序和排列则与此无关。在这种数字和文字的游戏中生成的诗歌，语言是断裂的，能指与所指的关系变得漂移不定了。然而在这表面的无序当中却暗藏着"数值"这个最标准、最客观的规则。在这个策略上，罗森伯格倒是与自称"先锋派后卫"的罗兰·巴尔特不谋而合。巴尔特曾把其写就的文字片断按照字母表的方式重新排列，因为字母表示"一种没有理由的顺序"，却"又不是随意的"，因为它是约定俗成的。① 巴尔特这一做法的目的是为了"想象一种反结构的批评，这种批评无意于寻求作品的秩序，却是作品的无秩序"②。罗森伯格似乎在无意中也在诉求这样一种"反结构"，并印证了语言能指与所指之间的"无理性"。对罗森伯格来说，这种诗歌写作策略是他在种族文化身份与他的后现代诗学理念驱使下进行的一次"客观的选择"，当他"决定要再次诉求于 Gematria（传统的希伯来数字系统）来客观化，把它作为一种决定走入［他］的诗歌的词语和短语的方式"的时候，③ 这一语言策略实际上体现的是诗人"对现实的态度"④。

　　罗森伯格"Gematria"诗歌的写作过程是他对语言的深层解构过程，同时也是一个文字符号在阐释中再生的过程。罗森伯格收录在《播种和其他诗歌》（*Seeding & Other Poems*）中的《十四站》（"14 Stations"）组诗就是比较有代表性的"Gematria"诗。这组诗是诗人应邀为画家艾瑞·盖利斯（Arie Galles）根据第二次世界大战航拍的纳粹集中营照片绘制的画作而创作的诗歌。从这一角度来说，这些诗歌是视觉再现之诗歌再现了。罗森伯格

---

①　方生：《后结构主义文论》，山东教育出版社 1999 年版，第 79 页。
②　同上书，第 80 页。
③　Jerome Rothenberg, *Seedings & Other Poems*, p. 100.
④　Jerome Rothenberg, *Pre-Faces & Other Writings*, p. 157.

之所以再次诉求 Gematria，是因为他认为艾瑞·盖利斯的画作通过再创作有意与文献图片"保持距离"，意在保持"客观性"。那么，他也希望能在诗歌创作中保持同样的距离和客观性。那么，以 Gematria 数字系统来"决定入诗的词语和词组的方式"自然是一种"客体化"[1]诗歌创作过程，从而使诗人置身事外的方式。下面以组诗中的"第三站：BUCHENWALD"为例，来看一下这种诗歌的生成过程以及其内在的语言哲学观。这首小诗看起来直白、朴素、一目了然：

deliver me

from them

your cattle

rising

your assembly

lords of fat

deliver me

from color[2]

全诗也如罗森伯格的很多诗歌一样，没有一个标点，完全开放，仿佛也没有什么特别之处，然而这却是一首典型的"Gematria"诗。对于这组诗歌的生成过程，诗人特意做了明确的说明："数值是由集中营名字的希伯来和/或意第绪语拼写组成的，并结合在希伯来《圣经》前五书中的词和词语搭配的数值。"[3] 按照诗人的这一解释，"第三站：BUCHENWALD"的生成过程也就清晰起来："BUCHENWALD"这一名字中的字母在希伯来语中的数值分别为：2，6，20，70，50，6，6，1，30，4，合计为 195，而在希伯来《圣经》中 195 数值下的文字有："cattle, a purchase; deliver me; colors;

---

① Jerome Rothenberg, *Seedings & Other Poem*, p. 100.

② Ibid.

③ Ibid.

from them；your assembly；that rise up" 等。显然，这些具有相同数值的字母和文字成为了诗人的"字母种子"，播种在了自己的诗行之间，生成了无限的"可写"的文本。按照"Gematria"诗歌的数值规则，诗歌文本将在文字的替换中无尽地延展，如果"deliver me/ from them/"是成立的，那么"deliver me/ a purchase"或是"deliver me/ your assembly"就毫无疑问地成立，于是诗歌创作成为了"一段替代的舞蹈，不断地打破原来的容器，当一种局限瓦解了一种表达，却只不过又被另一种新的表达所代替"①。这种"可写"的文本是一种潜在的、心理可视文本，游弋的字母符号瓦解了文字的透明性，并在这解构和再生的过程中，呼唤着读者的视觉想象。事实上，数字诗是一种"规则—生产的诗"，其新鲜之处在于数字系统的使用通过阻碍指代和比喻的阅读陌生化了思想的过程。

有趣的是，数列和数字也是维特根斯坦哲学研究中非常重要的阐述思想的道具。在《哲学研究》中，维特根斯坦用数列说明了他感觉有必要将理解描画成作为正确用法之源泉的心灵状态的另一个根源的思想：

> 在我说我理解一数列的规则时，我当然不是因为认识到，我到现在为止一直在以如此这般的方式应用这个代数公式，才这么说的！就我的情况而言，我无论如何都确切地知道，我是在意指如此这般的一个数列的；至于我实际将它展开到哪一步，是无关紧要的。②

维特根斯坦的这段话说明了在他的哲学中意义与用法、意义与理解之间的联系。正如 M. 麦金所指出的那样，维特根斯坦在《哲学研究》中开始试图让我们相信，"这幅关于在我们理解一个词时出现在我心灵中的东西与我接下来对它的使用之间的超强关联的图像，不过是源自误解我们语言的形式的诱惑的一个神话"③。维特根斯坦还强调说："如果说必定有'处在这个公式的陈说背后'的东西的话，那就是特定的情境，是它们使我可以正当地说

---

① Maeera Y. Shreiber, "Jewish American Poetry," In Michael P. Kramer & Hana Wirth-Nesher, eds., *Jewish American Literatur*, p. 150.

② 转引自麦金《维特根斯坦与〈哲学研究〉》，第 107 页。

③ ［英］M. 麦金：《维特根斯坦与〈哲学研究〉》，第 104—105 页。

我能接着做下去了。"① 特定的背景或历史赋予了我们的词语以意义,这种意义促使我们在某个特定的情境中使用它们。

从维特根斯坦的"意义即使用"的视角来看罗森伯格的"Gematria",我们可以认定,罗森伯格感兴趣的并不是语言意义的生成,而是语言在使用中呈现出来的对意义生成的极大的讽刺。"Gematria"在看似无意义的词语的组合中,却在严格遵循着一个古老的规则的特征,似乎是在发出维特根斯坦似的质询:"意义是什么?"从本质上说,罗森伯格以犹太传统中的数字体系为基础的诗歌生成挑战的正是语言对表达的束缚。在这一点上,罗森伯格走得很远,甚至超过了当代语言派诗歌。罗森伯格自己似乎也并不讳言这一点。他在一首写给语言诗代表人物查理斯·伯恩斯坦(Charles Bernstein)的诗歌《致查理斯·伯恩斯坦的语言数字诗》("A Language Gematria for Charles Bernstein")中,公开揶揄了语言诗的局限性:

预言。
像天穹中的
床。
语言。
我们的声音
和你们的眼睛。
色彩
毫无生气。
浓稠的黑暗
会统治你。
语言
会统治你。②

这是罗森伯格的"预言",也是对语言诗派的警告:试图挣脱语言牢笼

---

① 转引自麦金《维特根斯坦与〈哲学研究〉》,第112页。
② Jerome Rothenberg, *Gamatria*, p. 13.

的语言派，怕是终究难逃离语言的统治，被语言拖进无边的黑暗。

三　"语言游戏"与"民族志诗学"

"语言游戏"这个概念最早是在《蓝皮书》里提出来的，在《哲学研究》中，维特根斯坦再次引入了这一概念，并凸显了这样一个事实：语言是在说话者的活生生的实际生活中发挥功用的，"其用法势必和构成其自然背景的非语言行为密不可分"①。它不应该与下面这种情况相混淆："噢，你现在是在玩文字游戏。"维特根斯坦认为，语言首先是一种活动，是和其他行为举止编织在一起的一种活动。"语言游戏是指一种社会的、以行动为基础的情况。"② 维特根斯坦的意思是，语言游戏是建立在前语言行为基础之上的，为思维方式提供原型的正是语言行为本身，反之不然。"游戏是通过嫡亲相似性（family resemblance）彼此相通的，而这也适用于语言，适用于语言的各种用途：询问、诅咒、祝贺、祈祷等等。"③ M. 麦金指出，维特根斯坦不是要求我们把"语言作为一个有意义的记号系统去探讨，而是力劝我们就地思考它，任其嵌入使用者的生活当中"④。

维特根斯坦"语言游戏"这一概念在文学研究中得到了越来越广泛的应用。帕洛夫总结了"语言游戏"的概念对当代诗歌和小说研究的四个角度的意义：（1）对日常语言的陌生性和谜一样的特质的强调。（2）对"语言的局限意味着世界的局限"的意识。（3）自我的认识作为社会建构和文化建构。维特根斯坦不是马克思主义者，但他分享了后者自我的语言取决于社会环境，文化和阶级的观念。"主体不属于世界但是它是世界的局限。"没有特指的"我"，主体性一直取决于属于某种文化的语言。这样，语言是一系列规则控制的实践。（4）使文学评论家认识到没有绝对价值的命题，也没有偶然的或是暂时的解释。⑤ 尽管帕洛夫对"语言游戏"颇感兴趣，同时对犹

---

① Jerome Rothenberg, *Gamatria*, p. 51.
② ［英］Sean Sheehan：《维特根斯坦：抛弃梯子》，第 55 页。
③ ［英］M. 麦金：《维特根斯坦与〈哲学研究〉》，第 126 页。
④ 同上书，第 51 页。
⑤ Marjorie Perloff, *Wittgenstein's Ladder：Poetic Language and the Strangeness of the Ordinary*, p. 16.

太诗学也很有研究,但她却没有从"语言游戏"的视角观察过犹太诗学中非常重要的一个组成部分——"民族志诗学",这不能不说是维特根斯坦"语言游戏"、"民族志诗学"和帕洛夫本人的遗憾。

本书论述犹太诗学的第一章曾提及"民族志诗学",但未及详述,现有必要对这一诗学的起源、发展和主要特征做一概述。"民族志诗学"是在口头程式理论和讲述民族学的影响下发展起来的美国民俗学的重要理论流派之一,是表演理论阵营中的一个分支,主要关注的是"口头文本转写和翻译的方法"①。尽管"民族志诗学"试图拯救的主要是土著文化,但其本身就是边缘化生产的产物,它的理念、策略、对象和旗手都是边缘化的,尤其是它的两位倡导者罗森伯格和施奈德,尽管分属不同流派,但均是最优秀的美国犹太诗人。因此,从精神实质上来讲,"民族志诗学"一直被认为是美国犹太诗学的重要组成部分。在这个领域耕耘了40年之久的罗森伯格认为,"民族志诗学"是一个复杂的过程:一方面,民族志诗歌文本探究的是一种持续的"诗歌和人类学之间的交叉";另一方面,也是身处边缘的民族志诗学倡导者和同样身处边缘的族裔诗人之间的碰撞和交集。这种文本也开放地包括理查德·塞什纳(Richard Schechner)称为跨界艺术谱系的"表演诗学",它也与美国和其他国家的第三世界集团中的自我定义和文化解放的运动紧密相连。②

这一理论的提出为口头艺术的文本呈现提供了理论支撑和实践策略。"民族志诗学"关注的焦点是以原始部落中的口耳之间进行的诗歌交流,其学术主张和实践包括分析和阐释被罗森伯格称为"部落诗歌"的口头文本,更关注如何使这些口头文本经过文字的转化和翻译之后,仍旧保持其口头表演的艺术特质。换言之,"民族志诗学"试图要完成的是将口头诗歌的"口头性"和"表演性"通过翻译、转写等手段表现在书面上。事实上,"民族志诗学"所要解决的是一个如梦魇般困扰着西方哲人和文人的悖论:语音与书写的关系问题,而这也是语言本质的一个侧面。作为当代美国实验诗学代表人物的罗森伯格在其对北美印第安人口头诗歌的采风和翻译的过程中,敏

---

① 杨利慧:《民族志诗学的理论与实践》,《北京师范大学学报》2004年第6期,第50页。

② Jerome Rothenberg, *Symposium of the Whole: A Range of Discourse Toward an Ethnopoetics*, p. xv.

锐地意识到了这一悖论。西方翻译者的"忠实"翻译往往把这些口头诗歌从原来的口头生活的语境中生硬地剥离开来，使诗歌原有的声音、肢体动作、语气的变化等悄然丧失了。而更为重要的是，很多印第安"部落诗歌"中含有大量直接通过声音来表达内容的语汇，它们并非严格意义上的词语，在英语中很难找到对应词汇，于是它们不幸成为了"翻译中失去的"元素。基于这样的认识，罗森伯格在翻译实践中独树一帜地运用了"完全翻译"（total translation）的策略，即结合具体的情境性语境，运用各种标记符号，以书写的形式使原诗中的声音因素得以呈现。为了能够以书写的形式呈现口头诗歌的丰富性和表演性特质，罗森伯格等民族志诗学研究者创造了大量新的符号标识，从而极大地丰富了书写对口头诗歌的表现能力。而这些诗歌翻译实践还取得了一个意想不到的效果，那就是在部分地解决了声音与文字的悖论的背后是一种新的图像文字的产生，带来的是令人欣喜的视觉上的震撼力。他的诗集《摇动南瓜：北美洲印第安传统诗歌》（*Shaking the Pumpkin*：*Traditional Poetry of the Indian North Americas*，1986），就是在他的完全翻译思想和民族志诗学理念指导下，对印第安口头诗歌迻录和再创作。比如其中的小诗《歌声到哪里她到哪里 & 当他们相遇发生了什么》（"Where the Song Went Where She Went & What Happened When They Met"）。这首小诗题目绕口，却很符合印第安诵歌中语句简单、重复等特点。小诗的内容也是如此：

歌儿去了花园	（嘿　嘿　嘿）
歌儿在花园飘荡	（嘿　嘿　嘿）
她去了花园	（嘿　嘿　嘿）
她去了花园	（嘿　嘿　嘿）
她在花园神游	（嘿　嘿　嘿）
那就是她的去处	（嘿　嘿　嘿）

the song went to the garden	（heh heh heh）
the song poked all around the garden	（heh heh heh）
she went to the garden	（heh heh heh）
she went to the garden	（heh heh heh）

she went like crazy in the garden	(heh heh heh)
that's where she went	(heh heh heh)[①]

为了实现完全翻译，罗森伯格不但采用了符合印第安口语特点的用词和句式，而且还以括号中插入表示声音的拼写方式模拟了印第安人口头诵歌的呼号、长调等语气。

"民族志诗学"出现在维特根斯坦身后十几年，如果维特根斯坦在有生之年看到这样的诗学策略，他的态度恐怕不会如对待其他文学作品一样保持一贯的"冷漠"吧。维特根斯坦在《逻辑哲学论》中，似乎乐于接受这样一个推论，即所有描述这一世界的语言，必定都可以完完全全地实现互译："任何一种正确的记号语言都必定可翻译为任何别的记号语言……这正是它们全都共同具有的东西。"当然，后期的维特根斯坦已经抛弃了《逻辑哲学论》的表象理论，但这种互译的理想却一直没有丧失。而这一理想也正是罗森伯格在跨文化的文学实践中所追求的理想。

民族志研究者由于关注的重点各有侧重，他们迻录的策略和方式各不相同。与罗森伯格的"完全翻译"不同，泰德洛克（Dennis Tedlock）主张的是"活态话语"（living discourse）：他关注声音的停顿，采用虚线表示暂停，用线条之间的圆点表示较长时间的停顿。声音的大小和高低也是他关注的重点。他用大写字母表示大声说话，而用比正文略小的字号表示小声说话。[②]泰德洛克在强调语境研究的重要性的背景下，从口头艺术的实践中总结出了一种规律性的认识。另一位贡献突出的研究者伊丽莎白·范恩（Elizabeth C. Fine）则提出了"符际翻译"（intersemiotic translation）的理念，而以此制作的文本则成为以表演为中心的文本。下面就是来自她的迻录中的一个片断：[③]

---

① Jerome Rothenberg, *Poems for the Game of Silence*, p. 141.

② Dennis Tedlock, "Toward an Oral Poetic," *New Literary History*8. 3 (1977): 507—519; Dennis Tedlock, *The Spoken Word and the Work of Interpretation*, Philadelphia: University of Pennsylvania Press, 1983.

③ Elizabeth C. Fine, *Folklore Text: From Performance to Print*, pp. 184—185.

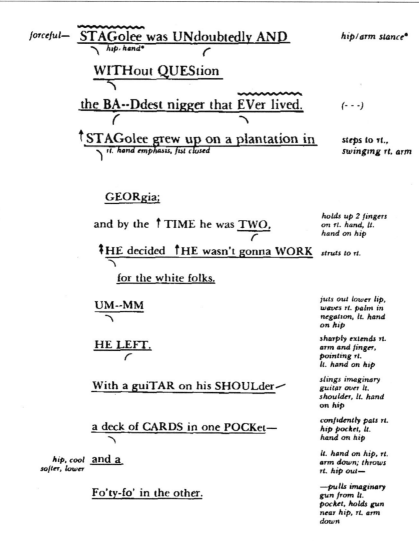

这段迻录是范恩根据她的一个非裔美国学生的单口表演（toast）所作。这个表演讲述的是美国黑人民间故事中的人物斯坦高利（Stagolee）的故事。斯坦高利毫无疑问是一个"最坏的黑鬼"，他生长在乔治亚的一家农场，在两岁的时候就决定不再为白人效命了。在范恩的迻录中，表演者讲述的内容分行放在中间；向上的箭头表示讲述者是在用假嗓子说话；大写表示讲述者声音较高，小写表示声音较低；在上方的波浪线表示声音尖锐刺耳；在下方的弧线表示讲述人身体向前后的倾斜。

民族志诗学的理论与实践看起来并不复杂,但其中却蕴涵着对语言本质全新的认识。而这些认识和实践方式与维特根斯坦有着某些不谋而合的亲缘性。首先,维特根斯坦在谈到语言游戏的时候说:"这里用'语言游戏'这一术语是想要凸显这样的事实:说一种语言,乃是一种活动或者一种生活形式的组成部分。"而且他还为我们提供了构成我们生活形式的各具特色的语言游戏的清单,其中就包括"民族志诗学"关注的"演戏"、"唱歌"、"把一种语言翻译成另一种"等。维特根斯坦曾经警告我们要提防这样的危险,即对语言采取一种过于狭隘的观点,忽视他们表现的文化景观。"民族志诗学"研究者们恰恰避开了这样的对于语言的狭隘观点。民族志诗学倡导者一致认为:"口头艺术的表演不仅仅是语言。"[1] 他们更为关注的是如何在文本中唤起一种复杂的文化场景,而这也正是维特根斯坦所关注的。正如麦金所言:"维特根斯坦就是要把我们的注意力引向存在于这些复杂的文化现象之间的区分,因为人类语言现象的真实复杂性就是在这些区分中揭示出来的。"[2] 其次,维特根斯坦引入了"生活形式"的概念,而这一概念与"民族志诗学"的追求也不谋而合。维特根斯坦所说的"想象一种语言,就意味着想象一种生活形式"的理念也正是"民族志诗学"的理想。语言作为生活形式的观念,就如语言作为游戏观念一样,与作为抽象记号系统的语言观念形成对照;它也是为了凸显这一事实:"语言被嵌入了一个重要的非语言行为的视域中"[3],因此,"正如'语言游戏'这一术语,是要激起关于在说话者的非语言活动中被使用的语言的观念,'生活形式'这一术语,是要激起这样的观念:语言和语言交流被嵌入了活生生的人类主体的群体生活之中,这些生活具备意味深长的结构"[4]。最后,由各种符号与文字共同组成的"民族志诗学"文本仿佛使我们看到了一幅维特根斯坦所关注的"作为一个记号系统的语言图像"[5]。这个系统中的每一记号都关联于它所代表的一个对象,整个系统也由此被赋予了一种意义。维特根斯坦认为:"于这幅

---

[1] Elizabeth C. Fine, *Folklore Text: From Performance to Print*, p. 1.
[2] [英] M. 麦金:《维特根斯坦与〈哲学研究〉》,第 69 页。
[3] 同上书,第 59 页。
[4] 同上。
[5] 同上书,第 43 页。

语言图像中，我们找到了下述观念的根源：每个词都具有一个意义。意义是与这个词关联在一起的。它就是这个词所代表的对象。"事实上，"民族志诗学"的诗歌文本探索的就是这个语言图像的观念的根源。

四　小结

无论是朱可夫斯基的"A"还是罗森伯格的"Gematria"诗抑或是"民族志诗学"，都向我们展示了维特根斯坦式的语言观。"A"和"Gematria"诗验证了维特根斯坦的"使用即意义"的命题；而"民族志诗学"则使维特根斯坦的"语言游戏"和"生活形态"在文学实践中得到了应用。从维特根斯坦语言哲学的视角来看，当代犹太实验诗学对揭示语言本质的诗学实验和实践实现了语言在文学表达中神奇的创造的魔力，一种化语言的平常为陌生，化平凡为新鲜的力量。借用伊格尔顿的箴言："从索绪尔和维特根斯坦直到当代文学理论，20世纪的'语言学革命'的特征即在于承认，意义不仅是某种以语言'表达'或者'反映'的东西；意义其实是被语言创造出来的。"①

维特根斯坦语言哲学对文学的意义与德里达等人的解构主义对文学的意义有着本质的不同。维特根斯坦"并没有坚持在否定一种（错误）信仰的基础上用另一种（同样错误的）信仰来替代它"②。维特根斯坦勇于面对语言的局限性，但他不会像解构主义者一样把哲学看作是一种彻底的破坏活动。维特根斯坦认为哲学活动是一种"治疗性的破坏"③。他在《哲学研究》中生动地阐述了下述观点：

> 因为看起来你破坏了一切有意思的东西，也就是说一切伟大和重要的东西，那么我们进行哲学研究的重要性又在于什么呢？（我们的研究就好像所有的高楼大厦，剩下的是片片碎石）我们破坏的只是卡片屋，

---

① ［英］特雷·伊格尔顿：《二十世纪西方文学理论》，第76页。
② ［英］Sean Sheehan：《维特根斯坦：抛弃梯子》，第96页。
③ 同上书，第97页。

而我们正在建设的则是这些卡片屋赖以存在的语言基础。[①]

"A"、"Gematria"诗和"民族志诗学"生成的过程正是这样一个"治疗性的破坏"活动，是在破坏"卡片屋"的同时，构建起这些"卡片屋"赖以生存的语言的基础的过程。维特根斯坦的语言哲学将我们带入由意义与现实的联系、生命形式以及语言游戏组成的世界，在这个世界的观照下，诗歌变成了一个"发现的地点"，一个发现日常的语言如何在新的文本环境中变得陌生和新奇的地点。这是一个语言在文学的世界中挑战认知局限，并在世界的局限中发现自己可以到底走出多远的过程。

---

① 转引自 Sean Sheehan《维特根斯坦：抛弃梯子》，第 97 页。

第十八章

都市漫游叙事视角下的美国
犹太诗性书写

　　都市漫游者的文化地位和形象与美国犹太人特殊的种族身份和文化身份有着某种令人惊讶的内在契合关系。成为世界的"放逐者"的犹太人"像生活在地理的谬误中的人们","家园"仿佛无处不在,却又无处是家。① 犹太人如都市浮萍的形象与都市漫游者从本质上是一致的,而这种一致性使他们成为文学文本中天然的被异化的对象,成为具有欧洲中心主义思想的英美作家都市漫游叙事策略的牺牲品。而同样是此种一致性又使得都市漫游成为美国犹太诗人首选的叙事策略,并成为犹太诗人重塑犹太人形象的诗学策略。犹太人都市漫游者的特质在美国犹太诗歌当中得到了诗性的书写,并为都市漫游者谱系描画出新的图谱。而作为叙事策略,都市漫游独特的动态性、主客体兼容性以及聚焦的双向性等特征也为美国犹太诗歌的书写提供了某些独特的美学视角和诗学理念,从而形成了别具一格的犹太诗学特征。

一　都市漫游与空间叙事

　　自从都市漫游者走出了波德莱尔的《现代生活的画师》,这一形象和概念已经成为文学记忆的一个"游魂",被各个时代的文学文本不断召唤,并

---

① Charles Reznikoff, *The Complete Poems of Charles Reznikoff*, p. 46.

在这些叠加的文本中被还原，被挪用，被翻新，被补述。时至今日，都市漫游者已经被建构成为一个跨文本、跨文类、跨领域、根深叶茂、盘枝错节的血缘谱系。波德莱尔、爱伦·坡、本雅明、戴维德·弗瑞斯比（David Fris-by）、杰奈特·沃尔夫（Janet Wolff）、苏珊·巴克—莫斯（Susan Buck-Mor-ss）、朱迪丝·沃克威茨（Judith R. Walkowitz）等都为这一谱系做过续写、补写和重写。

都市漫游者谱系最初的文化定位是波德莱尔笔下的"世界人"、"国际旅行家"（cosmopolitan traveler）。[①] 波德莱尔的都市漫游者都是文化的观察者和描述者，是"隐身于人群中的观察家王子"、是"完美的游手好闲者"、是"对可见、有形的事物极其热爱的哲学家"[②]。波德莱尔的都市漫游者体现的是现代性的人与都市的关系：都市漫游者是都市文化的涉入者，反思者和中介者。20 世纪初，都市漫游者在本雅明的哲学和文学建构中，具有了表现时代特征的新维度。他们成为资本主义经济和文化、商品时代和消费社会的文化代言人，同时也成为本雅明"解构写实主义的利器"[③]。他们以异化的眼光凝视着都市的物欲横流，他们被都市的生活脉搏和节奏所征服，以机械方式和商业性来表现自己。他们屈从于商品文化影音形象包装欲望的力量，并被其裹挟着最终成为都市文化的共谋者。[④] 都市漫游者游荡在都市的街头，背离人群却又不由自主地深陷其中，这种共谋身份在本雅明看来是一种人性的迷茫和无奈。他们在资本主义生产和商品交换的时代中，体现的是人格分裂、图像泛滥和商品移情等都市生活的本质。而到了柯瑞斯·詹克斯（Chris Jenks），都市漫游者已经身兼"比喻和方法论的双重角色"，成为了构建都市空间与都市文化体系的"表述策略"和分析方式。[⑤] 都市漫游者因此具有了一种构建"空间意向的心理构图"（psychogeography）的能力，城市也因此被赋予了某种宏大的、目的性空间取向。[⑥] 都市漫游者在詹克斯的

---

① Charles Baudelaire, *Selected Writings on Art and Literature*, p. 396.
② Ibid. , p. 400.
③ John Rignall, "Benjamin's Flâneur and the Problem of Realism," p. 120.
④ Walter Benjamin, *Charles Baudelaire: A Lyric Poet in the Era of High Capitalism*, p. 128.
⑤ Chris Jenks, *Aspects of Urban Culture*, p. 14.
⑥ Ibid. , p. 24.

都市文化构建中，具有了都市人群中的中介者和构成者的双重身份，换言之，都市漫游者既在人群之中，又在人群之外；既是内人也是外人；既在家又不在家；既在场又缺席。都市漫游者自在来去于"情感的浸入"（emotional immersion）和"距离的疏离"（detached distantiation）的游戏之中。①

在都市漫游者谱系的不断书写过程中，都市漫游者成为一个跨越了时空的词语，并在其含义不断补续和堆积的过程中，呈现出断裂、歧义、不稳定等后现代语义特征。正如约翰·瑞格诺（John Rignall）所描述的那样：

> 都市漫游者生来就是一幅文本互文的体质，身上流动着来自波德莱尔诗集与文论、爱伦·坡与巴尔扎克的小说。狄更斯关于自己的艺术创作的信札、马克思商品崇拜理论以及关于巴黎的纪录性与历史性书写的血缘，因此，都市漫游者可以是一观察的历史现象，可以是 19 世纪某种类型的巴黎人，可以是都市生活经验的表现，可以是一种文学主题，也可以是表现商品与大众关系的意象。②

瑞格诺的这一谱系也许不该忘却惠特曼。这可是一位"将流浪者的视角发挥得最出色的美国作家"③。不过，从瑞格诺勾勒的这一都市漫游者谱系还是可以清晰地看出，随着都市文化多元化的趋势，都市漫游者也呈现出多元化的诠释维度。它既可以是一种社会文化研究的观察方法论，通过都市漫游者的流动的目光记录并解析现代都市文化现象；也可以是一种文学主题，在文学的叙事中、在人物的都市活动中建构起文学特有的都市空间向度；更可以是一种现代和后现代的叙事策略，在写作的延宕中实现对现实的超越、戏讽和解构。

从叙事学的角度来看，都市漫游作为叙事策略体现的是现代和后现代叙事的空间转向，使"历史性、序列性的流动变成了地理性、共存性的存

---

① Mike Featherstone, "Postmodernism and the Aestheticization of Everyday Life," p. 285.

② John Rignall, "Benjamin's Flâneur and the Problem of Realism," p. 113.

③ ［美］莫里斯·迪克斯坦：《途中的镜子——文学与现实世界》，上海三联书店 2008 年版，第 23 页。

在"①。在这种转向力量的驱动下，空间感逐渐取代时间感成为人感觉的中心。法国新小说派主要代表人物罗伯—格里耶曾经说："在现代小说中，人们会说，时间在其时序中被切断了。它再也不流动了。"② 当时间停滞的时候，空间却开始了更为奇妙的流动。作为叙事策略的都市漫游正是这种空间流动的一种具体的、形象的、多维度的方式和手段。都市漫游提供了一种独特的、动态的观察点和流动的观察方式，从而极大地拓展了叙事的空间，并使得空间从"真实的"和"比喻的"意义上都成为了一个"行动的地点"（acting place），而不是"行为的地点"（the place of action）。③ 然而，都市漫游带来的并不仅仅是从一个空间到另一空间的过渡，当叙事成为一种"文化力量"，都市漫游被赋予了集"空间、知识、权力"三位一体的叙事的魔力，也成为福柯等后现代主义者文化空间叙事和构建空间与族裔想象关系的法宝。④ 对于都市漫游的动态的叙事力量，詹克斯进行了精准的概括：

> 漫游者能在空间和人群中以一种使他能够取得有利视野的黏着性（viscosity）移动。…… 漫游者拥有一种力量，可以随自己的意志行走，自由自在，似乎漫无目的，但同时又具有探索的好奇心，以及能够了解群体活动的无限能力。⑤

从叙事的角度来说，都市漫游者既是叙事的主体，也是叙事的客体；既是聚焦者也是聚焦的对象。漫游者的"黏着性移动"一方面突破了固定的空间的束缚，转换了叙事的视角；另一方面，也调节了读者的审美的心理距离感，是一种厚重的、动态的空间叙事范式。

---

① 龙迪勇：《叙事学研究的空间转向》，《江西社会科学》2006 年第 10 期，第 66 页。

② 转引自龙迪勇《叙事学研究的空间转向》，第 66 页。

③ ［荷］米克·巴尔：《叙述学：叙事理论导论》，中国社会科学出版社 1995 年版，第 108 页。

④ 米克·巴尔在《叙述学：叙事理论导论》第二版中用单独的一章讨论了叙事学的文化分析运用问题。这在第一版中是未曾提到的。在这一章中，她提出了叙事是"一种文化表达模式"的观点。参见米克·巴尔《叙述学：叙事理论导论》第二版，谭君强译，中国社会科学出版社 2000 年版，第 263—266 页。国内叙事学研究领域，乔国强、张甜在论文《叙事学与作为文化力量的叙事学研究》中明确提出叙事作为一种"文化力量"的观点。见乔国强主编《叙事学研究》，武汉出版社 2006 年版，第 43—45 页。

⑤ Chris Jenks, "*Watching Your Step: The History and Practice of the Flaneur*," p. 146.

二　都市漫游与美国犹太诗人的空间叙事策略

客体派诗人中的重要成员之一乔治·奥本（George Oppen）曾把犹太诗人的诗歌称为"纽约的语言"①。可见，犹太诗人的作品与纽约的关系是何等的密不可分。这种不可分性不是简单的描写主体与客体的静态关系，而是"城市空间的政治意义的竞逐"与犹太诗人的文化身份认同的动态关系。②正如米歇尔·凯斯（M. Keith）所言：

> 理论上，城市空间无法重建已经失去的认同确定感，或将丧失中心的主体凝聚于中心，这正是因为都市空间本身就在都会空间性的多重论述中生成，他们回荡着竞逐的政治意义，与争斗的场域，本身早已被除去了中心，因而其产生认同的过程总是随机的。③

凯斯之所以认为"产生认同的过程总是随机的"，是因为随着"被去除中心主体的分裂，和都市空间性多重论述的不断衍生，都市空间可以产生不同的竞逐意义。这种政治意义的竞逐在多元族裔、离散社群迁居的后现代都会，尤其具有特殊意义"；而"多元族裔的历史，即由文化记忆的现在和再书写，往往成为迁居族裔争取，对抗既成的空间分布、重新自我定位，和确认位置性的基础"④。奥本之所以把犹太诗人的诗歌称为"纽约的语言"，是因为美国犹太诗人一直试图用语言创造一个属于犹太族裔的空间，而纽约就是他们选择的典型的城市空间。事实上，"语言行为中很重要的一部分就是空间的创造"，这一创造的结果就是"空间性历史"（spatial history）。⑤空间的占有和特质取决于命名，即语言的描述、再现、定义网络的设定。"没有

---

① George Oppen, *Collected Poems*, p. 149.
② 苏榕：《重绘城市：论〈候行者：其伪书〉的族裔空间》，《欧美研究》1992年第2期，第346页。
③ 转引自 Sallie Westwood & John Williams, Eds., *Imaging Cities: Scripts, Signs, Memories*, p. 8.
④ 苏榕：《重绘城市：论〈候行者：其伪书〉的族裔空间》，第348页。
⑤ Paul Carter & David Malouf, "Spatial History," p. 173.

绝对先存的空间，只有透过想象、权利支配、社会网络投射出来的空间。"①
这是典型的福柯式的空间理念。而犹太诗人在诗歌文本中构建的就是一个福
柯式的"异托邦"（heterotopia）。② 异托邦是一种经由投射、想象、设计而
存在的虚幻的空间。对于处于都市漫游身份的犹太诗人来说，他们清醒地意
识到，他们不可能从真实的层面上占有美国的都市空间，他们占有的只能是
这个"透过想象、权利支配、社会网络投射出的空间"，并把这一创造过程
作为实现其诗学理念和理想的表述策略。

　　雷兹尼科夫收录在《金色的耶路撒冷》（*Jerusalem the Golden*）只有两行
的短诗就是这种表述策略的绝好例证：

> 扎根于房顶，他们的烟直冲云端，
> 工厂的烟囱——我们的黎巴嫩的香柏树。③

　　并置的两行诗行不由得使人想起庞德的意象派诗歌，特别是那首著名的
《在地铁车站》（"In a Station of the Metro"）。然而"黎巴嫩的香柏树"却暗
示了诗人的犹太身份和文化意识。工厂高耸入云的烟囱营造的是工业化进程
中的美国城市云烟笼罩的特有的城市景观，而这一切，在雷兹尼科夫，这位
都市的"沉思者"的眼中却幻化为耶和华所栽种的"黎巴嫩的香柏树"。这
种多元异质的拼贴看似随意、随机，却蕴涵着诗人深刻的诗歌创作思考和独
特的表述策略。对于雷兹尼科夫等第一代美国犹太人和第二代现代派诗人来
说，如何既彰显"城市美国的直接性"与"预言的犹太历史性"的差异又
求得二者的平衡是一个永恒的困扰。④ 复数的第一人称叙述人"我们"就是
诗人试图把这一对立和冲突在语言行为中求得"协商"的努力。这里的

---

　　① 苏榕：《重绘城市：论〈候行者：其伪书〉的族裔空间》，第348页。
　　② 福柯在"论其他空间"（Of Other Spaces）一文中提出了两个相对的概念：乌托邦和异托邦。相
对于乌托邦而言，异托邦犹如由虚构的镜子所投射出来的幻象。这面镜子一方面可以看作是乌托邦，因
为它使我看到我处在我不在的地方；另一方面，这面镜子也可以视为异托邦，因为它产生一种反作用，
使我在凝视时，由镜中的位置看到我所处的位置，从而重新建构我所在的空间。M. Foucault, "Of Other
Spaces," p. 24.
　　③ Charles Reznikoff, *The Complete Poems of Charles Reznikoff*, p. 115.
　　④ Norman Finkelstein, *Not One of Them in Place: Modern Poetry and Jewish American Identity*, p. 22.

"我们"可能指的是处于流散状态的美国犹太人，也可能指所有的纽约人，甚至所有身处美国都市之中的人们。当工业化生产带来的阵阵浓烟和巨大的烟囱幻化成黎巴嫩的香柏树的时候，感到现代文明可怕力量的不仅仅是美国犹太人，也包括所有美国都市中的芸芸众生。由此我们不难看出，纽约的都市意象已经成为美国犹太诗人文化身份构建的策略，而犹太诗人的都市漫游视角成为了协商现代性和民族性的书写策略。

当雷兹尼科夫漫步在秋日的纽约街头，这种表述策略再次得到了应用。他的《犹太女人对塔木兹以西结书 VIII：14 的悲悼》（"Lament of the Jewish Women for Tammuz Ezek. VIII：14"）一诗，也是这种策略的一个范本：

> 现在白色的玫瑰，枯萎了并日渐萎黄，
> 挂在枝叶上和石南。
> 现在枫树浪费了他们黄色的叶子；
> 橡树棕色的叶子已经离开了乌尔①并
> 　　变成了流浪者。
> 现在他们散落在人行道上——
> 树叶精致的尸骸。②

雷兹尼科夫曾明确指出，这首诗的标题来自《以西结书》（Book of Eze-kiel）。该书是犹太主要预言书之一，以预言的形式讲述了古巴比伦沦陷以及犹太历史上的第一次流散等重大历史事件。纽约街头的秋日漫步成为了诗人悼念犹太流亡历史的精神祭奠，秋日纷纷飘落的树叶在诗人的眼中幻化成为"流浪者"、漫游者，这一意象转化和记忆联想使人不由得想起犹太最经典的漫游者形象——亚伯拉罕，于是纽约街头即景在诗人的想象中成为了现代都市漫游者与历史和宗教中的漫游者精神交媾的想象空间和历史空间。

这种策略在雷兹尼科夫的系列诗《自传：纽约》（"Autobiography：New York"）中再次得到应用：

---

① 乌尔（Ur），古代美索不达米亚南部苏美尔的重要城市。
② Charles Reznikoff, *The Complete Poems of Charles Reznikoff*, pp. 115—116.

> 这条人行道光秃秃
> 就像上帝对摩西说教的
> 山——
> 突然在街道上
> 灯光闪烁照着我的腿
> 一辆汽车的保险杠①

　　纽约的人行道在诗人的想象中幻化为上帝向摩西授十条"诫命"的西奈山，然而行走在人行道上的诗人却再也聆听不到上帝之音，因为汽车马达的噪音几乎使上帝失语，使摩西耳聋。诗人清醒地知道，他成为不了上帝的使者，也成不了现代摩西，也许做一个漠然的观察者和冷静的漫游者更加现实，也更来得自然。可见，作为都市的漫游者，美国犹太诗人试图展示的并非美国都市的空间特征，而是把都市漫游者作为一种文化表述策略，一种使自我与犹太历史记忆建立沟通和联系的历史空间。

　　另一位重要犹太诗人朱可夫斯基在他的成名作《以"The"开头的诗篇》中刻意精心安排了一个诗人与诗中人共同漫游在纽约街头的场景，我们不排除朱可夫斯基在潜意识中存在着向他崇拜的诗人庞德、艾略特、威廉斯等都市漫游写作靠拢的想法。在《以"The"开头的诗篇》第二乐章，彼得与朱可夫斯基在纽约街头边走边聊，街头所见让他们感慨万千，纽约随着他们视线的移动呈现出动态的变化，并在他们时而严肃，时而戏谑的闲聊中，呈现出魔幻与现实时而交织、时而对峙的历史空间特征。客体派诗人群体中的哈维·夏毕洛（Harvey Shapiro）也是一位最终选择纽约作为栖身之地的犹太诗人。他与纽约渊源不浅。他曾经供职于《纽约时代书评》长达八年之久，后又成为《纽约时代杂志》的高级编辑。然而，尽管夏毕洛定居在纽约，时间和生活的琐碎似乎并没有磨掉诗人那颗充满了好奇的心，更没有遮挡住诗人好奇的眼睛。他的《区公所》（"Borough Hall"）就体现了客体派诗歌的琐碎、精确、客观的诗学特点，但更重要的是，这首诗中毫不隐讳

---

① Charles Reznikoff, *The Complete Poems of Charles Reznikoff*, p. 188.

的讥讽、揶揄、典型的城市漫游者的口吻：

> 在布鲁克林我认识了朱可夫斯基
> 和乔治·奥本。我看到桥
> 和自由女神像。
> 我有一个妻子，两个儿子，一所房子。
> 所有这一切记录在我的诗歌中。
>
> 没有一个骑马人愿意
> 路过我的石头。
> 如果我被一位纽约地铁上的年轻女子
> 记住了
> 顺其自然吧
> 在区政厅站下车。①

对于隐身于都市之中的诗人来说，纽约的名胜自由女神像和金门桥与他的朋友、妻子、儿子和房子并没有本质的区别，诗人的潜意识中可能认为，反而是这些细碎的日常生活更能够代表纽约的特质。而诗人虽栖居于此多年，却能从日常生活和习俗中发现并品味出城市独特的意蕴，这恐怕还是要感谢诗人保有的都市漫游者的心态吧。

三　他者镜像中的犹太都市漫游者

作为叙事策略的都市漫游的动态的"文化力量"赋予了美国犹太诗人形塑犹太人和犹太性的巨大能量。对于身处文化边缘的美国犹太诗人来说，没有什么比通过诗性书写定义犹太性和形塑犹太人更具有历史意义了。一个有趣的现象是，在美国犹太诗学史上，犹太诗人对犹太人的形塑是在对他们的现代诗学导师对犹太人的形塑的颠覆中实现的。具体说来，就是在与以艾

---

① Harvey Shapiro, *The Light Hold*, p. 34.

略特和庞德为代表的具有不同程度反犹倾向的美国现代派诗人的较量中实现的。因此,我们有必要首先考察一下美国现代派诗人对美国犹太人刻板形象的生产策略。巧合的是,艾略特等美国现代派诗人竟然也是在都市漫游的叙事策略中完成对犹太人的异化的。

从第一圣殿被毁,"犹太人就一直处于流动状态"①,"犹太人在以色列地以外地方散居就一直是一种永恒的现象"②。17 世纪 50 年代,犹太人开始流散到北美洲,到 1776 年美利坚合众国建立时,犹太人已经在北方的纽波特、纽约和费城;南方的查尔斯顿和萨凡纳等五个城市形成了规模不小的聚居区。③ 此后,1881—1905 年,美国更是始料不及地接纳了大约 80 万名"前现代和前工业化的犹太人"④。然而,"在 19 世纪晚期的犹太人被看作是一个截然不同的非白人的种族(作为东方人、闪米特人,或者希伯来人),低于欧洲美国人,并被排除在民族家庭成员之外"⑤。对于蜂拥而至的犹太人,漫游在 1904 年的纽约街头和"东区贫民窟"以及"犹太电影院"的亨利·詹姆斯忧心忡忡地称为"希伯来对纽约的征服"⑥。

与亨利·詹姆斯同样忧心忡忡的还有美国现代诗歌的两大巨擘:艾略特和庞德。他们在自己的一系列诗歌中均以美国都市漫游者的视角浓墨重彩地厚描了一番在美国纽约都市中的犹太漫游者。从某种程度上说,他们的都市漫游叙事策略成为异化犹太人的诗歌书写策略。收录在艾略特诗集《诗歌1920》(*Poems 1920*)中的《小老头》("Gerontion")、《斯威尼在夜莺群里》("Sweeney Among the Nightingales")、《带导游手册的伯班克:叼雪茄的布莱

---

① [美]马丁·吉尔伯特:《犹太史图录》,上海人民出版社 2000 年版,第 1 页。
② 徐新:《犹太文化史》,第 36 页。
③ 同上书,第 73 页。
④ Rachel Blau Duplessis, *Genders, Races, and Religion Cultures in Modern American Poetry, 1908—1930*, p. 136.
⑤ Alicia A. Kent, *African, Native, and Jewish American Literature and the Reshaping of Modernism*, pp. 11—12.
⑥ 1870 年,旅欧归来的詹姆斯以美国都市漫游者的身份书写的美国风景和美国人的见闻刊登在《民族》(*Nation*)杂志上。这些文章后来收录在《美国景象》(*The American Scene*)中。总体说来,詹姆斯对阔别已久的祖国非常失望。詹姆斯在《美国景象》中记录了他在纽约东区的游历以及他对纽约聚集的少数族裔的矛盾心理。Henry James, *The American Scene*, p. 116;对詹姆斯这一矛盾心理的解读,可参见莫里斯·迪克斯坦《途中的镜子》,第 32—33 页。

斯坦》（"Burbank with Baedeker: Bleistein with Cigar"）等都是这一厚描的代表作。克里斯多弗·里克斯（Cristopher Ricks）曾在《艾略特与偏见》（1989）一书里专章讨论了艾略特反犹的"肮脏的笔触"①。当然，里克斯客气而委婉地认为艾略特对犹太人生活中的某些方面有反感是出于文化上的原因，而非种族主义的歧视。然而，无论是出于何种原因和目的，艾略特等现代作家对犹太人族群特点扭曲的原始想象已经成为白人作家在纽约街头的日常活动。正如索尔·贝娄一针见血地指出的那样："19 世纪诗人的梦想污染了纽约从大城镇到市郊的精神氛围。"② 具体到犹太人问题，"犹太人不仅在现实生活中遭受凌辱和迫害，即使在文学作品中也未逃出反犹主义者的丑化和诅咒。犹太人似乎已成为一种'原型'——邪恶、丑陋人或事物的代名词"③。换言之，在美国诗人的异托邦文化想象中，在他者镜像的扭曲下，在欧洲中心主义的历史记忆的透视下，犹太人在文本中被再次"放逐"，再次"边缘化"了。用艾伦·布鲁姆（Allan Bloom）的话说就是，犹太人的不幸命运在某种程度上是他们的"外在性（foreignness）所致"④。《小老头》是《诗歌 1920》的开篇诗，一位一生一事无成，陷入沉思记忆中的垂垂老者坐在"朽烂的房子"中，喃喃自语："我的房子是一所破败的房子，窗台上蹲着的那个犹太人，是房主，／是安特卫普小馆子里滋生出来的，／在布鲁塞尔挨人臭骂，在伦敦被人家补了又削。头上那片地里的那头山羊夜里就咳嗽；岩石、苔藓、石葱、铁、粪球。"⑤ 诗行不但在内容里更在文体变异中异化着犹太人。"And the jew squats on the window sill, the owner, / Spawned in some estaminet of Antwerp" 中 "jew" 首字母小写是艾略特保持了多年的书写习惯，这个语像变异似乎无声地告白着艾略特意识深处对犹太人"小

---

① 转引自 Rachel Blau Duplessis, *Genders, Races, and Religion Cultures in Modern American Poetry, 1908—1930*, p. 143。

② 转引自 ［美］莫里斯·迪克斯坦《途中的镜子——文学与现实世界》，第 40 页。

③ 乔国强：《美国犹太文学》，商务印书馆 2008 年版，第 9 页。

④ 艾伦·布鲁姆：《巨人与侏儒》，第 141 页。事实上，犹太人被文本异化是一种由来已久的欧洲中心主义的写作策略。从莎士比亚的《威尼斯商人》开始，夏洛克这一放贷者的犹太人形象就复杂地呈现在读者面前。在历史语境和文学作品中被异化的犹太人形象在乔叟、狄更斯、马克·吐温等英美作家的作品中都有表现。详见乔国强《美国犹太文学》，第 8—11 页。

⑤ 辜正坤：《外国名诗三百首》，北京出版社 2000 年版，第 727—728 页。

写"的倾向；"Spawn"一词多义所产生的歧义更是仿佛使读者看到了又小又多，如鱼卵般聚集在一起的犹太人。而"破败的房子"、"岩石、苔藓、石葱、铁、粪球"共同构成的语境更是为我们描述了一幅仿佛犹太人与生俱来的肮脏、混乱、卑微的生活场景。同样收录在《诗歌1920》中的《斯威尼在夜莺群里》与《带导游手册的伯班克：拿雪茄的布莱斯坦》被艾略特自认为是"高度严肃的"、"在我所写的［诗歌］当中最好的"[①]。艾略特用如手术刀一样的笔刀砍斧凿出一个人间的动物园，人如野兽，极具夸张之态。带导游手册的伯班克作为从美国来的旅行者在意大利见证了一群如浮萍般飘零的犹太人。在这个古老的西方文明的发源地，单纯的美国人伯班克陷入了一位所谓的威尼斯"公主"性感与文化编织的温柔陷阱。然而，透过如《荒原》一样细密编织的西方文明衰落、人性的荒芜等艾略特的经典主题，在这首诗歌的深层建构和含义中还嵌入了丰富的犹太所指和犹太隐喻。伯班克是被动的、毫无生气的都市的观察者，与他形成强烈反差的是另一位旅游者——布莱斯坦：

> 但是这种或是那种是布莱斯坦的方式：
> 　　一双松弛地弯曲的膝盖
> 和肩肘，手掌翻转着，
> 　　芝加哥犹太维也纳人。
> 一个毫无光泽突出的眼睛
> 　　从原生动物的黏液瞪视着
> 从卡纳莱托的视角。
> 　　未来的冒烟的蜡烛
> 暗弱。曾经在瑞阿尔托桥
> 　　老鼠在建筑物下面，
> 犹太人在地的下面。
> 钱在皮衣里。船工笑着，
> 沃鲁潘公主伸出

---

① T. S. Eliot, *The Letters of T. S. Eliot：Vol. I 1989—1922*, p. 363.

一只瘦弱、蓝色指甲，结核病的手
爬上水梯。光、光，
　　　她取悦着费迪南德
克莱恩先生。①

　　这首诗中呈现的人物关系十分有趣，两个身世背景，经济地位以及人生经历不甚相同的犹太人，周旋在他们中间的是一个性感妓女。这两位犹太人，一位是美国新移民，"芝加哥犹太维也纳人"，一个似乎还未充分进化的"原生动物"；一位是已经在欧洲飞黄腾达的英国犹太人，"费迪南德·克莱恩先生"。艾略特塑造这样两位犹太人可谓是用心良苦。一方面，这两个犹太流散史中的典型人物分别被放置到美国和欧洲历史和文化差异的镜像之下，互相审视，互相参照，从而形成了宏大的西方文化和历史框架下的犹太人双重文化身份的写照；另一方面，这两个犹太人也不可避免地带有阶级的烙印，资本主义制度下的富裕和贫穷阶层的划分对于犹太人也不例外。看来，艾略特对于贫穷的犹太人带来的瘟疫和疾病对西方文明的威胁和富有的犹太人对西方世界经济命脉的操纵哪一个威胁更大的争论也颇感兴趣，不过，他并没有试图给出一个二选一的答案。就像这两个犹太人都不约而同地选择了患有结核病的妓女"沃鲁潘公主"一样，在艾略特的眼中，他们没有本质的区别，无论是富有还是贫穷，也无论是欧洲犹太人还是美国犹太人，他们都是连老鼠不如的，在"地的下面"的犹太人。艾略特诗歌中的犹太人在某种程度上就像游荡在西方现代都市中的可怕的幽灵，他们在艾略特的笔下变得面目狰狞，身上散发着可怕的腐朽的气息。他们不是某个个体，而是一个被物化、被妖魔化、被群体化的抽象的概念。这群无家可归的都市的游魂成为整个西方文明的对立面和污染源，"他们被看作罪犯、骗子"，他们"粗俗、好斗、不诚实、像寄生虫"②。
　　庞德的犹太人异化策略与艾略特如出一辙。在庞德的眼中，犹太人是

---

①　T. S. Eliot, *The Complete Poems and Plays of T. S. Eliot*, pp. 42—43.
②　Rachel Blau Duplessis, *Genders, Races, and Religion Cultures in Modern American Poetry, 1908—1930*, p. 149.

"最终的污染"①。庞德对犹太人放高利贷的做法更是无法忍受。② 他认为犹太人是没有记忆和历史的民族，而他对于处于这种流散状态的民族历来深恶痛绝。在那本堪称庞德反犹太主义的百科全书式的研究《魔鬼的谱系》（*The Genealogy of Demons*）中，罗伯特·卡西洛（Robert Gasillo）指出，庞德把阳具中心论/逻辑中心论跟被阉割、居无定所的犹太人相对应。他还进一步指出："庞德之所以转向法西斯主义，是因为他不仅对非确定性……具有一种极度恐惧，而且他认同法西斯主义的核心欲望，那就是把非确定性从社会生活中清除出去……在庞德的作品里，这种可怕的非确定性的最终代表就是犹太人。"③ 由此，不难看出，无论是在艾略特还是庞德的诗歌世界中，游荡在都市中的犹太人都是在概念化的诗歌策略中被文化形塑的西方世界的"替罪羊"。

对于詹姆斯、艾略特、庞德等深受欧洲文明和文化熏染的现代派先驱和巨擘来说，纽约这样的新兴城市应该是"所有城镇的明天"，理应成为"一个乡村化了的乌托邦"，就如同惠特曼诗歌中的城市一样。④ 然而，当他们带着一个欧洲人的眼睛审视这个他们阔别已久的祖国的最大城市的时候，他们惊异于这个都市在他们缺席的时候产生的"暴烈的生活"，惋惜于这个城市失去的"恬静的距离"⑤。他们作为都市漫游者的高度复杂的心态驱使他们为他们失去的"乌托邦"寻找一个理由，而这个理由就是当时被历史的潮流推向了这个都市的犹太移民。当詹姆斯身处"活生生的俗语的受刑室"，听到他无法辨识的"未来的口音"时，语言的巴别塔带给他的恐惧和恼怒是可想而知的。犹太移民成为詹姆斯之流心中失落的都市乌托邦的不可饶恕的理由。

---

① Robert Casillo, *The Genealogy of Demons: Anti-Semitism, Fascism, and the Myths of Ezra Pound*, p. 327.

② 庞德对犹太人放高利贷的做法深恶痛绝，他于 1940 年在罗马的广播演讲中，特别提到最令人不堪的高利贷者是犹太人，特别是那些掌握着巨大财富，却以放高利贷的方式牟利的犹太人。庞德还在《诗章》第四十五章中，从宗教角度将放高利贷者定罪。

③ Robert Casillo, *The Genealogy of Demons: Anti-Semitism, Fascism, and the Myths of Ezra Pound*, p. 265.

④ ［美］莫里斯·迪克斯坦：《途中的镜子——文学与现实世界》，第 23 页。

⑤ Henry James, *The American Scene*, p. 78.

四　都市漫游与犹太性重塑

　　自从美国犹太女诗人爱玛·拉匝罗斯在《新巨像》中呼唤着"到我这里来，渴望自由呼吸的众生，/……/我举起我的火炬伫立在金色之门旁"，美国犹太诗人的诗歌就不时闪过犹太都市漫游者的形象。雷兹尼科夫、朱可夫斯基、亚卡伯·格拉斯顿（Yankev Glatshteyn/ Jacob Glatstein）、哈维·夏毕洛、塞德曼（Naomi Seidman）等都分别在诗歌中形塑过犹太都市漫游者的形象。事实上，美国犹太诗人就是一群美国都市的漫游者，他们既是波德莱尔所定义的"都市文化的涉入者，反思者和中介者"，也是本雅明的都市文化的"共谋者"。他们天生的既是"内人"也是"外人"。这种既在家又不在家，既在场又缺席的文化身份，使得他们似乎成为上帝选定的都市漫游者。事实上，重要的美国犹太诗人都或长或短地在美国纽约等大都市生活过，有些甚至终生生活在美国都市之中。有趣的是，这些诗人都不约而同地汇聚纽约，并把这个光怪陆离的现代化大都会作为了建立诗歌阵地之所。纽约成为很多美国犹太诗人寻求文化身份定位的理想地理空间。前文提到的雷兹尼科夫不仅专门写过《自传：纽约》，即便在其他诗歌中，也常常不由自主地提到这个名字。比如，在他的《自传：好莱坞》（"Autobiography：Hollywood"）中，他就坦言："我喜欢纽约的街道，我出生在那里，/那里比这里的棕榈树街道好。"[1] 在美国当代诗歌中，出现过以弗兰克·奥哈拉为代表的"纽约派"诗人，"他们的诗歌都不同程度地融入了纽约这个大都市的特征和氛围；从不同侧面表现了纽约的社会文化、政治经济等特殊的人文景观"[2]。而"纽约派"诗人就是以都市漫游者的姿态与纽约结下不解之缘的。[3] 美国犹太诗人与纽约派诗人一样，也是一群徜徉在纽约街头的漫游者，他们之所以没有被以地理名称命名，恐怕是因为他们的种族身份才是人们界定他们的首当其冲的要件吧。

---

[1] Charles Reznikoff, *The Complete Poems of Charles Reznikoff*, p. 196.

[2] 王卓：《后现代主义视野中的美国当代诗歌》，山东文艺出版社 2005 年版，第 139 页。

[3] 详见王卓《"纽约派"诗人与纽约城市文化》，《济南大学学报》2007 年第 3 期，第 20—25 页。

　　应该说，人们在潜意识中的这种衡量犹太诗人身份的要件是不无道理的。犹太身份的确赋予了他们的都市漫游某些独特的视角和书写策略。犹太人是天生的漫游者，犹太人在漫游中求得了生存的空间。犹太诗人独特的身份意识和对漫游富有历史维度的理解使得他们如波德莱尔的漫游者一样，所要探求的是所处时空的现代性，并试图在"时尚中萃取历史风尘的诗篇"①。身处美国现代都市的氛围中，却带着厚重的历史烙印的美国犹太诗人，在看似漫无目的的游荡中，审视的却是现代与历史，民族性与现代性的都市呈现。雷兹尼科夫、奥本、朱可夫斯基等人的很多诗歌都致力于这种穿越历史与现代的时空分界的呈现，而诗人本人则成为这一跨越的流动的主体。美国犹太诗人的特殊身份使得他们与所处的美国都市形成了一个独特的空间关系。他们的身体在城市之内，精神却在城市之外。这决定了他们与都市主流氛围的格格不入，以及他们观察点的边缘化。

　　当视线掠过了浮华的都市的表象，美国犹太诗人聚焦的是这个空间中另一个角落和群落。在都市中生活，却远离都市文明的人群往往成为犹太美国诗人写作的聚焦点，擦皮鞋的男孩、街头揽客的妓女、鞋匠、乞丐等形象，都随着犹太美国诗人的漫游者的观察视线走入了诗歌。这倒是在不经意间实现了艾略特曾经苦苦寻求的诗歌理想："我想首先我从波德莱尔学习到了解更多有关现代都会的粗鄙的下层，以及如何将污秽写实与魔幻缥缈融合起来，如何将事实与幻想并置参照。……我试图在迄今视为不可能的层面，诸如荒芜颓败、乏味平庸的事物，去发掘新诗的来源……事实上，诗人之职责即在于将平凡入诗。"② 艾略特在有意识的美学追求中刻意实现的东西却是犹太诗人骨子里天生的东西。

　　雷兹尼科夫与亚卡伯·格拉斯顿都曾经着笔于纽约底层犹太移民的生活，前者的主人公是犹太鞋匠，后者的主人公是犹太擦鞋童，不知这是一种机缘巧合还是两位诗人英雄所见略同？雷兹尼科夫的这首诗歌往往被作为"客体派诗学"的代表作：

---

① Charles Baudelaire, *Selected Writings on Art and Literature*, p. 402.
② T. S. Eliot, *To Criticize the Critic and Other Writings*, p. 126.

鞋匠坐在地窖的灰层中在他的长凳和缝鞋
　　　机的旁边，他的铅黑的大手，指甲磨得又平
又宽，忙着。
穿过在他的窗户旁的人行道的栅栏，纸屑和尘土正
　　　年复一年地落下。
晚上逾越节将开始。洒满阳光的街道变得拥挤。这个
　　　鞋匠将看到那些人的脚走过
　　栅栏。
他要做一双鞋他就要做完了。
他的朋友走进来，一个长长长黑胡须的男人，穿着破旧的脏衣服，
　　　但穿着新补掌新擦拭的皮鞋。
"外边很美，世界真的很美。"
一罐鱼正在火炉上炖着。水不时地煮沸溢出
　　　发出嘶嘶声。鱼的香味弥漫着地窖。
"现在公园一定很美。吃完鱼我们到
公园走走。"鞋匠点头。
　　鞋匠加紧做最后一双鞋。罐子在炉子上
沸腾着发出嘶嘶声。他的朋友在地窖中走来走去
　　穿着新补掌新擦拭的皮鞋。①

　　工作着的鞋匠勤劳、沉默、虔诚，既饱尝着都市生活的艰辛也享受着生活的简单的快乐。鞋匠和友人虔诚的对犹太教的笃信使得他们在琐碎而毫无优雅与美感的都市底层生活和劳作中却看到了自然的美和神圣，并在一餐饭和一双补了掌的鞋以及一次饭后的漫步中享受到了生活的乐趣。由此，我们不难看出，诗中的犹太人已经与他们栖身的都市以及城市的现代都市氛围达成了"独自和解"。此外，还有一点不可忽视，那就是这首诗中有一个隐身的叙述者，也就是在纽约漫游的诗人观察者。他没有到纽约的名胜去凑热闹，而是选择一个极端个人的"活动地图"，到了纽约犹太人聚居地的地窖

---

①　Charles Reznikoff, *The Complete Poems of Charles Reznikoff*, pp. 63—64.

当中。起初，这位诗人漫游的叙事者在态度上是超然的，隐蔽的，不动声色，然而，很快，他的注意力就被这位在沉默的劳作中享受生活的鞋匠所感染了，自己也仿佛被煮鱼的香气包围起来，融入了鞋匠平静却不无快乐的地窖之中的生活。

与雷兹尼科夫不谋而合的是另一位犹太诗人亚卡伯·格拉斯顿。他的《擦鞋童，鸟，上帝》一诗也从一个纽约都市漫游者的视角书写了一个擦鞋童：

> 春日的太阳迷茫如他头脑中的一首爱歌。
> 他污浊的手抚弄着一只无声的黑鞋。
> 黑鞋有眼睛，一个金发的头，和一只长筒袜
> 　　　黑色丝质的。
> 他是年轻的。天很好。街道明亮。
> 地面是石头的。狭窄的工作间是寒冷的。
> 冰冷的擦鞋凳闪耀着闪亮的黄铜
> 　　　和大理石的蔑视。
> 蠕虫不爬上布满灰尘的箱子，
> 但在男孩开阔的蓝眼睛里。
> 一个想法迂回在他红色的头发下——
> 该有多么愉快啊如果不是一只蠕虫而是
> 一只鸟儿今天跳进来，
> 一只金绿色的长着精巧的嘴的鸟。
> 这个简单的春日——想法爬上
> 工作间绿色的分叉的梯子一直到年轻人的上帝，
> 爬上去用粗短的手搂住上帝的脖子。
> 年轻人的上帝——一个可爱的灰白胡子——亲吻了他的想法抚慰
> 　　　他。
> 无聊的纽约人不会相信
> 年轻人真的看到金绿色的鸟儿
> 用他轻巧的嘴啄起石地板上的碎屑。

年轻人的心由于喜悦而膨胀，他的眼睛湿润了。

这不是着迷的辛巴达摩擦着希望之戒。

在狭窄的工作间一只污浊的手宠爱着抚慰着

一只沉默的黑色皮鞋。[①]

诗中擦皮鞋的年轻人一头"红色的头发"暴露了他的波兰犹太人身份，而他手中擦拭的皮鞋却有"一个金发的头"，于是皮鞋在鞋童的幻觉中呈现出体面的纽约中产阶级的典型特征。作为典型的"内省派"诗人（Intro-spectivist poet），亚卡伯·格拉斯顿注重的是寻找到真实的、精确的、琐碎的现代生活的表现与诗人的敏感交织碰撞的瞬间发生的奇妙的转化。诗歌中擦皮鞋的犹太年轻人在现实与幻觉中体验着纽约都市的生活和氛围，并在迷离中实现了与上帝的神交。在擦鞋的男孩的幻觉中，世俗与神圣，接受与抗拒种种复杂的情感如潮水般涌向了他本不复杂的头脑，使他在平庸而卑贱的世俗生活中悄然地体验到了超越的神圣，也发泄了对"无聊的纽约人"的不满和抗争。这首诗中的都市漫游叙述者不但捕捉到了现实生活中的犹太人的生活瞬间，更以都市漫游者特有的在现实与虚幻之间游走的便利进入了他们的思想世界，并在现实与理想、真实与虚幻之间自由穿梭，从而把犹太人从看似卑微、琐碎的现实生活中引领到了一个崇高、美好的理想的境界，并最终完成了对犹太人刻板原型的颠覆。

两首诗歌同样是从冷静地保持着某种距离的都市漫游者的视角来呈现纽约都市下层犹太人的生活。而两首诗中出现的纽约犹太人形象与艾略特与庞德诗歌中的形象形成了鲜明的反差，似乎是美国犹太诗人对异化的犹太人形象的某种程度的回应、对抗和重塑。两位诗人选择了与艾略特相同的都市漫游者的观察视角，又出于不同的原因聚焦于相同的犹太人族群，却形塑出截然不同的犹太人形象。在两位犹太诗人的诗歌世界中，两位与鞋打交道的犹太人体面、干净、愉悦地生活着，虔诚地敬畏着犹太传统和宗教并充满智慧地"微妙抵抗"着"无聊的纽约人"的漠视和歧视。

与詹姆斯、艾略特和庞德一厢情愿地把纽约作为失落的"乌托邦"不

---

① Yankev Glatshteyn, *Selected Poems of Yankev Glatshteyn*, p. 21.

同,美国犹太诗人在他们的诗歌书写中构建的是一个心理的异托邦,并巧妙地使这一构建策略成为犹太诗人重要的表述策略之一。同时,两个不同的种族群体的代表诗人也在都市漫游的策略中不断地形塑和重塑、建构和颠覆着犹太人和犹太民族。在这场关乎犹太民族的形塑的较量中,都市漫游作为叙事策略成为文化的推动力和能量的发射场。

五 小结

在叙事学理论的审视下,古老的都市漫游概念呈现出迷人的空间叙事的力量,而与犹太诗学的结合又使得这一叙事视角突破了空间叙事的范畴,具有了种族和文化的多元的叙事维度。在反犹主义观念的驱使下,艾略特等人从都市漫游者的视角对漫游在美国都市中的犹太移民的异化和疏离与美国犹太诗人同样从都市漫游的叙事视角对犹太人的重塑过程的比照中,生动地呈现出了这一叙事策略的兼容性、多元性和互动性,从而从真正的意义上实现了米克·巴尔所希望的叙事作为"文化表达模式"的理念。

第十九章

殊途同归的后奥斯威辛美国犹太诗歌大屠杀书写

世纪的跨越似乎使得 20 世纪弥漫于人们集体记忆中关于犹太大屠杀的细节变得遥远而模糊了。然而，"大屠杀"一词已经在"犹太人的词汇中占据了中心的位置"，同时"在美国文学中一直保持着热度"[①]。新世纪的黎明恐怕是反思两个盘根错节的文类——"犹太文学"和"大屠杀文学"以及二者之间的关系最合适的时刻了。毫不夸张地说，这两种文类在很大程度上形塑了 20 世纪欧洲和美国文学，它们"共同面对并折射出人的意义、在现代性中传统的位置、犹太身份的内涵、记忆的问题、邪恶的本质和历史上上帝的角色"等远远超越了文学的命题。[②]

然而，面对这场不仅是险恶的和恐怖的，而且根本不能轻易用人们习惯的方式来阐释的历史事件，任何形式的表述似乎都存在着简单化大屠杀的危险。这场有悖人性的浩劫带来的是文学表达上的一个悖论：一方面，大屠杀和后大屠杀书写"似乎已经成为了当代人的'基本教养'"[③]；另一方面，在反复被书写的过程中，大屠杀书写逐渐"散发"出一种麻木不仁，并"把人们的想象力束缚起来，逐渐使之僵化老套"[④]。而对于大屠杀从文字到图片，从声音到图像铺天盖地的表达最有微词的恐怕还是德国哲学家泰奥多·

---

① Harriet L. Parmet, "Selected American Poets Respond to the Holocaust: The Terror of Our Days," p. 78.

② Alan L. Berger & Gloria L. Cronin, ed., *Jewish American and Holocaust Literature*, p. 1.

③ 王焱：《奥斯威辛之后》，三联书店 2007 年版，第 10—11 页。

④ ［德］本哈德·施林克：《朗读者》，译林出版社 2006 年版，第 141 页。

阿多诺（Theodor Adorno）:"文化批评认识到自己面对着文明和野蛮辩证法的最后阶段。奥斯威辛之后写作诗歌是野蛮的。"① 这段"极端的"反思性文字在无数次地被引用和转引之后，也不幸地成为了关于奥斯威辛叙述的套话，成为了大众文化话语建构出来的又一"陈词滥调"。

　　然而，无论是大众话语对大屠杀在无知中疯狂的文化生产，还是有良知的人们对它小心翼翼地接近，它始终如菲利浦·罗斯小说中犹太母亲那颗不知不觉中疯狂生长的脑部"肿瘤"一样，作为一个"存在"而存在着，更作为文学想象而存在着。正如诺曼·罗森（Norman Rosen）所言:"作为安全的美国人，我们不在那里。然而从那时［大屠杀］开始，在想象中，我们很少在别的什么地方。"② 连阿多诺本人后来也对他的那句论断进行了反思:"长期受苦更有权表达，就像被折磨者要叫喊。因此关于奥斯威辛之后不能写诗的说法或许是错误的。"③ 在文学想象中，人们一次又一次重新经历了这场灾难，而这场灾难也在文学想象中被重新塑形。正如耶鲁赛尔米（Yosef Hayim Yerushalmi）所言，在犹太集体想象中，大屠杀形象"不是被历史学家的铁砧，而是在小说家的坩埚"中被塑造的。④ 的确，这个"坩埚"生产出了风格各异的大屠杀文本，有"明确地关于幸存者经历的"，也有"闪回到这一事件本身的"，当然更多的是被"大屠杀—感染的"的文本。⑤

　　与大屠杀在小说想象中的"热度"相比，这一现代历史悲剧在诗歌表现上可能显得有些落寞和冷静，但也许却因此而包含了更多深邃的精神价值和社会价值。罗森伯格（Jerome Rothenberg）、葛斯曼（Allan Grossman）、雷兹尼科夫（Charles Reznikofsky）、海耶恩（William Heyen）、鲁斯·惠特曼（Ruth Whitman）、斯特恩（Gerald Stern）、海瑞森（Tony Harrison）、黑尔（Geoffrey Hill）等犹太诗人均以各自的方式实现了对大屠杀的诗性表达。对于这些必须包容和适应那段他们无法忽略或否认的历史的诗人来说，"写作

---

① Theodor W. Adorno, "Cultural Criticism and Society," p. 34.

② Norma Rosen, *Touching Evil*, p. 3.

③ Theodor W. Adorno, *Negative Dialectics*, pp. 361—362.

④ Yosef Hayyim Yerushalmi, *Zakhor: Jewish History and Jewish Memory*, p. 98.

⑤ Michael P. Kramer & Hana Wirth-Nesher, eds., *Jewish American Literature*, pp. 215—216.

成为了祭奠、净化、赎罪、历史和对人类的情感坚持的道德义务；作为对野蛮和冷漠的抵制……"① 有一个不容忽视的现象是，美国犹太诗人往往是在这场灾难尘埃落定多年之后才审慎落笔，因此应该属于典型的"后大屠杀"诗歌创作。此类诗歌通过强调其与这一事件本身以及幸存者想象中的自我意识生产的关系，对于我们理解大屠杀起着重要的作用，并已经成为美国诗歌，尤其是美国犹太诗歌一个若隐若现的传统。

在美国犹太诗人对这段历史的诗性表达中，有三位诗人的声音最为强烈、清晰和震撼；更令人欣喜的是，这三种声音用完全不同的音符和节奏鸣奏出的却是一个共同的主题。它们分别来自查理斯·雷兹尼科夫的《大屠杀》（*Holocaust*，1975），艾伦·葛斯曼的《娼妓们的银钱》（*A Harlot's Hire*，1961）以及杰罗姆·罗森伯格的《大屠杀》（*Khurbn*，1987）。本章将从三位诗人不同的大屠杀书写策略入手，探究他们迥异的诗学理念以及殊途同归的伦理选择。

一　沉默的见证者

大屠杀是世界文化的分水岭，更是 20 世纪文学的一条清晰的分界线。每一个时代都会产生其独特的文学形式，正如维塞尔（Elie Wiesel）所言："如果说希腊人创造了悲剧，罗马人创造了书信体诗文，文艺复兴产生了十四行诗，那么，我们的时代则发明了一种新的文学，那就是证词（testimony）。"② 在一个"后创伤时代"，"证词"成为我们与当代历史的创伤建立联系的至关重要的模式。在当代艺术作品中，"证词"既作为"主旨"，也作为文学转化的"媒介"而存在着。③ 前者主要指的是大屠杀幸存者的血泪自传性写作，而后者则有效地成为"第二代幸存者"的文学表现手段，如

---

① Harriet L. Parmet, "Selected American Poets Respond to the Holocaust: The Terror of Our Days," p. 78.

② Elie Wiesel, "The Holocaust as Literary Inspiration," in Elliot Lefkovitz, ed., *Dimensions of the Holocaust*, p. 9. 尽管 Wiesel 这里用的是"证词"，但他显然指的是作为"见证"的文学，似乎更明确的指向大屠杀的幸存者的见证作品，如安妮·弗兰克的《安妮日记》、保罗·策兰的诗歌等；这与真正意义上的"证词"文学是有本质区别的。

③ Shoshana Felman, "Education and Crisis, or the Vicissitudes of Teaching," p. 5.

果前者称为"见证"作品,那么后者似乎称为"证词"作品更为贴切。① 查理斯·雷兹尼科夫的《大屠杀》(*Holocaust*)就是这种"证词"文学的代表作,也是为数不多的几首率先质疑了阿多诺论断的大屠杀诗歌之一。这首长诗是根据美国政府出版的《纽伦堡军事法庭罪犯审判》的材料和对战犯艾希曼(Eichmann)审判的 26 卷本笔录中大屠杀幸存者的证词写成的。运用法庭审判进程的副本,这首长诗摒弃了修辞性语言和诠释性修辞框架,如法庭证词一般,没有轻率的结论,也没有先入为主的判断,仿佛文字自己生着一双观察的眼睛在述说。比如,第五部分"屠戮"("Massacres")是这样开始的:

> 德国人第一天进入
> 那年轻女人居住的城市
> 他们把犹太男人带走,
> 命令他们用手
> 清理街道上的垃圾。
> 然后犹太人被迫脱光衣服
> 每人身后都有一个德国兵用刺刀逼着
> 命令他奔跑;
> 如果犹太人停下,
> 他的后背就会被刺刀刺上。
> 几乎所有的犹太人都流着血回家了——
> 其中有她的父亲。

---

① 这类艺术作品包括克劳德·朗兹曼(Claude Lanzmann)的电影《大屠杀》(*Shoah*)、马塞尔·奥菲尔斯(Marcel Ophuls)的电影《悲哀与怜悯》(*The Sorrow and the Pity*)等;也包括美国犹太诗人缪里尔·鲁凯泽(Muriel Rukeyser)的长诗《亡灵之书》(*The book of the Dead*,1938)、查理斯·雷兹尼科夫的长诗《证词》(*Testimony*)和《大屠杀》(*Holocaust*)等。"证词"文学并不仅限于大屠杀文学,也包括以其他重大事件的证词为基础写成的文本。例如,缪里尔·鲁凯泽的《亡灵之书》艺术化再现的是被称为美国历史上最糟糕的工业"事故",即"鹰巢事故"(Hawk's Nest Incident)。在这首诗歌中细密地编织着来源于新闻报道、国会听证和咨文、调查问询记录、私人信件节选,甚至是股市报道等文本资料。参见 Walter Kalaidjian,*American Culture Between the Wars*:*Revisionary Modernism and Postmodern Critique*,p. 162。

……

他们被枪杀

躺在地上

躺成一种图案：

犹太人和波兰人

五个一组

而且犹太人和波兰人是分开的。[①]

这就是雷兹尼科夫的诗歌世界，一个"残骸堆积着残骸"的世界。[②] 这是一个令读者震惊的世界，也是一个让评论家颇有微词的世界。例如，罗伯特·阿尔特（Robert Alter）就曾不客气地指出，这首诗歌"不断的重复野蛮和屠杀，没有一丝一毫来自于诗人一方的解释性反应"，是"令人麻木的无意义"[③]。然而，就是这"令人麻木的无意义"却成功地前景化了读者对证词的见证，而不是诗人本人对事件的解读。文学修辞的缺失以及权威诠释的缺席移走了诗歌文本和读者之间的任何"缓冲地带"，又同时留给了读者巨大的可以填充的空白空间，从而把见证和诠释的权力交与了读者。[④] 雷兹尼科夫的诗歌使得"证词"作为一个事件本身而存在，诗人的任务不是对这些目击者的讲述说三道四，而是静静地聆听。

《大屠杀》是雷兹尼科夫所遵循的"客体派"（Objectivist）诗学证词般的张力发展到极致的代表作。诗人的主观性和在场性似乎全然消失，取而代之的是法庭证词的客观和冷静。这个由客观的残骸堆砌的文本越发使得读者面对这场难以置信的人类灾难目瞪口呆。《大屠杀》对传统的诗歌美学提出了前所未有的挑战，因为读者在阅读这样的客观残骸的时候不得不暂时忘记我们对于文学文本和历史呈现的种种理想期待和审美需求。阅读这样的诗歌，

[①] 雷兹尼科夫该段诗歌引文出自埃利奥特·温伯格《1950 年后的美国诗歌：革新者和局外人》，第 60 页。该引文在原诗中出处请参阅 Charles Reznikoff, *Holocaust*, p. 17.

[②] Norman Finkelstein, *Not One of Them in Place: Modern Poetry and Jewish American Identity*, p. 31.

[③] Robert Atler, *Defenses of the Imagination*, p. 120.

[④] Dan Featherston, "Poetic Representation: Charles Reznikoff's *Holocaust* and Rothenberg's *Khurbn*," pp. 129—140.

读者不得不以一种宗教祈祷的虔诚和法庭见证人的严肃保持缄默。正如乔治·斯泰纳（George Steiner）所言："当已经说了那么多之后，现在最好的，可能，就是沉默；不再为不可言说的［东西］增加文学和社会学争论的琐事。"① 然而，尽管雷兹尼科夫执着地把证词作为诗歌的来源，他却并没有"牺牲情感和道德的权威"，也没有"牺牲见证者的人性"去迎合"一种趋向历史或政治事件的'中性的'文献性的幼稚姿态"②。雷兹尼科夫并非如艾兹拉伊（Sidra DeKoven Ezrahi）所言，"没有任何修辞的包装"，只是"留下了一具事实的光秃秃的骨架"③。事实上，雷兹尼科夫在不动声色的修辞操作中，为光秃秃的事实注入了他精心准备的"修饰"。在他的笔下，法律证词转化为诗歌的过程经历了"选择"、"编辑"、"裁断"和"改写"等颇为复杂的再创作过程。④ 对于"选择"，雷兹尼科夫曾经谈到自己的操作："我可能浏览上千页的一卷本，从中只找到一个案例并重新排列让它们更有趣。"⑤ 雷兹尼科夫"编辑"所选择证词让其更有诗学价值，而且为了清晰和直接，他似乎不但总是毫不留情地向原始的证词材料刀砍斧凿，而且刀刀精准、天衣无缝。既然选择和组合的过程都是阐释性的行为，那么就没有一个文本可以免除阐释。雷兹尼科夫通过注入诗行的断裂、数字编号、对证词的副标题设置等方式微妙地注入了主观的阐释。⑥ 长诗按照松散的时间顺序，以罗马数字编号，完整地记录了从纳粹入侵到犹太人逃亡的过程。整首长诗分为 12 个部分，从"驱逐"、"入侵"开始，经历了"贫民窟"、"屠戮"、"毒气室"，再到"儿童"、"长征"、"逃亡"等，最后以犹太聚居区起义结束，事实上体现的正是诗人对这场历史浩劫的素材进行有效选择和重新编码并引领读者穿越历史的悲剧，在苦难挣扎之后，到达希望终点的过程。可以说，雷兹尼科夫

---

① George Steiner, *language and Silence*：*Essays on Language, Literature and the Inhuman*, p. 163.

② Robert Franciosi, "'Detailing the Facts'：Charles Reznikoff's Response to the Holocaust," p. 241.

③ 转引自 Robert Franciosi, "'Detailing the Facts'：Charles Reznikoff's Response to the Holocaust," p. 241。

④ Robert Franciosi, "'Detailing the Facts'：Charles Reznikoff's Response to the Holocaust," p. 245.

⑤ 转引自 Robert Franciosi, "'Detailing the Facts'：Charles Reznikoff's Response to the Holocaust," p. 260。

⑥ Dan Featherston, "Poetic Representation：Charles Reznikoff's *Holocaust* and Rothenberg's *Khurbn*," pp. 129—140.

的诗歌把社会的、历史的、伦理的维度融进了一个"客体派"先驱的诗歌文本之中，从而发展了一种"散文体"的、"文献式"的史诗。[①]

二　虚无的预言者

从美国犹太诗人的家谱来说，艾伦·葛斯曼应该尊称雷兹尼科夫为前辈，是大名鼎鼎的艾伦·金斯堡的同代人。不过，葛斯曼颇有影响力的以大屠杀为主题的诗集《娼妓们的银钱》的问世却远远早于雷兹尼科夫的《大屠杀》。葛斯曼认为，犹太诗人与世界的关系与非犹太诗人是截然不同的，因为世俗诗人要负责的是世界，而犹太诗人要负责的是上帝。基于此，葛斯曼提出了"犹太诗歌作为神之名义的计划"的论断，并进而形成了他的"神之名义诗学"（Theophoric poetics）。[②]葛斯曼认为，无论是诗学的还是神学的，都是来自上帝的召唤：在前一种情形下，赫西奥德遇到了缪斯，记忆女神谟涅摩绪涅的女儿；在后一种情形下，亚伯拉罕听到并听从了上帝的两次召唤。[③]葛斯曼进一步总结了世俗诗人和犹太诗人的区别：

> 世俗诗人被语言所召唤——本体论的问题性——在所有的语言与世界联系的开放空间。犹太诗人单向地被神圣存在本身所召唤。在传统的犹太叙述中与缪斯对应但却截然相反的形象是上帝之灵，他的名字意为"住所"——名字在世界上的居所：犹太的存在之地。[④]

世俗诗人对着世界述说，并述说这个世界，说出的是名字的多元含义；犹太诗人对着神圣的存在述说，并述说上帝的存在，说出的是唯一的名字，

---

① Dan Featherston, " Poetic Representation: Charles Reznikoff's *Holocaust* and Rothenberg's *Khurbn*," pp. 129—140.

② 1990 年，葛斯曼撰写了"犹太诗歌作为以神的名义的计划"（Jewish Poetry Considered as Theophoric Project）一文，发表在 *Tikkun* 杂志，这标志着他的"神之名义诗学"（Theophoric poetics）的形成。参见 Norman Finkelstein, *Not One of Them in Place: Modern Poetry and Jewish American Identity*, pp. 55—86。

③ 此观点参见 Norman Finkelstein, *Not One of Them in Place: Modern Poetry and Jewish American Identity*, p. 65。

④ Allen Grossman, *The Long Schoolroom: Lessons in the Bitter Logic of the Poetic Principle*, p. 163.

因此犹太诗歌是以"神之名义"命名的诗学。葛斯曼这种对于诗歌的神圣阐释必然使得其诗歌的表现逻辑与世俗诗人截然不同。

在葛斯曼的世界中,犹太诗歌不是以种族的角度来诠释的,而只有当犹太文化被它的神圣历史塑形,犹太诗歌才与犹太人作为一个种族群体联系起来。从某种程度上说,葛斯曼"神之名义诗学"是诗人对犹太人的群体特点的一种无奈的诉求行动。阿伦特曾说:"与其他所有群体相比,⋯⋯犹太人处于虚空之中。"[1] 民族群体性的历史流散状态使得犹太人"外在于社会结构",处于"国家和社会的虚空之中"[2]。这种状态使得犹太人自然转向宗教,犹太教也因此带有了与众不同的宗教意义。葛斯曼的"神之名义诗学"集中体现的正是犹太教的"一神"思想和"契约观"[3],是诗人把犹太诗歌作为宗教想象的一种全新尝试。在这一诗学构建中,犹太诗歌被放置在犹太历史的起点,而犹太诗人的每次诗性写作都把犹太历史在时间的隧道中又送回其开端:

> 诉求于上帝之灵的犹太诗人有义务去构建那个"灵光和法则显现"之地,在此民族可以形成,因为这正是他们之所在。这一义务与对经历的可理解性——契约的义务如出一辙。神圣之地是一个地面——即非天堂也非尘世⋯⋯那里人们和民族平等地在家。[4]

依据传统的犹太信仰,"上帝之灵"的居所正是"词语的无家可归或是无处为家",它只以自身的状态而存在。[5]"上帝之灵"本体论的"无家"在犹太人的千年流散史中找到了对应,也在犹太书写的文本"无家"中找到了对应。"灵光和法则"的犹太诗歌的乌托邦视野使得葛斯曼喊出了"世界

---

① Hannah Arendt, *Origin of Totalitarianism*, p. 14.

② [英]齐格蒙·鲍曼:《现代性与大屠杀》,译林出版社2006年版,第1页。

③ 参见徐新《犹太文化史》,北京大学出版社2006年版,第82—88页。"一神"思想的精髓在于首先认为"上帝是独一的",而且在于承认神的造物主地位,即承认世界和世界上的万物是由这个唯一的神所创造并主宰的。复杂多变的世界成为一个神祇的缜密的"创世计划"的神奇产物。而"契约观"则指犹太教教义中上帝与人之间订立的协约。

④ Allen Grossman, *The Long Schoolroom: Lessons in the Bitter Logic of the Poetic Principle*, p. 166.

⑤ Ibid.

的含义/无视犹太人而制订"的声音。^① 葛斯曼以犹太为主题的诗歌书写的
目的就是要构建一个"上帝之灵"的居所。从这个角度看，葛斯曼为自己
选定的是浪漫主义诗人与犹太预言者的双重位置，他要"从一个更高的立场
出发，去眺望那个不可见的世界"^②。

《娼妓们的银钱》出版于1961年，当时惊魂未定的人们还没有从战争的
阴影中走出来，而犹太人更是还没有来得及把鲜血拭干。此时的人们需要的
不是反思，而是灵魂的慰藉。葛斯曼"神之名义诗学"正是在现实世界的
荒漠中诞生的一片心灵的绿洲。对基督教的挪用策略使诗人暂时产生了一种
浪漫主义诗人般的使命感，仿佛成为世界的命名者。诗集的标题意蕴深远，
其出处是《圣经·申命记23：18》，记录的是摩西在约旦河东的旷野，向以
色列众人所说的话："娼妓们所得的钱，或娈童们所得的价，你不可带入耶
和华你神的殿还愿，因为这两样都是耶和华你神所憎恨的。"这段文字被诗
人作为诗集的铭文，其含义是很深刻的。《圣经》中的这段文字强调的是人
的神圣，是关于犹太人如何摒除掉各种人性的邪恶，并因此成为最适合的上
帝的选民问题；而葛斯曼"神之名义诗学"生产出的却是带有颠覆性的人
与神之间的关系。

诗集的开篇诗"帕瑞的沙漠"（"The Sands of Paran"）被诗人本人认为
是"我的作品的开端"^③。帕瑞的沙漠在诗人的想象中位于西奈山附近，是
整首诗展开的场景，而诗歌的主角则是大名鼎鼎的摩西。诗中的讲述人仿佛
摩西的化身，在沉思中想象着原初的犹太经历，以及与上帝的神思通灵。在
旧约中，摩西是上帝的预言者，是犹太人的先知，带领在埃及的以色列人，
到达神恩赐的流着奶和蜜之地——迦南，神借摩西之手写下《十诫》给他
的子民遵守。《摩西十诫》被称为人类历史上第二部成文法律，体现是平等
的"人神契约"关系。然而，在葛斯曼的眼中，摩西却是一个悲情角色，
与上帝是一种"凌辱"与"被凌辱"的关系：

① Allen Grossman, *Ether Dome and Other Poems*, p. 48.
② 转引自［德］汉斯·昆、瓦尔特·延斯《诗与宗教》，三联书店2005年版，第165页。
③ Allen Grossman, *Of the Great House*, p. 87.

　　我又寻找荒漠，光

　　随着弓箭的飞驰降落；长

　　路漫漫，山高坡陡那里

　　铧式犁耕几乎不能用作足够的武器。

　　我想恢复，不是梦想，

　　而是对峙，不是善意的补充

　　橄榄和香柏，而是复杂的脸

　　与摩西在那交谈，在岩石上刻言。

　　我不是残渣余孽，我没有

　　我的人民的憎恨。然而在某个黎明

　　僭取鸟兽等级

　　当我爬上了他伫立之地

　　我将用我自己的声音说我的需要。①

　　诗中的"我"是诗人和摩西的混合体，"我"如摩西一样历尽了千难万险，但与摩西不同，"我"想要恢复的不是"梦想"而是"对峙"。这样，人神之间的关系就从平等的"契约关系"颠覆性地变成了不和谐的"对峙"关系。耶和华的"复杂的脸"似乎也预示着摩西和他的人民正在成为"神的策划"的一个步骤和通盘策划中的一粒棋子。"我"似乎识破了耶和华的居心叵测，此时，"我"在此颠覆了摩西的行为，要用"我自己的声音说我的需要"，而这也是身为诗人的葛斯曼所能做出的唯一的选择。尽管诗人似乎对于摩西对耶和华言听计从的行径颇有微词，但诗人却有与摩西相同的冲动，那就是成为预言者：

　　因为我生下来就是

　　要净化哭声，我将哭泣，

　　首先为所有人，

　　用无声的星星的陌生预言，

---

① Allen Grossman, *Harlot's Hire*, p. 3.

　　一个安静的时刻的孩子然而听到了声音，
　　虚无的预言者和使者。①

　　在人类的巨大灾难、道德维度全面崩溃和神性缺失的重重困境中，诗人和他的诗歌的意义在于预言想象的转化力量。葛斯曼意识到奥斯威辛之后诗歌写作是必然的，也是必要的，因为诗歌可能是寥寥无几的能够帮助人类深入反思大屠杀这一人类悲剧的崇高手段之一。正如诗人本人所言，他的诗歌要实现的是"崇高的希望"②，然而，他也意识到，要想实现这一"希望"，"在西方文化中可供头脑使用的表现体系对于表现历史的重大事实已经不够了，而现在大屠杀就是符号之一"③。在葛斯曼的诗歌中，奥斯威辛并不是一个鲜明的主题，而是一个解读犹太人苦难历程的不可或缺的符号，是一个定位犹太人现代生存状态和预言犹太未来的符号。葛斯曼的诗学想象从本质上说是神话诗学，既不同于雷兹尼科夫与朱可夫斯基的"客体派"诗学，也不同于金斯堡的"魔幻诗学"，因为即使是金斯堡也在"客体派"诗学的影响下，在他驰骋的想象中编织进了太多的枝枝节节，藤藤蔓蔓。而葛斯曼即使是在书写某一特定的历史事件或历史时刻时，也总是忍不住向犹太文化和传统原型回眸张望。

三　巫术的萨满

　　另一位对大屠杀进行了诗性书写的犹太美国诗人就是颇具影响力的罗森伯格。他不但是一位诗人，还是行为艺术家，翻译家和人类学家，而他所命名的"民族志"诗学更使他的名字与美国当代诗歌和人类学都紧密地联系在一起。罗森伯格热衷于各种形式的诗学实验，但无论其诗歌形式多么特立独行，其犹太内核却是其诗歌中永恒不变的声音：

① Allen Grossman, *Harlot's Hire*, p. 14.
② Allen Grossman, *Sighted Singer: Two Works on Poetry for Readers and Writers*, p. 60.
③ Ibid., p. 55.

如果有人乘火车去罗兹

就还有犹太人

就像还有橘子和

罐子一样

就还有人写犹太诗歌

另外一些人用光书写他们母亲的名字①

　　犹太身份对于罗森伯格来说就像"橘子"或"罐子"的自然属性一样来得自然、没有半点扭捏；而书写犹太诗歌对他来说更像"书写母亲的名字"一样来得自然和顺畅。然而即便对于这样的诗人来说，大屠杀的书写也是一件需要勇气的极端事件。事实上，罗森伯格在早期的诗歌创作中并没有直接触及大屠杀主题。在回顾出版于1974年的诗集《波兰/1931》时，他甚至说，"在一个离这个地方［波兰］这么遥远之地，我刻意决定那不是一首关于'大屠杀'的诗"②。确切地说，《波兰/1931》中的大部分诗集是在大屠杀的阴影笼罩下对犹太经历的"民族志"的再书写，这也是诺曼·芬克尔斯坦把这部诗集叫做"弥赛亚的民族志"（The Messianic Ethnography）的原因。③ 而在十几年的沉淀之后，罗森伯格终于开始直接从大屠杀的记忆深处搜寻诗歌情绪的推动力量，并最终堆积成为令人震撼的诗集《大屠杀》（Khurbn）。

　　这部诗集是一部犹太人的挽歌，带有传记性的真实感，因为其中涉及诗人的多位亲人在位于纳粹德国的主要集中营——特雷布林卡（Treblinka）附近的奥斯丑马佐威治卡（Ostrow Mazowiecka）大屠杀中的死难经历。多年后，诗人故地重游，冥冥之中仿佛听到那些死难的冤魂低低的泣语，而正是这仿佛来自天堂抑或地狱的声音唤起了诗人埋藏已久的大屠杀记忆并为诗人写作这段历史提供了理由，同时也对阿多诺的断言以他特有的方式做出了回应。诗人在《大屠杀》"序言"中曾对此有过专门的说明："我最初在特雷

---

　　①　Jerome Rothenberg, *Poland/1931*, p. 12.

　　②　Jerome Rothenberg, *Khurbn and Other Poems*, p. 3.

　　③　Norman Finkelstein, "The Messianic Ethnography of Jerome Rothenberg's *Poland/1931*," pp. 356—379.

布林卡听到的诗歌是我所知道的关于我为什么写诗歌的最清楚的信息。他们也是对那个论述——阿多诺和其他人的——奥斯威辛之后不能也不应该写诗歌的回答。"①

　　与雷兹尼科夫似乎不动声色的"客观见证"和葛斯曼赋予诗歌具有拯救历史灾难的"神之名义"的诗学理念相比，罗森伯格的"民族志"书写似乎走了一条中间道路。罗森伯格把他的诗歌创作本身作为了一场又一场部落巫术典仪，而他本人就是巫术仪式的萨满。作为氏族与部落的精神领袖，萨满拥有与灵魂沟通的魔力，并有预知未来的能力。诗人如游走在生死两界的萨满，在这诗歌的典仪中，一方面充当着诗歌的使者，另一方面充当着在大屠杀中死难的冤魂的代言人。而诗歌在罗森伯格的世界中更是成为了死者的幽灵之歌："我不只一次地想到诗歌是死者的语言，但从来未曾像现在一样强烈。"② 如果没有诗人，死者将永远被剥夺了话语权，并将永远沉默下去。诗集的标题"Khurbn"是"大屠杀"的意第绪语的表达，这是波兰犹太人的母语，它随着犹太人生命的消逝而几乎成为"死去"的语言。而罗森伯格正是在这个死亡的生命和同样"死亡"的语言之域创造出了诗歌的语义场。《大屠杀》的开篇向读者展示的就是一个生命几乎消逝的空城：

　　　　空空的面包房和空空的通往华沙之路
　　　　黄色的木房和用涂料粉刷的房子
　　　　一个空白的名字的阴影还留在他们对门上
　　　　神和影子粉碎了母语
　　　　母亲的语言只剩空空如也
　　　　我们走过的道路街巷空空
　　　　推搡着的成群的孩子
　　　　老妇人在城墙外散步
　　　　老农夫乘着空空的马车一路走在空空的路上

---

① Jerome Rothenberg, *Khurbn and Other Poems*, pp. 3—4.

② Ibid., p. 3.

他们没有驱散反而制造了这虚空①

经历了屠城之灾的人们生活在永恒的空无之中：曾经鲜活的生命已经消逝，曾经跳跃的生活永远停滞，曾经丰富的语言现已死去。活着的人们只剩下了空空的躯壳，比死者更不幸地生活在永远无法抹去，又永远不可复得的记忆之中。在这空空的世界中，只有死去的灵魂在人们看不见的领域游荡，在这人间地狱和阴间地狱之间徘徊，却永远找不到安息之地。诗人正是在这人间地狱听到了死魂灵的哀鸣："因为这是他的嘶喊而不是我的/它在我们之间盘旋"，这盘旋不散的哀鸣使诗歌呼之欲出：

死者的光的精灵

闪烁（他说的）他们的灵

从不会离开土地

反而他们拥挤到田野的树林中

围在密室周围的无助的灵魂

等待着成百万的灵魂

立即变成鬼魂

空气中充满了他们

他们每人站在一棵树前

在它的影子或是月亮的

当他们没有投下自己的影子②

大屠杀的幽灵之说并非罗森伯格的创新，这一喻指甚至有点滥用之嫌。诸如"大屠杀的幽灵"、"幽灵的粉尘"（powder of ghosts）③ 现在已经成为所谓的经典表述。罗森伯格的与众不同在于他本人作为讲述人的特殊身份和视角。他既不是身临其境的在场者，也不是有着明确距离感的旁观者，更不

---

① Jerome Rothenberg, *Khurbn and Other Poems*, p. 6.

② Ibid., p. 13.

③ A. M. Klein, *Complete Poems*, p. 98.

是看不见的缺席者。他仿佛是弗雷泽在《金枝》中提到的那位"森林之王"，人身合一的巫术的大祭司，[①] 召唤着死难者的灵魂：

> 召唤着死者 哦 死者 哦 苍白的摄影师
> 哦 鲜血浸染的甜美的小镇照片
> 哦它的街道相片它的消逝的民俗
> 哦漫游者 漫游 哦 早逝者的躯体 他们待在
> 哦 脸 哦 模糊的形象失去了微笑 哦 女孩们拥抱着女孩们
> 在不死的照片 哦生命消退
> 进生命的形象 你美丽的 & 纯洁的甜美小镇
> 我呼唤 & 我呼唤你的回答[②]

　　鲜活的生命退却成为日渐模糊的照片，而他们的灵魂也已经从照片中飘然而去。在这如招魂咒语的诗行中，诗人，这位犹太巫师，在诗歌的神圣典仪中召唤着死者的灵魂。

四　诗学与伦理共筑的场域

　　犹太大屠杀话语的建构从一开始就是复杂和多元的，它不仅对法西斯主义、专制主义等进行了如阿伦特般的批判，还对犹太民族本身进行了自我指向性的反思，而这一切都推动了文学想象对大屠杀执著的历史重构。在不同的诗学理念的引领下，大屠杀这一现代人类的悲剧也呈现出完全不同的轮廓和内涵。在美国犹太诗人的诗歌中，大屠杀不是一幅画，而是一扇窗，从他们依次不同的打开角度，大屠杀呈现出多元化的表象和内涵。三位美国犹太诗人正是在"客体派"诗学、"神之名义"诗学和"民族志"诗学理念的引领下，不同角度地打开了这扇窗，并完成了风格各异的大屠杀书写。同时，

---

　　① 　[英]弗雷泽：《金枝》，徐育新、汪培基、张泽石译，新世界出版社 2006 年版。关于《金枝》中"森林之王"的神话参见该书第一章"森林之王"、第二章"祭司兼国王"，第 1—10、12—14 页。

　　② 　Jerome Rothenberg, *Khurbn and Other Poems*, p. 37.

三位诗人的诗学策略与大屠杀呈现的伦理维度又紧密地交织在一起，成为大屠杀诗性书写的双向坐标。

三位诗人都没有亲历过集中营和大屠杀，美国成为他们躲避这场犹太民族灾难的避难所，然而，他们本身的不在场却成为他们心理上一种无法弥补的遗憾，并因此形成了复杂的大屠杀书写焦虑的心理机制。三位诗人均是在这场浩劫尘埃落定多年之后才拿起迟疑的笔书写这段历史。例如，雷兹尼科夫对这场犹太人的灾难的书写拖了 30 多年才动笔。弥尔顿·亨德斯（Milton Hindus）把雷兹尼科夫"拒绝书写这个令人生畏的题材直接归结于美学观的老道"①，而这一解释在某种程度上也适用于其他两位诗人，他们对大屠杀小心翼翼的态度决定了他们对诗歌书写策略的精心选择和权衡。

在心理、艺术、真实性等因素的综合作用下，雷兹尼科夫的叙述选择了一个既有别于见证者叙述，又有别于作家叙述的方式——一种"证词"的见证方式。见证者叙述往往由于叙述者惊魂未定，或是因为身处其中只能描述眼前发生的事情，而无法解读清楚这一事件本身的原因和内在含义。正如非尔曼（Shoshana Felman）与劳博（Dori Laub）所指出的那样："作为与事件的一种联系，［见证者］证词似乎是由一种记忆的碎片和片断拼接而成的。这种记忆还没有被理解或者被作为纪念的事件所控制；还不能被作为知识所接纳，也不能被同化为完全认知的行为所控制；［这种记忆］被超出了我们的参考框架的事件所控制。"② 此外，见证者叙述往往采用的是第一人称视角，叙事声音平铺直叙，就事论事，不能传递强烈的感情色彩。与此相反，作家的叙述却往往会选择一个"充满明显的愤怒并有文体力量的叙述人"介入到事件之中，而这样做的结果就是："某种程度的不现实性侵入了"，"在用如此的技巧、精巧的调整呈现之处"也正是"可怕的真实"失去之处。③ 雷兹尼科夫也清楚地意识到，在那么多的事实已经呈现在公众面前之后，沉默将是以无声胜有声的策略。诗人在诗歌中的沉默似乎使他成为一个真正意义上的见证者。然而，事实是，雷兹尼科夫并不是事件的见证

---

① Milton Hindus, ed. , *Charles Reznikoff*: *Man and Poet*, p. 37.

② Shoshana Felman and Dori Laub, eds. , *Testimony*: *Crisis of Witnessing in Literature*, *Psychoanalysis and History*, p. 5.

③ George Steiner, *language and Silence*: *Essays on Language*, *Literature and the Inhuman*, p. 163.

者，这是诗人本人和读者都清楚的事实，因此，诗人又同时为自己选择了一个旁观者的位置，从文本的角度看，是文本中的"证词"的见证者。他对"证词"冷眼观瞧，沉默不语。然而，不论是见证者还是旁观者，他们的共性就是在事件发生的时下，保持了沉默。见证者"被迫"沉默着，而旁观者则"选择"了沉默。

讲述人介于真实与虚构之间、见证者和旁观者之间的复杂身份，是雷兹尼科夫作为一个不在场的犹太人特有的心理机制。从诗学的角度来看，这种在叙事者身份的二元对立中形成的沉默诗学与雷兹尼科夫的"客体派"诗学理念又保持了高度的一致。事实上，当大名鼎鼎的犹太诗人朱可夫斯基提出"客体派"诗学的雏形理念的时候，正是以雷兹尼科夫为参照对象的。他认为雷兹尼科夫"以事物的本来存在的方式去思考"事物的细节，并以客观化的方式呈现出来。① 的确如此，雷兹尼科夫正是力图以大屠杀"本来存在的方式"，以证词的细节呈现一个尽可能客观的世界。事实上，雷兹尼科夫沉默的"证词"见证悄然传递出的是诗人本人对大屠杀的伦理姿态。见证者叙述是个人的、微观的，在一遍又一遍的关于个人的叙述中，大屠杀似乎逐渐汇集成为发生在犹太人身上的集体事件，成为一个"单元素集合"②。对大屠杀的这种理解使得这场浩劫变成不会再重复的片段和发生在犹太人身上独一无二的历史谬误。而以这种方式看待大屠杀，在某种程度上把大屠杀"简化为私有的不幸和一个民族的灾难"，而这种简化是十分"危险的"。③ 基于此，雷兹尼科夫为自己选定的介于见证者和旁观者之间的复杂身份则把犹太人的个人微观历史与宏大历史结合起来，从而使大屠杀既呈现出个人性、偶然性、片断性又同时表现为社会性、必然性和连续性。雷兹尼科夫对大屠杀见证材料的处理过程就像一个"交响乐合奏的过程"，它引导着读者的情绪到达一个更高的程度，但它作为对大屠杀回应的充分性最终还是来自"诗学创新和道德立场的结合"④。

葛斯曼把大屠杀的悲剧放在了美国社会、历史和宗教的坐标中，并把奥

---

① Louis Zukofsky, "Program: 'Objectivists' 1931," p. 381.
② ［英］齐格蒙·鲍曼：《现代性与大屠杀》，译林出版社 2006 年版，第 67 页。
③ 同上书，第 3 页。
④ Robert Franciosi, "'Detailing the Facts': Charles Reznikoff's Response to the Holocaust," p. 245.

斯威辛之后的美国犹太诗人定位为"一位不能十分确定他事实上没有死的人"①。葛斯曼对于在奥斯威辛之后写作的犹太美国诗人身份的理解有其独特之处。正如他在与马克·韩理德（Mark Halliday）的一次访谈中所言:

> 1942 年时我 10 岁。我所能想起当时最有说服力的公共经历就是一个残害和人类灭绝的历史剧的无助的旁观者的经历。我诗歌中的"我"来源于作为被遗忘者的自我意识,只有在事件中得以幸存。我最基本的冲动是朝向复原,从超越于历史的某种完好无损的东西中再次保证自我的安全,这种东西承诺巨大的,非人类的幸运。②

拯救遗失的自我的冲动,为死难的犹太人代言的责任,促使诗人首先要对自己作为诗人以及作为犹太人这个特殊群体一员的身份之源建立一种权威的解释。然而,这两个碰巧都处于尴尬的边缘的身份使得诗人建立权威的身份意识的期望屡屡落空。葛斯曼一生都在苦苦地寻求一种有伦理责任感,种族身份性和诗学归属感的诗歌。他相信诗歌文本的转化力量能够净化和拯救历史的恐惧并恢复人类生活道德的维度,"相信诗歌不应该被诵读给朗读诗歌的人们已经拥有的意识状态。诗歌对此应该有创新性的殊异性,去召唤而不是接受它的读者"③。这是一种颇具浪漫主义诗学理念的乌托邦的思想,同时也独具犹太弥赛亚的精神气质,而这种"诗学理想可以采取的最高的形式就是把神谕的深奥与整体的、原封不动的、和谐的、社会言说的外表结合起来"④。

葛斯曼诗歌创作的起步阶段正是"客体派"诗学理念被越来越多的犹太美国诗人全盘或部分地接受的时期,而葛斯曼显然对"客体派"诗学没有盲目推崇:

> 诗歌的题材,无论其途径如何,不管其对物质的世界投下了多大的

---

① Allen Grossman, *Sighted Singer: Two Works on Poetry for Readers and Writers*, p. 153.
② Ibid., pp. 40—41.
③ Ibid., p. 122.
④ Ibid., pp. 97—98.

一张网，在我看来，始终是人。……客体派诗歌的理念在我看起来好像只不过是一个关于某一种特定的诗歌的作用和性质的尚不成熟的结论。……诗歌是事物可以被看到的镜头，而在这个时代，这可能是唯一有此功能的镜头了。①

葛斯曼的这番话反映了他诗学思想的一个核心，那就是激进的人文主义。无论纷繁的物质世界对诗人和诗歌具有何种吸引力，诗歌的终点处终究是人；而诗歌是透视他者的内心世界的超验的视觉工具。在这一点上，葛斯曼似乎把布莱克奉为了前驱诗人，试图在所有的客观物质中寻求到人性的神圣。而对于把自己作为上帝选民的犹太人来说，这种神圣与犹太教又是一脉相承的，是最顺理成章的事情。

葛斯曼在这场神学—象征的阐释中，书写的是一种神秘的超验体验，而诗人本人则充当了阿伦特所定义的"虚空"的预言者和使者。葛斯曼那飞舞着无数犹太宗教符号的诗歌文本与宗教语言有着异曲同工的效应："是参与的、呼求的，而不是经验的、超脱的"，葛斯曼用宗教的语汇"这个审视镜头来审视世界，并按照这种传统发布的模型和命令来规制生活"②。作为"虚空"的预言者和使者，葛斯曼生活在"上帝的幽暗"（Gottesfinsternis）之中，③ 却选择了一个介于"上界"与"下界"之间的中间位置，他的世界中不仅有黑暗的力量，还有阳光。从这个角度讲，葛斯曼的"神之名义诗学"与卡夫卡的世界倒是颇有些一脉相承的精神气质。他们透过宗教审视的是现代的开端和终结的问题。对于游走于"上界"和"下界"之间的葛斯曼和卡夫卡来说，奥斯威辛不是世界的终结，正如汉斯·昆所指出的那样：

　　奥斯威辛——在四十年后——选择一种在变化了的社会中变化了的

---

① Allen Grossman, *Sighted Singer*: *Two Works on Poetry for Readers and Writers*, pp. 63—64.

② ［美］W. E. 佩顿：《阐释神圣——多视角的宗教研究》，贵州人民出版社 2006 年版，第 71 页。

③ "上帝的幽暗"是马丁·布伯与卡夫卡的对话中一句令人震撼的表达，全句是"天光变得昏暗，即上帝的幽暗实际上是我们生活于当下这个世界的特征"。转引自汉斯·昆、瓦尔特·延斯《诗与宗教》，第 293 页。

宗教。在上帝的黑暗以及随之而来的众神黄昏、现代的伪神坠落之后,在一种"后现代"(一个尚未熟悉的东西的名称)的范式中,可能会出现一个新的早晨……①

葛斯曼是在犹太人理解审判与拯救、原罪、罪与罚的视野中创造他的"神之名义诗学"的,诗歌是他祈祷的方式,也是他对抗"奥斯威辛—幻象"的武器。作为犹太作家,葛斯曼似乎从来也没有忘记自己应该承担的责任:在呈现出人与上帝的对话的同时,也呈现出了自己对这个对话的解读。作为自我命名的"虚无的预言者和使者",葛斯曼宣称,诗人,即使没有亲身经历大屠杀的灾难,依旧是能够"净化"那些在灾难中失去生命的人的"哭声",甚至能通过合适的"净化仪式"来净化"谋杀者"②。与葛斯曼的"崇高"的诗学理想相伴的是他的"高雅格调的文体",这也与"客体派"诗歌形成了明显的区别。③ 葛斯曼很少触及犹太人日常生活的细节,尽管有时他也会在一个当代的背景中涉及某一特殊的历史时刻或地点,他也总是更加倾向于借助诸如《塔木德》或者《塞西拿》中的先哲作为传统原型人物的"象征性修辞"的表达。④ 诗人仿佛是犹太先哲附体,在诗歌中阐释着神圣,又在神圣的视野中书写着诗歌。

葛斯曼的"神之名义诗学"在罗森伯格的眼中恐怕有僭越之嫌了,当然,他也绝不会推崇雷兹尼科夫沉默的"见证"。作为犹太先锋诗学和"民族志"诗学的代表,大屠杀写作成为罗森伯格全面体现其诗学与文化人类学理念的试验田。罗森伯格的大屠杀书写策略在"第二代目击者"作家中是颇有代表性的。⑤ 同为"第二代目击者"作家的西恩·罗森鲍姆对自己的定

---

① [德] 汉斯·昆、瓦尔特·延斯:《诗与宗教》,三联书店 2005 年版,第 298 页。

② Norman Finkelstein, *Not One of Them in Place*: *Modern Poetry and Jewish American Identity*, p. 71.

③ Allen Grossman, *Sighted Singer*: *Two Works on Poetry for Readers and Writers*, p. 60.

④ Norman Finkelstein, *Not One of Them in Place*: *Modern Poetry and Jewish American Identity*, p. 79.

⑤ Alan L. Berger 的 *Children of Job*: *American Second-Generation Witnesses to the Holocaust* (1997) 是第一部系统的研究美国第二代大屠杀小说和电影的专著。其他关于"第二代目击者"作家和作品的研究有 Alan L. & Naomi Berger, eds., *Second-Generation Voices*: *Reflections by Children of Holocaust Survivors and Perpetrators*, 2001; Efraim Sicher, ed., *Breaking Crystal*: *Writing and Memory after Auschwitz*, 1998; Dina Wardi, *Memorial Candles*: *Children of the Holocaust*, trans., Naomi Goldblum, 1992 等。

位似乎也道出了罗森伯格的心声："我自己一直在斗争，一方面我是小说家，像个巫师、魔术师、真实事件的煽动者，另一方面我又是大屠杀记忆的保护者。"① 换言之，他们的巫术写作是为了保护"大屠杀记忆"。在大规模的谋杀行动之后，人们不能指望屈死的亡灵会那么容易就消失，因此，罗森鲍姆认为，"后大屠杀的世界是那些被谋杀的生命永远驻足的小站，因为这个原因，从定义上来看，后大屠杀必须提供一些鬼故事的成分"②。可见，他们想要实现的是让死去的亡灵在文本中说话。

　　作为"民族志"诗学的发轫者，罗森伯格的大屠杀书写很自然地带有后现代"民族志"的气质。在这一视角的透视下，民族志话语再现"意味着对表象拥有一种魔幻力量，意味着可以使缺席的东西在场，而这就是为什么书写——再现的最有力的手段——被称为'巫术'（grammarye），即一种魔法行动的原因"③。作为"民族志"诗学的始作俑者，罗森伯格在叙述中充当的角色与雷兹尼科夫和葛斯曼有着本质的不同。他首先是"一个掌握着种种用于发现隐蔽的、潜藏的、无意识的事物的种种方法，甚至可以通过偷窃来获取所需讯息的信使"，然后，他就像"魔术师"和"释经者"，"解码讯息"并"作出阐释"④。这种身份决定了他采取的是一个游移的视角，而他在文本中的位置取决于他对所描绘的事件的总体呈现。他的在场不会改变事情发生的方式，也不会改变它们被观察或者被阐释的方式，因此他既需要建立起一种文本的权威，建立一条与对话者与读者之间的纽带，也需要在他自己与他所目击的陌生事件之间营造出一个合适的距离。罗森伯格以"阐释技巧"建构起民族志呈现的有效性。诗人如飘浮在被纳粹毁灭的城市上空的一片云或是一阵风，俯瞰着艰难挣扎的人们，却并不为人所察。诗人很少使用代词"我"，而一旦当"我"真的出现的时候，"我"是以召集人的身份力图构建起一个对话的场域："我呼唤 & 我呼唤你的回答"的诗行呼唤的是在大屠杀中消逝的生命在冥

　　① ［美］德雷克·帕克·罗尔：《西恩·罗森鲍姆访谈录》，《当代外国文学》2008 年第 2 期，第 165 页。

　　② 同上书，第 162 页。

　　③ ［美］斯蒂芬·A. 泰勒：《后现代民族志：从关于神秘事物的记录到神秘的记录》，载詹姆斯·克利福德 & 乔治·E. 马库斯《写文化》，商务印书馆 2006 年版，第 172 页。

　　④ ［美］温森特·克拉潘扎诺：《赫耳墨斯的困境：民族志描述中对颠覆因素的掩饰》，载詹姆斯·克利福德 & 乔治·E. 马库斯《写文化》，第 81 页。

冥之中的应答。这种魔法行动唤起的幽灵是一种"拯救型生物"①，是一种游荡在废墟之上等待救赎的灵魂。大屠杀使人们，尤其是犹太人产生了一种从未有过的心理冲动，那就是，要求拯救并祈求复活。

"伦理从来也没有真的被忘记，只不过好像有一段时间让位于语言、政治、社会和文化"了。② 而对于美国诗歌和诗学来说，当代评论界的"伦理转向"与美国诗歌的相关发展又正好契合。评论家哈坡汉姆（Geoffrey Galt Harpham）对伦理、理论和文学三者之间关系的总结颇有代表性：

> 叙事与理论咬合在一个相互探究和强化的过程之中，……这种相互激发的理论与例证的名字，这种意识与生命之联系的基本例证，就是伦理：正是"在伦理"中，理论转化成了文学的，而文学转化成为理论的。③

哈坡汉姆的言外之意就是法律和道德的"理论问题"应该并能够"获得……一张人的面孔"④。大屠杀作为人类历史上的一次极端事件虽然不是文学和伦理之间关系进行思考的起点，却恰巧成为这场漫长的人类思考的终点。阿多诺认为大屠杀成为"希特勒施加到不自由的人类身上"一个"新的定然律令"，因为"为了让奥斯威辛不会重复自己，为了让相似的事情不会再发生"，这场浩劫迫使人们重新"安排他们的思想和行动"⑤。在文学书写中，这次思考的结果就是诗歌重新回归了对生命本身的关注，以及诗歌作为"见证、证明和记忆的伦理律令"的使命的回归。⑥ 阿多诺关于奥斯威辛

---

①　[美] 德雷克·帕克·罗尔:《西恩·罗森鲍姆访谈录》，第 166 页。

②　Robert Kaufman, "Poetry's Ethics? Theodor W. Adorno and Robert Duncan on Aesthetic Illusion and Sociopolitical Delusion," p. 97.

③　Geoffrey Galt Harpham, *Shadows of Ethics: Criticism and the Just Society*, p. 35.

④　Ibid., p. xiii.

⑤　Theodor W. Adorno, *Negative Dialectics*, p. 365.

⑥　Susan Gubar, *Poetry after Auschwitz: Remembering What One Never Knew*, Bloomington: Indiana University Press, 2003. 诗歌与生命之间的关系是一个古老的命题，从雪莱开始英美诗人从多个角度考量了二者之间的互动关系。See Percy Bysshe Shelley, "A Defense of Poetry," pp. 478—508; Muriel Rukeyser, *The Life of Poetry*, Ashfield, MA: Paris Press, 1996; Susan Stewart, "What Praise Poems Are For," *PMLA* 120. 1 (2005), pp. 235—245.

之后写作诗歌是野蛮的论断，从某种程度上说，反而唤起了人们对诗歌伦理的关注，因此，他悖论地帮助重建了诗歌所承载的伦理责任，并帮助诗歌"维持、再想象或者回归了这个古老的责任"①。事实上，阿多诺对他的著名论断的体面终结也是从诗学到伦理的选择。当他委婉地承认，奥斯威辛之后不能再写诗也许是错误的之后，固执地补充道："但是提一个奥斯威辛之后你是否还能继续生存的不那么文化的问题是没有错的——特别是是否一个偶然逃离的人，一个本应该已经被杀掉的人是否还能继续生存。"②从奥斯威辛之后"写作诗歌"的野蛮或是不可能的问题到奥斯威辛之后"生存"的野蛮或是不可能的问题的转向反映的正是从"诗歌形式的聚焦"到"诗歌—美学经验或者影响的聚焦"的转向，也正是诗学到伦理的转向。③

　　三位诗人从相同的主题出发，经历了不同的诗学选择和构建过程，却殊途同归地转向了诗学伦理的轨道之上。当代伦理学的关注主要集中于"是什么"（what is）和"应该是什么"（what ought to be）之间的紧张，而三位诗人的诗学呈现的也正是"是"与"应该是"之间的伦理抉择。换言之，他们的诗学从各自对大屠杀迥异的"是"什么的诠释出发，最终共同完成了大屠杀"应该是"什么的伦理构建。而三位诗人的伦理选择也正是从大屠杀"应该是"什么中呈现出来的。

　　首先，三位诗人以各自的方式赋予了大屠杀中沉寂的生命以声音，让死难者自己开口说话。芬克尔斯坦曾经说，"如果没有诗人，死者将永远无语"，此言不虚。④雷兹尼科夫采取的是比较直接的方式，让幸存者的证词在一定程度上复原了事件本身，并给奥斯威辛的那段历史带来了"极强烈的'在场'感"，使读者直接进入了"语言所'澄明'的场域中"，并使得这场浩劫转化为一个"现时在场"⑤。死难者的声音就在这个瞬间的"现时在场"回荡在读者的耳畔。这印证了恩格戴尔（Horace Engdahl）对证词的力

---

　　① Robert Kaufman, "Poetry's Ethics? Theodor W. Adorno and Robert Duncan on Aesthetic Illusion and Sociopolitical Delusion," p. 82.

　　② Theodor W. Adorno, *Negative Dialectics*, p. 363.

　　③ Robert Kaufman, "Poetry's Ethics? Theodor W. Adorno and Robert Duncan on Aesthetic Illusion and Sociopolitical Delusion," p. 103.

　　④ Norman Finkelstein, *Not One of Them in Place: Modern Poetry and Jewish American Identity*, p. 106.

　　⑤ 王焱：《奥斯威辛之后》，第 47 页。

量的定义:"它〔证词〕在两个决定性的冲动上显示了与众不同:给沉默者以声音,并保留了殉难者的名字"①。在葛斯曼的眼中,每一个犹太人都是大屠杀的"幸存者",是苟活于世的偷生者。犹太诗人更是"一位不能十分确定他事实上没有死的人"。换言之,他们活着的意义就是赋予死亡以神圣的意义。在葛斯曼由诗歌、死亡、人和生命组成的等式中,"诗歌依赖于死亡,而死亡通过诗歌把意义投射在生命之上"②。葛斯曼的"神之名义诗学"把在大屠杀中熄灭的生命之火重新点燃,并让沉寂的生命在诗歌中实现了对神的质疑和谴责。罗森伯格如部落文化中的萨满,"向死者敞开心扉,并让他们通过他讲话"③。诗人成为死者的传声筒,而浩劫之后人烟稀少的奥斯威辛则成为一个死者的游魂自由讲话的真空地带。诗人的"民族志"书写"在唤起一种参与性的现实当中能够起着治疗性的作用",而这正是大屠杀书写最重要的伦理功能之一。④

其次,三位诗人以全然不同的方式共同建构了对大屠杀的历史记忆。耶鲁赛尔米曾警告以这样或那样的方式构建大屠杀话语的人们:"神话和记忆支配了行动"⑤,但是没有神话和记忆又何来"行动"呢?雷兹尼科夫的沉默的见证使他把大屠杀从犹太人的个人悲剧记忆变成了人类共同的悲剧记忆;葛斯曼通过对古老的神祇的不断诉求来神化并舒缓大屠杀的记忆,从而避开了直接书写大屠杀经历,并慰藉那不可治愈的人性和心灵的创伤;罗森伯格则在与幽灵的对话中,使大屠杀的记忆成为永恒,并用自己的诗性呼唤创造了一个自己的幽冥世界,从而使大屠杀永远避开了被人们的记忆和历史的轨迹遗忘的可能。三位诗人迥异的诗学策略成为"对抗一种不知为何猖獗的遗忘文化的强力的抗病毒丹药"⑥。可以说,三位诗人共同实现了欧文·豪所诉求的"外在的奥斯威辛"(external Auschwitz)和"内在的奥斯威辛"

---

　① Horace Engdahl, "Philomela's Tongue: Introductory Remarks on Witness Literature," p. 4.

　② Norman Finkelstein, *Not One of Them in Place: Modern Poetry and Jewish American Identity*, p. 82.

　③ Ibid., p. 107.

　④ 斯蒂芬·A. 泰勒:《后现代民族志:从关于神秘事物的记录到神秘的记录》,载詹姆斯·克利福德 & 乔治·E. 马库斯《写文化》,第170页。

　⑤ Yosef Hayyim Yerushalmi, *Zakhor: Jewish History and Jewish Memory*, p. 99.

　⑥ Shoshana Felman and Dori Laub, *Testimony: Crisis of Witnessing in Literature, Psychoanalysis and History*, p. 38.

（internal Auschwitz）的表达，① 并使得诗歌成为"为一个历史经验的特异性创造一种称谓的事件"②。这就意味着，后奥斯威辛的美国犹太诗人的诗性书写不是一种"简单的披露的行为"，而是一种缔造的行动，并因此充分显示了"言语行为"的力量。③ 从这个角度讲，三位美国犹太诗人的书写倒是共同地回应了耶鲁赛尔米的担忧，因为他们的大屠杀书写既是"神话的"、"记忆的"，又是"行动的"。

五　小结

尽管三位诗人从各自的诗学理论和理念出发，用完全不同的方式书写了这一主题，最终却归结到了一个深层次的共同思索：大屠杀在记忆的消费中，在一代又一代流散的犹太的灵魂中，如何生产出越来越深刻的伦理意义，并以一种特殊的方式重塑后奥斯威辛犹太人的意识形态。然而，不可否认的是，无论是雷兹尼科夫的沉默见证，还是葛斯曼的"神之名义"诗学，抑或是罗森伯格的"民族志"的巫术招魂，都不约而同地对在记忆和语言的双重加工下生产的大屠杀疑虑重重。在文学的叙述中被反复"复原"的历史注定是千差万别的，这对于这场无可比拟、无法估量、"绝对没有任何救赎的可能"的浩劫来说，是永远也没有办法达到其所需要的真实的本质的。④ 这是语言的不幸，是诗学的不幸，也是历史的不幸。

---

① 转引自 Alan L. Berger & Gloria L. Cronin, eds. , *Jewish American and Holocaust Literature*, p. 6。

② Shoshana Felman and Dori Laub, *Testimony: Crisis of Witnessing in Literature, Psychoanalysis and History*, p. 38.

③ Horace Engdahl, "Philomela's Tongue: Introductory Remarks on Witness Literature," p. 7.

④ 王焱：《奥斯威辛之后》，第 35 页。

第二十章

查理斯·雷兹尼科夫诗歌中的飞散[①]情结

在美国诗歌史上，查理斯·雷兹尼科夫（Charles Reznikoff）的名字似乎注定要与路易斯·朱可夫斯基（Louis Zukofsky）以及乔治·奥本（George Oppen）如影随形，因为此三人的诗作代表了被称为"客体派"（Objectivist）诗歌的最高成就。在这一三角组合中，朱可夫斯基的名气最大，而最显暗弱的就是雷兹尼科夫。事实上雷兹尼科夫颇为高产，一生中出版诗集19部，小说3部，更有大量的译著及历史学编著。然而尽管他的出版商也曾经不遗余力地推介其作品，更有杰弗瑞·沃尔夫（Geoffrey Wolff）和辛西娅·欧芝克（Cynthia Ozick）等人激情洋溢的评论文章助阵，评论界和读者的反应却总是"负面的"或是令人恼火的沉默。[②] 对雷兹尼科夫为数不多的研究主要集中在两个方面，一方面主要关注雷兹尼科夫作为"客体派"诗人与以埃兹拉·庞德和威廉·卡洛斯·威廉斯为代表的现代派之间在诗学理念和美学特征上千丝万缕的联系；另一方面则主要关注了他的两部"文献诗"（documentary poetry）——《大屠杀》（*Holocaust*）和《证词》（*Testimony*）所创造的"新文献式文化"特征以及表现出的诗人不动声色的犹太伦理意识。前者的代表性文献有诺曼·芬克尔斯坦（Norman Finkel-stein）的论著《他们无人在位》（*Not No of Them in Place*）、米歇尔·P. 科瑞麦尔（Michael P. Kramer）与哈娜·沃思—内舍尔（Hana Wirth-Nesher）合编的

---

① "飞散"的英文原文为"diaspora"，最早出现在圣经《旧约》的希腊语版本，称为七十子译本（Septuagint，又名 LXX）。"diaspora"常被译为"离散"、"流散"或是"散居"，是从犹太人的流亡经历产生的语义。在后现代和后殖民的语境中，该词被赋予了动态的、生产性的文化含义，因此童明教授将该词译为"飞散"。本书即借用了童明教授的译法。有关该词的语义演变和文化含义参见童明《飞散的文化和文学》，《外国文学》2007年第1期，第89—99页。

② See Milton Hindus, "Introduction," in *Charles Reznikoff*: *Man and Poet*, ed. , Milton Hindus, pp. 15—36.

《美国犹太文学》（*Jewish American Literature*）等；而后者的代表性文献有米歇尔·戴维森（Michael Davidson）的《现代诗歌和物质语言》（*Modern Poetry and the Material Word*）、密尔顿·辛德斯（Milton Hindus）编著的《查理斯·雷兹尼科夫：男人和诗人》（*Charles Reznikoff：Man and Poet*）等。这两类研究有一个共同的视角，那就是雷兹尼科夫诗歌的现代性美学特征，尽管诗人的犹太性也一再被提及，但常常是作为其现代性的补充和延伸，这是雷兹尼科夫作为现代派诗人的不幸，也是他在"客体派"的三角组合中一直处于尴尬地位的原因所在。对于雷兹尼科夫和朱可夫斯基同为"客体派"诗人，其诗歌的接受命运却迥异的原因，麦阿瑞·Y. 施瑞博（Maeera Y. Shreiber）在其美国犹太诗歌研究的力作《美国犹太诗歌》（"Jewish American Poetry"）一文中做出了比较中肯的解释："在他的诗歌生涯中，雷兹尼科夫一直致力于探求犹太的美学和主题的含义……"；而朱可夫斯基却干脆利落地挣脱了"这种种族/宗教身份可能施加的美学束缚"[1]。换而言之，朱可夫斯基的诗歌表现出了更为纯粹的现代性，而雷兹尼科夫却在庞德的现代诗学和犹太密西拿的神圣阐释中多情地苦苦挣扎。这种挣扎带给了雷兹尼科夫诗歌一种朦胧的迟疑，一种矛盾的犹豫，一种不定的延宕和一种超越了他的时代的伦理道德取向。而这些让他的时代困惑的诗学特征却在全球化和后殖民时代的多元视角下焕发出了迷人的光彩，在雷兹尼科夫游弋、混杂的诗歌文本中飞散的文化符号无声地阐释着诗人开放的民族思维和超越时代的诗学理念。本章将从飞散文化视角，对雷兹尼科夫诗歌进行文本细读，解析出诗人在超越了地理的界限，打破了文本的局限，断裂了历史的时限之后，其诗歌呈现出的独特的动态的辩证力量，并将特别关注诗人对犹太复国主义复杂的心态。

一　飞散在"地理的谬误"中

被誉为"（美国犹太）诗歌试金石"[2]的雷兹尼科夫是第一代美国犹太移民，这种处于"在跨越地域、跨越文化开始时期的状态"定格在他的童年记

---

[1]　Shreiber Y. Maeera, "Jewish American Poetry," p. 153.

[2]　See Norman Finkelstein, *Not One of Them in Place：Modern Poetry and Jewish American Identity*, p. 17.

忆中，仿佛是在令人压抑的灰色胶片上的一幅幅暗影，朦胧、晦暗、破碎却又纠缠，无法被清晰地冲洗，却也不能被彻底地抹去："很久之后我还记得一个白头发的爱尔兰孩子，/一个红脸小男孩，/他不过就是六七岁—或是长得身材太小了—/一次次过来过去，当我想要坐在门口台阶上时/在我认识邻居之前，/用一种让我吃惊的不倦的愤怒不住口地对我喊叫/犹太佬！犹太佬！/那孩子的姐姐，16 岁左右刚下班回家，/怂恿着他，/憎恨在她苍白的脸上/在那太亮的眼中/好像我不知为何要为她的不快受责。"① 孩子之间的仇视是可怕的，而更可怕的是这种仇视是莫名的，它像还没有被命名的瘟疫一样在孩子们的灵魂中传播："在布鲁克林街上对犹太人的厌恶，然而/也，在教室里，/有时，当犹太小学生忘掉它时/或是把某个不经意的友善误当作了友谊，/他们突然发现，像生活在地理的谬误中的人们，/ 地面多么不稳固。"（46）一句"地面多么不稳固"不由得让人联想起弗朗兹·法农所说的"人们处在一个神秘的不稳定地带"的断语，② 从而陡然间把读者推向了后殖民理论构建下的神秘的再生空间，即霍米·巴巴（Homi Bhabha）的"第三空间"③。正如霍米·巴巴在"第三空间"中建构起了独特的后殖民理论，雷兹尼科夫也在这"不稳固"的"地面"和这"地理的谬误"中建构起了他独特的诗歌文本。可以说，在某种程度上这"不稳固"的"地面"成就了一位独特的美国犹太诗人，在他的世界中这"不稳固"的"地面"没有塌陷下去，事实上地面是否稳固已经不那么重要的，因为诗人的生命和思想在诗歌中升腾和飞散开去，并具有了"生产性的能力"。在雷兹尼科夫的诗学世界中，这种建立在"不稳固"意识上的"处于中心之外"的文化定位在诗人不经意的喃喃声中飘散开来："不

---

① 引文原文见 Charles Reznikoff, *The Complete Poems of Charles Reznikoff*, ed. Seamus Cooney. Santa Rosa: Black Sparrow Press, 1996, p. 12. 以下凡出自该处的引文只标注页码，不再一一注明。

② ［法］弗朗兹·法农：《黑皮肤，白面具》，译林出版社 2005 年版，第 80 页。

③ "第三空间"的概念是霍米·巴巴（Homi Bhabha）在《文化所在》（*Location of Culture*）一书中首先提出的。其后，巴巴又在："Of Mimicry and Man: The Ambivalence of Colonial Discourse," *October*, 28 (Spring, 1989): 125—133; "The Commitment to Theory," *Questions Of Third World Cinema*, eds. Jim Pines and Paul Willemen (London, B. F. I. Publishing, 1989), pp. 111—132; "The Other Question: Difference, Discrimination and the Discourse of Colonialism," *Literature, Politics and Theory*, ed. Francis Barker, et al. (London, B. F. I. Publishing, 1986), pp. 148—172; "Introduction: Narrating the Nation" and "DissemiNations: Time, Narrative, and the Margins of the Modern Nation," *Nation and Narration*, ed. Homi Bhabha (London, B. F. I. Publishing, 1990), pp. 1—7, 291—322 等论著中进一步阐释和完善，使这一概念成为后殖民理论的核心概念之一。

是因为胜利/我歌唱,/没有什么胜利,/而是为了平常的阳光,/清风,/春天的慷慨/不是为了胜利/而是为了一天的工作完成/尽我的所能;/不是为了讲坛中央的一个位子/而是在普通的桌旁。"(54)这是儿时的诗人潜意识中朴素的文化定位,是作为第一代美国犹太移民中尚未成年的群体独特的心态。他想要占据的不是"讲坛中央的一个位子",因为流散的身份意识已经在儿时的诗人思维深处打上了深深的烙印,"他属于流亡","他不仅不在自己的家园中,而且他在自身之外",这正是诗人所言的"地理的谬误"的含义所在:犹太人"生活在那种人们被排斥在某种程度上像从自身中被排斥的那种排斥中"①。然而对雷兹尼科夫来说,尤其是对于他的诗歌写作策略而言,这"地理的谬误"和"排斥"并不意味着"处于中心之外",更不意味着"边缘";情况可能恰恰相反,在他的世界中"中心"无处不在,而"疆界"却无处可寻。在流散的历史悲歌中创作的犹太诗人注定承载了太多的文化意义的重负,而写作本身则成为一场无出路也无把握的抗争。这场抗争的结果就是使"谬误成为新的自由的原则和本源"②。看来,雷兹尼科夫也试图把"地理的谬误"变成他的诗学原则和本源了。

可以说,评论界对少数族裔诗人采用的二元对立的研究视角以及惯性思维模式对于雷兹尼科夫这样的诗人就有点先入为主和一厢情愿了。诺曼·芬克尔斯坦在《传统和现代:查理斯·雷兹尼科夫和(犹太)诗歌的试金石》一文中,就从现代派对犹太客体派的影响的角度探讨了雷兹尼科夫作为诗人在美国现代都市文化与直接和预言似的犹太历史之间的困惑和挣扎;保罗·奥斯特(Paul Auster)也曾经从犹太主义和客体派的角度指出:"犹太人雷兹尼科夫和美国人雷兹尼科夫不能被彼此分开,因为后一个的观念包含着前一个。"③当大名鼎鼎的哈罗德·布鲁姆试图用他那著名的"影响"的"焦虑"理论来研究美国犹太诗人时,不经意间也陷入了二元对立的诱人模式。在"美国犹太诗歌的悲哀"一文中,他在阐述了他那独特的"诗的传统—诗的影响—新诗形成"的"误读"和"逆反"过程之后,这样剖析了美国

---

① [法]莫里斯·布朗肖:《文学空间》,商务印书馆2003年版,第63页。

② 同上书,第56页。

③ Paul Auster, *The Art of Hunger and Other Essays*, p. 18.

犹太诗人的"焦虑情结":

> 可以理解,这几乎不是一个典型的犹太的过程,然而如果诗人想要继续得到启迪,相似的东西好像是必要的。尽管他们可能与犹太传统相距甚远,年轻的犹太诗人的精神上对权威的反抗性阻止他们一开始就全身心地屈从于非犹太的前辈,确实这使得他们对这一过程本身忧心忡忡。错置的犹太主义有可能变成一种或是另一种道德主义,但不是青年诗人在一段时间内必须接受的实用诗歌的宗教。①

布鲁姆之所以认为犹太诗人不可能"全身心地屈从于非犹太的前辈"不是因为他明智地避开了这一二元对立的模式,而是因为他对庞德和现代派诗学所持有的保留态度,对此,玛乔瑞·帕洛夫(Marjorie Perloff)曾做出过明确的解释,她认为布鲁姆对现代派的否定,特别是对庞德现代派的否定,表明了他对后浪漫主义诗歌的偏爱。⑥尽管布鲁姆对现代派诗学是否适合犹太诗人持保留态度,但他也试图从二元对立的模式对他的研究下了结论,那就是美国犹太诗歌内容上的犹太性和形式上的现代性之间的分裂。显然,当布鲁姆为自己的研究下了这样结论的时候,他的对象可能是雷兹尼科夫,也可能不是雷兹尼科夫,因为这种简单化的迥异的二分法似乎适用于所有的美国犹太诗人,也适用于美国黑人或是美国墨西哥人,抑或是美裔华人。简单化的、非此即彼的二分法不但模糊了诗人独特的个性,也使得原本十分复杂的雷兹尼科夫的文化身份意识被故作轻松地简单化了。可见,雷兹尼科夫的身份意识也一直是围绕着他的一个研究热点,然而大多数都未能走出二元对立的陷阱,相比之下,美国威斯康辛大学教授、诗歌研究专家L. S. 黛姆伯(L. S. Dembo)的观点可能较为成熟和辩证:

> 然而,成为他自己实际上意味着不仅是一名犹太人或仅仅是一个美国人而是二者都是或者二者都不是。当他写作客体派诗歌时,他是一名客体派者;当他书写他的"民族"的时候,以一种讲述的方式,他是

---

① Harold Bloom, "The Sorrows of American-Jewish," p. 253.

一名赞美诗作者……一名放逐者，他坐在曼哈顿河边啜泣；一丝苦笑浮现在他的脸上，因为他意识到他在家，然后他真的哭了。[①]

黛姆伯的这段颇为煽情的论述凸显出了作为诗人，作为美国犹太诗人的雷兹尼科夫的文化身份的复杂性和辩证性，然而一个"他在家"却还是不小心暴露了黛姆伯试图为诗人找到一个立足点的善意企图。

不过，雷兹尼科夫本人却未必领情，因为诗人自己一直都在小心翼翼地设法规避着为自己找"一个家"这种与生俱来的人的天性。雷兹尼科夫的诗歌志向是创造一个"无空间根基"的诗歌世界，一个流浪的、漂浮的、修辞的文本世界。在雷兹尼科夫的诗中，"家园"仿佛无处不在，却又无处是家："就像当一棵大树，枝繁叶茂硕果累累，/被砍倒它的种子被带向远方/被空中的风被河海中的浪/它在远方的山坡和海岸再次生长/同时在很多地方，/依旧枝繁叶茂硕果累累百倍千倍，/那么，在圣殿坍塌之际/在教士被杀之时，成千上万的犹太教堂/生根发芽/在巴勒斯坦在巴比伦在地中海沿岸；/海潮从西班牙到葡萄牙翻卷/斯宾诺莎到荷兰/狄斯雷利去了英格兰。"（60）这段诗文是一段典型的雷兹尼科夫式飞散的、寓言性的诗性表达，与诗人的前世今生可能发生关联的地理符号与宗教隐喻符号在诗歌中流动、旅行、相互跨越、相互混合，构成了一幅动态的飞散图景。这种动态的飞散意识成全了也成就了像雷兹尼科夫与卡夫卡等犹太作家的执拗与悲情，使他们试图把"这块荒谬之地"变成他们"流浪的可能性"的梦想在一定程度上得以实现。[②]

二　飞散在文本阐释的家园

在雷兹尼科夫的诗歌世界中，犹太人的流散经历和生活状态是历史的、动态的、现实界和想象界共生的，而这种动态的飞散是在诗人独特的语言观、文本翻译和文本阐释的共同作用下生产出的奇妙效果。在后殖民时代的历史语境中，飞散的含义已经不仅仅局限于犹太人的经历，在多元文化的视

[①]　L. S. Dembo, *The Monological Jew*, p. 129.

[②]　［法］莫里斯·布朗肖：《文学空间》，第63页。

角下,飞散的概念经历了重构和解构的嬗变,形成了具有生产性的动态力量,而其含义也从意识形态的层面拓展到包括语言和文本等文化和美学等更为宽泛的层面。然而,对于美国犹太作家来说,语言和文本的意义还要特殊一些,具有一种历史的特殊性,因为在他们的意识中,语言和文本才是唯一自然的犹太家园。对于语言之于犹太民族的意义,诺斯罗普·弗莱在《可怕的对称》中这样写道:

> 文字的拼写系统可以追溯到"迦南"的闪族人,如果我们对其了解更多的话,也许我们应该发现希伯来人在西奈山上学到的不是道德法典而是字母,那是一个具有足够想象力的上帝,他理解一组字母要比一组禁令重要得多。①

我们有理由认为,犹太人的根本特征不在于他们的国家和法律——他们已经失去国家达千年之久。犹太人的根本特征也不在于血缘,在历史上同样存在其他非常具有内聚性,历经磨难而不消亡的民族。犹太人的独特性在于他们与一个"绝对他者"的关系,与在犹太民族的流散中确立的一种精神权威、一种生活方式和一种文化模式的关系。这种关系很大程度上是通过语言而得以建立的,是在对以《圣经》和《塔木德》为代表的神圣文本的阐释和再阐释中实现的。在某种意义上,言辞的力量避免了犹太民族散居各地而被主体文化彻底同化的命运。正如亚伦·埃兹拉希(Yaron Ezrahi)所言:"上帝的言辞,神圣文本,以及拉比们的言论变成了世界的最终途径——创造、行事、阐释、塑形、保护生命,拯救摇摇欲坠的圣殿,被征服的圣地和失落的王国。"②

对于像雷兹尼科夫一样"换语"的犹太作家,语言的含义远不只是海德格尔的"存在",久已陌生但却越发亲切的意第绪语与希伯来语蕴涵和寄托着诗人复杂的情感、思想和写作策略。雷兹尼科夫这样述说了他对希伯来语的困惑:"希伯来语对我来说多么难啊:/甚至希伯来语的妈妈,面包和太

---

① 转引自〔美〕W. J. T. 米歇尔《图像理论》,北京大学出版社 2007 年版,第 137 页。

② Yaron Ezrahi, *Rubber Bullets: Power and Conscience in Modern Israel*, p. 178.

阳/都是陌生的。我已经流亡的太遥远了，锡安。"（72）事实上，雷兹尼科夫对在犹太教的神圣布道和祈祷中的语言——希伯来语十分偏爱，认为它是"在所有语言背后的语言"，是"半宗教化"的"神圣语言"①，然而诗人却"拒绝希伯来语作为他的犹太现代主义的直接媒介"②；诗人也同样拒绝了意第绪语，然而却出于不尽相同的原因。尽管诗人从小生活在一个意第绪语家庭，但可能是因为它是"一种与日常生活相连"得太过于紧密的语言，③ 所以"对于诗歌不够成熟"④；抑或是意第绪语诗歌运动的声势过于夺人，诗人恐有追逐潮流之嫌，总之，雷兹尼科夫像一个执拗的孩子一样，把自己心中的母语小心翼翼地收藏了起来。有趣的是，尽管诗人果断地摒弃了用此两种语言写作，与之有关的因素却不时地出现在诗人的诗歌中，成为诗人驾轻就熟的一种诗歌写作策略。斯蒂芬·弗瑞德曼（Stephen Fredman）曾说：

> 深入查理斯·雷兹尼科夫作品中犹太困境核心的一个途径就是考察一下希伯来语在其中扮演的象征角色，以及希伯来语和英语在他的生活和作品中的复杂的相互作用。雷兹尼科夫把犹太性与希伯来语联系了起来。⑤

诗人对自己名字在不同语境中的解释就是一个有趣而生动的例子："因为，我是头生的，得不到救赎，/我属于我的主，不属于你或我：/我的名字，在英语中，我是他的圣殿，/某个卡利斯——某个查利斯，一个下贱人；/我的名字在希伯来语中是以西结/（上帝给予力量的人）/我的力量，尽管如此，是他的。"（80—81）这段很有影响的对自己名字把玩的诗行与其说是诗人对自我身份的思索，不如说是对代表着自我身份的语言和文化略带嘲讽的阐释。斯蒂芬·弗瑞德曼认为这首诗"是一种优雅的合成的尝试，表现了微妙的米大示般诠释的能力，但诗人致力于的编织的传统脱线了，因为他没有表现出封

---

① Maeera Y. Shreiber, "Jewish American Poetry," p. 154.

② Ranen Omer, "The Stranger in Metropolis: Urban Identities in the Poetry of Charles Reznikoff," p. 49.

③ Maeera Y. Shreiber, "Jewish American Poetry," p. 155.

④ Cynthia Ozick, "American: Toward Yavneh," p. 32.

⑤ Stephen Fredman, *A Menorah for Athena: Charles Reznikoff and the Jewish Dilemma of Objectivist Poetry*, p. 13.

建的英格兰和正统的犹太教世界的不可通约性"①。弗瑞德曼的这段评论没错,
雷兹尼科夫的确"没有表现出封建的英格兰和正统的犹太教世界的不可通约
性",不过诗人似乎对于是否"通约"没有多大兴趣,他更关注的是"差异",
而且他似乎很满意这种差异的存在。短短的诗行中不动声色地充塞着希伯来和
意第绪文学传统的代表符号:"头生的"、"他的圣殿"、"以西结"、"上帝给
予力量的人"等均是此两种语言写就的文本中典型的符号,而这些文字和文
化符号形成了一幅文字的飞散意象图,多种文字符号相互阐释、相互揶揄、相
互反驳,他们似乎在证明着诗人的犹太文化身份的独特性,又似乎在消解着这
一身份的独立性;他们似乎在述说着诗人被同化的殖民身份的必然性,又似乎
在无声地抵御着英语的单一性和完整性的神话。英语、希伯来语和意第绪语在
彼此扮演着彼此的"他者",而在对语言他者的诉求中,诗人在不经意间消解
了他的边缘化的身份困惑,在语言之域构建起了一个霍米·巴巴的所谓"第
三空间"。对于雷兹尼科夫的"第三空间",为数不少的评论家已经注意到了,
并用不同的方式表达出来;一直对诗人的名字饶有兴致的弗瑞德曼注意到诗人
"没有中间名字",并认为:

> 缺少中间名表明了一种不稳定性,它就像我们所谓的"基督教"
> 名字和(犹太的)姓氏之间的裂痕。在一个诸如母亲的未婚名或其他
> 家人名字的文化性的令人安慰的中间地带,只有令人困惑的"查理斯"
> 加"雷兹尼科夫"的不和谐。②

弗瑞德曼的所谓的"没有中间名字"以及"裂痕"都表明了他对文化
差异存在的一种潜意识中的焦虑,而这种焦虑使他轻率地下了一个结论:
"调和他的美国和犹太名字成为雷兹尼科夫写作的中心困境。"③ 然而弗瑞德
曼忽略了一点,这个"没有中间名字"的中间地带的存在却恰恰成为了诗
人可以自由驰骋的想象的空间。与弗瑞德曼的焦灼相比,保罗·奥斯特

---

① Stephen Fredman, *A Menorah for Athena: Charles Reznikoff and the Jewish Dilemma of Objectivist Poetry*,
p. 57.

② Ibid., p. 14.

③ Ibid.

（Paul Auster）却表现出了难得的理解力和洞见度：

> 至少可以说，它是一个不稳固的位置。既没有完全同化也不是完全不同化，雷兹尼科夫占据了两种语言的不稳固的中间地带，从来不能声称哪一个属于他自己。然而，毫无疑问正是这种模棱两可使它成为一个特别丰产的地带……①

奥斯特为这个"丰产的地带"生产出一个用连字符连接的"第三词"："犹太（人）—美国（人）"。这一"第三词"传递的含义就是"作为犹太人的雷兹尼科夫和作为美国人的雷兹尼科夫不能彼此分开"②；它们"同时处于两个地带"，或是"不在任何地方"③。奥斯特所言的这种无处不在，又茫茫不知何处的"中间地带"以及"第三词"正是雷兹尼科夫语言观、诗学观和文化身份观的真实写照。

雷兹尼科夫这种对语言的独特理解使他在诗歌文本的构建中表现出了对"他者"文本的特殊兴趣，而这一文本志趣在不经意间又成为了一种诗歌文本的写作策略。这里的"他者"文本主要是传统的犹太经典和神圣文本。雷兹尼科夫的一大批诗歌均是对这些犹太经典文本和神圣文本的翻译或是阐释，这一现象不能不令人深思。雷兹尼科夫对于翻译有着自己独特的理解，当谈及他对犹太诗人、哲人犹大·哈勒维（Yehudah Halevi）诗歌的翻译时，他这样写道：

> 另一种语言中韵律的再创造不一定在原语言中能够产生同样的效果：在希伯来语中令人激动的韵脚和韵律在英语中可能令人腻烦和厌倦；……值得注意的有趣现象是，犹大·哈勒维本人说过："仅仅是声音之美会产生话语的透明性是不合适的。"④

---

① Paul Auster, *The Art of Hunger and Other Essays*, p. 156.

② Ibid. , p. 47.

③ Ibid. , p. 157.

④ Qtd. in Norman Finkelstein, *Not One of Them in Place: Modern Poetry and Jewish American Identity*, p. 19.

　　雷兹尼科夫的这段话是有针对性的。他的哈勒维诗歌翻译在当时受到不少诟病,其中以犹太思想家、作家弗朗兹·罗森茨威格(Franz Rosenzweig)的观点最为坚决而鲜明。罗森茨威格认为语言只可能是一种事物,是世界与他物之间的桥梁,而且语言是贴着上帝和人的标签的,为了维护语言的客观性和神圣性,他认为哈勒维诗歌的翻译应该保持原有的音韵和格律。① 而这种观点在雷兹尼科夫看来却是不可为的,也是不愿为的,这其中包含着诗人对于文化差异的深刻认识和文学实践的客观看法。这表明雷兹尼科夫已经意识到犹太文本和英语之间的翻译决不仅仅是声韵和韵律的问题,而是在文化差异的作用下两者之间出现的可译和不可译的问题。在这里诗人没有用“翻译”(translation)而是用了“再创造”(reproduction),这种理解与本雅明在《翻译者的任务》中提出的翻译观有着某种契合,尽管雷兹尼科夫从未试图使自己的翻译理论系统化,但却在丰富的翻译实践中实现了本雅明所说的“更丰富的语言”②。事实上,翻译问题在后殖民理论中是核心问题之一,其代表人物对此都从各个角度进行过论述。霍米·巴巴认为翻译是不同语言之间的互动关系,是一种对话关系,因此当把一种语言译为另一种语言时,意味着把一个语言的内在特质去掉而让它变成与翻译语言所拥有特质一样的东西,变成翻译语言的延长物,但是被译语言在成为附属的延长物时,又不可避免地还带着原来文化的印迹,从这一角度来说,语言和文本翻译可以说是一种混杂物,而被译文本就在这一混杂的状态中有序或无序地飞散开来。③ 雷兹尼科夫把自己对美国犹太文化身份和现代派诗学理念融入了他对犹太经典诗文的翻译实践之中,在诗歌翻译的再创造中实现了诗歌的可译性,也实现了其文化身份的分散。雷兹尼科夫最让人津津乐道的一首哈勒维诗歌的译诗是“我心在东方”(“My Heart Is in the East”):

---

　　① 参见［德］弗朗兹·罗森茨威格《论世界、人和上帝》,(http://www.zgyspp.com/Article/ShowArticle.asp? ArticleID = 6289)。

　　② 本雅明的翻译观可参见 Walter Benjamin, "The Task of the Translator," pp.69—82。

　　③ 关于霍米·巴巴对于翻译的论述参见 Homi K. Bhabha, "Introduction: Narrating the Nation," "DissemiNation: Time, Narrative, and the Margins of the Modern Nation," in *Nation and Narration*, ed. Homi K. Bhabha. London and New York: Routledge, 1990, pp.1—7; pp.291—322. 国内对于该领域的研究可参见王宁《翻译的文化建构和文化研究的翻译学转向》,《中国翻译》2005 年第 6 期,第 5—9 页;王宁《叙述、文化定位和身份认同——霍米·巴巴的后殖民批评理论》,《外国文学》2002 年第 6 期,第 48—55 页等。

My heart is in the East

and I at the farthest West：：

how can I taste what I eat or find it sweet

while Zion

is in the cords of Edom and I

bound by the Arab?

Beside the dust of Zion

all the good of Spain is light；

and a light thing to leave it. （69）

译文如下：

我心在东方

我在西方的尽头

我如何能品尝我的食物或是感觉甜香

当锡安

在以东人的捆绑中而我

被阿拉伯人束缚着？

除了锡安的尘土

所有西班牙的恩赐都不足为道

一件轻松的事离开它。

　　哈勒维的原诗是用希伯来语写就的六行诗，鉴于希伯来语造成的理解上的困难，历来的评论者都只引用雷兹尼科夫的译文，然而这样一来比较的直观性就被削弱了，因此本文退而求其次，引用了以色列作家阿密·伊瑟奥夫（Ami Isseroff）的译文加以比较：

My heart is in the East, and I am at the ends of the West；

How can I taste what I eat and how could it be pleasing to me?

How shall I render my vows and my bonds, while yet

Zion lies beneath the fetter of Edom, and I am in the chains of Arabia?

It would be easy for me to leave all the bounty of Spain—

As it is precious for me to behold the dust of the desolate sanctuary. ①

　　两个译文从视觉上产生了截然不同的审美效果,伊瑟奥夫的译文保持了原诗的六行体,每一行语义连贯,第一行与第四行遥相呼应,形成一个完整而封闭的语义环境;而雷兹尼科夫的译文则彻底改变诗歌原有的格式,原诗完整的语义环境被敲碎,原诗中的修饰限定性的语言均被毫不留情地剔除得干干净净,从而成为了一首典型的现代派自由体诗歌。然而"这被修剪过的语言却同时容纳了许多语言的领域;诗人的信息和含义是那么无法梳理地联结在一起,以至于通常的对于诗歌特许的信念和诠释不再能够适用"②。米歇尔·海勒(Michael Heller)的这段评论是精辟而准确的:在雷兹尼科夫的诗歌译文中犹太文化与现代派技巧,东方情结与西方现实,历史与现在等诸多因素纠结、混合在一起,形成了奇特的"文化的混杂"现象。雷兹尼科夫的翻译赋予了哈勒维的诗歌新的生命,而这种再生的力量就来源于雷兹尼科夫开放的文化观和对犹太流散历史及经历的辩证的认识。雷兹尼科夫的翻译策略为犹太经典文本的诠释提供了一个生动的范本,但更为重要的是,这一策略也实现了犹太文化和诗人身份的动态的飞散。

　　除了翻译性的诗歌文本,在雷兹尼科夫繁杂的诗歌中还有一类是不容忽视的,那就是诗人对犹太经典或是犹太文化的诗性阐释。"阐释"这个词"历史上主要用于对经典文本的注疏"③。"因为经典是取之不尽、用之不竭的'神的话语',所以对经典的阐释也是无穷无尽的。"④ 对于犹太宗教和文化而言,阐释的意义无疑是巨大的。W. E. 佩顿(William E. Paden)在《阐释神圣》一书中指出:

　　　　公元70年,当"世界中心"的耶路撒冷的圣殿被毁,再也无法重建以后,越来越多的注意力就转到经典的评注上来,犹太教的拉比,即

---

① See Yehuda Halevi, Two Poems: "My heart Is in the East" and "Zion, Thou Art Anxious" (http://www.zionismontheweb.org/yehudalevi.htm).

② Michael Heller, *Conviction's Net of Branches*, p. 61.

③ [美] W. E. 佩顿:《阐释神圣:多角度的宗教研究》,贵州人民出版社2006年版,第13页。

④ 同上。

《摩西五经》的评注家们，取代了以前的祭祀，即主持牺牲仪式的司仪。《摩西五经》在某种意义上变成了神圣之所；为《塔木德》精心制作内容广泛的评注，成了进入这个神圣之所的必由之路。①

对犹太经典熟稔于心的雷兹尼科夫成功地把阐释的理念杂糅在诗歌当中，从而实现了对犹太经典的能动的诗性阐释，并在这一过程中诠释了犹太流散经历的历史复杂性。犹太教的神圣文本《旧约全书》是雷兹尼科夫诗歌的一个重要的灵感和主题来源，而其中他最偏爱的神圣角色就是以撒。在《创世记》中，以撒是唯一一个生在迦南，也死在迦南，从来没有离开过迦南之地的人。在《旧约》中可以看到，以撒的特点就是他一生一世对一切的态度都是接受。在《创世记》第 26：15—31 中有这样一段记载：以撒的仆人在谷中挖了一口活水井。基拉耳的牧人与以撒的牧人争抢水井。以撒就给那井起名叫"埃色"，即相争的意思。以撒的仆人又挖了一口井，他们又为这口井争抢，以撒就给这口井起名叫"西提拿"，即为敌的意思。以撒远离了那里，又挖了一口井，他们不为这口井争抢了，他就给那口井起名叫"利河伯"，即宽阔的意思。这段与以撒有关的记载与"亚伯拉罕献子祭祀"或是"以撒娶妻"等相比，往往并不被诠释者所看重，而雷兹尼科夫却偏偏对此情有独钟。② 他的诗剧《九戏剧》即以《圣经》中对以撒的记载为蓝本写就。在雷兹尼科夫的神圣想象中，"以撒的脸像蜂蜜"，"以撒的眼神像一位父亲注视着自己长大的儿子"，"他的手掌张开好像要帮忙或是祈福"，诗人更是把他的想象一直探伸到这位遥远的智者的内心深处，并在以撒诗意的独白中阐释着神圣的文本："我的财富就是土地的财富/我生于此，/在你我的饥荒之时；/我的人在所需之际也是你的。/我的父亲，亚伯拉罕，从不攫取别人的，但如果人们说起/他的，/这是我的，他回答，它也是你的；/然而，他变得富有。/这是我父亲做的，不是出于恐惧……/亚伯拉罕给予因为友善。/在这点上我是我父亲的儿子：/我希望所有人一切都好；/当然星

---

① ［美］W. E. 佩顿：《阐释神圣：多角度的宗教研究》，贵州人民出版社 2006 年版，第 121 页。

② "亚伯拉罕献子献祭"，参见《创世记》22：1—22：19；"以撒娶妻"，参见《创世记》22：20—24：23。

星带给他们太多的烦忧。/但如果你说这没有我们的一席之地,/我父亲,亚伯拉罕,和他的父亲,他拉,流浪/远方;/大地是宽广的,/当他们昌盛了,他们的子孙有望兴旺。"①《创世记》的水井之争在雷兹尼科夫的诗学想象中变成了犹太民族的道德意识和伦理策略。这一阐释产生了令人意想不到的审美效果和伦理内涵,从而使犹太民族的流亡史被赋予了寓言般的合理内核和教诲意义。流亡成为了一种犹太民族的道德选择,一种与世无争的超脱和潇洒,一份祈福朋友和敌人的宽厚,一种苦中有乐的达观,一种跨越了时空的理性追索。

三 飞散在历史的时空

如果说文本编织的互文之网为雷兹尼科夫创造了一个犹太文化身份超验的、动态的共时空间,那么历史的时空变迁就为他的流散情结创造了一个动态的历时空间。犹太教是历史的宗教似乎已经成为一个古老的陈词滥调,那么为这个旧瓶装上新酒,我们也可以说犹太诗学在某种程度上也可以说是历史的诗学。鲍亚林(Daniel Boyarin)在《互文性与米大示解读》(*Intertextuality and the Reading of Midrash*)中就提到,米大士本身的出现就是阐释者试图把文本与历史编织在一起的冲动。② 对于和雷兹尼科夫一样生活在 19 世纪末 20 世纪初的美国犹太作家来说,世纪之交的国际政治和经济气候的戏剧性变化以及他们自身所经历的同化浪潮的冲击都驱使他们在意识上认同了现代派的天启历史观。然而这种历史观事实上却是犹太作家生来就带有的烙印,因为这种天启历史观在犹太教的弥赛亚思想中可以找到清晰的根源。正如安森·瑞宾巴赫(Anson Rabinbach)所言:"天启的、灾难的、乌托邦的、悲观的,弥赛亚主义吸引住了第一次世界大战之前一代犹太知识分子。弥赛亚的冲动以许多形式出现在 1914 年的犹太一代……"③ 雷兹尼科夫正

---

① 转引自 Ranen Omer, "Palestine Was a Halting Place, One of Many: Diasporism in the Poetry of Charles Reznikoff," p. 165。

② See Daniel Boyarin, *Intertextuality and the Reading of Midrash*, p. 28.

③ 转引自 Norman Finkelstein, *Not One of Them in Place: Modern Poetry and Jewish American Identity*, p. 20。

是这样的犹太一代的代表人物。"弥赛亚"观念最早出现在公元前 1000 年大卫时代，在犹太教中本意是指"受膏者"（the anointed one），一个终将复活的不死者。犹太教中的弥赛亚基本上是现世的，犹太人不灭的希望正是来源于弥赛亚，他们相信总有一天会有一位弥赛亚来拯救他们，总有那么一天会有一位救世主来结束历史和终止所有的苦难，他将主持正义，对善恶做出终极的审判，并在地上建立天国。① 弥赛亚主义的意义在于将包括伦理道德在内的全部价值观念和判断的终极根据从此岸交给了彼岸，这就意味着善与正义在一个不受现世人间干预的信仰的世界中得到绝对的庇护。这个善与正义的信仰世界以承诺的力量改变了现世的意义。它在"现在"与"未来"的两个世界之间造成了变革的张力。这样，在犹太教中历史获得了一种目标和意义。在历史的终结之处，一切获得了说明，一切得到了答案，谜底也终将揭开。弥赛亚不仅仅是历史和时间的尽头，因为站在时间尽头的神是一位正义的上帝，因此正义和公正成为弥赛亚的精神核心。那么，在雷兹尼科夫的诗歌中，这种弥赛亚思想又是如何表现出来的呢？

　　芬克尔斯坦对雷兹尼科夫身份意识与犹太宗教关系的界定是基本准确的：他"是已经多少与传统的犹太宗教和文化习俗疏远了的第一代美国犹太人；他也是想要一种不仅仅是'假花/在我走过的街道上'的诗歌，因此更被'某些美国人开始写作的崭新的诗歌'所吸引的第二代美国犹太人"②。在现代美国犹太作家的视域中，历史与宗教，历史与记忆都处于矛盾的统一体之中。现代犹太美国作家有一种根深蒂固的重构犹太历史的冲动，这种冲动"开始于见证了犹太生活的连续性蓦然断裂的时代，也是一种不断滋生的犹太集体记忆衰退的［时代］"③。这种冲动是通过对犹太宗教和犹太文化的历史化实现的。换言之，历史在他的诗歌中成为了一种诗性表达的动力。飞散理论中的历史内涵"不是单一性的、空洞的时间，而是显现当下的时间"④。也可以说，"过去"是因为"当下的需要而显现的"，"当下"的

---

① 参见《旧约·撒母耳记上》7：12—13。

② Norman Finkelstein, *Not One of Them in Place: Modern Poetry and Jewish American Identity*, p. 23.

③ Ibid.

④ Walter Benjamin, "Theses on the Concept of History," in *Illuminations*, p. 261.

"文化和政治的需要是历史叙述的动因"①。对于雷兹尼科夫来说，这种飞散的历史意识首先体现在他对弥赛亚思想的动态的改写。

雷兹尼科夫于 1936 年发表了《弥塞亚》（"Messianic"）一诗，该诗是包括《萧条》（"Depression"）、《维也纳的社会主义者们》（"The Socialists of Vienna"）、《新民族》（"New Nation"）以及《卡迪什》（"Kaddish"）在内的系列诗歌之一。该诗从美国纽约都市的典型场景和意象写起，却无时无刻不在回响着历史的回声："多么遥远多么宽阔/这上下海湾，/沿着河道傍着海洋，/多么贴近多么平坦/街灯闪烁：/你应该知道你父亲的森林/在这些驿站之中，/而你他们的沙漠/在这几英里的人行道上/谁的云母/在阳光和灯光中闪烁/在夏日的热浪或是冬日的寒霜中，/雨中的湿润或是雪中的洁白。/尽管你的部落是最小的而你又是最微不足道的，/你应该说出，你应该训练，你应该战斗：/然后，在弥留之际，/如此飞快地旋转而去/你看到太阳/不过夜空星星般大小，/他们的靴子将沾着你的血——/它的红血球/种子/将在沙土地上成长，/在小径和人行道间的鹅卵石路上/大街的。"（176）纽约都市的"街灯"和"人行道"与充满寓意的"父亲的森林"和"他们的沙漠"具有讽刺意味地并置一处，仿佛身居现代都市的犹太移民的后裔在与祖先的灵魂进行的一场心灵的对话。随着父亲的森林变成了都市的街灯，讲话者的犹太身份在这摇曳的街灯闪烁中变得模糊不定，仿佛有被这可怕的城市之魔吞噬的危险。然而如犹太祈祷文的回声却不停地敲击着讲话者的耳膜，告诫他"你应该说出，你应该训练，你应该战斗"，仿佛在诗歌文本之外有一位犹太拉比在鼓励着迷茫的讲述者勇敢地直面历史和未来。诗行中颇有气势的排比句式和第二人称的指代都似乎在印证着这位隐身拉比的存在。诗中的"靴子"的意象仿佛使我们听到了纳粹军官和士兵的军靴和铁骑令人毛骨悚然的"咔"、"咔"声，而被比喻成"种子"的犹太人的血红细胞则毫不隐讳地表明了诗人心中犹太人顽强的生命力以及被迫流散所带来的具有繁衍力量的历史机缘。考虑到该诗发表的时间和历史背景，这首诗在这样的语境下所传达的拯救和希望以及对苦难的认同感都带有明显的弥赛亚精神气质。只不过，这个拯救者不再是传统犹太弥赛亚的带有宗教色彩的人或是

---

① 童明：《飞散的文化和文学》，《外国文学》2007 年第 1 期，第 96 页。

神，而是历史本身，是必然的或是偶然的历史事件和实践本身充当着这个拯救者的角色。

从以上的分析可以看出，雷兹尼科夫心中的家园不但有空间性，而且具有鲜明的时间性，换言之，就是具有强烈的历史感。犹太民族历史上经历的一次又一次毁灭性的灾难成为了唤醒诗人心中犹太性的历史颤音。雷兹尼科夫的这种历史观和时间意识带有鲜明的弥赛亚特征，在这一点上，雷兹尼科夫与本雅明倒是有几分共通之处。本雅明认为："过去带着时间的索引，把过去指向赎救。在过去的每一代人和现在的这一代人之间，都有一种秘密协定。我们来到世上都是如期而至。如同先于我们的每一代人一样，我们被赋予些微的弥赛亚式的力量。这种力量是过去赋予我们，因而对我们有所要求的。"[1] 本雅明将弥赛亚的时间种子包藏在过去的历史中，过去的真实能否被"引用"是当下的使命，而现在能否被拯救则在于是否能使过去复现，而这也正是雷兹尼科夫的诗歌写作策略。"过去"、"当下"和"未来"三位一体的关系在犹太《摩西五经》中就有明确的论述，它教导犹太民族要学会记忆，要在对过去的记忆中重新理解过去，而结合现在的对过去的重新解读能赋予犹太人以弥赛亚式的力量。基于此，雷兹尼科夫诗歌中经常诉求的"过去"与"当下"的并置策略最终是要在弥赛亚的"未来"中寻求归宿的，而这也正是诗人诗歌中"矛盾的和谐"的魅力所在，[2] 同时也解释了其诗歌中表现出来的犹太身份的不稳定性的原因。

组诗中的最后一首诗歌《卡迪什》（"Kaddish"）是对犹太教的礼拜典仪词的诗性阐释。礼拜典仪是犹太文化的伟大传统之一，旧约时代犹太民族就以敬拜为生活中心从而完成上帝的旨意。犹太典仪中的"卡迪什"洋溢着祈福和赞颂之词："降福以色列降福拉比，降福他们的信徒和所有/信徒的信徒，降福所有致力于研习/他拉者于此地和每一个地方，赐予他们和你们/和平，尊严，友爱，怜悯，长寿，丰腴和/拯救，从天堂中的上帝。阿门。"[3] 而在雷兹尼科夫的诗中，"卡迪什"成为了诗人重新审视犹太民族国

---

[1]　陈永国、马海良编：《本雅明文选》，中国社会科学出版社1999年版，第404页。

[2]　Norman Finkelstein, *Not One of Them in Place: Modern Poetry and Jewish American Identity*, p. 24.

[3]　See Mourner's Kaddish: An English Translation. (http://www.ou.org/yerushalayim/kaddish.htm).

家概念和伦理意识的反思性的文字：

> ……
> 祈福以色列人和所有遭遇敌意的眼神，
> 棍棒和石头和名字的人——
> 在海报、报纸又或者书中延续，
> 用粉笔写在沥青上或用酸蚀刻在玻璃上
> 从成千上万的窗户通过收音机高喊；
> ……
> 祈福以色列人和所有
> 像大街上的麻雀一样活着人们
> 活在他人的屋檐下，
> 像兔子
> 在陌生人的田地中
> 靠季节的慷慨
> 和拾麦者遗落在角落中的麦粒；
> 你们这些风的孩子——
> 鸟儿
> 以知识之树为食
> 在此地和每一个地方
> 为他们也为你自己
> 祈福一种生活。（186）
> ……

在雷兹尼科夫的诗性阐释中，宗教的神圣被历史的无奈所代替，这是诗人阐释视角转变的必然结果。正如犹太历史学家犹瑟夫·耶鲁沙利米（Yosef Yerushalmi）所言，对于现代世俗的犹太人来说，历史已经变成了"堕落的犹太人的忠诚"的感情，[①] 成为了宗教的替代形式。这种阐释也构成了佩

[①]　Yosef Hayim Yerushalmi, *Zokhor: Jewish History and Jewish Memory*, p. 86.

顿的宗教阐释的"镜像效应"①。在这里历史和宗教互为镜像：阐释是语境性的，随着地点、时间和阐释者的处境而改变。雷兹尼科夫的"第三地带"的特殊文化身份意识为他的宗教阐释提供了一种独特的视角：犹太人不再是被祈福的"选民"，而是处于"敌意的眼神、棍棒和石头"的威慑之下。犹太民族的神圣光环消失殆尽，但在历史的变迁中流散的犹太人像风中的种子，像以知识之树为食的鸟，把生的希望带到了"此地和每一个地方"。诗中的"风"的意象不由得使人想起本雅明那"风"中的"历史天使"的意象："历史天使就可以描绘成这个样子。他回头看着过去，在我们看来是一连串事件的地方，他看到的只是一整场灾难。这场灾难不断把新的废墟堆到旧的废墟上，然后把这一切抛在他的脚下。天使不想留下来，唤醒死者，把碎片弥合起来。但一阵大风从天堂吹来；大风猛烈地吹到他的翅膀上，他再也无法把它们合拢回来。大风势不可当，推送他飞向他背朝着的未来，而他所面对着的那堵断壁残垣则拔地而起，挺立参天。这大风是我们称之为进步的力量。"② 对于雷兹尼科夫而言，犹太民族拯救的力量正是蕴藏在历史的灾难和断壁残垣当中。

雷兹尼科夫的《卡迪什》另一个视角的转变在于讲述人以"他者"身份的出现。在原祈祷文中，只有一个在场的祈祷者和一个在场的听者群，而在雷兹尼科夫的诗中讲述人以一种超然的局外人的身份在对"你们这些风中的孩子"冷静地述说。这个仿佛无所不在的局外人的声音如同画外音，神秘而不确定，时而如上帝般庄重，时而如魔鬼般咬牙切齿，时而如诗人般抒情，这个游走的局外的声音不停地变换着诗歌的视角，使诗歌中的含义变得飘忽不定，耐人寻味。这个局外人事实上是处于流散状态的犹太人的典型的文化身份特征："即使进入了却总是身处在外，审视熟悉的事物仿佛它是陌生的研究对象……"他们成为了"内部的外人"。这个局外人在塞义德的话语体系中是那个"东方"的"他者"③；在法农的理论中就是"黑皮肤"和

① ［美］W.E.佩顿：《阐释神圣：多角度的宗教研究》，第146页。
② 陈永国、马海良编：《本雅明文选》，第408页。
③ 张京媛主编：《后殖民理论与文化批评》，北京大学出版社1999年版，第22页。

"白面具"①；在拉康那里成为"大写的他者"②；在福柯那里体现为"权力的关系"③，而在霍米·巴巴那里则成为"杂交的身份"，这使得"他者""可能避开极端政治"，而将我们自己表现为他者的必然。④ 无论哪一种"他者"话语都揭示了自我主体与他人的互动关系。这种互动关系从历史的视角来看，也是历史和宗教的互动关系，同时也是诗歌和历史的动态关系。耶鲁沙利米总结得言简意赅："第一次，历史，不是一个神圣文本，变成了犹太教的仲裁者。"⑤ 具体到雷兹尼科夫就意味着，犹太历史，而不是犹太传统是他维系自己犹太文化身份和诗歌的犹太性的根基所在。对于诗人和历史的动态关系，芬克尔斯坦认为："在雷兹尼科夫诗歌中犹太历史的处理本身就是犹太历史的产物，同时，在历史意义上，作为犹太人对于他作为一名诗人是关键所在。对于雷兹尼科夫，诗歌赋予了历史以意义：正如历史变成了犹太教的仲裁者，诗歌也变成了历史的仲裁者。"⑥ 可以说，犹太历史的神圣意识和写作诗歌的神圣行动补偿了处于流散之中的犹太民族传统的缺失。

四　小结

在雷兹尼科夫的诗歌中，流散被赋予了抒情的、创造性的诗性表达；而诗人的犹太身份也在文本的阐释中，在历史叙述的动态力量中微妙地保持了平衡状态。诗人对于流散的动态理解使得他保持了犹太民族特有的思辨思维，没有一头扎进犹太复国主义的避难所，而是对于一浪高过一浪的犹太复国主义保持了谨慎的距离。这种审慎也同样要感谢犹太民族与生俱来的思辨性，这种思辨性使雷兹尼科夫冷静地、客观地分析了反犹主义的历史双刃剑："我个人的感觉是，反犹主义的效果是双重的；一种情形是你被同化了，

---

① ［法］弗朗兹·法农：《黑皮肤，白面具》，第 7 页。

② 方生：《后结构主义文论》，山东教育出版社 1999 年版，第 27 页。

③ 同上书，第 155 页。

④ Homi Bhabha, "The Other Question: Difference, Discrimination and the Discourse of Colonialism," p. 148.

⑤ Yosef Hayim Yerushalmi, *Zokhor: Jewish History and Jewish Memory*, p. 86.

⑥ Norman Finkelstein, *Not One of Them in Place: Modern Poetry and Jewish American Identity*, p. 21.

而另一种情形是你强化了人们认为是犹太主义的东西。"①在他的晚年,他更是坚信:"反犹主义可能有时会把你身上最好的东西动员出来。就我来说,我知道它加强了我的身份和我的决心。美国人经常仅仅出于歧视冲动地做得很极端——黑人就是个好例子。"② 而作为著名的犹太复国主义者玛丽·塞瑞金 (Marie Syrkin)③ 的丈夫,雷兹尼科夫却从未踏足以色列,这不能不令人产生颇多猜测。对于雷兹尼科夫与妻子对犹太复国主义的不同态度,不少采访者都曾经问过,而对此,诗人的回答淡然而简单:"无论我在这或是在亚历山大、俄国、德国——在任何地方,我都是犹太人。"④ 在雷兹尼科夫的诗歌中和其他作品中,他都很少提及复国主义的字眼,也很少直接提及复国主义的政治主张。这种缺席似乎在悄悄地提醒着我们,他对犹太复国主义的审慎的距离感。事实上,复国主义的胜利对于仍旧处于流散状态的犹太作家的创作心理是一个极大的挑战,雷兹尼科夫对于复国主义的胜利的这种复杂的心态在美国犹太作家中是有一定代表性的。犹太身份使他们应当无条件地接受复国主义,因为复国主义肯定了尘世的生活,肯定了犹太民族不仅是把神圣文本当作居所,而且还有土地,而不是流失在时间当中。然而,雷兹尼科夫没有,也不能全身心地为犹太复国主义摇旗呐喊,他给人的感觉甚至是令人困惑的左右摇摆。雷兹尼科夫在给朋友阿尔波特·莱文 (Albert Lewin) 的信中曾经提到过一件令他本人恼火,而令他的研究者着迷的例子。当他试图发表他的《黑死》("The Black Death") 一诗时,他的编辑的反应是"读过了,也接受了,但接着就犹豫了,因为有些内容看起来是反复国主义的,而特别的论点却是极其复国主义的"⑤。看来,这位编辑之所以犹豫,是因为雷兹尼科夫的政治态度不太好界定,因为他既非复国主义者,也非反复国主义者。这一点使雷兹尼科夫与同为犹太作家的卡夫卡成为勾手同盟。当谈到犹太复国主义时,卡夫卡用他那惯用的揶揄的腔调说:"这一切美妙

---

①　Reinhold Schiffer, "Charles Reznikoff and Reinhold Schiffer: The Poet in His Milieu," p. 120.

②　Ruth Rovner, "Charles Reznikoff—A Profile," p. 16.

③　玛丽·塞瑞金 (Marie Syrkin) 是著名的劳动复国主义者 (Labor Zionist) 政党创办的杂志《犹太前沿》(Jewish Frontier) 的创始人和主要撰稿人之一,她曾数次前往以色列倡导犹太复国主义运动。

④　Ruth Rovner, "Charles Reznikoff—A Profile," pp. 15—16.

⑤　Ranen Omer, "Palestine Was a Halting Place, One of Many: Diasporism in the Poetry of Charles Reznikoff," p. 158.

极了，除了对于我，而这完全在理。"① 他的言外之意是，犹太复国主义
"在理"，因为这也许会给处于流散之中的犹太人以希望，然而"他（本人）
不属于这个真理"。究其原因，莫里斯·布朗肖的解释颇有道理："他必须
是一个反犹太复国主义者，……他已属于彼岸，他的迁移并不是向着迦南靠
近，而是走向荒漠，走向荒漠的真理"，"……就在荒漠中游荡，而正是这
种境况使他的斗争感动人，使他的希望变为绝望，……他必须不停息地抗争
以使这外部变成另一个世界，以使这个谬误成为新的自由的原则和本源"②。
布朗肖的这段话是在解读卡夫卡的世界，而对于雷兹尼科夫也同样适用。因
为这两位来自犹太民族的天才作家均身在"别处"，他们清醒地知道，他们
无以为家，或者至少意识到他们的写作使得他们熟悉的事物变得陌生了。他
们清醒他们的精神上的无家可归是任何形式的政治干涉都无法征服的自由之
域，是他们构建飞散的诗意家园的唯一可行的写作策略。

---

① 转引自［法］莫里斯·布朗肖《文学空间》，第 56 页。
② ［法］莫里斯·布朗肖：《文学空间》，第 55—56 页。

第二十一章

新历史主义语境下破解"A"之谜

　　路易斯·朱可夫斯基（Louis Zukofsky，1904—1978）是俄裔犹太移民，在 20 世纪前半叶，这样的族裔身份不能不说依旧处于边缘地带。然而，他的名字却似乎总是与处于诗学争论的中心和焦点的各种先锋的意识形态以及实验性诗歌流派相伴相生，如影随形。从庞德的现代派诗学到客体诗学（the Objectivist Poetics）再到语言诗，朱可夫斯基实现了从现代派的学徒到实验性、先锋性诗歌大师的嬗变，并最终成为生长在"美国诗歌之树最高的枝桠上的果实"[①]。

　　从 1960 年朱可夫斯基的第一部重要诗集《我的（读成"眼睛"）》（*I's pronounced eyes*）问世，他就如同一只冷眼看世界的"眼睛"悄然地审视着这个繁复的世界，在纽约一隅，在诗歌的丰富联想中构建起了一个包罗万象的诗学王国。在他的诗学王国中，诗歌语言的功能被发挥到了极致，被赋予了从未曾有过的音乐性和物质性，语言和现实之间也随之呈现出辩证的动态性。语言的动态游戏加之繁杂的诗歌主题使得朱可夫斯基和他的诗歌，尤其是他的长诗《A》，成为一部"有字的天书"，困惑着诗歌评论家和诗坛的后继者们；但同时又仿佛一座绝顶，呼唤着并挑战着人们的阅读极限。评论家大卫·帕金斯（David Perkins）对于包括乔伊斯、纳博科夫以及朱可夫斯基在内的现代派作品的阅读心理颇有代表性：

　　　　在我们通常认为写得比较平淡或者晦涩的地方，我们就会暂停我们

[①]　Maggie Smith, "Words Burst forth with American Verse," p. 1.

的判断。不管有多么牵强,我们都往往认为,那背后一定有某种意图、某种理论。而假如我们了解了这个意图,那么我们就会认为这一段写得更好。否则,我们就一定错过了其中的某种意思。面对这种特别难以理解,需要特别细读的文本,我们不会轻易地把它当作平淡无奇的创作。①

这种建立在小心翼翼、游移不定心理上的阅读倾向在一定程度上使朱可夫斯基和他的诗歌神秘化了,并在一定程度上妨碍了对其诗歌开放式的赏析和解读。而诗人本人的缄默更是推动了使其成为远离尘世的尤利西斯式的人物的神秘化倾向,他的诗歌也自然被标榜为如乔伊斯的《芬尼根的守灵夜》(*Finnegans Wake*) 一样的隐喻的天书和密码。这种观点在诗人妻子西莉亚·朱可夫斯基 (Celia Zukofsky) 的谈话中可以得到清晰的印证:"路易斯向来认为,我也这么想,一位艺术家始终是一位预言者。他将写下一些似乎是很难,甚至无法读懂的东西。可是,20 年之后,这些东西就变得不那么难,或者不是不可理解的东西了。"②

成为"预言者"的志向不知是诗人之幸还是不幸,与所处时代的错位使得朱可夫斯基在有生之年几乎没有体尝到作为成功的诗人所带来的声望,这倒是的确与诸如麦尔维尔或是惠特曼等文学大家分享了相似的悲壮命运。如果说朱可夫斯基的诗歌是天书的话,那么他呕心沥血,历时半个世纪创作完成的长诗《A》就可称得上是密码了。天书只需要巧读,而密码则需要破译。评论家和诗歌研究者为了破译这部密码进行了诸多尝试:巴里·亚和恩 (Barry Ahearn) 的专著《朱可夫斯基的〈A〉导论》(*Zukofsky's "A": An Introduction*, 1983);桑德拉·斯坦利 (Sandra Kumamoto Stanley) 的《路易斯·朱可夫斯基与现代美国诗学变革》(*Louis Zukofsky and the Transformation of a Modern American Poetics*, 1994) 等都是成果颇丰的尝试。然而,随着对朱可夫斯基研究的不断深入,人们不得不惊讶地面对一个现实,那就是他和他的诗歌如同一个具有再生能力的语义的密码链条,破解了其中的一个环节,就将不得不面对另一些更为复杂的环节,仿佛从来没有穷尽,难道这部

① David Perkins, *A History of Modern Poetry*: *Modernism and After*, p. 320.
② Barry Ahearn, "Two Conversations with Celia Zukofsky," p. 118.

被休·肯纳（Hugh Kenner）预言为"在22世纪依然能起阐释作用"的鸿篇巨制真的如某些世界之谜一样要到百年之后才能解码吗？①

朱可夫斯基的确是一位恼人的诗人，而他的系列长诗《A》也同样是一部恼人的作品。在这部似乎包罗万象，如百科全书的史诗性作品中，朱可夫斯基"舍长调儿取和音，去普遍而求具体，远宏大而近琐碎"，"以其复杂的细节、对急风暴雨似的断言和含混暧昧的抽象的悖反而著称"②。朱可夫斯基的这些诗学特征似乎已经在评论界达成了共识。伯顿·哈特兰（Burton Hatlen）对朱可夫斯基诗歌的评论也用到了"不定指、断裂和不完整"等字眼。③ 然而，当人们似乎解释了一个一个语言和文体特征的同时，却不得不尴尬地自问，这些语言和文体特征形成的原因何在，这些特征又在多大程度上有助于破解朱可夫斯基的"A"之谜呢？

朱可夫斯基的恼人之处还在于他所创造的诗歌文本似乎刻意地与任何流派或主义都保持了审慎的距离。在20世纪末，当《A》的经典地位逐渐确立之时，人们又不得不尴尬地在其归属问题上争执不下：一部分评论家和读者认为这部诗作是由庞德和艾略特所开创的现代派诗学的完美呈现，是现代派诗歌的顶峰之作；而另一部分人则坚信这部诗作是后现代美学的开山之作。还有一些人折中地认为："［这部诗作］看起来既赋予了从现代到后现代过渡的灵感又树立了这种过渡的模式。"④ 界定该诗的文学归属将不可避免地涉及其在文学史上的划归，因此探究其现代性、后现代性特征将是不可规避的问题。而这一界定也将有助于为诗人在文学史上地位的确定提供一定的依据。然而，这一问题的界定最重要的意义还在于，现代和后现代文本将意味着文本解读策略的不同，用苏珊·桑塔格的话说就是后现代文本"拒绝阐释"，我们可以体验后现代文本，却要放弃徒劳的诠释。

朱可夫斯基另一个恼人之处在于他的文化身份的确定问题。这同样是一个无法回避的问题，然而在这个问题上人们似乎奇妙地轻而易举地达成了共

---

① 转引自 Louis Zukofsky，"A"，1993，封底。文中引用"A"中诗歌均出自1978年版本。

② Charles Bernstein，"Louis Zukofsky: An Introduction，" p. 114.

③ Burton Hatlen，"From Modernism to Postmodernism: Zukofsky's A—12，" p. 214.

④ Mark Scroggins，*Zukofsky and the Poetry of Knowledge*，p. 9.

识。朱可夫斯基是俄罗斯裔犹太移民的后裔,然而,评论家和研究者却几乎异口同声地认为"朱可夫斯基是天生的美国人"①。他可以自然地用英语写作,而不是希伯来语或是意第绪语,正如诺曼·芬克尔斯坦(Norman Finkelstein)所言:"朱可夫斯基,与在欧洲出生的内省派诗人不同,不但仰慕英美现代主义者,而且感觉足够安全,信心百倍地足够美国,用他们——和他自己的——语言写作。"②放弃了意第绪语而用英语写作,在不少评论家看来意味着"他已经投身于保存并发展那种诗学传统,一种从本质上说对犹太人充满仇视的传统"③。这段话不是空穴来风,是有针对性的。因为在诗学的亲缘关系中,朱可夫斯基义无反顾地向庞德和他的现代派诗学致敬,并成为了庞德的"宠儿"。这种关系成为不少评论家诟病的由头。芬克尔斯坦就曾不客气地指出:"作为庞德的宠儿,朱可夫斯基在宗教信仰上改弦更张","对他来说,与新鲜的现代主义者的信仰相比,犹太教毫无意义"④。即使是与同样用英语写作,同为客体派阵营的雷兹尼科夫与乔治·奥本相比,朱可夫斯基似乎也是最彻底地摒弃了犹太身份和犹太传统的诗人。然而,事实果真如此吗?

　　一个是一直困扰着研究者们的问题,一个是让他们在轻易达成的共识中窃喜的答案,却同样对解读"A"这部密码起着至关重要的作用。而破译这部密码的每一个努力又将检验答案的正确与否并将为悬而未决的问题提供一个或若干个可能的备选答案。事实上,文化身份和文学归属,诗歌创作和公众的接受,传统与反叛等富有辩证和对立的词句及观念构成了处于先锋和实验诗歌风口浪尖上的诗人创作的不稳定的地面。在这不时颤动的地面立足未稳的诗人试图建立稳固的诗学王国的努力简直就是天方夜谭,从这个角度来讲,任何试图从美学特征和意识形态等范式和模式来界定朱可夫斯基的长诗都注定是徒劳的。那么,到底什么是破解这部密码一样的诗歌作品的"密钥"呢?对密码学有些常识的人都知道,加密和解密要用通信双方约定的方

---

① Harold Schimmel, "Zuk, Yehoash David Rex," pp. 235—245.

② Norman Finkelstein, *Not One of Them in Place*, p. 40.

③ John Tomas, "Portrait of the Artist as a Young Jew: Zukofsky's Poem beginning 'The' in Context," p. 64.

④ Norman Finkelstein, *Not One of Them in Place*, p. 43.

法，这一方法就称为密钥。使用同一个密钥可将密文唯一地译成明文。密码的关键就在于通信双方约定密钥而不被外界所知。看来，破译密码的关键就是密钥。在这部密码诗作中，如果朱可夫斯基是编写密码的一方，那么读者就是破解密码的一方了，那么什么又是双方约定的密钥呢？诗人已逝，我们又到何处寻觅这把神秘的密钥呢？

密码的破解只能存在于读者的阅读之中，而朱可夫斯基对读者与他的诗歌之间的这对矛盾的看法也间接地支持了这一点。诚然，朱可夫斯基以其诗歌的复杂性对读者提出了很高的要求，① 但同时也赋予了读者更多再创造的自由和权利。他认为，"读者的参与是建构诗歌、激活诗歌的一部分"②，因为他的读者在阅读诗歌的过程中，"成了诗歌生命活力的主人"③。朱可夫斯基告诉他的读者们，"就读这些词语"④。他的言外之意就是，无论我们寻求何种外在的语境，最终还是要回到文本本身。这似乎在暗示我们他的密钥就隐匿在他的诗歌那细密的文字场中。朱可夫斯基不止一次以各种方式告诉他的读者"人们不可能交流任何东西，只有具体的事物——历史和现在的——事物，人如同一切事物，他们的毛细血管和血管正在或是已经与事物和偶然事物连接在一起了"⑤。这似乎在进一步暗示我们，他的密钥隐藏在那些诸如"the"或是"a"等看起来无足轻重的词语所产生的"催生意义的各种能量"与细碎的具体事物之间的能动的关系之中。⑥ 这种暗示还可以在下面一段话中得到印证。当谈到他的诗歌创作理念时，他阐释了他心目中"客观上完美的"诗歌的标准：

预示着一种非常复杂的有关历史的和当代的具体事物的发展趋势——一种能够顺置一切的愿望——使一切事物都恰如其分地、十分完美地属

---

① 此观点参见 Charles Bernstein, "Louis Zukofsky, An Introduction," p. 114。
② 桑翠林：《路易·祖科夫斯基的客体派诗歌观》，《当代外国文学》2009 年第 3 期，第 114 页。
③ 转引自桑翠林《路易·祖科夫斯基的客体派诗歌观》，第 114 页。
④ 转引自 Sandra Kumamoto Stanley, *Louis Zukofsky and the Transformation of a Modern American Poetics*, p. 21。
⑤ Louis Zukofsky, *Prepositions：The Collected Critical Essays of Louis Zukofsky*, p. 16。
⑥ Ibid.

于某个语境———一首诗歌……一种寻找一个包罗万象的客体的愿望。①

这段话中包含着两个悖论：一个悖论是，一方面朱可夫斯基理想中的诗歌应该是宏观的、"顺置一切愿望的"，另一方面又是"包罗万象的"，和"具体事物"完美结合的；另一个悖论是，一方面他的完美诗歌是"历史的"，另一方面又是"当代的"。这两对矛盾当然并非不可调和，然而也一定是相当难以驾驭的。看来这个恢宏的诗歌理想和抱负以及充满抒情气质的诗学理念将是引领着诗人在漫长的诗歌创作生涯一路走来的关键所在。那么，这会不会就是那把神秘的密钥呢？破解密码从来都是一连串的大胆假设，并将随着一个又一个的假设的否定而走向拨云见日的终点。那么，我们不妨在此做一个大胆的假设，与冥冥之中的朱可夫斯基做一个跨越时空和前世今生的假设的约定。

一 "密集的细节"编制的密码

"密集的细节"是庞德的说法，考虑到庞德与朱可夫斯基之间常被评论家们当作笑谈的"父与子"的关系，我们有理由来借用一下这位权威"父亲"的观点审视朱可夫斯基的诗歌创作，以真正编织出一张两位诗人之间的谱系之网。"密集的细节"是庞德于 1911 年在《我收集了俄赛里斯的肋骨》（"I Gather the Limbs of Osiris"）一文中首先提出的，实际上是借用了古埃及神话中关于古埃及王俄赛里斯（Osiris）和他的妻子/妹妹伊希斯（Isis）的传说。俄赛里斯的兄弟塞特杀害了俄赛里斯，并把他撕成 13 块碎片，分散在整个埃及。伊希斯走遍了千山万水设法找回俄赛里斯被撕成碎块的尸体。这个古老的传说使庞德看到了他的诗学研究的新方法：

> 我的意思只是，一种非惯例的方法，一种还没有被清楚或是有意识地系统表述的方法，一种从学术研究伊始就已经断断续续地被所有的优秀的学者使用过的方法，明晰的细节的方法，一种与当下盛行的模式最

---

① Louis Zukofsky, An "Objectivists" Anthology, p. 15.

强烈敌对的方式——也就是，密集的细节的方法，对昔日的方式，情感和概括的方式。后者太不精确，前者太笨拙以至于对于希望心智活跃地生活的正常人没有多大用。①

考虑到这段话与伊希斯搜寻丈夫的尸骨的古埃及神话传说的互文关系，庞德"密集的细节"的诗学研究和创作方法强调的是像伊希斯一样在千辛万苦的寻寻觅觅中把支离破碎的尸骨拼接在一处，并在爱的魔法下使蒙冤屈死的灵魂得到重生，而这正是庞德对密集的细节如此青睐的原因所在。诗歌文本在密集的细节中以各种方式建构起来，并使原本看似毫无意义的细枝末节催生出一个又一个谜一样意义。

庞德的"密集的细节"的诗学研究方法并没有如他的诗歌一样引起评论界的关注，这与该方法缺乏系统性不无关系。然而，有趣的是，文学天生的互文性却注定会让一切被历史掩埋的蛛丝马迹重现天日。半个多世纪之后，"密集的细节"的理念在美国加州大学伯克利分校教授斯蒂芬·格林布拉特（Stephen Greenblatt）的"新历史主义"理论中得到了充分而系统的阐释。在新历史主义批评家看来，历史文本的运作方式就是"编织情节"，即从时间顺序表中抽取出事实，然后把它们作为特殊的情节结构而进行编码，这种编织情节的方式与文学话语的虚构方式几乎一模一样。新历史主义批评者更加关注那些历史学家不屑关注或者难以发现的历史细节，比如奇谈逸事，奇异事件等，并深入官方历史的下面，纵深开掘、探究和阐释，进而建构出各种复数的小写历史。盛宁先生曾将新历史主义的典型批评实践概括为："批评家首先从历史典籍中寻找到某一被人忽略的轶事或看法，然后将这一轶事或看法与待读解的文学文本并置，看它对这部为人所熟知的作品提供了怎样的新意。"② 从以上的论述不难看出，庞德的"密集的细节"与新历史主义理念的互文性亲缘关系。③ 从这个层面来看，把与庞德有着文学亲缘关系的朱可夫斯基的诗歌纳入新历史主义这个文学亲缘之网将是一个令人

① Ezra Pound, *Selected Prose, 1909—1965*, p. 21.
② 盛宁：《二十世纪美国文论》，北京大学出版社1994年版，第265页。
③ See Yunte Huang, "Was Ezra Pound a New Historicist? Poetry and Poetics in the Age of Globalization," pp. 28—44.

期待的尝试。那么，新历史主义的视角和实践是否就是破译《A》这部密码的密钥呢?

如果说《A》是部密码，那还真是部大部头的密码。这部系列长诗长达800页左右，分24乐章，若干个乐章构成一个单行本的诗集。这部系列诗的素材、主题和形式多元、庞杂:有些取材于普通人的日常生活;有些取材于诗人自传性家庭生活，其间有着丝丝缕缕的文学和哲学的思考，如条条丝线穿梭其间;还有或明或暗的政治和美学的观念和主张。[1] 朱可夫斯基从1927年开始构思并着手创作该诗，到1978年该诗的全集才正式出版，历时整整50年。这半个世纪不但见证了诗人个人生活和诗歌创作的富有戏剧性的变化历程，也见证了历史的血雨腥风和世界令人炫目的发展和变化，而这一切都将成为诗人呈现在诗歌中的"客体"。

不可否认，《A》首先是诗人实践其诗学实验的试验田，是诗人试图在"话语"和"音乐"的张力中挖掘英语诗歌美妙的声音效果的一个实验品。在《A—12》中，诗人曾迫不及待地告知读者:

> I'll tell you.
> About my *poetics*—
>   music
>   ∫
>   speech
>   An integral
>   Lower limit speech
>   Upper limit music[2]

译文如下:

我要告诉你。

关于我的诗学——

音乐

---

[1]　See Charles Bernstein, "Louis Zukofsky, An Introduction," p. 118.

[2]　Louis Zukofsky, "*A*", 1978, p. 138.

```
∫
话语
一个有机的
底线话语
上限音乐
```

　　短短的一段诗行浓缩了朱可夫斯基先锋实验诗学的宗旨和实践。他的宗旨就是创造出"音乐"和"话语"有机结合的诗歌，而他的诗歌实践则是语言符号、音乐符号、声音、形式等因素对诗歌文本的有机干扰。在这种理念和诗歌实践催生出的是一个指称不确定、语义模糊、句法支离破碎的、语言的准确含义似乎近在咫尺又仿佛远在天涯的诗歌文本。这样的诗歌需要读者的体验，而不是解读，换言之，从诗歌形式层面上来看，朱可夫斯基的诗歌无须解读，也无法解读。这就是众多的对其诗歌解读的尝试给人的感觉永远是隔靴搔痒。那么，我们真的对朱可夫斯基和他那如密码般神秘的《A》束手无策吗？其实任何密码都是可以破解的，关键是我们是否能够手握密钥。那么，《A》到底有没有密钥呢？如果有又是什么呢？

　　细读《A》，我们不难发现尽管长诗似乎"包罗万象"、主题庞杂、结构松散，但透过这层厚重的外壳，诗歌的肌理却出人意料的清晰——诗人的自传性素材不时闪烁其间，并贯穿了长诗的始终。似乎诗人要把他的个人生活的点点滴滴都融入这首长诗当中，使诗歌成为他的生活和生命的记载，同时也使他的生活在这一过程中被诗化。在这一点上，朱可夫斯基与美国自白派诗人罗伯特·洛威尔倒是有几分相似之处。洛威尔曾经说过，"把我的诗歌穿起来的线是我的自传"。[1]"毫无遮掩的披露个人的痛苦经历"成为洛威尔诗歌的重要写作策略，他的隐私、欲望、家族史都被或真或假地编织进他的诗歌当中。洛威尔的姨妈、舅舅、父母等都在他的诗歌中占有了一席之地，并在诗人的"叙述的双重意识"的策略下，成为诗人创作一部自传的神话的素材。"萨拉姨妈/像凤凰一样升起/从她床上杂乱的零食和陶茨尼兹的名

---

① Steven G. Axelrod. *Robert Lowell：Life and Art*, p. 4.

著中"[1] 的诗句以及描写萨拉姨妈歇斯底里地敲打无声的钢琴的情景,就既融入了诗人的同情,又体现了诗人无情的嘲讽。在《从拉帕罗航行回家》中,洛威尔的父母也未能幸免。如当诗人了解到母亲辞世时的情形时,泪顺着他的面颊流了下来,但眼泪并没有妨碍他注意到即使是成了一具尸体的母亲也依然坚持着自己的特权:"妈妈在头等货舱中旅行。"[2] 朱可夫斯基对个人生活细节的青睐较洛威尔有过之而无不及。唐·白瑞特(Don Byrd)在研究《A》艰涩的原因时指出:朱可夫斯基作品的激进特点源于他拒绝遵循隐私的通常规范。这一规范产生于一种信息发送者和接收者之间,信息生产者和消费者之间交流的行为。[3] 应该说,唐·白瑞特的这个说法基本准确,《A》中的确细密地编织着诸多诗人鲜为人知的生活细节。但也应注意到,有些时候,这些自传性的生活细节是显性的,仿佛诗人的日记一样呈现在读者面前,日期明确,事件清楚。比如,诗歌的开篇就是这样的一段显性自传性文字:

> 一
> 曲小提琴演奏的巴赫的音乐。
> 来,女儿们。为我分担些苦痛——
> 赤裸的双臂,身穿黑色礼服。
> ……
> 在卡内基教堂演奏
> 1928 年,
> 星期四晚上,4 月 5 日。
> 汽车停着,喇叭鸣叫。[4]

诗歌描写了诗人在卡内基教堂观看乐队演奏巴赫《圣马太受难曲》的场景,时间、地点、人物、事件交代得清清楚楚,读着这样的诗行,好像在

---

① Robert Lowell, *Life Studies*, p. 71.
② Ibid. , p. 79.
③ Don Byrd, *The Poetics of the Common Knowledge*, p. 241.
④ Louis Zukofsky, *"A"*, 1978, p. 1.

翻看诗人当天写的日记，身临其境。不过，有时，读者不得不预先对诗人的个人生活、经历和思想等方方面面，尤其是对诗人写作当时的社会文化生活背景有一定程度的了解，才能探知诗歌的真正含义。唐·白瑞特指的应该就是诗歌中的这种情形。例如，《A—23》的最后一行是"z-sited path are but us"①。出现在读者面前的是一个熟悉的语义环境，并没有什么令人费解之处，然而这些看似熟悉的语义却无法合成为一个有意义的语义场。对于这种现象，新西兰诗人，朱可夫斯基研究专家米歇尔·莱格特（Michele Leggott）在对朱可夫斯基的手稿、日志、传记等材料进行了大量研究的基础上指出，解读这句诗含义的关键是一个人，那就是诗人的儿子保罗·朱可夫斯基（Paul Zukofsky）。保罗曾经住在纽约的阿尔布特斯街（Arbutus Path），了解了这一点，诗歌中的"z-sited path"才具有了明确的含义，那就是"保罗居住的阿尔布特斯街"。这里诗人把"Arbutus"改写成了"are but us"。对于这一改写通常的解释是，这是朱可夫斯基语言解放的例证，即他将语言切分成越来越小的单位，使得自由体的段落切分成为句子，句子再进行切分，直至成为感觉的组合，这些组合再被切分成为独立的音节和因素。② 然而，此种解读只是停留在诗人对语言的真实性的操演上，并未能触及到诗歌的含义。从本质上说，是一种本末倒置的做法。事实上，"are but us"也只有还原在"父亲—儿子—母亲"的家庭关系中才呈现出明确的含义，那就是，保罗，作为路易斯和西莉亚的儿子是两个人爱的结晶，是两个人的"总和"。

　　长诗中这种自传性的生活化的细节比比皆是，不胜枚举，与洛威尔的自白体诗歌一样构成了长诗的一条主线，仿佛把诗人的前世和今生都纳入了诗歌的领地。然而，在洛威尔的自白体诗歌中，自传性的素材与文本的关系是内指的，是往事的经验和经历幻化成他关于自己是谁的传说。洛威尔的这种自传性叙述是"他在新的环境下对自身价值的重新思索和对自我的重新建构"③。那么，朱可夫斯基诗歌中的这些自传性因素又所向何处呢？《A—3》

---

① Louis Zukofsky, "A", 1978, p. 563.

② Tim Woods, *The Poetics of the Limit: Ethics and Politics in Modern and Contemporary American Poetry*, p. 211.

③ 王卓：《自传的神话》，《四川外语学院学报》2005年第4期，第45页。

的开篇就是一个典型的朱可夫斯基的诗歌文本:

　　黄昏，凉气阵阵
　　　　　　你的死亡之口歌唱着，

　　　　　　　里基，
一辆辆汽车飞驰
穿过教堂的墓地，

计数器停了。
睡着了，

煤气灶打开着
下面是个枕头。

那只猫咪，爪子蜷缩
在她的座位上，丝绒的

猫咪——

"谁闻到了煤气味?"
　　　　　"——我该躺下了。"

"别跑过桥去，"
里基——
"别过桥，午夜后不能过桥!"

"——上帝给女人的礼物!"

记忆中

一个小男孩，

天正下着雨，

里基

狮心王。①

　　这首诗看起来是写给一位叫做里基的人的挽歌。可是谁是里基？名人录里无从考证；他发生了什么不幸？诗歌也没有给我们答案。正如白瑞特所言，朱可夫斯基遵循隐私的基本常规，尽管如数字密码一样的细节一阵风一样涌进了诗歌文本这个狭小的空间，但是显然这些细节并不是用来传递人们所期待的一首挽歌所应该传递的信息的。换言之，这些纷繁复杂的细节并非指向文本内部，也并非指向一个确定的文本含义。情况可能恰恰相反，这些细节纵横交错，编织的是一张语义不断延展，不断向外探出触角，充满张力的语言之网。这正应了查尔斯·伯恩斯坦所言，客体派诗歌是一种"转折的物体"，是"通过我们与它的联系获取含义的物体"②。

二　历史的碎片编制的密码

　　作为庞德现代派诗学的追随者和客体派诗学的倡导者，朱可夫斯基的诗歌创作遵循着庞德—客体派诗学的核心原则——"凝缩"（condensation）。③不过，在庞德和朱可夫斯基的诗歌创作中，常常发生的情况与其说是凝缩不如说是片断化，其结果是原始的材料被解体成为片断，并被用来铺设成为一个多少有点抽象的马赛克图画。这种碎片化的诗学实践与被戏称为"理论碎片的拼贴"的新历史主义的思维和理念从骨子里有着一种亲缘关系。肯特·约翰森（Kent Johnson）在写于1996的论文《一部碎形音乐：对朱可夫斯基的〈花〉的注释》（"A Fractal Music: Some Notes on Zukofsky's *Flowers*"）中

---

① Louis Zukofsky, "*A*", 1978, pp. 9—10.

② Charles Berstein, "Louis Zukofsky, An Introduction," p. 116.

③ 庞德用的是"condensare"，朱可夫斯基用的是"this condensery"。

曾经形象地把朱可夫斯基的诗歌比作"多方向连接的向量的网格"①。这种说法形象地说明了朱可夫斯基诗歌"投射"的能量，以及其诗歌文本碎片化却终有所指的有机性。这种诗学实践与新历史主义的批评实践简直是不谋而合。新历史主义认为，文本是模糊的历史残片，文本阐释就是要以"知识考古学"的方式，通过挖掘某些边缘性的"其他文本"，以使湮没无闻的意义清晰起来，并重构为整体。细读朱可夫斯基的诗歌文本，我们会惊讶地发现，朱可夫斯基的诗歌写作的过程同时也是一个新历史主义者的文本阐释的过程，只不过朱可夫斯基选定的文本是历史这个大文本。在他的诗歌中，当代的话语大面积地侵入在传统观念中属于过去的历史，从而消解了今天与昨天的时间间距，使过去与当下的话语处于一个共同的话语空间之中，从而使遥远、神秘的历史统统"凝缩"进了今日的文本。朱可夫斯基通过诗歌文本重构了一段共时的历史，使历史的文本性特征鲜明地展示出来。同时，又通过一系列时间坐标的设置而使文本不断指向历史，显示出文本的历史性。这也是客体派诗歌的共同特点。它们强调的是"确定的时间"以及"历史的条件性"②。《A》就是这样一部指向当代的历史对话：

> 这个韵律！其余都是装饰音：
> 我的一个声部。我其他声部：是
> 物镜——把物体聚焦于一点，
> 物镜——自然造物主——渴望
> 客观上完美之物，
> 不可逆转地指向历史
> 和当下的个体。③

　　在这里，朱可夫斯基明确地指出了《A》中三个核心因素："历史"、"当下"、"个体"，是"历史为基点的个体的汇集"④ 而这三个因素也恰恰

---

①　Kent Johnson, "A Fractal Music：Some Notes on Zukofsky's *Flowers*," p. 269..

②　Christopher Beach, 20*th* *Century American Poetry*, p. 109.

③　Louis Zukofsky, "*A*", 1978, p. 24.

④　Charles Bernstein, "Louis Zukofsky：An Introduction," p. 120.

是令新历史主义者魂牵梦萦的症结所在。《A》中往往短短的几句诗行却能实现令许多诗人神往的跨越时空和文本的对话。比如,《A—14》中这短短三句:

Each disenchanted Nazi

Acted Polonius or

Wiggle& Failum[①]

译文如下:

每个解除了魔力的纳粹

扮演着波隆尼兹或者

调整 & 故障

这段诗行直指 20 世纪 60 年代的纳粹战犯审判,在当时的历史语境中这是牢牢占据着报纸头版头条位置的新闻热点。而这一指向当下的热点事件与莎翁笔下的弄臣波隆尼兹的并置看起来有些突兀,但却蕴藏着深刻的含义。作为奥菲利亚的父亲和朝廷的弄臣,波隆尼兹在《哈姆雷特》中绝对是一个举足轻重的人物,同时也是一个性格特点鲜明的角色,他喜欢夸夸其谈,自认为足智多谋,却属于"反误了卿卿性命"的人物,稀里糊涂地成了替死鬼。这与在纳粹审判过程中揭示出来的人性特点和命运是共通的。"Wiggle& Failum"是诗人杜撰出来的公司或是百货的名字,类似于这样的名字在经济生活已经十分丰富的 60 年代的美国是很普遍的,这是否暗示着诗人对罪恶的深层的、历史的认识呢?人类的罪恶是"原生的",是社会发展和历史上升的必然产物,从某种意义上讲,也是社会调整的方式之一。看来诗人把他虚构的公司的名字命名为"调整 & 故障"是用心良苦的。

莎翁是新历史主义者情有独钟的作家,格林布拉特的《莎士比亚的协商》(Shakespearian Negotiation)、耶鲁大学的弗格荪(Margaret W. Ferguson)等人编写的《重写文艺复兴》(Rewriting the Renaissance: The Discourses of Sexual Difference in Early Modern Europe)等著作都以莎翁经典戏剧作为新

---

① Louis Zukofsky, "A", 1978, p. 345.

历史主义研究的典型文本，前者更是成为新历史主义研究的经典范例。有趣的是，朱可夫斯基对莎翁也青睐有加，《A》中有多处典故直接来自莎翁戏剧。除了前文提到的《哈姆雷特》，《奥赛罗》也被编织进诗歌文本之中：

> with noble prize
> address I would
> be Iago too[①]
> 译文如下：
> 随着高尚的获奖
> 演说我也将
> 成为伊阿古

　　"高尚的获奖"会令很多人如坠云里雾里。但如果是熟悉朱可夫斯基惯用的语言游戏的读者来说，这个小玄机还是不难破解的。这里的"noble prize"是"音节替代"双关构成的词语的变异，指的就是"Nobel Prize"。这段诗行将"诺贝尔演说"与莎翁笔下最臭名昭著的人物"伊阿古"并置在共同的文本结构和语义环境之中，然而对于没有注意到1964年诺贝尔文学奖授予过程中出现的一个小插曲的读者，这段诗行的含义根本无从谈起。1964年，"由于他那具有丰富的思想、自由的气息以及对真理充满探索精神的著作，已对我们的时代产生了深远的影响"，瑞典文学院授予萨特诺贝尔文学奖，不料竟遭萨特拒绝。同时萨特还公开发表了一项声明：

　　如果我接受了，那我就顺从了我所谓"客观上的回收"。我在《费加罗文学报》上看到一篇文章，说人们"并不计较我那政治上有争议的过去"。我知道这篇文章并不代表科学院的意见，但它却清楚地表明，一旦我接受该奖，右派方面会作出何种解释。我一直认为这一"政治上有争议的过去"是有充分理由的，尽管我时刻准备在我的同伴中间承认我以前的某些错误。

---

① Louis Zukofsky, "A", 1978, p. 345.

　　我的意思并不是说，诺贝尔奖是一项"资产阶级的"奖金，这正是我所熟悉的那些阶层必然会作出的资产阶级的解释。[①]

　　萨特拒绝诺贝尔文学奖的理由在 1974 年波伏娃所作的一次访谈中有充分的说明："按一种等级制度的次序来安排文学的整个观念是一种反对文学的思想。另一方面，它又完全适合于想把一切都变成自己体系一部分的资产阶级社会。等级制度毁灭人们的个人价值。超出或低于这种个人价值都是荒谬的。这是我拒绝诺贝尔奖的原因……"[②] 萨特的这一举动在社会上引起轩然大波，众多媒体认为他哗众取宠、居心叵测，其心思缜密、狡黠的程度足以和伊阿古媲美。例如，《泰晤士报》就这样评论道："萨特先生的表演可能是个悖论，资产阶级的根深蒂固的对手，接受一项来自'自由王子'的奖项。但是到目前为止，难道不主要是一个资产阶级的公众确认了他的成功吗？"朱可夫斯基诗行中"我"的介入，鲜明地表明了诗人对此的态度，如果此事件的主角换成他，他愿意做出和萨特相同的决定。

　　从以上两段诗行不难发现，《A》密布着历史、政治、文学的丝丝蛛网，并由诗人个人的伦理选择编织在一起。加密处理的典故之域表明了一种结合了经济、历史、文化、语言、文学的世界观：

Mine tipples, dynamite's

In Hazard, Kentucky

Which speaks Chaucer[③]

译文如下：

煤矿翻斗车，炸药

在赫哲，肯塔基州

讲的是乔叟

---

① ［法］萨特：《词语》，北京三联书店 1989 年版，第 318 页。
② ［法］西蒙娜·德·波伏娃：《萨特传》，百花洲文艺出版社 1996 年版，第 293 页。
③ Louis Zukofsky, "A", 1978, p. 346.

　　赫哲位于东肯塔基的佩里郡，这可是令诗人魂牵梦萦之地，因为诗人曾经在赫哲社区大学生活工作过相当长的一段时间。这个贫穷的矿区对于诗人来说，不是一个简单的地理概念，而是庞德所言的"地域"（periplum），① 是人类学家克利福德·格尔茨（Clifford Geertz）所说的"地方知识"②。这个真实的美国矿区如威廉斯的"佩特森"或者是奥尔森的"格罗斯特"一样成为诗人真实的生活和想象的空间的交汇之地。在20世纪60年代的美国，有不少以采矿为生，苦苦支撑生活的贫困人群，随着矿产的越来越贫瘠，人们的生活也日益窘迫。肯塔基的赫哲地区就是一个真实的缩影，而这一现象也引起了媒体的关注。查看当时美国的期刊报纸，这样的报道和照片比比皆是。例如，1963年10月20日的纽约《时代周刊》，记者荷马·比格特（Homer Bigart）在一篇报道中写道："蓝草谷，位于肯塔基的赫哲附近，是原来蓝草矿的一个矿坑。曾经有一个物资供应点，一所学校和一个教堂，可现在剩下的只是柏油纸屋顶的棚屋。"③ "煤矿翻斗车"和"炸药"只有在这样的历史语境中才呈现出厚重的社会意义。"讲的是乔叟"一句更是只有深入了解肯塔基的方言土语的人才能写出的绝妙诗句。乔叟对世界文学的贡献绝不仅仅是他的《坎特伯雷故事集》，还在于他对中世纪英语起到的规范和推广的作用。然而经历了时代的变迁，现代英语已经与中世纪英语在发音、词义、句法等层面都迥然不同了。有趣的是，中世纪英语双元音的发音，比如在"daisy"，"lake"等词中的发音居然与东肯塔基方言的发音十分相像。④ 朱可夫斯基在肯塔基生活期间敏锐地注意到了这一有趣的语言现象，并为跨越了历史时空的古老语言在民间的遗存而感到欣喜。与乔叟的互文建构呈现在我们面前的是肯塔基乡村的朴素的民风和质朴的人性。这如同是对刚刚由"煤矿翻斗车，炸药"描绘出的场景的小小的颠覆，并使诗人力图藏而不露的同情之心隐约可见。

　　朱可夫斯基对肯塔基的"地方知识"还远不止如此。他在《A—18》

---

　　① Ezra Pound, *The Cantos*, p. 466.
　　② ［美］克利福德·格尔茨：《地方性知识》，王海龙等译，中央编译出版社2000年版。
　　③ Homer Bigart, "Kentucky Miners: A Grim Winter," *New York Times*, 20 October, 1963.
　　④ 参阅 Norman Davis, et al, *A Chaucer Glossary*, p. viii.

中再次提到了肯塔基：

> 谁提到了祈祷者的布道
>
> 他该写下来，太
>
> 懒惰了无法停下来。花 20 分钟削一只
>
> 木楔子，一张大椅子要 30 到 90 个
>
> 木楔子，没有钉子除非客人要求
>
> 从开始伐树做摇椅
>
> 差不多要一个月时间，人们不
>
> 愿意付它的所值，他们不
>
> 明白要花费多少时间来做它：
>
> 或者一位生在波泡克的造椅人。①

　　这里的布道者是在为被暗杀的美国总统林肯布道。有些历史常识的人都了解，林肯就出生在肯塔基；而诗中出现的另一个人物——造椅人，出生在"波泡克"，而这个看起来陌生的地方就在肯塔基附近。这段诗中另一个颇引人注目之处的细节："花 20 分钟削一只/木楔子"，"30 到 90 个"等制作椅子的细节均在诗歌中被凸显出来，根据这样的细节，读者可以毫不费力地猜出这位"造椅人"的名字：切斯特·考奈特（Chester Cornett，1913—1981）。这位从十岁开始学习制作椅子的能工巧匠，因其对手工制造的执着而在美国民间手工业界颇有名望，他的名字对于日益受到机器生产侵袭的制造业已经成为一个符号和一种象征。他的手工制作椅子的过程还曾经被拍摄成系列照片见诸于报纸和网络。② 2007 年 2 月美国民俗学会（AFS）现任会长迈克尔·欧文·琼斯（Michael Owen Jones）来北京大学作"田野作业"专题演讲时，就曾对这位椅子工匠大谈特谈，并把他上升为"田野作业"和北美民间文化之象征的高度。琼斯对这位"椅子工匠"的兴趣由来已久，在他 1989 年出版的专著《坎伯兰郡的工匠：传统与创造》（*Craftsman of the*

---

① 　Louis Zukofsky, "*A*", 1978, p. 397.

② 　对于这位巧匠的具体介绍参阅 Michael Ann Williams, "Folk Arts," pp. 256—269。

Cumberlands: Tradition and Creativity, 1989）中，琼斯就详细记录了考奈特手工制作椅子的过程和其产品的实用和艺术价值，说这些椅子反映的是考奈特的"自我观、价值和抱负"。朱可夫斯基显然分享了琼斯对"椅子工匠"的评价，并为他的生不逢时而感到不平和心痛。之所以说"生不逢时"是因为考奈特生在了一个物质的美国，生在了一个物欲的年代。"椅子工匠"是一个执着的理想主义者，而这个理想导致了他的贫穷和落寞；从这个角度来说，他与林肯有着相同的价值取向和道德选择，而林肯的理想使这位总统付出了生命的代价。

林肯被暗杀是在 1865 年，而"椅子工匠"作为一种现象引起人们的关注是在 1965 年左右，这 100 年的历史就这样被朱可夫斯基"凝缩"在了短短的一段诗行当中。毫无疑问，林肯代表的是政治理想，那么"椅子工匠"代表的是否就是如琼斯等民俗学家所宣称的纯粹的艺术理想呢？朱可夫斯基的诗歌文本呈现出来的含义仿佛要复杂得多。诗歌中讲述人的面目是模糊的，只有第三人称的指代，而似乎充满怨怒和委屈的语气似乎在暗示读者，与其说是诗人的客观讲述，不如说是"椅子工匠"本人喋喋不休的抱怨更为合适。而这种抱怨解构了艺术和经济的二分法，巧妙地传达着所谓"高尚的艺术（实践）也在最大限度地"试图"谋求物质或是象征的利润"①。这段诗行尽管的确如诸多评论者所品出的那样带着些许的"马克思主义"的味道，但它似乎更符合新历史主义的口味。"马克思主义和新历史主义都认同这样一些认识，它们都认为在不同历史时期的文化形式和社会生产关系之间存在一种范例（paradigmatic）关系。"② 但新历史主义"还有另一个有可能真正从原则上与传统的'资产阶级'历史学家及其它们的马克思主义对手们分道扬镳的方面。关于这一方面，正如孟酬士针对这种情况所陈述的，在于新历史主义对于文学历史的横向组合性（Syntagmatic）方面的抽象概念化，同时，也在于他们由此而来的，对于文化和社会历史的横向组合性方面的抽象概念化"③。从这个角度说，新历史主义者更加关注的是"所揭示的

---

① 张京媛："前言"，载《新历史主义与文学批评》，北京大学出版社 1997 年版，第 2 页。
② 张京媛主编：《新历史主义与文学批评》，第 104 页。
③ 同上。

一个共鸣的文本片断的孤立"如何能够代表其出处作品以及该作品被生产和消费的特定的文化。"反过来，该文化赋予该片断以意义，既作为只有在一个特定的氛围、结构和推断为特点的时刻书写的文字又作为表现那一时刻生活—世界的文字。"① 而这种思想和创作原则也是朱可夫斯基在写作《A》时所秉承的思想。朱可夫斯基所罗列的"椅子工匠"繁杂的制作过程显然来自于当时不为人所注意的地方报道，在朱可夫斯基的诗歌中这些看似孤立的文本片断成为了"构建更大的结构的平台"②。

三　在历史的疏离中重构历史

类似的文本细节搭建的平台在《A》中已经形成了一个文化的符号网络，而且这是一个捕捉到了鲜活传统的，并使"一个文化所有至关重要的要素仍旧彼此相互作用"的网络。③ 事实上，这是一个重构历史语境的过程，这与新历史主义又发生了机缘巧合。海登·怀特说："没有历史事件本身是内在悲剧性的，这点只能从有组织的事件系列语境中的某一特殊角度才能被观察到。因为在历史上，从一个角度看来是悲剧性的事件也许从另一个角度来看就是喜剧性的。在同一个社会里从某个阶级立场来看似乎是悲剧性事件，但另一个阶级则可以把它看成是一场滑稽戏。如果我们把历史事件当作故事的潜在成分，历史事件则在价值判断上是中立的……同样的历史系列可以是悲剧性或喜剧性故事的成分，这取决于历史学家如何排列事件顺序从而编织出易于理解的故事。"④ 这就意味着新历史主义者不仅将历史呈现为日常化和零碎化，还表现为对重大历史事件的边缘性题材的兴趣，而在这样的策略的演化中，历史和个人悄然地以多种方式发生着联系，历史也由此显得感性和鲜活起来。《A—15》就是对肯尼迪总统被暗杀这件重大历史事件的

---

① Catherine Gallagher and Stephen Greenblatt, *Practicing New Historicism*, p. 15.

② Ibid. , p. 24.

③ Yunte Huang, "Was Ezra Pound a New Historicist? Poetry and Poetics in the Age of Globalization," p. 42.

④ ［美］海登·怀特:《作为文本虚构的历史文本》，载张京媛主编《新历史主义与文学批评》，第163—164 页。

新历史主义的重构。

1963 年 11 月 22 日，美国第三十五任总统约翰·肯尼迪在美国得克萨斯州达拉斯市巡视时被刺杀，半小时后在医院身亡。美国著名作家菲茨杰拉德曾说："你说出一个英雄的名字，我就可以给你讲一个悲剧故事。"而有着 200 年历史的肯尼迪家族无疑能验证此说。当我们把视野稍微拉长，从约翰·肯尼迪身上转移到他所处的亲族关系时，一个家族及其神话与悲剧，也展现在了我们面前。肯尼迪家族曾号称美国第一家族，这个由爱尔兰移民后裔、天主教徒组成的大家族已经构成了美国历史的一部分，而多位家族成员的非正常死亡也令人嘘唏。《华盛顿邮报》曾感叹，美国如果也有莎士比亚的话，那么他的著作中一定会有一部肯尼迪家族史。对于肯尼迪被暗杀，美国官方当时给出的结论是：刺杀肯尼迪是奥斯瓦尔德的"单独"行动，然而无论是当时还是现在都没有人真正相信这个结论。对于肯尼迪的死因有着种种猜测和推论，而肯尼迪之死似乎成为了一个永远的谜团。朱可夫斯基于 1965 年创作《A—15》时，肯尼迪遇刺事件还余音未绝，于是很自然成为善于敏锐地嗅出社会主导元素的朱可夫斯基的创作主题。这样《A—15》成为奉献给肯尼迪的挽歌就不难理解了。美国不少诗人都为总统或是政要的离去创作过诗歌，其中最为有影响的恐怕当属惠特曼那洋洋洒洒的《最近紫丁香在前庭开放的时候》了。在紫丁香的暗香中，在启明星的指引下，在画眉鸟的哀鸣中，为林肯总统送葬的队伍一路西去。诗歌在写实和象征的交错运用中渲染着悲壮、忧伤的气氛。这是传统的挽歌以及富有美国特色的领袖颂歌。不过，朱可夫斯基显然与惠特曼的诗歌操演有着本质的区别。

关于《A—15》，美国诗人、评论家拉菲尔·鲁宾斯坦（Raphael Rubinstein）在《聚集的，非创作的：拨用的写作简史》（"Gathered, Not Made：A Brief History of Appropriative Writing"）中，列举了被其定义为"拨用写作"的作品，其中朱可夫斯基的《A—15》榜上有名。在这篇见解独到的文章中，鲁宾斯坦这样界定《A—15》的"拨用"：

> 朱可夫斯基的史诗性诗作《A》的该部分的开篇小节运用英语词汇模拟希伯来圣经《约伯记》的开篇。对于了解他们出处的读者，诸如

"He neigh ha lie low h'who y' he gall mood"一样的诗行最初好像与在某些犹太祈祷书中的英语对音翻译没有什么不同。但是对于坚守着朱可夫斯基的希伯来—英语杂糅的人来说，深层的含义就浮现出来，把《A—15》调制成为肯尼迪的挽歌的舞台也搭建起来。[①]

鲁宾斯坦所定义的"拨用写作"与庞德的"密集的细节"有共通的含义，只不过鲁宾斯坦似乎更强调了文本的互文性，而此二者与新历史主义的思维又是机缘巧合。至于《A—15》是否真如鲁宾斯坦所言，只是"聚集"而非"创作"，倒是颇有值得商榷之处。《A—15》的确"聚集"了众多文本，从诗人偏爱的莎翁的历史剧、巴赫的歌剧、到《圣经》；从陀思妥耶夫斯基的《罪与罚》到弗罗斯特和威廉斯的诗歌；从古希腊诗歌到索福克勒斯的悲剧《安提戈涅》；从荷马的《伊利亚特》到吉本的《罗马帝国衰亡史》；从肯尼迪的演说到朱可夫斯基本人的诗歌作品，《A—15》这狭小的诗歌空间竟然容纳了如此之多的他人文本，这不能不说是个奇迹。然而，这个庞大的互文性的语义场却并非杂乱无章，这一切以及肯尼迪总统被暗杀前后的诸多细节都在朱可夫斯基"重构历史"的构想中充当着历时或共时的时间坐标，对这一事件或质疑、或修正、或补充、或拆解，在诗人"建构的想象力"中，以某种疏离的方式，使这一注定对美国和世界历史发生重大影响的事件以全新的样貌呈现在读者眼前："一方面让它显得怪诞、离谱，一方面则呈现新的另一种叙述及意义"，从而使读者对"'历史'与'故事'有新的觉醒"[②]。

《圣经·约伯记》在诗人的英语对音翻译中以"哦，让那个夜晚凄楚；让悲伤之音飘进"（Lo, let that night be desolate; let no joyful voice come therein）铺陈了挽歌的基调，但接下来诗人却有意偏离了挽歌的传统抒情气质，开始絮絮地讲述一个又一个与这位传奇总统有着直接联系或是间接瓜葛的"遗闻轶事"。其中肯尼迪总统与美国诗人弗罗斯特的交往就成为

[①]　Raphael Rubinstein, "Gathered, Not Made: A Brief History of Appropriative Writing," p. 32.

[②]　廖炳惠：《新历史观与莎士比亚研究》，载张京媛主编《新历史主义与文学批评》，第253—281页。

了诗歌中一个颇有看点的逸事。1961 年，当时已经耄耋之年的大诗人罗伯特·弗罗斯特荣幸地获得邀请，在肯尼迪总统就职仪式上朗诵诗歌，成为了一直处于美国社会生活"边缘"的美国诗人中获此殊荣的第一人。而这也使得弗罗斯特成为了类似非官方桂冠诗人的人物。然而这还只是两人交往的开始：

> 林荫大道
> 从来没有停过车：
> 死亡
> 就如其后人们所说
> "蓄谋已久"，两个歌手
> 年长的那位
> 活不到看见——
> 年轻人的
> 死，
> 他可能已经
> 缓解了
> 那位长者
> 之死的痛
> 思想游弋不定
> 他可能想到
> 与苏联
> 文化的竞争
> 清教的草莽英雄——
> 痴想着
> 熊抱和丢掉脑袋的查理斯王①

这段诗文对应的历史事件就是 1962 年 9 月，弗罗斯特在肯尼迪的支持

---

① Louis Zukofsky, "A", 1978, p. 360.

下去苏联访问，并与苏共中央总书记赫鲁晓夫进行了私人会晤。诗中提到的"熊抱"指的就是这次会见。弗罗斯特的这次苏联之行的背景就是诗中提到的"文化的竞争"，而此行的目的就绝不仅仅是私人会晤，它代表的是刚刚入主白宫的肯尼迪对与苏联恢复往来的非官方的试探，也表明了肯尼迪的外交策略的重心偏移，而这些因素有可能就是导致他悲剧命运的直接原因。诗中最后提到的"丢掉脑袋的查理斯王"似乎就在暗示着这种历史的某些偶然因素对个人命运的影响。这是典型的新历史主义的思想，也是其文学评论实践的基本方法。

从这段肯尼迪与弗罗斯特交往的诗文，我们不难发现朱可夫斯基是在"按照故事模式的要求来裁剪"历史材料和社会文化素材。[①] 换言之，他按照肯尼迪的命运"悲剧"重构了这一事件所体现出来的"关系网"。这种诗歌写作从本质上说与海登·怀特的"作为文学虚构的历史文本"别无二致。[②] 这种理念体现在诗歌中就是朱可夫斯基对于肯尼迪生死交界的两段历史时空的零碎的、不为人注意的细节的厚描：一句"拉乌机场，达拉斯"（Love Field, Dallas）[③] 指向了肯尼迪的死亡之地，同时"拉乌机场"，这一以 1913 年在飞机失事中丧生的美国空军飞行员茅斯·拉乌（Moss Lee Love）的名字命名的飞机厂又在不经意间暗示着肯尼迪在达拉斯的在劫难逃的悲剧；一句"妩媚的脸庞/时尚的宠儿"（kittenish face / the paragon of fashion）[④] 是当时的第一夫人杰奎琳·肯尼迪的白描。肯尼迪遇刺时，杰奎琳就在敞篷车上，丈夫的身边，然而短短的几秒钟，这个令世界瞩目的女人的一生就被残酷地改写了。此外，诗人在接下来的诗行中提到的盐湖城等地点也与肯尼迪有着机缘巧合的关系。这些细密编织的历史细节不能不令人深思。这些充满着机缘巧合，甚至神秘得无法解释的事件的碎片一旦被诗人按照"悲剧"的模式重新编码，肯尼迪的个人命运和这件对美国的政治生活影响深远，甚至在某种程度上改变了美国历史走向的事件呈现出了一个全新的状

---

① ［美］海登·怀特：《作为文学虚构的历史本文》，载张京媛主编《新历史主义与文学批评》，第 170 页。

② 同上书，第 160 页。

③ Louis Zukofsky, "A", 1978, p. 363.

④ Ibid.

态，使得历史"不再是赋予世界的一个连贯的故事形式，而是一个又一个不断更新着的认识层面，它将不断地激发我们对世界做新的思考"①。在美国政府对于该事件的调查结果三缄其言，并封存了对该事件的调查报告的状态下，朱可夫斯基似乎有意把他的《A—15》变成了一份非官方的调查报告，这份"报告"以其透明性挑战着官方的含糊其辞，以其细节的明察秋毫嘲笑着美国政府的愚民政策，以"文学对历史的穿透"的能力一层层地揭开了历史和政治的神秘面纱。

　　然而这张用语言编织的细节之网构建的是否就是历史的真实呢？新历史主义者的答案是否定的，斯蒂芬·格林布拉特如是说："一件逸事可以推想现实，但是当被召唤之际，现实会呈现出来吗？如果这只是一个修辞的问题，……那么被推想出来的只是现实—效应，不会再有其他。"②　而这也恰巧表达了朱可夫斯基的诗学观。盖·达文帕特（Guy Davenport）曾经戏称朱可夫斯基为"诗人的诗人的诗人"（a poet's poet's poet），③　一个主要原因就是其诗歌中精巧布设的一个又一个语言的玄机，创造了"密集的细节"的清晰与模糊，连贯与断裂之间的无限张力。信手拈来一段《A》中的诗行，这种语言的玄机比比皆是。比如前文提到的《A—14》中的三行：

> Each disenchanted Nazi
> Acted Polonius or
> Wiggle & Failum

　　"Wiggle & Failum"是诗人杜撰的一个公司的名字，从语言的层面来说，他是把普通名词转化成了专有名词。这个小小的语言游戏却形成了莎翁剧作中的人物"Polonius"与现代社会商业活动代名词"Wiggle & Failum"之间的语义的独立和互补，从而形成了文学与经济共同作用的社会语义场。再比如，

---

① 盛宁:《二十世纪美国文论》，第260页。
② Stephen Greenblatt, *Hamlet in Purgatory*, p. 29.
③ Guy Davenport, *The Geography of the Imagination*, p. 107.

with noble prize

address I would

be Iago too

前文已经从新历史主义的视角审视过这个小片段。这里我要指出的是，"noble prize"的"音节替代"双关以及其小写化处理都是一个诗人匠心独具的语言玄关。与上面的例子正好相反，这里专有名词被异化成为非专有名词。这一变异使得"noble prize"被前景化了，这样即使不了解萨特事件前因后果的读者，也会敏感地意识到这一语言变异在诗歌中承载的含义将不仅仅在语义的层面。"noble"与"nobel"仅一个字母之差，却表达了诗人在萨特事件上明确的道德立场，同时也传递出诗人对该奖项是否真如传统和世俗的眼光所认为的那么高尚，抛出了他的一丝狐疑。

四　小结

朱可夫斯基的"客体派诗学"最核心的观点无外乎就是两点：真实和物化。然而，在新历史主义的语境中，朱可夫斯基的真实与物化所呈现的特质却别具一番味道。朱可夫斯基在《A》中的语言游戏还原的恰恰是语言的真实，而语言的真实带来的结果却是令人始料未及的，那就是真实的语言在生产和消费的过程中带来的却是现实的无比虚幻和历史的迷雾重重。这可能就是评论家史蒂芬·西斯（Stephen Heath）所言的"矛盾暴力"（ambiviolence）带来的解放的力量吧。[①] 诗歌的物化从最宏观的角度来考虑，就是形成一个独立架构的物体，达到一种"静止的整体"的态势，从而使得人们能够像感受一件事物一样感受到诗歌。《A》以其独特的音乐般的韵律、词语组合的内在规律性和严密的结构满足了朱可夫斯基对诗歌"物化"境界的追求。然而，让朱可夫斯基没有想到的是，《A》缜密的内在和外在互文性的架构，历史和当下、个体和整体的完美对称的结构形成的是一个非常具有生产性的开放空间。枝枝蔓蔓的内涵和外延就在这个精致的空间中，在读

---

① Stephen Heath, "Ambiviolence: Notes for Reading Joyce," p. 32.

者富有活力的阐释中，在破解密码的心理需求的压力下，伸展开来。由此，我们有理由相信，建构"以语言为本的诗歌衡量方法"也许是他诗学建构的起点，却未必是其终点。而这也许就是几十年来从语言本身出发解读朱可夫斯基的作品往往无功而返的根本原因。在这一点上，语言派诗学代表人物查尔斯·伯恩斯坦（Charles Bernstein）借用了艾米丽·迪金森的诗句可谓一语道破玄机：阅读这样的诗歌的经历是"当多义出现的时候"（when the meanings are）。①

---

① Charles Bernstein, "Louis Zukofsky: An Introduction," p. 116.

第二十二章

"水晶球"透视的"亡灵之书"

缪里尔·鲁凯泽（Muriel Rukeyser, 1913—1980）是美国犹太诗人中的"中间一代"①，在美国犹太诗学传承中起着承上启下的作用，其重要性不言而喻。鲁凯泽是一位多产的作家，在从 1935 年到 1980 年的漫长创作生涯中，她先后出版了 15 部诗集②和一部文论——《诗歌的生命》（*The Life of Poetry*），此外还有人物传记等作品。她的一生获得过的诗歌奖项数不胜数。③她长达 40 余年的文学创作生涯见证了美国 20 世纪中后期风起云涌的政治、经济、社会生活和思想意识上的巨变，包括经济大萧条、第二次世界大战等重大的历史事件；无产阶级革命运动、反法西斯运动等激荡的政治运动以及现代主义、女权主义、后现代主义等标新立异的思想涤荡。基于此，鲁凯泽的诗学理念和诗学实践不可避免地带有某种先锋性的特质。鲁凯泽具有开拓精神的诗学和政治学把她放在了美国各种文艺思潮对接的中心地带，然而，对她作品的接受却一直是毁誉参半。她对社会和政治的滔滔不绝的表述方式受到某些评论家的追捧；她激进的政治观和直白、说教的风格也受到不

---

① Maeera Y. Shreiber, "Jewish American Poetry," p. 156.

② 包括诗人身后出版的诗集，分别是：*Theory of Flight*, 1935；*U. S. 1*, 1938；*A Turing Wind*, 1939；*Best in View*, 1944；*The Green Wave*, 1948；*The Elegies*, 1949；*Selected Poems*, 1951；*Body of Waking*, 1958；*Waterlily Fire*, 1962；*The Speed of Darkness*, 1968；*Breaking Open*, 1973；*The Gates*, 1978；*The Collected Poems of Muriel Rukerser*, 1979；*Out of Silence*：*Selected Poems*, 1992, 1997, 2000；*The Collected Poems of Muriel Rukeyser*, 2005 等。

③ 她的第一部诗集《飞翔的理论》（*Theory of Flight*）即为诗人赢得了耶鲁青年诗人奖。此后她更是获奖无数，包括 1941 年的哈丽特·门罗诗歌奖（Harriet Monroe Poetry Award）；1943 年获得古根海姆基金奖（Guggenheim Fellowship）；1947 年获得莱文森奖（The Levinson Prize）；1967 年入选美国艺术暨文学学会（National Institute of Arts and Letters）；1977 年获得雪莱奖（Shelley Prize）等。

少评论家的诟病。在鲁凯泽身后，对她的诗歌作品的肯定之声才逐渐占了上风。诗人、评论家丹妮斯·莱维托芙（Denise Levertov）这样评价道："鲁凯泽比我认识的任何诗人（包括聂鲁达），都更始终如一地融合起抒情主义和表面的社会和政治的关注。"① 她的好友、诗人简·库柏（Jane Cooper）更是断言："读者，你很少能遇到一个更开阔的头脑和想象。"② 从以上的论述可以看出，对鲁凯泽的接受一直是一个十分敏感和矛盾的话题，而这正是诗人先锋性、实验性和复杂性的直接结果。因此，对鲁凯泽的研究不能回避矛盾、争论和难度。而在诗人的所有诗歌作品中，最能体现诗人的难度创作、先锋实验性的诗歌作品就是她的组诗《亡灵之书》（The Book of the Dead）。

《亡灵之书》由 20 首系列诗歌组成，诗歌风格各异，共 64 页之多。该组诗发表之初，只有寥寥几位评论家对此给予了关注。③ 在 20 世纪末期和本世纪初，评论界对鲁凯泽，尤其是她的《亡灵之书》的研究似乎出现了一个明显的"复苏"④。

对于《亡灵之书》的接受和定位一直是评论界颇为踯躅的事情。甚至同一位评论家对这部作品的评价也会充满矛盾。美国激进派诗人维拉德·马斯（Willard Maas）的反应就很有代表性。对《亡灵之书》，这位诗人首先表达了他的欣喜："人们仰慕鲁凯泽小姐在……《亡灵之书》中的创新；人

---

① Denise Levertov, "On *Muriel Rukeyser*," p. 189.

② Jane Cooper, "Foreword: The Melting Place," p. xxvi.

③ 其中包括 M. L. Rosenthal, *Chief Poets of the American Depression: Contributions of Kenneth Fearing, Horace Gregory, and Muriel Rukeyser to Contemporary American Poetry*, Dissertation, New York University 1949, pp. 464—499; James Laughlin, ed. "Muriel Rukeyser: The Longer Poems," *New Directions in Prose and Poetry*, XIV (1953), pp. 202—229.

④ 20 世纪后期的主要研究成果有 Louise Kertesz, *The Poetic Vision of Muriel Rukeyser*, Louisiana State University Press, 1980, pp. 98—113; Cary Nelson, *Repression and Recovery: Modern American Poetry and the Politics of Cultural Memory*, 1910—1945, University of Wisconsin Press, 1989, pp. 112—113; Walter Kalaidjian, *American Culture Between the Wars: Revisionary Modernism and Postmodern Critique*, Columbia University Press, 1993, pp. 160—177; Tim Dayton, "Lyric and Document in Muriel Rukeyser's 'The Book of the Dead'", *Journal of Modern Literature* 21.2 (Winter, 1997—1998), pp. 223—240; Shoshana Wechsler, "A Ma (t) ter of Fact and Vision: The Objectivity Question and Muriel Rukeyser's 'The Book of the Dead'", *Twentieth Century Literature* 45.2 (1999), pp. 121—137; Michael Thurston, Documentary Modernism as Popular Front Poetics: Muriel Rukeyser's "Book of the Dead", *Modern Language Quarterly* 60.1 (1999), pp. 59—83; 21 世纪的前十年主要成果有 Tim Dayton, *Muriel Rukeyser's The book of the dead*, 2003; Bryan Duncan, "All Power Is Saved": The Physics of Protest in Muriel Rukeyser's The Book of the Dead, *Contemporary Literature* 50.3 (2009), pp. 553—575 等。

们也仰慕她雄心勃勃到大胆之程度的创造";然而,他接着又说,作为诗人,她走入了歧途,"进入了记者们已经更加充分地探索,而且更加精练地记录的领域"①。艾达·罗·沃顿(Eda Lou Walton)在 1938 年的《纽约时代周刊》书评中,对鲁凯泽的诗歌进行了评介,当谈到《亡灵之书》时,揶揄道,鲁凯泽所运用的素材倒是诗歌的素材,但素材本身不是诗歌。这些素材是报道性的,不带有想象的视角。② 同时,诗人在该诗歌中流露出的对被压迫阶级的同情和对资本运行和资产阶级罪恶的揭露,也使得女诗人被认为是无产阶级、左派和马克思主义的代言人,并被牢牢地贴上了"20 世纪 30 年代的政治诗人"的标签。③ 然而,这样的定位似乎操之过急了,至少有以偏赅全的嫌疑。与这些质疑之声相呼应的肯定之声和严肃而公允的学术评价也一直在美国文学研究中不绝于耳。④ 也许正如逖姆·戴顿(Tim Dayton)所指出的那样,把对鲁凯泽和《亡灵之书》的接受划分为"负面的"和"正面的",似乎是把事情"过于简单化了"⑤。事实上,评论界和读者从"尴尬"到"热情"跨度如此之大的接受和反应恰恰使我们能够"洞察对鲁凯泽作为诗人的要求以及她的挑剔的读者对《亡灵之书》的期待",正是这种期待"帮助"或者"阻碍"了他们对鲁凯泽的诗学策略和她的成就的"本质"的认识。⑥ 那么,《亡灵之书》到底是一部怎样的作品呢?对其评价和定位产生如此巨大的差异的原因何在呢?我们又要如何解读这部作品呢?本章就将带着这样的疑问走进鲁凯泽和她那神秘的《亡灵之书》。

一 鲁凯泽和她的《亡灵之书》

近年来,随着越来越多的研究者从多个角度和侧面对这部长诗的研究和

---

① Willard Maas, "Lost between Wars," pp. 101—102.

② Eda Lou Walton, "Review of *U. S. 1.*", p. 19.

③ Raphael C. Allison, "Muriel Rukeyser Goes to War: Pragmatism, Pluralism, and the Politics of Ekphrasis," p. 1.

④ 参见 Shoshana Wechsler, "A Ma(t)ter of Fact and Vision: The Objectivity Question and Muriel Rukeyser's *The Book of the Dead*," pp. 121—137.

⑤ Tim Dayton, *Muriel Rukeyser's The Book of the Dead*, p. 118.

⑥ Ibid.

解读,人们似乎离鲁凯泽的"本质"越来越近了。对这些评论的综合梳理不难发现,评论家对这首诗歌的总体感觉是一致的,那就是它的"杂糅性"。逖姆·戴顿指出,《亡灵之书》不仅仅是一首有着个人抒情声音的诗歌,也不仅仅有史诗的客观性和戏剧的矛盾性。相反,这首诗歌用到了所有的模式,允许他们各自的部分真理呈现,并组成一个更宏大、更真实的整体世界。① 逖姆·戴顿是在 21 世纪做出此种判断的,而除了表述有所区别外,这种评价与这首长诗发表之初的评论如出一辙。例如,这首组诗曾被《时代》杂志界定为"部分新闻主义、部分抒情主义、部分马克思神秘主义"的诗歌。② 这种揶揄事实上也道出了这首长诗的"杂糅"的特征,它擦去了艺术与文献、抒情诗与史诗、书写与摄影等之间的界限,并以这种高度杂糅的方式挖掘出被历史尘封的真相,把被剥削与被迫害的人群的命运令人同情地展现在公众面前。那么,这部杂糅的组诗到底是怎样的一首诗歌呢?

《亡灵之书》艺术化再现的是被称为美国历史上最糟糕的工业"事故",即臭名昭著的"鹰巢事故"(Hawk's Nest Incident)。这场灾难的缘起是 1930 年一条在西弗吉尼亚非耶特镇高雷山(Gauley Mountain in Fayette County)下 3 英里长的隧道的挖掘。在挖掘的过程中,人们发现地下的岩层中蕴藏着十分丰富的硅石,而纯度居然高达 90%—99%。硅是生产硅铁合金十分重要的成分,因此具有极大的商业价值。为了获取更多的硅石,隧道被改成了硅矿,隧道的挖掘变成了大规模的硅矿开采。进行这个项目的是当时财大气粗的联合碳化物和碳公司(Union Carbide and Carbon Corporation)。硅是有毒矿物,因此根据美国矿物局的规定,硅的开采要在水处理环境中进行,这样可以减少硅粉尘的飞扬对人体造成的伤害;另外,开采的工人要戴上安全面具,以过滤硅的粉尘。然而为了节省开支,联合碳化物和碳公司坚持在干燥的环境中开采,因此造成了上千吨硅尘释放到环境中,而且公司也拒绝给工人配发安全面具,因为如果佩戴安全面具,工人将不得不每隔一个小时就要停下工作去清理安全面具,这样就要降低工作效率。结果,2000 多名工人

---

① See Tim Dayton, *Muriel Rukeyser's The Book of the Dead*, p. 60.

② Qtd. Shoshana Wechsler, "A Ma(t)ter of Fact and Vision: The Objectivity Question and Muriel Rukeyser's *The Book of the Dead*," p. 121.

感染了矽肺，其中 800 多人失去了生命。①

　　《亡灵之书》是在鲁凯泽和她的摄影师朋友南希·诺姆伯格（Nancy Naumberg）对这场事故进行亲自调查的基础上写就的。这首长诗体现了鲁凯泽创作"概括性诗歌"的雄心，并成为"理论、系统和工人"密集地交汇的"相遇的地点"②。这首诗歌是诗歌与非文学语言实验的融合：在诗歌语言之间细密地编织着来源于新闻报道、国会听证和咨文、实践调查问询记录、私人信件节选，甚至是股市的报道等文本资料。《亡灵之书》对真实的文字材料的偏爱与 20 世纪 30 年代泛滥的怀疑一切的民众心理不无关系，所谓物极必反，"客观性"标准正是当怀疑和不信任达到顶峰时应运而生的。在感知的不真实性当中，对客观的真实的诉求变得如此重要以至于"文献"和"文献式"的字眼本身就呈现出一种振聋发聩的权威性。③

　　《亡灵之书》的确具有这种文献的权威性。除了最后一首标诗外，其他19 首基本是按照这场事故发生的过程书写的，完整地交代了事故的来龙去脉。组诗从《道路》（"Road"）开始，以《账单》（"Bill"）结束，其间包括《西弗吉尼亚》（"West Virginia"）、《高雷桥》（"Gauley Bridge"）等与事故相关的背景，也包括事故受害者或者家属的自叙，如《亚沙龙》（"Absalom"），事故相关人员的见证叙事，如《医生》（"Doctor"）等。组诗在多种视角、多个声音中把事故的来龙去脉、人物命运、相关背景交代得清清楚楚。阅读这些诗歌仿佛在看一部纪录片，观众跟着记者的镜头，深入采访，挖掘出事故的根源和危害。然而，对于《亡灵之书》的文献式解读只能说触及了该诗的一个层面，甚至是最表层的含义。鲁凯泽本人的用意远不止于此。

　　很多细节悄然地传递出诗人创造这部杂糅的文本的用意所在。当鲁凯泽借用文献资料翔实地再现了这场灾难之后，最后一首《亡灵之书》的寓言式叙述把人们对事件本身的关注目光引领到更深层的领域：

---

① 　参见 Martin Chermack, *The Hawk's Nest Incident*: *America's Worst Industrial Disaster*, pp. 12—16。

② 　Tim Dayton, *Muriel Rukeyser's The Book of the Dead*, p. 62.

③ 　William Scott, *Documentary Expression and Thirties America*, p. 14.

人们从来不能说的是哪个词？

死亡，这些人阻止了我们的垂死状态，

在战争的剧场咳嗽。

人们从来不能看的两件事是什么？

他们：我们做了什么。敌人：我们意欲何为。

这是民族的事件和中间站。

人们从来不能做的三件事是什么？

忘记。保持沉默。袖手旁观。

玻璃山，致命的明亮的平原。①

    显然，"忘记、保持沉默、袖手旁观"强调的不是事件和事实本身，而是人对灾难的反应和态度。这三种消极态度的反面正是鲁凯泽在诗歌中采取的态度。换言之，她没有消极地让事实和文献本身孤立、无言地述说，而是不时地插入自己的声音，让文献统一进自己的整体规划之中。从以上的论述中，我们不难发现，《亡灵之书》是在文献式的史料与诗人的虚构的诗性想象的双重运动中实现的，换言之，诗人的诗性想象完成了对文献的"延展"，并在真实与虚幻的交错中实现了历史、现实与未来三维空间的立体呈现。女诗人如同一位手执"水晶球"②的"先知"和"预言者"③，在神奇的"水晶之光"中透视了历史、见证了现实、并预测了未来。有趣的是，"水晶"作为一个意象贯穿了鲁凯泽的诗学思想和《亡灵之书》始终：整座高雷山看起来就像"水晶山：一片耀目的白色空地/杀人的白雪，交错的轨道勾的边/往来的起重机直奔硅石"④。这些杀人的白雪就是开采硅石的粉

---

① Muriel Rukeyser, *U. S. 1*, p. 66.

② 本文的"水晶球"之喻借用了庞德的提法。庞德认为那些看起来琐碎、个人化的逸事，即"密集的细节"（Luminous Detail）能够在作家的笔下生产出一个更大的图画，用庞德的话说，就是"一个大大的水晶球"。See Yunte Huang, "Was Ezra Pound a New Historicist? Poetry and Poetics in the Age of Globalization," p. 33.

③ 鲁凯泽在《亡灵之书》中扮演着"先知"和"预言者"的角色的说法可参见 Maeera Y. Shreiber, "Jewish American Poetry," p. 156; Shoshana Wechsler, "A Ma（t）ter of Fact and Vision: The Objectivity Question and Muriel Rukeyser's *The Book of the Dead*," pp. 121—137.

④ Muriel Rukeyser, *U. S. 1*, p. 47.

尘，"尘埃把我们两个都盖上了，尘埃是白色的"[1]；在日光下，隧道的粉尘"晶体化了"（crystallized），像"身首异处的天使"纷纷落下。[2]"水晶"在神话传说中穿凿历史、透射未来的神奇力量以及"水晶"作为矿物质的自然性能也成为理解鲁凯泽诗学和解读《亡灵之书》的关键所在。本章将从神话中的"水晶球"、科学中的"水晶球"和现实中的"水晶球"三个角度展开论述，力图全面揭示鲁凯泽的历史观、诗学观和政治观以及女诗人独特的诗歌书写策略。事实上，这种研究思路与鲁凯泽"联系"的思想以及诗歌本身作为"相遇的地点"的理想在精神气质上是一致的。

二　埃及女神的"水晶球"

长诗的标题带有鲜明的神话维度。对于熟悉古埃及神话的读者来说，这个题目简直是妙不可言的神来之笔。"亡灵之书"源自古埃及《埃及亡灵之书》（*The Egyptian Book of the Dead*）。所谓《亡灵之书》其实是古埃及的一种陪葬品。笃信来世的古埃及人用水生植物莎草芯制成长长的纸卷，在上面抄录下冗长的《跨越死亡之国度》符文的片段，并配以插图，随死者下葬，以求死者逢凶化吉，安然到达极乐世界"芦苇之野"。《埃及亡灵之书》记录的一个重要内容是埃及的俄赛里斯（Osiris）与他的妻子和妹妹伊希斯（Isis）之间的传说。[3]俄赛里斯被称为"永恒的国王，永生之主"[4]，被描述为"一个凡人，但也是一个超人"，他是"天空的主宰，又是人间的国王"[5]。伊希斯则是一个"聪明的女人……智慧高过无数的神祇……她上知天文下知地理"[6]，她可能是埃及最古老、最重要神祇之一，虽然其他的神也被广泛地崇拜，但是伊希斯一直受到埃及人最虔诚的膜拜。她是万神殿主要的女神，被尊崇为伟大的保护者，埃及人向她乞求世界的和平和指引。伊

---

[1]　Muriel Rukeyser, *U. S. 1*, p. 34.

[2]　Ibid. , p. 48.

[3]　关于此传说上一章曾简单提及，根据内容需要，本章再做补充介绍。

[4]　转引自［英］葛瑞姆·汉卡克《上帝的指纹》（下），新世界出版社2008年版，第393页。

[5]　［英］葛瑞姆·汉卡克：《上帝的指纹》（下），第410页。

[6]　转引自［英］葛瑞姆·汉卡克《上帝的指纹》（下），第409页。

希斯不仅是俄赛里斯的妻子，而且是他在精神和力量上的对等者，他们拥有相等的力量和其他的一切。后来，俄赛里斯的兄弟塞特杀害了俄赛里斯，并把他撕成 13 块碎片，分散在整个埃及，伊希斯走遍了千山万水设法找回俄赛里斯被切成碎块的尸体。她收集到了 12 块碎片，又从黏土中创造了新的阴茎，并在透特（Thoth）[①] 的帮助下使俄赛里斯复活。这对灵魂伴侣跨越生死界限的凄美爱情故事包括了生死、复仇、不灭的爱和身体重组等因素，是埃及神话中最广为流传的生死秘籍和爱情神话。

俄赛里斯与伊希斯的神话传说曾经赋予英美现代派诗人很多意想不到的灵感。庞德于 1911 年在《我收集了俄赛里斯的肋骨》一文中曾经提出了"密集的细节"这一著名的诗学理念，而庞德借用的正是俄赛里斯和伊希斯的传说。[②] 庞德的这段著名论述与伊希斯搜寻丈夫尸骨的古埃及神话传说形成了明显的互文关系，那么从这则神话故事所蕴藏的文化内涵来审视庞德的现代诗学理念将注定收获颇丰。庞德的"密集的细节"的诗学研究和创作方法强调的就是像伊希斯一样在千辛万苦的寻寻觅觅中把支离破碎的尸骨拼接在一处，并在爱的魔法的力量下使蒙冤屈死的灵魂得到重生的精神，而这正是庞德借用这则古老的神话来阐释他的现代诗学的原因所在。有趣的是，鲁凯泽《诗歌的生命》（*The Life of Poetry*）中也表达过类似的观点："这些因素被汇集在一起以便它们按照一个新的可见的系统一起运动……可能导致一种处理任何整体的方式，这个整体取决于许多因素，都是内在的决定性的。"[③] 她认为，诗歌是一个各种因素"相遇的地点"，是一个打破各种"虚假的障碍"的地方。[④] 从鲁凯泽以上的表述中，我们似乎明白了她把诗歌作为"相遇的地点"思想的起点。与庞德一样，鲁凯泽在诗歌中也要像伊希斯一样，把支离破碎的"骨头"收纳在一起，并要赋予其重生的力量和新的生命。用诗人自己的话说，就是"呼入经历，呼出诗歌"[⑤]。埃及神话中被肢解的俄赛里斯的躯体和支离破碎的骨头映照了"现代主义的片断和超验

---

① 透特是埃及神普中重要的神祇。他是智慧之神，据说发明了象形文字。
② 这段引文在第七章曾经提及。参见 Ezra Pound, *Selected Prose*, p. 21。
③ Muriel Rukeyser, *The Life of Poetry*, p. 18.
④ Ibid. , pp. 169—84.
⑤ Muriel Rukeyser, *Theory of Flight*, p. 11.

的神话",也充分体现了鲁凯泽作为现代派诗人的本质。事实上,前文提到的研究成果不约而同地关注了鲁凯泽诗歌中各种文体形式以各种方式与美国的社会现实和社会生活发生的各种"联系"。而这也正是诗人本人理想的诗歌境界。

鲁凯泽的世界是一个以各种方式发生着联系的世界,是一个以联系来定义行动的世界。这种联系的思想也延伸到她的诗歌创作中。她认为,美国诗歌已经是处于冲突的文化的一部分,因此"她想要一种形成的诗歌,一种认知的诗歌,像繁星或者是海洋的诗歌"[1]。安妮·赫索格(Anne Herzog)也精辟地指出,鲁凯泽拒绝书写那些她称之为"没有联系的因素":她的诗歌总是尝试着通过拒绝把诗歌从生物的、科学的、社会的、经济的、政治的和环境的过程分离而提供一个经历过的幻影——从任何在他们的历史时刻对他们真实经历的生活产生的影响分离开来。[2] 作为有意识的作家,鲁凯泽本人清楚地知道她想要的诗歌是一种"合金"。在《死亡之书》中,鲁凯泽清楚地表达了这一点:

合金形成:某些主要金属。
有意连接增添新的特质,
新的使用的总和
……
新的过程、新的符号和新的拥有。
所有征服的名字,深藏在这些权力中的
胜利的预言。[3]

这种"合金"的力量不仅体现在工业生产中,也不仅体现在社会关系中,还体现在诗学之中。在某种意义上说,伊希斯的神话体现的正是这种合金之力。伊希斯的神话不但是鲁凯泽诗学理念的"幽灵",也是她在《亡灵

[1] Jane Cooper, "Foreword: The Melting Place," p. xxvi.
[2] Anne Herzog, "'Anything Away from Anything': Muriel Rukeyser's Postmodern Poetics," p. 33.
[3] Muriel Rukeyser, *U. S. 1*, p. 71.

之书》中诗歌书写的重要内容。在《诗歌的生命》中，鲁凯泽强调通过凸显工人们生活于其间的生活场景与控制着他们的命运的社会和经济因素之间的联系揭示真理和伦理责任。① 面对着在"鹰巢事故"中死于矽肺的矿工的尸骸，诗人所能做的就是召唤伊希斯的灵光闪现，让她如收殓亡夫的尸骨一样，收集起"像蚂蚁一样死去"的矿工的尸骨。于是鲁凯泽打断了一位在这场灾难中失去了三个儿子的母亲的血泪独白，插入了埃及女神仿佛来自天穹的声音：

> 我开通了一条路，他们用水晶遮盖了我的天空
> 我白天出现，我再次降生，
> 我冲出一条路，我知道门
> 我要在活着的生灵中在地面上行走。②

这段文字特别以斜体显示，以区别于那位絮絮叨叨的母亲的声音。"冲出一条路"并在"活着的生灵中"行走是伊希斯的胜利，她成功地唤醒了亡灵并转化了他们；也是女诗人的胜利，她开启了一种通往乌托邦精神的可能性。然而，如果我们考虑到鲁凯泽作为犹太女诗人特殊的族裔和性别身份，俄赛里斯与伊希斯的埃及神话又将呈现出别样的含义。站在犹太人的边缘立场，诗歌文本中细密编织的埃及神话，这一"东方的联想"（Eastern association），③ 使这一诗歌文本冲破了西方文化和文学传统的束缚，建立了与西方对立的东方的神话。然而，这一对立并不是简单的二元对立，因为在犹太想象中，埃及不但是处于流放状态的文化符号，而且它属于那些威胁着犹太民族的存在的他者。通过在犹太文化之外寻找意象控诉美国对"鹰巢事故"之类的灾难的"集体漠视"，鲁凯泽也在诉说着她本人作为女性作家和少数族裔作家的文化"他性"的不满。④

在《亡灵之书》中最能够体现鲁凯泽神话意识的当属《押沙龙》（"Ab-

---

① Muriel Rukeyser, *The Life of Poetry*, pp. 169—184.

② Muriel Rukeyser, *U. S. 1*, p. 30.

③ Maeera Y. Shreiber, "Jewish American Poetry," p. 157.

④ Ibid.

salom"）一诗。这首长诗共 78 行，其中 66 行来自于证词，12 行来自或者模仿古埃及《亡灵之书》写成。诗歌中的主要讲述人是爱玛·琼斯（Emma Jones），她在这场矽肺的悲剧中失去了三个儿子，而她正预感到将要失去同样患了矽肺的丈夫。诗歌的题目《押沙龙》来自于圣经。熟悉福克纳的小说《押沙龙，押沙龙!》的读者自然会理解这则圣经故事的含义。尽管在鲁凯泽的这首诗歌中，该圣经故事的框架不复存在，但父母悲悼冤死的儿子的情愫却保留了下来。通过直接引用古埃及《亡灵之书》，或者稍加改写某些词语，鲁凯泽获得了"神话的框架"，并取得了"最直接，最深刻的影响"[1]。例如，诗行：

> 我的心 我的母亲 我的心 我的母亲
> 我的心 我降生。[2]

就来源于古埃及《亡灵之书》中的"我的心，我的母亲；我的心，我的母亲! 我的心那里我之降生!"[3]

对于鲁凯泽改写《亡灵之书》的目的，逖姆·戴顿（Tim Dayton）是这样认为的：在这个语境中，祈祷者的言辞对着那位伤心欲绝的母亲述说，这段古埃及《亡灵之书》的特别目的是"表演"，宣告那些死去的人的"话语是真实的"，而死者是"神圣和正义的"[4]。戴顿的表述是准确的，却过于繁复。其实，简单而言，神圣文本与世俗文本之间的呼应和对话呈现的就是诗人的伦理立场。比如，紧接上文引用的斜体部分，那位世俗母亲又开始了嘘嘘而言：

> 我的丈夫不能工作了。
> 医生说，他也得了这病。

---

① Tim Dayton, "Lyric and Document in Muriel Rukeyser's 'The Book of the Dead'," p. 233.
② Muriel Rukeyser, U. S. 1, p. 27.
③ 转引自 Tim Dayton, "Lyric and Document in Muriel Rukeyser's 'The Book of the Dead'," p. 235。
④ 此古埃及《亡灵之书》中的表述参见 Tim Dayton, "Lyric and Document in Muriel Rukeyser's 'The Book of the Dead'," p. 235。

自从这个麻烦找上我们我们度日愈发艰难。

我看到矿车底上的尘埃。

男孩子在那工作了 18 个月，

有天回来就气短了。

他说，"妈妈，我喘不上气了"。

谢利病了三个月。

我能抱着他从床到桌子，

从床到门廊。

　　我的心复位到我心的位置，

　　他们把心还给我了，它在我身体里跳动。 [1]

　　在这段诗歌中，母亲回忆的声音和死去儿子的神话的声音交织在一起，一时间时空的界限、阴阳的分界都变得模糊不清，证词与抒情之声、现实与神话、生者与死者的声音交织在一起，取得了一种意想不到的多元声音共鸣、对话的交响。这种融合"文献的"和"神话"的素材创造一种"抒情诗歌"的策略是鲁凯泽该诗歌的一个重要的写作策略。[2] 诗人附身于古埃及的女神，借助于古埃及女神的神秘力量唤醒亡灵，赋予亡灵以述说冤屈的力量，让亡灵开口讲话，并跨越阴阳之界，与亲人相会在精神的自由之域，在母亲的心中复活。当然是爱的力量赋予了亡灵以生命的活力。

三　科学的"水晶球"

　　鲁凯泽手中的"水晶球"不但投射着神秘的神话的光芒，还闪烁着科学之光，用维赫斯勒（Shoshana Wechsler）的话说，就是"诗歌的科学性"（scienticity of poetry）。[3] 这种"科学性"在很大程度上来源于鲁凯泽本人对

---

　　[1]　Muriel Rukeyser, *U. S. 1*, p. 28.

　　[2]　Tim Dayton, "Lyric and Document in Muriel Rukeyser's 'The Book of the Dead'," p. 236.

　　[3]　Shoshana Wechsler, "A Ma（t）ter of Fact and Vision: The Objectivity Question and Muriel Rukeyser's *The Book of the Dead*," p. 125.

19 世纪的美国物化学家威拉德·吉布斯（Willard Gibbs，1839—1903）和他的物化研究的迷恋。[①] 1942 年，鲁凯泽出版了砖头厚的《威拉德·吉布斯：美国天才》（*Willard Gibbs：American Genius*）一书。[②] 对于自己撰写吉布斯传记的动机，鲁凯泽是这样说的：

> 我认为我撰写吉布斯的原因是我需要一种改变的语言。我需要一种改变诗歌相位（phase）的语言。而且我需要一种不滞涩的语言，不是把生活看成一系列的点，而是更像水一样的语言，而且我试图在诗歌中看到所有存在于这样的生活之中的事物……[③]

吉布斯相律以物理的语言表达了美国文化，为当时铁板一块的美国社会提供了一种十分需要的二元甚至是多元的文化思维方式。可见鲁凯泽是把吉布斯的物理物质理论作为文化批评来解读的。所不同的是，对于身为诗人的鲁凯泽来说，"宇宙是故事组成，而不是原子"[④]。因此，鲁凯泽认为："吉布斯的故事是战争年代的纯粹想象的［故事］。这是一种在打破系统的时代建立系统的冒险。"[⑤] 这正是鲁凯泽从吉布斯相律中得到的启示。那么在《亡灵之书》中，这一启示是如何体现出来的呢？

首先，吉布斯相律所体现的转化的力量以喻指的方式体现出来。布莱恩·邓肯（Bryan Duncan）指出："转化以几种显著的方式为这部系列诗提供了主要比喻。"[⑥] 从前文的论述中，我们不难总结出此种种转化。比如，

---

① 吉布斯是化学热力学和统计力学的奠基人，化学家 Wilhelm Ostwald 这样称赞了吉布斯："从内容到形式，他赋予物理化学整整一百年。"吉布斯在 1873—1878 年发表的三篇论文中，以严密的数学形式和严谨的逻辑推理，导出了数百个公式，特别是建立了关于物相变化的吉布斯相律（Gibbs phase rule），为化学热力学的发展做出了卓越的贡献。

② Muriel Rukeyser, *Willard Gibbs：American Genius*, Garden City, NY：Doubleday, Doran, 1942，该书长达 465 页。

③ Cornelia Draves and Mary Jane Fortunato, "Craft Interview with Muriel Rukeyser," p. 34.

④ ［美］缪里尔·鲁凯泽：《黑暗的速度》，载埃利奥特·温伯格编《1950 年后的美国诗歌：革新者和局外人》，第 249 页。

⑤ Muriel Rukeyser, *Willard Gibbs：American Genius*, p. 7.

⑥ Bryan Duncan, "'All Power Is Saved'：The Physics of Protest in Muriel Rukeyser's *The Book of the Dead*," p. 553.

从硅石到矽肺到死亡的转化；从硅石到金钱到资本积累的转化；从硅石到水晶到亡灵之书的转化等。

其次，吉布斯带给鲁凯泽的最大的启示在于整体和个体之间的关系和联系的必要性。在吉布斯传记中，鲁凯泽表达了这样的观点：

> 寻找能量之源，……在我们自己的人民，在活着的人们中发现源泉。能够追寻造就我们的两个源头：不计其数的无名的死者的躯体，以及凤毛麟角的人间翘楚，他们出于伟大的精神财富能够造就自己的伟业。①

正如天才和普通人之间的个体和整体之间的关系所彰显的那样，诗歌创作对鲁凯泽来说，就是捕捉个体和整体的关系，并加以戏剧化呈现。在《亡灵之书》中，鲁凯泽把目光聚焦在了那些"不计其数的无名的死者的躯体"，那些在历史的进程中尘封的生命和屈死的魂灵。对于鲁凯泽来说，这个吉布斯相律的意义不在于其科学性本身，而在于其与自己的诗学之间的呼应性。鲁凯泽对吉布斯的一篇重要论文《论多相物质的平衡》的伟大之处是这样理解的：

> 正是这篇伟大的论文在一个只有具体的因素才能抓住公众头脑的时代，致力于［探究］联系；它本身总结的不仅仅是吉布斯已经做了的工作，它建立的不仅仅是一门新科学和一个应用学的王朝的整体的基础，而且也预示了——也释放了——一个时代。②

对鲁凯泽来说，吉布斯相律是一种"想象"，是"美国想象的含义"。吉布斯相律与"想象"一样，把对立的因素联系起来。在鲁凯泽的诗学话语中，"想象"几乎是异质性的、多元的、动态的"联想"的代名词。对鲁凯泽来说，吉布斯相律所表示灵活的、异质性想象是对抗僵化的、正统的文

---

① Muriel Rukeyser, *Willard Gibbs*, p. 12.
② Ibid. , p. 230.

化表达的有力武器。这正是"相位"的观念的类比所产生的文化动力。与埃及女神带给鲁凯泽把现代性的片段连缀起来的启示具有异曲同工的效果，吉布斯相律带给鲁凯泽的是原子之间奇妙联系的科学论断。从这个意义上说，吉布斯倒像是为埃及女神的做法寻找到了理论的支持，也为鲁凯泽的诗学观涂上了一抹科学的色彩。

最后，也最重要的一点就是除了带给鲁凯泽诗学想象和联系，女诗人对吉布斯的研究还带给了她意象和文字相结合的方式，并形成了她独特的"ekphrasis"① 诗歌。"Ekphrasis"简单说来就是一种"讲述""视觉或者造型艺术作品"的"行为"②。因此，"ekphrasis"诗歌就是视觉艺术和语言艺术相结合的产物，是用语言之美展现视觉艺术之美的诗歌。中西方文学中都有以诗呈现视觉艺术的传统。然而却鲜有人从科学的角度思考过这种呈现的必然性。鲁凯泽恰恰就做了这样一个工作。鲁凯泽从吉布斯的研究过程看到了图像呈现的诗意。鲁凯泽说："吉布斯做了他的模式，然后把他们丢掉，发现他所需要的交叉和联合可以在一个观点而不是一种物理模式中找到。他以这样的方式从熟悉的意象中移开。"③ 这里的"物理模式"指的是吉布斯对热动力过程图像呈现的论文。④ 可能正是吉布斯本人对图式意象的偏爱才使得他成为同样对视觉艺术情有独钟的鲁凯泽的写作对象的吧。"在这些论文中，吉布斯表明他能够使用图示，却不被他们所束缚。"⑤ "Ekphrasis"为鲁凯泽提供了一个类似的机会：创造出在生产者、客体和观众之间关系的一个循环。尽管焦点是在物质的客体，但这种以语言讲述视觉艺术的行为却拒绝给客体优先权，而是把焦点放在了这一过程中出现的"变化"，也就是在图像与语言之间的转化。这一转化过程以及诗人为了实现这一转化所运用的

---

① 关于"ekphrasis"一词，目前较为常用的中文翻译有"艺格敷词"、"视觉再现的语言再现"等。前者出现较早，也较为常用；后者参见陈永国、胡文征所译《图像理论》一书。本人感觉目前的各种翻译似乎都难以准确表述这一含义极其丰富的词语，因此保留原文，以免误导。

② Jane Hedley, "Introduction: The Subject of Ekphrasis," p. 15.

③ Muriel Rukeyser, *Willard Gibbs*, p. 416.

④ 主要是他的前三篇论文，分别是 "Graphical Methods in the Thermodynamics of Fluids"; "A Method of Geometrical Representation of the Thermodynamic Properties of Substances by Means of Surfaces"; "On the Equilibrium of Heterogeneous Substances"。

⑤ Muriel Rukeyser, *Willard Gibbs*, p. 203.

策略都清晰地体现在《亡灵之书》中。

　　在《亡灵之书》中，诗人借用视觉的意象群，用诗人自己的话说，就是"星系"（constellations），或者如维赫斯勒所言，意象系列（image sequences），收集起亡灵的骨骸。诗人更借用现代化视觉手段，以诗歌为载体，化身为现代的伊希斯，让亡灵复活。她认为用心灵捕捉的照片是"科学图片"（science'pictures），因为它们反映了"一个世界的幻境，其间一切都看着我们，以一种我们识别的力量宣称着它们自己"。在诗人的镜头的扫描中，与高雷悲剧相关的一幕幕在 20 首看似毫无关联的诗歌中以一种"戏剧化并置"的方式展开。① 换言之，鲁凯泽借助的中心意象是"照相机"等体现视觉功能的实体。具言之，当诗人不得不以第三人称来讲述的时候，她借用了照相机镜头来"看"，而不是"讲"，这样做的目的依旧是为了凸显真实性、文献性和在场性。换言之，她把自己化身成为了"摄影师"，对准了一个又一个活着的和死去的生命。

　　在《亡灵之书》的第四首《高雷桥》（"Gauley Bridge"）中，这种视觉再现的方式如同一架精准的照相机摄取到了 20 世纪 30 年代美国小镇生活的方方面面。诗歌开篇"十字路口的照相机看着城市"② 不但以最直接的方式点出了视觉再现的方式和观察的视角，而且强化了《亡灵之书》的"系列文献式的照片的架构想法"③。接着，整首诗歌在一个又一个视觉的意象中徐徐展开。不但"照相机"反复出现，而且"照相机取景孔"（the camera eye）、"赤裸的眼睛"（the naked eye）、"刺目的眼睛"（harsh eyes）、"玻璃"（glass）、"磨砂玻璃"（groundglass）等与视觉相关的意象反复出现，以各种方式提醒着读者该诗歌中视觉呈现的方式。威廉·司各特（William Scott）指出："照相机是 30 年代头脑中的主要象征……因为头脑渴望真实性的质量，直接和即时的经历，照相机都能捕捉在照片中。"④ 这架相机就真实地摄取下一个又一个典型的 30 年代美国小镇的景象，列出一份"视觉的

---

　　① Shoshana Wechsler, "A Ma (t) ter of Fact and Vision: The Objectivity Question and Muriel Rukeyser's *The Book of the Dead*," pp. 121—137.

　　② Muriel Rukeyser, *U. S. 1*, p. 16.

　　③ Robert Shulman, *The Power of Political Art: The 1930s Literary Left Reconsidered*, p. 193.

　　④ William Scott, *Documentary Expression and Thirties America*, p. 77.

清单"①。"十字路口的照相机看着城市",呈现出一幅美国 30 年代特有的街头即景:

　　　　一条木板墙的街道和空空的窗户,
　　　　在空荡荡的街道上家家关门闭户,
　　　　无家可归的黑人站在街角。

　　　　小男孩和狗疯跑
　　　　从街道一直跑到河上的桥头
　　　　那里九个男人正为政府修路。
　　　　他把固定在街上的照相机镜头弄模糊了。②

　　这幅小镇街头的景象是很丰富的。从摄影技巧来看,既有全景也有近景,既有空镜头也有人物特写,既有静态画面也有动态画面;从拍摄的风格来看,画面灰暗、阴郁,人物或机械(为政府修路),或呆板(无家可归的黑人站在街角),或漫无目的(小男孩和狗疯跑)。这幅图景是典型的 20 世纪 30 年代美国小镇的景象:经济的萧条带来城镇的衰败和人们精神的委靡。这样的图景在 30 年代的美国文学作品中是很有代表性的,尤其在斯坦贝克和帕索斯等人的作品中屡见不鲜。诗人以这样的方式把自己和自己的文献式书写放置进时代的背景之中,为自己的书写找到了可以参照的系数。

　　模糊的镜头紧接着伸展到内部,捕捉到旅馆和邮局中形形色色的人和事。鲁凯泽的镜头的聚焦是很独到的。在 20 世纪 30 年代的美国小镇中,旅馆和邮局是各色人等的汇集之处,也往往成为小城镇的缩影。果然,在这里,我们跟随着诗人的镜头见到了旅馆的店主,架着眼镜看书;透过邮局的玻璃窗,"不住咳嗽的高个男人正在贴邮票";一个刚刚离开医院的男人,"砰地甩上门,死路一条"。这些照相机捕捉到的镜头看似漫无目的,没有

---

　　①　Shoshana Wechsler, "A Ma(t)ter of Fact and Vision: The Objectivity Question and Muriel Rukeyser's *The Book of the Dead*," p. 121.

　　②　Muriel Rukeyser, *U. S. 1*, p. 16.

内在联系，实则不然。在镜头中的人不但毫无生机，而且不断地传递着死亡逼近的信息。无论是不住咳嗽的男人，还是从医院摔门而出的男人，都绝望地笼罩在阴影之中，死神悄然逼近。而这种景象不但是这个小镇的常态，而且成为众多类似的小镇的缩影，因为"任何小镇都看似这个一条街的小镇"①。

　　照相机的真实捕捉和诗人不失时机的评说盘活了一种"精细观察的文献美学和自我反思的身临其境"②。换言之，这是一种观察和思考的完美结合的方式，带来的不仅仅是一种真实的在场感，还有一种尽管含蓄，却坚决的态度和观点。在谈到这首诗歌和《亡灵之书》的关系时，罗伯特·苏尔曼（Robert Shulman）指出，二者的内在联系首先在于此二者的意义均来源于"文化语境"③。从以上的论述我们不难看出，这首诗歌不但以各种意象或明或暗地涉及矽肺病症，而且真实地记录下了20世纪30年代美国小镇人们的抑郁的精神生活状态。从本质上说，这首诗歌是《亡灵之书》所力图呈现的"高雷悲剧"的一个有机的组成部分。在这首诗歌中，诗人不但化身为照相机，以一个"观察的自我"呈现在诗歌的字里行间，而且，她同时也化身为那个美丽的埃及女神，把散落的人间图景一一串联起来，形构了一张美国小镇令人窒息的生活地图。

四　现实中的"水晶球"

　　鲁凯泽是一位十分注重诗歌现实性的诗人。她的那句名言"对诗歌的恐惧表明我们从我们自己的现实中被割裂开来"已经成为诗歌现实意义的箴言。④ 此外，鲁凯泽还曾经多次以各种方式强化自己的诗歌现实主义理想。她甚至在长诗《地中海》（"Mediterranean"）中有些极端地指出："诗歌就是事实。"⑤ 鲁凯泽还在很多场合不厌其烦地阐述自己的诗歌现实主义创作

---

① Muriel Rukeyser, *U. S. 1*, p. 16.

② Robert Shulman, *The Power of Political Art: The 1930s Literary Left Reconsidered*, p. 195.

③ Ibid.

④ Muriel Rukeyser, *The Life of Poetry*, p. 28.

⑤ Muriel Rukeyser, *U. S 1*, p. 139.

观，并特别强调她渴望使诗歌与广阔的人类经验的范畴相结合的诗歌创作理想。例如，在与塞缪尔·西兰（Samuel Sillen）的广播采访中，当西兰谈到《亡灵之书》时，说这部系列诗歌的主题很不同寻常，因为人们习惯于把诗歌与生活中愉快的事情联系在一起，而鲁凯泽为什么偏偏会选择这样的一个事件作为诗歌创作的素材呢？对此，鲁凯泽是这样回答的："我感觉现在诗歌必须把自己建立在这样的题材之上，以及一直是诗歌基础的那些个人的反应之上。真实的世界，而不是某些与现实毫无关系的可笑的结构，一定会为现代诗歌提供素材。"[1] 对于这段表白，缇姆·戴顿的分析是十分透彻的。他认为，鲁凯泽的此种诗学观和诗歌创作理念既确认了她的"政治承诺"又肯定了"现代派诗歌"[2]。同时，这段话也表明，尽管鲁凯泽强调诗歌应该建立在真实世界的基础之上，但她并不排斥个人情感诉求的诗歌，因为那是西方诗歌传统的基础。

　　《亡灵之书》正是诗人的所有现实理想寄生的地方。正如诗人在诗歌中的问诘："你想要的是什么——悬浮于城市之上的悬崖峭壁？/一片伸向海中的低岬，漫山遍野开满的玫瑰花？/这些人生息于此。"[3] 这首系列长诗集中体现了诗歌与时代的密切联系，以及时代的风貌和精神气质。鲁凯泽最早的三部诗歌作品《飞翔的理论》（*Theory of Flight*）、《美国1》（*U. S. 1*）、《飞旋的风》（*A Turning Wind*）均是基于诗人亲身参与或者是调查获得的第一手资料，分别记录了20世纪30年代三个对美国和世界的社会生活产生了重大影响的真实事件：阿拉巴马州的斯科茨伯勒男孩强奸案，西弗吉尼亚州的矿难和西班牙内战。以上这三部诗歌作品均体现了诗人"把事实材料吸纳进入诗歌文本"的诗学理念，[4] 而其中最有代表性的还是长诗《亡灵之书》。前文已经提到，这首诗歌是典型的现代主义的文献式诗歌。对于诗歌和文献之间的关系，鲁凯泽的见解十分独到："诗歌能够延展文献。"[5] 事实上，鲁凯泽的诗学理念和诗歌创作实践并不是空穴来风。作为处于现代派诗学影响下

[1]　Muriel Rukeyser, "Radio Interview by Samuel Sillen," p. 146.
[2]　Tim Dayton, "Lyric and Document in Muriel Rukeyser's 'The Book of the Dead'," p. 226.
[3]　Muriel Rukeyser, *U. S 1*, p. 17.
[4]　David Wolff, "Document and Poetry," p. 23.
[5]　Muriel Rukeyser, *U. S. 1*, p. 146.

的犹太诗人，她的诗学理念兼有英美现代派和犹太客体派诗学的双重特点，也同时可以被纳入这两个文学传统之中。"诗歌能够延展文献"的理念似乎回应并发展了庞德的诗歌应该"包括历史"的诗学理想；同时这一文学实践也是对庞德的《诗章》（Cantos）和威廉斯的《佩特森》（Paterson）的致敬。作为"中间一代"的美国犹太诗人，鲁凯泽的文献式拼贴诗与客体派诗学也有着精神气质上的契合性；而《亡灵之书》也不由得使人联想到第一代美国犹太诗人雷兹尼科夫的《大屠杀》（Holocaust）和《证词》（Testi-mony）等运用真实史料的诗歌作品。此外，20世纪30年代经济大萧条的特殊历史背景又使得鲁凯泽的诗歌创作不可避免地带有着鲜明的时代气息。正如米歇尔·舍斯顿（Michael Thurston）所指出的那样："大萧条催生了一种相当新颖的文类——文献式——的爆发。"① 而《亡灵之书》等诗歌中纯熟运用的体现时代科技精神的创作试验也与帕索斯的《美国三部曲》等美国20世纪30年代的经典作品不谋而合。因此，我们有理由认为，鲁凯泽的诗学理念和实践是现代派诗学和客体派诗学在20世纪30年代独特的时代背景下相容相交的杂糅产物，也是诗人的诗学取向与种族意识共同作用的结果。

在《亡灵之书》中，诗人几乎让自己隐身，而是让文献、证词来说话。借助现实的力量，人的证词让亡灵复活，而人的正义和爱让亡灵得以重生。鲁凯泽对文献的呈现的方式是很极端的，文献、诗中人物、诗人自己的语言混杂一起，难以辨识。《疾病》（"The Disease"）就是这样一首诗：

回到窗子。这是心脏。
更多的小结，也更厚了，看，在上肺叶。
你会注意到增强：这，肺纹理——

表明什么？
这表明十个月病情的发展。
现在，今年——呼吸急促，坚硬的痂

---

① Michael Thurston, "Documentary Modernism as Popular Front Poetics: Muriel Rukeyser's 'Book of the Dead'," p. 59.

甚至遍布肋骨，在两侧都很厚。
血管阻塞了。典型的血栓。

到了第几期？
三期了。每次我把铅笔尖放到的地方：
那儿、那儿、那儿、那儿和那里。

"每天都变得更糟糕。晚上
我起夜来喘气。如果我保持
平躺我想我会死掉。"①

以上这段诗歌恰好印证了鲁凯泽的那句名言"行为和诗歌之间不设防"②。诗歌本身就是行为，就是行动，语言的力量也在于此。鲁凯泽的此种理念在本质上回归了诗歌的原始含义。

最能体现长诗现实性和文献性的部分当属第三首诗歌《陈词：菲利帕·艾伦》（"Statement：Philippa Allen"）。③这首诗"代表了《亡灵之书》的文献式的极致"④。因为这首诗基本上来源于该事故的一次听证会的长达两百多页的记录。鲁凯泽真实地记录下了艾伦的证词：

——你非常喜欢西弗吉尼亚州，不是吗？
——在夏天，我的确非常喜欢。
——你在西弗吉尼亚住了多久了？
——整个 1934 年夏天，当我在那里做社工的时候，我第一次听说那场牵涉到大约 2000 人的悲剧，我们更愿意称之为高雷隧道悲剧的

---

① Muriel Rukeyser, *U. S 1*, p. 32.

② Ibid. , p. 68.

③ Philippa Allen 是该事件的主要调查人和公布人之一。在《美国 1》第一版的附页注释中，鲁凯泽特意注明这首诗要感谢许多调查者和作家的工作，特别是 Philippa Allen 的努力。参见 Muriel Rukeyser, *U. S. 1*，p. 147。

④ Tim Dayton, *Muriel Rukeyser's The Book of the Dead*, p. 37.

事件。①

文献的独特性在于真实和权威，而艾伦的证词就具有这种特点。作为一名社会工作者，艾伦对群体性的悲剧事件注定是极其敏感的和关注的，而其视角也具有普通人所不具有的专业性。艾伦也发誓要"这种状况的/全面的历史"交代清楚。艾伦身份的权威性为该诗的真实性和社会性做了必要的铺垫：

> 根据承包商的估计
> 那里，大约两年时间，
> 　　雇佣了 2000 人
> 　　开凿，3.75 英里隧道。
> 　　把（来自新河）的水改道
> 　　进入（高雷枢纽）的水电发电厂。
> 他们钻掘的岩石富含高纯度硅。
> 在一号隧道，纯度高达 97%—99%。
> 承包商
> 　　知道纯硅
> 　30 年的经验
> 　　一定知道对每个人都是危险的
> 　　疏于给工人提供任何安全设施……②

以上两部分诗行无论从视觉、韵律还是内容似乎都缺乏诗歌的特点和味道，也难怪有些评论家认为这样的诗行是"非诗歌的"③。的确，如果从传统的抒情诗歌，特别是从形式严谨的欧洲古典诗歌的标准来审视鲁凯泽这首长诗中的大部分诗行，一种困惑和质疑也随着这些与诗歌谬之千里的数字、

---

① Muriel Rukeyser, *U. S 1*, p. 13.

② Ibid. , pp. 13—14.

③ M. L. Rosenthal, *Chief Poets of the American Depression*, p. 470.

证据不时闪现在读者的面前和脑海之中。然而，鲁凯泽的诗歌创作策略却与现代派诗学理念和诗歌创作策略有着惊人的气质的契合点。首先，证词的文献性和在场性所带来的真实感是现代派诗学的终极追求；其次，口语化的韵律与现代派诗歌的创作初衷也有着惊人的契合点；再次，讲述人夹叙夹议的讲述方式带来的权威感赋予了诗人本人近乎隐身的特权，而这正是艾略特理想的"非个人化"的诗歌理想的实现。正如 M. L. 卢森豪（M. L. Rosenthal）所指出的那样，这首诗是"现代派实验与口语韵律［结合］的逻辑结果"，也是"当代人对文献材料的兴趣"的结果。[①]

五　小结

在诗歌中，鲁凯泽近乎隐身，却时时操控着诗歌的情绪和诗歌的进程。她所借用的法宝就是埃及女神的水晶球、科学的水晶球和现实的水晶球。埃及女神的水晶球使鲁凯泽的诗学理念得到了全面阐发，成为统领这部系列诗的灵魂所在；科学的水晶球使得鲁凯泽能够化身为摄影师，借助一个又一个镜头，全景与近景相结合，全面展示整个事件的前前后后，从而实现了系列长诗主题的连贯性；现实的水晶球使得鲁凯泽能够有效地借用文献材料，让证词为亡灵喊冤，让行为抚慰亡灵，从而赋予了该系列组诗强烈的现实感和在场感。就该系列组诗的叙事声音而言，以上三个层面又有机地结合在一起，形成了该组诗独特的文献叙事与抒情叙事相生相伴的特点。当然，无论是诗学建构还是诗歌创作，也无论是文献叙事还是抒情叙事，统领全诗的灵魂还是诗人悲天悯人的人道主义思想。正如诗人所言："欲望、田野、开端、名字和路／与这些人的交流，／像后记，无尽的爱的种子。"[②] 她在自己纵横交错、庞杂羁绊的诗学建构和诗歌创作中，播撒的正是爱的种子。这种爱带来的是亡灵的复活和生命不止的人间奇迹。正如诗人在"水坝"（"The Dam"）结尾处深情的述说：

---

① M. L. Rosenthal, *Chief Poets of the American Depression*, p. 470.
② Muriel Rukeyser, *U. S 1*, p. 72.

这是完美的流淌，岁月无痕、时空不再
死去活来，痴心不改，享受休憩，
为了找到和平永远流淌，心甘情愿
在平等的海洋在平如镜面的水流中。
摩擦的作用：战斗和再次流逝，
学习它的力量，征服边界，
在波涛翻卷中借力升起，
在低潮中粉身碎骨，献出生命。
积聚永恒的力量。大力士，
煎熬，但不会毁灭，在丝丝缕缕中穿梭，
百万，它的力量能停歇，却能永远卷土重来，
等待，灵活。重生。
没有失去什么，即使在战争中，
不完美的流淌，力量的混乱。
它会重新升腾。这些是它的表象的不同阶段。
它知道春夏秋冬，正在蓄势待发，蓦然行动。
它改变。它没死。①

　　从水坝喷流而下的河流带着生命的冲击力，也仿佛平凡的人生命不息的顽强和斗志。鲁凯泽书写《死亡之书》的目的却是唤起一部《生命之书》。评论家阿尔博尔特·特纳（Alberta Turner）对鲁凯泽的评价是十分公允的："尽管她从来也没有被全身心地接受过，也没有得到众口一词的评论界的承认，至少在她的有生之年，她的作品的宽泛、质量、严肃和活力确保了她在现代美国诗歌史上永久的地位。"② 也许，我们可以在这个评价之上加上一点，确保她在美国诗歌史上地位的还有她作为作家的普世之爱。

---

① Muriel Rukeyser, *U. S 1*, p. 58.
② Alberta Turner, "Muriel Rukeyser," p. 369.

第二十三章
里奇等式观照下的里奇诗歌

艾德里安娜·里奇（Adrienne Rich, 1929—2012）是美国当代文坛最富盛誉的犹太女诗人之一，也是文学和文化批评领域最有影响力的人物，她在同性恋女权主义理论方面开创性的贡献更是无人能望其项背。从1951年获得耶鲁青年诗人奖开始到2012年辞世，她获得了若干重要的文学奖项，其中包括1999年的拉康基金会终身成就奖、美国诗人学会奖，美国麦克阿瑟天才奖等，并于2006年获得了国家图书基金会授予的美国作家杰出贡献奖章。难能可贵的是，耄耋之年的里奇仍旧保持了旺盛的创作力，并时有诗歌佳作和精彩评论问世。从第一部诗集《世界的改变》（*A Change of World*, 1951）开始，她共出版诗集18部，其中包括获得国家图书奖的著名诗集《潜水入残骸》（*Diving into the Wreck*, 1972）。20世纪七八十年代是里奇诗歌创作的高峰期，进入90年代之后，她的诗歌创作速度有所放缓，但十年之中也出版了《艰难世界的阿特拉斯》（*An Atlas of the Difficult World: Poems 1988—1991*, 1991）《共和的黑暗之地》（*Dark Fields of the Republic 1991—1995*, 1995）《午夜救助》（*Midnight Salvage 1995—1998*, 1999）《狐狸》（*Fox: Poems 1998—2000*, 2000）等四部诗集。进入新千年之后，里奇出版了《废墟中的学校》（*The School Among the Ruins: Poems 2000—2004*）、《电话铃声在迷宫回响》（*Telephone Ringing in the Labyrinth 2004—2006*, 2007）、《今夜没有诗歌恭候》（*Tonight No Poetry Will Serve*, 2011）三部诗集，其中《废墟中的学校》更是为这位耄耋之年的女诗人再次赢得了美国国家书评奖。

里奇被认为是"本世纪（20 世纪）主要经典诗人之一"①，其影响力渗透到了文学、政治、女权主义运动、女性研究等多个领域。国外文学研究界对里奇一直保持着相当的热度，海伦·文德勒（Helen Vendler）、玛格丽特·阿特伍德（Margaret Atwood）、凯米勒·罗曼（Camille Roman）等评论大家都对里奇给予了持久的关注，而 20 世纪八九十年代则成为里奇研究的高峰期。随着新世纪的来临，对里奇的研究也进入了一个全新的阶段。2004 年第一部追踪里奇诗学理念发展变化并全面解读里奇诗歌的专著《改变的时刻》（*The Moment of Change*）问世，这标志着里奇研究的一个新的高度，同时也是一个新的起点。作为一位有着世界影响的诗人和学者，里奇研究是世界学术界的焦点之一，然而，遗憾的是，我国国内学界对里奇的研究尚处于空白状态。②

从 20 世纪 50 年代至今，里奇长达 60 余年的诗歌创作生涯随着诗人生活阅历的增加、思想的成熟、社会政治环境等因素的改变而发生着或微妙或剧烈的变化。"每十年，她就焚烧自己的风格一次，并把它当做新的作品的肥料。"③ 事实上，纵观里奇的诗歌创作生涯，不难发现几次重要的转折：从凭借天才的潜质初登诗坛时模仿传统的青年诗人到热衷于各种诗学实验的诗歌大家；从被传统婚姻束缚到自我解放的女同性恋者、女权主义者和政治活动家；从"从根上分裂，既不是基督徒也不是犹太人，/既不是美国人也

---

①   转引自 Cheri Colby Langdell, *Adrienne Rich*：*The Moment of Change*, p. 3。

②   相比之下，我国台湾地区的里奇研究开展得较早，成果也比较丰富。在台湾学界，里奇受关注的程度不亚于弗罗斯特、金斯堡等诗人。具体研究情况和相关数据可参见何文敬《台湾地区的"二十世纪主流美国文学研究"》，第 23、34 页。台湾地区里奇研究成果主要包括钟玲：《女巫和先知：美国女诗人的自我定位》，纪元文主编《第五届美国文学与思想研讨会论文选集：文学篇》，台北"中央研究院"欧美研究所，1997 年，第 165—189 页。该文选取了六位美国现当代著名女诗人的诗歌，从她们诗歌中的神秘主义入手探究了自我建构的美学策略，其中就包括里奇；钟玲：《美国女诗人对生理现象与性经验之诠释》，《中外文学》第 25 卷，1996 年第 3 期，第 102—122 页，该文探究了 20 世纪美国女诗人如何透过女性生理现象与性经验意象来控诉父权社会的桎梏，其中也包括里奇；钟玲：《爱恨与哀悼：女诗人为父亲写的挽歌》，《中外文学》第 28 卷，1999 年第 4 期，第 21—42 页，探讨了五位美国女诗人为其父亲写的挽歌，其中也包括里奇；宋娉婷（Sung, Ping-Ting）：《"动物般的激情"：亚娟·瑞琪的〈二十一首情诗〉》，《高雄工商专学报》24（Dec. 1994），第 69—84 页。该文探讨了里奇收录于诗集《共同语言之梦》（*The Dream of a Common language*）中的系列诗《二十一首情诗》（"Twenty-One Love Poems"）；张国庆：《"窃夺语言"与历史意识：雷琪的女性主义修正论》，《中外文学》第 21 卷，1993 年第 12 期，第 119—138 页。该文探讨了里奇的女性主义修正观。

③   John Freeman, "In *Telephone Ringing*, Adrienne Rich Makes Music of Words," *San Francisco Chronicle*, Sunday, December 30, 2007.

不是叛逆者"① 的无根的浮萍到重新诉求自己的犹太之根，里奇漫长的诗歌创作生涯是很多美国族裔女诗人在性别、种族等政治文化身份之间艰难选择的缩影。

诗人创作上的转向是需要勇气的，正如评论家、诗人卡罗尔·玛丝克—杜克氏（Carol Muske-Dukes）所言："她［里奇］有勇气不理会一种似乎已经确立取得的文学的'未来'并承担了诗歌未来的一种全新的定义。她有勇气对抗贬低者和评论者，对他们来说厌恶女人是一种文化的需求，并使得它坚持。"② 然而，令人遗憾的是，对于里奇的研究却似乎远远滞后于诗人有意识的创作转向。迄今为止，对里奇的研究视角依旧主要集中于女同性恋视角和女性主义视角，③而对诗人不同时期的转向缺乏应有的关注和敏感。幸运的是，作为评论家的里奇对自己的诗学理念和诗歌创作实践总是不失时机地做出最权威的评论。从"写作作为修正"（When We Dead Awaken：Writing as Re-Vision）④ 到"女同性恋连续体"（lesbian continuum），里奇的诗学思想一直引领着对其诗歌评论的方向。在里奇 2007 年出版的最新诗集《电话铃声在迷宫回响》中，诗人给出了一个诗歌的等式，颇耐人寻味：

> —**历史**＝躯体在时间中—
> 或者，在你的语言里：

---

① Adrienne Rich, *Collected Early Poems 1950—1970*, p. 164.

② Carol Muske-Dukes, *Women and Poetry*：*Truth*, *Autobiography*, *and the Shape of the Self*, p. 38.

③ 对里奇作品的女权主义研究主要包括：Jane Roberta Cooper, ed., *Reading Adrienne Rich*：*Reviews and Re-Visions*, 1951—81, Ann Arbor：University of Michigan Press, 1984；Claire Keyes, *The Aesthetics of Power*：*The Poetry of Adrienne Rich*, Athens：University of Georgia Press, 1986；Alice Templeton, *The Dream and the Dialogue*：*Adrienne Rich's Feminist Poetics*, Knoxville：University of Tennessee Press, 1994；Jeanne Perreault, *Writing Selves*：*Contemporary Feminist Autobiography*, Minneapolis：University of Minnesota Press, 1995 等；对里奇诗歌女同性恋主题研究主要有 Judy Grahn, *The highest Apple*：*Sappho and the Lesbian Poetic Tradition*, San Francisco：Spinsters Ink, 1985.

④ 原文为 "writing as re-vision"，"revision" 有 "回顾" 之意，这与里奇写作该文的初衷是一致的。1971 年，里奇应邀参加了 "20 世纪女作家" 论坛，与 Ellen Peck Killoh, Tillie Olsen, Elaine Reuben 等人共同撰文围绕着 20 世纪女作家的创作等问题展开讨论。里奇的这篇文章是对处于父权空间边缘的女性创作的回顾。国内的译者多采用此意。例如，金利民将该题目译为 "当我们彻底觉醒的时候：回顾之作"，载张京媛主编《当代女性主义文学批评》，北京大学出版社 1995 年版，第 122—142 页。然而，这恐怕绝不是该文唯一，甚至也不是首要的目的。"revision" 还有修正和改写的意思，里奇在文中提出了女性创作应该以一种全新的视野进入曾经的文本，并强调这种女性创作的视野和策略关乎女性的生存问题。基于此，笔者该处将 "revision" 译为 "修正"。

$$\frac{历史 = 时间}{躯体}^{①}$$

　　诗人把自己毕生的诗歌创作思想和体验浓缩在这个数学等式之中。等式
中的四个基本要素是历史、时间、躯体和语言，而历史是在时间、躯体和语
言的游戏变换之中被置换出来的。这种历史观具有典型的后现代特征。其
一，历史是在时间、语言和躯体之间的复杂操作中被建构和被"叙述的"，
这种观点与新历史主义的历史观不谋而合；其二，躯体成为这个等式中至关
重要的因素，这为女权主义的女性"躯体书写"提供了有力的佐证；其三，
语言在该等式中粉墨登场，这与哲学的语言转向不谋而合，具有与"语言诗
人"的诗学理论与实践相同的精神实质。

　　这一等式是里奇一生追寻的诗学理想的总结，也是她长达 60 余年的诗
歌创作实践的概括。在这一等式的作用下，里奇的诗歌成为了历史、躯体、
语言共鸣的"声音的剧场"②（"theatre of voices"），而这三个维度也成为里
奇诗歌创作的基本策略。然而，里奇与其说建构了这三个维度，毋宁说"修
正"了这三个维度。事实上，"修正"观也是里奇的重要诗学观。在"当我
们彻底觉醒的时候：写作作为修正"中，她提出并定义了"修正"观："反
思——一种回望的行为、用新奇的眼光看、从一种新的批评角度进入一个旧
的文本行动——对女性来说，不只是文化史中的一个章节：它是一种生存的
行动。……我们需要知道过去的写作，而且要与我们过去所知道的有所不
同；不是传承一种传统，而是打破它对我们的控制。"③"修正"提供了一种
历史的线索，它使我们知道如何生存、我们一直如何生存、我们如何被引导
着想象我们自己，我们的语言如何使我们落入陷阱又如何解放我们。里奇的
诗歌写作从某种程度上说就是对历史、语言和躯体这三个维度被书写的历史
的"修正"。这个修正的过程是里奇作为诗人的诗学构建过程，也是里奇作

---

　　①　Adrienne Rich, *Telephone Ringing in the Labyrinth 2004—2006*, pp. 68—69.

　　②　Paulo da Costa, "Interview with Adrienne Rich," *Samsara Quarterly* 2001. http://www.
english. uiuc. edu/maps/poets/m_ r/rich/ onlineints. htm.

　　③　Adrienne Rich, "When We Dead Awaken: Writing as Re-Vision," in *Adrienne Rich's Poetry and Prose*,
eds. Barbara Charlesworth Gelpi and Albert Gelpi, pp. 167—168.

为女人的女性主体的构建过程，更是她作为犹太人的族裔身份认知的复苏过程。本章就将从里奇等式出发，观照里奇诗歌的三维"修正"策略，进行一次里奇的诗学观与诗学创作的双向之旅。

一　女性躯体修正中的历史

里奇等式的前半部分是"历史＝时间中的躯体"。在这一点上，里奇显然分享了西苏的观点：女人必须把她自己放到文本之中，如同放入世界和历史一样，通过她自己的行动……写作！……你的身体是你自己的，拿了它。① 不过，当把历史与时间和躯体放在一个更为宽泛的维度下审视的时候，这一等式的前半部分似乎更具有福柯的精神气质。福柯在探讨谱系学时，曾经把身体描述为文化铭刻的一个场所："身体是受到事件铭刻的表面。"② 福柯认为，谱系学的任务就是"揭露一个完全被历史打上烙印的身体"，从而"对身体进行解构"③。身体作为"持续不断解体的一个整体"一直不断地受到历史条件本身的摧毁。"在这个文化价值概念的隐喻体系里，历史被比喻为无情的书写工具，而身体是一个媒介，它必须被摧毁、变形，以便让'文化'得以生产。"④ 而性别也因此成为"历史分析中的一个有效范畴"⑤，也成为社会性别身份产生的关键点。

里奇在诗和散文杂糅的《源泉》（"Sources"，1981—1982）系列中，把她本人定位为一个"身负使命"的女人，不是去赢得什么奖项，而是"改变历史的法则"⑥。那么，里奇要改变的"历史的法则"是什么呢？这个法则确切地说是一种禁忌，一种"禁止同性情欲的先在的禁忌"，"这些禁忌

---

① Hélène Cixous, "The Laugh of the Medusa," p. 225.

② Michel Foucault, "Nietzsche, Genealogy, History," p. 148.

③ Ibid.

④ ［美］朱迪斯·巴特勒：《性别麻烦：女权主义与身份的颠覆》，上海三联书店 2008 年版，第 170 页。

⑤ ［美］琼·W. 斯科特：《性别：历史分析中的一个有效范畴》，载佩吉·麦克拉肯编《女权主义理论读本》，广西师范大学出版社 2007 年版，第 167 页。

⑥ Adrienne Rich, "Sources," in *Adrienne Rich's Poetry and Prose*, eds. Barbara Charlesworth Gelpi and Albert Gelpi, p. 113.

根据一个文化上可理解的理想化的、强制性的异性恋参照系统生产身份"①。在《强制性异性恋和女同性恋存在》（"Compulsory Heterosexuality and Lesbian Existence"）一文中，里奇直言，"强制性的女性异性恋"是一个"谎言"，是"对女人犯下的罪行"②。而"同性恋存在则既包括打破这个禁忌也包括拒绝一种强制的生活方式"③。然而，里奇对于女同性恋理论和实践最大的贡献还在于提出了"女同性恋连续体"。这一概念意味着"一系列——通过每一个女人的生活并贯穿于历史——女人认可的经历"④。可见，里奇对女性身份的构建理念带有强烈的历史延续性和动态性。里奇想要创造的是女同性恋历史新的含义并试图包括所有女性认同的经历。作为一名诗人，里奇在诗歌中开始了她的探索之旅，通过描写她个人的生存经历、她与世界的关系而把她的视野扩展到整个女性的历史。

从里奇等式可以看出，里奇对女性躯体的认识本身就是历史的和动态的。正如她所阐释的那样，她的诗歌是一个"长长的、持续的过程"，要被放在"一种历史的连续性中，而不是高于也不是外在于历史"⑤。里奇所勾画的女性主体意识的转变与里奇本人诗歌创作的发展脉络几乎形成了两条并行不悖的轨迹。从在父权制樊篱中苦苦挣扎的詹妮弗婶婶到潜水入沉船中雌雄同体的潜水者，再到"21首情诗"中女同性恋恋人，女性主体的变化验证的正是里奇诗学理念的彻底改变。从里奇的诗歌创作不同时期的转向，可以清晰地看出女性的躯体在时间的流变中的变化。正如露丝·惠特曼（Ruth Whitman）所言，"里奇的转变令人目瞪口呆"，"20世纪女性历史，从谨慎的传统的服从到全面觉醒，体现在一个女人的身上，挑战着我们的时代的模式"⑥。在里奇早期的诗歌中寻找"她后期诗歌中的女权主义梦想家"的身影的读者是注定要失望的，因为这些思想还只是在"父权制的价值的主流"的巨大身影遮蔽下的小小的"种子"⑦。里奇之所以能够以较高的起点登上

① ［美］朱迪斯·巴特勒：《性别麻烦：女权主义与身份的颠覆》，第178页。
② Adrienne Rich, "Compulsory Heterosexuality and Lesbian Existence," p. 653.
③ Ibid. , p. 649.
④ Ibid. , p. 648.
⑤ Adrienne Rich, "Blood, Bread and Poetry: The Location of the Poet," p. 533.
⑥ Ruth Whitman, "Three Women Poets," pp. 66—67.
⑦ Claire Keyes, The Aesthetics of Power: The Poetry of Adrienne Rich, pp. 15—16.

美国诗坛，与桂冠诗人奥登的热情推介不无关系。而奥登认为，里奇诗歌中的情感"不是里奇小姐独有的，而是我们时代的典型经历"①。由此我们不难看出，奥登并没有把里奇放在女性诗歌传统中考察，换言之，奥登忽略了里奇的性别身份。

女性躯体和女性身份在时间中的流变从里奇诗歌创作的变化得到了清晰的体现。里奇1951年出版的第一部诗集《世界的改变》中的《詹妮弗婶婶的老虎》（"Aunt Jennifer's Tiger"）一诗是体现里奇早期女性主体身份的代表诗作。这首诗是里奇早期诗歌中最有影响的一首，被收录在各种诗选和文选之中，同时这首诗歌也是受到评论界关注最多的诗歌之一。② 里奇本人曾经强调，在写作这首诗歌的时候，她考虑最多的就是尽可能区别开自己与诗中人物詹妮弗婶婶之间的距离，而里奇的武器就是诗歌明显的"形式主义"特征：一种"客观的、观察的语气"，甚至特意把这位女性放在一个不同的辈分和年代。对于自己的"形式主义"策略，里奇曾经做了一个形象的比喻："像一只石棉手套，它让我处理我不能赤手空拳拾起来的材料。"③

里奇在这首诗中，呈现了一个沉默的妻子，压抑的家庭主妇的形象。她把自己全部的内心感受都凝聚到制作布老虎的过程中：

> 詹妮弗婶婶的手指颤抖着穿过她的毛皮
> 发现即使象牙针都难以拔出。
> 叔叔的结婚戒指的巨大重量
> 沉沉地压在詹妮弗婶婶的手上。④

---

① W. H. Auden, "Foreword to *A Change of World*," p. 211.

② 很多评论家关注了该诗歌。比如，Deborah Pope 认为这首诗是一个女人内心"冲突的宣言"，特别是自由与想象的冲动与传统的婚姻所带来的束缚之间的矛盾，参见 Deborah Pope, *A Separate Vision: Isolation in Contemporary Women's Poetry*, Louisiana State University Press, 1984; Thomas B. Byers 认为这首诗歌是压迫者与被压迫者之间的心理较量，同时也反映了里奇早期对男权反抗策略的无力，因为里奇和她的女主人公詹妮弗婶婶一样，她们反抗的方式镌刻在压迫者的语言之中，参见 Thomas B. Byers, *World, Self, Poem: Essays on Contemporary Poetry from the "Jubilation of Poets"*, Kent State University Press, 1990。

③ Adrienne Rich, "When We Dead Awaken: Writing as Re-Vision," in *Adrienne Rich's Poetry and Prose*, eds., Barbara Charlesworth Gelpi and Albert Gelpi, p. 170.

④ Adrienne Rich, *Poems: Selected and New, 1950—1974*, p. 4.

　　内心充满压抑和恐惧的、无助的婶婶形象与她制作出来的威武的布老虎形成了鲜明的对比:

　　　　詹妮弗婶婶的老虎昂首阔步穿过屏幕
　　　　鲜艳的黄澄澄的一群一个绿色的世界。
　　　　他们不害怕树下的人们;
　　　　他们以毛皮发亮,有骑士风度的自信踱步。①

　　百兽之王寄托了婶婶对自由的无限憧憬,成为女性对自由渴望的投射。然而男权对女性的束缚像一个看不见的符咒,要女人付出一生的代价,可能只有在女人永远离开之际,这个符咒才会失去法力:

　　　　当婶婶死去时,她受惊的手会落下
　　　　还是被掌控着她的苦难束缚着。
　　　　壁橱中她做的老虎
　　　　还将继续仰首阔步,骄傲而毫不畏惧。②

　　从女权主义视角审视这首诗歌似乎很容易洞悉其深层含义,特别是当我们把这首诗歌放置到以艾丽斯·沃克为代表的少数族裔女权主义的背景之下,"寻找母亲的花园"中的族裔女性的自我追寻和解放的精神似乎也适合里奇。然而,事实上情况并非如此简单。前文提到,这首早期诗歌最明显的特征在于一个客观的、观察的讲述者声音和明显的形式主义的文体特征。诗中的讲述人的性别不详,他/她以一种冷静的,超然的语气讲述着上一代人的故事,没有评论、没有评价,似乎有意与上一代人的生活保持着审慎的距离。对于该诗所采用的讲述视角和语气,里奇曾经有过深刻的反思。在"写作作为修正"中,她坦白地说,当她回望这些早期作品时,她感到很"震惊",因为她本人真切地感觉到存在于"写作诗歌的女孩"和"要通过她与

① Adrienne Rich, *Poems: Selected and New, 1950—1974*, p.4.
② Ibid.

男人的关系定义自己的女孩"之间的明显的分裂。①此外，这首诗歌几近完美的形式与内容之间的反差也令人深思。这首诗歌以完美的五音部抑扬格写成，三个诗节，紧凑而完整。完美的诗歌形式带来高度的艺术性，同时也带到内容的陌生化。正如前文所引用的里奇的"石棉手套"之喻，把形式主义作为自己的保护伞清晰地反映出诗人对作为女性诗人可以书写的界限十分清醒的认识，而正是这副手套使得里奇能够在男性诗人一统天下的 20 世纪中期的美国诗坛高调登场。这个"石棉手套"是里奇对男性诗歌传统的一种模仿，是她不经意间设计的"一种肯定的模式"。"这种肯定的微妙促成了奥登轻而易举地接受了她进入了男性诗人圈，好像没有对于她是女性过多在意。"②事实上，学徒期的里奇与男性前驱者之间的关系是复杂而微妙的，对此卡曼·博克勒（Carmen Birkle）的总结是颇耐人寻味的：此时的里奇只能遵循这些由男性前辈提出的"诗歌和艺术准则，并因此受到她的男性评论者和读者的赞誉"，然而一种创造出新的美学宣言的冲动已经在她的心中积聚酝酿。③

　　20 世纪 50 年代和 60 年代早期对于里奇来说是迅速开窍、快速成长的岁月。为人妻、为人母的琐碎生活和美国社会政治生活的风云变幻促使里奇开始思考诗歌与社会的关系问题。50 年代末期，当里奇的第三个孩子出生之后，她的诗歌是"在孩子小睡的间隙，在图书馆，或者半夜三点随着一个醒来的孩子起身而匆匆写下的片断"④。在这样令人绝望的情形下，诗集《儿媳的快照》（Snapshots of a Daughter-in-Law，1963）出版了，而这一诗集被认为是她的第一部女权主义诗集。里奇坦言，创作如《儿媳的快照》一样的诗歌，对她来说是一种解脱，因为她不必再遵循普遍意义上的传统诗学，而是转向了属于她自己的女性诗学。在这些诗歌中一个清晰的女性的声音在前景与背景之间悄然游走。里奇女性主义视角在诗集《潜水入沉船》（Diving

---

①　Adrienne Rich, "When We Dead Awaken: Writing as Re-Vision," in *Adrienne Rich's Poetry and Prose*, eds., Barbara Charlesworth Gelpi and Albert Gelpi, p. 171.

②　Claire Keyes, *The Aesthetics of Power: The Poetry of Adrienne Rich*, p. 32.

③　Carmen Birkle, *Women's Stories of the Looking Glass: Autobiographical Reflections and Self-Representations in the Poetry of Sylvia Plath, Adrienne Rich, and Audre Lorde*, p. 118.

④　Adrienne Rich, "When We Dead Awaken: Writing as Re-Vision," in *Adrienne Rich's Poetry and Prose*, eds., Barbara Charlesworth Gelpi and Albert Gelpi, p. 175.

into the Wreck,1973)中达到了全面成熟。其中的标题诗《潜水入沉船》更是成为里奇和女权主义诗歌的经典之作。

随着里奇女权主义思想的成熟,另一种女性意识开始觉醒,并逐渐开始影响到她的诗歌创作。这就是里奇独特的女同性恋思想和诗学。从诗集《共同语言的梦想》(*The Dream of Common Language*,1978)开始,里奇进入女同性恋诗学确立和诗歌创作实践时期。其实,早在这部诗集出版之前,在《从美国的一所老房子》("From an Old House in America")等诗歌中,里奇的女同性恋诗学就已经初见端倪。《从美国的一所老房子》共有 16 部分,女诗人思绪飞扬,心游万仞,但始终聚焦于美国女性历史的进程。该诗的第七节就很有代表性:

> 我是一名美国女人:
> 我要重新做人
> 像压在书里的一片叶子
> 我停下来从炉里的煤炭
>
> 或窗上的黑色窗棂
> 仰望苍天
>
> 艰苦跋涉过白令海峡
> 从阿尔白拉①号跳到我的死亡
>
> 与我身旁的尸体连在一起
> 我感到我的痛苦开始了
>
> 我被冲上这片大陆

---

① Arbella 是 John Winthrop 总督舰队的旗舰。1630 年 4 月 18 日到 6 月 12 日间,总督偕夫人以及一些清教徒乘该船从英格兰到萨莱姆。这艘船原来名为"鹰"号,为了向 Arbella Johnson 夫人致敬才改为 Arbella 号。

运到这里开花结果①

　　这段诗歌确立的是美洲历史的伟大传统。乘坐着以女性名字命名的生命之舟，这些不知名的女人们穿越大洋，来到这片陌生的土地上，生息繁衍。从这个意义上说，美洲历史理应是女人的历史，或者至少有一份属于女人的历史，而不是成为一个"野蛮地父权制的、没有母性的世界"②。里奇在此思考了女性失落了这个本应该属于她们的世界的原因，那就是女性之间的疏离：

　　　　我的生活一直与其他女人
　　　　分离开来，就像

　　　　在矿井中，最早的城市
　　　　大平原的冬天

　　　　大多数时间，我孤独地生活在我的性别中③

　　这种同性间的疏离感困惑着女人和她们的生存，使得她们原本困顿的生活经历变得如《自杀的叶子》一般越发飘零：

　　　　孤独，
　　　　拓荒女的梦想

　　　　举起她的来福枪
　　　　架在家园的围栏上

---

①　Adrienne Rich, *The Fact of a Doorframe: Selected Poems 1950—2001*, p.119.

②　Ibid., p.122.

③　Ibid., p.124.

还在诱惑我们的骄傲
——一片自杀的叶子

躺在聚光玻璃下面
在太阳光耀中

任何一个女人的死都让我虚弱。①

显然,太阳是男权的象征,而男权的千年审视把女性生命的群体力量消融、分解,使其逐渐散落在宇宙空间之中。里奇想要指出的是,每一个女性在女性群体之中都是影响的力量,而女性之间的紧密团结是女性走上解放之路的前提和条件。

出版于 1978 年的诗集《共同语言的梦想》就在多种女性关系中呈现了里奇渴望已久,也思考已久的女性力量。苏珊·弗瑞德曼(Susan Stanford Friedman)认为,这本诗集的结构本身就体现了里奇的一个观点,那就是"在父权制下,真实的女人之间的关系基本上是女同性恋的"②。这个结论是站得住脚的。整部诗集从"她权力"开始写起("Power"),以"她爱情"为中间站("Twenty-One Love Poems"),到"母性权利"("Mother-Right")和同性之爱的"练习曲"("Transcendental Etude")结束,女性之间的爱恋成为贯穿其中的情愫。

《21 首情诗》("Twenty-One Love Poems")在整部诗集的结构中处于中轴位置,其重要性可见一斑。这是一组集中体现里奇同性恋女权主义思想的女同性恋爱情诗。"这组献给她的恋人的优美的爱情诗记录了情爱关系的发展,21 首诗歌诗行从 12 行到 18 行不等。"③ 在第一首,里奇呈现了一座环境险恶的城市,象征着邪恶的父权文明:

---

① Adrienne Rich, *The Fact of a Doorframe: Selected Poems 1950—2001*, p. 130.
② Susan Stanford Friedman, "Adrienne Rich and H. D.: An Intertextual Study," p. 189.
③ Cheri Colby Langdell, *Adrienne Rich: The Moment of Change*, p. 143.

在这个城市的每个角落，荧屏闪烁
肉欲横流，科幻小说里吸血鬼影影绰绰，
成为牺牲品的雇工在皮鞭下不得不弯腰，
我们也要在此行走……如果我们仅仅走过
被雨水浸透的垃圾，走过低俗小报关于我们邻居的
流言蜚语。①

　　这座物欲横流、淫荡鄙俗的城市不是人间乐园，然而，"我"和"我"
的同性恋恋人却并不会因此而放弃这里的生活：

我们需要把握自己的生命
与这些酸腐的梦想分不开，那金属的漏嘴，那些低级趣味，
红艳的秋海棠从一座公寓的六楼上
险象环生地垂挂闪烁，
美腿姑娘们在中学的运动场上
玩着球。
没有一个人想象过我们。我们想像树一样活着，
梧桐树在满是硫磺气味的空气里幽幽发光，
斑痕累累，却依旧灿烂地含苞怒放。
我们的动物般的激情根植在这个城市之中。②

　　显然，"我们"不但没有放弃这里的生活，反而把自己的激情根植在这
个城市之中。对此，苏珊·弗瑞德曼的解释是，扎根在这样的世界的里奇寻
找并发现"与一种被亵渎的'女性原则'相联系的重生的生命力量的证
据"，而女性之间的爱是"一种爱欲"，它的"不可触摸的力量是唯一足够
强大可以对抗可触摸的社会力量的力量"③。苏珊·弗瑞德曼的解读是准确

---

① Adrienne Rich, *The Fact of a Doorframe: Selected Poems 1950—1984*, p. 236.

② Ibid.

③ Susan Stanford Friedman, "Adrienne Rich and H. D.: An Intertextual Study," pp. 179—180.

的，里奇的同性恋女权主义从来都不是出世的，而是入世的。里奇认为，女性从来都不应该逃离现实生活和现实世界的压迫。女同性恋从来都不是逃避世界的手段。朱迪·格瑞恩（Judy Grahn）也认为，"里奇倡导的是建立在现实基础之上的爱"，而她向往的女同性恋生活"不是放逐，不是躲藏，不是设立在奇幻岛，而是作为一种完满而公共的生活，就在当代的城市曼哈顿岛"①。在第二首诗中，里奇把同性之间的恋情进一步公共化了：

> 我在你的床上醒来。我知道我一直在做梦。
> 更早的时候，闹铃声把我们彼此分开，
> 你已经在书桌旁几个钟头了。我知道我梦见了什么：
> 我们的朋友，那位诗人来到我的房间
> 我在那里一连几天都在创作，
> 到处是草稿、复写纸、诗稿，散落的到处都是，
> 我想让她看一首诗
> 那是一首关于我的生活的诗，但我又有些犹豫，
> 然后就醒了。你亲吻了我的头发，
> 弄醒了我。我梦见你就是一首诗，
> 我说，你是一首我想给别人看的诗……
> 我笑起来，又掉入美梦中
> 梦想着把你展示给每个我爱的人看，
> 在引力作用下，公开走到一起，
> 不那么容易，
> 带着那羽化的草，穿过漫长的路，一路来到静止的空中。②

　　讲述人关于恋人的梦揭示出她潜意识中想要让她的同性恋人和她们的生活暴露在公众的审视之下的欲望。现实世界对同性恋情的排斥和同性恋人之间希望全世界都能分享她们的恋情的欲望形成了强烈的反差，而由此所带来

---

① Judy Grahn, *The Highest Apple: Sappho and the Lesbian Poetic Tradition*, p. 36.
② Adrienne Rich, *The Fact of a Doorframe: Selected Poems 1950—1984*, p. 237.

的张力正是这首诗歌不断铺陈的基础。此外，到处散乱的诗稿暗示的就是里奇的同性恋情与创作的关系：同性恋情正是诗人的创作灵感不尽的源泉，是诗人把不可见的情感转化成为可阅读的诗歌的强大的力量。这样看来，《21首情诗》就不仅仅是关于同性恋情的诗歌，还是关于同性恋诗学的诗歌，体现的是女诗人对性别身份与诗歌创作关系的思考。

　　然而，这恐怕也不是里奇思考的终点。除了关于同性恋情和女同性恋诗学之外，隐藏在这浪漫之后的还有里奇对女性亲密关系的政治思考。在这个组诗之中，女性恋人之间的恋情和她们的亲密关系被扩展到女人的公共生活经历之中。正如埃缀恩·奥科顿堡（Adrian Oktenberg）所指出的，这首诗中的"我们"既指的是恋人双方，也指的是女人整体。[①] 组诗第六首中，讲述人表达的就不仅仅是对恋人的爱恋和信赖，这里的"你"显然扩展到天下女人。这种信赖是从女人的"纤纤玉手"开始的：

> 你那纤纤玉手，跟我的一般大小——
> 不过你的大拇指略大一点，略长一点——这双手
> 我可以托付整个世界，许多双如这样的手，
> 操纵着电动工具或者握着方向盘，
> 又或者抚摸着人类的脸庞……这样的手
> 能把未出生的孩子直接送上出生的隧道
> 能引导着探险的救生船
> 穿过冰山，又或者能把精巧的，
> 像针一样细碎的古希腊双耳喷口杯碎片
> 粘连在一起，
> 杯子外面画着陶醉的女人们，
> 大步流星走向西比尔兽穴，或是伊克琉洞穴——
> 这样的手能举起不可避免的暴力，
> 怀着隐忍，
> 怀着对暴力的界限和领域的

---

① Adrian Oktenberg, "'Disloyal to Civilization': The Twenty-One Love Poems of Adrienne Rich," p. 74.

掌控力,从此以后那种暴力要彻底过气了。①

从镌刻在古希腊杯壁上的女子到当代女人,女人的传奇是历史的,女人在社会生活中的意义是永恒的。这正是女性团结的意义所在。里奇一直认为女同性恋情存在于所有的女人之间,因为我们是如此相似,又如此不同:

> ……
> 随着你的喃喃自语,我醒来
> 谈论着消逝的或明或暗的岁月
> 好像是我自己的声音在述说。
> 但我们有着不同的声音,即便在梦中,
> 我们的身体,如此相像,但又如此不同
> 往昔回荡在我们的血液之中
> 我们的血液流淌着不同的语言,不同的意义——
> 不过在任何一部我们分享的世界编年史
> 都可以写出新的意义
> 我们是同性的恋人,
> 我们是同一代的两个女人。②

诗歌最后两行出现的"我们"再次把个人的同性行为扩展到当代女性的公众领域。在诗行"我们的身体,如此相像,但又如此不同/往昔回荡在我们的血液之中/我们的血液流淌着不同的语言,不同的意义——"中,里奇指出女性历史存在于每一位女性的躯体之中,而这个历史已经以"不同的语言"被翻译成为不同的含义。在里奇的话语体系中,历史和人类文明都是"翻译行为"的结果。女人的历史曾经是父权的语言"翻译"的产物,因此,它既不能够描绘雌雄同体的潜水者,也不能够完全呈现女性的历史事实。女人需要修正历史。诗行"不过在任何一部我们分享的世界编年史/都

---

① Adrienne Rich, *The Fact of a Doorframe: Selected Poems 1950—1984*, p. 239.

② Ibid., p. 242.

可以写出新的意义",再次强化了里奇曾经提出的"女同性恋连续体"的概念,以及这种观念所带来的文学创作和女性解放的方式的变化。在这组诗歌中不但暗示着女性生存的一种全新的方式,还提供了一种实现这种方式的思路,那就是,通过使用一种新的语言重新发现并书写一部女人的历史。

二　语言修正中的女性躯体

里奇等式的第二个等式强化的是"历史"在"躯体"与"语言"的流变中意义的生成性。与在时间的流逝中,女性躯体观念的演变相比,这一等式似乎不那么直观了。然而,这却是里奇诗学中最核心的因素之一。一方面这一等式反映了里奇对语言的关注,是里奇语言观的浓缩;另一方面这一等式也是里奇女性主义观念和女同性恋观念与诗歌语言发生联系的必然结果,是里奇开始关注是否有一种女人的语言来表达女人的情感的迫切需要。因此,第二个等式体现的是里奇以语言修正躯体的历史,是里奇语言观和女权主义观念的嬗变历史。

作为诗人,里奇的诗歌中关于语言本身的思考和表述比比皆是:"语言是一张我们失败的地图"("The Burning of Paper Instead of Children")[1];"有语言的地方才有世界","我们是我们的词语"("The Demon Lover")[2];"我们的词语堵塞在电网的丛林中;/尽管有时,它们盘旋着升起在树梢上大呼小叫"("Ghazals")[3]"我在想我们如何才能使用已经拥有的/发明我们需要的"("Leaflets")[4];"我想要选择那些你/也不得不被改变的词语"("Implosions")[5],"这是压迫者的语言/不过我需要用它和你说话"("The Burning of Paper instead of Children")[6];"我说它 [语言] 捉摸不定、转瞬即逝、不值一提/但我接着 [写]"("Inscriptions")[7];"我们的词语误解了我们"

---

① Adrienne Rich, *The Fact of a Doorframe: Selected Poems 1950—2001*, p. 75.
② Ibid., p. 47.
③ Ibid., p. 63.
④ Ibid., p. 58.
⑤ Ibid., p. 55.
⑥ Ibid., p. 76.
⑦ Ibid., p. 265.

（"Like This Together"）① 等。

　　作为学者，里奇对语言的理解有着一般诗人难以企及的哲理深度和理论高度。在《一扇门框的事实》（*The Fact of a Doorframe*）的"前言"中，里奇这样表述了诗歌和语言的关系:"生成于语言材料的诗歌却一直不断地与它自己的媒介较劲儿"②;"诗人不能拒绝语言，去选择其他媒介。但是诗人可以拒绝强加给他/她的语言，弯曲扭结成为一种连接的工具，而不是控制和种族隔离的工具"③。而作为诗人，里奇与语言的较劲儿也从未停止过。她把"词语的特权"作为选择词语与选择沉默之间权衡（"North American Time"）。④ 诗人用语言写作是一种苦恼却必需的负担。语言带给里奇的困惑其实也是令所有诗人"畏惧的问题"，那就是语言的"认可度"和"有效性"的问题。⑤ 里奇对于语言的能量既敬畏又充满着怀疑，就像她在《纸张在燃烧》（"The Burning of Paper"）中所写的那样:

　　　　我们之间发生的
　　　　世世代代发生着
　　　　我们从文学中知道

　　　　它还在发生着
　　　　……
　　　　有些书描写了这一切
　　　　却一无是处⑥

---

① Adrienne Rich, *The Fact of a Doorframe: Selected Poems 1950—2001*, p. 34.

② Ibid., p. xv.

③ Ibid., p. xvi.

④ Ibid., p. 198.

⑤ Barbara Charlesworth Gelpi and Albert Gelpi, eds. *Adrienne Rich's Poetry and Prose*, p. 294. 此外，关于里奇诗歌的语言的"认可度"和"有效性"的文本分析可参阅 Madhoo Kamra & Sumiparna Maiti, Adrienne Rich's "Diving into the Wreck: The Validity and Efficacy of Language, " *LitIndia*, Org. litindia. org/criticism. 10, 01, 2010. 该文运用句法分析解读里奇诗歌"潜水入沉船"，很有新意。

⑥ Adrienne Rich, *The Fact of a Doorframe: Selected Poems 1950—2001*, p. 76.

可见，在里奇的世界中，语言是有着局限性的，但有一点却是肯定的，那就是语言是"使得其他行动和选择可能的人类行为"①。换言之，语言"渗透到意愿、头脑和内心"之中才能成就人类行为的有效性。② 那么，语言的局限性的根源是什么呢？里奇的回答很明确，因为这是压迫者的语言：

> 我处于危险之中。你处于危险之中。书本的燃烧没有唤起我的感情。我知道燃烧会灼伤。在马里兰的凯敦斯维尔胶化汽油烈焰熊熊。我知道燃烧会灼伤。打字机过热了，我的嘴在燃烧，我触摸不到你，这是压迫者的语言。③

由此，不难看出，里奇的语言是政治的。她从黑人英语的"语言的政治性"中得到了很大的启示：

> 作为诗人，我对传统的价值和束缚都感受颇多：传统结构使人放心，但新的经历却有必要去摆脱它们。我越来越急迫地感觉到作为语言的诗歌和作为一种行动之间的诗歌的互动性。作为行动，诗歌探索、燃烧、剥夺的（动力），以及在自己和超越个体自我的他者对话的（能力）。④

在与戴维·蒙特内格罗（David Montenegro）的访谈中，当被问及是从"语言"开始还是从"政治"开始时，里奇说，"我确信，两者我们都会触及；因此随你从哪里开始"⑤。对于里奇而言，语言和政治是不可能分开的，二者彼此是对方的起点和终点。

在同一访谈中，当被问及语言的双刃剑——既是一种抑制的手段，也是一种解放的策略时，里奇回答：

---

① Albert Gelpi, "Adrienne Rich: The Poetics of Change, " in *Adrienne Rich's Poetry and Prose*, p. 294.

② Ibid.

③ Adrienne Rich, *The Fact of a Doorframe: Selected Poems 1950—2001*, p. 78.

④ Adrienne Rich, "Blood, Bread, and Poetry: The Location of the Poet, " in *Adrienne Rich's Poetry and Prose*, p. 248.

⑤ Adrienne Rich, "An Interview with David Montenegro," in *Adrienne Rich's Poetry and Prose*, p. 258.

我感觉我的诗歌的核心主题之一就是语言中作为抑制的可能性和语言中作为扩张和解放的可能性之间的紧张。但只有语言最终并不能够解放我们也是事实。就像我在"沉默的地图学"中所言,语言不可能无所不能。……

我撰写了大量关于死去的语言、压迫者的语言,不再有用的语言的全部问题以及如果你愿意的话,努力寻找一种新的语言、普遍的语言的必要性。这是与词语和词语的历史有关的问题,关于他们如何在我们中生成,我们有如何使用它们的问题。①

语言和政治的关系如此,那么躯体又在其间扮演着何种角色呢? 对此,里奇的一首早年发表的诗歌表述得非常清楚:

想要改变的愿望先从身体开始而不是头脑
我的政治就是我的身体,随着每一次抵抗行动和我每一次失败
　　成长延展
四岁时被锁在壁橱里我用自己的身体撞击墙体
那种行为依旧在我身体里②

在这首诗歌里,里奇明确表示,她的"政治"就是她的"躯体"。此外,她还进一步提出了"通过躯体思考"的观点,从而连接起那些被父权制历史和社会传统残忍地切断的东西:女性那尽管伟大,却很少有用武之地的头脑,女性高度发达的感觉能力、观察力等等。③ 同样在这首诗歌中,她对语言、身体和自我的关系是这样定位的:

……
但是我需要一种述说的方式

---

① Adrienne Rich, "An Interview with David Montenegro," in *Adrienne Rich's Poetry and Prose*, p. 258.

② Adrienne Rich, *Poems: Selected and New 1950—1974*, p. 140.

③ Adrienne Rich, *Of Woman Born*, p. 284.

（这正是他们害怕的）

来应对这些碎片

我需要用手，用身体

触摸你，但

也需要用语言

我需要一种我听到自己使用的语言

看到自己身处其间的语言

像泼洒到画板上的燃料，

酱黑、果绿、红色

中间对比强烈的纹路

在管道的压力下爆裂

斑驳了木器上旧有的木纹①

　　此时的里奇已经感受到来自语言的压力，确切地说，是一种无法用压迫者的语言表达女人的独特经历和经验的焦虑。在《北美时间》（"North A-merican Time"）中，里奇写道：

假设你想要写

一个女人给另一个女人

梳辫子——

不加修饰，或者用珠片

梳成三股辫或者麦穗辫——

你最好知道疏密

长度和样式

为什么她决定编辫子

在哪里发生的

那里还发生了什么②

---

① Adrienne Rich, *Poems*: *Selected and New 1950—1974*, pp. 140—141.

② Adrienne Rich, *The Fact of a Doorframe*: *Selected Poems 1950—2001*, p. 199.

里奇认为，对于"梳辫子"等女性特有的生活经历以及这背后蕴涵的女性的独特情感，带有明显父权制特征的语言是无法探触一二的。因此她需要一种"转化的语法"，一种新的语言范式来书写从未曾有过的经历。里奇认为，在西方文学经典的构建中，艺术与政治分离，而诗人作为女性的身份又与她的艺术分离了。基于此，里奇毕生都在寻求一种能够披露并连接这些在自我和世界中分裂的语言。对于诗歌与语言的关系，里奇有着十分精到的认识："诗歌是，除了其他含义之外，一种语言的批评。把词语放置在一种新的模式中，在从男性到女性代词的纯粹的、巨大的转化中，在通过呼应、重复、韵律、韵脚创造的词语之间的关系中，它让我们听到并看到了我们的词语的新的方向。"[1]而对于她本人在诗歌与语言之中承担的使命，里奇也有深刻的认识。正如她在诗歌《天文馆》（"Planetarium"）中所写的那样：

> 我是化身女人的工具
> 为了躯体的释放
> 试图把脉搏翻译成意象
> 以及头脑的重塑。[2]

随着里奇诗歌创作的不断成熟，她感觉到诗歌作为语言和诗歌作为一种探索与他者之间建立起对话的行动之间的动态性越来越紧迫。从里奇的诗歌和表述中不难发现，里奇对语言和诗歌的理解深具斯皮瓦克的精神：在"人文话语三维关系的'语言、世界、意识'中"，强调"语言"之维，并透过这一维度看"世界"和"意识"如何通过语言"表征"出来，"并借此追问第三世界妇女'从属者无权话语'的'失语'状态如何形成的"[3]，从而创造出一种能够表达女性经历的语言。

那么，里奇是如何创造一种新的语言，一种表达女人特有的经历的方式的呢？同为犹太裔女同性恋诗人艾莲娜·柯蕾普费兹（Irena Klepfisz）采取

---

① Adrienne Rich, "Power and Danger: Works of a Common Woman," in *On Lies Secrets, and Silence: Selected Prose 1966—1978*, p. 248.

② Adrienne Rich, *The Fact of a Doorframe: Selected Poems 1950—2001*, p. 74.

③ 王岳川：《后殖民主义与新历史主义文论》，山东教育出版社 2001 年版，第 58 页。

的是英语与意第绪语共同充当文化符号的"双语实验诗歌"①，意在颠覆在语言内部发生的性别歧视，而她的手段也是语言自身。与柯蕾普费兹不同，里奇"不是通过新的词语，而是通过新的观念，塑形新的语言"②。里奇认为，当我们遭遇父权政治和父权文明的赤裸裸和厚颜无耻的暴力的时候，我们的应对方式就是"通过改写意在表现我们最深层的现实故事和神话而对人类的情感进行真实的记录"③。这种改写正是里奇的修正策略的核心。下面，我们以里奇的代表诗作《潜水入沉船》为例，进一步探究里奇语言操演下的躯体修正策略。

三 潜入海底的性别操演

尽管作为评论家的里奇并没有享受到她在诗坛拥有的赞誉和推崇，但事实上，里奇的很多文论都颇有见地，她对艾米莉·狄金森的研究和评论目前已经成为狄金森研究的经典之作。前文提到，在诗歌创作实践中体验到的女性自我表现在语言和手段上的极度匮乏迫使她"进入到一种极端修正的模式"，一种"女权主义修正"的策略。④ 里奇的修正模式从本质上讲是一种渗透着后结构主义精神的互文观，同时也深具布鲁姆的误读气质。这种修正策略概括起来就是通过对前文本的阅读、误读和改写，一方面使自己置身于经典的传统之中，另一方面又挑战了主流意识形态和"文本霸权"。与布鲁姆不同的是，里奇所设定的文学谱系是写着性别的，此外，与布鲁姆对俄狄浦斯的一往情深不同，里奇更为关注的是前俄狄浦斯情结。里奇的修正策略要"对女性的文化往昔进行一次历史的、文化的和心理的审视，并创造一个女人的历史"⑤。里奇不断地把她的洞悉力投射到"语言的虚构性"之中，"去修正和改写女性主体性和她本人的自我形象"⑥。而这个修正的旅程在

---

① Maeera Y. Shreiber, "Jewish American Poetry," p. 166.

② Judith McDaniel, "'Reconstituting the World': The Poetry and Vision of Adrienne Rich," p. 20.

③ Ibid.

④ Cheri Colby Langdell, *Adrienne Rich: The Moment of Change*, p. 12.

⑤ Maggie Humm, *The Dictionary of Feminist Theory*, p. 192.

⑥ Sabine Sielke, *Fashioning the Female Subject: The Intertextual Networking of Dickinson, Moore, and Rich*, p. 17.

《潜水入沉船》中得到了艺术的再现。本章以下部分将结合里奇的修正观和同性恋女权主义思想对这首诗歌进行一次多角度的阅读尝试，从而进一步挖掘出该诗深刻的文本含义以及这首诗歌对里奇诗学理念的建构起到的至关重要的作用。

（一）一部小规模操演的"个人史诗"

《潜水入沉船》这部诗集问世之初，诗集和标题诗的一个鲜明的主题就得到了公认，那就是贯穿于整部作品的"探索"之旅。加拿大著名女作家、评论家玛格丽特·阿特伍德于 1973 年 12 月 30 日发表于《纽约时报》（*New York Times*）的书评，就已经明确地指出了这一点："这是一部探索之书，是旅程之书。"评论家切瑞·朗戴尔（Cheri Colby Langdell）也肯定了这一点："她正在潜入的沉船"是"陈旧的神话的沉船，特别是关于男人和女人的神话。她正在航行至往昔之事，为了让她自己发现神话背后的现实"，而里奇的"过程—导向的诗学"建构的是一个海底的旅程。① 以上的评论揭示出了该诗集和标题诗的历史维度和社会维度。里奇所尝试的这次海底探险之旅是一次穿越神话、历史和现实的时空探索，是关于性别和身份的探源之旅，是一次带有个人英雄主义情怀的历险。由此我们不难看出，这次"潜水入沉船"的旅程包含了一场真正的史诗般的追寻。

的确，从某种意义上说，这首长诗具有史诗的基本特征："英雄、使命、神话和史诗的地点。"② 在诗歌开篇，"我"如同一个身份模糊、性别模糊的影子，在"阅读过那本神话"之后，"装上照相机，/检查刀刃，/我全身穿上黑橡胶的盔甲/可笑的脚蹼/和严肃可怕的面罩"③，就开始了"我"的探险之旅。结合全诗来看，这本"神话"之书是颇具深意的。这是一部"我们的名字未曾显现"的神话，是一部用西方千年的男权主义思维和语言书写的神话，记载着外在世界与父权社会中的男女二元对立思想。显然诗人从这本神话出发用意深远：她给自己定位了一个修正的标靶。这是一次孤独的海

---

① Cheri Colby Langdell, *Adrienne Rich: The Moment of Change*, p. 121.
② Ibid., p. 118.
③ Adrienne Rich, *The Fact of a Doorframe: Poems Selected and New 1950—2001*, p. 101.

下旅程："不像科斯特和他/勤勉的小组/而是独自登上/阳光淹没的纵帆船。"① "我"如同神话中整装待发的英雄，一股悲壮如虹的气势涌动在"我"和"海洋"之间。在西方经典史诗中，海洋是《伊利亚特》和《奥德赛》等古希腊史诗中的英雄们开启探索自我之旅的宏大背景，是历练人生的不可或缺的考验。这是因为在古希腊人的观念里，海洋是令人敬畏之地，是蕴涵着巨大的神秘力量的破坏之源。在古希腊神话中的海神波塞冬就是个暴戾、跋扈的角色。在《奥德赛》中，那些迷惑人心、变人为猪、吃人为乐的妖魔，实际上就是诡谲多变、凶险四伏的大海的化身。对大海的这种认知一直伴随着人类走进现代文明。

即使是对于现代人而言，海洋依旧带有一种神秘的力量，折射出超乎人类理解与企及的知识。这种不可知性使得海洋与现代文明永远地隔绝开来，成为宇宙间尚保留的与原始的人类思维和活动距离最近的神秘地带，也成为人类的好奇心和征服欲不断蠢蠢欲动的根源所在。与海洋形成对照的陆地上的一切却是人类文明的堆砌，是一个离人类真实的自我和原始的需求越来越远的世界，就像"我"不得不穿的恼人的氧气罩和笨拙的脚蹼一样。这两个截然不同的世界、两种不同的传统以及将要带给"我"的两种不同的奇妙身份被里奇用"一架梯子"连接起来。全副武装的"我"穿着一身笨拙的潜水仪器，蹒跚而下："我向下。/一级一级/ 氧气依然浸着我/蓝光/人的空气/那清澈的原子。/我向下。/脚蹼使我跛行，/像只昆虫爬下梯子/那里无人告诉我/海洋何时/开始。"② "氧气"、"原子"、"昆虫"等意象反复叠加，不断地强调着一个事实，那就是，"我"不断接近的世界是一个人类初始的世界，是一个原生态的世界。而这一小节结尾处的"那里无人告诉我/海洋何时/开始"则进一步凸显了"我"的旅程的与众不同。这将是一个回归之旅、是一个考古之旅。在这一点上，里奇倒是与麦尔维尔的理想有着一脉相承的特质。黑山派诗人奥尔森就认为《莫比·迪克》中的捕鲸船"皮廓德号"所承载的航行是一次驶入历史源头的旅行。而奥尔森本人的史诗巨制《马克西姆斯诗篇》就追寻了美洲的起源和它悠长的，

---

① Adrienne Rich, *The Fact of a Doorframe: Poems Selected and New 1950—2001*, p. 101.

② Ibid.

可一直追溯到美索不达米亚的历史和文化。①

　　随着"我"逐渐潜入海洋，一种全新的体验弥漫了我的全身，一个全然不同的世界呈现在我的眼前："空气先是蓝的，而后/更蓝，然后变绿变黑"②，而"我"也有一种身心均得到解放的自由之感，恍惚之间"我"仿佛失去了曾经的记忆。在一个男性的世界中，我要戴着沉重的面具来控制自然的影响，为了生存我必须如此，因为"我的面罩/依然有力地/使我的血循环"。然而，海洋下面却是一个完全不同的世界，是"另一个故事"，这不是力量的问题，不是控制的问题，恰恰相反，我要"独自学习"的是"不用力地转身"，是四两拨千斤的技巧，是一个女人的生存的故事。海底是一个"你呼吸不同"的世界，这里如母亲的子宫般宁静。尽管"很容易忘记/我为何而来"，但"我"在暂时的迷茫之后，还是清楚地记起此行的目的：

> 我来探索沉船。
> 词语是我的目标。
> 词语是地图。
> 我来看它遭受的破坏
> 和那遍地的宝藏。
> 我的灯光缓慢地抚摸
> 某件东西的侧面
> 它比鱼和海草
> 更持久。③

　　"我"在读完了那本没有我们名字的神话之后，开始了这次潜入海底的旅程，而这一旅程的目的也一直如一个谜一样让我们困惑，也让我们着迷。然而，当这一谜底揭开之际，却也是让读者更加困惑之时："词语"以何种方式成为这次旅程的"目标"和"地图"呢？在前文的论述的基础上，我

---

①　参见王卓《后现代主义视野中的美国当代诗歌》，山东文艺出版社 2005 年版，第 117—137 页。

②　Adrienne Rich, *The Fact of a Doorframe: Poems Selected and New 1950—2001*, p. 102.

③　Ibid.

们不难理解，对于里奇来说，词语一旦被革命性地放置在新的语境之中时，便具有了引领、改变和创造性的力量。里奇特别提到的"从男性到女性代词"的转化更表明她对于词语在构建女性身份意识以及寻找一种女性自己的话语意义的深刻认识。而对于她本人在诗歌与语言之中承担的使命，里奇也有深刻的认识。她曾经说："作为一名诗人，我选择过滤出古老的、萎缩的语汇，捞起它们，涤荡掉淤泥，翻新它们，把它们带进现在的氛围之中……"在这一点上，里奇与奥尔森的观点也不谋而合。后者就认为语言是人类认识宇宙的载体。事实上，在几乎所有美国后现代诗人的理念中，语言都有一种能动的革命的力量，其意义来自于他们对现实生活和平凡世界的直接感受，那么，由于每个人的现实感受不同，语言的含义往往呈现出繁杂、变化、不确定的特质，这一点在其他流派的后现代诗人那里也有所体现，像弗兰克·奥哈拉、约翰·阿什贝利、詹姆斯·梅利尔等人的诗歌语言都有这样的特点。[1] 从美国现代和后现代诗歌的发展，我们可以清楚地看到这一倾向。从意象派诗人到客体派诗人再到语言诗诗人，在刻画现实世界时，都越来越注重挖掘语言的潜力。里奇也不例外。语言在"我"的探寻的旅程中扮演着让人意想不到的角色。在语言的作用下，"我"惊异地发现，"黑发如激流的"美人鱼和"满身盔甲的"雄人鱼似乎合二为一，而"我们无声地/绕沉船转圈/我们潜入货舱。/我是她：我是他"[2]。"我"既是"她"又是"他"的可能性首先是在语言中得以实现的，是语言带给"我"和读者的惊喜。在语言这张"地图"的引领下，"潜水入沉船"成为"我"追寻性别和身份的旅程，而这一旅程的结果则恐怕是"我"未曾料想的吧。

从以上的论述中，我们不难看出"潜水入沉船"具有基本的史诗维度：诗歌中的"我"在一个"神话"的引领和驱动下，如荷马史诗中的英雄奥德修斯一样肩负使命，在一个典型的史诗的环境中开启了漫漫的海上旅程。然而我们也不难发现这首诗歌与西方传统史诗有着明显的差别。后者通常以某种叙事手段和叙事声音刻画一个或者群体的主人公形象，他们往往是神人参半、英

---

①　关于此三位诗人的语言观和诗学观，参阅王卓《后现代主义视野中的美国当代诗歌》，第117—137、138—153、178—205页。

②　Adrienne Rich, *The Fact of a Doorframe: Poems Selected and New 1950—2001*, p. 103.

勇无畏、为正义而战的英雄。① 传统史诗往往风格崇高,讲述的基本是伟大的历史事件,这一事件通常决定着民族或者种族的存亡、兴衰和荣辱,是决定这一文化传统的"总体事件"②。然而,对于美国诗人而言,传统的西方史诗早已在从惠特曼开始的诗歌创作中就被彻底改写了。与传统史诗严谨的格律、完整且封闭的叙事结构、华丽的文体和崇高的风格形成鲜明对比,《潜水入沉船》格律自由、结构松散而开放、风格平易而自然。与传统史诗完整的故事情节和丰满的人物塑造不同,里奇的诗歌诉求更多的是人物复杂的身份和内心体验。传统史诗的叙事事件往往是在一个遥远的历史背景下铺陈,充满了神秘的色彩,叙事视角是以历史审视现在。而里奇的诗歌则是锁定在"现在"时间,站在现在的时间轴之上,回望历史。在某种意义上,里奇的时间坐标与惠特曼是一致的。从这一角度来看,里奇的《潜水入沉船》可算是惠特曼创造的新型的"美国史诗"中的又一个系列。③ 正如罗伊·哈维·帕斯所言:"所有的美国诗歌,从本质上说(如不考虑其内容),都是与惠特曼的一系列争论。"④ 里奇是与惠特曼的"系列争论"中一个必然的节点。所谓的"美国史诗"的核心就是一个经过重新定义的"自我",因此詹姆斯·米勒将其命名为"个人史诗"⑤。米勒认为,"个人史诗"的特点是创造一个"自我"形象,从而形成诗歌抒情性的一面;同时,这个"个人"的自我形象应当成为整个民族和时代的投射,从而赋予抒情性以史诗般的含义。⑥ 这与里奇的诗歌理想简直是不谋而合,因为她在诗歌中要结合的就是外在的"政治的世界"和"性、性别关系的私人的、抒情的世界"⑦。

自我是里奇诗歌中最别具一格的内核。然而,这个自我的呈现在里奇来说是一个痛苦、彷徨、小心翼翼选择和抉择的过程。在文论《写作作为修正》中,里

---

① Alex Preminger & T. V. E. Brogan, eds., *The New Princeton Encyclopedia of Poetry and Poetics*, pp. 361—362.

② Northrop Frye, *The Return of Eden: five essays on Milton's epics*, p. 32.

③ Roy Harvey Pearce, *The Continuity of American Poetry*, p. 72.

④ Ibid., p. 57.

⑤ James E. Miller, Jr. *The American Quest for a Supreme Fiction*, p. 123.

⑥ Ibid.

⑦ Adrienne Rich, "Blood, Bread, and Poetry: The Location of the Poet," in *Adrienne Rich's Poetry and Prose*, p. 248.

奇勾画了这个复杂的过程；在诗歌《詹妮弗婶婶的老虎》中，里奇为了让诗中人物与自己保持距离，刻意把人物设置为与自己不同时代的女性，同时以一种观察、冷静的语气书写这个可怜的女人的命运；在《失败者》（"The Loser"，1958）中，里奇刻意选择了一名男性讲述人；在《儿媳的快照》（"Snapshots of a Daughter-in-Law"，1958—1960）中，里奇尽管选择了女性讲述人，但还是没有勇气以"我"而是以"她"来讲述；在五年之后创作的《猎户星座》（"Orion"）中，"我"被投射到"异父母兄弟"的身上。直到3年之后创作的《天文馆》（"Planetarium"）中，诗中的女人与写作诗歌的女人才最终合二为一。①对于性别和诗人的双重文化身份带给自己的困惑，里奇有着清醒的认识：

> 直接地、公开地作为一名女性写作，处于女人的身体和经历，把女人的生存严肃地作为艺术的主题和源泉是我全部的写作生涯渴望做、需要做的事情。这让我赤裸裸地直面恐惧和愤怒；……但它从我的身上释放出巨大的能量，就像许多其他女性的情形一样，在一个日渐政治的社群里，以那种方式写作既确定又有效。我第一次感觉到诗人和女人之间的鸿沟合龙了。②

在《那里发现了什么》（"What is Found There"）中，里奇援引了美国印第安女诗人戴安·葛兰西（Diane Glancy）的名句"在我的诗歌中我走向自我"表达了诗歌与自我塑造之间的关系。里奇认为，诗歌创作的过程涉及"发现埋藏的交织纠结在一起的想法和需求的欲望，它们驱动着我们，并让我们接受习以为常的自我"。这一欲望具有操控人类的力量，对此里奇总结道：这种欲望在人们还没有机会为自己证明之前就控制了他们，并蛰居在人类的暧昧和矛盾之中。③ 而诗歌创作的魅力正是在于对自我的颠覆性的生产。里奇诗歌中的个人和自我以及二者之间的关系是诸多评论家研究兴趣的核心。例如，评论家谢丽尔·沃克（Cheryl Walker）认为，里奇诗歌要表明

---

① 对于里奇诗歌中的自我的演变过程，里奇本人在《写作作为修正》一文中有所论及。
② Adrienne Rich, "Blood, Bread, and Poetry: The Location of the Poet," in *Adrienne Rich's Poetry and Prose*, p. 249.
③ Adrienne Rich, *What Is Found There: Notebooks on Poetry and Politics*, pp. xiv—xv.

的是,"唯一真正成熟的诗人是自我小到消失,同时又大到可以包容许许多多的自我",因此,沃克认为,里奇诗歌中的"我""既是又不是里奇"①。《潜水入沉船》在一定意义上实现了里奇自我既小到消失,又大到可以包容一切的理想。纵观美国抒情史诗的发展历史,里奇的此种诗歌理想与从惠特曼开始的美国诗人的理想有着一脉相承的亲缘关系。尽管在诗歌开端,"我"是只身入海,但逐渐地,当"我"看到从未曾见过的世界,一个前俄狄浦斯阶段的心理世界,一个父权制在社会意义上尚未形成的历史世界,一个语言在性别化之前的自然世界之后,"我"成为了"她"和"他",我成为了"他们/她们"。这种代词的游戏般的操演使得"我"成为群体的代言人。"我"曲折地体现了里奇作为诗人的使命,使里奇成为"开拓者、见证者和预言者",而这一使命却恰恰是爱默生为美国诗人定义的身份。②

(二) 一部小规模操演的"同性恋女权主义史诗"

里奇在《潜水入沉船》中把一个个人的声音放置在历史与现实之间,从而修正了传统史诗并与新型的美国史诗形成了一脉相承的连续性,因此巧妙地把自己和自己的作品置于美国文学传统之中,为身处边缘的美国女性作家、族裔作家、同性恋女权主义作家树立了一个可以模仿的经典范式。那么,里奇又是通过何种策略形塑了自我,而她所形塑的"自我"又有何与众不同呢?评论家希尔克(Sabine Sielke)认为:"里奇策略的一部分就是通过纠结于其他女性的文本构建她本人的身份和历史"③,换言之,她是在"以所有女人的名义"实现女性身份的构建的。④

在女性身份建构策略中,作为女权主义者的里奇理所当然会从女权主义理论中汲取营养。正如小说家、评论家艾瑞卡·荣格(Erica Jong)所言:"她[里奇]的女权主义是她的诗歌的自然的延展,因为对她来说,女权主义意味着移

---

①　Cheryl Walker, "Trying to Save the Skein," p. 229.

②　爱默生认为诗人是"知者"、"行者"和"言者"。参见 Ralph Waldo Emerson, *Selected Writings*, p. 289。

③　Sabine Sielke, *Fashioning the Female Subject: The Intertextual Networking of Dickinson, Moore, and Rich*, p. 17.

④　转引自 Cheri Colby Langdell, *Adrienne Rich: The Moment of Change*, p. 125。

情作用（empathy）。而移情作用是诗人的基本的工具。"① 因此，理解里奇的女权主义观念对于理解里奇诗歌，特别是《潜水入沉船》是十分必要的。

在女权主义的发展过程中，一直存在着英美女权主义与法国女权主义两种不同的流派，以至于有研究者惊呼："它们之间思想的对接根本不可能，因为每一个一定要否定另一个。女权主义突然成为了女权主义们（feminisms）。"②以吉尔伯特和苏珊·格巴为代表的英美女权主义者热衷于探究"使妇女文学传统得以存在和持续的内在的本质原因"③。换言之，她们试图寻找和确立的是一个女性的文学传统。在《阁楼上的疯女人》中，两位作者语出惊人，提出了"钢笔是阴茎的隐喻吗？"的命题。④ 两位女作家所质疑的是在父权制中心文化中，文学创作被定义为男性的专利，男性作家成为了女性不得不选择的文学之父的书写困境。在布鲁姆的"影响的焦虑"的文学谱系中被认为是带有普遍性的"俄狄浦斯情结"，在吉尔伯特和苏珊·格巴那里受到了质疑：

> 女性艺术家感到孤独。她对男性的前辈隔膜伴随着对姐妹先驱和后继者的企盼。她急迫地渴求女性观众，又畏惧带有敌意的男性读者。她受制于文化，不敢表现自我，畏慑于男性权威，对于女性创作的不正当性心怀忧惧。⑤

由此可以看出，英美女权主义者关注的是妇女如何书写自己的文学史，书写一部不同于以往主流文学的文学史。然而，英美女权主义者的语言观依旧是索绪尔所认为的能指与所指之间的"固定关系的独立系统和稳固的媒介"⑥。正是在这一点上，法国女权主义与英美女权主义出现了本质的分歧。无论是克里斯蒂瓦的"符号学"，还是埃莱娜·西苏的"女性写作"抑或露

---

① Erica Jong, "Visionary Anger," p. 171.

② Julie Rivkin &Michael Ryan, "Introduction to Feminist Paradigms," p. 529.

③ 张岩冰：《女权主义文论》，山东教育出版社 2002 年版，第 79 页。

④ Sandra Guilbert & Susan Gubar, *The Madwoman in the Attic: the Woman Writer and the Nineteenth Century Literary Imagination*, p. 3.

⑤ Ibid. , p. 50.

⑥ 张岩冰：《女权主义文论》，第 112 页。

丝·伊瑞格瑞的"女人腔"都首先否定了语言的稳固性。西苏认为，要想推翻父权制控制，就要从语言的批判开始：

> 每一件事都决定于词语：每一件事都是词语，并且只能是词语……我们应该把文化置于它的词语中，正如文化把我们纳入它的语词和语音中一样……任何政治思想都必须用语言来表现，都要凭借语言发挥作用，因为我们自降生人世便进入语言，语言对我们说话，施展它的规则……甚至说出一句话的瞬间，我们都逃不脱某种男性欲望的控制。①

法国女权主义的理论基本上是建立在俄狄浦斯情结之前孩子对母亲的认同的阶段之上的，是一种来自女性天生的生理和心理优势的，具有颠覆性的力量。对于英美和法国女权主义的区别，玛丽·伊格尔顿作了这样的总结：

> 英美强调"压迫"，法国强调"压抑"；英美希望唤起意识，法国探求的是无意识；英美谈论的是权力，法国的是愉悦；英美被人文主义和经验主义所控制，而法国发展了一种关于文本理论的巧妙的论证。但是贾尔汀最后希望英美的"行动的指令"和法国人对"人的主体通过语言在文化上的刻印"联系起来。她期待两种立场之间审慎和批判的联姻。②

贾尔汀（Alice Jardine）所期盼的这种"联姻"在里奇的创作中得到了全面实现。里奇既把诗歌作为"语言"也把诗歌作为"行动"的理念缝合的恰恰是英美女权主义和法国女权主义之间的裂缝。如前文所言，对于奉语言为"目标"和"地图"的里奇来说，语言具有一种"表演性"（performativity），而我们的身份正是在表演性的言谈行为中被塑造出来的。里奇对接英美女权主义和法国女权主义的实践倒是与美国女权主义理论家巴特勒的理想和策略颇有异曲同工之妙。巴特勒在其代表论著《性别麻烦》的"序言"中曾坦言她的理论建构体现了一种"顽强的使性别'去自然化'的努力"，

---

①　Ann Rosalind Jones, "Inscribing Femininity: French Theories of the Feminine," p. 85.

②　Mary Eagleton, *Feminist Literary Theory: A Reader*, p. 206.

而这种尝试"来自于一种强烈的欲望"："对抗理想性别形态学（morpholo-gies of sex）所意味的规范暴力，同时根除一般以及学术性欲话语所充斥的那些普遍存在的自然的、理当如是的异性恋假设。"① 巴特勒的这段带有鲜明后结构主义特征的表述仿佛是对里奇女性主义理论和诗歌创作实践的最好诠释。事实上，巴特勒对她的这位前辈也是十分关注的，并在很大程度上受到里奇的影响。例如，在巴特勒与盖尔·卢宾题为"性的交易"的谈话中，巴特勒就曾经数次把谈话的中心引向里奇和她的女权主义观。②

　　前文提到的里奇的著名文论"强制性异性恋和女同性恋存在"就表达了与巴特勒相同的观点，那就是，异性恋是"体制化"的"谎言"③。基于此，她提出了"女同性恋存在"和"女同性恋连续体"两个理念。"女同性恋存在"表明的是"女同性恋历史存在和我们持续创造其存在的意义的事实"，而"女同性恋连续体"则强调在个人和历史的双重层面上形成的"女性认同的经历的系列"④。里奇认为"女同性恋经历"就是女人的"存在"，如母性一样，是一种"深刻的女性经历"⑤。而从婴儿时期吮吸母乳开始，到自己成为母亲怀抱婴儿喂奶所唤起的她本人婴儿时的记忆，一直到临终时的老妇在女儿们的陪伴下离开人世，女性能够看到她们自己在这个连续体中进进出出。而这一切与是否是女同性恋无关。⑥ 里奇所建立的"女同性恋存在"和"女同性恋连续体"针对的不仅是那种理所当然的异性恋"假设"，同时，还传达出一个重要理念，即女同性恋在历史上是有源可循的，在生理上也是有理由存在的。此外，"连续体"这一表述还传递出这样一种观念，那就是女同性恋是一个"跨历史现象"，而不单是一个"历史现象"。基于此，我们不难看出里奇的女同性恋观的多维度和动态性。

　　《潜水入沉船》中"我"的性别和身份构建体现的正是一个动态的、不

---

　　① ［美］朱迪斯·巴特勒：《性别麻烦：女权主义与身份的颠覆》，上海三联书店 2008 年版，第 14 页。

　　② 参见［美］朱迪斯·巴特勒《性的交易：盖尔·卢宾与朱迪斯·巴特勒的谈话》，载《女权主义理论读本》，第 455—499 页。

　　③ Adrienne Rich, "Compulsory Heterosexuality and Lesbian Existence," p. 657.

　　④ See Adrienne Rich, "Compulsory Heterosexuality and Lesbian Existence," pp. 631—660.

　　⑤ Ibid., p. 650.

　　⑥ Ibid., pp. 650—651.

确定的、在颠覆中重构的过程。在诗歌的开端,"我"的身份和性别是模糊的,随着"我"与沉船的逐渐靠近,"我"对自己的性别得出了"戏剧性"的结论:"我是她:我是他。"尽管前文对这一结论有所提及,但对于这一结论的生成过程未及详解,现不妨再次细读一下里奇的这段诗歌:

> 这就是那地方。
> 我在这里,黑发如激流的
> 美人鱼,满身盔甲的雄人鱼
> 我们无声地
> 绕沉船转圈
> 我们潜入货舱。
> 我是她:我是他

　　这一诗节本身就是一幅充满戏剧性和神话仪式感的场景。黑发拂动的"美人鱼"与"满身盔甲"的"雄人鱼"让这场极具现实感的海底之行带有了一种神话感和神秘感,而"我"、"美人鱼"和"雄人鱼"围绕着古老的沉船游动的场景又充满了仪式感。"我是她:我是他"的性别意识就是在这现实与虚幻、神话和典仪之间生成的。这是一个如爱默生在旷野之中,自我与超灵合体的时刻,是一个自我的狂喜时刻。而这种狂喜正是来源于"我"在与"美人鱼"和"雄人鱼"的缠斗中对性别的重新认识。正如简·万得伯什(Jane Vanderbosch)所言,《潜水入沉船》"构成了里奇自我意识的'修正'",因为在这首诗歌中,里奇把自己定义为"结合了男性和女性特征的存在"①。诗人的雌雄同体的融合在象征着关于性别的秘密之所——"沉船"里形成了。

　　里奇的雌雄同体观并非是在《潜水入沉船》中首次构建,事实上这是一个贯穿于她整个七八十年代诗歌创作的重要线索。在她另一首影响颇大的诗歌《陌生人》("The Stranger")中,里奇甚至对自己的双性同体的性别身份急不可待地直抒胸臆:

---

①　Jane Vanderbosch. "Beginning Again," p. 112.

如果我穿过刺眼的迷离的光走进一个房间

听到他们讲着一种死去的语言

如果他们问我的身份

我只能说

我是雌雄同体①

　　显然，里奇的雌雄同体的身份是在语言的操演中实现的，换言之，是在她的语言的自我命名中实现的。这一身份的构建是里奇用一种新的语言挑战"死去的语言"的结果，显然女权主义思想在这一独特的身份的构建中起着至关重要的作用。

　　里奇构建一个雌雄同体的自我并不是这次海底历险的终点。在语言中实现主体的构建只是这次历险的第一个阶段。行动才是其终极目标。对于女性来说，这场海底的追寻是精神生存的必需，并关乎人类文明的未来。女性的精神的健全能够拯救"现代文明的废墟的状态"，并修补"自我的破损的性"②。这位独特的海底行者潜入沉船寻找一个不同的故事，一个被掩埋、被遗忘的往事。那个在沉船之中"睁着眼睛睡眠"的"沉溺的面孔"到底曾经发生了什么故事？这个女人的"乳房仍在承受着压力"，她又有着怎样的传奇经历呢？与所有的史诗所描写的求索别无二致，这个海底旅程也蕴涵着身体和精神的双重追寻，是这个雌雄同体的主人公对失落的自我的重新建构。里奇的雌雄同体的讲述人代表的显然是整个女性群体，他/她运用了"我们"和"你"来讲述，讲述的是群体的体验。在诗歌的结尾颇具深意：

出于胆怯，或者出于勇敢

我们，我，和你

都是这样的人，

带着一把刀，一架照相机

① Adrienne Rich: "The Stranger," in *Adrienne Rich's Poetry and Prose*, eds. Barbara Charlesworth Gelpi and Albert Gelpi, pp. 52—53.

② Alice Templeton, *The Dream and the Dialogue: Adrienne Rich's Feminist Poetics*, p. 44.

> 　　一本没有我们名字的神话书
>
> 　　返回这个场景之中。①

　　我们"返回这个场景之中",在这本"没有我们名字的神话书"上书写上属于我们的神话,从而从人类的源头开始书写一部女性历史。《潜水入沉船》是里奇以性别为书写策略挑战一个以传统的方式存在于人们观念中的世界的诗歌创作之旅,在此我们几乎可以看到艺术、性、性别,社会、历史和文化的所有层面。可以说,《潜水入沉船》这个不算庞大的文本空间却成为里奇建构的一个包罗万象的小世界。

　　《潜水入沉船》中的雌雄同体的自我并不是里奇女性身份建构的终点,而只是里奇向同性恋女权主义迈进的一个过渡性阶段。在这一点上,里奇与伍尔夫、厄休拉·勒奎恩 (Ursula K. Le Guin)② 等人有很大的不同。无论是伍尔夫还是美国当代女作家勒奎恩都把雌雄同体作为人类最后的归宿和最高境界,而对里奇来说,这却只是自我旅程的开始。里奇清醒地认识到,尽管该诗中雌雄同体的自我颠覆了性别的二元对立,但它并不能够树立起一个完整的女性的自我意识,因此是远远不够的。里奇甚至为自己在诗歌中表达的对雌雄同体身份意识的认同而懊悔不已,因为她意识到"雌雄同体在实践中只不过是带着女性气质面具的男性协商"③。在 1977 年的一次访谈中,里奇对此做了进一步说明:

> 　　"雌雄同体的人们"没有面对女性在社会中以及对社会来说女性意味着什么,没有搞清楚女性如何感知自己以及如何被作为完整的人而看待。因此我不再认为雌雄同体是进步的,我认为这是一个没有用处的词了……④

---

　　①　Adrienne Rich, *The Fact of a Doorframe: Poems Selected and New 1950—2001*, p. 103.

　　②　勒奎恩曾因在其小说《黑暗的左手》(*The Left Hand of Darkness*) 中没有能够在她虚构的"冬星"上彻底地实现雌雄同体而深感遗憾。参见 Ursula K. Le Guin, *Dancing at the Edge of the World*, p. 14。

　　③　Jane Vanderbosch, "Beginning Again," pp. 111—139.

　　④　Ibid., p. 113.

在发表于 1977 年的诗歌《自然资源》（"Natural Resources"）中，里奇写下了这样的诗行："有些词我不能再选择／人文主义雌雄同体。"① 之所以出现这样的反差，是因为里奇意识到，在她强化雌雄同体的理想的同时，她也"放弃了对一种女性美学的追求"②。然而，激进的里奇似乎没有意识到，没有这个"过渡性阶段"，就没有她的"女性权力美学"的"形成"。正如克莱尔·凯斯（Claire Keyes）所指出的那样："考虑到平衡男性权力—控制与女性权力—转化意识的形成，它［雌雄同体］是有意义的。《潜水入沉船》就是这样一首诗歌。在这首诗歌中，这两种力量融合在一起。"③ 凯斯的这番话是中肯的。对于雌雄同体理想的沉醉不利于女性美学的追求，但是这种独特的性别理念对于揭示隐藏在父权制下面的层层复杂的、心理的、社会的、历史的根源却是功不可没的。对于里奇个人的文学创作而言，这首诗歌为她的"同性恋生存"和"同性恋连续体"的理念的形成开启了一扇视角独特的窗口。

四　小结

历史、身体和语言构成的里奇等式一直在寻寻觅觅中寻求平衡，然而，里奇的诗歌实践证明这三个因素所构成的任何等式都一定是在历史进程中相互修正、不断磨合的过程。而这种不平衡和不稳定性正是吸引着里奇不断以"写作作为修正"的动力之源。里奇漫长的诗歌创作生涯也正是在对这个等式中的三个因素不断探寻、不断定义、不断扬弃的过程中慢慢延展，一直到她生命的最后一刻。④

---

① Adrienne Rich, *The Fact of a Doorframe: Poems Selected and New 1950—2001*, p. 160.
② Claire Keyes, *The Aesthetics of Power: The Poetry of Adrienne Rich*, p. 152.
③ Ibid.
④ 笔者在修改本章时惊闻里奇离世的消息。诗人享年 82 岁。仅以以上文字作为对这位伟大诗人的纪念。

第二十四章

柯蕾普费兹诗歌的双语写作

艾莲娜·柯蕾普费兹（Irena Klepfisz，1941—）是当代美国犹太女诗人中身份最为复杂的一位。犹太人、女同性恋者、大屠杀幸存者、女权主义者、社会活动家等敏感的种族、社会和文化身份，加之她对实验诗学的热衷和执着，使得她和她的诗歌创作注定成为焦点和热点。与很多著作等身的犹太作家相比，柯蕾普费兹算不上多产，迄今为止，她只出版四部诗集、一部剧本和一部文论集。[①] 然而，她在多个领域的影响力却是不少创作颇丰的犹太作家望尘莫及的：她曾获得美国国家艺术基金会诗歌奖；合作编辑了颇有影响的犹太女作家文集《蒂娜的部落：犹太女作家文集》和《犹太女作家对和平的呼唤：关于犹太女作家对以色列/巴勒斯坦冲突［写作］手册》；她长期作为杂志《桥》（*Bridges*）的意第绪语编辑和撰稿者，发表了包括"母亲、语言"等在内的大量文章，而且应邀为第一部意第绪语女作家短篇小说集《发现的瑰宝：意第绪语女作家创作的故事》撰写了"绪论"；作为社会活动家，柯蕾普费兹长期致力于美国犹太社区的改善、中东妇女问题和和平问题等，是当代最清晰、最有影响力的犹太声音之一。柯蕾普费兹在美国当代诗人，尤其是美国犹太诗人中深具影响力。可以说集前辈诗人的青睐和后辈诗人的崇拜为一身。艾德里安娜·里奇亲自为她的诗集《用母语说的

---

① 四部诗集分别是《压力期》（*Periods of Stress*，1977）、《账目管理人》（*Keeper of Accounts*，1982）、《不同的围栏》（*Different Enclosures*，1985）、《用母语说的几句话：选编和新诗》（*A Few Words in the Mother Tongue：Poems Selected and New*，1990，1993）；文论为《一名失眠症患者的梦：犹太女权主义者文论、演讲和抨击》（*Dreams of an Insomniac：Jewish Feminist Essays，Speeches，and Diatribes*，1990）；剧本是《面包和糖果：大屠杀的歌》（*Bread and Candy：Songs of the Holocaust*，1991）。

几句话：选编和新诗》（*A Few Words in the Mother Tongue：Poems Selected and New*，1990，1993）撰写序言；① 后辈作家为她呼吁："把艾莲娜·柯蕾普费兹加入到经典之中"②，更有后辈诗人作诗向她致敬。③

柯蕾普费兹诗歌创作最大的特点是英语与意第绪语共同充当文化符号的"双语实验诗歌"④。对于柯蕾普费兹的双语诗歌创作策略，同为犹太女诗人的艾德里安娜·里奇的理解颇为深刻。里奇认为，这是犹太女作家"文化再造"的一个"基本部分"⑤，也是她们"不断自我创造"的一个重要策略。⑥双语写作策略表明女诗人"不止与一种文化有关系"，同时也表明她"在精神上未被同化"以及"生活在矛盾"之中的状态。⑦ 英语和意第绪语双语写作创造了一个可以容纳并融合多种矛盾的文化身份的空间，在此女诗人的多彩梦想均不同程度地得以实现。正如柯蕾普费兹深情地说："我一直是一个梦想者 梦想/一个完美的花园 一棵家谱树/它的枝叶 伸展穿越了世纪/一块井然的墓地 没有墓碑/丢失。"⑧ 这个"完美的花园"使得她可以"想象一个艺术家、犹太人、同性恋者和幸存者都将有一席之地的未来"⑨。那么，柯蕾普费兹又是如何在双语写作中，在诗歌的精巧空间中，构建出一个如此具有容纳性的"完美的花园"呢？本章将借用德勒兹（Deleuze）的"游牧"诗学视角审视柯蕾普费兹诗歌的双语写作，从后现代空间理论的角度阐释女诗人犹太身份和女同性恋身份在其双语书写策略中得以建构的良苦用心。

---

① 参见 Adrienne Rich, "Introduction," in *A Few Words in the Mother Tongue：Poems Selected and New*, Irena Klepfisz, pp. 1—25。

② Leora Jackson, "Adding Irena Klepfisz to the Canon," August 18, 2010, http：//jwa. org/blog/adding-irena-klepfisz-to-the-canon.

③ Lenore Weiss, "For Irena Klepfisz," pp. 14—15.

④ Maeera Y. Shreiber, "Jewish American Poetry," p. 166.

⑤ Adrienne Rich, "Introduction," in *A Few Words in the Mother Tongue：Poems Selected and New*, p. 19.

⑥ Maeera Y. Shreiber, "Jewish American Poetry," p. 13.

⑦ Ibid.

⑧ Irena Klepfisz, *A Few Words in the Mother Tongue：Poems Selected and New*, p. 210.

⑨ Evelyn Torton Beck, "Introduction," p. xxvi.

一 双语写作与柯蕾普费兹的犹太家园

对于第二次世界大战期间出生在波兰华沙的柯蕾普费兹来说,华沙的犹太难民营、被纳粹枪杀的父亲、与母亲从欧洲一路辗转到美国的颠沛流离以及在纽约的贫困生活成为她永远的噩梦。对于她而言,无论是出生地波兰还是成长地美国都不是梦想中的家园。在她的诗歌《孤独的行动》(" Solitary Acts")中,波兰的排犹主义历史让诗人不寒而栗:这个国家"清洗了我们的人民的鲜血/吟咏古老的抱怨的连祷/吉娜 他们依旧恨我们"①。在《命中的定数》(" Bashert")② 一诗中,美国看起来好像"逃避某些危险的安全的地点",然而这种安全只是"暂时的"③。无论是哪个国家,对柯蕾普费兹来说都是"不友好的土地","挣扎着在欧洲生存下来的女人〔也是〕挣扎着在这里〔美国〕生存下来的女人"④。柯蕾普费兹意识到,"没有一个地方会永远向一个人保证。我留在这里/因为没有别的地方可去。在我的肌肉、我的肉体、我的/骨头里,我平衡这些遗产,两个大陆的历史"⑤。可见,没有一个地理的、物质的家园可以为柯蕾普费兹提供家的归属感和诉求感,而这也是女诗人诉求一个"非领土的家园"的原因所在。

事实上,柯蕾普费兹的这种"无家"的感觉是弥漫在几乎所有美国犹太作家笔下的一种情绪。这种永恒的"流散"已经成为"犹太性"的一个喻指。⑥ 正如评论家、诗人安汀(David Antin)所言,他能够和那些把自己的"犹太性"认为是理所当然的人们分享的唯一事情就是"一种流散感"⑦。安汀认为,"流散"是写入犹太传统的人性的最本质的东西,是"任何〔犹太〕作家都无法享用的为任何国家一分子"的苍凉感。⑧ 然而,犹太人历史

---

① Irena Klepfisz, *A Few Words in the Mother Tongue*: *Poems Selected and New*, p. 202.

② bashert 是一个意第绪语词汇,意指一个人命中的定数。

③ Irena Klepfisz, *Keeper of Accounts*, p. 84.

④ Irena Klepfisz, *Dreams of an Insomniac*: *Jewish Feminist Essays, Speeches and Diatribes*, p. 170.

⑤ Gary Pacernick, *Meaning and Memory*: *Interviews with Fourteen Jewish Poets*, p. 243.

⑥ Maeera Y. Shreiber, *Singing in a Strange Land*: *A Jewish American Poetics*, p. 162.

⑦ David Antin, "Writing and Exile," p. 95.

⑧ Ibid. , p. 106.

和政治的流散状态却成为赛义德和霍米·巴巴等后现代殖民理论家欣喜若狂的灵感之源，更成为犹太作家生产文本家园的"令人嫉妒的状态"①。与前辈诗人雷兹尼科夫、朱可夫斯基等一样，柯蕾普费兹没有诉求一个物质的家园，而是一个语言和文化的家园，一个没有地理的疆界的家园。而这个家园正是在她诗歌中英语和意第绪语的双语书写中实现的。可以说，她的"双语主义……是移民、错位、流散的经历创造的"，反过来，双语主义也成为女诗人创建流散的家园的法宝。②

意第绪语是犹太人流散期间创造出的一种语言，是一种典型的混合语言，它借用了希伯来语字母的拼写系统，语法结构则由日耳曼方言演变而来。与希伯来语的典籍神圣性不同，意第绪语是一种大众化的犹太生活用语。对意第绪语情有独钟的柯蕾普费兹这样写道："意第绪语从来也不是上层阶层的排他性财产。它是不同意识形态、教育和承诺的人们的语言；它既是强盗和店主的语言，也是诗人和知识分子的语言。它从来就不是私人的膜拜。"③对于柯蕾普费兹而言，意第绪语是语言的家园。在《弗瑞戴尔·斯道克》（"Fradel Schtok"④）一诗中，柯蕾普费兹借用这位因完全诉求于英语写作而精神分裂的意第绪语犹太女作家对母语的渴望道出了自己的心声：

> Think of it: *Heym* and home the meaning
>
> The same of course exactly
>
> But the shift in vowel was the ocean
>
> In which I drowned. ⑤

译文如下：

---

① Edward Said, *Reflections on Exile and Other Essays*, p. 178.

② Ronit Lentin, "'Resisting and Surviving America': The Use of Languages as Gendered Subversion in the Work of American Jewish Poet Irena Klepfisz," p. 69.

③ Irena Klepfisz, *Dreams of an Insomniac: Jewish Feminist Essays, Speeches and Diatribes*, p. 160.

④ Fradel Schtok 于 1890 年出生于西班牙西北部加利西亚（Galicia）省，1907 年移民美国。在纽约用意第绪语发表了一些作品后，她开始尝试完全用英语写作，并于 1927 年出版了英语小说《只为音乐家们》（*For Musicians Only*）。然而，该书出版后不久，女作家就患精神分裂并于 1930 年死于精神病院中。柯蕾普费兹的诗歌即以这位女作家的经历为蓝本创作而成。

⑤ Irena Klepfisz, *A Few Words in the Mother Tongue: Poems Selected and New 1971—1990*, p. 228.

想想它：*Heym* 和家的意思

当然是完全相同的

但元音的转移是海洋

我淹没在那里。

　　弗瑞戴尔·斯道克因语言的分裂而产生的心理和精神的分裂也许只是柯蕾普费兹一厢情愿的想象，然而，这首以真实的犹太作家经历为基础的诗歌所呈现的语言和家园之间的各种不同的协商关系是令人信服的。斯道克的意第绪语世界是亲切的、熟悉的、怡然的；她的英语世界却充满着令人不安的情绪和暗藏的种种危险，而她从意第绪语向英语的转化过程更是在两种"声音"之间暗夜独行的漫长的路程："你写下　*gas*/街道　回声　/却没有　共鸣。"①尽管意第绪语"*gas*"与英语的"街道"从翻译的角度上是对等的，然而在母语与习得语言之间的心理和认知的距离却似乎是永远无法逾越的天堑，仅仅是"元音的转移"就足以成为"淹没"人的心智的"海洋"。斯道克的语言的流放体验也是柯蕾普费兹本人对语言和家园之间关系的深刻感悟。然而，在后现代语境中创作的柯蕾普费兹没有简单地试图用这种古老的语言去"恢复一个浪漫化的逝去的世界"，也没有试图"重建大屠杀前的犹太人聚居区（Shtetl）"的乐园生活的影像。② 对她而言，这种古老的语言并不代表着犹太人与过去和历史的联系，相反，她创造性地赋予了意第绪语一种颇具后现代空间理念的"边界的范式"（paradigm of a border）和一种"游牧的"情结。③

　　柯蕾普费兹的双语书写蕴藏的"游牧"情结与德勒兹的游牧诗学形成了奇妙的交互参照性。德勒兹的"游牧民"隐喻是一种游走性思维，而为了说明这一思维，德勒兹借用了"块茎"意象来阐释了其"生成"哲学。在德勒兹的眼中，块茎是根、枝和叶的自由伸展和多元撒播，它不断生产出差异性，衍生出多样性，并制造出新的链接。两个异质性因素（heterogeneous elements）的接触形成一个"块茎"，而此块茎又生产出两个变化了的

---

①　Irena Klepfisz, *A Few Words in the Mother Tongue: Poems Selected and New*, p. 228.

②　Maeera Y. Shreiber, *Singing in a Strange Land: A Jewish American Poetics*, p. 173.

③　Ibid.

"生成"，其中每一个都造成另一个的"去疆域化"（deterritorialization）以及"再疆域化"（reterritorialization）。① 这种"游牧"空间"有着强烈的反结构、反再现、反中心、反总体、反系谱、反层级、反意指等倾向"，体现的是"随意性、差异性、多样性、活动性、可逆性等后现代特征"②。柯蕾普费兹的双语书写正是在这些"可移动因素的互动"中生成的诗学空间。在她的诗歌世界中，这些"移动因素"既是形式的，也是主题的，在英语与意第绪语、在文化与民族的碰撞和审视中相互作用，并回应着这种碰撞的历史的和现实的结果。

体现"游牧"精神最有代表性的诗歌当属《回家的旅程》（"Di rayze aheym/The journey home"）

> *Zi flit*
> she flies
> *vi a foygel*
>   like a bird
> *vi a mes*
>   like a ghost
> *Zi flit*
> *iber di berg*
>   over themountains
> *ibern yam*
>   over the sea.
> *Tsurik*
> *tsurik* back
>   back③

---

① Gilles Deleuze and Felix Guattari, *A Thousand Plateaus*: *Capitalism and Schizophrenia*, p. 10.

② 程党根：《异域中的异样主体之维——德勒兹视域中的后现代主体模式》，《南京社会科学》2003 年第 6 期，第 13 页。

③ Irena Klepfisz, *A Few Words in the Mother Tongue*: *Poems Selected and New*, p. 224.

诗歌的含义非常简单:"她飞翔/像一只鸟/像一个幽灵/飞跃高山/飞跃海洋/回来/回来";然而形式却复杂而新奇:含义相同的意第绪语和英语左右交替,彼此诠释、彼此生成。通过翻译和释义,诗人在英语与意第绪语之间自由穿梭,仿佛跨越了两种语言和两种文化之间的界限。游弋在两种语言符号中的过程从语言本身来看,既体现了鲍姆加藤(Baumgarten)的"互扰"和"交互参照"理念,① 也体现了"语言派"诗歌的"反吸收写作"(anti-absorptive writing)的精神实质:② 一方面,英语和意第绪语的跨语言游戏"既保存、改写了英语又回馈以新的丰富性;以及双重或多重文化传统之间的交互参照"③;另一方面,英语悄然地试图"吸收"或"焊接"带有文化异质性的意第绪语;而后者却顽强地拒绝着被英语语境"吸收"和同化。这个过程从"游牧"诗学的角度来看似乎更富深意。诗行中左右交替出现的两种语言在形式和内容的移动中既占位又补位,并在空间的移动中既"生成"着"他者",也共同生产着这个诗学的空间。在这里,"家"不再是一个稳定的、物质的安居之地,而是英语和意第绪语在相互的审视、释义、问诘、媾和中不断"生成"他者的过程。

　　这个"生成"过程也巧妙地体现为读者阅读的认知过程。不懂意第绪语的英语阅读者,在两种语言的相互重复和释义的过程中,不但理解了相对应的意第绪语,而且甚至学会了意第绪语的使用和生产的语法规则。对于意第绪语阅读者,也有相同的阅读认知过程。"飞翔""鸟儿""幽灵"等动态、飘忽的意象又不失时机地不断强化了这种运动和生成的过程。在后现代和后殖民语境中创作的柯蕾普费兹认同"语言是唯一的家园",然而,即便是这个家园,对于犹太人来说也是暂时的、不稳定的和对峙的。"回家的旅程",对于犹太人,注定是一次没有终点的绝望和希望共存之旅。

---

① 〔美〕詹姆斯·克利福德、乔治·E. 马库斯编:《写文化——民族志的诗学与政治学》,商务印书馆 2006 年版,第 266 页。

② Charles Bernstein, *A Poetics*, p. 30.

③ 〔美〕詹姆斯·克利福德、乔治·E. 马库斯编:《写文化——民族志的诗学与政治学》,第 282 页。

二 双语写作与柯蕾普费兹的同性恋身份

犹太女同性恋的身份使得柯蕾普费兹在犹太诗人家谱中显得格外引人注目，并与美国犹太女作家艾德里安娜·里奇、墨西哥裔女作家格洛丽亚·安扎杜尔（Gloria Anzaldua）、非洲裔女作家安德勒·罗德（Audre Lorde）等少数族裔女权主义同性恋者组成了同盟战线。对于这些族裔、性别和性身份均处于文化和社会边缘的女作家来说，诗歌是一种"经历的启示性的提炼，而不是枯燥的文字游戏"，因为"那往往是白人父亲们为了遮掩一种对没有灵感的想象绝望的渴望而对语言诗歌的扭曲"①。换言之，对于美国少数族裔女作家而言，"诗歌不是一种奢侈"，而是"真正的知识"和"永恒的行动"的来源，是女人们"存在的首要必需"，因为诗歌能够把语言转化成为"更有形的行动"②。在柯蕾普费兹的笔下，双语诗歌创作成为构建其备受争议的犹太女同性恋身份的政治的行动。

在1988年的演讲《犹太女同性恋者、犹太社群、犹太人生存》中，柯蕾普费兹曾经断言，犹太需要女同性恋者，需要她们的力量，因为她们"在保持我们社群每一个犹太生活方面的生存都起着至关重要的作用"③。柯蕾普费兹的言外之意是，犹太女同性恋者是意第绪语和犹太身份的保存和强化的勇士。她还曾经明确地表示，她的创作既基于"犹太人的意识"，也基于"同性恋/女权主义的意识"，而她也清楚地知道，此两种极度边缘化的创作视角是"异化的、威胁的、非美国的、个人的、挑衅的"④。犹太性和同性恋身份不但一直定义着她的创作意识，而且往往同时呈现在她的诗歌之中。正如她本人所言："它们镶嵌在我的写作中，嵌入并纠结到它们不一定作为分离的成分辨认得出的程度。它们融合并混杂，或者在很多方面它们是相同的。"⑤ 柯蕾普费兹的双语写作特别关注了古老的意第

---

① Audre Lorde, ed., *Sister Outsider: Essays and Speeches*, p. 37.
② Ibid., p. 57.
③ Ibid., p. 74.
④ Irena Klepfisz, *Dreams of an Insomniac: Jewish Feminist Essays, Speeches and Diatribes*, pp. 68—69.
⑤ Ibid., p. 108.

绪语呈现集体的多元性的能力，尤其是其在现代美国的英语大环境中所具有的独特的生产性。而意第绪语的开放性和生产性成为柯蕾普费兹构建其犹太女同性恋者身份的语言的空间。这一点在诗集《用母语说的几句话》的标题诗中得到了几乎完美的展现。该诗的第一部分就令读者耳目一新，因为它看起来与其说是诗歌，不如说更像是意第绪语和英语的双解词典：

> Di Kurve the whore
>
> a woman who acknowledges her passions
>
> Di yidene　the Jewess　the Jewish woman
>
> ignorant　overbearing
>
> Let's face it: every woman is one
>
> di yenta the gossip　the busybody
>
> who knows what's what
>
> and is never caught off guard
>
> di lezbianke the one with
>
> a roommate　though we never used
>
> the word[①]

译文如下：

> Di Kurve 妓女
>
> 一个承认她的激情的女人
>
> Di yidene　犹太女人　犹太的女人
>
> 无知的　盛气凌人的
>
> 让我们面对它：每个女人都是
>
> di yenta 喋喋不休的　　忙碌的身体
>
> 她知道事情的究竟
>
> 而且从来不会小心被逮着
>
> di lezbianke　一个有

---

①　Irena Klepfisz, *A Few Words in the Mother Tongue: Poems Selected and New*, p. 225.

一个室友的人　　尽管我们从来未用过

这个词

    这首诗歌无论从形式还是内容看起来都与字典中的双语词汇表别无二致，然而在"游牧"诗学的审视下，其独特的形式和内容却使得这首诗暗藏玄机。诗歌的标题"用母语说的几句话"警醒读者把文本作为"词语"，从而不但"使能指也使所指前景化了"①。诗歌中的意第绪语列出的是不同类型的犹太女人："妓女"、"无知的"、"盛气凌人的"、"喋喋不休的"犹太女人，当然还有同居一室的"女同性恋者"。这是犹太女人也是诗中的讲述者"游牧的多元性"（nomadic polyglot）身份的词汇列表。柯蕾普费兹在意第绪语的词汇和英语的释义的双语书写中，反讽地实现了犹太女人传统的文化身份与其在美国的英语文化思维中的解读和定义的文化协商。值得注意的是，唯一没有用英文翻译过来的意第绪语就是"*di lezbianke*"（女同性恋者）。柯蕾普费兹此种双语书写策略是颇为用心的。事实上，在传统的意第绪语词汇表中没有"*di lezbianke*"，自然也就没有一个相对应的英文翻译。然而，正如前文提到的，由于犹太人独特的千年流散生存状态，意第绪语带有极强的开放性和生成性。"*lezbianke*"就是一个巧妙生成的"现代的意第绪语词汇"②。该词的词根来自于古希腊女诗人萨福（Sappo）居住的蕾丝波岛（Lesbo）。萨福被认为是女同性恋的鼻祖，善于书写同性情怀，蕾丝波岛也因此成为女同性恋称谓的原型。作为指代对其他心存欲望的女人的词语，"lesbian"于公元 10 世纪出现在拉丁文中，并逐渐融入到德语、法语、西班牙语和英语之中。③"–ke"是意第绪语的阴性名词的后缀。由此不难看出，"*lezbianke*"是一个典型的现代合成词，其本身就是一个多种文化和文明汇集之地，其生成过程体现的正是游牧诗学的"生成性"。

    这首诗从语言最微观的层面证实了命名的力量，而缺席的英语"lesbi-

---

    ① Monica Bachmann, "Split Worlds and Intersecting Metaphors: Representations of Jewish and Lesbian Identity in the Works of Irena Klepfisz," p. 209.

    ② Ibid.

    ③ Bernadette J. Brooten, *Love Between Women: Early Christian Responses to Female Homoeroticism*, pp. 17—22.

an"则充当着神奇的、生产性的"颠覆行为"①。这是因为人们往往认为以婚姻为导向的传统犹太文化才是诸如"女同性恋"之类的词汇缺席的语境,然而,柯蕾普费兹的诗歌却成功地生产出了这个意第绪语词生存的现代语境,并充分地利用了意第绪语的创造的"杂糅性"。有趣的是,紧跟在"*lezbianke*"后边的英语"一个有/一个室友的人　尽管我们从来未用过/这个词"与其说是对前面意第绪语的解释,倒不如说是为了回避这一敏感的词汇而使用的委婉、迂回的饶舌的表达。事实上,在英语中的确存在大量此类委婉的女同性恋的表达方式,例如,"women with comfortable shoes","members of the church"等。柯蕾普费兹让"女同性恋"在英语中变得不可言说,而在意第绪语中却奇迹地复活的对比强化了意第绪语中女性词汇的可包容性。这样,通过使用这种犹太人的"母语",柯蕾普费兹把两个看似互相排斥的边缘化身份:犹太身份和同性恋身份连接并融合在一起。事实上,从上文提到的"*lezbianke*"一词的生成过程也可以清楚地看出,这个结合了带有同性恋色彩的希腊语词根和意第绪语后缀的词语喻指的正是犹太人和同性恋者共同的家园。

　　为了进一步显化犹太性和同性恋的共同的家园意识,在该诗的结尾部分,英语悄然地消失在文本之外,双语写作让位于意第绪语。有趣的是,在结尾处,诗人用了上面这段诗歌引文中相同的意第绪语词汇,却没有了阴性的限定词(feminine article)"*di*":"*kurve/yidene/yenta/lezbianke/vaybl*"(whole/Jewess/gossip/lesbian/wife)。柯蕾普费兹的这一写作策略再次充分体现了德列兹的生成思想。德列兹(和瓜塔里)认为一切生成的起点是"生成女人"(woman-being),这是因为"生成女人涉及超越固定主体和稳定结构之外的一系列运动和过程,是逃离以女人为代价赋予男性以特权的二元系统的最佳路线"②。从这个角度来讲,"生成女人"是颠覆同一性的过程,也是女权主义者颠覆菲勒斯逻各斯中心主义的过程。然而,比德列兹(和瓜塔里)"生成女人"走得更远,柯蕾普费兹在她的双语书写中生成的是"女同

---

① Monica Bachmann, "Split Worlds and Intersecting Metaphors: Representations of Jewish and Lesbian Identity in the Works of Irena Klepfisz," p. 211.

② 陈永国:《德勒兹思想要略》,《外国文学》2004年第4期,第29页。

性恋"。柯蕾普费兹生成女同性恋的书写策略事实上是对同性恋女权主义思想的一个具象的文本例证,是同性恋女权主义者颠覆菲勒斯逻各斯中心主义独特的性取向、生活方式和写作策略的一个代表。同性恋女权主义认为,"拒绝成为"一个"异性恋者","通常意味着自觉或不自觉地拒绝成为一个男人或一个女人。对于一个女同性恋者来说,这样做比拒绝'女人'角色走得更远,是对男人的经济、意识形态和政治权力的拒绝"①。同性恋女权主义者认为,异性恋是一个"普适性"范畴,那么,"男人/女人、男性/女性的二元对立未曾从根本上被动摇过,那些强调差异的女性主义理论不过是换一种方式延续了这种二元对立的逻辑"②。柯蕾普费兹的双语书写就是在普适性/特殊性、男性/女性、主体/客体的二元对立内部寻找"逃逸路线":"生成女人"在她的书写中变成了"生成女同性恋"。诗歌中阴性限定词"di"的消失避免了性标记的问题,预示着男性/女性二元对立的消失。这一语言内部颠覆性别的游戏与同性恋女权主义者威蒂格的观点不谋而合。威蒂格指出,一旦涉及女人,性别就会在语言内部发生作用。在很多语言中,说话者必须在正确使用过去分词和形容词时根据性别的不同有不同的语法选择。柯蕾普费兹在双语书写中颠覆的正是这种在语言内部发生的性别歧视,而她的手段也是语言自身,"而不是任何单个的言说主体构成的"③。阴性限定词"di"的消失挑战的正是异性恋话语的绝对主体。同时,这份如双语词典的列表把"女人"这个被同一化的抽象概念还原成为独立的、各具特色的、活生生的个体,从而在某种程度上回应了西方女权主义话语对第三世界妇女的简化和压制。同为犹太女性,她们也有着全然不同的自我定义和生活方式的选择,同时她们也有着共同的梦想。在诗歌的结尾处,柯蕾普费兹把列表中的女人聚零为整,把"具实的"的犹太女人们又抽象为种族范畴规范之下的犹太女人。复数的女人们合成为一个女人并拥有了一个共同的梦

---

① 〔法〕莫尼克·威蒂格:《女人不是天生的》,载佩吉·麦克拉肯主编《女权主义理论读本》,广西师范大学出版社2007年版,第192页。

② 张玫玫:《作为战争机器的女同性恋书写:从德勒兹的"生成论"观照威蒂格的写作实践》,《外国文学研究》2008年第1期,第148页。

③ 同上书,第150页。

想：使意第绪语成为犹太人的"一种生活的方式"①。

三 小结

　　尽管在后现代语境中创作的柯蕾普费兹深谙后现代的断裂和分裂等标志性特征，但是她却渴望一种"文化的完整性"，这恐怕与她长期处于文化的边缘地带不无关系吧。她曾经坦言，她渴望一种"完整的自我体验，能够体验并公开说出作为一名与犹太女同性恋者关于她的经历的内在的真实"②。而本身就是语言跨界的双语写作正是她实现完整的自我体验的一种有效策略。在游牧诗学的观照下，双语写作在语言、种族、性别等意识形态领域的生成性成就了身处边缘地带的柯蕾普费兹自我体验的完整性；而双语写作的跨界游戏也使得她的诗歌在后现代空间理论的观照下构建起了一个"完美的花园"。

---

① Irena Klepfisz, *A Few Words in the Mother Tongue*：*Poems Selected and New*, p. 225.
② Monica Bachmann, "Split Worlds and Intersecting Metaphors：Representations of Jewish and Lesbian Identity in the Works of Irena Klepfisz," p. 204.

第 三 编

政治与诗学的对话：
美国非裔诗歌

第二十五章

惠特莉诗歌中的文化协商

一　女奴诗人惠特莉

生活在 18 世纪美国的黑人女奴菲莉斯·惠特莉（Phillis Wheatley，1753？—1784？）于 1773 年出版诗集的历史和社会意义的确非同小可，而当时这一事件所引起的轩然大波更富有戏剧性色彩。评论家亨利·路易斯·盖茨（Henry Louis Gates, Jr.）就曾经以作家特有的想象力再现了惠特莉接受 18 位地位显赫的波士顿公民的检验以确认其作者身份的历史逸事的场景。① 18 位见证人的签名和证词被收录在诗集《各种主题的诗歌，宗教的和道德的》（*Poems on Various Subjects, Religious and Moral*，1773）之中，以证明这些诗歌的确是"由惠特莉所写，一名年轻的黑人女孩，她被从非洲买来时只是一个未开化的野蛮人，而不过几年时间，在为这个城镇一户人家做奴隶的不利条件下，成为现在的［样子］"②。对于惠特莉的评价，在 18 世纪的美国出现了两种截然不同的声音。1773 年的《波士顿日报》（*Boston Gazette*）对惠特莉的评价是"诗歌天才"，法国大作家伏尔泰对她的评价是"世界所有角落中的天才"，而托马斯·杰斐逊却把她作为黑人缺乏诗歌想象力的证据。③ 可见，人们对惠特

---

① Henry Louis Gates, Jr., "Phillis Wheatley on Trial," *The New Yorker*, January 20, 2003, pp. 82—87; Henry Louis Gates, Jr., *The Trials of Phillis Wheatley*, New York: A Member of the Perseus Books Group, 2003.

② Phillis Wheatley, *The Poems of Phillis Wheatley*, p. 48.

③ 托马斯·杰斐逊在《弗吉尼亚州注释》（*Notes on the State of Virginia*）（London, 1789）中这样写道："苦难经常是诗歌中最感人的情致的源泉。在黑人中，苦难是足够了，上帝知道，却没有诗歌……宗教，的确，产生了菲莉斯·惠特莉；但它不能产生一位诗人。在她的名下发表的作品有损评论的尊严。" Thomas Jefferson, "On the Unacceptability of Blacks in White America," pp. 42—43.

莉的评价在很大程度取决于他们的种族观和政治态度。

　　从"未开化的野蛮人"到"诗歌天才"，从"世界所有角落中的天才"到"有损评论的尊严"，这个 18 世纪确立起来的截然相反的接受和评论模式戏剧性地固定了对这位为奴隶的女诗人的评论。尽管当代评论家不再把惠特莉当作人类学的实验标本，但她的作品与她的生平的传奇细节相互参照的探佚性研究却一直是对其研究的主导。即使是在 20 世纪 50 年代之后，尽管研究者和评论家逐渐开始更加全面地关注非裔美国诗人的作品，惠特莉的历史地位却似乎远比她的诗歌的主题、语言和美学特征等作品的内在特质更加受到研究者的青睐。本杰明·布罗雷（Benjamin Brawley）的《黑人天才》（*The Negro Genius*：*A New Appraisal of the Achievement of the Negro in Literature and the Fine Arts*，1930）是 20 世纪上半叶此类研究导向的代表性作品。尽管布罗雷承认惠特莉是"黑奴天才的闪光的例证"，但他的结论却是她的"历史意义远远超过她的诗歌可能确保的内在的优点"①。持相同观点的还有斯特灵·布朗（Sterling Brown）。在他的文集《黑人诗歌和戏剧》（*Negro Poetry and Drama*）中，布朗首先盛赞惠特莉的诗歌"精致和优雅"，但最终的结论却是这些诗歌缺乏"任何真正的情感"②。1966 年，朱利安·梅森（Julian Mason）在《惠特莉诗歌全集》（*The Poems of Phillis Wheatley*，1966，1989）"序言"中指出，现在是关注惠特莉的时候了，然而这个中的原因却是为了迎合"目前对黑人文化的关注"，女诗人的诗歌"在质量上没有什么不寻常"，"显然她不是一名伟大的诗人"。梅森认为惠特莉的诗歌"无趣"、句子"糟糕"（wretched）、技巧"平庸"（trite）、过分强调"宗教"③。尽管施奥姆堡（Arthur Alfonso Schomburg）的措辞客气一些，但基调并没有改变："在 18 世纪没有伟大的诗人，惠特莉的诗歌只不过和她的时代最好的诗歌一样优秀。"④ 对惠特莉的评论中把其"历史意义"和"内在优点"对立起来的现象事实上已经令某些研究者感到不安。评论家米勒·瑞奇蒙德

---

①　Benjamin G. Brawley, *The Negro Genius*：*A New Appraisal of the Achievement of the Negro in Literature and the Fine Arts*, p. 19.

②　Sterling Brown, *Negro Poetry and Drama and the Negro in American Fiction*, p. 6.

③　Julian Mason, *The Poems of Phillis Wheatley*：*Revised and Enlarged*, pp. 26—27.

④　转引自 Merle Richmond, *Bid the Vassal Soar*, p. 59。

（Merle Richmond）说："纠结于她是否算得上诗人或是一名平庸的诗人的文学争论到了令人沮丧的程度。"① 得出惠特莉的诗歌"平庸"却"重要"的悖论说明研究者构建的是一个评价体系而非诗歌解读体系，两者的本质区别在于评价的标准不同。前者更注重作者的种族和文化身份，而后者更为看重的是作品的内在价值。前者的诗歌研究思维方式和方法论的后果是惠特莉诗歌中的重要层面在这场旷日持久的争论中被尘封起来。然而，不可否认的是，惠特莉独特的族裔身份和社会身份却是一个与她的诗歌创作不可分割的部分，因此任何形式主义和结构主义的解读方式对于惠特莉而言都是不合适的。因此，笔者认为，重新解读和评价惠特莉的关键在于文化体系、社会体系和文学体系的多元结合，而此种思维方式正是多元文化视野带给文学研究的质的变化，也是以往任何时代思想解放运动都未能完成的视野转变的任务。惠特莉在黑人艺术运动中的命运就是一个很好的例子。

对黑人诗歌发展起到了重要作用的黑人艺术运动非但没有能够开启惠特莉研究的新方向，反而把这位祖母级的女诗人关在了这场运动的大门之外。黑人美学运动中举足轻重的人物埃迪森·盖里（Addison Gayle）曾这样评论惠特莉："总的来说，黑人作家走过了菲莉斯·惠特莉的道路。在一种把日常生活的实用转化成抽象公式或定理的尝试中，他们否定了或是虚构了他们的种族经历。"②从这一评论不难看出，盖里承认了惠特莉的黑人诗歌先驱的地位，却为她加上了一条不小的罪名："遗忘了她的黑人同胞的命运。"③ 在黑人美学运动硝烟散尽之后，对惠特莉的研究似乎也并没有走出"被曲解成为文化人类学"的命运。④ 1984 年出版的《美国文学诺顿文选》收录了惠特莉的三首诗歌，并认为她的诗歌具有历史性的意义，然而其评论的基调对惠特莉研究所带来的却是更大的误导。该文选的编辑认为："她是一位完全传统的诗歌天才，与弥尔顿式的诗歌韵律有过于紧密的纽带。"⑤ 出版于 20 世

---

① Merle Richmond, *Bid the Vassal Soar*, p. 59.

② Addison Gayle, Jr. "The Function of Black Literature at the Present Time," p. 385.

③ Ibid. , p. 384.

④ William Robinson, ed. , *Critical Essays on Phillis Wheatley*, p. 24.

⑤ Nina Baym, et al. , "Introduction to Phillis Wheatley", In *Norton Anthology of American Literature*, Volume A. p. 670.

纪六七十年代，并不断再版的《文学中的美国传统》（*American Tradition in Literature*）这样评价了惠特莉的诗歌："她的诗歌没有一首是伟大的。它们的主题范畴很窄小，往往囿于地域和新英格兰的头脑。……她几乎总是以英雄双韵体写作，而且她的情感往往是传统的，她的表达是做作的。"[①]

与对惠特莉的贬斥并行的是对她的研究的不断升温。美国本土对惠特莉研究就不断有新成果问世。[②]评论家们逐渐意识到，赋予惠特莉应有的文学地位的首要任务就是摆脱空泛的关于其诗歌历史意义的评价，而把更多的注意力转移到她的诗歌中的种族意识和内在价值。事实上，对惠特莉诗歌"种族意识"的挖掘是揭示其"内在价值"的先决条件，两者是不可能被截然分开的，而这恰恰是很多评论家，不仅仅是美国诗歌研究者，也包括其他国家诗歌研究者，对如惠特莉一样的黑人诗人评价和解读的症结所在。评论家们对少数族裔文学作品似乎有一种心照不宣的共识，那就是："只有在［他们］能说明一个文本的'进步意义'时，才会考虑其美学价值。"[③] 而这种分析方法恰恰"简化了政治与美学之间的关系"[④]，同时也使得我们很难将奴隶写作作为一种全然历史性的过程来审视。现在到了我们对惠特莉的诗歌进行"反省性"解读的时候了，因为新的历史环境和新的解读策略往往会使得一些在最初的阅读中受到抵制的意义浮出水面。

二　惠特莉诗歌与文化协商

为了确立惠特莉在非裔美国作家中的合法地位，当代美国评论家开始关注惠特莉文本中的模糊和讽喻性特征。这一策略听起来似有些悖论，实则不

---

① Sculley Bradley, Richmond Croom Beatty, E. Hudson Long and George B. Perkins, eds. , *The American Tradition in Literature*, p. 138.

② 比较有代表性的专著有 Kathrynn Seidler Engberg, *The Right to Write: The Literary Politics of Anne Bradstreet and Phillis Wheatley*, New York: University Press of America, 2010; John C. Shields, *Phillis Wheatley and the Romantics*, Knoxville: The University of Tennessee Press, 2010; Vincent Carretta, *Phillis Wheatley: Biography of a Genius in Bondage*, Athens and London: University of Georgia Press, 2011; 文集有 John C. Shields and Eric D. Lamore, eds. *New Essays on Phillis Wheatley*, Knoxville: University of Tennessee Press, 2011 等。

③ Michelle Barrett, "The Place of Aesthetics in Marxist Criticism," p. 699.

④ ［美］凌津奇：《叙述民族主义——亚裔美国文学中的意识形态与形式》，中国社会科学出版社 2006 年版，第 222 页。

然。林·麦特森（Lynn Matson）在《菲莉斯·惠特莉：灵魂姐妹》（"Phillis
Wheatley—Soul Sister"）一文中为惠特莉鸣不平："惠特莉已经由于没有以
任何方式支持她的种族的苦难而被白人和黑人谴责了一个多世纪。"① 麦特
森之所以对惠特莉心生同情，是因为他在惠特莉看似卑微而顺从的声音中听
出了不同的味道："惠特莉双重含义和模糊的使用对于仔细的读者来说变得
越来越清楚。"② 麦特森引用了《达特茅斯》（"Dartmouth"）中的诗行：
"我，在年轻时，被看似残酷的命运/从非洲好玩的快乐宝座上拽了下来"
作为佐证。③ 麦特森认为诗行中为奴隶的悲苦个人经历与惠特莉在前一个小
节中谦恭的态度形成了鲜明的对比，使得这首诗"充满力量甚至愤怒"④。
格劳瑞·哈尔（Gloria Hull）进一步发展了麦特森的观点，认为惠特莉的诗
歌揭示了"在普泰裙下的精明的调和主义者"⑤。正是惠特莉的这种调和的
能力使得她在其他奴隶还在为生存而苦苦挣扎之际，能够为自己在白人仇视
的目光中争得一个书写的空间，尽管这可能只是一个狭窄的缝隙，但终究是
一个相对自由的自我表述的空间。从诗歌创作策略的角度来审视惠特莉的诗
歌文本和其创作的历史背景，我们有理由认为惠特莉诉求白人文学经典的写
作策略是一种有效的文化协商的方式，也是一种潜在的反抗形式。与柏拉
图、弥尔顿、柯勒律治等传统西方经典文学之父所形成的复杂的文本互文关
系，使惠特莉恰如其分地维持着她既被白人接纳又被排除在外的状况，从而
安全地安居在自己应在的位置上。

　　协商策略是惠特莉诗歌书写的权宜之计。这与女诗人创作的历史氛围有
着直接的关系。百特赛·爱克凯拉（Betsy Erkkila）指出，当惠特莉诗集出
版的时候，"对奴隶起义的恐惧很普遍；阿比盖尔·亚当斯于1774年就波士
顿奴隶谋反致约翰的信只是众多对奴隶反抗的恐惧从南方到新英格兰蔓延的
信号之一"⑥。在如此敏感的社会背景下，惠特莉与白人主人和赞助人之间

① Lynn Matson, "Phillis Wheatley—Soul Sister?", p. 113.
② Ibid.
③ Phillis Wheatley, The Poems of Phillis Wheatley, p. 83.
④ Lynn Matson, "Phillis Wheatley—Soul Sister?", p. 119.
⑤ Gloria Hull, "Afro-American Poets: A Bio-Critical Survey," p. 167.
⑥ Betsy Erkkila, "Phillis Wheatley and the Black American Revolution," p. 231.

温情脉脉的关系事实上是十分脆弱的。非裔美国作家只能在白人文化允许的范畴内书写,因此与西方文学前辈作家求得互文协商将是尚未获得书写权利的美国黑人最安全有效的写作策略。"协商"的概念最初由新历史主义者提出,并经由其他学派发展和挪用而具有越来越丰富的意义。① 这里采用协商一词主要指"存在于这些作品的文本与互文之间那些微妙、暧昧的关系"②。"协商"一方面涉及了惠特莉在考虑到白人主流社会的文化成规的前提下,为形成自身的立场并合法地发出自己的声音而自觉采用的一种对应策略;另一方面,这一概念也涉及非裔美国文学和文化发展的历史进程。在 18 世纪的美国,毫无话语权的黑人群体只能从主流文化和语言习俗中"寻求新的形式或新的适应形式",那么解读这种话语的前提就"只能是最充分地考虑到它与主宰势力之间的种种联系"③。惠特莉在非裔美国文学发展的初期开始写作,她不得不从西方文化传统与历史环境的档案库中选择材料,从而形成自己的修辞手段。正如梅·亨德森所言,如果弱势话语仅仅有意识地从经验层面去探讨被压迫者立场的外部环境,那么,这样的阐述就无建设性可言。该协商过程中的互动关系还必须涉及这样一个方面:即话语必须从复杂的历史交会处这类制高点或场域中对他者进行宣传。④

当并非权宰群体的一员的作家在"他者"的语境中写作时,他们对传统和经典的运用势必呈现出全新的含义。文体和语言的挪用策略使得如惠特莉一样的少数族裔作家的声音在某个喧嚣的间隙中被依稀听到。对于带着奴隶的枷锁写作的惠特莉来说,通过突破文体的界限求得革命的冲动是不现实的。她明智地为自己的诗歌设定了阅读对象,那就是主流文化和权宰主体中的潜在读者,当然也包括她的白人主人们。这也就是威廉姆·罗宾森(William Robinson)所说的:"惠特莉只为那些以一种实用的方式对她有意义的人写作诗歌。"⑤ 而事实上,她对阅读对象的设定以及由此而带来的对诗歌形式的挪用策略恰恰反映了她对文学空间的运作规律在潜意识上的深刻理

---

① 参见凌津奇《叙述民族主义——亚裔美国文学中的意识形态与形式》,第46页。
② 同上书,第 13 页。
③ Raymond Williams, *Marxism and Literature*, pp. 123, 126.
④ 参见凌津奇《叙述民族主义——亚裔美国文学中的意识形态与形式》,第 19 页。
⑤ William H. Robinson, *Phillis Wheatley in the Black American Beginnings*, p. 119.

解；对于她的阅读对象来说，文学空间成为了一种包括代表着与主宰的权力群体不同的他者可以接受的方式，而同时又可以把他们从政治的和社会的机制中排除出去。从这两个层面来看，文化挪用的策略实在是一个一举两得、皆大欢喜的选择。惠特莉的文化协商策略主要体现在对清教传统、圣经、史诗和挽歌等西方传统和经典的挪用。

三　协商清教传统

尽管一直以来，评论界似乎众口一词地认为惠特莉对公共事务，特别是奴隶制和种族等十分敏感的社会问题缺乏应有的关注，然而这种抱怨与其说来源于政治关怀，倒不如说来源于白人读者和研究者的猎奇心理和某种更加阴暗的心理机制。1913 年，威廉姆·龙（William J. Long）即表示对惠特莉没有能够在诗歌中描写出蛮荒非洲的野蛮生活而深感失望。① 龙对惠特莉诗歌的心理期待在当时是有一定代表性的。说得直白些，这是白人"异域化"非洲和"他者化"黑人的意识形态的需要和心理需求。然而面对惠特莉般试图从"文化局内人"的视角写作的黑人作家，威廉姆·龙们似乎显得无可奈何。

事实上，惠特莉诗歌从来就没有离开过对社会问题的关注。从《各种主题的诗歌》的伦敦版本和她最初送交波士顿出版社的手稿的比较可以看出，后者明白无误地表明惠特莉对社会话题的敏感和关注。惠特莉的诗集是在主流意识形态筛选之后出版的，因此这本身就是一个权宰力量的运作过程，也是一个少数族裔诗人的作品市场化的尝试过程。克斯汀·维尔考克斯（Kirstin Wilcox）在比较了两个不同版本之后，认为波士顿手稿"读起来与其说像目录表不如说像波士顿最近发生的重大事件的纪要，特别是城市商业和教会圈中……惠特莉不但认识相同的人们并出现相同的事件的现场而且她还有一种能被她的读者的行为改变的真正的存在"②。对这些权力和政治运作的规则，惠特莉似乎有着天生的敏感和理解。从她诗歌创作的初始，她就

---

① William H. Robinson, "Introduction," in *Critical Essays on Phillis Wheatley*, p. 6.
② Kirstin Wilcox, "The Body into Print: Marketing Phillis Wheatley," pp. 14—15.

明确地知道她的诗歌是在为谁而写,为什么而写。就像盖茨的丰富的想象力所复原的验证场景揭示的那样,惠特莉平静地接受了所谓的作者资格的验证,并用这种似乎有损尊严的方式使自己的诗歌得以出版。据此,我们似乎可以得出这样的设想,不管是有意识还是无意识,惠特莉为了使自己的诗歌合法化,并引导她所设定的读者群体,而创造性地建构了一种互文性诗歌文本。惠特莉对清教传统和基督教思想的挪用就是她试图建构起与这个预想的读者群体的联系的策略之一。事实上,为数不少的研究已经关注到了惠特莉与当时的基督教人士的联系。詹姆斯·A. 莱维尼尔(James A. Levernier)曾指出:"惠特莉维持了与几位显赫的新英格兰教会机构成员的广泛的关系网。"① 例如,乔治·怀特菲尔德(George Whitefield)、约瑟夫·赛沃(Joseph Sewall)、约翰·拉斯瑞普(John Lathrop)等,这些人中有很大一部分对废奴是持同情态度的。"惠特莉很可能被个人自由和人权的讨论所包围着","这些主题构成了这个阶段教堂布道演说的主要内容"②。而惠特莉很可能为了影响她的诗歌读者而吸收了她所需要的布道的内容。除了布道的技巧外,惠特莉从布道的听众的反应中,也清楚地知道了她的读者所能够接受的内容和接受的程度。

《致剑桥大学》("To the University of Cambridge, in New-England")是一首经常被各种版本的美国文学史提及并被各种选读选录的诗歌,下面我们以这首诗歌为例,检视惠特莉的清教传统的挪用策略。这首诗歌的设定阅读对象是哈佛的学生。他们的共同特点是身世显赫,不但是当时社会的宠儿,还是未来社会的主宰。惠特莉把讲述人选定了一个文化局内人的视角,并试图在讲述者和读者之间构建起连接的机制,而其中的纽带就是清教传统。这一传统包括清教经验,但更重要的是清教传统对救赎经验的语言学层面的偏爱。清教传统一直对"语言的力量"带有一种神圣的心理崇尚感,认为语言是一种能动力,具有自己的力量源泉。正如美国社会文化研究专家安·凯波贝(Ann Kibbey)所言,对于清教徒来说,"演讲不仅仅能产生转化。听

---

① James A. Levernier, "Wheatley's On Being Brought From Africa to America," *Explicator* 40. 1(1981)p. 25.

② Ibid.

众的宗教经历本身就是一个语言事件"①。清教徒期盼祈祷者的话语"改变听者的所指体系并因此改变听者的观念"②。而这也是惠特莉的协商写作策略之一。为了消除她的读者们的芥蒂和疑虑，惠特莉首先为自己作为诗人的写作行为寻找到合适的理由："当一种内在的热情推动着写作/缪斯承诺助我之笔一臂之力。"③ 这个开端很耐人寻味：惠特莉为自己的诗歌书写诉求两个理由，一个是内在的，是创作的激情；另一个是外在的，是诗歌女神普降的灵感。充分的诗歌书写理由为下面的文字奠定了坚实的基础：

> 我离开我的故土海岸没有多久
> 谬误的土地，和埃及人的阴郁：
> 仁慈的圣父，是你慷慨的手
> 带我安全离开那些黑暗的居所④

　　这里所呈现的黑人被贩卖和奴役的历史显然是与白人官方话语保持了高度的一致性：不痛不痒地"离开"（left）一词不带任何感情色彩，似乎惠特莉对黑人被贩卖的历史浑然不知，她所呈现的是一个不带黑人主体观点的主流历史。这一策略成功地打消了惠特莉所预设的白人读者群的警觉和敌意，而接下来对贩奴的历史用基督教观念的诠释似乎也是在迎合主流文化和传统的心理。根据惠特莉对贩奴事件的解释，她从非洲来到美洲是上帝的神来之笔，也是她的救赎，那么否认她的救赎也就是在质疑上帝的意愿。既然上帝对她的救赎负责，那么她就是当之无愧的选民；那么如果任何人对此有任何异议，恐怕质疑的就不是惠特莉，而是上帝了。这就是惠特莉的智慧。对此，波拉·班纳特（Paula Bennett）曾经这样总结道："通过使它［压迫］成为她对上帝的宗教反应，并使上帝……成为解放她的言语的力量，惠特莉

---

① Ann Kibbey, *The Interpretation of Material Shapes in Puritanism: A Study of Rhetoric, Prejudice, and Violence*, p. 7.

② Ibid.

③ Phillis Wheatley, *The Poems of Phillis Wheatley*, p. 52.

④ Ibid.

拯救了她的压迫。"① 换言之，语言和诗歌成为上帝的恩赐，而诗人也在诗歌书写中自然成为上帝的选民和代言人。

在第二个小节中，惠特莉进一步强化上帝与讲述人在诗歌书写中建立起来的联系。大怜大悯在上帝的"心中""流淌"，"耶稣的鲜血"是为了"你的拯救"；而上帝对有错在身之人也有一颗宽恕之心："他听到辱骂者，却不怨恨他们的辱骂：/上帝之子那无可比拟的仁慈啊!"② 上帝的仁慈与惠特莉对白人的罪恶的宽恕在这里汇聚成一点，从而使女诗人成功地再次与上帝求得了认同，并再次强化了女诗人本人作为上帝代言人的权利。而对于那些试图把女诗人作为黑人、女人和奴隶的多重"他者"而质疑她的诗歌写作权利或是诗歌写作能力的白人读者，他们与上帝的关系则有些岌岌可危。换言之，如果他们质疑惠特莉，那么他们就是在质疑上帝，就有成为"辱骂者"的危险。显然，惠特莉的言外之意是在唤醒她的潜在的白人读者应当如上帝一样对黑人有一颗怜悯和同情之心，并暗示他们是到了该对自己曾经的罪行进行反思的时候了。而对于黑人与白人之间关系，惠特莉更是含而不露却绵里藏针地指出："全人类由于原罪都堕落了。"这句诗行源于《圣经》，因此具有不可质疑的权威性，其含义却由于诗人的特殊族裔身份而变得异常丰富：如果全人类都具有原罪，都堕落了，那么白人与黑人还有什么区别，又何谈不平等呢？还有一点值得注意。在这一节中，惠特莉在人称代词的使用上作了一个小小的改变，从一开始的"我"变成了"耶稣的鲜血如何为了你的救赎而流淌"中的"你"。这一人称的悄然改变使得诗人的写作指向了明确的读者对象，那就是白人读者；而诗歌也从一开始的对上帝的感恩和对主人的宽恕，转变成为对白人读者的指导和告诫。这个藏而不露的改变颇有点恶作剧的味道，而这也是一些评论家和研究者认为惠特莉善于采用非洲传统"捣蛋鬼"（trickster）策略的原因。③

在第二个小节，惠特莉采用了在 18 世纪的美国教堂中非常流行的"哀

---

① 　Paula Bennett, "Phillis Wheatley's Vocation and the Paradox of the 'Afric Muse'," p. 66.

② 　Phillis Wheatley, *The Poems of Phillis Wheatley*, p. 52.

③ 　参见 Babacar M'Baye, *The Trickster Comes West: Pan-African Influence in Early Black Diasporan Narratives*, University Press of Mississippi, 2009。该书第一章 "African and Puritan Dimensions of Phillis Wheatley's Poems and Letters" 就集中论述了惠特莉诗歌中非洲和清教的双重文化维度。

诉"（jeremiad）布道的形式。"哀诉"布道起源于欧洲宗教仪式，却被新英格兰清教徒从形式到内容都转化成为一种地道的美国文化。这种布道仪式经历了 200 多年的沧桑变化，对于形塑美国梦起了积极作用。[①]成为"美国象征"[②] 的"哀诉"布道是一种典型的殖民地意识形态的体现，即"美利坚"是上帝真正的选民，是代表未来的国度的思想，并逐渐形成了一套完整的象征体系。这种形式力求达到在祈祷文被布道的时刻，在听者思想上产生"一种强烈的心理反应"[③]。因此，"哀诉"布道"是一种仪式，其目的是把社会批评与精神重生、公共与私人身份、时代的转换的符号与某种传统喻指、主题和象征结合起来"[④]。"哀诉"布道旨在以庄严的语气和凝重的节奏促成听者的精神转化。而这也正是惠特莉希望借由诗歌产生的效果。惠特莉借用这种形式即是看到了这种精神转化的作用，不过，她所要唤起的是她的预设的读者对罪恶，主要是奴隶制的觉醒。在第二小节的开端，惠特莉便如布道者一样，呼唤着听者的名字："学生们"，并用"科学之子"、"盛开的植物"来恭维了这些年轻的学子。然而与布道者呼唤人们放弃世俗的烦扰而求得精神的升华不同，惠特莉的"哀诉"布道召唤着学子们"跨越天上的空间"，重返世俗。同时，惠特莉也以似乎急迫而忧虑的语气暗示这些未来的殖民地主人和领导者，他们的特权是暂时的，因此"当它们还存在时改善它们"[⑤]。尽管惠特莉在诗歌中从来没有直接把奴隶制作为一种原罪提及，但充斥在诗行中与"哀诉"布道的神圣和庄严不尽和谐的非洲意象，却似乎并不晦暗地指出了原罪的具体形式。

从以上的解读可以看出，讲述人以卑微的奴隶口吻开始叙述，对上帝拯救她于水火感激涕零；接着讲述人却仿佛上帝附体，成为布道者和上帝的代言人，对白人读者的灵魂进行净化，语气庄严、绵里藏针、警告警示。讲述人以宽恕的高姿态告诉听者，她关注的不是某个种族，而是全人类和所有上帝孩子的救赎。当然，的确如很多评论家们所指出的，惠特莉所选定的文化

---

① Sacvan Bercovitch, *American Jeremiad*, p. xi.

② Ibid. , p. 176.

③ Larzer Ziff, "Literary Culture in Colonial America," p. 35.

④ Sacvan Bercovitch, *The American Jeremiad*, p. xi.

⑤ Phillis Wheatley, *The Poems of Phillis Wheatley*, p. 52.

的局内人的立场妨碍了她对奴隶制的公开批判，但是她却在协商策略中获得了最大限度的读者的心理和情感接受。换言之，她把设定的读者变成了她的同盟而不是批评者，更不是敌人。当然，这不能使她的读者的意识形态，尤其是对奴隶制的态度发生突变，不过这却清楚地表明了惠特莉对社会文化深刻的洞察力和对意识形态的历史嬗变规律的深刻认识。

相似的文化挪用策略在惠特莉最耳熟能详的诗歌《关于从非洲被带到美洲》（"On Being Brought From Africa to America", 1768）中也得到了应用。尽管这首诗歌不再诉求某个设定的读者群，但惠特莉却以更加明显的方式操控着读者。与《致剑桥大学》一样，这首诗也以讲述人的感恩之心开始，讲述人从非洲到美洲的经历被认为是一种降福，但她没有明确说明这个恩赐是上帝的，还是白人主人的。这个写作策略使得读者从一开始就被放在了施恩者而不是压迫者的地位，这为诗歌的意识形态的反叛开启了一个秘密通道。诗歌开端句："是仁慈把我从我的*异教*之地带来，/教会我愚昧的灵魂明白/这里有上帝，这里也有*救世主*"[1] 中，"*异教*"（*Pagan*）和"*救世主*"（*Saviour*）通过在诗行中的斜体以及位置和韵律形成的对比关系凸显了惠特莉宗教认识的过程，并明白无误告诉读者她的基督教立场。与在《致剑桥大学》一样，视从非洲到美洲为上帝的救赎过程确立了她作为作者的权威身份和地位。作为上帝的选民，讲述人再次拥有了布道者的使命和责任，成为救赎他人的使者：

> 一些人用蔑视的眼神看我们黑人种族，
> "他们的颜色是一种残忍的死亡。"
> 记住，*基督徒*，*黑人们*，黑色是*该隐*
> 可能被净化，并赶上天使的火车。[2]

在这里，讲述人精心地建构起一个她和读者可以共同分享的由《圣经》典故构成的文本空间，而把"一些人"成功地排除在外。于是读者不得不面

---

[1]　Phillis Wheatley, *The Poems of Phillis Wheatley*, p. 53.

[2]　Ibid.

对一个选择：要么承认黑人的基督教教徒的宗教身份，遵从上帝的旨意；要么拒绝承认是上帝创造的一部分，成为"一些人"当中的一员。这个选择向读者提供了一个重新审视种族主义的新视角。那就是，从基督教的精神出发，种族之间并没有任何不同，不同的只是人性，是"我们"和"一些人"的不同。这一含义在"记住，基督徒，黑人们，黑色是该隐"中由于模糊的停顿而得以强化。这句诗行可以读作是对基督徒的直接述说，即可以理解为让基督徒记住，黑人们是该隐；也可以理解惠特莉的宣言，即她的读者中的基督徒和黑人都如该隐一样黑，换言之，基督徒和黑人并无二致。

内与外，黑与白二元对立的颠覆策略是惠特莉修辞策略重要的因素，也是确保她的诗歌能够在奴隶制不但合法，而且被认为天经地义的时代背景下得以发表的原因之一。支撑着惠特莉这个颠覆性修辞策略的是女诗人对黑人"他者"身份的一种辩证认识。惠特莉对自己"悖论的位置"的认识是准确的：她是自己诗歌书写的主人，却不得不称呼另一个人主人。[1] 从以上的论述中可以清楚地看出，惠特莉从来没有避讳过自己的"他者"身份，而是在诗歌中反复强化这一身份，并迫使读者重新评价他们与作为"他者"的黑人之间的关系以及"传统的偏见"[2]，从而在诗歌文本中构建起一个读者和诗人共同分享的对话空间。

四　协商西方经典

除了宗教思想的协商策略，在诗歌形式上惠特莉也颇具协商精神，这主要体现在她对史诗和挽歌等传统诗歌形式的挪用。惠特莉擅长模仿当时的新古典文学，英雄体、各种修辞都运用得得心应手，并配合当时的各种场合的仪式活动，写作一些应景诗歌，如挽歌、悼亡诗、颂赋等。以实用价值阅读的观点来看，惠特莉挪用压迫者的语言和文学传统是具有深刻意义的权宜写作策略。18 世纪的美国尚没有任何社会运动和权利运动帮助黑人奴隶构建可以诉求认同的主体意识。在强大的白人霸权下，援用白人的语言和创作形

---

[1]　Robert Kendrick，"Other Questions：Phillis Wheatley and the Ethics of Interpretation，" p. 38.

[2]　Ibid.，p. 57.

式是黑人女作家的唯一发声方式。正如犹太裔女诗人艾德里安娜·里奇所言:"这是压迫者的语言/不过我需要用它和你说话。"①

从《各种主题的诗歌》中,我们可以清楚地读出惠特莉的史诗情结。尽管惠特莉没有尝试模仿《伊里亚特》或是《埃涅阿斯纪》写一部新古典主义史诗,或是模仿《失乐园》写一部基督教史诗,但在她的诗歌中,一种强烈的史诗书写的冲动却不时跃然纸上:"啊我能匹敌你和维吉尔之书/或者向曼图亚先哲索求缪斯的权利"②;"凯利奥普唤醒了神圣的诗韵"等都是这种野心的张扬。③"维吉尔"是伟大的史诗《埃涅阿斯纪》的作者,而"凯利奥普"是希腊神话九位缪斯中的第一位,是史诗缪斯,可见史诗是一直萦绕在惠特莉心间的诗歌主旋律。然而在西方文学传统中,史诗被称为"民族的神话",是一个伟大的民族的"绝对原始之书",表现的是民族的原始精神,而史诗中的悲剧则是一部民族在千百年前与大自然抗争的血泪史,深深地镌刻出本民族的文化符号特征。④巴赫金为史诗界定了三大特征:(1)一个民族的史诗般的历史,此为史诗的主题;(2)民族传统,此为史诗的源泉;(3)一个把史诗世界与当代的现实世界分开的绝对的史诗距离,此为史诗书写的视野投入点。⑤无论从何种角度来说,史诗都是处于主流文化的中心位置的文学形式。然而对于身处文化边缘的惠特莉来说,非裔种族身份使得她对美国历史的书写权利和能力成为令人质疑的问题。而非洲历史与美洲历史的断裂又使得她的叙述的当代时间视角成为一个难题。作为奴隶,惠特莉所运用的语言和形式都不是她的民族的,而是殖民文化的。对于她来说,美国性不是天生就具有的天性和身份,而是一个她终其一生追逐的梦想。总之,惠特莉既没有一个民族绝对的历史,也没有一个史诗距离,更没有一个民族传统可以遵循和立足。那么,惠特莉又是如何圆了自己的史诗之梦呢?

惠特莉以凸显自己的"他者"身份,并通过挪用"哀诉"布道等形式

---

① Adrienne Rich, *The Fact of a Doorframe: Selected Poems 1950—2001*, p. 76.

② Phillis Wheatley, *The Poems of Phillis Wheatley*, p. 50.

③ Ibid. , p. 57.

④ 参见 [德] 黑格尔《美学》第三卷下册,商务印书馆 1996 年版,第 109—202 页。

⑤ M. M. Bakhtin, "Epic and Novel," p. 13.

确立了自己的作者身份，并实现了内与外、黑与白的颠覆。同样地，惠特莉通过凸显自己的"边缘"地位，并通过挪用史诗形式，再次确认了自己的作者身份，并建构起自己独特的文化身份。边缘地位和史诗距离的缺失反而使得惠特莉从根本上摆脱了历史时间的束缚，得以自由地跨越历史与现在，时间与空间的局限，而这种书写的自由赋予了女诗人更大的作者的权威，从而戏剧性地颠覆了白人主人们对她的作者权的质疑。其实，关于惠特莉等处于社会边缘的诗人的创作权利问题一直是研究者关注的焦点。这一研究视角贯穿于惠特莉研究之中。比如，2010 年阿拉巴马 A& M 大学的凯瑟琳·赛德勒·恩格伯格（Kathrynn Seidler Engberg）博士出版的《写作的权利》（*The Right to Write*）一书，探讨了安·布莱德斯特律（Anne Bradstreet）和惠特莉的诗歌创作，前者是美国第一位公开出版诗集的白人女性，后者是第一位公开出版诗集的黑人女性。族裔身份不同，性别身份和边缘身份却是共同的。看来是否有权利创作，特别是创作诗歌，是一个一直困扰着边缘作家，也吸引着历代学者的共同话题。这一问题对于身为奴隶的惠特莉而言到底意味着什么是可想而知的。而她为了证明自己的创作权利又多么煞费苦心就不难理解了。在诗集的开篇诗《致麦凯纳斯》（"To Maecenas"）中，可以清楚地看到惠特莉在对史诗的挪用中实现的书写权威。

　　历史上的麦凯纳斯（Gauis Maecenas）是奥古斯都从起家之初到元首制确立初期不可或缺的助手之一，无论在外交还是内政方面都为奥古斯都王朝的建立做出了重要贡献。而他另一个鲜为人知的身份则是著名的文学赞助人。[①] 他赞助了一批杰出的诗人，如维吉尔、贺拉斯等，并形成了一个以他为中心的文学团体，因此"Maecenas"一词在现代西方也成为文学和艺术赞助人的代名词。然而身为政客的麦凯纳斯对文学的赞助并非简单地出于兴趣，而是有着明显的政治目的。麦凯纳斯虽为文学赞助人，但他对文学的赞助究其实质仍是一种政治行为，与奥古斯都以文学安抚民心、宣扬元首崇拜的政策是密不可分的。在政治上拥有权威的麦凯纳斯对文学的经典化也同样具有权威性。惠特莉充分地意识到了这一点，因此在诗歌开篇写道："那些

---

① 参见 Phillis Wheatley, *The Poems of Phillis Wheatley*, p. 49，注释 5。

诗人感受到的只不过与你相同？／你的灵魂难道没有神圣的火焰？"① 开篇就以强调的语气凸显出麦凯纳斯在文学和政治两个方面的才华和权威，并暗示出赞助人与诗人之间的微妙关系。拥有"神圣的火焰"的麦凯纳斯不但能够赋予诗人灵感和创作力，同时还能够使他们的诗歌经典化和神圣化。这是维吉尔与麦凯纳斯的关系，更是史诗与政治的关系。惠特莉在诗集的开篇凸显这种关系可谓煞费苦心。没有赞助人，惠特莉的诗歌创作和发表都是不可想象的。值得注意的是，在经济上资助惠特莉出版 1773 年诗集的是赛琳娜·哈斯汀斯（Selina Hastings），但更重要的却是以杰斐逊为代表的大人物们，因为他们的证词证实了惠特莉的作者身份，从本质上说，这是一种带有意识形态色彩的政治赞助。对于惠特莉来说，她的政治赞助人的意义远比麦凯纳斯对维吉尔意义重大，因为本身即为统治阶层一员，并处于文化中心的维吉尔的作者身份是毋庸置疑的，其统治阶层的代言人的地位也是其读者能够欣然接受的。然而，对于惠特莉来说，情形则完全不同。如杰斐逊一样，把惠特莉的诗歌放在"评论的尊严之下"的观念是根深蒂固的，惠特莉首先要面对的是证明自己的作者身份。然而，显然，惠特莉没有把希望寄托在麦凯纳斯或者是其他什么赞助人身上，她甚至带点挑衅地对麦凯纳斯说："我要从你高贵的头上抢一顶桂冠，／而你溺爱地对这一行径微笑。"② 这个颇有点捣蛋鬼味道的恶作剧与充溢在诗歌中对麦凯纳斯庄严的赞美之词形成了强烈的对比。两个完全不同的语域场凸显出两种不同的声音，一个是谦卑的小女奴和初试身手的小诗人，另一个则是胸中充满怒火的女斗士和荡漾着创作激情的自信的女诗人。没有人能够说清楚哪一个才是真正的惠特莉，而事实上惠特莉就是在这个互相质疑的声音中建构起一个稳固的作者身份，一个只有她自己才有权利和能力经典化和神圣化的诗歌文本。在这两个声音的质疑中，诗人与赞助人之间的分界线和等级关系瓦解了，而这是惠特莉史诗挪用策略的第一步。

惠特莉史诗挪用策略的第二步是颠覆中心与边缘的界限。史诗是民间文学的宝库，是认识一个民族精神精髓的百科全书。史诗在用文字记录下来，

① Phillis Wheatley, *The Poems of Phillis Wheatley*, p. 49.

② Ibid. , 50.

作为文学形式出现之前，以口头文学形式源远流长。史诗作为口头文学的起源，要追溯到人类的史前时代了。史诗的一个功能就是界定某一个特定民族的民族属性、历史渊源和文化特征，简言之，史诗是关于民族归属的叙事诗。① 然而对于惠特莉来说，界定谁处于民族文化的中心，谁又是"他者"是徒劳的。从前面的论述可以看出，惠特莉诗歌中仿佛无处不在的"同化"的符号也正是颠覆"同化"的符号。而惠特莉似乎心甘情愿地位于"边缘"的姿态却恰恰说明了她参与到主流文化的强烈意识，而这正是成功的文化协商的基础。对惠特莉来说，所有的殖民地的美国人都是平等的，因为相同和不同的定义是相对的，是无从界定的。惠特莉在"美国性"的界限之内对身份和归属问题的主流文化观念的协商在她的很多诗歌中都能清楚地看到。在上文中提到的《关于从非洲被带到美洲》中"记住，基督徒，黑人们，黑色是该隐"一句的修辞模糊即是这一策略的成功应用。这一模糊使得基督教教徒的身份成为一个令人困惑的问题，确定的身份和归属似乎成为这个世界可望而不可即的妄想，而恐怕只有坐上了"天使的火车"这个问题才能真正得以解决吧。

对于惠特莉来说，身份和归属的相对性是在对经典的改写中戏剧化地实现的。在《致麦凯纳斯》中，惠特莉就对西方史诗中最有代笔性的作品《荷马史诗》进行了改写：

> 当伟大的帕特罗克洛斯向阿基里斯求助，
> 我的感激涕零的眼泪得到了回报；
> 匍匐在岸上他感到爱的痛苦，
> 严厉的派莱德斯最温柔的感情转移。②

惠特莉在短短的一句诗行中概括了荷马史诗中关于帕特罗克洛斯之死的主要情节。不过，她却没有提及荷马史诗中的一个细节。在《伊利亚特》中，一开始时阿基里斯就与阿伽门农发生了争执，起因是阿伽门农抢夺了阿基里

---

① 参见［德］黑格尔《美学》第三卷下册，第115—116页。
② Phillis Wheatley, *The Poems of Phillis Wheatley*, p. 49.

斯俘虏的女奴,阿基里斯一怒之下离开营地和战场。希腊军节节败退,一度被打回岸边。阿伽门农派人请求阿基里斯的原谅,他仍然不为所动,最后阿基里斯的挚友帕特罗克洛斯不忍心看到将士死伤惨重,穿上阿基里斯的铠甲,假扮成他的模样出战,却被赫克托耳所杀。好友的惨死激发了阿基里斯的斗志。参战后他作战勇猛无比,最后赫克托耳也死于阿基里斯枪下,赫克托耳的父亲普里阿摩斯赎回了儿子的尸体,故事在赫克托耳的丧礼中结束。① 惠特莉没有提及这一细节而是以阿基里斯的"爱的痛苦"结束了这段恢宏的西方经典。与其说阿基里斯为身着自己的盔甲而丧生的好友而悲伤,倒不如说是在为另一个自我而悲伤。惠特莉对荷马史诗的改写倒是颇有些拉康的心理分析的特点。阿基里斯和帕特罗克洛斯之间既独立又互依,既绝对又相对的身份和关系生动而又戏剧化地表达了惠特莉对主体和客体,自我与他者之间不稳定的互动关系的深刻认识。如果把这种关系提升到"伦理关系"的层面,那么无论白人还是黑人都并非一劳永逸、一成不变地占据着中心的位置,换言之,没有什么或是什么人真正地属于中心位置,在文化的框架中所有的人都不得不人在边缘。

"匍匐在岸上"为友人的阵亡而感到"爱的痛苦"的阿基里斯成为惠特莉所定义的史诗英雄的典型形象。惠特莉把荷马史诗中骁勇善战的阿基里斯改写为一名哀悼者,一名为他者,为成为自己的他者,也是为自我而哀悼的人。借用德里达的观点,哀悼是延异他者的"他者性",是在记忆中即捕捉又拒绝他者的曾经的存在,也是对"他者"无条件的尊重。② 在文本中表现"他者"需要聚合他的踪迹并模仿他的存在,这是一个双边的、戏仿的过程,而惠特莉改写荷马史诗和阿基里斯的目的正是为自己清理出一个理想的书写他者和自我的文本空间。惠特莉的文化"剥夺"要求她珍惜她的非洲记忆中的点点滴滴,并以接受的零散的殖民地教育去构建她的文化身份。她没有进入文化的特权,只能从可以提供的文化形象中做出明智的选择。与被重写后的阿基里斯一样,惠特莉也是在记忆和悲悼中试图构建自我的角色。

---

① 黑格尔在论及史诗时,详细介绍了《伊里亚特》中的这个细节。参见黑格尔《美学》第三卷下册,第150页。

② Jacques Derrida,"By Force of Mourning," pp. 171—192.

对惠特莉来说，成为美国人就要回应悲悼的呼唤并尊重他者的存在。而她对阿基里斯的重写也是在暗示读者，他们也要加入相似的过程以便协商他/她的文本。在改写阿基里斯的过程中，惠特莉自己也成为自己的诗歌书写的史诗人物，成为他者的回忆者和悲悼者。惠特莉为自己与白人主人看似稳定的种族关系注入了一种不稳定的因素，并把种族关系变成了一种伦理关系。而伦理正是史诗独特的文化承载力可以传递的最深层的内涵。①

以上我们不难看出，对于惠特莉来说，成为"美国人"就是要回应哀悼的呼唤，并尊重他者的"遗体"。正如她重写的阿基里斯一样，在悲悼他者的过程中，也哀悼了那个逝去又重生的自我。对于自我、死者和哀悼的关系，德里达曾做过典型的解构主义式的表达：

　　他者一死，我们必然与记忆为伴，故必然趋向内在化，因为他者在我们之外已无所存在；……②

　　内在化运动在我们心里保存下他者的生命思想、肌体、声音、目光或心灵，但这一切都呈现为记忆减退、备忘录、符号或象征、形象或记忆表象，它们只是一些零星的、分散的、残缺的碎片，是已经离去的他者的一些"部分"，而这些"部分"转而成为我们的一些部分，内含于"我们"，附入一个仿佛突然变得比我们更大、更古老的记忆。③

德里达的观点很明确，我们通过可能的对死者的悼念的记忆而认识到我们自己，而这也正是惠特莉的写作策略的潜意识中的创作心理。把骁勇善战的史诗英雄改写成为"匍匐"而泣的悲悼者只是为惠特莉创造了一个在自我与他者之间游走的不稳定的空间，而她的挽歌的书写则为她进一步展示她的自我与他者的文本游戏提供了一个现实的范例。

---

① ［德］黑格尔：《美学》第三卷下册，第 168 页。
② ［法］雅克·德里达：《多义的记忆——为保罗·德曼而作》，中央编译出版社 1999 年版，第 45 页。
③ 同上书，第 47 页。

惠特莉诗歌中的挽歌占了很大比重,其中不乏佳作。[①] 由于这些挽歌均是悼念当地声名显赫的白人的应景之作,是最"基督教化"的诗歌作品,因此这些诗歌也成为一些评论家认定惠特莉的同化身份的罪证之一。然而考虑到惠特莉的特殊身份,她的挽歌创作的动因是不难理解的。可以说,挽歌为惠特莉提供了一个参与公共事务,并得到应有重视的有效途径。换言之,对惠特莉来说,挽歌是最公众的诗歌体裁,也是她难得的表达公共事务、基督教和白人的观点和看法的文学手段。挽歌是一种哀祭文体,集文化和文学于一身。在 18 世纪的美国,田园挽歌和丧葬挽歌"在试图衡量对活着的人的损失的时候,它们保留了离去的人的记忆;当作为一个集合的整体时,这些诗歌促使 18 世纪的美国人追寻他们的文化记忆并最小化他们过去的损失"[②]。惠特莉的挽歌发挥了同样的功能,不过她的表现方式与她的白人主人们截然不同。为了要"最小化"她"过去的损失",惠特莉所要做的是既要寻找回她的非洲之根,又要证明她的"美国性"。

在清教传统中,丧葬挽歌的功能就是再现那位逝者的形象,不过这一再现一般是对这一人物的褒扬和歌颂并祈福死者获得永生和救赎。从这个创作初衷出发,挽歌中的声音往往保持了高度的一致性。然而惠特莉却正是看中了挽歌的这种特点,故伎重演玩起了协商的游戏。对于挽歌中的公共话语的绝对权威的声音,惠特莉巧妙地加入了个人的声音,并形成了一种事实上的对话关系。[③] 在《悼念尊敬的斯威尔博士》("On the Death of the Rev. Dr. Sewell. 1769")中,这个对话式的挽歌就已经形成:

[①] 比如"On the Death of the Rev. Dr. Sewell. 1769","On the Death of the Rev. George Whitefield. 1770","On the Death of a Young Lady of Five Years of Age","On the Death of a Young Gentleman","To a Lady on the Death of Her Husband","To a Lady on the Death of Three Relations","To a Gentle on the Death of His Lady","A Funeral Poem on the Death of C. E. an Infant of Twelve Months","To the Honourable T. H. Esq.; On the Death of His Daughter","On the Death of Dr. Samuel Marshall","On the Death of Doctor Samuel Marshall","To the Rev. Mr. Pitkin, on the Death of His Lady","An Elegy, to Miss. Mary Moorhead","On the Death of General Wooster","An Elegy to Dr. Samuel Cooper","To Mr. and Mrs. —","On the Death of Their Infant Son"等。

[②] John C. Shields, *The American Aeneas: Classical Origins of the American Self*, p. 223.

[③] Mukhtar Ali Isani, "Phillis Wheatley and the Elegiac Mode," p. 210.

　　"斯威尔去世了。"远扬的声名这样哭喊。

　　"斯威尔去世了吗"，我颤抖的舌回答，

　　啊他的仙逝是多么大的损失啊！

　　这神圣的预言者无时无刻不为我们祈祷！

　　生活箴言无时无刻不向我们传递！

　　奉命完成我的悲悼之诗

　　我为他的墓碑撰写了这段铭文。①

　　开始两句的问答可谓意味深长。对于主流文化赋予斯威尔的声名和肯定，"我"却在献给他的挽歌中发出了质疑之声："去世了"这个肯定句来自公共话语，而"去世了吗"的疑问句则来自诗人的个人话语。惠特莉以肯定句开始，是因为她清楚地知道挽歌的公众性，而只有公众性才会带来权威性，也才有可接受性。她的个人话语在与公众话语的对话中，形成了一种事实上的"替补"关系。②惠特莉的个人的声音"斯威尔去世了吗"却可能是一个引领人们通往真相的断言。惠特莉奉命完成悲悼之诗，但她到底尝试着书写怎样的悲悼却不得而知。事实上，正如有学者指出的那样，惠特莉表达的没有哀伤。③不过有一点可以肯定，那就是惠特莉在悲悼斯威尔去世的同时，还扮演起斯威尔曾经的角色，并开始为这位曾经的牧师而祈祷。诗人和牧师的身份合二为一，惠特莉也像斯威尔生前一样，把"生活箴言""传递"出去。所以说，与其说惠特莉在悲悼中哀悼了对方，倒不如说借机在书写中实现了自我，或者说只有在她认识到悲悼他者的可能性之后，她才实现了与他者相对的自我。

　　公共话语与诗人的个人话语所形成的对话以及替补关系表明即使是在为他人书写的挽歌中，惠特莉真正关注的还是自我与他者的关系。然而在这些挽歌中，这种对话是多声部的，并不仅仅局限于个人与公众的对话。这首挽歌中有一节以直接引语出现的诗行，颇耐人寻味：

---

　　①　Phillis Wheatley, *The Poems of Phillis Wheatley*, p. 54.

　　②　"替补"借用了德里达的说法，但本文并非在严格意义上使用了这一术语。参见［法］德里达《论文字学》，汪堂家译，上海译文出版社 1999 年版，第 228 页。

　　③　Mukhtar Ali Isani, "Phillis Wheatley and the Elegiac Mode," p. 210.

"哀悼他，你们这些年青人，对你们他常教导

"上帝崇高的奇迹从远古而来。

"我，也有理由哀悼这个巨大的损失，

"因为他我的主人一去不返。

"啊何时我们才能达到他那被降福的程度？

"何时同样的高尚会在我们心中枝繁叶茂。"①

　　因为每一行都有独立的引号，所以从诗歌的上下文来看，无法断定是谁在侃侃而谈，并试图对死者做出评价和总结。可能是惠特莉，也可能不是。也可能有些是惠特莉，有些不是。作为读者，我们所能断定的只是一个他者在哀悼另一个他者。这个出现在惠特莉诗歌中的多重声音再次形成了一种对话性和替补性的关系，并使得惠特莉在这个过程中实现了作为作者的权威性声音。不仅如此，读者在对这些声音的分辨过程中，也成为这些不同声音的他者，并因此成为哀悼死者的另一个他者。

五　小结

　　尽管惠特莉在主流叙事中占据的位置不是中心的，也不是美国的，但是她对非洲、美国以及史诗、挽歌等文化身份和文类符号的挪用使得她构建起一个在相对中具有稳定性的自我，并迫使她的读者和她的主人们以及主流文化都不得不承认她作为成熟的诗人和独立的主体的地位。惠特莉以同化的姿态主动地进行文本和文化协商，从而使得她在主流文化符号的掩护和帮助下寻找到自己的归属。然而更有意义的是，惠特莉的文化协商和经典拨用如一场"微妙的战争"，既策略地发动了抗争，又体面地保持了顺从。这种协商策略赋予了惠特莉在传统文化和主流文化的框架中探求与她充满艰辛的日常生活息息相关的主题和主旨的自由，从而实现了文学书写和自我书写的双重目标。

---

　　①　Phillis Wheatley, *The Poems of Phillis Wheatley*, p. 55.

第二十六章

弗朗西斯·哈珀诗歌中的文化协商

　　弗朗西斯·哈珀（Frances E. W. Harper, 1825—1911）是美国19世纪最重要的黑人社会活动家。她把毕生精力都投入到解放黑人奴隶和自由黑人的权利以及女性权利的运动和妇女禁酒运动中，也是最早倡导黑人教育的女性之一。借用著名评论家佩垂西亚·黑尔（Patricia Liggins Hill）的话就是，哈珀是"19世纪美国主要的治疗者和种族的确立者"[①]。哈珀是美国重建时期最活跃的黑人身影，也是最富有洞见力的政治之声。哈珀认为，即使废除了奴隶制，在"美国文明"中还存在着"两种缺失"："一种是更强烈、更深厚、更广泛、更柔和的公平意识——一种人性意识，这种意识应该明确成为一个民族的感情生活，相信正义，简单的正义，是权利，不仅仅是强壮和有力量的，也是最羸弱、最虚弱的上帝的孩子的权利；另一种是更深沉、更广博的人性，那会教会人们不要把他们羸弱的兄弟当成蝼蚁消灭，或者当成负累轻视应付，而是当成活着的上帝的孩子。"[②] 然而与大多数活跃在当时政治舞台的强悍的黑人女性不同，哈珀身材"苗条而优雅"，讲演时声音"温柔"而"富有乐感"[③]。借用内尔·佩

[①] Patricia Liggins Hill, "Let Me Make the Songs for the People: A Study of Frances Watkins Harper's Poetry," p. 60.

[②] Frances Ellen Watkins Harper, "The Great Problem to Be Solved," in *A Brighter Day: A Frances Ellen Watkins Harper Reader*, p. 220.

[③] Frances Smith Foster, "Introduction," in *A Brighter Coming Day: A Frances Ellen Watkins Harper Reader*, p. 15.

恩特（Nell Irvin Painter）的话，就是"她太有教养，太优雅，太受人尊重了"①。然而这个外表娇小可人的黑人女性却在修正历史的谬误中发挥了重要的作用，并在历史的抉择面前表现出了少有的聪明和智慧。同时，哈珀还是19世纪的美国黑人文学中最响亮的声音。她在不同场合的讲演已经成为美国内战之后社会政治、种族冲突、经济复苏等尖锐的社会问题的历史记载，她的小说《爱厄拉·雷诺伊》（*Iola Leroy*，1892）是第一部出自黑人女作家之手的长篇小说，对黑人女性小说的发展起到了至关重要的作用。她的诗歌不但秉承了菲莉斯·惠特莉所确立的黑人女性诗学传统，而且在主题、风格和书写策略上都有所发展和拓展，成为黑人女性诗歌发展链条中的重要一环。弗朗西斯·福斯特（Frances Smith Foster）认为，哈珀的诗歌"不但形成了重建时期的历史而且成为她的小说的基础，爱厄拉·雷诺伊……克罗姑妈……可能是在悲剧性的混血儿传统之外，最早被作为生活的榜样表现出来的黑人女主人公"②。

　　在哈珀研究中有一种现象，人们似乎对于在废奴运动的较量中，在女权主义的论坛上叱咤风云的哈珀偏爱有加，而对作为小说家和诗人的哈珀，特别是对她的文学作品却长久忽略，以至于当迈尔巴·堡伊德（Melba Joyce Boyd）重拾哈珀的作品时，用了"被遗弃的遗产"（discarded legacy）来概括哈珀作品的命运。事实上，对哈珀的系统研究直到20世纪90年代才开始慢慢回暖。随着哈珀三篇遗失的小说作品重见天日，人们对她的文学活动开始投来关注的一瞥。③ 与哈珀的小说被埋藏了百年的命运相比，她的诗歌似

---

　　①　Nell Irvin Painter, "Voices of Suffrage: Sojourner Truth, Frances Watkins Harper, and the Struggle for Woman Suffrage," p. 46.

　　②　Frances Smith Foster, "Introduction," in *A Brighter Coming Day: A Frances Ellen Watkins Harper Reade*, p. 37.

　　③　这三篇遗失的作品是《米妮的牺牲》（*Minnie's Sacrifice*）、《播种与收割》（*Sowing and Reaping*）、《审判与胜利》（*Trial and Triumph*）。这三篇小说的发现要感谢弗朗西斯·福斯特（Frances Smith Foster）不懈的文学发掘和研究。这三篇作品的问世对于美国非裔文学的研究具有重要意义。首先，它们对于拓展19世纪文学经典的范围起到了再思考的意义；其次，它们重新唤起了人们对哈珀作品的兴趣，并展示了哈珀作品的主题的宽泛性；另外，这三篇作品的"遗失"的经历使得人们对于19世纪黑人文学的接受的命运与作品本身的内容和写作策略之间的关系重新关注。这三篇作品已经由弗朗西斯·福斯特编辑出版。参见 Frances E. W. Harper, *Minnie's Sacrifice, Sowing and Reaping, Trial and Triumph: Three Rediscovered Novels by Frances E. W. Harper*, Frances Smith Foster, ed. Boston: Beacon Press, 1994。

乎比较幸运。她的第一部诗集《各种不同主题的诗歌》（*Poems on Miscellane-ous Subjects*，1854）一经出版就售出了五万册，到1874年已经再版了12次。她共出版了九部诗集，并有不少脍炙人口的诗歌佳作，例如《奴隶拍卖》（"The Slave Auction"）、《一个小孩应该引导他们》（"A Little Child Shall Lead Them"）、《上帝保佑我们祖国的土地》（"God Bless Our Native Land"）等。然而，哈珀一直被冠以"抗议"诗人的标签，不少研究者更是习惯于把哈珀的诗歌与她不同时期的政治运动加以对比观照。芭芭拉·克里斯蒂安（Barbara Christian）就认为哈珀的书写主要以黑人女性在社会中被奴役和压迫的处境为主，极少触及个人及个性，大多着墨于种族与性别主题。[1] 克里斯蒂安的观点不是空穴来风。哈珀的诗歌带有明显的政治诉求，主张诗歌创作的目的是进行社会抗争。例如，在她的诗歌《双重标准》（"A Double Standard"）中，激昂的口号式的诗句比比皆是："你因为我爱他而责备我？/那么当孤立无助之时/我在这个冷漠的世界哭求面包/却求得压在唇上的石头"[2]；"犯罪不分性别，而今/我带着耻辱的烙印；/而他在欢愉和骄傲中/依旧带着一种盛名"[3]。她作品中强烈的政治诉求使得她所表露的女性的主体，往往不是个人的感性的表白，而是集体意识的表现。哈珀的诗歌的确被诗人本人、黑人读者和研究者赋予了反对种族主义和批判性别主义的历史重任，然而，哈珀诗歌的社会性和政治性却并非是其诗歌的全部意义所在。同时，作为在19世纪末和20世纪初创作的美国黑人女作家，哈珀所面对的挑战和困惑并不亚于18世纪的菲莉斯·惠特莉，并且不得不在政治风云的迅即的变幻中做出从未有过的选择。这一切使得哈珀的诗学世界充满了锐利的矛盾和对立，也在诗人的艰难诗学协商中变得暧昧、混沌和朦胧。

一　游走于政治和宗教之间的诗学

哈珀的诗歌中宗教扮演着十分重要的角色。上帝是无所不在、无所不

---

① 参见 Barbara Christian, *Black Feminist Criticism: Perspectives on Black Women Writers*, pp. 120—122。

② Frances Ellen Watkins Harper, *Complete Poems of Frances E. W. Harper*, p. 176.

③ Ibid. , p. 177.

能，但又与美国人的生活贴得近、靠得紧的角色。正如她在《基督教》（"Christianity"）一文中所表述的那样，基督教是以"上帝为作者"，以"人类的福祉为对象"的"体系"，是一种"统一的、崇高的、纯净的体系"①。作为这一体系的主宰，上帝无所不在。正如《上帝保佑我们的故土》（"God Bless Our Native Land"）一诗中，上帝保护着刚刚从内战的阴影下解脱出来的美国和美国人：

> 上帝保佑我们的故土，
> 　　刚刚自由的土地，
> 哦，她可能曾经代表着
> 　　真理和自由。
>
> 上帝保佑我们的故土，
> 　　那里安眠着我们死去的亲人，
> 让和平掌控在你的手中
> 　　在他们的坟冢上遮风挡雨。
>
> 上帝帮助我们的故土，
> 　　终止她的纷争，
> 并从你的手中普降甘露
> 　　一种更富庶的生活。
>
> 上帝保佑我们的故土，
> 　　她的家园和孩童的幸福，
> 哦，她可能曾经代表着
> 　　真理和正义。②

---

① Frances Ellen Watkins Harper, *A Brighter Coming Day: A Frances Ellen Watkins Harper Reader*, p. 96.

② Frances Ellen Watkins Harper, *Complete Poems of Frances E. W. Harper*, p. 184.

该诗一腔虔诚的语气，一副虔诚的表情，全然一位基督徒对上帝的呼唤和感恩。然而，哈珀的宗教观却并非看起来那般简单，也并非如她本人的表述那般单纯。哈珀从小受叔父的影响，成为非洲人美以美会的成员（African Methodist Episcopal Church，AME），① 是一名坚定的废奴主义者。然而富有戏剧性的是，1870 年她却加入了著名的白人教堂，费城第一公理教会唯一神教教堂（First Congregational Unitarian Church），并在这一黑一白两个教会中都扮演着十分活跃的角色。这是一件颇令研究者费解的事件。哈珀本人对此事也是讳莫如深，几乎没有留下关于此事件的任何只言片语，因为她"很少写到她自己"②。这一事件成为令很多研究者颇为费解，也一直试图破解的谜。一些研究者试图解释这个事件背后的宗教动机。对这一谜团的破解目前主要形成三种不同思路。第一种思路来自于宗教性思考。某些研究者宣称哈珀的这一举动的确是出于对基督教唯一神教的支持，因为"对于她来说，耶稣不是一个距离遥远的神，而是全人类都可以获得的某种升华的生存的典范"③。然而，有一点不容忽视的是，加入唯一神教教堂并不是接近上帝的唯一方式，任何一个把社会革新作为使命的宗教组织都是可行的选择。与这种泛泛的推测不同，一些研究者把这一事件归结为完全个人的原因。比较有代表性的观点认为，废奴主义者、唯一神教传教士，圣威廉姆・亨利・费尼斯雄辩的废奴演讲、对宗教和政治的真知灼见以及在废奴运动中的积极行动是吸引哈珀并加入该教会的直接原因。④ 第三个思路是政治性的思考：

　　非洲人美以美会和公理教会唯一神教都宣称哈珀是其成员。她不愿意从中做出选择。非洲人美以美会是养育她的教堂。是她的家庭和家园，她一直记得她从哪里来，以及她的人民经历了什么。另一方面，她

---

　　① AME 于 1816 年由 Richard Allen 创建，1821 年组成黑人美以美教会，并倡导废奴运动。

　　② Shirley Wilson Logan, "Black Speakers, White Representations: Frances Ellen Watkins Harper and the Construction of a Public Persona," p. 24.

　　③ Janeen Grohsmeyer, "Frances Harper." *Dictionary of Unitarian Universalist Biography*. Http://www.uua.org/uuhs/duub/articles/francesharper.html.

　　④ 参见 Jane E. Rosecrans, "Between Black and White: Frances Ellen Watkins Harper and Philadelphia Unitarianism"。该文为作者于 2006 年 11 月 9 日在费城召开的美国女作家研究论坛宣读的论文。www.uucollegium.org/Research%20papers/07paper.

加入公理教会唯一神教的部分原因可能是政治。尽管自从她的第一部诗集出版后，她与黑人和白人社区都有私人的和职业的联系，然而还是有一些门对她关闭着。在一个肤色界限清晰划分的社会中，公理教会唯一神教教会为种族交会提供了一个难得的机会。她所认识的公理教会唯一神教人员可以在她从来也无法到达之处帮助她发展她所支持的事业。①

尽管从实用的角度来看，并没有关于哈珀到底从公理教会唯一神教究竟得到什么的记载，但事实是，哈珀的确可以自由地在废奴运动、妇女运动和禁酒运动之中自由游走，在黑人和白人群体中都能如鱼得水，从而真正实现了自己的政治抱负。正如威廉姆·斯蒂尔（William Still）所言："在这个纬度的每一个地方，门都在［她的］面前敞开，她的天赋被公认为是［废奴］事业的宝贵的所得。"② 从这个意义来看，哈珀的宗教选择事实上也是一种政治选择。正如圣威廉姆·亨利·费尼斯认为废奴运动不但是一场政治运动，也是"一场深奥的宗教运动"③，哈珀也没有简单地把废奴运动作为政治运动。哈珀这样写道：

> 我向基督教诉求的不是向我们展示更多的教义，而是更多的耶稣；不是更多的仪式和典仪，而是更多的闪烁着爱和洋溢着生命的宗教——对所有弱势种族都将是一种提升的力量的宗教，而不是一种贬低的影响。④

宗教与政治的结合是哈珀实现政治抱负的政治协商策略，也是她实现诗歌书写的文化协商策略。哈珀的诗歌作品中无处不在的宗教所指和圣经人物以及诗人对这些宗教因素的微妙改写策略同时实现了她的政治和文化协商。

① Janeen Grohsmeyer, "Frances Harper. " *Dictionary of Unitarian Universalist Biography*. Http：//www. uua. org/uuhs/duub/articles/francesharper. html.

② 转引自 Frances Smith Foster, "Introduction," in *A Bright Coming Day：A Frances Ellen Watkins Harper Reader*, p. 23。

③ 转引自 Elizabeth M. Geffen, *Philadelphia Unitarianism, 1796—1861*, p. 207。

④ Frances Ellen Watkins Harper, *A Brighter Day：A Frances Ellen Watkins Harper Reader*, p. 98.

公理教会唯一神教强调耶稣的人性而不是他的神性，并把他作为道德行为的模式典范。耶稣的受难对同样处于水深火热中的黑人奴隶来说似乎不仅仅是精神的寄托，还有更加实用的榜样力量。在《爱厄拉·雷诺伊》中，哈珀就把受奴役的非裔美国人比作了受难耶稣，并借小说中的主人公爱厄拉·雷诺伊之口把受难的黑人与受难的耶稣相提并论，因为黑人走过的路，耶稣也"踏足过并让它闪烁着他的脚步的光芒"①。

在前文提到的"基督教"一文中，哈珀认为"基督教已经改变了国家的道德方面"，而文学、艺术、科学等都在对于基督教的诉求中获得了价值。"基督教形成了神圣链条中最辉煌的连接，它把最卑微的创造物与永恒的耶和华的宝座连接在一起。"②哈珀把"人的物质性质"与"他的道德性质"联系起来的观点仿佛是对唯一神教的注释。从这一角度来说，宗教是哈珀向不识字但熟悉《圣经》内容的黑人沟通的最好的意象语言。③

可以说，哈珀的政治观从某种程度上是在其宗教信仰的影响下形成的。哈珀的这种政治与宗教浑然一体的观点在她的诗歌中也清晰地反映出来。迈尔巴·堡伊德（Melba Joyce Boyd）认为哈珀的《天堂中的青春》（"Youth in Heaven"）一诗标志着哈珀"向唯一神教的皈依"④。哈珀在诗歌中引用了爱默生在"史威登保⑤；或神秘主义者"中的话："在天堂中天使们都不断地向着他们青春的时期挺进，以至于年龄最大的天使看起来却是最年轻的。"⑥爱默生对青春和衰老的这种神秘和超验主义的诠释却给了哈珀一个对苦苦寻求解放的黑人奴隶的处境全新的视角。人生从衰老走向青春的铺垫的过程正是哈珀为黑人命运的心理规划的过程，是黑人的前途从黑暗走向光

---

①　Frances Ellen Watkins Harper, *Iola Leroy*；or, *a Shadow Uplifted*, p. 256.

②　Frances Ellen Watkins Harper, *A Brighter Day*：*A Frances Ellen Watkins Harper Reader*, p. 98.

③　Erlene Stetson, *Black Sister*：*Poetry by Black American Women*, 1746—1980, p. 7.

④　Melba Joyce Boyd, *Discarded Legacy*：*Politics and Poetics in the Life of Frances E. W. Harper*, 1825—1911, p. 74.

⑤　史威登保（Emanuel Swedenborg, 1688—1772）是一个跨界科学、神学、政治领域的神秘人物。据说他不到 10 岁就会和牧师们谈论神的事情。大学毕业后，曾担任瑞典国家矿物局工程师，30 岁之后开始活跃于政界，曾担任参议员。另一方面，他在科学、数学、发明方面也留下很多成就。但是 50 岁后，他放弃一切，开始过着他自称的"天启"的灵界沟通的生活。他著的《灵界记闻》厚达八册，数千页，其中大部分至今被保存在伦敦大英博物馆内。

⑥　Frances Ellen Watkins Harper, *Complete Poems of Frances E. W. Harper*, p. 86.

明的过程："更近了，更近了，走过岁月沧桑，／他们的生命春天来到了。"①
这一点从哈珀的另一首诗歌《让光照进来》（"Let the Light Enter！"）中也有
所体现。这首诗歌的副标题是"歌德弥留之际絮语"。此副标题不由得使我
们想起菲莉斯·惠特莉煞费苦心建构的与西方经典的互文之网。看来，这一
策略也是哈珀心照不宣的偏爱。化身为弥留之际的大诗人歌德的讲述人不住
地呼喊：

　　　　"光！更多的光！暗影加深，
　　　　　　我的生命进入低谷，
　　　　把窗子大大敞开；
　　　　　　光！更多的光！趁我尚未离开。"

　　与引号中弥留之际的歌德呼喊光明的声音对应，从第四小节开始，引号
消失，讲述人的声音陡然改变。与弥留之际狂乱的呼喊不同，这个声音冷
静、客观，显然是女诗人自己的声音。她冷眼旁观了大诗人歌德的离世，然
后不动声色地做出了如下评价：

　　　　不是给天才的更大的礼物；
　　　　　　不是给更光明堂皇的思想。
　　　　所有奄奄一息的诗人窃窃私语
　　　　　　都是对光明、更多的光明的祈祷。②

　　这段冷静的评论与上一节狂乱的呼喊所形成的鲜明的反差恰恰表明身为
黑人女性的诗人在心智上绝不亚于，甚至比号称西方最智慧的头脑的歌德要
略胜一筹。当面对死亡时，无论是歌德还是黑人奴隶，对光明的渴望是共
同的。
　　显然，哈珀诗歌体系中的光是有着宗教意蕴的。对于哈珀而言，基督教

---

①　Frances Ellen Watkins Harper, *Complete Poems of Frances E. W. Harper*, p. 87.
②　Ibid. , p. 86.

是"在人类谋划并贬低的社会中"，"精神生存的"唯一"绝对可靠的系统"[1]。然而她也认识到宗教也可能被别有用心之人滥用。在她的诗歌《圣经对奴隶制的保护》（"Bible's Defense of Slavery"）中，哈珀就抨击了利用《圣经》为人类最邪恶的体制辩解的言论和行为：

……
一个"体面"的人，他的光明应该是
　　老老少少的指引，
为奴隶制的灵殿带来了
　　真理的牺牲！
对人类施加的极致的罪恶
　　自从所多玛[2]恐惧的哭喊，
生命的语言已经被关闭，
　　给你的上帝谎言。
啊！当我们为异教徒的土地祈祷之时，
　　并为他们的黑暗的海岸祈福之时，
记住奴隶制的残忍的双手
　　在你的门口制造异教。[3]

这首诗歌中出现的所多玛显然代表着哈珀的一种警告：罪孽深重的所多玛被上帝毁灭，那么同样罪孽深重的奴隶制也必将等到上帝的审判。[4]宗教意象还体现在多首诗歌中。[5]其中体现的最完美的还是长诗《摩西：一个尼

---

① Frances Ellen Watkins Harper, *A Brighter Day*: *A Frances Ellen Watkins Harper Reader*, p. 97.
② Sodom（所多玛），一座古城，其遗址位于今天的死海东南部。传说中因为那里的居民沉溺于酒色之中，罪孽深重，惨遭上帝的灭顶之灾。当时，耶和华将硫黄与火从天上降与所多玛和蛾摩拉，城市和城中的居民都毁灭了。
③ Frances Ellen Watkins Harper, *Complete Poems of Frances E. W. Harper*, pp. 5—6.
④ Melba Joyce Boyd, *Discarded Legacy*: *Politics and Poetics in the Life of Frances E. W. Harper 1825—1911*, p. 71.
⑤ 比如诗歌 "Saved by Faith," "The Dying Christian," "The Syrophenician Woman," "That Blessed Hope," "The Prodigal's Return" 等宗教诗歌中均有鲜明的宗教意象。

罗河的故事》（"Moses：A Story of the Nile"）。这首长诗由九章组成，从摩西率众出发写到摩西之死，远景近景交替，书写了一部完整的出埃及记。整部长诗有明显的模仿《圣经》的痕迹，比如以章而不是节来架构诗篇，以无韵体来书写诗歌等均体现了圣经的风格。① 摩西是哈珀十分偏爱的宗教人物，原因在于她认为，解放了黑人奴隶的林肯总统在精神实质上与率领族人穿越红海走向自由的摩西是一致的。从这个角度来说，哈珀的宗教体现的就是政治，或者说哈珀为她的政治巧妙地披上了一层宗教的外衣。

二　游走于种族与性别之间的诗学

在美国内战期间，女性权利运动与废奴运动一直并驾齐驱，共同进退。包括索杰纳·特鲁斯（Sojourner Truth）、道格拉斯（Frederick Douglass）、伊丽莎白·斯坦顿（Elizabeth Cady Stanton）、苏珊·安绍尼（Susan B. Anthony）等人在内的白人和黑人社会革新的领袖携手合作为奴隶的解放和女性的解放呼吁呐喊，却没有看出潜藏在这两个运动背后可能出现的冲突。然而重建却把这个原本天衣无缝的同盟无情地撕裂开来，其中的直接导火索就是选举权问题。实际上，这些见解非凡的政治家对此还是有某种预感的。早在1848年，道格拉斯就提出选举权是女性最基本的权利之一；而苏珊·安绍尼则是美国反奴隶制协会的雇佣特使，同时也是一名坚定的妇女政权论者（suffragist）。② 索杰纳·特鲁斯，这位曾经的女奴和执着的废奴主义者在美国平等权利联合会（American Equal Rights Association）的演讲时说："如果黑人男性获得了他们的权利，而黑人女性却没有，你就会看到黑人男性成为女性的主宰者，这会和原来一样糟糕。"③

然而，重建时期共和党的政策却是优先考虑黑人男性的选举权，而当时

---

① Melba Joyce Boyd, *Discarded Legacy：Politics and Poetics in the Life of Frances E. W. Harper 1825—1911*, p. 88.

② 参见 Ellen Carol DuBois, *Feminism and Suffrage：The Emergence of an Independent Women's Movement in America, 1848—1869*, pp. 39, 41。

③ 转引自 Erlene Stetson and Linda David, *Glerying in Tribulation：The Lifework of Sojourner Truth*, pp. 178—180。

似乎看到了希望的曙光的女权主义者则把要求女性的选举权作为了斗争最迫
在眉睫的任务。是否支持赋予黑人男性选举权却对女性的选举权只字未提的
第十五宪法修正案是革新者所面临的艰难选择，也就此导致了内部的严重分
裂。期间出现了两个完全对立的妇女选举权团体，一个是由伊丽莎白·斯坦
顿和苏珊·安绍尼领导的全国妇女选举权联合会（National Suffrage Associa-
tion）；另一个是由露西·斯托（Lucy Stone）和亨利·布莱克威尔（Henry
Blackwell）领导的美国妇女选举权协会（American Woman Suffrage Associa-
tion）。前者支持全民选举权，而后者首先支持黑人选举权。哈珀除了在妇女
选举权的理想上与斯坦顿和苏珊·安绍尼有共同点外，在其他很多问题上都
存在严重分歧：斯坦顿和苏珊·安绍尼认为 1865 年黑人解放赋予了黑人男
性比白人女性更大的优势，然而哈珀的回答却是否定的；斯坦顿和苏珊·安
绍尼认为投票本身能够满足所有女性的需要，而哈珀的回答同样是否定的。
哈珀的否定回答是因为她的观念是建立在种族和性别是不能分割的基础之上
的。很多废奴主义者自欺欺人地认为女性的选举权对于所有种族的女性来说
具有相同的含义。哈珀却一针见血地指出：

> 　　你们白人妇女在这谈论权利。我述说冤屈。我，作为一名有色人种
> 的妇女，在这个国家受到了一种教育，它使我感觉自己好像处在伊什梅
> 尔一样的处境，我的手对抗每一个男人，而每个男人的手也对抗着我。
> 让我明天早晨去你们的某个街车上找个座位……那么售票员会举起手把
> 车停下来而不会让我搭乘……①

　　这就是黑人妇女的现实，是白人妇女政权论者所不愿意承认的现实。哈
珀认为直到白人妇女承认了黑人女性的困境，女性选举权才不仅仅是白人妇
女的事情。哈珀还措辞激烈地说："如果说有人需要被从他们虚无缥缈的无
所事事和自私自利中拖出来的话，那么就是美国白人妇女。"②
　　前文提到的哈珀诗歌"双重标准"针对的就是种族和性别在白人与黑

---

① Frances Ellen Watkins Harper, *A Brighter Day: A Frances Ellen Watkins Harper Reader*, p. 218.
② Ibid. , p. 219.

人女性之间的双重标准:

> 你能因为我爱他而责备我吗,
> 　　我的心欢悦而自由地跳动
> 当他用最甜蜜的声音告诉我
> 　　他爱的只有我?①

　　这首诗歌中第一人称讲述人直呼另一个看不见的"你"的方法非常耐人寻味。显然女诗人是在对另一个女人述说。这种直呼另一个女人的方式不由得让人想起安·布莱德斯特律(Anne Bradstreet)在《献给我亲爱的丈夫》("To My Dear and Loving Husband")中的写作策略:在对着丈夫倾诉之后,人称突变,直呼其他女人:"啊,女士们,如有可能,请与我比一比。"两首诗歌的共同点就在于这种毫不掩饰,甚至带有点挑衅性的表白;然而考虑到哈珀的族裔身份,这种表白的勇气和含义又是布莱德斯特律无法比拟的了。哈珀诗歌中的"你"不仅有黑人女性,还有白人女性,考虑到诗歌创作的社会文化背景,哈珀更有可能直接针对的就是白人女性。

　　在美国平等权利联合会的 1867 年大会上,选举权应该先给黑人(男性)还是妇女(白人)的问题成为争论的焦点。以道格拉斯为代表的一方在这个问题上改弦更张,决定以牺牲黑人女性而求得黑人男性的选举权。他认为黑人男性的选举权问题不但是向着平等的方向迈进的一大步,而且是"生存或死亡的问题"②。道格拉斯认为,"黑人男性需要选举权保护他的生命和财产,并确保他受到尊重并接受教育"③。黑人男性的选举权被描绘成为政治权利和生存的需要。不过支持妇女选举权的一方也同样以"共和自由的名义"把妇女投票者描绘成为可以"拯救国家"的积极的政治和道德力量。④

---

　　①　Frances Ellen Watkins Harper, *Complete Poems of Frances E. W. Harper*, p. 176.

　　②　Frederick Douglass, "Proceedings of the American Equal Rights Association Convention in Cooper Institute, New York, May 14, 1868," p. 84.

　　③　Ibid.

　　④　Qtd. in Sue David, *The Political Thought of Elizabeth Cady Stanton: Women's Rights and the American Political Traditions*, p. 133.

除了渲染女性的精神拯救力量，更有一些代表把优先赋予女性选举权归结为黑人男性品德低下、生性暴力。一些人认为优先赋予贫穷，没有教养的黑人男性而不是中产阶级白人女性选举权是对后者的"贬低或是侮辱"①。僵持的局面促使双方都想到争取一位有威望的黑人女性的支持，而他们同时选择的都是哈珀。哈珀毫不犹豫地站在了支持黑人选举权一方。哈珀带着一种悲壮的豪情说："只要种族中的男性可以达到他们所需要的"，她不会让"黑人妇女成为绊脚石"。这就意味着在她的女性身份和黑人身份的选择中，她放弃了前者，拥抱了后者。借用当时一位记者的解读就是，当哈珀遇到种族问题时，她"放弃性别这个次要问题"②。

哈珀的选择是历史性的。这一原则树立了黑人女权主义最本质的思维模式。首先，哈珀的这一选择奠定了黑人女权主义者种族选择的优先权。黑人女权主义者认为，尽管种族和性别同样是社会构建的类别，性别的构建比种族的构建有着更加清楚的生理的标准。把非裔美国人划归为某种种族类别比筑一道把男性和女性区别开来的生理标准要困难得多。但是，尽管生理性别毫无疑义地把女性划归在一起，女性却没有形成诸如非裔美国人、美国犹太人、土著美国人、华裔美国人或是其他具有鲜明的历史、地理渊源、文化和社会机制的统一群体。缺乏一个把女性结合起来的清晰可辨的传统并不意味着女性的不同点多于相同点。女性的确分享了某些共同的经历，但是这些经历与种族经历是不能割裂开来的。因此，尽管种族和性别的再现同样是社会建构，他们的构建方式却各不相同。正如特里莎·德·劳里提斯所言："在每一文化中，男女的文化概念都形成一种社会性别制度。……监管每一文化对男女有不同的理解，但每一社会都有一个与政治和经济因素密切相关的性别——社会性别体系。由此看来，将性别转换成社会性别的文化建构以及体现于不同文化内的所有社会性别体系的不对称特征（尽管这种不对称的表现方式不一样）可说是'与社会平等机构有机地联结在一起的'。"③

---

① Nell Irvin Painter, "Voices of Suffrage: Sojourner Truth, Frances Watkins Harper and the Struggle for Woman Suffrage," p. 50.

② Frances Smith Foster, "Frances Ellen Watkins Harper," p. 533.

③ ［美］特里莎·德·劳里提斯：《社会性别机制》，载《女权主义理论读本》，广西师范大学出版社 2007 年版，第 205—206 页。

其次，哈珀的这一选择奠定了黑人女权主义者与白人女权主义者有意识划清界限的思维。当谈到黑人女性在女权主义运动中的位置选择时，塞拉·瑞德福特—黑尔（Sheila Radford-Hill）指出，黑人女性代表自己参与到自我定义中的作用:"现在黑人女性意识到运动中的部分问题是我们坚持认为白人女性来为我们做那些我们必须为我们自己做的事情:也就是，围绕我们自己谋求改变的进程来建构我们自己的社会行为……"① 安德勒·罗德也发出了相同的声音:"如果我不自我定义的话，我就会被碾压到他者对我的想象之中，然后被生吞活剥。"② 哈珀小说《爱厄拉·雷诺伊》也借人物之口，道出了美国文化内部社会性别的不对称，以及黑人女性所处的几乎隐身的地位:

> 爱厄拉小姐，本民族的思想家和作家一定来自于自己的民族。白人作家写了不少好书，对此我深深感激，但是一个白人男性几乎不可能让自己完全站在别人的位置上思考。没有一个男人能够感受到进入到他人灵魂中的铁烙。③

显然，哈珀认为只有非裔女性能够感觉到进入她们自己，甚至是其他族群"灵魂中的铁烙"，因为黑人女性是唯一经历了种族、性别和阶级三重压迫的群体。这个群体觉醒的社会意义将注定是不同凡响的。事实上，在哈珀诗歌中，黑人女性一直处于道德建构的核心领域。黑人女性在她的诗歌中往往扮演着"道德权威"的角色。④ 比如，她的不少诗歌都是由一位虚构的黑人女性克娄姑妈（Aunt Chloe）讲述的。⑤ 这个品尝过"孩子被卖掉"⑥ 之痛

---

① Sheila Radford-Hill, "Considering Feminism as a Model for Social Change," p. 162.

② Audre Lorde, *Sister Outsider: Essays and Speeches*, p. 137.

③ Frances Ellen Watkins Harper, *Iola Leroy; or, a Shadow Uplifted*, p. 62.

④ Michael Stancliff, *Frances Ellen Watkins Harper: African American Reform Rhetoric and the Rise of a Modern Nation State*, p. 75.

⑤ 包括诗歌 "Aunt Chloe", "The Deliverance", "Aunt Chloe's Politics"," Learning to Read", "Church Building", "The Reunion" 等。

⑥ Frances E. W. Harper, "Aunt Chloe," *Complete Poems of Frances E. W. Harper*, p. 117.

的女人，这个明白政治是"丑陋的把戏"①的女人，这个希望能"干干净净投票"②的女人以自己的言行成为非裔美国人的"楷模"③。克娄姑妈以黑人女性质朴的智慧、简单幽默的语言，向人们，特别是黑人男性展示了不可小觑的力量和人格魅力。在《拯救》（"The Deliverance"）一诗中，克娄姑妈告诉人们，她会如何对待投票：

> 如果有谁问我
> 　　我是否愿意出卖我的选票，
> 我会告诉他我不是那种
> 　　朝三暮四的人。
> 如果自由看起来有点艰难
> 　　我愿意经历风霜雪雨；
> 至于想要收买我的选票，
> 　　我绝不会卖的。④

对于黑人男性，克娄姑妈颇有些恨铁不成钢的焦灼。在接下来的诗行中，克娄姑妈以幽默的口吻讲述了一个黑人丈夫为了给妻子买面粉和肉，卖掉了选票：

> 但是当约翰·托马斯·瑞德给他的妻子
> 买来面粉和肉，
> 并告诉她他卖掉了选票
> 换了好吃的东西。⑤

---

① Frances E. W. Harper, "Aunt Chloe's Politics," *Complete Poems of Frances E. W. Harper*, p. 126.
② Ibid. , p. 127.
③ Michael Stancliff, *Frances Ellen Watkins Harper: African American Reform Rhetoric and the Rise of a Modern Nation State*, p. 75.
④ Frances E. W. Harper, "The Deliverance," *Complete Poems of Frances E. W. Harper*, p. 124.
⑤ Ibid.

　　与这位目光短浅的丈夫不同，他的妻子凯蒂婶婶不但丢掉了面粉和肉，而且对丈夫的行为感到羞耻。所以，很显然，尽管当哈珀遇到种族问题时，她会果决地放弃性别这个次要问题，但是性别问题却始终是哈珀最为关注的问题之一。这就不难理解，当关于第十五宪法修正案的争论尘埃落定之后，哈珀立即投入了为女性选举权的呼吁和呐喊。在哈珀的一首诙谐诗《约翰和雅各布——关于妇女权利的对话》（"John and Jacob—A Dialogue on Women's Rights"）中，哈珀幽默地构想了两个男人之间关于雅各布的妻子柏特塞·安是否应该获得选举权的对话：

> 我一丁点也不相信
> 　　那些华而不实的新鲜方式
> 女人们都一溜小跑到投票站
> 　　如今正在投票呢。
> 我喜欢那美好的旧时光，
> 　　那时妇女织布，
> 当你下班时你知道
> 　　你的妻子总在家里等你。
> 现在这是我的柏特西，和
> 　　任何妻子一样挺完美，
> 她日复一日坐在那儿告诉我
> 　　妇女不自由；
> 当我微笑着对她说，
> 　　"你真是让我觉得好笑；
> 关于你的权利和冤屈的鬼话
> 　　只不过是无稽之谈罢了。"①

　　雅各布的观点在当时的黑人男性中是颇具代表性的。他们怀恋男耕女织

---

① Frances E. W. Harper, "John and Jacob—A Dialogue on Women's Rights," in *Nineteenth-Century American Women Writers*: *An Anthology*. Ed. Karen L. Kilcup, p. 171.

的旧时光，在希望自己拥有自由和选举权的同时，却感觉同样的权利赋予女人是可笑的。当然黑人男性也并非铁板一块，对于女性的选举权，雅各布的朋友约翰的观点更乐观和民主：

> 哦，雅各布，我和你想得可不一样；
> 　我认为柏特西·安
> 就像你或任何男人一样
> 　有投票的权利。①

经过一番思想斗争，雅各布最终似乎有所妥协：

> 好吧，对也好，错也罢，
> 　对女人与对男人一样；
> 我几乎想要去
> 　和柏特西·安一起投票了。②

雅各布的思想改变立即得到了约翰的赞许：

> 我希望你会，并向世界表明
> 　你能够勇敢而坚强——
> 一个高尚的男人，去谴责
> 　让最脆弱的女人蒙受冤屈的男人。③

　　显然，约翰的这番热烈的赞许更似来自一名女性之口。然而，哈珀借约翰之口，一个黑人男性之口讲出却显然更有说服力。正如有研究者指出，这首诗歌设定在两个男人之间的对话，而不是男人和女人之间的对话是哈珀的

---

① Frances E. W. Harper, "John and Jacob—A Dialogue on Women's Rights," in *Nineteenth-Century American Women Writers: An Anthology*. Ed. Karen L. Kilcup, p. 171.
② Ibid., p. 172.
③ Ibid.

一个"聪明的策略"①。此言不假。男女之间的此类对话的基调一定是仇视和敌对的，而男人之间的此类对话却是揶揄和友好的。在轻松幽默之间完成自己为黑人女性选举权的呐喊正是哈珀式的智慧。

三　小结

身为黑人女性，哈珀对黑人女性的美有着深刻的认识。在她的《番红花》（"The Crocuses"）一诗中，哈珀把色彩热烈、浓重的番红花喻指黑人女性独特的美和顽强的生命力：

> 她们听到南风的叹息
> 雨水的低语；
> 她们知道大地正渴望
> 再次目睹她们的芳容。
> 当雪花依旧沉睡
> 在沉默的草地
> 她们感觉到自己新的生命的悸动
> 在黑色的、寒冷的土地。②

不仅如此，哈珀还把"金发蒲公英"、"水仙花"等与"番红花"并置在一起，可谓意味深长。白人女性如水仙、雏菊和蒲公英般优雅、恬淡；而番红花则顽强、热烈，恰似肤色较深的黑人女性。被人们视为低俗的番红花与高贵的水仙一样，也是阳光的女儿，理应享受一样的阳光雨露的滋润：

> 太阳光线问候她们
> 清晨的空气也问候她们，

---

① Melba Joyce Boyd, *Discarded Legacy*：*Politics and Poetics in the Life of Frances E. W. Harper 1825—1911*, p. 218.

② Frances E. W. Harper, "The Crocuses," *Complete Poems of Frances E. W. Harper*, p. 171.

铺洒在她们朴素的裙摆
丰富的罕见之美。①

　　番红花独特的"丰富的罕见之美"将会让人间的花园变得更加丰饶而美丽。正如她在《花之使命》（"The Mission of Flowers"）中关于玫瑰花的神奇的故事所揭示的一样。孤芳自赏的玫瑰花看不起其他的花，把花园里的花都变成了玫瑰，可是人们却并不喜欢这个单调的花园。这样的经历使玫瑰花开始学会尊重她的姐妹花的个性，并逐渐认识到她们和她自己一样都有自己的使命。② 建构一个万紫千红的花园是哈珀的理想，尽管她从来也没有能够看到这个花园鲜花盛开，这个花园却早已在她的心间花团锦簇了。

---

① Frances E. W. Harper, "The Crocuses," *Complete Poems of Frances E. W. Harper*, p. 171.
② Frances E. W. Harper, "The Mission of Flowers," *A Brighter Day: A Frances Ellen Watkins Harper Reader*, pp. 230—236.

第二十七章

哈莱姆文艺复兴诗歌中的文化协商

"哈莱姆文艺复兴"（Harlem Renaissance）也称为"新黑人文艺复兴"（New Negro Renaissance），作为一种强劲的黑人文化、文艺和文学运动出现在20世纪20年代的哈莱姆地区。这场运动的重要性在于"清晰地表现了时代精神"①，标志着"美国黑人文化从原始向现代的转变"②。麦凯（Claude McKay）在《哈莱姆都市》（*Harlem Metropolis*）中这样描绘了当时的盛况："哈莱姆是黑带皇后，它把非裔美国人吸引进了一只巨大的嗡嗡作响的蜂箱。他们从不同的州、从加勒比岛、从非洲蜂拥而至。"③ 这其中不乏后来的黑人文学的领袖们。兰斯顿·休斯（Langston Hughes）从密苏里州的乔普林辗转来到哈莱姆，麦肯和马修斯·加维（Marcus Garvey）从牙买加来到哈莱姆，奈拉·拉森（Nella Larsen）、杰西·福赛特（Jessie Redmond Fauset）、华莱士·余曼（Wallace Thurman）、鲁道夫·菲舍尔（Rudolph Fisher）等也纷纷聚集到哈莱姆，一时间哈莱姆成为非裔美国艺术家和作家的大熔炉，成为黑人艺术的神圣的麦加。保罗·劳伦斯·邓巴（Paul Lawrence Dunbar）等黑人作家致力于非裔美国口头和书写传统的聚合；以休斯为代表的年轻黑人作家将黑人话语移植进入书面文学之中，同时又成功地保留了其韵律和含义。哈莱姆文艺复兴标志着一种新的黑人文学传统的开端。黑人作家书写人类的困境，尤其是种族主义和种族压迫对黑人的日常生活和精神生活产生的

---

① Robert Hayden, "Preface," p. ix.

② 罗良功：《艺术与政治的互动：论兰斯顿·休斯的诗歌》，上海外语教育出版社2010年版，第7页。

③ Claude McKay, *Harlem*：*Negro Metropolis*, p. 16.

独特的心理影响在该时期的文学作品中得到了充分诠释。种族自豪和黑人民族主义也在泛非运动中产生了广泛的响应。这一时期的黑人诗歌的政治美学突出地表现为英雄主义的种族意识，即自豪地认同黑人种族身份、毫不畏缩地追求美国民族身份。该时期的黑人作家勇于从黑人民族的生活中发现美，真诚地表现民族的独特之美，以此反抗殖民主义文化对美国黑人民族形象的贬损，还原黑人民族的真实形象和真实声音。这形成了哈莱姆文艺复兴诗歌的主旋律。然而，另一种声音却也不应忽视，那就是文化协商之声，一种隐晦的折中主义的价值取向和主体书写策略，一种微妙的抵抗的睿智。尽管并非哈莱姆文艺复兴的主流意识和书写策略，却以富有预见性的美学主张成为向黑人艺术运动以及新黑人美学挺进的先锋。从这一角度来看，这股协商的力量不可小视，更不容忽视。

一　哈莱姆文艺复兴中的诗人与诗歌

哈莱姆文艺复兴时期是黑人艺术从思想到形式在激烈的辩论和冲突中整合的时期。这一时期的代表人物兰斯顿·休斯分别与乔治·舒勒（George Schuyler）和康梯·卡伦（Countee Cullen）展开了关于"黑人艺术"的激烈辩论。1926 年，乔治·舒勒与休斯分别发表了《黑人艺术的噱头》（"Negro-Art Hokum"）和《黑人艺术家和种族山》（"The Negro Artist and the Racial Mountain"）。舒勒认为："除了他的肤色，从比较深的棕色到粉色不等，你们美国黑人只不过是普通的美国人。"[1] 显然，舒勒认为黑人艺术家从本质上说与白人艺术家没有不同，这一论断奠定了同化论的基调。相反，休斯强调非裔美国文化的独特性以及由此而产生的孕育一种种族自豪感的必要性：

　　或许从根本上说，所有的民族都是一样的，但是既然黑人在这个国家一直处于隔离状态，他们就一定会表现出只有他们才有的某些种族的、与环境相关的差异性……在美国彻底接受黑人之前，在种族隔离和

---

① George S. Schuyler, "The Negro-Art Hokum," pp. 662—663.

种族自我意识完全消失之前，黑人艺术家所创造的真正的艺术作品——假如体现出那么一点点肤色和差异性的话——一定要反映他们的种族背景和种族环境。[①]

休斯认为美国黑人艺术家首先要翻越"种族之山"，因为"这座山横在任何一种美国黑人艺术的路上"。这座山是一种"在种族内部朝向白人性的冲动"，是一种"把种族个性倾倒进美国标准的模型中的欲望"，是希望自己"尽可能作为美国人"，"尽量少地作为黑人"的心理机制。[②] 休斯与卡伦的论战则主要围绕黑人艺术的美学选择。卡伦认为黑人不应该把黑人生活中底层和丑陋的一面呈现在艺术作品之中，而应该体现出提升的黑人美学，从而"给人一种体面的好印象"[③]。与有着明显的唯美倾向的卡伦不同，休斯是一个不折不扣地美学现实主义者。他的诗歌灵感来源于底层的、爵士乐的、酒吧、歌厅的、粗俗的黑人的现实生活。卡伦一再宣称自己只想做一名诗人，而不是"黑人诗人"，因为他希望"由一种普遍的，而不是特殊的，或是恩赐的，或是定型的标准来评判"[④]。对此，休斯回应道："我们正在创作的年轻一代黑人艺术家想要毫不恐惧和羞涩地表达的是我们个体的深皮肤的自我。如果白人高兴，我们也高兴。如果他们不高兴，也没关系……如果有色人种高兴，我们高兴。如果他们不高兴，他们不满也没关系。"[⑤] 卡伦试图在"种族艺术家"和"纯粹的艺术家"之间画上一条泾渭分明的线；而休斯则毫不客气地指出在卡伦"我想做一名诗人——不是一名黑人诗人"的唯艺术论背后的潜台词是："我想要做白人。"从以上的论辩不难看出，对于休斯来说，"黑人"是一个社会呈现群体身份的有力的、自我意识的文化空间，一个在"白人"和"有色人种"之间敞开的空间。而对于卡伦来说，"黑人"只是一个个体描绘的词语。卡伦认为只有运用不同写作策略，

---

① 转引自罗良功《艺术与政治的互动：论兰斯顿·休斯的诗歌》，第29页。

② Langston Hughes, "The Negro Artists and the Racial Mountain," p. 175.

③ Qtd. in Houston A. Baker, *Afro-American Poetics: Revisions of Harlem and the Black Aesthetic*, p. 61

④ Rachel Blau DuPlessis, *Genders, Races, and Religious Cultures in Modern American Poetry, 1908—1934*, p. 108.

⑤ Langston Hughes, "The Negro Artists and the Racial Mountain," p. 180.

并形成各种不同风格的个体黑人诗人，而没有一个概念性的"黑人诗歌"①。他坚持认为，无论是痛苦、激情还是困苦都不仅仅是某一个民族的专属，那么诗歌也就不应该只是写给某一个种族群体来听的。可见，休斯和卡伦为代表的美国非裔诗人在政治、种族和美学之间走到了两个极端。

那么，在休斯与卡伦的两极游走的美学及文学写作策略之间是否有中间力量呢？答案是肯定的。其中最有代表性的就是艾伦·洛克（Alain Locke）和杜波依斯（Du Bois）。洛克于 1925 年发表了具有深远影响的《新黑人》一文，力图在休斯的民间艺术和卡伦的高雅艺术之间寻求一条中间之路。杜波依斯更是提出了"做黑人，也做美国人"的"双重意识"，概括了在个体表达和群体身份之间的互动关系。

在这些喧嚣的政治和美学辩论中，哈莱姆文艺复兴孕育了一大批优秀的黑人作家，产生了一大批影响深远的文学作品。休斯在此期间发表了《疲惫的布鲁斯》（"The Weary Blues"）、《给犹太人的好衣服》（"Fine Clothes to the Jew"）等诗歌作品。麦凯（Claude McKay）于 1921 年出版了两部诗集《康斯坦博歌谣》（Constab Ballads）和《牙买加之歌》（Songs of Jamaica）；1928 年和 1929 年分别出版了《通往哈莱姆的家》（Home to Harlem）和《班宙》（Banjo）；1932 年和 1933 年分别出版了《姜城》（Gingertown）和《香蕉底》（Banana Bottom）等。卡伦于 1927 年出版了诗集《棕色女孩的歌谣》（The Ballad of the Brown Girl）、1929 年出版了《黑色的耶稣》（The Black Christ）等。哈莱姆文艺复兴是美国黑人的种族身份的确立时期，也是黑人艺术的文化身份定位的时期，因此一直以来对这一时期研究的焦点似乎没有离开过"白"与"黑"的焦灼混战。这就造成了一种现象，那就是，哈莱姆文艺复兴时期声名鹊起的作家似乎都是男性，而黑人女性作家似乎缺席了这个关乎锻造黑人"民族精神"的重要时刻。② 那么，黑人女诗人在这场运动中究竟扮演了什么角色呢？她们到底被历史尘封了何种声音呢？

---

① Rachel Blau DuPlessis, *Genders, Races, and Religious Cultures in Modern American Poetry, 1908—1934*, p. 110.

② George Hutchinson, *The Harlem Renaissance in Black and White*, p. 12.

二　哈莱姆文艺复兴中的女诗人

事实上，在这场重塑黑人灵魂的文艺运动中，黑人女性作家不但没有缺席，反而扮演着极其重要的角色。杰西·福赛特（Jessie Fauset）、奈拉·拉森（Nella Larsen）、左拉·尼尔·赫斯顿（Zora Neale Hurston）、格温朵琳·班奈特（Gwendolyn Bennett）、乔治亚·约翰森（Georgia Douglas Johnson）、安·斯宾塞（Anne Spencer）、马瑞·堡纳（Maria Bonner）、海莱娜·约翰森（Helene Johnson）、安吉丽娜·格瑞姆克（Angelina Grimke）、爱丽丝·邓巴·奈尔森（Alice Dunber-Nelson）等黑人女作家，都在这一时期活跃在哈莱姆的文学圈中，并发表了重要的作品。哈莱姆文艺复兴时期是黑人艺术家创作的奇境，尤其是那些生活在都市中的中上层阶级的黑人作家更是寻找到了合适的土壤，这其中以男性作家为主，但也包括一切优秀的黑人女性作家。这一时期公认的杰出的黑人女作家奈拉·拉森回忆这段黄金岁月时，激动的心情溢于言表：

> 编辑……似乎急于给我们机会向这个世界展示如我们彼此看起来那样展示我们自己……不是像我们原来出现在期刊文学中的样子，作为黑脸喜剧演员的陌生的民族，忙着上演一个永远的"黑人杂剧"……即使对我们写作的狂热消逝了……事情注定如此……我们也同时为我们对美国文化的贡献打下了基础。①

拉森的豪言壮语是有根据的，在这个黄金时期创作的黑人女作家创作了大量优秀的作品，并将注定对美国文学的发展起着这样或那样的作用。然而，拉森却没有预料到她们的作品将被历史尘封如此漫长的岁月，以至于在21世纪，当美国文学、文化研究专家毛瑞恩·哈尼（Maureen Honey）编辑出版《哈莱姆文艺复兴的女性诗歌》一书时，用了"遮蔽的梦想"（Shadowed Dreams）作为标题。这一标题可谓形象地概括了哈莱姆时期黑人女诗

---

① Qtd. Cheryl A. Wall, *Women of the Harlem Renaissance*, p. 112.

人和诗歌的接受历程。对此路易斯·波尼考（Louise Bernikow）深有感慨地说："通常被称为文学史的实际上就是一个选择的记录。哪些作家活过了他们的时代，哪些没有取决于谁注意到他们并选择记录他们的关注。"① 女性作家，尤其是少数族裔女作家就是这种武断地选择的牺牲品。她们的作品往往被按照符合男性观念的男性价值标准的文化建制来解读、误读、选择与取舍。而对于黑人女性作家来说，情况就变得更加复杂。因为对男性中心机制的纠正首先来源于白人女权主义者。黑人女性作家的作品在种族和性别的双重谬误中注定将被搁置在文学史和文化史的边缘。这样的文学史的例子不胜枚举。比如，帕垂舍·斯派克斯（Patricia Ann Meyer Spacks）在厚达四百多页的《女性的想象》（*The Female Imagination*）一书中，只聚焦于盎格鲁——美国女性文学传统，而把美国少数族裔女性作家排除在外，而这显然与她试图考察女性写作的各种"可能性"② 的初衷是相背离的。事实上，斯派克斯对此是有所顾虑的，她为此煞费苦心地借用心理学理论为自己进行了辩解："在美国我没有理论支撑第三世界女性心理……作为一名白人妇女，我不情愿也不能够构建我没有经历过的理论。"③ 对此，艾丽丝·沃克曾经挪揄道："斯派克斯从来也没有在19世纪的约克郡生活过，却为何理论化了勃朗特姐妹？"④ 黑人女性作家不但被白人女权主义者选择性地遗忘了，也同时被黑人男性作家排斥在非洲文学传统之外。例如，罗伯特·斯泰坡塔（Robert B. Stepto）的《从面纱背后：非洲美国叙事研究》（*From Behind the Veil*：*A Study of Afro-American Narrative*，1979，1991）号称关于"非洲美国艺术形式的历史意识"的"历史"⑤。然而，遗憾的是，这个"历史"却让黑人女性作家永远地缺席了。

　　哈莱姆时期的女作家的命运只不过是黑人女作家命运的一个浓缩版。在相当长的一段时间，曾经活跃在哈莱姆文艺复兴时期的黑人女作家在文学史

① Louise Bernikow, *The World Split Open*：*Four Centuries of Women Poets in England and America*，1552—1950，p. 3.
② Patricia Ann Meyer Spacks, *The Female Imagination*, p. 6.
③ Ibid.
④ Alice Walker, *Search of Our Mothers' Gardens*：*Womanist Prose*, p. 372.
⑤ 此乃 Susan L. Blake 对该书的评价，最初发表于《美国黑人文学论坛》。参见 Robert B. Stepto, *From Behind the Veil*：*A Study of Afro-American Narrative*，封底。

和严肃意义的文学研究层面褪色成为"阴影中的身影"(figure in the shadows)。① 即使偶尔受到关注,也难逃被误读的命运。例如,在《美国黑人小说》(*The Negro Novel in America*)中,罗伯特·保恩(Robert Bone)对哈莱姆文艺复兴时期的黑人女作家杰西·福赛特和奈拉·拉森的解读与其说具有启发性,不如说更多的是一种误导。他不仅把福赛特和拉森统统归到"后卫"(Rear Guard)② 名下,而且对她们作品中表现出的矛盾和朦胧进行了相当粗暴的解读。保恩对福赛特似乎尤其没有好感,他认为福赛特是西方传统的模仿者和拥趸者。她从黑人中产阶级的生活中采集写作素材,并努力"朝向白人的观念引领黑人艺术",而福赛特对黑人中产阶级的偏好导致了她的小说的"肤浅、琐碎而枯燥"③。

相比较而言,哈莱姆文艺复兴时期的黑人女作家小说的接受命运还远比诗歌要幸运。20 世纪后期,在黑人女权主义运动日益多元化的视角的驱动下,被尘封在历史尘埃中的黑人女性小说作品被纷纷挖掘、整理、研究,并产生了令人欣喜的研究成果。在 20 世纪 90 年代,一大批致力于哈莱姆时期女性作家研究的学术作品的问世填补了美国非裔女性小说研究的空白,并在一定程度上改变了人们对那个时期的理解。黛博拉·麦克道威尔(Deborah McDowell)、黑赛尔·伽比(Hazel Carby)、安·杜西勒(Ann DuCille)、毛瑞恩·哈尼(Maureen Honey)、马奇·克诺坡芙(Marcy Knopf)、格劳瑞·哈尔(Gloria Hull)、达芙妮·海瑞森(Daphne Duval Harrison)、杰克奎琳·麦克莱顿(Jacquelyn McLendon)等人的学术尝试成功地开启了哈莱姆文艺复兴时期女性作家的生活和作品的研究之门。其中比较有代表性研究成果有赛迪欧斯·戴维斯(Thadious Davis)于 1994 年出版的《奈拉·拉森,哈莱姆文艺复兴时期的小说家》(*Nella Larsen, Novelist of the Harlem Renaissance: A Woman's Life Unveiled*)、杰克奎琳·麦克莱顿于 1995 年出版的《杰西·福赛特和奈拉·拉森小说中的肤色政治学》(*The Politics of Color in the Fiction of Jessie Fauset and Nella Larsen*)、蔡瑞尔·沃尔(Cheryl A. Wall)于 1995 年

---

① Thadious Davis, *Nella Larsen, Novelist of the Harlem Renaissance: A Woman' Life Unveiled*, p. xv.

② 同样被归类成"后卫"的还有 Walter White, W. E. B. DuBois。参见 Robert Bone, *The Negro Novel in America*, pp. 95—108。

③ Robert Bone, *The Negro Novel in America*, p. 101.

出版的《哈莱姆文艺复兴的女人们》（*Women of the Harlem Renaissance*）等。这些研究主要聚焦于杰西·福赛特和奈拉·拉森两位女作家的生平、小说的主题、小说创作过程的心理机制等方面并试图解码在她们的文本中的"想象的建构（副文本）"①。

20世纪末对哈莱姆女作家研究的最大贡献在于这些研究基本走出了生平或历史研究的模式，并把这些女作家的作品从拘泥于字面意思，缺乏想象力的文本解读中解救了出来。然而，与小说研究相比，关于这一时期的女诗人和其诗歌的有分量的研究却明显滞后。更令人遗憾的是，研究者似乎也在漠不关心中形成了对这一时期女诗人集体缺席的认可。评论家芭芭拉·克里斯蒂（Barbara Christian）就曾经说，哈莱姆文艺复兴时期严格说没有真正的黑人女诗人，有的只是以传统诗句展现个人才华的女人，而且她们的诗歌主要是为了配合政治诉求而创作，谈不上美学和诗学价值。因此，克里斯蒂在探讨这一时期非裔美国女性的文学创作时，干脆跳开了黑人女诗人，只讨论了能深度表达黑人女性情感和个性的小说家，如杰西·福赛特和左拉·尼尔·赫斯顿等，以及擅长用非裔美国艺术形式创作的布鲁斯歌手贝西·史密斯（Bessie Smith）等。② 无独有偶，杜德雷·兰戴尔（Dudley Randall）在其编辑的颇具权威性的诗选《黑人诗人》（*The Black Poets*）中，在"哈莱姆"时期的诗歌部分，收录了麦凯（Claude McKay）、图默（Jean Toomer）、弗兰克·豪恩（Frank Horne）、休斯（Langston Hughes）、阿纳·保恩泰姆坡斯（Arna Bontemps）、康梯·卡伦（Countee Cullen）的诗歌，却没有一位女诗人的诗歌作品。③

然而，在人们对黑人文化身份的建构策略越来越着迷的今天，当人们回望那段风起云涌的岁月之际，仿佛蓦然发现曾经汇聚在哈莱姆的黑人女诗人，在一个微妙的种族、阶级和性别的氛围中不但以智慧和胆识书写了大量优秀的诗篇，而且以独特的政治和审美盛装出席了那场黑人艺术的盛宴。正如瓦尔顿（Anthony Walton）所言："杰西·福赛特、格温朵琳·班奈特、乔治亚·约翰

---

① Jacquelyn Y. McLendon, *The Politics of Color in the Fiction of Jessie Fauset and Nella Larsen*, pp. 1—2.

② Barbara Christian, *Black Feminist Criticism: Perspectives on Black Women Writers*, p. 122.

③ 参见 Dudley Randall, ed., *The Black Poets*, pp. 57—102。

森，在被书写的历史中，一直被贬低为非裔美国文学的专门领域。然而，面对一定是腐蚀性的心理成本的东西时，就她们的真正的雄心和自我的范畴来说，福赛特，班奈特和约翰森以及其他哈莱姆文艺复兴时期女诗人的成就代表着 20 世纪美国诗歌最英勇的［行为］。"① 在她们精心编织的种族、阶级和性别的互依之网中，在她们奇妙的黑人女性主体的暗喻中，依稀可辨的是她们 "剥夺的审判" 的微妙的书写策略和文化建制策略。② 21 世纪的哈莱姆研究、美国非裔诗歌研究、美国族裔诗歌研究，甚至美国诗歌研究都不应该，也不可能再回避哈莱姆时期的女诗人们。事实上，很多学者在 21 世纪伊始就把目光聚焦于这个群体了。伊莫努尔·艾佳（Emmanuel L. Egar）出版了专著《哈莱姆文艺复兴的黑人女诗人》（*Black Women Poets of Harlem Renaissance*, 2003）；毛瑞·哈尼编辑出版了《遮蔽的梦想：哈莱姆文艺复兴中的女性诗歌》（*Shadowed Dreams*: *Women's Poetry of the Harlem Renaissance*, 2006）。此外，阿俊安·曼斯（Ajuan Maria Mance）在其专著《创造黑人女性》（*Inventing Black Women*: *African American Women Poets and Self-Representation*, *1877—2000*, 2007），乔治·哈金森（George Hutchinson）在其主编的《哈莱姆文艺复兴剑桥指南》（*The Cambridge Companion to the Harlem Renaissance*, 2007）中，都专章介绍了这一时期的女性诗歌。③ 本章下文即以哈莱姆文艺复兴时期最有代表性的黑人女诗人杰西·福赛特、格温朵琳·班奈特和乔治亚·约翰森为考察对象，以期以点带面，还原一个真实的哈莱姆文艺复兴时期的黑人女性诗歌创作。

三　"姆妈"福赛特和福赛特的"姆妈"

杰西·福赛特 1882 年出生于新泽西州一个中产阶级家庭，在加利福尼亚长大。她接受过良好的大学教育，专攻法语并在大学教授法语课程。而她

---

① Anthony Walton, "Double-Bind: Three Women of the Harlem Renaissance," *American Poet*, 2007, http://www.poets.org/viewmedia.php/prmMID/1964.

② Ibid.

③ 分别参见 Ajuan Maria Mance, "The Black Woman as Object and Symbol: African American Women Poets in the Harlem Renaissance," in *Inventing Black Women*: *African American Women Poets and Self-Representation*, *1877—2000*, pp. 53—94; Margo Nanalie Crawford, " 'Perhaps Buddha Is a Woman': Women's Poetry in the Harlem Renaissance," in George Hutchinson, ed., *The Cambridge Companion to the Harlem Renaissance*, pp. 126—140.

的这些经历也为日后她的评论者们从她的作品中辨识出来她继承了"一套维多利亚价值"提供了素材，并因此成为他们炮火猛烈攻击的靶子。① 然而，福赛特对哈莱姆文艺复兴的贡献却是无人可比的。历史学家戴维德·利维英（David Levering）对福赛特从不吝啬溢美之词："杰西·福赛特对哈莱姆文艺复兴的影响可能是无人可以望其项背的……鉴于她一流的头脑和对任何事情的可怕的高效率，如果她是男人，无可估量她会做出什么。"② 休斯在他的自传中戏称福赛特为"这场运动的文学助产士"，并以这种方式表达他对福赛特的敬意。③ 这个称呼福赛特是当之无愧的。她曾先后鼓励并资助很多年轻的黑人作家走进了文学神殿，其中就包括后来大名鼎鼎的左拉·尼尔·赫斯顿、康梯·卡伦以及休斯本人。事实上，福赛特是第一个发现了休斯的才华并发表其诗歌的伯乐。另外，福赛特作为哈莱姆文艺复兴运动主要阵地——《危机》杂志的文学编辑，成为这场运动的"精明的引领的精神"④。在做《危机》编辑期间，福赛特以个人的魅力在一定程度上影响了这本杂志的走向。她坚持认为黑人的艺术创作应当成为一种种族促进的力量，同时她明确提出非裔美国黑人的生活充满着戏剧和令人激动的故事，而这些才是应该在《危机》杂志上发表的东西。

　　休斯对福赛特作为哈莱姆文艺复兴的"助产士"的定位肯定了她对哈莱姆文艺复兴的贡献，却在无形之中弱化了福赛特个人在小说，诗歌和评论等方面的文学成就。直到20世纪后期，福赛特和她的作品一样还是萦绕在哈莱姆文艺复兴中的影子。麦克道威尔、蔡瑞尔·沃尔等评论家一直试图重演艾丽斯·沃克重新发现左拉·尼尔·赫斯顿的奇迹，不过似乎收效甚微。尽管个中原因很复杂，但福赛特没有如赫斯顿一样浓墨重彩地凸显黑人的民间文化传统，而是致力于表现黑人上层社会温情脉脉的家庭生活不能不说是一个根本原因。敏感、知性而复杂的福赛特不喜欢离奇的、带有异域特点的美国黑人故事，相反，她对平凡的美国黑人家庭生活故事情有独钟。在她的

---

① Anthony Hale, "Nanny/Mammy: Comparing Lady Gregory and Jessie Fauset," p. 162.

② David Levering, *When Harlem Was in Vogue*, p. 121.

③ 参见 William L. Andrews, Frances Smith Foster, Trudier Harris, eds., *The Concise Oxford Companion to African American Literature*, p. 138。

④ Darlene Clark Hines, ed., *Black Women in America*, Volume One, p. 432.

小说《楝树》(*The Chinaberry Tree*)的"前言"中,她写道:"在赛尔姨妈、劳伦蒂娜、麦莉莎以及楝树的故事中,我描写了有色美国人的家庭生活,他们没有被偏见的愤怒、无知和经济的不平等过度压迫。而〔我〕认为他与任何其他美国人没有很大的不同,只是有区别而已。"① 福赛特与充满愤怒的黑人抗议文学完全相左的文学理念和文学表现重心是对其作品产生歧义的根源。她的支持者认为,福赛特不同的文学创作视角丰富了这一时期的文学创作的范式;而反对者则认为,尽管她对哈莱姆文艺复兴功不可没,她的创作与同时代的其他作家相比显得软弱、苍白而平淡。

　　福赛特抚育了哈莱姆文艺复兴的巨匠们,却在他们的辉煌中永远地失去了他们。这种令人尴尬的状况不由得使人想起黑人女性被经典化的形象——黑人姆妈。对于福赛特来说,姆妈与其说是一个真实的人物,不如说是对她本人和她的女主人公的心理指涉。贝尔·胡克斯曾经指出,在白人至上主义父权制下的男人加工出来的黑人女性形象只有两个:"姆妈或荡妇。"② 那么,福赛特,这位现实生活中充当着哈莱姆文艺复兴的姆妈角色的女诗人,又书写了一个怎样的黑人姆妈呢?福赛特公开发表的第一首诗歌《旗帜》("Oriflamme")通过塑造姆妈的形象表达了女诗人与黑人种族中最普通的人群达成诉求的愿望。姆妈这一形象在废奴主义者索杰纳·特鲁斯(Sojourner Truth)的笔下已经成为经典形象:

　　　　我能记得当我是一个小女孩时,我的姆妈是如何在夜晚坐在门外,看着天上的星星,嘴里喃喃呻吟,而我就说,"妈妈,是什么让你那么痛苦?"她就回答说:"我想到我可怜的孩子就会痛苦呻吟;他们不知道我在哪里,而我也不知道他们在哪。我看天上的星星,因为他们也在看天上的星星。"③

---

① Jessie Fauset, "Foreword," in *The Chinaberry Tree: A Novel of American Life & Selected Writings*, ed. Richard Yarborough, p. xxxi.

② 〔美〕贝尔·胡克斯:《大卖热昺——文化市场上对黑人女性性欲的再现》,载佩吉·麦克拉肯主编《女权主义理论读本》,广西师范大学出版社2007年版,第265—285页。

③ 转引自 Cheryl A. Wall, *Women of the Harlem Renaissance*, p. 59。

这个被迫与骨肉分离，只能把自己的思念寄托于天上的星星的老姆妈形象令人难忘。福赛特在《旗帜》一诗中把特鲁斯的这段文字作为题名，显然是有深意的。借助诗人的想象，福赛特重写了索杰纳·特鲁斯的经典姆妈形象：

> 我想我看到她坐在那儿，背弯如弓，肤色黝黑，
> 　穷困潦倒带着奴隶制的致命的累累伤痕，
> 她的孩子被夺走了，孤独，悲痛，然而
> 　依旧看着漫天星。
>
> 象征的母亲，我们是你数不清的儿子，
> 　在自由的栅栏上撞击我们顽强的心灵，
> 紧紧抓住我们与生俱来的权利，神情刚毅地战斗，
> 　依旧能看见满天星！①

　　背弯如弓、伤痕累累的姆妈形象，与20世纪60年代黑人艺术运动时期的黑人女诗人创作的号角一样富有战斗性、充满火药味的诗歌有着很大不同。福赛特的这首诗似乎充满着哀怨，有一点敢怒不敢言的压抑感。特别是诗歌第一节流露着"对失去的爱的深深的痛"②。诗歌中的姆妈眼望星空的举动，也的确有一种渴望摆脱日常生存的苦难，奴隶生活的屈辱的暗示。③然而诗歌的标题"Oriflamme"却无声地修正着这一黑人姆妈的刻板印象。"Oriflamme"原意是指圣德尼（Saint-Denis）④的金色火焰和旗帜，象征着牺牲、殉难，也象征着抗争。考虑到"Oriflamme"这一富有战斗性的含义，我们不难理解福赛特在看似压抑的控诉背后，隐藏着的号召黑人奋起反抗的

---

① Maureen Honey, ed., *Shadowed Dreams: Women's Poetry of the Harlem Renaissance*, p. 99.
② Carolyn Wedin Sylvander, *Jessie Redmon Fauset, Black American Writer*, p. 123.
③ Ajuan Maria Mance, *Inventing Black Women: African American Women Poets and Self-Representation, 1877—2000*, p. 89.
④ 根据基督教传统，St. Denis 是巴黎的首位主教，后在蒙玛特被罗马人斩首殉教。

用意。诗歌第二节基调陡然改变，"顽强"、"权利"、"战斗"等字眼与上一节形成了强烈的对比。可以说，在白人的文化建制中一直代表着忠诚和驯服的姆妈形象在福赛特的诗歌中却成为黑人们的"象征的母亲"，并唤起了反抗和战斗精神。从这个意义上说，福赛特的诗歌书写的抗争意义是毋庸置疑的，也是不可低估的，因为她以自己的诗歌书写参与到改写白人文化建构的历史使命之中。然而，事情好像也并非如此简单。"Oriflamme"这一词语的抗争和战斗性来源于基督教，这不由得又使人质疑这一抗争性的本质。事实上，这正是身处特定历史时期和文化氛围中的福赛特的文化协商策略的具体体现。这使得福赛特的文化建构的改写策略成为秘而不宣的一个女人的暗战和心理游戏，同时也反映了福赛特对黑人的抗争以及姆妈形象的矛盾心理。福赛特这首诗在勇气和惶恐之间徘徊：模糊的标题典故、50年前的黑人废奴主义者的题铭，第一节和第二节之间基调的反差都使得一个激扬的战斗的呼喊蜕变成为一个折中的沉默。在福赛特这里，诗歌不是战斗的号角，更不是行动的号召，而是在希望和悲伤交织的历史的褶皱中的期待和彷徨。

不过，福赛特其后的诗歌表现出了越来越强烈的激情和战斗性。在她的另一首有一定影响的诗歌《死火》（"Dead Fires"）中，一种对变革和革命的渴望跃然纸上：

> 如果这是和平，这个奄奄一息、死气沉沉的东西，
> 远比可憎的折磨，心灵的剧痛要好，
> 永远寻求安慰的伤口
> 远比这不死不活的冷静要好！①

四　"夜女人"班奈特和约翰森和她们的"夜女人"

哈莱姆文艺复兴时期还有另外三位在诗歌创作上有着突出贡献的黑人女诗人。她们分别是格温朵琳·班奈特和两位约翰森：乔治亚·约翰森和海莱娜·约翰森。此三位黑人女诗人的诗歌除了关注了种族问题，还特别关注了

---

① Maureen Honey, ed., *Shadowed Dreams: Women's Poetry of the Harlem Renaissance*, p. 104.

女性问题，其中班奈特的《早春的街灯》（"Street Lamps in Early Spring"）、《致一名黑女孩》（"To a Dark Girl"）；乔治亚·约翰森的《一个女人的心》（"The Heart of a Woman"）、《我的小小梦想》（"My Little Dreams"）；海莱娜·约翰森的《我关注早晨什么》（"What Do I Care for Morning"）等，均以直接或间接的方式触及了黑人女性主体在男性主导文化的霸权排斥下的分裂感。有趣的是，三位黑人女诗人不约而同地表现出了对"黑夜女人"（night-woman）意象的浓厚兴趣。"黑夜女人"简单地说就是黑夜和女人两个意象交互参照，互相映衬。班奈特的《早春的街灯》就清楚地表明了哈莱姆文艺复兴时期的黑人女诗人对这两个意象的痴迷：

> 夜身着衣裳
> 一袭柔软的天鹅绒，一水的紫罗兰色……
> 她的脸上带着面纱
> 像飘浮的露珠晶莹闪烁……
> 在这儿在那儿
> 在她的头发的黑色中
> 夜柔嫩的手
> 带着他们宝石般闪亮的光慢慢地移动①

黑夜的暗喻在哈莱姆文艺复兴时期的黑人诗歌中是一个经典的意象，曲折地指向黑人种族与黑夜相伴、与黑暗同行的命运。该时期的黑人诗歌中常常出现黑夜的意象。例如，休斯认为黑人是"黑夜的宠孩"②，他还骄傲地呼喊："黑夜很美丽，/我的人民的脸庞也美丽。"③ 休斯在《黑人》（"Negro"）中对暗夜的运用也是一个典型的例子："我是一名黑人：/黑如漆黑的暗夜，/黑似我的非洲的深处。"④ 尽管休斯的黑夜暗喻也行使了建构黑人意象的使命，但在休斯诗歌中没有任何情感色彩的黑夜在非洲女诗人的诗歌中

---

① Maureen Honey, ed., *Shadowed Dreams: Women's Poetry of the Harlem Renaissance*, p. 11.
② Langston Hughes, *The Collected Poems of Langston Hughes*, p. 45.
③ Ibid., p. 36.
④ Ibid., p. 24.

呈现出别样的人格化特征。在班奈特的诗歌中，被女性化的暗夜仿佛具有了超验的魔力，在轻柔的变化中占据了夜晚的中心，也占据了世界的中心。黑人妇女在与自己的肤色几乎相同的背景中感觉到心理上的安全；而暗夜滋生的种种幻想也赋予了黑人妇女以诗意的浪漫和美感。在黑人妇女与暗夜的相互参照中，两者凸显出对立却也协调的本质：既现实又虚幻；既无处不在又无处可寻；既强悍又柔弱；既张扬又羞涩，而这些特征正是黑人中产阶级妇女这个充满矛盾的统一体的基本特征。

　　海莱娜·约翰森的《我关注早晨什么》（"What Do I Care for Morning"）在一个更加野心勃勃的意识形态的框架中探索了黑夜女人暗喻的潜在的诗学意义：

> 我关注早晨什么，
> 是一棵颤动的杨树
> 是向日葵和火炬树
> 贪婪地开放？
> 我关注早晨什么，
> 出生的太阳的光芒，
> 麻雀的嘈杂的啁啾
> 新的一天的开始？
> 给我夜晚的美丽，
> 夜的清亮的完美，
> 月亮像一个害了相思病的女人，
> 无精打采的男人和白人。
> 给我一个小小山谷
> 聚拢在小山旁，
> 像禅寺中的和尚，
> 安全满足又安静，
> 给我白色的路闪闪发光，
> 苍白的月亮的一缕秀发，
> 高高的女神殿高耸入云

　　如月亮一样暗却美。
　　哦我关注早晨什么
　　赤裸着刚刚出生——
　　暗夜在这，驯服而温柔——
　　我关注黎明什么！①

　　在这首诗歌中，与传统中黑夜与白昼一明一暗，一正一邪两个二元对立的意象不同，白昼在诗人的一声声质疑中成为不和谐、混杂的世界的代表，而暗夜却宁静而美丽。在诗人对传统二元对立的颠覆中，黑人与白人，非洲与美洲这个充满了政治色彩的二元对立也在不经意间被悄然颠覆了。月亮的"暗却美"、"安全满足又安静"以及"禅寺"、"女神殿"等带有超验色彩和神圣意识的意象仿佛是对非洲神秘的民间宗教和精神的遥远呼唤。而诗人在这些精神的动力支撑下仿佛看到了民族的未来和希望。黑夜女人如月亮女神，尽管"驯服而温柔"，却蕴涵着神秘的力量，孕育着黑人民族的新的生命，仿佛"赤裸着刚刚出生"。

　　乔治亚·约翰森是哈莱姆文艺复兴中诗歌成就最大的黑人女诗人，也是哈莱姆文艺复兴时期唯一一位真正出版了诗集的女诗人。② 与福赛特一样，约翰森在这场运动中也扮演着十分重要的角色。她常常在华盛顿的家中举办沙龙，一时间成为黑人文学圈中的盛事。图默（Jean Toomer）、洛克（Alain Locke）、福赛特、艾丽斯·邓巴·奈尔森（Alice Dunbar Nelson）、休斯、卡伦等都是沙龙的常客。她的诗歌名篇《一个女人的心》（"The Heart of a Woman"）也是在黑夜与黎明的辩证关系中展开的：

　　一个女人的心随着黎明前行，
　　像一只孤独的鸟儿，轻拍翅膀，躁动飞翔；
　　从远方飞过生命的高峰和低谷
　　在黎明来临之前回应着呼唤家园的心。

---

① Maureen Honey, ed., *Shadowed Dreams*: *Women's Poetry of the Harlem Renaissance*, p. 191.
② 她的诗集《一个女人的心及其他诗歌》（*The Heart of a Woman and Other Poems*）出版于 1918 年。

> 一个女人的心随着黑夜退却，
> 进入到某个困境的孤独的牢笼，
> 试图忘却它曾经梦想到星星
> 同时却撞击撞击撞击着围栏。①

黑人女性潜藏在内心深处对自由的渴望和社会对黑人女性设置的有形和无形的藩篱在黎明与黑夜的喻指中对立地呈现出来。一个值得注意的现象是，与海莱娜·约翰森诗歌中从黑夜到黎明的次序不同，乔治亚·约翰森诗歌中的女人经历了从黎明到黑夜的退却。这个退却含义深刻。这是策略性的，也是历史性的。策略性的退却是为了更好地前行，而历史的退却则是黑人女性解放历程的真实写照。只有这双重退却才能让黑人女性最终走进那个"和你创造的一样广阔的世界"② 吧。

五 小结

美国非裔文学中一直就存在着知性的、优雅的文学传统，这一传统主要来源于美国黑人的中产阶级作家的创作。只不过这种传统与黑人的抗议之声格格不入，与非裔黑人寻求解放和自由的政治理想有着较大的差别而被忽视了。然而，当越来越多的当代美国非裔作家，如丽塔·达夫、伊丽莎白·亚历山大等学者型诗人以其学养和知性的魅力征服美国，其诗歌作品以高超的技巧和与西方现代诗学的渊源而风靡美国之时，是否也到了回眸张望，追寻那条若隐若现的非裔美国文学中的知性传统的时刻呢？

---

① Maureen Honey, ed. *Shadowed Dreams*: *Women's Poetry of the Harlem Renaissance*, pp. 162—163.

② Georgia Douglas Johnson, "Your World," in Maureen Honey, ed. *Shadowed Dreams*: *Women's Poetry of the Harlem Renaissance*, p. 162.

第二十八章

黑人艺术运动时期美国黑人
诗歌中的性别协商

黑人艺术运动是被尼尔（Larry Neal）称为黑人权力运动的"美学和精神的姐妹"，被克拉克（Cheryl Clarke）称为黑人权力运动的"理论双胞胎"[1]，是美国文学史上唯一一个倡导"社会投入"作为其美学必要条件的文学运动。[2] 黑人艺术运动在美国黑人文学的发展中是一个里程碑式的阶段，因为它从根本上标志着美国黑人文学从西方和欧洲现代主义的文化模式的华丽转身。

一 黑人艺术运动与黑人诗歌

黑人艺术运动的源泉是多元化的。黑人艺术运动的领袖人物依玛莫·阿米里·巴拉卡（Immamu Amiri Baraka）认为黑人作家鲍德温（James Baldwin）1964 年发表的戏剧《查理先生的布鲁斯》（*Blues for Mister Charlie*）标志着黑人艺术运动的诞生，因为这部戏剧对白人种族歧视的猛烈抨击和对黑人抵抗的肯定蕴涵着黑人艺术运动的精神实质。而亨利·盖茨（Henry Louis Gates）和尼尔（Larry Neal）等人则认为巴拉卡于 1964 年从曼哈顿转移阵地到哈莱姆，并于同年创办了黑人艺术剧院和学校标志着黑人艺术运动的诞生。同时，作为文学运动，黑人艺术运动还根植于某些活跃的黑人文学团

---

① Cheryl Clarke, *"After Mecca"*: *Women Poets and the Black Arts Movement*, p. 47.

② William L. Andrews, Frances Smith Foster, Trudier Harris, eds., *The Concise Oxford Companion to African American Literature*, p. 22.

体，其中较为知名的是阿姆布瑞诗人创作室（*Umbra Poets' Workshop*）① 和哈莱姆作家协会（Harlem Writers Guild）。② 这两个文学团体最大的不同在于后者似乎更多地关注黑人小说、戏剧创作，而前者则更加执着于诗歌的创作，并开创了富有表演倾向的诗歌实验的先河，从而形成了黑人艺术运动美学的一个显著而经典的特征。

黑人艺术运动中成就最突出的当数黑人诗歌。这个中原因是多方面的。与小说或是戏剧等文学形式相比，篇幅短小的诗歌更容易在报刊、杂志等大众媒体上发表。然而更重要的是，诗歌可以以圣歌、赞美诗和政治口号等形式出现，富有号召力、感染力和战斗力，与意在唤起美国黑人"对自我决定和民族性的渴望"的黑人权利运动带有天然的契合性，成为这个带有浓重的政治色彩的艺术运动的首选艺术形式。巴拉卡在 1965 年的诗歌《黑人艺术》（"Black Art"）中大声呼喊"我们想要杀人的诗歌"③，这一呼喊后来成为黑人艺术运动的诗学宣言，而诗歌也成为黑人政治宣传和进行战斗的武器。正如美国当代诗人唐纳德·霍尔评价黑人艺术运动中的黑人诗歌时说："黑人诗歌不是客体主义的，超现实主义的，也不是用其他任何标签可以概括的。它是写现实的诗歌……写性格的诗歌，描写像勇气、斗争和温柔之类的品质。我猜想，我们这一世纪最后 1/3 中最好的美国诗歌大部分将由美国黑人诗人来写。"④

在这一点上，霍尔是颇有预见性的。从黑人艺术运动中涌现出了一大批杰出的黑人诗人。⑤ 而艺术运动之后，黑人诗歌更是获得了长足的发展，更年轻的一代诗人也取得了辉煌的艺术成就。黑人艺术运动中的黑人诗人成为

---

① 阿姆布瑞诗人创作室集中了当时最为活跃的黑人青年作家，如 Steve Cannon, Tom Dent, Al Haynes, David Henderson, Calvin C. Hernton, Joe Johnson, Norman Pritchard, Lenox Raphael, Ishmael Reed, Lorenzo Thomas 等，是民权运动之后第一个对黑人文学产生重大影响的黑人文学团体。阿姆布瑞诗人创作室还创办了《阿姆布瑞》（*Umbra*）杂志。参见 Eben Y. Wood, *Black Abstraction: the Umbra Workshop and an African American Avant Garde*, Ph. D. diss., University of Michigan, 2004。

② 由 John O. Killens 领导的哈莱姆作家协会集中了 Maya Angelou, Jean Carey Bond, Rosa Guy, Sarah Wright 等黑人艺术家。参见 Harold Cruse, *The Crisis of the Negro Intellectual*, pp. 225—252。

③ Dudley Randall, ed., *The Black Poets*, p. 223.

④ 董衡巽等编：《美国文学简史》下册，人民文学出版社 1986 年版，第 491 页。

⑤ 包括 Amiri Baraka, Don L. Lee, Etheridge Knight, Sonia Sanchez, Carolyn Rodgers, Norman Jordan, Nikki Giovanni, Charles L. Anderson, S.E. Anderson, Jayne Cortez, June Meyer, Andre Lorde, Sterling Plumpp, Mae Jackson, Julia Fields, Marvin X, Alicia L. Johnson, Jon Eckels, Charles K. Moreland, Jr., Rockie D. Tayor, Xavier Nicholas, Doc Long, Larry Neal 等颇有成就的黑人诗人。

这场新的黑人"文化民族主义"的中坚力量。① 他们宣称忠诚于四项责任："投入抗争"、"领导权"、"传播真理"、"向人们诠释他们的处境"②。秉承此种社会责任，黑人艺术运动中的黑人诗人也理所当然地成为"创造者，和破坏者——纵火者，/投弹者和斩首者"。③

在黑人艺术运动期间，黑人艺术活动有两个显著特征，一个是黑人剧院的发展，另一个就是黑人诗歌表演和杂志的发展。④ 而黑人剧院除了上演黑人剧作家的剧目，还有一个更重要的功能就是作为诗歌朗诵和表演的场所。此外，黑人诗歌杂志的出现也极大地推动了诗歌的发展，其中最有影响的当属《黑人诗歌期刊》（Journal of Black Poetry）。⑤ 到 1975 年夏，《黑人诗歌期刊》出版了 19 期，并从一开始薄薄的几页纸增厚到每期 100 多页，共刊发了 500 多位诗人的诗歌作品。《黑人诗歌期刊》还特约著名黑人作家和诗人作编辑，发行特刊。⑥ 重要的黑人诗歌出版社是诗人达德利·兰德尔（Dudley Randall）于 1965 年创办的 Broadside Press。⑦

在这场诗歌的盛宴上，美国黑人女性诗人的诗作令人惊讶地成为了最令人回味的饕餮大餐。根据《美国黑人诗歌和戏剧——1760—1975：信息源流导论》记载，从 1946 年到 1975 年，美国黑人诗人出版了大约 1000 多部诗集，而这一数量是此前出版数量的两倍；从 1968 年到 1976 年，大约出版诗集 695 部，而其中大约 199 部是黑人女诗人的诗作。⑧ 1970 年，托尼·巴姆

① Cheryl Clarke, "After Mecca": Women Poets and the Black Arts Movement, p. 14.

② Ibid., p. 14.

③ Amiri Baraka/LeRoi Jones, "We are Our Feeling," Transbluesency: The Selected Poems of Amiri Baraka/LeRoi Jones（1961—1995）, p. 6.

④ Lisa Gail Collins, Margo Natalie Crawford, "Introduction: Power to the People!: The Arts of Black Power," in Lisa Gail Collins, Margo Natalie Crawford, eds., New Thoughts on the Black Arts Movements, pp. 1—22.

⑤ 该杂志由诗人 Dingane Joe Goncalves 在黑人艺术运动期间创办。

⑥ Ahmed Alhamisi, Don L. Lee, Clarence Major, Larry Neal, Dudley Randall 等都曾经应邀出任特约编辑，编辑了大量优秀的诗歌。

⑦ 这家出版社对诗歌情有独钟，在黑人艺术运动期间出版了 400 多位诗人的 100 多本诗歌作品和录音。然而 Broadside Press 对诗歌发展的最大的贡献在于它积极地把 Gwendolyn Brooks, Sterling A. Brown, Margaret Walker 等老一辈诗人的作品经过包装介绍给新一代读者，同时也把 Nikki Giovanni, Etheridge Knight, Don L. Lee, Sonia Sanchez 等诗坛上的新生力量的诗歌作品推到了诗歌前沿，使他们成为美国黑人诗歌的中坚力量。

⑧ 参阅 William P. French, Michel J. Fabre, Amritjit Singh, eds., Afro-American Poetry and Drama, 1760—1975, p. 143。

巴拉（Toni Cade Bambara）编辑出版了第一部重要的黑人女权主义文集——
《黑人妇女》。① 黑人女诗人的艺术成就引起了出版界和读者的极大关注。仅
以 1968 年为例，罗德（Audre Lorde）出版了她的第一部诗集《第一座城
市》（*First Cities*）、乔万尼（Nikki Giovanni）出版了第一部诗集《黑色情
感，黑色话语》（*Black Feeling*, *Black Talk*）、卡罗琳·罗杰斯（Carolyn Rod-
gers）出版了第一部诗集《纸灵魂》（*Paper Soul*）、沃克（Alice Walker）出
版了第一部诗集《曾经》（*Once*）、桑切斯（Sonia Sanchez）出版了第一部诗
集《回家》（*Homecoming*）。而早已声名显赫的黑人女诗人格温多琳·布鲁
克斯（Gwendolyn Brooks）也于 1968 年出版了她发出了"新的声音"的诗集
《在麦加》（*In the Mecca*）。更值得关注的是，布鲁克斯在黑人艺术运动期
间，离开了与她合作 25 年的出版社 Harper and Row，转而投向了前文提到的
新兴的黑人出版社 Broadside Press。

　　黑人艺术运动中的黑人女性"运用诗歌作为理论化'种族'和'革命'
的一种途径"②。不过她们要应对的首要问题却是如何构建自己与带有"新
黑人民族主义父权制"特点的黑人艺术运动的关系。③ 事实上，黑人艺术运
动的男性领军人物已经一厢情愿地为黑人女性艺术地圈定了位置。这一点从
巴拉卡（Amiri Baraka）和唐·李（Don L. Lee）的诗歌中就一览无余。在
巴拉卡的《美丽的黑人妇女……》一诗中，美丽的"黑人女皇们"是黑人
男性的慰藉和抗争之路上的援助者：

　　　……美丽的黑人女人，雨

　　　在这可怖的土地上依旧下个不停。我们需要你们。我们鼓动
　　　　我们的

　　　肌肉，转而瞪视我们的折磨者，我们需要你们，
　　　　雨下个不停。

---

① 其中收录了包括 Jean Bond, Nikki Giovanni, Abbey Lincoln, Audre Lorde, Paule Marshall, Gwen
Patton, Pat Robinson, Alice Walker, Shirley Williams 等许多重要黑人女性作家的作品。参见 Toni Cade
Bambara, *The Black Woman*：*An Anthology*, New York：Washington Square Press, 1970, 2005。

② Cheryl Clarke, "*After Mecca*"：*Women Poets and the Black Arts Movement*, p. 22.

③ Ibid. , p. 49.

我们需要你们，统治者，黑人女皇。这个/可怕的黑人
　　女士们
游荡，茹比·李抽泣，窗书，下雨，她呼喊，
　　她的声音
留下来慢慢地伤害着我们。它悬挂在相同的湿漉漉的
　　草上，她的
忧伤和年龄，和旅程，和失去的热度，和
　　灰色的冰冷的
我们的陷阱的建筑。女士们。女人们。我们需要
　　你们。我们依旧
受困和弱小，但我们树立并成长满载
　　我们的知识。女人们。
到我们这来。帮助我们重获一直是我们的东西。
……①

　　显然，巴拉卡对黑人女性的情感是复杂和矛盾的。一方面，"黑人女皇们"与黑人男性共同经历了这"可怖的土地"上的风风雨雨，因此，黑人女性是黑人男性抗争种族歧视的同盟军和援助者，是黑人男性成长之路上的慰藉者；另一方面，女性情感的多变和伤感又使得黑人男性不由自主地陷入情感的陷阱，从这个角度来讲，巴拉卡对黑人女性又不得不时时保持着敏感和警惕。然而，有一点是毋庸置疑的，巴拉卡为黑人女性所划定的位置是在黑人男性的身边，最好是在男性强壮的"肌肉"的阴影之下。与巴拉卡的"我们需要你们"的呼唤相比，唐·李就来得更直白：

黑人妇女：
是一个
在内和在外

---

① Dudley Randall, ed., *The Black Poets*, p. 214.

rightsideup
行动—形象
她的男人的……
换个
（更加黑人的）说法；
如果
他
（bes）愿意①

　　在唐·李的世界中，黑人女性是她的男人的"行动"的"形象"，换言之，离开了男性，黑人女性的身份是无法确定的，黑人女性的自我取决于她的男人的意愿。可见，在几乎所有黑人男性的世界中，没有为在种族和性别之间苦苦挣扎的女性的多元身份留下一个空间。正如弗兰·霍斯肯（Fran Hosken）所指出的那样："非洲和世界的男性性别政策具有同样的目的：千方百计使女性处于依附和从属地位。"② 尽管巴拉卡和唐·李一个唱红脸一个唱白脸，对黑人女性的看法也没有能够摆脱男性中心主义的模式，不过，我们也不难发现，在两位黑人艺术运动的领军人物的世界中倒是有一个共同点，那就是，他们的黑人女性一定要有"行动的能力"，要像男人一样战斗。③

二　闯进中心的黑人女性诗歌

　　黑人艺术运动初期，美国黑人女诗人明智地选择了向她们的男性领导人确立的诗学中心靠拢的策略，并心甘情愿地站在了巴拉卡或是唐·李为她们选择的位置。她们清楚地知道，黑人艺术家的首要任务是满足"黑人的精神

---

　　① Gwendolyn Brooks, ed. , *A Broadside Treasury*, p. 102.
　　② 转引自［美］钱德拉·塔尔佩德·莫汉蒂《在西方人的眼里：女权主义学术成果与殖民主义的论述》，载《女权主义理论读本》，广西师范大学出版社 2007 年版，第 143 页。
　　③ Cheryl Clarke, "*After Mecca*"：*Women Poets and the Black Arts Movement*, p. 49.

和文化的需要", 是用黑人自己的语言"定义世界"①。与巴拉卡一样, 黑人女性诗人想要的也是能够"杀人"的诗歌, 而她们则是挥舞着诗歌利刃并随时准备献出生命的女斗士:

> 我愿死去…
> 一个甜蜜的／死亡
> 一个／黑人的／死亡……
> ……进入
> 　　　　杀戮　　状态。
> 我的人民。
> 　　　　为了我的美丽的／
> 　　　　　黑色的／
> 　　　　　　人民。②

这是索尼亚·桑切斯在其代表作《生命诗》("Life Poem") 中发出的愤怒的呼喊。这种声音与"武装你自己或是伤害你自己"的黑人权力运动时期的口号几乎不谋而合, 而与充满着火药味的黑人艺术运动更是如出一辙。

对试图占据中心的黑人女诗人来说, 她们唯一能够选择的立场就是像她们的男性同胞一样, 把"文化"作为构建和破坏的"武器", 而在这破与立之间她们向愤怒的黑人作家的男性主体悄然靠近。此时的黑人女性作家为了"黑人性"的完整, 在某种程度上牺牲了"性别"的差异。正如乔万尼在《现在对话的真正引入, 黑人对抗黑鬼》("The True Import of the Present Dialogue, Black vs. Negro") 一诗中写道:

> 你能杀人吗
> 你能杀死白人吗
> 你能杀死黑鬼吗

① Larry Neal, "The Black Arts Movement," p. 184.
② Gwendolyn Brooks, ed., *A Broadside Treasury*, p. 143.

　　在你身上

　　你能让你的黑鬼的头脑

　　死去

　　你能杀死你的黑鬼的头脑

　　并解放你的黑手去

　　勒死

　　……

　　我们能学会为了**黑人**杀死**白人**

　　学会杀死黑鬼们

　　　　学会做**黑人**男人①

　　乔万尼在这首诗中，出色地完成了黑人艺术运动的两个核心的任务，一个是"再造黑人灵魂"，另一个就是促使黑人意识从"黑鬼到黑人"的转化。② 从这个角度来讲，黑人女诗人的确是她们的男性同胞的同盟军。对于黑人女性的自我牺牲的初衷，克拉克（Cheryl Clarke）的解释是有说服力的："也许抹去黑人女性是有意为之，目的是为了突出团结和稳定的急迫性，为了聚焦于同一的可能性"，以对抗可能使种族偏离于使自我成为"黑人男性"的身份。③

　　事实上，成为战斗的同盟军是黑人女性诗人向种族主义和黑人诗学的中心迈进的策略，而忽略性别的差异则是她们在权衡利弊之后的权宜之计。当然，面对着整个民族被边缘化的困境，这也许是最明智的选择。布鲁克斯对黑人民族的困境的描写就反映了黑人女诗人对美国黑人生存困境的深刻的认识：

　　一个草率的混合。

　　一个错误。

---

①　Nikki Giovanni, *Black Feeling, Black Talk, Black Judgment*, p. 20.

②　Cheryl Clarke, *"After Mecca": Women Poets and the Black Arts Movement*, p. 58.

③　Ibid. , p. 53.

一个悬崖。

一首赞美诗，一根鼓弦，和一个不同寻常的太阳。①

这短短的四行诗却描绘出在美洲大陆的非裔黑人的历史衍变："草率的混合"本身就是一个人类历史无法挽回的谬误，而这个充满悲剧色彩的"错误"把非裔美国黑人推到了生存的"悬崖"的边缘，更推到了社会和文明的边缘。非裔黑人应对这个历史的谬误的唯一的策略就是发自内心的吟唱与和着咚咚的鼓声的舞动以及两头不见太阳的辛勤劳作。

无论是桑切斯的愿为"美丽的黑色的/人民"而死，还是乔万尼的"我们能学会为了黑人杀死白人"抑或是布鲁克斯对非裔黑人人类历史悲剧的哲性思考和诗性表达的都是"黑人的精神和文化的需要"②，并因此具有了一种重塑黑人灵魂的政治魄力。同时黑人女诗人所体现出来的政治意识也使得她们的声音成为黑人艺术运动的一个有机组成部分。

除了在政治任务上黑人女诗人与男性诗人保持了高度的一致性，并出色地完成了历史和黑人男性赋予她们的使命，在诗学和美学上，此时的黑人女诗人也忠诚地选择了站在了自己男性同胞的身边。

黑人艺术运动所诉求的艺术灵感的源泉之一就是黑人音乐的伟大传统，而在黑人艺术运动的旗手们的心中，黑人音乐更是"黑人诗人创作的基础"③。戴曼（Maria Damon）在《街道的黑暗尽头：美国先锋诗人的边缘》(*The Dark End of the Street：Margins in American Vanguard Poets*) 一书中指出：

事实上每一位非裔美国诗人，文论家和批评家，从杜波依斯到休斯，再到巴拉卡，从斯蒂芬·亨德森到商吉④再到休斯顿·贝克，都讨论过音乐和其他的黑人文化之间的密切联系。非裔美国诗人所感受到的与美国黑人音乐之间的强烈的亲缘关系把抒情诗恢复到了它作为歌曲，

---

① Gwendolyn Brooks, *In the Mecca*, p. 37.

② Larry Neal, "The Black Arts Movement, " p. 184.

③ Amiri Baraka, *The Autobiography of LeRoi Jones*, p. 127.

④ 即 Ntozake Shange (1948—)，美国黑人女诗人、剧作家、小说家，是黑人艺术运动中最活跃的女作家之一。

作为伴着音乐和舞蹈仪式的书写语言的原始地位。①

对于黑人艺术运动洪流之中的黑人诗人来说，诗歌与音乐的关系更是开始呈现出某些特殊性和必要性：

> 我们这些身处黑人艺术运动之中的人浸润在黑人音乐之中，并希望我们的诗歌成为黑人音乐。不仅如此，我们希望我们的诗歌以黑人革命的精神武装起来……我们希望把黑人生活直接带进诗歌中。它的韵律，它的语言，它的历史和抗争。②

巴拉卡这段宣言的言外之意是黑人音乐，诗歌和艺术，如果它们被编码成语言，历史和人们的抗争，那么它们本身就是革命的力量。诗歌和音乐的结合使得曾经洋溢着自我气息的诗歌被一种对美国黑人文化的强烈的抒情性的历史化思考所代替。这种观点在《音乐》一文中更加清晰地表达出来。对巴拉卡来说，诗歌、音乐和黑人的日常生活在黑人革命的进程中被有机地结合起来：

> 诗歌，首先是，并依旧必须是一种音乐形式。它是被音乐化的语言……我想要写的诗歌是传统的口头诗歌，以它的基本的功能驱动为大众目标。黑人诗歌，从主流来说，是神谕的，布道似的；它融合了教堂内外人们的尖叫、呼喊、呻吟和哀鸣；人们自己外在和内在的絮语和雷霆的颤音和断奏，它想要与其他事情一样成为真实的。③

对巴拉卡来说，黑人音乐的精神源泉深藏在美国非裔族群的历史、经济和传统之中，因此，黑人诗歌与音乐的天然和刻意的任何联系也必将与这些社会、经济和文化因素建立直接或间接的联系，而这正是黑人艺术运动的精

---

① Maria Damon, *The Dark End of the Street：Margins in American Vanguard Poets*, p. 68.
② Amiri Baraka, *The Autobiography of LeRoi Jones*, pp. 127—128.
③ Amiri Baraka and Amina Baraka, eds., *The Music：Reflections on Jazz and Blues*, pp. 243—244.

神寓意所在。另一位黑人艺术运动的领军人物斯蒂芬·亨德森对黑人音乐与黑人诗歌的关系也显示了超乎寻常的热情。他曾精心地从黑人诗歌中提炼出十种黑人音乐类型，提出了"黑人诗歌机制"的理念，并梳理了黑人诗歌从图默开始，到休斯、布鲁克斯再到桑切斯与黑人音乐复杂的、千丝万缕的联系。① 亨德森在该文中还提出了打破歌曲和诗歌之间的界限以实现诗歌的"音乐理想"的创作策略。所谓的"音乐理想"指的是在黑人诗歌当中蕴涵的某种"黑人诗歌机制"，这种机制可以把一首莎士比亚的十四行诗转化成为一首爵士乐诗歌。这种技巧以及基本的方法像爵士乐的核心概念一样是即兴的。这种"机制"在某种程度上是以"声音为基础的"，"运用声音就像即兴演奏中［运用］乐器，重奏和音节之间的各种演奏"②。

　　从巴拉卡和亨德森的论述中可以清楚地看出，黑人艺术运动所倡导的黑人诗学的核心理念就是其音乐性。黑人女诗人敏感地捕捉到了这一信息，并以黑人女性特有的音乐天分和音乐理解实现了由她们的男性同胞构建的"音乐理想"。黑人艺术运动时期的黑人诗人情有独钟的一个诗歌创作技巧就是"运用语言创造即兴的/实验的反抒情的新爵士乐形式的表达"③。换言之，黑人诗人认为"有一种语言的形式没有语言学层面的意义——一种语言的形式却并不是毫无意义——是音乐的意义"④。在巴拉卡的代表诗作《黑人艺术》（"Black Art"）中，当诗歌的意义进入狂风暴雨般的愤怒的情绪时，诗歌的语言也破碎成为字母甚至是音节：

Knockoff

Poem for dope selling sops or Slick Halfwhite

Politicians Airplane poems, rrrrrrrrrrrrrrrrrr

Rrrrrrrrrrrrrr. …tuhtuhtuhtuhtuhtuhtuhtuhtuhtuh

---

① 参见 Stephen Henderson, "Introduction: The Forms of Things Unknown," in *Understanding the New Black Poet: Black Speech and Black Music as Poetics References*, Stephen Henderson, ed., pp. 60—70。

② Geneva Smitherman, *Talkin and Testifyin: The Language of Black America*, p. 134.

③ Cheryl Clarke, "*After Mecca*": Women Poets and the Black Arts Movement, p. 62.

④ Sherry Brennan, "'On the Sound of Water': Amiri Baraka's 'Black Art'," *African American Reviews*37. 2（Summer-Fall 2003）, p. 299.

···rrrrrrrrrrrrrrr···Setting fire and death to
Whities ass. Look at the Liberal
Spokesman for the jews clutch his throat
& puke himself into eternity···rrrrrrrrrr
There's a negroleader pinned to
a bar stool in Sardi's eyeballs melting
in hot flame. Another negroleader
on the steps of the white house one
kneeling between the sheriff's thighs
negotiating cooly for his people. ①

　　在传统的语言观和语言体系观照下,语言代表的是世界上的事物,词语则体现的是能指和所指之间的关系。通过碎裂或是破坏词语或句子,我们可以破坏这种能指和所指之间的联系。然而这种破坏是暂时的,是可恢复的。因此,非裔诗人认为,只是从句法和语义的层面破坏语言的顺序或是在能指与所指的关系的层面断裂语义是远远不够的。人们必须以一种无法恢复的方式重新安排并重新组织声音和语言本身。巴拉卡在《黑人艺术》中的实践就是一个生动的例证。从语言学层面上,词语偏离了生产语义的意义,换言之,从语言学角度来看,这些词语没有产生任何意义。然而从声音的角度,它们却产生了令人惊讶的意义:"rrrrrrrrrrrrrrrrrrrrrRrrrrrrrrrrrrrr. ···tuhtuhtuhtu-htuhtuhtuhtuhtuhtuh/··· rrrrrrrrrrrrrrrr ··· " 在 1965 年的诗歌朗诵录音中,"rrrrrrrrrrrrrrr" 和 "tuhtuhtuhtu" 的声音被模拟成飞机和机枪的声音,预示着战斗的状态和武装的力量。在其后的朗诵表演中,巴拉卡又用自己的声音即兴表演成断裂的类似声音。这就意味着巴拉卡创作的诗歌具有再生产性和再诠释性。这种方式与爵士乐表演中的"拟声"唱法如出一辙。威廉斯·海瑞斯(Williams J. Harris)曾经风趣地指出:"巴拉卡用拟声唱法涂黑了白人先锋诗歌——一种爵士乐歌唱技巧,它以无意义的音节替代传统的抒情

---

① Dudley Randall, ed. , *Black Poetry: A Supplement to Anthologies Which Exclude Black Poets*, p. 33.

诗。"① 黑人音乐与白人先锋实验诗歌的结合为非裔诗歌靠近主流诗歌和文化铺平了道路，也为美国黑人的政治诉求能够被白人听到并接受创造了条件。

巴拉卡和亨德森等黑人男性诗人的诗歌创新和诗歌理想被黑人艺术运动中的黑人女诗人们接受并淋漓尽致地表现出来。索尼亚·桑切斯、乔万尼、杰恩·科特兹（Jayne Cortez）等都是布鲁斯吟唱的高手。索尼亚·桑切斯更是其中的佼佼者。"在诗歌的听觉形式方面，她将美国黑人音乐形式、黑人口头说唱艺术的特征、人类共同理解的最原始的声音等融入到不同文体的诗歌结构中，使她的诗歌具有强烈的音乐性和变动不羁的听觉形式，并与诗歌的视觉文本形成契合。"② 桑切斯的 "a/coltrane/poem" 无论在形式上还是在精神上都如巴拉卡的《黑人艺术》的孪生兄妹：

> (softly da-dum-da da da da da da da da da da/da dum
>
> till it　　 da da da da da da da da da
>
> builds　　　　　　　　　 da-dum-da da da
>
> up)　　　 da-dum. da. da. da. this is a part of my
>
> favorite things. ③

这首诗的灵感来自于著名黑人爵士乐音乐家约翰·科特兰（John Coltrane）。④ 诗歌的形式较之巴拉卡更富有创新性。诗歌在视觉和听觉上的实验对人的听觉和视觉均产生了巨大的冲击力。显然，诗歌中的 "da" 和 "dum" 模拟的是 "鼓的节奏"⑤。左边括号中的文字仿佛乐谱中的说明文字，表明节奏由轻缓到急促，而右边的声音标记符号与这个说明文字彼此相

---

① Williams J. Harris, *The Poetry and Poetics of Amiri Baraka：The Jazz Aesthetic*, p. 107.

② 罗良功：《诗歌形式作为政治表达：索尼亚·桑切斯诗歌的一个维度》，《当代外国文学》2009年第2期，第95页。

③ Sonia Sanchez, *We A DaddDDD People*, p. 71.

④ 约翰·科特兰（1926—1967）是一位爵士乐天才，他对爵士乐的创新使得他对黑人的文化意识产生了重大影响，并因此成为黑人的文化英雄。

⑤ Jerome Rothenberg, ed., *Technicians of the Sacred：A Range of Poetries from Africa, America, Asia, Europe & Oceania*, p. 610.

配合。鼓是非洲音乐,尤其是布鲁斯音乐中的重要乐器,诗歌中的文字"这是我最喜爱的事情的/一部分"(this is a part of my/favorite things)一方面呼应标题,对约翰·科特兰致敬,因为熟悉这位爵士乐大师的人不会不知道,"My Favorite Things"是他的第七张唱片,也是最有代表性的一张;同时也言明了诗人对非洲传统音乐的热爱。同时鼓声的变化带来了诗人情绪的变化,由平静到激愤,为下面诗人要表达的黑人社会对抗"死亡……西方白人的/胡言乱语"(DEAD…WITEWESTERN/SHIT)的战斗号召作了情绪上的充分渲染。

在另一首诗"LISTEN TO BIG BLACK AT S. F. STATE"中,这种策略再次被成功运用:

> just a sound of drums.
>
> 　　　　　　　　　　　　the sonnnnnNNg of chiefs
>
> pouren outa our blk/sections.
>
> 　　aree-um-doo-doo-doooooo-WORK
>
> 　　aree-um-doo-doo-doooooo-LOVE
>
> 　　arem-doooo-UNITY
>
> 　　arem-doooo-LAND
>
> 　　arem-doooo-WAR
>
> 　　arem-doooo-BUILDEN①

小写字母模拟的声音与大写字母凸显的黑人权力运动中的核心思想形成了相互参照,互相说明,互相补充的奇妙的和谐。黑人传统艺术中的乐器——鼓也是爵士乐乐队中的主要乐器,鼓声是传达黑人思想和情感的一个重要方式,也是黑人战斗的武器。如爵士乐的断音的"aree"、"um"、"doooooo"、"arem"等声音象征了非裔美国黑人的身份。桑切斯用断音来替代具有明确含义的词语并使这些声音作为象征的符号融入到诗歌文本的含义之中,从而使得这些声音成为了黑人的某种新的语言。

---

① Dudley Randall, ed. , *The Black Poets*, p. 235.

　　黑人艺术运动时期的另一位黑人女诗人杰恩·科特兹的诗歌素有"革命的布鲁斯"之称。[①]科特兹遵循并发展了"以声音为基础"的诗学理念，在诗歌表演实践上更是表现出色。专业的音乐教育以及从事爵士乐创作和表演的儿子为她的朗诵表演提供的便利条件都使得科特兹在与乐队成员沟通时能够更充分地展示她的"音调词汇学"[②]。对布鲁斯音乐的精通和对诗歌朗诵舞台表演的熟悉使得科特兹得心应手地把布鲁斯音乐的精髓运用到诗歌创作中，并成功地再现了布鲁斯音乐对合成性的偏好。她常常把超现实意象与布鲁斯音乐中的音节重复融合在一起，而这种方式被很多评论家认为是对"黑人祈祷"形式的改写。[③] 在黑人教堂中，黑人教士与祈祷者之间的呼唤和应答式的"重复唱和"在科特兹的诗歌中幻化成为一种鲜明的布鲁斯特征：

> Churches everywhere
>
> Churches in the basements
>
> Churches on the street corner
>
> Churches in the storefronts and in the garages
>
> Churches in the dwelling house and
>
> Churches in the synagogues
>
> Churches everywhere
>
> Churches on the air twenty-four hours a day
>
> 　Turn on the air and you'll hear somebody preaching church[④]

　　在这节诗歌中，关键词"教堂"（Churches）反复出现，而"每一处教堂"（Churches everywhere）则为下面的诗行构建起音韵和修辞的基础。这种"从前面诗行中的一个关键词、思想或一个词组发展而来"[⑤] 的诗歌创作模

① Tony Bolden, "All the Birds Sings Bass: The Revolutionary Blues of Jayne Cortez," p. 61.
② Mark Anthony Neal, *What the Music Said: Black Popular Music and Black Public Culture*, p. 38.
③ Tony Bolden, "All the Birds Sings Bass: The Revolutionary Blues of Jayne Cortez," p. 65.
④ Jayne Cortez, *Coagulations*, p. 52.
⑤ Gerald Davis, *I Got the Word in Me and I Can Sing it, You know: A Study of the Performed African American Sermon*, p. 53.

式正是爵士乐的音乐展开模式。科特兹诗歌中"重复唱和"的功能就如同爵士乐中的切分音，它标志着与原来诗歌模式的偏离。在科特兹的诗歌朗诵表演中，她通过改变不断重复部分的重音强化了这种变化，并最大化了诗歌中的"重复唱和"的音乐效果，从而成功地在自己的诗歌中运用了"布鲁斯语言"①。

三　挺进边缘的黑人女性诗歌

事实上，黑人艺术运动时期的黑人女诗人在向中心挺进的过程中，清楚地意识到对于她们的男性同胞来说，她们始终是那个生理、社会、文化和诗学上的"他者"，而女性身份和女性意识也从来没有真正远离她们的诗歌书写。值得注意的是，黑人女诗人向中心靠拢与向边缘挺进几乎是同时、双向进行的。这在某种程度上反映了黑人女性诗人在民族主义和性别主义之间的进退维谷的犹疑、含混和矛盾，而这些特点却在主题、诗学等各个方面极大地丰富了这一时期的黑人女性诗歌，并为黑人女性诗歌的成熟和发展打下了基础。

黑人艺术运动中的黑人女诗人对女性的生理属性和社会属性都给予了极大的关注。这一时期，黑人女诗人写作了大量关于黑人女性身份的诗歌。从下面这些诗歌的标题就可见一斑：马丽·伊万斯（Mari Evans）于1969年在《黑人读者》杂志上发表了《我是一名黑女人》（"I Am A Blake Woman"）；1970年，乔万尼发表了《自我—旅行》（"ego-tripping"）；桑切斯发表了《致黑人/妇女：这个宇宙的唯一女皇们》（"for blk/wooomen: the only queens of this universe"）等。② 对于黑人女诗人来说，诗歌是黑人女性的"祈祷"和"拯救生命"的方式。③ 这个时期的黑人女性诗歌浓墨重彩地描画出黑人女性复杂的生理和心理的认知旅程，而其中最关键的两个阶段就是黑人女性对性和女性躯体的重新认识和评价。

---

① Tony Bolden, "All the Birds Sings Bass: The Revolutionary Blues of Jayne Cortez," p. 65.

② 参见 Cheryl Clarke, "After Mecca": Women Poets and the Black Arts Movement, p. 73。

③ Donna Haisty Winchell, Alice Walker, p. 115.

事实上，"黑人艺术运动标志着黑人女性诗人第一次开启了对性的公共话语"①。这一"公共话语"的开启无疑是敏感的，然而却具有多层面的意义。首先，这一"公共话语"针对的是"白人通过性欲描述，把黑人的世界性欲化"的现象。桑德尔·吉尔曼（Sander Gilman）指出："到18世纪为止，黑人（无论男女）的性活动成了变态性活动的写照。"② 白人至上主义的父权制下的男人们创造了"与黑人妇女性欲有关的狂野女人的淫荡神话"③。黑人艺术运动时期的女诗人已经或朦胧或清晰地意识到"性就像性别一样，也是政治的"④。乔瓦尼的诗歌《女人诗》（"Woman Poem"）就诗性地表达了黑人女性被禁锢在性活动与性欲望的种族歧视的观念中：

> 如果你有点姿色你就是性对象
>   但是没有爱
> 或者有爱但没有性生活
> 如果你太胖的话那就回来吧
> 太胖的黑女人只适合做母亲
> 做祖母强壮的东西但不是女人
> 运动的女人浪漫的女人需要爱的女人
> 寻找男人的女人口淫的女人出臭汗的女人
> 需要被操需要男人去爱的女人⑤

这段粗话连篇的诗行的确惊世骇俗，以至于黑人女权主义者贝尔·胡克斯都感受到了一种战斗的气息，并在自己的名篇《大卖热屄：文化市场对黑人女性性欲的再现》中借用这首诗表明了黑人女性希望建立一种新的性活动的渴望。

---

① Cheryl Clarke, "*After Mecca*": *Women Poets and the Black Arts Movement*, p. 71.
② 转引自贝尔·胡克斯《大卖热屄：文化市场对黑人女性性欲的再现》，载佩吉·麦克拉肯主编《女权主义理论读本》，第266页。
③ 同上书，第274页。
④ ［美］盖尔·卢宾：《关于性的思考：性政治学激进理论的笔记》，载佩吉·麦克拉肯主编《女权主义理论读本》，广西师范大学出版社2007年版，第442页。
⑤ Nikki Giovanni, *Black Feeling*, *Black Talk*, *Black Judgment*, p. 78.

　　"性的公共话语"另一个层面的意义来自于黑人种族内部。与白人性欲化黑人女性相反，黑人男权主义者要求黑人女性的性屈从和性服从。正如贝尔·胡克斯在批判理查德·赖特在《土生子》中对黑人女性贝西的写作策略时所言："在小说中，贝西是可以被牺牲掉的，因为比格已经犯了杀害白人妇女这样更加十恶不赦的罪行。……要毁灭白人女性的身体，比格必须跨越危险的界限；而对黑人女性的身体，他却可以随意侵略、施暴，而不用担心被惩罚与报复。"① 在某种程度上，这一时期的黑人女性诗歌正是对如比格一样的黑人男性的挑战。在乔瓦尼的《引诱》（"Seduction"）一诗中，女讲述人对她的革命兄弟描述了她将如何一步步地引诱他的过程：

　　　　一天
　　　　你会走进这所房子
　　　　而我会穿上一件非洲风格的
　　　　　　长袍
　　　　你会坐下，说"黑人……"
　　　　而我会伸出一只胳膊
　　　　可你，根本没有注意我，接着说，"这个兄弟如何……"
　　　　我就漫不经心地听着
　　　　而你会滔滔不绝地讲着"革命……"
　　　　当我把你的手放到我的腹部
　　　　你会接着说，一如既往，说
　　　　"我就是无法发掘……"
　　　　当我把你的手在我身体上上下移动
　　　　我会把你的花哨衬衫脱掉
　　　　你会接着说"我们真正需要的是……"
　　　　脱掉你的短裤

---

　　① ［美］贝尔·胡克斯：《"大卖热尻"：文化市场对黑人女性性欲的再现》，载佩吉·麦克拉肯主编《女权主义理论读本》，第 269 页。

你会注意到
你的裸体状态
我知道你就会说
　　"尼基/
难道这不是反革命吗?"①

　　乔瓦尼巧妙地把自己插入到诗歌当中，在作为性客体的瞬间却巧妙地确立了自己的主体身份。当被诱惑的男性黑人领袖，那个即将成为女性俘虏的男人在最后一刻依旧试图故作镇定，可笑地问道："尼基/难道这不是反革命吗?"时，黑人女性之间耐人寻味的相视一笑传达出来的正是黑人女性内心的秘密和以性别为基础的姐妹同盟。对于黑人女性来说，她们的性和躯体都是政治性的，在某种程度上，她们的性就是她们对抗男权的革命，是对抗男性革命的反革命。

　　与黑人女诗人"性的公共话语"不可分割的就是黑人女性躯体的文本。这一时期的黑人女性诗歌中，黑人女性躯体成为一个重要的律动符号，张扬着女诗人对黑人女性躯体独特的美的自豪感。安吉罗在她的诗歌代表作《奇异的女人》（"Phenomenal Woman"）中，为我们表现了一位心智得到彻底解放的黑人女性的骄傲以及由此而产生了独特的女性魅力："漂亮的女人们好奇我的秘密何在，/我并非聪慧过人也不是天生的模特坯子/但当我告诉她们时，/她们认为我在说谎/我说，/我的秘密在我的举手投足之间/在我臀部的扭动，在我脚步的迈动，/在我唇的曲线/我是女人/奇异的/奇异的女人/就是我。我走进一间房间/像你们满意的那样冷静/走向一个男人/男人们站起或是/双膝跪倒/接着他们簇拥在我身边/像一巢蜜蜂。/我说，/秘密是我眼中的火焰，/是我牙齿的闪光，/是我胸部的颤动，/是我双脚的欢快/我是女人/奇异的/奇异的女人呢/就是我。……现在你们明白了/为什么我的头从不低垂/我从不大喊大叫，从不暴跳如雷/也没有必要大喊大叫。/当你看到我经过/定会使你骄傲。/我说，/秘密在我鞋跟的哒哒声，/在我头发的卷曲中，/在我手的掌心里，/在对我关心的需要中。/因为我是女人/奇异的/奇

---

① 　Nikki Giovanni, *Black Feeling, Black Talk, Black Judgment*, p. 33.

异的女人/就是我。"① 另一位女诗人伊洛斯·劳夫汀（Elouise Loftin）表达了类似的对女性躯体的自豪感：

> 我舞蹈
> 打响我的手指
> 在我的欲望的桌上
> 与造物主聊天
> 在我的嘴里
> 引诱生活
> 咀嚼我的指甲并做它
> 从臂弯到手腕我知道我的鼻子的
> 　　湿度
> 在组织前面
> 我是一个黑人妇女
> 我转过头去大笑
> 对拥挤不堪的人群
> 知道说谎的味道
> 就像全世界
> 坐在我的肚皮上。②

在这首名为《桑尼揭开面纱》（"Sunni's Unveiling"）的诗中，讲述人桑尼"从臂弯到手腕我知道"自己"鼻子的湿度"表明了黑人女性对自己对身体的了如指掌的自豪感。而这种自豪感正是女性意识成熟的标志。对于非裔黑人女性而言，在种族歧视与性别歧视的双重压迫和禁锢下，女性自豪感的形成意义自然更为重大，对此，评论家艾丽斯·范尼尼（Alice Fannin）有过精彩的论述："对于每位［黑人］妇女，那么，心智的生存……与其说取决于更大程度上的自我意识和独立……不如说取决于把自我作为本身就是'神

---

① Maya Angelou, *Phenomenal Woman: Four Poems Celebrating Women*, pp. 3—8.
② Elouise Loftin, *Jumbish*, pp. 12—13.

奇而又可怕的'造就的造物主的神奇的一部分。"① 在劳夫汀的诗歌中，"与造物主聊天"的豪迈和自信体现的就是黑人女性自我意识的完整和成熟。

　　向边缘挺进的黑人女性诗歌不仅仅体现在对黑人女性意识的独特表达，还体现在对黑人男性诗人热衷的某些公共话语的改写。黑人女诗人对非洲的诗性书写与男性诗人形成了明显的反差。从哈莱姆文艺复兴到黑人艺术运动，非洲作为黑人文化民族主义的核心因素之一，作为黑人解放运动的动力之源，作为黑人的民族之根，作为非裔美国人的祖国和家园，一直是非裔诗人歌颂和赞美的对象。在黑人男性的诗歌中，非洲是神圣的、神秘的，并因此带有一种莫名的距离感。休斯的《非洲裔美国人片段》（"Afro-American Fragment"）就是这种情感的代表："非洲是/如此古老，/如此遥远。甚至连记忆都不鲜活。"早已与非洲大陆疏离的那颗美国之心连那片"原始大陆"的歌声都"无法理解"了。② 而在这一时期的黑人女诗人对非洲的书写却带有一种天然的亲近感。杰恩·科特兹的《返回贝宁城的家园》（"Back Home in Benin City"）中就充满着这种亲近感：

> 我正到达我的布鲁斯的岔口
> 站在撕裂的河口的坡道
> 时而困惑
> 时而自在
> 我的灵魂的热度在入口
> 我那被虐待的心灵
> 被捆束被封口在饰钉刀口
> 抚弄抹香鲸的躯体
> ……
> 祖国搁在胸肺间
> 在发烧的记忆中加重

---

① Alice Fannin, "A Sense of Wonder: The Pattern for Psychic Survival in *Their Eyes Were Watching God* and *The Color Purple*," in *Alice Walker and Zora Neale Hurston: Common Bond*, ed. Lillie P. Howard, p. 46.

② Arnold Rampersad, ed., *The Oxford Anthology of African-American Poetry*, p. 21.

　　在一个归来者的胸口加热①

　　科特兹在诗歌中的旅程颠覆了横跨大西洋的历史上的旅程，是对处于流散状态的非洲文化、历史和情愫的一次亲密接触。跨骑式的诗行挑战着读者的视野和阅读，象征着非洲的无垠和广阔。与科特兹诗中带有某些悲壮色彩的非洲相比，非洲的大地在沃克的诗中更像一幅朦胧的抽象画：浪漫、缥缈，有着明显的异域特征。《她蓝色的躯体我们知道一切：1965—1990》中的第一首《非洲意象，骑在虎背上走过》就是这样一首如歌如梦的诗："……/一本像诗一样的书/肯尼亚密特火山的/蓝色梦境般的山顶/'宛盖瑞!'/我的新名字。/一片绿色的小树林/徘徊/战栗/挨着我们的巴士/一头害羞的小羚羊。/……/一种奇怪的声音/'可能是一头象'/正在啃我们的车顶/在清晨/更蓝了。"② 这首诗的标题会让人产生无限的遐想：会有谁能骑在老虎的背上观光旅游呢？而且，有点自然常识的人都会知道，在非洲，老虎只属于动物园。沃克自然不会不知道这一点。那么，沃克的这幅"非洲意象"就只能是诗人心中的理想境界，是沃克心中的田园之梦，是沃克心中的人间乐园。在这里，带有"蓝色梦境般的山顶"的远山是背景，蓝色的晨雾是窗纱，绿色的树林，安详、自在的动物和同样自得地生活于此的人，是这个田园共同的主人。

四　小结

　　黑人女诗人向边缘挺进的一个必然结果就是从黑人艺术运动的成功突围。"尽管她们公开宣称与黑人男性分享公平的权力关系，黑人妇女——活动家、学者以及艺术家——开始在等级、劳动分工、[性别]角色权力剥夺等问题上认同女权主义者……"③ 黑人艺术运动中涌现出来的杰出女诗人，如罗德、科特兹、乔万尼、沃克等都成为族裔女权主义运动中颇有影响的人

①　Jayne Cortez, Scarifications, p. 187.
②　Alice Walker, *Her Blue Body Everything We Know*, p. 1.
③　Cheryl Clarke, "*After Mecca*": *Women Poets and the Black Arts Movement*, p. 84.

物。其中，最有代表性的当数安德勒·罗德和艾丽斯·沃克。罗德成为"黑人同性恋女权主义"的代表人物，而沃克则提出了著名的"妇女主义"（womanism）。1970 年之后，黑人艺术运动的声势渐趋衰落，然而黑人女诗人的声音却越发清晰起来。"20 世纪 70 年代和其后（在女权主义影响下）由非裔美国女诗人书写的诗歌证明黑人诗歌能够既是说教的和政治的，也是艺术的。"① 桑切斯以她俳句似的诗句，② 在她对自我和族群关系的探究中，特别是在对女性躯体和精神的重新定义中，证明了黑人女性诗歌中政治性、伦理性和艺术性的完美结合。科特兹以她即兴的自由形式，在家庭、阶级、躯体、精神和道德自我的语境中重新定义了黑人女性，证明了黑人女性诗歌可以实现个人的和公共因素的完美结合。③ 正如约翰森所言："随着黑人女性社会选择的增加，她们的虚构世界将扩展，发展成为一系列主体、主题、形式和文类，如她们的诗歌和歌唱的天分一样没有止境。"④ 经过黑人艺术运动洗礼的黑人女诗人的诗歌突破了黑人和女性主题，并在诗学建构和诗歌形式上均取得了重大突破。经历了哈莱姆文艺复兴和黑人艺术运动的黑人女性诗歌已经成为美国诗歌的一个重要的组成部分，美国文学的权威文集，如《诺顿文选》和《希思文选》等均收录了大量非裔美国女诗人的诗歌作品。从这个角度说，从黑人艺术运动中走出来的非裔美国女诗人通过她们强有力的诗行触及了黑人生活的各个层面，并以诗性书写实现了黑人女性社会、政治、文化和性别的多维理想。

---

① Manohar Samuel, "Deferred Dreams: The Voice of African American Women's Poetry Since the 1970s," *American Studies Today Online*, 2001, http://www.americansc.org.uk/Online/samuel.htm.

② 桑切斯近年来对俳句情有独钟。她于 2010 年出版了俳句诗集《清晨俳句》，受到 Maya Angelou, Joy Harjo 等诗人的高度赞誉。参见 Sonia Sanchez, *Morning Haiku*, Boston: Beacon Press, 2010。

③ Clarence Major, ed., *The Garden Thrives: Twentieth-Century African-American Poetry*, pp. xxviii—xxix.

④ Charles Johnson, *Being and Race: Black Writing Since 1970*, p. 118.

第二十九章

布鲁克斯长诗《在麦加》的
城市文化定位

格温朵琳·布鲁克斯（Gwendolyn Brooks，1917—2000）是第一位获得普利策奖的非裔美国诗人，也是继任桑德堡的伊利诺伊州桂冠诗人。这两项殊荣使得布鲁克斯在美国黑人女诗人中的地位几乎无人可望其项背。然而，对于布鲁克斯在主流文化中所享有的特殊地位，黑人评论家一直颇有微词，认为"她吸引了那些'奴性'的黑人"，并因此获得了白人的"认可"①。布鲁克斯以一个艺术家开放的胸襟和思维接受了这样的批评，并默默地寻求着创作上的改变。1967 年春她参加了第二届菲斯克大学黑人作家大会，这标志着她的"伟大的意识的重生"②，也标志着她与黑人艺术运动情感上和文学实践上的贴近。次年出版的诗集《在麦加》就是她这种重生的"新意识"的诗学体现。

这部诗集，特别是标题长诗的问世对于布鲁克斯个人、美国非裔女性诗歌、美国社会问题诗歌等均具有十分重要的意义。这部诗集之于布鲁克斯个人的意义可简要概括为以下四点：其一，这是布鲁克斯在主流出版社 Harper and Row 出版的最后一本书。此后，她刻意选择在黑人出版社出版她所有的著作，以最直接的方式表达了她与主流文化的疏离。其二，这部诗集体现了布鲁克斯对黑人性和黑人艺术运动的认同，并发出了对种族问题的"新的关注"③。其三，这部

---

① 转引自张子清：《20 世纪美国诗歌史》，吉林教育出版社 1997 年版，第 906 页。

② Elizabeth Alexander, "Meditations on 'Mecca': Gwendolyn Brooks and the Responsibilities of the Black Poet," in *The Black Interior*, p. 44.

③ Cheryl Clarke, "*After Mecca*": *Women Poets and the Black Arts Movement*, p. 23.

诗集"记录下她不断增加的对一个在芝加哥黑人社区更加政治化和文化民族主义地位的承诺"①，从而身体力行地使黑人诗人和黑人诗歌的社会责任发挥到极致。其四，这部诗集"对诗人来说标志着一个时代的结束，和另一个时代的开始"②，更确切地说，是开启了女诗人"第三个也是最后一个阶段"③。如果说以上四点意义是基于布鲁克斯个人而言，那么，这部诗集对于非裔女性诗歌和美国社会问题诗歌的意义也不可忽视。这部诗集于1968年出版，这在黑人女性诗歌的群体创作中具有十分重要的意义。在这一年，五位日后声名显赫的非裔美国女诗人④均出版了自己的第一部诗集，并从此走上了诗歌创作的道路。从这个层面来看，布鲁克斯的《在麦加》汇入了黑人女性诗歌的整体之中，并共同形成了黑人女性诗歌创作的一个高峰期和繁荣期。这恐怕也是著名学者型美国非裔女诗人伊丽莎白·亚历山大由衷地称她为"我的"和"我们的""第一位诗人"的原因吧。⑤就这首长诗的社会意义与美国时代的关系而言，标题诗《在麦加》"成为更多正在涌现的关于美国贫困的文本的一部分"⑥，成为美国贫民窟文学的代表作之一。

　　《在麦加》中的标题诗共807行，创作时间跨度长达30年之久，被认为

---

①　John Lowney，"'A material collapse that is construction'：History and Counter-Memory in Gwendolyn Brooks'*In the Mecca*，" p. 3.

②　Sheila Hassell Hughes，"A Prophet Overhear：A Juxtapositing Reading of Gwendolyn Brooks's 'In the Mecca'，" p. 14.

③　William Hansell，"Gwendolyn Brooks's *In the Mecca*：A Rebirth Into Blackness，" p. 199.

④　这一点在上一章已经有所提及。分别是罗德（Audre Lorde）的《第一城》（*First Cities*）、乔万尼（Nikki Giovanni）的《黑色情感，黑色话语》（*Black Feeling，Black Talk*）、卡罗琳·罗杰斯（Carolyn Rodgers）的《纸灵魂》（*Paper Soul*）、沃克（Alice Walker）的《曾经》（*Once*）以及桑切斯（Sonia Sanchez）的《回家》（*Homecoming*）。

⑤　See Elizabeth Alexander，*Power and Possibility：Essays，Reviews，and Interviews*，p. 32.

⑥　Tracey L. Walters，*African American Literature and the Classicist Tradition*，p. 92. 关于美国文学对贫困问题的表现曾经出现了两次高潮。第一次是出现在19世纪后期的贫民窟文学。其中的代表作品包括埃德加·福瑟特的《男人们干的坏事》（1889）、威廉·迪恩斯·豪威尔斯的《新财富的危机》（1890）等。参见Robert Hamlett Bremner，*From the Depths：The Discovery of Poverty in the United States*，New Brunswick：Transaction Publishers，1992，pp. 87，102；Keith Gandal，*The Virtues of the Vicious：Jacob Riis，Stephen Crane and the Spectacle of the Slum*，Oxford：Oxford University Press，1997，pp. 39—40。第二次高潮出现在20世纪60年代末期。这一时期，人们开始认识到贫困问题本质上是一个政治问题。参见Byron G. Lander，"Group Theory and Individuals：The Origin of Poverty as a Political Issue in 1964，" in *The Western Political Quarterly* 24（1971）：514—526。在黑人社区，贫困问题更为严重，高犯罪率、高失业率、越战、种族暴力等几乎使黑人社区陷入瘫痪。关于该时期美国贫困问题文学作品的出现，参见Tracey L. Walters，*African American Literature and the Classicist Tradition*，p. 92.

是"20世纪60年代末期伟大的史诗"①。这首诗歌的标题中鲜明的地理所指很自然地把读者带进了一个神秘的地理空间。纵观布鲁克斯漫长的诗歌创作史,我们会发现一个有趣的现象,那就是,布鲁克斯对在诗歌中构建城市空间形态十分偏爱。她的第一部诗集《布朗兹维尔一条街》(*A Street in Bronzeville*)也是在对芝加哥城市街道的想象中建构起来的,并因此被称为"城市—民谣诗"②,布鲁克斯本人也被定义为"芝加哥诗人"③。长诗《在麦加》延续了诗人对芝加哥城市空间的关注,再次聚焦于芝加哥黑人贫民的生活,充当了他们的生活的"讲述人"。

事实上,这个"讲述人"的身份是作为诗人的布鲁克斯自我赋予的崇高使命。她在自己获得普利策奖的诗集《安妮·艾伦》(*Annie Allen*)中就清楚地表明了这一理想:"在一个像这样的时代人们需要一位讲述者。"④ 对于布鲁克斯所充当的讲述者的性质,评论家简·海德雷(Jane Hedley)曾经做过专项研究,并指出,布鲁克斯在诗歌中以两种不同的方式充当着讲述者:一种是母亲或者预言者/祈祷者的角色;另一种是记者或者新闻工作者的角色。原因在于前一种角色无论对黑人还是白人都具有权威性;后一种角色则具有客观性。⑤ 这一总结是令人信服的,然而,遗憾的是,简·海德雷忽略了布鲁克斯还扮演着第三种类型的讲述者,那就是,有一双"观察的眼睛"(Watchful Eye)的"讲述者",而事实上,这种身份恰恰是布鲁克斯本人在自传《第一部分报道》(*Report from Part One*)中对自己诗人身份的定位。⑥当然,简·海德雷在自己的论述中没有忘记提到布鲁克斯充当的几种不同讲述者的共性在于"他者—直接性"(other-directedness),⑦ 然而,还

---

① Elizabeth Alexander, "Introduction," in *The Essential Gwendolyn Brooks*, ed. Elizabeth Alexander, p. xxiii.

② J. Saunders Redding, "Review of *A Street in Bronzeville*," p. 5

③ Sheila Hassell Hughes, "A Prophet Overhear: A Juxtapositing Reading of Gwendolyn Brooks's 'In the Mecca'," p. 14.

④ Gwendolyn Brooks, *The Essential Gwendolyn Brooks*, p. 56.

⑤ Jane Hedley, *I Made You to Find Me: The Coming of Age of the Woman Poet and the Politics of Poetic Address*, p. 104.

⑥ Gwendolyn Brooks, *Report from Part One*, p. 189.

⑦ Jane Hedley, *I Made You to Find Me: The Coming of Age of the Woman Poet and the Politics of Poetic Address*, p. 105.

有哪一种角色比"观察者"更具有"他者—直接性"呢？

在长诗《在麦加》中，布鲁克斯将这一诗学理想成功付诸实践。她像一个高明的"画师"，"带着一双锐利的眼睛游走于〔她〕热爱并熟悉的黑人社区中"①，创造了一个又一个共同构成黑人社区的"个体的画廊"②，并用她的"声音洪亮的黑人性"讲述一个"可怕的故事"③。基于此，本章将跟随着布鲁克斯那双"观察的眼睛"，把麦加的历史、麦加的空间、麦加人的内心看个通透，并继而挖掘出在布鲁克斯密集的诗歌文本中蕴涵的丰富的"空间性历史"（spatial history）。④ 同时，本章将关注这双游走在麦加的"历史"和"当下"，麦加的"内"与"外"，麦加的"她"与"他"之间的眼睛为布鲁克斯诗歌带来的历史解构、空间解构和性别解构的力量。布鲁克斯的"解构"精神是研究者普遍认可的。例如，塞拉·休斯（Sheila Hassell Hughes）就曾经说："她〔布鲁克斯〕抵御成为种族主义社会力量的牺牲品角色，不是通过一种对历史和地域的超验的逃避，而是通过坚持一种具有解放意义的对压迫本身节点的解构。"⑤ 然而，遗憾的是，塞拉·休斯并没有就布鲁克斯如何"解构"压迫本身的"节点"展开论述。从这一意义上说，本章将对塞拉·休斯过于随意因此略显武断的结论进行验证性论述，并将由此挖掘出她的诗歌中空间想象、族裔政治、性别政治和诗学构建等之间复杂的关系，并描绘出作为黑人女性诗人的布鲁克斯独特的城市文化定位。

一　游走在"历史"和"当下"的麦加

布鲁克斯选择芝加哥的麦加黑人聚居区作为自己的黑人史诗展开的空间可谓用心良苦。麦加是"所有北方城市贫民窟的缩影。它的困境，尽管从未明言，但一直暗示着，就是来自于作为黑人和穷人的困境"⑥。麦加之所以

---

① Elizabeth Alexander, *The Black Interior*, p. 47.

② Ibid.

③ 转引自 Elizabeth Alexander, *Power and Possibility: Essays, Reviews, and Interviews*, p. xxv。

④ Paul Carter & David Malouf, "Spatial History," p. 173.

⑤ Sheila Hassell Hughes, "A Prophet Overheard: a Juxtapositional Reading of Gwendolyn Brooks's 'In the Mecca'," p. 14.

⑥ Arthur P. Davis, "Gwendolyn Brooks," p. 101.

被美国时政评论家、政客、记者约翰·马丁称为"芝加哥最奇怪的地方"，在很大程度上是由于"麦加"颇具戏剧性变化的历史。[①] 坐落于芝加哥南部的麦加大楼始建于 1891 年，并一时间成为豪华公寓的创新性代表。20 世纪初，随着芝加哥白人富人区的北迁，麦加成为了黑人精英人士的驻地。然而由于美国经济大萧条、芝加哥暴动等因素的影响，麦加逐渐成为拥挤的黑人贫民公寓，并最终沦为黑人贫民聚居区。在 20 世纪 40 年代，麦加是一无所有的人被允许在隔离的芝加哥居住的唯一的栖身之地。到 1950 年前后，麦加由于其居民的贫穷和暴力犯罪多发等原因而变得臭名远扬。麦加在 1952 年被彻底拆除并被重建为伊利诺伊工程学院的校园。[②] 在被摧毁之前，麦加成为了主流媒体和社会各界关注的焦点，而主流媒体的报道和讨论却共同发出了一种冷漠的、客观的、官方的声音。1951 年《生活》杂志刊登了一组破败的麦加公寓的照片，并配上这样一段说明性文字：

> 这是芝加哥发迹的富人的麦加，直到南部变得不那么时尚。到 1921 年第一家黑人住户搬了进来。公寓的嘈杂的爵士乐活动使它有了麦加公寓布鲁斯的名字，而公寓一路凯歌高奏地向山下延伸。1941 年伊利诺伊工程学院买下了这里，但在 700 名盘踞者在芝加哥拥挤的黑人区找到家之前，不能拆掉它。自从 9 月份，伊利诺伊工程学院就没有向剩下的 51 户住户收取房租，并希望他们年底都能搬走。[③]

这段报道看似客观：回顾了麦加发展和没落的历史，有理有据，是一种典型的新闻类的"数据报道"，然而在这些数据和例证之下，一种揶揄、冷漠的口吻却不时地探头探脑："嘈杂的爵士乐活动"，"麦加公寓布鲁斯"，"一路凯歌高奏"等与公寓的衰落毫无关系的黑人形象被生硬地"挪用"，并在黑人和城市贫困之间建立起一种看似必然的联系，似乎黑人的生活和黑人本身应当为麦加的衰败和城市的不安定承担责任。这样的文字游戏、形象

---

　　① John Bartlow Martin, "The Strangest Place in Chicago," pp. 42—60.
　　② 关于麦加的变迁史，参见 D. H. Melhem, *Gwendolyn Brooks: Poetry and the Heroic Voice*, p. 158。
　　③ 此引文原文见 "The Mecca: Chicago's showiest apartment has given up all but the ghost," *Life*31. 21 (Nov. 19 1951), p. 133。作者不详。

挪用和概念偷换等官方文本策略反映的其实是种族偏见和种族歧视的文化本质。

布鲁克斯的长诗《在麦加》正是在这样的社会危机的氛围中粉墨登场的。布鲁克斯早年在麦加的生活经历使得她对这种一言堂的官方历史记录有着特殊的反感，而她与现代和后现代观念的亲近又使得她能够客观而冷静地观察这座有着百年历史的建筑物承载的历史和文化内涵。布鲁克斯在《在麦加》中就保持了"某种程度的距离，但只是以一定的犀利作为一种达到本质的途径"①。这样，她就能够在"情感浸入"和"有距离的疏离"之间潇洒来去，拥有了"一种控制的去控制的情感"的能力。②

布鲁克斯那双"观察的眼睛"首先游走在历史和当下的麦加之间。《在麦加》的"说教意味的题铭"③从一开始就把读者引入了一个现在和历史共同构成的交错的文字迷宫："Now the way of the Mecca was on this wise"（376）。④这句看起来既不符合语法规范，也似乎没有任何语言逻辑可言的诗句对于熟悉布鲁克斯的读者可不陌生：任何"狂野的，意想不到的惊喜"在她的诗歌语言中都是"可能的"⑤。这行独立的诗句从形式到内容孤独地与其他诗行保持着一定距离，从而使自己摆脱了语境的羁绊，从语用学的角度来看，这句诗行是一个言语行为（speech act）：指向了一个明确的地理概念和一个含混的时间概念。这行诗句听起来颇有点史诗的味道，带有些许"权威的、预言的"的语气，一时间不由得使人想到了伊斯兰教的朝圣地——圣地麦加。这句诗行最耐人寻味的还是其时间指示的含混和交错。"Now"可能指的讲述者的当下，表明的是对麦加的过去一种回顾性的评价，或者，它可能指的是由过去分词"was"所指示的过去的某个时间。"Now"，也可能具有要求，命令，警告等祈使性的语气，起着直接把读者的注意力引导到接下来发生的故事的作用。当下的"现在"和记忆中的过去的"现在"

①　转引自 John Lowney, "'A material collapse that is construction': History and Counter-Memory in Gwendolyn Brooks's *In the Mecca*," p. 3。

②　Mike Featherstone, "Postmodernism and the Aestheticization of Everyday Life," p. 285.

③　D. H. Melhem, *Gwendolyn Brooks: Poetry and the Heroic Voice*, p. 159.

④　Gwendolyn Brooks, *BLACKS*. Chicago: Third World Press, 1987. 本章节所引《在麦加》均出自该诗集，下文只标注页码，不再一一注释。

⑤　Elizabeth Alexander, *The Black Interior*, p. 45.

唤起了人们对瞬间和永恒,现在和历史的思考,以及如何通过当下的叙事再现过去的思考。"现在"使读者关注瞬间的急迫性,更使读者关注在被讲述的过去和讲述者的现在之间的连续性。①

　　诗歌开篇的 "now" 和 "was" 呈现的正是本雅明的历史对当下的 "显现",换言之,当下的文化政治的需要是历史叙述的动因,而过去是因为当下的需要而显现的。布鲁克斯的《在麦加》体现的正是这一 "显现" 的时刻,即被压迫的黑人种族的被隐藏或者扭曲的历史以演示的方式 "显现" 出来。"显现" 的历史是复数的历史,是多元的、杂糅的历史,是在对话思维中构建的历史。布鲁克斯在《在麦加》中构建的正是这样一个复数的黑人历史和麦加历史,来对抗主流文化对黑人和麦加的权威建构,以及在人们的头脑中已经形成的根深蒂固的记忆。长诗的开篇进一步强化了这种历史和当下的对峙:

> 坐在那里光线扭曲了你的面庞。
> Mies Van der Rohe 优雅不再。
> 　美好的寓言破灭了。(377)

这个场景把读者带到了 "过去的幻境" 之中,② 麦加历史变迁就浓缩于此。Mies Van der Rohe 是伊利诺伊工程学院的主要设计者,是现代艺术和科技的象征。显然,寓言的幻灭在这里是有着深刻的象征意义的:现代艺术和科技拯救不了麦加,反而有可能成为其毁灭的根源和力量,原因就在于科学和艺术握在主流权力的股掌之间。如果真如《生活》杂志所揶揄的那样,麦加是黑人的天堂,那么这首关于发生在麦加公寓的强暴和谋杀的诗歌就是一则 "反讽的颠覆的寓言" 了。③ 这个开篇另一个重要功能在于,在引领读者进入到史密斯太太绝望的找寻女儿的情绪之前,以都市漫游者的姿态确立了与

---

① John Lowney, " 'A Material Collapse That Is Construction': History and Counter-Memory in Gwendolyn Brooks's *In the Mecca*," p. 3

② D. H. Melhem, *Gwendolyn Brooks: Poetry and the Heroic Voice*, p. 160.

③ Sheila Hassell Hughes, "A Prophet Overheard: A Juxtapositional Reading of Gwendolyn Brooks's 'In the Mecca'," p. 14.

麦加贫民窟住户的某种超然的距离感。

《在麦加》的当下和历史的"显现"是在布鲁克斯独特的都市漫游视角，在多重叙述的声音的合唱中体现出来的。长诗的表层叙述围绕着母亲塞利·史密斯（Mrs: Sallie Smith）在麦加公寓四处寻找失踪的女儿派皮塔（Pepita）展开。这里，读者遭遇了一个无情的讲述人，她驱使着读者听完麦加的居民们，以"多元声音和多样方言的反讽"，去讲述他们各自的苦难、失败和萦绕着麦加的鬼魅的神秘。[1] 麦加的这些居民的叙述形成了表层叙述下一个又一个"暂时的倒置"（temporary inversion），[2] 从史诗叙事的层面来看，《在麦加》是在"叙述—内在—叙述"（narrative-within-narrative）的模式下向前推进的。[3] 这样，长诗的叙述形成了表现和讲述两个不同的模式：长诗表现的是塞利·史密斯绝望而被动地寻找女儿的过程；而散布在这一表现之中的多重声音和多重文本的讲述则不时地把读者的注意力引向了麦加公寓各个角落生活的人们。

每一个人物讲述者都形成一个既相对独立又相互联系的文本，并最终形成了《在麦加》这个拼贴文本。布鲁克斯在诗歌中试图"映衬着一个日常琐事的马赛克"，"呈现出各种不同的人物个性"，从而勾画出一个尽管晦暗，却还是有"一两缕阳光"的黑人世界。[4] 而漫游的诗人讲述人则既激情又克制地诠释着黑人的主体性。麦加居民对当下生活的漠然和对过去无法释然的强烈对比所呈现出来的人物是典型的"活死人"，他们被"锁在了一个被压迫的过去的记忆之中"，从而阻碍了他们投身于当下生活。[5] 圣朱利·琼斯（St. Julia Jones）沉溺于与上帝的神交来逃避现实生活："……他是安慰/是我的灵魂的甜酒和泡菜。/他为我的杯子寻找咖啡。/哦我是多么爱那个主啊。"（378）"六十老姐妹"如福克纳的"艾米丽"一样沉醉于绝望的爱情：这对孪生姐妹脸抹得比面粉还白，"身着又长又硬的黑色衣服"，或

---

[1]　Cheryl Clarke, "After Mecca": Women Poets and the Black Arts Movement, p. 31.

[2]　Ibid.

[3]　Henry Louis Gates, Jr. Signifying Monkey: The Theory of African-American Criticism, p. 209.

[4]　Gwendolyn Brooks, Report from Part One, p. 189.

[5]　Tracey L. Walters, African American Literature and Classicist Tradition: Black Women Writers from Wheatley to Morrison, pp. 92, 94.

是"一起僵直地进进出出"，"或是哀悼她们那逝去的爱人或是随时等待死神的来临"（400）。预言者威廉姆斯（Williams）似乎现实一些，充当着自诩的"精神的顾问"：他"会给你优惠券和吻，/或者一支香烟。/一次拜访就能让你相信。/幸运日/幸运手。把你从忧伤和阴影中/托起。治愈身体"（396）。然而，他自己也清楚地知道，这些只是暂时的安慰和麻醉。

　　当然记忆最沉重、最悠远的还是曾祖母对为奴隶的岁月的回忆，它为整个麦加的记忆提供了历史性和政治性的维度。这位老妇人对于自己为奴隶的姐妹的记忆与塞利·史密斯寻找失踪的女儿形成了微妙的并置关系。她对奴隶制绵延不绝的回忆不时地把读者的视线从塞利当下寻找女儿的焦灼中引开，而当老祖母的故事唤起了读者对奴隶的后裔向麦加大迁移的历史记忆时，历史的和当下的时间碰撞交织在一起。曾祖母的个人的、微观的、小写的历史叙述使得当下破败不堪，并使得麦加转化成为承载黑人奴役史和黑人痛苦记忆的鲜活的实体。老祖母的"对抗—记忆"（counter-memory）对抗的正是主流文化对麦加的历史记忆和叙述。塞利·史密斯与另一位麦加住户娄姆·诺顿（Loam Norton）的相遇也同样提供了一个"对抗—记忆"。当被问到是否知道派皮塔在哪的时候，娄姆·诺顿满脑子里也正被对历史灾难的痛苦回忆折磨得痛苦不堪：

> 主是他们的牧羊人。
> 但他们确实想。
> 兴高采烈地他们宁愿躺在丛林或
> 　　草原……
> 　　　　他们的贫瘠的
> 灵魂不被复原，他们的灵魂被
> 放逐……
> 血从杯子
> 　　喷溅而出。
> 良善和怜悯将跟随他们
> 一直到他们死去。（387—388）

这节诗句中遍布《圣经》中的神圣符号："主"、"牧羊人"、"丛林"、"草原"、"灵魂"、"放逐"、"血"、"杯子"、"死亡"等都悄然地指向了《旧约》中埃及征服希伯来的故事，于是千年历史中对犹太人的大屠杀记忆在这些符号中复活起来，仿佛有一双滴血的眼睛凝视着犹太人被屠杀的流散命运。同时，诗句中也包含着罪恶的奴隶交易所带来的痛苦的历史记忆。这些历史记忆颠覆了 20 世纪 60 年美国主流文化对黑人历史的歪曲以及对城市衰落与黑人之间关系因果关系的推理过程。

布鲁克斯在麦加居民的多重声音叙述和他们的"对抗—记忆"中构建的是一个黑人的族群文化记忆。这个记忆被历史的尘埃所掩埋，更被美国的主流文化所篡改，同时也在白人的文字和逻辑游戏的谬误中被合理化和秩序化。而布鲁克斯如一个游走在历史和当下的灵魂亲切地观察着这座她曾经熟悉的建筑和她所了解的居民，同时却又不失冷静地刻意保持着距离，这使得《在麦加》在复调的合唱中同时具有了叙事的"望远性"和"文献性"①。

二　游走在麦加"内"与"外"

布鲁克斯素有"城市诗人"之美誉，而她的诗歌也如前文提到的那样，被称为"城市—民谣诗"，因此我们不难想象城市空间对布鲁克斯的诗学构建和诗歌创作具有极其重要的意义。对于如布鲁克斯一样的美国族裔作家来说，城市是实现族裔空间配置的理想场所：

　　理论上，城市空间无法重建已经失去的确切的认同感，或将丧失中心的主体凝聚于中心，这是因为都市空间本身就在都市空间性的多重论述中生成。他们回荡着竞逐的政治意义，是争斗的场域，本身早就被祛除中心，因而其产生认同的过程总是随机的。②

---

① Cheryl Clarke, *"After Mecca": Women Poets and the Black Arts Movement*, p. 32.
② Sallie Westwood & John Williams, eds. , *Imaging Cities: Scripts, Signs, Memories*, p. 8.

　　城市具有的这种政治意义在多元族裔和散居社区的后现代都会具有特殊意义。"多元族裔的历史,以及由文化记忆的再现和再书写,往往成为徒居族裔争取、对抗既成的空间分布,重新自我定位,和确认位置性的基础。"①地理空间其实是受制于想象以及其背后控制的规则和统治。换言之,空间是经由想象、指定过的"位置"创造出来的。"族裔空间背后的主要支柱"就是"种族主义论述",而这"成为西方社会某些团体维持统治优势的运用机巧"②。这种"运用机巧"形成了都会空间族裔化的现象,而诸如英国伦敦的东区和西区、美国都市中的中国城、犹太区、黑人聚居区等都是不同社区被空间化的例证。

　　位于芝加哥的麦加就是这样一个"都会空间种族化现象"③。在白人的投射性想象中,麦加成为"恐吓性的地理"空间。④麦加是在政策的刻意规划下形成的,并经由内化过程,在居民心中形成自我制约和隔离,并进而预设某些区域适合某种人从事某种活动,或者某些地区具有危险性和高犯罪率。⑤这种白人族裔空间想象不但促使空间的隔离化,而且将社区的属性加以想象性地同质化。在白人的投射性想象中,麦加成为肮脏、丑陋、罪恶、破败的人间地狱。布鲁克斯在《在麦加》诗前,援引了三段题铭。其中来自约翰·马丁的《芝加哥最奇怪的地方》代表了典型的白人对麦加的心理想象的投射:"肮脏的天井到处扔着报纸和易拉罐,牛奶纸盒和碎瓶子……","在第22条街之后,人们的脸都是黑人的脸。这是黑人区的南部。这里的街道更安静,太阳雾蒙蒙的、肮脏,苍白……"(374)在马丁的文本中,被隔离的黑人聚居区的太阳都是"肮脏"的、"苍白"的,显然白人对麦加的印象是一种心理印象,是一种想象中的建构。这种建构来自于白人观察者的种族歧视和人性的无知,他们从空间位置和心理位置来说都身在麦加之外。

---

① 苏榕:《重绘城市:论〈候行者:其伪书〉的族裔空间》,《欧美研究》1992 年第 2 期,第 346页。

② 同上书,第 351 页。

③ 同上。

④ Chris Jenks, "Watching Your Step: The History and Practice of the Flaneur," p. 145.

⑤ Ibid. , p. 157.

　　布鲁克斯要挑战的正是如马丁一样的白人作家对麦加的"都会空间种族化"策略，她的书写定位是"既在人群之内，也在人群之外"，而这正是都市漫游者的空间定位。如上文所述，该诗开篇独立的一行"Now the way of the Mecca was on this wise"中的"Now"和"was"表明了"当下"和"历史"的"显现"，而这一诗行中的其余部分则涉及的是空间性的位置问题，特别是关于讲述者的位置与她正要呈现的社会空间之间的相对关系的问题。"the way of the Mecca"可能暗示的是目的、方向、一个动作的过程，或者它更直接，更具体地描述了麦加的状态和位置。布鲁克斯刻意地让这一诗句出现在左页，远离诗文正文部分，事实上就是在利用这一形式前景化内容所关涉的位置问题：书写一个物质状态已经不存在，并与人们记忆中的形象相去甚远的世界，首先要关注的是这个书写的阅读对象。讲述者的位置既不在麦加之内，也不在麦加之外，这一点在前文已经阐释过了；而读者的位置则与讲述人的引领以及读者的参与度等因素均有极大关系。笔者认为，"Now the way of the Mecca was on this wise"中，"wise"的含义传达的就是这一信息：对该诗行的解读取决于读者的体验和判断，是一件仁者见仁，智者见智的事情；同样，对麦加之路到底在何方，也需要读者的参与与解读。这里麦加之路显然具有双重含义：按照字面意义，麦加公寓的建筑格局呈U形，空间狭小，楼道迂回曲折；其喻指性意义，则指向了与这座公寓有着直接联系的黑人的出路，前途迷茫，道路到底在何方。模糊语言的妙处在于唤起了读者在参与文字建构的同时，也积极地投入到这一与黑人命运直接相关的空间建构之中。同时，这种暗藏玄机的表述方式再次强化了诗人讲述人与麦加居民的距离感，仿佛"《旧约》的预言者"①，超越了困在这座破败的地狱中的人们。如果《在麦加》的讲述人对于她回忆的世界与一个内部人的智慧保持了距离，她对麦加回顾性的再现也赋予了读者相似的位置。拒绝主流媒体为把麦加作为城市衰落的典型和根源而在种族和伦理上对黑人妖魔化和同一化的声音，布鲁克斯使她的读者认识到他们在构建一个能够容纳关于麦加的多个不同声音的叙述中所具有的共谋的力量。

① Jane Hedley, *I Made You to Find Me: The Coming of Age of the Woman Poet and the Politics of Poetic Address*, p. 123.

《在麦加》中，诗人叙述者固执地拒绝着空间的定位，她驱使着不情愿的诗中人物和读者一起，在麦加的 U 字形楼道中游荡着，而麦加的空间也因此变成了"社会范式"①。"《在麦加》中的人物在随着诗歌的推进揭示一个巨大的悲剧发生时，是通过在麦加公寓的生活的地理联系起来的。"② 正如甄克斯所言：

> 漫游者在空间和人群中以一种使他能够取得有利视野的黏着性移动。……漫游者拥有一种力量，可以随自己的意志行走，自由自在，似乎漫无目的，但同时又具有探索的好奇心，以及能了解集体活动的无限能力。③

《在麦加》中的讲述人就具有这种"无限能力"。她不但自己以一种"有利视野的黏着性移动"，而且还半拖半拽地引领着读者跟她一起在麦加中移动，去见证一个触目惊心的"社会全景"④。这位讲述人时而隐身在麦加灰暗的楼道中，让塞利·史密斯，这位麦加的住民和即将失去女儿的黑人母亲，引领着读者爬向麦加那破败的楼宇空间；时而又迫不及待地撇下了塞利·史密斯，直接带着读者去见证小女孩派皮塔悲惨的死亡。这双游移的眼睛在麦加内外游荡，推开一扇扇紧闭的房门和心门，窥视到麦加居民埋藏心底的秘密。与破败的麦加公寓一样，麦加居民的心灵也是荒芜、扭曲的。预言者威廉斯深谙《圣经》，虔诚无比，却让自己的妻子枯槁得如"骷髅"，孤独地死去（378）。金嗓子玛丽憎恨任何"美丽而丰满的东西"，当她在报纸上读到中国儿童遭受磨难时，不但感到"有趣"，甚至有些幸灾乐祸（381—382）。玛瑞安"渴望犯罪"：她幻想着自己成为被杀害的对象，这样，"她的族群，/她的麦加"会最终"再也/看不见她"（401）。

随着讲述者的"漫游式"凝视，性情迥异、职业不同、宗教信仰不同的麦加人群像被清晰地勾画了出来。麦加的居民们和他们的自我彼此推搡着

---

① 　D. H. Melhem, "In the Mecca," p. 167.

② 　Elizabeth Alexander, *The Black Interior*, p. 49.

③ 　Chris Jenks, "Watching Your Step: The History and Practice of the Flaneur," p. 146.

④ 　D. H. Melhem, *Gwendolyn Brooks: Poetry and the Heroic Voice*, p. 158.

挤进了布鲁克斯密集而冗长的诗行之中。他们并非如官方报道中的千人一面，面目模糊的"大写"的黑人，而是具有了复杂的心理、爱恨交织的情愫和矛盾的行为动机的"小写"的黑人。值得注意的是，众多人物复杂的内心世界都是在他们对各自独立空间的幻想中体现出来的。每到晚上就把自己的头发"涂成太阳金"的海雅娜（Hyena）最渴望的地方是施展她女人魅力的"舞会"；虔诚的基督徒圣朱利·琼斯自然渴望一个祈祷草场；金嗓子玛丽把她的家比作遥远的梦幻之国——中国，塞利太太则嫉妒着她做女佣的白人女主人的生活和家庭：

> 塞利太太
> 想起来就又爱又恨一个粉色调的
> 玩具娃娃的形象。她的女主人的。
> 她的女主人的粉色的痉挛，玩具娃娃身着
> 又大又硬的粉衣舞蹈与塞利太太擦身而过。僵硬的粉色
> 在玩具娃娃的劣质奶黄色上
> 在闪烁的弯曲金色纱线下面。
> 闪烁的曲曲弯弯的金色多像
> 玩具娃娃头上的晨曦！还有丝带！
> 丝带。没有伍尔沃斯棉布喜剧
> 没有橡皮筋，没有带子……
> "那会是我的孩子是我的孩子……
> 我会是我的女主人我的女主人。"（385）

可见，麦加居民试图寻找一个"替代的空间"是没有错的，他们的误区在于他们要么沉溺于往昔，要么不切实际，要么内化了种族主义，成为白人标准的牺牲品。这种空间误区来源于麦加居民自我的迷失。这一点随着塞利·史密斯寻找女儿的进程变得越来越清晰。

　　诗歌的高潮出现在塞利·史密斯发现自己的女儿派皮塔失踪之后，在麦加公寓疯狂地呼喊和寻找。一个房间又一个房间，一个楼层又一个楼层，麦加的住民也被一个又一个问询。麦加的居民们对派皮塔失踪的消息的回应与

其说是关于派皮塔和她的失踪,倒不如说是他们自己对于恐惧的回应。正如盖尔·琼斯(Gayl Jones)所言,塞利·史密斯的问询"派皮塔在哪?"(Where is Pepita?)在麦加居民那里往往被转化成为"我在哪?"(Where am I?)。[①] 而邻居们几乎众口一词的回答"没看见她"(ain't seen her)事实上也是在回答他们自己身在何处的问题:他们不知道自己从何处来,身在何处,又会到何处去。无论是曾祖母对奴隶制的回忆,还是娄姆·诺顿对纳粹集中营的记忆都在唤起讲述者本人的恐惧,欲望和梦想。以曾祖母的回忆为例:

> 我没看见派皮塔。但是
> 我记得我们的草棚。地板是泥土。
> 有什么东西在地上爬行。那是留在我头脑中的
> 思想……
> 坡恩、我以及所有人,
> 我们都没有床。一些奴隶睡干草
> 或稻草,铺上单子。我们六个人一组蜷曲在一起
> 在墙角土堆上,闭上我们的眼睛,
> 沉沉睡去。(387)

这些不同的声音和记忆共同构建了一个"地理的政治学"。这个"地理"颇有福柯的"异托邦"的味道。所谓"异托邦"就是一种经由投射、想象、设计而存在的虚幻的空间。布鲁克斯在诗歌中构建就并非真实的麦加,事实上,麦加已经永远成为一堆记忆中的废墟,那些已经成为瓦砾的砖石再也无法筑起现实世界中的真实的麦加了。布鲁克斯在《在麦加》中构建的是一个由麦加的住民们在相互的审视,以及与外界和内在的交互参照中形成的心理和生理空间。诗人讲述人仿佛对这里的一切了如指掌却又如隔雾隔纱,一切既熟悉又幽眇,因此这个麦加是一个具有魔幻特质的麦加,是一个魔幻现实的麦加。

---

① Gayl Jones, "Community and Voice: Gwendolyn Brooks's 'In the Mecca'," p. 200.

三　游走在"他"与"她"之间

科罗拉多大学教授苏扎娜·朱哈兹（Suzanne Juhasz）在分析布鲁克斯诗歌时敏锐地发现布鲁克斯不是黑人女权主义者，因为尽管"女性一直是她的诗歌的主旨"，但是她把女性作为"主体"，而不是作为"自我"来描写。① 从以上的分析我们是可以清晰地感受到这一点的。遗憾的是，朱哈兹没有能够进一步揭示出布鲁克斯是如何保持了女性主体和女性自我之间的距离的。笔者认为，这一距离感的产生正是源自于诗人的都市"女"漫游者的视角和叙事策略。

都市漫游作为一种文学表述策略和都市空间的构建方式与美国城市诗歌的关系从惠特曼开始就已经稳固地确立了。惠特曼被认为是第一个美国都市漫游者，是一位"视城市为土地"的美国诗人。② 从惠特曼到艾略特再到以奥哈拉为代表的"纽约派诗人"，美国都市诗人所创造的都市形象已经悄然地定义了我们对某个时期的某个城市的集体文化记忆。然而，无论是本雅明或是波德莱尔所定义的都市漫游者还是英美诗人的都市漫游文学实践都以男性为当然的假想对象。在都市漫游的论述中，性别区分一直是一个敏感的话题。随着女权主义理论和实践的发展，都市漫游者的男性传统形象受到了挑战。苏珊·莫斯（Susan Buck-Morss）、安妮·弗莱伯格（Anne Friedberg）、安科·格莱伯（Anke Gleber）等人不约而同地质疑了男性都市漫游者一统天下的状态。"19 世纪观察者的系谱中已经有了对性别化主体（gendered subject）的抵制"，因此，一旦"确定了流浪汉的活动性"，"描绘其女性对应者——流浪女（Flauense）"就具有"必要性"了。③ 女权主义者和空间理论家从历史事实，都市漫游的定义与适用范畴等层面重新界定了女性都市漫游者的存在：19 世纪的女性有相当的活动力，如她们可以因投入社会福利

---

① Suzanne Juhasz, *Naked and Fiery Forms*: *Modern American Poetry by Women*: *A New Tradition*, pp. 150—151.

② Malcolm Andrews, "Walt Whitman and the American City," p. 179.

③ ［美］安妮·弗莱伯格：《移动和虚拟的现代性凝视：流浪汉/流浪女》，载罗岗、顾铮编《视觉文化读本》，广西师范大学出版社 2003 年版，第 329 页。

而在贫民窟行动自如;① 都市漫游不是肯定男性权威,而是显示其危机,质疑其界限;都市漫游者其实是雌雄同体的;② 都市漫游者不只是一个社会现象,也是一个现代艺术家观点的暗喻,体现的是一种都市美学等等。③

　　布鲁克斯《在麦加》的漫游中采用了女性的观察视角,构建出一个女性的多元空间。在诗中女性人物,塞利·史密斯、艾达、曾祖母、沃纳(Yvonne)、玛泽拉(Mazola)、伊迪(Edie),当然,还有那死去的派皮塔身上,布鲁克斯表明历史是如何铭刻在这些黑人女性的躯体之上。在诗歌的开篇,塞利·史密斯从外面返回自己在麦加的家中,而诗人讲述人的观察点也从麦加的外面逐渐移动进入这个破败的迷宫。这个从外而内的观察点带有典型的女性漫游者的特点。都市的建筑从狭义和广义的层面来讲,都是男性中心的建构,并象征着父系社会的权威。因此,女性的观察点应该首先在街上,在建筑物之外,因为女性在外面比任何人都更能够投射批判的眼光。《在麦加》以塞利·史密斯攀爬楼梯,一步一步返回家中的场景作为开篇,毫无疑问试图建构的首先是一个女性空间:

> S. Smith 是塞利女士。塞利女士
> 匆匆走向麦加的家,匆忙走向美妙的休息;
> 攀上破旧但很有气势的楼梯。
> 眼睛没洗,嘴很古怪
> 带着主人的宴会的最后一点酸味。
> 她打算
> 不在意艰辛,
> 松开拳头的沉重的愚蠢。(377)

　　在雇主家操劳一天的塞利身心俱疲地返回家中。从她进入麦加公寓开始,一双"观察的眼睛"就静静地追随她一路拾阶而上。女性观察者对于

---

① Deborah Parsons, *Streetwalking the Metropolis*: *Women*, *the City and Modernity*, p. 5.

② Ibid. , p. 110.

③ Ibid. , p. 5.

麦加这个公共空间具有更深层的意义："公共空间并不简单地等同于定义流浪汉/艺术家的男性领域，而是一个被许多空隙所标志的性别空间的通道"，"这个模糊的空隙"由"阶级边界勾勒出轮廓"，也为"阶级间的性交易所定义"①。然而，对于黑人女性而言，情况似乎更为复杂。应该说，这个缝隙是由种族、性别和阶级三维向度勾勒出来的。

　　显然，在麦加这个空间中将要上演的就是黑人女性在此三个向度围困的空间中的苦苦挣扎，而观众就是布鲁克斯那双"观察的眼睛"。曾祖母的回忆是对种族歧视的历史的最好诠释，而海雅娜内化的种族主义则阐释了种族歧视对黑人女性精神的摧残。性暴力更是麦加女性的噩梦。派皮塔被强暴和谋杀的命运在麦加并不是个案。迪尔婶婶就详细地讲述了另一个女孩子被诱奸后谋杀的惨状：

> 上周小女孩被
> 强奸后掐死了。她的格子衣服
> 缠住她的脖子，红色的
> 不过原来是绿色的，领口
> 带珍珠和水晶珠，她的舌头
> 伸出来（稍微往右歪）；
> 她的一只眼睛，圆睁着，另一只
> 完全不见了。她的小鼻子缺了一部分
> （警官说，被咬掉的）。警官说
> 有人对那女孩做了令人发指的事。（391）

　　长诗中的中心人物塞利·史密斯的生活和命运可以说是这三个向度合力的结果。作为黑人母亲、黑人保姆、黑人女性，她承受的是种族、阶级、性别的三种压迫。正如她的名字的游戏所表现的那样，塞利·史密斯的名字在邮箱上是 S. Smith，这是一个更官方、更通俗、更符合白人文化的名字，因

---

① ［美］葛雷西达·波洛克：《现代性和女性气质的空间》，载罗岗、顾铮编《视觉文化读本》，广西师范大学出版社 2003 年版，第 354 页。

此从一开始,这个女人的个人命运就被放置在一个种族、阶级和性别共同构成的不平等的语境当中。然而尽管麦加公寓如此破败不堪,那里却是提供这个女人"美妙的休息"的避难所。塞利·史密斯对自己的社会地位以及自己的命运的态度是"不在意艰辛/松开拳头的沉重的愚蠢",顺从和倔强奇妙的混合体。居住在麦加的人们对麦加的感觉与马丁等局外人的感觉是截然不同的,破败的麦加对黑人来说是美妙的避风港和避难所,承载着他们挥之不去的家园情结。

然而,这个家园情结也将马上被无情地打破了。这不仅仅是因为麦加不可遏制的被夷为平地的命运,更重要的是,当麦加最终坍塌之时,从它的像监狱一样的门槛被拖出来的是被强暴并被谋杀的小女孩派皮塔的尸体。诗歌以在牙买加人爱德华的房间里发现派皮塔的尸体结束不能不令人深思。爱德华到底对派皮塔做了什么无从得知,但毫无疑问小女孩在被谋害之前还遭受到性侵犯和强暴。布鲁克斯让小女孩的尸体无声地告诉人们麦加也许是男性黑人的天堂,但决不是黑人女性的"安全之地"①。死后,派皮塔终于成功地逃离了麦加,不过这是一个带有悲剧色彩的逃离。还没有绽放的生命之花永远地凋零了,但她也永远不会再意识到黑人是不被热爱、不受欢迎的人。派皮塔将永远是那个不谙世事的天真小女孩,不会像她的妈妈一样屈辱地劳作,也不必像海雅娜那样,为自己的头发不是金色而忧伤。从某种角度说,派皮塔以死亡逃离麦加带有自我拯救的含义,也反映出布鲁克斯诗歌预言和天启的特点。

在布鲁克斯的女性漫游视野下,麦加成为自我中心的男性中心的象征,这里的女性漫游观所定义的是一种相对于男性中心的社会控制与欲求的观察角度和社会位置,而并非以生理性别区分。布鲁克斯在这里建构的是一个用逃离以自保的女性主体。对于黑人女性来说,麦加是一个"雕刻了种族主义、性别主义和贫困的复杂的网的生存空间",而布鲁克斯的《在麦加》则是一个在这张网上结出的文本空间。② 布鲁克斯的女性都市漫游视角赋予了"在麦加"一种多元而动态的文本力量,使得这首长诗成为"后现代城市黑

① 　Sheila Hassell Hughes, "A Prophet Overhear: A Juxtapositing Reading of Gwendolyn Brooks's 'In the Mecca'," p. 14.

② 　Katie Geneva Cannon, *Black Womanist Ethics*, p. 7.

人的精神和心理状态的" 史诗性作品,① 成为一首美国黑人美学运动催化剂调和下产生的 "后现代挽歌"②。

　　都市漫游叙事策略所产生的超然和冷静感使布鲁克斯在对黑人主题和黑人主体实现倾情书写的同时,又以一种 "批判的距离感" 完成了对黑人面临的问题的质疑,以及对黑人自身问题的批判。派皮塔之死不仅预示着这个黑人聚居区不可逆转的被夷为平地的命运,而且暗示了它已经变成了 "社会片段化,政治无能和精神沦丧" 的荒芜的人间地狱;③ 然而,派皮塔(Pepita)名字还有 "金色的种子" 之意,这就不难看出,布鲁克斯对黑人的未来充满希望,而拯救的希望就在于全体黑人明白自己有着共同的命运, "以他们的黑人性" 为基础团结起来成为一个整体。④ 这里布鲁克斯试图指出的是, "族群漠然" 应该被 "族群责任" 所代替,只有这样,派皮塔的死才能唤起族群重生的希望:

> 她那与世界对抗的小小的胃
> 蠕动了,像一只知更鸟!
> 小小的蠕动很奇特
> 断断续续的鸟鸣奇妙地越来越高亢。(403)

正如知更鸟象征着春天的来临,派皮塔的死也预示麦加居民的反思和觉醒。从这个意义上说,塞利·史密斯寻找女儿的过程则象征着 "族群对自我的寻找"⑤。从这一点上来说,布鲁克斯 "从内部进行激进的重构" 的理想倒真的

---

① Cheryl Clarke, "After Mecca": *Women Poets and the Black Arts Movement*, p. 27.

② Ibid., p. 30.

③ 很多学者注意到了布鲁克斯的 "麦加" 与艾略特的 "荒原" 之间的相似性。主要有 R. Baxter Miller, "Define the Whirlwind Gwendolyn Brooks's Epic Sign for a Generation," in *On Gwendolyn Brooks: Reliant Contemplation*, Stephen Caldwell Wright, ed., Ann Arbor Michigan: University of Michigan Press, 1996; Tracey L. Walters, *African American Literature and Classicist Tradition: Black Women Writers from Wheatley to Morrison*, New York: PLAGRAVE MACMILLAN, 2007; Jane Hedley, *I Made You to Find Me: The Coming of Age of the Woman Poet and the Politics of Poetic Address*, Columbus: The Ohio State University Press, 2009 等。

④ Jane Hedley, *I Made You to Find Me: The Coming of Age of the Woman Poet and the Politics of Poetic Address*, p. 125.

⑤ Tracey L. Walters, *African American Literature and Classicist Tradition: Black Women Writers from Wheatley to Morrison*, p. 93.

实现了，只不过代价不小。[①]

四　小结

《在麦加》既有现代都市中的黑人贫民窟的琐碎生活，也有关乎黑人生死存亡的重大事件；既有宏大的历史全景，也有微观的生活细节，更有深层的内心独白；既有理性的思索，也有激荡的抒情；既有对黑人族群命运的反思，也有对黑人女性的关注。可以说，《在麦加》如同一部黑人城市生活的万象图，随着生活在麦加的黑人住户的一扇又一扇门的推开，黑人城市生活的全貌得以呈现，同时多元文化社会状态下的美国城市的文化内涵也被重新定位了。同时，该诗也是布鲁克斯对黑人诗歌所应该承担的政治和审美责任的一次全面思考。这首长诗中反复出现的"黑人诗人的身影表明布鲁克斯正与针对诗歌对更大的族群斗争是否有用的质疑争辩不休"[②]。

---

① Sheila Hassell Hughes, "A Prophet Overhear: A Juxtapositing Reading of Gwendolyn Brooks's 'In the Mecca'," p. 14.

② Elizabeth Alexander, *The Black Interior*, p. 47.

第三十章

玛亚·安吉罗诗歌文化
身份意识

在当代美国非裔女诗人中，玛亚·安吉罗（Maya Angelou，1928—2014）可谓独树一帜，她丰富的经历、横溢的才华以及魅力四射的性情几乎无人可比。从 1969 年出版第一部影响深远的作品《我知道笼中的鸟儿为何歌唱》（*I Know Why the Caged Bird Sings*）开始到 2013 年最新力作《妈妈 & 我 & 妈妈》（*Mom& Me & Mom*），她一直保持着旺盛的创作力，先后出版各种作品几十种。在她传奇般的一生中，她尝试过各种各样的领域，并且均成绩斐然。她是一位杰出的传记作家、天生的好演员、有灵感的作曲家、颇具能力的电影导演、有影响力的民权运动活动家等等，不一而足。当然，应该说，她首先是一位诗人，一位天才的诗人。她的诗歌拥有广泛的读者，而他们都能从自己的角度从玛亚·安吉罗的诗歌中有所收获。美国评论家乔纳·布莱克斯顿（Joanne M. Braxton）在文集《现代美国女作家》中这样定义了玛亚·安吉罗诗歌的非凡影响："读者欣赏她诗歌的韵律、抒情的意象和现实主义。读安吉罗作品的人既有评论家也有普通读者，在他们的眼中，她超越了残酷的种族主义，性暴力和贫困，成为美国当代最著名的作家之一，从而具有了一种神圣的光环。"① 可见，在很多美国人的心中，玛亚·安吉罗已经超越了一名作家，一名诗人本身的意义和价值而成为一种成功的象征和一种文化符号。从 1971 年至今，她先

---

① Joanne M. Braxton, "Maya Angelou," p. 7.

后出版了诗集九部。^① 然而可能是玛亚·安吉罗在其他领域的光环太耀目了，一直以来，她的诗歌并没有得到应有的重视，特别是没有得到学院派评论家的垂青。对于玛亚·安吉罗诗歌的严肃而系统的评论与诗人丰产的诗歌作品不成正比。目前，国外外国文学研究领域已经取得的关于玛亚·安吉罗及她的作品的研究成果主要有哈罗德·布鲁姆（Harold Bloom）主编的《玛亚·安吉罗》（*Maya Angelou*）、乔纳·布莱克斯顿（Joanne M. Braxton）的《我知道笼中的鸟儿为何歌唱》（*I Know Why the Caged Bird Sings：A Casebook*）、玛格瑞特·考特内—克拉克（Margaret Courtney-Clarke）的《玛亚·安吉罗：诗性的生活》（*Maya Angelou：The Poetry of Living*）、莱曼·黑根（Lyman B. Hagen）的《女人的心，作家的头脑，诗人的灵魂：玛亚·安吉罗作品评析》（*Heart of a Woman，Mind of a Writer，and Soul of a poet：A Critical Analysis of the Writings of Maya Angelou*）等。这其中有一些是关于诗人的个人生活的，比如《玛亚·安吉罗：诗性的生活》，还有一些是关于作品解读的，但主要集中在诗人的六部反响极大的自传，而诗歌研究的成果却凤毛麟角。不过，从 2010 年之后，此种状态似有较大改观。2011 年杰奎琳·瑟斯比（Jacqueline S. Thursby）编辑出版了《玛亚·安吉罗导读》（*Critical Companion to Maya Angelou：A Literary Reference to Her Life and Work*），不但对安吉罗的生平和创作进行了全面梳理，而且对诗歌作品也进行了比较全面的介绍。^② 2012 年一部颇具创新性的研究成果问世：《如何书写玛亚·安吉罗》（*How to Write About Maya Angelou*）。这部研究成果以启迪学生如何写作文学评论为目的，融教材与文论为一体，对安吉罗的作品从主题、风格、语言、文化元素等方面进行了

---

① 它们分别是 1971 年出版的《在我死去前给我一杯冰凉的水》（*Just Give Me a Cool Drink of Water 'fore I Diiie*）、1975 年的《啊，祈祷我的翅膀与我天衣无缝》（*Oh Pray My Wings Are Gonna Fit Me Well*）、1983 年的《摇摆者，你为什么不歌唱？》（*Shaker，Why Don't You Sing？*）、1987 年的《现在西巴在歌唱》（*Now Sheba Sings the Song*）、1990 年的《我不会被打动》（*I Shall Not Be Moved*）、1993 年的散文诗集《现在不要为我的旅程准备什么》（*Wouldn't Take Nothing for My Journey Now*）、1994 年的《玛亚·安吉罗诗歌全集》（*The Complete Collected Poems of Maya Angelou*）、1995 年的《一条勇敢而令人震惊的真理》（*A Brave and Startling Truth*）和《奇异的女人》（*Phenomenal Woman*）以及 2006 年的《庆典：和平和祈祷仪式》（*Celebrations：Rituals of Peace and Prayer*）。

② See Jacqueline S. Thursby，*Critical Companion to Maya Angelou：A Literary Reference to Her Life and Work*，pp. 167—257.

深入浅出的介绍，其中特别分析了她的诗歌作品。① 在国内，目前关于玛亚·安吉罗的研究还没有系统展开，仅有零星论文见诸杂志，这不能不说是美国诗歌研究的一大缺憾。

从第一位出版诗集的美国黑人女诗人菲莉斯·惠特莉开始，美国非裔女性诗人在诗歌创作领域取得了辉煌的成就并形成了黑人女性诗歌创作的伟大传统。她们以诗性书写关注着女性自我的成长、民族的命运乃至整个世界的兴衰。在当代美国诗坛，非裔女诗人更是拥有举足轻重的地位。乔万尼（Nikki Giovanni）、桑切斯（Sonia Sanchez）、艾丽斯·沃克（Alice Walker）、丽塔·达夫（Rita Dove）、伊丽莎白·亚历山大（Elizabeth Alexander）、娜塔莎·特雷塞韦（Natasha Trethewey）等一系列非裔女诗人的名字和她们风格各异的诗歌作品，为美国诗坛增添了一缕亮丽的色彩。而其中，玛亚·安吉罗无疑是最具特色的一道风景。她传奇的生活经历，独特的生活领悟和丰富的阅历从各个角度赋予了她的诗歌独特的魅力，并使得她的诗歌成为她生命的诗性表达。关于这一点，在《玛亚·安吉罗诗歌全集》的扉页，评论家路易斯·梅里韦瑟（Louise Meriwether）这样写道："玛亚·安吉罗是世界上最令人振奋的女性之一，她的诗歌就像她的影子——痛苦地披露着，真诚地愤怒着，并被作为女人的痛苦伤害着，玛亚的诗歌就是玛亚，一位永远的女性。"而著名黑人作家詹姆士·鲍德温（James Baldwin）的评价可能更直接明了："［从她的诗歌中］你会听到女皇的威严，调皮的街女的嬉笑；你会听到一位黑人妇女的生存代价，你会听到她的慷慨。黑人的、痛苦的、美丽的，她说出了我们的生存状态。"在这时而威严，时而戏谑，时而激昂，时而细腻的诗歌中，玛亚·安吉罗表达出了非裔黑人作家所特别珍视的"黑人是完整、复杂、并不弱小的人的意识"②，记录下了一位黑人女性在不同的历史环境下，在美国多元文化的话语体系中对黑人文化身份的思索和探求，这种多层次的文化身份意识成为玛亚·安吉罗诗歌的一个核心的因素。本章拟从种族意识、女性意识和自我意识三个层面来探究玛亚·安吉罗诗歌中完整的文化身份意识的构建，以及这种意识对于美国黑人女性成长的推动作用。

---

① See Carolyn Wedin, *How to Write About Maya Angelou*, pp. 172—189.
② Alice Walker, *In Search of Our Mothers' Garden: Womanist Prose*, p. 85.

一　安吉罗的种族意识

种族意识一直是美国黑人文学中一个独特的永恒主题，这一主题的嬗变清晰地记录下了美国黑人在不同的历史时期所采用的建构种族意识的不同策略。生活在 18 世纪后期美国的惠特莉，在自己才华横溢的诗歌中表达的是试图将自己的黑人种族意识悄然融入白人主流文化的梦想。在惠特莉的代表诗作《关于从非洲被带到美洲》（"On Being Brought from Africa to America"，1768）中，她是这样表达一个被"救赎"的黑人的感激和欣喜的："是仁慈把我从我的异教之地带来，/教会我愚昧的灵魂明白/这里有上帝，这里也有救世主。"[1] 尽管惠特莉意识深处孕育着强烈的颠覆的冲动，但是为了能够让白人读者接受自己的诗歌创作，她还是不得不借用极度谦恭的言辞表达一种"求同"心理，更确切地说，表达一种试图融入美国白人文化的基石——基督教文化的愿望。这种"求同"心理使惠特莉不得不有选择地回避黑人种族和黑人文化的特质。较之这位"北美黑人文学之母"[2]，美国当代女诗人的种族意识已经在一次又一次的黑人政治和文化运动的冲击下发生了根本的变化，从"求同"转向了"求异"，她们的诗歌写作日益凸显出黑人种族和文化的特质，并用诗性书写苦苦地追寻着非洲裔的"民族之根"，而玛亚·安吉罗无疑是其中的最强音。安吉罗的诗歌所触及的几乎都是典型的美国非裔黑人的生活经历、黑人的痛苦和困惑、黑人的挣扎和抗争，她用诗歌为我们描绘了一幅黑人生存的历史和心理画卷。正如莱恩·布鲁姆（Lynn Bloom）所指出的那样："大部分安吉罗的诗歌，几乎所有的抒情诗都是用强烈的，经常是爵士乐般的韵律表达的，主题涉及很多美国黑人的共同生活经历——歧视、剥削、靠福利为生。"她还说："其他诗歌涉及生活问题，尽管不是黑人特有的，也是从一个黑人的视角来探求的。"[3] 安吉罗的种族意识就是在这些富有黑人"异质性"的表达中一次又一次地得到加深

---

[1]　Phillis Wheatley, *The Poems of Phillis Wheatley*, p. 53.

[2]　William H. Robinson, *Phillis Wheatley and Her Writings*, p. 69.

[3]　Lynn Z. Bloom, "Maya Angelou," p. 10.

和完善。在她的《黑人家庭誓言》（"The Black Family Pledge"）中，安吉罗表达了种族传承对于美国非裔黑人生存的意义：

> 因为我们已经忘却了我们的祖先我们的孩子失去了对我们的尊敬。
>
> 因为我们迷失了我们祖先开辟的路，跪在危险的荆棘中，我们的孩子找不到他们的路。
>
> 因为我们抛弃了我们祖先的神，我们的孩子不能祈祷。
>
> 因为我们祖先古老的哀鸣已经消失在我们的耳畔，我们的孩子听不到我们的哭喊。
>
> 因为我们已经放弃了父爱和母亲的智慧，我们困惑的孩子生下了他们既不想要也不了解的孩子。
>
> 因为我们已经忘却如何去爱，敌对找上门来，把我们抓到世界的镜子前面，大声喊着，想想无爱。[①]

在安吉罗的诗歌中，"祖先"、"先人"之类的字眼出现的频率很高，这表明她对非裔种族渊源的痴迷和对民族之根的探求，因为安吉罗清楚地认识到只有在真正的意义上追寻和发现健康完整的民族之根，才能在文化和心理层面上构建一个完整的自我。事实上，美国非裔女作家在这一问题上的认同是高度一致的，并因此形成了一个鲜明的美国非裔黑人女作家写作的文学传统。比安吉罗稍晚开始创作但同样声望如日中天的黑人女作家艾丽斯·沃克对非裔民族之根的理性表达颇具代表性：

> 承认我们的祖先意味着我们清楚我们不是自己创造了自己；我们清楚这条线一路往回延伸，可能一直追寻到上帝，或是上帝们。我们记住他们，因为忘记是一件很容易的事情；我们清楚我们不是最早受苦、反抗、战斗、爱和死亡的人们。尽管有痛苦、忧伤、我们拥有生活的崇高

[①]　文中所引玛亚·安吉罗诗歌大部分出自 Maya Angelou, *The Complete Collected Poems of Maya Angelou*, New York: Ransom House, 1994。以下出自该诗集的诗歌引文只标注页码。"黑人家庭宣言"（The Black Family Pledge）和"被天使爱抚"（Touch by an Angel）两首诗出自（http://www.math.buffalo.edu/~sww/angelou/poems-ma.html）。

方式一直是我们曾经经历的尺度。①

　　然而，与沃克相比，安吉罗的种族意识更加强烈，也多了些许黑暗的颜色。她清醒地意识到"夜一直漫长，／伤口一直很深，／陷阱一直黑暗，／墙一直陡峭"（8）。在她那首渗透着美国非裔黑人血泪的诗歌《我们的祖母们》（"Our Grandmothers"）中，安吉罗用她的诗性书写再现了黑人奴隶的命运和抗争：

> 她躺下，皮肤浸在潮湿的泥土，
> 甘蔗林枝叶
> 发出瑟瑟的响声，
> 响亮的犬吠声和
> 追踪的搜索折断附近的枝条。
> 她喃喃自语，抬起头向着自由点头
> 我不要，我不要被卖掉。
> 她把孩子们召集在一起，
> 他们的眼泪像油珠从黑脸上滑落，
> 他们年轻的眼睛探究着疯狂的早晨。
> 妈妈，主人是不是要把你卖掉
> 明天与我们分离？（253）

　　这富有画面感的诗行仿佛把人们带到了 19 世纪的美国南方种植园，于是，历史的记忆在诗歌中复活，我们目睹了一场种植园主贩卖奴隶的罪恶场景。随着祖母打开的记忆的闸门，黑人遭受的屈辱如历史的点点印记——清晰地映入眼帘：

> 她听到了那些名字，
> 在历史的风尘中飘飞的丝带：

---

① Alice Walker, *Revolutionary Petunias and Other Poems*, p. vi.

黑鬼、黑鬼母狗、牛犊，

黑人老妈子、财产、动物、猩猩、狒狒，

荡妇、大肥臀、东西、它。

她说，但我的描述无法

适应你的语言，

因为我自己有某种在这个世界安身立命的方式，

我不要，我不要被卖掉。(254)

　　这些称谓曾经从奴隶主的口中脱口而出，成为一代又一代的黑人屈辱的代名词。作为奴隶的母亲无力反抗这一切，更无力保护她"光着脚丫"的孩子们，因为"没有天使伸展保护的翅膀/在她孩子的头上，/抖动、鼓动季风/到他们生活的混乱中"(255)。

　　安吉罗种族意识中这部分晦暗的颜色与她早年在种族歧视的阴影下的生活经历不无关系。玛亚·安吉罗种族意识的萌芽来自于她在阿肯色州的斯旦姆坡斯小镇与她的祖母共同度过的不同寻常的童年时光。正像莱恩·布鲁姆所指出的那样，"在阿肯色州的斯旦姆坡斯，安吉罗学会了在一个界限由白人设定的世界中，一个黑人女孩该何去何从"[1]。像许多生活在三四十年代美国南方的黑人女孩一样，玛亚·安吉罗的童年也挣扎在种族和性别带给她的梦魇中，同时也有错位的幻觉带给她的更加深重的痛楚。关于这一点，我们可以从玛亚·安吉罗的第一部自传《我知道笼中的鸟儿为何歌唱》中找到鲜活的例证。由于父母的离异，只有 3 岁的安吉罗与哥哥贝里被送到了斯旦姆坡斯，与祖母安尼·亨得森一起生活。祖母从此成为了安吉罗童年生活中一个中心人物，安吉罗称祖母为"妈妈"，而祖母在安吉罗的生命中扮演的角色却远不仅仅是妈妈。被父母拒之门外的安吉罗，在孤独中，在白人歧视的眼神中产生了强烈的自卑感，她开始对自己的相貌感到羞愧，她觉得自己和那些清纯可人的白人女孩相比，简直就像魔鬼，甚至比同龄的黑人女孩也自愧不如。极度的压抑使青春萌动的安吉罗产生了强烈的种族自我憎恨，

---

① Lynn Z. Bloom, "Maya Angelou," p. 4.

这种憎恨使她产生了错位的幻觉,从心理学的角度来看,这是一种本能的自我保护和自我拯救。她幻想自己原本是一个"地地道道的白人",有着"浅蓝色的眼睛"和"长长的金色头发"①。与托尼·莫里森《最蓝的眼睛》中的女主人公皮克拉一样,此时的安吉罗在潜意识中把她的自我意识与种族意识截然分开,而这正是她的身份危机的真正原因。这种身份危机在她的《笼中之鸟》("Caged Bird")中清晰反映出来:

> 但一只困在
> 狭窄的笼中的鸟
> 视线几乎
> 无法穿越笼子的围栏
> 他被剪断了双翼
> 他被缚住了双脚
> 因此他张开喉咙歌唱。(194)

考虑到这首诗歌与安吉罗自传名字的相似性,显然安吉罗有自比为笼中之鸟的用意。这只笼中的鸟只能"站在梦想的坟墓上/他的影子呼喊出一声梦魇般的嘶鸣"(195)。然而安吉罗连"嘶鸣"也发不出来了,她被母亲的男友强暴,而不久后者又被残忍地谋害,恐惧与自责席卷了安吉罗,她从此拒绝说话,成了一只困在笼中的沉默的鸟儿。幸运的是,安吉罗没有像皮克拉一样走向毁灭,这要感谢她生命中的两位拯救者,一位就是她的祖母,另一位是弗劳沃丝女士(Mrs. Flowers),前者教会了她"微妙对抗"的策略,而后者使她意识到诗歌表达的力量并喜欢上了诗歌:"在我的生命中第一次听到了诗歌。"② 在严酷的种族歧视的社会环境中,祖母顽强地保持着她作为人,作为黑人,作为女人的尊严和骄傲,这是一个"沉默忍受的体面的过程"③。祖母的"微妙抵抗"使安吉罗的种族意

---

① Maya Angelou, *I Know Why the Caged Bird Sings*, p. 4.
② Ibid. , p. 84.
③ Dolly A. McPherson, *Order Out of Chaos: The Autobiographical Works of Maya Angelou*, p. 33.

识渐渐萌动，逐渐清晰，并最终意识到她是"神奇、美丽的黑人民族自豪的一员"①。这种种族自豪感喷薄而出，形成了如海洋般广阔、豪迈的一首首诗歌。《我依然奋起》（"Still I Rise"）就是这样一首充满着黑人种族豪情的诗歌：

> 你可以把我写入历史
> 用你那挖苦，扭曲的谎言，
> 你可以用污泥践踏我
> 但依然，像尘土，我会奋起。
> ……
> 就像月亮和太阳。
> 日出日落，阴晴圆缺，
> 就像高高跃起的希望
> 我依然奋起。
> ……
> 我的骄傲冒犯了你吗？
> 难道你不是难以接受
> 因为我像发现了金矿一样朗声大笑/
> 正在我自家后院挖掘。
> 你可以用言语之箭射杀我
> 你可以用眼神切割我，
> 你可以用你的憎恨杀戮我，
> 但依然，像空气，我会奋起。（163）

这种种族自豪感成为安吉罗"摆脱恐惧、怯懦的黑夜"，"走进奇妙、清澈的黎明"的力量，她带着"祖先赋予的天分"，成为"梦想和如果的希望"（163）。

---

① Maya Angelou, *I Know Why the Caged Bird Sings*, p. 156.

二　安吉罗的女性意识

种族意识是安吉罗诗歌的灵魂所在，是诗人建构完整的文化身份意识的基石。如果把安吉罗的诗歌看作是一部交响乐，那么，种族意识就是其中深沉、厚重的低音区。作为一名非裔女性诗人，她诗歌中的另一个不容忽视的因素就是诗人乃至整个黑人女性群体性别意识的苏醒。诗人独特的黑人女性意识仿佛是安吉罗诗歌的翅膀，是安吉罗诗歌交响乐中细腻、柔情的高音区。

尽管安吉罗从来也没有像艾丽斯·沃克那样，为自己的女性意识冠以某个"主义"之名，但对于黑人女性的认识，安吉罗绝不逊色于任何一位非裔女性作家。在为《我梦想一个世界》撰写的序言中，安吉罗这样评价了黑人女性：为了忍受、超越、日复一日度过"折磨人的生活"①。她的《女人劳作》（"Woman Work"）一诗就用凝练的诗歌语言书写了非裔黑人女性的"折磨人的生活"："我有孩子要照料／衣服要缝制／地板要擦洗／食物要购买／接着鸡肉要烹炸／婴儿要擦干／……棉花要采摘。"（153）然而安吉罗并没有满足于对黑人女性生活的简单描写，而是从更深的层面上挖掘了把自己当作是"上帝的孩子"的黑人妇女内心的坚强和个性的豪迈：

> 照耀着我，阳光
> 淋湿着我，雨水
> 轻柔地滴落，露珠
> 又清凉了我的眉头。
>
> 风暴，把我从这吹走
> 用你最猛烈的风
> 让我从天空飘过
> 直到我又能休息。

---

① Maya Angelou, "Preface," *I Dream a World: Portraits of Black Women Who Changed America*, p. 10.

　　轻轻落下，雪片
　　用雪白覆盖我
　　冰冷的冰花亲吻我
　　让我今夜休息。

　　太阳，雨水，苍穹
　　山脉，海洋，树叶和石头
　　星星闪烁，月亮辉映
　　你们是所有我能叫做我的拥有。（153—154）

　　黑人妇女从精神上超越了"折磨人的生活"，让自己与日月同在，与雨雪共舞，正是这种豪迈使"她们作为自己生存了下来，她们在自己的内心深处找到了安全和神圣"①。而对于如何"生存"，安吉罗更是看法独特："毫发无损、快乐地生存下来的女人一定是既温柔又强悍的女人。"② 安吉罗从自己的祖母和母亲，③ 这两个个性截然不同，却都顽强而体面地生存下来的女人身上，以及千千万万个虽然经历悬殊，却都在坚强而豪迈地生存着的黑人女性身上，清醒地认识到在白人和男人这两种强势文化的包围下，黑人女性的生存需要策略。"温柔"是黑人女性生存的智慧，"强悍"则是她们生存的勇气，而"用智慧和勇气武装起来的女勇士将是最早庆祝胜利的［女人］"④。

　　性别意识的认同是自我意识形成过程中一个不可或缺的环节，而个人的性别角色是社会构建的产物。女性性别意识是在社会、家庭等多维空间中，在与男性的对立和碰撞中形成的，白人女性如此，黑人女性也不例外。在安吉罗女性意识的形成过程中，男性扮演了一个微妙而复杂的角色。从童年被

---

　　①　Jeffrey M. Elliot, *Conversation with Maya Angelou*, p. 65.

　　②　Ibid.

　　③　对于祖母和母亲，安吉罗有着全然不同的情感。在 2013 年新作《妈妈 & 我 & 妈妈》中，安吉罗这样表达了她对这两位尽管性情迥异，却同样对她的生活和思想产生了重要影响的女人的情感："我知道我之所以能成长为现在这样一个女人是因为我深爱的祖母，和我开始仰慕的母亲。"参见 Maya Angelou, "Prologue," *Mom & Me & Mom*, New York: Random House, 2013, p. 1。

　　④　Jeffrey M. Elliot, *Conversation with Maya Angelou*, p. 66.

诱奸，到 16 岁时安吉罗为了确认自己不是同性恋者，同时也想证明自己的女性魅力而与邻家男孩主动发生性关系，并因此怀孕，最后安吉罗在确信自己并不爱孩子的父亲之后，选择了做一名未婚母亲的经历。我们可以发现，在安吉罗的成长过程中男性角色的定位不断地发生着变化，从最初的诱奸者，到被诱惑者，再到被放弃者，男性的地位经历了从主动到被动的嬗变。这种变化从安吉罗的三首关于男性的诗歌中清晰地表现了出来。这三首诗以连续的形式出现在安吉罗的早期诗集《在我死去前给我一杯冰凉的水》（*Just Give Me a Cool Drink of Water 'fore I Diiie*）中，暗示的就是这种嬗变的连续性。与很多黑人女性一样，早年的安吉罗也没能走出试图用男性的视角界定自我的误区。在《他们回家了》（"They Went Home"）中，安吉罗就表达了与男性之间交往的困惑：

> 他们回家了，告诉他们的妻子，
> 　　在他们的生命中从来没有
> 　　见到过像我一样的女孩
> 但……他们回家了。

> 他们说我的房子一尘不染
> 　　我说的话总是言不由衷，
> 　　我有一种神秘的色彩，
> 但……他们回家了。

> 我的夸奖在所有男人的唇边，
> 　　他们喜欢我的微笑，我的智慧，我的臀，
> 　　他们与我共度了一夜，或是两夜或是三夜，
> 但……（7）

这首短诗是一个青春期的敏感的黑人女孩对于得到男性认同的渴望，是意识到男人在与她风花雪月之后却义无反顾地选择回家的无奈，以及她自艾自怜的酸楚心态，小诗写得单纯而坦白。随着阅历的丰富，安吉罗逐渐意识

到，作为黑人，作为女人，靠外界的认同，特别是依靠男性的认同确认自身的价值是多么困难，又是多么不可靠。于是作为女人她开始主动"试用"然后"抛弃"男人，此时安吉罗的诗歌中开始出现"女性中心"的意象，"子宫"、"阴蒂"等女性性标志的意象开始频频出现，"一名佐罗男人"（"A Zorro Man"）就是这样一首诗歌：

在这
在子宫一样的房间里
紫色的丝绸窗帘
映射着光线柔和
如你做爱之前
那双手

在这
在遮盖着的镜头中
我捕捉到一个
阴蒂的形象
你的普通的居住地
长长的，像一个
冬天的黎明破晓

在这
这面光洁的镜子
诱惑我不情愿地
进入了一段过去的时光
当我爱着
你穿着靴子，勇敢地
为我颤抖。(9)

诗中的"我"，俨然一个女权主义者，盛气凌人地把玩着为她"颤抖"的男人,操纵着爱。然而,如果把安吉罗仅仅当作一位女权主义者,未免要流于肤浅,确切地说,安吉罗最终超越了激进的女权主义,在她的视野中多了一份对包括男人在内的整个人类的关怀,这使得她的诗歌多了一份从容和宽容。事实上,很多非裔黑人女作家都有与安吉罗类似的心路历程,即从控诉到反抗再到宽容。这种心理和精神上的升华对于非裔黑人女性健康的自我身份意识的构建是十分重要的。艾丽斯·沃克在自己的诗歌当中也有类似的表达,在她的名诗《晚安,威利·李,早晨见!》中,她真实地再现了一对曾经有裂痕的黑人夫妇间独特的和解:"俯视着我的父亲/惨白的脸/作最后的告别。我母亲不含/眼泪,不带笑容。不怀悲哀/却彬彬有礼地说/'晚安,威利·李,/早晨见。'/那时我才明白/我们一切创伤的治愈/全靠宽恕/它可以许诺/让我们/最终/归来。"①沃克的这首诗采用的是女儿的视角,口气冷静,而安吉罗在她的《致一名男人》("To a Man")中,则直抒胸臆,语气亲切诙谐:

> 我的男人是
> 金黑色的琥珀
> 正在改变。
> 几口温热的白兰地合口
> 小心的阳光撒在方格地毯上
> 边咳边笑,在法国雪茄的烟圈中回荡。(10)

寥寥数语,在富有韵律的诗行中浮现出了一个心满意足的居家男人的形象。接下来的描述更是幽默诙谐:

> 我说过"温柔"吗?
> 是温和
> 一只大猫在坚固的灌木中潜行
> 我提过"琥珀"吗?

---

① Alice Walker, *Her Blue Body Everything We Know: Earthling Poems 1965—1990*, p. 307.

没有热度的火正燃尽自己。(10)

"琥珀"之喻坦言了安吉罗对男性的珍视,对男性价值的重新认识和对两性关系的重新思考,这种宽容和理解对于有着噩梦般童年经历的安吉罗不能说不是一种灵魂深处的升华。

黑人女性性别意识的形成还有另一个不容忽视的源泉,那就是她们十分珍视的"姐妹情谊"。"姐妹情谊"是第二次女权运动早期提出的一个口号,是为女权运动的政治策略和理论建设服务的。可能当时没有人会预料到,这一理念会首先在非裔黑人女作家的作品中得到充分而完美的体现。托尼·莫里森、艾丽斯·沃克等具有代表性的黑人女作家都曾经深情地讲述过"姐妹情谊"的故事。前者的《秀拉》,后者的《紫颜色》都是这一主题的经典之作。然而对于这一主题,恐怕没有人比玛亚·安吉罗表达得更充分、更直接了。她在多次访谈中,不厌其烦地对"姐妹情谊"进行过阐释。2000年,在与《精髓》杂志的一次访谈中,她对女性读者提出了这样的建议:

> 应该交两性的朋友。但是应该特别关注你的女性朋友。某一天你的恋人也许会消失,那么在你身边安慰你,告诉你该何时出手还击的只有你的女性朋友。我提醒女人,为了今后在你的生命中有个人爱你,足够在乎你到会跟你说,"姐妹,我来告诉你,现在你可能对此很生气,但你真的得弄弄你的头发了",[为了有这样一个人]真的要做点什么,好好发展姐妹情谊。①

安吉罗对于姐妹情谊的理解有着典型的非裔黑人女性的特点,她把黑人妇女之间的情谊与非裔的民族性融合了起来:"它在非洲形成,在奴隶制中加固。"② 从这个角度来看,黑人女性之间的"姐妹情谊"其实是非裔的"黑人性"的一个方面,是黑人民族之根的一个体现。这种情谊对于非裔女性的生存和成长起着十分重要的作用,对此安吉罗这样写道:"什么时候我

---

① Maya Angelou, "If I Knew Then," p. 172.

② Ibid.

会停下，看到战争正对着我发动?/我们看到我们的男人在监狱，在吸毒。/战争正对着我们发动。/最后的一击将是当我们女人彼此分离之际。"(186)

安吉罗的女性意识在与男性的对立和碰撞中痛苦地、复杂地形成，在与女性的姐妹情谊中快乐地、温馨地成熟。与安吉罗的种族意识一样，她的女性意识成熟的标志就是她的女性自豪感。她开始为自己作为一个女人，作为一个充满魅力的女人而歌唱。对于非裔黑人女性而言，在种族歧视与性别歧视的双重压迫和禁锢下，女性自豪感的形成更凸显其意义的重大。对此，评论家艾丽斯·范尼尼(Alice Fannin)有过精彩的论述:"对于每位〔黑人〕妇女，那么，心智的生存……与其说取决于更大程度上的自我意识和独立……不如说取决于把自我作为本身就是'神奇而又可怕的'造就的造物主的神奇的一部分。"① 安吉罗在她的诗歌代表作《奇异的女人》("Phenomenal Woman")中，为我们表现了一位心智得到彻底解放的黑人女性的骄傲以及由此而产生了独特的女性魅力:"漂亮的女人们好奇我的秘密何在，/我并非聪慧过人也不是天生的模特坯子/但当我告诉她们时，/她们认为我在说谎/我说，/我的秘密在我的举手投足之间/在我臀部的扭动，在我脚步的迈动，/在我唇的曲线/我是女人/奇异的/奇异的女人/就是我。我走进一间房间/像你们满意的那样冷静/走向一个男人男人们站起或是/双膝跪倒/接着他们簇拥在我身边/像一巢蜜蜂。/我说，/秘密是我眼中的火焰，/是我牙齿的闪光，/是我胸部的颤动，/是我双脚的欢快/我是女人/奇异的/奇异的女人呢/就是我。……现在你们明白了/为什么我的头从不低垂/我从不大喊大叫，从不暴跳如雷/也没有必要大喊大叫。/当你看到我经过/定会使你骄傲。/我说，/秘密在我鞋跟的哒哒声，/在我头发的卷曲中，/在我手的掌心里，/在对我关心的需要中。/因为我是女人/奇异的/奇异的女人/就是我。"(130—132)

三　安吉罗的自我意识

种族自豪感和女性自豪感犹如两根坚固的柱石支撑起玛亚·安吉罗健

---

① Alice Fannin, "A Sense of Wonder: The Pattern for Psychic Survival in *Their Eyes Were Watching God* and *The Color Purple*," p. 46.

康、完整的自我意识。自我意识是人类意识的最本质的特征、是一个人大彻大悟在心理上的分界线，是每个人的人格的核心。与美国主流社会人群相比，非裔美国黑人的自我意识要复杂得多，并带有厚重的历史文化感。杜波依斯曾用"双重意识"这一概念来定义美国非裔的自我意识，认为美国黑人在文化身份上表现为既是黑人又是美国人这两种相互冲突的特征。"美国黑人的历史是这样一部抗争的历史——渴望获得有自我意识的人的地位，渴望把其双重自我融入更好更真的自我……他只是希望一个人的身份既是黑人又是美国人成为可能，而不会被他的同胞咒骂或是唾弃……"① 然而作为黑人女性，自我意识的构建绝不只是杜波依斯所谓的"双重意识"。关于这一点，黑人女权主义者认识得要深刻得多。当论及建立黑人女性的"自我主体"时，美国黑人女学者、黑人女权主义者贝尔·胡克斯（bell hooks）表达了这样的观点：仅仅对立是不够的，重要的是建构一种激进的黑人女性主体性。但不能把这种自我主体的建构消极地理解为要压倒、对抗白人的优越论，它应该是主动的而不仅仅是反作用的，它要以正面的、创造性的方式进行反抗，她提醒黑人作家不要忽视了身份政治，必须在尊重差异而不是与白人对抗的基础上建构各种身份概念。② 在某种意义上，安吉罗的诗歌正是对贝尔·胡克斯的黑人女性的"自我主体"观的诗性诠释。

从以上对安吉罗"种族意识"和"女性意识"的论述中，我们可以清楚地看到女诗人经历的从"自我憎恨"到"微妙抵抗"再到"宽容关怀"的心路历程，这正是一个"自我主体"回归的过程。黑人民权运动和女权主义运动等风起云涌的社会政治变革带给人们不同的命运、塑造了人们不同的心态，那么带给安吉罗的是：和平进程的一个结果就是"我们知道了我们既不是魔鬼也不是圣灵"③。这种体验和观点与艾里森在《看不见的人》中表达的如出一辙：

　　我一直在寻找着自我，曾经有过许多只有我自己才能够回答的问

---

① W. E. B. Du Bois, "The Soul of Black Folk," p. 5.
② 参见 [英] 巴特·穆尔—吉尔伯特《后殖民批评》，北京大学出版社 2001 年版，第 309—310 页。
③ Maya Angelou, "If I Knew Then," p. 172.

题。我不去问自己，却总是问别人。只在经过漫长的时间，体验过种种期望遭到毁灭的痛苦之后，我才获得别人与生俱来的认识：我就是我自己。①

"我就是我自己"以及"既不是魔鬼也不是圣灵"这看似简单的自我意识对于被历史和社会异化了的非裔美国黑人来说是精神和心灵的一次质的飞跃，是黑人作为本质的自我的回归。不过，尽管基于共同的自我意识，安吉罗与艾里森在自我寻求的旅途中却采用了不同的策略。在《看不见的人》"引言"中，艾里森借叙述者之口说过："要知道，人们看不见我，那只是因为他们拒绝看见我。"安吉罗在她的诗歌中也有过相似的表达"你宣称你模模糊糊地看见我／透过一面不会发光的镜子"（120）。然而与成为一个"没有形体的声音"的《看不见的人》的叙述者不同，安吉罗采取的是贝尔·胡克斯所倡导的正面的、积极的抵抗方式："我勇敢地站在你面前，／队伍整齐创造历史。／你确实承认朦朦胧胧地听到我／像远处的窃窃私语，／但是我的鼓敲击着信息／节奏也从未改变。／平等，我就会自由。／平等，我就会自由。"（120—121）由于自我追寻的策略不同，艾里森让他的主人公从社会中自我放逐，遁入"黑洞"，"生活在无边无际的孤独之中"；而安吉罗却另辟蹊径，用她的宽容和豪迈，用爱架起了一座民族和性别之间融合的桥梁，因为她清楚地意识到："爱解救我们重返生活"，"人类神圣的责任就是爱"②。

"爱"是美国非裔黑人女作家珍爱的一个永恒主题，是美国黑人女诗人诗歌创作的传统之一，也是她们一种独特的对自我文化身份探求和认同的方式。对于该主题的表达最充分也最有特点的莫过于艾丽斯·沃克和玛亚·安吉罗了。1983 年，随着《寻找母亲的花园》的发表，沃克创造了一个新的名词"妇女主义者"（womanist），同时也向人们灌输了一种全新的女权主义理念。沃克的"妇女主义者"指的是"黑人女权主义者或有色人种的女权主义者……通常指肆无忌惮、胆大妄为、勇敢或执拗人性的行为"；是指

---

① Ralph Ellison, *Invisible Man*, p. 1.
② Maya Angelou, "If I Knew Then," p. 172.

"一个热爱其他女人，有性欲的或无性欲的要求"的女人；是指"热爱音乐，热爱舞蹈，热爱月亮，热爱精神，热爱爱情……，热爱斗争，热爱歌谣，热爱她自己"的女人。① 借用格瑞臣·泽根哈斯（Gretchen E. Ziegenhals）的话说就是"说出，声援或是抗争某一重要的东西，就是一位热爱她自己，热爱她的文化并顽强地生存的女人"②。而安吉罗用自己传奇的一生诠释的正是这样的女性精神和魅力。不仅如此，她还用自己的诗歌阐释了美国非裔女性对于爱的珍视以及她们对爱的独特理解。她的诗歌有不少以爱为题。比如，《有人说，一种爱》（"A Kind of Love，Some Say"）、《是爱》（"Is Love"）、《情书》（"Love Letter"）、《失去爱》（"Loss of Love"）等等。在她的诗歌中有男女之爱，如《当你来到我面前》（"When You Come to Me"）、《复苏》（"Recovery"）等；有母子之爱，如《儿子献给母亲》（"Son to Mother"）等，但更多的是一种博爱，是沃克的"妇女主义者"的爱，是对人性的理解和关怀。爱使安吉罗像"一片黑色的海洋，活泼，宽广，/在海潮中我涌动，壮大"（133）。安吉罗对于爱的理解是深刻的，是历史性的，正是这种深刻的洞察力使得她能够摒弃种族的偏见，以冷静、清醒的眼光审视本民族的弱点和本质。她清醒地认识到，长期的种族歧视对黑人的心理造成的负面影响要远远超过对他们身体的伤害。压制和压抑造成了美国非裔黑人的爱的荒芜，而心灵破碎、人性扭曲的人根本无从谈起给他人以爱。在《黑人家庭宣言》中，安吉罗一针见血地指出非裔黑人像荒漠一样缺乏爱的心灵："因为我们已经忘记如何去爱，敌人近在咫尺，/向我们举着世界的镜子高喊，'仔细看看心中无爱的人吧！'。"安吉罗更是把爱看作是天使送给黑人，乃至整个人类的珍贵礼物，她的诗《被天使爱抚》就是这样一首爱的诵歌：

> 我们，不习惯于勇敢
> 与欢乐无缘
> 蜷曲在孤独的壳中

---

① Alice Walker, *In Search of Our Mothers' Gardens*：*Womanist Prose*, p. xii.
② Gretchen E. Ziegenhals, "The World in Walker's Eyes," p. 1038.

直到爱离开它高高在上的神圣庙宇
来到我们眼前
解救我们重返生活。

爱来到了
同车而来的有狂喜
古老的欢愉的记忆
痛楚的远古历史
然而如果我们勇敢些
爱砸烂恐惧的锁链
从我们的灵魂中。

我们戒除了怯懦
在爱的光耀下
我们敢于勇敢
突然我们发现
爱让我们付出了所有
永远如此。
然而只有爱
让我们自由。

付出爱和获得爱都要付出代价,对于非裔美国黑人来说,情况更是如此。不少黑人作家都意识到了在美国复杂的种族关系中,以及由此而造成的美国人复杂的心理状态中,爱的复杂性。关于这种复杂性,托尼·莫里森的阐释颇具代表性:"什么样的人就释放出什么样的爱。……爱不是给被爱的人的礼物。释放爱的人独享着他去爱的天赋。他内心深处有一只眼睛。在强烈的目光下,被爱的人被剪碎了,被夺取了颜色,被冰封了起来。"① 可见,对于非裔黑人女作家来说,曾经的痛苦记忆告诉她们,爱绝非祥和、浪漫、与世

---

① Toni Morrison, *The Bluest Eye*, p. 159.

无争的伊甸园，而是与抗争相伴、与痛苦共生的经验与情感。基于此，爱恨交织的情感常常是弥漫于安吉罗诗歌中的一种难以言说的情绪。《给父辈们的歌》（"Song for the Old Ones"）就表达了对于父辈既爱又怜的复杂情感：

> 我的父亲们坐在长凳上
> 　　他们的肉体数着每一根木板
> 　　石板留下黑色的凹痕
> 深深地在他们萎缩的腰腹。
>
> ……
>
> 我的父亲们以一种声音说
> 　　把我的事实和声音撕成碎片
> 　　他们说"是我们的屈从
> 使世界运转。"
>
> ……
>
> 他们大笑着遮掩他们的哭喊
> 　　在他们的梦中蹒跚
> 　　走进换取一个国家
> 用嘶鸣谱写布鲁斯。（108）

父辈们的屈从使诗人感到了屈辱，但父辈们顽强的生命力和内心深处的愤懑和抗争又让诗人理解和尊重，这种复杂的情感让安吉罗表达得细腻而贴切。从中我们不难看出，安吉罗诗歌中表达的爱往往具有鲜明的种族色彩和特征，体现的是美国黑人的价值观和表达方式。

　　然而安吉罗最可贵之处还在于，她从更高的层面上解读了美国黑人精神上最宝贵的特征，那就是宽容和爱。正如沃克所言："我们一切创伤的治愈／全靠宽恕。"爱是靠宽容来维系的，这对于经历了奴隶制以及各种形式的种

族歧视的美国黑人来说，并不是一朝一夕就能够轻易认识和接受的，对他们
而言，这是一个"勇敢而令人震惊的真相"。承认这一真相需要极大的勇气
和宽广的胸怀，需要一个人文主义者的理念和一个沃克的"妇女主义"者
的价值取向。安吉罗站在历史的高度，敏锐地意识到建立在宽容之上的爱是
美国黑人构建完整而健康的自我身份意识的关键所在。在《勇敢而令人震惊
的真相》（"A Brave and Starting Truth"）一诗中，安吉罗这样写道：

> 我们，这群生活在狭小而孤独的星球上的人们
>
> 穿越因果的空间
>
> 经过冷漠的星球，穿越漠不关心的太阳的轨迹
>
> 到达一个目的地那里一切迹象告诉我们
>
> 我们可能而且迫切地需要发现
>
> 一个勇敢而令人震惊的真相。[1]

　　对于安吉罗来说，诗歌是一种愿意为正义的事业做点什么的英勇态度。
她的很多诗歌都是目的性很明确的应景之作，带有很强的政治色彩，这对美
国这样一种诗歌似乎永远处于"边缘"地位的国家来说真可谓是一个奇迹。
一般来讲，应景之作很难保证其艺术价值，也很难流传，往往如过眼云烟，
转瞬便会为人们忘却。而安吉罗的两首应景之作《百万人游行诗》（"Mil-
lion Man March Poem"）和《随着清晨的脉搏跳动》（"On the Pulse of Morn-
ing"）却成为了诗人的代表作，这又是一个奇迹。"随着清晨的脉搏跳动"
是应美国前总统比尔·克林顿之请，在他的总统就职典礼上朗诵的诗歌。安
吉罗十分珍视这个机会，这倒并不是因为总统之请，而是因为她意识到这是
一个黑人女性发出爱的呼喊的合适时机，正如她自己所说："让一位妇女，
一位黑人妇女创作一首体现时代精神的诗歌，是很合适的。它也许象征黑人
妇女处于最底层。找一位黑人妇女来讲这种被疏远和抛弃的情况，讲一讲治
愈所有美国人都受到的那些创伤的希望，是适宜的，黑人妇女终归知道这一

---

① Maya Angelou, *Celebrations: Rituals of Peace and Prayer*, n. p.

切。"① 在这首长诗中，安吉罗从远古恐龙的灭绝写到人类的新生，从亚洲人写到无家可归的流浪者，从殖民写到奴役，从锁链写到自由，诗歌在安吉罗的手中成为了她为"正义的事业做点什么的"武器，成为了她塑造自我的方式，也成为了她呼唤她所热爱的人类自救的传声器：

> 女人们，孩子们，男人们，
> 把梦想放在你们的手心里。
> 把梦想捏成你们内心最需要的
> 形状。把梦想塑成
> 你们最公开的自我形象。(272)

四 小结

玛亚·安吉罗是否是一位，或者能否成为一位伟大的诗人，还是一个有待商榷，并且也有待时日的问题。事实上，对于她的诗歌的负面评价一直不绝于耳。② 然而有一点是肯定的，那就是她的诗歌以其独特的"真诚和一种动人的尊严""教诲"和"愉悦"着无数的读者和她本人。③ 她创造性地遵循着非裔诗人的"口语化传统"，这使得她的诗歌富有节奏感和韵律的变化而适合大声朗诵甚至表演，因此公共场合的诗歌朗诵往往成为玛亚·安吉罗和她的追随者们的诗歌盛宴。玛亚·安吉罗不但在诗歌中实现了自我身份的构建而且把私人的、艰涩的诗歌变成了简单的、公共的话语，从而使自己成为一位成功的入世诗人。

---

① 转引自张子清《二十世纪美国诗歌史》，吉林教育出版社 1997 年版，第 914 页。

② See Lyman B. Hagen, *The Heart of Woman*, *Mind of a Writer and Soul of a Poet*, p. 122.

③ Ibid. , p. 135.

第三十一章

艾丽斯·沃克的族裔文化书写

从 1968 年至今，艾丽斯·沃克（1944—）发表了多部小说、诗集和多篇论文，成为当代美国文坛最具影响力的黑人女作家之一。近年来，尽管沃克一直深居简出，但是读者和评论界对她的关注和热度从未减弱。[①] 她最具影响力的作品当然要数 1982 年出版的小说《紫颜色》，这部作品为沃克赢得了美国文学界的两项重要奖项：普利策奖和国家图书奖。与沃克的小说所受到的关注相比，她诗歌的地位就显得暗弱了许多，可以说一直没有得到应有的重视。国内对沃克诗歌的研究几乎是一片空白，国外的情况也不乐观，沃克的诗歌研究基本上是作为其小说研究的补充，而该领域有见地的论文或专著也鲜有所闻。事实上，沃克的文学生涯恰恰是从诗歌创作开始的，而且诗歌创作贯穿了她的一生。从 1968 年到 2013 年，沃克在不同的人生体验中写下了大量诗篇，共出版诗集九部。[②] 大量的诗歌无疑构成了沃克文学创作的一个重要的组成部分，然而可能是

[①] 进入 21 世纪之后，美国出版了多部有分量的沃克研究专著和文集，其中比较有代表性的有 Maria Lauret, *Alice Walker*, Palgrave Macmillan, 2000; Evelyn C. White, *Alice Walker: A Life*, New York: W. W. Norton & Company, Inc, 2004; Gerri Bates, *Alice Walker: A Critical Companion*, Westport, Connecticut, London: Greenwood Press, 2005; Harold Bloom, ed. *Alice Walker*, Chelsea House Publications, 2007; Karla Simcikova, *To Live Fully Here and Now: The Healing Vision in the Works of Alice Walker*, Lexington Books, 2007; Nagueyalti Warren, ed. *Critical Insights: Alice Walker*, Salem Press Inc, 2013 等。

[②] 它们分别是 1968 年出版的第一部诗集《曾经》（*Once*）；1973 年出版的《革命的牵牛花和其他》（*Revolutionary Petunias & Other Poems*）；1984 年出版的《马儿使风景更美丽》（*Horses Make a Landscape Look More Beautiful*）和《晚安，威利·李，早晨见》（*Good Night, Willie Lee, I'll See You in the Morning*）；1990 年出版的《她蓝色的躯体我们知道一切》（*Her Blue Body Everything We Know*）、2003 年出版的《永远信赖你，良善的大地》（*Absolute Trust in the Goodness of the Earth*）、2007 年出版的《一首诗歌穿过我的手臂》（*A Poem Traveled Down My Arms: Poems and Drawing*）、2010 年出版的《艰难时世需要狂野舞蹈》（*Hard Times Require Furious Dancing: New Poems*）以及 2013 年新出版的《世界为之欢愉》（*The World Will Follow Joy: Turning Madness Into Flowers*）。

由于她的小说过于先声夺人了，聚焦了评论家、研究者和读者的视线，从而使得沃克的诗歌在很长一段时间里默默地绽放，却鲜有知音和回应者。对此，沃克本人好像并不在意，因为诗歌创作对她的意义并不在于其影响，甚至不在于诗歌本身。具体说来，诗歌之于沃克的意义在于以下两点：其一，诗歌是沃克的生命之歌；其二，诗歌也是沃克的艺术之歌。

首先，诗歌是沃克的生命体验最直接的表达，是她人生经历和感悟的凝聚。1968 年，沃克发表了诗集《曾经》，其中大部分诗歌是她在塞拉·劳伦斯学院读书时写下的。这些诗歌的创作源于她的意外怀孕、堕胎并在绝望中企图自杀的痛苦经历。在堕胎后的一周时间里，沃克写出了《曾经》中几乎所有的诗歌，这也形成了日后沃克诗歌创作的一个习惯，"……我一组一组地写，而不是一首一首地写诗"①，仿佛只有这样才能一吐为快。对沃克来说，诗歌创作是一种倾诉的方式，也是一种生存的方式，就像评论家多纳·黑斯逊·温塞尔（Donna Haisty Winchell）所认为的那样："沃克的确已经把她的作品看作是祈祷。就像她创作《曾经》时的情形一样，她也认为诗歌挽救了生命。"② 对于自己文学创作的不同情形，沃克在她著名的文论《寻找母亲的花园》中有过有趣的描述："当我高兴时（或既不高兴又不忧伤时），我写论文、短篇小说和长篇小说。诗歌——即使是愉快的诗歌——也是忧伤堆积的产物。"③ 因此，对于沃克来说，诗歌创作有着其他的文学形式所无法替代的作用和意义，与文论和小说相比，诗歌更贴近这位特立独行、经历复杂的女诗人的生活，更直接地源于她的心灵和情感。

其次，诗歌也是沃克的艺术之歌。之所以这样说，原因在于沃克常常以诗歌作为小说创作的前奏曲，用宾夕法尼亚大学教授、著名非裔文学和南方文学研究专家赛迪欧斯·戴维斯（Thadious M. Davis）的话说就是："诗歌作为小说的序言。"④沃克这些从生命中流淌出来的诗歌常常成为她的小说作品的灵感之源。

沃克开始诗歌创作的时代，正是美国后现代诗歌风起云涌的时期，各种

① Alice Walker, *In Search of Our Mother's Gardens: Womanist Prose*, p. 249.
② Donna Haisty Winchell, *Alice Walker*, p. 115.
③ Alice Walker, *In Search of Our Mother's Gardens: Womanist Prose*, pp. 249—250.
④ Thadious Davis, "Poetry as Preface to Fiction," p. 275.

诗歌语言和创作技巧的实验和创新令人眼花缭乱,而沃克却仿佛没有受到某些花哨的诗歌实验技巧的影响,保持着自己的特色。诗集《革命的牵牛花和其他》出版时,封底曾引用了《芝加哥每日新闻》著名评论员德威特·比尔(Dewitt Beall)对沃克诗歌的评论:"艾丽斯·沃克没有盲目追随现代诗歌中任何人的道路;也没有遵从黑人运动中任何人的宗旨。她的诗歌睿智、直白、诙谐、辛辣。"这一评论道出了沃克的诗歌随意、平实的特点,也道出了她的诗歌一直不温不火的原因。然而细读她的诗歌,却时时可以感觉到在平实的表象下,涌动着的滚滚炽热的熔岩,并不时喷射出点点的火花。这一特点其实和她的小说是非常一致的,就像《紫颜色》中西丽那一封封文字稚拙的信一样,朴实、幼稚的讲述揭示的却是可怖的,令人心悸的画面,包含的是黑人女性深沉的痛楚、忧伤和抗争。沃克的诗歌一直试图把现实的生活、动人的场景、感人的意象与诗人本人的评论、结论,甚至是某种程度的伦理指导结合在一起。因此,尽管后现代主义者总是狡猾地拒绝主题、拒绝主题研究,身处其中的沃克却常常明确地指示读者她的作品的用意所在,并让一些她认为重要的主题在自己的作品中反复出现。那么身为黑人女作家,沃克诗歌的主题有什么独特之处呢?本章将对沃克的诗歌进行全面、深入探索,并在此基础上尝试对她的诗歌创作与文论和小说创作进行比较研究,力图挖掘出沃克诗歌主题的丰富内涵,从而为沃克诗歌的研究构建起一个理论平台。

一 沃克的"妇女主义"书写

1983 年,随着《寻找母亲的花园》的发表,沃克不但创造了一个新的名词"妇女主义者"(womanist),也向人们灌输了一种全新的女权主义理念。沃克的"妇女主义者"一经提出,立即引起了很多评论家和学者的关注,很多人对此展开了进一步的研究。凯蒂·坎诺恩(Katie G. Cannon)的《黑人妇女主义者的伦理学》、艾米丽·唐尼斯(Emilie M. Townes)的《在荣誉的光彩中:作为社会见证的妇女主义精神》和《我灵魂的折磨:妇女主义者对邪恶和痛苦的视角》等都是对沃克这一主张深入研究的成果。对于这一主张,从伦理和精神的角度,最简单的概括恐怕要数格瑞特臣·泽根哈尔斯(Gretchen E. Ziegenhals)了。她认为"妇女主义者"就是"说出,声援或是抗争某一重要的东西，就是一位热爱她自己，热爱她的文化并顽强地生存的女人"①。从沃克本人的论述和其他研究者的多角度诠释，我们可以感觉到，带有沃克"妇女主义"特色的爱的表达将是沃克诗歌中一个重要的主题。爱是支撑着沃克顽强生存下来的勇气和信念；爱赋予了沃克生命和快乐。一次访谈中，沃克回忆了自己堕胎后三次试图自杀，又三次被朋友救起的经历：

> 在那三天中，我与这个世界说了再见……我意识到我是多么的爱它，再也看不见每天清晨的日出、白雪、天空、树木、石头、人们的脸孔是多么痛苦，所有这一切都各不相同，然而在那段期间这一切都融合在一起……②

从死亡的阴影中走出的沃克，在她的诗歌创作中开始寻求对生命的价值，生活的享受和感悟的诗性表达。沃克认为爱和被爱需要身体的表现，需要寻找身心的快乐。在沃克的世界中，"爱是观察、唤醒、拥有、了解/所爱的人的呼吸和心跳。/爱让我们重生"③。然而，对于沃克来说，爱绝非祥和、浪漫、神秘与世无争的伊甸园，而是与抗争相伴、与痛苦共生的经验和情感。因此，沃克对于爱的表达有时有点戏谑的味道，如在她的《灰白》（"Gray"）一诗中，她的主人公这样描述了自己的爱：

> "你爱上一个人要花多长时间？"
> 我问她。
> "也就一秒钟"，她回答。
> "你会爱他们多久？"
> "啊，也就几个月吧。"
> "你要多久忘记
> 爱过他们？"

①　Gretchen E. Ziegenhals, "The World in Walker's Eyes," p. 1038.
②　John O'Brien, "Alice Walker: An Interview," p. 326.
③　Alice Walker, *Her Blue Body Everything We Know*, p. 452.

"三个星期"，她说，"最多"。①

与沃克的小说相比，在她的诗歌中，爱的主题表达得更为直接、明确，也更贴近普通人的情感。爱可能意味着失去、痛苦和残缺，充满了焦灼的渴望；性爱和夫妻之爱也需要原谅和磨合才能获得。然而沃克在诗歌中所要表达的更为重要的一点是爱的残缺和不完整本身正是爱的价值所在。此外，这些诗歌所表达的爱具有鲜明的种族色彩和特征，体现了美国黑人，尤其是黑人妇女爱的价值观和表达方式。沃克的名诗《晚安，威利·李，早晨见！》（"Good Night, Willie Lee, I'll See You in the Morning"）就是一首体现黑人妇女对爱的独特理解和表达的诗篇：

> 俯视着我父亲
> 惨白的脸
> 作最后的告别
> 我母亲不含
> 眼泪，不带笑容
> 不怀悲哀
> 却彬彬有礼地说
> "晚安，威利·李，
> 早晨见"。
> 那时我才明白
> 我们一切创伤的治愈
> 全靠宽恕
> 它可以许诺
> 让我们
> 最终
> 归来。②

---

① Alice Walker, *Her Blue Body Everything We Know*, p. 356.
② Ibid. , p. 307.

　　爱需要宽恕来维系，这是沃克在作品中一再表达的思想，尽管这使得爱好像不那么浪漫、无私、高尚，却真实、理性、伟大，这是一种可以拯救人类的精神力量，是一剂治愈人类情感创伤的药方。沃克的宽容态度表现了一个人文主义者宽广的襟怀，和一个"妇女主义者"的核心价值取向。

　　沃克对于爱的表达永远是从女性的视角，尤其是从美国黑人妇女的视角。同时，作为女作家，她拥有一种通过书写女性个人的、痛苦的，甚至是禁忌的话题而表达所有女性心性的魔力。从这一点上来讲，沃克的作品是对美国七八十年代风起云涌的妇女研究运动的一个最好的诠释："个人的就是政治的。"① 沃克敢于走出传统、社会、道德和伦理等因素为作家，尤其是黑人女性作家所设定的樊篱，在她的作品中频频涉及诸如堕胎、强暴或是自杀等禁忌话题，其中自杀，这种特殊形式的死亡是她的诗歌作品一个经常触及的主题。沃克在自己的那一段痛苦的经历之后，对自杀似乎有了一种全新的感受并形成了独特的观念，她以一个过来人的身份，写下了《自杀》（"Suicide"）这首诗，作为自杀这种行为的说明和注释。"首先，自杀遗言/一定要写/但不要太长/第二，所有自杀遗言/都要用手沾鲜血/签名……/第三，如果是想休息一下的想法/让你着迷/那你一定用最清晰的语句/承认懒惰。……"② 这种对自杀的近乎戏谑的描述，体现了沃克内心战胜自杀诱惑的自豪。沃克自己曾经说过，她在诗歌中触及自杀这一敏感的主题，主要出于两点原因：庆祝她自己的生还，同时与世界同庆。这在《寻找母亲的花园》中有清楚的表述：

　　　　……接着我写自杀诗歌，因为我感觉到我理解了在自杀中起作用的氛围和疲惫。我也开始明白女人是多么的孤独，因为她的身体。……写作诗歌是我与这个世界同庆我没有在前一天晚上自杀的方式。③

---

　　① "个人的就是政治的"的口号是在 20 世纪 60 年代风起云涌的妇女解放运动中提出的。意思是女性个人受压迫的日常生活与政治有关，女性个人的经历、情感、个人的生存机会不单单是女性个人的喜好和选择，还同时被更广泛的政治、社会的环境限制、塑型和定义。当然，随着时代的发展，这一口号的含义已经发生了极大的变化，并带有了时代的特征。

　　② Alice Walker, *Her Blue Body Everything We Know*: *1965—1990*, p. 137.

　　③ Alice Walker, *In Search of Our Mother's Gardens*: *Womanist Prose*, p. 249.

　　对于美国黑人妇女来说，自杀绝对是一个禁忌话题，而沃克不但关注并戏谑地书写了这个禁忌，更用类似人类学家和社会学家的视角，深入探讨了社会对诸如自杀一类的禁忌的偏见。沃克的视野没有仅仅停留在种族歧视的范围内，没有让这种偏见成为白人特有的意识，反而强调了这种行为在黑人社会和文化范畴内所引起的偏见和歧视。应该说，沃克的这种复杂的种族观在很大程度上受到了另一位杰出的美国黑人女性作家左拉·尼尔·赫斯顿的影响。在赫斯顿的代表作《他们的眼睛望着上帝》中，她通过女主人公珍妮的一生经历表达了自己复杂的种族人类学观点：种族主义是一种文化构建，因此，黑人也像其他人一样，也受本民族教条思想的束缚。因此无论是需求还是偏见最终都不是一个特定的黑人或黑人女性特有的，而是人类共有的。沃克在《死去的女孩Ⅱ》（"The Girl Who Dies #2"）① 一诗中，记录了一位劳伦斯学院（Sarah Lawrence College）的黑人女学生在被别人嘲弄之后愤然自杀的惨剧：

　　　　毫无疑问她是一名
　　　　唱着低俗之音的歌手
　　　　痛恨品头论足
　　　　（黑人也好白人也罢）
　　　　编织一种令人惊讶的矛盾
　　　　人生，
　　　　明目张胆的
　　　　职业
　　　　和言辞
　　　　逼疯。
　　　　"姐妹"
　　　　毒蛇吐信咝咝作响
　　　　匍匐在

---

　　① 此前沃克还写了另一首《死去的女孩Ⅰ》，因此沃克给这两首同名诗歌编了号。与这首诗歌中自杀的黑人女孩不同，《死去的女孩Ⅰ》中的黑人女孩是被强暴后杀害。

草地
剧毒。
等待着性
或者言语
发动进攻。①

不过，沃克的可贵之处在于她也没有放过探讨女孩的自杀所引起的周围人们，特别是黑人男性的心理反应，残酷而真实地印证了赫斯顿的种族人类学观点：

瞧那些弟兄！

他们趾高气扬
走在棺材后面
苍白、悲伤
凶残。
想着
女孩自杀
要归咎
何人，大声责骂
不让别人
进她的房间

这个不愿说谎的女孩；
生不
"逢时"②。

---

① Alice Walker, *Her Blue Body Everything We Know*, p. 208.
② Ibid. , p. 209.

在《寻找母亲的花园》中，沃克也特别提到了这名女学生的自杀悲剧：

　　　　她以前曾经试图自杀了两三次，但我猜想她的兄弟姐妹们都认为对此用爱和关注来回应"不合适"，因为每个人都认为如果你是黑人的话，即使想到自杀都是不对的。那么，当然，黑人不该自杀。①

从以上诗歌和论述不难看出，沃克诗歌中的黑人妇女往往遭受到了肉体和精神上的双重伤害，而沃克显然更关注后者，更关注黑人妇女精神层面的健康和"完整"。在沃克的诗歌中有相当数量的诗篇描写了美国黑人妇女精神上的挣扎和抗争：黑人女性面对与男性的痛苦的关系所做出的痛苦抉择，而她们有时不得不以牺牲自己为代价；她们尝试摆脱传统和社会为她们定位的角色，在新的意义上重新定义自我。这里，沃克想要表达的是，黑人妇女精神上的创伤有着特有的政治、历史、文化和伦理的烙印，绝不单单是心理问题，传统的心理治疗不但不能解决她们的问题，很可能还会带来进一步的伤害。在《最初》（"At First"）一诗中，沃克描写了一位接受心理治疗的黑人女性真实的心理感受："最初我没有抑制它。/我热爱痛苦。/我感觉到我的心脏/泵起血液/用红色的花儿/喷溅我的内心；/我品尝我的痛苦/像冰镇的酒。/我不知道/我的生命/正被一位专家/撕成碎片。"② 在这首诗中，沃克再现了应对和治疗女人，尤其是非裔美国妇女的压力和痛苦的复杂性。专家的心理治疗不但没有抚慰她受伤的心灵，反而雪上加霜，使她感到自己的生命被"撕成碎片"。讲述人的内心对这种被强加的心理治疗是抗拒的，因为她其实"热爱痛苦"，正默默"品尝着"她的"痛苦"，痛苦让她感受到自己的存在和生命中少有的激情，让她热血沸腾，让她的生命更加美丽。作为黑人女作家，沃克敏锐地意识到了黑人妇女独特的心理特征和在重压之下显示出的超凡的心理承受能力，正是这种心理特质使美国黑人妇女成为"美国最伟大的英雄之一"③。

---

①　Alice Walker, *In Search of Our Mother's Gardens*: *Womanist Prose*, p. 271.

②　Alice Walker, *Her Blue Body Everything We Know*, p. 262.

③　Alice Walker, *In Search of Our Mother's Gardens*: *Womanist Prose*, p. 260.

从以上论述可以看出，沃克的诗歌所触及的往往是非裔美国妇女所不得不面对的痛苦、尴尬的话题，而这是一个由于种种原因，作家们往往不敢轻易涉足的禁忌领域。"为了捍卫一个事业或一种立场而发言而写作的"沃克对这些话题进行了她独特的"妇女主义"的书写，使它们呈现出特有的真实性、复杂性和艺术性，从而使沃克成为沉默的美国黑人妇女的"辩护士"①。

二　沃克的"民族主义"书写

尽管黑人妇女的经历是沃克作品的最强音，但绝不是唯一的音符。沃克诗歌中另一特色鲜明的主题是诗人对美国非洲裔的"民族之根"的寻求和对自我身份的确认。在1973年出版的诗集《革命的牵牛花和其他》中，沃克完整地表达了她对祖先，对"民族之根"的理性认识：

> 承认我们的祖先意味着我们清楚我们不是自己创造了自己；我们清楚这条线一路往回延伸，可能一直追寻到上帝，或是上帝们。我们记住他们，因为忘记是一件很容易的事情；我们清楚我们不是最早受苦、反抗、战斗、爱和死亡的人们。尽管有痛苦、忧伤，我们拥抱生活的崇高方式一直是我们曾经经历的尺度。②

喜爱沃克小说的读者会发现这一主题在她的小说中被一再触及。在《紫颜色》中，这一主题反映在女主人公西丽的妹妹耐蒂追随黑人牧师塞缪尔远赴非洲传教，在那里耐蒂不但找到了西丽被继父出卖的孩子，找到了自己的幸福，而且她的一封封描写非洲生活的信帮助西丽和她自己找到了生命之根和自身的价值，从而找到了完整的自我和完整的生活。在沃克的另一部小说《拥有欢乐的秘密》中，女主人公泰丝宁可受割礼之痛，也要保留自己民族的印记。

---

① Mary Helen Washington, "An Essay on Alice Walker," pp. 135—139.

② Alice Walker, *Revolutionary Petunias and Other Poems*, p. vi.

　　然而与很多非裔美国作家只强调自己的非洲传统和文化特征有所不同，沃克的世界永远是多元的。可以说，她对自己的美洲文化传统和祖先的兴趣丝毫不亚于对她的非洲祖先和文化的关注。沃克曾经毫不掩饰地表达了自己对美国，尤其是对她的故土——美国南方的热爱。她曾经热情洋溢地，如惠特曼般地表达了这样的信念："逐渐地，真正存在的美国和曾经真正存在并继续生存着的美国人会被认识和研究……我，也歌唱美国。"① 因此，沃克心中的美国是多民族的，就像沃克身上流淌的血和她复杂的生活经历一样。沃克的曾外祖母是切罗基族，是美国印第安的一个分支；而沃克的前夫是美国犹太人；她在美国印第安运动中更是结交了从白人到印第安人各个不同种族的志同道合的朋友。沃克还曾经强调了她的一个独特的观点，那就是，黑人不单单是非洲奴隶的后代还是奴隶主的后代："我们白色的祖先凌辱了我们然后把我们卖到了这里；我们黑色的祖先凌辱了我们然后把我们卖到了那里。"② 沃克的这种多元的民族主义思想和书写一度令黑人分离主义者大为恼火，指责沃克的思想为"莫名其妙的中产阶级自由主义情感"。然而沃克的意识要比虚伪的政治深刻得多，因为她明智地把自己的思想上升到了历史的高度："我们是美洲人，也是贸易者；我们是印第安人，也是开拓者；我们是贩卖奴隶者，也是被奴役者；我们是压迫者，也是被压迫者。"因此，对沃克来说，"在美国生存的全部意义就在于不排除它的任何部分"③。

　　基于沃克的多元化民族主义思想，她的作品中对民族之根的寻求就不仅仅局限于对非洲传统的追寻，同时还体现在诗人对美国南方黑人社会和生活的描写。与沃克的小说相比，她的诗歌中的民族主义主题的书写显得更直接、更具体、更生活化、更现实、也更亲切，少了几分残酷，多了一丝温情和眷恋。美国南方的生活背景和经历在很大程度上成就了这位女作家。对此，沃克曾经这样评说："……由于我在南方长大，我对不公平有十分敏锐的感受和非常迅速的反应。"④ 除了她的敏锐，还有她对南方生活的熟悉和对美国南方黑人生活真谛的清楚认识。在诗集《革命的牵牛花和其他》中，

---

① Alice Walker, *Living by the Word: Selected Writings 1973—1987*, p. 32.
② Ibid., p. 82.
③ Ibid.
④ Alice Walker, *Revolutionary Petunias and Other Poems*, p. vi.

沃克深情地写道：

> 我要写我认识的老人
> 和我爱过的
> 年轻人
> 和镶着金牙的女人
> 她有力的臂膀
> 拽着我们
> 都去教堂。①

　　这些在沃克生命中扮演着重要角色的普通美国南方黑人和这片多灾多难的土地塑造了沃克，而她也把自己的灵魂深深地根植在这片滋养她的土地上。《革命的牵牛花和其他》开篇两首诗歌《过去常常歌唱的老人》（"The Old Man Used to Sing"）和《故意不看葬礼》（"Winking at a Funeral"）就显示了沃克对美国南方黑人生活细致入微的观察力和对普通黑人内心世界非凡的理解力。两首诗都涉及了南方黑人的传统葬礼，《过去常常歌唱的老人们》描写了为亲人和邻里抬棺材的老人，而《故意不看葬礼》则从一个青年人的角度写出了生活像初绽的鲜花的年轻人对生与死的懵懂。前一首这样写道：

> 过去常常歌唱的老人们
> 抬起一位兄弟
> 小心地
> 走出房门
> 我常常想他们
> 天生
> 就知道怎么
> 轻轻地摆弄
> 一口棺材

---

① Alice Walker, *Revolutionary Petunias and Other Poems*, p. 2.

他们轻步慢行

眼睛干涸

看到鲜花

比看到寡妇

更尴尬

他们把尸体

放进棺材之后

站在周围等待

穿着

他们的

棕色外套。①

非洲传统葬礼的神圣精神仿佛融入了诗歌中老人们的血液中，他们虔诚地、一丝不苟地为亲人和故友的生命的结束画上一个句号。"看到鲜花/比看到寡妇/更尴尬"的描写真实而幽默地反映了美国南方黑人的心理状态。这样细致入微、出神入化地描写没有深厚的生活基础是难以想象的。

《故意不看葬礼》与《过去常常歌唱的老人们》尽管同样描写了南方黑人的葬礼，但由于视角不同，给人的感受则完全不同:

在那些日子

我们故意不看

葬礼

爱情故事萌芽

在教堂的长椅上

爱情通过

圣歌传递

我们知道什么?②

---

① Alice Walker, *Revolutionary Petunias and Other Poems*, p. 3.

② Ibid. , p. 4.

生活在南方的非裔美国人，尽管经受了长时间的压迫和奴役，但他们的心理和精神却越发显得顽强。年轻人也在遵循着生理和心理成长的规律懵懂地感受着爱情和青春的美妙。这种精神正是作为从南方走出的女作家沃克所为之骄傲的"种族健康"：人性和人格的完整、复杂、顽强和韧性。

三　沃克的"生态"书写

随着阅历的丰富和对社会问题认识程度的加深，沃克逐渐开启了更广阔、更丰富、更深刻的诗歌写作空间。沃克于 1990 年出版的诗集《她蓝色的躯体我们知道一切》、2003 年出版的诗集《永远信赖你，良善的大地》以及 2013 年新作《世界为之欢愉》都显示了其诗歌内容和风格上的巨大变化。在这些诗集中，沃克用诗歌为我们展示了多层次、多侧面、多角度诠释人类情感和激情的可能。可以说，当她探求完整的生活意味着什么，同时既作为个体也作为更伟大的精神群体的一部分成长时，她以深厚的艺术性寻求、发现、呼喊了生存的本质之美。这样，沃克以惠特曼的诗学传统，为把所有人类连接或分开的世事沧桑而歌唱、庆祝或痛苦。就像她在诗中所写的那样："尽管/饥饿/我们不能/拥有/比这/更多：/和平/在一个/我们自己的/花园。"① 这短短的诗行显示了沃克近期创作的核心内容，那就是她对人类生存境遇的忧虑、对人类生存的家园——地球命运的担忧和对重大社会问题的关注。

在沃克的诗歌世界中，大地是一位多姿多彩的"妇女主义"的母神。在沃克的心中，母亲的形象是神圣的、伟大的、至高无上的。在《寻找母亲的花园中》，沃克把自己的母亲称为"我们乡里一部走动的历史"，母亲有无穷的爱的力量和神奇的创造力。② 当沃克把她的视线从黑人妇女转移到大地和我们生活的环境上时，她自然地在两者之间建立了某种联系。就像她深情地寻找母亲的花园，以找到黑人母亲艺术创造的动力和她们爱的源泉一样，沃克用极其人性化的笔触书写着饱经沧桑的大地。在她的笔下，大地是温良、仁慈、博爱的母神，就像她在《她蓝色的躯体我们知道一切》的封页上写的那样："我们有一位美丽

---

① Alice Walker, *Absolute Trust in the Goodness of Earth*, p. 76.

② Alice Walker, *In Search of Our Mother's Gardens: Womanist Prose*, p. 56.

的母亲/ 她的蓝色的躯体——巨大/ 她的棕色的胸膛——永恒。"

与沃克30 多年文学创作生涯紧密相伴的是她丰富多彩的行为主义的人生，她的写作、演讲、参与电影创作等行为往往都与各种各样的运动有着千丝万缕的联系。60 年代，沃克积极参与黑人民权运动，争取选举权的游行，抗议密西西比州反异族通婚法案；70 年代，沃克作为女权主义阵地的《小姐》杂志的固定撰稿人，积极参与女权主义运动；80 年代，随着她的《紫颜色》获得普利策奖并被搬上银幕，沃克成为美国文学界的焦点人物，并提出了有别于白人女权主义的 "妇女主义"，而成为非裔美国妇女的代言人；90 年代，沃克表现了对政治问题和国际形势的高度敏感和关注，她反对海湾战争，访问古巴，发起反对妇女割礼运动，她也是 "9·11" 袭击事件后，最早以诗歌形式，做出回应和反思的作家之一。所有这些运动都以这样或那样的文学形式在沃克那里得到了最好的表达。在沃克多种多样的行为主义的背后，是一种30 年来保持不变，并随着时间的流逝，越发挥之不去的情结——对地球和人类命运的关注和忧虑。

科技的发展加速了人类征服自然的行为，扩大了人类对自然的控制范围和规模，创造着人超越自然的神话。但自然果真就是人类征服的对象吗？人与自然、与周围环境、与生存在地球上的万事万物的关系果真是征服、控制的关系吗？这一切促使沃克开始一次典型的 "沃克式" 旅行——行为主义加文学创作。她的目的地是中南美洲，因为那里是地球上为数不少的稀有的动植物的家园，而那里也正不可避免地遗失着生物多元化的原貌。在沃克的眼中，这些动物和植物都有着某种灵性，它们和人类平等地发生着纷繁复杂的物种互动。在《绝对信赖你，良善的大地》一书的序言中，沃克对此行的目的这样写道："在我年过半百之时，我拿出了一年时间，全身心地投入了对植物同盟的研究，设法明白他们的智慧，帮助我找到我一直认为大地能提供给我们的一种有悟性的生活……"① 当她到达亚马逊河流域，品尝了当地人用来医治身心创伤的纯天然的 "灵魂的酒" ——Ayuascha 和 "治疗上帝肉体的" 良药——蘑菇，沃克知道自己找到了 "人类如何可以在大地上祥和、更可爱" 地生活的答案，那就是对大

---

① Alice Walker, *Absolute Trust in the Goodness of Earth*, p. viii.

地的尊重和信赖。[①] 对于人类和自然的关系，尤其是与母神大地的关系，沃克的观点是二者之间的关系和物种互动必须是平等的。沃克在她的文集《与文共生》中，这样写道："地球本身已经成为了世界的奴隶"，但是她接着说，如果我们不学会关爱它，尊敬它，甚至崇敬它，地球将毫无疑问把我们毁灭。沃克警告我们："当地球被毒化，它所供养的每一样东西都会被毒化；当地球被奴役，我们谁也不会享有自由……；当它被当作垃圾，那么我们也没什么区别。"[②]《绝对信赖你，良善的大地》中的第一首诗《我可以崇拜你》（"I Can Worship You"），就从大地的角度，以人性化的口吻表达了这种互动关系：

> 我可以崇拜
> 　　你
> 但是我不能给
> 　　你一切。
>
> 如果你不能
> 　　崇敬
> 这个躯体。
>
> 如果你不能
> 把你的唇放到
> 　　我的
> 清澈的水中。
> 如果你不能
> 摩挲肚皮
> 　　用
> 我的阳光。[③]

---

① Alice Walker, *Absolute Trust in the Goodness of Earth*, p. viii.

② Alice Walker, *Living by the Word: Selected Writings 1973—1987*, p. 54.

③ Alice Walker, *Absolute Trust in the Goodness of Earth*, p. 3.

诗中的大地像一位长者、一位智者,用调侃的语气,含而不露地讥讽了人类的无知和自私,同时强调了它与人类的平等的身份和地位。在这种状态下,人与自然构成和谐的整体;朴实、简单、知足,这是这个整体图景的底色,人与自然、有序、链条式的循环运转,这是这个整体图景的背景。在这抒情诗般的田园生活中,和谐生活在于对自然及简朴的自然生活的真实、有力、互动的审美体验。人既然属于自然,便是自然整体图景中的一个成员。尽管这首诗是从自然的角度来书写的,其实表现的是沃克的一种生态良知,反映了诗人对人类生态良知的反思和自嘲。

　　沃克的生态书写中还有一个十分独特的视角,那就是她对自己"非洲之根"的认同感。与沃克诗中求实、求真,像写实油画一样的美洲生态描写相比,非洲的大地在沃克的诗中更像一幅朦胧的抽象画:浪漫、缥缈,有着明显的异域特征。《她蓝色的躯体我们知道一切》中的第一首《非洲意象,虎背观光》("African Images, Glimpses from a Tiger's Back")就是这样一首如歌如梦的诗:

　　　　一本像诗一样的书
　　　　肯尼亚密特火山的
　　　　蓝色梦境般的山顶
　　　　"宛盖瑞!"
　　　　我的新名字。

　　　　一片绿色的小树林
　　　　徘徊
　　　　战栗
　　　　挨着我们的巴士
　　　　一头害羞的小羚羊。

　　　　……

　　　　一种奇怪的声音

　　"可能是一头象"
　　正在啃我们的车顶
　　在清晨
　　更蓝了。①

这首诗的标题会让人产生无限的遐想,会有谁能骑在老虎的背上观光旅游呢?而且,有点自然常识的人都会知道,在非洲,老虎只属于动物园。沃克自然不会不知道这一点。那么,沃克的这幅"非洲意象"就只能是诗人心中的理想境界,是沃克心中的田园之梦,是沃克心中的人间乐园。在这里,带有"蓝色梦境般的山顶"的远山是背景,蓝色的晨雾是窗纱,绿色的树林,安详、自在的动物和同样自得地生活于此的人,是这个田园共同的主人。对于生活在后现代工业化社会的人们来说,田园是"更自然的一种生存方式",是对从自然中产生的和谐亲近的审美感受的向往和回归。田园生活的回归就是在寻找人与自然重新修好的途径,在寻找中调整自然观,转变把自然看作机械的客体的观念,而建立有机的整体的健康的自然观念,并从中寻找充满家园意识的自我。在如诗的梦境家园中,自我获得了重生:"'宛盖瑞!'/我的新名字。"

　　沃克对大地母神人性化的歌颂是建立在她觉醒的生态伦理意识之上的。20 世纪 80 年代,有目共睹的公共伦理的沦落催生了深层生态学的出现。这里的"深层"是指,不仅要在现象上寻求生态破坏的原因,还要从更深的层面去寻找。深层生态学是非人类中心主义和整体主义的,关心的是整个自然界的利益。沃克的深层生态伦理意识集中体现在她对公共伦理沦落原因的充满智慧的探究。她所关注的焦点已经远远超出了社会现象本身,并以诗人特有的艺术敏感和人文主义精神,进行了人性化的表达。

　　沃克是对"9·11"袭击事件最早以艺术形式做出回应的作家之一。沃克于 2001 年 9 月 25 日写下了《躯体的爱》("The Love of Bodies")一诗,并特意在诗的结尾处注出了"写于'9·11'事件之后"。这首长诗的正文并没有以任何明确的或是暗示的文字表明该诗与"9·11"袭击事件有关:

---

　　① Alice Walker, *Her Blue Body Everything We Know*, pp. 9—12.

"我挚爱的/骨/肉/在我的/记忆中/那样的愉悦/当我最近抚摩你温暖的身体/你的肉体,和回忆中骨骼的/奇迹/你强健的膝盖的/结构/你柔软的小腹/摩挲/我的手/你的脊背/温暖着我。/你的臀部,好像深不可测,/像一个不设防的/小/国家/那里长着/黄色的/瓜。/生在/那里/是一件多么幸运的事;/把它们/做/什么用。/捧着,/珍视,愉悦。"① 这首奇妙的诗处处洋溢着沃克真挚的爱。这首诗的奇妙之处在于诗歌是以一种生态学的叙述模式建构起来的。很显然诗中"我挚爱的""你"并非是诗人的恋人,而是沃克心中的世界,是人类的家园,是我们的地球。贯穿全诗的是沃克对她挚爱的世界和地球的浪漫、神秘、温情的描绘:"奇迹"般的"骨骼"、"强健的膝盖",

"柔软的小腹"、"温暖"的"脊背"和"深不可测"的"臀部",这一切都带给诗人细腻的女性情感世界以"愉悦",以致诗人发出了"生在/那里/是一件多么幸运的事"的感慨,并由此引发了对带给我们如此幸运和愉悦的地球和这个世界的态度,那就是:"捧着/珍视/愉悦。"那么,人类对于自然的慷慨和仁厚又是如何回应的呢?当沃克看到满目疮痍的地球和她梦境中的温情世界全无相似之处时,巨大的反差让她摈弃了隐喻,直接切入了主题,仿佛只有这样才能一吐为快:"门旁的树/正失去它的身体/今天。他们正砍/倒它,一块/又一块/砰然落地/重回,到/大地。/她能知道和平/永久/回到/她的源泉/而且/她的美丽/高洁/人们看到她/与空气/和雾霭/亲近/鞠躬/直到这个/转折。"② 人类举起了砍伐的屠刀,向门前曾经与人类和平共处的树大开杀戒:"他们正砍/倒它,一块/又一块/砰然落地",这是一幅典型的人类对生态,这个沉默的羔羊,施暴的场景。然而,如果只看到沃克对自然的掠夺者的谴责和讨伐,可能未免流于表象。从沃克煞费苦心的注释,我们不妨大胆地假设,沃克诗中"砰然落地"的树是在"9·11"恐怖袭击中"砰然落地"的双子摩天大楼的化身和象征,它们曾经"与空气/和雾霭/亲近",与蓝天、白云为伴,"直到这个/转折"——恐怖主义分子的袭击。这样,这首诗把自然与人、环境与战争巧妙地结合起来,蕴涵的其实是诗人对深层的生态伦理问题的关注,探究的是生态伦理沦落的根源。显然,在沃克

---

① Alice Walker, *Absolute Trust in the Goodness of Earth*, p. 4.

② Ibid. , p. 5.

的世界中，战争就是根源之一，甚至是最重要的根源。战争本身直接体现的是人与人之间的关系，然而富有远见的诗人深入地洞悉了战争的本质和危害。战争带来的灾难绝不仅仅是人类的，而是整个生态环境的毁灭。战争像一个贪婪成性的怪物，吞噬着万物生灵，自然在变得越来越强大的现代化战争面前，显得是那么苍白无力。"9·11"恐怖袭击使诗人对人类的生态伦理问题多了一份忧虑和担心。在《绝对信赖你，良善的大地》序言中，沃克对"9·11"恐怖袭击进行了深刻的反思：

> 许多北美人在"9·11"当中失去的是一种自我为中心的无知，它已经折磨了世界其他地方的人们很长时间了。随着时间的流逝，这种无知会慢慢消退，这可不是一件坏事。怀着对我们无知的怜悯，我们可能还须学会摸索出走出令人震惊的、陌生的、意想不到的阴影之路。发现并忍受一段悲伤的时期，但这也是一段决心生存并发展的时期，同时也是一段灵感和诗歌产生的时期……①

沃克没有简单地谴责恐怖分子，而是从伦理、道德和国际正义的高度，反思了"9·11"事件对美国政治和美国人心态的影响。可以说，这种勇敢的自我剖析的精神在大国中心主义的美国显得十分可贵。

尽管沃克诗歌中生态书写、生态反思、生态批评精神十分明显，然而她的诗歌决不是简单的对生态伦理沦落的谴责或是对战争的抗议，相反，她的诗是生活的精神礼赞，是良善的大地的颂歌。在《躯体的爱》的最后一节中，沃克面对袭击后的废墟，依然深情地表达了对生活的爱和对人类的信心："我送出／生活／送给你／（和她的）／爱／和感激／与我共度／这一时刻。"② 沃克在这里邀请她的读者与她一起共度这黑暗的一刻，她提醒着人们看一看我们曾经珍视的东西，让精神引领着我们走出人类的困境。对于曾经并一直积极参与各种政治运动的沃克来说，她选择积极参与的态度是很自然的事情。对她来说，生活是人类赢得的礼物："尽管不是／一场竞赛／生活／

---

① Alice Walker, *Absolute Trust in the Goodness of Earth*, p. vii.
② Ibid. , p. 5.

是/我们/已经/赢得的/回报。"①

四　小结

在沃克博大的胸怀中，地球、生态、人类、生命和生活都被浓缩成某种精神的东西，珍藏在她内心的各个角落，可以使她随时捧出来加以爱抚。作为一位黑人女性作家，她把自己的性别和种族特征与生态和人类巧妙地融合起来，并赋予它们以自己独特的理解，从而使她笔下的诗歌世界呈现出异常缤纷的色彩和多层次的丰富内涵。"妇女主义"、"民族主义"和"生态"书写成就了沃克这位美国当代最杰出的作家，也为美国当代诗歌增添了一抹与众不同的、特异的瑰丽色彩。

---

① Alice Walker, *Absolute Trust in the Goodness of Earth*, p. 21.

第三十二章

安德勒·罗德的爱欲写作

　　作为美国黑人艺术运动的旗手和黑人同性恋女权主义者，安德勒·罗德（Audre Lorde，1934—1992）的诗歌创作将注定是一次艺术、政治、种族、性别和性等多元因素融合和对抗、转化和聚合的激情之旅。她的多元文化身份和独特的诗学理念张扬地在其诗歌中恣意鸣唱，形成一个时而和谐悦耳，时而尖利突兀的合唱总谱。也正是基于此，罗德在美国诗坛的地位显赫又微妙。她的作品被广泛地收入各种文集和诗集，她本人在同时代的美国诗人中享有极高的声誉。著名女诗人艾德里安娜·里奇（Adrienne Rich）曾经盛赞罗德是一位"梦想者"①；而评论家塞瑞尔·A. 华尔（Cheryl A. Wall）曾经说，罗德的诗歌声音是"神谕的"，"拥有一种其预言的声音不能被马上理解"的神秘感。②然而遗憾的是，她的作品，尤其是诗歌作品却很少受到文学评论界严格意义上的学术关注。迄今为止，还没有关于她的文学创作的权威性研究专著问世；目前的研究和评论的焦点也主要集中于她的"传记神话"（biomythography）③——《赞米：我的名字的一种新拼写》（*Zami：A New Spelling of My Name*），而她的诗歌却一直处于美国诗歌研究的边缘状态。国内对罗德的零散研究主要集中于她的黑人女权主义思想，而对她的诗歌和小说的研究还基本处于空白状态。本章尝试把罗德的诗歌引入文学研究的视阈之中，并将针对罗德诗歌中一个十分敏感的特质——爱欲写作展开研究，力图揭示出在她的女性躯体、爱欲激情等写作背后蕴涵着的深刻的心理、政治和历史动因。

---

① Qtd. in Carol Kort, *A to Z of American Women Writers*, p. 183.

② Cheryl Clarke, *"After Mecca"：Women Poets and the Black Arts Movement*, p. 183.

③ Audre Lorde, *Zami：A New Spelling of My Name*, 封面。

一 爱欲——一种"解放的力量"

毫无疑问，罗德在文学上的成就是多方面的，她在小说、文论和诗歌等领域都取得了骄人的成绩。然而罗德本人一直固执地认为，诗歌才是她的个性、生活和思想的全方位的表现，而其他的文学形式都只不过是她的诗歌创作的延伸和补充罢了。罗德把自己首先定位为一名诗人，而且是一名"天生的诗人"，而自己的散文类作品的创作却是"后天习得的"①。有趣的是，她曾经用 Rey Domini 的笔名发表了一篇短篇小说，当被问及个中缘由时，她明确地回答："我不写故事。我写诗歌。因此我不得不用别的名字发表它。"②对于她备受关注的自传体小说《赞米》，她也认为那只不过是描写了"我如何成为一名诗人"③；而她的文论也基本上是她的诗学原则和理念的梳理和阐释。罗德发表于 1977 年的著名文论《诗歌不是一种奢侈》阐释了诗歌是一种女人的语言，是表达女人最深沉的思想、力量和创造力的语言的观点；1978 年发表的影响深远的文论《用爱欲作为力量》则指出诗歌是女人的"真正的知识"和"永恒的行动"的来源，是女人们"存在的首要必需"，因为诗歌能够把语言转化成为"更有形的行动"④。

对罗德来说，诗歌从"语言"转化为"行动"的过程体现的正是诗歌从"个人"到"政治"的过程，这一点与黑人女权主义运动的宗旨是不谋而合的。而罗德的非裔—加勒比—美国作家的复杂的多元种族身份，加之女同性恋者—女权主义者—母亲—女斗士的性别边缘的特征更是使得她成为"在浪漫和性伙伴中自我寻求选择的自由的代表，并最终成为为人（民主）权而抗争的缩影"⑤。换言之，正是由于罗德的"边缘"之"边缘"的文化

---

① Audre Lorde, "An Interview: Audre Lorde and Adrienne Rich," in *Sister Outsider: Essays and Speeches*, Audre Lorde, ed., p. 95.

② Ibid., p. 87.

③ Audre Lorde, *Zami: A New Spelling of My Name*, p. 31.

④ Audre Lorde, "Uses of the Erotic: The Erotic as Power," in *Sister Outsider: Essays and Speeches*, Audre Lorde ed., p. 57.

⑤ Yakini Kemp, "When Difference Is Not the Dilemma: The Black Woman in African American Women's Fiction," p. 76.

身份，她的诗歌把"语言"转化为"行动"的过程才越发具有代表性，而她对于自己复杂的文化身份的寻求过程也才更能体现出人性的共性。多元文化身份是罗德十分珍视的力量的源泉，对于她来说，自我身份有先天的，更有后天形成的，她的身份处于不断追加的状态之中，是一个复数的"mes"，而不是单数的"me"：

　　对于我来说，梳理我是谁的所有方面是非常必要和富于生产性的，这一点我已经说了很长时间了我不是我自己的一个层面。我不可能仅仅是黑人，也不仅仅是女人。我不可能不做同性恋而成为一名女人……当然，总有人，在我的生活中总有人会走到我面前，说："嘿，这，这样或那样来定义你自己"，而把我自己的其他层面排除在外。这样做对自我是不公平的；这是对我书写的女人的不公平。事实上，这是对每个人的不公平。当你为了方便或为了时髦或为了迎合别人的期望而缩小你的定义时所发生的是沉默造成的不诚实。①

　　罗德作为有着多元文化身份的女性的自我观在某种程度上是对西方女权主义的一种不动声色的回应。对于少数族裔女性来说，西方女权主义的话语压抑了差异，简化了第三世界妇女，把具体的"妇女们"同质化为"妇女"的概念，而这样做的结果是第三世界妇女被西方女权主义的话语殖民了。②罗德之所以不断探求自我的多个层面，并倔强地保持着已经发现的自我的多个层面，是因为她认为多元的自我是她真实地生存的先决条件，而"同一的神话"（myth of sameness）却将"毁灭我们"③。罗德对西方女权主义的回应强化了少数族裔妇女身份的复杂性和多元性，而多元的自我又成为如罗德一样的少数族裔女性文学创作的一个强大的动力之源。

　　罗德的自我书写走了一条与从爱默生开始确立的美国文学中传统的精神自我求索和完善截然相反的道路。罗德的多元自我的建构是建立在一种强烈

---

①　Mari Evans, "My Words Will Be There," pp. 72—73.
②　[美]钱德拉·塔尔佩德·莫汉蒂：《在西方人的眼中：女权主义学术成果与殖民主义的论述》，载佩吉·麦克拉肯主编《女权主义理论读本》，广西师范大学出版社2007年版，第135—162页。
③　Claudia Tate, Black Women Writers at Work, p. 102.

的爱欲意识的基础之上的,换言之,罗德试图构建的是一个"躯体的自我"(embodied self)。① 这个"躯体",与本质主义(essentialist)观念相去甚远,"位于生理和象征的交界处","它标志着内在的物质的形而上学的表面和公然反抗分离的象征的因素"②。罗德诗歌中的自我正是位于"生理和象征的交界处",换言之,她把躯体看作是一个文本,并清醒地意识到她的文本正是从她的躯体中浮现出来的。罗德创造了"一个自我书写的写作,这使得女性的躯体成为被书写的主体性的空间和源泉,又用一种深沉而精确的历史的、政治的、性的和种族的意识的伦理填充到这个躯体"③。因此,可以说,在躯体、政治和文本的交汇中,罗德前景化了种族、性别、性取向和伦理道德等诸多抽象而严肃的话题,并挪用了白人制造的黑人女性性欲的刻板形象和加勒比的"热带假日天堂"的神话,从而成功地解构了"女人神话"和"殖民神话"这两个在男权主义、西方女权主义和殖民主义的多重建构下仿佛固若金汤的文本的城堡。可以说,罗德的诗歌书写策略部分地实现黑人女权主义者巴巴拉·史密斯在《通向黑人女权主义批评》("Towards a Black Feminist Criticism")一文中呼吁黑人女性创造一种能够"体现性政治以及种族和阶级政治是相互连接的因素的现实"的文学理想。④

罗德的"躯体的自我"是从黑人女同性恋者和黑人女权主义者独特的爱欲体验和视角的交织中实现的。"爱欲"(eros)来源于希腊文,Eros 其实就是希腊神话中的爱神埃罗斯,或是罗马神话中的丘比特。在罗德的诗学世界中,爱欲是一种"解放的力量"⑤。对于这种神奇的力量,恐怕没有人比罗德本人的阐释更经典了:

> 在我们每一个人体内,爱欲是一种位于一个深沉的女性的和精神的星球上的资源,牢牢地根置在我们无从表达或是无法认知的情感的力量

---

① Rosi Braidotti, *Nomadic Subjects: Embodiment and Sexual Difference in Contemporary Feminist Theory*, p. 171.

② Rosi Braidotti, *Pattern of Dissonance: A Study of Women in Contemporary Philosophy*, p. 282.

③ Jeanne Perreault, "That the Pain Be not Wasted: Audre Lorde and the Written Self," p. 1.

④ Barbara Smith, "Towards a Black Feminist Criticism," pp. 152—155.

⑤ Yakini Kemp, "Writing Power: Identity Complexities and the Exotic Erotic in Audre Lorde's Writing," p. 30.

中……

　　……我们的爱欲知识赋予我们力量，变成了一个我们审视我们存在的所有侧面的透镜，迫使我们以它们在我们生命中的相对的含义诚实地评价这些侧面……①

　　罗德的爱欲观在少数族裔女性中是颇具代表性的。奇卡诺女权主义者查理・莫拉瓜也曾坦言："性欲正是我们身份的一个方面，它既是压迫之源，也是解放之道"②；莫尼克・威蒂格也尖锐地指出："性对于女人来说，并不是一种个人和主体的表达，而是一种暴力的社会体制。"③"爱欲作为力量"在罗德的诗歌中演绎成为诗人建构她的女性同性恋身份和加勒比族裔身份的诗学策略，同时也成为解构"女人神话"和"殖民神话"的动态力量。而罗德实现这一颠覆的策略与黑人女权主义者贝尔・胡克斯不谋而合："不是在那种由种族歧视的社会所铭写的情形里，而是在把自己从被殖民的欲望的限制下解放出来的情形里；在把自己从种族歧视/性别歧视的想象和实践中解放出来的情形里维护她们性的能动性。"④

二　爱欲的力量——解构"女人神话"

　　"女人神话"是波伏娃对男权社会中女性社会本质的一种透彻的总结。波伏娃认为，"女人神话"是男性为女性打上的记号，"几乎没有哪种神话比女人神话更有利于统治阶级的了"；"女人神话是一种奢侈品"，"是虚构客观性设置的一个陷阱"⑤。波伏娃在提出这个观念的时候，只是以白人女

　　①　Audre Lorde, "Uses of the Erotic: The Erotic as Power," in *Sister Outsider: Essays and Speeches*, Audre Lorde, ed. , pp. 53—55.

　　②　[美] 查理・莫拉瓜：《来自漫长的贩卖线：奇卡诺女人与女权主义》，载佩吉・麦克拉肯主编《女权主义理论读本》，第 121 页。

　　③　[法] 莫尼克・威蒂格：《女人不是天生的》，载佩吉・麦克拉肯主编《女权主义理论读本》，第 190 页。

　　④　[美] 贝尔・胡克斯：《"大卖热尻"：文化市场对黑人女性性欲的再现》，载佩吉・麦克拉肯主编《女权主义理论读本》，第 284 页。

　　⑤　[法] 西蒙娜・德・波伏娃：《第二性》，中国书籍出版社 2004 年版，第 237—246 页。

性为假想对象的，具体到少数族裔女性，特别是黑人女性，这个"女人神话"的构建有着更大的欺骗性。桑德尔·吉尔曼指出:"白人通过性欲叙述，把黑人的世界性欲化，从而使之与白人世界分离。"① 黑人女性的身体更是成为白人色情化想象的工具，也成为白人"性欲化"黑人女性并制造"与黑人妇女性欲有关的狂野女人的淫荡神话"的工具。② 因此对于黑人女性而言，"女人神话"是男权社会、种族主义和西方女权主义共同构建的陷阱，而作为黑人女人，"我们必须摧毁自己内心深处和身外的神话"③。

为了摧毁这个"女人神话"，罗德在诗歌中对女性性欲特征和女同性恋性行为进行了显化处理。罗德从不讳言自己的同性恋取向，并一再强调这种性取向与女权主义的密切关系。当被问及如何定义"作为一名同性恋者"时，罗德回答:

> 强烈地女人认同女人〔的情感〕，在女人之间的爱是开放和可能的，在每个方面都超越了物质。……但真正的女权主义者都有同性恋的意识，不管她是不是曾经与女性同床共枕。我真的不能仅仅从性的角度定义它，不过我们的性是如此令人充满活力，为什么不也享受它呢? 但那又回到了什么是爱欲的全部话题。有很多描绘"同性恋"的方式。同性恋的部分意识是对于我们生命中的爱欲的一种绝对认识，进一步阐释的话，就是不仅仅以性来对待同性恋。④

罗德的这段话仿佛是对波伏娃的阐释和致敬。波伏娃曾经在女权主义的经典《第二性》中把专门的一章奉献给了"女同性恋"。她认为:"同性恋既不是一种厄运，也不是被有意纵情享受的一种变态，她是**在特定处境下被选择的**一种态度。"⑤ 波伏娃的观点被莫尼克·威蒂格成功地运用于对女同

---

① 〔美〕贝尔·胡克斯:《"大卖热屁":文化市场对黑人女性性欲的再现》，载佩吉·麦克拉肯主编《女权主义理论读本》，第 266 页。

② 同上文，第 274 页。

③ 〔法〕莫尼克·威蒂格:《女人不是天生的》，载佩吉·麦克拉肯主编《女权主义理论读本》，第 194 页。

④ Karla Hammond, "An Interview with Audre Lorde," p. 19.

⑤ 〔法〕西蒙娜·德·波伏娃:《第二性》，第 390 页。

性恋群体的研究之中。在《女人不是天生的》一文中，威蒂格指出："由于女同性恋社群的存在，就摧毁了把女人视为一个'自然群体'这一人为制造的（社会的）事实"；她还进一步指出："当唯物主义分析进行推理时，女同性恋社群把它付诸实践：不仅不存在'女人'这样一种自然群体（我们女同性恋者就是活的证据），而是作为个人，我们对'女人'提出质疑，对于我们来说，她仅仅是一个神话，波伏娃也是这样看的。"①

　　罗德 1978 年出版的诗集《黑色独角兽》（*The Black Unicorn*）通过构建一个神话的女儿国——西非的"达霍美"（Dahomey）而描绘了一个黑人同性恋的"宇宙和神话"②，并追寻了自己"女性中心意识的源源和传统"③。这部诗集最大的特点就是它构建了一个黑人同性恋女权主义的神话诗歌空间，在这一空间中黑人女性是绝对的中心。这个神话的"女儿国"与诗人一直宣称的非洲的母系社会的根源是一脉相承的。罗德一直倔强地认为，人类社会的进步和发展取决于并归功于女人，因为"男人采取了一种与他们内心深处的人性对立的立场"④。《黑色独角兽》的很多诗歌形成了复杂的互文关系，并在彼此的呼应中强化了诗人的"母系的非洲之根"⑤。《从耶曼伊亚的房子》（"From the House of Yemanja"）、《考尼阿几女人》（"Coniagui Women"）、《达霍美》（"Dahomey"）、《第 125 街和阿波美》（"125th Street and Abomey"）、《撒哈拉》（"Sahara"）等均是这个互文之网中的重要作品。在这些诗歌中，一群游移在生理和精神之域之间、其女性性特征恣意张扬的非洲母亲形象成为"创造性"和"毁灭性"的"永恒的符号"⑥。在《从耶曼伊亚的房子》中，罗德塑造的母亲形象与那种固化在奴隶制的历史框架中，外形刻板、人性单一的母亲形象迥然不同：

　　　　我的母亲有两张脸和一个煎锅

---

　　①　［美］莫尼克·威蒂格：《女人不是天生的》，载佩吉·麦克拉肯主编《女权主义理论读本》，第190 页。

　　②　Cheryl Clarke, "*After Mecca*"：*Women Poets and the Black Arts Movement*, p. 131.

　　③　Ibid.

　　④　Margaret Kissam Morris, "Audre Lorde：Textual Authority and the Embodied Self," p. 168.

　　⑤　Cheryl Clarke, "*After Mecca*"：*Women Poets and the Black Arts Movemen*, p. 135.

　　⑥　Ibid.

那里她烹调她的女儿

成为女孩

在她搞定我们的晚餐之前。

我母亲有两张脸

和一个破煎锅

那里她隐藏着一个完美的女儿

她不是我

我是太阳和月亮

对她的眼睛永远饥渴。

我在我的被上背着两个女人

一个肤色黝暗而富有

藏在另一个母亲

象牙色饥饿中

苍白像一个女巫

不过坚定并熟悉

带给我面包和恐惧

在我的睡梦中

她的乳房是巨大的令人兴奋的锚

在午夜的风暴中。①

罗德诗歌中的母亲是情感冲突的复杂的统一体、是女儿恐惧和依恋的悖论的源泉,充分体现了罗德的母亲形象既具有"创造性"又具有"毁灭性"的特点。然而这首诗中的母亲最特别之处还在于其爱欲特点的凸显:巨大的乳房如"令人兴奋的锚"等描写,显然带有鲜明的性欲的特征。同时,这一母亲形象显然有别于现实主义描写中的母亲,这是一个被"神化",或是被"巫女化"的母亲,是罗德的母系"宇宙和神话"王国中的母亲。据说耶曼伊亚(Yemanja)是海洋女神,她的大大的乳房是河流的源头,同时她

① Audre Lorde, *The Collected Poems of Audre Lorde*, p. 235.

也是风调雨顺和土地丰饶的象征。这一来源于非洲文化传统中的女神形象进一步强化了罗德诗歌的母亲形象丰富的文化内涵，使得母亲的形象融女巫、女神、肉欲和家园为一体，同时也使黑人母亲的形象呈现出一种神秘而迷人的人性魅力。爱欲书写在这里成为罗德重新创造非洲精神和神话的有效手段，也成为她独特的"文化民族主义"①书写的耐人寻味的策略。

这个在女性性特征中张扬的母亲形象与大多数非裔加勒比女作家的写作策略形成了鲜明的对比。加勒比黑人女作家笔下的母亲往往是在母女关系的铺陈中和对母女关系的显化中被塑形的，换言之，母亲的形象往往是在与女儿的"女人性"相对应的"母性"中表现出来的。例如，牙买加·琴凯德的自传体小说《安妮·章》（Annie John）就是在母女关系的张力中实现女儿的"文化身份"和"种族身份"的确立。②琴凯德对母亲的母性和象征性进行了显化处理，而对于母亲的女性特征却进行了弱化处理。同样的策略也出现在她的另一部力作《我母亲的自传》（The Autobiography of My Mother）中，而且这一次走到了极端——母亲的肉体形象出现了"缺场"，因为"我的母亲生下我就死了"③。肉体的母亲彻底消失了，被抽干成为关于"我"的记忆之中或是道听途说得来的"妖魔化"的母亲影像；或是在"我"的想象中被"圣洁化"的母亲形象。这种策略是加勒比女作家的一种潜意识中力图避免"女人作为性存在"倾向的反映。正如英国学者丹尼丝·内润（Denise deCaires Narain）所言："还存在着对把黑人女人作为性媒介来表现的沉默，这一点加勒比女作家想要在母女关系的焦点背后隐藏起来。"④加勒比女作家弱化母亲性特征的倾向有着深刻的政治和文化原因以及复杂的心理动因。在《社会性别机制》中，劳里提斯认为，性别就是再现，而对黑人女性来说，这种再现就是把她们表现为性欲化的，可被消费的东西。⑤对于黑人女性，一直以来只有一种二元对立的分类：姆妈或是荡妇，这是在种

① Cheryl Higashida, *Black Internationalist Feminist: Women Writers of the Black Left, 1945—1995*, p. 137.

② 舒奇志：《殖民地文化的成长之旅》，《四川外语学院学报》2005 年第 4 期，第 59—63 页。

③ ［美］牙买加·琴凯德：《我母亲的自传》，南海出版公司 2006 年版，第 1 页。

④ Denise deCaires Narain, "The Body of the Woman in the Body of the Text: The Novels of Erna Brodber," p. 99.

⑤ ［美］特里莎·德·劳里提斯：《社会性别机制》，载佩吉·麦克拉肯主编《女权主义理论读本》，第 204—205 页。

族歧视和帝国主义的背景下白人主流文化的想象。从这个角度来看,非裔加勒比女作家弱化女性性特征的写作策略是对白人主流文化对黑人女性刻板形象生产的一种无奈的消极对抗策略。

　　然而,罗德诗歌中的母亲形象塑造却走了一条与以上提及的非裔加勒比女作家截然相反的道路。她将黑人女性的母亲形象与黑人女性的性主体结合在一起,并凸显和强化了母亲的"爱欲化"特征。有趣的是,与其他非裔加勒比女作家为了弱化母亲的爱欲化特征而采取的凸显母女关系并强化母性特征的策略如出一辙,罗德母亲的爱欲化形象的生产也借用了女儿审视的目光,然而,罗德却让女儿凝视的目光生产出了一个迥异的母亲影像。如此巨大的差异的产生还是要归因于罗德的女性同性恋视角。女儿的审视,从本质上说,是一种摆脱了"种族歧视/性别歧视想象"所形成的同性之间的审视关系,是一种"认同的凝视",母亲与女儿在彼此的身体的审视中,感受到彼此的"欢乐和快活"①。这样,同为黑人女性,母亲与女儿"谨慎地炫耀着自己丰富的性爱能量,它不是朝外的,也不是用来引诱和欺骗男人的;它是关于黑人女性性欲主体性的强有力宣言"②。

　　不仅如此,罗德对母亲形象的"爱欲化"再现还有着更为深层的考虑,并为她的女性同性恋性行为的写作策略埋下了伏笔。评论家吉赛尔·阿纳托(Gisele Anatol)对于罗德在《赞米》中的母亲形象的解读可谓切中要害:

　　　　成熟的安德勒最终意识到她的母亲和母亲的文化对她的生活的毫不含糊的影响。一个走捷径的心理分析解读将把一个女孩与母亲的分裂划归为对自我构建的必要的一步;我,然而,同意那些视那样的个人主义的伤感为虚幻的和典型的男权主义的、只能妖魔化母亲的女权主义者。母女之间的联系而不是分离才是需要批评研究的焦点。重要的是,文本是这样结束的:"[在 Carriacou]据说与其他女人躺在一起的欲望是从母亲的血液中获得的。"这样,安德勒的同性恋主义,她的加勒比遗产,

───────────────

　　①　[美]贝尔·胡克斯:《"大卖热尻":文化市场对黑人女性性欲的再现》,载佩吉·麦克拉肯主编《女权主义理论读本》,第282页。

　　②　同上书,第283页。

和她与母亲的关系变得不可分离的纠结在一起，并被认为对她的生活和她的身份是必须的。①

阿纳托的言外之意就是，母亲的血液成为罗德和她的黑人姐妹们同性性取向的共同的根源，对此，罗德本人也有过清楚的阐释：

> 尽管黑人姐妹不愿意听，我也要说，所有的黑人女性都是同性恋者，因为不论我们可能在怎样的父权压迫下，我们是在一个从本质上说母系的残存社会中被抚养起来的。我们都是同性恋者，包括我们的妈妈们。让我们真正地摈弃陈旧观念和禁忌。它们真的不那么重要。能够意识到诗歌或是艺术的功能能够以一种与我们的生存不分开的方式赋予我们尊严和力量。那种信仰从根源上说是非洲的。②

同性恋性取向使得女性的身体认知抛开了男性参数，并摆脱了男性为主体的审视的目光。女同性恋人之间的性爱成为罗德对女性身体和性的"重新挪用"的另一个重要策略，构成了罗德的神话母系王国的"风景"和"暗喻的家园"③：

> 当女人做爱
> 除了第一次探索
> 我们彼此相遇　知道
> 在一道风景中
> 我们的余生
> 尝试着去理解。④

---

① Giselle Liza Anatol, "Border Crossing in Audre Lorde's *Zami*: Triangular Linkages of Identity and Desire," p. 134.
② Karla Hammond, "An Interview with Audre Lorde," p. 20.
③ Yakini Kemp, "Writing Power: Identity Complexities and the Exotic Erotic in Audre Lorde's Writing," p. 26.
④ Audre Lorde, *The Collected Poems of Audre Lorde*, p. 364.

　　正如罗德所言："女人之间的爱是开放的和可能的，在每个方面都超越了物质。"① 罗德诗歌中的女同性恋本身就是一道独特的风景，是一道需要用一生去体味的风景。黑人女同性恋者是罗德的"达霍美"（Dahomey）王国的公主和女神。在《赞米》中，罗德的同性恋伙伴凯蒂（Kitty）就被转化为女神 Afrekete，② 这使得她们之间的性行为表现为女神之间的性爱，从而实现了罗德对黑人女同性恋的"刻意的精神升华和神话的暗示"③。罗德的诗歌沿袭并发展了这种升华和暗示。在《女人》（"Woman"）中，黑人女性的躯体成为彼此的"港湾"和"家园"：

> 我梦到一个地方在你的乳房中间
> 筑起我的家像一个港湾
> 那里我种下庄稼
> 在你的身体
> 一个无尽的收获
> 那里最普通的石头
> 是月亮石和乌木猫眼石
> 给我所有的饥饿以乳汁
> 而你的夜晚降临到我
> 像一阵及时雨。④

　　在《在月圆之夜》（"On a Night of the Full Moon"）中，讲述人以热带的自然意象描写了自己的恋人：

---

　　① Audre Lord, "Uses of the Erotic: The Erotic as Power," in *Sister Outsider: Essays and Speeches*, Audre Lorde ed. , p. 58.

　　② "Afrekete"是西非神话中的海洋女神。罗德对这一女神形象情有独钟，并自称是"她的女儿"。See Kara Provost and Audre Lorde, "Becoming Afrekete: The Trickster in the Work of Audre Lorde," *MELUS*20. 4 (Winter 1995): pp. 45—59; Audre Lorde, "In the Hands of Afrekete: An Open Letter to Mary Daly," in *Sister Outsider*, Audre Lorde, ed. , Freedom, CA: The Crossing Press, 1984, pp. 66—71.

　　③ Yakini Kemp, "Writing Power: Identity Complexities and the Exotic Erotic in Audre Lorde's Writing," p. 36.

　　④ Audre Lorde, *The Collected Poems of Audre Lorde*, p. 297.

你的肌肤像阳光一样温暖

你的唇轻巧像雏鸟

在你的两股之间糖果

辛辣的橡胶的味道。①

温暖的阳光，雏鸟的飞翔，橡胶树的味道仿佛把我们带到了热带雨林之中，而沐浴在天地精华之间的女人和她的恋人共享着美妙的和谐和温情。

罗德的诗歌中母亲爱欲特征和女同性恋性行为的显化处理其实是基于一个共同的运作策略，那就是对"黑人女性的身体为性欲化"的主流文化想象进行"挪用"，是女诗人对这种黑人女性唯一得到公认的主体位置进行的颠覆。正如胡克斯所言："当黑人女性讲述我们的身体与性活动时，她们把对性爱的认可、欲望、快感和满足，放在了我们创造的关于黑人女性性欲的激进主体性的中心；我们可以创造把我们自己作为性客体的崭新而不同以往的形象。"②

三 爱欲的力量——解构殖民神话

如果说在同性恋视角下的女性爱欲书写"重新挪用"并颠覆了主流文化想象中黑人女性的身体"性欲化"倾向，那么，在后殖民视角下的女性爱欲则"重新挪用"并颠覆了主流文化想象中加勒比的"热带假日天堂"的浪漫化和"旅游化"倾向，从而解构了加勒比地区的殖民神话。③

罗德的母亲出生于加勒比，因此在罗德的多元杂糅的文化身份中，加勒比殖民文化身份是一个不容忽视的因素。尽管出生于美国的大都市，但罗德一直十分看重自己的非裔加勒比渊源并执着于书写"我从来也没去过但从我母亲的口中知道的一个地方"，而这个地方就是加勒比地区。④ 作为加勒比

---

① Audre Lorde, *The Collected Poems of Audre Lorde*, p. 297.

② ［美］贝尔·胡克斯：《"大卖热尻"：文化市场对黑人女性性欲的再现》，载佩吉·麦克拉肯主编《女权主义理论读本》，第 283 页。

③ Yakini Kemp, "Writing Power: Identity Complexities and the Exotic Erotic in Audre Lorde's Writing," p. 27.

④ Audre Lorde, *Zami: A New Spelling of My Name*, p. 256.

的女儿,罗德从母亲的口中得到的是关于西印度群岛的两个理想化的观念。第一个直接来源于她的父母。由于父母已经移民到美国,远离了曾经的家园,这种距离感使得西印度群岛成为父母头脑中理想的、浪漫的家园意象。尽管罗德的父母从加勒比挣脱出来,移民到美国试图寻求新的生活,但这个浪漫的家园意象却被不断地理想化,并被永远地镌刻在他们的思绪之中;第二个就是西印度群岛成为从欧洲和美洲来此地旅游的白人的度假天堂,这使得西印度群岛成为殖民者眼中供给西方消遣的天然的尤物。而这种理想化的加勒比形象由于官方的旅游宣传而根深蒂固地植入了人们的脑海中。在白人的殖民心态和旅游视角中,加勒比的住民是生来的仆人,而加勒比女人更是充满着异域风情的玩物和刺激。① 这是一种殖民"物恋化"策略,它把所有的具体特征和差异都变质为一个奇异的本质。而"物恋化策略和寓言机制不仅允许污蔑表象的迅速交换,还可以被用来维持一种道德差异的意义;它们还使作者可以把社会和历史的不同转变为普遍的、形而上学的差异"②。这种机制的意识形态的功能是,"除了延长殖民主义以外,它还抽去被征服世界的历史真实性和使之非社会化,将其作为一种形而上学的'生活事实'来表现介绍,在这个事实面前,那些造就殖民地世界的人们被贬为一个并非他们创造的神话的被动旁观者的角色"③。这个机制正是加勒比殖民主义文本表现的机制。殖民者成为悠然的旁观者,而无论是加勒比还是加勒比住民都在西方殖民主义的调戏的眼神中失去了自我,并不得不向着一个虚构的"他者"转换。

罗德清楚地意识到,挑战加勒比殖民主义文本表现的机制的关键就是转换"观察"的视角,而这个观察视角转变的关键还是罗德的黑人女性的爱欲再现。正如贝尔·胡克斯所指出的那样:"黑人女性性欲形象是19世纪种族歧视文化工具的一部分,它的影响延续至今,但当代流行文化在再现黑人

---

① Ian Gregory Strachan, *Paradise and Plantation: Tourism and Culture in the Anglophone Caribbean*, p. 14.
② [美] 阿布都·R. 简·默哈默德:《殖民主义文学中的种族差异的作用》,载张京媛主编《后殖民理论与文化批评》,北京大学出版社1999年版,第202—203页。
③ 同上书,第203—204页。

女性身体时，很少颠覆或批评关于黑人女性性欲的形象。"① 对于如黑人妇女一样的有色人种妇女来说，"性就像性别一样，也是政治的"②。毫不夸张地说，黑人女性的性欲再现策略的改变或是"挪用"在某种程度上关乎着黑人群体的解放。在罗德的自传体小说《赞米》中，女主人公和她的同性恋恋人凯蒂之间的情爱场景的描写就使得这一策略初见端倪：

> 我拿了一个熟透的鳄梨，在我的两手间揉搓，直到果皮变成了一个盛装里面柔软的挤碎的果肉绿色的袋子。我从亲吻你的嘴抬起头，在靠近果脐的地方把果皮咬破一个小口，来来回回挤出淡淡的黄绿色果汁，在你的巧克力——棕色的腹部形成细细的仪式般的线。
>
> 从我的身体淌出的油和汗和着水果的汁液，我用它揉捏你的大腿和你的乳房之间，直到你的棕色［皮肤］像透过最淡的绿色鳄梨的纱灯那样闪闪发光，我从你的皮肤上慢慢地舔一个女神梨的壁炉灯饰。③

鳄梨是典型的热带水果，也是西印度群岛盛产的水果，而在罗德所描写的场景中，这种热带水果竟然成为两个同性恋人之间性爱游戏的重要道具。更重要的是，这一道具使得两个女人变成了两个女神，而她们之间的性爱也带有了神圣的典仪般的象征性，并在同性恋的性爱和加勒比海之间建立起了一种微妙的联系。正如鳄梨以这种具体的、物质的方式参与到了女人的情爱之中，加勒比也具有了一种物质的整体性和实体性。可见，加勒比是她们的家园，但绝非是罗德父母脑海中由于理想化和浪漫化而变得虚无缥缈的梦中家园，而是罗德和她的恋人生活中实实在在的成分和因素，并在特定的情境中激发着她们的灵感，不但在性爱上，也在文学创作上，成为她们的创造性和想象力的源泉。而这也正是罗德的所谓"性欲作为力量"断言的最直接的体现：

---

① ［美］贝尔·胡克斯：《"大卖热尿"：文化市场对黑人女性性欲的再现》，载佩吉·麦克拉肯主编《女权主义理论读本》，第266页。

② ［美］盖尔·卢宾：《关于性的思考：性政治学激进理论的笔记》，载佩吉·麦克拉肯主编《女权主义理论读本》，第442页。

③ Audre Lorde, *Zami: A New Spelling of My Name*, p. 251.

　　　　我相信性欲，并且我相信它是在我们作为女人的生活中一种启迪的
　　　力量。……我认为性欲是最深处的生命力量，一种推动我们以一种本质
　　　的方式生活的力量。当我说生活的时候，我指的是那种力量推动我们朝
　　　向能完成真正的积极的转变的［东西］。①

可见罗德关注的是性欲的力量带来的黑人女性生活的"真正的积极的转
变"，而具体到对于加勒比——这个令罗德等有着加勒比亲缘关系的非裔美
国女作家梦绕魂牵的土地，这种转变首先体现为对殖民化观念的解构和
颠覆。

　　在罗德的诗歌中，这种殖民化观念的解构策略得到了完善和发展。加勒
比也从一只小小的"鳄梨"变成了更具震撼力的加勒比意象。在罗德的诗歌
中，身体述说着自己的历史，罗德以"肉欲的语言"（corporeal language）② 创
造出的一个个鲜活的黑人女性生命打破了殖民者试图将加勒比住民"行尸走
肉化"（zombification）的策略。③ 她独特的"爱欲的语言"颠覆了占主流地位
的殖民想象，把在白人游客的旅游视角和殖民观念中被"仆人化"和"妓女
化"的加勒比黑人女性重新放置在中心地位，并与加勒比这个家园融为一体。
在《爱诗》（"Love Poem"）中，女人的身体与大地的意象紧密相连：

　　　　呼唤大地并用最丰富的东西祝福我
　　　　使得天空从我的臀流淌出蜜汁
　　　　坚挺如山脉
　　　　铺展过山谷
　　　　被雨水的出口切开。④

　　黑人女作家青睐的大地母神的形象在这里得到了强化，而诗歌的讲述人

---

① Claudia Tate, *Black Women Writers at Work*, p. 106.

② Elizabeth Alexander, " 'Coming Out Blackened and Whole': Fragmentation and Reintegration in Audre Lorde's *Zami* and *The Cancer Journals*," p. 697.

③ Simone A. James Alexander, *Mother Imagery in the Novels of Afro-Caribbean Women*, p. 19.

④ Audre Lorde, *The Collected Poems of Audre Lorde*, p. 127.

也成了与大地母神相依相偎的女神。在接下来的诗行中，与大地的意象紧密相连的女性躯体更具有了鲜明的自然的力量：

> 并且我知道当我进入她我是
> 大风在她的森林山谷
> 手指絮语声
> 蜜汁流淌
> 从分裂开的杯子
> ……①

　　"大地"、"天空"、"山脉"、"雨水"、"森林"、"山谷"等自然意象很容易使人联想到风景如画的加勒比，而罗德的诗歌推动着这些自然意象进入了诗歌的情欲话语之中。换言之，加勒比的黑人女性的躯体具有了生产加勒比如画的自然风光的动态性力量。诗歌中黑人女性与天地合一，与日月同在的性爱感受恰恰来自于"反殖民化的性爱情景中，它根植于对女权主义和反种族歧视政治的信奉"②。她们以自己的躯体和独特的性欲理解方式和表现方式成为了这块神奇的土地的主宰，成为这个白人殖民者眼中的"度假天堂"的母神和真正的主人，而加勒比也从白人殖民者视野中的"度假天堂"转化成为这群女神享受爱欲的"快乐天堂"。
　　罗德的性欲书写完成了很多加勒比女作家共同写就的一个加勒比故园情结。在葆拉·马歇尔、牙买加·琴凯德、特里·麦克米兰（Terry MacMillan）等加勒比非裔女作家的作品中，加勒比几乎都是女主人公新生活的开始之地，是她们的文化身份艰难寻求之旅的终点和新的起点。罗德的诗歌中的性欲书写也同样使得充满异域情调的加勒比成为了"转化的源泉"和一个充满着"重生"和"拯救"的力量的神奇土地。③

---

　　① Audre Lorde, *The Collected Poems of Audre Lorde*, p. 127.
　　② ［美］贝尔·胡克斯：《"大卖热尻"：文化市场对黑人女性性欲的再现》，载佩吉·麦克拉肯主编《女权主义理论读本》，第 282 页。
　　③ Yakini Kemp, "Writing Power: Identity Complexities and the Exotic Erotic in Audre Lorde's Writing," p. 36.

四　小结

加勒比地区的殖民化过程一直是一个令后殖民理论家着迷的神秘之地，因为"这一地区诞生于殖民主义，其历史独特性在于它既没有一个前殖民时的故乡，也没有一个后殖民时的故乡"①。因此，加勒比文化身份本身带有鲜明的"杂糅性"和"他者性"，用司图亚特·霍尔（Stuart Hall）的话说，就是"加勒比性"（Caribbeaness）中带有断裂性和不连贯性，并存在着非洲性、欧洲性和美洲性的三种杂糅的印记。②克服"他者性"是被殖民者文化建构最关键的一步。对于抵御"他者性"，霍米·巴巴提出了"拟仿"（mimicry）策略，"既来源于殖民话语，又与本土文化话语糅合，对殖民话语的原体产生强有力的颠覆作用"③。罗德的性欲书写策略成功地抵制了后殖民语境中被殖民文化所面临的复杂的"他者性"，显然，罗德采用的就是巴巴的"拟仿"。她利用殖民者把黑人世界，尤其是黑人女性世界"性欲化"的殖民想象，却巧妙地颠覆了殖民语境中非裔的"女人神话"和"殖民神话"，并在同性恋的爱欲书写中使黑人女性从客体最终走向了主体。

---

① Yakini Kemp, "When Difference Is Not the Dilemma: The Black Woman in African American Women's Fiction," p. 62.

② Stuart Hall, "Cultural Identity and Diaspora," pp. 390—400.

③ 舒奇志：《殖民地文化的成长之旅》，《四川外语学院学报》2005 年第 4 期，第 62 页。

第三十三章

杰恩·科特兹诗歌的布鲁斯美学

杰恩·科特兹（Jayne Cortez，1936—2012）是黑人艺术运动时期重要的非裔美国女诗人之一，被称为"妇女主义女勇士诗人"（Womanist-Warrior-Poet）[①]。从1969年出版第一部诗集开始到2012年12月辞世，她先后出版了十余部诗集，[②] 并获得了包括国家艺术基金会奖、纽约艺术基金奖、国际非洲节日奖、美国图书奖等在内的各种奖项。然而，尽管科特兹的诗歌拥有稳定的读者群，并在美国诗坛享有较高的声誉，但与其他从黑人艺术运动中涌现出来的黑人女诗人，如安德勒·罗德、尼基·乔万尼、格温朵琳·布鲁克斯、卡罗琳·罗杰斯（Carolyn Rodgers）、尼托扎克·尚吉（Ntozake Shange）等在严肃的文学评论界受到的关注相比，对于她的诗歌从学术意义上的研究似乎显得不足。迄今为止，对科特兹诗歌投去关注一瞥的美国评论家还只有寥寥几人。[③]不仅如此，与同时从黑人艺术运动出发的黑人姐妹相比，科特兹似乎始终也没有大红大紫。艾丽斯·沃克成为"妇女主义"的代言人，[④] 安德勒·罗德成为

[①] William L. Andrews, Frances Smith Foster, Trudier Harris, eds. *The Concise Oxford Companion to African American Literature*, p. 89.

[②] 杰恩·科特兹的主要诗集有 *Scarifications*（1973），*Mouth on Paper*（1977），*Firespitter*（1982），*Coagulations*（1984），*Poetic Magnetic*（1991），*Somewhere in Advance of Nowhere*（1996），*Jazz Fan Looks Back*（2002），*The Beautiful Book*（2007），*On the Imperial Highway*（2009）等。

[③] 主要研究成果有 Eugene B. Redmond, *Drumvoices：The Mission of Afro-American Poetry*（1976）；Aldon Nielsen, *Black Chant：The Language of African American Postmodernism*（1997）；Karen Ford, *Gender and the Poetics of Excess：Moments of Brocade*（1997）；T. J. Anderson III, *Notes to Make the Sound Come Right：Four Innovators of Jazz Poetry*（2004）；Cheryl Clarke, "*After Mecca*"：*Women Poets and the Black Arts Movement*（2005）；Jennifer D. Ryan, *Post-Jazz Poetics：A Social History*（2010）中的部分章节，以及 Babara Christian, Bessie Smith, Kimberly N. Brown, Tony Bolden 等人的文论。

[④] 王卓：《共生的精神传记》，《济南大学学报》2008年第3期，第59页。

"同性恋黑人女权主义"的奠基人,① 乔万尼成为了"黑人诗歌的公主"②,事业都如日中天,作品均受到读者和评论家的追捧,相比之下,科特兹却似乎一直不温不火,其影响力始终没有超越黑人诗歌的范畴。

　　然而随着黑人艺术运动硝烟的逐渐散尽,对这一时期的女诗人的评价开始出现转向和变调。人们开始逐渐意识到科特兹诗歌中被忽略的艺术魅力。凯润·福特(Karen Ford)视科特兹为黑人艺术运动中黑人女性诗人创作"模式的一个例外",并盛赞她为"非裔美国女性诗歌未来发展的先驱"③。与福特对科特兹的高度评价几乎异口同声的是美国诗人和爵士乐评论家斯坦利·克罗奇(Stanley Crouch)。克罗奇对黑人艺术运动的评价几乎是负面的,但却唯独对科特兹不吝溢美之词,并说科特兹是唯一一位让他"感兴趣"的美国黑人女诗人,因为在她的诗歌中"有一种激情和一种抒情的声音以及声音和音律单位的控制力"④。评论家凯布利·布朗(Kimberly N. Brown)认为科特兹诗歌中有"凝固"、"热血"和"让伤口结痂"的双重力量。⑤不错,与在黑人艺术运动期间走上文学创作道路的诗人一样,科特兹诗歌也是"关于鲜血和革命"的诗歌。⑥ 然而,她的诗歌不但鲜有黑人艺术运动中文学作品的火药味,而且往往充满着令后黑人艺术运动时期的评论家和读者欣喜的艺术的复杂性。究其原因,要感谢科特兹融布鲁斯音乐元素于诗歌之中的诗学策略。散布于诗行中的布鲁斯音乐精灵们起着调节剂和黏合剂的作用,把科特兹诗歌中的政治性、说教性和艺术性天衣无缝地糅合在一起。

一　科特兹的布鲁斯情结

　　对于美国黑人作家来说,音乐,尤其是具有非洲本土色彩的音乐是他们表达文学理念和进行文学创作的一种"隐喻"性的方式。产生并形成于奴

---

①　Margaret Kissam Morris, "Audre Lorde: Textual Authority and the Embodied Self," p. 168.

②　张子清:《二十世纪美国诗歌史》,吉林教育出版社 1997 年版,第 923 页。

③　Karen Jackson Ford, *Gender and the Poetics of Excess: Moments of Brocade*, p. 182.

④　Ibid.

⑤　Kimberly N. Brown, "Of Poststructuralist Fallout, Scarification, and Blood Poems: The Revolutionary Ideology behind the Poetry of Jayne Cortez," p. 64.

⑥　Ibid. , p. 65.

隶制和黑人奴隶劳作的布鲁斯不但是美国黑人作家最偏爱的美学和文化干预策略，更是非裔诗人的秘密武器。在他们的手中，黑人音乐与诗文相结合，有效地转化成为社会现实的"元—评论"（meta-commentary）。① 事实上，布鲁斯就是一种原始的美国诗歌形式，如巴拉卡所言："总的来看，黑人诗歌……试图表现它的音乐之源。就像布鲁斯，在某个层面上，是一种诗歌形式，因此当音乐流淌进词语中时，黑人诗歌就开始了。"② 2003 年获得美国国家艺术基金会奖的诗人凯米勒·当吉（Camille Dungy）说："布鲁斯是我依靠的工具之一，就像英国的十四行诗是我依靠的工具一样。"③ 布鲁斯对美国诗歌的影响是多元的、复杂的，从形式到内容到精神气质，以各种方式和形式渗透到美国诗歌之中。布鲁斯音乐的 A—AB 曲式结构和即兴演唱方式被很多美国诗人以显性或隐性的方式运用到诗歌创作之中；布鲁斯歌手和布鲁斯歌曲也是很多美国诗人热衷的主题；布鲁斯音乐的风格和隐喻性更是成为很多美国诗歌的表述方式和文本结构。

很多杰出的非裔美国诗人，如巴拉卡、兰斯顿·休斯等都是布鲁斯诗歌创作的高手，而美国黑人女诗人中，杰恩·科特兹恐怕是与布鲁斯音乐最有渊源的一位了。幼年受到的音乐教育和乐器训练使得科特兹对音乐有着特有的敏感和专业素质，她的诗歌创作与音乐更是有着不可分割的密切关系。科特兹本人在与麦尔汉姆（D. H. Melhem）的访谈中这样描绘了她的诗歌与音乐的关系："我开始写作关于我与黑人音乐之间关系的诗歌，谈论音律或者我所喜欢的音乐，当然，也谈论演奏音乐的音乐家。它像赞美诗，古老的非洲赞美诗。"④ 科特兹是诗歌的写作者，也是诗歌的朗诵者和表演者，这一点使她成为非裔美国表演诗歌的先驱者之一。事实上，科特兹在爵士乐的伴奏下录制了她创作的几乎所有诗歌。从 1974 年开始，科特兹与"急脾气的人"（The Firespitters）乐队合作，先后录制了九张爵士乐诗歌朗诵 CD，分别是《庆典和孤独》（*Celebrations and Solitudes*）、《就这样》（*There It Is*）、

---

① Jean-Philippe Marcoux, *Jazz Griots*: *Music as History in the 1960s African American Poem*, p. 147.

② Amiri Baraka, "New Music/New Poetry," in *The Music*: *Reflections on Jazz and Blues*, p. 243.

③ Qtd. in Tyehimba Jess, "The word/the blues: A Meditation: Investigating Blues Poetry, an Old Tradition," p. 136.

④ D. H. Melhem, *Heroism in the New Black Poetry*: *Introduction and Interviews*, p. 203.

《不屈的布鲁斯》(*Unsubmissive Blues*)、《保持控制》(*Maintain Control*)、《鼓无处不在》(*Everywhere Drums*)、《兴高采烈和乐观主义的》(*Cheerful & Optimistic*)、《把布鲁斯带回家》(*Taking the Blues Back Home*)、《无序时间的边界》(*Borders of Disorderly Time*)和《发现你自己的声音》(*Find Your Own Voice*)。尽管录制诗歌朗诵的诗人不乏其人,但科特兹的录音几乎都是由她本人组织和制作的,这使得"她能够远比大多数其他与爵士乐音乐家录制诗歌的诗人更有效地,更广泛地把她的写作与音乐创作结合起来"[①]。

　　然而,非洲音乐对科特兹而言,决不仅仅是其诗歌朗诵时的伴奏那么简单。与爵士乐队的长期合作使得科特兹的诗歌创作过程成为一个无伴奏的"音乐化"过程,而这一过程使得她的诗歌深深地扎根于音乐之中,同时舞台表演的戏剧化模式也成为她诗歌创作的基点和出发点。对于音乐与诗歌之间的关系,特别是诗歌表演的体验,科特兹有着非常深入的理解:

　　　　在纸张上,我把玩的是视觉和词语之间的联系。然后当我朗诵时,你知道,亦是如是,词语和音乐融合在一起。声音至关重要,都是关于声音的。诗歌的声音以音乐声音为背景。我朗诵的方式就是即兴或者创造词语,就像古老的非洲模式中呼唤应答模式。我陈说,或者我提问,然后音乐回应我,我再回应音乐,我们彼此倾听。不仅对于你正在做的事情做出评说,而且还要延展开去,由此及彼,探索诗歌和音乐融合一起的各种可能性。[②]

　　这段访谈的确道出了科特兹诗歌创作和朗诵的精髓。在纸张之上,科特兹特别关注诗歌形式所能唤起的读者的心理反应,因此对于诗歌形式的视觉效果十分关注。她的很多诗歌都是视觉实验的产物。比如《朴素的真理》("Plain Truth")[③]等诗歌都是视觉实验诗歌。然而,对于更为重视诗歌表演的科特兹来说,视觉实验是远远不够的。声音,或者更准确地说,音乐声音和朗

---

① Aldon Lynn Nielsen, *Black Chant: Languages of African-American Postmodernism*, p. 221.

② Qtd. in Jennifer D. Ryan, *Post-Jazz Poetics: A Social History*, p. 79.

③ 该诗原文参阅 Jayne Cortez, *On the Imperial Highway: New and Selected Poems*, pp. 56—58。

诵声音的融合，才是她关注的核心。科特兹把音乐既作为主题也作为诗歌创作的"美学对应物"（aesthetic correlative）①。换言之，科特兹已经把布鲁斯音乐转化成为一种恰切的诗歌书写形式，并以这种形式表达真实和权威，而且把它作为某种独特的真理和美学观念的媒介。从美国诗歌的传统来看，科特兹的诗歌在某种程度上是对"垮掉派"诗学和奥尔森的"投射诗"的继承和发展。如奥尔森在《投射诗》中所提出的以呼吸为单位的诗歌创作原则，科特兹的诗行也通常以呼吸为单位，而这些单位的节拍和节奏则通常来源于非洲音乐。在朗诵表演时，科特兹常常以不断变化的声高来朗读这些诗行。她以某个声调朗读前一行，然后以降低的声调朗读下一行。这样，她的诗行听起来如"唱诗一样"，富有节奏感和律动性。② 科特兹认为诗歌与爵士乐是"互补的"③。对于爵士乐伴奏诗歌朗诵中，人的声音与乐器的配合，科特兹也颇有心得：

> 困难的部分是伸展人的声音。乐队中的每位其他人都有另一种声音，乐器的声音比你的声音大得多。这是个问题。如何能够避免不同的声高控制你的朗诵。与我合作的大多数音乐家都是演奏爵士乐的音乐家。他们习惯于创作不同的节奏模式和不同的声音。因此他们与我做的事情以相同的方式联系在一起。他们插入他们自己的声音和态度。我喜欢与音乐合作。这是一个集体实验。一次集体作曲。④

为了与即兴演奏的爵士乐队配合，科特兹的诗歌创作会有意或是在潜意识中构建她的诗歌的音象（melopoeia），⑤ 以适应她自己的音域，并以她自己的呼吸来控制她的诗行，这使得她的诗行时而如惠特曼的"目录诗"

① Aldon Lynn Nielsen, *Black Chant: Languages of African-American Postmodernism*, p. 222.
② 关于科特兹与爵士乐队的合作表演，详情见 Aldon Lynn Nielsen, *Black Chant: Languages of African-American Postmodernism*, pp. 221—222。
③ Cheryl Clarke, *"After Mecca": Women Poet and the Black Arts Movement*, p. 72.
④ D. H. Melhem, *Heroism in the New Black Poetry: Introduction and Interviews*, p. 204.
⑤ 该词是 Ezra Pound 于 1917 年从希腊文词根生造的词。Melopoeia 与 Logopoeia, Phanopoeia 三个词代表了庞德总结的诗的语言的三要素。Melopoeia 即诗的音乐，Phanopoeia 即诗的意象，而 Logopoeia 则是诗的智慧。参见 K. K. Ruthven, *Ezra Pound as Literary Critic*, pp. 109—140。

(Catalogue verse),① 洋洋洒洒,如瀑布般一泻千里;时而如威廉斯的"美国方言"(American idioms),② 诗行短小、多变,如跳跃的溪流,撞击着鹅卵石而激越。科特兹诗歌创作于与乐队合作表演之前,但乐队的即兴演奏往往会改变诗歌的韵律和节奏,因此,每次与乐队的合作都会使"作品听起来像新的和即兴的"③。

从以上的论述不难发现,科特兹的诗歌创作融合了西方实验诗学与非洲传统音乐,从而找到了一种非裔美国诗人自己的声音。这与美国评论家、诗人谢丽·威廉姆斯(Sherley Anne Williams)所界定的布鲁斯诗人创作的过程如出一辙:"[布鲁斯诗人]以与现代爵士乐发展史上最重要的开拓者——Swing of Count Basie④ 和 Charlie Parker⑤ 的 bebop⑥ 拓展布鲁斯音乐传统相同的方式拓展了布鲁斯的话语传统,使得这些传统以一种可认识的西方意识成为'经典',却对作为其最重要的源泉的黑人经历和黑人观念保持了真实。"⑦ 科特兹就是在对布鲁斯的改写中找到了黑人"自己的乐器",从而可以"以自己的语言定义这个世界",而这正是黑人艺术运动的核心政治。⑧毫不夸张地说,科特兹在自己的布鲁斯诗学中艺术地实现着黑人艺术运动的政治学。

二　跨越神圣的"叠句唱和"

与爵士乐队的长期合作、与黑人美学运动中的领军人物的长期接触使得

---

① Donald D. Kummings, ed. , *A Companion to Walt Whitman*, p. 383.

② William Carlos Williams, *The American Idiom*, Denver, Colo. : A. Swallow for the Inter American University, 1960.

③ D. H. Melhem, *Heroism in the New Black Poetry: Introduction and Interviews*, p. 204.

④ 美国爵士乐音乐家。

⑤ 现代爵士乐发展史上最重要的开拓者。

⑥ "Bebop"一词源自爵士音乐家在练声或哼唱器乐旋律时发出的毫无词义的音节。这个词初次以书面形式出现在吉列斯匹 6 人乐队于 1945 年在纽约录制的唱片曲名《咸花生 Bebop》。Bebop 音乐通常由 3—6 人组成的小型爵士乐队演奏。他们一般不用乐谱,演奏的程序是先把旋律完整地演奏一次,接下来是在节奏组伴奏下的几段即兴独奏叠句,再重复第一叠句的旋律结束全曲。节奏组自始至终重复着全曲的和声音型,以保持乐曲的完整和统一的结构。

⑦ Sherley Anne Williams, "The Blues Roots of Afro-American Poetry," p. 135.

⑧ Larry Neal, "The Black Arts Movement," p. 184.

科特兹对诗歌的"易变性"（mutability）和"渗透性"（permeability）都有着不同于其他诗人的深刻认识，而此两种特性也是布鲁斯音乐最鲜明的特征，在曲式中是以布鲁斯歌手与乐队的"唱和模式"（call-and-response pattern）为主要表现形式的。① 在科特兹的诗歌中，布鲁斯的唱和模式演化成为诗歌中鲜明的对话模式，并创造出了一个具有开放性和伸展力的"对话空间"②。这种对话空间在非裔美国作家的小说中往往形成贯穿于小说文本中的对话性的叙事策略和多重叙事的声音，并最终形成一种"对话结构"③。而在科特兹的诗歌中，此对话空间是在文本内的"叠句唱和"和跨文本的"互文唱和"中生产出来的。

布鲁斯音乐通常以 12 小节为一个乐段，每个乐段分为 3 行，每行 4 个小节，歌词前两句相互呼应，第三句是即兴创作，其他乐段都是对这一基本曲式以及固定和声的重复。从文体来看，布鲁斯歌手运用程式化的意象式的词句，以及诸如"哦 孩子"、"是的，我的主"等插入句，并与伴奏的乐队形成"呼唤—应答"之式。④ "布鲁斯的关键之处不仅在于曲式的重复，还在于即兴变换。一些音乐的元素，如音调、颤音、切分音、意象等，可以随着歌手在不同语境中的心态而在实际吟唱中不断加以变化，并因此使整个歌曲达到一种哀怨婉转、变化自如、层层递进和震撼心灵的效果。"⑤ 在科特兹的诗歌中，布鲁斯旋律成为了"一种有力的符号系统"和"黑人方言传达的文化信息"⑥，而这首先体现在科特兹对布鲁斯曲式结构的运用和改写。如前文所言，布鲁斯音乐最鲜明的曲式特征是重复和即兴变奏，而在科特兹诗歌中，这种曲式特征演化为一种诗歌"助记手段"，即对"从紧邻配曲的

---

① Bernard W. Bell, *The Contemporary African American Novel: Its Folk Roosts and Modern Literary Branches*, p. 64.

② Tyehimba Jess, "The word/the blues: A Meditation: Investigating Blues Poetry, an Old Tradition," p. 138.

③ Marilyn Sanders Mobley, "Call and Response: Voice, Community, and Dialogic Structures in Tony Morrison's *Song of Solomon*," p. 42.

④ See Bernard W. Bell, *The Contemporary African American Novel—The Folks Roots and Modern Literary Branches*, pp. 83—84.

⑤ 王晓英：《论艾丽斯·沃克短篇小说"1955"的布鲁斯特征》，《外国文学研究》2006 年第 1 期，第 128 页。

⑥ 程锡麟、王晓路：《当代美国小说理论》，外语教学与研究出版社 2001 年版，第 211 页。

诗行中的一个关键词、想法或是词组发展"而来的模式的改变。① 诗歌中的对话模式则往往是在"叠句合唱"（riff chorus）中实现的。例如：

> In the morning in the morning in the morning
> all over my door like a rooster
> in the morning in the morning in the morning②

科特兹的叠句合唱起着爵士乐中的停顿的作用，它标志着与诗歌中前边诗行节奏上的偏离。在科特兹的诗歌朗诵中，她通过改变声高模拟爵士乐音乐的节奏，甚至通过延长叠句中的元音/o/模拟爵士乐队中小号的声音。"叠句合唱"的节奏持续紧迫、意象不断叠加直到诗歌达到高潮：

> ……
> 　在早晨　在早晨
> 一切膨胀起来像早晨的海洋
> 清晨
> 在树丛中的汁液干枯
> 在早晨
> 当你听到公鸡打鸣
> 打鸣公鸡打鸣
> 在早晨在早晨在早晨③

这段诗歌最鲜明的是女性性特征意象，无论是"膨胀"还是"汁液干枯"等意象显然指的是女性怀孕和生育的生理规律，而不断重叠的"在早晨"则表明了诗人对生命轮回的关怀和尊重。同时，自然界的日出日落、人的生死轮回与精神的重生所构成的循环则是非裔美国文化传统中厚重的沉

---

① Gerald Davis, *I Got the Word in Me and I Can Sing It, You Know: A Study of the Performed African American Sermon*, p. 53.

② Jayne Cortez, *On the Imperial Highway: New and Selected Poems*, p. 22.

③ Ibid., pp. 23—24.

淀。这段充满隐喻的诗歌充分体现了黑人文学和文化的"布鲁斯隐喻表达"的特征。① "叠句合唱"在节奏和意韵上的合力作用,从某种程度上来说,就是"布鲁斯方言"(blues idiom)的力量。科特兹相信这种力量可以被归并到政治的意识运动之中从而取得社会转变的奇迹。

"叠句合唱"充分显示了科特兹融合书写和声音的能力,并与黑人艺术运动"再造黑人灵魂"的宗旨求得了契合点,成为"革命的布鲁斯"的代表诗人。② 科特兹《再造黑人灵魂》首先是从宗教慰藉开始的:

> Churches everywhere
>
> Churches in the basements
>
> Churches on the street corner
>
> Churches in the storefronts and in the garages
>
> Churches in the dwelling house and
>
> Churches in the synagogues
>
> Churches everywhere
>
> Churches on the air twenty-four hours a day
>
> Turn on the air and you 'll hear somebody preaching church③

这里的关键词"教堂"(Church)犹如布鲁斯曲式中的"固定和声","每个地方的教堂"(Churches everywhere)则协力构建起下面诗行的节奏和修辞的基础,而不同地点的"教堂"则犹如布鲁斯曲式中的变奏。不过,该诗特定的教堂场景还有着更为深刻的意义。布鲁斯的演奏和表演对于不同的种族群体具有完全不同的心理和情感意义。对于白人和其他种族群体来说,布鲁斯只是一种音乐演奏形式和娱乐形式,而对于美国黑人而言,布鲁斯演奏却是一种"社会仪式","一种典仪式的、残存的口头形式,它重复的演奏强

---

① [美]海登·怀特:《"描绘逝去时代的性质":文学理论与历史写作》,载拉尔夫·科恩主编《文学理论的未来》,中国社会科学出版社1993年版,第3页。

② Tony Bolden, "All the Birds Sing Bass: The Revolutionary Blues of Jayne Cortez," pp. 61—71.

③ Jayne Cortez, *Coagulations: New and Selected Poems*, p. 52.

化了一种生活中的秩序感并保留下了［民族］群体的分享的智慧"①。"叠句合唱"是黑人教士在教堂唱诗中常用的与集会的教民交流的方式，而科特兹在诗歌中的成功应用则使得其诗歌具有了一种世俗布道的宗教和道德功能，从这个角度来看，布鲁斯因素使得科特兹诗歌具有了圣歌（Spirituals）和福音歌（Gospel Songs）的特征和功能。事实上，圣歌、福音歌和布鲁斯是三种非洲经典的音乐传统，是现代非洲美国音乐的三大源泉。圣歌好像"说唱布道"，灵感来自于《圣经》，内容来源于族群经历；福音歌与圣歌不同，是由个人创作的正式的音乐，不过其起源也是古老的宗教仪式，特别是神圣教堂的宗教狂热。② 与前两个来源一样，布鲁斯音乐中也深蕴宗教色彩，是"劳动乐曲、团体俗歌、田间的劳动号子、宗教和声、谚语式的格言、民间哲学、政治批判、下流幽默、哀歌挽唱等许多成分的综合"③。充满宗教仪式感的布鲁斯曲式结构所形成的"叠句合唱"如同黑人教堂中的说唱布道，成为非裔美国黑人的心灵的慰藉和力量的源泉。换言之，布鲁斯曲式结构在科特兹诗歌中承担了古老的萨满精神慰藉者的使命。

有时，科特兹诗歌的"固定和声"并不一定如此直白而清楚地呈现在诗行中，可能更多的仅仅是一种布鲁斯意韵和因素。例如，科特兹为纪念1976年南非学生起义而创作的诗歌《致索韦托勇敢的青年学生》（"For the Brave Young Students of Soweto"），就运用了一系列意象白描了南非殖民地的没落，这些意象如拼贴画抽象而生动，有序而随意，恰如布鲁斯音乐的固定曲式和即兴曲式的完美结合。在科特兹录制的这首诗歌的爵士乐伴奏朗诵中，最开始是风笛和鼓的二重奏，当鼓声的节奏逐渐激越，风笛的声音渐渐隐去，伴随着鼓声科特兹的声音加入到音乐的旋律中：

    索韦托
    当我听到你的名字

---

① Bernard W. Bell, *The Contemporary African American Novel: Its Folk Roosts and Modern Literary Branches*, p. 84.

② See Bernard W. Bell, *The Contemporary African American Novel—The Folks Roots and Modern Literary Branches*, p. 83.

③ 习传进:《论贝克的布鲁斯本土理论》,《华中师范大学学报》2003 年第 2 期, 第 94 页。

我 想 到 你
就 像 在 得 克 萨 斯 豪 斯 顿 的 第 五 监 狱
当 我 看 到 这 的 丑 陋
并 想 到 土 著 美 国 人
被 推 向
部 落 留 守 的 饥 荒
想 到 集 中 营
到 处 是 悲 伤 的
巴 勒 斯 坦 人①

诗歌中的 "当我听到你的名字"、"当我看到这的丑陋" 配合着乐曲的不同的变奏把一个又一个种族歧视的悲剧剪贴成一幅声音的画卷, 并在美国的种族歧视和世界各地, 尤其是南非的种族冲突的悲剧之间形成了交互参照, 并分别赋予了他们政治的普遍性和特殊性。

三 跨越时空的"互文唱和"

另一个 "对话空间" 的生产模式就是带有布鲁斯 "唱和模式" 精神的跨文本 "互文唱和"。这种会令克里斯蒂娃的幽灵欢欣鼓舞的 "互文" 精神是在科特兹超现实主义的诗性想象中实现的。② 对于科特兹来说, 超现实主义与布鲁斯的结合具有非同寻常的意义。对此, 尼尔森 (Aldon Lynn Nielson) 的论述十分精辟:

当她［科特兹］移居到纽约之后, 她的诗歌作品开始频繁地发表, 而且越来越清楚地表明, 她已经发展了一种诗学, 它平行于, 总的来说又独立于垮掉派和黑山派以及纽约派诗歌。科特兹分享了诸如 Johnston、

---

① Jayne Cortez, *Coagulations: New and Selected Poems*, p. 44.

② 关于超现实主义与布鲁斯音乐与诗歌之间关系参见 Tony Bolden, "All the Birds Sing Bass: The Revolutionary Blues of Jayne Cortez," pp. 61—71。

Spellman 和 Thomas 等男性诗人的超现实主义方法论和根置于重新宣称
的非洲书写传统的布鲁斯情感的有力结合，但她也把一种女性世界的参
照带到了这个结合之中。①

她的诗歌《我是纽约城》（"I Am New York City"）就是一首超现实主
义和布鲁斯情结结合的作品：

　　……
　　靠近我通过我的寡妇的帽檐
　　通过我分裂的末端我的
　　气喘吁吁的大笑　　靠近我
　　通过我的洗旧的破衣衫
　　一半脚踝　　　　一半肘弯
　　揉捏我用你的樟脑眼泪
　　　　向古铜色和我的鼠尾假发的
　　结实致敬
　　……②

尼尔森指出，这些诗行"应该被互文性地解读"，"作为在布鲁斯诗歌
中的传统的一种对位的（contrapuntal）重新解读"③。非裔美国诗歌历史既
包括真实的也包括喻指性的"唱和"。"唱和"可以指布鲁斯歌手和爵士乐
音乐家彼此回应他们的音乐，也可以指现场演出的观众与艺术家之间的一种
互动关系，更可以指艺术家之间，或者是不同时代的艺术家之间跨越时空的
呼应。以上这段诗行中的"分裂的末端"和"鼠尾假发"等诗句呼应的就
是某些男性布鲁斯歌手对于短发女性和她们的假发的揶揄。

在科特兹的大量诗歌中，女诗人和故去的布鲁斯作曲家艾灵顿公爵

①　Aldon Lynn Nielsen, *Black Chant：Languages of African-American Postmodernism*, p. 163.
②　Jayne Cortez, *On the Imperial Highway：New and Selected Poems*, p. 12.
③　Aldon Lynn Nielsen, *Black Chant：Languages of African-American Postmodernism*, p. 162.

（Duke Ellington）进行了多场跨越时空和生死界限的对话。其中最有代表性的当数《玫瑰孤独的实质》（"Essence of Rose Solitude"）。这首诗的标题呼应着艾灵顿创作的布鲁斯歌曲《孤独》（"Solitude"），从而把艾灵顿和他的布鲁斯音乐重置在美国黑人的"民族记忆"之中。这首诗歌采用了第一人称的超现实主义视角，讲述人化身为缪斯原型和艾灵顿音乐的主体。科特兹以这位爵士乐大师舞台下的私生活开始了诗歌：

> 我是玫瑰孤独的实质
> 我的脸颊系着干邑白兰地
> 我的臀裹着五个绸缎般的指甲
> 我带着新工具和古老火焰的梦
> 在肥肉的麝香
> 和我的貂皮舌头的旁兜
> 听着来自这个独奏的香槟的泡沫声①

　　科特兹从凝缩的布鲁斯意象中提炼出一种美国黑人超现实主义。当女诗人本人在述说的冲动下有话要说的时候，她把自己放在艾灵顿歌曲中黑人讲述者的主体位置上，描述她从音乐中听出的如梦如幻的非洲—美国历史，她创造出的"实质"变得越来越只可意会、越来越抽象。诗行随着变得越来越如梦如幻的错置推进，真实和虚幻交错、闪回，然而意象，包括最荒诞的意象却变得越来越具体和真切，仿佛触手可及。同样地，对艾灵顿的描写也延续了这种超现实主义的手法：

> 从龟皮鞋
> 从骷髅形钻戒和手杖
> 死羚羊做的
> 带着一张凋谢的马铃薯脸
> 灰色的和黑色的剪刀

---

① Jayne Cortez, *Coagulations: New and Selected Poems*, p. 36.

　　　蜜蜂蜜蜂射手和五十红色的沸水
　　　是的整个世界都爱他①

　　原本可能是简单地对一向时尚的艾灵顿的皮鞋的描写在超现实主义手法的作用下变成了一个又一个特异的、不合逻辑的意象的组合,成为了一种纯粹的精神的作用。而在最后一句,似乎是回归了直白的事实的陈述,却与艾灵顿和他的音乐形成了一种隐性的互文关系。艾灵顿的音乐宣称他"疯狂地"爱黑人女性,而事实上,他对黑人女性的态度是十分矛盾的,有时他自己也未必清楚那种十分复杂的情感。考虑到诗歌的标题与艾灵顿音乐的呼应关系,科特兹的诗歌是对艾灵顿布鲁斯音乐的呼应,却也不无讽刺和揶揄。

　　在《如果鼓是一名女人》("If the Drum Is a Woman")中,科特兹采用了几乎相同的布鲁斯诗学策略。这首诗歌是对艾灵顿 1957 年演唱的布鲁斯歌曲《一只鼓是一名女人》("A Drum Is a Woman")的回应。② 在艾灵顿灌制的唱片的封套上,一名性感的女人坐在两只大鼓之间,后背朝向观众,双手举向上方,头向后扬起。女人凹凸的躯体成为鼓的延伸。艾灵顿歌曲的第一部分是他本人表演的一段叙事性歌词,讲述的是加勒比海人乔在丛林中发现了一只精巧的鼓。当乔抚摸这只鼓的时候,鼓对他说:"我不是一只鼓,我是一名女人。叫我 Zajj 夫人,非洲唱诗女人。"当乔拒绝了 Zajj 夫人邀请他一起创造美妙的旋律的请求后,Zajj 愤然飞去,到巴巴多斯(Barbados)寻找另一个乔:

　　　在巴巴多斯住着一个男人
　　　一天他看到漂亮的女人
　　　他把她带回家而当她到那时她化
　　　作一只鼓。
　　　击打女人不文明

----

　　① Jayne Cortez, *Coagulations: New and Selected Poems*, p. 36.
　　② 该 CD 最早发行于 1957 年 9 月,目前较流行的版本是 1995 年 8 月发行的。以下 Duke Ellington 的爵士乐歌曲 "A Drum Is a Woman" 歌词即根据该 CD 整理而成。

无论她们做什么说什么

但谁会告诉我对一只鼓你还能做什么？

　　科特兹清楚地认识到艾灵顿把女人作鼓的比喻背后隐藏着的男性意识的霸道。在诗歌中，科特兹代替了歌曲中的男性声音，并改写了艾灵顿把黑人女性作为性客体的表现。尽管艾灵顿把 Zajj 作为布鲁斯精灵的化身，但她作为女吟唱诗人的能力还主要源于她作为女人的美丽。形成鲜明对比的是，科特兹挑战男性听众和读者去质疑他们对性别角色的传统观念：

为什么你把你的鼓击打成疯狂的胡言乱语

为什么在黎明你的手枪鞭打你的鼓

为什么射穿你的鼓的头

制造一出鼓的悲剧

如果这只鼓是一名女人

不要虐待你的鼓　不要虐待你的鼓

　　不要虐待你的鼓

······

如果这只鼓是一名女人

为什么你要扼杀你的鼓

为什么你要强暴你的鼓

为什么你要说那些污言秽语

玷污你的母亲鼓　你的姐妹鼓

如果这只鼓是一名女人

那么要理解你的鼓

你的鼓不奴颜媚骨

你的鼓不是无形

你的鼓不比你低一等

你的鼓是一名女人

那么不要拒绝你的鼓

　　不要试图控制你的鼓

　　不要变得软弱和冷漠并遗弃你的鼓

　　不要被迫采取这样的立场

　　作为鼓的压迫者

　　去制造一出鼓的悲剧

不要虐待你的鼓　　不要虐待你的鼓

　　不要虐待你的鼓[①]

从表层含义来看，这首诗是对性别暴力的控诉，然而从深层意义来看，这首诗与艾灵顿的音乐和歌曲构成一对互文性对话，并在这唱和之间讽刺了黑人男性是如何成为殖民者的心理投射体，并揭示了通过牺牲女性而抵消黑人男性边缘化社会身份的心理运作过程。同时，这首诗歌也包含着女诗人对黑人美学和女性身份的思考。科特兹并不反对女人与鼓之间的喻指关系，她在与艾灵顿的文本对话中诉求的是对这一喻指关系以及女性声音在诗歌创作中的地位的重新定义。

四　小结

　　科特兹的布鲁斯诗歌构成了对诗歌传统的挑战，表明了当代布鲁斯诗学的深厚艺术和政治内涵。与许许多多转向民族传统寻求灵感的非裔美国诗人一样，科特兹诗歌创作过程也是一个不断探索非洲传统口头表达形式与书面文学之间融合的过程。科特兹与众不同之处在于，她极其彻底地消除了音乐和诗歌，诗歌与表演之间的界限，并身体力行地同时作为诗人、朗诵者和表演者使诗歌以最为大众化、多渠道的方式传递给听众和读者，并使得诗歌从文化的边缘向中心又迈进了一步。

---

①　Jayne Cortez, *On the Imperial Highway: New and Selected Poems*, p. 46.

第三十四章

丽塔·达夫诗集《穆拉提克奏鸣曲》的历史书写

丽塔·达夫（Rita Dove, 1952—）是美国第七任桂冠诗人，也是第一位获此殊荣的美国黑人女诗人。难能可贵的是，达夫还是一位在多个文化领域都取得了辉煌成就的黑人女性：她是一位出色的歌手、乐手和国标舞蹈家，也是一位善于讲故事的小说家，一位妙手改写经典的剧作家，更是一位有着独到诗学意识的诗人，而音乐、舞蹈、文学又往往水乳交融地结合在一起，成为达夫独特的表达方式。当然，达夫最大的成就还是在其诗歌创作。从1980年出版第一部诗集《街角的黄房子》（*The Yellow House on the Corner*）到2009年的新作《穆拉提克奏鸣曲》（*Sonata Mulattica*），达夫先后出版了九部诗集，[①] 其中《托马斯和比尤拉》（*Thomas and Beulah*，1987）更是为诗人赢得了当年的普利策奖。丽塔·达夫是美国当代文学和文化界的宠儿。1993年美国国会图书馆馆长詹姆斯·比林欣然选定达夫为桂冠诗人的一个重要原因也正是看中了她在美国文化领域和读者中广泛的影响力。达夫不负众望，对桂冠诗人的职责进行了革命性的拓展，并把诗歌的影响带到了从政治到文化，从总统到平民的生活之中。她是各个诗歌朗诵会的明星，是各种访谈的嘉宾，各种颁奖礼的焦点人物，也是美国总统的座上客。然而，与这

---

① 其余七部分别是：《博物馆》（*Museum*，1983）、《托马斯和比尤拉》（*Thomas and Beulah*，1986）、《装饰音》（*Grace Notes*，1989）、《诗选》（*Selected Poems*，1993）、《母爱》（*Mother Love*：*Poems*，1995）、《与罗斯·帕克思在公交车上》（*On the Bus with Rosa Parks*，1999）和《美国狐步》（*American Smooth*，2004）。

些热闹场合对她的关注不同，美国诗歌研究界却似乎对他们的桂冠诗人保持着审慎的热度。从学术角度对达夫的作品，尤其是诗歌作品的研究在数量上屈指可数。至于我国国内的文学评论界，目前对这位桂冠诗人的系统研究还未曾展开，成熟的研究成果还鲜有问世。

20 世纪八九十年代是达夫诗歌创作的第一个高峰期。进入新千年之后，达夫更是佳作不断。[①] 2009 年出版的叙事诗集《穆拉提克奏鸣曲》一经问世便好评如潮，并为达夫赢得了 2010 年的赫斯顿/赖特遗产奖。《穆拉提克奏鸣曲》是达夫的第 3 部叙事诗集，[②] 被评论界赞为取得了"里程碑般的成就"[③]。

这部叙事诗集聚焦于 18 世纪末至 19 世纪中叶生活在欧洲的混血黑人小提琴演奏家乔治·奥古斯塔斯·博尔格林·布林格托瓦（George Augustus Polgreen Bridgetower）（1780—1860）的生活和命运。这位音乐天才的母亲是德裔波兰人，父亲是非裔加勒比人，曾在匈牙利公主 Esterházy 的城堡中服务，而大音乐家约瑟夫·海顿恰好在此做音乐指导。小布林格托瓦的小提琴天赋引起了海顿的注意，并把他收归门下，而他高超的小提琴演奏技巧也激起了大名鼎鼎的作曲家贝多芬的创作激情。《穆拉提克奏鸣曲》就是贝多芬献给布林格托瓦的乐曲，而布林格托瓦就是该奏鸣曲标题中的穆拉托人（mulatto），即黑白混血儿。两位音乐家还于 1803 年合作公演了这首奏鸣曲，贝多芬亲自为布林格托瓦钢琴伴奏。然而，据说是冲冠一怒为红颜，贝多芬在盛怒之下把布林格托瓦的名字从奏鸣曲中一笔勾销，并把这首乐曲转而献给了法国小提琴家鲁道夫·克鲁采（Rudolphe Kreutzer）。1805 年该乐曲发表时，名字已经变成了《克鲁采奏鸣曲》（*Kreutzer Sonata*）。时至今日，这首乐曲已经成为一首经典小提琴奏鸣曲。

这部诗集对于达夫的创作生涯而言，具有十分特别的意义，因为它是达夫几种挥之不去的"情结"的集大成之作。首先，这部诗集延续了达夫的

---

① 主要包括诗集《美国狐步》（*American Smooth*，2004）和《穆拉提克奏鸣曲》（*Sonata Mulattica*，2009）等。另外，达夫主编的两部诗集 *The Best American Poetry*（2000），*The Penguin Anthology of Twentieth Century American Poetry*（2011）均引起了较大反响。

② 其他两部分别为《托马斯和比尤拉》和《与罗斯·帕克思在公交车上》。

③ Charles Henry Rowell，"Interview with Rita Dove：Part 2，" p. 725.

"混血情结"，即对黑白混血儿命运的关注；① 其次，这部诗集再次满足了达夫的"音乐情结"②；另外，这部诗集更加全面地体现了达夫的"世界主义"情结。③ 然而，《穆拉提克奏鸣曲》最特别的意义还在于它是达夫"历史情结"的一个完满归宿。事实上，达夫的多元情结是有着某种内在联系的：无论是对混血性的关注，还是对音乐的热衷，抑或是对"世界主义"的情有独钟，回答的都是美国黑人的文化身份问题，而其中的纽带以及文化身份内涵揭示的策略就是她的历史书写。该诗集独特的选题和独具匠心的历史书写策略更是帮助达夫完成了对黑人"世界主义"身份的起源问题的探寻，而这一探寻是在后黑人艺术运动时期创作的达夫自我赋予的崇高使命。就这一意义而言，这部诗集不但是达夫诗歌创作的一个突破，更是她全部创作理念的梳理和溯源。如果说达夫以往的作品建构的是一个空中楼阁的黑人"世界主义"文化身份，那么这部诗集则为这个空中楼阁打下了坚实的地基。

一　"历史下面"激荡的岁月狂想曲

达夫享有"历史诗人"之美誉。④ 她的诗歌的历史书写已经得到评论界的普遍关注。然而，迄今为止，这一领域的研究依旧停留在对其诗歌历史元素的梳理和评述，对于达夫历史观和历史书写策略的研究未能触及精髓。⑤ 事实上，作为一名学者型诗人，达夫本人对历史书写的阐释是颇具权威性的。在《穆拉提克奏鸣曲》的扉页上，达夫写下了一段意味深长的话：

---

① 达夫对混血儿命运以及混血性的文化内涵最集中的阐释是诗剧《农庄苍茫夜》。参见王卓《阅读·误读·伦理阅读"俄狄浦斯情结"——解读达夫诗剧〈农庄苍茫夜〉》，《外国文学研究》2009 年第 4 期，第 73—85 页。

② 达夫的音乐情结体现在多首诗歌之中，其中最集中的体现是诗集《美国狐步》。参见王卓《论丽塔·达夫诗歌的文化空间建构》，《解放军外国语学院学报》2010 年第 5 期，第 99—104 页。

③ 达夫的"世界主义"情结是评论家 Malin Pereira 对达夫诗歌研究的结论，是对以达夫为代表的当代美国非裔诗人文化身份的概括。参见 Malin Pereira, *Rita Dove's Cosmopolitanism*, Urbana and Chicago: University of Illinois Press, 2003；王卓《阅读·误读·伦理阅读"俄狄浦斯情结"——解读达夫诗剧〈农庄苍茫夜〉》也有相关论述。

④ Arnold Rampersad, "The Poems of Rita Dove," p. 54.

⑤ Jana Evans Braziel, Pat Righelato, Catherine Cucinella 等外国学者均从不同角度关注了达夫诗歌的历史维度。参见 Pat Righelato, "Rita Dove and the Art of History," pp. 760—775；Catherine Cucinella, ed., *Contemporary American Women Poets: an A - to - Z Guide*, Westport, CT: Greenwood Press, 2002 等。

尽管这本书是一部文学作品，但是与真实人物、事件，或者地点的相似都是有意为之。名字都没有改变，那些脱不了干系的人的身份可考可查。然而，在这些场景背后发生的事情全然不同——偶然发生的细节、行为的怪癖、哲学的冥思都或者是作者想象力充满张力的虚构，或者是真理和虚幻的融合转化到诗歌的坩埚之中。①

这段文字包含了一个看似悖论的表述：尽管这部诗集以真实的历史人物为中心，但并非人物传记，而是虚构的文学作品；尽管这是一部虚构的文学作品，但却是基于历史事实，甚至连时间、地点、人物名字都可查可考。这段看似矛盾的文字体现的正是达夫对历史话语与文学话语、真实与虚构之间关系的深刻思考，而《穆拉提克奏鸣曲》则以诗体的形式展现了文学对历史的置换和干涉作用。那么，达夫是如何实现这样一个包含了悖论的历史书写的呢？用达夫自己的话说就是要看到"历史下面"②和"故事下面"③。

从达夫的多处阐释可以看出，"历史"与"故事"是同义词，并无本质区别。④达夫的历史与故事的等式拆除了历史话语与文学话语之间的壁障，与海登·怀特所宣称的历史叙事与虚构叙事大同小异的观点不谋而合。罗兰·巴特也指出，文学是"历史被赋予了人物和时态的故事"⑤，二者之间具有共建的互文性。《穆拉提克奏鸣曲》正是这样一个历史和故事共建的文本。这一特点从诗集独特的结构、形式和风格清晰地体现出来。作为诗集而言，《穆拉提克奏鸣曲》的结构十分标新立异。诗集主体部分由五部分诗歌和一幕短剧组成。五部分诗歌如同交响乐中的五个"乐章"，每一乐章由若干首诗歌围绕一个共同主题展开，分别交代了布林格托瓦的早年生活；他作

---

① 参见 Rita Dove, *Sonata Mulattica*, NY: W. W. Norton & Company, Inc. 2009。以下出自该诗集的引文只标注页码，不再一一说明。

② Stan Sanvel Rubin & Judith Kitchen, "Riding That Current as Far as It'll Take You," p. 4.

③ Ibid., p. 5.

④ 详见 Stan Sanvel Rubin & Judith Kitchen, "Riding That Current as Far as It'll Take You"; Steven Schneider, "Writing for Those Moments of Discovery" 等访谈。达夫在阐释自己的历史观时时常交替使用历史和故事。

⑤ Roland Barthes, *The Grain of the Voice*, p. 176.

为依靠赞助人生活的音乐家的酸甜苦辣；贝多芬以及其他与布林格托瓦的命运有着密切关系的人物；布林格托瓦与贝多芬发生矛盾后的生活，以及他的音乐事业逐渐暗淡的命运。该诗集最与众不同之处在于出现在第三、四乐章之间的一幕短剧"大众剧院：普通人的短剧——淘气的乔治，或摩尔人在维也纳"。这幕诗体短剧再现的是贝多芬和布林格托瓦因一位酒吧女招待起纷争的场景，采用的是 19 世纪维也纳戏剧的形式，集讽刺与幽默于一体，嬉笑怒骂中充满伤感。短剧所呈现的戏剧冲突、场景、人物性格等元素并无历史依据，完全是达夫想象的产物。显然，短剧的插入是匠心独具的，强化的是人生如戏，戏如人生的真实与虚幻的矛盾统一，而这也正是历史与文学共生共建的观点的外化。此外，还有一点值得注意。除上述主体部分，诗集还包括前言和后记。前言中的两首诗在抒情和叙事的交替中既交代了布林格托瓦的身世、音乐天分和令人唏嘘的人生，也暗示了诗人创作的初衷；而后记中的七首诗则把与这首奏鸣曲相关的人物的余生一一交代。前言和后记通常都是作者的声音，《穆拉提克奏鸣曲》也不例外。达夫声音的介入仿佛一股无形的力量把历史玩弄于股掌之间，从而再次强化了历史人物和历史事件被叙述、被重写的特点。

达夫的历史与故事的等式对该诗集整体风格的影响更是不容忽视。整部诗集如一个庞杂的文本体系，容纳了大量日记、信件、新闻报道、戏剧独白以及作者时隐时现的唏嘘和感悟。历史事件与虚构细节、历史人物与虚构场景、历史背景与虚构情感在《穆拉提克奏鸣曲》颇具容量的文本空间中交错、交织、碰撞，形成了一个杂糅的文本场域。读这部诗集，的确有一种佐伊勒斯（Zoilus）抱怨荷马史诗《伊利亚特》之感："我越把它当历史，我越发现诗的影子；而我越拿它当诗，却又越发现历史事实。"[1] 事实上，这正是达夫历史书写的理想。在谈到《穆拉提克奏鸣曲》的创作时，达夫说，"我知道我不想把它写成一种历史的游记"，"我想要创造关于这个人的一种感觉，因此我要调动我对这个跨越社会阶层的天才的想象"，只有如此才能谱写一部"岁月狂想曲"[2]。在前言中的第二首诗中，达夫在首句就明言，

---

[1] Qtd. in Ernest Bernbaum, "The Views of the Great Critics on the Historical Novel," p. 438.

[2] Rita Dove, *On the bus with Rosa Parks*, p. 33.

"这是一个光与影的故事"（21），这个故事被装进了"漂流瓶"中，随波逐流，"太渺小了没有人发现它"，"直到里面的纸条/最终破碎，无法辨认"，"因此它是一个失落的故事"，"但是我们将想象它"（21）。达夫之所以在诗集开篇不断强调她是在讲故事，原因就在于她深知只有叙事能够轻易地跨越虚构与历史之间的疆界。达夫想要呈现给我们的是进入虚构世界之后的历史和进入历史世界之后的虚构，而她则在两个世界之间的"断点"分布区往来穿梭，自由挥洒自己的想象。历史对于游走于"断点"分布区的达夫而言不再是一种客观存在，而是幻化成为一种"历史叙述"，成为以"文本"的形式存在的历史。

达夫历史书写的玄机不仅在于历史与故事的等式，更在于她感兴趣的是历史和故事的"下面"。事实上，达夫一直在自己的诗作、文论和访谈中不厌其烦地阐释自己的"历史下面"的观念："我发现历史事件的吸引人之处在于向下看——不是看我们通常能看到的或者我们常说起的历史事件，而是寻找不能以一种干巴巴的历史意义讲述的东西。"① 显然，达夫对历史的"下面"的阐释激荡着新历史主义的回声。在《作为文学虚构的历史本文》中，海登·怀特就多次运用了历史的"另一面"，历史的"下面"等字眼。② 新历史主义者最感兴趣的是被官方历史和宏大历史叙事有意或无意忽略的人和事。比如，历史记载中的逸闻轶事、偶发事件、异乎寻常的新鲜事和边缘人物等。③ 达夫的志趣也在于此。而《穆拉提克奏鸣曲》正是达夫不断钻掘到历史下面的产物。为了探寻这位音乐混血儿背后的故事，达夫一头钻进故纸堆中，开始从只言片语中寻找他的蛛丝马迹。从被历史封存的零零散散的档案文献中追寻这位名不见经传的混血儿小提琴家的过程是十分艰难的，相关文献少得可怜。达夫曾经说，"［这个过程］就像勾勒流星的坐标轨迹"，"哦，他去那里了；他出现在这儿了"。达夫要做的就是以想象的力量勾画出他生命的轨迹，否则的话，"他的生活就

---

① Stan Sanvel Rubin & Judith Kitchen, "Riding That Current as Far as It'll Take You", p. 4.
② 参见［美］海登·怀特《作为文学虚构的历史本文》，载张京媛主编《新历史主义与文学批评》，北京大学出版社1997年版，第162页。
③ 同上书，第106页。

像一块白板"①。

在达夫对历史"踪迹"的编码中，历史背景和历史事件成为她可以调用的素材，而达夫的调用方式很有特点。对待历史背景，达夫的处理方式是简约化；对待历史事件，达夫的方式是有选择性。简约历史背景的方式与米兰·昆德拉不谋而合。昆德拉曾经说："我对待历史的态度，就像是一位美工用几件情节上必不可少的物件来布置一个抽象的舞台。"② 在《穆拉提克奏鸣曲》中，18、19世纪的欧洲宫廷和社会生活就是这样一个抽象的舞台。值得注意的是，诗集中对宫廷场景和生活的描述基本上是透过布林格托瓦的眼睛。例如，小布林格托瓦对温莎城堡的描写："那么多辉煌的大厅！它们后面的神秘的走廊/串联起来人们来来往往/像可爱的老鼠穿墙而过。"（39）这些被人物心理过滤的场景充其量是一种心理图示，而且是一个作为他者的黑人混血儿对欧洲文化的异化的心理图示。

选择历史事件的方式是典型的新历史主义的方式。达夫选择的历史事件往往是"由于记忆，或是机缘，抑或是历史而冷冻起来的任何东西"③。纵观达夫的整体诗歌创作，特别是《穆拉提克奏鸣曲》，我们不难发现达夫往往选择性地将史料巧妙地镶嵌进诗歌的叙述当中，使这些史料成为叙事机理的有机线条，从而使历史与虚构杂糅在一起，并构成了历史事实与虚幻语境两个话语体系。例如，对于布林格托瓦的音乐才华，我们是通过不同的渠道和不同方式获悉的。首先是派佩恩狄克夫人的日记。整部诗集共有五则派佩恩狄克夫人的日记，其中第一则就集中谈到她对布林格托瓦才华的印象："儿子也就是十一二岁，/肤色好像用最黑的青铜浇铸而成；他穿着时尚，拥有一种令人羡慕的内敛，演奏小提琴协奏曲/娴熟精湛/连比他年长的知名演奏家都望尘莫及。"（41）其次，是当地的新闻媒体的报道。例如，当地报纸《巴斯晨邮报》1789年12月8日关于布林格托瓦音乐会盛况的报道（49）。再次，是与布林格托瓦同时代的音乐大家对他的认可。例如，贝多芬初次听到布林格托瓦的演奏，他被震惊了："尽管浸透在墨汁中，这个雅各/灵光闪现/抓住了闪烁的信使/赢得了战斗：完全掌控

---

① Felicia R. Lee, "Poet's Muse: A Footnote to Beethoven", in *New York Times*, 2 Apr. 2009, www. nytimes. com/2009/04/03/books/03 dove. html.

② ［捷克］米兰·昆德拉：《小说的艺术》，上海译文出版社2004年版，第46页。

③ Stan Sanvel Rubin & Judith Kitchen, "Riding That Current as Far as It'll Take You," p. 6.

了/他的乐器,他灵巧跳跃在琴弦/像一只来自异国的猴子。/啊,永恒有了一张新锻造的,/人脸。我是多么爱我那帅气,/傲慢的新朋友!——这个神秘的陌生人/他让我又找到了自己。"(111)此外,达夫想象的音乐会观众的评论也加入到这个众声喧哗的话语体系之中:观众甲、观众乙、观众丙、英国大使和小孩们共同见证了贝多芬和布林格托瓦合奏的盛况:"奇妙的开始——小提琴独奏,/让人想到巴赫,但更狂野,一种祈祷——/钢琴简直好像恋人的回应,/悬崖上的鸟儿与知心伴侣的唱和。"(116)

与对布林格托瓦的琴技言之凿凿、众口一词不同,这些声音对于布林格托瓦和他的父亲,这对来自异域的黑皮肤的陌生人的人格和人性,却闪烁其词,矛盾重重。从派佩恩狄克夫人的日记中,我们了解到布林格托瓦的父亲在宫廷白人的眼中,是一个可怜的小丑:他滔滔不绝的讨好的言谈让贵族夫人"尴尬",让贵族男士为"违背社会阶层"而"震惊"和"担心"。即便在看似客观的派佩恩狄克夫人的眼中,老布林格托瓦也是一个油嘴滑舌的小人:他开口向派佩恩狄克夫人借钱,而派佩恩狄克夫人也像打发乞丐一样给他几个小钱,并"决定把这事和这钱都忘了"(76)。可见,在达夫的精心选择和重新编码之下,诗性想象以人类情感的火花照亮了光秃秃、冷冰冰的史实。换言之,达夫从尘封的"历史下面"摘取了一个"事实",又在这众声喧哗的文本之中"构想了一个宇宙","使它安居其间"[1]。

二 "夺爱之战"与黑人族群的"反历史"

显然,达夫感兴趣的并非布林格托瓦的生平,她在这里讲述的是另一个故事,探讨的是历史的另一种可能性。这一点从诗集的"前言"部分就可清楚洞见。"前言"中的第一首诗"布林格托瓦其人其事"("The Bridgetower")几乎完全以虚拟条件句写成:

> 如果从头开始。如果
> 他年纪大些,如果他不是

---

① Kevin Stein, "Lives in Motion: Multiple Perspectives in Rita Dove's Poetry," p. 52.

肤色黝黑，棕色的眼睛闪烁

在那张英俊的脸上；

如果他不那么才华横溢，不是那么年轻的

天才没有时间成长；

如果他没长大，暗淡的老年

一事无成。

……

哦，如果路德维希长得好看些，

或者体面些，或者是真正的贵族，

而不是来自于普普通通的

荷兰农夫；如果他的耳朵

不是已经开始尖叫鸣响；

如果他没有从铅杯中饮酒，

如果他没有找到真爱。那么

这个故事可能就会这样讲述：

……（19）

如果布林格托瓦是另外一个样子，如果贝多芬是另外一种品性，如果两人未曾有过交集，那么布林格托瓦的命运可能就会有所不同。显然，达夫通过一连串虚拟条件句试图说明的是，"我们不仅一定要知道实际世界是如何变化的，而且必须知道如果没有这个施事，其情形就会是另外一个样子"，这就是所谓的"反事实"（counterfactuals）的状态。① 所谓"反事实"叙述是在回顾叙述语境中能够表达否定性事实的另一种方式。换言之，"反事实"只是就并非如此的情况而言的，但是它们往往让人觉得，如果换一种方式，未发生的事情仍然可能在某个时刻发生，本来可能成为故事世界里的现实的一部分。② 可见，"反事实"叙述仿拟的是叙述者对对象的一种心理态

---

① 转引自［美］卢波米尔·道勒齐尔《虚构叙事与历史叙事：迎接后现代主义的挑战》，载戴卫·赫尔曼主编《新叙事学》，北京大学出版社 2002 年版，第 195 页。

② ［美］乌里·玛戈琳：《过去之事，现在之事，将来之事：时态、体式、情态和文学叙事的性质》，载戴卫·赫尔曼主编《新叙事学》，北京大学出版社 2002 年版，第 94 页。

度。从时态、体式和情态三维变量构成的叙事模式来看，《穆拉提克奏鸣曲》开篇诗是典型的"反事实"叙述，表明的是达夫对历史人物和历史事件的"反历史"思考。这种"反事实"叙述是建立在达夫对人性和历史本质的深刻认识的基础之上的。

人性一直是令达夫痴迷的想象空间，尤其是历史人物的那由于遥远而无从考证的人性秘密更是达夫发挥诗性想象的领域。无论是达夫名诗《荷兰芹》中的独裁者，还是获得普利策奖的诗集《托马斯和比尤拉》中的黑人夫妇，内心深处的焦灼和欲望往往成为左右历史事件的决定性因素。这一点与当代哲学家、"反历史主义"的倡导者卡尔·波普尔（Karl Raimond Popper）的观点不谋而合。波普尔认为，自然界的变化之所以有规律可循并可以预言，是因为自然界的演变过程与人类无关，其中没有变数项；而人类历史的进程之所以没有规律，并且不可预言，是因为其中有了变数项，而这个变数项就是人性。[①] 而人性的变化本身就作用于，而且影响着历史发展的进程。

在《穆拉提克奏鸣曲》中，人性的"变数项"再次成为达夫想象力发挥作用的巨大的空间。对此，非洲经典网站的创办者威廉姆·J. 杰维克（William J. Zwick）这样评价道：丽塔·达夫在"人性化"这个故事上做得"很出色"[②]。在达夫的想象中，布林格托瓦是一个油嘴滑舌，打情骂俏的花花公子。他自恃才高、天性风流的轻浮性格以及内心孤独的交流欲望成为达夫构想出一场布林格托瓦与贝多芬之间"夺爱之战"的基点，而这也成为布林格托瓦命运的转折点。在酒吧里，布林格托瓦先是轻浮地调戏一位酒吧女招待："黑人男人的吻是危险的性行为／要小心应对"（135），接着他又强吻了这位姑娘，而这个女孩却恰巧是激发了贝多芬创作《月光奏鸣曲》的女神：

> 她是女神，是女皇，
> 但凡有一点机会的话

---

① ［英］卡尔·波普尔：《历史主义的贫困》，中国社会科学出版社1998年版，第138页。

② Qtd. in Felicia R. Lee, "Poet's Muse: A Footnote to Beethoven", in *New York Times*, 2 Apr. 2009, www. nytimes. com/2009/04/03/books/03dove. html.

她本应该远离这粗俗之地。
那淡淡的金色头发绿色的双眸！——
对德国人的忠贞不渝的浪漫爱情
真是无价之宝。
在我的《月光奏鸣曲》中
我歌咏过她——
不过她的芳名不同，谁在乎呢？
一旦穿越了上帝之门
真诚的爱情成为永恒，
幻化成为缥缈仙气！（137—138）

可见，这位姑娘在贝多芬的心中已经被升华为艺术和崇高的代名词。贝多芬不容许自己对这位女神有丝毫亵渎和非分之想，又岂能容忍布林格托瓦的轻浮之举？于是，盛怒之下，他把已经写好的奏鸣曲的献词页撕成了碎片，因为他要让布林格托瓦"尝尝高昂代价"的滋味。而对于音乐即为全部的布林格托瓦而言，还有什么比失去乐曲、失去贝多芬这样一位大作曲家的支持更为惨痛的代价呢？这一偶然事件不但使布林格托瓦蒸蒸日上的音乐生涯戛然而止，而且使得音乐史上著名的奏鸣曲易名改姓了。

然而，达夫的"反事实"叙事虚构和创造的不仅仅是布林格托瓦个人的历史，还有整个黑人族群的历史。达夫在一次访谈中这样诠释了这部诗集：

　　……这里讲述的不仅仅是他的生命的故事，还是关于声名的本质，记忆和公共记忆的本质。
　　……在这个混合物之中，我们倾倒进了这个混血男孩的故事。这也是一个关于青春的故事。青春是异常迷人的。种族也是。[①]

显然，达夫的"反事实"叙述试图构建的不仅仅是布林格托瓦的个人

---

① Qtd. in Lee, Felicia R. "Poet's Muse: A Footnote to Beethoven", 2 Apr. 2009, in *New York Times*. www. nytimes. com/2009/04/03/books/03dove. html.

命运的可能性，还关乎黑人族群历史的可能性，建构的是一种黑人族群的"反事实"的历史。在任何特定的历史时刻，都有真实的替代项，因为历史情境中有诸多不稳定因素和偶然因素。卢波米尔·道勒齐尔甚至指出，对未实际化的可能性的考虑，还会让人看到即使在整个国家乃至一个大陆处于命运攸关之时，偶然因素也可能起到决定性的作用。[①] 这就意味着只有将"反事实"结果考虑进来，某些历史情境的不稳定性才会真正显现出来。如果前文提到的"夺爱之战"没有发生，如果这首即将传世的奏鸣曲没有更名，那么，达夫认为，不但布林格托瓦的个人命运会被改写，整个黑人族群的命运也将全然不同：

> 谁知道接下来会发生什么？
> 他们可能会结成好友，
> 就是几个狂野而疯狂的家伙
> 像摇滚明星一样在城里游荡，
> 去酒吧喝几杯啤酒，放声大笑……
> 而不是为了一个女孩反目成仇
> 没人记得，没人知道。
> 那么这个肤色闪亮的爸爸的儿子
> 本来能他那十五分钟的声誉
> 直接载入史册——那里
> 熠熠生辉的
> 就不是 Regina Carter，也不是 Aaron Dworkin 或者 Boyd Tinsley，[②]
> 我们就能发现
> 许许多多的黑人孩子在他们的小提琴上
> 吱吱扭扭拉着音节以至于有一天
> 他们也能拉出那个不可能：

---

① [美]卢波米尔·道勒齐尔：《虚构叙事与历史叙事：迎接后现代主义的挑战》，北京大学出版社 2002 年版，第 195 页。

② 此三人均是 20 世纪中后期涌现出的杰出美国黑人小提琴演奏家。

> A 大调第 9 小提琴奏鸣曲 "克罗采尔"（作品第 47 号）
> 也称为布林格托瓦。(20)

上文所引诗歌构建的"反事实"的历史永远不会成为现实，达夫本人当然深知这一点。那么，达夫反写历史的用意何在呢？

三　一部黑人"世界主义"身份起源史

海登·怀特曾言，对历史的审视，与其说是因为需要确认某些事情的确发生过，不如说是某一群体、社会或者文化希望确定某些事情对于其了解自己当前的任务和未来的前景可能有着怎样的意义。[1] 可见历史的意义永远在于现实。尽管达夫"拒绝对过去的历史和今天的历史之间的联系喋喋不休"[2]，但不可否认的是，"达夫的过去和当下的种族历史的联系"是持续的，只不过是以"隐性的和审慎的"方式表达出来。[3] 在达夫的诗集《街角的黄房子》、《博物馆》和《托马斯和比尤拉》中，历史均表现为彼此激烈碰撞的事件，并因此震动了美国黑人当下生活的稳固的地面。英国传记作家安德鲁·罗伯兹指出，反事实的、虚构的、想象的、假设分析的历史能够使一个民族对现实保持更加清醒的认识。[4] 此言一语道破了达夫反写历史的现实意义。

达夫在诗集《博物馆》的题记中写道："献给使得我们成为可能的无名氏。"[5] 这一表述言明了她创作诗歌的目的之一就是为当代美国黑人的身份和困境寻找历史的渊源。达夫作品最重要的元素都关涉她对于形塑当代美国黑人身份的思考和书写。而作为后黑人艺术运动时期的美国非裔诗人，达夫与她的前辈诗人，如兰斯顿·休斯和阿米里·巴拉卡等在黑人文化身份的定位以及书写策略上均有着本质不同，简言之，就是黑人民族主义者与黑人世界主义者的不同。对于达夫的"世界主义"的文化身份，研究者是能够达

---

[1]　Hayden White, "Historical Pluralism", p. 487.

[2]　Arnold Rampersad, "The Poems of Rita Dove," p. 55.

[3]　Kevin Stein, "Lives in Motion: Multiple Perspectives in Rita Dove's Poetry," p. 69.

[4]　Andrew Roberts, "Introduction," pp. 1—14.

[5]　Rita Dove, *Selected Poems*, p. 65.

成共识的。这一点前文已经提及。但是该方面的研究却在两个关键问题上存
在空白:一是达夫定位黑人世界主义身份的历史语境;二是达夫如何对这一
文化身份追根溯源。而此两点就是下文将关注的问题。

　　达夫对黑人世界主义文化身份的定位并非空穴来风,而是美国黑人文化
身份诉求在美国当代文化融合和全球化大环境中的必然发展阶段。美国黑人
在为自由奋斗的过程中,政治主张呈现出"反抗"和"调和"的二元对立,
并演变为"分离主义"和"融入主义"之间的拉锯战。20 世纪 50 年代美国
黑人民权运动时期,美国黑人的政治—文化诉求更是分裂为以马丁·路德·
金为代表的"同化派"和以马尔科姆·爱克斯(Malcolm X)为代表的"拒
斥派";在文学创作上也表现为理查德·赖特为代表的"抗议文学"与拉尔
夫·埃里森为代表的"融合文学"之争。达夫开始创作的时代还处于黑人
艺术运动的余温之中,美国非裔文学依旧表现出"融合主义"与"分离主
义"之间的紧张。美国著名评论家海伦·文德勒就曾经说:"达夫走入了一
个融合和分离主义都发出有力声音的文学场景。"① 在这种场景中开始文学
创作的达夫面临着重大抉择。对于分离主义,达夫明确表示自己有种陌生
感。她认为,尽管强调黑人独立性和民族性的分离主义思想在确保非裔美国
人在一个种族歧视的社会中生存下来功不可没,却有其历史局限性。② 达夫
与融合主义也未能取得共鸣。或者说,中产阶级的出身、国际化的学习经
历、跨国婚姻以及对西方经典的熟谙使得达夫对"融合"有了更为深刻的
理解。她探寻和建构的黑人族群的身份不仅仅是黑白的融合,而是跨越种
族、阶级和文化边界的世界主义。她在一次访谈中明确表示,她本人既是非
裔美国人中的一分子,也是一个"世界公民"③。在诗歌创作上,达夫更是
以一种有"包容感"的,力图超越"黑人文化民族主义的急迫"④,跨越了
黑人性和非黑人性的二元对立,创造性地进入一种表达她的世界主义者身份
的跨界书写。达夫的诗剧《农庄苍茫夜》、小说《穿越象牙门》、诗集《博
物馆》等均触及到对黑人世界主义文化身份的探寻。然而,在这些作品中,

---

① Helen Vendler, *Soul Says On Recent Poetry*, p. 156.
② 详见 Malin Pereira, *Rita Dove's Cosmopolitanism*, p. 1。
③ Camille T. Dungy, "Interview with Rita Dove," p. 1036.
④ Arnold Rampersad, "The Poems of Rita Dove," p. 53.

黑人世界主义文化身份的定位尚存三点不足：其一，极少涉及黑人的欧洲经历和生活；其二，达夫创造的文化混血儿形象更多停留在比喻和概念意义上；其三，黑人的世界主义文化身份的历史渊源不明。而《穆拉提克奏鸣曲》在某种程度上正是达夫对此三点不足的弥补和填充。

"世界主义"是一个正不断唤起文化研究和人类学研究关注的理念。这一理念至少可以追溯到公元前4世纪的犬儒学派，在启蒙时代与19世纪中后期得到了充分发展，到20世纪70年代之后随着全球正义理论的萌生得以复兴。尽管古典世界主义、近代世界主义和当代世界主义的理念有一定差别，但强调人的普适性和平等性的核心理念却贯穿始终。① 世界主义理念对于达夫最大的吸引力在于它既是"前种族的"，也是"后种族的"。种族主义严格来说是到了19世纪初，随着动植物分类学和社会进化论的创立，才获得了自己的理论基石。法国思想家皮埃尔—安德烈·塔吉耶夫在《种族主义源流》一书中明确指出，种族主义是基于"人种之间不平等的伪科学"基础之上的，"源自欧洲的现代现象"②。对种族主义源头的这一界定恰恰解释了达夫为何对18世纪生活在欧洲的黑人小提琴家布林格托瓦情有独钟的原因。具言之，原因有二：其一，那个种族主义还没有被发明出来，而世界主义正在勃兴的18世纪的欧洲为达夫重新定义黑人的文化身份提供了难得的时间和空间。换言之，这个时期的欧洲是一个黑人能够在没有种族主义先入为主的观念下生存的环境。其二，达夫对当代美国黑人族群文化身份的定位与世界主义者的文化身份定位不谋而合。达夫认为，黑人的文化身份不仅起源于非洲，也不仅锻造于美洲，而是世界性的，其中理应包括黑人的欧洲渊源。达夫的黑人历史起源的世界性观点与她的黑人前辈有着天壤之别。例如，詹姆斯·鲍德温就曾经在《土生子札记》中表达了自己对欧洲文明和欧洲历史的疏离感：

追溯着自己的过去，不是在欧洲而是在非洲，我才找到了自己。这就意味着我是带着一种特殊的心态，微妙而深沉，去接触莎士比亚、巴

① Thomas Pogge, "Cosmopolitanism and Sovereignty," pp. 48—49.
② ［法］皮埃尔—安德烈·塔吉耶夫：《种族主义源流》，北京三联书店2005年版，第19页。

赫、伦勃朗,接触巴黎的石头,沙特尔(Chartres)的教堂、帝国大厦。这些全都不属于我,他们并不包含我的历史。①

鲍德温与欧洲传统的疏离感在黑人作家中是颇具代表性的。然而,这种感受在达夫的作品中却不见踪迹,取而代之的是一种对西方传统的好奇和选择性认同。达夫在《穆拉提克奏鸣曲》中所构想的布林格托瓦作为小提琴演奏家在欧洲宫廷与贝多芬、海顿等欧洲音乐家之间发生的爱恨情仇仿佛是对以鲍德温为代表的黑人作家排斥黑人的欧洲文化认同的回应和纠正。当布林格托瓦在剑桥拿到音乐学位,并以音乐家的身份在欧洲谋生的时候,穿越大西洋的奴隶贸易正如火如荼地进行着。尽管他的作品流传下来的很少,但他却与同时代的很多重要音乐家有着千丝万缕的联系,包括小提琴演奏家维奥蒂(Giovanni Viotti)、作曲家塞缪尔·卫斯理(Samuel Wesley)等。尽管布林格托瓦没有能够在音乐经典中找到一个显赫的位置,但是他的故事却也被收录在世界音乐史中。② 同时,在关于非洲经典音乐的网站上,也能够找到布林格托瓦的信息。③ 布林格托瓦的经历表明,黑人的历史在欧洲并非空白,而达夫所构想的黑人小提琴家与贝多芬等音乐家的交集更是直接回应了鲍德温所说的:"他们所唱的颂歌是贝多芬的、巴赫的。回到几个世纪前,他们沐浴在自己的光荣里面,而我却是在非洲,看着征服者的到来。"④ 从这一意义上说,这部诗集回答的就是黑人的"世界主义"身份的历史起源问题,是对黑人自我身份和族群认知的一次拓展。

对黑人"世界主义"身份的寻求事实上是美国当代黑人作家的共同诉求。2011 年获得美国国家图书奖提名的非裔诗人尤瑟夫·考曼亚库(Yusef Komunyakaa)就试图从西方经典中寻找黑人的身影和黑人的成就。⑤ 这样看来达夫并不孤独。事实上,美国非裔作家从来没有停止诉求黑人的欧洲文化

---

① James Baldwin, *Notes of a Native Son*, pp. 6—7.

② 例如 *The New Grove Dictionary of Music and Musicians* 中就有关于布林格托瓦的故事。

③ 例如 AfriClassical. com;africlassical. blogspot. com 等。

④ James Baldwin, *Notes of a Native Son*, p. 165.

⑤ 考曼亚库曾经说:"当黎明女神之子的形象,那位为特洛伊人而战又在特洛伊被杀的肤色暗黑的埃塞俄比亚门农王子在我的想象中成型","我意识到经典往往比当今的诗人和作家更具包容性,也更忠实于历史"。详见 Angela M. Salas, *Flashback Through the Heart:The Poetry of Yusef Komunyakaa*, p. 131.

遗产的尝试。达夫十分敬仰的非裔诗人前辈麦尔维·托尔森（Melvin Tolson）[1] 就曾经明确表明了自己的多元文化遗产观："我，作为一名黑人诗人，吸收了伟大的白人世界的伟大思想，并在我的人民的熔炉的方言中阐释它们。我的根在非洲，欧洲和美国。"[2] 而他的史诗般的作品《哈莱姆画廊》描述的正是非裔美国人的多元文化经历，并别具匠心地塑造了画廊老板这一形象：一位"非裔爱尔兰犹太"（Afroirishjewish）血统的"文化混血儿"。从以上的论述可以得出这样的结论，达夫对欧洲文化遗产的诉求以及对黑人世界主义者的身份定位是对麦尔维·托尔森的继承和发展，而布林格托瓦则是"文化混血儿"的又一个鲜活的例证。

四　小结

有研究者指出，达夫的历史书写是对于人类的终极问题"我来自哪里"的回答。[3] 此言不虚。但即便是面对如此神圣的问题，非此即彼的回答也从来不是达夫的风格。不错，在《穆拉提克奏鸣曲》中，达夫探寻了被以各种方式，尤其是被美妙的音乐奴役的人们的终极命运：

> ……这是一个关于音乐的
> 故事，发生在那些创作音乐，
> 又被音乐奴役的人身上……是的，
> 各种各样的奴役纷至沓来，
> 尽管我们的主人公的肤色
> 在他的成长和其后的
> 辉煌中起到的作用
> 不像想象中巨大。

---

[1]　对于麦尔维·托尔森，达夫一直赞誉有加，对于托尔森的代表作《哈莱姆画廊》，达夫也公开承认其在非裔美国文学中的经典地位。参阅 Rita Dove, "Rita Dove on Melvin B. Tolson," pp. 139—140; Rita Dove, "Telling it like it I—S *IS*: Narrative techniques in Melvin Tolson's *Harlem Gallery*," pp. 109—117。

[2]　Rita Dove, "Rita Dove on Melvin B. Tolson", p. 140.

[3]　Kevin Stein, "Lives in Motion: Multiple Perspectives in Rita Dove's Poetry," p. 71.

> 真的吗？或者，我们说
> 种族划分还没有被发明出来；
> 你活着，你死去，一生就在
> 二者之间周而复始。（21）

上文中"种族划分还没有被发明出来"的表述给我们一个错觉，那就是，达夫对布林格托瓦悲剧命运的诠释似乎是"祛种族"的，似乎布林格托瓦的悲剧是历史偶然性和他的悲剧性格使然。然而达夫的世界中从来未曾有如此简单、武断的结论。偏爱小历史和历史的下面的达夫在寻求历史起源和终结的同时，往往又毫不留情地质疑并颠覆一切。既然历史是可以叙述的，可以重写的，那么达夫以诗性想象填充的正是历史的不确定性和历史的不可信性。在《穆拉提克奏鸣曲》中，作者的身影不时闪现，从当下回望历史，并不断质疑历史事实，甚至连她已经建构的历史也不放过。例如，在最后一首诗中，一连串问句使得读者不由得对已经阅读的故事疑窦顿生。对于布林格托瓦，诗人说："我甚至不知道我是否真的喜欢你。/我不知道你的演奏是否真的精彩绝伦/还是就是因为是你，纯属奇迹/黑暗摇曳着趋近触手可及，/棕榈树和桑博还有那金光闪闪的老虎/一路辗转跑进金色的油海。啊/贝多芬大师，渺小的伟人，告诉我：/影子如何发出光芒？"（209）达夫的这种自揭虚构、自我指涉的做法再次强化了历史"被建构"的特征，从而使得这部叙事诗集颇具"历史编撰元小说"的气质。[①]

　　然而，在一片自我质疑的声音之中，却有一个声音十分肯定，那就是布林格托瓦悲剧命运与文化差异相关。所以尽管达夫对布林格托瓦悲剧命运的诠释是"祛种族"，却不是"祛文化"的。在这一点上，阿兰·布鲁姆对于莎翁名剧《奥赛罗》中那位黑皮肤的摩尔人奥赛罗的世界公民身份的解读对于我们理解《穆拉提克奏鸣曲》具有相当的启示意义：

---

　　① "历史编撰元小说"（historiographic metafiction）是加拿大文艺理论家琳达·哈琴提出的概念，指的是那些既具有强烈自我反射性，又悖论式地主张拥有历史事件和历史人物的小说。参见 Linida Hutcheon, *A Poetics of Postmodernism：History，Theory，Fiction*, p. 5。作为一部叙事诗集，《穆拉提克奏鸣曲》在历史书写策略上与哈琴界定的"历史编撰元小说"具有十分相似的精神气质。

尽管当时并不存在现代意义的种族偏见，也没有像美国那样特殊的政治历史，但是在国家、种族和宗教之间存在着或许更为生动的差别。这个世界更大，更缺少一致性，不同民族之间在信仰、品位和欲望上仍然存在着根本的差异。各个国家的接触比较少，对于自己国家之外的人抱有强烈的蛮夷感——这种感觉由于偶尔见到某种类型的外国人而始终存在着。①

在某种程度上，维也纳的布林格托瓦与威尼斯的奥赛罗经历了相似的荣耀、痛楚和孤独，而他们的悲剧命运也由于欧洲文化与异域文化之间的巨大差异成为必然。布林格托瓦的音乐天分在经历了文明人的惊诧和赞许之后，他的本性最终返回到他们所预料和期待的蛮夷状态。布林格托瓦是一个世界性的陌生人。事实上，布林格托瓦父子对于这一点认识得非常清楚。从父亲的自白中就可清晰洞见这一点："我是黑暗的内陆，/那个神秘的，失落的他者"（72），"既然在他们的眼中我没有文明，我就自由地借来奇怪的装饰：奥斯曼苏丹那缝制的头巾，/法语词组，凯撒的斗篷/在层层叠叠华丽的非洲长袍外/轻舞飞扬。/以这样的方式/我利用他们的欲望做我的生意"（73）。他很清楚，对于欧洲宫廷贵族而言，他和自己的儿子"只不过是一个幻象"，是"他们的罪恶的黝黑的臆想"（73）。这样看来，布林格托瓦与贝多芬的分道扬镳以及他在欧洲的陨落就是历史的必然。

达夫在《穆拉提克奏鸣曲》中要实现的不是再现历史，她关注的是"谁的"历史能够幸存的问题。历史从来都是由胜利者来书写的，达夫重写黑人历史渊源的尝试是建立在主流话语之外还应该"有另外一种声音的认知"之上的，"一种要听到并讲述它的尝试"的基础之上的。② 尽管这种声音游离于政治话语逻辑之外，时而断断续续，时而模模糊糊，但却是边缘社会和政治群体的希望所在。通过辨识这个他者的声音，达夫尝试要从一种权威的一体化的废墟中梳理出一种伦理的语言。可以说，达夫在这部诗集中成功地充当了历史的多元视角、多元编码和永恒变化的诠释者。

① ［美］阿兰·布鲁姆：《巨人与侏儒》，张辉选编，华夏出版社 2007 年版，第 166—167 页。
② Susan Howe, "Encloser," p. 192.

第三十五章

伊丽莎白·亚历山大诗歌的文化空间

自从 2009 年在美国总统奥巴马的就职仪式上朗诵了诗歌《赞美这一天》（Praise Song for the Day）之后，非裔美国女诗人、耶鲁大学教授伊丽莎白·亚历山大（Elizabeth Alexander, 1962—）似乎一夜之间成为家喻户晓的人物。然而，这一现象除了再次证明大众传媒和公共政治的力量之外，却是一个令学术界和诗歌创作领域不能不深思的事件。事实上，亚历山大至今已经出版七部诗集和两部论文集，在诗歌创作和文学评论两个领域已经颇有建树。① 她的诗集《战前梦之书》被美国著名文化刊物《村声》（Village Voice）评为 2001 年最受欢迎的 25 部图书之一；评论集《黑人内部》被美国权威艺术杂志《艺术论坛》（Art Forum）评为 2004 年度最佳图书之一；诗集《美国的崇高》是被提名角逐 2006 年普利策诗歌奖的最后三部作品之一。诗人近年来获得了多项诗歌大奖，② 并赢得了美国诗歌界的普遍关注，被誉为"当代美国诗歌界的一个种子声音"③。

然而，如果没有在奥巴马总统就职仪式上的诗歌朗诵，亚历山大的名字可能只能囿限于美国诗歌和评论界，永远也不会进入大众传媒的视野，更不

---

① 亚历山大主要诗歌作品包括《霍屯督的维纳斯》（The Venus Hottentot, 1990）、《生命之躯》（Body of Life, 1996）、《战前梦之书》（Antebellum Dream Book, 2001）、《美国的崇高》（American Sublime, 2005）、《年轻女士和有色女孩的克润代尔小姐学校》（Miss Crandall's School for Young Ladies & Little Misses of Color, 2007）、《赞美这一天》（Praise Song for the Day: A Poem for Barack Obama's Presidential Inauguration by Elizabeth Alexander, 2009, 2012）、《渴望荣光》（Crave Radiance: New and Selected Poems 1990—2010, 2010）；论文集包括《黑人内部》（Black Interior, 2004）、《权力与可能性》（Power and Possibility, 2007）等。

② 亚历山大获得的诗歌奖项包括杰克逊诗歌奖、美国国家艺术基金会奖、诗歌手推车奖、古根海姆奖、格温朵琳·布鲁克斯诗歌奖等。

③ Michael E. Ruane, "Selection Provides Civil Rights Symmetry," p. 18.

会成为美国民众认知和追捧的对象。这不能不说是亚历山大和以她为代表的在"后黑人艺术运动"时期，或者从更宽泛的文化意义上说，在"后灵魂"（Post-Soul）[①]时期创作的美国非裔诗人的悲哀。尽管美国加州大学教授克莱伦斯·梅杰（Clarence Major）曾乐观地断言，亚历山大与其他年轻诗人的加盟使 20 世纪 90 年代成为又一场非裔美国文艺的复兴，而这一场文艺复兴的创造力甚至超越 20 年代的文艺复兴。[②]然而，不可否认的是，与哈莱姆文艺复兴和黑人艺术运动时期，美国非裔诗歌充当着"关于新黑人性的政治教育的主要工具"的重要性相比，[③]从"新黑人美学"（New Black Aesthetic）[④]和"后民族主义黑人艺术运动"（Postnationalist Black Arts Movement）[⑤]开始，美国非裔诗歌的中心地位逐渐让位于小说，而美国非裔诗人也从政治文化生活的中心地带退隐到边缘。自从丽塔·达夫于 1993 年成为美国的桂冠诗人之后，非裔美国诗人似乎很难在影响力上有所超越。尽管 2012 年美国非裔女诗人娜塔莎·特雷塞韦（Natasha Trethewey，1966—）再获桂冠，但美国非裔诗歌从整体而言，亮点不多。在 20 世纪末出版的黑人文学的文集中，非裔美国诗人和诗歌在编者们有意或无意的选择中悄然消失。[⑥]以亚历山大为代表的当代黑人知识分子诗人的诗歌作品的首次印刷往往只有区区 2500 册，[⑦]他们的很多诗集也很难有机会再版，其影响力很难超越诗歌界和

---

① Post-Soul 最早由 Nelson George 提出，泛指利用黑人演员拍摄电影时代（blaxploitation Era）之后的黑人流行文化。这一说法被 Mark Anthony Neal 借用并拓展，用以描述黑人权力运动之后的非裔美国社群的政治、社会和文化经历。在《灵魂的孩子：黑人流行文化和后灵魂美学》一书中，他又提出了"后灵魂美学"观，用以特指在后现代主义背景下，黑人流行文化的独特表达和审美。参见 Mark Anthony Neal, *Soul Babies*：*Black Popular Culture and the Post-Soul Aesthetic*, pp. 1—22。

② Clarence Major, "Introduction," in *The Garden Thrives*：*Twentieth-Century African-American Poetry*, Ed. Clarence Major, p. xii.

③ Cheryl Clarke, "*After Mecca*"：*Women Poets And The Black Arts Movement*, p. 2.

④ Trey Ellis, "The New Black Aesthetic," p. 233.

⑤ Greg Tate, "Cult-Nats Meet Freaky-Deke," p. 206.

⑥ 例如，在 Nelson George 的 *Buppies*，*B-Boys*，*Baps*，*and Bohos*：*Notes on Post-Soul Black Culture*（New York：Harper Collins, 1992）中，Ishmael Reed, bell hooks, Toni Morrison 都不同程度地受到关注，而诗歌和诗人却缺席了这场非洲美国文化的盛典；在 Mark Anthony Neal 的 *Soul Babies*：*Black Popular Culture and the Post-Soul Aesthetic*（New York：Routledge, 2002）中，也没有对 20 世纪末的非洲裔美国诗歌给予足够的关注。

⑦ 该数据参见 Nelson George, *Buppies*, *B-Boys*, *Baps*, *and Bohos*：*Notes on Post-Soul Black Culture*, p. 10。

学术圈，更难以对美国的主流政治文化生活产生重大的影响。

对于亚历山大等当代非裔美国知识分子诗人来说，比声音暗弱更为糟糕的是自己的声音被误读和误解。亚历山大就曾经抱怨自己的作品被狭隘的白人评论家过度赞扬，却被目光短浅的黑人前辈诗人批评；她的作品从她认为应该被收录的文集中漏掉，却被收录进她感觉自己并不属于的文集之中。亚历山大曾经对此说过一段痛彻心扉的话语，颇具代表性：

> 我害怕看到我的作品被狭隘的白人评论家过度赞扬，我的一些引用和形式的选择之于他们自己的文化环境很亲切，他们似乎松了一口气。我看到我的作品被不止一个目光短浅的黑人女性前辈诗人批评——我原以为这些诗人应该高兴才是。我朗诵诗歌的许多听众大多是分离的；我被要么惊诧要么欣赏的白人听众报之以沉默，被黑人听众报之以怀疑的瞠视和狂热的爱。我被从我认为本应该收录的文集和聚会中漏掉，却被包括进我感觉我的作品不可能属于的［文集］之中……①

可见，对于亚历山大的诗歌作品一直以来存在着较大的分歧和误解，而这也一直困扰着女诗人和她的创作。当亚历山大从象牙塔最终走进了大众媒体之际，可能却是更大的误解产生之时。因此，对亚历山大的诗学理论和诗歌创作进行一个全面的定位、梳理和解读也将成为诗歌研究领域的一项使命。②

作为一位学者型诗人，亚历山大的诗歌创作和她对非裔美国诗人和诗歌的研究是相生相伴的，换言之，她的诗歌创作过程往往是其诗学理论构建的实践过程，是一种有意识的诗学策略的选择和应用的过程。因此，对亚历山大诗歌解读的最好方式莫过于将其置于诗人本人的诗学理论建构的框架之中，并在两者的交互参照中相互投射、相互诠释。而且，非裔美国女作家们

---

① Elizabeth Alexander, *The Black Interior*, pp. 56—57.

② 国内学者已经开始关注亚历山大的诗歌创作。例如，张子清教授翻译了亚历山大在奥巴马总统就职仪式上朗诵的诗歌《赞美这一天》，详见《当代外国文学》2009 年第 2 期，第 166—167 页；罗良功教授则以《赞美这一天》为例，对亚历山大诗歌的历史书写进行了探究。详见《济南大学学报》2010 年第 1 期，第 31—35 页。

由于其种族和性别的双重边缘化地位而被主流话语不断恶意曲解的遭遇也使得她们对于试图"知识地"解读她们和她们的作品的主流批评话语一直保持着高度的"警觉"和"怀疑"①。正如当代美国非裔黑人文学批评家休斯顿·A. 贝克（Houston A. Baker Jr.）所言：

> 但是在非裔美国女性的文化和文化研究的理论领域有一种抵抗——一种与其说来自于学术界外在的忽视或者冷漠不如说来自于非裔美国女性学者、作家和评论家本身群体的抵触。部分说来，这种抵触是一种对于试图"知识地"解读非裔美国女性和表达的白人男性、白人女性和黑人男性的意图的警觉的怀疑。②

亚历山大诗学理念的集大成之作莫过于 2004 年出版的《黑人内部》。亚历山大在该书中集中阐释了她的核心诗学观——"黑人内部"。顾名思义，"黑人内部"是一个空间感鲜明的观念，是女诗人诗歌创作原则和理念的形象化的喻指。那么，这样一个极具空间感的概念到底容纳了怎样的黑人女性的智慧、黑人知识分子的理想以及黑人诗人的诗学理念，而亚历山大的诗歌又是在怎样的写作策略中实现了与这一空间诗学理念的对接，并最终完成了在"后黑人艺术运动"时期和"后灵魂"时代创作的非裔女性诗人的主体建构的呢？本章对亚历山大诗歌的解读将从她本人的诗学阐释出发，在探究"黑人内部"的文化内涵的基础之上，考察女诗人如何在诗歌中"拼贴"③出一个"族裔化"、"性别化"和"历史化"的文化空间，并因此建构起一个颇具后现代特征和时代精神的种族身份、性别身份和自我身份，从而实现了她从内部书写"自我的完整维度"的理想。④

---

① Houston A. Baker, Jr., *Workings of the Spirit*: *The Poetics of Afro-American Women's Writing*, p. 2.

② Ibid.

③ 亚历山大认为，黑人性是许多相互冲突、不完整的部分和因素的共生共存，而为了表现黑人性的这种复杂而多元的共生性，拼贴（collage）是最好的写作策略。"拼贴"是亚历山大在研究黑人艺术家罗马勒·比尔登（Romare Bearden）时，所定义的一个概念。她指出，"如果一名非裔美国知识分子的意识是分裂的，它分裂成多元而不是二元"。参见 Elizabeth Alexander, *Power and Possibility*: *Essays, Reviews, and Interviews*, p. 35。

④ Elizabeth Alexander, *Black Interior*, p. 5.

一 "黑人内部"——一个心理文化空间

"黑人内部"不但是作为学者的亚历山大学术研究的指导思想,也是作为诗人的亚历山大诗歌创作的宗旨和诗学理念。这一具有"空间的诗学"[①]特征的"诗学的空间"是一个当代黑人情感的收纳器,也是一个当代非裔诗人创作灵感的发源地。

在《黑人内部》的"前言"中,亚历山大明确地指出"黑人内部"是一个"文化空间",是"在刻板的公共面孔和有限的想象背后的黑人生活和创造性"[②]。她还指出,"黑人内部"是一个超越了黑人公共日常生活,朝向力量和狂野的想象的空间。进入这个空间有助于非裔美国人想象那些似乎已经习以为常的东西:复杂的黑人自我,真实的、可行的黑人权力,不盲目迷恋的黑人美丽等。简言之,"黑人内部是一个复杂的黑人自我的形而上的空间"[③],是颠覆了黑人刻板形象的黑人的理想生活和升华的生命和自我。可见"黑人内部"的空间回响既是隐喻性的,也是实质性的;既是精神的,也是物质的;既是心理的,也是身体的;既是文学意义上的,也是社会政治意义上的非裔文化和文学特质。

对于"黑人内部"独特的审美性和文化内涵,以及它作为文化空间和诗学空间所具有的文化承载量,亚历山大在《趋向黑人内部》一文中进行了详细的阐释:

> ……我认识到种族、性别、阶级、性——我们的社会身份——存在于并"一直已经"在这个梦境空间建构起来,哪怕他们是在一个种族

① "空间的诗学"是法国当代文学评论家、科学哲学家巴什拉从现象学和象征意义的角度,对空间的全新解读。他提出,空间并非填充物体的容器,而是人类意识的居所。他的这一空间观不但对建筑,也对文学,尤其是诗歌创作和研究产生了深远的影响。巴什拉于73岁高龄时创作的《空间的诗学》一书成为他该领域研究的集大成之作。本章借用了巴什拉的"空间的诗学"理念考察亚历山大的"黑人内部"所具有的文化和诗学容纳性和包容性,颇有收获。参见〔法〕加斯东·巴什拉《空间的诗学》,张逸婧译,上海译文出版社2009年版。

② Elizabeth Alexander, *Black Interior*, p. x.

③ Ibid.

主义的推动力之外被建构起来……我所称之为梦幻空间的东西在我的头脑中是非裔美国人创造性的伟大的希望空间。在我们被强制围限的黑人内部去想象一个种族的未来，在我们如何被这种文化看见的范围之外，是一个我感兴趣的非裔美国人创造性的地带。"黑人内部"不是一个神秘莫测的地域，也不是殖民的幻想。相反，我把它看作是一个黑人艺术家发现了超越，远远超越有限的希冀和黑人是什么，不是什么或者应该是什么的定义的自我的空间。[①]

由这段理性与情感复杂交织的论述，我们不难看出，"黑人内部"是亚历山大对一种全新的、更为宽泛意义的种族自我重新定义的尝试，显示了女诗人在新的社会氛围和历史背景之下，对黑人作家的创作空间不断拓展的雄心。

为使这一理念更加系统和明确，亚历山大在多个场合不厌其烦地反复提及并不断加以阐释。例如，在2005年的一次访谈中，当被问及她是否总是在某种意义上在自己的作品中协商内在自我和外在自我时，她再次阐释并概括了自己的"黑人内部"观：

> 我想象我将在梦幻世界中发现一种"虚构空间"，但相反我发现的是狂野的、亲切的、种族化的和性别化的空间。因此，这不是关于超越社会身份，而是关于保护自我的完整的维度。任何和所有黑人的一切。[②]

从以上的论述中可以发现，亚历山大在不同场合对"黑人内部"的阐释的共同点是将"黑人内部"具象化为一个"族裔化"和"性别化"的心理文化空间。换言之，"黑人内部"作为一个文化空间意象首先被界定为带有族裔特征和性别特征，同时这一文化空间意象所链接的是黑人身份和黑人艺术家的创作观和文化定位。从历时和共时两个坐标来考察，我们不难发现，这一理念既是对美国非裔作家以空间意象作为诗学建构策略的传统的继承，又是对当代族裔研究领域"去族裔"、"去性别"趋势的挑战和颠覆。

---

① Elizabeth Alexander, *Black Interior*, p. 5.

② Elizabeth Alexander, *Power and Possibility*, p. 159.

　　从历时的维度来考察，"黑人内部"所带来的空间感和文化喻指性具有鲜明的美国非裔作家的空间意象传统，尤其是对从埃里森的"大罐"之喻开始的关于当代美国非裔文学创作理念和文化定位的传承和发扬。20世纪60年代，黑人小说家拉尔夫·埃里森在与评论家欧文·豪之间的文学论战中，写下了著名文论《这个世界和这个大罐》（"The World and the Jug"），并提出了对后世非裔美国作家影响深远的"大罐"之喻。[①] 这个带有鲜明空间感的"大罐"之喻所带来的文化"混血儿"的身份定位以及开放而流动的种族意识对于在后黑人艺术运动时期创作的非裔诗人的意义非同寻常。前文谈到的桂冠诗人丽塔·达夫就是在种族矛盾从冲突到融合的文化背景下为自己确立了文化"混血儿"的身份，并以一个同样富有空间感的意象——"幽灵之城"阐释了自己的诗学理念。[②] 达夫把自己的诗歌比喻成一座"幽灵之城"，而诗人则化身为一只"幽灵之鹰"，在不断的飞翔中俯瞰这张欲望的地图，寻觅诗性的启示的时刻，[③] 并投射出自己的标记。可见，达夫要构建的是一个动态的、协商的诗歌世界。这种诗歌创作理念的中心是一种移动的、游牧的、流散的执着："事物、情感状态、创作过程、个人的和集体的叙述——历史的全部——都不能被固定。"[④] 与渴望寻求一个物质和精神的永久居住地的前辈美国非裔诗人不同，达夫的诗学寻求的不是一个永久的家园，而是一个随时准备用想象的力量接纳任何在动态的诗歌创作中发现的小小的"幽灵之城"。达夫以空间意象重写黑人艺术运动诗歌谱系的策略与埃里森是不谋而合的。然而，时代的不同还是使得达夫有别于埃里森。达夫的"幽灵之城"和"幽灵之鹰"与埃里森的"世界"与"大罐"的模式也有着本质的区别。在达夫的世界中，没有一个承装黑人经历和自我的大罐，因为无论这个大罐是透明的，还是不透明的，都将意味着与外部世界的分离。对于有着跨国婚姻经历和跨界书写理想的达夫来说，无形的界限也是不

---

① See Ralph Ellison, "The World and the Jug," pp. 155—88.

② 在《诗艺》（"Ars Poetica"）一诗中，达夫表达了她独特的诗歌理念："我想要的诗歌是/一座小小的幽灵之城/在更大些的愿望的地图之上。/然后你可以把我勾画成一只鹰：/一个移动的 x - 标记 - 点"。参见 Rita Dove, *Grace of Notes*, p. 48。

③ Malin Pereira, *Rita Dove's Cosmopolitanism*, p. 131.

④ Therese Steffen, *Transcultural Space and Place in Rita Dove's Poetry, Fiction, and Drama*, p. 5.

能够接受的。达夫认为只有打破大罐才是世界本来的样子，也才是黑人文学能够获得新生的前提和条件。

从埃里森的"大罐"到达夫的"幽灵之城"，当代美国非裔作家形成了以空间意象建构族裔身份、文化身份以及诗学观的独特传统。从这个角度来看，亚历山大的"黑人内部"之喻事实上是对这一传统的延续，同时也是随着时代的发展对这一传统的扩展、补充和修正。有趣的是，尽管只相差十岁，亚历山大却一直视达夫为自己敬仰的前辈诗人。她本人也对达夫的诗歌进行过深入的研究，而她对达夫的访谈已经成为达夫研究的经典文献。亚历山大对于达夫的空间意象一直十分感兴趣。[①] 然而，与达夫对"大罐"的焦虑以及急于打碎"大罐"的做法不同，亚历山大是安居在"大罐"之内，却时时注视着"大罐"之外，并最终推动这个大罐在世界飞转起来的人。换言之，与达夫相比，亚历山大的文化空间在某种程度上是对黑人性和黑人社群的回归。亚历山大的诗歌在"黑人内部"游弋，拓展并深化了埃里森的"大罐"所喻指的黑人经历的呈现方式，并把这只大罐拖动到世界的范畴。可以说，从埃里森到达夫再到亚历山大，非裔美国文学经历了又一次动态的轮回。从这个意义上来说，亚历山大修正了达夫，并以新的思维诠释和拓展了埃里森。不过，尽管亚历山大与达夫的诗学观有所不同，但在一点上两位女诗人是相通的，那就是她们的文化身份的建构理念是动态的和历史的。亚历山大对"黑人内部"空间的回归是黑人对社会空间的占有更为自信的表现，其意义是十分重大的。与达夫等试图占据一个不稳定的"中间地带"的非裔美国诗人相比，亚历山大的文化空间更加稳固，从而使得诗人可以更加从容地审视自己的内心世界，也更加淡定地观察外部世界。

以上论述可以看出，从历时维度来考察，亚历山大的"黑人内部"是美国非裔诗学传统的一个有机组成部分。而从当代族裔文学研究的共时维度考察，亚历山大此种诗学观的定位是有着深刻的社会和历史动因的，在某种程度

---

① 亚历山大在《在角落和远方的黄房子：丽塔·达夫在家庭生活的边缘》（"The Yellow House on the Corner and Beyond：Rita Dove on the Edge of Domesticity"）一文中，特别注意了达夫的空间写作策略，并说"我对达夫的前三本书和她的女孩讲述人如何在家庭的范围内写作，然后探求她们的建筑，移动进入她自己的令人敬畏的头脑所表明的外在空间很感兴趣"。参见 Elizabeth Alexander, *Power and Possibility：Essays, Reviews, and Interviews*, p. 52。

上是对 20 世纪末族裔研究和女性批评领域出现的"去种族"、"去性别"等倾向的睿智的回应。在《黑人内部》中，亚历山大对此进行了明确的阐释：

> 在 20 世纪 90 年代的学术界滋生了一种诡辩的趋势：理论化、建构并解构身份"种类"以至于有些人往往忘却了女性和有色人种本身，……当"种族"变成了"种类"，大多知识的力量都投入到批评"本质主义"的时候，对真正的有色人种，他们的声音和贡献，以及更为实际的意义上来看，失去了对提升他们的——我们的——在校园和其他工作场所被赋予的权力的重要性的关注。极端的程度是不可想象的：没有女性的性别研究；没有黑人和其他有色人种的"种族"研究；就好像这些使得这些课程、书籍、节目和科系存在的人们的政治抗争毫不相关了，好像我们现在正在一个平坦的运动场上。①

亚历山大的批评是有针对性的。随着文化协商策略和种族融合理念的不断强化，一种出于政治、文化甚至商业运作需要的"去种族"、"去性别"的倾向在美国文化领域蔓延开来，体现在学术研究上就是学术与现实、理论与实际、个体与群体相互分离的现状。种族和性别被抽象为空洞的理论，所研究的对象变成面目模糊的学术想象。② 鉴于此，亚历山大的诗学建构首先关注的就是与非裔种族和女性群体的身份建构的对接。换言之，亚历山大的诗学建构过程在某种程度上也是非裔美国人，特别是非裔女性的文化身份建构的"去理论化"过程，是还原种族和性别标签下的真实的黑人女性的自我的过程。那么，这一人性化的诗学理念又会对亚历山大的诗歌创作产生怎样的影响呢？本章以下部分将从"黑人内部"的"族裔化"、"性别化"和"历史化"特征出发，考察亚历山大诗歌如何在这一多维度的文化空间理念的指导下，反作用于其诗歌创作并在实际和喻指的意义上共同建构起当代非裔美国人的文化身份。

---

① Elizabeth Alexander, *Black Interior*, pp. 201—202.
② 一个典型的例子就是西方女权主义话语对第三世界妇女的"简化"和"概念化"。见 [美] 钱德拉·塔尔佩德·莫汉蒂《西方人的眼中：女权主义学术成果与殖民主义的论述》，载佩吉·麦克拉肯主编《女权主义理论读本》，第 135—162 页。

二　亚历山大的"族裔化"心理空间

对于主流媒体和大众媒体的关注，亚历山大有着自己独特的认识。她在对非裔女诗人格温朵琳·布鲁克斯的研究中，说过这样一段发人深省的话："更广大的公众对黑人诗人的期望是一回事。本民族的人民的要求——不管围绕着这一民众划定的范围可能有多么使人烦恼——一直是另一回事。"① 可见，亚历山大是一位种族意识十分强烈的诗人，而这一点直接反映在她的诗学构建和诗歌创作之中。正如亚历山大在很多场合反复强调的那样，"黑人内部"首先是一个"族裔化"的心理空间，是从内心空间的维度构建黑人性的诗学观念和写作路径。如果把"黑人内部"看作一个整体的话，"族裔化"的心理空间应该是处于其内核部分，是亚历山大诗学观的核心。建立在这一意义上的空间观念是极为广阔的，正如里尔克所言，"内心空间在世界中展开"②。与丽塔·达夫等走向"世界主义"，并更多地以"普适性"的价值审视种族问题的前辈诗人相比，亚历山大的诗歌在某种程度上是对"种族性"的适度回归，是从"种类"向"种族"的复位。

值得注意的是，这个"族裔化"的心理空间不是种族对立的二元性空间，而是把黑人族群作为完整的种族群体，在摈弃了刻板化的黑人形象之后，对黑人从人性最本质，最复杂的层面探究人性的弱点、人性的枷锁，考察的是黑人作为人的喜怒哀乐。换言之，亚历山大试图探究的是黑人刻板形象背后丰富的内心世界和情感世界，从而最终完成重塑黑人主体，回归自我的历史使命。泰瑞·弗兰西斯（Terri Francis）认为："正是通过把黑人意识归因于内在领域或者梦幻空间，人性的心理层面，亚历山大使得我们想象社会力量如何作用于主体性，作用于一个人、一个社群，以及它们如何以自己的方式重新塑形所有这一切。"③ 可见，这个"族裔化"的"黑人内部"心

---

① Elizabeth Alexander, *Black Interior*, p. 56.

② 转引自［法］加斯东·巴什拉《空间的诗学》，上海译文出版社 2009 年版，第 220 页。

③ Terri Francis, "I and I: Elizabeth Alexander's Collective First-Person Voice, the Witness and the Lure of Amnesia," *Gender Forum: An Internet Journal of Gender Studies* 22 (2008) Oct. 2009 (http://www. genderforum. uni-koeln. de/blackwomenswriting/article_ francis. html）.

理空间堪称一个抵抗黑人刻板形象的内在的动力之源。

　　亚历山大对于黑人刻板形象及其文化生产机制有着深刻的认识,在《黑人内部》和《权力与可能性》中都有详尽的论述。例如,她一针见血地指出了黑人身体的刻板形象的本质:"在美国文化中黑人的身体的形象一直要么被超性欲化要么去性欲化,以服务于白人美国人的想象和目的。"① 然而,尽管亚历山大对黑人刻板形象的认识不可谓不深刻,却谈不上新鲜。类似的认识和表述在黑人女权主义者贝尔·胡克斯和安德勒·罗德那里似乎得到了更为全面、更为深刻的阐释。② 亚历山大的高明之处在于她解构黑人刻板形象的策略。与罗德走向女同性恋的极端的行为主义方式的解构策略和"爱欲书写"策略不同,亚历山大走入了黑人的内心世界,并建构起一个"族裔化"的心理空间。

　　亚历山大的《黑人内部》挑战黑人刻板形象的生产是通过揭示黑人"他者性"的不确定性和荒谬性来实现的。亚历山大的大量诗歌都或多或少地触及这一话题。在《早场电影》("Early Cinema")中,两个黑人小女孩认为这场黑与白的游戏该结束了,因为她们早已"厌倦了有色的正与误"③;在《保罗说》("Paul Says")中,保罗的父亲告诉他如果别的黑人孩子说他像白人男孩一样说话,那么他就回击说:"是啊,你说话也像白人男孩。/唯一的不同是,你像一个无知的,/没受过教育的白人男孩。"④ 对于"他性"与"刻板形象"之间的关系,亚历山大的认识与霍米·巴巴不谋而合。巴巴认为,"殖民话语一个重要的特征是它在'他性'的意识形态构建上对'固化'概念的依赖性",因此揭示出"固化"概念的荒谬将直接导致"他性"生产从根基上的轰然倒塌。与巴巴一样,亚历山大也敏感地意识到,"挑战刻板形象的切入点不应该着眼于对形象的认同是否正确,而应该明白

---

　　① Elizabeth Alexander, *Power and Possibility*, p. 99.
　　② 对黑人,尤其是黑人女性刻板形象的经典论述,见贝尔·胡克斯《"大卖热尻":文化市场对黑人女性性欲的再现》,载佩吉·麦克拉肯主编《女权主义理论读本》,第 265—285 页; Audre Lorde, ed., *Sister Outsider: Essays and Speeches*, Freedom, CA: The Crossing Press, 1984。
　　③ Elizabeth Alexander, *Antebellum Dream Book*, p. 11.
　　④ Ibid. , p. 13.

刻板印象话语造成了主体化的过程，并给人以貌似有理的假象"①。黑人的刻板形象就是西方殖民话语不断进行生产的结果，是殖民幻想的武断的结论。针对这一现象，亚历山大独辟蹊径，提出了一个发人深省的问题："如果黑人是西方人头脑中的潜意识，那么哪里是'黑人潜意识'的个人和集体的表达呢？"② 显然，亚历山大试图探究的不是白人如何形塑了黑人的刻板形象，而是黑人的自我界定、自我认识的过程和结果。正如她本人所言，她感兴趣的是"超越了社会自我表面的"、"复杂的"、"通常不可探知的内在"③，是打破主流话语建构对黑人的意识形态上的羁绊之后，黑人的自我认知。她想要探知的是，如果在主流想象中黑人的刻板形象被认为是真实的存在的话，那么在一个"超现实"的梦幻空间中，黑人又有可能呈现出何种形象和特质。

　　亚历山大在《种族》（"Race"）一诗中呈现的就是这种"黑人潜意识"的个人和集体的表达，这一表达戏仿了殖民话语的生产过程，却创造了一个不稳定的黑人主体活动的空间，从而从根本上瓦解了黑人的"他性"的生产根基。黑人主体性的不稳定性在《种族》一诗中得到了全面的阐释。这首诗歌在一个亚历山大偏爱的超现实主义的梦幻空间中发生，采用的也是亚历山大惯用的自传性的叙事方式。一个黑人女孩在讲述着她的叔祖父保罗和他的家族的传奇经历：

　　　　有时候我想到离开阿拉巴马塔斯基吉的叔祖父保罗，
　　　　在俄勒冈成为一名森林人而那样做
　　　　使他的余生基本成为白人，除了
　　　　当他不带着他的白人妻子旅行却拜访他的兄弟姐妹——
　　　　现在在纽约，现在在哈莱姆，美国——一样的浅色皮肤，
　　　　一样的直发，一样的蓝眼睛，和保罗一样，也是黑人。保罗从未告
　　诉任何人

---

① ［印］霍米·巴巴：《他者的问题：刻板印象和殖民话语》，罗岗、顾铮编《视觉文化读本》，广西师范大学出版社 2003 年版，第 219 页。

② Elizabeth Alexander, *Black Interior*, p. 4.

③ Ibid. , pp. 4—5.

　　他是白人，他只不过没有说过他是黑人，谁又能够想象，

　　1930 年的俄勒冈森林人不是白人呢？

　　在哈莱姆的兄弟姐妹每天早晨都确信

　　没有人误把他们看作黑人以外的任何别的什么。

　　他们是黑人！棕色皮肤的配偶们减少了混淆。

　　许多其他人已经讲了，或者没讲，这个传说。

　　当保罗从东方独自而来时，他和他们一样，他们的兄弟。①

　　这个黑人"他性"的解构和建构空间就是一个典型的亚历山大的"梦幻空间"，这一空间使得她的诗歌具有一种魅力独特的"预言的"、"幻想的"抒情性。② 在一个"创造英勇的时刻"，女诗人讲述了一个"关于种族的故事"：叔祖父保罗与他的兄弟姐妹和他们的妻子之间传奇而复杂的关系。保罗因为成为一名俄勒冈的森林人而成为"白人"，因为大家认为"1930 年的俄勒冈森林人"都应该是白人。可见，白人与黑人的二元对立与其说是生理的、天生的，不如说是建构的、后天的。保罗和他的兄弟们因为有着浅色的皮肤和蓝色的眼睛，在外表上与白人无异，这种外表上的隐藏性使得他们的身份生产具有了富有戏剧性的过程和结果：保罗因为有一位白人妻子，而被理所当然地认为是白人；而他的兄弟们因为有黑人妻子，而被理所当然地认为是黑人。亚历山大对种族身份这一戏剧化的呈现仿佛是对法农的"那么黑人是什么？/是否属于这肤色的人？"的回答。法农在《黑皮肤，白面具》一书中，通过对一名黑人女子马伊奥特·卡佩西亚的梦境的分析而接触到她的无意识，而这一接触使法农有了惊人的发现：她非但绝对不暴露自己是黑人，反而要改变这事实。她得知自己外祖母是白人，并对此感到自豪。她也因此感到自己的混血儿母亲"更加漂亮，更优雅和更出众了"③。而她最重要的心理改变是，她决定爱一个白人，一个黄头发蓝眼睛的人。把亚历山大在诗歌中构建的梦境空间中的保罗和他的兄弟们的种族身份生产的悖论的过

---

① Elizabeth Alexander, *Antebellum Dream Book*, pp. 22—23.

② Elizabeth Alexander, *Power and Possibility*, p. 139

③ ［法］弗朗兹·法农：《黑皮肤，白面具》，译林出版社 2005 年版，第 32 页。

程放在法农对梦境的心理解析的背景之下，亚历山大的梦境空间因此具有深刻的现实和心理意义。而诗歌的结尾呈现了一个情理之中又意料之外的结局：

> 许多其他人已经讲了，或者没讲，这个传说。
> 这次叔祖父保罗带着他的妻子去纽约
> 他让他的兄弟姐妹不要带他们的配偶，
> 那是这个故事结束的地方：不带着他们的讲故事的配偶，
> 象牙白的兄弟姐妹不愿意看到他们的兄弟。
> "种族"是多么奇怪的东西，家庭，也是陌生人。
> 这里的一首诗讲述一个故事，一个关于种族的故事。[①]

当保罗带着他的妻子想要和他的兄弟们见面，却要求他们不要带自己的黑人配偶的时候，"象牙白的兄弟姐妹不愿意看到他们的兄弟"。这个结局意味深长。保罗的心理在黑人中是颇有代表性的。"保罗从未告诉任何人／他是白人，他只不过没有说过他是黑人"，这种对种族身份的模糊性定位是很多黑人一种自我安慰的心理暗示，是被殖民者的"从属情结"。而亚历山大对保罗的这种心理的态度是十分明确的，她让他的兄弟姐妹拒绝再看到他和他的白人妻子。

保罗和他的兄弟姐妹显然代表着个人和族群的关系。哈罗德·伊罗生认为："相对于身体的原初性，构成族群认同的其他东西都是可以改变的。"[②]然而，亚历山大这里告诉我们的是，身体也是有欺骗性的，在心理暗示的作用下，身体可以成为黑人自我否定和自欺欺人的帮凶。"主宰美国黑人经验的，最根深蒂固也最残害心灵的莫过于自我否定"，"白人的世界正是拿黑的皮肤特征长相并予以尼格罗化为中心，建立一套理论架构，将黑人贬到次等人的地位，而黑人也正是以这些特征为中心，建立起自己生存、屈服与抗

① Elizabeth Alexander, *Antebellum Dream Book*, p. 24.
② ［美］哈罗德·伊罗生：《群氓之族：群体认同与政治变迁》，广西师范大学出版社 2008 年版，第 74 页。

拒的模式。他活着、他屈辱、他反抗，在他所有的生活面向中，这种互动模式全部丝丝缕缕地织入了美国文化，也造就了他的人格特质"①。

在这个"族裔化"的心理空间中，"黑人性"得到了更为深刻而复杂的表达。在《今日新闻》（"Today's News"）一诗中，亚历山大表达了自己对黑人性独特的理解：

> 我不想写一首讲述"黑人性
> 是什么"的诗歌，因为我们比任何人都清楚
> 我们不是一个也不是十个甚至不是上万个东西
> 没有一首诗歌我们可以永远指望
> 也从来在数字上达不成一致。②

显然，对于亚历山大来说，黑人性是多元的、开放的，以至于没有一首诗能够道出万一。同时黑人性也是动态的，在共时和历时的坐标之中不断调整和变化。正如巴特勒所指出的："身份本身只有在一个动态的文化关系领域的语境里，被建构、被瓦解而重新流通。"③ 看来，亚历山大想要探究的就是这个重新流通之后的黑人身份的复杂性。

三　亚历山大的"性别化"物质空间

尽管《黑人内部》的空间意象性似乎更多的是在喻指层面上与亚历山大的诗学观发生着联系，但是细读她的诗歌和文论，我们不难发现亚历山大对空间意象近乎痴迷的偏爱。在《黑人内部》的开篇"朝向黑人内部"中，亚历山大援引了非裔美国女作家左拉·尼尔·赫斯顿（Zora Neale Hurston）的"黑人表达的特点"中关于"房间"的意象，并引领读者进入了一连串

---

① ［美］哈罗德·伊罗生：《群氓之族：群体认同与政治变迁》，广西师范大学出版社2008年版，第96页。
② Elizabeth Alexander, *The Venus Hottentot*, p. 54.
③ ［美］朱迪斯·巴特勒：《性别麻烦：女权主义与身份的颠覆》，上海三联书店2008年版，第166页。

的空间意象之中：母亲的"起居室"和房间中安放漂亮小物件的"架子"述说着母亲朴素的"美学"，同时也成为"她向我们揭示我们是谁"的温馨之地。可见，这个由母性的光辉充溢的空间是一个"性别化"的空间，而且在"家宅"的意象中这个性别化空间被演绎到了极致。在她的诗歌中，"家"的意象比比皆是："祖母的公寓靠近/联合国"；"美国黑人公主""住在纽黑文市一间没有老鼠的公寓里"等。

亚历山大的诗歌表现出了对不论是真实意义上，还是心理层面的黑人之"家"的执着的信念，而对于习惯于在"中间地带"游荡，对"无家"的流散状态习以为常的后现代作家、评论家和读者来说，亚历山大对"家"的这份执着显得有些不合时宜，也因此招来不少诟病。评论家吉尔洛伊（Paul Gilroy）就对亚历山大把家园理念融入政治幻想的做法不屑一顾，并不客气地指出亚历山大陷入了危险的"存在主义的泥潭"①。然而，如果深入到亚历山大的《黑人内部》的动态模式之中，我们就会发现吉尔洛伊等人的批判有失公允，也似乎操之过急了。这个空间所具有的情感承载量和含义的丰富性非同一般。

亚历山大协商自我与群体的策略的出发点就是在物质和喻指双重意义上的"家宅"，一个黑人的女儿国。事实上，此种书写策略并不是亚历山大的首创。"家宅"的意象是法国当代评论家和哲学家加斯东·巴什拉著名的"空间的诗学"建构的基础和中心意象，② 也是存在主义哲学家海德格尔"诗意地安居"哲学观的落脚点，更是心理学家弗洛伊德所言的"文化空间"的最终归宿。③ 然而，对于认为"对空间的占有和运用是政治行为"的非裔美国女作家而言，"家宅"的含义恐怕要复杂而丰富得多。④ 事实上，亚历山大的"家"的意象的内部操作和理念与贝尔·胡克斯等人的"家已经成为反抗之所"的观念不谋而合。⑤ 胡克斯曾经指出："纵观我们的历史，

---

① Paul Gilroy, *Against Race：Imagining Political Culture beyond the Color Line*, p. 255.

② "家宅"意象的建构参见巴什拉《空间的诗学》第一章"家宅"，第二章"家宅和宇宙"。

③ Qtd. in Therese Steffen, *Transcultural Space and Place in Rita Dove's Poetry, Fiction, and Drama*. p. 23.

④ Pratibha Parmar, "Black Feminism：The Politics of Articulation," pp. 101—126.

⑤ bell hooks, *Yearning：Race, Gender, and Cultural Politics*, p. 47.

非裔美国人已经认识到家园所具有的颠覆性价值,我们由此进入一个无须直接遭遇到白人种族主义者侵犯的私人空间。① 在《黑色美学:陌生与对抗》一文中,胡克斯在文章的开头和结尾都在讲述她在其中成长的屋子的故事:

> 这是一个屋子的故事。许多人在这个屋子里住过。我的祖母巴巴以此作为她生活的空间,她认定我们的生活方式是由各种实物以及我们看待、摆布这些实物的方式所决定的,她确定地说我们是空间的产物。②

也许同为非裔女性的缘故,亚历山大的"家宅"意象中填充的也是由祖母、祖父等带有原型特征的人物和他们的琐碎却温馨的家庭生活:"一位带我出去用餐的教父";"带我去喝茶的曾姑母";"带我去博物馆的曾叔父"等都在强化着日常的家庭生活。甚至亚历山大在奥巴马总统就职仪式上朗诵的诗歌《赞美这一天》也是从琐碎的日常生活开始的:"有人缝拢褶边,缝补制服上的一个洞,补一只轮胎,缝补需要缝补的东西。/有人在一些地方,用在油桶上敲打的一对木勺、大提琴、扩音器、口琴、歌喉试图演奏和演唱。母子在等公交车……"③ 事实上,"日常生活的政治学"是几乎所有非裔美国女作家的共同选择。④ 艾丽斯·沃克、托尼·莫里森等非裔女作家的小说几乎都是由非裔女性的琐碎的生活连缀而成,就像她们擅长缝制的被子。胡克斯对祖母巴巴的生活的描写是颇具代表性的:

> 她擅长缝被子,她教我如何欣赏色彩。在她的房间里我学习观察实物,学习如何在空间中悠闲自在。在挤满各种家什杂物的房间里,我学习认识自我。她给我一面镜子,教我仔细端详。她为我调制五颜六色的酒,这就是日常生活中的美。⑤

---

① bell hooks, *Yearning: Race, Gender, and Cultural Politics*, p. 47.
② Ibid., p. 103.
③ [美]伊丽莎白·亚历山大:《赞美这一天:美国总统奥巴马就职典礼上的朗诵诗》,张子清译,《当代外国文学》2009 年第 2 期,第 166 页。
④ Gillian Rose, *Feminism and Geography: The Limits of Geographical Knowledge*, p. 138.
⑤ bell hooks, *Yearning: Race, Gender, and Cultural Politics*, p. 103.

祖母们在"家"这个看似狭小的空间中创造着生活、繁衍并哺育着后代，因为她们相信"空间操着生杀予夺的大权"①。亚历山大的很多诗歌呈现的就是这个掌握着黑人女性命运的"家宅"空间和在这个空间中的非裔女性的典型生活。在《知识》（"Knowledge"）一诗中，一个非裔女孩讲述了自己的一天的生活细节："并不是我们以前一无所知。/毕竟，有色女孩一定要知道许多事情/为了生存下来。我不仅/能缝扣子和褶边，我还能/从头开始做衣服和裤子。/我能挤牛奶，打奶油，喂/鸡仔儿，/清理它们的鸡笼，拧它们的脖子，拔鸡毛/烹饪它们。/我砍柴，生活，烧水/洗衣洗被褥，拧干/它们。/我能读《圣经》。晚上/在火炉前，无休止的工作和新英格兰的严寒/让我的家人疲惫了，/他们闭上了眼睛。我喜爱的是/歌声之歌。/当我开始读，'一开始'/他们大都很喜欢。"② 干净的白描勾画的是一个黑人女性生活中最亲密的空间，简单、琐碎却温暖、亲切。这个空间画面显然带有女诗人鲜明的自传性因素，是一种典型的亚历山大式的"个人模式"③，却带有一种族裔女性的普遍性，是一种"我＋我"而成的"第一人称集体声音"④。亚历山大在对黑人女诗人安娜·J. 库柏（Anna Julia Cooper）的研究中发现了库柏的这种独特的诗学策略，并指出，这种第一人称的集体声音开辟了一条审视和记录不可调和的自我以及自我与他者之间关系的最有效途径，而库柏不但在书写中创造了自我，而且为非裔美国女性知识分子构建了一个共同空间的策略和壮举也成为亚历山大的目标和自我赋予的使命。正如亚历山大在《诗艺第 100 首：我相信》（"Ars Poetica#100：I believe"）一诗所写的那样："……/诗歌是你在/角落的尘埃中找到的，/在公共汽车上听到的，是/细节里面的神，/是唯一那条/从此处通向彼处的路径。/……/诗歌（现在我听到我的声音最响亮）/是人类的声音，/难道我们彼此没有一点兴

---

① bell hooks, *Yearning：Race，Gender，and Cultural Politics*, p. 103.
② Elizabeth Alexander& Marilyn Nelson, *Miss Crandall's School for Young Ladies & Little Misses of Color*, p. 2.
③ Elizabeth Alexander, *Power and Possibility*, p. 139.
④ Terri Francis, "I and I：Elizabeth Alexander's Collective First-Person Voice, the Witness and the Lure of Amnesia," *Gender Forum：An Internet Journal of Gender Studies* 22（2008）Oct. 2009（http：//www. genderforum. uni-koeln. de/blackwomenswriting/article_ francis. html）.

趣?"①对于亚历山大而言,诗歌是容纳一个非裔美国女性生活细节和生命精华的唯一的空间,也是一条把自我和集体联系起来的唯一路径,同时也是一种把非裔美国女性带向世界的唯一有效的方式。可见,亚历山大的《黑人内部》所承载的是非裔美国女性共同的生活空间和共同的生命体验。

　　然而,以上的解读还只是从表层来考察了亚历山大《黑人内部》的"性别化"特点。与她那极富包容性和承载量的"族裔化"空间一样,这也是一个承认"他者"之间差异的空间,换言之,这个"性别化"的空间不是男/女二元对立的,也不是排他的。与贝尔·胡克斯、安德勒·罗德等黑人女权主义者和女同性恋者把性别和女性身体本身作为政治和解放的力量的操演不同,亚历山大诗歌中的女性性别的定位不是以牺牲黑人男性为代价的。在这一点上,亚历山大与艾丽斯·沃克、托尼·莫里森等前辈均有很多不同。亚历山大的理想是做一位"美国黑人公主",如格林童话中的潘索拉公主一样,等待着"被男人解救",然后为自己的丈夫烹饪美食佳肴:

　　　　一位美国黑人公主,
　　　　嫁给了一位非洲王子,
　　　　住在纽黑文市一间没有老鼠的公寓里,
　　　　所有这一切,所有这一切,在一个屋檐下。②

　　"一个屋檐下"为亚历山大的性别空间做了最好的诠释。首先,这个空间是一个与外在的世界相互参照的黑人女性的共同的家园;其次,这个空间并不排斥男性的参与。正如普拉提哈·帕莫(Pratibha Parmar)所指出的,黑人妇女的身份创造不是在"关系"、"反对"或"纠正"中完成的,"而是内在、自为的"③。黑人女性身份的完整建构更多地取决于女性自我认知的完整性和对两性关系和谐的追求,而这一切都是建立在黑人女性的独立和自信的基础之上的。

---

① Elizabeth Alexander, *American Sublime*, p. 56.
② Elizabeth Alexander, *Antebellum Dream Book*, p. 62.
③ Pratibha Parmar, "Black Feminism: The Politics of Articulation," p. 101.

四 小结

亚历山大所建构的《黑人内部》空间诗学继承并发展了非裔美国诗人的诗学建构策略和诗学理想，同时也赋予了这一诗学理念以时代特征。这一富有承载量的文化空间具有"族裔化"和"性别化"特征，而亚历山大的诗歌也因此实现了与非裔种族和女性群体的身份建构的对接。这样的诗学空间所建构的是一个多维而动态的黑人文化身份，从而实现了亚历山大不同寻常的诗歌理想，使得她的诗歌成为"有生命的东西"并具有了能够抵抗暴力的力量。[1]

亚历山大的诗歌创作和诗学建构在当代非裔美国诗人中有着非比寻常的意义。首先，作为学院派诗人，亚历山大的诗歌作品延续了非洲裔美国知识分子的传统，从而使得"黑人文学的知识传承和书写传统"逐渐受到了重视。在某种程度上说，以亚历山大为代表的当代非裔美国知识分子诗人的创作扭转了对非裔诗歌的研究中"口头标题，方言标题，说唱、音乐的标题"一直居于评论的主导地位的现状。[2] 其次，在后灵魂时代的文化领域，音乐和娱乐文化似乎控制着主流的话语权，并在市场经济的意义上享受着听众和观众的接受、消费和娱乐。纵然是诗歌创作，似乎表演诗歌也比印在纸张上的诗歌文本拥有更为广泛的受众群体。然而，在这场喧闹的视听盛宴之外，以亚历山大为代表的诗人以他们的深邃、冷静和知性的表达为文化的含义开启了另一个空间，为读者提供了另一种选择，他们和他们的作品所倡导的价值是"知识的"、"文化的"和"美学的"[3]。他们的知性创作使得充满商业气息的后灵魂时代的美国文化和美国文坛增加了一丝厚重感和知性美，从而为全面定义这一时期和这一时期的美国文学提供了新的视角和可能性。

---

① 在《诗艺1002号：重整旗鼓》（"Ars Poetica#1002：Rally"）中，亚历山大表达了她对诗歌的看法："诗歌/通过它所说的/或者它如何说的/什么也改变不了，改变不了/但是诗歌是有生命的东西/由鲜活的生命创造/（一个小盒子中的现场的声音）/像生活一样/它是能抵抗/暴力的一切）。"参见 Elizabeth Alexander, *American Sublime*, p.36。

② Elizabeth Alexander, *Power and Possibility*, p.159.

③ Malin Pereira, " 'The Poet in the World, the World in the Poet': Cyrus Cassells's and Elizabeth Alexander's Versions of Post-Soul Cosmopolitanism," p.722.

英文参考文献

1. Acoose, Janice. "Post Halfbreed: IndigenousWriters as Authors of Their Own Realities." *Looking at the Words of Our People*. Jeannette Armstrong. Ed. Penticton, B. C. : Theytus Books, 1993.

2. Adorno, Theodor W. "Cultural Criticism and Society." *Prisms.* Trans. Samuel and Shierry Weber. Cambridge, MA. : MIT Press, 1981.

3. —. *Negative Dialectics*. Trans. E. B. Ashton. New York: Continuum, 1994.

4. Ahearn, Barry. "Two Conversations with Celia Zukofsky." *Sagetrieb* 2. 1 (Spring, 1983).

5. Alexander, Elizabeth. *The Venus Hottentot*. Charlottesville: University of Virginia Press, 1990.

6. —. " 'Coming Out Blackened and Whole' : Fragmentation and Reintegration in Audre Lorde's Zami and The Cancer Journals." *American Literary History* 6. 4 (1994).

7. —. *Antebellum Dream Book*. St. Paul, MN: Graywolf Press, 2001.

8. —. *The Black Interior*. St. Paul, MN: Graywolf Pres, 2004.

9. —. "An Interview with Rita Dove." *Writer's Chronicle* 38. 2 (Oct. – Nov. , 2005).

10. —. *American Sublime*. St. Paul, MN: Graywolf Press, 2005.

11. —. *Power and Possibility*. Ann Arbor: The University of Michigan Press, 2007.

12. —& Marilyn Nelson. *Miss Crandall's School for Young Ladies & Little Misses of Color*. Honesdale: Wordsong, 2007.

13. —. "Praise Song for the Day: A Poem for Barack Obama's Presidential Inauguration." Trans. Zhang Ziqing. *Contemporary Foreign Literature* 2 (2009).

14. Alexander, Simone A. James. *Mother Imagery in the Novels of Afro-Caribbean Women.* Columbia: University of Missouri Press, 2001.

15. Alexie, Sherman. *Reservation Blues.* New York: Atlantic Monthly Press, 1995.

16. Allahar, Anton L. "Majority Rights and Special Rights for Minorities: Canadian Blacks, Social Incorporation and Multiculturalism." *Journal of Shen Zhen University* 3 (2011).

17. Allen, Paula Gunn. "Beloved Women: Lesbians in American Indian Cultures." *Conditions*7 (Spring, 1981).

18. —. *Shadow Country.* Los Angeles: University of California Press, 1982.

19. —. *The Woman Who Owned the Shadows.* San Francisco: Spinster/ Aunt Lute, 1983.

20. —. "The Feminine Landscape of Leslie Marmon Silko's *Ceremony.*" *Studies in American Indian Literature.* Paula Gunn Allen. Ed. New York: Modern Language Assn of Amer, 1983.

21. —. "The Autobiography of a Confluence." *Tell You Now: Autobiographic Essays by Native American Writers.* Brian Swann and Arnold Krupat. Eds. Lincoln: University of Nebraska Press, 1987.

22. —. *Skins and Bones: Poems* 1979—1987. Albuquerque: West End Press, 1988.

23. —. *Grandmothers of the Light: A Medicine Woman's Sourcebook.* Boston: Beacon Press, 1991.

24. —. *The Sacred Hoop: Recovering the Feminine in American Indian Traditions.* Boston: Beaton Press, 1992.

25. —. *Life is a Fatal Disease.* Albuquerque, NM: University of New Mexico Press, 1997.

26. —. "Answering the Deer: Genocide and Continuance in the Poetry of American Indian Women." *Speak to Me Words: Essays on Contemporary American*

Indian Poetry. Dean Rader and Janice Groud. Eds. Tucson: The University of Arizona Press, 2003.

27. —. *America the Beautiful: Last Poems.* Albuquerque, NM: West End Press, 2009.

28. Allison, Raphael C. "Muriel Rukeyser Goes to War: Pragmatism, Pluralism, and the Politics of Ekphrasis." *College Literature* 33. 2 (Spring, 2006) .

29. Alurista. *Floricanto en Aztlan.* Los Angeles: Chicano Studies Center, 1976.

30. Amann, Eric. *The Wordless Poem: A Study of Zen in Haiku.* Toronto: Haiku Society of Canada, 1969.

31. Anatol, Giselle Liza. "Border Crossing in Audre Lorde's *Zami*: Triangular Linkages of Identity and Desire." *MaComère: Journal of the Association of Caribbean Women Writers and Scholars* 4 (2001).

32. Andrews, Malcolm. "Walt Whitman and the American City." *The American City: Literary and Cultural Perspectives.* G. Clarke. Ed. London: Vision Press, 1988.

33. Andrews, William L. , Frances Smith Foster, Trudier Harris. Eds. *The Concise Oxford Companion to African American Literature.* New York: Oxford University Press, 2001.

34. Angelou, Maya. *I Know Why the Caged Bird Sings.* New York: Random House, 1969.

35. —& Jeffery M. Elliot. *Conversation with Maya Angelou.* Jackson: University Press of Mississippi, 1989.

36. —. "Preface." *I Dream of a World.* Brian Lanker & Barbara Summers. Eds. New York: Stewart Tabori and Chang, 1999.

37. —. *The Complete Collected Poems of Maya Angelou.* New York: Ransom House, 1994.

38. —. *Phenomenal Woman: Four Poems Celebrating Women.* New York: Random House, 1995.

39. —. "If I Knew Then." *Essence* (May, 2000).

40. —. *Celebrations*: *Rituals of Peace and Prayer*. New York: Ransom House, 2006.

41. —. *Mom & Me & Mom*. New York: Random House, 2013.

42. Antin, David. "Writing and Exile." *Tikkun*: *An Anthology*. Michael Lerner. Ed. Oakland, CA: Tikkun Books. 1992.

43. Anzaldua, Gloria. *Borderlands/La frontera*: *The New Mestiza*. San Francisco: Spinsters/Aunt Lute, 1987.

44. Archibald, Jo – Ann. *Indigenous Storywork*: *Educating the Heart*, *Mind*, *Body*, *and Spirit*. Vancouver: UBC Press, 2008.

45. Arendt, Hannah. *Origin of Totalitarianism*. London: Allen & Unwin, 1962.

46. Ashcroft, Bill, Gareth Griffiths, and Helen Tiffin. *The Empire Writes Back*: *Theory and Practice in Post-Colonial Literatures*. New York: Routledge, 1998.

47. Ashcroft, Bill. *Post-Colonial Transformation*. London: Routledge, 2001.

48. Atkins, Russell. "Psychovisual Perspective for 'Musical' Composition." *Free Lance* 5. 1 (1958).

49. —. *Phenomena*. Cleveland: Free Lance Poetry and Prose Workshop/Wilberforce UP, 1961.

50. —. *A Podium Presentation*, http: //english. utah. edu/eclipse, 2009.

51. Atler, Robert. *Defenses of the Imagination*. Philadelphia: Jewish Publication Society, 1977.

52. Auden, W. H. "Foreword to *A Change of World*." *Reading Adrienne Rich*: *Reviews and Re-Visions*, *1951—1981*. Jane Roberta Cooper. Ed. Ann Arbor: The University of Michigan Press, 1984.

53. Auster, Paul. *The Art of Hunger and Other Essays*. London: Menard, 1982.

54. Axelrod, Steven Gould. *Robert Lowell*: *Life and Art*. Princeton: Princeton University Press, 1978.

55. —. Camille Roman, Thomas Travisano. Eds. *The New Anthology of Amer-*

ican Poetry. Volume One. New Brunswick: Rutgers University Press, 2003.

56. Bach, Gerhard. "Memory and Collective Identity: Narrative Strategies Against Forgetting in Contemporary Literary Responses to the Holocaust." *Jewish American and Holocaust Literature.* Alan L. Berger & Gloria L. Cronin. Eds. New York: State University of New York Press, 2004.

57. Bachmann, Monica. "Split Worlds and Intersecting Metaphors: Representations of Jewish and Lesbian Identity in the Works of Irena Klepfisz." *Connections and Collisions: Identities in Contemporary Jewish-American Women's Writing.* Lois E. Rubin. Ed. Newark: University of Delaware Press, 2005.

58. Baker, Houston A. Jr. *The Journey Back: Issues in Black Literature and Criticism*, Chicago: University of Chicago Press, 1980.

59. —. *Three American Literatures: Essays in Chicano, Native American and Asian American Literature for Teachers of American Literature.* New York: Modern Language Association of America, 1982.

60. —. *Afro-American Poetics: Revisions of Harlem and the Black Aesthetic.* Madison: The University of Wisconsin Press, 1988.

61. —. *Workings of Spirit: The Poetics of Afro-American Women's Writing.* Chicago: The University of Chicago Press, 1991.

62. Bakhtin, M. M. "Epic and Novel." *The Dialogic Imagination.* Trans. Caryl Emerson and Michael Holquist. Austin: Texas University Press, 1981.

63. Baldwin, James. *Notes of a Native Son.* New York: Library of America, 1998.

64. Ballantyne, Bill. *Wesakejack and the Flood.* Winnipeg, MB: Bain & Cox, 1994.

65. —. *Wesakejack and the Bears.* Winnipeg, MB: Bain & Cox, 1994.

66. Bambara, Toni Cade. *The Black Woman: An Anthology.* New York: Washington Square Press, 1970, 2005.

67. Baraka, Amiri. "The Changing Same (R&B and the New Black Music)." *Black Music.* New York: Morrow, 1967.

68. —. "Introduction: Pfister Needs to Be Heard!" *Beer Cans, Bullets,*

Things & Pieces. Arthur Pfister. Ed. Detroit: Broadside Press, 1972.

69. —& Amina Baraka. Eds. *The Music: Reflections on Jazz and Blues.* New York: William Morrow, 1987.

70. —. *Le Roi Jones/Amiri Baraka: Reader.* William J. Harris. Ed. New York: Thunder's Mouth Press, 1993.

71. —. *Transbluesency: The Selected Poems of Amiri Baraka/LeRoi Jones* (1961—1995) . Paul Vangelisti. Ed. New York: Marsilio Publishers, 1995.

72. —. *The Autobiography of LeRoi Jones.* Chicago: Lawrence Hill Books, 1997.

73. Barrett, Michelle. "The Place of Aesthetics in Marxist Criticism. " *Marxism and the Interpretation of Culture.* Cary Nelson and Lawrence Grossberg. Eds. Urbana: University of Illinois Press, 1988.

74. Barron, Jonathan N. "At Home in the Margins: The Jewish American Voice Poem in the 1990s. " *College Literature* 24. 3 (1997).

75. Barry, Baker Nora. "Postmodern Bears in the Texts of Gerald Vizenor. " *MELUS* 27. 3 (Fall, 2002).

76. Barnes, Kim. "A Leslie Marmon Silko Interview. " *"Yellow Woman": Leslie Marmon Silko.* Melody Graulich. Ed. New Brunswick: Rutgers University Press, 1993.

77. Barthes, Roland. "Theory of the text. " *Untying the Text: A Post- structuralist Reader.* R. Young. Ed. London: Routledge and Kegan Paul, 1981.

78. —. *The Grain of the Voice.* Trans. Linda Coverdale. London: Jonathan Cape, 1985.

79. Basso, Keith. "Wisdom Sits in Places: Landscape and Language among the Western Apache. " *Sense of Place.* Steven Feld and Keith H. Basso. Eds. Santa Fe: School of American Research Press, 1996.

80. Baym, Nina. et al. Eds. *Norton Anthology of American Literature,* Volume A. New York: W. W. Norton & Company, 1984.

81. —. *The Norton Anthology of American Literature,* Volume E. New York: W. W. Norton & Company, 2003.

82. Baudelaire, Charles. *Selected Writings on Art and Literature.* Trans. P. E. Charvet. London: Penguin, 1972.

83. Beach, Christopher. *20ᵗʰ Century American Poetry.* Chongqing: Chongqing Press, 2006.

84. Beck, Evelyn Torton. "Introduction. " *Dreams of an Insomniac: Jewish Feminist Essays, Speeches and Diatribes.* Irena Klepfisz. Portland, OR. : The Eighth Mountain Press, 1990.

85. Beidler, Peter G. " 'The Earth Itself Was Sobbing': Madness and the Environment in Novels by Leslie Marmon Silko and Louise Erdrich. " *American Indian Culture and Research Journal* 26. 3 (2002).

86. —. "Louise Erdrich. " *Dictionary of Literary Biography: Native American Writers of the United States.* Kenneth M. Roemer. Ed. Detroit: Gale Research, 1997.

87. Bell, Bernard W. *The Contemporary African American Novel: Its Folk Roots and Modern Literary Branches.* Beijing: Foreign Language Teaching and Research Press, 2007.

88. Bell, Betty Louise. "Introduction: Linda Hogan's Lessons in Making Do. " *Studies in American Indian Literatures.* Series 2. 6. 3 (Fall, 1994).

89. Bellow, Saul. *The Bellarosa Connection.* Harmondsworth: Penguin, 1989.

90. Benjamin, Walter. "The Task of the Translator. " *Illuminations: Essays and Reflections.* Trans. Harry Zohn. Hannah Arendt. Ed. New York: Schocken Books, 1969.

91. —. *Charles Baudelaire: A Lyric Poet in the Era of High Capitalism.* Trans. Harry Zohn. London: Verso, 1983.

92. Bennett, Betty T. & Stuart Curran. Eds. *Shelley: Poet and Legislator of the World.* Baltimore and London: The Johns Hopkins University Press, 1996.

93. Bennett, Paula. "Phillis Wheatley's Vocation and the Paradox of the 'Afric Muse' . " *PMLA*113. 1 (1998) .

94. Bennington, G. "Postal Politics and the Institution of the Nation. " *Na-*

tion and Narration. H. Bhabha. Ed. London: Routledge, 1990.

95. Benton, Lisa M. & John R. Short. Eds. *Environmental Discourse and Practice: A Reader.* Malden, MA: Blackwell Publishers Inc. , 2000.

96. Bercovitch, Sacvan. *American Jeremiad.* Madison, Wisconsin: The University of Wisconsin Press, 1978.

97. Berger, Alan L. & Gloria L. Cronin. Eds. *Jewish American and Holocaust Literature.* New York: State University of New York Press, 2004.

98. Berkhofer, Robert. *The White Man's Indian.* NY: Harper & Row, 1979.

99. Bernbaum, Ernest. "The Views of the Great Critics on the Historical Novel. " *PMLA* 41. 2 (1926).

100. Bernikow, Louise. *The World Split Open: Four Centuries of Women Poets in England and America, 1552—1950.* New York: Vintage, 1974.

101. Bernstein, Charles. *A Poetics.* Cambridge, MA: Harvard University Press, 1992.

102. —. "Louis Zukofsky: An Introduction. " *Foreign Language Studies*, 2 (2006) .

103. Bevis, William. "Native American Novels: Homing In. " *Recovering the Word: Essays on Native American Literature.* Brian Swann and Arnold Krupat, Eds. Berkeley: University of California Press, 1987.

104. Bhabha, Homi. "The Other Question: Differrence, Discrimination and the Discourse of Colonialism. " *Literature, Politics and Theory.* Francis Barker, et al. Eds. London: Methuen, 1986.

105. —. "Remembering Fanon: Self, Psyche and the Colonial Condition. " *Colonial Discourse and Post-Colonial Theory.* Patrick Williams and Laura Chrisman. Eds. New York: Colombia University Press, 1993.

106. —. *The Location of Culture.* London: Routledge, 1995.

107. Big Eagle, Duane, "In English I'm Called Duane Big Eagle: An Autobiographical Statement. " *Here First: Autobiographical Essays by Native American Authors.* Arnold Krupat & Brian Swann. Eds. New York: Random House, 2000.

108. Bigart, Homer. "Kentucky Miners: A Grim Winter. " *New York Times*,

20 October, 1963.

109. Billitteri, Carla. *Language and the Renewal of Society in Walt Whitman, Laura (Riding) Jackson, and Charles Olson: The American Cratylus.* New York: Palgrave Macmillan, 2009.

110. Bird, Gloria. "Searching for Evidence of Colonialism at Work: A Reading of Louise Erdrich's 'Tracks' ." *Wicazo Sa ·Review* 8. 2 (Autumn, 1992).

111. Birkle, Carmen. *Women's Stories of the Looking Glass: Autobiographical Reflections and Self-Representations in the Poetry of Sylvia Plath, Adrienne Rich, and Audre Lorde.* Munich: Wilhelm Fink, 1996.

112. Blaeser, Kimberly M. "Preface. " *Matsushima: Pine Islands: Haiku.* Minneapolis: Nodin Press, 1984.

113. —. "The Multiple Traditions of Gerald Vizenor's Haiku Poetry. " *New Voices in Native American Literary Criticism.* Arnold Krupat. Ed. Washington: Smithsonian Institution Press, 1993.

114. —. "Pagans Rewriting the Bible: Heterodoxy and the Representation of Spirituality in Native American Literature. " *Ariel* 25. 1 (1994).

115. —. *Gerald Vizenor: Writing in the Oral Tradition.* Norman, OK: University of Oklahoma Press, 1996.

116. —. "Interior Dancers": Transformations of Vizenor's Poetic Vision. *Studies in American Indian Literatures (Special Issue)* 9. 1 (1997).

117. —. "Cannons and Canonization: American Indian Poetries Through Autonomy, Colonization, Nationalism, and Decolonization. " *The Columbia Guide to American Indian literature of the United States Since 1945.* Eric Cheyfitz. Ed. New York: Columbia University Press, 2006.

118. Bloch, Chana. *The Past Keeps Changing: Poems.* New York: Sheep Meadow Press, 1992.

119. Bolden, Tony. "All the Birds Sings Bass: The Revolutionary Blues of Jayne Cortez. " *African American Review* 35. 1 (2001).

120. Bloom, Harold. "The Sorrows of American-Jewish. " *Figures of Capable Imagination.* New York: Seabury Press, 1976.

121. —. "The White Light of Trope: An Essay on John Hollander's 'Spectral Emanations'." *The Kenyon Review* 1. 1 (Winter, 1979).

122. —. "The Breaking of Form." *Deconstruction and Criticism*. Harold Bloom, et al. Eds. NY: Continuum, 1979.

123. —. *Poetics of Influence*. John Hollander. Ed. New Haven, CT: Henry Schwab, 1988.

124. Bloom, Lynn Z. "Maya Angelou." *Afro-American Writers After 1955: Dramatics and Prose Writers*. Thadious M. Davis and Trudier Harris. Eds. Detroit: Gale Research Company, 1985.

125. Bollobás, Enikö. *Charles Olson*. New York: Twayne Publishers, 1992.

126. Bone, Robert. *The Negro Novel in America*. New Haven & London: Yale University Press, 1965.

127. Bowers, Neal & Charles L. P. Silet. "An Interview with Gerald Vizenor." *MELUS* 8. 1 (1981).

128. Boyarin, Daniel. *Intertextuality and the Reading of Midrash*. Bloomington: Indiana University Press, 1994.

129. Boyd, Melba Joyce. *Discarded Legacy: Politics and Poetics in the Life of Frances E. W. Harper, 1825—1911*. Detroit: Wayne State University Press, 1994.

130. Bradley, Sculley, Richmond Croom Beatty, E. Hudson Long and George B. Perkins. Eds. *The American Tradition in Literature*. Vol. 1. Fourth Edition. New York: Grosset & Dunlap, Inc, 1974.

131. Braidotti, Rosi. *Pattern of Dissonance: A Study of Women in Contemporary Philosophy*. Trans. Elizabeth Guild. New York: Routledge, 1991.

132. —. *Nomadic Subjects: Embodiment and Sexual Difference in Contemporary Feminist Theory*. New York: Columbia University Press, 1994.

133. Branham, Benjamin. "Revising Tasmania and the Textual Reconstruction of History." http: // www. english. illinois. edu/Maps/poets/m_ r/rose truganniny. htm.

134. Brawley, Benjamin. *The Negro Genius: A New Appraisal of the Achievement of the Negro in Literature and the Fine Arts*. New York: Biblo and Tannen,

1972.

135. Braxton, Joanne M. "Maya Angelou." *Modern American Woman Writers*. Elaine Showalter. Ed. New York: Scribner's, 1991.

136. Brennan, Sherry. "'On the Sound of Water': Amiri Baraka's 'Black Art'." *African American Reviews* 37. 2 (Summer-Fall, 2003).

137. Brooks, Gwendolyn. *In the Mecca.* New York: Harper and Row, 1968.

138. —. Ed. *A Broadside Treasury.* Detroit: Broadside Press, 1971.

139. —. *Report from Part One.* Detroit, Mich.: Broadside Press, 1972.

140. —. *To Disembark.* Chicago: Third World Press, 1981.

141. —. *BLACKS.* Chicago: Third World Press, 1987.

142. —. *The Essential Gwendolyn Brooks.* Elizabeth Alexander. Ed. New York: Library of America, 2005.

143. Brooten, Bernadette J. *Love Between Women: Early Christian Responses to Female Homoeroticism.* Chicago: University of Chicago Press, 1996.

144. Brown, Kimberly N. "Of Poststructuralist Fallout, Scarification, and Blood Poems: The Revolutionary Ideology behind the Poetry of Jayne Cortez." *Other Sisterhoods: Literary Theory and U. S. Women of Color.* Sandra Kumamoto Stanley. Ed. Urbana: University of Illinois Press, 1998.

145. Brown, Sterling. *Negro Poetry and Drama and the Negro in American Fiction.* New York: Athenaeum, 1972.

146. Bruchac, Joseph. Ed. *Songs from This Earth on Turtle's Back: Contemporary American Indian Poetry.* New York: Greenfield Review Press, 1983.

147. —. Ed. *Breaking Silence: An Anthology of Contemporary Asian American Poems.* New York: Greenfield Review Press, 1983.

148. —. Ed. *Survival This Way: Interviews with American Indian Poets.* Tucson: University of Arizona Press, 1987.

149. —. *Sacajawea: The Story of Bird Woman and the Lewis and Clark Expedition.* San Diego, CA: Silver Whistle, 2000.

150. Braveheart-Jordan, M. & L. M. DeBruyn, "So She May Walk in Balance: Integrating the Impact of Historical Trauma in the Treatment of Native Ameri-

can Indian Women. " *Racism in the Lives of Women: Testimony, Theory, and Guides to Antiracist Practice.* J. Adelman & G. Enguidanos. Eds. New York: Haworth Pres, 1995.

151. Burnham, Michelle. *Captivity and Sentiment: Cultural Exchange in American Literature, 1682—1861.* Hanover: UP of New England, 1997.

152. Burnshaw, Stanley. *Robert Frost Himself.* New York: George Braziller, 1996.

153. Butterick, George F. *A Guide to The Maximus Poems of Charles Olson.* Berkley, Los Angeles, London: University of California Press, 1980.

154. Byrd, Don. *Charles Olson's Maximus.* Chicago: University of Illinois Press, 1980.

155. —. *The Poetics of the Common Knowledge.* New York: State University of New York Press, 1994.

156. Cabral, Amilcar. *Unity and Struggle: Speeches and Writings of Amilcar Cabral.* Trans. Michael Wolfers. New York: Monthly Review Press, 1979.

157. Candelaria, Cordelia. *Chicano Poetry: A Critical Introduction.* Wesport and London: Greenwood Press, 1986.

158. Cannon, Katie Geneva. *Black Womanist Ethics.* Atlanta: Scholars Press, 1988.

159. Carabi, Angels. "A Laughter of Absolute Sanity. " *The Spiral of Memory: Interviews.* Laura Coltelli. Ed. Ann Arbor: The University of Michigan Press, 1996.

160. Carlisle, Theodora. "Reading the Scars: Rita Dove's *The Darker Face of the Earth.* " *African-American Review* 34. 1 (2000).

161. Carter, Erica, James Donald & Judith Squires. *Space and Place: Theories of Identity and Location.* London: Lawrence & Wishart, 1993.

162. Carter, Paul & David Malouf. "Spatial History. " *Textual Practice* 3. 2 (1989) .

163. Caruth, Cathy. *Unclaimed Experience: Trauma, Narrative, and History.* Baltimore: Johns Hopkins University Press, 1996.

164. Casillo, Robert. *The Genealogy of Demons*: *Anti-Semitism*, *Fascism*, *and the Myths of Ezra Pound*. Evanston, IL: Northwestern University Press, 1988.

165. Castillo, Susan Perez. "Postmodernism, Native American literature and the Real: The Silko-Erdrich Controversy. " *Massachusetts Review* 32. 2 (1991).

166. Castro, Michael. *Interpreting the Indian*: *Twentieth-Century Poets and the Native American*. Norman: University of Oklahoma Press, 1983.

167. Cavitch, Max. "Emma Lazarus and the Golem of Liberty. " *American Literary History* 18. 1 (2006).

168. Chambers, Iain. *Migrancy*, *Culture*, *Identity*. London: Routledge, 1994.

169. Champagne, Duane. Ed. *Contemporary Native American Cultural Issues*. Walnut Creek: AltaMira Press, 1999.

170. Chang, Juliana. "Reading Asian American Poetry. " *MELUS* 21. 1 (Spring, 1996).

171. Chavkin, Allan. Ed. *The Chippewa Landscape of Louise Erdrich*. Tuscaloosa: University of Alabama Press, 1999.

172. —& Nancy Fryl Chavkin. Eds. *Conversations with Louise Erdrich and Michael Dorris*. Jackson: University Press of Mississippi, 1994.

173. Chermack, Martin. *The Hawk's Nest Incident*: *America's Worst Industrial Disaster*. New Haven, Conn. : Yale University Press, 1986.

174. Cheyfitz, Eric. "The (Post) Colonial Construction of Indian Country: U. S. American Indian Literatures and Federal Indian Law. " *The Columbia Guide to American Indian literatures of the United States Since 1945*. Eric Cheyfitz. Ed. NY: Columbia University Press, 2006.

175. Churchill, Ward. "Sam Gill's *Mother Earth*: Colonialism, Genocide and the Expropriation of Indigenous Spiritual Tradition in Contemporary Academia. " *American Indian Culture and Research Journal* 12. 3 (1988).

176. Cixous, Hélène. "The Laugh of the Medusa. " *Feminist Literary Theory*: *A Reader*. Mary Eagleton. Ed. Oxford: Blackwell Publishers, 1986.

177. Clarke, Cheryl. "*After Mecca*": *Women Poet and the Black Arts Move-*

ment. New Brunswick and London: Rutgers University Press, 2005.

178. Clarke, Graham. "The Poet as Archaeologist: Charles Olson's *Letters of Origin.*" *Modern American Poetry.* R. W. Butterfield. Ed. London: Vision and Barnes & Noble, 1986.

179. Clifford, James. *The Predicament of Culture: Twentieth-Century Ethnography, literature, and Art.* New York: Harvard University Press, 1988.

180. Collins, Lisa Gail & Margo Natalie Crawford. Eds. *New Thoughts on the Black Arts Movements.* New Brunswick: Rutgers University Press, 2006.

181. Coltelli, Laura. Ed. *Winged Words: American Indian Writers Speak.* Lincoln: University of Nebraska Press, 1990.

182. —. Ed. *The Spiral of Memory: Interviews.* Ann Arbor: University of Michigan Press, 1996.

183. Conner, J. W. *Conner's Irish Song Book.* San Francisco: D. E. Appleton & Co. , 1868.

184. Cooper, Jane Roberta. Ed. *Reading Adrienne Rich: Reviews and Re-Visions, 1951—1981.* Ann Arbor: University of Michigan Press, 1984.

185. —. "Foreword: The Melting Place. " *The Life of Poetry.* Muriel Rukeyser. Ashfield, MA: Paris Press, 1996.

186. Cortez, Jayne. *Scarifications.* New York: Bola Press, 1982.

187. —. *Coagulations: New and Selected Poems.* New York: Thunder's Mouth Press, 1984.

188. —. *On the Imperial Highway: New and Selected Poems.* Brooklyn, New York: Hanging Loose Press, 2009.

189. Cotter, James Finn. "The Truth of Poetry. " *The Hudson Review* 44. 2 (Summer, 1991).

190. Crawford, Margo Nanalie. " 'Perhaps Buddha Is a Woman' : Women's Poetry in the Harlem Renaissance. " *The Cambridge Companion to the Harlem Renaissance.* George Hutchinson, Ed. New York: Cambridge University Press, 2007.

191. Creeley, Robert. *A Quick Graph: Collected Notes and Essays.* Donald Al-

len. Ed. San Francisco: Four Seasons Foundation, 1970.

192. Cruse, Harold. *Rebellion or Revolution?* New York: Morrow, 1969.

193. —. *The Crisis of the Negro Intellectual.* New York: The New York Review of Books, 2005.

194. Cucinella, Catherine. Ed. *Contemporary American Women Poets: an A-to-Z Guide.* Westport, CT: Greenwood Press, 2002.

195. Culleton, Beatrice. *In Search of April Raintree.* Winnipeg: Pemmican, 1983.

196. Dahataal, Saanii. *The Women Are Singing: Poems and Stories.* Tucson: University of Arizona Press, 1993.

197. Damon, Maria. *The Dark End of the Street: Margins in American Vanguard Poets.* Minneapolis: University of Minnesota Press, 1993.

198. —. "Avant-Garde or Borderguard: (Latino) Identity in Poetry." *AMLH* 10. 3 (1998).

199. Davenport, Guy. *The Geography of the Imagination.* Jaffrey: David R. Godine Publisher, Inc. 1997.

200. David, Sue. *The Political Thought of Elizabeth Cady Stanton: Women's Rights and the American Political Traditions.* New York: New York University Press, 2008.

201. Davis, Arthur P. "Gwendolyn Brooks." *On Gwendolyn Brooks: Reliant Contemplation.* Stephen Caldwell Wright. Ed. Ann Arbor: University of Michigan Press, 1996.

202. Davis, Gerald. *I Got the Word in Me and I Can Sing It, You Know: A Study of the Performed African American Sermon.* Philadelphia: University of Pennsylvania Press, 1985.

203. Davis, Norman, et al. Eds. *A Chaucer Glossary.* Oxford: Oxford University Press, 1979.

204. Davis, Thadious. "Poetry as Preface to Fiction." *Alice Walker: Critical Perspectives Past and Present.* Henry Louis Gates Jr. and K. A. Appiah. Eds. New York: Amistad, 1993.

205. —. *Nella Larsen, Novelist of the Harlem Renaissance: A Woman's Life Unveiled.* Baton Rouge: Louisiana State University Press, 1994.

206. Dayton, Tim. "Lyric and Document in Muriel Rukeyser's 'The Book of the Dead'." *Journal of Modern Literature* 21. 2 (Winter, 1997—1998).

207. —. *Muriel Rukeyser's The Book of the Dead.* Columbia and London: University of Missouri Press, 2003.

208. De Certeau, Michel. *The Practice of Everyday Life.* Trans. Steven Rendall. Berkeley: University of California Press, 1984.

209. Deleuze, Gilles and Felix Guattari. *A Thousand Plateaus: Capitalism and Schizophrenia.* Trans. Brian Massumi. Minneapolis: University of Minnesota Press, 2003.

210. Delgado, Abelardo Lalo. *Here Lies Lalo: The Collected Works of Abelardo Delgado.* Houston: Arte Público Press, 2011.

211. Deloria, Vine, Jr. *Custer Died for Your Sins: An Indian Manifesto.* Norman: University of Oklahoma Press, 1969.

212. —. *God Is Red: A Native View of Religion.* Golden, Co: North American Press, 1992.

213. Dembo, L. S. *The Monological Jew.* Madison: University of Wisconsin Press, 1988.

214. Denetdale, Jennifer. *The Long Walk: The Forced Navajo Exile.* New York: Chelsea House Publishers, 2008.

215. Derrida, Jacques. "By Force of Mourning." Trans. Pascale-Anne Brault & Michael Naas. *Critical Inquiry* 22. 2 (Winter, 1996).

216. Dippie, Brian W. *The Vanishing American: White Attitudes and U. S. Indian Policy.* Lawrence: University Press of Kansas, 1982.

217. Dorris, Michael. *Paper Trail.* New York: Harper Collins, 1994.

218. Dove, Rita. "Telling it like it I-S *IS*: Narrative Techniques in Melvin Tolson's *Harlem Gallery*." *New England Review/Bread Loaf Quarterly* 8 (Fall, 1985).

219. —. *Grace Notes.* New York: W. W. Norton & Company, 1991.

220. —. *Selected Poems.* New York: Vintage Books, 1993.

221. —. *The Poet's World.* Washington, D. C. : Library of Congress, 1995.

222. —. *The Darker Face of the Earth.* Brownsville: Story Line Press, 1996.

223. —. *On the bus with Rosa Park*s. New York: W. W. Norton & Company, 1999.

224. —. "Rita Dove on Melvin B. Tolson. " *Poetry Speaks.* Elise Paschen and Rebekah Presson Mosby. Eds. Naperville, IL: Sourcebooks, 2001.

225. —. *American Smooth: Poems.* New York: W. W. Norton & Company, 2004.

226. —. *Sonata Mulattica.* New York: W. W. Norton & Company, 2009.

227. Douglass, Frederick. "Proceedings of the American Equal Rights Association Convention in Cooper Institute, New York, May 14, 1868. " *Frederick Douglass on Women's Rights.* Philip S. Foner. Ed. New York: Da Capo Press, 1992.

228. Draves, Cornelia and Mary Jane Fortunato. "Craft Interview with Muriel Rukeyser. " *The New York Quarterly* (1972).

229. DuBois, Ellen Carol. *Feminism and Suffrage: The Emergence of an Independent Women's Movement in America, 1848—1869.* Ithaca, N. Y. : Cornell University Press, 1978.

230. Du Bois, W. E. B. "The Soul of Black Folk. " *Early African-American Classics.* Anthony Appiah. Ed. New York: Bantam Books, 1990.

231. Duncan, Bryan. " ' All Power Is Saved ' : The Physics of Protest in Muriel Rukeyser's *The Book of the Dead.* " *Contemporary Literature* 50. 3 (Fall, 2009).

232. Cochran, Jo Whitehorse & Donna Langston. *Changing Our Power: An Introduction to Women Studies.* Dubuque, Iowa: Kendall Hunt Publishing Company, 1991.

233. Dungy, Camille T. "Interview with Rita Dove. " *Callallo* 28. 4 (2005).

234. Duplessis, Rachel Blau. *Genders, Races, and Religion Cultures in Modern American Poetry, 1908—1934.* Cambridge: Cambridge University Press, 2001.

235. Eagleton, Mary. *Feminist Literary Theory: A Reader*. Oxford: Blackwell Publishers Ltd. , 1997.

236. Eagleton, T. "My Wittgenstein. " *Common Knowledge* 3. 1 (Spring, 1994).

237. —. *Wittgenstein: The Terry Eagleton Script, the Derek Jarman Film*. London: British Film Institute, 1993.

238. Eastman, Charles Alexander. *The Soul of the Indian: An Interpretation*. Lincoln: University of Nebraska Press, 1980.

239. Elder, John. "Nature's Refrain in American Poetry. " *The Columbia History of American Poetry*. Jay Parini & Brett C. Millier. Eds. Beijing: Foreign Language Teaching and Research Press & Columbia University Press, 2005.

240. Elias, Amy J. "Holding Word Mongers on a Lunge Line: The Postmodernist Writings of Gerald Vizenor and Ishmael Reed. " *Loosening the Seams: Interpretations of Gerald Vizenor*. A. Robert Lee. Ed. Bowling Green: Bowling Green State University Poplar Press, 2000.

241. Eliot, T. S. *To Criticize the Critic and Other Writings*. London: Faber and Faber, 1965.

242. —. *The Complete Poems and Plays of T. S. Eliot*. London: Faber and Faber, 1969.

243. —. *The Letters of T. S. Eliot: Volume I 1898—1922*. Valerie Eliot. Ed. London: Faber and Faber, 1988.

244. Elliot, Jeffrey M. *Conversation with Maya Angelou*. Jackson: University Press of Mississippi, 1989.

245. Ellis, Trey. "The New Black Aesthetic. " *Callaloo* 12. 1 (1989).

246. Ellison, Ralph. *Invisible Man*. New York: Vintage Books, 1972.

247. —. "The World and the Jug. " *The Collected Essays of Ralph Ellison*. John F. Callahan. Ed. New York: Random House, 1995.

248. Emerson, Ralph Waldo. *Selected Writings*. Brooks Atkinson. Ed. New York: Modern Library, 1992.

249. Emeruwa, Leatrice W. "Black Art and Artists in Cleveland. " *Black*

World 22. 3 (1973).

250. Engdahl, Horace. "Philomela's Tongue: Introductory Remarks on Witness Literature. " *Witness Literature: Proceedings of the Nobel Centennial Symposium*. Horace Engdahl. Ed. Singapore: World Scientific, 2002.

251. Entzminger, Betina. *Contemporary Reconfigurations of American Literary Classics: The Origin and Evolution of American Stories*. New York: Routledge, 2013.

252. Erdrich, Louise. *Love Medicine*. Toronto and New York: Bantam Books, 1984.

253. —. *Jacklight*. New York: Henry Holt, 1984.

254. —. *Baptism of Desire*. New York: Harper & Row, 1989.

255. —. *The Bingo Palace*. New York: Harper Collins, 1994.

256. —. *The Blue Jay's Dance: A Birth Year*. New York: Harper Perennial, 1995.

257. —. "Windigo. " *Imaging Worlds*. Marjorie Ford and Jon Ford, Eds. N. Y. : McGraw-Hill, 1995.

258. —. "Where I Ought to Be: A Writer's Sense of Place. " *Louise Erdrich's Love Medicine: A Casebook*. Hertha Wong. Ed. New York: Oxford University Press, 2000.

259. —. *Original Fire: Selected and New Poems*. New York: Harper Collins, 2003.

260. Erkkila, Betsy. "Phillis Wheatley and the Black American Revolution. " *A Mixed Race: Ethnicity in Early America*. Frank Shuffleton. Ed. New York: Oxford University Press, 1993.

261. Estrin, Barbara L. *The American Love Lyric after Auschwitz and Hiroshima*. New York: Palgrave Macmillan, 2001.

262. Evans, Mari. "My Words Will Be There. " *Conversations with Audre Lorde*. Joan Wylie Hall. Ed. Jackson: University Press of Mississippi, 2004.

263. Evers, Larry & Denny Carr. "A Conversation with Leslie Marmon Silko. " *Conversations with Leslie Marmon Silko*. Ellen L. Arnold. Ed. Jackson:

University Press of Mississippi, 2000.

264. Ezrahi, Sidra DeKoven. *By Words Alone: The Holocaust in Literature*. Chicago: University of Chicago Press, 1980.

265. Ezrahi, Yaron. *Rubber Bullets: Power and Conscience in Modern Israel*. New York: Farrar, Straus and Giroux, 1997.

266. Fagan, Deirdre J. *Critical Companion to Robert Frost: A Literary Reference to His Life and Work*. New York: Facts on File, Inc. 2007.

267. Fannin, Alice. "A Sense of Wonder: The Pattern for Psychic Survival in *Their Eyes Were Watching God* and *The Color Purple*." *Alice Walker and Zola Neale Hurston: The Common Bond*. Lillie P. Howard. Ed. Westport, Connecticut, London: Greenwood Press, 1993.

268. Fauset, Jessie. "Foreword." *The Chinaberry Tree: A Novel of American Life & Selected Writings*. Richard Yarborough. Ed. Boston: Northeastern University Press, 1995.

269. Foucault, M. "Nietzsche, Genealogy, History." *Language, Counter-Memory, Practice: Selected Essays and Interviews*. Donald F. Bouchard, Sherry Simon. Trans. Donald F. Bouchard. Ed. Ithaca: Cornell University Press, 1977.

270. —. "Of Other Spaces." *Diacritics* 16.1 (Spring, 1986).

271. Featherston, Dan. "Poetic Representation: Charles Reznikoff's *Holocaust* and Rothenberg's *Khurbn*." *Response* 63 (Fall, 1997—Winter, 1998).

272. —. "Poetic Representation: Charles Reznikoff's *Holocaust*." (http://epc. buffalo. edu/authors/reznikoff/danfeatherston. html), 2007/04/08.

273. Featherstone, Mike. "Postmodernism and the Aestheticization of Everyday Life." *Modernity and Identity*. Scott Lash and Jonathan Friedman. Eds. Oxford: Blackwell, 1992.

274. Felman, Shoshana. "Education and Crisis, or the Vicissitudes of Teaching." *Testimony: Crisis of Witnessing in Literature, Psychoanalysis and History*. Shoshana Felman and Dori Laub. Eds. New York: Routledge, 1992.

275. Ferrari, Rita. "'Where the Maps Stopped': The Aesthetic of Borders in Louise Erdrich's *Love Medicine and Tracks*." *Style* 33.1 (1999).

276. Fields, Julia. *Slow Coins*. Washington, D. C. : Three Continents Press, 1981.

277. Fine, Elizabeth C. *Folklore Text : From Performance to Print*. Bloomington : Indiana University Press, 1984.

278. Finkelstein, Norman. " The Messianic Ethnography of Jerome Rothenberg's *Poland/1931.* " *Contemporary Literature* 39 : 3 (1998).

279. —. *Not One of Them in Place : Modern Poetry and Jewish American Identity*. New York : State University of New York Press, 2001.

280. Fishbane, Michael. *The Exegetical Imagination : On Jewish Thought and Theology*. Cambridge : Harvard University Press, 1998.

281. Ford, Karen Jackson. *Gender and the Poetics of Excess : Moments of Brocade*. Jackson : University Press of Mississippi, 1997.

282. —. "Marking Time in Native America : Haiku, Elegy, Survival. " *American Literature* 81. 2 (2009).

283. —. "The Lives of Haiku Poetry : Self, Selflessness, and Solidarity in Concentration Camp Haiku. " *Cary Nelson and the Struggle for the University : Poetry, Politics, and the Profession*. Michael Rothberg and Peter K. Garrett. Eds. Albany : State University of New York Press, 2009.

284. Ford, Katie. *Colosseum*. Saint Paul : Graywolf Press, 2008.

285. Forsyth, Susan. "Writing Other Lives : Native American (Post) Coloniality and Collaborative (Auto) biography. " *Comparing Postcolonial Literatures : Dislocations*. Ashok Bery and Patricia Murray. Eds. New York : Palgrave. 2000.

286. Foss, Karen A. , Sonia K. Foss, and Cindy L. Griffin. *Feminist Rhetorical Theories*. Thousand Oaks : SAGE Publication, Inc. 1999.

287. Foster, Frances Smith. "Introduction. " *A Bright Coming Day : A Frances Ellen Watkins Harper Reader*. New York : Feminist Press, 1990.

288. —. "Frances Ellen Watkins Harper. " *Black Women in America : An Historical Encyclopedia*. Darlene Clark Hine. Ed. Brooklyn, New York : Carlson Publishing, 1993.

289. Franciosi, Robert. " ' Detailing the Facts ' : Charles Reznikoff's Re-

sponse to the Holocaust. " *Contemporary Literature* 29:2 （1988）.

290. Fredman, Stephen. *A Menorah for Athena: Charles Reznikoff and the Jewish Dilemma of Objectivist Poetry.* Chicago: University of Chicago Press, 2001.

291. Freeman, John. "In *Telephone Ringing*, Adrienne Rich Makes Music of Words. " *San Francisco Chronicle*, Sunday, December 30, 2007.

292. French, William P. , Michel J. Fabre, Amritjit Singh. Eds. *Afro-American Poetry and Drama, 1760—1975.* Detroit: Gale Research Co. , 1979.

293. Friebert, Stuart & David Young. Eds. A *Field Guide to Contemporary Poetry and Poetics.* Harlow and London: Longman, 1980.

294. Friedman, Susan Stanford. "Adrienne Rich and H. D. : An Intertextual Study. " *Reading Adrienne Rich: Review and Re-Visions, 1951—1981.* Jane Roberta Cooper. Ed. Ann Arbor: University of Michigan Press, 1984.

295. Frost, Robert. *Complete Poems of Robert Frost.* New York: Holt, Rinehart and Winston, Inc. , 1967.

296. Frye, Northrop. *The Return of Eden: Five Essays on Milton's epics.* Toronto: University of Toronto Press, 1965.

297. Gabbin, Joanne V. Ed. *The Furious Flowering of African American Poetry.* Charlottesville: The University Press of Virginia, 2000.

298. Gallagher, Catherine & Stephen Greenblatt. *Practicing New Historicism.* Chicago: University of Chicago Press, 2000.

299. Gates, Henry Louis Jr. *The Signifying Monkey: A Theory of Afro American Literary Criticism.* New York: Oxford University Press, 1988.

300. —. "Phillis Wheatley on Trial. " *The New Yorker*, January 20, 2003.

301. —. *The Trials of Phillis Wheatley.* New York: A Member of the Perseus Books Group, 2003.

302. Gayle, Addison, Jr. "The Function of Black Literature at the Present Time. " *The Black Aesthetic.* Addison Gayle. Ed. Garden City, New York: Doubleday and Company, 1971.

303. Geffen, Elizabeth M. *Philadelphia Unitarianism, 1796—1861.* Philadelphia: University of Pennsylvania Press, 1961.

304. Gelpi, Barbara Charlesworth and Albert Gelpi. Eds. *Adrienne Rich's Poetry and Prose*. New York, London: W. W. Norton & Company, 1993.

305. George, Nelson. *Buppies, B-Boys, Baps, and Bohos: Notes on Post-Soul Black Culture*. New York: HarperCollins, 1992.

306. Georgoudaki, Ekaterini. "Rita Dove: Crossing Boundaries." *Callaloo* 14. 2 (1991).

307. Christian, Barbara. *Black Feminist Criticism: Perspectives on Black Women Writers*. New York: Pergamon Press, 1985.

308. Gigante, Denise. "The Meaning of Life; The Living Voice: The Meaning of 'Life'." *British Romantic Poetry and Poetics*. Ross Wilson. Ed. London: Routledge, 2008.

309. Gilroy, Paul. *Against Race: Imagining Political Culture beyond the Color Line*. Cambridge, MA: Harvard University Press, 2002.

310. Ginsberg, Allen. *Selected Poems: 1947—1995*. New York: HarperCollins, 1996.

311. Gioia, Dana. *Can Poetry Matter?: Essays on Poetry and American Culture*. Saint Paul, MN: Graywolf Press, 1992.

312. Giovanni, Nikki. *Black Feeling, Black Talk, Black Judgment*. New York: William Morrow & Co. , 1970.

313. Gizzi, Peter. "In Lieu of an Introduction." *Talisman: A Journal of Contemporary Poetry and Poetic* 5 (Fall, 1990).

314. Glancy, Diane. *Stone Heart: A Novel of Sacajawea*. New York: Woodstock, 2004.

315. Glatshteyn, Yankev. *Selected Poems of Yankev Glatshteyn*. Trans. Richard J. Fein. Philadelphia: Jewish Publication Society, 1987.

316. Glotfelty, Cheryll and Harold Fromm. *The Ecocriticism Reader: Landmarks in Literary Ecology*. Athens: Georgia University Press, 1996.

317. Gómez, Reid. "The Storyteller's Escape: Sovereignty and Worldview." *Reading Native American Women: Critical/ Creative Representations*. Ines Hernandez-Avila. Ed. Lanham, MD: AltaMira Press, 2005.

318. Goodman, Jenny. "Politics and the Personal Lyric in the Poetry of Joy Harjo and C. D. Wright." *MELUS* 19. 2 (1994).

319. Gould, Janice. "Poems as Maps in American Indian Women's Writing." *Speak to Me Words.* Janice Gould and Dean Rader. Eds. Tucson: The University of Arizona Press, 2003.

320. Graber, Gregg. "Something Wicked this Way Comes: Warning by Simon Ortiz and Martin Cruz Smith." *Wicazo Review* 15 (Fall, 2000).

321. Grahn, Judy. *The Highest Apple: Sappho and the Lesbian Poetic Tradition.* San Francisco: Spinsters, Ink, 1985.

322. Graulich, Melody. Ed. *"Yellow Woman": Leslie Marmon Silko.* New Brunswick: Rutgers University Press, 1993.

323. Green, Rayna. Ed. *That's What She Said: Contemporary Poetry and Fiction by Native American Women.* Bloomington: Indiana University Press, 1984.

324. Greenblatt, Stephen. *Hamlet in Purgatory.* Princeton: Princeton University Press, 2001.

325. Greiner, Donald J. *Robert Frost: The Poet and His Critics.* Chicago: American Library Association, 1974.

326. Grossman, Allen. *Harlot's Hire.* Cambridge, MA: Walker-de Berry, 1961.

327. —. *Of the Great House.* New York: New Directions, 1982.

328. —. *Ether Dome and Other Poems.* New York: New Directions, 1991.

329. —. *Sighted Singer: Two Works on Poetry for Readers and Writers.* Baltimore: John Hopkins UP, 1992.

330. —. *The Long Schoolroom: Lessons in the Bitter Logic of the Poetic Principle.* Ann Arbor, MI: University of Michigan Press, 1997.

331. Gubar, Susan. *Poetry after Auschwitz: Remembering What One Never Knew.* Bloomington: Indiana University Press, 2003.

332. Guilbert, Sandra & Susan Gubar. *The Madwoman in the Attic: the Woman Writer and the Nineteenth Century Literary Imagination.* New Haven: Yale University Press, 1979.

333. Le Guin, Ursula K. *Dancing at the Edge of the World*. New York: Grove Press, 1988.

334. Gwynn, Frederick and Joseph Blotner. Eds. *Faulkner in the University*. Charlottesville: The University of Virginia Press, 1959.

335. Hagen, Lyman B. *The Heart of A Woman, Mind of A Writer and Soul of a Poet*. Lanham, New York, London: University Press of America, Inc. , 1997.

336. Hale, Anthony. "Nanny/Mammy: Comparing Lady Gregory and Jessie Fauset. " *Cultural Studies* 15. 1 (2001).

337. Hall, Stuart. "Cultural Identity and Diaspora. " *Colonial Discourse & Postcolonial Theory: A Reader*. Patrick Williams & Laura Chrisman. Eds. London: Harvester Whaeatsheaf, 1993.

338. Hatlen, Burton. "From Modernism to Postmodernism: Zukofsky's A— 12. " *Upper Limit Music: Poetry of Louis Zukofsky*. Mark Scroggins. Ed. Tuscaloosa: University of Alabama Press, 1997.

339. Hamilton, Amy T. "Remembering Migration and Removal in American Indian Women's Poetry. " *Rocky Mountain Review* 61. 2 (Fall, 2007).

340. Hammond, Karla. "An Interview with Audre Lorde. " *American Poetry Review* 2 (March-April, 1980).

341. Hansell, William. "Gwendolyn Brooks's *In the Mecca*: A Rebirth Into Blackness. " *Negro American Literature Forum* 8. 2 (Summer, 1974) .

342. Harjo, Joy. "Waking-up Thoughts. " *The Remembered Earth: An Anthology of Contemporary Native American Literature*. Geary Hobson. Ed. Albuquerque: University of New Mexico Press, 1979.

343. —. "Ordinary Spirit. " *I Tell You Now: Autobiographical Essays by Native American Writers*. Brian Swann and Arnold Krupat. Eds. Lincoln: University of Nebraska Press, 1987.

344. —. &Stephen Strom. *Secrets from the Center of the World*. Tucson: University of Arizona Press, 1989.

345. —. *In Mad Love and War*. Middletown, CT: Wesleyan University Press, 1990.

346. —. *The Woman Who Fell from the Sky.* New York: W. W. Norton & Company, Inc. , 1994.

347. —. *She Had Some Horses.* New York: Thunder's Mouth Press, 1997.

348. —. *Map to the Next World.* New York: W. W. Norton & Company, Inc. , 2000.

349. —. *How We Became Human: New and Selected Poems.* New York: W. W. Norton & Company, Inc. , 2002.

350. —& Tanaya Winder. Eds. *Soul Talk, Song Language: Conversations with Joy Harjo.* Middletown, Connecticut: Wesleyan University Press, 2011.

351. Harper, Frances Ellen Watkins. *Iola Leroy; or, a Shadow Uplifted.* Boston: Beacon Press, 1987.

352. —. *Complete Poems of Frances E. W. Harper.* Maryemma Graham. Ed. Oxford: Oxford University Press, 1988.

353. —. *A Brighter Day: A Frances Ellen Watkins Harper Reader.* Frances Smith Foster. Ed. NY: Feminist Press, 1990.

354. —. *Minnie's Sacrifice, Sowing and Reaping, Trial and Triumph: Three Rediscovered Novels by Frances E. W. Harper.* Frances Smith Foster. Ed. Boston: Beacon Press, 1994.

355. Harpham, Geoffrey Galt. *Shadows of Ethics: Criticism and the Just Society.* Durham, NC: Duke University Press, 1999.

356. Harrington, Walt. "The Shape of Her Dreaming-Rita Dove Writes a Poem." *The Washington Post Magazine* 7 (May, 1995).

357. Harris, Williams J. *The Poetry and Poetics of Amiri Baraka: The Jazz Aesthetic.* Columbia: University of Missouri Press, 1985.

358. Hartman, Geoffrey, "The Struggle for the Text." *Midrash and Literature.* Geoffrey Hartman and Sanford Budick. Eds. New Haven: Yale University Press, 1986.

359. —. "Midrash as Law and Literature." *Journal of Religion* 74. 3 (July, 1994).

360. Harte, Bret. *The Works of Bret Harte* (*Volume* 8). New York: P. F. Col-

lier & Son, 1906.

361. Hayden, Robert. "Preface. " *The New Negro*. Alain LeRoy Locke. Ed. New York: Atheneum Macmillan Publishing Company, 1968.

362. Hayn, Judith A. & Cheryl R. Grable. Eds. *Trail of Tears Curriculum Guide*. Little Rock, AR: The Sequoyah National Research Center, 2010.

363. Heath, Stephen. "Ambiviolence: Notes for Reading Joyce. " *Post-Structuralist Joyce*. Derek Attridge and Daniel Ferrer. Eds. Cambridge: Cambridge University Press, 1984.

364. Helle, Anita Plath. "Poetry: The 1940s to the Present. " *American Literary Scholarship*. David J. Nordloh. Ed. Durham: Duke University Press, 1998.

365. Heller, Michael. *Conviction's Net of Branches*. Carbondale, Illinois: Southern Illinois University Press, 1985.

366. Henderson, Stephen. Ed. *Understanding the New Black Poetry: Black Speech and Black Music as Poetic References*. New York: William Morrow, 1973.

367. Hedley, Jane. "Introduction: The Subject of Ekphrasis. " *In the Frame: Women's Ekphrastic Poetry from Marianne Moore to Susan Wheeler*. Jane Hedley, Nick Halpern, and Willard Spiegelman. Eds. New York: Rosemont Publishing & Printing Corp. , 2009.

368. Hedley, Jane. *I Made You to Find Me: The Coming of Age of the Woman Poet and the Politics of Poetic Address*. Columbus: The Ohio State University Press, 2009.

369. Hertzberg, Hazel W. *The Search for an American Indian Identity: Modern Pan-Indian Movements*. Syracuse: Syracuse UP, 1971.

370. Herzog, Anne. " 'Anything Away from Anything': Muriel Rukeyser's Postmodern Poetics. " *How Shall We Tell Each Other of the Poet: The Life and Writing of Muriel Rukeyser*. Anne F. Herzog and Janet E. Kaufman. Eds. New York: St. Marin's Press, 1999.

371. Higashida, Cheryl. *Black Internationalist Feminist: Women Writers of the Black Left, 1945—1995*. Urbana, Chicago, and Springfield: University of Illinois Press, 2011.

372. Hill, Patricia Liggins. "Let Me Make the Songs for the People: A Study of Frances Watkins Harper's Poetry. " *Black American Literature Forum* 15 (1981).

373. Hindus, Milton. Ed. *Charles Reznikoff: Man and Poet.* Orono, Maine: National Poetry Foundation, 1984.

374. Hines, Darlene Clark. Ed. *Black Women in America.* Volume One. New York: Oxford University Press, 2005.

375. Hobson, Geary. "The Rise of the White Shaman as a New Version of Cultural Imperialism. " *The Remembered Earth: An Anthology of Contemporary Native American Literature.* Geary Hobson. Ed. Albuquerque: University of New Mexico P. , 1981.

376. Hochbruck, Wolfgang. " Breaking Away: The Novels of Gerald Vizenor. " *World Literature Today* 66. 2 (Spring, 1992).

377. Hogan, Linda. *Calling Myself Home.* New York: Greenfield Review Press, 1978.

378. —. "The 19th Century Native American Poets. " *Wassaja/The Indian Historian* 13. 4 (Nov. , 1980).

379. —. *Seeing Through the Sun.* Amherst: University of Massachusetts Press, 1985.

380. —. "The Two Lives. " *I Tell You Now.* B. Swann & A. Krupat. Eds. Lincoln, NE: University of Nebraska Press, 1987.

381. —. *Savings.* Minneapolis: Coffee House Press, 1988.

382. —. *The Book of Medicines.* Minneapolis, MN: Coffee House Press, 1993.

383. —. *The Woman Who Watches Over the World: A Native Memoir.* New York: W. W. Norton & Company, 2001.

384. —. *Rounding the Human Corners.* Minneapolis, MN: Coffee House Press, 2008.

385. Holdridge, Jefferson. " Sea Roses, Luminous Details and Signifying Riffs: Modernism and the Aesthetics of Otherness. " *Irish Journal of American*

Studies 9 (Dec. , 2000).

386. Hollander, John. "The Question of American Jewish Poetry. " *What is Jewish Literature*. Hana Wirth-Nesher. Ed. Philadelphia: Jewish Publication Society, 1994.

387. Hollinger, David A. *Postethnic America: Beyond Multiculturalism*. New York: Basic Books, 2000.

388. Honey, Maureen. Ed. *Shadowed Dreams: Women's Poetry of the Harlem Renaissance*. 2nd edition. New Brunswick: Rutgers University Press, 2006.

389. Hongo, Garret. Ed. *The Open Boat: Poems from Asian America*. New York: Doubleday, 1993.

390. hooks, bell. *Yearning: Race, Gender, and Cultural Politics*. Boston, MA: South End Press, 1990.

391. Horne, Dee. *Contemporary American Indian Writing: Unsettling Literature*. New York: Peter Lang, 1999.

392. Horowitz, Sara R. *Voicing the Void: Muteness and Memory in Holocaust Fiction (SUNY Series in Modern Jewish Literature and Culture)*. Albany: State University of New York Press, 1997.

393. Howe, Susan. "Encloser. " *The Politics of Poetic Form: Poetry and Public Policy*. Charles Bernstein. Ed. New York: Roof Books, 1990.

394. Huang, Yunte. "Was Ezra Pound a New Historicist? Poetry and Poetics in the Age of Globalization. " *Foreign Literature Studies*, 2006 (6) .

395. Hughes, Langston. "The Negro Artists and the Racial Mountain. " *Black Aesthetic*. Addison Gayle, Jr. Ed. New York: Doubleday, 1971.

396. —. *The Collected Poems of Langston Hughes*. Arnold Rampersad and David Roessel. Eds. New York: Vintage, 1994.

397. Hughes, Sheila Hassell. "Tongue-tied: Rhetoric and Relation in Louise Erdrich's *Tracks*. " *MELUS* 25. 3/4 (2000).

398. —. "A Prophet Overhear: A Juxtapositing Reading of Gwendolyn Brooks's 'In the Mecca'. " *African American Review* 16. 2 (Summer, 2004).

399. Hull, Gloria. " Afro-American Poets: A Bio-Critical Survey. "

Shakespeare's Sisters: *Feminist Essays on Women Poets*. Sandra M. Gilbert and Susan Gubar. Eds. Bloomington, Ind. : Indiana University Press, 1979.

400. Humm, Maggie. *The Dictionary of Feminist Theory*. Columbus: Ohio State University Press, 1995.

401. Hunter, Carol. "A MELUS Interview: Wendy Rose. " *MELUS* 10. 3 (1983).

402. Hussain, Azfar. "Joy Harjo and Her Poetics as Praxis: A 'Postcolonial' Political Economy of the Body, Land, Labor, and Language. " *Wicazo Sa Review*: *A Journal of Native American Studies* 15. 2 (2000).

403. Hutcheon, Linida. *A Poetics of Postmodernism*: *History, Theory, Fiction*. New York and London: Routledge, 1988.

404. Hutchinson, George. *The Harlem Renaissance in Black and White*. Cambridge: Harvard University Press, 1995.

405. Hynes, William & William Doty. Eds. *Mythical Trickster Figures*: *Contours, Contexts and Criticism*. Tuscaloosa: University of Alabama Press, 1993.

406. Isani, Mukhtar Ali. "Phillis Wheatley and the Elegiac Mode. " *Critical Essays on Phillis Wheatley*. William H. Robinson. Ed. Boston: G. K. Hall & Co. , 1982.

407. James, Henry. *The American Scene*. 1907. Leon Edel. Ed. Bloomington: Indiana University Press, 1968.

408. Jauss, Hans Robert. *Toward an Aesthetic of Reception*. Trans. Timothy Bahti. Minneapolis: University of Minnesota Press, 1982.

409. Jenks, Chris. *Aspects of Urban Culture*. Taipei, Taiwan: The Institute of European and American Studies, Academia Sinica, 2000.

410. —. "Watching Your Step: The History and Practice of the Flaneur. " *Visual Culture*. Chris Jenks. Ed. London & New York: Routledge. 1995.

411. Jess, Tyehimba. "The Word/the Blues: A Meditation, Investigating Blues Poetry, an Old Tradition. " *Black Issues Book Reviews*. March-April (2004).

412. Jahner, Elaine A. "Trickster Discourse and Postmodern Strategies. " *Loosening the Seams*: *Interpretations of Gerald Vizenor*. A. Robert Lee. Ed. Bowl-

ing Green, OH: Bowling Green State University Popular Press, 2000.

413. Jefferson, Thomas. "On the Unacceptability of Blacks in White America." *Critical Essays on Phillis Wheatley*. William H. Robinson. Ed. Boston: G. K. Hall, 1982.

414. Johnson, Charles. *Being and Race: Black Writing Since* 1970. Bloomington: Indiana University Press, 1988.

415. Johnson, Kent. "A Fractal Music: Some Notes on Zukofsky's *Flowers.*" *Upper Limit Music: The Writing of Louis Zukofsky*. Mark Scroggins. Ed. Tuscaloosa and London: The University of Alabama Press, 1997.

416. Johnston, Basil. *The Manitous: The Spiritual World of the Ojibway*. St. Paul, MN: Minnesota Historical Press, 2001.

417. Jones, Ann Rosalind. "Inscribing Femininity: French Theories of the Feminine." *Making a Difference: Feminist Literary Criticism*. Gayle Greene and Coppélia Kahn. Eds. London: Routledge, Chapman & Hall, 1985.

418. Jones, Gayl. "Community and Voice: Gwendolyn Brooks's 'In the Mecca'." *A Life Distilled: Gwendolyn Brooks, Her Poetry and Fiction*. Maria K. Mootry and Gary Smith. Eds. Urbana: University of Illinois Press, 1989.

419. Jong, Erica. "Visionary Anger." *Adrienne Rich's Poetry*. Barbara Charlesworth Gelpi and Albert Gelpi. Eds. New York: W. W. Norton & Company, Inc. , 1975.

420. Jossa, Emanuela. "The Colors of the Earth: Nature and Landscape in the Poetry of Joy Harjo and Humberto Ak' Abal." *Journal of the Southwest* 49. 4 (2007).

421. Juan, Bruce-Nova. *Chicano Authors: Inquiry by Interview*. Austin, Tex. : University of Texas Press, 1980.

422. Juhasz, Suzanne. *Naked and Fiery Forms: Modern American Poetry by Women: A New Tradition*. New York: Harper Colophon Books, 1976.

423. Kalaidjian, Walter. *American Culture Between the Wars: Revisionary Modernism and Postmodern Critique*. New York: Columbia University Press, 1993.

424. Kaufman, Robert. "Poetry's Ethics? Theodor W. Adorno and Robert

Duncan on Aesthetic Illusion and Sociopolitical Delusion. ” *New German Critique* 33. 1 （ 2006）.

425. Kemp, Yakini. “When Difference Is Not the Dilemma: The Black Woman in African American Women's Fiction. ” *Arms Akimbo: Africana Women in Contemporary Literature.* Janice Liddell and Yakini Kemp. Eds. Gainesville: University Press of Florida, 1999.

426. —. “Writing Power: Identity Complexities and the Exotic Erotic in Audre Lorde's Writing. ” *Studies in the Literary Imagination* 37. 2 （ Fall, 2004）.

427. Kendall, Tim. *The Art of Robert Frost.* New Haven and London: Yale University Press, 2012.

428. Kendrick, Robert. “Other Questions: Phillis Wheatley and the Ethics of Interpretation. ” *Cultural Critique* 38 （Winter, 1997—1998）.

429. Kenny, Maurice. *North: Poems of Home.* Marvin, SD: Blue Cloud Quarterly Press, 1977.

430. Kent, Alicia A. *African, Native, and Jewish American Literature and the Reshaping of Modernism.* New York: Palgrave Macmillan, 2007.

431. Kerr, Elizabeth M. *William Faulkner's Gothic Domain.* New York: Kennikat Press, 1979.

432. Kessler, Donna J. *The Making of Sacagawea: A Euro-American Legend.* Tuscaloosa: University of Alabama Press, 1996.

433. Keyes, Claire. *The Aesthetics of Power: The Poetry of Adrienne Rich.* Athens, Ga. : The University of Georgia Press, 1986.

434. Kibbey, Ann. *The Interpretation of Material Shapes in Puritanism: A Study of Rhetoric, Prejudice, and Violence.* Cambridge: Cambridge University Press, 1986.

435. Kidwell, Clara Sue and Alan R. Velie. *Native American Studies.* Edinburgh: Edinburgh University Press, 2005.

436. Kilcup, Karen L. Ed. *Nineteenth-Century American Women Writers: An Anthology.* Malden, MA: Blackwell, 1997.

437. Kim, Elaine H. “Asian American Literature. ” *Columbia Literary History*

of the United States. Emory Elliot, et al. Eds. New York: Columbia University Press, 1988.

438. Kim, Myung Mi. *Commons.* Berkeley: California University Press, 2002.

439. King, Thomas. *All My Relations: An Anthology of Contemporary Canadian Fiction.* Toronto: McClelland and Stewart Inc. , 1990.

440. Klein, A. M. *Complete Poems.* Zelig Pollock. Ed. Toronto: University of Toronto Press, 1990.

441. Klepfisz, Irena. *Keeper of Accounts.* Watertown: Persephone Press, Inc. , 1982.

442. —. *A Few Words in the Mother Tongue: Poems Selected and New, 1971—1990.* Portland, OR: Eighth Mountain Press, 1990.

443. —. *Dreams of an Insomniac: Jewish Feminist Essays, Speeches and Diatribes.* Portland, OR: The Eighth Mountain Press, 1990.

444. Kolodny, Annette. "Unearthing Herstory: An Introduction. " *The Ecocriticism Reader: Landmarks in Literary Ecology.* Cheryll Glotfelty & Harold Fromm. Eds. Athens & London: The University of Georgia Press, 1996.

445. Kort, Carol. *A to Z of American Women Writers.* New York: Facts on File, 2007.

446. Kramer, Michael P. & Hana Wirth-Nesher. Eds. *The Cambridge Companion to Jewish American Literature.* Shanghai: Shanghai Foreign Language Education Press, 2005.

447. Krupat, Arnold. *For Those Who Come After: A Study of Native American Autobiography.* Berkeley, CA: University of California Press, 1985.

448. —. *Red Matters: Native American Studies.* Philadelphia: University of Pennsylvania Press, 2002.

449. —& Brian Swann. Eds. *Here First: Autobiographical Essays by Native American Authors.* New York: Random House, 2000.

450. Krutch, Joseph Wood. *The Best Nature Writing of Joseph Wood Krutch.* New York: Pocket Books, 1970.

451. Krumholz, Linda J. "'To Understand This World Differently': Reading and Subversion in Leslie Marmon Silko's *Storyteller.*" *ARIEL* 25. 1 (1994).

452. Kummings, Donald D. Ed. *A Companion to Walt Whitman.* Malden, MA: Blackwell Publishing Ltd, 2009.

453. LaLonde, Chris. *Grave Concerns, Trickster Turns: the Novels of Louis Owens.* Norman: University of Oklahoma Press, 2002.

454. Lang, Nancy. "'Twin Gods Bending Over': Joy Harjo and Poetic Memory-Poetry and Poetics." *MELUS* 18. 3 (1993).

455. Langdell, Cheri Colby. *Adrienne Rich: The Moment of Change.* Westport, Connecticut, London: Praeger Press, 2004.

456. Lappas, Catherine, "The Way I Heard It Was⋯: Myth, Memory, and Autobiography in *Storyteller* and *The Woman Warrior.*" *CEA Critic* 57. 1 (1994).

457. Larson, Sidner J. *Captured in the Middle: Tradition and Experience in Contemporary Native American Writing.* Seattle: University of Washington Press, 2000.

458. Lauter, Paul. Ed. *The Heath Anthology of American Literature* Vol. II. Toronto: Heath Co. , 1994.

459. Lawrence, D. H. *Studies in American Literature.* New York: New America Library, 1961.

460. Lazarus, Emma. *Admetus and Other Poems.* New York: Hurd and Houghton, 1871.

461. Lazer, Hank. "Is There a Distinctive Jewish Poetics? Several? Many?: Is There Any Question?" *Shofar: An Interdisciplinary Journal of Jewish Studies* 27. 3 (Spring, 2009).

462. Leavis, F. R. "Memories of Wittgenstein." *Recollections of Wittgenstein.* Rush Rhees. Ed. Oxford: Oxford University Press, 1984.

463. LeClair, Thomas. "The Language Must Not Sweat: A Conversation with Toni Morrison." *Conversations with Toni Morrison.* Danille K Taylor-Guthrie. Ed. Jackson: University Press of Mississippi, 1994.

464. Lentin, Ronit. "'Resisting and Surviving America': The Use of Lan-

guages as Gendered Subversion in the Work of American Jewish Poet Irena Klepfisz. ” *Teanga*：*Journal of the Irish Association for Applied Linguistics* 12 （Fall, 1992）.

465. Levering, David. *When Harlem Was in Vogue*. New York：Penguin Books, 1997.

466. Levernier, James A. “Wheatley's On Being Brought From Africa to America. ” *Explicator* 40. 1 （1981） .

467. Levertov, Denise. “On Muriel Rukeyser. ” *Light up the Cave*. Denise Levertov. New York：New Directions, 1981.

468. Li-Young Lee. *Rose*：*Poems*. New York：BOA Editions, Ltd. , 1986.

469. —. *The City in Which I love you*. Brockport, New York：BOA Editions Ltd. , 1990.

470. Liang, Iping. “Opposition Play：Trans-Atlantic Trickstering in Gerald Vizenor's *The Heirs of Columbus.* ” *Concentric*：*Studies in English Literature and Linguistics* 29. 1 （January, 2003）.

471. Liddell, H. G. and Robert Scott. *A Greek-English Lexicon*. Oxford：Clarendon Press, 1968.

472. Lincoln, Kenneth. *Native American Renaissance*. Berkeley：University of California Press, 1983.

473. —. *Sing with the Heart of a Bear*：*Fusion of Native American Poetry*, *1890—1999*. Berkeley：University of California Press, 2000.

474. Liptzin, Sol. *The Jew in American Literature*. New York：Bloch Publishing Company, 1966.

475. Liu Yu. *Resistance Between Cultures*：*Three Contemporary Native American Women Writers in the Postcolonial Aura*. Xiamen：Xiamen University Press, 2008.

476. Loftin, Elouise. *Jumbish*. New York：Emerson Hall Publications, 1972.

477. Lorde, Audre. *Zami*：*A New Spelling of My Name*. Freedom, California：The Crossing Press, 1982.

478. —. *Sister Outsider*：*Essays and Speeches*. Berkeley：Crossing Press,

2012.

479. —. "My Words Will Be There." *Black Women Writers (1950—1980): A Critical Evaluation*. Mari Evans. Ed. New York: Anchor Press/Doubleday, 1984.

480. —. "The Master's Tools Will Never Dismantle the Master's House." *Postcolonialism*. Vol. 4. Diana Brydon. Ed. New York: Routledge, 2000.

481. —. *The Collected Poems of Audre Lorde*. New York: W. W. Norton & Company, 1997.

482. Logan, Shirley Wilson. "Black Speakers, White Representations: Frances Ellen Watkins Harper and the Construction of a Public Persona." *African-American Rhetoric (s): Interdisciplinary Perspectives*. Elaine B. Richardson and Ronald L. Jackson II. Eds. Carbondale, IL: Southern Illinois University Press, 2004.

483. Lowell, Robert. *Life Studies*. New York: Farrar, 1959.

484. Lowney, John. "'A Material Collapse That Is Construction': History and Counter-Memory in Gwendolyn Brooks' *In the Mecca*." *MELUS* 23.3 (Fall, 1998).

485. Lynch, Thomas. "To Honor Impermanence: The Haiku and Other Poems of Gerald Vizenor." *Loosening the Seams; Interpretations of Gerald Vizenor*. A. Robert Lee. Ed. Bowling Green, Ohio: Bowling Green State University Popular Press, 2000.

486. Lyon, Thomas J. Ed. *This Incomparable Lande: A Book of American Nature Writing*. Boston: Houghton Mifflin, 1989.

487. —. "The Nature Essay in the West." *A Literary History of the American West*. J. Golden Taylor, et al. Eds. Fort Worth: Texas Christian University Press, 1987.

488. Maas, Willard. "Lost between Wars." *Poetry* 52.2 (May, 1938).

489. Mackey, Nathaniel. *Discrepant Engagement: Dissonance, Cross-Culturality, and Experimental Writing*. Cambridge: Cambridge University Press, 1993.

490. Maddox, Lucy. "Native American Poetry." *The Columbia History of American Poetry*. Jay Parini & Brett C. Millier. Eds. Beijing: Foreign Language

Teaching and Research Press, 2005.

491. Madsen, Deborah L. *Understanding Gerald Vizenor*. Columbia: University of South Carolina Press, 2009.

492. Major, Clarence. Ed. *The Garden Thrives: Twentieth-Century African-American Poetry*. New York: Harper Collins Inc. , 1996.

493. Mance, Ajuan Maria. *Inventing Black Women: African American Women Poets and Self-Representation, 1877—2000*. Knoxville: The University of Tennessee Press, 2007.

494. Marcoux, Jean-Philippe. *Jazz Griots: Music as History in the 1960s African American Poem*. New York: Lexington Books, 2012.

495. Martin, John Bartlow. "The Strangest Place in Chicago. " *This Is Chicago: An Anthology*. Albert Halper. Ed. New York: Henry Holt, 1952.

496. Mason, Julian. *The Poems of Phillis Wheatley: Revised and Enlarged*. Chapel Hill: University of North Carolina Press, 1989.

497. Mason, Jeffrey D. "The Politics of Metamora. " *The Performance of Power: Theatrical Discourse and Politics*. Sue-Ellen Case and Janelle Reinelt. Eds. Iowa City: University of Iowa Press, 1991.

498. Matson, Lynn. "Phillis Wheatley—Soul Sister?" *Critical Essays on Phillis Wheatley*. William Robinson. Ed. Boston: G. K. Hall, 1982.

499. M' Baye, Babacar. *The Trickster Comes West: Pan-African Influence in Early Black Diasporan Narratives*. Jackson: University Press of Mississippi, 2009.

500. McAllister, Mick. "Diamonds and Turquoise: The Poetry of N. Scott Momaday. " At Wanderer's Well. http: //www. dancingbadger. com/diamond. htm (May, 2002).

501. McCaffery, Larry and Tom Marshall. "Head Water: An Interview with Gerald Vizenor. " *Chicago Review* 39. 3/4 (1993).

502. McDaniel, Judith. " 'Reconstituting the World' : The Poetry and Vision of Adrienne Rich. " *Reading Adrienne Rich*. Jane Roberta Cooper. Ed. Ann Arbor: The University of Michigan Press, 1984.

503. McKay, Claude. *Harlem: Negro Metropolis*. New York: Harcourt,

Brace, Jovanovich, 1972.

504. McLendon, Jacquelyn Y. *The Politics of Color in the Fiction of Jessie Fauset and Nella Larsen.* Charlottesville: University of Virginia Press, 1995.

505. McLuhan, T. C. Ed. *Touch the Land: A Self-Portrait of Indian Existence.* New York: Promontory Press, 1971.

506. McNickle, D' Arcy. *The Surrounded.* Albuquerque: University of New Mexico Press, 1978.

507. McPherson, Dolly A. *Order Out of Chaos: The Autobiographical Works of Maya Angelou.* New York: Peter Lang, 1990.

508. Meilicke, Christine A. *Jerome Rothenberg's Experimental Poetry and Jewish Tradition.* Bethlehem: Lehigh University Press, 2005.

509. Melhem, D. H. *Gwendolyn Brooks: Poetry and the Heroic Voice.* Lexington, KY: University Press of Kentucky, 1987.

510. —. *Heroism in the New Black Poetry: Introduction and Interviews.* Lexington: University Press of Kentucky, 1990.

511. —. "In the Mecca." *On Gwendolyn Brooks: Reliant Contemplation.* Stephen Caldwell Wright. Ed. Ann Arbor: University of Michigan Press, 2004.

512. Merchant, Carolyn. *The Death of Nature: Women, Ecology, and the Scientific Revolution.* New York: Harper & Row Publishers, 1980.

513. Michael, Hennessy. "Louis Zukofsky, Charles Tomlinson, and the 'Objective Tradition' ." *Contemporary Literature* 37. 2 (1996) .

514. Miller, James E. Jr. *The American Quest for a Supreme Fiction.* Chicago: University of Chicago Press, 1979.

515. Miller, J. Hillis. *The Ethics of Reading.* New York: Columbia University Press, 1987.

516. —. *Versions of Pygmalion.* Cambridge: Harvard University Press, 1990.

517. Minar, E. "Feeling at Home in the Language. " *Synthese* 102 (1995).

518. Minh-ha, Trinh T. *Woman, Native, Other: Writing Postcoloniality and Feminism.* Bloomington: Indiana University Press, 1989.

519. Mitchell, W. J. T. *Landscape and Power.* Chicago and London: Universi-

ty of Chicago Press, 2002.

520. Mizruchi, Susan. "Becoming Multicultural. " *American Literary History* 15. 1 (Spring, 2003).

521. Mobley, Marilyn Sanders. "Call and Response: Voice, Community, and Dialogic Structures in Toni Morrison's *Song of Solomon.* " *New Essays on Song of Solomon.* Valerie Smith. Ed. Beijing: Peking University Press, 2007.

522. Mogen, David, Scott P. Sanders, and Joanne B. Karpinski. Eds. *Frontier Gothic: Terror and Wonder at the Frontier in American Literature.* Rutherford, N. J. : Fairleigh Dickinson University Press, 1993.

523. Momaday, N. Scott. "Native American Attitudes toward the Environment. " *Seeing with a Native Eye: Essays on Native American Religion.* Walter Holden Capps. Ed. New York: Harper and Row, 1976.

524. —. *The Gourd Dancer.* New York: Harper and Row, 1976.

525. —. *The Way to Rainy Mountain.* Albuquerque: University of New Mexico Press, 1976.

526. —. *Yellow Woman and a Beauty of the Spirit: Essays on Native American Life Today.* New York: Simon and Schuster, 1996.

527. —. *In the Presence of the Sun: Stories and Poems, 1961—1991.* New York: St. Martin's Press, 1997.

528. —. *The Man Made of Words: Essays, Stories, Passages.* New York: St. Martin's Press, 1997.

529. —. *In the Bear's House.* New York: St. Martin's Press, 1999.

530. —. "The Sun Horses. " *Oklahoma Humanities*, May, 2008.

531. —. "Mutation. " *Oklahoma Humanities*, May, 2008.

532. Montgomery, D' Juana Ann. *Speaking Through the Silence: Voice in the Poetry of Selected Native American Women Poets.* The University of Texas, 2009. Doctoral Dissertation.

533. Mooney, James. *Myths of the Cherokee.* New York: Dover Publications, Inc. , 1995.

534. Morris, Irwin. *From the Glittering World: A Navajo Story.* Norman: Uni-

versity of Oklahoma Press, 1997.

535. Morris, Margaret Kissam. "Audre Lorde: Textual Authority and the Embodied Self. " *Frontiers: A Journal of Women's Studies* 35. 2 (2002).

536. Morrison, Kenneth M. "Myth and Religion of Native America. " *Dictionary of Native American Literature.* Andrew Wiget. Ed. London: Taylor & Francis, 1994.

537. Morrison, Toni. *The Bluest Eye.* New York: Washington Square Press, 1972.

538. —. "Rootedness: The Ancestor as Foundation. " *Black Women Writers (1950—1980): A Critical Evaluation.* Mari Evans. Ed. New York: Doubleday, Anchor Books, 1984.

539. —. "Sites of Memory. " *Inventing the Truth: The Art and Craft of Memoir.* William Zinsser. Ed. Boston: Houghton-Mifflin, 1987.

540. —. "Unspeakable Things Unspoken: The Afro-American Presence in American Literature. " *Michigan Quarterly Review* 28. 1 (1989).

541. —. *Playing in the Dark: Whiteness and the Literary Imagination.* Cambridge: Harvard University Press, 1992.

542. Moyers, Bill. "Ancestral Voices: Interview with Joy Harjo. " *The Spiral of Memory: Interviews.* Laura Coltelli. Ed. Ann Arbor: University of Michigan Press, 1996.

543. Muske-Dukes, Carol. *Women and Poetry: Truth, Autobiography, and the Shape of the Self.* Ann Arbor: University of Michigan Press, 1997.

544. Nabokov, Peter. *Native American Testimony: A Chronicle of Indian-White Relations from Prophecy to the Present, 1492—1992.* New York: Penguin, 1991.

545. Narain, Denise deCaires. "The Body of the Woman in the Body of the Text: The Novels of Erna Brodbe. " *Caribbean Women Writers: Fictions in English.* Mary Condé and Thorunn Lonsdale. Eds. New York: MacMillan, 1999.

546. Naranjo, Tessi. "Pottery Making in a Changing World. " *Expedition* 36 (1994).

547. Neal, Larry. "The Black Arts Movement. " *Within the Circle: An An-*

thology of African American Literary Criticism from the Harlem Renaissance to the Present. Angelyn Mitchell. Ed. Durham: Duke University Press, 1994.

548. Neal, Mark Anthony. *What the Music Said: Black Popular Music and Black Public Culture.* New York: Routledge, 1999.

549. —. *Soul Babies: Black Popular Culture and the Post-Soul Aesthetic.* New York: Routledge, 2002.

550. Neihardt, John G. *Black Elk Speaks: Being the Life Story of a Holy Man of the Oglala Sioux.* Lincoln: University of Nebraska Press, 1979.

551. Niatum, Duane. *Harper's Anthology of Twentieth Century Native American Poetry.* New York: Harper and Row, 1988.

552. Nie Zhenzhao. "Interview with Charles Bernstein." *Foreign Literature Studies* 2 (2007).

553. — & Luo Lianggong. Eds. *Our Common Sufferings.* Shanghai: Shanghai Foreign Language Education Press, 2008.

554. Nielsen, Aldon Lynn. "Black Deconstruction: Russell Atkins and the Reconstruction of African-American Criticism." *Diacritics* 26. 3—4 (1996).

555. —. *Black Chant: Language of African-American Postmodernism.* New York: Cambridge University Press, 1997.

556. —. " 'The Calligraphy of Black Chant': Resiting African American Poetries." *The Furious Flowering of African American Poetry.* Joanne V. Gabbin. Ed. Charlottesville: The University Press of Virginia, 2000.

557. O' Brien, John. "Alice Walker: An Interview." *Alice Walker: Critical Perspectives Past and Present.* Henry Louis Gates Jr. and K. A. Appiah. Eds. New York: Amistad, 1993.

558. O' Brien, Sharon. *American Indian Tribal Governments.* Norman: University of Oklahoma Press, 1989.

559. Oktenberg, Adrian. " 'Disloyal to Civilization' ": The Twenty-One Love Poems of Adrienne Rich. " *Reading Adrienne Rich: Review and Re-Visions, 1951—81.* Jane Roberta Cooper. Ed. Ann Arbor: University of Michigan Press, 1984.

560. Olson, Charles. *The Maximus Poems.* George F. Butterick. Ed. Berke-

ley, Los Angles: University of California Press, 1983.

561. —. *Collected Prose*. Donald Allen and Benjamin Friedlander. Eds. Berkeley, Los Angles, London: University of California Press. 1997.

562. —. *The Collected Poems of Charles Olson*. George F. Butterick. Ed. Berkeley, Los Angles: The University of California Press, 1997.

563. Omer, Ranen. "The Stranger in Metropolis: Urban Identities in the Poetry of Charles Reznikoff. " *Shofar: An Interdisciplinary Journal of Jewish Studies* 16. 1 (Fall, 1997).

564. —. "Palestine Was a Halting Place, One of Many: Diasporism in the Poetry of Charles Reznikoff. " *MELUS* 25. 1 (Spring, 2000).

565. Oppen, George. *Collected Poems*. New York: New Directions, 1975.

566. Ortiz, Simon. *Going for the Rain*. Mew York: Harper & Row, 1976.

567. —. *Fight Back: For the Sake of the People, for the Sake of the Land*. Albuquerque, N. M. : University of New Mexico Press, 1980.

568. —. *From Sand Creek*. Tucson: The University of Arizona Press, 1981.

569. —. *A Good Journey*. Tucson: Sun Tracks and The University of Arizona Press, 1984.

570. —. "That's the Place Indians Talk About. " *Wicazo Sa Review* 1. 1 (Spring, 1985).

571. —. *Woven Stone*. Tucson: University of Arizona Press, 1992.

572. —. "Towards a National Indian Literature: Cultural Authenticity in Nationalism. " *Nothing But the Truth: An Anthology of Native American Literature*. John Purdy and James Ruppert. Eds. Upper Saddle River, NJ: Prentice Hall, 2001.

573. Owens, Louis. *Other Destinies: Understanding the American Indian Novel*. Norman: University of Oklahoma Press, 1994.

574. —. *Mixedblood Messages: Literature, Film, Family, Place*. Norman: University of Oklahoma Press, 1998.

575. Ozick, Cynthia. "American: Toward Yavneh. " *What is Jewish Literature?* Hana Wirth-Nesher. Ed. New York: Jewish Publication Society, 1994.

576. Pacernick, Gary. *Meaning and Memory: Interviews with Fourteen Jewish Poets*. Columbus, OH: Ohio State University Press, 2001.

577. Painter, Nell Irvin. "Voices of Suffrage: Sojourner Truth, Frances Watkins Harper, and the Struggle for Woman Suffrage." *Votes for Women: The Struggle for Suffrage Revisited*. Nell Irvin Painter. Ed. New York: Oxford University press, 2002.

578. Parekh, Bhikhu. "A Commitment to Cultural Pluralism." Intergovernmental Conference on Cultural Policies for Development. Stockholm, Sweden. 30 March—2 April, 1998.

579. Parini, Jay & Brett C. Millier. Eds. *The Columbia History of American Poetry*. Beijing: Foreign Language Teaching and Research Press, 2005.

580. Parmar, Pratibha. "Black Feminism: The Politics of Articulation." *Identity: Community, Culture, Difference*. J. Rutherford. Ed. London: Lawrence and Wishart, 1991.

581. Parmet, Harriet L. "Selected American Poets Respond to the Holocaust: The Terror of Our Days." *Modern Language Studies* 24. 4 (1994).

582. Parsons, Deborah. *Streetwalking the Metropolis: Women, the City and Modernity*. New York: Oxford University Press, 2000.

583. Parsons, Elsie Clews. *Pueblo Indian Religion*. Vol. 2. Lincoln: University of Nebraska Press, 1996.

584. Partridge, Jeffrey F. L. "The Politics of Ethnic Authorship: Li-Young Lee, Emerson, and Whitman at the Banquet Table." *Studies in the Literary Imagination* 37 (Spring, 2004).

585. Payne, Richard J. & Jamal R. Nassar. *Politics and Culture in the Developing World: The Impact of Globalization*. New York: Pearson Education Inc. , 2003.

586. Pearce, Roy Harvey. *The Continuity of American Poetry*. Princeton: Princeton University Press, 1961.

587. Pearson, Diane. "Review Essay: *In the Bear's House & The Indolent Boys*." *Wicazo Sa Review* 18. 2 (Autumn, 2003).

588. Pereira, Malin. "An Interview with Rita Dove." *Contemporary Literature* 40. 2 (1999).

589. —. *Conversations with Rita Dove.* Earl G. Ingersoll. Ed. Jackson: University Press of Mississippi, 2003.

590. —. *Rita Dove's Cosmopolitanism.* Urbana and Chicago, IL: University of Illinois Press, 2003.

591. —. " 'The Poet in the World, the World in the Poet' : Cyrus Cassells's and Elizabeth Alexander's Versions of Post-soul Cosmopolitanism. " *African American Reviews* 41. 4 (2007).

592. Perkins, David. *A History of Modern Poetry: From the 1890s to the High Modernist Mode.* Cambridge: Harvard University Press, 1976.

593. —. *A History of Modern Poetry: Modernism and After.* Cambridge: Harvard University Press, 1987.

594. Perloff, Marjorie. *Poetic License: Essays on Modernist and Postmodernist Lyric.* Evanston, Ill. : Northwestern University Press, 1990.

595. —. *Wittgenstein's Ladder: Poetic Language and the Strangeness of the Ordinary.* Chicago: University of Chicago Press. 1996.

596. —. "Review of *Forbidden Entries* by John Yau. " *Boston Review* 22. 3—4 (Summer, 1997).

597. Perreault, Jeanne. " 'That the Pain Not Be Wasted' : Audre Lorde and the Written Self. " *Auto/Biography Studies* 4. 1 (Fall, 1988).

598. Perry, Donna. "Leslie Marmon Silko. " *Backtalk: Women Writers Speak Out.* Donna Perry. Ed. New Brunswick: Rutgers University Press, 1992.

599. Posey, Alexander Lawrence. *The Poems of Alexander Lawrence Posey.* Minnie H. Posey. Ed. Muskogee, OK: Hoffman, 1969.

600. Peterson, Nancy J. "History, Postmodernism, and Louise Erdrich's *Tracks.* " *PMLA* 109. 5 (1994).

601. Peyer, Bernd C. " *The Thinking Indian* ": *Native American Writer, 1850s—1920s.* New York: Peter Lang, 2007.

602. Pogge, Thomas. "Cosmopolitanism and Sovereignty. " *Ethics* 103. 1

(1992).

603. Pope, Deborah. *A Separate Vision: Isolation in Contemporary Women's Poetry*. Baton Rouge: Louisiana State University Press, 1984.

604. Pound, Ezra. *The Cantos*, New York: New Directions, 1970.

605. —. *Selected Prose*, 1909—1965. New York: New Directions, 1975.

606. — & Louis Zukofsky. *Pound/Zukofsky: Selected Letters of Ezra Pound and Louis Zukofsky*. Barry Ahearn. Ed. New York: New Directions, 1987.

607. Powell, Malea. "Rhetorics of Survivance: How American Indians Use Writing." *College Composition and Communication* 53. 3 (Feb. , 2002).

608. Pratt, M. L. *Imperial Eyes: Travel Writing and Ttransculturation*. London: Routledge, 1992.

609. Preminger, Alex & T. V. E. Brogan. Eds. *The New Princeton Encyclopedia of Poetry and Poetics*, Princeton: Princeton University Press, 1993.

610. Purdy, John & Blake Hausman, "A Conversation with Simon Ortiz. " *Studies in American Indian Literatures* 12. 4 (Winter, 2000).

611. Radford-Hill, Sheila. "Considering Feminism as a Model for Social Change." *Feminist Studies/ Critical Studies*. Teresa de Lauretis. Ed. Bloomington: Indiana University Press, 1986.

612. Rai, Amit S. " 'Thus Spake the Subaltern' : Postcolonial Criticism and the Scene of Desire. " *Psychoanalysis of Race*. Christopher Lane. Ed. New York: Columbia University Press, 1998.

613. Rampersad, Arnold. "The Poems of Rita Dove. " *Callaloo* 9. 1 (1986).

614. —. Ed. *The Oxford Anthology of African-American Poetry*. New York: Oxford University Press, 2006.

615. Randall, Dudley. Ed. *Black Poetry: A Supplement to Anthologies Which Exclude Black Poets*. Detroit: Broadside Press, 1969.

616. —. Ed. *The Black Poets*. New York, Toronto, London: Bantam Books, 1985.

617. Redding, J. Saunders. "Review of *A Street in Bronzeville*. " *On Gwendolyn Brooks: Reliant Contemplation*. Stephen Caldwell Wright. Ed. Ann Arbor: Univer-

sity of Michigan Press, 1996.

618. Rekow, Alec. "Telling about Bear in N. Scott Momaday's *The Ancient Child*." *Wicazo Sa Review* 12. 1 (Spring, 1997).

619. Reynolds, Guy. *Willa Cather in Context: Progress, Race, Empire*. New York: St. Martin's Press, 1996.

620. Reznikoff, Charles. *The Complete Poems of Charles Reznikoff*. Seamus Cooney. Ed. Santa Rosa: Black Sparrow Press, 1996.

621. —. *Holocaust*. Los Angeles: Black Sparrow Press, 2007.

622. Rich, Adrienne. *Poems: Selected and New, 1950—1974*. New York: W. W. Norton & Company, 1975.

623. —. *Of Woman Born*. New York: W. W. Norton & Company, 1976.

624. —. *On Lies, Secrets, and Silence: Selected Prose 1966—1978*. New York: W. W. Norton & Company, 1980.

625. —. "Compulsory Heterosexuality and Lesbian Existence." *Signs* 5. 4 (Summer, 1980) .

626. —. "Introduction." *A Few Words in the Mother Tongue: Poems Selected and New, 1971—1990*. Irena Klepfisz. Portland, OR: Eighth Mountain Press, 1990.

627. —. *An Atlas of the Difficult World: Poems 1988—1991*. New York: W. W. Norton & Company, 1991.

628. —. *What is Found There: Notebooks on Poetry and Politics*. New York: W. W. Norton & Company, 1993.

629. —. *The Dream of a Common Language*. New York: W. W. Norton & Company, 1993.

630. —. *Collected Early Poems 1950—1970*. New York: W. W. Norton & Company, 1993.

631. —. *The Fact of a Doorframe: Poems Selected and New 1950—1984*. New York: W. W. Norton & Company, 1994.

632. —. *The Fact of a Doorframe: Selected Poems 1950—2001*. New York: W. W. Norton & Company, 2002.

633. —. *Telephone Ringing in the Labyrinth 2004—2006.* New York: W. W. Norton & Company, 2007.

634. Richmond, Merle. *Bid the Vassal Soar.* Washington D. C. : Howard UP, 1974.

635. Ricoeur, Paul. *Time and Narrative.* Vol. 3. Trans. Kathleen Blamey and David Pellauer. Chicago: University of Chicago Press, 1985.

636. Righelato, Pat. "Rita Dove and the Art of History. " *Callaloo* 31. 3 (Summer, 2008).

637. Rignall, John. "Benjamin's Flâneur and the Problem of Realism. " *The Problems of Modernity: Adorno and Benjamin.* Andrew Benjamin. Ed. London: Routledge, 1989.

638. Rivkin, Julie & Michael Ryan. "Introduction to Feminist Paradigms. " *Literary Theory: An Anthology.* Julie Rivkin & Michael Ryan. Eds. Oxford: Blackwell Publishers, 1998.

639. Roberson, Susan L. "Translocations and Transformations Identity in N. Scott Momaday's *The Ancient Child.* " *American Indian Quarterly* 22. 1—2 (Winter/ Spring, 1998).

640. Roberts, Andrew. "Introduction. " *What Might Have Been: Imaginary History from Twelve Leading Historians.* Andrew Roberts. Ed. London: Orion Publishing, 2005.

641. Robinson, Ruth. *Black American Literature, 1760—Present.* New York: Macmillan, 1971.

642. Robinson, William H. Ed. *Critical Essays on Phillis Wheatley.* Boston: G. K. Hall, 1974.

643. —. *Phillis Wheatley in the Black American Beginnings.* Detroit: Broadside Press, 1975.

644. —. *Phillis Wheatley and her Writings.* New York & London: Garland Publishing, Inc. , 1984.

645. Rose, Gillian. *Feminism and Geography: The Limits of Geographical Knowledge.* Cambridge, UK: Polity Press, 1993.

646. —. *Writing Women and Spaces: Colonial and Postcolonial Geographies.* New York: Guilford, 1994.

647. Rose, Wendy. *Hopi Roadrunner Dancing.* New York: Greenfield Review Press, 1973.

648. —. "Just What's All This Fuss About White-shamanism Anyways?" *Coyote Was Here: Essays on Contemporary Native American Literary and Political Mobilization.* Bo Scholar. Ed. Aarhus, Denmark: SEKLO, 1984.

649. —. "Three Poems." *The Beloit Poetry Journal: American Indian Chapbook* 30 (1979—1980).

650. —. *Lost Copper.* Banning, CA: Malki Museum Press, 1980.

651. —. *The Halfbreed Chronicles and Other Poems.* New York: West End Press, 1986.

652. —. *Going to War with All My Relations.* Flagstaff, AZ: Entrada Books, 1993.

653. —. *Bone Dance: New and Selected Poems, 1965—1993.* Tucson: University of Arizona Press, 1994.

654. —. *Itch Like Crazy.* Tucson: University of Arizona Press, 2002.

655. Rosen, Kenneth. Ed. *Voices of the Rainbow: Contemporary Poetry by American Indians,* New York: Seaver, 1975.

656. Rosen, Norma. *Touching Evil.* Detroit, MI: Wayne State University Press, 1990.

657. Rosenbaum, Thane. "Art and Atrocity in a Post—9/11 World." *Jewish American and Holocaust Literature: Representation in the Postmodern World.* Alan L. Berger and Gloria L. Cronin. Eds. New York: State University of New York Press, 2004.

658. Rosenthal, M. L. *Chief Poets of the American Depression,* Ph. D. Diss. New York University, 1949.

659. Rothenberg, Jerome. *Poland/1931.* New York: New Directions, 1974.

660. —. *Poems for the Game of Silence.* New York: New Directions, 1971.

661. —. *Vienna Blood & Other Poems.* New York: New Directions, 1980.

662. —. *Pre-Faces & Other Writings*. New York: New Direction, 1981.

663. —. *Symposium of the Whole: A Range of Discourse Toward an Ethnopoetics*. Berkeley: University of California Press, 1983.

664. —. Ed. *Technicians of the Sacred: A Range of Poetries from Africa, America, Asia, Europe & Oceania*. Berkeley and Los Angeles: University of California Press, 1985.

665. —. *Khurbn and Other Poems*. New York: New Directions, 1989.

666. —. *Gematria*. Los Angeles: Sun & Moon Press, 1994.

667. —. *Seedings & Other Poems*. New York: New Directions, 1996.

668. Rovner, Ruth. "Charles Reznikoff—A Profile." *Jewish Frontier* (April, 1976).

669. Rowell, Charles Henry. "Interview with Rita Dove: Part 2." *Callaloo* 31. 3 (Summer, 2008).

670. Rubin, Stan Sanvel & Judith Kitchen. "Riding That Current as Far as It' ll Take You." *Conversations with Rita Dove*. Earl G. Ingersoll. Ed. Jackson: University Press of Mississippi, 2003.

671. Rubinstein, Raphael. "Gathered, Not Made: A Brief History of Appropriative Writing." *American Poetry Review* 28. 2 (1999).

672. Rudman, Mark. *Rider*. Middletown: Wesleyan University Press, 1994.

673. —. *The Couple*. Middletown: Wesleyan University Press, 2002.

674. —. *The Book of Samuel: Essays on Poetry and Imagination*. Evanston: Northwestern University Press, 2009.

675. Rukeyser, Muriel. *Theory of Flight*. New Haven, CT: Yale University Press, 1935.

676. —. *U. S. 1*. New York: Covici Friede, 1938.

677. —. *Willard Gibbs: American Genius*. Garden City, NY: Doubleday, Doran, 1942.

678. —. *Collected Poems*. New York: McGraw-Hill Book Company, 1978.

679. —. *The Life of Poetry*. New York: Kraus Reprint Co. , 1968.

680. —. "Radio Interview by Samuel Sillen." *Muriel Rukeyser's The Book of*

the Dead. Tim Dayton. Columbia and London: University of Missouri Press, 2003. Appendix III.

681. Ruane, Michael E. "Selection Provides Civil Rights Symmetry." *Washington Post*, December 18, 2008.

682. Ruoff, A. LaVonne Brown. "Woodland Word Warrior: An Introduction to the Works of Gerald Vizenor." *MELUS* 13. 1/2 (Spring-Summer, 1986).

683. Ruppert, James. *Mediation in Contemporary Native American Fiction.* Norman: University of Oklahoma Press, 1995.

684. Ruthven, K. K. *Ezra Pound as Literary Critic.* New York: Routledge, 1990.

685. Ryan, Jennifer D. *Post-Jazz Poetics: A Social History.* New York: Palgrave Macmillan, 2009.

686. Said, Edward. *Culture and Imperialism.* New York: Vintage Books, 1994.

687. —. *Reflections on Exile and Other Essays.* Cambridge, MA: Harvard University Press, 2000.

688. Salas, Angela M. *Flashback Through the Heart: The Poetry of Yusef Komunyakaa.* Selinsgrove: Susquehanna University Press, 2004.

689. Saldivar-Hull, S. *Feminism on the Border: Chicana Gender Politics and Literature.* Berkeley, CA: California University Press, 2000.

690. Sampson, Dennis. *Forgiveness.* Minneapolis: Milkweed Editions, 1990.

691. Sanchez, Sonia. *We A DaddDDD People.* Detroit: Broadside Press, 1970.

692. —. *Morning Haiku.* Boston: Beacon Press, 2010.

693. Sanders, Scott. "Southwestern Gothic: On the Frontier between Landscape and Locale." *Frontier Gothic: Terror and Wonder at the Frontier in American Literature.* David Mogen, Scott P. Sanders, and Joanne B. Karpinski. Eds. Rutherford, N. J.: Fairleigh Dickinson University Press, 1993.

694. Sarris, Greg. "Introduction." *She Had Some Horses.* Joy Harjo. New York: Thunder's Mouth Press, 1997.

695. Saucerman, James R. "Wendy Rose: Searching Through Shards, Creating Life." *Wicazo Sa Review* 5 (Fall, 1989).

696. Sayre, Gordon M. Ed. *Obadiah Equiano, Mary Rowlandson, and Others: American Captivity Narratives.* Boston, New York: Houghton Mifflin, 2000.

697. Scarberry-Garcia, Susan. "Simon J. Ortiz." *Dictionary of Literary Biography: Native American Writers of the United States.* Kenneth M. Roemer. Ed. Detroit: Gale Research, 1997.

698. Scarry, John. "Representing Real Worlds: The Evolving Poetry of Joy Harjo." *World Literature Today* 66. 2 (Spring, 1992).

699. Schein, Marie M. "Simon Ortiz." *American Poets Since World War II.* R. S. Gwynn. Ed. Detroit: Gales Research, 1992.

700. Schiffer, Reinhold. "Charles Reznikoff and Reinhold Schiffer: The Poet in His Milieu." *Charles Reznikoff's Man and Poet.* Milton Hindus. Ed. Orono, Maine: National Poetry Foundation, 1984.

701. Schimmel, Harold. "Zuk, Yehoash David Rex." *Louis Zukofsky: Man and Poet.* Carroll F. Terrell. Ed. Orono, ME: National Poetry Foundation, 1979.

702. Schneider, Steven. "Writing for Those Moments of Discovery." *Conversations with Rita Dove.* Earl G. Ingersoll. Ed. Jackson: University Press of Mississippi, 2003.

703. Schubnell, Matthias. *N. Scott Momaday: The Cultural and Literary Background.* Norman: University of Oklahoma Press, 1985.

704. —. *Conversations with N. Scott Momaday.* Jackson: University Press of Mississippi, 1997.

705. Schuyler, George S. "The Negro-Art Hokum." *Nation* 122. 3180 (June 16, 1926).

706. Schwarz, Daniel R. *Imagining the Holocaust.* New York: St. Martin's, 1999.

707. Schweninger, Lee. *Listening to the Land: Native American Literary.* Athens & London: The University of Georgia Press, 2008.

708. Scott, William. *Documentary Expression and Thirties America.* New York:

Oxford University Press, 1973.

709. Scroggins, Mark. Ed. *Upper Limit Music: The Writing of Louis Zukofsky.* Tuscaloosa and London: The University of Alabama Press, 1997.

710. —. *Zukofsky and the Poetry of Knowledge.* Tuscaloosa and London: University of Alabama Press, 1998.

711. Serafin, Steven R. Ed. *The Continuum Encyclopedia of American Literature.* New York: The Continuum Publishing Company, 1999.

712. Serio, John N. *The Cambridge Companion to Wallace Stevens.* New York: Cambridge University Press, 2007.

713. Shapiro, Karl. *Poems of a Jew.* New York: Random House, 1958.

714. Shapiro, Harvey. *The Light Holds.* Middletown, CT: Wesleyan University Press, 1984.

715. Sharp, Frederick Thomas. *"Objectivists" 1927—1934: A Critical History of the Work and Association of Louis Zukofsky, William Carlos Williams, Charles Reznikoff, Carl Rakosi, Ezra Pound, George Oppen.* Diss. Stanford University, 1982.

716. Shelley, Percy Bysshe. "A Defense of Poetry." *Shelley's Poetry and Prose.* Donald H. Reiman and Sharon B. Powers. Eds. New York: W. W. Norton, 1977.

717. Shetley, Vernon. *After the Death of Poetry: Poet and Audience in Contemporary America.* Durham, N. C. : Duke University Press, 1993.

718. Shields, John C. *The American Aeneas: Classical Origins of the American Self.* Knoxville: The University of Tennessee Press, 2011.

719. Shreiber, Maeera Y. "Jewish American Poetry." *The Cambridge Companion to Jewish American Literature.* Michael P. Kramer & Hana Wirth-Nesher. Eds. Shanghai: Shanghai Foreign Language Education Press, 2005.

720. —. *Singing in a Strange Land: A Jewish American Poetics.* Stanford: Stanford University Press, 2007.

721. Shulman, Robert. *The Power of Political Art: The 1930s Literary Left Reconsidered.* Chapel Hill: University of North Carolina Press, 2000.

722. Sielke, Sabine. *Fashioning the Female Subject: The Intertextual Networking of Dickinson, Moore, and Rich.* Ann Arbor: The University of Michigan Press, 1997.

723. Silko, Leslie Marmon. *Ceremony.* New York: Viking, 1977.

724. —. "Here's an Odd Artifact for the Fairy-Tale Shelf. " *Impact/Albuquerque Journal* 8 (Oct. , 1986) .

725. —. *Almanac of the Dead.* New York: Penguin, 1991.

726. —. "Lullaby. " *The Heath Anthology of American Literature* Vol. II. Paul Lauter. Ed. Toronto: Heath Co. , 1994.

727. —. "Landscape, History, and the Pueblo Imagination. " *The Ecocriticism Reader: Landmarks in Literary Ecology.* Cheryll Glotfelty, Harold Fromm. Eds. Athens, Georgia: Georgia University Press, 1996.

728. —. *Yellow Woman and a Beauty of the Spirit: Essays on Native American Life Today.* New York: Simon & Schuster. 1996.

729. —. *Storyteller.* New York: Penguin Group, 2012.

730. Simpson, A. and E. S. C. Weiner. *The Oxford English Dictionary.* Vol 3. Oxford: Clarendon Press, 1989.

731. Slodnick, Roy. "Afterword: Things of August: the Vulgate of Experience. " *Love Is Hard Work.* Miguel Algarin. New York: Scribner's Poetry, 1997.

732. Smith, Barbara. "Towards a Black Feminist Criticism. " *All the Women Are White, All the Blacks Are Men, But Some of Us are Brave: Black Women's Studies.* Gloria T. Hull, Patricia Bell Scott, and Barbara Smith. Eds. Old Westbury, NY: Feminist Press, 1982.

733. Smith, Ernest J. "Nellie Wong. " *Asian American Poets: A Bio-Bibliographical Critical Sourcebook.* Guiyou Huang. Ed. Westport, Connecticut/London: Greenwood Press, 2002.

734. Smith, Hammett W. "A Note to Longfellow's 'The Jewish Cemetery at Newport'. " *College English* 18. 2 (Nov. , 1956).

735. Smith, Maggie. "Words Burst forth with American Verse. " *Knight Ridder Tribune Business News,* July 2, 2006.

736. Smith, Patricia Clark. "Coyote Ortiz: Canis latrans latrans in the Poetry of Simon Ortiz. " *Studies in American Indian Literature: Critical Essays and Course Designs.* Paula Gunn Allen. Ed. New York: The Modern Language Association of America, 1983.

737. —. & Paula Allen. "Earthy Relations, Carnal Knowledge: Southwestern American Indian Women Writers and Landscape. " *"Yellow Woman": Leslie Marmon Silko.* Melody Graulich. Ed. New Jersey: Rutgers University Press, 1993.

738. Smith, Stephanie. "Joy Harjo. " *Poets and Writers* 21. 4 (July/August, 1993).

739. Smitherman, Geneva. *Talkin and Testifyin: The Language of Black America.* Detroit: Wayne State University Press, 1985.

740. Snyder, Gary. *The Old Ways.* San Francisco: City Lights Book, 1977.

741. Spacks, Patricia Ann Meyer. *The Female Imagination.* Knopf: Random House, 1975.

742. Srachan, Ian Gregory. *Paradise and Plantation: Tourism and Culture in the Anglophone Caribbean.* Charlottesville: University of Virginia Press, 2002.

743. Stancliff, Michael. *Frances Ellen Watkins Harper: African American Reform Rhetoric and the Rise of a Modern Nation State.* New York: Routledge, 2011.

744. Standing Bear, Luther. *Land of the Spotted Eagle.* Lincoln: University of Nebraska Press, 1978.

745. Stanford, Michael. *A Companion to the Study of History.* Oxford: Blackwell, 1996.

746. Stanley, Sandra Kumamoto. *Louis Zukofsky and the Transformation of a Modern American Poetics.* Berkeley and Los Angeles: University of California Press, 1994.

747. Stannard, David E. *The American Holocaust: The Conquest of the New World.* Oxford: Oxford University Press. 1992.

748. Stavans, Ilan "Preface. " *The Norton Anthology of Latino Literature.* New York & London: W. W. Norton & Company, 2011.

749. Steele, Cassie Premo. *We Heal from Memory: Sexton, Lorde, Anzaldua*

and the Poetry of Witness. New York: Palgrave Macmillan, 2000.

750. Steffen, Therese. *Transcultural Space and Place in Rita Dove's Poetry, Fiction, and Drama.* Oxford: Oxford University Press, 2001.

751. Stein, Gertrude. "An Exercise in Analysis." *Last Operas and Plays.* Carl Van Vechten. Ed. New York: Random House, 1975.

752. Stein, Kevin. "Lives in Motion: Multiple Perspectives in Rita Dove's Poetry." *Mississippi Review* 23. 3 (Spring, 1995).

753. Steiner, George. *Language and Silence: Essays on Language, Literature and the Inhuman.* New York: Atheneum, 1982.

754. Stephenson, Gregory. " 'Howl': A Reading." *On the Poetry of Allen Ginsberg.* Lewis Hyde. Ed. Ann Arbor: University of Michigan Press, 1984.

755. Stepto, Robert B. *From Behind the Veil: A Study of Afro-American Narrative.* Chicago: University of Illinois Press, 1991.

756. Stern, Gerald. "Forward." *Rose: Poems.* Li-Young Lee. New York: BOA Editions, Ltd. , 1986.

757. Stetson, Erlene. *Black Sister: Poetry by Black American Women, 1746— 1980.* Bloomington: Indiana University Press, 1981.

758. — &Linda David. *Glerying in Tribulation: The Lifework of Sojourner Truth.* East Lansing: Michigan State University Press, 1994.

759. Stevens, Wallace. "Three Academic Pieces." *The Necessary Angel: Essays on Reading and the Imagination.* New York: Vintage, 1951.

760. Stewart, Jocelyn Y. "Champion of Native American literature." *Los Angeles Times,* June 7, 2008.

761. Steward, Susan. "What Praise Poems Are For." *PMLA* 120. 1 (2005).

762. Strachan, Ian Gregory. *Paradise and Plantation: Tourism and Culture in the Anglophone Caribbean.* Charlottesville: University of Virginia Press, 2002.

763. Suarez, Virgil. "Hispanic American Literature: Divergence and Commonality." *U. S. Society and Values: Contemporary U. S. Literature: Multicultural Perspectives* 5. 1 (February, 2000).

764. Swan, Edith E. "Laguna Symbolic Geography and Silko's *Ceremony.* "

American Indian Quarterly 12. 3 （Summer，1988）.

765. Swann，Brian & Arnold Krupat. Eds. *Recovering the Word*：*Essays on Native American Literature.* Berkeley，CA：University of California Press，1987.

766. Swann，Brian. "Representing Real Worlds：The Evolving Poetry of Joy Harjo." *World Literature Today* 66 （1991）.

767. —. Ed. *Native American Songs and Poems*：*An Anthology.* New York：Dover Publications，INC，1996.

768. Sylvander，Carolyn Wedin. *Jessie Redmon Fauset，Black American Writer.* New York：The Whitston Publishing Company，1982.

769. Takaki，Ronald. *A Different Mirror*：*A History of Multicultural America.* New York，Toronto，London：Little，Brown and Company. 1993.

770. Tapahonso，Luci. "Come into the Shade." *Open Spaces，City Places*：*Contemporary Writers on the Changing Southwest.* Judy Nolte Temple. Ed. Tucson：University of Arizona Press，1994.

771. —. *Saanii Dahataal*：*Poems and Stories.* Tucson：University of Arizona Press，1993.

772. Tate，Claudia. *Black Women Writers at Work.* New York：Continuum，1983.

773. Tate，Greg. "Cult-Nats Meet Freaky-Deke." *Flyboy in the Buttermilk*：*Essays on Contemporary America.* New York：Simon & Schuster，1992.

774. Tedlock，Dennis "Toward an Oral Poetics." *New Literary History* 8. 3 （1977）.

775. —. *The Spoken Word and the Work of Interpretation.* Philadelphia：University of Pennsylvania Press，1983.

776. Templeton，Alice. *The Dream and the Dialogue*：*Adrienne Rich's Feminist Poetics.* Knoxville：University of Tennessee Press，1994.

777. Terrell，Carroll F. Ed. *Louis Zukofsky*：*Man and Poet.* Orono，ME：National Poetry Foundation，1979.

778. Thursby，Jacqueline S. *Critical Companion to Maya Angelou*：*A Literary Reference to Her Life and Work.* New York：Facts On File，Inc. ，2011.

779. Thurston, Michael. "Documentary Modernism as Popular Front Poetics: Muriel Rukeyser's 'Book of the Dead'." *Modern Language Quarterly* 60. 1 (1999).

780. Tichi, Cecelia. *New World, New Earth: Environmental Reform in American Literature from the Puritans through Whitman.* New Haven: Yale University Press, 1979.

781. Tiffin, Helen. "Post-colonial Literatures and Counter-discourse." *Kunapipi* 9 (1987).

782. Tillett, Rebecca. *Contemporary Native American Literature.* Edinburgh: Edinburgh University Press, 2007.

783. Tilton, Martha Elizabeth. *Out of Cubero: Paula Gunn Allen's Map of the World*, Doctor Dissertation, February 29, 2008.

784. Tomas, John. "Portrait of the Artist as a Young Jew: Zukofsky's Poem Beginning 'The' in Context." *Sagetrieb* 9. 1 & 2 (Spring & Fall, 1990).

785. Tsosie, Rebecca. "Changing Women: The Cross-currents of American Indian Feminine Identity." *American Indian Culture and Research Journal* 12. 1 (1988).

786. Trimble, Martha Scott. *N. Scott Momaday.* Boise, Idaho: Boise State College, 1973.

787. Trinh, T. Minh-Ha. *Woman, Native, Other: Writing Postcoloniality and Feminism.* Bloomington: Indiana University Press, 1989.

788. Tu Weiming, "The Context of Dialogue: Globalization and Diversity." *Crossing the Divide: Dialogue among Civilizations.* Giandomenico Picco, A. Kamal Aboulmagd, et al. Eds. South Orange, New Jersey: The School of Diplomacy and International Relations, Seton Hall University, 2001.

789. Tucker, Martin. Ed. *Literary Exile in the Twentieth Century: An Analysis and Biographical Dictionary.* New York: Greenwood Press, 1991.

790. Turner, Alberta. "Muriel Rukeyser." *American Poets*, 1880—1945. Peter Quartermain. Ed. Detroit: Gale, 1986.

791. Turner, Frederick. *Spirit of Place: The Making of an American Literary*

Landscape. San Francisco: Sierra Club Books, 1989.

792. VanDerBeets, Richard. *Held Captive by Indians: Selected Narratives, 1642—1836.* Knoxville: University of Tennessee Press, 1973.

793. —. *The Indian Captivity Narrative: An American Genre.* New York: University Press of America, 1984.

794. Vanderbosch, Jane. "Beginning Again." *Reading Adrienne Rich: Review and Revisions, 1951—1981.* Jane Roberta Cooper. Ed. Ann Arbor: University of Michigan Press, 1984.

795. Vecsey, Christopher. *Imagine Ourselves Richly: Mythic Narratives of North American Indians.* New York: Crossroad, 1988.

796. Vendler, Helen. *Soul Says On Recent Poetry.* Cambridge, Massachusetts: Belknap Press, 1995.

797. Vernant, Jean-Pierre. *Myth and Thought Among the Greeks.* London: Routledge & Kegan Paul, 1983.

798. Vizenor, Gerald. *Empty Swings.* Minneapolis: Nodin Press, 1967.

799. —. *Seventeen Chirps*, Minneapolis: Nodin Press, 1968.

800. —. *Wordarrows: Indians and Whites in the New Fur Trade.* Minneapolis: University of Minnesota Press, 1978.

801. —. *Earthdivers: Tribal Narratives on Mixed Descent.* Minneapolis: The University of Minnesota Press, 1981.

802. —. *Matsushima: Pine Islands.* Minneapolis: Nodin Press, 1984.

803. —. *The Trickster of Liberty: Tribal Heirs to a Wild Baronage.* Minneapolis: University of Minnesota Press, 1988.

804. —. *Interior Landscapes: Autobiographical Myths and Metaphors.* Minneapolis: University of Minnesota Press, 1990.

805. —. *Landfill Meditation: Crossblood Stories.* Hanover: Wesleyan University Press, 1991.

806. —. *Summer in the Spring: Anishinaabe Lyric Poems and Stories.* Norman: University of Oklahoma Press, 1993.

807. —. *Narrative Chance: Postmodern Discourse on Native American Indian*

literatures. Norman: University of Oklahoma Press, 1993.

808. —. "The Envoy to Haiku." *The Chicago Review* 39. 3/4 (1993).

809. —. *Manifest Manners.* Hanover: Wesleyan University Press, 1994.

810. —. *Fugitive Poses: Native American Indian Scenes of Absence and Presence.* Lincoln: University of Nebraska Press, 1998.

811. —. *Cranes Arises: Haiku Scenes.* Minneapolis: Nodin Press, 1999.

812. — and A. Robert Lee. *Postindian Conversations.* Lincoln: University of Nebraska Press, 1999.

813. —. *Bearheart: The Heirship Chronicles.* Minneapolis: University of Minnesota Press, 2001.

814. —. *Hiroshima Bugi: Atomu 57.* Lincoln and London: University of Nebraska Press, 2003.

815. —. *Survivance: Narratives of Native Presence.* Lincoln and London: University of Nebraska Press, 2008.

816. —. *Native Liberty: Natural Reason and Cultural Survivance.* Lincoln and London: University of Nebraska Press, 2009.

817. Wald, Priscilla. *Constituting Americans: Cultural Anxiety and Narrative Form.* Durham, NC: Duke University Press, 1995.

818. —. "Of Crucibles and Grandfathers: The East European Immigrants. " *The Cambridge Companion to Jewish American Literature.* Michael P. Kramer & Hana Wirth-Nesher. Eds. Shanghai: Shanghai Foreign Language Education Press, 2005.

819. Walker, Alice. *Revolutionary Petunias and Other Poems.* New York: Harcourt Brace Jovanovich, 1973.

820. —. *Search of Our Mothers' Gardens: Womanist Prose.* San Diego: Harcourt Brace Jovanovich, 1983.

821. —. *Living by the Word: Selected Writings 1973—1987.* New York: Harcourt Brace Jovanovich, 1988.

822. —. *Her Blue Body Everything We Know: Earthling Poems 1965—1990.* New York: Harcourt Brace and Company, 1991.

823. —. *Absolute Trust in the Goodness of Earth.* New York: Random House, 2003.

824. Walker, Cheryl. "Trying to Save the Skein." *Reading Adrienne Rich: Review and Revision, 1951—1981.* Jane Roberta Cooper. Ed. Ann Arbor: University of Michigan Press, 1984.

825. Walker, David. "Friendly Fire: When Environmentalists Dehumanize American Indians." *Contemporary Native American Cultural Issues.* Duane Champagne. Ed. Walnut Creek: AltaMira Press, 1999.

826. Wall, Cheryl A. *Women of the Harlem Renaissance.* Bloomington: Indiana University Press, 1995.

827. Wallinger-Schorn, Brigitte. *"So There It Is": An Exploration of Cultural Hybridity in Contemporary Asian American Poetry.* New York: Amsterdam, 2011.

828. Walters, Tracey L. *African American Literature and the Classicist Tradition.* New York: Palgrave Macmillan, 2007.

829. Walton, Eda Lou. "Review of *U. S. 1.*" *New York Times Book Review,* 27 March, 1938.

830. Wang, L. Ling-chi and Henry Yiheng Zhao. Eds. "Introduction." *Chinese American Poetry: An Anthology.* Santa Barbara: Asian American Voices, 1991.

831. Warrior, Robert. "Your Skin Is the Map: The Theoretical Challenge of Joy Harjo's Erotic Poetics." *Reasoning Together: The Native Critics Collective.* Janice Acoose, et al. Eds. Norman: University of Oklahoma Press, 2008.

832. Washington, Mary Helen. "An Essay on Alice Walker." *Sturdy Black Bridges: Visions of Black Women in Literature.* Roseann P. Bell, Betty Parker & Beverly Cuy-Sheftall. Eds. Garden City, N. Y. : Doubleday & Company, 1979.

833. Wedin, Carolyn. *How to Write About Maya Angelou.* New York: Bloom's Literary Criticism, 2012.

834. Weigert, Andrew J. *Mixed Emotions: Certain Steps Toward Understanding Ambivalence.* New York: State University of New York, 1991.

835. Weinberger, Eliot. "American Poetry Since 1950: A Very Brief

History. " *American Poetry Since 1950*: *Innovators and Outsiders.* New York: Marsilio Publishers.

836. Weiss, Lenore. "For Irena Klepfisz. " *Bridges*: *A Jewish Feminist Journal* 12. 2 (Autumn, 2007).

837. Westwood, Sallie & John Williams. Eds. *Imagining Cities*: *Scripts*, *Signs*, *Memories.* London & New York: Routledge, 1997.

838. Wheatley, Phillis. *The Poems of Phillis Wheatley.* Julian D. Jason. Ed. Chapel Hill: University of North Carolina Press, 1989.

839. White, Hayden. "Historical Pluralism. " *Critical Inquiry* 12. 3 (1986).

840. Whitman, Ruth. "Three Women Poets. " *Harvard Magazine* (July/August, 1975).

841. Wiesel, Elie. "The Holocaust as Literary Inspiration. " *Dimensions of the Holocaust.* Elliot Lefkovitz. Ed. Evanston: Northwestern University Press, 1977.

842. Wiget, Andrew. *Native American Literature.* Boston: Twayne Publishers, 1985.

843. —. Ed. *Handbook of American Indian Literature.* New York: Garland, 1996.

844. Wilcox, Kirstin. "The Body into Print: Marketing Phillis Wheatley. " *American Literature* 71. 1 (1999) .

845. Williams, Michael Ann. "Folk Arts. " *Our Kentucky*: *A Study of the Bluegrass State.* James C. Klotter. Ed. Lexington: The University Press of Kentucky, 2000.

846. Williams, Raymond. *Marxism and Literature.* New York: Oxford University Press, 1977.

847. Williams, Sherley Anne. "The Blues Roots of Afro-American Poetry. " *Chant of Saints*: *A Gathering of Afro-American Literature*, *Art*, *and Scholarship.* Michael S. Harper and Robert B. Stepto. Eds. Urbana: University of Illinois Press, 1979.

848. Williams, William C. *A Book of Poems*: *Al Que Quiere!* Boston: The Four Seas Company, 1917.

849. —. *The American Idiom*. Denver, Colo. : A. Swallow for the Inter American University, 1960.

850. Willmot, Rod. "Mapping Haiku's Path in North America." *A Haiku Path: The Haiku Society of America, 1968—1988*. New York: Haiku Society of America, 1994.

851. Wilson, Norma C. *The Nature of Native American Poetry*. Albuquerque: University of New Mexico Press, 2000.

852. Winchell, Donna Haisty. *Alice Walker*. New York: Twayne Publishers, 1992.

853. Winters, Yvor. *Forms of Discovery: Critical and Historical Essays on the Forms of the Short Poem in English*. Chicago: Alan Swallow, 1967.

854. Witherspoon, Gary. Ed. *Language and Art in the Navajo Universe*. Ann Arbor: University of Michigan Press, 1977.

855. Wittgenstein, Ludwig. *Tractatus Logico-Philosophicus*. Trans. D. F. Pears and B. F. McGuinness. London: Routledge and Kegan Paul Ltd. , 1974.

856. —. *Notebooks 1914—1916*. 2nd Edition. Chicago: The University of Chicago Press, 1979.

857. Wolff, David. "Document and Poetry." *New Masses* 22 (Feb. , 1938).

858. Womack, Craig S. *Red on Red: Native American Literary Separatism*. Minneapolis: University of Minnesota Press, 2000.

859. Wong, H. D. S. *Sending My Heart Back Across the Years: Tradition and Innovation in Native American Autobiography*. New York: Oxford University Press, 1992.

860. —. *Love Medicine: A Casebook*. New York: Oxford University Press, 2000.

861. —. "Native American Life Writing." *The Cambridge Companion to Native American Literatures*. J. Porter & K. M. Roemer. Eds. New York: Cambridge University Press, 2005.

862. Wong, Nellie. *The Death of Long Steam Lady*. Los Angeles: West End Press, 1984.

863. Wood, Eben Y. *Black Abstraction: the Umbra Workshop and an African American Avant Garde.* Ph. D. Diss. University of Michigan, 2004.

864. Woodard, Chares. *Ancestral Voice: Conversations with N. Scott Momaday.* Lincoln: University of Nebraska Press, 1989.

865. Woods, Tim. *The Poetics of the Limit: Ethics and Politics in Modern and Contemporary American Poetry.* New York: Palgrave Macmillan, 2002.

866. Yau, John. *Radiant Silhouette: New & Selected Work 1974—1988.* Santa Rosa, CA: Black Sparrow Press, 1989.

867. Yerushalmi, Yosef Hayim. *Zakhor: Jewish History and Jewish Memory.* Seattle: University of Washington Press, 1982.

868. Yu, Timothy. *Race and the Avant-Garde: Experimental and Asian American Poetry Since 1965.* Stanford: Stanford University Press, 2009.

869. Zangwill, Israel. *The Melting-pot: Drama in Four Acts.* New York: The Macmillan Company, 1926.

870. Zepeda, Ofelia. *Ocean Power: Poems from the Desert.* Tucson: University of Arizona Press, 1995.

871. Zhou Xiaojing. *The Ethics & Poetics of Alterity in Asian American Poetry.* Iowa City: University of Iowa Press, 2006.

872. Ziegenhals, Gretchen E. "The World in Walker's Eyes. " *Christian Century* 105. 9 (1988).

873. Ziff, Larzer. "Literary Culture in Colonial America. " *American Literature to 1900.* Marcus Cunliffe. Ed. London: Sphere, 1973.

874. Zukofsky, Louis. "Sincerity and Objectification: With Special Reference to the Work of Charles Reznikoff. " *Poetry* 37. 5 (Feb. , 1931).

875. —. *An "Objectivists" Anthology.* Bar, France and New York: Le Beausset, 1932.

876. —. *Prepositions: The Collected Critical Essays of Louis Zukofsky.* Berkeley: University of California Press, 1981.

877. —. "Program: 'Objectivists' 1931. " *Charles Reznikoff: Man and Poet.* Milton Hindus. Ed. Orono: National Poetry Foundation, 1984.

878. —. "*A*" . Berkeley, Los Angeles, London: University of California Press, 1978.

879. —. "*A*" . Baltimore: The Johns Hopkins University Press, 1993.

中文参考文献

1. ［美］阿卜杜勒·R.詹·穆罕默德、戴维·洛依德：《走向少数话语理论——我们应该做什么》，罗钢、刘象愚主编《后殖民主义文化理论》，中国社会科学出版社 1999 年版。

2. ［美］阿尔伯特·贝茨·洛德：《故事的歌手》，尹虎彬译，中华书局 2004 年版。

3. ［美］阿尔多·李奥帕德：《沙郡年记》，吴美真译，三联书店 1999 年版。

4. ［美］阿兰·布鲁姆：《巨人与侏儒》，张辉选编，华夏出版社 2007 年版。

5. ［美］埃利奥特·温伯格编：《1950 年后的美国诗歌：革新者和局外人》，马永波译，河北教育出版社 2003 年版。

6. ［法］埃马纽埃尔·勒维纳斯：《塔木德四讲》，关宝艳译，商务印书馆 2005 年版。

7. ［美］爱德华·W.索亚：《第三空间》，陆扬等译，上海教育出版社 2005 年版。

8. ［美］爱默生：《爱默生演讲录》，孙宜学译，中国人民大学出版社 2003 年版。

9. ［美］安德雷·考德拉斯拉库编：《1970 年后的美国诗歌》，马永波译，北京师范大学出版社 2000 年版。

10. ［美］安妮·弗莱伯格：《移动和虚拟的现代性凝视：流浪汉/流浪女》，罗岗、顾铮编《视觉文化读本》，广西师范大学出版社 2003 年版。

11. 巴莫曲布嫫、朝戈金：《民族志诗学》，《民间文化论坛》2004 年第 6 期。

12.［英］巴特·穆尔—吉尔伯特编：《后殖民批评》，杨乃乔等译，北京大学出版社 2001 年版。

13.［德］本哈德·施林克：《朗读者》，钱定平译，译林出版社 2006 年版。

14. 蔡志伟：《加拿大法制中的原住民土地权格》，《台湾原住民族研究季刊》2008 年第 1 卷第 2 期。

15.［英］查姆·伯曼特：《犹太人》，冯玮译，上海三联书店 1991 年版。

16. 陈嘉映：《语言哲学》，北京大学出版社 2003 年版。

17. 陈靓：《多元文化背景下的当代美国印第安文学研究浅谈》，《英美文学研究论丛》2009 年第 11 期。

18. 陈许：《解读美国西部印第安人小说》，《四川外语学院学报》2006 年第 6 期。

19. 陈学广：《文学语言：直接意指与含蓄意指——文学语义系统及其特征解析》，《江苏社会科学》2007 年第 1 期。

20. 陈永国、马海良编：《本雅明文选》，中国社会科学出版社 1999 年版。

21. 陈永国：《德勒兹思想要略》，《外国文学》2004 年第 4 期。

22. 程党根：《异域中的异样主体之维——德勒兹视域中的后现代主体模式》，《南京社会科学》2003 年第 6 期。

23. 程虹：《寻归荒野》，三联书店 2001 年版。

24. 程锡麟：《虚构与现实：二十世纪美国文学》，四川人民出版社 2000 年版。

25. 程锡麟、王晓路：《当代美国小说理论》，外语教学与研究出版社 2001 年版。

26.［日］川本皓嗣：《日本诗歌的传统——七与五的诗学》，王晓平等译，译林出版社 2004 年版。

27.［美］戴卫·赫尔曼主编：《新叙事学》，马海良译，北京大学出版社 2002 年版。

28.［英］丹尼·卡瓦拉罗：《文化理论关键词》，张卫东等译，江苏人民出版社 2006 年版。

29. ［美］德雷克·帕克·罗尔：《西恩·罗森鲍姆访谈录》，舒程、朱云译，《当代外国文学》2008 年第 2 期。

30. 董衡巽等编：《美国文学简史》下册，人民文学出版社 1986 年版。

31. 董小川：《美国多元文化主义理论再认识》，《东北师范大学学报》2005 年第 2 期。

32. 方生：《后结构主义文论》，山东教育出版社 1999 年版。

33. 方红：《美国的猴王——论杰拉德·维兹诺与汤亭亭塑造的恶作剧者形象》，《当代外国文学》2006 年第 1 期。

34. ［法］弗朗兹·法农：《黑皮肤，白面具》，万冰译，译林出版社 2005 年版。

35. ［英］弗雷泽：《金枝》，徐育新、汪培基、张泽石译，新世界出版社 2006 年版。

36. ［美］福克纳：《去吧，摩西》，李文俊译，上海译文出版社 1996 年版。

37. 傅有德等：《现代犹太哲学》，人民出版社 1999 年版。

38. ［法］G. H. 吕凯等编著：《世界神话百科全书》，徐汝舟等译，上海文艺出版社 1992 年版。

39. 高小刚：《图腾柱下：北美印第安文化漫记》，三联书店 1997 年版。

40. ［美］葛雷西达·波洛克：《现代性和女性气质的空间》，罗岗、顾铮编《视觉文化读本》，广西师范大学出版社 2003 年版。

41. ［英］葛瑞姆·汉卡克：《上帝的指纹》，胡心吾译，新世界出版社 2008 年版。

42. 耿幼壮：《书写的神话——西方文化中的文学》，中国人民大学出版社 2006 年版。

43. 辜正坤编：《外国名诗三百首》，北京出版社 2000 年版。

44. 郭巍：《美国原住民文学研究在中国》，《天津外国语学院学报》2007 年第 4 期。

45. 郭洋生：《当代美国印第安诗歌：背景与现状》，《外国文学研究》1993 年第 1 期。

46. ［美］哈罗德·伊罗生：《群氓之族：群体认同与政治变迁》，邓伯宸译，广西师范大学出版社 2008 年版。

47. ［美］哈罗德·布鲁姆：《影响的焦虑》，徐文博译，江苏教育出版社 2006 年版。

48. ［德］海德格尔：《人，诗意地安居》，郜元宝译，广西师范大学出版社 2000 年版。

49. ［美］汉娜·阿伦特：《黑暗时代的人们》，王凌云译，凤凰出版传媒集团、江苏教育出版社 2006 年版。

50. ［德］汉斯·昆、瓦尔特·延斯：《诗与宗教》，李永平译，三联书店 2005 年版。

51. 何文敬：《台湾地区的"二十世纪主流美国文学研究"》，http：//www. hrc. ntu. edu. tw/attachments/projects_ 09. pdf。

52. ［德］黑格尔：《美学》（第三卷下册），朱光潜译，商务印书馆 1996 年版。

53. 洪流：《异化世界的救赎之路》，《外国文学》2007 年第 3 期。

54. 洪敏秀：《"这水是打哪儿来的？"：金恩〈草长青，水长流〉中荒野与花园的对话》，《中外文学》2005 年第 8 期。

55. 侯传文：《生态文明视阈中的泰戈尔》，《外国文学评论》2009 年第 2 期。

56. 黄心雅：《"陌生"诗学：阅读美国少数族裔女性书写》，《文化研究与英语教学》专刊，台北"国立"台湾师范大学，2003 年。

57. 黄心雅：《创伤、记忆与美洲历史之再现：阅读席尔珂〈沙丘花园〉与荷冈〈灵力〉》，《中外文学》2005 年第 8 期。

58. 黄心雅：《美国原住民的自我书写与生命创化》，《欧美研究》1998 年第 2 期。

59. 黄宗英：《抒情史诗论》，北京大学出版社 2003 年版。

60. ［美］惠特曼：《惠特曼诗歌精选》，李视歧译，北岳文艺出版社 2000 年版。

61. ［印］霍米·巴巴：《他者的问题：刻板印象和殖民话语》，罗岗、顾铮编《视觉文化读本》，广西师范大学出版社 2003 年版。

62. ［美］J. 希利斯·米勒：《解读叙事》，申丹译，北京大学出版社 2002 年版。

63. ［法］加斯东·巴什拉：《空间的诗学》，张逸婧译，上海译文出版社 2009 年版。

64. 贾国素：《北美大地上的诗魂——兼谈美国印第安人诗歌和中国诗歌的比较》，《河北师范大学学报》2000 年第 1 期。

65. 贾国素：《"第四世界"的呼声——美国土著诗歌刍议》，《河北学刊》2000 年第 5 期。

66. ［美］简·汤普金斯：《"印第安人"：文本主义、道德和历史问题》，载张京媛主编《后殖民理论与文化批评》，北京大学出版社 1999 年版，第 230—254 页。

67. 金衡山：《美国文学研究中的跨民族视角》，《国外文学》2009 年第 3 期。

68. 江玉琴：《多元文化主义的悖论与超越：以移民流散文化为例》，《深圳大学学报》2001 年第 3 期。

69. ［英］卡尔·波普尔：《历史主义的贫困》，何林等译，中国社会科学出版社 1998 年版。

70. 康文凯：《西尔科作品中的美国土著女性特征》，《当代外国文学》2006 年第 4 期。

71. ［美］克利福德·格尔茨：《文化的解释》，韩莉译，译林出版社 1999 年版。

72. ［美］克利福德·格尔茨：《地方性知识》，王海龙等译，中央编译出版社 2000 年版。

73. 李贵苍：《文化的重量：解读当代华裔美国文学》，人民文学出版社 2006 年版。

74. 李怡：《西话东禅：论理查德·赖特的俳句》，《外国文学研究》2011 年第 1 期。

75. ［美］理查德·普瓦里耶等编：《弗罗斯特集：诗全集、散文和戏剧作品》，曹明伦译，辽宁教育出版社 2002 年版。

76. ［美］凌津奇：《叙述民族主义——亚裔美国文学中的意识形态与形

式》，吴燕译，中国社会科学出版社 2006 年版。

77. 刘海平、王守仁主编：《新编美国文学史》，上海外语教育出版社 2002 年版。

78. 刘玉：《美国印第安女性文学述评》，《当代外国文学》2007 年第 3 期。

79. 刘玉：《美国印第安女作家的生态情怀》，《英美文学研究论丛》2009 年第 11 期。

80. 龙迪勇：《叙事学研究的空间转向》，《江西社会科学》2006 年第 10 期。

81. 卢敏：《印第安俘虏叙述文体的发生与演变》，《外国文学研究》2008 年第 2 期。

82. 卢莉茹：《美国早期国家论述中的自我与他者：朗费罗〈海额娃撒之歌〉中的地域想象》，（台湾）《师大学报》1991 年第 2 期。

83. 陆坚：《日本俳句里的中国词曲印记》，《浙江大学学报》2001 年第 5 期。

84. 陆扬：《空间理论和文学空间》，《外国文学研究》2004 年第 4 期。

85. ［英］罗伯特·J. C. 扬：《后殖民主义与世界格局》，容新芳译，译林出版社 2008 年版。

86. 罗良功：《诗歌形式作为政治表达：索尼亚·桑切斯诗歌的一个维度》，《当代外国文学》2009 年第 2 期。

87. 罗良功：《论伊丽莎白·亚历山大诗歌的历史书写》，《济南大学学报》2010 年第 1 期。

88. 罗良功：《艺术与政治的互动：论兰斯顿·休斯的诗歌》，上海外语教育出版社 2010 年版。

89. ［英］M. 麦金：《维特根斯坦与〈哲学研究〉》，李国山译，广西师范大学出版社 2007 年版。

90. ［英］马丁·吉尔伯特：《犹太史图录》，上海人民出版社 2000 年版。

91. ［美］迈克尔·M. J. 费希尔：《族群与记忆的后现代艺术》，吴晓黎译，詹姆斯·克利福德、乔治·E. 马库斯主编《写文化》，商务印书馆

2006 年版。

92. ［荷］米克·巴尔：《叙述学：叙事理论导论》，谭君强译，中国社会科学出版社 1995 年版。

93. ［捷克］米兰·昆德拉：《小说的艺术》，董强译，上海译文出版社 2004 年版。

94. ［法］莫里斯·布朗肖：《文学空间》，顾嘉琛译，商务印书馆 2003 年版。

95. ［美］莫里斯·迪克斯坦：《途中的镜子——文学与现实世界》，刘玉宇译，上海三联书店 2008 年版。

96. ［德］尼采：《悲剧的诞生》，赵登荣等译，漓江出版社 2000 年版。

97. ［美］佩吉·麦克拉肯主编：《女权主义理论读本》，广西师范大学出版社 2007 年版。

98. 彭恩华：《日本俳句史》，学林出版社 2004 年版。

99. ［法］皮埃尔—安德烈·塔吉耶夫：《种族主义源流》，高凌瀚译，三联书店 2005 年版。

100. （宋）普济：《五灯会元》（下），苏渊雷点校，中华书局 1984 年版。

101. 戚涛：《"空间·政治·文学"学术研讨会综述》，《外国文学》2007 年第 1 期。

102. ［英］齐格蒙·鲍曼：《现代性与大屠杀》，杨渝东、史建华译，译林出版社 2006 年版。

103. ［美］钱德拉·塔尔佩德·莫汉蒂：《在西方人眼里：女权主义学术成果与殖民主义的论述》，王昌滨译，佩吉·麦克拉肯主编《女权主义理论读本》，广西师范大学出版社 2007 年版。

104. 乔国强主编：《叙事学研究》，武汉出版社 2006 年版。

105. 乔国强、姜玉琴：《叛逆、疯狂、表演的金斯堡——〈嚎叫〉的文本细读》，《四川外语学院学报》2007 年第 1 期。

106. 乔国强：《美国犹太文学》，商务印书馆 2008 年版。

107. 乔国强：《中国美国犹太文学研究的现状》，《当代外国文学》2009 年第 1 期。

108. 乔健编著：《印第安人的诵歌》，广西师范大学出版社 2004 年版。

109. 邱紫华：《日本和歌的美学特征》，《华中师范大学学报》2004 年第 2 期。

110. ［法］萨特：《词语》，潘培庆译，北京三联书店 1989 年版。

111. 桑翠林：《路易·祖科夫斯基的客体派诗歌观》，《当代外国文学》2009 年第 3 期。

112. ［英］Sean Sheehan：《维特根斯坦：抛弃梯子》，步阳辉译，大连理工大学出版社 2008 年版。

113. 盛宁：《二十世纪美国文论》，北京大学出版社 1994 年版。

114. 舒奇志：《殖民地文化的成长之旅》，《四川外语学院学报》2005 年第 4 期。

115. 苏榕：《重绘城市：论〈候行者：其伪书〉的族裔空间》，《欧美研究》1992 年第 2 期。

116. 孙宏：《薇拉·凯瑟作品中的生物共同体意识》，《外国文学研究》2009 年第 2 期。

117. 孙宁宁：《翻译研究的文化人类学纬度：深度翻译》，《上海翻译》2010 年第 1 期。

118. 谭惠娟：《论拉尔夫·埃里森的黑人美学思想——从埃里森与欧文·豪的文学论战谈起》，《外国文学评论》2008 年第 1 期。

119. 陶洁：《20 世纪 70 年代以来的美国文学》，《四川外语学院学报》2003 年第 2 期。

120. ［英］特雷·伊格尔顿：《二十世纪西方文学理论》，伍晓明译，陕西师范大学出版社 1986 年版。

121. 童明：《飞散的文化和文学》，《外国文学》2007 年第 1 期。

122. ［美］托克斯·班德尔：《美国的多元文化主义、变异问题和自由主义》，董之林译，《文学评论》2000 年第 4 期。

123. ［美］W. E. 佩顿：《阐释神圣——多视角的宗教研究》，许泽民译，贵州出版集团、贵州人民出版社 2006 年版。

124. ［美］W. J. T. 米歇尔：《图像理论》，陈永国、胡文征译，北京大学出版社 2007 年版。

125. 王建平:《〈死亡年鉴〉:印第安文学中的拜物教话语》,《外国文学评论》2007 年第 2 期。

126. 王建平:《世界主义还是民族主义——美国印第安文学批评中的派系化问题》,《外国文学》2010 年第 5 期。

127. 王瑾:《互文性》,广西师范大学出版社 2005 年版。

128. 王宁:《叙述、文化定位和身份认同——霍米·巴巴的后殖民批评理论》,《外国文学》2002 年第 6 期。

129. 王宁:《翻译的文化建构和文化研究的翻译学转向》,《中国翻译》2005 年第 6 期。

130. 王诺:《欧美生态文学》,北京大学出版社 2003 年版。

131. 王守仁、吴新云:《性别·种族·文化:托妮·莫里森的小说创作》,北京大学出版社 2004 年版。

132. 王守仁:《历史与想象的结合——莫拉莱斯的英语小说创作》,《当代外国文学》2006 年第 2 期。

133. 王希:《多元文化主义的起源、实践与局限性》,《美国研究》2002 年第 2 期。

134. 王晓英:《论艾丽斯·沃克短篇小说"1955"的布鲁斯特征》,《外国文学研究》2006 年第 1 期。

135. 王焱:《奥斯威辛之后》,三联书店 2007 年版。

136. 王育平、杨金才:《冲突与融合——评惠特莉诗歌中的两种声音》,《四川外语学院学报》2005 年第 2 期。

137. 王育平、杨金才:《从惠特莉到道格拉斯看美国黑人奴隶文学中的自我建构》,《外国文学研究》2005 年第 2 期。

138. 王岳川:《后殖民主义与新历史主义文论》,山东教育出版社 2001 年版。

139. 王卓:《后现代主义视野中的美国当代诗歌》,山东文艺出版社 2005 年版。

140. 王卓:《自传的神话》,《四川外语学院学报》2005 年第 4 期。

141. 王卓:《艾丽斯·沃克的诗性书写——艾丽斯·沃克诗歌主题研究》,《外国文学评论》2006 年第 1 期。

142. 王卓：《"纽约派"诗人与纽约城市文化》，《济南大学学报》2007年第3期。

143. 王卓：《共生的精神传记》，《济南大学学报》2008年第3期。

144. 王卓：《美国女性成长小说研究》，中国书籍出版社2008年版。

145. 王卓：《飞散的诗意家园——解读查理斯·雷兹尼科夫诗歌中的飞散情结》，《20世纪美国诗歌国际学术研讨会文集》，2009年10月。

146. 王卓：《神话·民族志·自传》，《当代外国文学》2009年第3期。

147. 王卓：《都市漫游叙事视角下的美国犹太诗性书写》，《英美文学研究论丛》2009年第11期。

148. 王卓：《阅读·误读·伦理阅读"俄狄浦斯情结"——解读达夫诗剧〈农庄苍茫夜〉》，《外国文学研究》2009年第4期。

149. 王卓：《爱欲的神话》，《济南大学学报》2010年第1期。

150. 王卓：《双语写作构建的"完美的花园"》，《外国语文》2010年第4期。

151. 王卓：《从内部书写自我的完整维度——论伊丽莎白·亚历山大诗歌文化空间构建策略》，《当代外国文学》2010年第3期。

152. 王卓：《笼中的鸟儿也歌唱——玛亚·安吉罗诗歌文化身份意识探析》，《山东社会科学》2010年第2期。

153. 王卓：《论丽塔·达夫〈穆拉提克奏鸣曲〉的历史书写策略》，《外国文学评论》2012年第4期。

154. 王卓：《一双"观察的眼睛"在述说——论布鲁克斯长诗〈在麦加〉中的多元凝视》，《国外文学》2012年第3期。

155. ［加］威尔·金里卡：《少数的权利》，邓红风译，上海世纪出版集团2005年版。

156. ［美］威尔科姆·E.沃什伯恩：《美国印第安人》，陆毅译，商务印书馆1997年版。

157. ［德］维特根斯坦：《哲学研究》，商务印书馆2005年版。

158. ［美］魏道思拉比：《犹太文化之旅》，刘幸枝译，江西人民出版社2009年版。

159. ［德］乌尔里希·贝克：《什么是世界主义?》，章国锋译，《马克思主义与现实》2008 年第 2 期。

160. ［法］西蒙娜·德·波伏娃:《萨特传》,黄忠晶译,百花洲文艺出版社 1996 年版。

161. ［法］西蒙娜·德·波伏娃:《第二性》,陶铁柱译,中国书籍出版社 2004 年版。

162. 习传进:《论贝克的布鲁斯本土理论》,《华中师范大学学报》2003 年第 2 期。

163. 肖明翰:《威廉·福克纳研究》,外语教学与研究出版社 1997 年版。

164. 肖明翰:《金斯伯格的遗产——探索者的真诚与勇气》,《外国文学》2002 年第 3 期。

165. ［苏］谢·托卡列夫等编著:《世界各民族神话大观》,魏庆征等,编译,国际文化出版公司 1993 年版。

166. 徐新、宋立宏编译:《犹太人告白世界——塑造犹太人民族性格的 22 篇演讲辞》,中央编译出版社 2006 年版。

167. 徐新:《犹太文化史》,北京大学出版社 2006 年版。

168. ［美］牙买加·琴凯德:《我母亲的自传》,路文彬译,南海出版公司 2006 年版。

169. ［美］雅各·纽斯纳:《犹太教》,周伟驰译,上海古籍出版社 2008 年版。

170. ［法］雅克·德里达:《多义的记忆——为保罗·德曼而作》,蒋梓骅译,中央编译出版社 1999 年版。

171. ［法］雅克·德里达:《论文字学》,汪堂家译,上海译文出版社 1999 年版。

172. 杨利慧:《民族志诗学的理论与实践》,《北京师范大学学报》2004 年第 6 期。

173. ［美］伊丽莎白·亚历山大:《美国总统奥巴马就职典礼上的朗诵诗》,张子清译,《当代外国文学》2009 年第 2 期。

174. 余石屹:《阿科马的歌手》,《读书》2006 年第 2 期。

175. 余志森:《美国多元文化成因再探索》,《华东师范大学学报》2003

年第 5 期。

　　176. 虞建华：《语言战争与语言策略——从〈嚎叫〉到〈维基塔中心箴言〉》，《外国文学研究》2002 年第 1 期。

　　177. 袁德成：《融多元文化为一炉——论莫曼德的诗歌艺术》，《当代外国文学》2004 年第 1 期。

　　178. 袁德成：《论詹姆斯·韦尔奇的诗歌艺术》，《四川师范大学学报》2007 年第 4 期。

　　179. 袁宪军：《大地的呼声——土著美国人诗歌述评》，《北京第二外国语学院学报》2001 年第 2 期。

　　180. 翟润蕾：《莱斯利·马蒙·西尔克：美国印第安文化的歌唱者》，《外国文学》2007 年第 1 期。

　　181. ［美］詹姆斯·博曼：《公共协商：多元主义、复杂性与民主》，黄相怀译，中央编译出版社 2006 年版。

　　182. ［美］詹姆斯·布雷斯林：《〈嚎叫〉及〈祈祷〉溯源》，王彩霞译，《国外文学》1998 年第 2 期。

　　183. ［美］詹姆斯·克利福德、乔治·E. 马库斯编：《写文化——民族志的诗学与政治学》，商务印书馆 2006 年版。

　　184. 张国庆：《"窃夺语言"与历史意识：雷琪的女性主义修正论》，《中外文学》1993 年第 12 期。

　　185. 张海超、刘永青：《论历史民族志的书写》，《云南社会科学》2007 年第 6 期。

　　186. 张京媛主编：《当代女性主义文学批评》，北京大学出版社 1995 年版。

　　187. 张京媛主编：《新历史主义与文学批评》，北京大学出版社 1997 年版。

　　188. 张京媛主编：《后殖民理论与文化批评》，北京大学出版社 1999 年版。

　　189. 张军：《论美国黑人文学的三次高潮》，《西南大学学报》2008 年第 2 期。

　　190. 张玫玫：《作为战争机器的女同性恋书写：从德勒兹的"生成论"

观照威蒂格的写作实践》,《外国文学研究》2008 年第 1 期。

191. 张群:《不应忽视的文学形式——美国犹太诗歌鸟瞰》,《东北师范大学学报》2000 年第 3 期。

192. 张岩冰:《女权主义文论》,山东教育出版社 2002 年版。

193. 张月珍:《历史的叙事化:〈浴血的冬天〉与〈愚弄鸦族〉中的叙事、记忆与部落历史》,《中外文学》2005 年第 8 期。

194. 张子清:《二十世纪美国诗歌史》,吉林教育出版社 1997 年版。

195. 张子清:《多元文化视野中的美国少数民族诗歌及其研究》,《外国文学》2005 年第 6 期。

196. 张子清:《袁世凯之外孙李立扬》,《中华读书报》2005 年 3 月 30 日第十二版。

197. 张子清:《华裔美国诗歌鸟瞰》,《江汉大学学报》2006 年第 6 期。

198. 张子清:《历史与社会现实生活的跨文化审视——华裔美国诗歌的先声:在美国最早的华文诗歌》,《江汉大学学报》2008 年第 5 期。

199. 钟玲:《美国女诗人对生理现象与性经验之诠释》,《中外文学》1996 年第 3 期。

200. 钟玲:《女巫和先知:美国女诗人的自我定位》,《第五届美国文学与思想研讨会论文选集:文学篇》,纪元文主编,台北"中央研究院"欧美研究所,1997 年,第 165—189 页。

201. 钟玲:《爱恨与哀悼:女诗人为父亲写的挽歌》,《中外文学》1999 年第 4 期。

202. [美]朱迪斯·巴特勒:《性别麻烦:女权主义与身份的颠覆》,宋素凤译,上海三联书店 2008 年版。

203. 朱刚:《排华浪潮中的华人再现》,《南京大学学报》2001 年第 6 期。

204. 朱徽:《当代美国华裔英语诗人述评》,《西南民族大学学报》2006 年第 2 期。

205. 朱振武等:《美国小说本土化的多元因素》,上海外语教育出版社 2006 年版。

206. 祝远德:《屈辱的印记,扭曲的形象——对 John Chinaman 的文化解读与反思》,《广西民族研究》2004 年第 3 期。

207. 邹惠玲:《19 世纪美国白人文学经典中的印第安形象》,《外国文学研究》2006 年第 5 期。

208. 邹惠玲:《当代美国印第安小说的归家范式》,《英美文学研究论丛》2009 年第 11 期。

后　记

　　2006年当我申报的"多元文化视野中的美国少数族裔诗歌研究"获得国家社科基金立项的时候，我并没有意识到在接下来的5年多时间里，我将以怎样不同寻常的方式与这个课题纠结和对话。从一开始冰冷对峙，到慢慢和平共处，到我逐渐走进了这个课题的灵魂深处，最后终于彼此心灵相契，融为一体。我更没有预料到这个课题又会以怎样不同寻常的方式影响着我的学术态度、学术思想，甚至是我的个人生活。它伴随着我经历了与亲人的生离死别，也伴随着我漂洋过海，来到了这些诗人和诗歌的诞生之地。

　　对美国族裔诗歌的研究最初完全出于我个人的兴趣，是一种单纯的诗歌审美需求，基本与学术无关。与美国族裔诗歌的初次碰撞纯属偶然，但却是一次美丽的邂逅。在研究美国非裔女作家艾丽斯·沃克的小说时，我偶然发现她还写了大量诗歌，而更为重要的是，我发现这些诗歌比她的小说以更为直接的方式流淌进了我的心里，以一种更为震撼的方式打动了我的灵魂。于是我设法找到了当时她已经出版的全部诗集。阅读这些诗歌是一次全新的体验，也是一次深刻的精神之旅。当我读完这些诗歌的时候，我相信自己以最朴实的方式真切地读懂了这位黑人女作家，同时我也知道了美国族裔诗歌真正的魅力所在。沃克自己曾经说，她的诗歌创作和小说创作有着本质不同：诗歌是忧伤的产物，因为诗歌直接源于诗人的心灵和情感，而小说是快乐的产物，因为小说更多地讲述的是别人的故事。可以说，沃克的诗歌是蘸着自己的血和泪写就的，是曾经拯救了她的生命的歌。这种充满了生命律动和心灵悸动的诗歌似乎远离了任何一种诗歌流派，也从不刻意迎合某种诗学潮流，只关乎情感和生命本身。这种仿佛布鲁斯音乐一样能够萦绕心灵，久久不会消弭的感觉让我马上转向了其他美国族裔诗人。有段时间我几乎是疯狂地以各种方式收集、阅读美国族裔诗人的诗歌作品。于是美国非裔诗人兰斯顿·休斯、玛亚·安吉罗、丽塔·达夫、娜塔莎·特雷塞韦；美国印第安诗人杰拉德·维兹诺、琳达·霍根、波拉·甘·艾伦、温迪·罗斯；美国犹太诗人查理斯·雷兹尼科夫、缪里尔·鲁凯泽、艾德里安娜·里奇；华裔美国诗人姚强、李立扬等美国族裔诗人的诗作开始走入我的视野，冲击着我、震动着我、也感动着我。

其实，从学术意义上来说，我与美国诗歌的渊源不浅。从我攻读硕士研究生开始，美国诗歌就已经成为我主要的研究方向，其后又承担了不少与美国诗歌相关的研究课题，可以说我从学术意义上接触了大量美国诗歌。然而，当我阅读美国少数族裔诗人的诗歌作品时，我发现自己很难一开始就从学术意义上解读和阐释它们。或者说，有某些其他因素让我放弃了自己多年的学术训练养成的以学术眼光审视文学作品的习惯。这种感觉对于我来说真的是太难得了，也太珍贵了。当我们已经开始把文学当成职业之后，我们习惯于用头脑，而不是用心灵去阅读文学作品，这个状态是很可怕的，因为我们将很难领略到文学作品自身的魅力，更难以品味到文学与我们自身的关系了。现在回想起来，就是这种久违的阅读的快感让我一头扎进了这片辽阔的诗歌的海洋，并徜徉其间，流连忘返。

不过，当我遨游了一段时间之后，我发现徜徉于诗歌的海洋之中，只能捕捉到浪花朵朵，却看不到那片辽阔的大海，更糟糕的是，我会不时迷失方向。于是我开始常常返回到岸上，从宏观上眺望这片海洋，除了欣赏美景，还要辨别方向。就在这往返之间，这项研究的整体框架、总体思路逐渐清晰起来，而这又反过来，让我不断调整对诗歌文本细读的方向和方法。也就在这往返之间，这项研究在浩如烟海的美国族裔诗人和诗歌中梳理出一条线索，并逐渐成为贯穿始终的脉络。同时，在这往返之间，这项研究缓慢却有序地进展，而书稿也如不断堆积的海滩细沙，慢慢形成了一座美丽的城堡。

在这五年多时间里，这座书稿城堡跟随着我辗转了三个地方。而每次辗转，这座城堡都悄然地改变着形状，从粗粝到精细，从散乱到有序，从稚拙到完善。当我在济南家中孤独地与这些诗人和诗歌对峙了两年之后，我发现这项研究进入了停滞状态。我的确投入了这片诗歌的海洋，却发现自己越游越远，而此岸和彼岸都仿佛离我而去了。就在这个状态下，我有幸来到华中师范大学，跟随聂珍钊教授访学。这次访学经历带给我的是学术意识的彻底改变。这种改变既抽象又具体，却同样让我受益无穷。其中学术境界和国际化视野是聂老师赋予我的最为宝贵的财富，也将是我终生追求的学术目标。同时，聂老师对于我正困顿其间的这项课题也给予了细致入微的指导。从总体框架设计到学术术语界定，从诗人定位到作品阐释，都凝聚着他的智慧、学识和见识。经过这一年的学习，徜徉在桂花飘香中的我已经神清气爽，我感觉彼岸已经不是遥不可及了。

　　2011年，这个课题终于圆满结项，手稿60余万字，鉴定等级优秀。该研究的部分成果已陆续在《外国文学评论》《外国文学研究》《当代外国文学》《国外文学》《解放军外国语学院学报》《山东大学学报》《英美文学研究论丛》《外国语文》《山东外语教学》等刊物发表，其中多篇被人大复印资料全文转载。然而，正当我准备出版这部专著时，我获得了一次国外访学的机会，于是这部手稿也随着我漂洋过海，来到了宾夕法尼亚大学。宾夕法尼亚大学英语系是个藏龙卧虎之地，这里既有美国著名诗人，语言诗领军人物伯恩斯坦，也有多位艺术与科学院院士。同时，这里的族裔文学研究在美国也一直处于最前沿。我的合作导师赛迪欧斯·戴维斯（Thadious M. Davis）教授就是美国非裔文学和南方文学研究的资深专家。浓厚的学术氛围，丰富的文献资料以及各位教授的真知灼见让我开始以更为严谨的态度重新审视自己的这项研究成果，并动手对这部书稿进行修改。这次修改是全方位的，既有重要观念的修正，也有总体结构调整，更有诸多细节的修改和重写。同时我还利用宾大Van Pelt图书馆丰富的藏书，更新了全部相关信息。

　　从济南到武汉再到费城，这部书稿和我一起在游历中经历了共同的成长和成熟。与诗为伴的日子固然心旷神怡，然而人终究还是活在现实之中。在撰写和修改这部专著的漫长六年中，我经历了与母亲的生离死别。失去最爱我的人的痛彻心扉让我失去了再写下去的勇气。那段日子是黑色的、是恍惚的，是在渴望对母亲的回忆和害怕对母亲的回忆的挣扎中度过的，是在麻木的机械动作和敏感的神经的对立中度过的，是在脸上的微笑和心底的泪水的交织中度过的。让我最终走出以泪洗面日子的还是那些早已融入我的血脉的诗人和诗歌。那些能够抚慰心灵的文字唤醒了我，也拯救了我。从这个意义上来说，这部专著是我的学术研究，更是我的生活，甚至是我的生命。

　　这部专著中的文字不仅是对美国族裔诗人和诗歌的解读，也是对我本人生命体验的记录。在这部专著即将付梓之际，在我回望自己这段生活之路的时刻，我发现自己尽管走得艰辛却并不孤独，因为在这段生活之路上，有一路伴我同行的亲人、老师、朋友和学生们。你们的鼓励、支持让我的这段人生之路变得光明而温暖。感谢生活的厚爱，让我享有温暖的亲情和友情。我要感谢愿意陪着我慢慢变老的丈夫，你的欣赏、理解和关爱让我自信地去迎接每一次挑战；感谢愿意陪着我一同成长的儿子，你的乖巧、懂事和自律让我一次次体验到作为母亲的骄傲。

　　本书能够付梓，要感谢中国社会科学出版社郭沂纹女士的大力支持和辛苦付出。在长达一年多的反复修改、校对的过程中，郭沂纹女士以耐心和包容给予了我极大的鼓励，更以专业水准和敬业精神保证了这部书的质量。

　　这部专著的出版意味着我又一项学术研究的开始，又一段生命历程的起点，期待着！

2013 年 5 月 8 日于宾夕法尼亚大学

2015 年 11 月 2 日修改于济南